总码

罗周◎著

星月为灯 （上）

我的编剧艺术

中国戏曲学会·中国当代戏曲艺术家创作经验大系

主编 王馗

副主编 柯凡 王瑜瑜

文化艺术出版社

Culture and Art Publishing House

图书在版编目（CIP）数据

星月为灯：我的编剧艺术 / 罗周著. — 北京：文化艺术出版社，2023.10
（中国戏曲学会"中国当代戏曲艺术家创作经验大系" /
王馗主编. 第一辑）
ISBN 978-7-5039-7389-5

Ⅰ. ①星… Ⅱ. ①罗… Ⅲ. ①编剧—中国—文集
Ⅳ. ①I207.3-53

中国国家版本馆CIP数据核字（2023）第187069号

# 星月为灯——我的编剧艺术

编　　者　中国戏曲学会
主　　编　王　馗
副 主 编　柯　凡　王瑜瑜
著　　者　罗　周
特约编辑　武丹丹
责任编辑　刘　颖
责任校对　董　斌
书籍设计　赵　蠡
出版发行　文化艺术出版社
地　　址　北京市东城区东四八条52号（100700）
网　　址　www.caaph.com
电子邮箱　s@caaph.com
电　　话　（010）84057666（总编室）　84057667（办公室）
　　　　　　　　84057696—84057699（发行部）
传　　真　（010）84057660（总编室）　84057670（办公室）
　　　　　　　　84057690（发行部）
经　　销　新华书店
印　　刷　中煤（北京）印务有限公司
版　　次　2024年1月第1版
印　　次　2024年1月第1次印刷
开　　本　710毫米×1000毫米　1/16
印　　张　73.5
字　　数　700千字
书　　号　ISBN 978-7-5039-7389-5
定　　价　298.00元（上下册）

本丛书为国家社会科学基金社科学术社团主题学术活动资助项目

"当代戏曲艺术家创作经验总结与研究"第一期

（项目批准号：21STA048）阶段性成果


本丛书为 2019 年度国家社会科学基金艺术学重大项目

"中国戏曲剧种艺术体系现状与发展研究"

（项目编号：19ZD03）阶段性成果

昆剧《春江花月夜·乘月》 / 石小梅饰张若虚、徐思佳饰辛夷

昆剧《春江花月夜》／张军饰张若虚、余彬饰辛夷

锡剧《一盅缘》/ 董红饰林六娘

扬剧电影《衣冠风流》/ 李政成饰谢安、葛瑞莲饰褚蒜子

京剧《孔圣之母》/ 王艳饰颜徵在、李保良饰孔子

扬剧《不破之城》 / 李政成饰史可法

京剧《大舜》/ 李保良饰舜、韩惠饰少年舜

昆剧《梅兰芳·当年梅郎》／ 施夏明饰梅兰芳、周鑫饰王凤卿

昆剧《顾炎武》／柯军饰顾炎武、施夏明饰玄烨

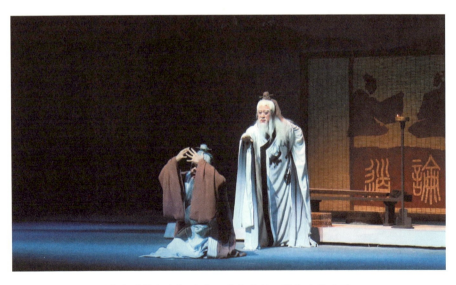

秦腔《望鲁台》／李江伟饰燕伋、邢海珍饰孔子

昆剧《浮生六记》／施夏明饰沈复、单雯饰芸娘

京剧《梅兰芳·蓄须记》／傅希如饰梅兰芳

黄梅戏《第一山》／朱成亮饰苏轼

越剧《凤凰台》／李晓旭饰李白、章琪饰玉真

昆剧《眷江城》/ 施夏明饰刘益朋、由腾腾饰丁铃

驴鸣

世说新语

昆剧《世说新语·驴鸣》／张争耀饰曹丕、施夏明饰曹植

昆剧《世说新语·索衣》 / 赵于涛饰王戎、孙伊君饰王姣

昆剧《世说新语·开匣》 / 孙晶饰郗愔、张静芝饰郗夫人、周鑫饰谢安

访戴

昆剧《世说新语·访戴》/ 施夏明饰王徽之、钱伟饰苍头

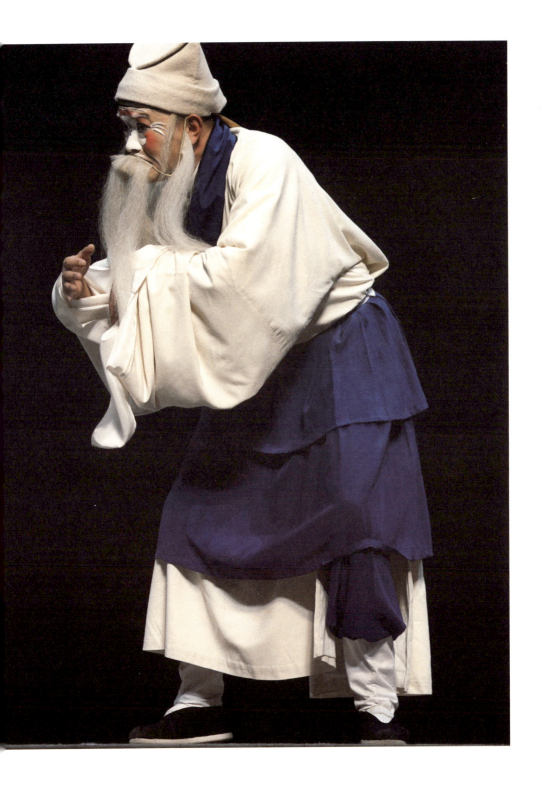

昆剧《世说新语·候门》/ 施夏明饰郗超、赵于涛饰桓温

昆剧《世说新语·举将》/ 徐思佳饰褚蒜子

昆剧《世说新语·破局》/ 周鑫饰谢安、施夏明饰郗超

昆剧《世说新语·调筝》/ 施夏明饰桓伊

昆剧《世说新语·削稿》/ 周鑫饰谢安、张争耀饰袁宏

昆剧《世说新语·梦鸡》／周鑫饰谢安、赵于涛饰桓温

锡剧《泰伯》/ 王子瑜饰泰伯

汉剧《夫人城》／王荔饰孙尚香

锡剧《烛光在前》/ 孙薇饰陆静华

昆剧《瞿秋白》／施夏明饰瞿秋白（摄影：李婧）

昆剧《瞿秋白》/ 施夏明饰瞿秋白（摄影：丰收）

# 为戏曲活态艺术经验存档！

王　馗

　　和众多的传统文化艺术形式一样，中国戏曲在传承与发展中，极重个体经验的积累和传递。以"口传心授"为主要特征的教习传承方式，又将丰富的个体经验，不断地转化上升为行业规范、职业准则，成为戏曲专业化的重要指标。就像汤显祖在《宜黄县戏神清源师庙记》中格外提出的戏曲之"道"，将戏曲艺人崇拜的戏神、祖师，与儒、释、道所尊奉的创教圣贤并列，强调了个体经验与集体规范交相渗透，所带来的艺术格局和文化境界。这种前无古人、后无来者的理论概括，从"道"——哲学思想层面来标识戏曲的艺术品格、文化品格，同时从实践本身来认知人"以灵机自相转活"的艺术过程，那种"微妙至极"的美学体验，正奠基于戏曲传承个体和群体的创造内容，保证着戏曲始终在艺术形式和文化个性上的活态发展。

　　汤显祖的戏"道"思想，以及中国戏曲史上的所有记录和理论判断，从实践和理论两个层面，确立了戏曲的艺术体系、理论体系的建构方向。今天能够看到的戏曲活态艺术，积淀了世代相承的知识经验，最终成为两个体系持续扩容的基础。

　　戏曲艺术经验可以世代口传，却最容易出现讹误，也最容易遗失。乾隆时期，扬州昆班的名伶孙九皋，是老徐班的外脚副席，他的代表作《荆钗记·上路》被记录在《审音鉴古录》中，这让后世有幸了解到 300 年前他的舞台精彩。这出身段谱的跋文称"此出乃孙九皋首剧，身段虽繁，俱系画景，惟恐失传，故载身段"，显然"惟恐失传"是萦绕在艺人和文人心头的重要心结。因此，在戏曲成熟后的数百年间，历代文人通过律谱、韵书、花谱、评点、文论、剧论、曲论、唱论等著述形式，记录总结戏曲艺术，让戏曲个体的艺术和经验不至于淹没在精英文化的话语表达之外；而昆曲艺人们创造性地利用文字记录的方式，将舞台艺术记录于总纲总讲、工尺谱、身段谱、单头、串头、排场、穿关等诸多谱录文献中，让综合性的舞台艺术通过专业化的传承个体和群体，能够更加有效地突破舞台艺术的时间局限和专业局限。

即便如此，《扬州画舫录》记录了那么多的昆班大家、名角，甚至流派的开创者，大多数人没能像孙九皋这样留下具体的心得经验。而从古至今大量的戏曲剧种、声腔形态，也没能像昆曲这样拥有相对完备的文字呈现系统，甚至那些记录在案的艺术规范和经验法则，也没法在艺人谱系传统中得到持久的延续。戏曲辉煌的艺术发展史，在与时俱进的推进中，实际上伴随着戏曲活态艺术的遗失，这是至为遗憾的。

20 世纪 50 年代以后，随着戏曲改革对活态戏曲的推陈出新，戏曲遗产保护得到体系化的建设。其时的文化部部长沈雁冰在 1950 年中国戏曲研究院成立时强调要对戏曲进行"系统的"研究，这正将理论联系实际的方法紧贴中国戏曲的历史传统，并且赋予了新的时代特点。1957 年《戏曲研究》的《发刊词》，特别强调"把我国特有的优秀的戏曲艺术作科学的研究"，提出："目前阶段主要还是学习，向遗产学习、向舞台学习、向艺人学习、向先进的文艺理论学习。在学习中进行研究，逐步丰富我们的知识，提高研究的能力。"显然，对以遗产、舞台、艺人等为代表的活态艺术，进行充分的整理、总结，成为戏曲理论探索的重要前提。其时的戏曲职业教育，即围绕在戏曲本体艺术的传承创造上；其时的戏曲理论研究，即立足于戏曲艺术经验的总结整理，共同开启了戏曲活态艺术在当代的研究进程。今天仍然被人首肯的工作，如戏曲职业学校组织编撰的戏曲教材、戏曲教学录像，中国戏曲研究院在演员讲习会期间组织的艺术家表演经验记录，各地文化主管部门组织戏曲名家口述、撰写的表演艺术文录等，特别是近年来中国国家图书馆组织推进的国家级非物质文化遗产代表性传承人抢救性记录工程，都成为戏曲活态艺术整理工作的典型例证。

不过，在70多年的戏曲工作中，对于活态戏曲的总结，特别是对优秀艺术家个体的经验整理工作，是明显不足的。尤其较之70多年来辉煌的戏曲成就，创造辉煌的艺术家们随着从创造到传承领域的转化，他们艺术经验的保存和研究，是基本淡出戏曲工作之外的。幸运的是，在代际传承中依然以口传心授方式，部分经验留在了后继传承者身上；不幸的是，人走艺绝，个体的全部精彩只是属于曾经的舞台。而后者是最常态的。在福建省莆仙戏鲤声剧团建团七十周年活动时，莆仙戏名家王国金老师感慨："现在不是没有人，是没有师父。"如果在戏曲传承过程中没有了"师父"，中国戏曲的传承谱系实际上意味着出现了断裂，戏曲艺术体系也意味着会失去自身的传统内容，更遑论戏曲理论体系还能否保持持续开放的空间。即举一例，近70年来创作了大量的现代戏，其中的优秀作品实际包含了编、导、演、音、舞美、服、道、化多个领域艺术家群体的创造，但其间的精品力作几乎很少有全面完整的创作经验记录。现代戏经验总结的不足，自然会造成对其艺术创作的质疑，没有了人的创作经验，又何谈对作品的完整理解？现代戏如此，其他各类型剧目均是如此。中国戏曲的艺术生命力体现在一代代的艺术传承者与创造者身上，对他们艺术经验的珍视，实际上就是对中国戏曲活态艺术的珍视！

中国戏曲学会从1987年创立以来，在张庚先生、薛若琳先生两位会长的带领下，团结戏曲界同人，30多年里为中国戏曲的传承发展做出了众多贡献，尤其推动出版"中国戏曲学会丛书"，对包括京剧《曹操与杨修》、越剧《西厢记》、川剧《金子》、昆剧《班昭》、晋剧《傅山进京》、豫剧《程婴救孤》在内的20多部精品力作，进行理论总结，并突出地推进剧院主创和理论学者的艺术互动，及时整理总结活态艺术经验。"中国当代戏曲艺术家创作经验大系"的推动，正是延续这一工作思路，让过去以剧目为主的艺术理论工作持续深化，转向以人为主的学术探索和艺术整理。2019年，中国戏曲学会成为中宣部重点联络的学术社团，当代戏曲艺术家创作经验的系列总结项目，获得了国家哲学社科基金的资助，这让中国戏曲学会多年来的学术探索得到了更好的扶持，中国戏曲的众多卓有成就的艺术家将通过这样的项目推进，得到比较充分的艺术整理和创作总结。

其实，对艺术家的经验整理工作是充满挑战的。一部书稿的推进往往需要对其人、其艺有充分的理解，更需要将场上的经验准确地转化为以文字为主的记录，真正践行理论联系实际的工作方法。首次列入丛书的艺术家，都有丰富的艺术创作实践，同时有很好的语言文字表达，即便如此，他们的艺术整理工作也是积累多年、经过反复修订后才最终完成的。呈现在戏曲界面前的一部著作，实际上是艺术家毕生创作经验的浓缩，更是中国戏曲艺术和理论领域的同人们多年追踪记录的结果。随着项目一期一期地推进，展现在学术界的成果也会一部部增加，相信如此积累下来，这套丛书一定会趁难而上，实现对当代戏曲的艺术总结，成为凝聚当代戏曲艺术理想的艺术范本。

谨为序。

# 目　录

## 上　编

3　|　《缀白裘》戏曲编剧法研究

5　|　小　引

7　|　冷秋千尚挂下裙拖
　　　　——《牡丹亭·拾画》研究

10　|　叫得你喷嚏一似天花唾
　　　　——《牡丹亭·叫画》研究

13　|　一点一滴又一声
　　　　——《长生殿·闻铃》研究

15　|　小尼姑年方二八
　　　　——《孽海记·思凡》研究

18　|　只得咬定罗衫耐
　　　　——《西厢记·佳期》研究

22　|　岂独伤心是小青
　　　　——《疗妒羹·题曲》研究

25　|　那一枝不是我的渡舡
　　　　——《祝发记·渡江》研究

27　|　勾取那辜恩贼
　　　　——《焚香记·阳告》研究

30　|　怎把这重沉沉一个愁担儿消除
　　　　——《长生殿·酒楼》研究

34 | 私心许，目乱迷
——《水浒记·借茶》研究

38 | 愁人莫与愁人说
——《艳云亭·痴诉点香》研究

42 | 青山今古何时了
——《琵琶记·扫松》研究

45 | 借测字，慢慢探真相
——《十五贯·访鼠测字》研究

49 | 心猿意马，教我好难拿
——《蝴蝶梦·说亲回话》研究

53 | 谁家夜月琴三弄
——《玉簪记·琴挑》研究

57 | 恰三春好处无人见
——《牡丹亭·游园》研究

60 | 白老鼠钓赤练蛇
——《鲛绡记·写状》研究

66 | 想玉人飘泊归何处
——《绣襦记·当巾》研究

68 | 武二，你将我做什么人看待吓？
——《义侠记·戏叔》研究

72 | 那其间煞费红娘口
——《西厢记·拷红》研究

76 | 和你比着先前又亲
——《幽闺记·拜月》研究

79 | 云山满目，烟树模糊
——《牧羊记·望乡》研究

83 | 鬼磷明灭，空庭草碧
——《连环计·议剑》研究

87 | 脱下了凤衮氤氲
——《铁冠图·刺虎》研究

91 | 总朕错，请莫恼
——《长生殿·絮阁》研究

95　　|　袖儿里落下孝头绳
　　　　——《荆钗记·见娘》研究

100　|　错认新郎作旧交
　　　　——《风筝误·前亲》研究

103　|　两下里又生欢庆
　　　　——《雷峰塔·断桥》研究

107　|　这颜色不似在泉台
　　　　——《牡丹亭·冥判》研究

111　|　早惊破月明花粲
　　　　——《长生殿·醉妃、惊变》研究

115　|　猛魂灵寄在刀头下
　　　　——《邯郸记·捉拿、法场》研究

118　|　银子来、银子来
　　　　——《绣襦记·卖兴》研究

122　|　月落重生灯再红
　　　　——《牡丹亭·离魂》研究

124　|　一任俺芒鞋破钵随缘化
　　　　——《虎囊弹·山门》研究

128　|　好个怜民的知府
　　　　——《十五贯·见都》研究

131　|　如花美眷，似水流年
　　　　——《牡丹亭·惊梦、寻梦》研究

135　|　好教我难禁架
　　　　——《长生殿·埋玉》研究

139　|　跪吓？是卑人的本等
　　　　——《狮吼记·跪池》研究

143　|　似吞刀，在我心头刃
　　　　——《水浒记·杀惜》研究

147　|　破壁残灯零碎月
　　　　——《烂柯山·痴梦》研究

151 | **创作谈**

153 | 一戏两看《桃花扇》
　　　——以《寄扇》为例看昆曲名著的整理改编

158 | 戏曲创作：题旨的确立与实现

169 | 不曾触及之处
　　　——我的历史题材剧目创作

174 | 一定会被看到

178 | 粉墨酣畅叙生平
　　　——浅谈淮剧演员梁伟平的表演历程

187 | 隐忍的力量
　　　——我看《卿卿如晤》中孙薇的表演

191 | 《哭秦》：比好更好的石小梅

196 | 不知乘月几人归

200 | 施夏明：燃烧的少年

206 | 罗周：无一字无目的


215 | **提纲札记**

217 | 音乐诗剧《鉴真东渡》大纲

223 | 《泉》梗概及思索

231 | 《连环计》分场提纲

234 | 有关《孔雀东南飞》之题旨与分场大纲

236 | 暴雨与树木
　　　——《哀猿弓》创作谈

239 | 扬剧《黄鹄歌》分场大纲

244 | 我在镜中等你
　　　——《燕子楼》创作札记

247 | 越剧《莫愁女》创作阐述

250 | 昆曲《绿嶂山》编剧阐述

254　|　无场次京剧《落梅吟》内容简述

257　|　有关《落梅吟》京剧改编的若干思索

263　|　崇高的舍弃
　　　　——漫谈《嫦娥奔月》

265　|　京剧《骆驼泉》阐述

272　|　《独角兽之夜》分场提纲

276　|　话剧《张謇》创作札记

279　|　绣架上的锦字书
　　　　——《卿卿如晤》创作小记

283　|　中型锡剧《东坡买田》分场大纲

288　|　瑟与火之歌
　　　　——《素女与魃》创作随笔

292　|　《包公出山》分场大纲

298　|　关于瓷器命题的简叙与故事

308　|　历史题材剧目创作分享
　　　　——从《世说新语》说开去

316　|　燕子不肯巢空庭
　　　　——《舞衣裳》创作小札

330　|　《浣纱记》整理改编思路阐述

332　|　风雪银铃
　　　　——赣剧《红楼梦》创作小札

342　|　《南通张季直先生传》剧本阐述

354　|　失落的身影
　　　　——谈谈《倩女离魂》之整理改编

360　|　话剧《新华方面军》故事梗概

366　|　完成不可能
　　　　——话剧《新华方面军》创作札记

374　|　《牡丹亭》：生死梦中

378　|　《牡丹亭》整理改编简述

# 下　编

385　|　**剧　本**

387　|　昆剧《春江花月夜》

419　|　附：落月摇情满江树——《春江花月夜》创作谈

421　|　锡剧《一盅缘》

452　|　附：一盅香茗得相逢——《一盅缘》创作谈

454　|　扬剧《衣冠风流》

486　|　附：一洞花开蔷薇满——扬剧《衣冠风流》创作心得

489　|　京剧《孔圣之母》

519　|　附：在你怀中——《孔圣之母》创作谈

522　|　扬剧《不破之城》

551　|　附：我梦扬州，扬州梦我——《不破之城》创作小札

555　|　京剧《大舜》

585　|　附：《大舜》创作小札

589　|　昆剧《梅兰芳·当年梅郎》

618　|　附：星月为灯——《梅兰芳·当年梅郎》创作札记

622　|　昆剧《顾炎武》

650　|　附：昆剧写作：以《顾炎武》为例（授课节选）

654　|　秦腔《望鲁台》

688　|　附：一挑土生万挑土——《望鲁台》创作谈

692　|　昆剧《世说新语》系列折子戏

692　|　驴鸣

700　|　索衣

709　|　开匣

718　|　访戴

728 | 附1：《驴鸣》剧本阐述

733 | 附2：《索衣》剧本阐述

737 | 附3：《开匣》剧本阐述

741 | 附4：走出你的舒适区——从《世说新语·访戴》说起

744 | 昆剧《浮生六记》

774 | 附：一梦浮生归去来——《浮生六记》创作小札

777 | 京剧《蓄须记》

803 | 附：层林尽染的秋季——《蓄须记》创作小札

807 | 黄梅戏《第一山》

840 | 附：山水红尘——《第一山》创作小札

844 | 秦腔《无字碑》

879 | 附：妻子、母亲与皇帝——《无字碑》创作

884 | 越剧《凤凰台》

915 | 附：诗与红尘——《凤凰台》创作札记

919 | 昆剧《眷江城》

954 | 附：《眷江城》创作小札

958 | 锡剧《泰伯》

989 | 附：我把天下，托与你了——锡剧《泰伯》创作随笔

998 | 锡剧《烛光在前》

1031 | 附：《烛光在前》创作小札

1035 | 汉剧《夫人城》

1073 | 附：英雄之殇——汉剧《夫人城》创作小札

1082 | 昆剧《瞿秋白》

1113 | 附：《瞿秋白》创作札记

1116 | 附：罗周编剧上演作品一览表

1122 | 后 记

上编

# 《缀白裘》
# 戏曲编剧法研究

**口述：**罗周

**顾问：**张弘

**整理：**罗周、向阳、王洁、华春兰、俞思含

# 小　引

六年前，我在复旦大学开昆曲赏析课时，罗周提出想从编剧角度对《缀白裘》做些分析。而今，她主持的"《缀白裘》戏曲编剧法研究"课题小组阶段性地完成了她当初的设想。鉴于对当前戏曲写作中一些问题的观察和思考，罗周不是从文本导读的角度，而是站在编剧的立场切入，审视《缀白裘》中的折子戏，重点讲述其中的编剧技巧技法。虽然清代李渔对编剧法则做了相对系统的阐述，但是像这样大规模地对具体折子戏进行细致的技法分析，目前尚未多见。

《缀白裘》所收剧目多数来自传奇，少量来自杂剧，也收录了一部分时剧。经过时间的淘汰、艺人们的选择、舞台实践的拷问，最终形成我们所见的集子面貌。罗周选择的这四十个折子戏，是当今昆曲舞台常演之作。从传奇文本到《缀白裘》收录本，再到当下舞台演出本，相互比照，从中可见历史的演进及种种微妙变化。换言之，这不只局限于文本与文本的比较，还展开了舞台与文本的立体的比较；不只表述了编剧技巧之运用，还表述了舞台演出之于编剧的要求。

我们对戏剧创作之技术往往不够重视，总觉得过多地讲技巧，会有"匠气"。在尚未娴熟掌握中国戏曲写作方法之时，就对"匠气"不以为意，是否为时过早？好比出外旅游，从南京到上海，中间必然有一些停顿的"点"——镇江、常州、无锡、苏州，我们会找一条风景最为秀丽的线路，领略沿途风光，心情亦随之起起伏伏，这就是所谓的从戏的"起点"到"终点"。行经该过程是需要技巧的，要点之一，便是罗周在分析中再三强调的"层次"：她经常把一折戏分成几个大层次，每个大层次又分出几个小段落，小段落中再细分出类似语言结构的小层次，细细剖解折子戏之结构。我们发现，分析中有些地方是重复的，重复不是抄袭，而是潜在的规律，是不同作家对某些问题共性的认知和运用。中国戏曲之"戏"，既包括冲突，又不完全等同于西方戏剧理论之"冲突"，书中条分缕析、旁征博引，对此有详尽分析，我在此不多赘言。

此外，罗周在分析中还反复强调行当、家门，以自觉"归行"来确定人物基调。又讲述独角戏中单个人物何以支撑局面，对子戏中双方怎样势均力敌，鼎足戏中三人如何相互作用、稳稳地扎在舞台上。这些，是色彩，也是程式，是前人经验，也是戏剧的立足之本。

我国古典戏剧文学，卷帙浩繁。若把它当作一片荒野，冷漠视之，得到的也是冷漠的回应；若将它当作一片矿藏来开采，则定不会落空；若把它看作一片田园来耕耘，必定有所收成；若当它是个四季分明的花园呢，我们会得到游园的愉悦。前人既然给了高台、给了肩膀，我们何不站在其高台上、肩膀上，怀着与之对话的诚意，怀着敬畏之心，用心灵感悟、用慧眼识别、用理性判断，在学习中体会前人编剧技法的妙处。只有把根基牢牢扎在古典戏曲编剧法中，在前人的基础上有所创造，才能真正实现中华优秀传统文化的创造性转化与创新性发展。

本课题讲解的四十个折子戏就像座园林，我们不妨走一走、看一看。初学编剧者或可从中领略一二，学有所成者或可对照一番。而这只是个开端。我也期待着，将来有人愿下决心，通过大量文本与实践分析，更完整完善地总结出一套中国戏剧编剧规律以为教材，为后来者前行奠定更坚实的基石。

张　弘

# 冷秋千尚挂下裙拖

## ——《牡丹亭·拾画》研究

《拾画》《叫画》分别为汤显祖《牡丹亭》第二十四出与第二十六出（《玩真》），中间夹了第二十五出《忆女》，而《缀白裘》中，《拾画》《叫画》被置于一辑，而今的演出版本，也往往"拾""叫"连演。

先说《拾画》。原著里柳梦梅与石道姑的对话部分，在《缀白裘》版中被完全删除了，这是个非凡的改变，把整个舞台留给柳梦梅，使《拾画》成为一出纯粹的独角戏，情节简单却极其好看。

柳梦梅来到了杜丽娘游过的这座花园，这不仅是一座自然之园，更是男女主人公共同的心中花园、一座惊醒的花园。柳梦梅首曲首句之"惊春谁似我"的"惊"，与《游园惊梦》的"惊"一样，都不仅是被春天、被落花所惊，而更应理解为少男少女心灵性情之"惊"。在杜丽娘和柳梦梅进来之前，园子本质上是荒凉的，他们进来之后，园子才显现出它的生命。

在汤显祖笔下，《游园》与《拾画》形成"女游园""男游园"的呼应关系，杜丽娘游的是一座春意盎然的花园，柳梦梅游的是一个荒凉冷落的园子，可其生命觉醒之精神指向是一致的。《拾画》极冷，《叫画》极热，两折放在一处，形成了强烈的冷热对比，究其缘故，则在于这张画——当它被柳梦梅拾到后，他整个心境随之一变，生命忽然焕发出蓬勃的热力。换言之，与《叫画》之热对应的，《拾画》——尤其在相逢"小匣儿"之前，竟然这样地冷！

汤显祖怎么写"冷"？他不放过任何细节，用笔的每一处都紧贴着"败落""冷清"。比如"好个葱翠篱门"，紧接着便是"可惜倒了半架"，之后的"风月暗消磨""苍苔滑擦""倚逗着断垣低垛""寒花绕砌，荒草成窠""教颓堕。

断烟中，见水阁摧残，画船抛躲""敢断肠人远，伤心事多"……无不如此。还有这样一句："原来以前游客颇盛，题名在竹林之上。"写"以前"之"盛"，也是对比当下之"衰"，所谓"客来过，年月偏多"，繁盛是很久很久之前的事了，此刻呢，只有柳梦梅茕茕一人。

这个"冷"，又是以怎样的层次投射在柳梦梅心中的呢？它分为三个层次，对应《缀白裘》版中的一段念白与【好事近】【锦缠道】两支曲子。

第一个层次：柳梦梅一入园子，念了四句诗："凭栏仍是玉栏杆，四面墙垣不忍看。想得当时好风月，万条烟罩一时干。"这是一首集唐诗，分别为王初、张隐、韦庄、李山甫之句。既是汤显祖在"集句"，亦是剧中之柳梦梅在"集句"，一方面，表现了作者与角色的才华，另一方面，此刻的柳梦梅，是借"他人之口""他人之诗"描述眼前花园，就是说，此刻花园之冷清，在他心里，不过一阵清风拂起微微波澜，远不到痛切的地步。

第二个层次：【好事近】时，柳梦梅开始了自己的描述："则见风月暗消磨。"写了画墙，写了苍苔，写了蝴蝶门、竹林、寒花、荒草……以相对客观却带有明显情绪意味的文字来描述他目之所见。比之"集唐"，显然，花园之"冷"往他眼中投射得更深。

第三个层次：【锦缠道】："门儿锁，放着这武陵源一座。"这时，柳梦梅走进了荒凉，荒凉也走进了柳梦梅内心，与他的情绪产生了强烈共鸣，甚至激荡了他的想象力。其中最漂亮的一句是"冷秋千尚挂下裙拖"，具有奇异的画面感。在那空荡荡的秋千上，真的还挂着一件被少女脱下来的衣裙吗？这件"裙拖"，是真实之目见吗？当然不可能。且不说杜丽娘的家教不允许，倘若这秋千上的"裙拖"是真实的，柳梦梅能不"拾裙"吗？能不摩挲再三、反复玩味吗？恰恰不存在这裙儿！是柳梦梅对着荒园里冷冷清清的秋千，想象着曾经有美丽少女银铃般的笑声随秋千荡漾，如今一切不存，可裙拖的幻影却一直萦绕着这秋千架。此时之柳梦梅，所在已经不是客观之园了，他进入了自己构建的多情世界，心中涌动荒凉，又涌起柔情，所以有"待不关情么，恰湖山石畔留着你打磨陀"！

　　随着以上三个层次的展开，这座花园与柳梦梅之关联，越来越密切，这才有了：在这座命中注定的花园里，他拾到了那张命中注定的小画。此处，较之原著，《缀白裘》版又做了个细小的修改。原著中，柳梦梅先看到太湖山石下有个"小匣儿"，"待把左侧一峰靠着"，随后山石再倒（"作石倒介"）；《缀白裘》则是这样的："（内作石倒响介）阿呀！好一座太湖石山子，怎么就倒坏了？吓吓，你看石底下是什么东西。待我看来。咦！是一个紫檀匣儿。"演出版亦与《缀白裘》版一致，颠倒了看到匣子与山石崩倒之前后顺序，给柳梦梅与小匣儿之"相逢"一个强烈的"动静"，也强化了"命中注定"之感。

　　接着，原著与《缀白裘》均道，柳梦梅直接打开匣儿，看到里面有个小轴儿，"原来是一幅观音大士！善哉善哉，待小生捧到书馆中去焚香供奉"，这种"一拾就开，开了就看"的举动，当然是符合生活逻辑的，可在江苏省昆剧院（以下简称"省昆"）折子戏演出版及省昆精华版《牡丹亭》里，小轴上画的内容，都被暂时地隐藏了——柳梦梅没有展看画卷，而是恭恭敬敬，将之捧回书馆，从而保证了接下来《叫画》之完整性，也强调了柳梦梅的慎重、虔诚、不轻浮，并有意识地为后文做铺垫，努力令受众理解他感情之真挚。正如王季思先生所说："杜丽娘能不能回生，要看柳梦梅的情真不真。"

　　《拾画》，便是冷中见情、冷中见真。

　　而《牡丹亭》中，杜丽娘之"起死回生"，其破题也正是从这一折开始的。

# 叫得你喷嚏一似天花唾

## ——《牡丹亭·叫画》研究

《叫画》之《缀白裘》版用的是冯梦龙的改本，与汤显祖原著差别极大，譬如，将柳梦梅拾得之画与他当年之梦对接起来的文字，便不见于原著。

改本大多强调爱情之"非你不可"，再三阐释梦中之人、画中之人、幽媾之人的一致性。汤显祖呢，写的则是"正好是你"，爱欲萌生之时，正好来了一个你；闲愁难遣之时，正好碰上这个你。这两种于情于爱的理解追求，各有千秋。

《拾画》冷，《叫画》热，前者写一个人和一座园子的关系，后者写一个人和一张画的关系，同样是很经典的独角戏。

《叫画》层次分明。

第一个层次：柳梦梅恭恭敬敬把画捧到书房，"三猜"画中人，第一猜是观音佛像，第二猜是嫦娥姐姐，第三猜是人间女子。从观音到嫦娥再到人间女子，是从最庄严处逐渐往尘凡中猜。有趣的是，猜作观音时，柳梦梅说"好庄严也"；猜作嫦娥时，原著中夹了柳梦梅一句念白"愈发该顶拜了"（《缀白裘》版中则不见该句），恰恰显示：柳梦梅希望画中人是嫦娥多过观音，进而希望她是人间女子多过嫦娥，这也越来越契合男主角痴迷的心意。

"三猜"紧随着"三否定"。"为甚的独立亭亭在梅柳左，不栽紫竹，边傍不放鹦哥？""观音那来这双小脚？"这是第一次"猜观音"之否定；"不见祥云半朵"，也没有桂花树，这是第二次"猜嫦娥"之否定；"我想既不是嫦娥，又不是观音，难道是人间的女子不成？非也，人间那得有此绝色也！"这是第三次猜"人间女子"之否定。遗憾的是，如今之演出版将"非也，人间那得有此绝色也"一句删除了，兴许是为了唱腔节奏之流畅，但随之也删除或者说破坏了"三猜三否定"的完整结构，同时削弱了杜丽娘小像令人惊艳的美感表达。

在从原著到《缀白裘》版，再到演出版的比较整理中，我们不时会发现一些还可加工提高的空间，哪怕极微小处，也能令戏再臻于完美。

三猜之后，剧本是怎样完成画与人的情感联系的呢？便在这第二个层次："和诗"之中。"和诗"分为三个小层次，铺设了人与画的三层关联。

第一小层：姓名。柳梦梅看到了杜丽娘的题诗"近睹分明似俨然，远观自在若飞仙。他年得傍蟾宫客，不在梅边在柳边"，并想到诗中"柳""梅"与他姓名相关。原著【集贤宾】里有一句"俺姓名儿直么费嫦娥定夺"，但这句唱表意还不是很鲜明清晰。《缀白裘》版以其之意，加了一段念白："想世上那梅边柳边，可也不少。小生么叫做柳梦梅，若论起梅边呢，小生是有分的。那柳边呢？（笑介）小生亦有分的。"相当精彩，但遗憾的是，这段念不见于省昆的演出版。

第二小层：忆梦。柳梦梅凝神画中之人："这个美人吓，有些熟识得紧，曾在那里会过一次的？"他想到了曾经的梦境："我去春曾得一梦，梦到一座大花园梅树之下，立着一个美人，——哪！就，就是他！他说：'柳生，柳生，遇俺方有姻缘之分，发迹之期。'"将梦中人与画中人合二为一了。

第三小层：情态想象。回到画上，柳梦梅见女子半枝青梅在手，"恰似提掇小生一般"，痴意更深。

关联层层加深，最终推向了"和诗"。花园在等待柳梦梅，匣子在等待柳梦梅，杜丽娘在等待柳梦梅，杜丽娘的题诗在等待柳梦梅的和诗。步韵和诗之后，柳梦梅就和这张画产生了至为深刻的联系。

"和诗"还有一层"求雅"的用意：柳梦梅不但注意到了杜丽娘的美貌，还注意到了她的才华，所谓："小娘子画似崔徽、诗如苏蕙，行书逼真卫夫人。"汤显祖以画、诗、书法……染在情欲的底色上，把握住了男女主角之尺度。

继第二个大层次之"和诗"后，第三个层次便是"叫画"，越痴越叫、越叫越痴。有个小细节值得注意：代称。我们看到了从"他"（她）到"你"的变化，这意味着从第三者的客体关系变化为面对面的你我关系，画中美人，在柳梦梅的情感世界里渐渐活了；同样指向的一个小细节是，美人从静态走向了动态。自题诗后，人画之间，产生了某种密不可分的关系。随着柳梦梅之"叫"，他好像看到了她的动作，"动凌波，盈盈欲下"，但很快自我否定了："哟嗤！不见些影儿那（挪）！"再到"呀，这里有风，请小娘子里面去坐罢。小姐请，小生随后。"在"同步""并行"的（自）问（自）答里，他简直像完成了与美人的对话。就这样，戏剧不断前推，从"有动静"到"否认动静"，从"听声音"到"对话声音"，持续不断的细节渲写出柳梦梅之痴情沉溺。

此外，《缀白裘》版中还有一段不见于原著，也不见于省昆演出版的"眼神顾盼"："美人，看你这双俏眼，只管顾盼小生。小生站在这里，他也看着小生。小生走过这边来，哪，哪，哪，又看着小生。啊呀！美人呀美人！你何必只管看我？何不请下来相叫一声？"十分精彩。

《叫画》情节极简单，也极不好写，因本折之"起点"（看画）与"终点"（为画而痴）隔得非常近，再无第二个演员助力，也没有任何外来事件之介入推动。《缀白裘》之《叫画》，则是充分利用了编剧技法，放大所有的情感细部，用尽一切手段找到画和人的关联，再一层层加深其关联度，将一段很短的路走出了处处风景，走出了书生酣畅淋漓的痴狂。

据说，20 世纪七八十年代，《拾画叫画》演出时长约 40 分钟，观众们都有些"坐不住"，以至于演员们主动做删减，而今观众再看《拾画叫画》，却往往希望再丰富一些、再细腻一些。

《叫画》之"叫"，真情流露，不但叫活了杜丽娘、叫来了杜丽娘，更重要的，是叫出了一个"柳梦梅"，极饱满地塑造了人物之美。《拾画叫画》是昆曲小生的开蒙戏之一，但要演好它实在不容易，对演员来说，是磨炼，也是考验。

# 一点一滴又一声

## ——《长生殿·闻铃》研究

《闻铃》是一出抒情戏，借"檐前铃铎和着雨声，随风而响"，写唐明皇内心之声：失去杨玉环后的痛悔不舍。

在当今昆曲舞台上，我们还能欣赏到这样一出折子戏、欣赏到其中如诗如画的文字，是非常有幸的。因为随着当代观演环境的变化、随着演出时间之限制，改编《长生殿》时，《闻铃》一折往往被删除或大幅度缩减。但若仔细分析，不难发现《闻铃》的写作技巧对当今编剧有着重要的启发意义。

首先，《闻铃》的写法，提供了一种写作思路。即：描写表现愁苦的戏时，不妨避免平铺直叙，用心用意去感知人物内心深处的声音，借景抒情的手法有时会达到出乎意料的效果。

其次，借景抒情的写作方式，通常或"借乐景抒哀情"，用自然界的欢愉反衬内心之哀痛，用自然界的完满反衬内心之缺憾；或"借哀景抒哀情"，风伴叹息，雨共流泪，达到自然与人二者共情的境界。《闻铃》采用了后一种写作方式。如唐明皇所唱第一支【武陵花】中"看云山重叠处，似我乱愁交并。无边落木响秋声，长空孤雁添悲哽"；又如第二支【武陵花】中，他想象杨妃香逝后的情境："白杨萧瑟雨纵横；此际孤魂凄冷，鬼火光寒，草间湿乱萤。"自然界景物的基调与唐明皇的心境指向同一个地方。

有意思的是，唐明皇还有这样一句念白："只是一路鸟啼花落，水绿山青，无非助朕悲悼，如何是好！""水绿山青"四字与他唱词中屡屡表现的凄恻冷寂之景是矛盾的。看似不合理，却有另一种意义上的合理：唐明皇一路行来，也许经过了许多美丽的景色，但这些美景都无法进入他的眼睛，更进不了他的心。失去杨玉环后，所有的美好都被他"屏蔽"了，他陷入了永恒的灰败！

与《闻铃》之原著、《缀白裘》版相比，演出版之相应增删，有得有失。

所谓"得"，原著唱词非常漂亮精彩，《缀白裘》版时有改动，而演出版往往回归原著，使洪昇之风流文采活态传承至今。

所谓"失"，主要体现在以下两点：

其一，《闻铃》演出版开场，添加了陈元礼之自报家门，这一笔，不见于原著与《缀白裘》。添加的目的是交代前情，却输与以【武陵花】"万里巡行，多少凄凉途路情"开篇的荒凉情味。

其二，细看《闻铃》，全折以唐明皇之行动轨迹为承载，分为三个层次。一是"请万岁爷挽定丝缰，缓缓而行"，二是"来此已是栈道了，请万岁爷缓缓而行"，三是"来此已是剑阁，请万岁爷且避雨片时"。前两个层次在首支【武陵花】之内，第三个层次引出了第二支【武陵花】。演出版删除了"来此已是栈道了"一句，以便"不觉恨填膺"与"袅袅旗旌"上下两句之唱不被隔断，但这一删，恰恰损毁了洪昇精心布置的一个层次。其实，在具体的舞台处理上，有很多种方法可以既保留该层次又保证演唱之流畅。

《闻铃》一折，原著与《缀白裘》之【尾声】皆是："迢迢前路愁难罄，招魂去国两关情，望不尽雨后云山万点青！"演出版【尾声】则是："迢迢前路愁难罄，厌看水绿与山青，伤尽千秋万古情。"指向不同，各有其妙。

帝妃死别之后，《长生殿》从《闻铃》一折开始"回望"，《闻铃》回望的尚是较近的、马嵬坡之点点滴滴，到了《迎像哭像》《弹词》，回望的则是帝妃曾经的一切恩爱。这种回望，一方面是对李杨爱情的悼念，另一方面则是对文化上达到高峰的开元天宝的追悼。帝妃之间日常的《小宴》在洪昇笔下，尚且如此华彩、灿烂、辉煌，让人沉浸于盛唐繁华，而到了《闻铃》，这一切都被抹去了……这也是《闻铃》让受众内心随着点滴雨声、铃声共同震荡的缘由。

# 小尼姑年方二八

## ——《孽海记·思凡》研究

所谓：男怕《夜奔》，女怕《思凡》，《思凡》对演员的要求极高，表演与唱念强度都很可观。

《思凡》写小尼姑色空受不了冷寂的出家生活，逃下山去，在倒数第二段唱里，埋了一个"彩蛋"，提示着该折之题旨指向。色空唱道："那里有天下园林树木佛？那里有枝枝叶叶光明佛？那里有江河两岸流沙佛？那里有八万四千弥陀佛？"这些听上去有些生僻的佛名，来自《佛说妙沙经》。再看经文原文，它说的是"一切众生离地狱""一切苦难化微尘"。与色空【山坡羊】中"怎能个成就了姻缘，就死在阎王殿前，由他！"及【前腔】里"平白地与地府阴司做功课"等唱词联系起来，足以令受众窥见小尼姑的内心世界：正当豆蔻，身处佛堂，苦不堪言，简直像置身地狱之中，甚至宁可奔向阎罗殿，也好过佛前消磨青春。《思凡》情感表达强烈度之实现，恰恰是用了佛堂与地狱这两个极具反差之处，营造出情感上的呼应对比。

《思凡》以剧中地点环境之改变，划分为三个层次：第一层是佛堂，色空唱了【佛曲】【山坡羊】【前腔】三支曲子，接着"不免到回廊下闲步一回"，地点转移到回廊，以【新水令】与众罗汉像"对话"，这是第二层；第三层则是逃往山下。

仔细来看，色空唱【佛曲】上场，说明身份与环境。当唱到"南无佛，阿弥陀佛"时，表演艺术上，有个很明显的不情不愿的姿态处理，在端庄的【佛曲】的结尾处，俏丽地显现了少女对空门的不耐。

随后是两支【山坡羊】，第一支"小尼姑年方二八"；第二支叙述她身入空门的来龙去脉。从一般的逻辑角度出发，似乎该把第二支【山坡羊】放到前面，先说身世，再说思凡。可是，比起第二支"只因俺父好看经，俺娘亲爱念佛"这样的叙事，显然第一支"正青春被师傅削去了头发""他把眼儿瞧着咱，咱把眼儿觑着他""把那碓来舂，锯来解，磨来挨，放在油锅里去炸，由他"等文辞，具有更强烈的情感浓度，也能对受众产生更大的吸引力，使观众立时进入色空的情感世界。因之，在"叙事逻辑"与"情感逻辑"的选择里——当需要做个选择之时——《思凡》选择了"情感逻辑"。

人们往往以蕴藉含蓄为昆曲文学之美，《思凡》则展示了另一种极具民间性的曲词之美，浅白如话，又带有冯梦龙《山歌》般的情调。这与女主角的身份是紧密关联的，色空不是杜丽娘，所以她之"思凡"与杜丽娘之"惊梦"呈现了截然不同的面貌。尤令人惊叹处，在于唱念里所有的细节都紧贴着"小尼姑"这个身份及其"文化背景"而行。

一方面，她向往着红尘世界，另一方面，唱念中，又简直构建了一个完整的沙门世界，那"禅灯一盏""烧香换水""朝参暮拜""钟声法鼓""击磬摇铃，擂鼓吹螺"，那《多心经》《孔雀经》《莲经七卷》，那佛前灯、香积厨、钟鼓楼、草蒲团及袈裟、藏经、木鱼、铙钹，还有用典列举之降魔的罗刹女、南海水月观音等，无不紧扣着佛门元素，却眺向红尘深处。这是极值得学习之处，当代编剧在处理某个角色之时，怎样令其在每一时、每一刻、每一处、每个细节，都不脱离人物之职业、之文化，只有做到了"这一点"，才能成就"这一个"。

色空来到了本折第二个层次、第二个地点：回廊。

实际上，在此之前，《缀白裘》版里还安排了一个排场："场上锣鼓，烟火，杂扮罗汉筋斗上，筋斗下。内奏细乐，老旦扮观音，小生善财，旦龙女，生韦驮上。"色空调侃诸罗汉时，被这些菩萨罗汉统统看在眼里，及至小尼姑逃往山下之后，他们还大发感慨："这孽报何日得了也！"演出版则将这部分完全删除了，使《思凡》保留了较纯粹的独角戏的样态。

回廊之上，色空是怎么看罗汉像的呢？

正如《闻铃》中，唐明皇失去了杨贵妃，从此人生一片灰败，无论经历多少山青水绿，投射入他眼中的，尽皆冷风冷雨、萧索秋景。

色空眼中之罗汉，与《山门》中鲁智深眼里的罗汉截然不同，那些威严、庄重的雕塑无不被渲染上了多情色彩。"一个儿抱膝舒怀，口儿里念着我；一个儿手托香腮，心儿里想着我；一个儿眼倦眉开，蒙眬地觑着我。惟有那布袋罗汉笑呵呵；他笑我时光错，光阴过，有谁人，有谁人肯娶我这年老婆婆？降龙的，恼着我；伏虎的，恨着我。那长眉大仙愁着我；他愁我老来时有甚么结果？"其中有两方面的情感指向：一是念着她、想着她、看着她，这是她心中缠绵春情之投射；二是恨着她、恼着她、愁着她，这是她心中对年华易逝之忧虑的投射。既喜又悲，既欢又涩，相当丰富。

表演上，《思凡》最有特色的是拂尘。演员手中，小小拂尘千变万化，唱到"被师傅削去了头发"时，拂尘拟态青丝；唱到"那曾见死鬼带枷"时，拟态枷锁；唱到"咱共他，两下里多牵挂"时，拟态相互缠绕的恋情；唱到"有谁人肯娶我这年老婆婆"时，拟态老年人所持拐杖；唱到"但愿生下一个小孩儿"时，又拟态了襁褓……这把拂尘，不仅是一个象征出家人身份的道具，还展示了色空心中无限的佛门与凡尘。

在简单的结构下，《思凡》之所以能表现丰满有层次的情感纠结，恰恰在于作者写出了始终在色空内心交缠的两种情愫："向往"与"怨愤"。只有这样，才能让色空真正逃往山下。

我们常说要看戏的起点何在，戏的终点又何在。《思凡》之起点只是个寻常的日子，最终色空在没有任何外来人物、外来事件之推动的情况下，做出了一个极不寻常的决定——"下山"，这便是《思凡》之终点。从起点至终点，中间这一段"路途"，完全用女主角之情感波动来填满。她的羡慕、向往、埋怨、愤懑、忧愁、自怜……处处是戏，纠缠推进，感情力量不断强化，终于："从今后把钟楼佛殿远离却，下山去寻一个年少哥哥。凭他打我，骂我，说我，笑我。一心不愿成佛，不念弥陀般若波罗！"多么平白，又多么动人而富个性。

在文人风流蕴藉的文学表达之外，再予充满生命力的民间文学以一定关注，我们或可于知识储备和文化欣赏上开拓更广阔的新鲜空间。

# 只得咬定罗衫耐

## ——《西厢记·佳期》研究

　　《佳期》有至少四个版本可予比较：北《西厢》、南《西厢》、《缀白裘》版及演出版。它写的是张生和莺莺第一次云雨。戏剧前情是张生为莺莺神魂颠倒，莺莺屡屡失约翻脸，令张生备受相思之苦，最终得偿所愿。之前张生屡次不能如愿，正是为这一次的欢好做铺垫。这"春风一度"是不能避免、非写不可的。

　　怎么写呢？

　　北《西厢》为正面描写。王实甫笔下，红娘将莺莺和张生引到一处后便下了场，把整个舞台留给男女主角，张生以【元和令】【上马娇】【胜葫芦】【后庭花】【柳叶儿】……唱尽云欢雨爱。

　　南《西厢》改变了视角与叙述主体，它汲取了北《西厢》部分文字词汇元素，将主戏给了红娘。张生莺莺携手而下，舞台上只剩下独立门前的小红娘，"脑补"门内小姐书生的云情雨况。

　　《缀白裘》版与演出版都是南《西厢》之沿用，而在某些细部上做了小调整。

　　昆曲套曲之范例，大抵可分为三部分：【引子】、主戏、【尾声】。每一折的技法差异，主要体现在中间这块主戏之变化上。《佳期》三个大层次也很清晰。开头是张生焦急地等待莺莺。《缀白裘》版压缩了南《西厢》，只取了一支【临镜序】"彩云开"。果然佳人应邀而全。

　　"（开门介）（小生）元来是红娘姐来了。（贴）张先生。（小生）小姐呢？（贴）小姐么？（小生）正是。（贴）没有来。（小生）阿呀！我这相思病一定是要害杀了!（旦）红娘，回去罢。（贴）不要着急。走来，这不是小姐么?（小生见介）妙吓!（旦将衣袖遮面介）"

以上是《缀白裘》版，演出版将"我这相思病一定是要害杀了"改为"还我人来、还我人来"。更关键处，《缀白裘》中莺莺道"红娘，回去罢"早于红娘将小姐指给张生，换言之，莺莺是以她独特的表达方式主动告诉张生自己的到来，又将"装模作样"描摹得惟妙惟肖。演出版则是红娘把小姐拉到张生面前后，小姐再说"红娘，回去罢"，这一颠倒，却削弱了莺莺个性、情绪之刻画力度。

《佳期》里，红娘到底想干什么，文学上也有个流变过程。北《西厢》中，红娘引小姐、张生相见后对莺莺说："姐姐，你入去，我在门儿外等你。"爽爽飒飒地便去了。待二人成其好事，她又欢欢喜喜地居功道："来拜你娘！张生，你喜也。姐姐，咱家去来。"充满了"侠义"感。

到了李日华的南《西厢》，生旦相会后，红娘道："你两人睡去罢，我去看老夫人醒也未醒。"再一掉头，他们已"双双携素手，款款入书斋"了，单把她撇舍在外，可谓"假客气碰上了真老实"。

《缀白裘》进而强化了这层，红娘对张生的爱慕之心更为明显，撮合他俩也是为了自己那点小心思。

到当下的演出版，则把这方面尽可能地弱化了。比如，红娘被关在门外时，《缀白裘》版中她说："春心独自谁为伴? 无奈今番恨咬牙。"演出版改为："窗前独立谁为伴，慢自支离恨咬牙。"削弱了红娘的春情，指向也随之变得含混。

为什么南《西厢》和《缀白裘》对红娘的内心世界做如此处理呢? 这与作者、受众之"恶趣味"分不开，更与其时一夫一妻多妾制的文化背景紧密关联。明清受众看《佳期》，可以很自然地把玩这个注定将成为张生小妾的女孩子的私情纠结，而当下之受众秉持的爱情观已与此迥异。再延续旧时，反为不美。

可小小的"抵牾"也出现了。若红娘不怀南《西厢》、《缀白裘》版之春情，接下来全折之主曲【十二红】又从何唱起？其心理动机、情感动机何在？"只得咬定罗衫耐"又为了什么？这支畅想门内风情之【十二红】，恰恰是《佳期》的主体部分。《佳期》没有给门外之红娘的心理情感分出更丰富的层次，仅用一曲【十二红】将春情，尤其是她对于春情的想象与艳羡渲写至极。如今之人们，则通常将之理解为少女泛意的、对爱情的向往。

《缀白裘》盛行之时代，其社会环境和文化背景与当下有很大不同，它对红娘的描述带有玩赏趣味甚至是"恶趣味"，这作为曾经存在的文化状态，在昆曲里被保留下来。

【十二红】之后，红娘再三催促，莺莺、张生出来了，亦进入本折收尾部分。张生唱道"浑身上下多通泰"，《缀白裘》里红娘极俏丽地讽道："好吓！你们两个通泰，把我红娘（撇在外）……"演出版淡化了带有明显情色指向的"通泰"二字，红娘单道："你们两个闭门进去，把我红娘撇在外。"

结尾处，莺莺先下场后，红娘、张生的对话也很有意思。演出版中，红娘问张生："你如今的病是好了吗？"张生回答"好了好了"，高高兴兴很干脆地下了场。独留下红娘，说了一句："想我红娘连日跑坏了双腿，总算成其美事，老夫人啦老夫人，你枉费心机了。"这句念白清晰指向了对封建门第婚姻观念的抨击。老夫人象征妨碍爱情与婚姻自由的势力，红娘的行为则象征着对该势力的反抗。

南《西厢》则是这样的：

（贴）张先生，且喜且喜！你如今病医好了么？

（生）多谢红娘姐。我十分病已去九分了，还有一分不去。

（贴）这一分如何不去？

（生）这一分还在红娘姐身上！承你不弃，一发医了小生这一分何如？

（贴）呸！（扶旦下）

《缀白裘》在此基础上把恶趣味又增推了一层，加上了张生"搂贴，贴推介"的动作，红娘的反应是："啐！你前番还有我红娘，如今是——唔！"张生忙道："小生不是这样人。"红娘啐了一口，下场；张生得意道"我好侥幸也",关门下。

这种处理,是为了满足特定文化背景下的观赏心理,而为当今受众所摒弃。的确,若张生与红娘在台上还有这样露骨的调情,张生与莺莺的情感,包括张生之前辗转反侧的相思,都被一笔抹倒!

《佳期》之流变,正折射了各个时代人们在爱情观、人伦观上的变迁。王季思先生曾说,无论《西厢记》怎么改,莺莺都是主角。北《西厢》正面描写莺莺和张生的性爱,在当时是一种突破。南《西厢》之贡献在于李日华将王实甫文本改成传奇,使之可被搬上舞台,《佳期》之视角转换,虽然消磨了北《西厢》最尖锐、最勇敢处,却也丰富了红娘之表演艺术,而贴旦表演艺术之精益求精,在当下之昆曲舞台上,又得到了进一步的张扬。

# 岂独伤心是小青

## ——《疗妒羹·题曲》研究

　　《题曲》与《叫画》很像，都是独角戏，主角都置身于斗室之中，唱出自我、唱出情绪，只不过，柳梦梅面对的是一张画，乔小青面对的是一本书。而《叫画》胜过《题曲》之处在于，前者反反复复勾连、确定着画与人之间的情感关联，并因之如痴如狂、颠倒衣裳；后者呢，人与书的联系度还可进一步加强，尤其在初读之时，如【桂枝香】"杜公名守"曲，简直像在做《牡丹亭》的剧情简介，而没有与女主角的个人情感贴合深刻。

　　具体看《题曲》。

　　首先是小青上场自述家门，《缀白裘》版没有直指其生命状态、情感波澜，其中"不意杨夫人一见如故，怜惜安慰，绰有深情；敢谓惟贤知贤，还是不幸之幸。前日向他借得许多书籍，真个是五车夸富，二西争奇……"之句，也过于"文绉绉"了。演出版有所调整，增加了乔小青自述幼时父母双亡，一生落拓，婚姻不幸，只能读书浇愁，强挨岁月的桥段，孤独苦闷，如在眼前，也就为之后读《牡丹亭》的唏嘘倾慕做好了情感铺垫。

　　值得一提的是，乔小青以闺门旦应工。虽然其身份已嫁作人妇，按常规应为正旦，可她柔弱多情的个性，更适合闺门旦的表演风格。昆曲家门之弹性变化，于此可见一斑。

　　人们看演出版，几乎看不出《题曲》之结构方式，只有朦胧的情感指向，层次较模糊。可细读《缀白裘》版，却发现它是有结构的，蕴藏在舞台提示之中，即"打五更"，可惜的是，文本中只有"（内打一更介）（内打二更介）（内打三更介）（内打四更介）（内打五更介）"，却没有相应的念白。换言之，即便舞台上用数记小锣来提醒时间流逝，于受众而言，仍不甚明了，若能让女主角直接念出"呀……一更天了"，或者"二更时分，好不凄冷"之类，效果当会更好。

当然，将主人公从一更挨到五更的一夜切分为五个层次，实际上恐怕还是太琐碎了，倒不如一、三、五更地分为三个层次更明晰。越读越投入、越读越悱恻、越读越伤心，渐读渐深，不仅读出个杜丽娘，更读出个乔小青，读出她的内心世界，她对爱、对真情的渴求。

此外，演出版删除了《缀白裘》版里的若干曲子，譬如，第二支唱杜丽娘惊梦寻梦的【桂枝香】，道："虽则是想边虚构，也是他缘中原有。（梦得正好，那不凑趣的花片偏要把他惊醒来。还有最妙的是寻梦这一折）恨风光不留，风光不留，把死生参透，只要与梦魂厮守。"便不见于舞台演出，多少可惜！而删改的随意性也将《牡丹亭》生旦离合之来龙去脉切碎了——大概是默认受众都通晓《牡丹亭》情节吧。

《题曲》之表演艺术可圈可点，但就编剧技巧而言，还有提升的空间。从编剧文学性来看，《思凡》高过《佳期》，《佳期》又高过《题曲》。

若当下写《题曲》，该怎么更上一层楼呢？

第一，以"五更"为层次切分载体，不论是五个层次还是三个层次，都要清清楚楚点明时间之流变，并设计随着时间流变而逐步加强的人物情愫。

第二，要设置乔小青与杜丽娘之间强烈的情感联系。她们有着情感的相似度。杜丽娘游园，春色荡漾着她的春情；乔小青孤身凄冷，同样辗转于春情。最终，要将杜丽娘读成乔小青、将乔小青读成杜丽娘——实际上，"似他这样梦，我小青怎么再不做一个儿？""若都许死后自寻佳偶，我岂惜留薄命，活作羁囚？"等唱念，显示原著是存在这些关联的，不足之处仅是交缠不够鲜明深入，也不够有推进感。

《题曲》是《疗妒羹》传奇的第九出，读《牡丹亭》的设置是别有匠心的，后文里，乔小青像杜丽娘一样，以死亡（假死）逃脱了羁囚的命运，得到了美满姻缘。

乔小青的原型人物是才女冯小青，冯小青有诗曰："冷雨幽窗不可听，挑灯闲看《牡丹亭》。人间亦有痴于我，岂独伤心是小青?"《缀白裘》版将"岂独伤心"改成"何必伤心"，演出版则改回了原诗。这首诗是《题曲》之落点，也是本折能产生影响的一个重要原因，还从侧面揭示出《牡丹亭》当年在社会上引起的强烈反响。

# 那一枝不是我的渡舡

## ——《祝发记·渡江》研究

《渡江》讲的是达摩渡江之事。这折戏很简单，没有复杂的戏剧任务，起点"达摩欲渡江北上"与终点"达摩渡江而去"之间只一步之遥，且其间几乎没有设置任何犹豫、盘旋、跌宕，几无编剧技巧可言。那么，《渡江》一折何以一直见演于昆曲舞台呢？

首先，"达摩渡江"典故在中国佛学史上有着卓著的地位。古代不少文人在精神上与佛、与禅关联紧密，该典故大量出现在诗词、雕塑、绘画等一系列文艺作品中。"一苇渡江"，虽有一种解释是说扎了一大束芦苇为舟而渡，但在艺术化的处理与想象中，人们更乐于接受达摩是以"一枝"轻飘飘的芦苇为舟，渡过长江。轻盈的芦苇承载的不仅是达摩一人之重，更是沉甸甸的佛法之重，以轻托重形成了极大的反差，并因之产生了神奇的审美图景，令"达摩渡江"被传唱千年。

其次，唱做并重的舞台呈现是《渡江》受观众喜爱的重要原因。全折除尾声外有五支曲子，以净应工之达摩唱【锦缠道】【古轮台】等，都很见唱功。曲词内容大多与佛学有关，如"【浪淘沙】色相本来空，何异何同？宝珠辨后法界通""【锦缠道】论功德，待会灵山大乘演释，无由运神力"，与俗世隔开了一定的距离。但也有尽力与受众对接之处，如【古轮台】道："多少升沉，好一似来往朝夕。想当初楚汉乌江，曹刘赤壁，桑田沧海，何处访尘迹？从前事，须知一笑也那不直！"这就很像文人之怀古抒叹，既有红尘世味的表达，又胸怀一个佛法世界。

相较于唱，《渡江》做功更为繁重。实际上，昆曲里有不少做工戏，演员运用戏剧程式将做功与剧情糅为一体，使演员和受众在饱满的情感状态中被带动着，也可多少减轻观演时的疲累感，调动互动的热情。而《渡江》极具禅意，与世俗喜乐相隔较远，故演员表演难度更大。

再次，《渡江》中拂尘、袈裟和芦苇这三样独特的道具设置功不可没。

幕启，达摩手持拂尘来到江边，发现没有渡船，决定折芦苇以代之，于是下场取了一枝芦苇上来。演员右手执拂尘、左手执芦苇，在舞台上做出各种造型，恰似要御风而行一般。而后江风乍起，演员放下拂尘，脱下身披的大红袈裟，将芦苇穿入"袈裟"一侧，这一刻，芦苇成了"船桅"，袈裟成了"船帆"。演员或披之于身，或旋转飞舞，做出种种类似《醉打山门》十八罗汉拳的造型。人物与手里、身上的道具融为一体，达摩渡的既是江，也是佛法，还是自己。芦苇代表的轻盈与袈裟指向的佛法之厚重在此合二为一，"一苇渡江"的形象也被定格了。

值得注意的是，在传奇全本中，单折无不肩负着情节叙述的功能，而在它作为折子戏被单独演出时，某些繁杂的连缀上下的情节交代，往往会被压缩或删除。譬如《渡江》之结尾，《缀白裘》版中有达摩念白道："呀！远远望见一队人马飞渡江来，想是王都督的人马破贼成功，奏凯回朝。""王都督破贼事"，观众单看《渡江》，必不知所谓，故而演出版将这些都删去了，达摩远望人马后，直接一句"十年后再见"，便潇洒地下了场。

# 勾取那辜恩贼

## ——《焚香记·阳告》研究

昆曲《阳告》即其他剧种之《打神告庙》，叙弱女子敫桂英在海神庙哭诉王魁薄情寡义，悲愤下自缢而死事。内在情感强度极大，戏剧任务说难不难，说易不易。说不难是因为敫桂英一上场就充满了绝望痛苦，好像离死就差一步；说不易则因为"万古艰难唯一死"，敫桂英并不是一上场就下定了死亡的决心，从生到死，她还有一段戏剧道路要走。

本折之《缀白裘》版和演出版有较大区别，《缀白裘》版开场是"生、老扮鬼判，外上"，随后是海神自报家门。海神、判官、小鬼等庙中诸神，都真实在场，而目前通行之演出版，则将台上神鬼实体尽数删除。

《阳告》层次相对简单。

第一个层次是"求告"，敫桂英内喊"王魁，贼呀"上场。唱完首曲【端正好】后，且念定场诗"只望将心托明月，谁知明月照沟渠"，接着自报家门、叙述前史："想我敫桂英与王魁结为夫妇，相亲相爱，那日他赴京都应试，就在爷爷面前，焚香盟誓，若负奴心，永堕地狱。"随后【滚绣球】【叨叨令】两曲，一支描述当年她和王魁的爱情盟誓，另一支描述王魁中举后负心再娶。

第二个层次是"求告无门"。敫桂英向海神哀告良久，没有得到回应，便转而去求判官、小鬼。演出版里，这些哀求均以念白完成。《缀白裘》版则连用了三支【脱布衫】，边唱边求，曲子内容多述王魁之忘恩负义。演出版之改唱为念，对于舞台节奏之紧凑是有积极作用的。另外值得注意的是，桂英请海神做主的具体"诉求"，演出版语焉不详，《缀白裘》版则强调得十分清晰："望大王爷早赐报应""赤紧的勾拿那厮，与咱两个明明白白地对"，即勾拿王魁魂灵二人对质。

这之后戏剧走向是怎么处理的呢？先看演出版。

它进入了"打神"的层次。诸神对敫桂英之遇"置若罔闻"，桂英激烈言道："我明白了，如今王魁不比从前，他是天子门生、相府娇客，你们都怕他，你们都不敢惊动他，你们笑我敫桂英当初是微贱的烟花女子，如今是被休弃了的贫贱妇人，我一无财二无势，就该受人欺凌、受人践踏的么？"又悲、又怨、又激愤、又无助、又绝望，濒临疯癫。她唱着"休怪我粉拳搏"，将海神庙内神像逐一打坏，舞台上这一大段挥舞水袖打神的表演颇具感染力，但因为并无念白，故还有进一步清晰化的空间。

按说"打神"是一次强烈的情绪发泄，敫桂英在此之后，心中郁结理应有所纾解，她本该是离"死亡"更远一步的。是什么将她推上了不归路？这里有了个新层次—— 一个转折点：桂英走出庙门，听到两声雁鸣，触动情愫："只听得雁声天际，嘹嘹呖呖，耿耿凄凄。他那里惨离群，任孤飞，只是一生一配。"鸟儿尚且如此忠贞，人却连雁都不如！大雁尚能成双成对，她却是孤零零无人相伴。"心窝中疼也不疼，满胸臆气也不气"——敫桂英心中刚刚因为"打神"而适度排解的痛恼，因雁鸣被再度勾起，换言之，雁鸣成为她"自戕"的又一助力。

敫桂英问大雁："雁儿呀雁儿，你叫什么啦？噢，你叫我回去，好，我就回去吧。"她欲行又止，"我若回去，姐妹们耻笑倒可忍下，只是鸨儿叫我改嫁金磊，我怎能受此凌辱？我回不去，我如今无家可归，无路可走，我只有一死了却残生。"显然，这又是一个层次，对其自杀起了新一番作用：她从"回家"一语，竟觉自身已无活路，只有"死亡"是她唯一归宿！这也是昆曲之外，很多同题材地方戏的演绎思路。

最终她解下罗带，道是："罗带呀罗带，可惜你千丝万缕，织就了一段离愁，前世与你甚冤仇，今日留在咽喉左右。"其罗带自缢的造型，惊悚独特。

又，演出版《阳告》可谓唱念并重，但与《缀白裘》版相比，仍少了四支曲子之多。

再来看《缀白裘》版，在"告庙"之后，它的戏剧走势就与演出版分道扬镳了。

首先是敫桂英的"一梦"。她"神思困倦，寸步难行"，蒙眬睡去。接着海神出现，说："你与王魁善恶相关，怎奈阴阳间隔，难以处分。直待你阳寿终时，到我殿庭，与汝明白此事。"意思是阴阳有别，只能等你死之后、上我殿来，我才能为你做主，将事情剖解明白。海神命鬼判将敫桂英"扶出殿庭"，这个细节非常重要！敫桂英一觉醒来，发现原本安睡庙里的自己身在庙外，她由此相信梦中海神之言的真实性！先将"封建迷信"暂时搁置，《缀白裘》版推动敫桂英自杀的情感力量极端而又强烈。她为了与王魁直面相对，为了得到一个公正的判决，竟提早了自身的死亡！她阳寿未终，可悲愤、幽怨、遭受背叛的痴狂，令她等之不及！在《缀白裘》版中，敫桂英的死不是走投无路的终结，而是过程中的一个节点，她义无反顾地奔向幽冥，以获得一个质辩的权力！

综上所述，《缀白裘》版《阳告》着重于"告"，演出版则更重于"打"，当然，与梆子戏《打神告庙》之强烈节奏感相比，昆曲《阳告》怨恨情绪的宣泄并没有那么到位。这也提醒了我们不同剧种在处理与表现同一块"材料"时亦各有各的风格与强项，编剧、导演、演员等主创需要根据剧种特色进行创作创造，将视野放到整个剧种的大范围里考察，发掘、发现自身长处并将之发挥到极致。

# 怎把这重沉沉一个愁担儿消除

## ——《长生殿·酒楼》研究

《长生殿》共有八个折子戏入选《缀白裘》，分别为《定情》《酒楼》《絮阁》《醉妃》《惊变》《埋玉》《闻铃》《弹词》。

其中，《酒楼》即《长生殿》第十折《疑谶》，它在全剧李杨爱情的主线上荡出一笔，也成就了一个以末应工、以丑衬之的经典折子戏。说的是尚未仕进的郭子仪，怀着一腔孤愤与报国雄心来到酒楼豪饮，见杨氏兄妹之嚣张气焰和安禄山之"滥膺宠眷"，更添抑郁，后授官天德军使，发出"俺郭子仪虽则官卑职小，便可从此报效朝廷也"的感慨。

《酒楼》整体结构如下：

第一个部分：郭子仪上场。比较三个版本——《长生殿》原著版、《缀白裘》版及省昆演出版，我们发现，首曲【集贤宾】开唱之前，郭子仪念白皆是："不知何日，才得替朝廷出力也。"演出版则将之修改为："不知何时，才能风云际会也。"人物之胸襟更为开阔，而小小的遗憾是，多少消解了开篇与结尾"可从此报效朝廷也"的呼应关系。

【集贤宾】"论男儿壮怀须自吐"唱罢，演出版又加了一句对内的念白，大意是告知从人，自己要出去饮酒了，有事到新丰酒楼相寻。为什么加这一句呢？原著与《缀白裘》版，郭子仪之被授官，都发生于他从酒楼回到寓所之后；演出版则将旨到的地点改为酒楼之上，旨意由酒保传话，这么一改，舞台地点更集中，也避免了人物频繁上下场的尴尬，而提前向从人报说行踪，也正是为之后酒保传话做铺垫。但"从人们"这样一加，却削弱了郭子仪的孤独感，正如唱词道："怅钓鱼人去，射虎人遥，屠狗人无。"英雄无人可与倾吐之孤独，那茕茕孑立、形影相吊的豪杰形象，因这一声"从人们"而被冲淡了。

与《缀白裘》中郭子仪自从上场就再未下场的处理不同，演出版里，角色在唱罢【集贤宾】"不争的便姓字老樵渔"后，说道"旅邸无聊，不免向大街上闲步一回"，便下场了。

紧接着是《酒楼》第二个部分：酒保上场。该上下场之处理，无疑是为了给丑行以展示表演艺术之空间。试想，若郭子仪自始至终不离场，酒保势必不能将他晾在一旁，故此，《缀白裘》里，酒保上场后，只有念一首定场诗的空间，立马转而接待郭子仪。演出版将整个舞台暂时地让与酒保（丑），不但能保留《长生殿》原著中酒保介绍酒客吃酒的一段念白："凡是京城内外，王孙公子，官员市户，没一个不到俺楼上来吃三杯。也有吃寡酒的，吃案酒的，买酒去的，包酒来的，打发个不了……"还有余力再加上一段"报酒名"。

通过巧妙的人物上下场处理，给各人物、各行当以表演空间，很值得写作者借鉴。

相比《缀白裘》用【逍遥乐】【上京马】两支曲子写郭子仪之闲步酒楼，演出版两曲并一曲，将【上京马】首句"遥望见绿杨斜靠画楼隅"并入【逍遥乐】并做微调，以加快节奏，像这样的对曲牌之删改、合并，在《缀白裘》及舞台演出里，都并不罕见。

《酒楼》是以末行为主的末、丑对子戏，在末、丑就位之后，洪昇是怎样写出郭子仪之孤愤的呢？集中在下面这第三个极丰满的大层次里。其中有两大载体：酒与剑。

先说第一个载体"酒"：无论原著还是《缀白裘》，酒保都只有"上酒科"，没有"斟酒科"，而在演出版里，"斟酒"这一行为不但必要，而且十分突出。郭子仪不断地饮、酒保在旁不断地斟，这就将郭子仪一人饮酒的行为动作"放大"了，并自然引出【梧叶儿】"俺非是爱酒的闲陶令"：他并非贪杯，只是心中块垒，必得以酒浇之！从某种意义上说，郭子仪喝的不是酒，是情感的催化剂。

在"孤愤"的大层次里，分为三小块戏：见杨氏兄妹队伍、见壁上之诗、见安禄山队伍。"杨氏兄妹"与"安禄山"是两个场面戏，原著里，这两番都有直接的舞台呈现，所谓："老旦扮内监，副净、付、外扮官，各吉服，杂捧金币，牵羊担酒随行上，绕场下。""净王服、骑马，头踏职事前导引上，绕场行下科。"《缀白裘》保留了第一番场面，而将"安禄山"事改为酒保叙述："客人姓安，名禄山，万岁爷十分宠爱他……方才谢恩出朝，赐归东华门外新第，打从这里经过，为此嘿是介闹热。"演出版则将过场戏尽数删除，这两番皆由酒保说出，相比来说，舞台更为洗练、纯粹，效果也胜过场面戏：一是增加了丑行之表演，二是增加了想象的空间。

吴仪一评点《疑谶》这一大块戏："两层热闹中，插李遐周冷淡一诗，文情更觉生动。"这话道出了本折核心结构——"两热夹一冷"。"两热"：杨氏、安禄山之队伍；"一冷"：观壁上诗。

原著与《缀白裘》中，郭子仪所见，均为李遐周诗："燕市人皆去，函关马不归。若逢山下鬼，环上系罗衣。"这是带有宿命色彩的，是对马嵬坡之事，对国家、朝代命运的预言。郭子仪读来颇为疑惑，又心头一惊，但觉言外有意，恰似《铁冠图·观图》之图，《桃花扇·题画》画上之诗。实际上，《长生殿》全本五十出，《埋玉》为正中第二十五出，而在繁华伊始之第十出《疑谶》（《酒楼》）里，洪昇已预言了繁华的凋零；全本中与它占据对称位置：倒数第十出，则是《仙忆》，同样具有某种不可捉摸感。

有趣的是，《缀白裘》在李遐周诗前，还加了另一首："世人结交须黄金，黄金不多交不深。纵令然诺暂相许，终是悠悠行路心。"究其缘故，一是为了呼应当时之受众，"世人结交"诗为唐代张谓之作，深入浅出，颇有兴味；二是用这首"俗世"之格言诗，为"燕市人皆去"这首极玄妙的预言诗做铺垫。用心虽好，但从编剧技法来讲，则打破了"两热夹一冷"之戏剧结构。

当下之演出版，在这里则做了一个重大修改，将墙上李遐周诗改作《长生殿》本折郭子仪之下场诗："马蹄空踏几年尘（胡宿），长是豪家据要津（司空图），卑散自应霄汉隔（王建），不知忧国是何人（吕温）。"其意义与指向完全改变了。此诗虽符合郭子仪之心境，却将"谶"与"疑"消解殆尽，将宿命感一抹而光！这首满怀忧国之情的诗被题写在新丰酒楼壁上，意味着还另有其人，与郭子仪怀抱同样的抱负与忧虑！换言之，洪昇想塑造的，是人人陶醉于繁华盛世之时，尚有一个郭子仪向盛世投去了忧虑的目光；而题诗一改，孤傲英雄的形象也被损伤了。

从《长生殿·疑谶》到《缀白裘》之《酒楼》的折名变化，也值得一谈。昆曲中以名词（地名）为名的折子戏很少，多使用动宾结构词语，如《寻梦》《叫画》《题画》《访翠》……《酒楼》之名显然强调了本折发生环境（酒楼）之重要性。创作者深知，欲倾泻人物之郁愤，不能将之局限在逼仄的"寓所"之中，地点换作长安市上最繁华的新丰酒楼，一则空间开阔，二则可借酒宣泄，三则还有了目睹突发事件的可能性：两次外来的力量（杨氏、安禄山）令他的情绪进一步迸发。

再说第二个载体"剑"：当酒尚不足以慰藉郭子仪时，他选择以剑外化情绪。剑就是他心中的锋芒，他一定要亮出这锋芒！原著与《缀白裘》舞台提示里都没有"舞剑科"，这完全是表演艺术家之创造，以【柳叶儿】唱词"咭当当把腰间宝剑频频觑"为依托，创作了一段剑舞以寄托角色之豪情悲愤，并成为演出亮点之一。

这也提醒创作者，写作时也要充分考虑、发掘人物情感外化的可能性及可供寄托的关键道具。斟酒也罢、狂饮也罢、舞剑也罢，用精心的铺排使之成为有效结构。

"两热夹一冷"、剑舞后，郭子仪得到授官的消息，本折进入收尾阶段。原著、《缀白裘》版共有之【高过随调煞】"赤紧似尺水中展鬣鳞"篇幅较长，演出版只保留了最后三句："纵有妖氛孽蛊，少不得肩担日月，手把大唐扶。"

综上所述，《酒楼》之"开篇"（角色分别上场）、中间分"三层次"（两热夹一冷）与"结尾"（授官并与开篇之志呼应）这种"三段式"的结构，及其在表演上用不断地"饮酒"与酣畅的一段剑舞来投射、塑造郭子仪孤愤内心的手法，都很值得后世学习。

# 私心许，目乱迷

## ——《水浒记·借茶》研究

从剧目类型和编剧技法上来说，《借茶》与《玉簪记·琴挑》颇为相像。不同的是，《琴挑》主角行当是巾生与闺门旦，《借茶》行当则为文巾丑和贴旦，故而虽其内核都是"挑"，呈现风貌却大不相同。

《借茶》是一折对子戏。昆曲折子戏里，一般是主角上场先唱引子。《借茶》里阎惜娇先唱了一支【一封罗】，紧接着张文远上场，唱了第二支【一封罗】：从曲牌之布置使用便可见生旦戏双主角的设定，音乐上也形成了对称。

《借茶》第一个层次是写男女主角的"相逢"。编剧首先对人物心情做了铺垫。阎惜娇唱道："教我惜春无计，春光暗移；惜花良苦，花期渐逾。"春心荡漾，唯有如此，后文她之被"挑"，才能风情万种、波澜摇曳。张文远所唱【一封罗】，主体部分则集中在他见到阎惜娇之后，小娘子之娇媚引起他之色欲，并有心"挑"之。

随后，《缀白裘》版阎惜娇再度上场，言道："母亲为何还不见回来？"演出版将这话改成了"好天气也"。就如杜丽娘所言"春色如许"，"好天气"三字，显然指向了阎惜娇的思春情愫。这一调整，是为阎惜娇之"渴望被挑"再垫了一笔。张文远见之赞道："好个标致女子，看他遮遮掩掩，好不动人也！""遮遮掩掩"用得妙极。描述一个美人，或者一种心情，与其写得一览无余，不如"遮掩"一些，反而会挑起受众进一步亲近探究之心。接着阎惜娇之言"母亲为何还不见回来"亦有深意。倚门自诩，表面上看是在等母亲归来，实则是告诉张文远自己当下的独处状态：这是一个安全的"偷情"环境，此情可"挑"。

完成男女主相逢第一个大层次后，本折进入第二个大层次，即借茶之主体部分。显然张文远借茶无关口渴，而是心渴。"借茶"以自然事态之发展划分出小层次。戏剧创作中，情感是可以排列的，在《借茶》中，与情感排列相呼应的是自然事态之排列，并与男女主互"挑"关系形成对应。譬如，讨茶、等茶、饮茶……像这些"理所当然"的小步骤，作者丝毫不肯放过，每个步骤都成了相"挑"、互"挑"的载体。

先看"讨茶"。一番拜揖后，张文远第一句话便是"挑"："学生寻芳到此，一时火动，渴吻难熬，敢借香茶一盏，胜似琼浆玉液。"此处的"一时火动"，指情欲之火中烧。这种夸张的说法，是对阎惜娇的试探。当阎惜娇有所回应时，张文远便能再进一步。果然，阎惜娇别有风情地回应："你要吃茶么？冷的便有，热的不便。"值得寻味的是，前"冷"后"热"是《缀白裘》版文本，演出时演员将之错说为"热的不便，冷的便有"。再一想，调改得好！先"不便"，再"便有"，让张文远听了，先失望，再活泛，也可见阎惜娇之拿捏"反挑"，且与张文远之回答"冷个？极妙个哉，无非煞火个意思吓"，前后文衔接更流畅。所谓"煞火"，又是一"挑"，阎惜娇心领神会，回应道："你站在此，待我进去取来。站在此不要动吓。"正如张文远语带双关，阎惜娇这话也包含了两层意思，明面上看，是让对方不要往屋里闯，内里之意，则是叮嘱张文远不要离开。随即，阎惜娇进屋，此时演出版加了一句张文远的念白："当心不要别坏这双小脚。"挑逗之意鲜明可见。

讨茶之后是"等茶"，作者用一支【醉罗歌】来处理，既让张文远直抒色心，也给去幕后取茶的阎惜娇留出时间。演出版则对整支【醉罗歌】做了部分删减，以便更快速进入第三个层次：饮茶。

作者将"饮茶"拆分得十分细致，"饮"出试探、"饮"出挑弄、"饮"出风情。

首先，是在哪处饮。张文远问："阿可以让学生拉门角里吃子罢？"阎惜娇点头后，演出版加了一句张文远的话："学生老老实实进来吃茶了。"表面上看没有任何不轨，实际上指向的，却是"不老老实实"的"不轨"之心。

其次，在将茶"放在桌上"还是"授在手中"的小盘旋之中，是"试饮"，张文远用中指蘸了一下茶水，发现是热的。阎惜娇告诉他"是才烹的"，可见她之于他的上心。张文远趁机继续"挑"道："又要小娘子动火了。"调侃阎惜娇是不是也动了情欲之火。此时阎惜娇若无回应，受众兴许还意识不到这一"挑"，故而作者设置阎惜娇做出了一个责备的反应，张文远应声："失言失言！"故作失言，恰恰是强调、是提醒。

具体饮茶时，有很别致的两块戏："两猜"。它不见于《缀白裘》版，完全是演出版之添加。张文远一猜茶叶，是雨前还是毛尖，是碧螺春还是龙井。一面猜，一面伴随着推桌子相"挑"的行为。二猜茶水，是天落水还是河水，是井水还是泉水。二猜又伴随着撞肩膀相"挑"的行为。男女主角的互动在"两猜"中推进。"两猜"之后，张文远唱了一支："茗借，茗借，怜崔护；消渴，消渴，甚相如；琼浆一饮自踌躇，怎将玉杵酬高谊？"继推桌子、撞肩膀之后，张文远蹲下，用扇子挑起阎惜娇的裙角，看向她的小脚，并将茶水弹在她脸上。对于这一系列越来越"亲狎"的举动，阎惜娇似嗔实喜，乐在其中。

饮茶后的层次是"闲叙"。大概分为三个小层次。一、问姓名。张文远在"阎""钱""田"的发音上盘桓，最终落到"学生将来也要姓阎哉"，"挑"（暗示）二人将合成一家，阎惜娇嗔怪之后，他又借道"失言"，心中满是得意。二、问家人。得知阎惜娇母亲去亲戚家时，演出版加了一句张文远喜道："今朝真的走着哉！"三、看房子。这第三个层次，亦是演出版之所有。张文远借看房子，想走入阎家内室，阎惜娇以"家母回来了"笑嘻嘻将张文远骗出屋外。这似乎是本次"相挑"之收束，作者犹嫌不够，又设置了"双骗"，被骗出房门的张文远假扮阎母之声，骗阎惜娇又开了房门。阎惜娇嗔笑着将茶水泼向张文远，呼应着张文远之前的"弹茶"，二人之打情骂俏，在这一弹一泼之间，显露无遗。

房门再度关上，演出版给张文远加了四句下场诗，可他并没有干干脆脆地下场，我们看到在《缀白裘》版里，还有张文远"认门"的小回旋，演出版放大了这个举动，在门联的"来"字上做足了文章，并增加了与受众互动的趣味性表达，为张文远与阎惜娇的下次重逢做铺垫。

　　"相逢"—"讨茶"—"等茶"—"饮茶"（"试饮""两猜"）—"闲叙"—"双骗"—"认门"，《借茶》无一处不双关、无一处不调情、无一处不欢悦，文本与表演之相得益彰，成就了这折妙趣横生的文巾丑与小六旦的对子戏。

# 愁人莫与愁人说

## ——《艳云亭·痴诉点香》研究

《痴诉》《点香》是两折戏，各有一套完整套牌，然而从结构上看，它们却是一个整体。其样式为对子戏，主角是以丑应工之诸葛暗与以贴应工之萧惜芬。他们同为社会底层之人，一个是盲人算卦先生，一个是被人欺凌的装疯丫头。

《痴诉》之始，诸葛暗上场首曲之【六幺令】"叫神仙，口儿打诨将人骗"，自述生存状态，靠坑蒙拐骗赚取口粮，低到了尘土里，多么卑微！其自报家门时还特别交代了一句"自从放子洪相公去，恐怕有是非轮到我，不敢出门做生意……"寥寥几笔，却将一个真实、贫贱的小人物活画出来。他行了正义之举后，非但没觉得自己是个英雄，反而怕惹祸上门，缩头不出，直等到风平浪静，才敢出去谋食。

接着剧本转入对萧惜芬之描述。没有惯见的自报家门，也没有点破她之装疯卖傻，而是安排了一付一净演坏孩子，拿砖头当糕片骗痴丫头吃，以表现萧惜芬饱受欺辱之生活状态。一付一净所唱曲牌也是【六幺令】，相同之曲牌选择指向了诸葛暗与萧惜芬对子戏人物之对称性。

坏孩子戏弄萧惜芬时撞上了诸葛暗的卦摊，诸葛暗横扫盲杖赶走了他们——作者用这种看似随意的方法，极快地勾连上了两个主角，继而进入《痴诉点香》之主体。起点是二人之相遇，前史是有人告诉萧惜芬，遇见诸葛暗会是她人生的一个转折点；终点呢，是诸葛暗给萧惜分卜了一卦，说她就要否极泰来了。从起点至终点，这段路途的走法，仅看《痴诉》或仅看《点香》，还看不清晰，将它们合为一折，才发现其大结构是"三诉"：贴向丑的三次倾诉。

萧惜芬第一次说"我有话要告诉你"时，诸葛暗还有些好奇。萧惜芬先唱了一支【斗鹌鹑】"他把我小痴儿终日胡缠"，叙述她被欺凌的漂泊生活。诸葛暗于此之态度是关心的，他问她"日里那亨""夜里那亨"，又道"你痴便痴，也要存子点丫头家廉耻"，看似嗔责，实则充满关切。

到萧惜芬唱【紫花序】"俺痴儿何曾背了纲常典"时，诸葛暗的态度开始转变了。他不是越来越同情与关心她，而是向反方向、向全然不似个正面人物的方向转变，转为了"戏弄"，作耍般地让小痴儿叫天叫地以取乐，所谓："（丑笑）个个痴子要哭天就哭天，要哭地就哭地，直脚痴弗杀个哉！"

自述到第三支曲子【柳营曲】"小痴儿也非是颠"时（萧惜芬之自述唱词，多以"小痴儿"开头，声声哀诉，极有特色），诸葛暗之态度已变为不耐烦，换言之，在"一诉"的大层次中，通过一个个小回合，诸葛暗之反应不断"往下盘旋"，真实细腻。

小痴儿问道，"恁与俺将八卦安排，何日有个团圆"，夺走了诸葛暗的卦筒，诸葛暗以起卦为由将卦筒骗到手后呸道："我与你起八八六十四卦，你也没一个好日子。"贫苦人生，已将诸葛暗压到不堪重负，他没兴趣也没气力"同情"别人，只希望这痴子快走，免得搅了他生意。然而，就是这样一个简直没"资格"拥有同情心的人，最终——人们看到，却保留了他最质朴的善良。

接着萧惜芬一口气唱了【小沙门】"小痴儿，也有个椿萱"与【圣药王】"小痴儿，桌儿上，有美羹甜"两曲，诸葛暗已懒得搭理她。这时，唱段中之"夹白"频繁出现。萧惜芬嗟唱其人生命运时，诸葛暗不断咕哝他自家的艰难。昆曲中，要特别慎用夹唱夹白，以免相互搅扰，为什么《痴诉》里这一段却成了经典？为什么男女主角相互搅扰，无论唱还是念，受众都无法得到完整享受时，却仍觉得很好看呢？因为这正是作者或者说是戏剧情景所追求的效果，其目的不是欣赏唱念，而是表现两个贫寒人各行其是的底层生活，他们，光是要维持自己之生存，就已经筋疲力尽了。

诸葛暗根本没有心情听萧惜芬"白嚼蛆"，生意做不成，只好收摊，这里进入了"二诉"。在絮絮叨叨数曲之后，萧惜芬第二次说："先生，你不要去，俺还有说话哩！"但这时，诸葛暗只给了她唱一支【调笑令】的"耐心"，便破口骂她"臭花娘"，相互拉扯间，还将萧惜芬重重一推！

这一推，既是要给诸葛暗一个下场的契机，也令他的善良透了一线。萧惜芬被推后，跌落在地，暂时昏厥，诸葛暗看不到她的状况，担心她跌杀了，于是轻轻叫唤，确认她无事后才逃也似的下了场。而《痴诉》也结束于萧惜芬再访诸葛暗的决意。

"三诉"之地点由卦摊变为诸葛庙，这也正是《点香》最主要的内容。那么《点香》为什么不叫《诉冤》呢？因为这一折戏里，最精彩、最有个性处是诸葛暗之表演，以处处有程式又处处不见程式的松弛自然的丑行艺术来表现诸葛暗之日常生活。看上去与主要内容无甚关联，却指向了更高的艺术价值：悲悯。

诸葛暗上场之唱【秋夜月】"一个痴儿一个瞎"，这科诨多么悲凉、多么哀冷，你听了，想笑又笑不出，甚至觉得你想笑的情绪都是很残忍的。昆曲舞台以自我调侃的方式，将一个盲人的贫苦、无助、卑微，以丑行之具有审美价值的表演展现给受众，让人一面"欣赏"，一面又不忍心"欣赏"，真是震撼！《痴诉点香》是一部伟大的作品，它用喜剧的方式，细细描绘生活最苦难的模样，饱含着对生命的悲悯，尤其是表演艺术为文本增色颇多。

演出版还对《缀白裘》版做了微调。比如，《缀白裘》中诸葛暗去隔壁借火："徐亲娘说道：'先生，阿是兜火烧夜饭吃？'我妆个假官勉，说道：'正是。'徐亲娘说道：'先生，我里有现成泡粥拉里，阿要吃子一碗去罢？省子亦要自家去烧。'我也正用得着哉，说道：'那亨多谢介？'吃子厚掇掇介三大碗，吃得饱支支。"演出版放大了诸葛暗之"装腔作势"，徐亲娘问为什么借火时，诸葛暗张口就答"借火就是要烧晚饭吃了"；徐亲娘问他要不要吃泡粥时，演出版改为诸葛暗嘴上一面说着不要不要，一面连吃三碗。不用凄苦的方式，而用"侥幸"的、"欢乐"的方式，来描摹困境。

另外值得注意的是，表现盲人生活时，作者在小层次上，用的都是"两份儿"，即对称的双重方式。譬如，诸葛暗发现庙门洞开时一猜贼二猜狗；点香时一头没点着再换一头点，"当着不着，两头都着"；睡觉时板凳这头睡不着，再换一头睡。精彩的表演塑造出了昆曲舞台上独一无二的形象。及至"香点了，门关了，火熄了，肚皮饱了，睡吧、睡吧……"他细碎碎的贫穷生活已被表现得酣畅淋漓。

随后，萧惜芬闪身而出，开始了第三次诉说。直到这一次，诉说才真正打动了诸葛暗，令他产生了"将心比心"的"同情"。诸葛暗唱【步步娇】道："正是愁人莫与愁人说。"明面上说痴子不知盲人苦，内在展示的却是"愁人"之间的动容关切。萧惜芬自述坎坷命运这一段，编剧写得中规中矩，结尾却颇有意思。

萧惜芬说，毕弘告诉她，若遇诸葛暗便会否极泰来。诸葛暗反骂毕弘道："我又不是神仙能变法，又不是豪侠有枝节。"始终不脱小人物之性格底色。那么，《痴诉点香》之"结局"是怎样的呢？是诸葛暗很虔诚、很有仪式感地、认认真真为萧惜芬卜了一卦，告诉她卦象显示，她很快便能与亲人相会。是不是作者想不到其他解决办法了，只好这样"装神弄鬼"？并不是的。《痴诉》首曲，诸葛暗已自述了他卜卦之实，是"口儿打诨将人骗"；《点香》将终，他道："小姐要问终身，这又何难？待我卜一课便知端的。"这是一次善意的欺骗，是他唯一能用来慰藉这个比他更可怜、更悲惨、更走投无路的生命的法子，给她继续忍受苦难的信心与信念。

诸葛暗唱的末曲【清江引】，《缀白裘》版的词为"教我听言词，数尽残更夜"，演出版则改为"教我泪珠儿，洒尽残更夜"，加强了情感感染力；而《缀白裘》中萧惜芬的自叹"那有女儿家受这般凌辱也"也被演出版改为诸葛暗之唱："她是个女儿家，怎生受这般凌辱也！"

尤其还有一句，诸葛暗对萧惜芬道：倘若冷，还有个锅盖拿去盖。这等苦涩之科诨，既暖到了极处，又冷到了极处！

《痴诉点香》以萧惜芬对诸葛暗的三次倾诉为段落划分，其欣赏点不在于萧惜芬人生真相之步步揭示，而在于两个在尘土中翻滚的卑微、善良、无助的生命，怎样相互倾听、相互慰藉。从中我们看到了作者对底层之凝注、关切、悲悯与尊重，其深沉深刻，难得至极！

# 青山今古何时了

## ——《琵琶记·扫松》研究

《扫松》讲了件极悲哀的事，儿子离家求取功名，锦衣玉食、富贵荣华，父母却在饥寒交迫中辞世，子欲养而亲不在，只剩个老邻居照看坟台。现代编剧很可能会以悲剧手法来处理这块"材料"，《扫松》却运用了大量科诨技巧，竟令它带有某些喜剧性的元素。事实上，我国古典戏曲有它独特的审美趣味，譬如，《奇双会·写状》，父亲李奇下死因牢待斩，女儿女婿写辩冤状时，还在"打情骂俏"、一派轻盈。古代作者写作折子戏驾驭之自如度、掌控力极高，文人趣味与市井趣味融为一体，悲喜交织，十分独特。

《扫松》是个以张大公（外）为主、李旺（丑）为辅的对子戏，行当设置令科诨有了安置空间。

全折大致可分为三大层次与一个"余韵"。

第一个层次：张大公上场并坟冢荒凉。首曲【虞美人】"青山今古何时了"传唱很广，接连之后的【步步娇】一道，通过给故人扫坟写尽了人间沧桑、生命无奈。《缀白裘》版，开场为"【虞美人】—定场诗—自报家门"的顺序，演出版将之调整为"【虞美人】—自报家门—定场诗"。黄叶飘飘、厮赶狐兔、松楸渐疏、笋进泥路，每个细节都显示着坟墓之颓败凄冷，而这正是为了与之后李旺带来蔡伯喈极荣极贵的消息形成对比，从而引发张大公的愤怒。

第二个层次：李旺上场并蔡伯喈之富贵。李旺"问路""报名"这段戏，相比《缀白裘》版，演出版做了更大的延宕和夸张。尤其是"报名"，像这一段："（生）但不知你老爷叫甚名字？说得明白，指引得明白。（丑）阿哟哟哟！老爷的名字谁敢叫？前日有个人叫了俺爷名字，拿去砍了，还问了三年的徒罪哩。（生）一个人死了也就罢了，又问什么罪?（丑）老公公，你有所不知，俺老爷是死也不饶人的。"以及随后李旺在张大公耳边左右两番咕咕哝哝、遮遮掩掩将个名字念得含含糊糊，甚至相互斥对方是"聋子""哑子"，及至最终，极大声、极夸张地报出"蔡伯喈"之名，这都是科诨调笑，又都是用"报名"这么个小细节，极写蔡伯喈之权贵。

两下对比，张大公怎能不怒从中来？戏自然而然进入第三个层次，也是本折之主体：怒打三不孝。

这个大层次又分为三小块戏。

第一块戏：叙述前史。张大公以埋怨、斥骂的方式，把蔡家老夫妻之死，尤其是赵五娘侍亲之事叙述了一遍，将《琵琶记》著名情节如吃糠、剪发、筑坟、寻夫一一唱出。值得注意的是，《缀白裘》版里，听者李旺反应较为平淡，演出版则增加了不少李旺的念白，加强"捧哏"感，以追问与"世间少有"等赞叹，彰显赵五娘的贤德。

第二块戏：打三不孝。这块戏很重，也很有趣。试想，若坟前跪着的是蔡伯喈，戏必定呈现完全不一样的面貌。恰恰是李旺替蔡伯喈跪在坟前祭奠，才会有张大公"我说一句，你跟着念一句"这个情境设置中产生的种种喜剧效果，仅仅"你叫什么名字"一句，便再三错位盘桓，令人忍俊不禁。张大公一本正经地"打"，李旺这个局外人却是滑稽调侃地"受"。一方面，"生不养、死不葬、葬不祭"之"三不孝"被醋畅地痛骂了出来——且演出版还补充了一大段直斥蔡伯喈的有力念白，加上拄杖之打，充分满足了受众对赵五娘之同情、对蔡伯喈之谴责的心理；另一方面呢，代人受过、被打被骂之李旺，又消解了受众的愤怒。实际上，作者之意，并不在于引发观众对蔡伯喈行为之怒气，毕竟，《琵琶记》全剧指向，是"全忠全孝蔡伯喈"。编剧技巧与编剧意图紧密关联，完成了"角色极怒，受众不怒""情境极悲，受众不悲"这个几乎不可能完成的戏剧任务！

第三块戏：解释。既是"全忠全孝"，就需要用"三不从"来否认"三不孝"。即"他辞官，官里不从；辞婚，牛太师不容"，而"辞试"呢？李旺骂道："是那一个亡八人的叫他去的？"张大公回答："小哥，你不要骂，是我老汉再三强要他去的。"喏，戏剧性、喜剧性又来了，"始作俑者"便是"怒打三不孝"的张大公。他骂了一圈、打了一顿，发现源头绕回自己身上了！"三不孝"之骂，当然更站不住了。

全折在三个大层次后，还有个"余韵"：我们看到，原本寻常的下场在《扫松》里被特别处理了。张大公、李旺二人都念过下场诗了，正待分头而下，竟又围绕"留宿"与"记挂张大公"，多做了一段不短的、不紧不慢的戏。无论是李旺说自家睡相不好，张大公说我家老妻睡觉打鼾梦游与你一样件件不少，还是李旺说蔡伯喈在京时时日日想念你张大公：吃饭想、喝茶想，上茅厕时也在想……都是纯粹的插科打诨，看似随意，却蕴藏着我国古典戏曲特有的情趣。

综上所述，《扫松》将蔡伯喈之荣华写到了极致、将其父母的悲惨写到了极致、将赵五娘之贤惠也写到了极致，整体却几乎笼在了喜剧的气氛里，这与编剧技巧，尤与人物行当设置紧密相关。我国传统折子戏的创作者，面对类似材料，往往也有丰富的变化，或以悲诉喜、或以喜演悲、或悲而又悲、或喜上加喜……其驾驭文字的自信与把控力，很值得当下创作者借鉴学习。

# 借测字，慢慢探真相

## ——《十五贯·访鼠测字》研究

《缀白裘》收录的《访鼠测字》（以下简称《访测》）文本较为烦琐，演出版实则是《缀白裘》版的"节选"。其"不完整性"直接体现在本折两个人物——娄阿鼠（丑）、况钟（末）之上场，都没有依循规范，不唱【引子】，没有定场诗，也不自报家门。不过，演出版却完整体现了《访测》最精华的部分。

《访测》面对的，是个几乎不可能完成的戏剧任务。微服私访、乔装打扮之况钟首先要判断娄阿鼠有罪，其次要拿他归案，甚至，还要令他"心甘情愿""感恩戴德"地随自己去正在缉拿凶手之苏州府，何况娄阿鼠之个性，还是这样的奸狡多疑！

《访测》是怎样做的呢？就围绕着一个"鼠"字！戏的开头，娄阿鼠欲卜签，况钟建议不如起数，道是他随口说一个字，便知来事吉凶。娄阿鼠道出了"鼠"字，《访测》之主体，是"十测'鼠'"。换言之，"鼠"字被作者拆测了十个解释、十个层次。当然，这十个层次并不是孤立的，也分为了小的层次和大的段落。

第一个大段落是"破题"，包含了第一个层次："官司"。娄阿鼠道自家欲测"官司"后，况钟以"鼠"解道："'鼠'字十四笔，数遇成双，乃属阴文；况'鼠'又属阴中之阴，是幽晦之象。若占官司，急切不能明白。"为稳住娄阿鼠，故而解得笼统，再观察其反应慢慢往下深入。以丑应工之娄阿鼠开脸图案勾了个鼠形，表演上时刻不忘模拟老鼠形态，主要以一张条凳为核心道具展开表演；况钟呢，就在娄阿鼠畏畏缩缩、抓耳挠腮、上蹿下跳的举动中抽丝剥茧、判断与明确真相。

第二个大段落是"案情"，包含了第二、三、四、五个小层次，即二、三、四、五测。"二测"，问"自占"还是"代占"。娄阿鼠推托是"代占"，况钟仍拿"鼠"说话，道："鼠为十二生肖之首，岂非是个造祸之端？"猜他不是"代占"而是"自占"，但在这个回合里，娄阿鼠并没有承认。于是有了"三测"之"偷盗引起官司"与"四测"之"所偷盗之家姓尤"，这极准确、尖锐的两测令娄阿鼠惶恐不已，而况钟又两次围绕"鼠"做解释："鼠性喜于偷窃"与"老鼠久惯偷油"，故而测得。娄阿鼠也因之经历了两番从惊恐到不信再到松一口气的心理过程：原来不是怀疑我，而是冥冥之中自有天意，是测字测出来的，不是判案判出来的，岂知这测字之人，正是断案之人，测字的过程，也是将案子断得清清楚楚的过程。况钟句句谈官司，句句打在娄阿鼠心上，又句句不离"鼠"字。在"三测""四测"之"准"后，有了第五测之"吓"。

当娄阿鼠问最近可有连累时，况钟回答："如今正是败露之时了。"因为"你是鼠字，目下正交子月当令之时，自然要明白了"。继精准无误的"偷"与"尤"后，娄阿鼠之心理节奏已完全被况钟牵着走，此时又来一"吓"，再由不得他不信，慌忙问道能否脱身。况钟则杀了个回马枪，将话题重新甩回"二测"，问他："果然是代占还是自己占，说明白了我好实断。"《缀白裘》版里，娄阿鼠赶紧痛快承认了"自占"，而演出版在这里加了个小小的回旋，让娄阿鼠又纠结了片刻，终于还是认下了"自占"，至此，第二个大段落便完成了。注意到，它实际上是用"代占""自占"做了包裹，"两准一吓"的层层深入更至关重要，任何小层次的颠倒都可能破坏戏剧情势，若无"两准"，娄阿鼠必定不信；若无"一吓"，他也必不慌张求助。

第三个大段落是"何去何从"，之后的第六、七、八、九、十测都是这个段落的组成部分。

"六测"指向"逃窜"："空字头着一鼠字，岂不是个窜（窜）字？就是逃窜之窜。"况钟指引娄阿鼠逃遁，正是为了拿他归案。作者极缜密地编织着戏剧走向，从"六测"到"十测"，都与这"罟"相关。

"七测"指向"逃之时间"："鼠字之首是个臼字，两半个日字，元是一日之意。若到明日，就算两日了，那里还走得脱？"

娄阿鼠还在犹疑，道："天色黑了，有些不便。"况钟紧接着有了第八测："鼠乃昼伏夜动之物，连夜走最妙的了。"娄阿鼠之念白内容与程式化动作，都与"鼠"生性多疑呼应。况钟呢，看似每一测都在为娄阿鼠着想，围绕着"鼠"字千变万化地拆解，让娄阿鼠越来越相信他，以至于将身家性命托付于他。

逃窜时间说定了，那么去往哪里呢？换言之，况钟怎样将娄阿鼠骗到苏州府呢？"九测"，他用天干地支之说诱道："鼠属巽，巽属东南，东南方去才好。"怎么去呢？"十测"回答道："鼠属子，子属水，是水路去好。""水路东南方去"，娄阿鼠转念一想，这不是自投罗网吗？演出版里再生疑虑，况钟轻飘飘一句"搜远不搜近"令他又释然了、欢喜了、高高兴兴乘上况钟的小船同行了。

以上三大段落、十个层次之"十测"，围绕着"鼠"展开了"拆字"（笔画数、加"空"字头、拆"臼"等）、"干支生肖"（十二生肖之首、属子、属巽等）、"生物习性"（喜盗窃、爱偷油、昼伏夜出等）多方面的拆测，一层一层，剖析极细，杀人大案之判断与娄阿鼠之去向也在这微而又微的十次拆解中完成。从破题（一测）至自占（二、三、四、五测），再至去向（六、七、八、九、十测），后半部分节奏明显加快，是在逐渐得到娄阿鼠信任以至引发其"敬畏"之心后戏剧情势使然。

古典戏曲塑造人物性格，多以人物行为来彰显、从事件中塑造。比如，况钟之智慧、胸襟、进退自如的个性特点，就体现在"测字"时有条不紊地层层展开、拆解之急智与笃定的旁观之中。与他的"稳定"不同，娄阿鼠精神状态则一直在跌宕变化，多疑之个性也表现无遗。每当况钟准确道出官司内情时，他便很紧张，生怕自己暴露了；而当况钟告诉他是从"鼠"字测出时，他又忽然放松了。其在惶恐与侥幸之间的摇摆，贯穿了全折。

演出版里，在下场前，还有所创造。娄阿鼠忽然道"你不是测字先生"并故意停顿，误导观众思考他是否识破了况钟，再话锋一转："你是我娄阿鼠的救命王菩萨！"用语言造成的小跌宕、小悬念，也很有戏剧效果。

再看下场时的表演。况钟道："老兄随我来……来来来！"第一个"来"字，冷萧萧锋芒尽显，提醒受众他真正的身份，再迅速地转为热情以麻痹娄阿鼠；他抓住娄阿鼠之双手，二人下场，其画面感活像娄阿鼠双手被缚被缉拿归案一般。整折《访测》中，况钟都隐藏了身份，甚至没有一句"打背躬"，直至大功告成之时，才以这样独特的表演方式来表现。

另外还有三点值得注意。

一是载歌载舞是昆曲重要的剧种特色，可《访测》几乎完全以念白完成。然而它高度凝练的舞台程式、高超精当的行当，尤其丑行表演艺术，都是昆曲所特有的。

二是戏剧之审美价值。娄阿鼠是个杀人犯，但人物丑行的开脸、拟态老鼠之表演等，都具有审美性。王传淞老师的表演广受赞誉，《十五贯》更被称为"一出戏救活了一个剧种"。

三是公案戏以破案为全剧高潮，《十五贯》最精彩的"破案"——《访测》，就这样轻松有趣、极具观赏性地完成了。这既很少见，也可看出中国古典戏曲之趣味方向与编剧技巧。

# 心猿意马，教我好难拿

## ——《蝴蝶梦·说亲回话》研究

《说亲》《回话》通常连在一起演出，颇有意思的是，《蝴蝶梦》田氏一角，根据不同戏剧情景与表演处理，其气质兼糅了正旦、闺门旦、贴旦、刺杀旦等一众旦行家门特色，舞台风貌变化琳琅。

《说亲》与《回话》的主体均可分为三个层次。

先说《说亲》。

《说亲》开场部分，田氏登场，通过【引子】与【锦缠道】两支曲牌，表现其在丈夫逝世后的孤寡寂寞与得见王孙后的春情荡漾。值得一提的是，舞台表演艺术增加了点睛之笔——象征春情的红手帕。在庄周灵前，田氏一身缟素，手上却拿了块红手帕。独处时，田氏毫不顾忌地转着红手帕，一旦有他人到来，她就赶紧将手帕塞到袖里，遮遮掩掩，等人离去，自家又开始把玩帕子。表演用"藏"的方式表现"露"，为了突出红手帕，还特意将其掉到地上，田氏拾起的过程运用了程式化的表演，表现她既愧疚又欢喜的复杂心情。红手帕这个道具在《缀白裘》原文中是没有的，但恰恰是这个不着一字的艺术添加，在整片素白之中凸显一抹红色，突出而刺眼，将人物在极端情境下的内心世界刻画得极为细腻。

随后，净行老蝴蝶上场，这部分是很明显的对子戏。田氏急切地想向老蝴蝶询问王孙是否愿与自己结亲，但又想微微拿乔一下，以示矜持，于是几次以退为进、欲问还推，假意关心老蝴蝶喝醉酒，说道："只是有话问你。咳！可惜你醉了。明日来罢。"实则表现自己有话要问的急迫。老蝴蝶的回复也格外调侃，他一方面故意装作听不清田氏所问的"伊家"，用谐音"米价"的错听和装吐的行为戏耍田氏，另一方面又想勾留着她继续暴露心意。当田氏赶他走时，老蝴蝶往上凑；而当她打听王孙消息时，老蝴蝶又往后退，形成了人物之间此消彼长的对称关系。此外，表演艺术在《缀白裘》文本基础上还增加了一个回合，形成二赶二留的戏剧动作。

接下来田氏三问和老蝴蝶三答是《说亲》的主戏部分。其实在三问之前，田氏与老蝴蝶的对话反应，已使戏往调笑逗乐的方向进行。真正进入三问环节，老蝴蝶还是用充满戏剧性和情趣的语言行为做回复。

田氏一问"你王孙有多少贵庚甲"，《缀白裘》版回复是"足足能个廿三岁哉"，演出版则加了一番科诨，老蝴蝶答道已六十三岁了，又打趣道错，说的不是王孙而是自家年龄。况且，老蝴蝶是带着醉意上场的，"醉"给了表演艺术以空间，他之信口开河、答非所问或者醉酒欲吐，都是在给戏剧增加情趣和某种延宕感，让田氏的表演艺术有更明显的收放。比如，田氏一边很嫌弃地捂鼻扇风，一边继续询问王孙消息，都表现了她对这门亲事的急切。

田氏二问"不知可曾联姻何族，入赘何家"，此处再度运用科诨，老蝴蝶将王孙比喻成高不成低不就的"四方鸭蛋"，道明他还未娶亲的事实。

到了三问，也是最关键的部分，田氏问道："你公子要娶何等样的人家的呢"，这里有一处很充分的盘桓。老蝴蝶先是欲言又止，随后又道："说出来夫人要见怪个了"，欲说还休将田氏引逗得越发想听。其实田氏心中已有模糊的预感，她怀着欢悦的心情说不怪老蝴蝶，让他只管道来。当得知"我里公子弗娶便罢，若要娶个时节，要像夫人能个样标标致致个方才要丒"时，田氏一方面欣喜，一方面故意问"公子果有此话"再次确认。至此，三问结束。

注意到，《说亲》之容量不大、演出时长也较短，作者处理"三问"三个层次时并没有均分。无论第一个层次问年龄大小，还是第二个层次问婚娶与否，都比较快地用科诨打趣来完成，而到了第三个层次，问公子要娶什么样人时，因为回复直接指向了田氏本身，所以这一问所占分量以及所运用的戏剧技巧，相较于前两问明显丰富。这种处理方式值得当下编剧借鉴。"三"的结构形式常见于戏曲创作，编剧在处理时往往习惯将"三"均分，但均分会导致戏剧节奏变化感不强，最重要的内容无法突出。有时恰恰要在分完层次之后，再破一破平均，根据要突出的戏份来进行占比的重新分配，让戏剧在重点层次上进行最大幅度的盘旋演绎。

三问结束后，《说亲》要交代的主要内容已经完成，但是剧作家仍没有放弃对田氏迫切心情的刻画与对舞台情趣的渲染，通过田氏两次叫转老蝴蝶以及红手帕之跌落重拾来加以表现。

再看《回话》。

与《说亲》三问相对应，《回话》最主要的三个层次由王孙不愿结亲的三个理由及田氏对这三个理由的反驳构成。

这折戏开场，田氏焦急地等着回信，随后老蝴蝶上场，又一次用错听谐音的方式打趣田氏。田氏问老蝴蝶"亲事"如何，《缀白裘》版老蝴蝶故意听成"金子"，演出版则故意听成"亲嘴"，把回复往后延宕，让剧中人和观众都迫切地想知道答案。

紧接着，面对田氏追问，老蝴蝶的回复也颇见编剧技巧。他先道亲事不成了，话音未落，挨了田氏两记耳光，又被啐了两口挨骂混账，此为一抑；待田氏稍微平复后，又说其实王孙对于这门亲事，心中是欢喜的，此为一扬；当田氏重燃希望之时，再说虽然王孙心中欢喜，却又有所惧怕，又为一抑。剧作家有心安排的"一抑一扬一抑"三个小层次，不断拿捏收放田氏的内心。

进入主戏部分，老蝴蝶先道出王孙"心惊怕恐"的第一个理由："公子道，堂前摆着凶器，心中有些害怕。"此处"凶器"指灵堂前庄周的棺椁。对此，田氏唱了一支曲牌【喜迁莺】，急匆匆提出让乐人工将棺椁抬到空房供奉，显然已对亡者不敬。

接着，老蝴蝶道出王孙推辞的第二个理由："公子说，与先生有师徒之称，不好行此吉礼之事。况公子才学万分不及庄先生，恐被夫人轻慢。"田氏用以反驳该理由的言行越发过分。她回道："他沽名钓誉，德劣才庸，虚名败检，有眼如盲，代寡妇扇坟，太不通。岂是道德名公？提起叫人怒冲冲！"直指庄周是个假道学、伪君子，将亡夫之品行学问尽皆抹倒。此处演出版添加了一段田氏叙述庄周帮小寡妇扇坟的念白，通过对庄周行为具体的、进一步歪曲诋毁，以表白甚至讨好王孙。

到了第三个层次，编剧引进了一个新人物——小蝴蝶，让他来转述王孙拒绝田氏的第三个理由，为的是打破"三拒"均匀、重复的单调感。又，老蝴蝶、小蝴蝶之角色身份设定及对应的摇动水袖如翅膀扑打的程式表演，呼应庄周梦蝶，也极具巧思。小蝴蝶说："我里公子说，婚姻大事，必须连夜回去告知楚王，择日送了聘礼，然后再来成亲便了。"田氏一听王孙因为聘礼之事迁延，便唱了一支【水仙子】表示自己对聘礼的不在意，甚至愿意倒贴十两银子办酒席。【水仙子】的曲牌音乐用于此处的情境下，也增添了特殊的剧场效果。

《回话》这折戏，老蝴蝶带着亲事不成的消息上场，下场时却走向了择日不如撞日、今日便成亲的决定。戏剧逐渐攀登的过程是由老、小蝴蝶所阐述的王孙三拒，以及田氏对三拒的驳回累积而成的。我们分析《缀白裘》戏曲编剧技巧，常常看到，重复的技巧手段会因剧因人因情产生不同的舞台效果，这对编剧创作很有启发。

# 谁家夜月琴三弄

## ——《玉簪记·琴挑》研究

　　《玉簪记·琴挑》是一出非常典型的生旦对子戏，其对称感体现在内容层次、唱腔曲牌、表演程式等多个方面。

　　全折结构清晰，一共分为三个大层次，其中大层次中又有若干小层次。

　　第一个大层次由潘必正和陈妙常分别上场，各唱一支【懒画眉】抒怀言情构成。潘必正所唱满含背井离乡的孤愁之意。我们发现，在《缀白裘》版中，潘必正唱完整支曲牌后，又叙念白："小生对此溶溶夜月，悄悄闲庭，背井离乡，孤衾独枕，好生愁闷！不免到白云楼下闲步一回，多少是好。"而在演出版中，则将这段念白包裹在曲牌中，采用夹白形式道来。即在潘必正唱完倒数第二句"落叶惊残梦"后，便将念白道尽，随后接唱末句"闲步芳尘数落红"。同样的变化，在旦行首曲里也有体现。《缀白裘》版文本中，陈妙常唱【前腔】，唱罢叙以念白，而在演出版中，旦角唱到"香袅金猊动"后，便夹杂一段念白，再接唱"人在蓬莱第几宫"收尾。在这个大层次中，生旦先后上场，各自通过一段唱念，表达内心的"愁闷"与"幽情"，亦是为后文做铺垫。

　　本折第二个大层次写潘必正与陈妙常的相会过程，其中又可根据【懒画眉】【琴曲】【朝元歌】的三次成双使用，细分出三个小层次。

　　在详细分析小层次前，先来谈谈本折戏的曲牌使用。除【琴曲】外，《琴挑》全折只有【懒画眉】和【朝元歌】两支曲牌，剧作家以不断的【前腔】，对这两支曲牌进行反复的对称性使用，形成了昆曲折子戏里极为罕见之曲牌特色。以至于初读剧本，人们会很惊奇地发现在开场一支【懒画眉】后跟了三支【前腔】。但实际上，这四支曲牌的结构形式并非"1+3"，实乃"2+2"：【懒画眉】【前腔】一个层次；【懒画眉】【前腔】再一个层次。

第二个大层次中，第一个小层次通过两支【懒画眉】写生旦相见。此处文本与演出亦有差异。《缀白裘》版中，小生唱【懒画眉】上场，再叙以念白，道是"原来是陈姑弹琴。门儿半掩在此，不免到彼细听一番"，随即进门。演出版中，则把小生这段白夹杂在旦角的琴声中完成。这样一改，一方面节省了舞台时空，另一方面令生旦所唱两支【懒画眉】行云流水、紧密接连，舞台效果更佳。

第二个小层次，则是以两支【琴曲】来写生旦之互相试探。昆曲中不乏以琴明心之作，如《琵琶记·赏荷》等。《琴挑》中，陈妙常先邀潘必正弹曲，潘必正弹了《雉朝飞》；接着，潘必正邀陈妙常弹曲，陈妙常弹奏《广寒游》。所谓"琴挑"，便在这两支琴曲中展开。注意到，是陈妙常先以"久闻相公精于琴理，意欲请教一曲"为由，"挑"潘必正弹琴，潘必正呢，则以《雉朝飞》反"挑"陈妙常。《雉朝飞》是战国时期齐国处士牧犊子所作。牧犊子年老而无妻，见雉鸟双飞，触景生情。因此，潘必正一曲奏罢，陈妙常问："君方盛年，何故弹此无妻之曲？"这一问正中潘必正下怀，他回复："小生实未有妻吓"，引得陈妙常欲盖弥彰地脱口而出"这也不干我事"。随后，陈妙常应邀弹了曲《广寒游》。《广寒游》看似一支适合出家人心境的清冷之曲，可细细品听，其中"喜良宵兮孤冷，抱玉兔兮自温"等词句无不带有"嫦娥应悔偷灵药，碧海青天夜夜心"的惆怅和对人世之情的向往。换言之，若说潘必正是用不甚恰当的《雉朝飞》表达自己对陈妙常之爱慕，那陈妙常则同样用看似清冷、实怀幽情的《广寒游》表现了委婉心曲——两者关系，不是"挑"与"被挑"，而是"互挑"。

接下来第三个小层次，依旧描写生旦的相互试探和拿乔，剧作者用了两支【朝元歌】来表现其过程。首先，潘必正对陈妙常说"此乃《广寒游》也，正是出家人所弹。只是终朝孤冷，难消遣些"，陈妙常回道："相公言重。我们出家人，有甚难消遣处。"陈妙常说完后，演出版为潘必正加了一句"这也难道"。表演上，"难道"二字做了特别的高音与夸张处理，直指少女心中难以消遣之情。因此也引发了陈妙常第一支【朝元歌】"长清短清，那管人离恨"，以示自家心静如水。对此，潘必正亦唱了一支【朝元歌】"更深漏深，独坐谁相问"，直指陈妙常心口不一，并含有清晰的挑情之意。被戳中心扉的陈妙常怒回："我去对你姑娘说，看你有何分解！"潘必正忙道歉："小生信口相嘲，出言颠倒，望乞海涵。"赔礼后，潘必正与陈妙常合念了四句下场诗，先行离开。一般来说，戏至此便可告结束，然而，在"下场诗"之后，《琴挑》竟然还有一个大层次！

这便是本折的第三个大层次：生旦分离后各自的情感表达。陈妙常以为潘必正已然走远，她又唱了一支【朝元歌】："你是个天生俊生，曾占风流性。"《琴挑》不乏典雅清丽之词，这一支【朝元歌】尤显真挚。注意到，陈妙常前后所唱两支曲牌情愫截然不同！只有当独自一人时，她才能坦率地直面内心、表达内心。此处演出版也做了有趣的添加。《缀白裘》版中，潘必正没有予这段抒情以直接回应，演出版则让一旁偷听的他咳嗽了一声，以示听见，陈妙常发觉后羞涩下场。这一添加多少点破了生旦之情，令《琴挑》走向圆满。陈妙常下场后，潘必正也唱了一支【朝元歌】，舞台版将《缀白裘》版"你一曲琴声，凄清风韵，怎教你断送青春"一句，调整为"怎不叫人断送青春"，瞬间将文意从对陈妙常被空门耽搁青春的惋惜转为自己对陈妙常的缠绵爱慕。实际上，此前潘必正虽然一直相"挑"陈妙常，却也并未向其直接袒露心迹，一般样，非要到舞台上仅他一人时，他才有了这个灼热直率的表达。其设置古典、含蓄、委婉，情感格外动人。

重点分析完文本后，再看看舞台表演的几处亮点。

首先，生旦相会时，陈妙常独坐抚琴，潘必正掀帘而入。陈妙常惊呼对方的到来，却并未回避，而是迎上前去，待到与潘必正四目相对，方才娇羞后退。若说后退是戒律，那相迎则是本能。

随即，陈妙常主动相邀潘必正抚琴，给予了"琴挑"的载体。生旦交换地位、错身而过时，在舞台表演上我们看到过两种处理方式：一种是潘必正用水袖"打"了陈妙常，另一种是陈妙常身躯微侧，轻轻"撞"了潘必正。无论小生水袖之"打"，还是旦角身躯之"撞"，都"打"在心上、"撞"动心头。

而后，潘必正邀陈妙常弹奏一曲，二人交换座位、再度错身时，潘必正又将水袖"打"向了陈妙常。陈妙常弹《广寒游》时，潘必正有个情不自禁的起身动作，甚至想去捉住陈妙常的手，被陈妙常提醒后，才再一次端坐。

此外，潘必正还有三推桌子相"挑"陈妙常的程式。一推二推，只见小生手指动作，桌子与旦角均无反应。到了第三推，动作幅度明显加大，以至于旦角身形随着桌子的晃动而摇晃。这也是潘必正在陈妙常心中溅起的波澜的强度，也引起了旦角伴嗔的反应。

再看琴、拂尘、扇子的道具使用。琴之重要，自不必说，拂尘衬出了方外人的淡泊宁静，尤为出彩的是小生手中的折扇。除一般开合之外，小生几次将扇子直立起来、以扇柄敲击桌面，简直具有鼓点般的效果——这不是指声音之强弱，而是每一次，那轻轻的一敲，都叩在陈妙常心上，其节奏带动了旦的内心节奏，于无声处震荡了情感的钟吕。

《琴挑》一折，男女主人公似乎永在试探徘徊，进一步又退一步，退一步又忍不住再进一步。它将少男少女因珍惜而生的胆怯内敛、又因真情而必须表达的勇敢表现得淋漓尽致。这种纯粹澄净的爱情，也是《琴挑》最可贵处。

# 恰三春好处无人见

## ——《牡丹亭·游园》研究

《游园》是《牡丹亭》一切精华的开端。

全折分为三个层次，第一个层次是入园（之前），第二个层次是游园，第三个层次是出园。

第一个层次包含三支曲牌，第二个层次包含两支曲牌，第三个层次用了一支曲牌。仅从曲牌数量分布上就能看出，汤显祖在杜丽娘进园子之前做了大量工作。因为"游园"不是一个孤立事件，为"游园"所做的准备，不仅是为这一天之游赏做准备，更是为接下来整个生命意识的觉醒、为后面的《惊梦》《寻梦》《写真》甚至《离魂》做准备，若没有"游园"，便没有其后一系列的人生际遇。

《游园》除了精美的文辞外，自有其内在张力。首曲【绕地游】讲岁月蹉跎："注尽沉烟，抛残绣线，恁今春关情似去年。"接着讲入园的两层准备。第一层是面对花园的准备，杜丽娘问春香："可曾吩咐花郎扫除花径么？"春香说："已吩咐过了。"在省昆张弘老师整理的"精华版"《牡丹亭》中，这层被扩展成了整整一折——《肃苑》。第二层准备是吩咐春香"取镜台衣服过来"，这是面对自我的准备。杜丽娘对镜更罗衣、妆台梳发髻，"停半晌，整花钿"，当她感受到春天像柳丝一样荡向内心、即将走向花园时，突然有一句唱词道："我步香闺，怎便把全身现？"这是一种把她往后拉的心理力量。汤显祖文辞非常优美，受众一不小心就会忽略词语具体指向，凝神去看，则会发现牵扯在杜丽娘心里的两种力量。一种是被春天呼唤的生命本性之力："我一生爱好是天然。"另一种是她长期接受的规训、礼仪的羁绊。此刻它们汇聚于杜丽娘的内心，表现为一名大家闺秀在迈向花园时的纠结。而这，也正是编剧技法之体现：怎么加强、加剧奔向春天的力量呢？不妨设置一个反向之力！张力也便随之而生。

【醉扶归】之"恰三春好处无人见"包含了双重含义：一是指大自然的三春好处，若不被少女的眼睛看见，多少遗憾！二是指少女的美，也期待被人看见、被人欣赏，期待着和自然之美融为一体。"恰三春好处无人见"把"我步香闺，怎便把全身现"和"一生爱好是天然"共同拢在了一种婉约、美好的情调里。【绕地游】【步步娇】和【醉扶归】三支曲牌将杜丽娘打扮得漂漂亮亮、娇娇怯怯的，她内在的心情和外在的形象都准备好了！

这就到了第二个层次游园。

本折《缀白裘》版文本较尊重汤显祖原著，只是在【醉扶归】后，给春香加了一句话："来此已是花园门首，请小姐进去罢。"这句提示非常重要，花园对整部《牡丹亭》来说非常重要，杜丽娘将要进去的不只是花园，更是她整个生死命运。"精华版"《牡丹亭》在此甚至又多加了杜丽娘的一句"待我推门"，让她亲手推开自己的命运之门。

入园后的一首七绝，在原著里是春香一个人所说，《缀白裘》版将之分给了杜丽娘和春香二人。前两句"画廊金粉半零星，池馆苍苔一片青"由杜丽娘念，后两句"踏草怕泥新绣袜，惜花疼煞小金铃"更加符合贴的口吻，由春香念。

接着便是大名鼎鼎的【皂罗袍】和【好姐姐】，"游园"目之所见，尽在其中。正因后面还有一游再游、情感浓度更大的《惊梦》《寻梦》，故此《游园》做了刻意收敛，放弃了一步一景、酣畅淋漓的描写方式，只用了两支曲牌，描画了一个震荡人心的春之全景。

我们看到，这个花园并不大，但是小中见细、细中见微，微而无限，它层层推进，最后展开了一个无比开阔的世界：杜丽娘的心灵世界。

【皂罗袍】写风物，【好姐姐】写花鸟，奇特的是，杜丽娘眼中之风物花鸟，都呈现了两种色彩。

譬如，"姹紫嫣红开遍，似这般都付与断井颓垣"。"姹紫嫣红"是蓬勃气象，"断井颓垣"却是一派破败，"良辰美景奈何天"也一样，"良辰美景"是美满，"奈何天"是唏嘘。这交缠着的盛衰两面，正呼应了前面"怎便把全身现"和"一生爱好是天然"。杜丽娘心中，始终有一种淡淡的伤感，正如【尾声】所唱："赏遍了十二亭台是惘然。"游园游出了少女的欢悦，也游出了她的惆怅，不管欢悦还是惆怅，都是有价值的。如若不进园子，她永远都感觉不到扑面而来的整个春天，她的惆怅都是朦胧难辨的。正因为见过了春天的蒸腾气象，她再也不能忍受生命的禁闭！【皂罗袍】曲调优美、表演程式考究，在精致文字里同时展示了欢心与感伤，炼字功夫真真了不起。

再看【好姐姐】一曲。演出版加了春香一句："小姐，这是青山。"目的只为引出"遍青山啼红了杜鹃"。《缀白裘》版呢，春香说的是："杜鹃花开的好盛呵！"杜丽娘看到了园里的杜鹃花，她的心却投向了天地，她想象着天涯海角、漫山遍野的杜鹃花，内心泛起对整个春天的憧憬。换言之，"青山"不该是她看见的，更应是她想象中的。【好姐姐】在生趣盎然之余，又有一句："牡丹虽好，他春归怎占的先？"透着丝丝惆怅。春天来临了，闺阁中的美人却犹如花中牡丹，姗姗来迟，不能像其他花儿鸟儿一样，第一时间融入春情。随后"莺燕成对"指向非常鲜明，成双成对的燕子和杜丽娘的孤零之间形成对照。一念及此，这个园子简直就游不下去了，杜丽娘的情感到此有了个收敛，而很快，就将在《惊梦》中爆发。

第三个层次是"出园"。【尾声】中最重要的一句唱是"赏遍了十二亭台是惘然"，实际上，它与脍炙人口的"姹紫嫣红开遍"紧密对应。有了对姹紫嫣红的无限憧憬和热情，再反观自身枯淡的人生，才有惘然、才有急切、才有《惊梦》。《游园》之价值，正是用惆怅、用不满足来导向《惊梦》。《游园》之委婉蕴藉与张力暗藏，正是为了《惊梦》之迸发，为了《寻梦》的生死誓言！从这个意义上说，《游园》《惊梦》《寻梦》实是一个具有明显收放节奏的统一的整体。

# 白老鼠钓赤练蛇

## ——《鲛绡记·写状》研究

　　《写状》是一折以念白为主的戏，其中两个人物贾主文和刘君玉，分别以付与净应工。

　　《写状》可分为四个大层次。一是刘君玉与贾主文的分别上场和见面，二是写状之前的相互试探，三是步入内室写状，四是二人之分别。但本折最有特色之处不在于层次划分，最吸引人的欣赏点也不是状纸的具体内容，而是以"写状"为载体塑造了两个人物，以调侃、尖锐、夸张的形式把人物之恶（尤其是贾主文）描摹得淋漓尽致且具有鲜明独特的审美价值。

　　先看第一个大层次，该层次可划分为三块戏。

　　第一块戏是贾主文口中念佛上场。演员手拿的佛珠正是贾主文的核心道具，将人物的表里不一、虚伪矫饰表现得非常到位。整折戏中，贾主文有五次念"南无阿弥陀佛"。他念佛的神色口气和潜心修行之人完全不一样，他神色的警惕和奸险、身材的佝偻，以及捏佛珠的动作，使得这串佛珠在贾主文手中就像一条蛇。

　　在贾主文出场的念白中，有三次非常精彩的语言高潮。

　　第一次是"心为黄金黑，腮因白酒红"，十个字中出现了四种色彩，对仗工整，通俗形象。《缀白裘》版贾主文之自报家门篇幅较长，演出版删除了一半左右，保留了其中精华。接着贾主文又说："笔砚是我的买卖，律法是我的营生，临安城里要算学生第一个刀笔。有钱与我的，真正强盗改他为掏摸；无钱与我的，掏摸改他为强盗。"在其他戏剧样式中，极少有角色一上台就把自己最恶毒的一面这么栩栩如生地直言不讳。而这正是中国古典戏曲的特色之一，并不以人物性格为悬念，而是吸引受众去看它具体的表现过程。

然后出现了第二次的语言高潮："早上念几句阿弥陀佛，好似毒蛇叹气；晚间与人刀笔，有如鸡见蜈蚣。"

紧接着第三个语言高潮来了，贾主文问："狗肉阿烂来嘘？若烂了多放点葱椒，我念完《金刚经》么，就要吃的。"配合演员生动的表演，贾主文这一人物形象稳稳扎在了观众心中。这块戏结束，贾主文下场时仍不忘念佛，这也是他第二次念佛。

第二块戏是刘君玉的上场。表演版给他加了一句定场诗："攒眉生巧计，心毒负青天！"以此和贾主文形成对应。继而，刘君玉交代自己是为儿子婚事被拒、更遭羞辱，故而来找贾主文写状。此事之来龙去脉，在本折戏中被提到过三次，每一次提及都有其不同意义。刘君玉的道具是手中之扇，净行握之，好一似钢鞭在手。但本折更核心的道具是"白老鼠"——银子。刘君玉所说"拿我这只白老鼠钓他那条赤练蛇"，可算是整折戏的题眼了。

第三块戏是二人见面。《写状》内容之起点与终点非常近，无非是恶人刘君玉找恶人贾主文为他写状纸、谋划害人之道。一个一心报复，一个一意贪财；一个揣银而来，一个盼银若渴；一个要害人，一个惯于害人。看上去是"一拍即合"的两个人，戏剧性何在？在于"延宕"，在"官府耳目凶"、贾主文个性多疑的前提下，用各种戏剧技巧让他二人"不往一处拍"。

首先是二人隔门招呼的一块戏。《缀白裘》版，贾主文三次不肯开门，与门外之刘君玉有三番对答，演出版删除了两番，仅保留了以下这一个回合：

贾主文：外头有人在敲门，是哪个？

刘君玉：学生。

贾主文：自称学生，有来历个。让我来给他一句试试。我在此念佛忙。

刘君玉：倒要回敬他一句。手弄菩提八百珠，这不是念佛忙。

贾主文念着佛（第三次念佛）开门迎入刘君玉后，表演艺术添加了二人之相互观察，"好一双秃灰蛇的眼睛，难请教的"，这是刘君玉眼中的贾主文；"好一副横肉面的面孔，难说话的"，这是贾主文眼中的刘君玉。

接着是唱喏，这对剧情之推动无甚意义，但从人物塑造来讲，该"延宕"又十分必要。甚至说到刘君玉的姓氏，贾主文还反复问："姓尤?""姓裘?"看上去连耳朵都不灵光了。然而，昏聩实是他掩盖其刻毒的外衣。通名之后，二人又唱了一个喏，在彼此观察的过程中，普通的生活情态被糅入了程式化的表演，观众也充分观察到了这两个舞台形象。

接下来是戏的第二个大层次——写状之前的相互试探。此时，来龙去脉在刘君玉口中第二次被诉说，其倾听对象是贾主文。有趣的是贾主文的态度。听罢原委，他竟"三劝"刘君玉息讼! 第一劝"岂无一女成夫妇"; 第二劝"公家虽富，也要惜点羽毛"; 第三劝"想必令郎有点不妥当"。作为一个十分贪婪、恶毒的讼师，当生意送上门来，他却三次劝说对方不要打官司，这当然都是假的，他是用这"三劝"来检验和试探刘君玉，因为"官府耳目凶"，他一定要确定对方是铁了心要打官司、要害得人家家破人亡才能采取下一步的行动。可以说，这"三劝"是反方向的铺垫。

在"三劝"之后又出现了"两望空"。第一次是贾主文说："观音菩萨在云端里说:'老道啊老道，你已成正果，七七八八就要上天的人了，不可再坏了心田吓。'"第二次是刘君玉针对贾主文前面的这次望空说："白天云里，黄灵官手执钢鞭说道:'刘君玉，你是个好人，走开点让我来打!'""打杀那个刁杀胚!"但在这之后，贾主文还在推托，有了两次的自我诅咒，"我若有一字虚言，折尽我平生之福""我若再干那种事务，狗也不是人养的"，这些都是贾主文虚伪的假装。而这一切在刘君玉拿出银子的瞬间全部破碎。自此，戏也就出现了巨大的转折。银子就是放在这两个人物之间、把他们紧紧地拽在一起的核心道具。然后，贾主文说要自己商量商量："若是不伤阴骘的事务，还可以干得的。"接着作者安排刘君玉倒回去问贾主文，立马勾连起前面的戏:

刘君玉: 你是七七八八要上天的人了。

贾主文: 天是想上了长远了，只是没有这样长的梯。

刘君玉: 观音菩萨在云端里叫你。

贾主文: 让他去叫，我只当不听见。

这两次的借口都归结为经典的问答：

刘君玉：我说你都是虚的。

贾主文：官府耳目凶。

到此为止，这折戏的第二个大层次就完成了，这部分是由刘君玉述说官司原委、贾主文劝他不要打官司、贾主文表示再不做伤阴德的事却被刘君玉的银子把态度掉转过来这三大块戏构成的。最精彩的部分是刘君玉拿出银子前后贾主文态度的对称式掉转。

编剧很巧妙地用"此地不是说话的地方，另有一室跟我来"切割了这折戏的层次。进入内室，这折戏就进入了第三个大层次，贾主文也从前面的"毒蛇叹气"的段落进入了"鸡见蜈蚣"的段落，走进恶人更深的家院，也就意味着更深入地走进贾主文内心的恶毒。

此时银子已经拿了出来，但戏又开始延宕，吊足了观众的胃口。刚一进门，刘君玉说："好地方，幽雅得极！就是杀个把人，也无人晓得！""杀个把人"之句是演出版的添加，其指向的就是在这内室之中，不知道有过多少龌龊的刀笔买卖，不知道害了多少人家破人亡。但此处又用品茶做了个延宕，以此"拖住"观众。

贾主文让刘君玉再说一遍根由始末，这便是第三次的案情述说。贾主文就"把媒婆打了一顿"事道："我看打的不是媒婆，是你老生。"如此火上浇油之语，也显示了之前"三劝"尽皆伪装。

至于具体的写状内容，尽管从情节上看贾主文之毒计很重要，可舞台艺术最主要的欣赏点却不在于此，而在于以银子为载体来描摹人物。

先是"一索银"，贾主文"疯狂暗示"，刘君玉则"再三装傻"。

贾主文：拿出来。

刘君玉：啥东西？

贾主文：拿出来！

刘君玉：我不懂啊。

贾主文：……写状纸的纸头。

二人接着又在纸张上做了一番盘旋。想要拿乔的贾主文因为贪图银子，反被银子在手之刘君玉"拿"住了。只好把声称是"动也动不得"的要画观音像的纸，拿来写状了，并又一次用"官府耳目凶"做托词。

再是"二索银"，这是演出版之添加。

贾主文：学生有个贼毛病不好。

刘君玉：老生有毛病的？

贾主文：我要见了那白闪闪的说出来才开心的。

刘君玉：学生倒也有一个怪癖。

贾主文：什么怪癖？

刘君玉：我要见了老生的状纸，拿出来才高兴啊！

贾主文：这么说起来，两个尴尬毛病犯到一起来了。

此处有一个大的停顿，贾主文第四次念佛。今番他"拿乔"成功，刘君玉终于将银子拿了出来。紧接着最精彩的"置银"小段落出现了！二人都想将银子放在靠自己这边，最终比着尺码"居之于中"，贾主文那句"还要再过来一粒米"真是神来之笔！

再是"收银"，这里也有三个小层次。一是贾主文一面授意状纸写法，一面想要把银子悄悄收入袖中却被刘君玉阻止；二是贾主文再度将银子收入袖中，刘君玉思想"终要给他的"，便不再索讨；三是刘君玉一时没能理解贾主文之毒计，贾主文装腔作势道状纸不写了、我也不要你的银子了！作势从袖中掏银，实则手指一直捏着袖管，捏出袖内银子的形状在刘君玉面前晃动。在这一番番围绕银子展开的进退好戏中，也完成了"写状"。

状纸写好后，进入了本折最后一个大层次：二人道别。值得一说的是两次"转来"。《缀白裘》版仅有贾主文叫转刘君玉这一次，提醒他之前允诺的"冬米十担"。演出版添加了刘君玉叫转贾主文，确认状纸之"杀伤力"，也形成了道别的对称结构。刘君玉先下场之后，我们看到了贾主文的最后一个语言高潮，道："再也不干这种事务了！正是：愿天常生好人，愿人常行好事。干了这种事务，子子孙孙都要扑扑样长得来……"（以手示意越长越矮）随后念佛（第五次）下。

"念佛上场（第一层次）—毒蛇叹气（第二层次：写状前之虚伪矫饰）—鸡见蜈蚣（第三层次：写状时之贪婪狠辣）—念佛下场（第四层次）"，贾主文之塑造实是《写状》给昆曲人物长廊里添加的浓墨重彩的一笔。

# 想玉人飘泊归何处

## ——《绣襦记·当巾》研究

《缀白裘》版《当巾》文本较长，演出版只取了前面约 40% 的篇幅，删去了郑元和宿店离店后，再去贾二妈等处寻找李亚仙的内容。尽管演出版情节简单，事态行进的层次依然清晰可见，大致可以分为三个阶段。

第一阶段：寻人不遇。郑元和唱【六幺令】，寻访李亚仙未果。

第二阶段：投店。这是郑元和（生）和店主人（净）的对子戏，也是《当巾》全折最重的一块戏。《当巾》描述了"郑元和寻不到李亚仙，在酒店住了一夜，第二天一早又不辞辛苦地出发相寻"的情节，又不仅仅是在描述这个事态。不管第一阶段的寻觅，还是第二阶段的科诨，我们看到，李亚仙无处不在，时时刻刻都在郑元和心中。《当巾》指向的，是郑元和对李亚仙的爱慕与思念。

第二阶段的戏可分成三个小层次：问人无果、食宿无钱、当巾被戏。

第一个小层次是"问人无果"。郑元和急急忙忙进了店，不问酒不问菜，直接问店家"可认得李大妈么"，分明前来食宿，看上去却像是来找人的。这里，编剧安排了"四问"李亚仙，店家则四次用谐音技巧"答非所问"。一问"李大妈"，店家答"大卖没得个"（演出版改为"哈儿吧没有的"）；二问"鸨儿"，答"包子卖完了"；三问"李亚仙"，答"海鲜小店里不卖"；四问"妓女"，又被误听为"鲫鱼"。郑元和心里辗转反侧的爱情，别人对之毫无兴趣，连打听的好奇心都没有。这种落差效果，也是编剧意图里的主动追求。

在第二个小层次"食宿无钱"中，郑元和付不起一钱二分酒菜蜡烛钱，怎么办？演出版添加了三个小回合：店家一不肯赊账，二不肯上账，第三个回合，郑元和说"改日送来"，店家却道"改日再来吃"。受众清楚看到：第一，穷生之"穷"，他的钱全都花在李亚仙身上；第二，穷生之"酸"，说到"上账"时，郑元和还得意扬扬道："我乃荥阳郑公子、郑大爷，四远驰名都认得的，你不认得，是个蠢材！"有意思的是，全折中他一共骂了店家三次蠢材：不识李亚仙骂蠢材，不识郑大爷骂蠢材，不识李亚仙亲手打的网巾绳子有多珍贵也是个蠢材！穷生身上的酸腐气在与店家的三次交往中，展现得淋漓尽致。

当店家招呼人来打"吃白食的"时，戏剧进入第三个小层次："当巾被戏"。网巾不值钱，重点在李亚仙亲手打的两根绳子上。不过，文本并没有在绳子上做太多铺垫、盘桓。表演版中，郑元和回忆、模拟了李亚仙打绳子的手法，恋恋不舍，店家重复了一次"李亚仙亲手打的"的念白与对应之程式化动作。随后之"被戏"（店家取笑、戏弄郑元和），却从另一个侧面描述了穷生之"痴"。这一小块戏也分为了三个小层次，表演十分丰富。店家说他见过李亚仙之后，连用三次大调度来夸张"十字路口转个弯""这样长这样矮这样壮""一个连边阿胡子"这三次叙述。发现店家描述的是个粗壮汉子，郑元和失望至极，屡屡甩水袖捶店家，这恰恰映衬出他内心对李亚仙的思慕。换言之，郑元和与店主人之交往落点，无不落在李亚仙对郑元和所造成的情感震荡上。

最后，这折戏走入第三个阶段：离店。郑元和以一支曲牌【普天乐】"想玉人飘泊归何处"尽抒思念之情，一夜辗转，一待天明，便又踏上了寻访之路。

本折不仅事件情态发展（寻人—投店—离店）与阶段划分铺排勾连一致，人物上下场与阶段划分也紧密关联，第一阶段生行一人在台上，第二阶段为生、净同台，第三阶段又恢复为生行一人。就生行而言，表演上，处处细节无不围绕着穷生之艺术特色与郑元和之人物个性展开。

再进一步说，《当巾》一折中，"酒店"只是个载体。写戏应明确"主次""主从"，要根据人物内心情感的流向而行，谨防被戏剧情境之变化带偏。是人物情绪投射进不同情境产生不同的表现样式，将情感情绪一层层铺排进具体情境的特殊表达中，而不是被情境左右、改变。

# 武二，你将我做什么人看待吓？

## ——《义侠记·戏叔》研究

《戏叔别兄》是一折水浒戏。这折戏起点和终点的距离不大，剧情主要讲述潘金莲春心难耐，撩拨武松之事。

本折层次结构大致可以分为"戏叔前""戏叔""戏叔后"三个部分。在第一个部分"戏叔"之前，作者主要交代了三件事。

其一，潘金莲思春。

潘金莲与武大郎极不般配，内心自然不满，当一个顶天立地的打虎英雄进入她的世界，她少不得心旌摇荡，情难自禁。在这里，与《缀白裘》版潘金莲首曲【缕缕金】"痴男子假妆乔，我馋涎一缕怎生熬"文辞相比，演出版首曲【锦缠道】"梦魂摇，这新愁蹙上眉梢"显然更为蕴藉，不过个性化上却被削弱了。此外《缀白裘》版还有"奴家一见了武二就看上了他，常把眼角传情，话头勾引，他却撇清妆假，只做不知。我今日浸得一壶凉酒在此。待他今日来家后，用心引调，任从他铁汉也魂消"的念白，演出版将之改为演员程式化的表演：潘金莲右手执红手帕、左手端着酒欢乐上场，边唱【锦缠道】边分别模拟武松威武之姿、自身风情之姿及武大郎令人生厌的矮小之姿，借此将其用心、情绪表露无遗。

其二，武松将外出公干。

接着，武松上场了，告诉嫂嫂，自己将要外出。从情节上讲，这不过一个交代，但从情感心埋上说，这个信息必令潘金莲更生紧迫感，推动与坚定了她"戏叔"之心！

一般来说，生旦戏在生、旦上场时，会安排分量较为均衡的曲子，譬如，

《琴挑》《借茶》，而本折潘金莲唱的是饱满的【锦缠道】，武松上场却只唱了"才相见又别兄面，情意牵牵"这样干巴巴的两句引子。这种极不对称的写法也透露出二人的"不对称"，一个是春心荡漾的美人，一个是铮铮铁骨的直男，彼此之间有着巨大的差异。

其三，大郎不在家。

作者给潘金莲安排了一个半封闭的场所"戏叔"，关键点当然是武大郎不能在场。所以文本借生旦对话，道出武大郎在街上做生意且无从寻他回来，给潘金莲接下来的举动设置了一个暂时"安全"的场所，强调家中只有他叔嫂二人。时空和心理条件都准备好了，后面的"戏"就顺理成章了。

第二个部分"戏叔"，在演出版里可分为"初试""再试""表白"三阶段。潘金莲撩拨手段逐步升级，武松之抗拒也越来越激烈。特别之处在于本折构建了叔嫂这样一组微妙的人物关系。一方面，武松不可能悖逆人伦，面对嫂嫂的撩拨，其拒绝是必然的；另一方面，家丑不可外扬，武松要顾及哥哥颜面，故而又不能拒绝得太决绝，换言之，这就牵制了他的行动，进退之间，有了弹性。

潘金莲用来撩拨的载体是"酒"，但在饮酒之前，《缀白裘》版还有个以天热为由，潘金莲劝武松宽一两层衣的小细节，演出版将之删除了，直接进入"劝酒"的"初试"层次。

第一阶段"初试"包含"双敬"与"双拒"。第一次是潘金莲敬武松，第二次是武松回敬潘金莲。"叔叔后生家，不要吃单杯，吃个成双杯"，面对潘金莲之"戏"，武松不为所动："嗳！有酒待武二吃便了，什么单双！"在"双敬""双拒"过程中，武松两次让潘金莲把酒"放在桌儿上"，在潘金莲想要借酒"突破"时，武松始终保持着男女距离。此时，潘金莲也没有一味往前冲，她选择了后退、回旋，这正合"戏叔"之"戏"，而不是纯粹的"撩拨""引诱"。

第一次试探失败了，潘金莲当然不会罢休。她去关上了门。剧情由此进入第二阶段：再试。

"青天白日为何把大门闭上?""开了么,凉爽些。"这两句台词说明,武松是不愿意关门的,怕有瓜田李下之嫌。可当潘金莲说出"恐怕日色晒进来""闭了么阴凉些"这两句后,他也就默认了,这还是由其叔嫂关系决定的。武松顾忌争执起来,伤了哥哥脸面。

门一关,角色便有了个密闭空间。一般的写法,潘金莲必将话题往自己身上攀扯,炫耀她的风流、她的美貌,《戏叔》却反其道而行之,让潘金莲将话题扯到武松身上、借话说话:"闻说你在东街,背地里恋烟花。"她甚至站在了"道德高地"之上,问武松身旁是否有美人相伴。这个设置十分"高级",潘金莲把自己放在很安全的位置。武松说有,那正好,打破了对方正人君子的形象;武松说没有,她也可以通过武松的回答判断其心思,开始下一步的动作;哪怕武松发怒,或是武大郎回来,她也不怕,因为这也可以是嫂嫂对小叔子合理的关心!进可攻,退可守,收放自如。

面对潘金莲的攻势,武松唯一的出路就是逃:告辞。潘金莲急了!她意识到婉转不可能达到目的,所以不再顾忌道德、伦理、秩序,灼热的情欲令她冲出了"安全区",开始了奋不顾身的出击!

第三阶段"表白"是本戏的高潮,主要包含了"两拦一抱"的内容。

"我想叔叔少年青春,英雄班辈,怎么竟会没有个美人儿?"说到这里,表演上,潘金莲推了推桌子,这个动作在《琴挑》《借茶》里也出现过。武松忙不迭要告辞,潘金莲第一次拦住了他。

"奴家讲了半日,难道你真个不曾明白?"武松再次要出门时,潘金莲第二次拦住他。为什么武松走不掉?因为这是他哥哥家,不能吵、不能闹、不能破门而出,这是由独特的人物关系和特殊的情境设置决定的,这也是纤巧的潘金莲能够拦住勇悍的武松的原因。

两拦之后,潘金莲又急又恼,转回桌边,大口饮酒:这是个很重要的细节。

这折戏没有特别的戏剧任务,它写的是潘金莲之失败而不是成功,看起来不难写,但要写好、写巧也不易。人物身份和剧情发展决定着道具的选择,以酒为核心道具，是作者有意为之。相比《琴挑》之"琴"、《借茶》之"茶"，《戏叔》显然更宜用"酒"，"酒"可乱性、可催情、可壮胆。一方面，潘金莲希望酒能扰乱武松的心性；另一方面，她自己也需要酒的助力，借着醉意燃烧情欲，向武松表白！

其实潘金莲并不善饮，这在第一阶段有过交代，也因此，这时的"豪饮"便多了些"激愤"：她豁出去了！道是："我与你吃个成双酒、合欢酒，哎呀呀，与你吃个交杯酒！"不是起初之"单杯""双杯"，也不是"我原说的是酒"之回旋躲藏。之后，又有个"半杯残酒"。在《缀白裘》版，是潘金莲饮了武松吃剩的残酒，在演出版，是她劝武松饮了她吃剩的残酒。无论哪一种，都很别致、很强烈。随后，即便遭到武松责骂威胁，"武二这双眼睛，认得你是嫂嫂，我这打虎的拳头，就不认得你"，潘金莲也不再退却，而是正面"硬刚"：你是个"顶天立地丈夫家"，我也是个"叮叮当当妇人家"，并有了勇敢的"一抱"。

实际上，《缀白裘》版里，潘金莲飞蛾扑火的决绝远不如演出版。《缀白裘》版强调的是"戏"，既是"调戏"之"戏"，也是"做戏"之"戏"、"戏弄"之"戏"，潘金莲往往进两步退一步，十分狡黠，在武松动怒之后，她的反应是"笑伊直恁村……酒后聊相戏，怎便将人叱咤也"——以一句"相戏"将其言行轻轻带过；演出版里，她却自断后路，其对武松的热烈倾慕、真情真性，甚至让受众产生同情、怜悯之感。

在武松拒人千里的态度下，戏的主体其实已结束了，不过"戏叔"之后还需要个了局，于是武大郎回来了，冲破了尴尬局面，潘金莲羞愤而下，剩下的就是道别。"别兄"原是《缀白裘》里另一折，时间、情势并不紧随《戏叔》之后，但演出版将二者糅合为一，对"被戏"之事，武松当然不便与兄长直言，兄弟二人，就此干脆利落地别过了。

# 那其间煞费红娘口

## ——《西厢记·拷红》研究

《拷红》演出本层次很丰富，精彩程度也高于《缀白裘》文本。其内容很简单：老夫人怀疑女儿崔莺莺做出了伤风败俗之事，拷问丫鬟红娘，探听就里。然而其戏剧任务却并不简单，红娘需要在男女当事人都不在场的情况下，让起初坚决不同意莺莺张生结合的老夫人，最终承认了他俩的婚姻。在这件事里，红娘是个"外人"，尤其她的身份与相国夫人相比，又是这么的卑微！她是怎么做到这一切的呢？我们细看文本结构。

第一个层次是以老旦应工之老夫人与以贴旦应工之红娘的"前后上场"。老夫人首先点明事件：女儿"腰肢体态，比旧大不相同，莫非做出些歹事来"？于是招呼红娘。老夫人上场唱了一支【引子】，红娘上场也唱了一支【引子】，足见人物在本折的均衡性。《缀白裘》版，红娘唱道："若不是红娘引诱，怎能个两边成就？"演出版改成了："有一日夫人查究，那其间煞费红娘口。"直指红娘即将与老夫人唇枪舌剑地交锋了。此时红娘有两层心情：一是害怕，老夫人屡叫"红娘快来！"她察觉到上位者的怒气，"不知怎么处"；二是飒爽，她啐道："丑媳妇少不了见公婆的！就去何妨！"又怕又飒的心理，十分传神。

第二个层次是"隐瞒"。老夫人问她，小姐最近怎么了？为什么要去后花园？红娘第一反应是瞒，说"小姐是去给老夫人烧香的"。从人物塑造看，这个反应很真实；从文本意图看，作者没有让红娘直接招供，而是尽可能把戏写得丰富、有层次。所谓"拷红"（打红娘）的舞台动作基本集中在这一块。老夫人手持家法拷打，红娘跪在地上躲闪，极具画面感，细数下来，老夫人连续有三次"打"的动作，第四次欲打之时，气恼之间，一阵晕眩，没打下去——这正是舞台处理的一个变化。红娘再辩解时，老夫人又打她一次，"拷打"场面就此完成，之后的舞台时空，就全部留给了言语辩论。

第三个层次是"诉说真相"。红娘谈到莺莺与她同去探病张生，她奉命"暂回"，老夫人问"红娘暂回，小姐去干什么了"，红娘回答"小姐权时落后"；老夫人再问"落后便怎么"，红娘回答得很有意思："落后么就落后了。想女儿家落后还有什么好处？"以此表述"凤友鸾交"，实在又趣致、又符合人物身份个性。

第四个层次是"质辩"，也是红娘这一角色真正的戏剧任务所在。

先是老夫人声称要拿了张生，"随我到官去"，这是第一次交锋，红娘的反应很重要。她反其道而行之，说："红娘正要到官去。"老夫人的戏剧力量是往前奔，红娘甚至比她奔得更猛，以至于老夫人立刻有了一个往后拽的力量，停下脚步说："你怎么到官去？"这使得红娘有了开口述说的机会。

接下来，便是红娘三个小层次的述说。

第一个小层次是说老夫人"失信"。《缀白裘》版中，红娘说道："岂不闻信乃人之根本，人而无信，不知其可也？大车无輗，小车无軏，其可以行之哉……"过于平铺直叙且文辞相对生涩。演出版将之改为"三问"。头两问都以"可是有的"收尾，让老夫人亲口承认"信"之重要与她曾亲口许诺的"能退贼兵者，愿以小姐妻之"。老夫人辩说"此乃退兵之计"时，红娘第三问紧跟而上："那日千人百口都已知道，小姐许配张生，若到公堂，岂容抵赖？"老夫人反问："难道千人百口，管得我相府家事？"红娘进一步反问："千人百口管不得相府家事，只怕相府也管不得这沸沸扬扬的千人百口！"半步不让，极有力度。

第二个小层次是说老夫人"大意"，若不许他们做夫妻，就该赶走张生，不该让他们有相见之机。红娘唱【耍孩儿】道："你只道做兄妹改得你一句口，却不道做夫妻记在他俩心头。"老夫人接唱时，在唱词里也发了三问，红娘也以唱词形式做了回答。老夫人第一问"却不道伤风败俗"，红娘回答"你权将就"；第二问"却不道逆理乱常"，回答"也索罢休"；第三问"早难道吞声受"，回答："不吞声也须忍受，防一个后悔临头。"

第三个小层次是说"有失颜面"。《缀白裘》版道："一来玷辱了相国家声，二来那张生名望也不轻的。既以施恩与人，而令彼反受其辱……"过于书面用语，缺乏戏剧节奏。演出版改为：红娘问老夫人，告官告谁？老夫人说告张生、红娘，红娘道是："捉奸捉双，小姐是正犯，也要上公堂的。"紧接着红娘三问道：小姐若上公堂，"相府的家声在哪里""相国的体面在哪里""小姐的千金身价又在哪里"？语言简短有力，令人印象深刻。

综上所述，"质辩"这块戏被切割成三个小层次，每个小层次又分了三问，一共九问，层层推进、节奏鲜明。不过，《拷红》之核心、它最终的落点却并不是这"九问"。当老夫人听罢九问，她的反应居然是："我拼着一品夫人不做，也要去告张生！"将情势又往危机方向推了一大步。

红娘毫不示弱，道："只怕张生也要去告老夫人哩！"她唱道："这官司输定谁来救？上公堂敲敲打打是寻常有，少不得千金小姐把那奸情认，少不得相国的夫人是祸总头，从今后，一家的骨肉，翻做了半世冤仇。"真正打动老夫人的就是这几句！一旦闹上公堂，女儿不免当众承认奸情，亲骨肉反目成仇！老夫人怕了，怕女儿受伤、亲情受损，这是她心中的一缕柔情！所以她让步了、放弃了，赶紧让红娘不要嚷嚷，以免闹出事来。这个落点通向了"人情"，换言之，《拷红》看似一出"无情"之戏，最终却是用"情"来解决了问题。

至此，戏剧任务基本完成，再有了张生与莺莺的前后上场。张生先上，问："红娘姐你为何这般光景？"莺莺后上，问"红娘你为何这般模样"，生旦铺排极对称，红娘之回答与劝他二人不要害怕、直面老夫人的话也都很相似。可见，虽然"私情"之主角是张生和莺莺，但在《拷红》一折中，生旦皆做了配角，所有拉拢、撮合、扭转的力量，都集中在红娘身上，其本质是一个老旦与贴旦的对子戏，但贴旦占据了绝对的主要位置。

张生领了老夫人上京应试之命后，生旦下场。从《西厢记》全剧看，这里草草了事地写生旦的婚姻，是因为后面有生旦的重头戏《长亭》一折。

接着红娘的下场方式亦很有趣。老夫人无奈叹道:"罢了,罢了。"红娘学道:"罢了,罢了。"老夫人问:"小贱人,你怎么学我?"红娘回答:"哪个学老夫人,是要打的?!"顿时将观众拉回到开头"打红娘"的记忆中,完成了前后勾连,也以这俏丽的下场,完成了小红娘的人物塑造。

# 和你比着先前又亲

## ——《幽闺记·拜月》研究

分析《幽闺记·拜月》这出戏，我们会发现相较于舞台演出版，其《缀白裘》版更见富于"情趣"的编剧技巧。

《拜月》演出版层次十分简单。

首先，旦角王瑞兰上场一番自报家门，交代了前因后果：王瑞兰在战乱中与家人离散，得遇君子蒋世隆，二人结为夫妻，又被父亲王镇拆散，两下分别，王瑞兰心中十分牵念。接着，旦角开始对月祈拜，三次焚香祷告。一炷香愿郎君"灾星消散，早除病疾"；二炷香愿郎君"跃龙门姓字金榜标"；三炷香愿夫妻二人"鸾不孤，凤不单，早日同欢共悦"。

焚香祷告之后，贴旦——王瑞兰的义妹蒋瑞莲上场，她听到旦角提及"同欢共悦"等言语，将其点破，假意玩笑让旦角跪下，又经一番询问，得知旦角所牵念的郎君，正是自己的亲兄。至此，旦与贴旦方知二人非但是姐妹，更是姑嫂，关系更亲近一步。

综观演出版《拜月》，至少有两处较为薄弱：一是整体戏剧性较弱，几无波澜延宕可言。二是旦角焚香被贴旦撞破后，贴旦问询缘由，旦角之叙述内容又与她上场的自报家门重复，显得臃冗。

反观《缀白裘》版写法，则可见许多匠心独运之处。

《缀白裘》版中，旦角王瑞兰上场并没有自报家门、交代前情，因为剧作者清楚这一块内容必定会与后文的问答重复，应避免浪费舞台时空。故而在此处，作者先安排王瑞兰上场唱道："恹恹挨过残春也，又是困人时节。景色供愁，天气倦人，针黹何曾拈刺？"随即安排贴旦蒋瑞莲上场，唱道："闲庭静悄，琐窗潇洒，小池澄澈，叠青钱泛水，圆小嫩荷叶。"同样的景色，因为二人心境情绪的不同，在彼此的描述也差异显著：一处充满春愁，一处则明媚澄澈。

接下来，作者安排了贴旦"六问"旦角为何面带愁容，以铺设戏剧悬念。其"六问"采用了颇为对称的"2×3"的形式。即每番两问，共进行了三番叠问。

第一番贴旦一问旦角："当此良辰美景，正好及时寻乐，你反眉头不展，面带忧容，却是为何？"随即，贴旦邀请旦角阶下闲步，当看见旦角停步时，二问："姐姐为何欲行又止？"——这是神色行止之问。

第二番贴旦一问旦角："为何伤情起来？"在得到旦角"闷怀些儿待撤下，怎忍撤"的回复后，贴旦虽不知旦角具体为何伤情，却仍旧二问："可割舍得么？"——这是伤情忧怀之问。

第三番贴旦一问旦角："你绣裙儿宽褪了褶，莫不为伤春憔悴些？"二问旦角："你近日庞儿瘦，成劳怯；莫不是又伤夏月？"——这是春夏闲愁之问。

面对贴旦的"六问"，旦角自始至终，均在拿乔，未曾给予回复。于是引得贴旦进一步猜测："姊妹每休见撤，我斟量着你非为别。"旦角回复："你量我什么？"贴旦说道："话便有一句，不好说得。"旦角回复："但说无妨。"贴旦又说："我说来姐姐不要恼吓。"旦角回复："你说，我不恼。"贴旦再说："如此，我说了嚏。"旦角回复："你说，我不恼。"就这样，二人对话在反复经历三个小层次后，贴旦才点破旦角心思："你多应把姐夫来萦牵。"

此时，被撞破心思的旦角怒道："你把那滥名儿将咱引惹，直恁的情性乖心意劣！"作势要去父母面前告状，引得贴旦跪下相求："姐姐，再不敢了。望高抬贵手饶过些。"当旦角将贴旦扶起，表示宽谅后，贴旦想要先行离去，旦角疑惑，问道："敢是我说了几句，使性要去么？"贴旦回复："这个怎敢？不是吓。只管在此闲行，忘收了针线帖。"这两句将姐妹情表现得十分生动，在昆曲舞台上也较为少见。

紧接着的情节更加俏丽。虽然旦角矢口否认自己的心思，贴旦却并不相信，她借口"收针线帖"离去，实则悄悄在花阴深处遮藏，欲窥旦角心意，果然目睹了旦角的焚香祷告！她立刻上场拽住旦角衣袂。值得注意的是，《缀白裘》版中，王瑞兰的焚香只进行了一次，且相对于此前蒋瑞莲猜测王瑞兰心思的种种铺排，妹妹上场点破姐姐心思，扭转局面的节奏颇陡、力度颇大、文字幅度颇小，简练利落、毫不拖沓。

面对作势要走的贴旦，姐妹二人的行为蓦然反转。之前是妹妹跪姐姐，而今变成了姐姐跪妹妹，道是："妹子，饶过了做姐姐的罢。"贴旦见状，将其扶起，详问缘由。此后的情节，便与演出版基本相同了。

可见，相较于演出版，《缀白裘》版更见"情趣"。其"情"体现在将旦角内心遮掩深藏的对于意中人的深情刻画得细腻入微。其"趣"体现在通过姐妹互跪的对称写法，完成了一出在昆曲舞台上不常见的"姐妹戏"，塑造了一个装乔的旦角形象和一个俏丽的贴旦形象。同时，还以其独特的切入与叙述，最大限度地避免了重复之处、节省舞台时空。《拜月》一折，也提示我们在进行传统剧目之整理改编时，需要具备一双慧眼，发掘并张扬其独具"情趣"之处。

# 云山满目，烟树模糊

## ——《牧羊记·望乡》研究

《望乡》中，苏武以末应工，李陵虽戴雉尾，却是以小官生应工。雉尾生往往潇洒、狂傲，可李陵是个降将，满怀惭愧、犹豫、挣扎、纠结，表演上也没有借助雉尾做程式化动作。

《望乡》之起点是苏武困守北海、誓不降敌，听闻李陵投降，将信将疑；终点是李陵劝降失败，苏武与之割袍断义。苏武铁骨铮铮，从起点到终点，这条"拒降"之路完全可以一步完成。那《望乡》是怎么处理的呢？

虽然内容是"劝降"，该折却名为《望乡》，强化了情感色彩，更多地从人物个性、兄弟间独特的情感关系来剖开创作之路。正因为二人有兄弟之谊，才有对话空间。

具体来看本折层次。

第一个层次是苏武自述。苏武自报家门，《缀白裘》版用了一支比较长的【引子】，演出版删除了后半段，以免节奏拖沓。接着是一段很有特色的念白："海水无边无际，沙场无极无垠。无亲无眷又无邻，况又无家可奔。日里无衣无食，夜间无被无衾。"以"无"字的多次重复极言困苦，写尽了苏武的孤独。随后一支【忒忒令】延展了这种情绪，并提出新的话题：李陵投降与否。再是【沉醉东风】"见一簇人马闹喧"：李陵来了。

第二个层次是二人对谈，分为三个小段落。

第一个小段落是李陵、苏武相见。李陵上场，没有曲唱、没有定场诗，也没有自报家门，演出版加了他连呼三声："哥哥在哪里？"这是另一种"上场势"，呼出了人物急切、期盼的内心。两人见面，唱【哭相思】"怎知今日重相见"时，演出版有个精彩创造。唱到"怎知……"后，李陵下意识微抬一腿，欲行番邦之礼，苏武眼神立刻变严厉了，李陵察觉不对，尴尬地将腿放下——这个细节，将二人之个性、立场展露无遗。

第二个小段落，苏武问其经历，李陵用三支曲子讲了三件事，表达了三种情感。第一支【园林好】"从别后，朝廷与兵五千"，唱的是战事落败，情感是"恨"；第二支【园林好】前腔叙单于重贤，末一句却直言自己"被利名牵"，情感是"愧"；第三支【江儿水】"不想朝廷怒，将咱祖茔迁"，写灭门之祸，情感是"痛"。李陵内心巨大的痛苦，正是他有别于一般投降者的个性，亦是令受众叹惋之处。

然后是第三个小段落：请上望乡台。李陵用第二支【江儿水】做了邀约，被苏武断然拒绝。李陵再劝，即【川拨棹】"休执恋，请前行"，唱词里"论兴衰贵贱，由天"之说，多少已有了劝降意味。及至【尾声】，套曲完成，但"登台"其事，尚未结束。

我们知道，昆曲之结构方式与其套曲紧密相关。有意思的是，《望乡》全折由韵脚不同的两套曲子组成，将戏分成"登台前"与"登台后"两大块。

第三个层次是二人同登望乡台，以【画眉序】为本套首曲。该层次分为四个小段落。

第一个小段落"上酒"的言语细节是演出版之添加。苏武说："我自到此间，不食胡地之物。"李陵赶紧解释："这是小弟自备的。"苏武冷笑而已。二人个性差异，可见一斑。

第二个小段落是"望乡"，遥望家乡而拜，这是全折最动情处。念白"云山满目，烟树模糊"，仅用八个字，便写出了缠绵不尽、眺之难及的思乡之情。《缀白裘》版中，苏武拜乡时唱的【画眉序】前腔被隔为两段，中间穿插了苏武阻止李陵拜望家乡，所谓："谁要你拜，好没廉耻！"演出版做了调整，令苏武唱完整支【画眉序】后，再阻拦李陵之拜。向李陵的回答"李陵虽是朝廷罪臣，却是李门仅存，哪有不拜之理"是张弘老师的添加。仅此一句，道尽了命运之残酷不幸，道尽了李陵最后一点留恋。这话打动了苏武，放弃阻拦。李陵亦得以深深下拜。这个调整，给二人形象染上了一层情感浓度。

第三个小段落是歌女劝降。演出版删除了《缀白裘》版中【神伏儿】"悬丝傀儡"一曲，又将原本夹在【回回曲】"高高山上一庙堂"与【鲍老催】"劝君放怀"两曲之间的苏武曲唱【滴溜子】"我思量起"挪移到【鲍老催】后，以便不打断番邦歌女载歌载舞的舞台气氛，而苏武坚贞不屈之志，也得以突出。

第四个小段落是李陵劝降。事实上，歌舞之后，第二套套曲的【尾声】已唱完了。"劝降"是本折主要内容，两套套曲都结束了，李陵还没有正式开口相劝，这样的设置，在当下之戏剧创作中简直不可想象！《望乡》这么做，足见与"叙述事件"相比，作者更在意人物心理、情感之刻画展示。曾经手足情深的两人，此刻异地相逢，一个忠贞不贰，一个痛苦羞愧，这次相见，既尴尬，又伤感，而最终走向决绝。

李陵之劝，《缀白裘》版中有两个回合的说辞。一者始于"怀忠守节，虽义士之纲常；应变随机，乃达人之权度"，被苏武以"背义忘恩，实人臣之共耻；去顺效逆，岂义士之所为"驳回；二者始于"臣与君以义合，子与亲以孝先"，苏武回以"臣之与君，亦犹父子之同道；忠之与孝，岂可存亡而易心"。演出版删除了第二个回合。既加快演出节奏，多少也是对李陵形象的"保护"。毕竟，他劝降之言越多，形象就越受贬损。此前，《缀白裘》版中李陵还有一句念白"请哥哥放下节旄"，这话分量很重，是要苏武放下坚守、放下气节、放下忠贞，同样，出于"保护"，演出版亦删除了该句念白。

劝降不成，李陵发出"李陵与卫律之罪，上通于天，不可容也"的感慨。按照《史记》《汉书》等记载，李陵被俘之战，悲壮酷烈，也许在见苏武之前，他有很多个"自我说服"的"投降"理由，可这一次相见，苏武之高洁、不屈，他人格的伟力，动摇、击溃了李陵的"理由"。李陵之内心跌宕，也得到了深入、充分、多层次的挖掘。

第四个层次是道别。苏武让李陵不要再来，李陵说自然要来见哥哥，苏武说："吓！你若再来，我就一剑砍为两段。"同处他乡，却分道扬镳、再不能结伴而行。这时伤痛的岂止李陵一人？那个拔剑相向的苏武，其心也随着手一同颤抖。他不忍与兄弟割断情分，又坚守着自己忠诚的信仰，这两种情感的碰撞非常激烈。李陵下场时满面羞愧，苏武下场时也是眼含悲泪。

《望乡》之所以传世，既在于它歌颂了苏武之志节不屈，也在于它令受众看到了一个痛苦无奈的李陵。在特定情境中，在双方立场完全不同的情况下，怎样使人物情感不断发酵、产生张力，我们能从《望乡》中得到不少启发。

# 鬼磷明灭，空庭草碧

## ——《连环计·议剑》研究

《议剑》是一折以念白为主的对子戏，两个人物：王允以末应工，曹操以付应工，设谋暗杀董卓。"刺董"这样的英雄壮举，《议剑》却将之表现得"鬼鬼祟祟""偷偷摸摸"，这很有趣，也发人深思，它正指向东汉末年董卓执政之残暴、黑暗，忠臣志士无不战战兢兢、如履薄冰，而这反过来更坚定了他们除董的决心。

全折分为五个层次。

第一个层次：王允忧心国事，去请曹操。

王允先上场，唱【引子】、念定场诗并自报家门。当他寄望于吕布讨董时，家院来报："（吕布）反投入董府去了。"该突发事件起势极陡。《缀白裘》版是家院两度叙述"投董"事，演出版将之改为王允亲自重复了这话，表演、语气是满满的震惊、惊恐，有了吕布，董卓如虎添翼，除之更难！这里有个精彩的细节，王允才刚流露情绪，忽然意识到家院在场，立马收敛神色，装作轻描淡写道："甚么要紧事情，这等大惊小怪！"既表现了人物心机深沉，也间接体现了董卓耳目遍布，连在自家宅院，也不敢掉以轻心。随后王允吩咐家院，去取古史一册、宝剑一口：下文古史、宝剑各有寓意，足见王允已想好计策。又让家院去请曹操前来。为强调王允内心之急迫，演出版在《缀白裘》版"说我在此立等"的念白之外，连加三个"快去"。家院下场后，王允唱【锦缠道】表达家国之忧、匡扶社稷之志，"想鬼磷明灭，空庭草碧"句，很有力度。家院取来书、剑，回报曹操即刻便到，完成该层次。

第二个层次：曹操到来。

曹操上场，演出版加了句念白："我想这个老头儿（王允）足智多谋，讲什么事来？且到彼见机行事便了。"一则表现曹操性格诡谲，二则点明曹操、王允的相互试探。这个层次分为四个小段落。

一是"相见"。王允迎出门，在曹操身边连叫三声"骁骑"，曹操佯装不闻，再三说"把马牵下去，不要脏了王老爷的地方"，这是盘旋、是拿乔、是延宕。

二是"进门"。谁先进门？二人你推我让。从宾主（骁骑是客）说到职位（年渺职微），说到家世（汉相之后），说到"立场"（太师门下）。有意思的是，曹操有这么句回话："老大人说汉相之后，不胜惶恐。若说太师门下，曹操只得——"狐假虎威，作势要进，却又把脚收了回来，最终二人"同步""并行"。

三是"落座"。又是一番谦让。曹操不肯坐在正中，将椅子挪到一边，道是"傍坐了"，王允再三敦促，让他把椅子"上些，再上些"，直至摆放成常规对称的一桌二椅。

四是"饮茶"。这是演出版之添加。饮茶时二人各自以袖遮面，偷窥对方，像要说什么，又什么都没说。面面相觑后，只管"呸呸呸"地吐茶渣。

明明一个急切相邀，一个匆匆而来，何故见面后再三回避，不谈正事？这样的犹豫窥探，恰恰显示欲谈之事非同小可，谁先开口，谁先"暴露"，一旦所言非人、所托非人，便有满门抄斩之虞！故不敢贸然履险。

第三个层次：谈事。可分为三个小段落。

其一是"重忆温明园"。温明园中，董卓欲行废立大事，袁绍强烈反对。旧事重提，二人借谈袁绍试探对方对董卓的态度，又都不肯泄露自身真意。一个说："那日若不是骁骑在彼，几乎弄出事来。"一个说："那日还亏大人从中调停，不然几乎了不得。"——竭力将对方推作忠臣，而把自己撇得干干净净。

其二是谈"吕布投董"，继续试探。王允假装不知其事，以示自己是个昏昧老朽，又故意说："太师门下，又添了一员虎将，我们该去奉贺。"曹操毕竟年轻沉不住气，回答："贺什么，这叫塞翁失马，吉凶未定。"但这话他仍然说得很有分寸，既可解释为对董卓的不屑，也可认为是对吕布反复无常的抨击，进而表示了对董太师之"担心"。当然，王允听懂了，所以重复一句："好个吉凶未定！"

其三是"宝剑、古书"。这下轮到曹操"伪装"了，他扮演了一个不学无术的酒肉之徒，举"卖画"事自嘲，说："那日有个人，拿两轴画来卖，一轴是牛，一轴是马，我就对那卖画人说，这马又骑不得人，那牛又耕不得田，要它何用？你那里有牛粪马粪，我这里倒用得着，将它压田最肥。"《缀白裘》原著写明为"戴嵩画的牛"与"韩干画的马"，皆大家手笔，但这二人均为唐朝人，放在三国戏里，是个"硬伤"，故而演出版将画家姓名删除，也随之令语意不甚明了。

接着王允请曹操观剑，对话渐入正题，语言锋芒也逐渐显露。曹操所言"欠钢而已"，听在王允耳里，是指宝剑虽可透甲伤人，可执剑之人，少了男儿血性，以致董卓横行至此！

再说"古书"，请猜蠹损残句，引出"殃及池鱼"。王允还在试探，曹操已相对主动、坦率。二人把"殃及池鱼"反反复复连说三遍。王允之意是：董卓早晚身败名裂，足下若不改投门庭，也难能保全。

终于曹操亮出了态度："适闻所言，见彼谋为不轨，必至殃及池鱼。自叹吴国豪曹，不如纯钩透甲，然仆非池中之物，每见董卓肆行无忌，我意欲招——"这段念白，是演出版之添加，它令之前种种掩饰、机诈显露真容，也道明了古书、宝剑含义，令其直接与"刺董"相关联。奇的是，二人真开始谈"刺董"时，戏也接近了尾声。

《议剑》是个少见的"心理剧"，观众看的不仅是外层"情节"，更是"议剑"之前、互相窥探对方心理的那块戏。这是戏之重点，也是戏的难度所在。貌似闲笔，与主题无甚关联，但通过演员的表演、通过反复的周旋，却把人物真实意图表达得酣畅淋漓。

紧接着，曹操"欲招义兵"之说被王允一声"噤声"截断，身在私密空间，他俩竟还不约而同地轻手轻脚走到门前，左右查看，又将两把原本分置桌旁的椅子并拢到一处，交头接耳，窃窃私语。"明正其罪"这等正大之事，表现得如此惶恐、真切！

第四个层次：定计。

王允提议曹操暗杀董卓，一不用大动干戈，二能建下奇功，连动手的宝剑都给准备好了。曹操点头答应，王允"跪奉"宝剑，进一步断了对方退路。二人双双跪地，唱快节奏的【四边静】"纯钩出靶"。《议剑》不以曲唱见长，欣赏上以念白、表演为主，可与同类作品《鲛绡记·写状》对比来看。《写状》表演更细腻、层次更丰富，但内容格局较小；《议剑》议的是家国大事，格局较大。

唱罢【四边静】，曹操下场，主情节至此结束。人物道别下场时，昆曲舞台常用到彼此的两番唤转，以延宕节奏、突出强调。《缀白裘》版《议剑》仅王允叫转曹操这一番，演出版添加了曹操叫转王允的又一番，以为对称。

第五个层次：送别曹操。

王允回归了忠诚正直的君子形象，内心独白道："老天，老天！若能除此奸贼，上以肃清朝廷，下以奠安黎庶，汉家四百年宗社永保无虞，我工允就死在九泉之下也得瞑目矣！"忐忑、忧怀、急切、恐惧、愤慨、悲痛……涌动内心，而支撑起这一切的，是他忧国忧民的责任担当。

古典戏曲往往不以叙述事件为目的，更重视以事件为载体塑造人物、渲写情感，故此竟能以最短的篇幅，完成最重要的情节交代。《议剑》也罢、《望乡》也罢，都是在本折临近结束时展开核心情节描述，而把此前最饱满充分的舞台时空，留给人物的对峙、盘旋。王允、曹操都是历史上赫赫有名的人物，《议剑》竟以一个"老奸巨猾"的"末"、一个"奸狡多疑"的"付"来塑造，在特定情境、事态下的"谨小慎微"，恰恰从另一个角度体现了他们的"事有必为""匡扶正道"，如此独特的、游戏式的写作方法给演员的表演提供了广阔天地，也很值得编剧研究分析，从中吸收养料。

# 脱下了凤衮氤氲

## ——《铁冠图·刺虎》研究

《铁冠图·刺虎》讲述闯王李自成入京，崇祯帝自缢煤山后，宫人费贞娥假扮公主，欲刺杀李自成，却被赐给其兄弟"一只虎"李固为配。成婚之夜，费贞娥刺死李固。

费贞娥乔装后，应工如闺门旦，而最终她口咬青丝、手提匕首的形象，则是极典型的刺杀旦。李固以净应工。一旦一净，色彩搭配非常鲜亮。

《刺虎》起点，是一个纤弱女子，想要刺杀一名身经百战的虎将，这近乎不可能。戏的终点是刺杀成功。怎么自起点到终点呢？作者从人物和环境两方面做了详细铺垫。

先看人物铺垫。费贞娥一上场，悲愤之情就达到了顶峰，为行刺奋不顾身。李固呢，则是大醉上场，他垂涎美色，新婚夜没有任何防备。

再看环境铺垫。周遭的侍卫、侍女，一层层被支走，其他人逐渐被清空，私密空间的布局在不知不觉中完成。

《刺虎》大致分成五个层次。

第一个层次：费氏上场。

首曲【端正好】道："切切的蕴君仇，愤愤的含国恨""誓捐躯，要把仇雠手刃"，鲜明地表达了她的愤恨、决绝。

接着是自报家门："奴家费氏，小字贞娥，从幼选入宫闱……指望得近闯贼，杀此巨寇，为君父报仇。不想将奴赐与兄弟'一只虎'为配。罢！"《缀白裘》版这个"罢"字，在演出中被重复三次，以节奏突出其决心。

再就是名曲【滚绣球】"俺切着齿点绛唇"，其中，绛唇、脂粉、云鬓、衫裙、纤纤玉手、细细银牙等都是很柔美的元素，与之对应的却是"切着齿""揾着泪""剜仇人目""唉贼子心"，在强大反差中，形成奇特的文学性及对人物的独特刻画。

猛然地，鼓乐之声传来，费贞娥道："想是此贼他来也。"演出中连说三个"他"，以费贞娥瞬间的惊慌体现其多面性：她只是个寻常的女孩子，不是女杀手，本能地会害怕、会恐慌，又勉强道："不免乔妆欢笑去对他便了。"通过细腻的表演与强烈文辞，在这第一个层次中，先立住费贞娥的形象。

第二个层次："一只虎"上场。

"一只虎"李固以定场诗自报家门，又道："方才众将们道俺今夜与公主成婚，备了筵宴与俺称贺。俺那有心情与他们饮酒？被他们你一杯，我一盏，吃得大醉，方才放我回营。"短短几句话，交代、铺垫了很多：一、这是他的新婚夜；二、他心情愉悦；三、他喝醉了；四、他垂涎公主美色，无心应酬。

《缀白裘》中，李固回营后道："将校回避。"（演出版将之删除）突出了将校下场，就编剧技法来说，也是为刺杀扫除了第一层障碍。

接着，演出版中有一段二人相见的仪礼，既是舞台表演之惯例，也显示了李固对"公主"之尊重，乔装斯文。

见面后，费贞娥一福就福酥了李固半边，该细节既写费氏之美，也写李固之色。寒暄后，费贞娥提议"当行花烛之礼，合卺之仪，方成大礼"，显然是想将李固灌得酩酊大醉、不省人事，好伺机行刺。可传入李固之耳，这话情意绵绵，他欢喜地答应了。

第三个层次：宴饮。

二人入座宴饮，"一只虎"突然大叫："公主！"费贞娥陡地一惊，以为被识破心机。不料李固只是说："你看这银台上，好辉煌人也！"这声大叫，单看《缀白裘》文本，完全想不到是如此处理，也恰恰因为这个精彩处理，给费贞娥之情绪造成小跌宕，观众情绪亦随之起伏。

接着是【叨叨令】"银台上，煌煌的凤烛炖"。《刺虎》前三个层次基本囊括了本折主曲。李固唱罢前两句，费贞娥接唱"恁道是一夜夫妻百夜恩"等。

二人相对，她佯装柔媚娇羞，背过身的瞬息，脸上则满是厌恶仇恨。曲唱时，费贞娥反复"变脸"，情绪不断收放，看点十足。

此外还有个小细节：费贞娥频频劝酒，李固来者不拒，李固劝贞娥之酒呢，她貌似陪饮，却悄悄侧身，将之尽数泼洒于地。一则她要保持清醒，二是她绝不愿与仇人饮"合卺酒"。演出版还加上了换大杯痛饮的小细节，以便结结实实地把"一只虎"灌得烂醉。

李固酒醉欲眠，费贞娥吩咐侍女散去。这里有个小反复，李固提出要留几个侍女在房中服侍。费贞娥沉吟道："房中……"显然，若有他人在场，刺杀必定失败！于是她说："奴家自能侍奉巾栉，可叫他们去罢。"李固为什么没起疑心呢？编剧给了解释，即李固心道："想是公主娘娘怕羞，不好解衣就寝。"——将对方为刺杀所做的"清场"，理解为小女儿情态。侍女散去后，房内只剩男女二人，这也就到了第四个层次：内室之中，刺杀完成！

首先，地点转移到内室，是进入了更幽密的空间，以便刺杀之施展。

接着，为了刺杀的顺利进行，编剧又设置了好几个小段落：一是卸甲。这是费氏的请求，李固并非立马应承。他说："一向在皇兄帐中护卫，防备奸细，日夜不能卸甲。"费贞娥一句话便让他改了主意："今宵乃将军百年喜日，岂可穿此不祥之服？"观众才刚松了口气，李固又道："待我唤侍女们来卸甲。"戏剧情势再度绷紧！费贞娥应对："不消唤他们，待奴家亲与将军卸甲，才是妇道。"终度过了这个小"危机"，并唱【脱布衫】为之卸甲。

卸脱铠甲，编者尤嫌不够，复安排李固高呼臂痛："前日在宁武关被周遇吉打了一鞭，至今未曾痊愈。"喏，从色心大起、全无提防，到酩酊酒醉、撤走众人，再到卸去铠甲、胳臂负伤……编者从容做好了层层铺垫。

随后，"一只虎"入帐休息，放下的帐幔遮住了他，整个舞台都留给了费贞娥。轮到她"脱衣"了，在【小梁州】的曲唱中，费贞娥脱去琳琅满目的凤冠、耳环、喜服、凤鞋，扎起裙子，掏出匕首，表演很有力度，装扮由闺门旦变成刺杀旦，也"脱"出了她隐藏的决意。可以说，在对称的【脱布衫】【小梁州】两曲中，一个越脱越"弱"、一个越脱越"强"，终于强弱颠倒，完成了

"刺虎"这一戏剧任务。

再下来是【幺篇】"听房栊寂寂悄无人"，写夜深人寂的环境。费贞娥试探地口喊"将军"，两边开帐：先到左边叫声"将军"，将左边帐子撩起扎好，又到右边叫声"将军"，将右边帐子撩起扎好，情态谨慎，表演从容。她打量着"一只虎"："觑着他瞇细醉眼醒还昏""觑定了心窝把宝刀抢!"此刻费贞娥为刺杀旦造型，喊着"贼子看刀"，急速刺去!混斗中，李固被刺中，倒地身亡，费贞娥也脱力地跪倒在地，支起宝剑强撑娇躯，唱了支快节奏的【快活三】"钢刀上，怨气伸"，至此，刺杀成功。

第五个层次：费氏自刎。

侍女们听到喊叫声跑来，见"一只虎"身亡，纷纷指责："亏你下此毒手!"费贞娥以【朝天子】一曲剖白心迹。

关于贞娥之死，《缀白裘》版还用了个小伎俩。她陡然说："你看此贼又活了!"趁着侍女分神之际，费氏自刎!演出版删除了该细节，费贞娥只叹了句："费宫人吓费宫人，可惜你大才小用了!"迅疾自刎，干脆利索。贞娥死后，《缀白裘》版侍女之交谈，也被演出版删除了。

套曲之曲牌分布对应了昆曲折子戏的结构。《刺虎》中，费贞娥自报家门时用【端正好】【滚绣球】两曲，劝酒时用【叨叨令】，卸甲时用【脱布衫】，卸喜服时用【小梁州】，试探李固用【小梁州】之【幺篇】，刺虎用【快活三】，明志用【朝天子】，一步一曲，层次分明。而李固则曲唱很少，这大概也是我们通常不将《刺虎》视为对子戏的原因。

费贞娥之多重性，是《刺虎》最醒目处。一是身份的多重：宫人假扮公主;二是个性的多重：时时在女子之娇柔与刺客之决绝之间转换;三是表演的多重：既要取悦于"一只虎"，内心又充满仇怨，霎时笑靥如花，霎时满面悲切。如此重大的刺杀行动，竟由一个手无缚鸡之力的弱女子独立完成，而这本不该她承担!一念及此，受众不但对费贞娥满怀敬意，也满怀悲悯。

# 总朕错，请莫恼

## ——《长生殿·絮阁》研究

《絮阁》是个很有意思的"吃醋戏"。

《缀白裘》版，高力士定场诗道："巫云昨夜入阳台，玉漏迢迢晓未开。小犬隔花春吠影，此时宫禁有谁来。"《长生殿》原著则为："自闭昭阳春复秋，罗衣湿尽泪还流。一种蛾眉明月夜，南宫歌舞北宫愁。"两首诗指向不一，原著落点在杨妃梅妃争宠，《缀白裘》则更侧重杨妃闯阁的行为。当原著与《缀白裘》版有别时，演出版往往与原著一致。

自报家门之后，原著高力士即下场，《缀白裘》里，他却一直在场上伺候，演出版呢，像原著一样，在杨玉环上场之前，先安排了高力士下场，以便把整个舞台留给女主角。

杨玉环上场后，先唱了一段【醉花阴】，其中"未拔白潜踪来到"一句，《缀白裘》版改为"未天明潜踪来到"，或是出于"拔白"失之生涩，若无字幕提示，受众难以理解之考虑。而今演出版仍旧恢复"拔白"之说。从这些微小处，可以看到演出版之于《长生殿》原著的回归。

杨玉环在门外见到高力士，《缀白裘》写道："（丑）娘娘，奴婢高力士叩头。（贴）高力士干得好事！（丑）奴婢没有干什么事吓。（贴）我且问你，万岁爷在那里？（丑）万岁爷在这阁中。（贴）还有何人在内？（丑）没有甚人。（贴冷笑介）还来瞒我！你且开了这门，待我自进去看者。"

其中"高力士干得好事""还来瞒我"两句，极显人物性格，却不见于原著与演出版。再一细看，原来这是从原著后文、杨玉环道"高力士，你瞒着我做得好事"一句拆解而来。与"咄咄逼人"的《缀白裘》版相比，原著的杨玉环初见高力士时，稍微收敛了锋芒，"收"的好处是给之后的"放"留出发展空间。《缀白裘》将词锋前移，看似直接勾勒了杨妃个性，实则压缩了女主角心情、态度的转变空间。

《絮阁》主体大致可分成四块戏，很奇妙地形成一种对称关系：杨玉环与高力士有两块戏，杨玉环与唐明皇也有两块戏。在推进过程中，表现了杨玉环四种情感状态。

第一阶段，即杨玉环和高力士相见之第一回合。表现一个"怒"字。如杨玉环道："哆！你敢不容我进去么？"高力士道："娘娘请息怒。"杨玉环唱【喜迁莺】道："休得把虚脾来掉，休得把虚脾来掉！嘴喳喳，弄鬼妆妖！"这是贵妃去"抓奸"而被拦住时的满心懊恼。

第二阶段，是阁门开后，杨玉环与唐明皇相见之第一回合。她没有将"怒"往下延展，这不合于帝妃身份。既然不便在皇帝面前直接光火，她能怎样呢？洪昇写出了一个"讥"字，她时时刻刻讥诮着，说皇帝"为相思萦绕""为着个意中人把心病挑"，又说"俏东君春心偏向小梅梢"，甚至说"陛下圣恙，多应想着梅精所致"。唐明皇慌不迭否认时，杨贵妃唱道："既不沙，则问是谁把那珍珠去慰寂寥？"发现凤舄翠钿之后，则唱："都只说弊君王是我这庸姿劣貌，那知道恋欢娱别有个雨窟云巢？"哪一句话，不听得人面皮火辣辣？

第三阶段，是唐明皇以上朝为由走避之后，杨玉环与高力士的第二回合。她没有继续"讥"，反而展示了她再真实不过的情感："悲"。即文本提示的"作掩泪坐科"，"娇纵跋扈"的杨贵妃竟落了泪，这是她在《絮阁》中唯一一次流泪。

第四阶段，是唐明皇朝会归来，杨玉环与他的第二个回合，情感表达转为"要挟"，核心动作是她竟要把二人定情之物——金钗钿盒还与唐明皇。《长生殿》中，李杨之情，既基于男人与女人的关系，又基于帝王与妃子之关系。"拜，拜，拜，拜辞了往日君恩漆共胶。把，把，把，把深情密意从头缴。"杨玉环这些唱，就帝妃而言，不可谓不"失礼"，但就男女而言，却透着别样的酸甜。

杨贵妃之情是真的，手段却是狡黠的；唐明皇呢，他少许的"窘迫""烦恼"是真的，他之于杨贵妃醋意的赏玩也是真的。

有趣之处在于，不管怎生得宠，我们看到，在唐明皇面前，杨玉环并未展示其最真实的情感状态，她用讥讽、要挟这些小伎俩，包裹住了真情。真情发生于杨玉环与唐明皇之间，可最真实的杨玉环呢，那个愤怒的她、悲伤的她，却不在唐明皇面前，而在高力士眼前。归根结底，杨玉环与高力士，本质上也许是同一类人。

在"杨玉环—唐明皇""杨玉环—高力士"的对称结构中，较重要的唱段集中在帝妃之间，可作为穿插铺垫的旦与丑的戏份，也非常重要。

从愤怒到讥诮到悲伤到要挟直至重归于好，洪昇细细"排列"、细腻摹写了女性面对不同对象、不同情势时不同的情感状态，其分寸之把握、技巧之运用都极富价值。

与原著、《缀白裘》版不同，演出版删减了两大段戏。一是唐明皇上朝后，有老旦来劝慰杨玉环；二是生旦下场后，原著交代了高力士将凤舄翠钿还与梅妃，《缀白裘》因其之意，续上一段高力士与宫娥的对话，"万岁爷和杨娘娘恁般恩爱，你可对梅娘娘说，教他以后再也休想得宠承恩了"，所谓"朝廷渐渐由妃子，从此昭阳无二人"。这些，都不见于演出版，除群场龙套之外，演出版尽可能地保持了杨玉环、唐明皇、高力士三者的人物关系，舞台干净洗练。

在表演艺术上还有些精彩的创造，比如杨玉环佯作缴还钗盒时，艺术家们加上了唐明皇假意伸手去接的细节，杨玉环想还又舍不得，唐明皇再伸手索要，她只好勉强将之放入他手里，却因之又遭了他一顿戏笑。又比如帝妃相携下场，表演上，唐明皇唤"妃子"，杨妃拿乔作态，唐明皇佯怒，玉环赶忙脸色一变地逢迎，再二再三，充满趣致。

演出版最可商榷处，在于梅妃之处理。无论原著或《缀白裘》，梅妃都不曾上场，其事皆由他人叙述，又在好几处观照了梅妃，寄予作者的悲悯之情。

演出版却让唐明皇携梅妃而上，又迅速命她躲去夹壁之中，以避杨妃。之后呢，再没有让梅妃"出来"，也没有交代她的下场。换言之，演出版既添了个"多余人"，又对她过于冷漠了。

再将《絮阁》置于《长生殿》全剧中看，可知洪昇写"爱情"的笔法十分俏丽，一旦李杨爱情发展到一定程度，必然会出现一次挫折，有了挫折，戏就有了跌宕，有了跌宕，再来写恩爱，恩爱则愈深、愈浓。《絮阁》便是洪昇精心布置的"跌宕"之一，这之后，才迎来爱的高点：《密誓》。这折"吃醋戏"，表现的不是爱的破裂，而是"反其道行之"地为爱情做了个逆势推进。

洪昇不仅写了"情"，还写了"趣"，杨妃"以退为进"的"小脾气"是趣，唐明皇在被"拿赃"后的"耍无赖"，也是趣，他以逃避、装糊涂应对她的撒娇、嗔怨，从而产生了戏剧性，产生了情趣感。剧中人物可相互调侃，也可被受众调侃，受众在欣赏戏剧的过程中甚至可以调侃帝王，帝王也从尊贵的位置回归到常人的小情趣，并因之别具美感，这正是中国戏曲特有的审美个性。

# 袖儿里落下孝头绳

## ——《荆钗记·见娘》研究

《见娘》是《荆钗记》中的一折，得中状元的王十朋修书遣人接母亲和妻子同到任所。不料家书被人套写改为休书，妻子钱玉莲拒绝改嫁，被逼投江，王母和仆从李成来到任所与王十朋相聚。王十朋不见妻子，心中疑虑，几经探问，终知噩耗，悲痛欲绝。

这是一出鼎足戏，戏中三个主要人物王十朋、王母、李成，分别以小官生、老旦、副末应工。

这也是一折难写的戏，起点是王十朋等待亲人到来，终点是他得知妻子投江。妻子之遭遇其实一两句话就可以说清楚，即是说，戏之起点与终点靠得非常近，怎么在这样近的距离里铺设丰富的层次和情节，走出一条情感跌宕的戏剧路途，这是《见娘》值得研究之处。

整折戏分为三个大的段落层次。

第一个大层次是等待相逢。

王十朋上场后自叙身世，演出版内容比《缀白裘》版更饱满。王十朋之唱念如"一去许久，怎么还不见到来？使我常怀挂念""家眷到时，即忙通报""虽无千丈线，万里系人心"，都指向了他对家人之期盼。接着，王母、李成登场，分唱了第二支【引子】，同样表现了对相见的期待。盼望将要汇合，巨大的悲哀也将汇合。

接下来，有一个重要细节，李成提醒王母除下孝头绳。孝头绳是本折关键道具，此时之"除下"是为后来之"掉出"做铺垫。王母除孝头绳时忍不住哭媳妇，被李成制止。实际上，在之后的剧情中，王母和李成相互制衡，王母忍不住要吐露真情时，李成会及时提醒；李成险些说漏嘴时，王母也会赶忙提示。藏匿与吐露交缠着，再加上王十朋的一再追问，情节得以推进，情感也得以展现。

第二个大层次是得知噩耗。

进戏极快。乍一相逢，王十朋不见妻子，便问李成："吓李舅，小姐呢？"王母故意呼唤儿子，为李成解了围，比起探问妻子，王十朋得先去侍奉母亲。

这个大层次是《见娘》的主体部分，其段落结构由王十朋"三问母亲、三问李成、两次告退"构成。"三问母亲""三问李成"是交替进行的。母亲与李成都想隐瞒，王十朋只能不断改变询问对象，以探究真相。

一问母亲：王十朋见母亲愁眉不展，问她："缘何愁闷萦？"王母否认："做娘的没有什么愁闷。"王十朋见母亲不肯明言，便有了第一次"告退"。口中告退，王十朋却并不离开，他心中疑惑，转而有了"一问李成"："老安人为何闷闷不乐？却是何故？"李成说"老安人么……想是在路上受了些风霜"，其回答不能令王十朋满意，王十朋进一步追问并直接将话题引到了他所关心的妻了身上："莫不是我家荆，看承得我母亲不志诚？"而李成之言"小姐在家，尽心侍奉老安人，是不离左右的"，令王十朋更生狐疑：既然妻子不离母亲左右，为何没有陪同前来？此时他心中已有了不祥预感，故而《缀白裘》版里，有小生"哭跪介"的舞台提示，演出版这里"跪"而不"哭"，给小生之表演留出了情感推进的空间。

接着是"二问母亲"：妻子"怎生不与娘共登程"。王母欲回答之时，《缀白裘》版有"末摇手，老旦点头"的舞台提示。王母被提醒后答道："你媳妇多灾多病。"回答越吞吞吐吐，王十朋心中越焦灼，可他仍旧不便直白地追问母亲，便第二次"告退"，"二问李成"。

面对"你起程之时，为何小姐不来"之问，李成意识到"若说起投江一事，恐唬得恩官心战惊"，王十朋模糊听到一个"惊"字，抓住不放："什么惊？"李成支吾半晌，用了个谐音，解释说是"在途路上少曾经"这个"经"字。谐音之运用是常见的编剧技法，看上去是掩饰，技法上却完成了对揭示真相的强调，如《白罗衫·看状》"抱了回来""跑了回来"也是一样的用法。李成牵强之言使王十朋越发不安，他向母亲求证："阿呀，母亲，李舅明明说一个惊字的！"既表现了王十朋之茫然无助，也体现了鼎足戏的一个特点——要时时顾及场上所有演员，不能让某个角色长时间冷场。

显然王母和李成陆续给出的三个解释——钱玉莲病了、要帮助娘家父母料理家事、不堪旅途之苦，都不能让王十朋信服，于是有了他的第三问。

与前面两问不太一样的是，第三个回合是先问李成、再问母亲，结构设计在稳固中求变化，且后问母亲，才能更好衔接上孝头绳之掉落。

三问李成："我在家见你志诚老实，故把言语来问你。你怎么也把话来支吾我么？"语气严厉，近乎逼问，此处舞台提示"末跪介"，王十朋又气冲冲任性地说了一句："今后再也不来问你了！"结束了对李成之问，转而第三次去问母亲。

这"三问母亲"，他是哭着跪下几近哀求地问："把就里分明说破，免孩儿疑虑生。"母亲还没有回答，藏在她袖中的孝头绳就掉了出来。这一"掉"当然是个"偶然事件""突发事件"，但就写作技巧而言，恰恰是因为编剧已经铺排了"三问母亲""三问李成""两次告退"的丰富层次，所以此刻点破真相并不会让观众觉得意外、突兀，情感上水到渠成，情节上也就顺理成章。至此，《见娘》最难写的部分完成了。

全折第三个大层次是讲述真相与人物下场。

王母诉说实情时，有一段极有特色的念白（中间夹杂了小生、副末的插话）。"老旦：当初承局书亲附，拆开仔细从头睹，道你状元金判任饶州……休妻再赘万俟府……语句虽差字迹真。你岳翁见了生嗔怒。岳母即时起妒心。逼妻改嫁孙郎妇。汝妻守节不相从。他就将身跳——他就将身跳入江心渡。"

像这样成段、押韵、以七言为主之念白，在昆曲中不太常见。它具有乐府诗般的美感，有助于加强节奏，也体现了人物情绪之急迫。至于之后王十朋之晕厥、母亲之痛呼、王十朋之哭悼，都是较寻常的自然反应。

下场诗再度体现了三个角色的鼎立之势：

老旦：追想仪容转痛悲。

小生：岂知中道两分离？

末：夫妻本是同林鸟。

合：大限来时各自飞。

戏末，王十朋问李成："小姐死了，如今灵柩停在那里？"李成回答："阿呀，状元老爷吓！那日风又大，浪又高，连尸首都没处去打捞，还有什么灵柩介？"既写出了王十朋的依依哀念，更为后文钱玉莲之死里逃生、与王十朋夫妻团圆埋下伏笔。

除了上述编剧匠心之外，演出版与《缀白裘》版几处不同处理也值得关注。

其一，王母和李成登场时，《缀白裘》版李成接唱【引子】道"昨过村庄，今入城市"，演出版改为"已达皇都，遥瞻故里"，"故里"既与王母之唱"死别生离辞故里"重复，"遥瞻"（回望）的指向也不如《缀白裘》版匆匆前行、急欲相见明确。

其二，王母、李成见京师繁华时，分念了四句："闻说京师锦绣邦，果然风景胜他乡。红楼翠馆笙歌沸，柳陌花街兰麝香。"演出版甚至在第二句后，还为王母加了一句"妙吓"的赞叹。实际上，王母、李成此时之内心充满愁苦，再好的风景也无法使之开怀，更不可能欢喜赞叹。这是《见娘》文本不够细密之处。

其三，王母到达王十朋寓所，演出版加了一句："哦，到了，到了，谢天地！"这一加很有效果，既为"投子登门"明确划分出小层次，又强调了王母欲见儿子的迫切心境。

其四，《缀白裘》版母子相见，王母问道："儿吓，你在此为官，一向可好么？"十分平淡。演出版改为："儿吓，你在此好……"独特的欲言又止的表演处理彰显了人物复杂的心情。王母误以为是王十朋一纸休书逼杀了钱玉莲，她对儿子是有些埋怨的，又不便直接指责，一声"你在此好……"可谓百感交集。蒙在鼓里的儿子却老老实实用一支【刮古令】作答，问答的不对称也颇有戏剧效果。

其五，王十朋唱【刮古令】，《缀白裘》版中还有王母的夹白，演出版则将这些夹白全然删除了。虽然唱中夹白是昆曲特色之一，可以更大程度地利用舞台时空，丰富叙述内容，但若处理不好，也存在夹白与唱腔互相干扰、彼此消损的危险，需要慎重而行。

# 错认新郎作旧交

## ——《风筝误·前亲》研究

李渔在编剧理论方面有诸多论述，他笔下这一折《前亲》，编剧技巧则并不复杂。《前亲》情节基于一个误会，詹家大小姐詹爱娟误以为所嫁之人是"私约"过的英俊才子，不料洞房之中，"戚友先"另有其人。该折算得一出丑（戚友先）、付（詹爱娟）、老旦（詹爱娟之母梅夫人）之鼎足戏。

与演出版不同，《缀白裘》版《前亲》较为完整，詹母先上，先唱【女冠子引】，自报家门，继而铺排婚礼流程，再"掌灯送入洞房"，这一来，新人上场便不必再自我介绍。演出版则删除了这些仪式，新郎新娘在吹打声中直接上了场。

《前亲》之起点是"入洞房"，终点还是"入洞房"，这之间又走过了一条怎样的戏剧路途呢？李渔设计了两个"扣子"：一是双方都发现对方不是自己期待之人；二是男方发现女方婚前与他人有过"私会"。那么，这岌岌可危的婚事，又是怎样继续下去的？

先看第一个"扣子"的处理方式。李渔单用一句"掀起纱笼看阿娇"，便令戚友先直接掀开了盖头，发现新娘是个丑妇。换言之，他放弃了对"看新娘"过程之描述，也就放弃了戚友先心理更大跌宕的可能。试想，若让戚友先隔着红盖头，先看新妇的小脚、看她婀娜的腰身、看她羞答答的情态……再三欣赏，不断在心中加强"美人"的期待值，终于盖头一掀，发现她面貌丑陋，这一惊、这一吓，戏剧性显然更强。

紧接着戚友先自述："我戚友先一向嫖娼宿妓，美恶兼收，精粗不择，丑的也曾看见几个，再不曾看见这样一个八不就的面孔！"这简直是我国古典戏曲特有的人物"自黑"方式，譬如《鲛绡记·写状》中也有贾主文"心为黄金黑，腮因白酒红"的自述，寥寥数笔，简洁生动，以人物自家之口，将其负面个性嘲谑了个淋漓。

而后，本折迅速进入第二个"扣子"。要让新娘告诉新郎自己曾与其他男人有约，这个"设定"其实很难写，而詹爱娟的行当家门设置令该难题迎刃而解。归于"丑"行之"付"，令人物天然带有强烈的喜剧性、滑稽色彩，这便使她"可以"将当初之"丑事""私事"脱口而出！

实际上，"私约"事在《前亲》中被叙述了三次。头一次，是詹爱娟"不打自招"："那一夜我们好好说话，被奶娘撞进来，你只说是夫人，跑了出去。"第二次，是戚友先向梅夫人转述："道是去年某夜三更，有人赴招，被乳母撞着分鸳好。那人曾把我尊名冒，那人更比我尊容好！"第三次，是梅夫人责问女儿时，詹爱娟的"招供"："去年清明时节，有个戚公子的风筝落在我家，他黑夜进来取讨，不过搭渠说子几句闲话，其实一点相干也没得嘘……"同一件事，随着讲述人的转化、倾听对象的转换，讲述情绪情态也在变化着。詹爱娟对戚友先说得简单，戚友先对梅夫人说得愤怒，詹爱娟对梅夫人解释得完整又委屈。这也说明，李渔在将该事件分割为三次叙述时，是有其匠心的，虽然编剧技巧还可以运用得更精致一些。

原本只有付、丑二人之舞台，因为戚友先"识奸"后大吵大闹，惊动了老旦上场，形成鼎足之势，并因为人物迥异之心理、态度而具有饱满的戏剧张力。戚友先三次要走，从"男儿，点灯归去"到"叫人点灯，快些打轿，我要回去"再到"叫人打轿回去"；詹爱娟虽自知理亏，却因为本身不满意戚友先，便也不以为然；梅夫人则是一拦再拦，一来关乎女儿名声婚事，二来怕被隔壁笑话失了颜面。梅夫人一面责骂女儿，一面又要使尽解数留下新姑爷，在互相嘲唾的新郎新娘之间来回周旋。

与戚友先之"三去"对应的是梅夫人之"三留"，一是骂女儿："是我女儿不争气，怪不得你发恼。"二是此事关乎两家体面："你今晚若不做亲，寒家的体面何在？""就是你府上的名声也有些不雅"。三是"待老身替小女赔罪"，请求包容。如此软硬兼施、再三央求，都没能说动戚友先，倒是"三留"之外的一句承诺"三妻四妾任凭你娶"让戚友先改变了主意！美中不足的是，目前之"三去""三留"，并没有清晰地交缠推进，若能形成"一去一留""二去二留""三去三留"的脉络结构，戏剧效果兴许会更好。

另外，值得一提的是《前亲》戏剧情境之设置。"洞房"是个私密空间，尤其"家丑不可外扬"，里面之人不能出去，外人也不可入内，这便有了"密室"般的戏剧张力。比《前亲》更为典型、处理得更好的是《狗洞》一折，将不学无术的鲜于佶锁入一个密闭空间，逼得他个状元最终从狗洞钻将出去。

无论《风筝误》传奇还是《前亲》单折，都不能代表李渔作品最高的审美价值，从《前亲》等折子里，我们看出李渔对当时大众趣味以至恶趣味的迎合，甚至多少有"媚俗"之嫌。《风筝误》不似《牡丹亭》《长生殿》《桃花扇》，一方面，它格调不高，也并非"文人戏"，并不向受众展示作者心灵最大的宽度与广度；另一方面，它又以其市井性，切实向人们展示了在李渔所处之时代，较受观众欢迎之戏剧作品的面貌，其舞台生命力也不可小觑。决定作品高度的是题旨而非技巧，但若没有理性的技巧支撑，再好的题旨也可能被消磨、遮蔽。

# 两下里又生欢庆

## ——《雷峰塔·断桥》研究

《断桥》是《雷峰塔》中的一折，讲述的是：白娘子（旦）、小青（贴）与法海斗法不敌后，侥幸逃脱，行至西湖断桥，重逢许仙（生）。小青恼恨许仙负心，许仙苦苦哀求，白娘子原谅了许仙并代之向小青求情，最终三人同归。

《断桥》是个鼎足戏，人物设置极佳。白娘子、许仙、小青都个性鲜明、彼此纠缠、相互制约：白娘子缠绵多情，既嗔怨，又眷恋；许仙对白娘子呢，是又爱又怕又愧疚；小青深恨许仙辜负白娘子，却又与白娘子姊妹情深、奈她不何。实际上，这是一组家庭内部关系，写作上有很丰富的戏剧元素可以运用，不过，比之精彩纷呈之表演艺术，《断桥》的文本，并不十分令人满意。

比如，地点"断桥"，这是白娘子和许仙初遇之地，旧景重过，物是人非，难免令人唏嘘无限，但文本除了重复一句"断桥亭"外，再没有展开了；再如，白娘子已怀有身孕，她不仅是一个妻子，还是一个母亲，她与许仙也不仅是男欢女爱之关联，还有了生命延续、血缘纽带，这一点非常重要，却也同样被文本忽视了。

白娘子、许仙、小青的唱念整体来说文质平平、重复颇多而缺乏推动力，相比《缀白裘》版，演出版添加了很多表演艺术之细节，《断桥》一折之脍炙人口，亦在于此。

《断桥》整体可分为三个大部分。

第一部分是三个人物之上场。鼎足戏的人物往往分组上场，譬如，《荆钗记·见娘》便是王十朋先上，王母与李成作为第二组人物再上。《断桥》则是白娘子与小青作为第一组人物上场，叙述此刻状态：落败后流离到此，不知往何处安身。

《缀白裘》版中，此时白娘子之情绪更多的是悲伤，她说："忒硬心！泪珠扑簌心中恨。""凄清，满怀儿愁怎禁？""伤情，苦一旦成孤另。"演出版之唱词则更多指向了愤怒："我细想前情，好教人气满襟。"不过，与小青刚硬之"怒"相比，白娘子表现得更柔和一些。

此外，还有个小细节值得注意：白娘子动了胎气难以行走，小青问安身之处，白娘子应声道："我闻得许郎有一姐丈，名唤李仁，在此钱塘居住，我和你投奔到彼再作道理。"她首先想到的是投奔许仙的姐丈，足见她深怀的夫妻之情，也预示了二人必将走向和合。

紧接着，许仙作为第二组人物，也是鼎足戏的第三个人物，单独上场。他唱了一支【前腔】，曲牌之选用亦明确了人物分量的均衡关系。此处演出版和《缀白裘》版有很大区别。《缀白裘》中，生（许仙）和外（法海）一起上，许仙再三不肯去见白娘子，道："阿呀，禅师吓！弟子是决不去的！"或"弟子是决不放禅师夫的！"法海安慰道："不妨，我此去在净慈寺安身，待他分娩之后，付汝法宝收镇此妖便了。"这样一个卑怯、薄情、只为"接收后代"而去的许仙，实在令人无法接受！演出版将法海其人完全删除，铺排了许仙的两难之情：一方面心怀歉疚，"我与娘子恩情匪浅，平日待我又十分的体贴，为此我下得山来，寻找娘子的下落"，另一方面又畏惧小青，"想那金山之事，那青儿必定怀恨于我。倘此番见面，是定不与我干休"，故决定先去姐丈家。

人物上场后，其情感状态已交代得清清楚楚。许仙"痛往事、暗伤情"等唱词，也显示了生旦感情之"对接"。换言之，在夫妻还未见面之时，作者已将二人情感往一处"拉拢"了。

然后是全折第二部分：许仙之逃和白娘子、小青之追。这里的舞台处理很独特，幕后的白、青看到了许仙，她们以内声反复高叫"许仙，往哪里走"，整个舞台都留给了许仙，他表现了一个小男人的畏惧惶恐："吓死我也！""我此番性命休矣！"惊慌失措、魂飞魄散的表演明显裹入了穷生的特色。看上去是个"怕老婆"的戏，实则与《狮吼记·跪池》完全不一样。貌似强势之白娘子，恰恰因为她用情深绵，反而是弱势的、被伤害的那一个。

《断桥》里有不少不甚妥帖之唱词，譬如，白娘子紧追许仙时唱的"哪知他豺狼心性"等。快要被追上时，许仙有了另一层心理："啊呀且住，看她们紧紧追来，叫我到何处去躲蔽呀？也罢，我且上前相见，这生死付之天命的了。"观众看《断桥》，经常看得发笑，并不是不同情白娘子之遭遇，而是在审"小男人"之趣。许仙其人，若在现实中当然无可取，可舞台艺术令人物塑造进入了审美领域。

至此，戏进入第三个部分：见面之后。

小青见了许仙，作势要打，被白娘子拦住。"小青"是《断桥》里必不可少的人物，有了她，就有了另一种"不原谅"的力量，戏的丰富度与层次感也随之增加。

"见面之后"可划分为以下几个小层次。

一是许仙和白娘子对话，小青侧立在一旁，时常以"哼""快讲"来隔断许仙的叙述，使戏既有了层次性，也有了拉力和戏剧性。

二是许仙与小青对话。白娘子原谅许仙易，小青原谅许仙难。同样的道歉放在小青这就不好使了，小青劈面给了许仙两巴掌，她与白娘子一刚一柔的对比十分强烈。

三是许仙为了求得小青原谅，掉转头再求白娘子，小青则让白娘子"不要睬他"。在巧妙的人物关系造成的流转中，焦点又落到白娘子身上。原谅，还是不原谅，一左一右的拉力使白娘子获得了非常大的表现空间。

接下来，小青几次要打许仙都被白娘子拦住。这里有经典的表演艺术之造型美：小青剑指（指法）许仙，白娘子一手拦小青、一手护许仙、许仙跌坐在地，以袖遮头。尽管白娘子唱词时有文不达意之处，所幸演员演唱极为委婉、柔和。甚至，唱词文意指向的情绪和曲唱的演员情绪状态之间有明显差异，这个差异救了《断桥》，它最大可能地给了受众窥视白娘子复杂内心的机会。恰恰因为曲唱柔婉如声声叹息，才在一定程度上揭示了人物丰富的情愁。

本折在走向结尾，但"小青原谅许仙"之戏剧任务还没有完成。《缀白裘》版【尾声】众人唱道"两下从今欢庆"，演出版则改为小青唱"两下里又生欢庆"，配合着小青切齿跺脚的形体表演，意思完全变了。前者指向许仙、白娘子和好如初，后者则指向小青愤懑难消！正因为小青这个态度，才有了最后一块戏：白娘子在小青面前为许仙说情，道他再不敢了；小青回说"只怕未必"；白娘子只能将一切不幸归之于天——"只恨奴命犯兢颤"，就像许仙将一切责任忙不迭地推给法海一样。这里还有个小细节，白娘子腹中疼痛、步履摇晃，许仙小青同时上前搀扶，白娘子身体一软倒向许仙，小青只得恨恨跺脚、甩手。面对这么个白娘子，小青怜她、敬她，只得无可奈何，勉强接受了许仙的道歉，与他一左一右同扶白娘子下场。

《雷峰塔·断桥》文本虽不甚高明，但也仍有可借鉴之处。最主要的是其人物个性及关系之设定，它是全折成功之基础、保障。白娘子、许仙、小青三人情绪同中有异、异中有同，故而可以深入交缠，给二度、三度创作也留下了极大空间。此外，演员的装扮也非常有特色，三个人物三个色彩（一白一青一紫），加上精湛的表演艺术，使得《断桥》成为戏曲雕塑和绘画作品中极为常见的表现题材。

# 这颜色不似在泉台

## ——《牡丹亭·冥判》研究

  《牡丹亭·冥判》《九莲灯·火判》《天下乐·嫁妹》是昆曲中最知名的三个判官戏，胡判、火判与钟馗这三个判官形象都极为可爱，昆曲舞台上所展示之幽冥世界，也十分欢悦、热闹。

  《冥判》文本研究主要面向三个版本：一是汤显祖原著；二是《缀白裘》版；三是当今舞台的演出版，以江苏省演艺集团昆剧院演出本为例，间或与省昆精华版《牡丹亭》之演出本做比较分析。

  《冥判》第一块戏，是胡判官的上场，汤显祖原著里以【点绛唇】"十地宣差"开场，随后才是胡判之自报家门。在《缀白裘》及省昆演出版里，则调换了"自报家门"与【点绛唇】的位置。实际上，这两种方式即以【引子】开头接自报家门或先自报家门再接唱【引子】，均常见于昆曲折子戏。

  随后，省昆演出版里，胡判官说了一句"看衣更换"就下场了，该处理与原著、《缀白裘》都不一样。演出在这里加了一段小鬼头的打闹，没有具体语言，以类似"哑剧"的表演方式表现小鬼头的趣致，增添欢乐气氛。这与《嫁妹》里众小鬼的"才艺展示"有异曲同工之妙，同样表现了演员的功法。

  胡判官换衣后再上，表演呈现出一种妖媚感。"净"通常是很粗豪的，动作开合较大，但判官戏里的"净"，不时会有些很"俏丽"的表现，偶然甚至有模仿"旦"的感觉。

  第二块戏，是发落人犯。在此之前，原著与《缀白裘》里，都还另有一段戏：赞笔。汤显祖写了极长一段【混江龙】，"喝彩"这支判刑名、押花字的判官笔，《缀白裘》保留但大大压缩了这支曲子，演出版呢，则将之完全删除了。因为此曲更多是文人之个人趣味、个人才华的表达，与受众之观赏习惯、审美要求存在一定距离，演出可能会失之单调、晦涩。

胡判先审了男犯（花间四友）：喜唱曲词的赵大、爱住香泥房子的钱十五、好使花粉钱的孙心和好男风的李猴儿。判这四名男犯是为判之后的那一名女犯"杜丽娘"做铺垫。原著中，汤显祖在此四人身上用的笔墨，基本上是平均的。而在《缀白裘》与演出版里，前三人的篇幅被压缩，最后李猴儿的戏份加重，换言之，是又以前三人为末一人做铺垫，这或与明清时期为达到剧场效果而迎合某些恶趣相关。不过，李猴儿扮作童子，实以丑行应工，丑行之表演艺术于此得以表现，科诨也较为自由。

还有个小细节。《缀白裘》里，钱十五说"小鬼犯爱住香泥房子"，判官只说了一句"罪过"而已。为什么爱住香泥房子是罪过呢？原著说得明白："鬼犯无罪，则是做了一个小小房儿，沉香泥壁。""沉香泥壁"典出《朝野金载》："唐，宗楚客造一宅新成，皆是文柏为梁，沉香和红粉以泥壁，开门则香气蓬勃。太平公主就其宅香，叹曰：'观其行坐处，我等皆虚生浪死。'"

发付四人这块戏表演最精彩处是一支【油葫芦】，一净、一生、一末、二丑，相互呼应、载歌载舞，曲词之"蝴蝶呵，恁粉版花衣胜剪裁。蜂儿呵，恁便试个利害，甜口儿咋着细腰揿。燕儿呵，斩个香泥，弄影勾帘内。莺儿呵，溜笙歌，惊梦纱窗外。恰好个花间四友，可也无拘碍"等，文采风流，趣味横生，顷刻便将"恶趣"提升为了"情趣"，这是文人才华的力量。

判完"四友"，真正的主戏到了。其实"四友"所占篇幅也不少，为什么说判杜丽娘才是主戏？昆曲之结构与其套曲的安排紧密关联。《冥判》共六支曲子，首曲【点绛唇】为胡判官之上场，【尾】为下场，中间四支曲子，一支【油葫芦】给了"花间四友"，另外三支【天下乐】【哪吒令】【鹊踏枝】皆予杜丽娘。单从曲牌之布置，也可看出汤显祖关注点之所在。

有时编剧认为最重要的是情节本身，故而将更多唱段放在对情节之书写上。《冥判》却并不如此。汤显祖没有着力写怎么发付杜丽娘，他只是用最简单的笔法做了该情节交代，以便日后杜丽娘一缕幽魂重逢柳梦梅，叙述情节时也没有使用明显的编剧技法，并未刻意划分层次。而无论【天下乐】"猛见了，荡地惊天，一个女俊才"，还是【哪吒令】"瞧了恁润风风粉腮，到花台酒台；溜些些短钗，过歌台舞台；笑微微美怀，住秦台楚台。因甚的病患来？是谁家嫡支派？这颜色不像似在泉台"——汤显祖最用心处，都在极写杜丽娘之美貌，她的明艳照亮了地府、震惊了鬼神，从而进一步塑造出人人心向往之的女性形象。

值得一提的是，《冥判》中被招来问询之花神，在省昆精华版《牡丹亭》里由女性扮演，在《缀白裘》与折子戏演出版里，则由末应工。在这里，原著用了一支极长的【后庭花滚】与一支【寄生草】叙述各式花卉与情欲的关系，像"赞笔"一样，是汤显祖文人私趣味的酣畅书写，《缀白裘》删除了【后庭花滚】，保留了【寄生草】；折子戏演出版删除了【后庭花滚】【寄生草】；精华版《牡丹亭》则保留了【寄生草】：这曲子指向人间永不磨灭的情欲、永不缺席的春天，花朵年年岁岁依时盛开，就像少女的春心永不能被压抑，《牡丹亭》至高之"至情"，也正蕴于此。

随后，杜丽娘请求查询丈夫姓柳还是姓梅，原著与《缀白裘》里，杜丽娘都不但问了丈夫，还问了父母，并上望乡台上遥眺乡关。牵念父母是人之常情，可从戏剧性角度看，对父母之挂怀会削弱杜丽娘恋梦中情人、被爱欲驱动的力量，为保持其纯粹性，演出版删除了"问父母"这段戏。

《缀白裘》与演出版也有删得不妥帖之处，比如【尾】曲里，它们双双删除了原著"那花间四友你差排，叫莺窥燕猜、倩蜂媒蝶采"这两句，大约是为了节省时间。但恰恰是这两句，勾连起"花间四友"与杜丽娘，使"男犯之判"与"杜丽娘之判"成为不可分割的整体，不但如此，这两句还指向了杜丽娘的去处——花园。在牡丹亭畔、太湖石边，她将与书生相逢。汤显祖之安排极为精当，将四个男犯发付为黄莺、燕子、蜜蜂、蝴蝶，也为了指向杜丽娘芳魂去处。在这两句唱被删掉之时，汤显祖之苦心也被消解了。

《冥判》向我们展示了：

一、文人趣味在舞台上的大幅度压缩，案头文本和场上文本的渐变过程，作品被搬上舞台后须考虑和观众审美趣味的对接。但在改编者令文本向舞台进一步靠近之时，也可能会出现不足之处，即令文本丧失了应有的文学高度。这也对当下编剧提出了要求，要重视曾经因为文化、审美不够而被轻易划掉之处，有些可以拾回，有些可以重塑，有些可以继承、发扬。

二、全折独特之结构方式。人们常见"三"的结构，但《冥判》并未简单使用这一结构，他没有写先判甲、再判乙、三判杜丽娘，而是选择了"男犯""女犯"——"花间四友"和杜丽娘的对称关系。因为没有哪个甲、乙能与杜丽娘相提并论，单单的个体甚至连为杜丽娘做铺垫的分量都不够，所以他以"四"对"一"，中间又杂以"花判"，以"男判""花判""女判"又暗暗铺设了三层。

三、以曲牌呼应昆曲之结构，并从曲牌之位置、数量、内容上，展现作者真正的用心点，美丽少女之魂魄将归于她爱情萌生的花园，这才是汤显祖在《冥判》里最想表达的。有趣的是，其舞台表演艺术之主角，又并非杜丽娘，而是胡判官，这使优秀的净行演员有了用武之地。《冥判》是热闹、有趣的戏，我们从中看到了汤显祖丰富的情感与趣致。除了故事表述之外，汤显祖还在《牡丹亭》中表达了他的整个精神世界。当下编剧在写戏时，也不应放弃对"趣"的关注与抒写。

# 早惊破月明花粲

## ——《长生殿·醉妃、惊变》研究

　　《缀白裘》之《醉妃》(演出版惯称《小宴》)、《惊变》,即将洪昇原著《长生殿》第二十四出《惊变》一拆为二:前半部分帝妃醉饮,即《醉妃》;后半部分"渔阳鼙鼓动地来",即《惊变》。二者是个不可分割的整体,它们共用了一套南北合套的曲牌:【北粉蝶儿】【南泣颜回】【北石榴花】【南泣颜回换头】【北斗鹌鹑】【南扑灯蛾】【北上小楼】【南扑灯蛾】直至【尾声】。

　　在《醉妃》里,洪昇以极为精美的唱词渲写了他想象里的宫廷生活:既不失帝妃尊卑之别,又不失爱人间的甜美。开篇之【北粉蝶儿】"天淡云闲"、【南泣颜回】"携手向花间",无论文辞之考究、曲唱之优秀,还是身段之设计……都堪称经典,极具典范意义。

　　《醉妃》的"落点"是杨妃之醉,其"完成"过程,大致可分为以下五个小层次:

　　一、高力士(丑)上场,交代御花园摆宴之事。

　　二、唐明皇、杨贵妃双双上场,以【北粉蝶儿】【南泣颜回】两曲,写"风物宜人"。

　　三、小宴摆开,以【北石榴花】"不劳你玉纤纤高捧礼仪烦"写"饮食仪礼"。清雅的食物:"只几味脆生生蔬和果";清幽的环境:没有"咿咿哑哑,乐声催趱"烦扰,这是一次亲切、随兴、发生于爱人之间的"小宴",而不是铺张、烦琐、常见于君臣之间的"大宴"。

　　四、"诗酒助兴",洪昇用一支【南泣颜回换头】"花繁秾艳想容颜"将李白的《清平调》三章改成了曲唱。从中我们不仅看到了李白的诗、看到了洪昇

111

的文采，更看到了作者对盛唐气象的想象。洪昇不仅写出了帝妃的情感温度，还写出了他们所处时代之雍容华贵。

五、之后的【北斗鹤鹑】"畅好是喜滋滋驻拍停歌"与【南扑灯蛾】"态恹恹轻云软四肢"是最后一个层次："醉酒"。可以说，之前之"风物宜人""饮食仪礼""诗酒助兴"三个小层次都是为这个层次做的铺垫，宴饮渐入佳境，三杯四盏、劝酒饮酒之后，唐明皇兴致愈浓，唤取"巨觥"，一心灌醉杨妃。

《缀白裘》里，杨贵妃推辞"臣妾量窄，不能饮了"后，唐明皇道："今日必须尽兴。宫娥每跪劝。"这句"今日必须尽兴"确有强人所难之感，影响了爱的甜美表达，故而在演出版中被删除。但"宫娥每跪劝"这一句，也透露了帝妃的地位差异，并将劝酒的气氛、欢愉之情绪推向高潮！

接下来，演出版里有个很精彩的表演艺术之细节添加，既不见于原著也不见于《缀白裘》。唐明皇以大杯与杨贵妃对饮时，不胜酒力的杨妃背身想要将酒悄悄倒掉，却被唐明皇发现并阻止，杨妃再欲倒酒，又被阻止……如是者三，最终，杨妃在皇帝的凝视之下，虽有些为难，却还是满怀柔情地将酒一饮而尽！在"拒绝"与"无法拒绝"的盘桓中完成杨妃之"醉"与唐明皇"我这里无语持觞仔细看，早只见花一朵上腮间"之居高临下的、对美人醉态的赏玩，而这正是作为文人士大夫的洪昇笔下、心中，君王与贵妃之间爱的特有的表达方式。

唱【南扑灯蛾】时，舞台调度、身段安排又是《醉妃》的亮点之一：杨贵妃在宫娥的扶持下，一步步娇软、俏媚地迎向唐明皇，唐明皇"颠儿颠儿"地、得意地后退；随后调了个过儿，唐明皇迎前而杨贵妃后退，在"迎"与"退"的呼应中，将二人之欢愉与唐明皇对贵妃美态之欣赏表现得淋漓尽致。同时，令人看到了贵妃对其美丽的自信。在表演女性醉态之美上，《醉妃》可谓登峰造极。

美好的景致、美味的佳肴，甚至李白之诗，都是为杨玉环的醉做铺垫；更进一步说，在《长生殿》的戏剧世界里，再美好的景致、再美味的佳肴、再美丽的词章，都输与杨玉环这一醉的美，这才是"盛唐中的盛唐，巅峰上的巅峰"。可惜这一切将在瞬间被打破！

当人们把《醉妃》与《惊变》连在一起看时——实际上，《醉妃》(《小宴》) 可单折演出，而《惊变》则必须与《醉妃》连演——就会发现：洪昇浓墨重彩渲染之"美"，恰恰是为之后断崖式的跌落，那"惊"、那"变"、那摧毁盛唐的"安史之乱"做铺垫。

一句极突兀的"何处鼓声骤发"，将受众带入"惊变"的情境。

在当前之戏剧创作中，人们往往习惯将较多笔墨放在对外在的、客观的、重大事件的表述上。譬如安史之乱，它无疑改变了唐王朝的走向，可在《长生殿》里，作者更关注男女主角的爱情，因之，他将该"重大历史事件"仅仅处理为一个功能性情节——没有安史之乱，就不会有帝妃之生死离别；却没有为这场叛乱做过多政治军事上的铺垫，只用"何处鼓声骤发"六个字，便将之前浓艳的美景击碎、零落一地！之后也仅用【北上小楼】"你道失机的哥舒翰，称兵的安禄山，赤紧的离了渔阳，陷了东京，破了潼关"二十余字，便交代了战事时局。对比前面酣畅地描述贵妃之醉，其用墨是多么吝啬！

虽处同个南北合套，《醉妃》曲唱整体节奏较缓、缠绵悱恻，《惊变》之曲唱节奏明显加快。

一般来说，昆曲"南北合套"由某主要角色唱北曲，某次要角色唱南曲；或北曲由某主要角色一唱到底，南曲按不同需要分与不同角色演唱。但原著《惊变》这一套曲子，却向人们展示了"不可无常规，岂能不例外"、展示了曲唱设置之多样性与变化。在唐明皇唱北曲、杨贵妃唱南曲的基本框架里，【北粉蝶儿】"天淡云闲"、【南泣颜回】"携手向花间"均为帝妃合唱，报说安史之乱后，【北上小楼】"你道失机的哥舒翰"、【南扑灯蛾】"稳稳的宫廷宴安"则皆由唐明皇来唱。昆曲文学格律严格，了不起的剧作家戴着"锁链"的同时、在充分尊重剧种本体之基础上，又试着突破这"锁链"，创造出更丰富多彩的风景。

再看《惊变》里几处小细节。

一是杨国忠之上场。原著及《缀白裘》中，他都上得极为紧迫，直问：

"万岁爷在那里?"道是:"军情紧急,不免径入。"进御花园后大呼小叫:"陛下,不好了!安禄山起兵造反,杀过潼关,不日就到长安了!"吴仪一评曰:"急迫之状如画。"全无惯见之君臣见礼、繁文缛节。但在演出版中,却加上了"杨国忠见驾"与唐明皇"何事慌张"之问,看上去补全了君臣礼仪,实际上却弱化了"惊变"之"惊"、弱化了急迫感与情势压力。

二是洪昇太明白他要"写什么"了,所以也很明白该"怎么写"。此刻写"安史之乱"的压迫感,正是为接下来一折《埋玉》做铺垫。所以,他借唐明皇之眼、之口表述战事时,始终没有忽视更重要的、对唐明皇心境之关注:"諕得人胆战心惊,諕得人胆战心寒;肠慌腹热,魂飞魄散!早惊破月明花粲""当不得萧萧飒飒西风送晚,黯黯的一轮落日冷长安"……将唐明皇的惊慌失措、惶恐不安体现得淋漓尽致,有了这样的心情与个性铺垫,《埋玉》之结局才是顺理成章的。

《惊变》最后的落点还是在"妃子"身上,惶惶之后,唐明皇突然问杨妃安寝了没有,得到肯定的答复后,他说:"不要惊他,且待明早五鼓时同行便了。"面对战争压力,唐明皇的内心是孱弱的,但即便如此,他还是将心中一方柔情留与了杨玉环。因为孱弱,才有《埋玉》杨玉环的"必死无疑":一个放弃了帝都的君王,注定也将放弃他的爱人;又因为这一点放不下的温柔,才有《埋玉》之再三不忍,千秋遗恨。人物情感的复杂性,于此可见一斑。

【尾声】:"在深宫兀自娇慵惯,怎样支吾蜀道难?妃子吓妃子!愁杀你玉软花柔要将途路趱!"国家遭逢大难,唐明皇想的仍是柔媚的妃子能否禁受旅途颠簸。这表达的不是"昏庸"而是爱意,同时进行了戏剧布局:唐明皇隐约预感到某种不祥,可他想到的只是"蜀道难"之途路环境,万想不到马嵬坡正在不远的将来等着他。

# 猛魂灵寄在刀头下

## ——《邯郸记·捉拿、法场》研究

原著《邯郸记》里，这一折叫《死窜》，内容很复杂，既写了极端的荣华，也写了极端的卑微，写了劫后余生的狂喜与离别的伤痛，这一切，都归于命运无常、转瞬之间人生大起大落的主题。而在《缀白裘》版里，此折被拆分为两折——《捉拿》与《法场》。省昆演出版改名为《云阳法场》，则基本保持了原著面貌。《云阳法场》之样式不是独角戏、对子戏或鼎足戏，甚至可以说，它不是一个典型的折子戏，而更像一部具有"起承转合"完整结构的中型戏。

《云阳法场》大致可分为四块戏：第一块（"起"）为"惊变"，位极人臣、享尽荣华富贵的卢生，忽然被下旨砍头；第二块（"承"），妻子儿女去午门求告喊冤；第三块（"转"），云阳法场之上，卢生险些命丧刀下，又突然被特赦；第四块（"合"），卢生与妻儿告别，流放天涯。每一块戏，尤其是汤显祖着力描写之"起"与"转"，都有作为折子戏单独成篇的可能。

第一块戏，在"闲人闪开"的喝道声中，卢生上场，衣着显贵、表演矜持，排场很大。回府后他得意扬扬地与妻子把盏小酌，二人对饮，原著里两次打趣，一抛一还，结构对称。"对饮"又伴随着"两报"，先是管家来报："听说人马刀枪，打东华门出。"再是儿女来报："人马刀枪，挤挤排排，将近府门来也！"待人马到了门前，又有"两拿"（两次叫拿）与"两问"（是走了贼，是劫了狱）。随后，官兵们在舞台上当场扒了卢生之官服，披枷锁、换囚衣，跌宕之大、频度之快，令人惊异。而以"三不许"的"三"的结构收束：一不许进，卢生欲上朝申诉，被告知"闭上朝门了"；二不许退，又欲退衙，被告知"有旨不容退衙"；三不许自杀，再欲自杀，照旧的"圣旨不准自裁"。万般无奈，只好悄悄叮嘱夫人带上儿女午门喊冤。从极端荣华到跌落谷底，汤显祖写得又精致又猛烈。

第二块戏"求告"，剧本平铺直叙，处理得很简单。值得注意的是，《缀白裘》版，喊冤之后，太监交代"在此候旨"，妻儿便下了场，留下了悬念，没有直接表现卢生到底有没有被赦免。演出版则依循原著，明确交代"圣旨到""免其一死"。从结构技法上看，《缀白裘》版之微调更富戏剧性，不过，汤显祖想写的本不是悬念，所以他"无所谓"地放弃了对悬念之追求，他真正关注的是从极贵到极贱的人生况味，荣华富贵时什么样、断头将死时什么样、刀下逃生时什么样……写尽了人性的脆弱与命运之变幻。

第三块戏"特赦"，是本折里最大的一块戏，以卢生之"行经"划分层次。行路之前，卢生有"两问"。一问刽子手："你是什么人？"问完还颇有些官威地叫两名刽子手"起过一边"！二问："旗上是什么字？"刽子手答说是个斩字，卢生竟笑道："恭谢天恩。""我只道是千刀万剐，却只赐一个斩字，领戴了。"注意到，这时他仍有个相对从容的态度，可随着死亡越走越近，他就越来越恐惧惊悍。

具体行经有三处，即三个小层次。

第一处是"囚筵"："这是光禄寺排的御赐囚筵，一样插花茶饭哩。"将"囚筵"和"宫筵"做对比，卢生唱"为此那旗呵！当做个引魂幡，帽插了宫花"之后"跪饮一杯"，此处之饮断头酒呼应了开场的夫妻对酌。实际上，从这里开始，之后经过的每一处都与他之前的人生相对照。

第二处是行走西角头，身入云阳市。众人围观，卢生唱"一任他前遮后拥闹哜喳"，刽子手大喝"闲人站开"，这与卢生上场时"闲人闪开"的宰相排场呼应。刽子手唱到"套头儿不称孤，便道寡，滞了俺一手吹毛到头也没发"时，卢生当场被吓晕了。这里用了特殊的表演程式，两个刽子手三次架起卢生，他都像烂泥一样扶不起来、站立不住，内心恐惧到了极点。另外还有一处呼应，刽子手问："老爷也曾杀过人吗？"卢生唱："俺也曾施军令，斩首如麻。"往日杀人，今朝被杀，境况叠合，多少唏嘘！

第三处是"落魂桥"。刽子手喝道："请爷升天。"卢生唱："还只怕血淋浸展，污了袍花。"将断头的淋漓鲜血与袍上的绣花联系到一处，唱词之文学性、画面感都很强。

正待开刀问斩之时，特赦的旨意到了，表演有个极夸张处，是演出版之添加。惊魂未定的卢生跌落在地，问道："头呢？我头在哪里？"妻子回答："头在颈上。"这是对《三国演义》第一百零四回司马懿"用手摸头曰：'我有头否'"的化用，其惊恐感明显比之前卢生浑身瘫软又进了一层。

第四块戏"道别"，即"合"。妻子一段【鲍老催】"战兢兢，把不住台盘滑；扑生生，遍体上汗毛乍；吸厮厮，也哭得声干哑"，写死里逃生的后怕、恐惧。至此，从无上权贵到押赴刑场、腿脚发软、特赦获救的全过程及完整心态都展露无遗了。催促启程、家人分离，汤显祖选用了极有特色的曲牌【水仙子】，笔墨不多，节奏感却很强。

显然，本折中，汤显祖最在意写的、真正运用编剧技巧停下来写的，是荣华的跌落和死里逃生，即第一块与第三块戏，其他则一带而过，交代性完成。

《云阳法场》之人生况味，在《邯郸记》第二十九出《生窹》中又一次写到并忽然梦醒，从原点回到原点。卢生之悟，也是汤显祖之悟。汤显祖落笔《邯郸记》，从一开始就点明这是一个梦，梦中起落离合，不是要感动人，而是要告诉受众人生之无常。所以我们看到了汤显祖对于"感人"的"情节点"的放弃，看到了他以卢生的行经为层次划分、铺设对比，在他走向死亡的路上，回望曾经辉煌的路途，此前的极端荣华与此刻的极端卑微造成他内心强烈的落差和情感激荡，这也正是值得编剧们学习的技巧。

# 银子来、银子来

## ——《绣襦记·卖兴》研究

《卖兴》是《绣襦记》中的一折，主人公郑元和以穷生应工，情节简单，起点和终点十分接近。戏一开场，书童来兴就已经被卖掉了。作者是怎样在已经被卖掉的来兴被领走这条非常短的"路途"中，完成一个折子戏的呢？它有两个比较重要的设置。一是来兴并不知道自己被卖，否则其心理过程早已完成了，写作空间也随之变小。二是郑元和的复杂内心，一方面，他急切需要银钱，对银子的执念其实也是对李亚仙的执念，来兴，是非卖不可的；另一方面，郑元和与来兴，有着真实的主仆之情，卖之别之，到底羞愧难当。

以台上人物上下场来分割看，这折戏可以分为二大块。

第一块戏："议卖"，场上人物为熊店主和郑元和。这一块分成了三个小层次：见面、议价、索银唤兴。

见面中，熊店主先上场，自报家门并说了事由大概，郑公子迷恋烟花，金银散尽，央他作中把书童来兴卖与崔尚书府。与《缀白裘》相较，演出版删了一句："身价银十两，只等郑大爷到来，叫他写了文契，就交付与他便了。"这一删，便藏匿了身价银和文契这两个重要的小细节。尤其是"身价银"的具体数额，以便下文郑元和问价、讨价、还价时，更具戏剧性。

而后郑元和上场，《缀白裘》版他唱了一支【金蕉叶】，演出版为快速推进戏情，将之删除一半，改成【引子】，仅保留"有缘有缘遇佳人，情浓眷恋"，便进入了二人接谈。

《缀白裘》版郑元和直接问"可曾把身价银讲一讲"，真是太无情、太急迫了。演出版加了一问："尚书府中，待人如何？"得知"极好、极宽厚"后，他松了口气:"学生也放心得下。"显示他对来兴的感情,尚未完全被对银子的渴望磨灭。在寒暄的小盘旋铺垫中,亦显示了郑元和穷生的酸腐。

接着是议价。郑元和乃富家公子,挥金如土,当听到十两时,演出版特意重复了一句"十两",他第一反应这是与店主的谢仪。熊店主讲明是身价银子后,《缀白裘》版不知人间事的郑公子三次抬价,从三百两到二百两到一百两,最终从一百两直接落到十两。演出版做了数字上的调整,从一百两到八十两到五十两,并且加了个小生"自己商量"的语言段子。这一小段中,演员之指法、步法、身形、神态、口吻,淋漓尽致地展现了穷生的艺术特色。

一旦完成议价,小生便催促"银子来"。他先催了两次,熊店主都不肯与之,反让郑元和先唤来兴出来说明。这时他有些"难为情",演出版在此处以"重复"来放大盘旋。来兴在幕内应了一声,小生紧接着第三次说"银子来"。一边是对银钱的渴望,一边是对被卖掉的来兴的愧意;一边是甚至不好意思唤来兴出来,一边是卖童文契早已写好并藏之于袖……从这些细微处,恰恰可见人物之两面性、复杂性。

第二块戏:"卖兴",大致分为两个层次。

第一个层次:说卖。郑元和必须亲口告诉来兴被卖,但又再三地说不出口。作者紧紧把握了人物的心理状态,并将之落实为写作中的层次。

郑元和先是两次"没话找话"地责备来兴不学好:衣服肮肮脏脏,头发也不知梳洗。来兴却说了一句很别致的话,说早上梳头时,"一个木梳突下来,跌子两段只怕弗是好兆"。木梳跌成两段,预兆着主仆分离,令人莫名之间,百感交集。

郑元和既不说,那便来兴问吧。《缀白裘》版中来兴有两问:"差我落里去下书?""落里去借盘缠?"不过,演出版中删除了这两问。终于,郑公子狠下心要告诉来兴实情了,简简单单一句"我把你卖与别人了",郑元和却支支吾吾地分了三截(三个层次)来说:第一截"来兴,方才店主人说这里崔尚书家待人甚厚……"第二截"我意欲——咳!"第三截"我意欲把你——"这个答案在他口里吞吐半天,最终还是没忍心、也没好意思说出来,只得推给熊店主说。说酸也酸，说可怜也可怜，说有情也还有点情，这正是穷生表演上的可爱处。

第二个层次：相辞。演出版中，来兴几次三番确认自己是否真的被卖，而后用一段小花脸罕见的长白口叙说他垂髫入府、蒙老爷十年豢养、蒙奶奶半生抚育的"痛泪难禁"的情感。这段念白，《缀白裘》版中长达200多字，演出版保留了约60%。而后小生用【小桃红】，丑行用【下山虎】，相互叮嘱对方来日要学好，以此叙述主仆二人依依不舍之情。

在来兴掏心掏肺讲了一半时，场上穿插了一个新的节奏，尚书府两名仆人上场，打断了主仆诉请，并形成了外来的催促的力量，即【蛮牌令】所唱"你辞旧主，莫留连"。来兴恋恋不去，千叮万嘱："倘爹知道，难容见面。只苦杀老母愁烦，想晨昏，望儿眼穿你莫困穷途，速整归鞭。"尤其值得注意的是，该唱段里，表演艺术之程式化处理十分有趣。郑元和三次想开溜，来兴三次拦住他。虽然面对来兴的谆谆善劝，郑元和颇感羞惭，但他心里更牵念着李亚仙。

第三块戏：双别。

昆曲写作通常将【尾声】置于单折临近结束处，但在《卖兴》中、在来兴唱罢【尾声】"临行再拜肝肠断，望乞代言千万，死当结草衔环"、在看上去应该结束之处，作者不但没有把笔停住，更生发出新的层次、新的延宕。足见"常规"之外，还有千变万化。

此刻，郑元和第四次说"银子来"，他已经彻底将来兴放下了。表演上还做了个趣味性的处理：郑元和不知不觉将银子塞进袖子，再掉过头问银子在哪里，当熊店主指明银子在他手时，他恍然又高兴，利利索索地下了场。郑元和之薄凉是因为其内心被更灼热的情感占据着，他对李亚仙有多深情，对来兴就有多无情。

来兴作为本折主要角色之一，在"双别"中也用了三个层次来表现其心路历程。

第一个层次，来兴本能地想逃，但两次都被拦住。

第二个层次是哭。来兴被两仆人带到了大街上，演出版里他做了个瘫倒的动作，在大街上号啕，哭诉郑公子刚来时何等的风光，"一只座船，一只马船，一百名人夫"，还有许多的金钱，不料如今落到将他也卖了的光景。这一哭是他对郑元和的最后一次留恋，哭完以后，他要为来日谋划，也就进入了第三个层次。

来兴的情绪变化了，问起二位仆人姓氏。《缀白裘》版中他们一个姓祖、一个姓宗，合起来是"祖宗伯伯"，演出版改为一姓阎、一姓王，唤作"阎王伯伯"，增强了科诨之感。来兴问起今后的差事，拜请两位伯伯照看他，当得知他要看管图书、会受到重用时，他掉过头说："如此么，待我照顾你们。"《缀白裘》版中二位仆从对他的评价是"乖恶得紧"，真是贴切灵动。这便是小人物坚韧的生命力，当命运的洪流把他抛到始料未及之处时，他会迅速进入新的角色、向前瞻望、努力适应。不过，来兴下场之时，又喊了声"相公"，将感情再度回投，于进退之间，再设置一个情感拉力。

从情节内容上说，《卖兴》是个悲剧，而一丑一穷生的行当设置，则决定了它内在的喜剧因素、外在的喜剧色彩，令人观之欲哭欲笑，笑之哭之。

# 月落重生灯再红

## ——《牡丹亭·离魂》研究

《缀白裘》之《离魂》即《牡丹亭》原著之《闹殇》。汤显祖将杜丽娘之死设置在了中秋夜。"中秋"意象有两层含义：一是以中秋人团圆反衬杜丽娘之憔悴、孤另；二是中秋夜细雨迷蒙，仿佛上天也在为佳人的凋落流泪，自然和人心向同质、同方向做了铺垫。

《闹殇》可分为以下几个层次：

第一，杜丽娘"病势转沉"，春香开窗安慰，杜丽娘唏嘘不已，唱主曲【集贤宾】。该主曲所处位置在开头部分，这在折子戏中颇为少见。

第二，母亲上场后，杜丽娘交代："这后园中一株梅树，儿心所爱。但葬我梅树之下可矣。"母亲下场。

若依照日常生活逻辑，母亲眼见女儿即将死去，怎能忍心离她而去？只因汤显祖的编剧意图很明确，他要留给杜丽娘和春香一个单独的空间，杜丽娘要交代另一件很重要的事：处置写真。

第三，杜丽娘后悔梦中未能答应秀才题咏，现以另一种方式在写真上题咏，叮嘱春香将题诗后的写真放在紫檀匣里，置之太湖石下。"不在梅边在柳边"清晰指向了柳梦梅其人。

第四，杜丽娘晕了过去，父母上场，杜丽娘奄奄离世。省昆折子戏演出版与《缀白裘》版对这一块戏都做了大量删减。演出版在《离魂》中完全删除了杜宝这个角色。至于"死亡"处理，在折子戏演出版里，杜丽娘逝世后，母亲和春香举起了她的旧衣，好像一副皮囊，而少女的魂魄，则穿着红色鲜亮的衣裳，手持柳枝，在舞台上定格后，从后面绕走了：魂魄离开了躯壳，她将要开启另一段从死到生的路途了。

在《寻不到的寻找——张弘话戏》一书中，张弘先生提出，他整理改编的精华版《牡丹亭》没有照此方式处理。他说，杜丽娘死了就是死了，舞台上众花神一层层像花瓣般覆盖了杜丽娘。就这样，上本结束在杜丽娘一梦而亡，不留暖色调。到了下本，再开启杜丽娘由死到生的旅途。

实际上，精华版《牡丹亭·离魂》对于后事交代之排序，与原著、《缀白裘》版都不一样。

在原著和《缀白裘》版中，都是谈死后葬地在先，谈紫檀匣安置在后。在汤显祖看来，写真的安置位置比杜丽娘死后葬地更重要。因为杜丽娘之灵魂，被汤显祖轻轻放入了那张题诗后的写真中。所以，《闹殇》里他先轻后重，先安置躯壳，再安置灵魂，进而衔接《拾画叫画》，柳梦梅拾到写真后，声声至诚的呼唤，将杜丽娘的游魂叫到了书房前。

而在精华版《牡丹亭》中，张弘先生认为，"葬于梅花树下"的请求是值得大书特书之处，故将之调整至最后一个层次。而这，也是由编剧意图与剧本结构决定的。《牡丹亭》原著篇幅浩繁，精华版则分为上下两本。上本写杜丽娘之由生到死，下本写杜丽娘之起死回生。因此，在上本之终结，"死亡"之铺写比"回生"之铺垫更为重要。

不同的编剧意图分别对应了不同的戏剧结构，于此可见一斑。对专业编剧而言，阅读剧本、欣赏演出，除了获取内容的表述传达外，还需理解作者的匠心设置，要能够把握作者在文本中段落、篇幅、层次的设置、铺排。

不论《寻梦》《惊梦》，还是《离魂》，其编剧技法之运用尚在其次，更令人神往的，是《牡丹亭》的大气象。其题旨、结构的独特与深邃，给人们留下了巨大的读解、想象、再创的空间，远远超越了汤显祖所处的时代。

# 一任俺芒鞋破钵随缘化

## ——《虎囊弹·山门》研究

胡适先生给《缀白裘》作序时，写道："我们没有看见过《虎囊弹》全本，但我们可以断言，《山门》是《虎囊弹》最精彩的一出，这一出在《缀白裘》里保存到如今，就是《虎囊弹》全本永远佚失了也不足惜了。"《红楼梦》第二十二回，薛宝钗过生日点了一折《山门》，贾宝玉对此不以为意，薛宝钗说"你还算不知戏"，"北【点绛唇】铿锵顿挫，韵律不用说是好的了，只那词藻中有一支【寄生草】，填得极妙，你何曾知道"。【寄生草】"赤条条来去无牵挂"与《红楼梦》"白茫茫大地一片真干净"之指向相似。可惜的是，当下舞台演出往往只演《山门》的一小部分，最常见的是鲁智深和卖酒小哥打趣的一段，之后与师父辞别的一段则相对罕见，就割裂了《山门》的整体结构与意义。

细看整折。第一部分是鲁智深上场，唱【点绛唇】，接着念定场诗，再自报家门。【点绛唇】"树木槎丫，峰峦如画"起势极大；定场诗"削发披缁改旧装，杀人心性未全降"之句，爽利野性，所谓"杀人心性"，不是滥杀无辜，而是指豪情与正义感。至于"未全降"，是他肆意的性情不被戒律束缚，即："如今受了什么五戒，弄得个身子瘦瘦，口内淡出鸟来，如何挨得过这日子！"这是戏的起点，讲述鲁智深深觉被佛门规条拘束的内心。

上一次说到《见娘》，起点和终点非常近，一句话就能说清楚的事，作者要思考怎样盘旋出层次、完成人物的情感书写。《山门》呢，起点是鲁智深万般忍耐、避祸于五台山，终点是他被师父赶出山门、荐去了大相国寺。这中间不短的距离，作者是怎样在一折戏里完成的？

第二部分，鲁智深往山下闲走一回，感叹"五台山好景致也"，唱了一支【混江龙】"只见那朱垣碧瓦，梵王宫殿绝喧哗"，文辞漂亮、流畅。博大华美、生机勃勃的自然界，激荡了鲁智深疏阔、浩大的胸襟，他越发忍受不了佛门规条的束缚了。而"好教俺悲今吊古，止不住忿恨嗟呀"等句又透着些伤感，浩大气象中隐约的悲凉，正丰富了人物，使他粗中有细、刚而又柔。面对着大自然的好风物，鲁智深恣肆的灵魂怒吼着，简直想要突破皮囊去拥抱这无穷的天地。不过，演出版删除了【混江龙】，也就等于删除了饮酒之前的这个层次。

第三个部分是饮酒，这是净（鲁智深）和丑（卖酒小哥）的对子戏。为了给丑较从容的上场时间，鲁智深暂时先下场。丑悠悠闲闲地唱罢了一支山歌，鲁智深再上，进入对手戏。

饮酒这块戏，又分为以下几个小层次。

一是"截酒"，演出版强化了鲁智深对卖酒小哥的"劝留"。

二是"讨酒"，身为和尚，他不好意思直言买酒，故而绕着弯子试探，问这酒"敢是卖与那些和尚们吃的"，小哥说不是，鲁智深又道："就卖些与和尚们吃了何妨？"小哥还说不行，鲁智深偷偷打开酒桶盖子，拿手指蘸酒尝酒，这个细节很有趣，亦是场上表演艺术之添加。被发现后，他不再拐弯抹角，直接开"讨"。这里又细分为三"讨"，第一次是直接恳求："卖酒的，卖一桶与洒家吃了罢。"被拒后，第二次是拦道而求，念白配合相应的舞台动作，小哥走到东，他就拦到东；小哥走到西，他再拦到西，两次拦住小哥去路，动作张合很大，充分表达了他讨酒之迫切却仍不能如愿。于是有了第三次的"抢酒"。《缀白裘》里，鲁智深反激小哥，让他说三声不卖，小哥回答："不要说三声，三万三千由我说。不卖！不卖！真不卖！"演出版做了微调，将三声"不卖"放大，改为："一声不卖，两声不卖，三声不卖！"气氛也更为谐趣热烈。在卖与不卖的对话中，鲁智深连着吃完两桶酒，此处有不少很典型的造型。

酒既喝了，三便是"讨钱"。话虽不多，鲁智深之"三推辞"却很明显，这很可能不是编剧故意为之，但他内心自有节奏。鲁智深第一次推辞：你自己说不卖，我何必给你钱？第二次推辞：明天到寺里来取。第三次推辞：你就当斋了僧！小哥仍不依不饶，鲁智深作势要打，小哥被吓得酒钱也不敢要了，调侃一句，慌忙下场。可能是觉得《缀白裘》版之处理有损鲁智深形象，故而当下之演出版将"三推辞"改成了一次"戏耍"，鲁智深甚至多给了小哥银子，小哥感念而去。

"饮酒"这一块，便是当下演出版常见《山门》折之全部，主体是净、丑的造型与科诨，与完整《山门》之间，题旨上存在极大差异。

完整《山门》是，被压抑的鲁智深在大自然中敞开襟怀之后，借助酒的力量，把他被压抑的性情进一步释放出来。"今日趁此酒兴，使他几路，把身子活动活动。有何不可？"这两桶酒让他身心更加松快，于是推进到了下一个层次："耍拳"。

"耍拳"这个部分，在以湘昆为代表的演出版里极为精彩。鲁智深单腿独立，惟妙惟肖地模拟了十八罗汉造型，这一套"十八罗汉拳"也可单独成折演出。而在完整的《山门》折里，这套拳则不必完全保留，因其演出难度太大，对演员之体力、技巧是个大考验。且"罗汉拳"之缜密、严谨，与鲁智深狂放纵横的精神状态之间，也有些差异。照《缀白裘》版之念白"酒家才把脚尖略动了这么一动，那鸟亭就塌下半边来也"，这套酣畅淋漓的拳法不仅是技巧的载体，更是鲁智深自由灵魂之外化，是生命力之动感张扬。

《山门》实是主人公心灵一次又一次的释放：唏嘘美景是释放；酣畅豪饮是释放；打坏山亭是释放；叫开山门、指斥哼哈二将、与众和尚厮打，也是释放。这不是在写鲁智深"惹是生非"，而是写他畅达的、一次又一次想挣脱拘禁的襟怀，写他无拘无束、光明坦荡、呼啸奔腾于天地的个性。

正厮打时师父来了，这是《山门》最后一个层次。

师父说："这里五台山千百年香火，被你搅得众僧卷单而走，你在此住不得了。我有一师弟，现在东京大相国寺住持，你到彼讨个职事僧做罢。"鲁智深要与师父道别了，怎么写呢？当然可以大大咧咧、拂袖而去，毕竟鲁智深其人本是粗犷放达、大开大合的，可是，作者了不起处，是恰恰在此时，表现了他个性的另一面：他的细腻、感恩与留恋。

在唱【寄生草】"漫揾英雄泪"前后，鲁智深三次问："师父你不用徒弟了？"三次追问、三次彷徨，也是三次恋恋的告别，真是"心有猛虎，细嗅蔷薇"，张合之间，旷阔与细腻相糅，再加上【寄生草】"没缘法转眼分离乍，赤条条来去无牵挂。那里讨烟蓑雨笠卷单行？一任俺芒鞋破钵随缘化"，又通透、又伤感，豪爽中有温柔，潇洒里有哀愁。

最后鲁智深说了一句："如今我不是五台山的和尚了！"舞台上不同的念白处理会带来完全不一样的观赏感受。这段经历在他的生命中永远地滑过了，他与师父、与过去的自己，都告别了。

《山门》写出了一个可亲可敬可爱的鲁智深，最后的道别，像万里晴空忽然洒下了微微雨点。博大、通透、恣肆的心境被一层层释放到近乎顶点时，《山门》居然是以克制与往回牵扯的方式来完成的——真是了不起。就像一个奔向高天之人，蓦然之间，听到地面上一声呼唤，就恋恋不舍地几次回头，而最终，消失在看不到的高远处。

# 好个怜民的知府

## ——《十五贯·见都》研究

《十五贯》之《见都》《访测》见录于《缀白裘》，不过如今呈现在舞台上的这两折，实是 20 世纪 50 年代整理改编版《十五贯》（由浙江昆苏剧团黄源、郑伯永、周传瑛、王传淞、朱国梁、陈静六人组成整理小组，陈静执笔）的节选，并非严格意义上的昆曲折子戏。譬如《见都》，一无完整套曲结构，二无"定场诗"或"自报家门"，三无主要人物"下场势"，仅以人物造型加切光收尾。至于唱词部分，也均为改编者之新创。唱词韵脚之变换，也体现了 20 世纪中叶不甚谨严的昆曲创作风格。

《见都》大致分为两大部分：见到都御史之前（占比 40% 左右）与见了都御史之后（占比 60% 左右）。

《缀白裘》版，《见都》以两更夫敲梆铃、唱山歌开场，所谓："星斗无光，月弗子个明；夜寒如水欲成冰人。人说道，困没困个冬至子个夜，偏是我里手不停敲到五更。"铺叙了个寒冷、寂静的夜晚，天地间仿佛只有梆铃之声，却还有个况钟为了陌路性命奔走。演出版则删除了这一段，改为况钟直接策马上场，相应地，况钟与更夫对话、叫打开栅栏的小层次也被删除了。

演出版在"见都之前"分作三小块：一、夜巡官不肯通报，况钟击鼓；二、中军将况钟引入堂上；三、况钟坐等。一边是层层关卡的延宕，一边是救人心切的紧迫。

第一个层次，《缀白裘》版里，夜巡官因"太爷是个清官，比别位不同"，愿为况钟通报，演出版该角色则以"小官性命要紧，不敢通报"，断然拒绝。这一改，更凸显了况钟之正直清明、无私无畏，也加强了他的孤独感。

第二个层次，"若有状纸，杖责四十；若无状纸，杖责加倍"之说，以及中军愤愤不屑之色，也都是演出版之添加。

最重要的第三个层次，台上几乎只看况钟之表演艺术。我们便能理解之前"更夫"层次的删减，正是为了省下此处之舞台时空，将它完全留给主要人物来施展。"坐等"前半部分，音乐伴奏为【万年欢】曲调，演员几乎以"哑剧"的程式化表演来表现况钟坐立不安的急迫心情，包含了三次从座位上起身的举动。第一次，他绕到后区下场门处张望都御史，杳无人影，只好归座。第二次，他见中军大剌剌上场，误以为都御史来了，赶紧起身，迎来的却是中军冷冰冰地朝自己哼了几声，无奈之下再次落座。继而更声起，况钟十分焦急，第三次站起，朝上下场门张望，依旧无人，演员以不停抖动的双袖来表示况钟焦急之情臻于顶点，那"急在心间，坐立不安，刀下留人，时光本有限"与"侯门深似海，见贵人如此艰难"的唱念也随之而出！

随着都御史大人的上场，《见都》进入第二大部分："见都之后"。况钟要为叫屈之人申冤，都御史当然不会爽快答应，"见都之后"的层次，便在况钟一次次的请求与都御史一次次的拒绝中展开。

先是"一请一拒"。况钟说："只因这两名罪犯，罪证不实"，"准予暂缓行刑，查明真相。"都御史直接拒绝："绝不会有什么差错的。"

再是"二请二拒"。况钟提出了关乎案件细节的若干疑点："不知那熊友兰可是客商陶复朱的伙计？十五贯铜钱的真实来处可曾查明？熊友兰家住淮安，苏戍娟家住无锡，不知他们怎样相识，二人私通又有何人为证？"念白之急促，甚至带上了贯口色彩。都御史被问得哑口无言、恼羞成怒："小小案件还需要我来亲审吗？"与第一次武断拒绝不同，第二次拒绝，都御史向况钟施压、驳斥道："常州府的案卷难道是捕风捉影吗？"

况钟没有放弃，他第三次提出申诉：人命关天，还需慎重处理。但这一次，处理上有了变化。编剧不再写况钟之一味坚持，也不再写都御史之一味推搪。反而笔锋一转，写了都御史"两番反问"。一问："你监斩官职责如何？"况钟说："验明正身，准时斩犯回报。"二问："不在其位？"况钟说："不谋其政。"继而都御史咄咄逼人地指责道："为何擅离职守？越俎代庖？"这无疑给况钟造成了极大的心理压力，此刻况钟之坚持，更凸显了他人格的清正。况钟直陈："律典上载着一款，凡死囚临刑叫冤者，再勘问陈奏。"都御史则以"部文已下，本院哪里还做得了主"为由第三次拒绝。

三次被拒后，况钟由之前谦卑的请求一改为耿直的抗辩，道是："草菅人命，实难从命。"用词不可谓不重，语气不可谓不严厉，以执法者对生命的尊重与呵护回敬都御史之官腔官威！《缀白裘》版里，也有况钟引用孟子"民为贵，社稷次之，君为轻"之语。饶是如此，都御史仍没有松口，演出版以更声提示时间已晚，都御史欲赶走况钟。此处，演出版添加了一段二人针锋相对的对唱，将戏剧冲突推上高潮，进而推出了况钟高潮性的动作——押金印！纵丢官，不后悔！这个举动成为戏剧之"转折点"，不但打动了受众，也打动了都御史，赞道："好一个怜民的知府，却也难得！"终于允准了况钟之请。

在《缀白裘》版中，况钟寄押金印，自请"半月"为期，审明案件，领令箭下场。演出版则改为况钟请以"数月"为期，将案件查明回报。都御史予他令箭，况钟即将下场之时，陡被叫住："且慢，贵府此去，本院只限半月为期。倘半月之内，不能查得水落石出，本院当奏明圣上，题参未便。"再一次，以显著的时限之缩短给况钟施压，也令受众为况钟之前路捏了一把汗。换言之，直至戏剧任务完成、况钟下场，编剧都没有放弃对戏剧张力的追求。

# 如花美眷，似水流年

## ——《牡丹亭·惊梦、寻梦》研究

《惊梦》和《寻梦》，简直是《牡丹亭》最好的两折，《缀白裘》版和原著有一定差异，和最终的演出版差异更明显。

原著《惊梦》紧接《游园》之后，杜丽娘回到闺房，春香上场说，"你歇息片时，俺瞧老夫人去也"，就下了。随后杜丽娘有一大段自我嗟叹，从"蓦地游春转，小试宜春面"一直到"可惜妾身颜色如花，岂料命如一叶乎"，这一段唏嘘在《缀白裘》版中被压缩了1/3左右，而到演出版时，则几乎完全被删除，仅留"春吓，得和你两留连，春去如何遣？恁般天气，好困人也"，再直接接【山坡羊】"没乱里春情难遣"。

原著【山坡羊】后，杜丽娘渐渐入睡，随后柳梦梅持柳枝上，《缀白裘》版添加了一个人物——"梦神"上场，手持"日""月"双镜，道是要勾取生旦入梦。这显然是为了给柳梦梅和杜丽娘之"梦会"找个理由。演出版《惊梦》折子戏保留了梦神，而张弘老师整理改编的省昆精华版《牡丹亭·惊梦》则与原著保持一致，删除了梦神。杜、柳梦中相见、短暂接谈后，柳梦梅开唱名曲【山桃红】"则为你如花美眷"。

舞台上表现男欢女爱有很大难度。演出版中，柳梦梅说："小姐，和你那答儿讲话去。""转过这芍药栏前，紧靠着湖山石边，和你把领扣松，衣带宽。"携杜丽娘下场，其欢好由花神一支【鲍老催】"单则是混阳蒸变"来叙述。生旦携手再上场时，二人已被落花惊动，云收雨散，剩下的只是柔情重温。柳梦梅道是："小姐，你身子倦了，请将息片时，小生去了。"至此《惊梦》结束。整折曲词非常漂亮，"女子思春"用了一支【山坡羊】，"男子求欢"用了一支

【山桃红】，男女交欢用了一支【鲍老催】，较之原著，《缀白裘》版还给众花神添了一支【双声子】"柳梦梅、柳梦梅，梦儿里成姻眷"，叙佳偶天成，之后的回味前情用了一支【山桃红】"这一霎天留人便"，每支曲子对应一个层次，极为清晰。男女欢好，也显出了从未有过的庄严、明亮、神圣、非凡！

《惊梦》要与《寻梦》放在一起看才完整。为什么呢？注意到，《惊梦》之杜丽娘几乎是"失语"的，它更多写的是柳梦梅对这场幽欢与爱的感受，女性的感受则被放入了《寻梦》。

《寻梦》，原著与《缀白裘》版的开头，都有一些春香的戏，演出版则对此做了大量删减，使之基本成为闺门旦典型的、具有典范意义的独角戏。

先是杜丽娘上场、入园、唱【懒画眉】"最撩人春色是今年"，开始了她于梦境之寻觅。【忒忒令】"那一答可是湖山石边"述花园整体状况，再"想起昨日梦中那书生"，进入人物描摹，【嘉庆子】"是谁家少俊来近远"述书生的到来，再到【尹令】"恰恰生生他抱咱去眠"的行为、【品令】"待把俺玉山推倒"的云情雨况、【豆叶黄】"俺可也慢揾揾做意儿周旋"的渐入佳境……花园在杜丽娘心中盘旋，在冷热之间上下跌宕。【忒忒令】还较为平静，【嘉庆子】之"敢迤逗这香闺去沁园"、【尹令】之后的"好不动人春意也"，园子越来越暖，到【品令】"分明美满幽香不可言"及【豆叶黄】之"等闲间把一个照人儿昏善"，再到被落花惊醒"忒见一片撒花心的红叶儿吊将来半天"，少女将自身完全投入梦境的回忆，但这个梦恰恰不可复得。"寻来寻去都不见了"，"怎生这般凄凉冷落，杳无人迹？好不伤心也"！花园冷了下来，虽是春天，却有了秋季的萧索，园子的温度，正是杜丽娘心情的温度。

在整体趋势"从暖到冷"之外，汤显祖还写到了一些小的情绪迂回。极冷之后，仍有恋恋，"霎时间有如活现打方旋，再得俄延"——杜丽娘一心在梦里再徘徊片刻，"这答儿压黄金钏匾"——天生爱欲，胜过人间一切财富。她又"睡倒介"，希望能够再入梦境。

随后演出版删除了【月上海棠】"昨日今朝"曲，紧接念白："无人之处，忽见大梅树一株。你看梅子累累，可爱人也！"又删除了【二犯么令】"偏偏则他暗香清远"曲，紧接念白："我杜丽娘死后，得葬于此，幸也。"再接极有名的【江儿水】"偶然间心似缱"，及至被春香唤起，恹恹而下。

然而还有个奇妙处：这至关重要的"大梅树"，出现得十分突兀。在《游园》《惊梦》中，它都不见踪影，直至《寻梦》，才仿佛从天而降。实际上，这梅树在《牡丹亭》文本中早露了面，那便是第二出《言怀》！该折很少见于昆曲舞台，省昆精华版《牡丹亭》将之挪移至《寻梦》后演出。

《言怀》讲的是柳梦梅之梦："每日情思昏昏，忽然半月之前，做下一梦。梦到一园，梅花树下，立着个美人，不长不短，如送如迎。说道：'柳生，柳生，遇俺方有姻缘之分，发迹之期。'"那么，这个梦，到底发生于何时？

从章节设置的顺序看，它远在杜丽娘游园（全剧第十出）之前，可从内容上看，它不仅远远晚于游园、晚于杜丽娘之梦，甚至晚于杜丽娘之死、晚于第二十三出《冥判》！因为，只有在与冥界判官对话后，杜丽娘才能知晓所谓"姻缘之分、发迹之期"！再结合少女死后葬于梅树下的设置，我们才真正看懂了柳生的梦：那"不长不短，如送如迎"的美人，便是死去了的杜丽娘！

累累可爱的梅子，是少女血肉供养。

她一见它便起了葬身之念，因为她本在、注定在树下；见到梅树，她便相逢了死亡。

那么，《言怀》是简单的倒叙吗？答案潜藏在《惊梦》中。

细看《惊梦》，有几处很奇怪。

其一，在杜丽娘眼中，柳梦梅是个素昧平生的男子，可柳梦梅为什么一见杜丽娘却说："小姐，小生那一处不曾寻到？却元来在这里。"显然见过她，却是几时见过？

其二，柳梦梅手持柳枝道："姐姐既淹通书史，何不作诗一首，以赏此柳枝乎？"杜丽娘淹通书史，他如何知之？

其三，乍一相逢，柳梦梅便道"咱爱杀你也"热烈求欢。如此突然，难道他是个浪荡子？但看《幽媾》，小生明明也有他的矜持自守。

原著《惊梦》中，柳梦梅还有四句上场诗："莺逢日暖歌声滑，人遇风情笑口开。一径落花随水入，今朝阮肇到天台。"它不见于《缀白裘》与演出版，却清楚解释了柳梦梅的来处：他从他的梦中来！所谓"风情"，指的就是他在大梅树下邂逅美人！随后柳梦梅还有一句很关键的念白："小生顺路儿跟着杜小姐回来，怎生不见？"（她甚至把姓氏也告诉了他）足见：《言怀》之梦没有终止于《言怀》，它一直绵延到了《惊梦》，与杜丽娘之梦合二为一！正因为有前史、有梅树下的接触，柳梦梅才会一路寻来，才会对杜丽娘有所了解，才会——看似唐突，其实是顺理成章地——求欢！因"姻缘"二字，本是杜丽娘先提出来的！

汤显祖在此展示了令人惊讶的戏剧结构，涉及时间线的剪断重组与封闭循环这两个极具现代性的叙述方式。

为什么说它形成了闭环？按通常认知，《牡丹亭》叙杜丽娘"一梦而亡"，为情而死又为情生。杜丽娘若不梦见柳梦梅，就不会有梦中之欢，没有梦中之欢，就不会伤情郁郁，若不伤情郁郁，便不会青春而夭，葬于梅树之下，亦不会在冥界得知她与柳梦梅的姻缘。而若无死亡、若无《冥判》，便不会有杜丽娘之魂入柳生之梦，若无柳生之梦，则没有书生入丽娘之梦，也就没有杜丽娘之梦柳梦梅、没有梦中之欢！可以说，柳梦梅、杜丽娘，他们既是彼此的因，也是彼此的果。

最终封闭的循环被打破了！因为柳梦梅没有将它全然当作一个缥缈的、不切实际的梦幻，而在冥冥之中，将它视作了人生指引！所以他改名梦梅、春卿为字，"定佳期盼煞蟾宫桂"。之后流转天涯、卧病南安，才有了《拾画》《叫画》，有了《幽媾》《冥誓》《回生》。若柳梦梅不从梦中的园子走入现实里的"梅花观"，那杜丽娘就将永远被困在梅树下、困在无边无际的生死梦中。

# 好教我难禁架

## ——《长生殿·埋玉》研究

《埋玉》是非常难写的。

一共五十出的《长生殿》里，《埋玉》是第二十五出，前二十四出如《絮阁》《密誓》《小宴》……都是在渲写帝妃的浓情，如何在《埋玉》一折将帝妃分隔阴阳，颇为考验编剧功力。通过对文本的分析，足见洪昇的戏剧技巧。

《埋玉》主体之整体结构由陈元礼及众军之"三逼迫"、唐明皇之"三挣扎"、杨玉环之"三请死"循环组成。

第一次，陈元礼驾前报说杨国忠被众军杀害，真正指向的是："国忠虽死，贵妃尚在……望陛下割恩正法。"值得一提的是，舞台表演艺术给予原著及《缀白裘》文字之外的精彩添加。杨贵妃知道兄长被杀，悲愤之下，两次逼向陈元礼，却两次被唐明皇拦住；唐明皇知道众军士欲杀杨妃，恼怒之下，也两次逼向陈元礼，又两次被杨玉环拦住。这些舞台动作，不见于文本提示，却十分有价值，它把人在极端情境下的反应，用对称的程式化表演表现出来，同时形成呼应关系。

接下来是陈元礼之"一逼"："圣谕极明，只是军心已变，如之奈何？"唐明皇第一次争取、挣扎："卿家可速晓谕他：那狂言，没些高下！"皇帝尚未完全意识到事态之严重，还端着居高临下的架子，训斥臣属。紧接着，杨玉环也开始了第一次请死："愿吾王急切抛奴罢，只一句伤心话！"细细品悟，不难看出，杨玉环之"请死"实是"求生"，这是在面对社稷之变时，帝妃间独特的对话方式——她不能直言请唐明皇救她一命，只能以此娇怯无助的姿态去唤取皇帝的爱怜。这个阶段，唐明皇也不假思索地应声答道："妃子休说此话！"

接着，陈元礼开始第二次逼迫："贵妃虽则无罪，但乃是国忠之妹，在陛下左右，军心如何得安？军心安则陛下安矣。"其潜台词是：军心不安则陛下不安。《埋玉》一折，与其说唐明皇是在江山与美人之间选择了江山，不如说他在自己与爱人之间选择了自己。陈元礼之"二逼"较第一次更添分量，唐明皇也有了强烈的危机感，"忽抱贴哭介"："贵妃，好教我难禁架！"与不久前"妃子休说此话"之言相比，已有了态度上的转变，仿佛从高处坠落平地，惊恐不已。与此同时，众军配合陈元礼绕场以示威，是"二逼"之后的"三逼"。

唐明皇越发忐忑，强作镇定道："陈元礼，你快去安抚三军，朕自有道理。"这是他第二次"挣扎"。或许他尚未想清楚该如何抉择，却已意识到自己必须做个抉择！从"堂堂天子贵，不及莫愁家，早难道把恩和义一齐抛下"的唱词可以看出，唐明皇已然摇摆了。

这时，杨玉环第二次请死："望陛下赐妾自尽，以定军心。陛下得以安稳至蜀，妾虽死犹生也。"她把话说得更清晰，本心仍然在"求生"，也确然激起了皇帝强烈的保护欲和舍不下的怜惜，遂有了第三次挣扎表态："你若捐生，朕虽有九重之尊，四海之富，还要他则甚？""宁可破国亡家，决不肯舍你也！"与别无选择、哀痛悲伤的杨玉环相比，掌握了"选择权"的唐明皇，其情绪一直处于拉力之中。他想护杨妃平安是真，恐惧摇摆也是真。

就像杨玉环的话每每打在唐明皇心上一样，唐明皇的话也一样会激荡杨玉环之内心。这一刻，抛开心机权谋，仅从爱情角度出发，在生死关头，他们到底还是在被对方的情感打动。皇帝第三次"挣扎"后，杨妃第三次请死："陛下虽如此深恩，但事已如此；无路求生，若再留恋，倘玉石俱焚，妾罪益深。望陛下舍之以保宗社。"这句话背后，感情幽微复杂。一方面，杨玉环的态度隐隐开始向"真请死"靠近；另一方面，她仍然在期待着生的可能、期待着唐明皇的挽留。

到了唐明皇必须做决断的时候！

此时舞台上并没有陈元礼，洪昇"残酷"地安排了高力士的助推。作为帝妃爱情一路行来的见证人，高力士竟说："娘娘既是慷慨捐生，望万岁爷以社稷为重，勉强割恩罢。"他怎么敢说这句话呢？因为他了解杨玉环，更了解唐明皇：从杨玉环的角度，这话是一"逼"；从唐明皇的角度，这话却是一"帮"。

文本铺垫至此，气氛仍不够到位，演出版本添加的一段戏发挥了重要作用。这是一段唐明皇的程式化表演，只有锣鼓，没有念白。皇帝两次欲往外闯，亲身为娘娘抵挡叫嚣的六军，又两次为杨妃与高力士所拦。这段表演展示了唐明皇态度之转变，当他最终颓然地放弃时，他也就放弃了杨玉环的性命，所谓："妃子既执意如此，朕也做不得主了！高力士，只得但凭娘娘罢！"

为了保护男主角的形象、保护李杨爱情、保护《长生殿》"重圆"的结局，洪昇在杨玉环之死前，安排了唐明皇"哽咽掩面哭下"，回避了最惨烈的一幕，而美人之死是不可回避的，至此，洪昇完成了唐明皇的放弃过程，也完成了《埋玉》最具情感与戏剧张力的部分。

"三逼、三挣扎、三请死"后，杨玉环被赐死，高力士忙不迭地向众军宣布这个"好消息"。洪昇写杨妃香消玉殒，铺设了双层戏剧结构。大框架上是"三催"。一是高力士之催"愿娘娘好处升天"；二是陈元礼之催"杨妃既奉旨赐死，何得迟延"；三是众军涌入之催，由高力士喊出："不好了！军士每拥进来了！"作者用催来"延宕"死亡，又用催来"敦促"死亡。杨玉环纵有无限留恋，也只能就死。

在"二催"之前，洪昇又写了杨玉环的"三叮嘱"。一嘱咐高力士："圣上春秋已高，我死之后，只有你是旧人，能体贴圣意，须要小心服侍。"二嘱咐："更为我转奏圣上，切勿以我为念。"三嘱咐："这金钗一对，钿盒一枚，是皇上定情所赐；你可将来与我殉葬，乱军之中，切不可遗失。"每次嘱咐，都是一次依依的情感表达。虽命在旦夕，她的目光和灵魂仍旧指向了皇帝。

杨玉环死后，唐明皇重新上场。高力士奉上杨妃自缢的白练，这让唐明皇有了情感的寄托物。陈元礼再上时，皇帝把白练塞入袖内：这份悲伤痛悔，他无法也不愿与他人分享。随后那句"便不去西川也直甚么"的唱词，更写出了人性之复杂：早知如此，何必当初？可即使早知如此，怕不是——依旧当初。

结尾部分，原著与《缀白裘》版中，都写到了陈元礼催促起驾。演出版将"请陛下起驾"连说三遍，改为"三请"，为唐明皇的眷恋悔恨做强调与渲染。

《埋玉》一折，表演艺术与文本相互作用，表演艺术为文本明显增色。只有将人物细腻纠结的心理刻画到位，才能上承帝妃浓情蜜意之破碎不陡然，下接后文唐明皇之痛悔、结尾之团圆不牵强。

此外，有几处细节值得留意。

其一，在《埋玉》原著和演出版开场，都有陈元礼的一段自报家门："下官右龙武将军陈元礼是也。因禄山造反，破了潼关。圣上避兵幸蜀，命俺统领禁军扈驾。行了一程，早到马嵬驿了。"《缀白裘》则删除了这一段。删除是可取的，相较于次要人物之前情交代，不若以【粉孩儿】"匆匆地弃宫闱"同场曲开场来得有力量，"叹清清冷冷，半张銮驾，望成都直在天一涯""五六搭剩水残山，两三间空舍崩瓦"等唱词，十分精彩，瞬间烘托出乱世萧索的气氛。

其二，众军喧哗，陈元礼见驾，原著与《缀白裘》版均无君臣相见时的礼仪描写，演出版则"惯性"地加上了"见驾"礼仪，节奏上反而与其时紧张的戏剧情境不符。

其三，古人剧作之中，看似闲散无意的一笔，却能给人启发思索。如《埋玉》铺设了一处佛堂为杨妃的断魂之所；再如，《桃花扇》中的道场、《牡丹亭》中的梅花观、《西厢记》中的普救寺……在不同程度上都带有宗教宿命色彩，或许这也是古人们安放内心困惑的空间。

# 跪吓？是卑人的本等

## ——《狮吼记·跪池》研究

《跪池》与众不同，它几不承担"戏剧任务"，结构上也缺乏具有明显推进性的"戏剧走向"，它几乎将40分钟的演出时空都给了戏剧"情趣"。特殊的喜剧性人物个性和关系设置、被丰富戏剧技巧把控的细节、贴合芸芸众生的市井趣味，令《跪池》一折久演不衰。

本折之初，是柳氏与陈季常之上场。柳氏先上，唱了【引子】"儿夫喜浪游"，自报家门、交代前情。陈季常随后小心地上场，也唱了【引子】"看花昨夜归"。两支曲子格式一致，将男女主人公"对称"的身份位置摆得稳稳当当。《缀白裘》版中，陈季常【引】的最后一句"琴瑟娱清昼"，在演出版中被改为"使我忙前后"。前者更"风流"，后者重"局促"。因柳氏上场已将前情（陈季常被苏东坡邀去吃酒，许诺席上无妓，实有琴操陪酒，柳氏因之醋意大发）交代清楚，陈季常上场便无须再与赘述，剧情直接进入了夫妻两人的对峙。

值得一提的是，《跪池》里部分念白，如柳氏之"自是男儿情薄，莫怪妇人口聒。为爱出墙花，玩法甘违初约。知觉知觉，我抵死和他一着"或"见教，见教！可知你灾星拱照！你若违拗些儿，我不死便吊"，形式为押韵之长短句，为昆曲折子戏之少见，剧场效果颇为俏丽。

接下来便进入"跪池"前"讯问"的阶段，可分两个小层次：一是陈季常从推脱到承认。旦角手持藜杖，形象独特。陈季常一边战兢兢地怕老婆，一边喜滋滋地给老婆捶背。这是观众喜闻乐见的舞台上的"夫妻"关系，是经艺术化提纯之后的审美关系，而不是现实生活里"妻管严"关系的照搬。第二个小层次是从认打到罚跪。生承诺有妓打一百，旦举杖之时，刮着了长指甲，继而改罚丈夫跪在池边。季常的反应也出乎意料："跪吓？是卑人的本等，分内之事，跪就跪了。"当真干脆！俞振飞先生所演陈季常，被柳氏揪耳朵时，其神态表情自得而享受，虽被罚跪，却乐在其中，正是表演艺术的审美再创。

进入"跪池"阶段，演出版添加了个明显的舞台调度，旦拾起藜杖，生随之行至池边，这里着意强调了跪池的特殊情境。

随后，作者颇有闲情地将"跪"分作三个步骤：一、罚跪：陈季常欣然跪下；二、开门：旦要开门，生自觉当众罚跪，有失颜面，旦作势要打，生赶紧认了；三、跪得心甘情愿：生唱"我心中恨"，旦说"敢是恨我么"，生赶忙改口：恨我自己，不学好不长进不成材，连累娘子受气！

以上是生旦对子戏的部分，旦暂时下场后，有了一小段生行的独角戏：陈季常与青蛙。生跪在池边，听见蛙鸣，第一反应是，娘子听到会错怪作他与别人聒噪，于是"三打"青蛙：循蛙声以石子击左、击右，直至搬起一块大石头击向中间，虽无一言，程式动作却流畅有趣、十分精彩。

而后苏东坡上场，又是一小段生与末的对子戏。苏东坡悄立季常身后，正听见他嘟囔"我不怨娘子，只怨苏东坡这个老头"，只望神道救助。苏东坡装腔拿调，假扮"神道"，季常"三看"之：左看、右看皆不见人，第三看看到了一只脚，顺着脚往上看，才看到苏东坡——这种见面方式，可谓别致，也成为一种程式。

再便是全折最后一个大层次：苏东坡与柳氏的三次交锋，表现形态为柳氏、陈季常、苏东坡三人的鼎足戏。

随着幕后一声"跪在哪里"，柳氏再度上场，见着苏轼，二人展开第一次交锋。

"尊嫂，轼闻妇道以顺为正，从一而终，是以牝鸡司晨，长舌阶厉。尊嫂，你如何不恪遵四德之训，甘犯七出之条？季常有何罪，而令其长跪池头，窃恐夫既不夫，妇亦不妇，伤风败俗，逆理乱常。嗨！不可，不可！"——这是苏东坡之于"妇道"之论。

"苏大人，奴家虽系裙钗贱质，也颇闻经史懿言。自古修身齐家之事，先刑寡妻，乃治四海。古之贤妇，鸡鸣有警，脱簪有规，交相成也。齐眉之敬，岂独妇顺能彰？反目之嫌，咳！只缘那夫纲不正吓！"——这是柳氏之于"夫纲"之驳。

各自引经据典、咬文嚼字，形式篇幅可谓势均力敌。

"恨不把青藜杖打杀你这老牵头！"柳氏举杖将苏东坡赶出门外，这是东坡第一次落败。

门口，又有了苏东坡三唤季常。第一次，生给旦捶背，不予搭理；第二次，生边捶边撤，临近门口时，妻子"哎唷"一叫，他又退了回去；第三次，生一边保持手上的捶背姿势，一边悄悄走到了门外，东坡不忿于柳氏之跋扈，再度进门。

第二次交锋是"悍妇"之辩。这块戏的喜剧性不在于苏东坡煞有介事地辩论女子是该柔顺还是该强悍，也不全在于柳氏之泼辣：尽管这个小妇人对大文豪的蛮横与不客气真令人忍俊不禁；而更在于陈季常的两面性。在苏东坡面前，他是一副面孔，希望好友能说服妻子，助他成为一家之长；在柳氏面前呢，他又换成另一副面孔，哪怕苏东坡说的句句是陈季常爱听又不敢说的话，一旦察觉妻子的不屑、讥讽、愤怒，他便立时站在柳氏一边，忙不迭向妻子表忠心，一起辩驳苏东坡。更进一步说，《跪池》之喜剧性不在于叙述一个滑稽故事，也不在于简单的、动作尺度之夸张，而是建立在人物个性、心理及独特的人物关系上的。第二次，被柳氏、陈季常夫妇双双"攻击"后，苏东坡又败了阵，第二次被赶出门。

第三次交锋是关于"纳妾"的话题，苏东坡第三次进门。陈季常满心盼望妻子能允许自己纳妾，但迎入东坡、对柳氏说他"又进来了"时，却表现得满脸嫌弃——人物之喜剧性与特色，恰恰在这微小之处。此外，《缀白裘》版中还加了个人物：付扮的老苍头，参与其中。譬如，苏东坡说"论不孝，须防无后"时，柳氏道："想是你会麻衣相法的，怎晓得我再也不生儿子了？这也可笑！"《缀白裘》版，苍头应声道："苏老爷说差哉，我里大娘娘正要养小官人来。说个样扫兴个说话！"演出版则将苍头的戏份全部删除，在保持鼎足戏样态的同时，将他的唱念都挪给了季常。而当生说"我和娘子正要生子"时，被旦劈面打了一巴掌，这一巴掌，打出了柳氏之凶悍，也打出了她的娇羞与妩媚：怎可当着外人之面，谈论生儿育女闺房之事？可这一巴掌若打在老苍头脸上，则会显得柳氏过分凶顽。

此外，演出版将《缀白裘》版中旦之"若要添一妾，与你结为仇。难道无儿没葬丘"之唱，改作生唱，将怕老婆、爱老婆、急于讨好老婆的小男人形象表现得惟妙惟肖。

毫无意外地，苏东坡第三次败阵！陈季常乐滋滋地被柳氏揪着耳朵下了场，苏东坡也摇头叹气而下。演出版全折就结束于此，三个人物之个性、男女主角之关系，从开始至结尾，没有任何改变。而《缀白裘》版中，戏还没有完，它另有一个"终点"，苏东坡心生一计："明日我将自己的一妾赠他，一者全陈生有后，二者与柳氏分权。"为什么演出版宁可破坏套曲的完整性与情节的整一性，也要决然删除东坡之计及套曲之【尾】"你虽是乾坤戾气天生就"呢？其一，传统折子戏单独演出时，并不强调故事情节之完整性；其二，《跪池》最好看的表演艺术已经完成；其三，"一计教他命即休"的歹毒计策显然也有损苏东坡之形象。

表演艺术上，柳氏本以正旦应工，如今多以闺门旦应工，《跪池》遂从"惧内戏"转换为小夫妻"打情骂俏戏"。陈季常本以巾生应工，而今演出风格则掺杂了巾生与穷生二者。不同演员会有不同的演绎手段，有的偏重巾生之洒脱，有的偏重穷生之局促，哪怕念白唱词都一样，所呈现之人物风貌却各有各的特色。

# 似吞刀，在我心头刃

## ——《水浒记·杀惜》研究

《杀惜》又称《坐楼杀惜》，是依据《水浒传》第二十一回及《水浒记》传奇改编而成的昆曲剧目。前半部分为生旦与老旦的鼎足戏，后半部分主体为生旦对子戏。剧中人物有着各自的戏剧任务，作者冷静、耐心、条理清晰地写出了一件惊心动魄的凶杀案，但又不急于让人们看到剧烈的"凶杀"行为本身，而是为观众叙述了戏中所有偶然性背后的必然性及最终导致的阎惜娇之死的全过程。

全剧结构清晰，分四大层次推进宋江与阎惜娇之间的矛盾，大层次之中又有若干小层次，共同完成对戏中人物的心理变化与行为选择的描摹。

第一个大层次："相遇"。

宋江先上场，自报家门交代晁盖给了自己一封信。这封信极为危险，一旦暴露，便是个勾结反贼之罪，不免丧命。宋江急欲将信烧毁，但因为阎婆这个偶然因素的出现，使他不得不改变了行动轨迹，被拉到阎家，遇见阎惜娇。

"相遇"看似偶然，其必然性却在于：其一，宋江之所以很久不去阎家，是因为他察觉到阎惜娇有了张三郎这个情人；其二，因宋江久不去阎家，为了保障一家用度，阎婆才一心将之拉去；其三，阎婆态度热切，况是在大街之上，揣着信的宋江怕拉拉扯扯反将事态闹大，只能勉强随她回去。最终悲剧形成的原因之一，恰恰是阎惜娇之心另有所属。顺着前史与剧情，将人物往下一点点捋，我们会发现第一层次与全剧因果关系形成了一个很严密的闭环。

第二个大层次："撮合"。叙述宋江来至阎家，上楼进卧室之前的事。

一方面，是个对阎惜娇全无爱怜之心的宋江；另一方面，是个心心念念想着"张三"，对"宋三"厌恶至极的阎惜娇；从中拼命捆和他二人的，则是阎婆：三人不同的心理状态，构成了这块鼎足戏的戏剧性与张力。

剧中有两个细节，一是阎婆怕阎惜娇不肯相见，故而以"你心上的三郎来了"将她骗下楼，阎惜娇满怀欢喜，以为将见到张三郎，不料来的却是宋三郎，失望之至，对宋江厌恶之情倍增；二是阎婆言道阎惜娇欢喜来迎时，宋江说：她等的是张三，不是我宋三。冷冷一句话，可见二人关系已跌至冰点，宋江对阎惜娇亦无珍爱之意。乍一看，这些都是与"杀"无关的闲笔，致命的"招文袋"与"书信"被暂时搁置，再一细想，才会意识到，这是作者极为精心的铺垫。他耐心描摹着一对相看两厌的男女，只有这种情感写到位了，之后的"杀戮"与剧烈冲突才有可能性、合理性。

阎婆也是众多偶然因素中的必然。身为母亲，她为了衣食而将宋江与女儿强拉硬拽在一起，要么哄女儿去见宋江，要么央求宋江对阎惜娇主动、体贴一些。甚至二人独处房中，也是被阎婆强制性"摆布"的。这个"春宵"，宋江、阎惜娇都避之不及，可对阎婆来说，却是来日饭菜用度的保障。舞台表现甚至带有喜剧色彩，内在却充满了悲剧性。

第三个大层次："长夜"。写宋江与阎惜娇二人共度的一夜。

阎惜娇不想多看宋江一眼，一心要与张三郎双宿双飞。宋江身在屋内，也一心想走，急盼天亮，好去完成他一出场时就自报的任务：焚毁书信、化解危机。尽管之前作者已将二人糟糕的关系刻画清晰，但此刻他仍没有急于推进，反而将一个无聊的长夜写得酣畅淋漓。

相比演出版用宋江之【耍孩儿】、阎惜娇之【会河阳】两支曲子写二人之情绪对立，《缀白裘》版更是极有耐心地写了"打五更"：从"一更"到"五更"，详细铺叙时间的流逝。

古典戏曲常用"打更"切分层次、隔断戏剧内容，《杀惜》一折，与其说"打更"背负了划分层次的功用，不如说它"打"出的，是这个夜晚的沉闷无聊。试想，房中之人若是阎惜娇与张文远，这将是个多么愉悦而短暂的夜，兴许一眨眼，天就亮了；可身边人是宋江，阎惜娇的心理感受就完全不一样了，一个似"吞桃"，一个似"吞刀"，一甜蜜，一痛苦。"打更"不仅打过了一个漫长、乏味的夜晚，更将宋阎二人所有的恩情都打灭了。

以上都是铺垫，作者一层层往上堆叠，将情绪与人物状态堆到一定程度，再集中笔力刻画本剧最核心的动作，也是第四个大层次："杀惜"。

宋江离开，不慎将装有黄金与书信的招文袋遗落在阎惜娇房里。"遗落"是个偶然行为，可因为长夜之沉闷、极度的疲劳、急欲离开的慌乱，令"遗落"又具有了某种必然性。阎惜娇拾到招文袋，惊恐迅速变作惊喜，宋江巨大的危险是她巨大的"幸运"，她想：命运的转机到了！

去而复返、来寻书信的宋江已换了个造型，原本整齐的鬓角此刻因慌张与恐惧而散乱开来，多了几分煞气。起初，宋江勉强对阎惜娇"笑脸相迎"，不嫌尴尬地逢迎她作"阎大姐"，但阎惜娇还予他的，是个空空荡荡的招文袋，金子倒还罢了，那书信则激起了宋江的危机感。

随后便是第四个大层次里最明显的三个小层次：阎惜娇对宋江的三次"要挟、对抗"，标志性念白"下楼睡觉去"亦重复了三次。

第一次是阎惜娇让宋江写休书。《缀白裘》版中，宋江一心牵挂书信，爽快答应，但这样一来，戏剧性亦减损了，故演出版将之改为宋江不肯。以宋江注重名声的个性而言，乍一听、不肯写，也在情理之中。阎惜娇于是第一次佯作离开，道是"下楼睡觉去"，这句话令宋江产生了极大的不安全感，她一旦下楼，事态便将失控，宋江只得屈服，写下休书。

第二次是阎惜娇要宋江在休书上写下"任凭改嫁张文远"。宋江道：张文远是我学生，你嫁谁都可，独不能嫁他。事关男子汉颜面，他这一次拒绝，亦合乎情理。阎惜娇第二次以"下楼睡觉去"令宋江心生恐惧、被迫屈服。

到了第三个层次，宋江的状态产生了一些变化。面对阎惜娇提出的"捺手印"的要求，他不再与之纠缠，当即打完手印，欲用休书换书信。此处表演艺术颇为有趣。交换之际，阎惜娇半捧半哄，要宋江将休书先给她，宋江自认在密室之内，二人相对，阎惜娇逃不出他掌心，故而先交出了休书。实际上，宋江绝不是一开始便起意杀人的，他经历了一次次的不情不愿，又一次次屈从、讨好，直到这时，休书被骗去了，仍不得书信！阎惜娇第三次道"下楼睡觉去"，并说出公堂之上再还他书信的话，分明要置他于死地！宋江忍无可忍了。

此时，在《缀白裘》文本中，二人激烈对骂。舞台艺术上，则是二人三度变换对彼此之称谓，一个从"阎大姐"到"阎惜娇"再到"阎婆惜"，一个从"宋三郎"到"宋公明"再到"宋江"，越来越声色俱厉。又用轮流的两番两组三个"哼"推动对峙对抗之感，强弱递进、从正对观众到背对观众的共计十二个"哼"，表现了二人不死不休的缠斗心理。阎惜娇为了追求她的"幸福"，毫不示弱，步步紧逼，宋江也终于真正起了杀心！这一块戏，写得极为干脆利索、力量感十足。

阎惜娇：你要打我？

宋江：我不打你。

阎惜娇：你要骂我？

宋江：我不骂你。

阎惜娇：你难道要杀了我不成？

宋江：我就杀了你！

"杀戮"的行为几乎在一瞬间完成，悲剧的始末则贯穿全折每分每秒。

阎惜娇死后，演出版在《缀白裘》版基础上做了压缩，以阎婆将宋江哄至大街、揪住大喊"宋江杀人了"，宋江慌忙逃下为收束。

《杀惜》实是非常难写的一折戏，它要在半小时左右的舞台上完成艰难的戏剧任务：一场发生在"夫妻"之间的，并未预谋的杀人案。作者极冷静、极有耐心、笔力精准残酷。全折看似充满偶然性，但所有的偶然都有必然性的因素做主导，任何一件突发事件，都建立在已经发生的事件上，一步一步推导上去。在"杀惜"这个瞬间动作之前，人物各自心理动机、人物彼此紧张关系、人物从厌烦到沉闷到被压抑到回旋到愤怒再到失控爆发的全过程，入木三分、纤毫毕现，无一处不用心，无一字无目的。

# 破壁残灯零碎月

## ——《烂柯山·痴梦》研究

《痴梦》虽有不少群场，主体却可视为女主角之独角戏。折中崔氏以正旦应工，又不同于一般的正旦，表演极具特色，有"雌花脸"之称。尤其梦中歪戴凤冠、半着霞帔、半露青衣，用夸大了的动作表现极其夸张的情绪，几近癫乱，令人过目难忘。本折是省昆张继青老师的代表作，由沈传芷先生亲授。

《痴梦》大概可分为四个层次。

第一个层次：报子来寻。

昆曲传统折子戏惯例，多为主角率先上场。《缀白裘》版中，即崔氏先上，唱【引】"行路错，做人差"，述其悔意。省昆演出版中，则是让两名报子先上，念"天子坐明堂"四句定场诗，说明正在寻访烂柯山朱老爷家后下场。实际上报子很快会再度上场，当面问询崔氏。开头加此一段，既强调朱买臣之飞黄腾达，也强调了"烂柯山"这一核心地点。

第二个层次：崔氏得信。

这时崔氏上场，颇怀后悔：离了朱家后，她改嫁张木匠，日子过得很不如意。

其实，《痴梦》全折，都是围绕一个"悔"字做文章。起点已"悔"，终点呢，也是个"悔"，貌似始末并无变化，看点却在于编剧、演员将"悔"逐步放大到痴狂的状态，"悔"得这样酣畅淋漓，在传统戏中，可谓绝无仅有。插说一句，本折唱词文字一般，但曲牌选择与文本、情绪之节奏十分吻合，很有特色。这也提示我们，昆曲文学审美不仅指辞章典雅，在刻画人物、渲染情绪时，还要特别注意文学性与音乐性的统一搭配。

转回来看文本。作者先交代崔氏之"独处"："今日王妈妈往亲戚人家去了，怎么这时候还不见回来？"就因为她独身在家、无人倾诉，才可能发这一场"痴梦"。而后报子重来，面对他们，崔氏较为拘束，情感不甚外放。当下写戏也是一样，要注意张弛有度。有时压抑着、收敛着写情绪，正是为了之后的喷涌而出！

报子下场后，崔氏念白道："那那那烂柯山下——"不但放大了"烂柯山"，也放大了她复杂的内心。接着那句"崔氏，崔氏！你当初若没有这节事，方才那报喜的到来，何等欢喜、何等快活！今日的夫人稳稳是我做的！"表演力度比文字力度大得多，瞬间的、夸张的、想象中的"欢喜"，正是为此后的情绪跌落做铺垫。

随后，作者用一支【锁南枝】表现了崔氏三层小情绪。一是自惭形秽："只是我形醌醺，身邋遢，衣衫蓝缕，把人吓杀。"二是对夫妻情分之奢望："且住，我想他也不是负心的；又道是一夜夫妻百夜恩。"三是自己打灭了幻想，分外落寞，"奴好似出园菜，到做了落地花"，毕竟二人再不是夫妻了。

崔氏从门外走回屋内，等于进入了个人私密空间。作者继续通过小细节（譬如出嫁时爹娘叮嘱等）来描写她的不安、懊恼。

第三个层次：痴梦。

崔氏入梦了，她的"梦"可分为两个段落：前半段，众人成群结队地来道喜；后半段，张木匠提斧而来，屡屡恐吓。

前半段可分为三个小层次。

一是"叫门之疑"。文本连用【渔灯儿】【锦渔灯】【锦上花】三曲，并让家院、皂隶等男性连敲三次门，又让衙婆、老旦等女性连敲三次门，反反复复，总共竟敲了六次。门后崔氏也反反复复地疑惑、探问、犹豫、不肯开门，正展现了她忐忑忧闷、自闭心门。

二是"叩头之惊"。终于崔氏将门打开，接着是"三叩头"。第一、二番家院、衙婆叩头时，崔氏喜形于色，享受着被人尊重的快活；而当第三番皂隶叩头时，她却惊得跪倒在地、声音发颤。皂隶是"公差"，朱买臣也是"公家人"了。潜意识里，崔氏惶惑、纠结、愧疚，明知不该奢望又忍不住去奢望，并且为其"忍不住"而惭愧、羞耻。

三是"得信之喜"。众人蜂拥而上，说奉朱老爷之命接崔氏上任。演出版中加了三次确定："真个？""果然？""凤冠霞帔在此！"她戴上凤冠，欢悦无比，【锦中帕】一曲手舞足蹈，整个人像鸟儿般要飞起来了，又带了些滑稽感。梦里华丽的凤冠霞帔，岂不就像一副小丑的衣冠？崔氏越欢喜，观众就越悲悯。因为观众知道这是个梦。换言之，虽是喜剧的表现方式，观众却在欣赏悲剧，"残酷"地欣赏着妇人的悲哀！当她喜滋滋道："朱买臣啊，越教人着疼热。"美梦达到了顶点，也就滑落向后半段：张木匠上场。

从戏剧技巧来说，张木匠是让崔氏产生情绪跌宕的"工具人"。美梦终究要苏醒，凤冠霞帔终究要脱下。在张木匠之"催化""作用"下，崔氏情绪又分为三个小层次：其一是"害怕"，所谓"只看他手持着斧，怕些些"，而张木匠之言"杀个背夫逃走个臭花娘"，实是崔氏内心急于摆脱当下生活处境的投射。其二是"慌张"，面对着"唬得砍人半截"的斧头，崔氏"只得急忙脱卸"华服。其三是"抗争"，张木匠赶走了来人，崔氏在梦中意识到她后半生的幸福都要被赶走了，立即挺身而出："急将身拦遮。"道是："这些人是杀不得的吓……你若杀了他们，是哪哪哪！自有官府来捉你这癫头鳖！"她虽怕，却再不敢怕张木匠手中的利斧！何其悲哀，为了死死抓住浮光掠影的虚华，这个弱女子居然有了对抗的勇气！

因为是梦境，文本、表演都被"松绑"了。崔氏对张木匠的畏惧、对逼休朱买臣的愧疚、对再做夫人的欢喜，都是她内心之"真实"，舞台上迷乱的梦境，则是这"真实"的投射，哪怕变形、哪怕夸张，却并非无本之木、无源之水。正因为有了其"本"、其"源"，受众才不会将之视为闹剧。

张木匠下场后，崔氏呼唤着："从人们，从人们那里？这无徒去了，快取凤冠，快取霞帔过来，待我穿，待我穿……"在"来来来"（演出版所加）的高呼声中，崔氏醒了。殷殷期待全都落了空，这不过一场大梦。

第四个层次是梦醒，也即尾声。

层层铺垫的美梦像肥皂泡一样破灭了，编剧用【尾】三句唱"津津冷汗流不竭，塌伏着枕边出血，只有破壁残灯零碎月"描摹出崔氏贫苦、孤独、不可改变的悲惨命运。末句之表演相当细腻。演员唱"零碎"二字时，目光投向地上，她看的是透过破壁的缝隙，月亮洒在地面细细碎碎的光影。唱到"月"时，再举目望向天空，那向月而指的胳臂，透着求之不得的哀怨。

《缀白裘》版在【尾】曲中夹杂了些许念白，演出版将之尽数删除，并删去崔氏最后一句："呀！你看，从人们又来了。哈！哈！哈！"她已梦醒，若恍恍惚惚又见从人，则不啻疯癫。演出版控制住了她的情绪，让崔氏掩面含泪而下，以隐忍而不是放纵作为全折收束，这正是昆曲克制、蕴藉之美的体现。

看罢《痴梦》，观众不会嘲笑崔氏活该，不会指责她嫌贫爱富，不会因为她之不幸而获得报复的快感，不会单从伦理角度去评判崔氏，而是会从情感出发，对她满怀悲悯。正是《痴梦》之艺术魅力、它对人情人性之正视开掘，牵引起受众与人物交流时的温情。

# 创 作 谈

# 一戏两看《桃花扇》

## ——以《寄扇》为例看昆曲名著的整理改编

2017年4月14日，"一戏两看《桃花扇》"全国系列巡演第一站在北京拉开序幕。从1987年江苏省昆剧院首演《桃花扇·题画》计起，于今整整30年。今次，在石小梅昆曲工作室、昆虫记及江苏省演艺集团昆剧院的协力合作下，将30年的心心念念，借着"一戏两看"带去大江南北，以飨观众。

"一戏两看"，指的是"全本"与"选场"连续两晚、两种截然不同的演绎。

众所周知，明清传奇大多篇幅庞大，汤显祖、洪昇、孔尚任……以40折、50折为载体，寄寓自身。时至今日，观演习惯有了极大变化，几无可能将"全本传奇"搬上舞台。如今演的"全本"，通常是指在一两个晚上、用3—6小时，演绎一个相对完整的故事。就《桃花扇》而言，若无删节地搬演原著，须演30个小时以上。省昆全本《桃花扇》遂以侯方域、李香君相知、相爱、离别、再逢的爱情戏为主线，敷衍全剧，演出时长3小时，单以文字计，删除了原著的90%。被保留下来的精华与改编之处，恰恰体现了整理者的眼光、匠心。

选场，则是折子戏的集锦。囿于时间限制，全本多关注主要角色的命运，而传奇里琳琅满目的小人物、生旦净末丑各行当，都可成为折子戏的主角。我们无法想象一部以阮大铖或李贞丽为主的全本《桃花扇》，但在某个折子戏里，他们的个性情感，却能得到集中的艺术体现。同时，选场里，观众更多欣赏的是表演艺术、个中况味，而不是单纯的情节起伏。编剧张弘先生敢于在前期讲座中完整播放某折尚未首演的新戏视频，正是基于对这一审美方向的信心。

本次选场演出包含《侦戏》《寄扇》《逢舟》《题画》《沉江》5 个折子戏，拾回了许多在全本中被删减却有价值、有趣味的部分，它与全本互为补充、相互呼应。

无论选场还是全本，主创都须面对一个问题：昆曲名著的整理改编。以《寄扇》为例，它是原著第 23 折，全本里改为第 6 场，选场折子戏文本又经调整。

原著《寄扇》含李香君、杨龙友、苏昆生 3 个人物、曲牌 13 支。在《集成曲谱》里，首曲【醉桃源】已被改为念白，另 12 支皆有曲谱传世。该折说的是李香君独守妆楼，托苏昆生将以她鲜血点染的桃花扇远寄流落在外的侯方域，具体内容可分为"自嗟、画扇、寄扇" 3 个层次。其中"自嗟"包含的曲子有：

【新水令】写"无人做伴，好生凄凉"；

【驻马听】写"花月欢场，从今罢却了"；

【沉醉东风】写"侯郎匆匆避祸，不知流落何所"；

【雁儿落】写"恶仆盈门，硬来娶俺"，只得撞破花容；

【得胜令】写"妈妈替奴当灾，飘然竟去"；

【乔牌儿】写"一阵酸心"，分外孤独，与【新水令】之意类似；

【甜水令】写扇上血迹；

【折桂令】写撞破花容，与【雁儿落】之意类似。

以上皆是多情、被动、柔弱的李香君一人在场的静态演唱，除自嗟孤独、思念外，多为复述《辞院》《守楼》里正面演绎过的前事。孔尚任虽注意到唱段内容与层次的差异，但仍有少许重复之处。接下来的"画扇"写道，李香君昏昏睡去后，杨龙友、苏昆生来了。杨龙友一时兴起，将扇上血迹点作桃花扇。苏昆生看他点染，赞道："妙妙！竟是几笔折枝桃花！"杨龙友亦很得意，大笑指扇："真乃桃花扇也！"面对美人守贞溅上扇面的鲜血，他们的反应，于今看来，未免太过凉薄。李香君被笑声惊醒，见扇后唱了支【锦上花】，赞叹"便妙手徐熙，怎能画到"：杨老爷画艺高超！第三个层次"寄扇"含 1

支【碧玉箫】与1支【鸳鸯煞】：前者写"寄扇"，后者写"妆楼独闭"以待侯郎。

与《牡丹亭》《长生殿》不同，舞台上没有一折《桃花扇》老戏传世。之所以失传，既可能与它触犯了清朝忌讳有关，也可能有剧本、演员、音乐等多方面的综合原因。拿《寄扇》来说，原著文采斐然，所用【北新水令】套曲亦是名曲，而在戏剧性、张力与推动力上，则稍嫌不足。

省昆全本《桃花扇》之"寄扇"场，受限于时间，将原著《守楼》与之合并，包括了李香君拒婚毁容、李贞丽代嫁、苏昆生来访又携扇而去等众多情节，"寄扇"只占一小部分，相关曲牌仅保留一支【碧玉箫】，人物设定上，删除了杨龙友、添加了保儿。显然这完全是线性叙述，少了些块状的欣赏空间。其中的重大修改是将"画扇"之人，由原著的杨龙友改为李香君。这把诗扇，乃侯、李二人定盟之物，是贯串全剧的核心道具。一面是侯方域的亲笔题诗，一面是李香君的丹青血色，也算是这对爱侣在扇上相逢，比之杨龙友的随兴之作，多了慎重、多了眷念、多了情深。

张弘先生在其著述《寻不到的寻找——张弘话戏》里写道："我大抵仍依循对《桃花扇》的一贯认识来解构剧本，其中部分段落，与创作题旨颇有出入，我虽感迷惑，终还是屈服于惯性的思维。今时若能再给我一次机会，这个本子可能会呈现出另一种面貌，《桃花扇》里隐藏的更多有价值的东西，可能会被进一步发掘出来。"选场《桃花扇》，兴许便是张先生所说的"再给我一次机会""另一种面貌""更多有价值的东西"之"进一步发掘"吧。

折子戏《寄扇》共有4个人物，分属4个家门：李香君以闺门旦应工、杨龙友以大官生应工、苏昆生以外应工、保儿以丑应工。保儿的加入既增添了行当色彩，也可应对奉砚磨墨等零碎活计。原著曲牌总数被压缩为8支，以适合30分钟到40分钟的演出时长，情节则可分为"自嗟、拒劝、画扇、寄扇"四阶段。其中"自嗟"含1支【新水令】，抒发李香君之孤零。"拒劝"是改编者新添的内容层次，杨龙友提前登场，且带着明确目的：劝李香君"下楼"重操旧业。这个设计，是对原著杨龙友之言"你有这柄桃花扇，少不得个顾曲周郎；难道青春守寡，竟做个入月嫦娥不成"的合理拓展。李香君坚定的情志使她与杨"对立"起来，他的劝告统统成为她自陈的动力，二人之间因此有了某种戏剧张力。"拒劝"包含3支曲子，不改原著曲牌、唱词一字，仅在次序上稍作调整，借助巧思与念白，重新结构，将静态的自抒裹入李、杨动态的对答中。如【得胜令】回应杨谈李贞丽代嫁事；【驻马听】回应杨劝她"再张艳帜，重开妆楼"；【沉醉东风】则是杨问及"侯郎重到"后，李香君延展性地回忆往事。所有被保留、运用的曲牌，都有了同一指向——香君的决意。这决意使女主角形象更清晰、坚定，尤其是"奴家守楼，是守妾衷情、守妾本心、守妾自身也"这句新写的念白，更为单纯之守贞平添了坚韧的生命力度。

随后，徒劳无功的杨龙友提前退场，将舞台留给李香君、保儿与新上场的苏昆生，进入"画扇"层次。苏昆生带来一个新消息，即原著第24折《骂宴》里说的"搜拿秦淮，选入宫中"，这给香君、给戏剧情势都带来了紧迫感，孤冷的小楼仿佛风中枯叶，随时都会凋零。折子戏里，"画扇"延续了全本中"香君自画"的设定，包含【甜水令】与【锦上花】2支曲子。全折最动情的念白出现了：

李香君：师父，你看那楼外的桃花开得好哇！

苏昆生：嗯，开得好！

李香君：这扇底桃花，也开得好哇！

苏昆生：开得好……

香君上场便唱道"冻云残雪阻长桥"，这是个寒冷的冬天，哪有什么桃花？可正是这不存在于现实世界的灿烂桃花，盛放在李香君的眼中与扇上，她泪水盈盈。另一折《题画》里，侯方域寻访香君、重返媚香楼，但见人去楼空时，念道"小生与香君定情之日，筝声笛韵，映着这簇新新一座妆楼"，也是悲泪盈眶。两下相映，印证了他俩爱的匹配。若说改编者适度将杨龙友向"反面"推去是为了强调李香君之忠贞，在这里，他让苏昆生极为"仗义"地主动提出为香君寻访侯郎、远寄音书，则是严冬里的一缕暖意，慰藉了薄命人的酸楚。

折子戏里"画扇""寄扇"融为一体、不可分割，我们也注意到，原著中的【锦上花】与【鸳鸯煞】在搬演时都只用了半支，后者改称【煞尾】。删减的出发点应是担心唱段过长影响戏剧节奏。由此可见，曲牌与曲牌体，并不是一成不变的，更不该成为过度限制、阻碍创作的枷锁。在尊重它的前提下、在了解它的基础上，成熟的创作者可以做出适当变通。这样的变通，明朝的汤显祖做过，清朝的洪昇也做过。具有变化、发展、进一步提升的广阔空间，才是戏曲艺术依然葆有勃勃生命力的明证。

之所以具体而微地比对原著与整理改编后演出文本的差异，只因在戏曲尤其是昆曲受众群里，常有一味的"厚古薄今"之声。将戏好戏坏搁置一旁，先看或单看它是不是"老的""旧的"，是则鼓掌，否则摇头，以致 30 年前，石小梅先生等捏出《题画》时，都不敢对外直言这是"新戏"，直到众人以为它是"老戏"并加以肯定后，才吐露真相。30 年过去了，若创作者们仍需这么战战兢兢、如履薄冰地将新戏"打扮"或"伪装"成老戏，以期获得个客观、公正的评价，我想，那既是主创的悲哀，亦是受众的悲哀。简单地"以古非今"或"崇今蔑古"都不是艺术创作、欣赏、评论的正当态度，扬弃、传承、发展、创造，不但是戏曲从业者应怀抱的信念，也应是创作者与广大受众达成的共识。先要相信"超越"的可能性，再要锻炼与具备"超越"的能力并付诸实践，进而总结"超越"的得失经验，只有这样，我们才能拾回某些遗失的经典，才能为从 600 折减到 400 折、200 折的昆曲折子戏库存里逐步添入、积累新的内容。

我在北京大学做讲座时，有同学提问："像这样整理改编下去，300 年后的人们，还能理解孔尚任的意思吗?"我回答："我相信 300 年后，孔尚任的文本依然存在。原著绝无可能被改编本、演出本替代。300 年后的人们，通过各类文本，既能理解孔尚任，亦可理解省昆、理解张弘，不是更好吗?"让后世不但能理解"古代"，亦能更多地理解、尊重、赞叹我辈身处之"当代"，不是更好吗?

157

# 戏曲创作：题旨的确立与实现

从 2007 年我进入江苏省文化厅剧目工作室工作、担任省戏剧文学奖评委开始，我与全省剧作者一起成长了 10 年。我既是个戏剧作者，从某种意义上说，也是个戏剧评论者。随着时间的流逝，我开始思考很多写戏、评戏中的问题。

首先，艺术创作中，评论者和写作者是协同共进的。在公平、公正、公开的评比或点评活动中，能否发掘出最有价值、最有潜力的作品，往往取决于评论者的水平。甚至，没有好的评论者群体，就不会有好的创作者群体，因为这两者是互动的。创作者不可能天生成熟，在他的前行之路上，需要鼓舞，需要肯定，更需要正确的引导。交流上的隔膜、偏差很容易打击年轻编剧们的热情或令他们犹豫、彷徨、不知所措。当然，优秀的、丌辟性的创作亦可丰富、补充既有的评论者思维。我们不仅要培养一批优秀的编剧人才，也要培养一批优秀的剧评人才。

其次，评论者应建立自己的评判标准，谨防"泛文学"与"观后感"式的剧评。以主题是否鲜明、人物是否独特、语言是否准确等标准去评判一部剧作，当然很必要，但光有这些，只怕还不够，还没能深入触及戏剧文学有别于小说、散文、影视剧的最有个性的部分。编剧行内有句顺口溜："一稿二稿，基础很好；三稿四稿，毛病不少；五稿六稿，全部推倒；七稿八稿，回到一稿。"所揶揄的，正是纷纭的、缺乏理性支持的观后感式剧评对编剧、对文本的伤害。所谓："人评戏，戏亦评人。"评论者以"居高临下"的姿态去点评一部戏时，他们没有想到剧本作为一个客观存在，也在衡量着评论者。你在评论戏的高低深浅时，戏也在评你的深浅高低。每一句评判，实际上都是你的自我评价。当我们提出不恰当的意见时，剧本本身也在否定着我们。每部作品都是作者的心血之作，所以我想，评价时不妨沿着作者的心路、思路、情感去思考，怀有更多的敬畏之心，慎重地提出意见、建议。

以上是些题外话，接下来谈谈题旨。

如何实现个人创作的有效积累，是每个专业编剧都会碰到的问题。很多年轻的作者，他们已掌握了一定的写作技巧，驾驭文字的能力也不错，最终决定其作品高下的是什么？是"题旨"。在我看来，"题旨"和"主题思想"之间，有时是叠合的，有时也有差异。若说"主题思想"更侧重于道德评价，那么"题旨"，它首先基于审美的、情感的判断。

比如，我入选国家艺术基金小戏资助项目的昆曲折子戏《哭秦》，说的是吴兵破楚，申包胥去至秦廷求援。其时秦门紧闭，申包胥为劝动秦伯，先说"仁"，救楚是仁爱之举，宫门毫无反应；接着他说"义"，为天下大义而救楚，秦国仍无动于衷；万般无奈，申包胥说了他羞于出口的那个字——"利"：秦不救楚，吴灭楚而强，便会成为秦国的劲敌，这层"利害关系"一说，宫门大开，秦兵浩浩荡荡，救楚而去！申包胥见状号啕大哭。小太监问：秦师已发，您还哭什么？申包胥说：我说"仁"，不能动人，我说"义"，不能成事，单单说到一个"利"字，十万秦军，顷刻便至。我为秦哭、为楚哭、为仁哭、为义哭、为天下哭！瞧，这便是该折的主题思想——对无视仁义、摇摆于利的人心之叩问。可这还未必是《哭秦》的最高价值。看石小梅老师的舞台演出时，你会发现，该折最打动人的，不是"仁义利"，而是一个疲惫不堪、手无缚鸡之力的弱小生命与森严、巍峨的宫门之间的对峙！是这个个体生命所蕴含的力量与他所绽放的光辉。当人类怀抱某种"决意"时，竟能这么勇毅、这么坚韧、这么强大，这才是《哭秦》最可欣赏的部分。

再比如，扬剧《衣冠风流》，写的是东晋后期，权臣桓温有心篡位，简文帝迫于其威，临终欲让皇位，为重臣谢安所劝阻。太后为求安保，再度传命让国，谢安奉道守正、封还懿旨。桓温大怒，扬言"诛谢安，移晋鼎"，大举而来，陈兵新亭。谢安主动请缨，往迎桓温，一哭一祭，力挽狂澜……

在全剧第三折"劝觞"中，太后问谢安："让位桓温，乃天子家事，何关百姓？"谢安回答："天子者，当为天下表率。想桓温平蜀伐北，声威煊赫，他欲问鼎，虽为悖逆，亦是常情。陛下若慑于其威，轻让社稷，则不异昭告四海：九五之尊，不以德居，而以力取！如此一来，凡精兵强将、封疆大吏，谁能不秉人之常情、生篡逆之心？兵不厌多，势不厌大，万般利欲，只嫌其少！满目周公摄政，遍地尧舜让国，臣恐天下，从此永无宁日、永无宁日！"这便是该剧的主题思想：天下当以德居、不以力取。然而，这还不是《衣冠风流》的题旨。魏晋是个崇尚真率、性情的时代，谢安则是魏晋风度的标杆。"风度"不只是清谈潇洒，更在于惊涛骇浪之中，勇于担当的大情怀与安详、从容的处世姿态。该剧着力表达的，不仅是政治、军事之争，更是对人物、对生命的欣赏，它写的不仅是一个人、一群人参与了怎样一桩军国大事，更是他们，尤其是他，怎样以他独有的方式，参与了这件事：焚诏受命、赌棋却旨、识酒请缨、哭祭桓温……我们欣赏着谢安一次次面对生死时的宁静、淡泊、自在、挥洒，欣赏他为着、朝着他心中之光明，所可承担的分量、所可秉持的智慧与勇气。这，才是我写作时心心念念的题旨所在。

2017 年的中国戏剧节上，演出了同样由李政成领衔主演的扬剧《不破之城》，这是我继《衣冠风流》后与扬州市扬剧研究所的再次合作。为纪念扬州建城 2500 周年，院团要新创作个史可法的剧目。我犹豫过，因为史可法太难写了。"数点梅花亡国泪，二分明月故臣心"，清人张尔荩撰的这副名联，至今高悬史公祠内，以诗性与情感熨帖着先贤；今人谈及史可法，多赞颂他的忠贞、爱国、宁死不屈。主题指向是这样的强烈、清晰，使我反倒担心写不出新意。记得是在去上海的火车上，我与张弘老师谈及该剧，说我阅读了大量史可法的材料后，记忆最深的却是方苞的《左忠毅公逸事》。说的是左光斗受诬入狱后，学生史可法潜入相见。左光斗见之，不喜反怒，说："庸奴，此何地也？而汝来前！……老夫已矣，汝复轻身而昧大义，天下事谁可支拄者！不速去，无俟奸人构陷，吾今即扑杀汝！"他摸起地上刑械，作势要打，史可法"噤不敢发声，趋而出"。在这里，我看到了忠臣志士的家国担当，看到了老师对学生深切的爱护与期望，也看到了"道"的传承——左光斗将他生命的、人格的重量交付给了他器重的年轻人；史可法呢，他接过了这个分量，以同样无私无畏、坦荡慷慨的姿态走下去，并在 20 年后，以他的死，回应了老师的嘱托。《左忠毅公逸事》是洞照文本写作的光芒，将风尘斑驳处史可法的内心照得雪亮，在它的光照下，忠诚爱国再不是个简单的概念，我触摸到它的温度、脉动、情感，触摸到悲壮与悲壮之外的快慰。左光斗冤死了，那"道"仍在，史可法殉难了，那"道"还在，黄钟大吕，激荡高歌，这是连死亡也无法侵灭的价值。火车渐近上海，我也定下了剧名，上海不是素有"不夜之城"的美名吗，那么史可法之扬州，便是一座"不破之城"，古往今来，多少个"史可法"，谁人心中不怀抱着这样一座巍然屹立的"不破之城"？

我导师章培恒先生曾发问："什么是文学？"又问："为什么有的书表只是公文，而《出师表》《陈情表》等便被纳入'文学'范畴？"他的答案很简单：文学，就是能感动人的文字。"感动人"，说的便是"情感判断"。但光有情感还不够，你必须再用理性去掂量、裁断，从而发掘出某块入戏材料的"最高价值"。

我写过中型锡剧《东坡买田》，原始材料来自《梁溪漫志》，说苏轼从海南流放归来，看阳羡风光甚好，就用尽储蓄，托人在这买了处田宅。某日，他路遇个老妇人哭得很伤心，询问就里，老妇说，只为我儿不孝，把家里祖田卖了！苏东坡再一细问，这田正好是他新入手的那块。于是他将田契还给老人，也没再要回买田的钱。是年七月，苏轼在出租屋里去世了。这则笔记的真实性存疑，我们不把它当历史写，而当故事来写。它的题旨是什么？乍一看，很简单：苏东坡善良、富于同情心，先人后己。但我并不满足。我不想简单地写一件好人好事。想想看，命运给了苏东坡多少苦难，妻子早逝、儿子夭折，爱妾朝云亦先他而去，他天涯辗转，暮年时，到底是以怎样的心情"买田还契"的呢？隐隐约约我好像捕捉到了点什么：诗人买的是田、是房，但这绝不是"置业"，他是为自己觅了个归老之乡。我想：到底哪里，才是我们的"故乡"？哪里，才真正能安置我们的身心？苏东坡早用词句做了回答："此心安处是吾乡。"找到了，这就是《东坡买田》的题旨！我设计了个细节，老妇来到已然易手的祖宅，依依不舍，指着四方说：在这里，我与婆婆一道纺纱；在这里，我生下了孩子；在这里，我伺候卧病的丈夫；在这里，我教训过孩子后又舍不得，搂之而泣……老妇走后，小书童拿了把新椅子来说：老爷这椅子放这里吧？苏东坡说：不行，这儿有个妇人与婆婆正在纺纱。放那里？不行！那有个妇人在给丈夫熬药。那就放这里？不不不，更放不得！这有个母亲正抱着孩子痛哭！偌大个屋子，一把椅子都放不下。因为这屋里满满当当是那女人的一生，她活在屋子的每个角落。苏东坡买田，花了500缗，可500缗哪能买下她毕生的记忆？站在宅中，苏东坡感觉他才是"入侵者"。换言之，他不只是为了老妇有地方住才归还田契，更因他自己，因他不可能在此心安理得地住下去。"此心安处是吾乡"，诗人住在破旧的出租屋时，内心的愉悦感远远大过他站在那连把椅子都无法安放的、高价买回的豪宅中。

不少人采访时问我，你觉得中国传统戏曲的局限性何在？我说我没觉得戏曲有什么短板，关键在于创作者的思想情感。你能抵达怎样的深度、高度，戏曲便能完成怎样的深度、高度。局限你的不是戏曲，而是你的思维、你的能力。我目前自认的三部代表作——《春江花月夜》直面"人与宇宙"之哲思，《一卦缘》关注"幽微的情感"，《衣冠风流》张扬"崇高的人格"，全都寄寓于戏曲程式来表达、完成。中国戏曲是无垠的，不必担心有了好想法却被"戏曲"拘束，就像练字时用的米字格，格子不是囚笼，反而能规范你、帮助你，使你更好地发挥才智和创造力。

记得盛和煜先生做讲座时，谈到的第一点是"我有一个梦想"，意思是立意当高远。取法乎上，仅得其中，若取法乎中，那就只能得其下。我确认题旨时，更多关注的是对人性、人情开掘的深度、纯度与独特性，包括它蕴含的文化分量。去年在上海某创作活动中，我做了简单发言，说写了那么多戏、编了那么多故事后，单纯的情节已不能满足我内心的渴望。我再写戏，最想发掘的，是我们民族文化个性的成因，追溯我们民族的童年和少年时代，并探究它的组成与流变。

另外，我们应时时警惕写"方案戏"。"方案戏"是个什么概念呢？举个简单的例子，某村要创业致富，村主任说应该办化工厂，来钱快；书记说该做绿色养殖，利乡利民。他俩发生了冲突。然后呢，先办了化工厂，村主任很得意，书记忧心忡忡。再过一阵子，灾难发生了，化工厂爆炸了！经此一事，大家明白了还是该养鱼、种树，就拆了化工厂，全剧结束在绿色养殖公司挂牌剪彩的热烈场面中。像这样的戏，屡见不鲜。尽管个中乡村片段可能写得很有生活气息，诙谐有趣，可若透过这些修饰、这些技巧，便会发现，戏的核心是甲乙两个方案之争，而不是对人类自身的关怀与拷问，正因为此，它也往往需要特别强烈、极端的外部事件来激化戏剧矛盾。我这么说并不是否认这类作品，只是觉得它们非常非常难写好。进入此类构思，怕是从一开始就将自己置于艰难境地。

寻觅题旨就像走在一条幽深的甬道里，专注凝望你会发现前面隐约有光。向着光，你慎重地、坚定地、敏锐地走下去，然后豁然开朗。接下来要面对的，是怎样实现你的题旨。

十年来我广泛接触了众多青年作者的戏剧作品，按说他们应该一直在积累、在进步，可事实上，其剧本水准却时好时坏、上下浮动得很厉害。碰到一块特别喜欢的材料，特别有灵感时，就写得很好，如果灵感没来造访，就写得差些。这是很自由随性的状态，但似乎不该是专业编剧的最好状态。业余与专业的区别，在于自发还是自觉。

所谓"自觉"，最重要的，是能够精准把握、有效使用"舞台资源"——"时空"。戏曲是"时空"的艺术，必须集中在130分钟内的舞台上完成。借助舞美设计与受众之想象力，"空间"可以得到适度拓展，更严苛的、难以逾越的，是"时间"。这意味着你要把舞台上的每一分钟都用在刀刃上。曾经的我完全凭感觉写戏，同样的内容，今天写与明天写，可能会呈现两种完全不同的面貌，这样写出来的本子随意性太大，它的念白、念白间的衔接，甚至某些细节、情节，都可以被替换。如今呢，我要求自己，也希望专业编剧们能写出"无法被替换"的作品，句句相连、环环相扣，每句话都有用心、有意图，每一步都在为下一步做准备。条条道路通罗马，就好像我从南京去北京，有无数条到达目的地的路线，比如，我可以从上海、广州绕一大圈再到北京，可最经济、有效、快捷的路，就只有一种或者非常少的几种，我们专业编剧要做的，就是找到那一种或几种。"北京"是什么？就是这个戏的"题旨"、最高价值。

有些评论者认为我写的戏情节相对简单，究其原因，一方面，是我当年在写网络小说时写腻了复杂情节。网络小说多靠情节取胜，读者追看的就是每天新鲜不同的故事。而且它有一种"交流性"，读者会留言猜测第二天更新的小说会发生点什么。作者当然最好不要被读者猜中你接下来的构思。曾有记者采访我，问我想写什么样的故事。我说，我想写从来没人看过的好故事，可要编出这样的故事实在太难了。且不说舞台剧，时空相对自由的电视、电影亦往往故事贫瘠。另一方面，我认为戏曲区别于影视的重要特点是它的诗性、抒情性及表演艺术。导演、编剧都是幕后工作者，站在台上、以其血肉之躯演绎剧目的人，是演员。编剧理当给演员充分的表演空间。但演出时间只有2个小时，怎么办？戏曲里一个核心唱段就需至少七八分钟才能完成。若故事太过复杂，演员势必被情节推搡着向前，连好好唱一段都成了"奢侈"。情节应是助力而不是羁绊，若演员被情节束缚、在台上疲于奔命，那么编剧之创作，从某种意义上说，已脱离了戏曲本体。回顾古典戏曲，简单情节甚至是相对"停顿"的情节竟往往出好戏、出妙戏。比如《牡丹亭》里《惊梦》《寻梦》《写真》《拾画》《叫画》等最好的折子，剧情都极简，情感层次却极丰富细腻，演员借此酣畅淋漓地展示才华，优秀的表演艺术亦借此而生。在复杂情节与表演艺术之间，由于时间限制，一定要做取舍的话，我倾向于将舞台更多地留给表演艺术。至于情节之连缀、过渡，则交给丑行、副末等次要人物的交代。我愿意相信当代受众"思考""脑补"的能力，愿意将"情节"拆分为"情"与"节"：迅速进入某个"节点"，完成戏剧场景之布置、营造，再让演员充沛、丰满地表达"情感"，而不是把大部分笔墨、时间用在对故事内容的浅层叙述上。

需要特别强调的是：戏剧即结构。中国戏曲之结构和审美体系与西方话剧有很大差别。若单以西方理论为评判依据，不但很难准确评价中国古典戏曲，也会断了我们创作的源头。我的很多整体结构上承继元杂剧体例、具体每折则效法明清传奇折子戏写作方法的新创作品如《一盅缘》《衣冠风流》《不破之城》《孔圣之母》等，被称为"新杂剧"。这不仅是向先贤致敬，也是一种让古典戏曲之传承在当下重焕生趣的方法。有人问我，你的戏仅四折一楔子，能讲清楚某个故事吗？我说存世的众多元杂剧，爱情戏有之、公案戏有之、伦理戏有之、战争戏有之……涉及社会生活的方方面面。一部《唐明皇秋夜梧桐雨》，也不过4折，便上接《长恨歌》、下启《长生殿》，将李杨爱情，写得哀凄缠绵。元杂剧的局限是分旦本末本、一人主唱，音乐表演不够丰富，到传奇盛行之时，一折之内，已可容纳各种行当的演唱，昆曲经典折子戏所取得的局部成就之高，至今仍可师法。我讲这些并不是说"新杂剧"是当下最好的戏曲创作方法，更不是唯一的方法，不同题材、不同思考会让我们对某戏之结构及具体写作有各异的要求。比如，我的《万里茶道》便是6场戏，场次之间，用七绝串联，不如此，便难以表现万里运茶、一路崎岖的线条感。然而，就我的创作与教学经验而言，"四折一楔子"确是一种可供参考、学习的戏曲结构方式，它能"简化"，在一定程度上亦可"易化"初学者的创作，以明晰的"起承转合"来帮助你明确结构，进而帮助你"停下来"写，写"块状"的戏。"线状"的戏用来推进，"块状"的戏用来欣赏，我想，好的作品，大到全剧、小到每场乃至场中每段，都应是"块状"与"线状"的精心交织、有机融合。

以锡剧《一盅缘》第三场为例，这几乎是个独角戏，女主角林六娘为祈愿爱人重病痊愈，一步一拜，叩遍吴山十庙。"叩庙"是该场的核心动作，从第一庙到第十庙一一叩过，这是"线性"的，然而，若是真就这么一座庙、一座庙，平均用力地行过、写过、演过，将戏分为十等份，未免支离破碎。在这里，"十"是个数字，而不是结构，我们要做的，就是将之"结构"起来，产生"块状"的、可欣赏的戏。所以，我将十座庙拆分成"三、三、三、一"四个层次。第一层次是风神庙、雨神庙、火神庙这一组，为自然神；第二层次是玄女娘娘庙、紫阳真人庙、文昌帝君庙，为道教神；第三层次是周新庙、关公庙、伍员庙，为人间神；第四层次是象征爱情、婚姻、圆满的月老庙。前三个层次里，女主角叩庙时，唱出了三种内容：一、面对自然神，她回忆风、雨、火当初都曾撮合她与爱人的缘分，如今怎可袖手旁观；二、面对道教神，她将爱人赞得花团锦簇，说他英俊、高才、善良，以求神祇的恩慈、拯救；三、面对人间神，她说你们都曾领受、经历过人间的情感，该能体会、同情我的痴情……虽然内容不一，从"回忆"到"赞美"到"诉情"，亦有所推进，但这三层从本质上说，都是"变着法儿"的"乞求"，如果"叩庙"仅止于此，仍不能令人满足。最重要的是最后一个层次，被单独剖分出来的最后一座庙。不是所有的爱都得团圆，不是世间万事都能如人所愿。当林六娘磕破了额头、磨平了膝盖，拜完前面九座庙时，那第十座庙——月老庙，"望之分明在咫尺，行来却隔山千重"，她欣喜地奔向它，却永远无法抵达！从全剧的大结构来说，这为林六娘最终"忘情只为有情长"、爱的放手与重生，做了铺垫；从该场结构来说，前面三层九庙，都是反铺垫，是用拜到的九座庙来反衬、突出永远拜不到的第十庙，无限的哀告、愿望、祈求都是为了最后的无法实现！尽管如此，仍不放弃，于是有了该场之高潮、重点、落点，林六娘一路叩来，身心奄奄，继一段 16 句的唱段后，念白道："赵郎、赵郎，我俏生生、笑嘻嘻、明晃晃、热腾腾的冤家！奴累得紧，你将肩膀借奴罢；奴困得紧，你将膝头借奴罢；奴渴得紧，你你你……啐！你且捧盏，喂奴数盏山泉。待奴饮罢，自当再叩几个头、再行几步路！待奴叩不动、行不得之时，你当俏生生、笑嘻嘻、情切切、意浓浓，在奴耳畔，轻呼低唤：我嫡嫡亲亲的姐姐……我嫡嫡亲亲的赵郎呀！"至感人处，正在于此。

再如《不破之城·宴敌》之"登楼四望"、《衣冠风流·劝觞》之"三劝酒"、《孔圣之母·自嫁》之"往复迎送"……都可做类似的层次析解，从而看到我们分布材料、组织材料的自觉意识，看到文字对作者意图之实现，看到与中国古典戏曲一脉相承的结构美学，囿于篇幅，这里就不一一详述了。

虽然我常说要将"戏剧文学"与"泛文学"区分开来，虽然"人物塑造"是"泛文学"评论中时常谈到的问题，但我仍然要说，在剧本写作中，用戏剧的方式去塑造独特人物，极为重要、关键。仍举《东坡买田》的例子。作为一部中型作品，结构上我大致分为上下两折，上折《买田》，下折《还契》，《还契》重情，《买田》重趣。去年我想买个房子，朋友陪我去看房。我很笨拙，站在一旁，朋友为了替我争取到低点的价格，就对卖方指出这房子的种种不好，楼层啦、朝向啦、环境啦……尽挑毛病。虽说房子到底没买成，这事却启发了我写《买田》。我让苏东坡找了个极伶俐能干的小姑娘陪他去买田，这小姑娘充当了我朋友的角色。当卖主极力吹嘘自家田宅背山面水、这好那好时，小姑娘"吹毛求疵"，说背山只怕山体滑坡、面水夏天蚊子太多……苏东坡呢？渐渐地，他站到了卖主一方、站到小姑娘的对立面，说背山好啊，"四时浓淡观山色，不羡武陵人桃源"；又说面水好啊，夏天蚊虫之声，听入耳内，"恰好似短歌长赋向人吟"。终于，卖家开价300缗，小姑娘还到200缗，苏东坡却高高兴兴地以500缗的高价买下田宅！气得小姑娘跺脚说：你这个"痴头伢"（傻瓜）。我为什么把苏东坡写得这么"傻"？为什么不写小姑娘对付不了刁滑的卖主，多亏苏东坡以智慧砍价成功，用200缗买了虚报400缗的田宅？因为我心中的苏东坡，不是个能把500缗还到200缗的精明人——这样的人很多，而是个将300缗说到500缗的"傻瓜"——只他一个。有时，看上去的"不合逻辑"才是戏剧性，它不符的是常规逻辑，符合的是情感的、个性的逻辑。苏东坡为什么这么说、这么做？因为他太爱这方山水了。为什么写他如此之爱？为了下折的《还契》。爱得真切、强烈却还了回去，这样的"还"才有力度。

再简要谈谈戏曲中的唱念，在题旨的实现过程中，唱、念都发挥了重要作用。谢朓道"好诗圆美流转如弹丸"，这也是我对唱词写作的总体希冀：流畅、优美、诗性、准确、不晦涩。昆曲的音乐节奏较缓，受众可以从容欣赏字幕文字，唱词不妨典雅、精美、适度用典，地方戏唱腔节奏较快，唱词则应更疏朗些。我有过这样的经验：一部地方戏的文字雕琢得很漂亮、精致，演出却不及阅读效果，就是因为唱词密度太大，受众看戏时难以及时消化文意。后来我将过分"紧密"的唱词"打散"了些，将五字句扩展为七字句、七字句扩展为上下句，改去某些生僻字，演出效果就好了不少。另外，唱词、唱段本身也要注意结构层次，尤其是地方戏的核心唱段，时常多达26句到46句，我们至少要把唱词分成3到4个层次，至少每4到8句是一个层次，每个层次都是往前推进的，既能保证文意不重复，又能形成唱词力度上的积累并最终完成。以《衣冠风流》谢安"生祭"桓温、劝其罢兵的唱段为例：

"我哭这血衣带难挽难系，系不住人世间风流云凄。系不住数十年君臣恩义，系不住扑喇喇金瓯崩离！想桓公天命不永撒手去，从今后谁为至尊守疆畦？我抚丝弦谁侧耳？我布棋枰谁执棋？哀公恸公泪如雨，哭公祭公发悲啼！倘若晋祚难为续，叹公声名堕污泥。不孝悖逆先父志，不仁还把孤寡欺。不义挥刀诛故旧，不忠负恩乱京师。似这等不忠不孝岂称智，不仁不义实为愚。青史有信当铭记，万古永为竹帛讥。手捧着泪淋淋冠带旧衣，耳闻着呼啦啦招魂幡旗。面朝着静脉脉江流水逝，背对着寒凛凛刀密剑齐。思想起与桓公多年之交、故人之意、兄弟之情、金兰之契，也曾同醉壶浆、也曾同游把臂、同思故土、同怀弘毅，逸兴飞、凌云志、璧玉心、英雄气，只道是平生有幸、得遇知己，比邻天涯、投合声气，又谁知易始难终、中道捐弃、清名堕地、黄泉永寂、怎不令人哀思潮涌、痛入心脾、肝肠寸裂、悲恨交集，放泪眼向碧空长歌魂兮！"

第1—4句是第一层次：人事无常；第5—10句是第二层次，以情义悼故旧之"死"；接下来两句，转折过渡到第三层次：以"忠孝仁义"斥责桓温的不臣之心，这个层次，结束于第20句"万古永为竹帛讥"；末6句，包括从"思想起"到"悲恨交集"，这洋洋洒洒一气呵成的"堆字"，便是最后一个层次：情景交融，以情动人、以今追昔，完成他"劝友"的最强音。

念白同样要注重层次，有时它发挥的作用比唱段更大，所谓"千斤念白四两唱"。演员演唱时，情感波澜起伏，而剧情往往相对静止，人们很难在单人唱段中快速推进情节的变化发展，复杂情节的完成更多依靠的是念白。就写作技巧来说，念白宜短不宜长。短句更有力、层次更明晰，也更有节奏、更富音乐性。戏曲编剧心中应"自带锣鼓点"，过长的念白不但容易模糊层次，锣鼓点也很难插入，演员因之难以做到"朗朗上口"，这会妨碍到表演艺术。我的建议是，除非有心表现"贯口"等念白技巧，尽量将念白之长句拆分为短句，短到4个字、6个字便可用逗号分隔，成一小句，至多不要超过10个字。

正是在感性与理性的交织作用中，在体验与体现的有机结合中，在层层铺垫、推进的层次感中，戏曲创作实现了它不断走向题旨的历程，最终完成了我们所期许的、它的最高价值。

# 不曾触及之处

## ——我的历史题材剧目创作

2019年1月6日，在昆曲折子戏《春江花月夜·乘月》演出暨演后谈中，张弘先生说了这样一段话："艺术不能做学术的奴隶、艺术家不能做学问家的奴隶。我们要尊重他们，可文学、艺术要达到的地方，兴许正是历史、学术不曾触及之处。"多年来，我在历史题材剧目创作中，无不依循他的教诲。

为什么我使用"历史题材剧目"之说而非"历史剧"？因我自认书写的并非"历史"、亦不必严丝合缝地为全部历史细节负责。综观含戏曲在内的我国古典文学，其创作传统一向如此。没人会用《三国志》去指责《三国演义》背离史实，或因诸葛亮小周瑜六岁而对戏台上孔明以须生应工、周郎以小生应工提出疑问；没人会将《宋史》之宋江与《水浒传》里的及时雨混为一谈；当然更没人会相信《大般若经》是玄奘在一只猴子、一只猪、一只水怪的帮助下取回的，而这毫不妨碍《西游记》的价值。至于元杂剧《赵匡义智娶符金锭》《李太白匹配金钱记》，明清传奇《浣纱记》《连环计》等，受众也并不会拿着史书去比对剧中人物之"真实性"。

我绝不是在为某些披着"历史剧"外衣，却罔顾、恶搞、歪曲历史的作品开脱。写作者将目光投向历史事件、历史人物时，前提便是要尊重历史，并根据他试图完成的作品类型来审慎把握史料运用与想象虚构的尺度。在上文谈到的《三国演义》《水浒传》《西游记》这三部类型迥异的文本里，我们可以很明显地看到"尺度"的差异。

具体来谈我的相关创作。如昆曲《春江花月夜》，创作谈里我写道："我并不想只是因诗之意，敷衍一段故事，亦不想只是给张若虚做一篇传记。""令我无法停止思索的是，究竟是怎样一个人、经历了些什么事，才能将宇宙与人生的关系看得这般淡定透彻。""我写的不光是爱情，我是在放纵狂悖的幻想，试图追索这首诗的诞生。"所以我写了花团锦簇的扬州、明月桥上的一笑、幽冥地府的辗转、蓬莱仙岛的嬉闹，无垠的时间似江水长逝、无边的空间似明月高悬，我写了痴恋、错过、幻灭、顿悟……然后，主人公穿行死生将这一切从身上静静脱落，化为《春江花月夜》的歌吟。美极了，真实吗？这是我之读诗体悟在文字上的真实投影，是我向着自己理解、亦为之倾倒的《春江花月夜》诗意做出的艺术跋涉，却绝不是、也不可能是历史真实：且不论史载张若虚生平仅寥寥数语、《春江花月夜》诗亦最早见录于宋人集诗，仅就剧情而言，难道亡者真能复生吗？换言之，与其说该剧描摹的是个真实的张若虚，不如说是我与大家分享了个真实的自己；它不是史剧，而是传奇。

昆曲《春江花月夜》（2010）是我走上专业戏曲编剧之路的开端，其年少狂放、无拘无束在我的创作年表中几乎绝无仅有。此后我创作的京剧《将军道》（2011，合作）、音乐剧《鉴真东渡》（2012）、扬剧《衣冠风流》（2013）、京剧《孔圣之母》（2014）、扬剧《不破之城》（2015）、话剧《张謇》（2016）、京剧《大舜》（2017）、昆剧《顾炎武》（2018）等一系列作品则多是向着历史题材创作的另一方向做出的尝试、实践，一个更为大家所熟悉、更具普遍意义，也被更严格严谨地期待与要求的方向，比之《西游记》，更接近《三国演义》的方向。

以《衣冠风流》为例。全剧以东晋名臣谢安为主人公，以其扶保晋室、对抗枭雄为核心事件，分"焚诏""赌棋""劝觞""亭会"四折，在一道诏书、一盘棋局、一杯毒酒、一副衣冠之间，不但完成了他对王朝之守护，更完成了谢安风流潇洒、重情重义、有勇气、有担当的人格形象。在尊重历史人物个性形象的前提下，我以用戏剧手法塑造人物为目的，对史实进行了大胆的集中、挪移、虚构、再创。

如将史载侍中王坦之"自持诏入，于帝前毁之"事，改为谢安在驾前将遗诏付之一炬；将王彪之以"此异常大事……未敢奉令，谨具封还"为由、封还太后懿旨之事，改为王彪之首鼠两端，谢安以棋赌旨，一力承担；史载："二月，大司马温来朝；辛巳，诏吏部尚书谢安、侍中王坦之迎于新亭。"字里行间，透着贰志者的凶猛杀机与皇家急于自保的推脱孱弱，于是我虚构了一杯被屡屡放下又屡屡举起的毒酒，在君臣、甥舅双重关系的纠缠推进中，走向第四折，即全剧高潮——新亭会。

这是"道"与"欲"的对峙、友谊与背叛的对峙，是谢安与桓温的对峙、一个人与一支军队的对峙，其意义按史书文字，是："晋祚存亡，在此一行。"初稿本折我完全依傍史料进行创作，即"安从容就席，坐定，谓温曰：'安闻诸侯有道，守在四邻，明公何须壁后置人邪！'温笑曰：'正自不能不尔。'遂命左右撤之，与安笑语移日。"风轻云淡、洒脱非常，却又隐约感觉不足。拿去请教张弘先生，他当即对其戏剧效果进行了批评：哪怕"历史"就是如此，也不能就这么写；因为你写的是"戏"而不是"历史"。为了给主人公的命运制造危机感，编剧需要在谢安上场前，铺排好冷森森的刀枪剑戟，以"诛谢安，移晋鼎"的鼓噪使受众为他担足了心。接着他来了。当日之言，记忆犹新，张先生说："要想个办法，使谢安一出场便叫台上台下、人人一震，使已经举起的刀剑无法落下、已经翻腾的杀心忽然敛收，就像……"他类比道，"《一千零一夜》里国王不杀那个会讲故事的少女。戏剧一定有戏剧的解决办法。譬如他穿了一身孝服登场呢？"

最后这句话，不仅使《衣冠风流》第四折之难题迎刃而解，成就"生祭桓温"这一全剧华章，更打破了我创作途上的石壁——我以为的绝境，张先生告诉我，那是一扇门；门后还有更恢宏的天地、更美妙的风景。

所以我有勇气在《不破之城·宴敌》中设计多铎入城，劝降史可法；在《顾炎武·问陵》中设计顾炎武游明孝陵，邂逅康熙。若说历史依据，前者是：围攻扬州时，多铎派给史可法送去若干劝降信；后者是：顾炎武、康熙都多次拜谒过明孝陵。可是单单的"历史依据"并不能为戏剧创作"保驾护航"，更准确地说，文学、艺术也无须恳求其庇护。在尊重历史事件格局走向、尊重历史人物形象定位的基础上，创作中用来判断"能不能"的标尺，是"好不好"。你的虚构、创造，是提升了审美还是相反？是深化了人物还是相反？是达成了题旨还是相反？

《宴敌》无疑是《不破之城》里最好的一折，在剑拔弩张的气氛中，我需要一折"静下来"、可被"欣赏"的戏，需要在战火高燃之前，对扬州做一次深情凝望；在敌强我弱之际，展开一次文明的对话甚至是"碾压"。两支优美的道情，将戏曲特有的审美面貌推向制高点。最终它指向的，是被深厚博大之汉文化浸透的、史可法的仁爱之心："若苍天不佑，扬州陷落，还望爱惜生灵、毋害百姓！"无论来事怎样，今日我能做、能说的，都做了、都说了。

《问陵》同样是《顾炎武》里最好的一折。全剧叙述脉络是暮年顾炎武自马背跌落、陷入昏迷，历历往事、情感起落，闪电般自眼前飞逝。固然我可以用"昏迷""幻梦"来解释不见于史料的顾炎武与康熙之晤面，但我坚持、坚信沿着神道、比肩走来的一老一少是真，不是梦。我需要为"天下兴亡，匹夫有责"八字安排个"倾听者"，他要能与顾炎武形成戏剧力量上的"对峙"，要有与明末遗民截然不同的立场，又要足够聪慧、足够宽容。再没有比康熙更好的人选，他简直是唯一的人选。伟大的思想家与伟大的君主在明孝陵这个充满文化意味的地点不期而遇、追昔抚今。年龄的差异、地位的悬殊、行当色彩的鲜明对比，无不强化了《问陵》的戏剧性。若此事是梦，那便是顾炎武"幻想"九五之尊对他思想的推崇与接纳，仅是将死之人的自我慰藉；唯此事是真，康熙之胸襟开阔、顾炎武之卓识深远，才能在彼此呼应中得以彰显，进而实现全剧题旨：在苦痛孤独的人生旅程中，文化守护者不断自我超越并将之积极作用于新的世代。

2019 年 1 月 8 日，另一部我很中意的作品——秦腔《望鲁台》在宝鸡彩排预演。该剧主人公为孔门七十二贤之一的秦人燕伋，剧本里我最喜欢的是第五场《论道》，写孔子在临终之夜为燕伋开解平生困惑。如山之高、如渊之深，高尚又朴拙、洞达又真率。记得文本初成，有朋友提出：史载孔子辞世之时，子贡相伴左右。为什么你却写成子贡奔走齐鲁、迢迢难归？我既深谢他的细心提醒，也说出了自己的考虑：戏到此时，我必须"清场"了，要强调颜回病故、子路殒命、子贡鞭长驾远以提示受众，在这至肃穆、至庄重的时刻，天地间像是只有孔子与燕伋，万物静默，仿佛都在聆听圣贤之言。整整一场，二人座谈，没有丑或旦来穿插打扰，看似牺牲了部分"戏剧性"，我却认为，这等庄重、肃穆，才是我孜孜以求的、最好的"戏剧性"。

张弘先生说："文学家、艺术家当有自己的尊严。"我想，这种"尊严"绝不是靠与历史、与学术对抗，或是轻视排斥历史、学术来获得和维护的。"尊严"恰恰来自文学家、艺术家对历史、对史料的虔敬尊重、深入把握，来自我们独特的视角、创造力与自信心。请相信，面对历史题材剧目创作，一个称职编剧的全部虚构、想象，都是因为被艺术更美好、更明灿的审美图景吸引而做出的不懈努力。

# 一定会被看到

2019 年已过去大半，屈指一算，这是我来南京工作的第 12 个年头了。

12 年前我 27 岁，方自复旦博士研究生毕业，因生性散漫，便只在网上应聘到一份漫画公司的差事，朝九晚五、上班下班，于理想前程，心头一片浑噩。某日接到作曲赵震方老师的电话——我是在之前淮剧《千古韩非》创作中认识他的——得知我现状后他很吃了一惊，问我是否愿来江苏从事专业编剧的工作。与家人通电话时，我将他的建议当作谈资说与母亲，比之我的漫不经心，她对此格外热切，非要我好好争取一次！愚钝如我，并没察觉命运之轮的转动，但我的好处是一贯听妈妈的话。那时高铁尚未开通，我坐了 4 个小时火车到南京面试，穿一件无袖、低领、胸前印着个大大的繁体之"奋"的休闲衫，说不出的怪异、山寨。

两个月后，我成为江苏省文化厅剧目工作室的一员。

在落户南京之前，家里已帮我租了某房东套房里的一间栖身，租金大约每月 500 元。晚上 8 点左右，我第一次走入那间出租屋，全然呆住了。10 平方米左右的房里，只有一张破旧的单人床与一个小马扎，空调、电视、网线一概全无。房东说我可以与他们共用厕所与盥洗室，如果我有换洗衣服要晒，就必须穿过他们的主卧去阳台上晾。正在这时，上海的朋友帮我将行李托运到了南京，物流公司让下楼取件。当房间因为多了个庞大的蛇皮袋而越发逼仄时，我茫然地懊恼着。为什么我要离开熟稔了 10 年的上海来到这里？离开复旦附近合租房里 25 平方米的主卧？离开那个独立卫生间与独立的阳台？离开 5000 元的月薪，而在这里，我的工资是每月 1800 元。但没时间一直懊恼，因我签约的一部小说已临近交稿期限，必须每天赶写近一万字才能如期完成。我坐在小马扎上，把手提电脑放在床上，将身躯弯成一张弓，一面噼里啪啦打字，一面想明天一早，第一件事，得去买张电脑桌。

将电脑桌搬回房间已是第二天中午，随后我去吃了来南京的第一顿饭：街边摊的一盒扬州炒饭。不愿回去房里，我蹲在路旁狼吞虎咽，眼泪滚滚而下，都被自己吃掉了。接着一路小跑，坐定桌前打字。那天我写了八千多字，写的是："在和平的城市里这个男子寻常而安静，像某种收敛羽翼的飞禽……一旦硝烟起、刀兵见、风云滚动，便是飞禽展翅凌空之时。请您飞翔吧。凌越于一切污秽与阴谋之上，以三分天下第一上将的身份，创造奇迹。"——何其幸运，受困于斗室之时，还有这个恢宏的世界供我逃入。

得知我处境后，母亲第一时间赶来了，隔天父亲也来了。他们为我另租了一处两居室，安顿好日常生活后才回转江西家里。工资卡上，每月除去必要的房租、水电、交通、网费外，只剩 600 元。我习惯上午不吃，中午有单位供应的盒饭，晚上、每天晚上，都是从超市买来的三块多一包的青菜猪肉水饺，我总将它煮成稀烂的、皮肉分离的一锅，一面看江苏卫视方方老师的节目，一面津津有味大快朵颐。

说了这许多与戏剧不相干的事，倒不为忆苦思甜。我想：你永难预知命运将以怎样的方式予你馈赠、予你期许，你原以为眼泪滴入沙漠悄无声息，直到很多年后，掉头望去，清晰看到生命河流的轨迹、看到那些转折与弯道，才明白，泪落之处，灌溉的是颗种子。

接下来的，并不是个"发愤图强"的故事。这般困窘，当时的我却懵懵懂懂甚至甘之如饴。除了完成单位工作，我偶然会接到一些小戏小品或串联词的创作任务，此外便是随兴地写些无盈利的网络小说，直到妈妈对我忍无可忍。

"要么你回南昌工作吧？"

"要么你去考公务员吧？"

"你打算就这样混下去吗？"

若能就这么快快乐乐地混一辈子岂不是好？拗不过母亲的敦促，我终于写了一部话剧参赛。那是第八届江苏省戏剧文学奖,那部作品是《春秋烈》,它的另一个名字是《二胥记》。八年后,石小梅老师在紫金大戏院演出了由它最后一场改编的昆曲折子戏《哭秦》。

那年,江苏省戏剧文学奖一等奖空缺,《春秋烈》获得唯一的二等奖,对我而言则是"完成"或曰"应付"了妈妈的要求,可以再心安理得、散散漫漫快活几个月了!

当然,点评会上评委们对《春秋烈》的意见,也影响了我。我喜欢喜欢《春秋烈》的人们,不是喜欢他们对某部作品的支持,更与评奖无关,而是:大概是写多了小说的缘故,作品便是我本身,从出版第一部小说开始,我便以文字来寻觅芸芸众生里的同道与伙伴;如今之戏剧也一样,我将自己奉呈在受众面前,借此结识喜欢或不喜欢我的人。

感谢在青葱岁月予我温暖之人,也打心眼里感谢不那么接受《春秋烈》之人,正是这些意见与疑惑:"文字是否太西化?她是否只能写莎士比亚式的话剧?她能用古典的语言来处理古典故事吗?……"致使妈妈问我准备写点什么参与第九届江苏省戏剧文学奖时,我回答:"那就写个最东方最古典最戏曲的给大家看看。"

出租屋没有空调,写作使我清凉;手提电脑动辄死机,写作使我宁静;妈妈叮嘱我吃早饭,于是我整年的早餐都是一块八的小面包,写作使我富足。写作时适逢南京举办昆剧节,妈妈也正好来小住,我们每晚都去看戏。前三天的剧目,她都平淡看过,到第四天,看着看着,她忽然转过脸来,轻声说:"咦!这个作者写得很好啊!你能写得这样好吗?"我说:"啊,这是《紫钗记》,汤显祖写的。"

我一口气写了小半个月,仿佛江流小有回旋,却无停滞,写到"全剧终"时,长舒一口气,怅然若失。这便是昆曲《春江花月夜》,至于它被张军搬上舞台,已是五年后的事。那时我已评上一级编剧,已有数十部作品上演,可为我代表作的锡剧《一盅缘》、扬剧《衣冠风流》均已面世。真好,那时我已不需要《春江花月夜》的演出为我"做什么",这部改变了我人生轨迹的作品,在我的世界里，奇迹般地晶莹透亮、无欲无求。

再后来，2019 年 1 月 1 日，经修改再创的《春江花月夜》最后一折《乘月》由石小梅老师首演于江南剧院，在她的举手投足、眸光澄澈之间，我不但与张若虚重逢，亦与十年前的自己重逢了。我们一起，望向更年轻时的我，亦望向与我一样的年轻人。想说点什么呢？别担心不被看见。不要因为怕被这喧嚣的人间湮没，而放弃了你的才华、心意、坚持、真诚……再微小的光，都不但一定会被看到，也一定会被善待。我们接受过的巨大的善意，也将从我们手中被满怀感激地播散。

# 粉墨酣畅叙生平

## ——浅谈淮剧演员梁伟平的表演历程

画家无须开口，他的画卷会替他说；雕刻家无须开口，他的雕塑会替他说；音乐家无须开口，他的乐章会替他说。所有为艺术殚精竭虑之人，用其短暂人生去追逐永恒的文艺之美时，都将从缪斯处得到令人欣喜的赏赐。舞台艺术表演者，亦是如此。与画家、雕刻家、音乐家不同的是，表演者将包括"形体""声音""表情""举止"……在内的自身，完整奉呈于艺术王国，台上由生至死、游行活跃的人物，既占据着表演者的生命，又超越于时空之上，与他们最深的灵魂角落息息共通、窃窃私语，精绘着艺术生命真实的成长。表演者无须他人为之立传，也无须旁观者繁美的文辞表功，那些闪耀于舞台的"人物"，便足够为其创造者贯联起一部精美的传记。了解了这一点，当我们把目光投向淮剧演员梁伟平时，便会发现我们可以做一个欣赏者，却无权做一个断言者，自有另一种力量为他的努力授勋。他无须开口，只因他所塑造的人物群像，已为他唱出了最中肯的赞美诗。

1993 年，梁伟平出演了《金龙与蜉蝣》中的蜉蝣。

之前他给人们看到的是《断桥》中的许仙、《卖油郎》中的秦重、《水漫泗州》中的时廷芳，他俊美的扮相、畅润的嗓音叫人感觉他正该——简直是仅仅应该——以此类形象示人，他正该将俊秀与温存淋漓尽致地献与观众，满足受众对欢愉、幸福、喜乐的全部想象。演出这类角色对梁伟平来说，难度不大。传统戏人物身上满载着前辈遗爱，有众多大师的表演可为借鉴，年轻人除了有限的锦上添花之外，重要的是使人物在他身上"复活"：永远唇红齿白、永远俊美潇洒，好叫鹤发老者眼里的英俊小生，仍是他童年记忆中的那一个。

几乎所有剧种，面对传统戏，都有前赴后继的青年在做这件事，这使古老的艺术得以传承、悠远的审美不致中断。而现在，36岁的梁伟平要做另一件事，这也是在戏剧的发展与创新过程中，必须有人去做的事：他将在真正意义上创造一个"新"的人物。

这个人谈不上俊美，也说不上风流，"才高八斗""状元及第"之类的词更与他毫无关系，负担着被"阉割"的屈辱并听任这屈辱像一只粗暴的手掌将他的灵魂生生扭曲，这个人，甚至是残缺的、畸形的，他一点儿也不叫人"喜欢"，可他却叫人产生了比"喜欢"更强烈也更丰富的情感。他是这样的可悲、又是这样的可鄙，是这样的可恨、又是这样的可怜，他用最单纯的、仿佛是刚刚降生的、那个柔弱而裸露的身躯接受了权力最残酷的戕害，再从伤口里生出毒刺，极其卑微、极其歹毒地把他的戕害施加于人间、施加于其他生命：这便是梁伟平要塑造的形象了，这便是蜉蝣。

梁伟平粉墨登台，在观众们好奇的注目之上，还有缪斯严肃的眸光在凝睇着他。他的任务是完成对人们闻所未闻乃至匪夷所思的一个复杂灵魂的演绎，而他所拥有的——画家拥有他的笔、雕刻家拥有斧凿、音乐家有琴键与指挥棒——是他自己，梁伟平掌握着自己，以这再低微不过的角色，赢得了舞台上的无形冠冕。最初，蜉蝣像个懵懂的孩童从不知名的角落钻将出来、吓人一跳。这时，梁伟平抛弃了常见的先声夺人的"亮相"，他并不要求掌声，就这么活泼泼盘腿坐着，极灵巧、极自在、极随意、极好奇，这左顾右盼的少年，叫人几乎难以将他与身材高拔的梁伟平画上等号：表演者将自己藏起来了，事实上这长达两个多小时的"藏匿"近乎完美，他给人们看到的不是一名淮剧新秀，而是一个经历了最痛苦的悲欢、最血腥的割舍、最荒诞的伦理的阉人。他身受宫刑，凌乱的发悲苦而羞耻地甩摇，肩负着无法承受的苦痛、试图甩开他无法挣脱的羞耻；他的身躯因为刑余的疼痛更因为莫大的耻辱，时而像白杨一样伸展、时而像尺蠖一样蜷缩，那衣袖与其说在有技巧地优美地舞动，不若说在情境中失控地颤抖。这一刻他思及生命中美好的存在：遥远的家与亲人，并同他们告了别。此时的大悲调是蜉蝣作为善的个体的最后呻吟，那是最后的哀柔、最后的清澈……透过它我们知道大悲调的"表情"不仅仅是"悲愁"，它是将"悲愁"一缕一缕拆绞成丝、再一丝一丝拉织成蛛网在半空飘荡，俄尔蛛网降落，把主人公密匝匝裹紧，使所有的"悲愁"变成"悲惨"、所有的"失望"变成"绝望"……告别了，这一刻，蜉蝣也与他自己，道了别了。成为君王的近侍后，他阿谀而阴毒，挑衅着君王的权威，既勇敢又卑下、既胆怯又疯狂地报复着一切；他每每双臂交叠，用宽大的衣袖遮盖身躯，迫切地包藏自身，像是不愿给任何人看到他的真相，又似是拒绝与畏惧着再一次的伤害；他准备了若干面具，随时挑选其中最合适的一张戴上，其表情表化之多端与迅速，使他显得既滑稽、又狰狞，也使他的唇角，常常无法控制地抽搐；就像拥有极善与极恶、极卑怯与极癫狂的两极一样，他也拥有截然不同的两种声音：那朝向真实与光亮的灵魂，以真嗓哀泣；那沉浸于伪装与阴晦中的魂魄，以假嗓诅怨，更叫人诧异的是，两者并非泾渭分明的存在，反倒像两条蛇纠缠在一起，叫人并不希望见到真实对伪装的征服、光明对阴晦的战胜，倒觉得正是这难解难分的缠绕，构建与剖解了完整的人性。梁伟平累极了，又快意极了，这种快意在蜉蝣被生父金龙一剑刺死之时到达极点，再彻底地放松，因为，他做到了。他用肢体与声音雕塑出凝固的、流动的美，这种美超越了行当，它不属于某一类人，而只属于"这一个"，只属于蜉蝣。不但再无人用或"生"或者"丑"来框限角色的"归属"，大家甚至在谢幕、落幕时才恍然记起了那"蜉蝣"的扮演者。《金龙与蜉蝣》震动了剧坛，梁伟平震动了剧坛。李春喜热烈地说："我特别欣赏演蜉蝣的这个演员……我愿特别提出来对于这个演员的一种尊敬。"戏曲研究所研究员徐城北盛赞："（梁）蕴含在动作中的舞蹈语汇，堪与莎翁富于文采的诗句比美。"翻译家、评论家童道明更是惊呼："梁伟平演的蜉蝣是海派艺术的最高结局。"实际上，这不是"结束"，而是开启：1993年，上海淮剧团创作"都市新淮剧"的幕布，就此开启。

对梁伟平而言，艺术之旅上的一个新时代，也就此降临。

1997年，他演出了《马陵道》，独创了双腿舞红绸的动作来表现孙膑身受膑刑的苦痛与凄绝，其动作难度之高，对为伤痛所累的梁伟平来说，是个严峻考验，而以坚忍意志担当起所有的考验、跨越它们并微笑着将之轻轻从身上拂落，正是艺术家的必经之路。悲哀已够了，伤害亦够了，还需要一些快乐、更多刚强，需要更勇猛的破除、更华美的创造。在《金龙与蜉蝣》面世 6 年后，第二部被定义为"都市新淮剧"的作品应运而生，那便是《西楚霸王》。

淮剧怎么能演霸王呢？有京剧《霸王别姬》珠玉在前，其他剧种在此题材上的尝试，都不免显得大胆狂妄。梁伟平怎么能演霸王呢？那黑色花三块瓦脸的脸谱已在人们心中烙下根深蒂固的印象：只有大花脸才当得起这个"霸"字，饰演项羽乃是净行专利。可又为什么不行？缪斯的爱公平、无垠，不设置樊篱，无所谓资历，她永远期待新鲜的、个性化的美横空出世，她怀抱的竖琴，永远为开创者、行动者而鸣。更何况，淮剧的家乡——那广阔的江北，岂不正是深受楚文化浸染的区域吗？ 24 岁即驰骋风云、27 岁雄霸天下、而 30 岁便巨星陨落的天才将军项羽，他留在斑驳史简上的，又为什么不可以是一个俊美青年的剪影？冲锋的犀角已然吹响，梁伟平犹如破釜沉舟的楚霸王，不再为自身安排退路。项羽在乌江迎来了他一生中唯一一次失败，这为他的生命画上句号；而在"自刎乌江"一幕之后，在梁伟平将本剧最后一个形象留赠给观众之后，他成功了！随着"滔滔一派东逝水"的唱响，激荡在受众内心的对霸王的认知，大抵便是：这是个多么可亲可爱的人。梁伟平先用舒缓、苍茫的声线建筑起了诗剧般的、恢宏的穹顶，透着隐隐的忧伤与无法言说的怅惘，这时的项羽既是个经历者，亦是个观照者；他是作者，又是第一个阅读者。渐渐地，声音个性与情绪都起了变化，刚烈而不粗野、洞达而不虚无，当霸王将注意力从悠远沉重的命运转向切实的个体遭遇时，当他开始数点与思念伙伴们时，他从青史高高的祭台走下，他的歌，那么柔软、那么清亮。说真的，这时他真像个"小生"了。他哀切着、骄傲着、委婉着、愧疚着……他从一个豪气干云的英雄变成一个懂事的孩子，而面对死去的范增，他更是个很乖、很乖的小孩子——有谁设想过霸王爱情之外的温柔吗？有谁设想过霸王的拘谨与腼腆？舞台上"这一个"项羽，正是带着叫人心碎的腼腆的微笑，向着视他如子、他亦视之如父的男人柔声轻语，一面认错、一面小心地"辩解"。

乍看"宁可功溃气不亏"一句，文意何等雄壮，然而，歌声竟依然轻柔如耳语，唯恐惊醒已堕入长睡的老者。更叫人意外的是，乌江边的霸王还有些"调皮"——当他表示我只愿听你这老人家再唠唠叨叨、啰啰唆唆念上一回时，他分明浸淫在恍惚喜悦的幻境中！此后节奏开始变快，项羽由"孩童"复归为"英雄"，可他归根结底仍是个孩子：孩子的天真、率直，孩子高昂的志气与孩子般的勇往直前！过分成熟的社会教给成年人迂回的办法、躲避的办法、妥协的办法，可这不是孩子的办法。前面是坚固的壁垒，孩子会做的，只是拼尽全力一头撞去，若不能击溃坚石，便将自身撞得粉碎：这便是梁伟平的霸王的选择：又高贵、又纯洁、孩气十足、英武十足、霸道十足，叫人十足地赞叹、十足地心疼。"哈哈……"这一声笑，真真说不出的得意、说不出的放肆和傲慢。项羽，岂不正该是这样一个人吗？

2000 年 6 月 2 日，在宁波白云剧场，上海淮剧团献演《西楚霸王》。这一天，演到赶走亚父时，梁伟平晕倒在台上，继而被匆匆抬下。剧场很安静，观众都在安安静静地等待，他们不要求梁伟平像霸王般坚持到底，完全是出于对演员身体状况的关心而没有人离场。经过一刻钟的急救，梁伟平醒了。"你现时绝不适合登台。"医生给出了他的意见。梁伟平只是说："观众还在等着我们。"幕布既已拉开，断然不能中道垂落。那一天，气温高达 30 余摄氏度，梁伟平演完了后三场戏，他奉献给观众一个完整的项羽与一个同样完整的自己。

尽有那鲜花、尽有那掌声，对舞台艺术之行进来说，掌声与鲜花不是最重要的，艺术家更应该在意、跟随的，是源于内心的呼唤、冲动、渴求与不满足。《西楚霸王》之后，梁伟平又于 2000 年饰演了《夫差与西施》中的夫差、于 2002 年饰演了《李甲与杜十娘》中的李甲、于 2003 年饰演了《柳曲娘》中的刘水来，这些剧目都不曾冠以"都市新淮剧"之名。他的技巧在日趋圆熟，他的感受力在日益深沉，他需要一个更新、更特别的剧目，与之前都不相同，使他那饱受时间砥砺的才华，在舞台上盛放光耀。这是生命对他的催促，也是剧种生存、发展的要求。作为上海唯一一个演出淮剧的专业院团，上海淮剧团唯有不断出人出戏，才能赢得一席之地。2005 年，梁伟平遭遇了"韩非"——

《千古韩非》。这是"都市新淮剧"系列中的第三部，与《金龙与蜉蝣》《西楚霸王》合称为"三部曲"；此时距离《西楚霸王》的面世已有6年，距离《金龙与蜉蝣》之首演，已过去整整12年。

就48岁的梁伟平看来，新创一个形象已不像年轻时那么艰难，可今次的人物非同一般。日后梁伟平接受采访时说："演了《金龙与蜉蝣》后，我一直在寻找能够超越自我的剧本，但始终没有这样的机会。《千古韩非》让我心动了，这是一个性格复杂的人物，他有文人的自恃自傲和气节，人物性格多重性和几种矛盾情感的纠葛，给塑造舞台上的韩非带来难度。"一方面，韩非不同于完全出自虚构的蜉蝣，他是实有其人的先秦巨子。要面对的第一个问题，是经受起史学家、文学家们的审视，他必须是"韩非"，必须载负起历史高卓的评价，不辜负韩非留给后世的巨著。这个"舞台形象"，必须至少有生发出那些深邃的法家思想的"可能性"。即是说，哪怕无法令人人颔首说：这"就是"韩非，也要令人相信，韩非的确"可能"是这个样子的。另一方面，他不同于《西楚霸王》中的项羽，这是个从未被搬演于戏剧舞台的人物，放眼影视作品，也从未有人以韩非为主角进行创作。这样一来，尽管毫无桎梏，可也全无借鉴，是完全"从无到有"的创作。怎样艰难的跋涉！不可能要求梁伟平有韩非般深郁的思想，可他却一定要能触及后者的灵魂，他不但要走进剧本里，还要走进历史深处。这已够难了，更难的是，当梁伟平深入其中时，他发现，这一次，他——韩非，在与自身为敌。

《中国戏剧》副主编黎继德这样评价《千古韩非》："这是个写大思想、大情感、大痛苦的戏……它写的是两种正义的、两种理想的或者两种我们叫作善的斗争，而这个斗争不是戏当中的两种力量，它是韩非一个人内心的斗争，这是一个大悲剧。"之前梁伟平饰演的角色，总有些外在的敌手：对蜉蝣而言，是金龙；对霸王而言，是汉军；戏剧的张力与美在对抗中凸显。引发霸王与蜉蝣命运悲剧的，固然有其内因，可主要的或说直接的原因，还是他们在与外力抗衡中的失利、失败。偏偏韩非不一样，他最强大、顽固、致命的对手不是秦王、不是李斯，而是他自己、注定无法战胜的自己，因为他内心呼喊的两种要求——无论是对故国的眷恋，还是对大一统天下的向往，都是正当的，不但合乎情理，而且极为纯洁、高尚。他若舍弃了任何一方，看似成全了自身，其实恰恰是毁坏了自身，他若不忍损坏生命之美、之尊严，唯一的抉择，便是死亡：死亡不是逃遁，是万难中的"坚持"。我珍惜与爱着我灵魂里两种互搏的、不能两全的光明，并将它们坚持到生命的最后一刻。要体验这一点，有多艰辛、多痛楚，然则单纯的体验还远远不够。梁伟平是个表演者，他的职责是以戏剧表演来"体现"这一点！《千古韩非》的情节简单之至，它是用人物去渲染情节，而不给演员"依附"情节的机会！剧中缺乏剧变的"故事"以推动韩非产生强烈的戏剧行为，既没有蜉蝣被阉割的裂变，也没有霸王对阵千军的豪迈；更苛刻的是，它几乎是在禁止过于剧烈的动作！韩非心中纵然有千重苦痛纠结，却万不能轻易流露于外，倘使他动辄大呼小叫、顿足捶胸，兴许舞台动作很流畅、漂亮，但这便不是韩国贵公子、法家集大成者、犀利而冷峻的韩非了。戏曲舞台可以表现出那种孤绝的美吗？可以表现内在隐忍而强劲的自我角力吗？梁伟平决意一试。

那段时间他明显变得瘦瘠了。虽然日常他仍保持着一贯的亲和、热情，排练场上仍兴致勃勃地与同伴们开着玩笑，可他却实实在在地在进行一场"搏斗"，在培植与锻炼着另一个庄重、沉郁的灵魂。它凝聚起2000多年前贵公子的严肃、敏锐、苦难与恣肆，它们在他的胸中从无形到有形，从支离到集中，紧紧地抱成团，等待他的召唤，等待舞台的灯光，等待从演员胸臆间澎湃涌出的那一刻。

《千古韩非》从某种意义上说，是对传统戏曲之美的回归。固然，其布景大气舒展，其服装华美古朴，其灯光变化有序，可这些都是陪衬、都是辅佐，吸引台下全部注目的是演员本身。所有程式化的表演都融会于情境和情绪之内，叫人每每忽略其"程式性"。初一露面，他便像一张绷紧的悲哀的弓，所负担的沉重的现实与他不甘心被现实束缚的高扬梦想，在他身上形成巨大的压力，这种压力不但存在于他的眉宇之间，存在于他的言辞之中，还存在于他每一个行止的细节，存在于他整个形体，并且围绕着这个形体，产生强烈可感的"气场"，叫人无法控制地跟随他一道，承担起近于窒息的苦难。再分析他怎样用笔挺的腰身来表现其孤傲、怎样用甩动的长发来表现其痛苦、怎样用单腿的膝行来表现其激烈、怎样用双手的颤抖来表现其无奈、怎样用或团抱或逸扬的衣袖来表现其严峻或者磊落……这类分析都失之轻飘！他已完满地把人物个性和情感贯注于所有的舞台表现，梁伟平将你带入了"历史"与"灵魂"的深处。情绪的力量从演员周身每个角落饱满溢出，即便没有镁光灯照耀，也是舞台当之无愧的明星。这个人的情绪，左右着整场戏。当他紧张时，你会感到舞台也随之变得窄小；当他欢乐时，你会觉得无一处不是轻盈而柔软的；当他悲伤时，你无法承担地想闭上眼睛可又不忍把他一人抛弃在孤单中；当他诉说着他虚妄而美好的对未来的承诺时，即便台上不曾生出他谈及的花草，可你鼻息之中，岂不正流溢出春天青涩的芬芳吗？而当他死时……你只觉舞台轰然崩塌，所有的声响，都停歇了吧；所有的光，都熄灭吧……当韩非痛饮毒酒、不支倒地时，虽然他尚未走到生命的终点，然而观众们都在哀叹，那为之潸然泪下的，不在少数。梁伟平使人们看到了遥远、纯粹的崇高与美好，以及这美好、这崇高的维持和毁灭，既使人向往，又使人痛心：这一时，他便是韩非。

《千古韩非》云阳狱中，韩非长达80句的自抒美得惊心动魄，其完整性与丰富性在淮剧新创剧目中亦属罕见。单单是侧耳倾听，将面孔仰起向着剧场空旷深黑的天花板，也能清晰捕捉歌声里最纤微的情绪，这歌声分明是有色彩、有光泽、有形状的，生出羽翼在半空盘旋，熙熙攘攘地将你席卷、将你淹没……《千古韩非》首演于上海逸夫舞台时，有两位第一次进剧院看戏的年轻人，她们买了后排最便宜的票，想来打发一个无所事事的夜晚。然而，听至狱中抒怀这一段时，她们在铿锵的乐声中，牵着手急迫、热切、不管不顾地从后排奔跑到第一排，站在过道上，仿佛久旱的禾苗欣喜地享受着暴雨如注，汲纳着艺术温暖激昂的力量。

他毫无保留地倾泻专注、爱与激情，燃着艺术的灼焰，而演出的疲劳度也是难以想象的。梁伟平在宁波凤凰影剧院完成《千古韩非》演出后，从剧院到所下榻的宾馆，距离只有不到十分钟的步行路程，于他也是个无法负荷的负担，以至于不得不乘坐计程车归去。凭着在《千古韩非》中的精彩表现，梁伟平斩获了第九届中国戏剧节优秀表演奖。

这个毫无保留地奉献自身以雕塑出性情各异、鲜活丰满的艺术群像的人——梁伟平，他数十年的不懈付出，尤其是自 1993 年至 2005 年 12 年来在"都市新淮剧"之路上的创造与拓展，赢得的不但是广泛的赞誉与显耀的荣名，更是人们对他的"信任"。他使人相信，他可以将世上所有的幸与不幸、皈依与挣扎、坚持与放弃、高贵与卑微、恶意与纯真……都展现在方寸之间，令人生全部的情感：那些悲伤、快乐、得意、失落、愤怒、怅然、惊异、羞赧……都以他为载体，酣满痛快地盛开。他使人对他怀着无尽新鲜的期待，想要看到他下一个、再下一个角色是怎样的，并热烈盼望着下一次、再下一次被他震撼。

# 隐忍的力量

## ——我看《卿卿如晤》中孙薇的表演

  《卿卿如晤》是我与童薇薇导演的二度合作，与常州市青年锡剧团、与孙薇，则是第一次。院团希望我取材于黄花岗七十二烈士之一的林觉民之《与妻书》，而从女性视角，即妻子陈意映的角度切入，完成对这一题材的戏曲创作。

  陈意映的相关史料极为有限，实际上，在林觉民牺牲后两年，她也在忧伤与思念中去世，年仅23岁。这个短暂的人生，她活过、爱过、等待过、坚持过的印记，与其说记载在方志中、族谱中，还不如说就记载在丈夫的诀别信中。因之，剧本写作时，大量素材、情景是自《与妻书》而来，全剧四场戏里有三场是陈意映的主戏，包括第一场《缔婚》、第二场《盼归》与第四场《诀别》。不仅从体量上，更从人物独特性的整体把握上，给女主角之饰演者孙薇以挑战；不仅期待着她完成一个女性从"少女"到"妻子"的塑造，更对其"塑造方式"提出了极高要求。

  《缔婚》中，假借端果盘上堂、想去看看素未谋面的未婚夫的少女是多么趣致。戏曲不同于影视，没有"特写镜头"使受众清晰看到演员的眼波顾盼，然而凭借对"声情"的有效运用，孙薇将闺中陈意映的流波神采稳稳地传达给观众。欢悦的声音、娇怯的体态、满台流动的步法与重点处的停顿、定格，全都指向陈意映的独特个性。当她隐瞒身份、引领想要逃婚的林觉民从后门走脱时，我们能清楚感受到孙薇身上洋溢的"信心"，那是陈意映的"信心"，她微微收颔，回避却不全然回避对视的目光，行走时腰肢像一朵摇曳在风里的花。她明白自己的心意、明白自己的美，也完全明白怎样将这种心意、这种美传递给林觉民。对意映来说，送觉民出门的一路，恰恰是务必使对方喜欢上自己的一路，使他一面离开、一面又舍不得离开。分寸感的把握极为重要，"过"则有"心机深沉""承迎媚人"之嫌；"不及"呢，又无法完成"爱之吸引"，无法使少年的"心动"合情合理、顺理成章。孙薇准确完成了这番"行走"中的"爱恋"，很好地树立起女主角第一阶段的形象：娇俏的闺中少女。另外值得一提的是该场里的"跷功"。初学时孙薇很吃了些苦，却从不言放弃。这是对艺术的尊重、对角色的尊重。台上一双三寸金莲，不但展示了陈意映所处之时代、家庭背景，也为第二场伊始、言语里"放足"的细节做了铺垫。

从少女到少妇，陈意映的生命之花在盛开；可从剧情、从表演来说，却是在收敛、隐忍、克制。第一场陈意映的欢悦活泼——哪怕那时她尚缠着足儿，在之后数场里，却因她独特的人生际遇、因为她丈夫是"林觉民"而渐渐褪去。他劝她"解放了"小脚儿，她则心甘情愿被另一种东西"包缠"，或者该换种说法，是"羁绊"，这甜蜜的忧伤的羁绊，源于彼此深深的爱。以第二场为例，留学日本的林觉民就要回来了，整场表演的主体部分是陈意映之等待。相对于第一场的"送"，此时"等"是"安静"的。戏曲表演艺术之"安静"，绝非一动不动，恰是用被精心设计过幅度、节奏、状态的"动"来衬托其"静"，又用"静"来衬托内心之"动"。在这里文本与表演达成了高度统一，将一个"等"字剖分为三个阶段：从"明明新月上柳梢"到"望柳梢、柳梢枝头月更高"再到"一霎时中天明月阴云罩"。起初，是孙薇剪影效果的侧身，眺望着丈夫归来的方向，举止、唱腔皆柔婉徐缓，念念落座后，那一句"待君归来把门叫，等闲不与你开销"的薄嗔，还透着些俏丽。随后她等得渐渐焦躁，表演却几乎完全收敛到一张小凳上。她就在这张小圆凳上以坐姿展开表演：指掌在膝头的交错拂动、微微踮足的旋转平移、身躯的仰俯、四肢的伸展、背影的摇曳……始终以凳心为支点；短暂起身时，这个支点亦未改变，从而形成很明显的情感旋涡，其表演与角色焦虑不安的情感极其吻合。"等"到第三个阶段，水师提督被暗杀的消息传来，陈意映惊慌了、恐惧了，随着音乐节奏的显著加快，孙薇动作的幅度、开合也随之变大，对应她心中起了更大波澜，然后她又静下来、脱力般的，祷告爱人平安归来。直至林觉民负伤归来，陈意映悬在半空的心终于落地,终于她得到一次情感宣泄,她紧紧搂住他、搂定他,两人成为一组雕塑,这个"宣泄",如此凝重。

爱在加深、生命在盛放、表演却越发忍耐克制,到第四场,连这静态"宣泄"的机会都没有了:陈意映得知林觉民将参加广州起义、慷慨赴死,诀别之夜,她想一诉衷肠、劝阻丈夫,却什么都没说、什么都没做。在该剧创作谈《绣架上的锦字书》里我写道:"人们常见欢乐是爱、喧腾是爱、倾诉是爱、坦露是爱;而此时此地,疼痛是爱、沉默是爱、隐忍是爱、掩瞒是爱。一次次欲言又止、一次次迂回试探,一次次几乎就要说破又小心翼翼地滑开……"更强的表现力、更大的感染力、撕裂般的苦痛……全在忍耐里,在被克制的表演里。舞台上,孙薇拭净了泪水、收拾了悲态,"若无其事"地迎接男主角。她努力将夫妻相伴的最后一个夜晚打点成一个寻常的夜晚;又要将这个寻常的夜晚共度成最深情的一夜。我们看到,在悲伤的底色之上、在被克制的举动幅度之内,乃至在纤细毫厘之间,孙薇仍展示了陈意映感情的丰富度、层次与变化,使个体内心相互冲撞的情感充满真实性。她眷恋今夜、不肯去睡,是真的;她满怀关切、劝觉民早些去睡,也是真的;又暗暗盼他一样眷恋、一样不眠,也是真的;当他下了决心、相对坐到天明,她的潸然与安慰,都是真的。她用"抱怨"表达爱、用"哀求"表达爱,当脱口而出"那你为什么要走",似乎就要将次日"可预见的死亡"明明白白摆上台面的刹那,她又忍住了——试想,若将"广州起义"作为夫妻间的"话题"来展开,陈意映释放了她的悲痛,与此同时,又是将痛苦的分量转移到林觉民身上,要他去负担这一切,要他当面痛哭流涕、愧疚万分……而这,绝不是她爱他的方式。不必再一一析解孙薇这一场的表演,那恐怕有失琐碎,只想说:台上的她,使台下的我们相信,世间真有这样一种爱,陈意映确曾以这种方式爱着林觉民,那英烈雄壮的男儿身后,真有这样的女子;"牺牲"与"奉献",说的不光是"他",亦是"她"。

临行之际,夫妻间的对话是这样的:

林觉民:"意映……你哭了?"

陈意映："是风，好大的风啊。觉民，你要出门了？"

林觉民："朋友聚会……"

陈意映："换件新衣吧。"

林觉民："不用了……"

陈意映："将这旧的留与我。"

她为他换上新衣，他向门外走去，她喊了声他名、追上他，从身后搂紧他，轻声说："我等你回来，剥枇杷你吃。"然后，她放开了手。

真好，演员将这段话每一句念白后的潜台词都表达出来了。

前些天是枝裕和执导的《小偷家族》的首映，剧中一段被誉为"教科书级别"的安藤樱的"哭戏"，她用手掌大力揉着脸孔，想要揉去泪水、极力忍耐、好让自己不要哭出来……对，没有爆发、不闻哭声，我们却能听到比号啕放悲更撕心的哭泣。

迄今孙薇已演出数十场《卿卿如晤》，她每一次演出，我们每一次欣赏，都还能发现表演上细小的调整与变化，是深入、也是登攀。当她用心体味角色的内心时，她也将角色真正树立在受众心中。

# 《哭秦》：比好更好的石小梅

"哭皇天"余音将尽，一声"苦吓……"越千山而来。

2018 年 11 月 11 日，石小梅老师在北京大学百周年纪念讲堂演出了她的原创昆曲折子戏《二胥记·哭秦》。

未见其人，先闻其声。"苦吓"二字，是她饰演人物——申包胥的第一个音乐形象。分明立于侧幕吐音，入耳却似远涉江湖，那人影自天边渐行渐近。"吓"字洒落时细微的颤音，便是他疲累难支、那一袭风尘。

石老师甫一出场，观众席掌声雷动，然而这并不是角色的亮相。她左手持杖、右手援袍，缓步而前，微一踉跄再站稳，低垂的双眼蓦然抬眸绽亮——这，才是"申包胥"的亮相：疲惫、虚弱而又坚韧。

接着便是全折首曲【临江仙】："抛蓬首长揖别江汉，扶藜跋涉万重山。秦庭外俺身寄宫垣，嘶酸枯泪眼，碧血未肯干。"

戏曲是载歌载舞的艺术，昆曲因文辞隽雅，表演中有不少配合文意之处。对"以身段解释词意"我们习以为常，却往往忽略了身段与文辞更准确、更进一步的关系。诚然从演员创作来说，是根据文本唱念设计相关动作，可从人物来说呢？剧本在演员之先，人物则在剧本之先。编剧心中先有了"人物"，才能将之付诸笔墨，演员则要将编剧心中的人物，通过其体验、再创、丰满、雕刻，立于舞台之上，并激起观众的心潮。高明的身段不是对辞藻内容的解释，而是人物情感的外化表达；高明的演员也不会以文辞理解的难易程度作为身段设计的选择标准。

具体看【临江仙】：申包胥救楚赴秦。

第一句，身段上石老师既无"抛蓬首"，也无"长揖"，尽管它们看上去显然更具动作性。她选择了"别江汉",用一个抛袖、转身,向迢迢远方、深陷战火的家乡依依致意。

第二句,千辛万苦的旅途,落在演员身上,只是"扶藜"时极轻微的晃动。她沉静地走到舞台正中——用两把椅子来代表的"宫门"前。无煽情、不夸大,一路行来的苦楚都被抑住不表。"与楚国正遭遇的苦难相比,这不值一提",这大概便是包胥的心声。

第三句唱至"身寄宫垣"时有了个半圆形的走位调度,在她臂之所向、眼之所望,我们看到了不存在于舞台上,却存在于戏剧里的秦宫,巍峨、冷漠地与主人公相对峙。

第四句一出,音质明显变得尖锐,哽咽清晰,身躯小幅度左右摆动,并垂头做了揾泪的动作。这是申包胥无法克制的尖锐痛苦,驱使他来到这里,这种痛苦延续到第五句,然而并无我预计的激昂。志士般的"碧血未肯干"被处理得委婉、稳定、温柔。它揭示了申包胥性格的底色:他不是英雄,甚至有些柔弱,却为了肩上的家国之重,倾尽全力。

一支【临江仙】,石老师在表现人物弱小的个性外,突出强调了两点——千里之外的家乡与咫尺之近的秦门,它们紧密联系着主角哀痛的决意,亦与全剧题旨息息相关。身段取舍的设计标准,是情感及其指向的主次强弱。张弘先生曾说:"舞台时空好比一杯水,容量只有这么多,我希望这杯水的八成以上,都是表演艺术。"石老师则用其表演艺术进一步说明:在这容量有限的杯子里的每一滴"水",都应是实现"独特人物之独特塑造"的有效行为。五色乱目,使目不明,她是这样的节制和精准,不做多余的表演、不靠泛滥炫技获取掌声,牢牢把握着自己的节奏,这不但是戏的节奏,也是场上观众呼吸的节奏。

统观《哭秦》,【临江仙】填词平平,论唱腔无法与其后颇具开创性的、生行演唱之【九转货郎儿】相比,身段编排的难度、精美度、创造力也不如【四转】【八转】。我用许多文字盘桓于此,是想提示,即便此曲不甚起眼,但细细剖解,其表演与表演背后的目的性也精妙细腻。具体而微的研究,是与艺术家创作心灵真实对话的必经之路,是深入探索石小梅昆曲表演艺术的方式之一，也不辜负了石老师从艺 60 年、几百上千个悟戏捏戏的不眠之夜。

【临江仙】后，申包胥才自报家门。囿于篇幅，无法一一拆析，而这恰好予我们另一方向的思索，也是对石老师另一角度的要求：圆融绵连。每个瞬间的表演都被精心设计还不够，还须将之"组装"起来，"组装"还不够，还要隐藏、抹去最细小的"拼接"痕迹，以求天衣无缝。唯其如此，匠心才不至于堕入匠气。

"看了好几遍《哭秦》，你看到什么啦？"石老师问我。

"看到写作《哭秦》时并未出现在我心里的图景"，我说，"您是依托于文本又越过文本，扫荡了我心之后，再向您自己的内心进发哩。"

我看见了申包胥精神状态的起伏变化，在虚弱、哀伤、茫然、振作、悲愤、寂寥、期待……之间，连绵地发生改变。

他劝秦伯发兵援楚，从"仁"说到"义"再说到"利"。剧本文字不过说理而已，石老师却为这些道理注入骨肉。

说"仁"时，我看到申包胥周身都浸淫于他血肉模糊的故土。披靡百草的不仁之风呼啸在他扬起的袖旁，烽火在他远眺的眸中熊熊燃烧，他的声音被鲜血染红而颤抖，远近焚焦的气息可怖到令他收紧了躯骸，而骷髅在他指间轻盈滚动，勾出一幅波德莱尔《恶之花》般的图景。听他说"仁"，我们被引入了楚国、申包胥之来处、他身上的背负。

接着是"义"，秦宫鼓瑟、鼓簧二太监用接连的质问令包胥亲口说出施暴者之名：伍子胥。鼓瑟、鼓簧的饰演者江苏省演艺集团昆剧院优秀青年演员钱伟、赵于涛为本折贡献了极为精彩的、突破性的塑造、表演，稳稳地撑住了石老师，也撑起了《哭秦》。"楚人伐楚，是楚人不义！""纵虎为患，更是大夫不义！"这话深深地击中了包胥，他倒吸一口冷气、抽搐般地痛了，可自尊、大义与责任都不许他认输，他尽量平静地叙述放走子胥的往事，说着说着，却真的平静了，直到今天他从未、也不必为当年之举感到悔恨。从"朋友之义"到"家国之义"，在内心隐痛被血淋淋撕开后，他被痛苦背后所坚持的道义治愈，并更坚定地要叫开秦门——哪怕这时，申包胥之体力精力都接近极限。真奇妙，他越弱，他就越强。叩门手势也在发生递进式的变化，从初至秦宫时虚拳以叩，到说"仁"时屈一指而叩，再到唱"义"时的剑指而叩。

最后他说的是"利"。起初他是害臊的、迟疑的、试探的，像个"扭扭腔腔"的小孩子，以杖为笔、图写于地，生怕那个字玷污了他的舌头——该细节来自张弘先生的巧思，石老师拊掌称赞，而她挥杖书写之笔画，是先秦篆体之"利"，哪怕观众们并不在意。其精益求精，于此可见一斑。终于情势逼得他不得不说，他第一次吐露出"利"字时充满陌生感，发音缥缈、虚空，然后他豁出去了，被践踏的纯洁化为某种凌厉的、愤怒的力量，冲破了原本温存的性格底色，他单膝跪地，咬着牙将"诅咒"一个字一个字地往外迸。不再叩门、不再哀乞、不再眼巴巴等待怜悯，哪怕心中仍存有一线希冀，却也做好了与楚俱亡的准备。

他艰难起身，支撑着几近虚脱的躯壳，掉头一步步离去。走出甀瓾，走向台口、几乎连顶灯都照不到之处，石老师皎洁的脸孔，被黑暗一点点吞没，申包胥之希望、楚国之命运，也被一点点吞没……骤然，漆黑的夜被雷霆撕裂！"大夫转来、大夫转来"，鼓瑟鼓簧的疾呼昭示着申包胥的"胜利"，随之洞开的宫门、驰援的兵戈，也同时昭示着与"利"相比，"仁""义"的惨败。"哭秦""哭秦"，为楚哭、为秦哭、为仁哭、为义哭、为天下哭——那真正的恸哭，这才开始；石老师本折表演之顶峰，也才开始……

这样一个申包胥，是我在文本写作时始料未及的。这样绵绵不绝、似江水流荡不息、在变化中持续推进的表演，不但大大突破了我的想象，也令我感到惭愧、感到雀跃。身为编剧，能够以文字为演员登高之"肩膀"，是何其幸运；愧意则在于，我或可写得好些、更好些，也就能为她的再创作提供更高的落脚点、更丰富的后花园。

"石老师呀"，我发微信给她，"您这种高精确度、高精准度的演出，有个'坏处'，是演出标准变得极高、极高。岂止每一分钟，每一秒钟都被精心设计，以饱满的情感驾驭程式，以满满的气韵把握全局，以保证自始至终的贯通、透亮，这简直是、是……"我咋舌，"'魔鬼般的演出'。整体纯净度太高，导致任何微小纰漏都会很突出。这便要求表演一分一毫都不能出错、不能恍神，别说忘词了，连想词都不行。甚至瞬间的不自信或一丁点儿彷徨犹豫，也都会暴露无遗。为什么呢?"我问："为什么要这么'逼'自己?"

"没有最好，只有更好，我只想看看更好的自己是什么样子。"石老师回答我，停了停，她补充道，"我会为一点出错私下不能原谅自己，但恰恰每次都会出一点错。"隔着手机屏，我似乎看到她灵魂里的小姑娘皱起了小脸，苦恼又得意、俏美而伟大。

# 不知乘月几人归

2019年1月6日，继元旦首演之后，石小梅老师在兰苑剧场演出了她2019年度第二场《春江花月夜·乘月》。灯光洒在她月白的褶子上，似一片月光澄莹。那月光，也将我渡入记忆的江流。

2010年，全本昆曲《春江花月夜》（以下简称《春江》）诞生，改变了我的人生轨迹。

随后，它静悄悄的，直至2015年张军将之搬上舞台，绚烂酣畅。

随后，它又静悄悄的，直至2019年，《乘月》而归。

2010—2015—2019，节奏像静悄悄的月色一般沉凝。

综观我创作的那么多剧本，从技术、题旨等方面来说，也有胜出《春江》的，然而《春江》仍不可被取代、独一无二。

那么纯净，那么浩渺、阔大。

2018年年初，石老师将《乘月》的创排提上议事日程。

她说：把《春江》最后一场，改成折子戏。

她说：出场人物删除张旭，保留辛夷与小鬼头。

最重要的，她说：《春江花月夜》36句原诗请改成曲牌体文本，以便演唱。

一旁张弘老师补充："改诗为曲，有洪昇《长生殿》在先。《小宴》折中，便将李白《清平调》三章改成了一曲【泣颜回】。"他说，这亦是当下昆曲创作中带有学术性的开拓尝试。我想的却更简单些：改诗为曲很有趣，无论有没有依傍、借鉴，都先做了再说。

我在溧阳竹海的宾馆里，花了一个多小时，依原诗之意，根据张老师建议选用的套曲格律，次第写完【小桃红】【下山虎】【五般宜】三曲。《春江》原诗换韵频繁，套曲则需将之集中于同个韵脚，更兼长短句的伸缩变换，不过这都不是难事。我们应充分相信汉语言文字的弹性与包容度。

"徘徊间月行人行，人停月停。""那月儿呵，它也伶仃，也有个沉潜亏盈，因此的与俺别样亲。"我超喜欢自己写的这几句。总之，文本写作谈不上多困难，紧要的是温柔，用我 38 岁相对成熟的温柔去拥抱、包裹 29 岁时我飞扬浪漫的梦境。

真的，这 9 年，发生了很多事。

住所变了，处境变了，爱的人变了，连爱的方式都变了。

只有春江、明月不变。

我将写好的剧本交给石老师。确定辛夷一角由徐思佳饰演后，石老师提出了修改意见："佳佳是个好演员，唱得也好，把我的唱段分些给佳佳。"

于是原本对明月桥头第二次人魂相见的回忆，成了当下二人携手、伫立坟前的"共祭"，于是有了"羡甚么、瑟与琴、双交颈；未肯叫、生和死、参商星"的映照。

石老师说，2018 年她远在异乡、反复思考如何演绎《乘月》时，有过动摇，难、太难了，何必自讨苦吃？可她终于没有放弃，她决心超越并且有超越的能力。

从坐读到连排到彩排到首演再到今天，我见证了她实现超越的全过程。

演出时汪人元老师坐在我身旁，赞道："石老师真好，出人意料的、难以想象的好！"

是呀，真好。

我们常说，好的音乐是有形象、有情感的，这一次，石老师的唱是有生命的，不光是某种情绪的传达，而是：我听到了她声音之下的江流涛声。

"春江花月夜"，再想想，真正的诗心是两个字：江、月。

宁静无声的明月，亘古高悬，无情而有情；月光下流动的江水，水声静到听不见，又发出了巨大的声响，拍在你心上。

一波一波绵连的永不停歇的浪涌，江水被推到岸边又迅疾地静静地退回，接着是更热烈更执拗、帝王般地迎向堤岸又更谦逊更柔和、臣子般地低下头颅、敛手而退——这便是石老师给我听到的。

这是一场"奢侈"的演出。

兴许，返魂途中的张若虚，是可以重现的；盼盼佳人的张若虚，是可以重现的；乍见老妇时的张若虚，是可以重现的；可那个发现眼前的白发人便是"辛夷"的张若虚，却几乎是不可重现的。

他所有的等待、期盼、迷惘……所有鼓荡饱满的情绪在这时有了个爆发点，却又不能爆发！一旦相认、一旦叫出"辛夷"之名，便是消解，便是发泄，便断绝了《春江花月夜》诗的降生。

他望着她，感伤欲泣又欢喜欲泣，恨不能紧紧盯住她，将她永久刻入自己的眸中，又担心他的唐突反将她推远。他用文质彬彬控制着心中波澜万叠，又绝不甘心再一次与她错肩而过。我有多少话，想对你说，倘若眼睛能说话，你就该听见了我的哀愁与欢乐，可是——不够、不够、这还不够！我想离你更近些，有时又偏要离你稍远些。亲昵是多情，客气亦是多情。当我站远些看着你，你便有了另一种美。我从你的容颜你的形体上，小心翼翼地、一点点追溯那些我不曾与你共度的岁月。美人、妇人、眼前人，每个影像都在我眸中闪烁，合成一个你，真实的、完整的。

石老师的张若虚，他少时爱慕得多轻狂多灼热，此时相对便更谦恭更温柔。一次次用真诚去试探，因为辛夷一次次的回应而把心轻轻放落。比如，他说着"共祭"，向她伸出手；而她，稍一迟疑后，将手放入他手里。这一幕，若发生在五十年前，是情人的偕行，今日呢，看上去不过是少年对老者的搀扶。难道他不想紧紧握住她的手？慰藉他在幽阴之境辗转反侧、他千辛万苦的回生之旅，但他不能，正如他不能唤出她的名。那么情感的力度如何安置？落在他稳稳的步履上，落在他轻轻的两句"年少谁怜花落早，老来方恨春归迟"上。

忽然想到，张若虚第二次见到辛夷，因人鬼殊途，他的高呼低唤一星儿也传不到她耳里，那折磨，与《乘月》中第三次相见却不能呼、不能唤相比，还算好的哩。

幸亏他是个诗人。

他做了一次倾吐，用他的诗。

再无憾了。他想说的，全说了：好希望你能懂一些，不懂也行，可你是"你"呀，你应该能懂吧？真幸运，你懂得了，你还给了它，给了这诗，给了我五十年的死生远涉、五十年的怨慕情深一个名字，叫作《春江花月夜》。

泪盈于睫，便是如此。

所以他放弃了最后一个相认的机会，虽对着她背影喊出"辛——"字，却在她转身相对之时，改口为"辛苦了"。

所以他能在她远去之后，放落般说："若虚就此告辞。"

这两处念白，都是石老师添加的。

这是第一次，甚至是唯一一次，我觉得剧本写的只是"台词"，是张若虚可以说出来给你们、给辛夷听到的话，仿佛冰山露出水面的一角，而石老师用她的声形声情，让我们看到了水平面下庞大的十分之九的冰体，她不但超越了文本，也超越了我的认知。

像张若虚看着辛夷那样看着石老师就对了，这是诗中的诗、曲中的曲、巅峰上的巅峰。

昆剧
《春江花月夜·乘月》
全剧

# 施夏明：燃烧的少年

虽已是两个孩子的父亲，可他仍像个少年。有一次，我在他办公室与张弘老师聊天，谈到种种辛苦，不禁默然。这个忙碌出入着的"施院长"，忽然停下脚步，轻声说："姐，我下班后，有时也在车库'放空'十分钟，梳理好情绪再上楼回家，这就是中年人的烦恼嘛！"说话时，他清澈透亮的眼睛，还是个少年模样。

我与施夏明的合作，始于2016年创作之《醉心花》，接着便是《浮生六记》、《世说新语》、《梅兰芳·当年梅郎》（以下简称《当年梅郎》）与《眷江城》。他从未辜负过文本，我亦从不敢掉以轻心，在一回回切磋中，他"肉眼可见"地、越来越成熟精进。

施夏明师从昆曲大家石小梅先生，人们往往说他"像"石老师，一方面在传统剧目的传承上，小明规矩严谨、举动有度，唱念之处理，也颇得石老师真传。《世说新语》MV短片里，有一句念白"好个小儿辈、大破贼，哈哈哈……"，乍一听简直像石老师所念。拿去一问，石老师回答："我也当是我念的，心想不曾哪……这就是小明的原声。"另一方面、更重要的，远不是"模仿"，而是从石老师、从一众前辈老师们那里继承的审美个性与表演风格：内敛而不绵软、华丽而不卖弄、棱角分明而又圆融流美，尤其是被精心设计过的表演之"精准"，富于匠心地将台上动作程式化并清楚每个程式运用之目的、用意、传承及其作用于具体人物、独特情境时的创造、变化。尤其当小明担任江苏省演艺集团昆剧院（以卜简称"省昆"）副院长（主持工作）后，他这种鲜明、稳定的艺术追求，又具有了超越他个人之艺术成长的价值意义，与整个团队一道，成为省昆"南昆风度"绵延承续的保障之一。

他是怎样一个小明呢？《世说新语》首折《驴鸣》，叙曹丕曹植故事。建组之前，他先一步与我要去了剧本，认真琢磨并与我交流。听他分析了半晌曹丕的人物个性之后，我说："嗯……可我们安排了你演曹植。"男一号曹丕由张争耀饰演。他正在开车，"啊"了一声，说："噢、噢……"那怎么办呢？"那我就把我想的这些告诉耀耀吧！"

本台戏里，他的主戏是最后一折《访戴》。原著清逸、剧本烂漫、受众对该折期许尤高，这是魏晋以至中国古代文化史上最美丽的一个雪夜，它整个儿落在了小明与其对手戏演员钱伟身上。一生一丑、亦庄亦谐。他带着微醺出场了，俊逸、散漫、天真，在那山程水程之间，将魏晋名士之疏狂真率演绎得酣畅。尤其奔向戴逵家门口那一段，清亮的曲唱配合着疾行满台的圆场功夫，兼之一袭正红的披风，翩翩而起，我们看到：整个夜晚的无形雪片，都落在了他身上。仅此一折，水衣湿透。北京大学首演之后，观众们赞不绝口，他却立时反省："还不够！排练时都在兰苑剧场，场子小，我跑得过来；北大百周年纪念讲堂大了一倍多，今天跑得好累！还要加油啊！"一年之后，在南京江南剧场演出，一样的《访戴》、一样的湿透水衣，可他演完之后，大伙儿都说："看今天小明这状态，可以马上再来一遍。"在这"再来一遍"背后，是这一年来的多少个"再来一遍"。

到了第二台《世说新语·谢公故事》，他饰谢安之知己兼对手：郗超。实际上，在策划时，我们纠结了好一阵子。首台《世说新语》以"三曹""七贤""王谢"为人物，行当家门丰富，表演艺术纷呈，充分张扬了折子戏之审美趣味。第二台若以某一个人物——哪怕是有"魏晋风度标杆"之称的"谢安"——为主，是否失之单调？幸亏我们有个足以大官生应工谢安的沉稳挥洒的周鑫，又幸亏还有这么个小明！

他以小官生应工之郗超，《候门》中一心欲诛谢安，机谋深沉，故在一些台词处理上，借鉴了末的发声方法，狠辣而真挚，因为对面是桓温，又时时透着些"得意""亲近"与"傲娇"。

到了《举将》，桓温已故，郗超不复当年风光，然为社稷百姓计，他"外举不避仇"，举谢玄为将。小明收敛了上一折的张扬，以表现人物地位之被边缘化，郗超命不久矣，故表演蕴了三分虚弱，然而那锐利的锋芒并没有消失，它被掩盖是为了在某些关键时刻乍然亮出、惊人眉睫。在他狂傲地指斥谢安"用药不当"之时，在他淋漓地报尽"药名"、将太后惊出一身冷汗之时，在他毫无遮掩甚至不惜被太后斥作"离间君臣之情"也要指出谢安若举谢玄为将，则淝水之战无论成败，都将贻祸家门之时！当他的锋芒，终于逼出了谢安的"君子之论"："道之所在，虽千万人吾往矣！"谢安泰然了、太后放心了，郗超也似做完了最后一件事，他忽然放松了、轻脱了，下场时那被石老师着意叮嘱的、精心处理的似哭之笑、似笑之哭，将郗超的生命幕布轻轻放落。

再到《破局》，郗超已死，一缕幽魂入了谢安的似梦非梦，探问淝水战况。服装，着意为之设计了一套粉红褶子，小明一见便为难道："太粉了吧？不好看吧……"真穿上身，出乎意料地亮丽鲜活。大伙儿说："颜值能打，穿个麻袋都行！"他一面暗搓搓地欢喜，一面头一个"自黑"："好看不了几年，我这一型的容易显老。"

这一折，身兼说戏人与导演的石老师展示了惊人的胆气与创造力，令谢安盘腿而坐、"定"在了椅子上，与此一"静"相对应的，是郗超之一"动"。他焦急、迫切、忍着被谢安一番番"调侃""撩拨"，无奈、央求、故作矜持又只好放下矜持……从史料与人物站位看，《破局》里谢安之风度与重要度都远高郗超，可从对子戏之表演艺术上，本折真个棋逢对手、势均力敌，满场观众会心的笑声不断。及至郗超下场之前，点破谢安"百密一疏"，被一只跌落的靴子道出其"矫情镇物"，他快意笑下、心事尽了，这个瞬间，竟有了犹在谢安之上的潇洒劲儿。演后谈里，小明也说：这一折《破局》，他第一次强烈感受到对手抛过来的"眼神"，他将它牢牢接住，再稳稳地掷还去……这种体验，真是太棒了！

止因小明及满台演员，都完成了各个人物复杂的多棱个性，才令"谢公故事"虽在行当之丰富性上有所缺乏，却完成了人物及其所在时代的推进与积累。

他是怎样一个小明呢？泰州向我约稿梅兰芳题材作品时，我被梅兰芳一闯上海滩事打动，心中头一个浮起的相对应的舞台形象，便是小明饰演的少年梅兰芳。应承这个角色，需要一定程度的跨剧种（戏中戏以京剧表现）、跨行当（剧中梅兰芳之晚年与少年均由他一人饰演）、跨性别（表现梅先生之男旦艺术），还要面对"以昆曲演绎京剧大师"的巨大压力。至于梅派之经典唱段、《霸王别姬》之曼妙剑舞……更少不了潜心学习。另一大难点是，在现代戏创作上，昆曲相对经验较少，小明这一代演员，更是从登台伊始，就从没演过现代戏。

聊天时他问：我能不演吗？

我说：那谁演？

他是怕了，就像梅先生赴沪之前也有过的犹豫；他却没有退，一如梅先生当年之胆气。每一句念白、每一个声腔、每一次举手投足，他都与主创团队反复交流，我们前行得艰难，却从未放弃，哪怕迂回，也不曾迷途。

童薇薇导演说：小明真是聪明，他又真是用功。上下午繁重排练，中午大伙儿都去休息了，只有他还在台上一遍遍走圆场。也不唯小明。最初《世说新语》捏戏，石老师瞄一眼台上，问：小明，你怎么不穿高靴？第二天，所有演员都着高靴排练，直至于今。

到《当年梅郎》连排时，一遍完成，他过来问意见。我道：美则美矣，却有些"娘"。怕他被"打击"，赶紧又补充了一句："兴许是穿着的缘故。"因为服装还未到位，他穿的是自家一件樱花洒金的黑色长衫，衬着近来越发瘦削的身形，真个"弱柳扶风"。他听了，蹙起眉头沉吟道："还不只这个缘故。"接着说，"也有我嗓音不够宽亮的问题！"这简直是我们舍不得说的、过于严酷的问题，却被他自己这么认认真真地说了出来。"好，我知道了！"眉宇之间，仍是那少年人的清隽与坚定。

首演后大家又提了些意见，譬如，希望剧中梅兰芳全部唱腔都由小明现场演唱，等于在考验他体力、能力的天平上，又加上了重重的砝码。我很为他捏了把汗。因受疫情影响，2020年上半年，《当年梅郎》巡演计划被按下了暂停键，重逢这个戏，是在下半年的紫金京昆艺术节上。毫不夸张地说，我被他惊呆了。首演时，汪人元老师已评价他为所有同题材创作中最好的"梅兰芳"，一年之后，他又上了个大台阶。气质越发儒雅谦和、温存似玉，嗓音较之之前，畅亮了极多，饱满清透的音质，实有穿云裂帛之感，以至石老师听了也啧啧叹道："最后一折的主曲【倾杯玉芙蓉】，他唱得太好、太好了！"而一直被津津乐道的《白夜》一折，演员以虚拟的程式化动作完成一坐一拉、黄包车巡行夜上海的名场面，在删除了首演之旋转平台后，也更见演员步法功力。

张弘老师因故错过了《当年梅郎》之首演，他先去看的彩排场。看戏路上，我问："明天演出你还来看吗？"他说："明天就不来了吧。"我又问："石老师呢？"他说："石老师最近有些累，应该也不来吧。"及至坐在剧场，看了一半，我转面悄悄问他："好吗？"他说："好，想不到的好！"我说："那你明天还来吗？"他说："来，与石老师一起来。"这是一台"熊熊燃烧"的演出，台上每一个年轻人都在燃烧自己，绽放光华，一边是青春的容颜，一边是简直与其年龄不相称的日趋成熟的艺术。他们没有一点儿轻浮、一点儿傲慢，也没有一点儿疲懒、一点儿惜力。所赢得的，是一样"熊熊燃烧"的观众，拍红了巴掌、叫哑了嗓子。所有人曾有的所有顾虑，都被这样绚烂的演出、这样热烈真挚的观演互动打消。

我问张老师："过几天在江南剧场，还要演一场几无布景的简版，你去看吗？"

"去。"他回答。

他是怎样一个小明呢？ 2020 年 11 月，他连续主演了《眷江城》《浮生六记》《世说新语》《当年梅郎》等新创大戏，12 月又连轴转地带领剧组完成了《眷江城》片段在 2021 年新年戏曲晚会的演出，2021 年 1 月与单雯一道完成了昆曲电影《牡丹亭》的拍摄。我想他总该歇一歇了吧。可按约定，又到了下一部戏：昆曲《瞿秋白》的交稿日期了。我将初稿发给他，他说："啊啊啊辛苦姐了。"说："最近身体还好吧？"又说："我最近闲出颈椎病来了，忙惯了还真不习惯闲下来……"我只好"哈哈哈"地说："接上了，接着忙吧。"于是，从下午 4 点 20 直至晚上 11 点 40，我们都在反复斟商《瞿秋白》之念白，他一句句标红不方便上韵之处，我再一句句修改，他再一句句试念。改"出版"为"刊行"、改"学着做菜"为"不要挑食"、改"很可以再读一读"为"不妨一读"……有人问我为什么不"粉"小明，我说"粉"不起来，我们之间，那叫"战友情"。每一次创作，都似冲向枪林弹雨，相互信任、相互赞许、互为依存，真是能放心地将后背交给彼此的情分啊！

他就是这样一个小明。沉醉艺术、虔敬又灼热地爱着舞台，几乎无求于荣名，却叫人忍不住想将所有的褒扬予他。怕的不是他错过了荣誉，而是荣誉错过了他。

# 罗周：无一字无目的

**对话人：** 罗周（青年剧作家）

**访谈人：** 武丹丹（《剧本》杂志副主编）

罗周，江苏省戏剧文学创作院院长，一个妥妥的"80后"，26岁博士研究生毕业，师从复旦大学古代文学研究中心章培恒教授。2010年，以一部昆曲《春江花月夜》享誉剧坛，被誉为天才的戏曲编剧，又以京剧《将军道》、锡剧《一盅缘》蝉联第二十、二十一届曹禺剧本奖。她的横空出世，以其星汉灿烂的文辞、狂放灵动的想象、高远辽阔的境界，让我们不仅眼前一亮，更从她的创作中看到青年一代剧作家的生命光彩，也看到中国传统戏曲更多的可能性。

2020年元旦之夜，罗周的最新作品：昆曲系列折子戏《世说新语》由石小梅昆曲工作室、江苏省演艺集团昆剧院联手搬上舞台，在江南剧院演出，年轻观众济济一堂、场面热烈、一票难求。

**武丹丹（以下简称"武"）：** 从事戏剧创作以来，十多年来，你写了八十余部作品，涉及十数个剧种，你给自己划分过不同的阶段以及不同阶段的特点吗？

**罗周（以下简称"罗"）：** 第一部作品写于我在复旦大学读本科期间。在辅导员李钧老师的建议下，我写了部话剧《韩非》，并与复旦剧社合作，将之搬上了校园戏剧的舞台。时任《上海戏剧》主编的赵莱静先生注意到了这部戏，觉得很有意思，便与我合作，将之改编为淮剧《千古韩非》，该剧于2005年由上海淮剧团首演，主演是梁伟平先生。

2007 年我自复旦毕业，经作曲赵震方先生、戏曲理论家汪人元先生推荐，进入江苏省文化厅剧目工作室工作。这时我尚无专业编剧的自觉，从话剧《韩非》至我第十一部作品、创作于 2009 年的话剧《春秋烈》，是我创作的第一个阶段："兴趣爱好"的阶段。

2010 年，我迎来了第十二部作品，也是我专业编剧创作之端点：昆曲《春江花月夜》，它得到了很多前辈老师的厚爱，他们的鼓励使我觉得我"大概"是可以"写戏"的。于是进入自发的练笔阶段：从第十三部作品越剧《胭脂扣》至第二十一部越剧《牡丹亭》。这期间我的创作水准上下浮动。

2011 年转折点来了，我应邀写了一部取材于河阳山歌的锡剧《一盅缘》，这第二十二部作品开启了我创作的新阶段：从自发到自觉。也就在这时段，我拜张弘老师为师。张老师将他浸淫戏曲半个多世纪的经验心得毫无保留地传授给我，我通过高密度的创作汲取、体会、实践着这一切，直至第四十三部作品京剧《孔圣之母》，逐渐形成较稳定的创作风格。

在进入"自觉创作"后，仍有前进的可攀越的空间，这便是下一个阶段：巩固自觉，走向自由。从第四十四部作品锡剧《林徽因的抗战》至第六十七部越剧《胡庆余堂》，大抵都属于此阶段。而从第六十八部开始——这是我很喜欢的一部整理改编之作——昆曲《梧桐雨》，直至新近完成的第八十三部秦腔《无字碑》，我进入的新阶段是：不断尝试、努力拓展。

**武：** 你所说的"自由创作"是指？

**罗：** 就像孔子所说"从心所欲不逾矩"。当深入掌握规律性的写作技巧与方法后，"规矩"就融入了血液，千变万化不离其宗，而在变化里，又会有新的突破与发现。作为编剧，我极为幸运。一方面，张老师与许许多多前辈先生的爱护、扶持、帮助，给了我很多滋养；另一方面，我有幸得到很多检验文本的机会。迄今我上演剧目约六十部，在与导演、主演、作曲……的持续沟通、交流中，我不断地纠偏、学习、提升、积累。有人问及我剧本数量与质量的关系，我说八十余个剧本、数百近千稿的反复修改，便是我的"黄冈题库"，不是我写得多，是对于既非科班出身也谈不上多少天分的我来说，只有写了这么多，才能写得这样好、才有信心越写越好。因为，掉头看去，我每一步行进的脚印，都是清清楚楚的。

**武：**就像你所说，你把昆曲《春江花月夜》（以下简称《春江》）当作"端点"，这个"端点"之高，难道不是天分使然？

**罗：**《春江》是我戏剧创作之"端点"，在那之前，我于无意之中，已做了两方面充裕的准备。一是，从我 19 岁出版了第一部长篇小说开始至 29 岁写就《春江》，整整十年，我没有停止过小说创作；二是，从 16 岁考入复旦大学中文系直至 26 岁博士研究生毕业，我又老老实实走了一条学术之路。当我成为一个专业编剧时，发现之前十年的小说生涯与十年的学术生涯在这里合流了，它们是《春江》诞生的基础。小说要的是浪漫的想象力与文字能力，学术强调严谨缜密的逻辑思维与精准表达，而对戏剧编剧来说，这二者不可或缺、相辅相成。既要有感性的澎湃的语言感染力，又要能理性地去把控，从而令舞台的时空资源一分一秒都不被浪费、都被最大限度地彰显其艺术价值。

**武：**大家都觉得你是个创作天才，你自己觉得你有过创作的瓶颈期吗？

**罗：**第一、二个阶段，都是"瓶颈"，尽管写了不少，却没有形成有效积累。以至于偶尔我会想：我还能不能写出比《春江》更好的戏？如果《春江》便是我的巅峰之作，那我就是个失败的编剧。好在我终于寻找到了层楼更上的前行之路。写到第四十余部时，我已完全没有了"能否超越《春江》"的顾虑，写到第六十余部，我意识到我的每一部作品都会有超越之前之处——否则我就不会落笔。

**武：**所以你总说自己是个"技术派"？你是怎么定义创作中的"技术派"的？

**罗：**清晰、精准、"无一字无目的"的创作。剧本写作就像登山，那攀向巅顶之路，每一步、每个字都是力的叠加、积蓄与前进，明白自己谋篇布局、行文遣词全部细节的全部意图，那都是近乎无可替代的、你能力范围内的最好选择，只要判断标准不出差错，就能保证不会写出糟糕的剧本。

关于戏剧之组织构思，结合自身具体经验，我归纳了八个字：素材—题旨—结构—剧情。

首先是素材。准备写某个题材时，第一步便是要阅读相关素材。我有个习惯是尽可能全面地掌握原始材料。根据题材不同，素材或多或少，比如，《顾炎武》之素材就极多，而《望鲁台》之素材便极少。芜杂处需要梳理，简陋处更需开掘。若取材于史实，建议以人物年表或编年体史书为指引。

其次是题旨。掌握足够的素材后，不妨把最打动你之处列出来，但别急着写剧本。哪怕材料跌宕曲折、张力十足，却未必都可入戏。以"动情"为光照，找到该题材入戏的最高价值，即全剧"题旨"，那便是我们要攀向的山巅，是剧本创作之旅的"目的地"。

最后是结构。题旨往往决定了结构，好的结构必须有利于题旨之实现。有的作品看上去就像用剧本的形式写了篇小说或散文，这正是因为作者缺乏对戏曲结构的把握力。


**武**：你的作品在结构上很有特点，《一盅缘》《衣冠风流》《不破之城》《孔圣之母》《卿卿如晤》……很多作品是"四折一楔子"，被称为"新杂剧"，但是也会有读者疑惑，仅仅四折一楔子，能讲清楚故事吗？

**罗**：中国古典戏曲的文本库主要包含两方面，一是元杂剧，二是明清传奇。元杂剧通常是四折一楔子的体例，有时会有两个楔子。其内容极丰富，伦理剧、公案剧、爱情剧、历史人物剧……琳琅满目，全用四折主戏的体例来完成，真是了不起。元杂剧另一特点是分旦本末本，一人主唱，到明清传奇时，情况发生了改变，生旦净末丑各行当各有唱段。杂剧与传奇，是我戏曲创作的"涵养之地"，所谓"新杂剧"，是全局上借鉴元杂剧的体例样式，每一折则借鉴传奇折子戏的具体写法。这不仅是向先贤致敬，也是一种让古典戏曲之传承在当下重焕生趣的方法。

需要强调的是，根据不同题材、不同题旨，也必须做出结构上的调整、变化与拓展。比如，我的楚剧《万里茶道》便是六场戏，以表现万里运茶、一路崎岖的线条感；京剧《大舜》是上下两篇，以表现尧舜禹三代君主、两次禅让的传承；锡剧《东坡买田》也是上下两篇（折），上篇"买田"，下篇"还契"，一买一还，写苏东坡的崇高人格；昆剧《浮生六记》是五折一余韵，写一个琉璃世界怎样被爱与文学逐步创造、最终完成。

**武**：确定"结构"之后，考虑的是"剧情"？

**罗**：实际上，剧情之裁选与结构之确定常常齐头并进。明确了最高价值与实现最高价值的道路，才能准确遴选可进入戏剧的素材原型，发挥想象力、创造力进行合理虚构、挪移、丰富、删简……这时"素材"才真正成为"剧情"，并需进一步确定分场及每一场的具体结构方式。

将以上"素材—题旨—结构—剧情"四步工作做好并"盘"到烂熟于心之后，我才敢开始剧本撰写。

**武**：以梅兰芳为主角的昆曲《梅兰芳·当年梅郎》（以下简称《当年梅郎》）与京剧《梅兰芳·蓄须记》几乎同时上演，都取得非常好的口碑，堪称佳话。请以之为例，谈谈你上面提及的"四步"。

**罗**：《当年梅郎》初稿完成于 2018 年年初，当时泰州市委宣传部向我约稿，欲以梅兰芳先生入戏，创作一部戏曲作品。

第一步，素材，即有关梅先生的文史材料。八卷本的《梅兰芳全集》是我最主要的素材库。

史载梅先生平生仅返乡一次，即 1956 年他携夫人福芝芳及幼子梅葆玖至泰州祭祖并献演《贵妃醉酒》《霸王别姬》《奇双会》《宇宙锋》等梅派名剧。以两小时左右的演出时长，无法完成对梅先生一生传记之描述，在选择了以1956 年返乡为切入点后，我还需找到合适材料作为主情节以架构戏剧。

在广泛阅读相关材料的过程中，1913年梅兰芳一进上海滩这段往事深深吸引到我。一者，初入上海，照梅先生自述，是他人生之关键时刻；二者，上海之行，梅先生与王凤卿先生结下一生友谊；三者，梅先生上海登台，年方二十，与泰州登台的葆玖先生年纪仿佛，父亲眼中的儿子，岂不正似他当年一般？且梅先生在丹桂第一台的登台始末，史料起伏曲折、张力十足，更重要的，在这块材料里，还有能与受众产生强烈共鸣的"共情点"。这便引向了第二步，题旨。正如我在场刊里写道：

"最打动我的，并非梅先生在上海一炮而红的灿烂荣名，而是他走向那个舞台、伫立于那个舞台的跌宕起落。既遭遇了种种怀疑，又承担了种种期许，有过困惑、有过游移，最终所有的支持与猜忌，都化作前行的力量，使他成为更好的自己。

这样的谦逊、勇敢、昂扬、坚毅，是梅先生的少年时，也是每个人都有过的少年时，是哪怕行至千里之外，历经数十载风雨，都令人不敢忘怀的：我们心中，永远的少年。"

第三步"结构"，我仍以"新杂剧"为基本体例，四块主戏分别是"应邀""再疑""白夜""忆靠"，另外还设置了两个楔子，开头之"返乡"与中间之"点妆"，关注1956年泰州之行以完成两个时空的穿插呼应。主戏对应"起承转合"之戏剧结构。"起"（"应邀"）：丹桂第一台许少卿邀王凤卿、梅兰芳赴沪演出，通过门里门外商量包银的细节来表现许少卿对梅兰芳之不信任；"承"（"再疑"）：通过唱不唱堂会的桥段，绵延、叠加了许对梅兰芳之质疑；"转"（"白夜"）：所有的怀疑被精彩的"打炮戏"一扫而空，通过"压台戏"戏码选择，转向梅兰芳的自我发现与自我超越；"合"（"忆靠"）：梅兰芳动之以情，得到了王凤卿之支持，终以《穆柯寨》惊艳上海。

第四步"剧情"是在第三步基础上的丰富与细化，并思考确定每一折的结构方式。以"白夜"为例。这里，我需要人物往内心去寻求突破、寻求答案，需要设计某个契机令他豁然开朗。所以我拒绝了"群场戏"，而设计了一出"对子戏"，舞台上只有梅兰芳与黄包车夫二人。散漫闲聊中，清晰包括了三个层次：一是"向光亮处去"，二是"向暗淡处去"，三是"归来"。第一个层次，梅兰芳重温了自己肩上那一挂车重；第二个层次，不经意间，他从车夫处得到启发，"难走的路，我走；别人不去，我去"；第三个层次，生气勃勃的新气象在梅兰芳心里摇曳生发。就在这里，出现了全剧我最喜欢的念白。梅兰芳快意放歌，"以这风声为箫、更声为鼓、星月为顶灯、天地为氍毹……"他疏阔的襟臆，被这个月光如昼的夜晚洗得雪亮。

**武：**京剧《蓄须记》的"素材库"与《当年梅郎》是一样的吧？

**罗：**是的，只是经阅读、思索、筛选后，因关注点不同，圈出来的"范围"不一样。

《当年梅郎》完成后，作为梅先生的故乡，泰州还想再做一部关于梅先生的京剧作品。他们问我能否把《当年梅郎》移植成京剧，基本内容不变，用板腔体把剧本重写一遍。可倘若如此，就只是进行了一次纯技术的转化尝试，我并不满足于此，就答应说以梅兰芳为题材，创作截然不同的另一部。

史载1956年梅先生祭祖演出数月之后，他就赴日演出了，这是他第三次访日演出。经过多方面综合考量，《蓄须记》选择以抗战时期梅先生蓄须明志为核心内容，架构戏剧、塑造人物、充实细节。

至于"题旨"，我们关注的是一个伟大的艺术家，在战争背景下的坚守与抗争。艺术没有国界，但艺术家有他的祖国。我将注意力更多投放到梅先生内心两种真切的力量所形成的巨大张力上。一方面是在日军重重的威胁进逼下，先生坚持民族气节，绝迹舞台；另一方面，是要一个正值壮年的艺术家离开舞台，他有多么痛苦！可梅先生没有因为痛苦而放弃、而让步，更以他的襟怀素养，以他对艺术的热爱与追求、以他饱满强劲的艺术力量，战胜、超越了这种痛苦，走向他人生的、艺术的新高度。

第三步"结构"，《蓄须记》分"拒票""拒演""写画""读本"四折，依旧遵循"起承转合"的推进规律，在第一、二折日军胁迫层层加剧后，第三折之"转"，以画明志，向剧中之中岛，也向台下之受众，展示了一个丰富、灿烂又博大的京剧世界。到第四折之"合"，我们看到，梅先生的蓄须不是权宜，而是抉择，不是闪躲，而是直面，是一次特殊的"亮相"！这不但是先生个人之亮相，也是抗战时期全中国意志的亮相；不但彰显了先生的气节，也显示了他对胜利的期许与信心！

第四步"剧情"及具体结构，以"写画"为例，也分为三个层次：一、中岛登门求教；二、梅兰芳以画牵牛花诚之；三、中岛幡然，有感于梅先生之心志，透露了日军之阴谋。在第二层次里，又分为三个小层次。怎么画牵牛花才能从图画里感受京剧艺术？一、以花卉的缤纷颜色对应京戏服装之色彩斑斓；二、以用笔之轻重缓急通感京剧乐器之声乐变化；三、以成画之花叶形态对应京剧人物与戏文剧情，最终唱出"梅兰芳坐也戏、卧也戏、写也戏、画也戏、言也戏、笑也戏、朝朝暮暮在梨园、我在梨园"的本折核心唱段最强音，其人格与艺术也令中岛回归了他作为一个演员的初心。

**武**：现在你的多数创作是委约之作吧？你又是如何在"命题作文"里翻滚腾挪，找到自己的对这个题材的打开方式，完成自己层次丰富的情感表达的？

**罗**：我将每一次"命题"创作都视作一个考验。一方面，"被命题"令我能接触到一些之前从未接触过的人物、事件，拓宽了我的视野与生命的宽广度；另一方面，我会努力寻找自身与它产生共鸣之处，进而向内心做更深入的探索。两部"梅兰芳"之外，不少我很满意的剧本，如《一盅缘》《孔圣之母》《大舜》《望鲁台》《浮生六记》等，包括近来将我之创作推向了一个新高度的昆曲系列折子戏《世说新语》，都是命题之作。

**武**：你觉得戏剧与文学有何区别？戏剧对你的人生有什么影响？

**罗**：就戏剧文学而言，不存在脱离了"戏剧性"的"文学性"，而"情节性"并不等同于"戏剧性"，古典戏曲尤其如此。在接下来的创作与理论教学中，我会更着力于这一点的实践与阐述。就我个人而言，戏剧创作便是我最重要的生活方式，我在创作中体验悲喜、体味人生，戏剧使我成为我。

# 提纲札记

# 音乐诗剧《鉴真东渡》大纲

## 题 旨

鉴真在日本被誉为"天平之甍"，意思是天平时代文化的屋脊。其事迹多载于真人元开根据鉴真弟子思托之《大唐传戒师僧名记大和上鉴真传》改编而成的《唐大和上东征记》。1957 年，日本著名文学家井上靖在此基础上，创作发表了小说《天平之甍》。当我们将目光穿越 1200 多年的风尘，凝注于鉴真生活的时代，凝注于茫茫大海、喧嚣的风浪，便会发现，"成功东渡"并不仅仅是鉴真及其追随者所实现的至高的生命价值，更能打动我们的，乃是横亘于这个过程中，义无反顾、坚韧不拔的精神。这种精神并非空洞口号，亦不只是单向、单一的固执。令人着迷、为之感慨赞叹的，乃是"东渡"给了活跃于 8 世纪的这群人以改变人生轨迹的"可能性"。他们有的坚忍、有的聪颖、有的善辩、有的沉默，要是没有卷入这个事件之中，绝大多数兴许便会寂寂一生，终归泉壤。然而，这一天，当鉴真做下决定、他们亦做下决定时，命运之轮开始以人们无法预料的方式旋转，每个人都秉持信念，走向结局：在絜然佛光照耀之下，在走向不同结局的过程中，他们的生命开了花，又在生命的枝条上，结出了沉甸甸的果实。我们欲在《鉴真东渡》中展呈的，有中日文化之交流、一衣带水之情义，有无怨无悔的执着、"虽千万人吾往矣"的勇毅，也有在命运的惊涛骇浪之中，人类至高贵的颠沛与坚持。

## 体　裁
音乐诗剧

## 主要人物
鉴真：唐代高僧，意志刚强、为人宽宏，登场年纪 55 岁

荣睿：日本学问僧，坚忍不拔，登场年纪 36 岁

普照：日本学问僧，聪慧敏捷，登场年纪 32 岁

祥彦：唐代僧人、鉴真门下第一高足，登场年纪 38 岁

灵佑：唐代僧人、鉴真弟子，诗才横溢，登场年纪 23 岁

思托：唐代僧人、鉴真年幼的弟子，登场年纪 12 岁

如海：高丽僧人，鉴真弟子，暴躁易怒，登场年纪 45 岁

贤璟：日本僧人，博学善辩，登场年纪 32 岁

张嘉：唐代女画师，爱慕灵佑，登场年纪 20 岁

吴氏：祥彦之母，登场年纪 58 岁

## 时　间
唐天宝元年（742）至唐天宝十三年、日本天平胜宝六年（754）

## 脉　络
以亲历者思托为叙述者，完成鉴真六次东渡、终获成功的主线讲述

主线之外，又有灵佑与张嘉、祥彦与吴氏等情感辅线

## 分场大纲

### 第一场

日本学问僧荣睿、普照为解决日本僧侣戒律不严的问题，来至扬州大明寺，恳请当时"江淮之间，独为化主"的鉴真遣其弟子前往日本授戒。鉴真询问众人之意，弟子们都默然不语。其门下第一弟子祥彦回答："彼国太远，性命难存，沧海淼漫，百无一至。"鉴真深知航海之危险、律令之森严，但还是表示，弘扬佛法、当仁不让。既然无人愿去，他便亲自前往。鉴真的决心打动了在场诸位，包括祥彦、思托在内的 21 名僧侣纷纷请与鉴真同往。当高丽僧如海慷慨陈词、要求东渡时，座上的灵佑却发出了一声嗤笑。原来，灵佑认为如海品性不端，没有资格同去。灵佑与如海发生激烈冲突，经鉴真开解，如海似有悔意，愿与灵佑说和，灵佑却扬长而去。

### 第二场

鉴真与普照、祥彦积极为第一次东渡做准备，普照说及故国，思乡之情油然而生。这时灵佑匆匆赶来，请鉴真带他出海。祥彦询问其故，灵佑说他是为了躲避一头猛兽。说话间，一名少女与一名老妇破门而入。老妇乃祥彦之母吴氏。祥彦是吴氏第一子，少小出家。而今吴氏丈夫与第二、三子均不幸亡故，吴氏特来央求祥彦还俗。祥彦却说他已身许佛门，再无俗念。吴氏潸然而去。同来的少女是吴氏表侄女张嘉。她是个画师，数日前在小市桥上见得灵佑，芳心暗许……张嘉执意要给灵佑画像，灵佑以他即将东渡为理由拒绝，张嘉坚持随行……灵佑左右为难之时，采访使派人来逮捕了普照。原来，是如海跑去采访厅诬告灵佑勾结海盗、意欲造反。经鉴真解释，普照等人被无罪开释，但官府以海上不安全为由，没收了海船，第一次东渡失败了。

## 第三场

继第二次遇风船破之后，鉴真率领众弟子及包括张嘉在内的数十名画师，雕檀、刻镂、铸写等工匠开始了第三次东渡。然而天不作美，舟船行至舟山群岛时，再遇大风，船触礁被毁。船上所有货物都被海浪卷走，一无粮食，二无淡水，所有人站在危崖下的荒滩上，无法登陆，整整三天之久！面对这生死考验，鉴真以其坚定、从容、乐观支持着大家。荣睿发烧口渴，鉴真虔诚祝祷，天降甘霖。巨浪袭来，虚弱的张嘉险被浪潮冲走，她身旁的灵佑抓住了她，整整一夜，灵佑都不曾放手。张嘉在绝境之中，但觉无限的甜美、温暖。沉默而年幼的思托，将所目睹的一切都记了下来。后幸有官船路过，将鉴真一行救至明州。第三次东渡失败了。

## 第四场

鉴真筹备第四次东渡，率弟子出明州，至宁海、唐清，又借朝拜佛迹为名，脱身至福州，意欲从此地出海。可是，即将扬帆起航之时，官府遣人，扣下鉴真及船只。原来是灵佑有了第二、三次失败的航海经历之后，担心鉴真出海、性命堪忧，遂联合扬州诸寺三纲请愿，请求朝廷阻止鉴真。被追回大明寺后，鉴真得知真相，叹惋愤怒，将灵佑逐出师门，不与相见。从一更至五更，灵佑每天站在鉴真门外，请求原谅，张嘉在旁陪伴着他……六十天后，门开了，鉴真走出来，他原谅了灵佑，但认为灵佑佛性不够，尚需云游修行。灵佑领命，就此离开了东渡之列。张嘉想随灵佑而去，灵佑却对她说：我之夙志，是追随师父、踏上东瀛。现今我愿望落空，还请你代替我相随师父，你的眼便是我的眼，你的肢体便是我的肢体，这便是你我的缘分……张嘉含泪答应了灵佑。

# 第五场

随后第五次东渡也因天气缘故失败了。无奈之下，鉴真等人重返扬州。路上，重病的荣睿夜夜梦见第五次东渡时随风漂泊、无岸可靠的场面……不久之后，荣睿亡故，鉴真恸哭不已，视力渐渐模糊。行至吉州，祥彦也倒下了。那一天，祥彦从梦中惊觉，他推醒身旁的思托，问："师父睡了吗？"思托回答："还在睡呢。"祥彦说："我要与师父告别了……"鉴真赶来，令祥彦面西而坐，念"阿弥陀佛"。祥彦唱了一声佛，便圆寂了。鉴真放声悲呼："彦——彦！"失去最好弟子的巨大打击令鉴真双目失明，所有人都认为鉴真将就此放弃东渡，然而，眼底堕入黑暗的鉴真，心中却有长燃的灯盏。他要为所有的逝者了却心愿，但有一息尚存，便不会放弃东征。

# 第六场

天宝十二年（753），66岁的鉴真及其弟子在黄泗浦搭乘日本遣唐使船，开始他的第六次东渡。开船前，吴氏再度找来，可这一次她见到的，只有儿子的骨灰坛。张嘉欲将祥彦骨灰交由吴氏带回，吴氏却拒绝道："你们带上他吧！要是能够到日本，那就将他带到日本；要是还是到不了，便将他洒入大海……"这次开拔的共有四艘船，鉴真乘坐的是第二艘，张嘉受邀乘坐第一艘。12月20日下午，鉴真等顺利抵达秋妻屋浦，第六次东渡成功了！然而张嘉乘坐的第一艘船，却消失在茫茫浪涛之中……

鉴真一行上岸后，受到隆重欢迎，然而也有"自誓受戒"派坚决抵制鉴真。以鉴真、贤璟为首的新旧教团在兴福寺展开了一场震动日本佛教界的大辩论。在普照以《瑜伽论》挫败贤璟、令其羞赧无言之时，鉴真宽宏地为贤璟解围。鉴真回顾了历时 12 年、6 次启行，5 次失败，3 次航海，几经绝境，前后 36 人殒命的东渡之旅……其虔敬与恢宏征服了所有人。此次"辩经"，最终确立了三师七证受戒的地位，鉴真亦被誉为日本律宗的开山之祖。

皎皎明月，照耀万里澄波……

# 《泉》梗概及思索

泉，象征着生命、流动、清澈，象征着女性的柔美与温存，正如歌德《浮士德》所言：引领人类的，是永恒的女性。该剧着力开掘阿炳的内心世界与精神流变，以四块主戏完成全剧，表现个体生命因"爱"之缺损而陷入精神的困顿，放逐自我，又终于在"艺术"（音乐）与"爱"的双重给予下，获得新生。

四块主戏发生的地点为：雷尊殿、墓场、青楼与惠泉上池，从气质上，分为春、夏、秋、冬四个篇章。

雷尊殿（春），充斥着强烈的宗教气息，在这里，阿炳与童年的自己展开了对话。也因"私生子"一说，直接接触到"我是谁"的人生疑惑。这一块戏，可谓"回到童年"，是对生命本初的一次关注。

墓场（冬），生与死在这里交替呼吸，浓雾之中，半真半幻之间，阿炳与父亲展开了交流：58 岁的阿炳本是来为父亲扫墓的，却找不到父亲的坟茔了。疑惑之中进入幻境，父亲出现在他面前，阿炳发现自己能看到了，仿佛回到了 20 多年前。阿炳询问生母，父亲却不肯告诉他。这一块戏，是"边缘追问"，他能跨越生死的界限，却接触不到有关母亲的零星真相，只好自己去寻觅。

青楼（夏），这是一场流泪的狂欢。毫无精神凭倚的阿炳在青楼贪婪地感受（享受）着女性的温存。他虽明知母亲已死，却不肯接受这个事实，说没有母亲会不给孩子看她一眼便死去，在自暴自弃中，癫乱地等待"母亲"的拯救，并在癫乱中失明。失明之后，他却"看到"了生母，并与她有了一次醅畅淋漓的精神对话。这一块戏，是"放逐与拾回"。

惠泉上池（秋），盲人的艰辛、社会的奚落，以及围绕他的二胡（音乐）

产生的种种不祥之征，令阿炳丧失了活下去的勇气。董催弟将一心寻死的阿炳带到了惠泉旁。阿炳被泉水慰藉着，与"泉"——一个实实在在、可感的女性催弟对话，像是爱人，又仿佛是母亲……秋天的丰腴、丰收、宁静、繁华，也在这样的对话中产生了。

串联四块主戏的主要行为动作是答应杨荫浏为其录音后，阿炳说他多年不拉二胡，要去街头"练"几天再录。行走在无锡的大街小巷，记忆与现实纷繁交错，映入阿炳内心，化作色彩斑斓的图景。"行走"是"追溯"，也是"觅求"，也正因为是"行走"，江南的风土人情亦可点缀性穿插其中。

全剧始于一个梦境，也即阿炳具象化了的精神世界。

序：泉声叮咚，一个面目不清的长衫少年拉着二胡，远远的，有个女性的背影，随着泉声、乐声的变化，舒展着身躯，又像在缓慢舞蹈……

女性徐徐转身、转身……不及她转过身来，58岁的阿炳惊醒了，手里的烟枪"吧嗒"落地。阿炳还沉浸在方才的梦境中，不由得以烟枪为弓弦，做出拉奏的姿势……这时，妻子董催弟进来，说中央音乐学院的杨教授要为阿炳录音。不料阿炳一口拒绝，说自己有三年不摸二胡了。

第一场：全无锡城的人都在找阿炳，说他是个名人了，有教授要来给他录音，可无论烟馆、茶馆还是书馆都不见他的踪影。算命先生秦鹤炳卜了一卦，说阿炳在"白水"边，人们翘首望去，那惠山泉旁，不是阿炳是谁？

来吧，来吧，难得的"罗天大醮"，等着你来拉二胡呢。阿炳被拽入雷尊殿道场，却推说手上功夫不行，不愿拉二胡。人们说离了二胡你一个盲人还能做什么？热情转为奚落。阿炳说我能打鼓。他推开旁人的搀扶，走向司鼓席，打起《十番锣鼓十八拍》，惊动四方。越来越振奋的鼓声将阿炳带入另一个世界，他听到另有鼓声传来。一个有着月亮般明亮眼睛的少年，也在打鼓，鼓台下、少年脚旁，坐着个女孩，痴痴听着。

女孩，便是小催弟，是个小小的乞儿。

一通鼓罢，少年（小阿炳）问她：你讨到点什么了没？

小催弟说：我光顾着听你打鼓了，你的鼓打得真好。

小阿炳得意了，说：我二胡拉得更好呢。

小催弟说：以后你拉给我听，又皱眉，说下次听你拉二胡，我肯定又得把讨钱的事忘个精光。

小阿炳说我来帮你。他装作用粗草纸擦手，一面擦，一面把钱藏在草纸里，偷偷递给催弟。

阿炳健步上前，一把抓住小阿炳，道破他的小伎俩。小阿炳叫着："怎么你一个瞎子比明眼人眼睛还尖？"

阿炳问小阿炳："你叫什么？"

小阿炳说："你管呢！放开我，我还要为罗天大醮打鼓呢！"

阿炳说："罗天大醮怎么会让一个没名字的小杂种打鼓？"

霎时人群拥满了雷尊殿，众多道士争着司鼓，纷纷指责小阿炳是个"小杂种"，小阿炳大怒，说我爹是东亭镇小泗房巷的华清源，我娘倪氏，在家行六，18岁嫁给我爹，25岁生了我，都清清楚楚。嘲笑声更大了。

阿炳在嘲笑声中战栗着，意识到这个孩子便是他自己。他拽住小阿炳说走，我们离开这。小阿炳不肯，阿炳大声说：华清源不是你爹，倪六娘也不是你娘！小阿炳闹腾着说：你骗我、骗我……争执中，阿炳清醒了，发现自己才刚打完"十八拍"。这时董催弟来了，抱着一把崭新的二胡说：是杨教授帮你买的。"我二胡拉得更好呢！"小阿炳的话在阿炳心中盘旋，他接过了二胡，说录音可以，但他要先上街练三天。

第二场：阿炳用布囊装着二胡，一路西行，像被什么吸引着，无法停下脚步，一直走入了城西的坟场。看坟人迎上来，说孝子贤孙来了，帮收拾收拾先人的坟吧，随便舍两个钱就成。阿炳说待我哭过之后你再收拾吧。他跪倒在地，说儿子不孝，这么多年没来看爹你老人家了。儿子没出息了一辈子，而今终于要出头啦，也算是光宗耀祖……哭罢，看坟人帮拔除坟前青草时，阿炳说：你帮我把墓碑也擦擦干净。看坟人擦墓碑时读出亡者之名"华清源"，阿炳大惊，说哭错了，我爹不叫"华清源"，华清源是我叔叔。看坟人哑然失笑，说这也有弄错的，那我们再去找你爹的坟吧。

阿炳与看坟人在坟场中穿梭，他们见到了哭亡夫的小媳妇、见到了哭父母的孩子，也见到了白发人送黑发人的悲泪，人间百态以特别的、极端的方式，荟萃于此。雾越来越浓，看坟人直喊冷，却怎么都找不到阿炳父亲的坟。看坟人说：找不到爹的，那就找娘的吧，反正爹娘总归葬在一处，找到娘的，爹的应该也远不了，你娘叫什么？

阿炳呆住了：我娘……我娘！我不知道……我没有娘、没有！

看坟人：你糊涂了，谁能没娘呢？

阿炳跌跌撞撞奔走在坟场之中，忽然撞上一个人！雾散了些，奇怪的是他居然能看见了！阿炳抬头一看，面前站着师父华清和。咦？师父不是死了25年了吗？还是我回到了25年前呢？

华清和手扶墓碑站着，只见墓碑上清楚写着"华清和之墓"！阿炳大惊，说师父你这是做什么呢？华清和说我的身体我明白，我过不了今冬了，所以早早为自己置办了归宿，今天带你来，也算认个路。又说立碑人还写自己的名字，未免冷清，问阿炳能不能写上他的名字。阿炳点头，说这碑原该弟子为您立。华清和说你不用开口"师父"、闭口"弟子"的，我有件事要告诉你。

华清和告诉阿炳，自己便是他的生父！

阿炳大惊，不可置信，问为什么不早告诉他。

华清和说：我是个出家人，你不该是我儿子。

阿炳又问：那你为什么不瞒一辈子？

华清和说：就冲你拉的那二胡，不愧是我儿子。

阿炳问：那我娘呢？我娘是谁，她在哪里？

华清和说：你……你没有娘。

阿炳说出看坟人的话：爹，你糊涂了！谁能没娘呢？

华清和十分固执，就是不松口，说：我若告诉你娘是谁，就损了你娘的名节。你没有娘。你要不信，你就自己去找。

阿炳在癫乱中奔出墓园，说我肯定能找到她！

第三场：抱月楼中，阿炳放浪形骸。人们笑话说自从雷尊殿当家道士华清和死了之后，"小天师"阿炳把香火钱都用来填风月窟了。烟花女子迎来送往，接纳着社会各色人等，在白描的图景中，阿炳走来了。秦鹤炳在"抱月楼"门前拦住阿炳，请他照顾生意。阿炳说那就算一卦吧。秦鹤炳算出个"目中无人"，阿炳大笑，说：我就是有这么股子狂劲。与阿炳相熟的妓女们花枝招展地迎了上来，说："小天师"来我们这，不用看的，用摸的。

阿炳逐个抚摸着她们的头发、眼睛、面孔、嘴唇……欣赏着、感受着，恍恍惚惚。有人调笑说阿炳到这儿不但要找老婆、找妹子，还能找个妈。"找个妈"这话一出，全场都静了，说话人也自以为失言，连声说："看我这张嘴！"不料阿炳在静默片刻后，却哈哈大笑，说：你说到我心坎里去了，我还正缺个妈来疼我呢！半真半假的话里，是自暴自弃的酸涩。

"没个妈，我都不知自个儿是谁。"阿炳说。

妓女们笑作一团："乖儿子，到妈这儿来！"

她们蒙上阿炳的眼睛，玩"捉迷藏"，说：你捉到谁谁就把你当儿子来疼，阿炳迎面搂住了其中一人！他摸着她的脸，却摸到了滚烫的眼泪。

阿炳拽下蒙眼布，只见怀中人，是刚入妓院、泪水滴答的董催弟。阿炳说：来这的人都是寻快活的，你做什么哭？催弟说要不是妈死了没钱葬，自己也不会把自己卖入这儿，正经人家的女孩子，有谁想干这个。阿炳说：你不想干就别干，你走吧，走！老鸨赶紧拦住，说：走不得，这孩子可是花了大价钱买回来的呢。

阿炳用一年的香火钱替催弟赎了身。催弟千恩万谢，阿炳却满不在乎地挥挥手，说：我不过是不想你哭哭啼啼败了我的兴致。催弟一步三回头地走了，阿炳再度蒙上眼睛，在狂欢中陷落，然而，当他揭开蒙眼布时，他发现他什么都看不到了！他失明了！

身无分文的阿炳被丢出抱月楼，躺在盛夏的暴雨中，倒在泥泞的街面上。他纵声大笑，又放声大哭：好好好，看不到娘的孩子，还要眼睛做什么？却正在这时，幻觉中的母亲出现在阿炳面前。是的，当他看不到这个世界时，他却清晰地听到了母亲：她的脚步、她的呼吸、她的微笑、她的叹息……阿炳向她热切倾诉着依恋，悲喜潮水般涌动着，请求母亲更多的慈悲与原谅。母亲将阿炳搂入怀中，雨停了。

她告诉阿炳，没有眼睛，你还有耳朵，我总在你身边，只要你认真倾听，便能听到……

幻觉消失了，母亲不见了，在阿炳身边的，是董催弟。催弟打趣说：明明是上街来练琴的，怎么走着走着，走到抱月楼就挪不开步子啦？阿炳笑了，说：从前的事，真像一场梦，我们接着走吧。

第四场：很多个阿炳在茶馆"说新闻"，骂汉奸、骂贪官，人们都说阿炳有骨气，又有人说阿炳是"汉奸"，不然为什么他晚归时，日本人肯为他开城门呢？也有人解释说是因为阿炳的二胡拉得太好了。这时，一群地痞来要阿炳为伪县长的姨太太过生日拉曲子。阿炳不肯，他们撅断了阿炳的胡琴，说：明天你还不肯，就撅断你的手。临去前，地痞把阿炳的积蓄一抢而空，嬉笑说：这么点钱，就先借给我们吧，你明儿去唱半天，就赚回来了。

阿炳在茶馆中求赊几个包子，却被拒绝。掌柜的说：不是不赊给你，是今天不赊。明天你来，赊几个都成。阿炳问这是什么道理，掌柜的说：万一你明天被打死了，我这包子钱不就要不回来了？没奈何阿炳只好讨了杯凉水落肚，走了出来。

街上，卖五香豆的阿五挑担经过，问阿炳要不要买点。阿炳说没钱。阿五半玩笑半奚落地说：没事，我赊你。赊给阿炳一粒豆子！拿着这粒豆，阿炳辛酸满腹。居然有一天，他连一粒豆子都吃不起了！这时又撞上了秦鹤炳，秦说：我给你算一卦，不要钱。算得阿炳该往"北"去。阿炳一想，"北"主"水"，生无可欢，不如投河！

阿炳一路走，一路问河在哪里，跟跄摸索，终于被一只女性的手牵住，她说：我带你去。正是董催弟。

阿炳听到了水声，以为是到了河边。

催弟问：你是不是想寻死？

阿炳说：我再没有第二条路可走了。

催弟问：你有爹娘吗？

阿炳说：没了。

催弟又问：那你有孩子吗？

阿炳说：也没有。

催弟说：你上没爹娘，下没儿女，谁帮你料理后事呢？

阿炳说：我往河里一跳，死个干净，没什么后事要料理。

催弟说：那有没有人为你哭几声呢？她说阴间像阳间一般，若没听到哭声，你就算到了阎王面前，也要被欺负。

阿炳说：这我倒没想过。催弟故意说：我先为你哭一阵吧！催弟放声大哭，催人泪下。阿炳奇怪：你怎么哭得那么动情？催弟说：我是在哭你，也是在哭我自己、哭这个世道。催弟越哭越伤心，说：我反正也活不下去了，索性先你一步，得个解脱吧。阿炳拉住催弟，说：好死不如赖活着。催弟说：那你怎么还要死呢？阿炳说：那……那我也不死了。与其接连去死，不如一同活着。

催弟笑了，说：你再仔细听一听。

阿炳侧耳，发现身旁汩汩流动的，不是河水，乃是泉水，原来催弟将他带到了惠泉旁，这是生地，不是死地。

阿炳说：原来你是要救我。催弟说：不，分明是你救了我，你拦着我不给我死。催弟说：你没有爹娘，我就像你娘一样来疼你；你没有孩子，我就替你生孩子。催弟点燃了阿炳生的希望与憧憬，只是，阿炳说明天就是生死大关，催弟笑了，说没有过不去的坎，惹不起，还躲不起吗？

逃？阿炳问：能逃去哪儿？

催弟说：天下之大，你我在一起，哪都去得。

第五场（尾声）：58岁的阿炳在街上拉了三天琴，董催弟强支病体，跟随着他。街坊邻里齐聚茶馆，阿炳拉着琴，拉出猫狗打架的声音、男女说话的声音、流水的声音、黄包车行过的声音……他在琴上，拉出了一个色彩斑斓的世界。这是他心中的世界，也是人人心向往之的世界。人们陶醉其中，董催弟却瘫倒了……杨荫浏找来，说录音地点就在"三圣阁"。阿炳说：我得带催弟去看病。催弟却说：到了"三圣阁"，我的病就好了。

"三圣阁"中，阿炳拉琴之前，催弟闭上眼睛。杨荫浏想说什么，阿炳却说别说话，催弟听着呢。阿炳问：杨教授你看到了吗? 杨荫浏问：看到什么?阿炳说：泉水……

弓弦轻轻搁上胡琴，仿佛母亲的抚摸、爱人的唇吻。泉声叮咚，那女性的背影，舒展身躯，缓慢舞蹈，渐渐地、渐渐地，转过身来……

# 《连环计》分场提纲

**内容梗概**

东汉末年，董卓倚仗义子吕布骁勇，专权跋扈、残暴不仁。王允意欲除此二人，偶见家中女乐貂蝉，颜色殊绝，计上心来……环环相扣、一布棋局，那嚣张权臣、英勇战将、运筹智士、弱质女流，到底谁是棋子、谁是棋手？盛衰无常、生死流转，他们的结局，也导引了一个王朝的走向……

## 分场大纲

### 试一出

虎牢关吕布独战刘关张，声威大震。董卓庆功，设宴温明园，以血代酒，众人震怖。王允宴饮归来，忧心郁结，在家中长吁短叹，不料被夜来祷月的貂蝉听闻……王允担心心事泄露，欲杀貂蝉，忽见其姿容艳丽，心生一计。遂将貂蝉认作义女，道是：大汉兴衰，都在此女身上。

### 第一出： 小宴

吕布受邀至王允家中，得见貂蝉，心摇神荡。王允借故离席，只留貂蝉、吕布二人。吕布趁机向貂蝉表达爱慕之意，愿结夫妇。貂蝉含羞答应。两人正盟誓时，王允闯入，见状佯怒。吕布再三告罪，王允方允下婚事，约定两日后八月十五将貂蝉送去与吕布成亲。

### 第二出： 大宴

次日，王允又邀董卓到府宴饮。席间众女乐上堂，董卓选中貂蝉侍席奉酒。貂蝉歌舞曼妙、言辞乖巧，令董卓色心大起，向王允索要貂蝉。王允唯唯答应，同样约好八月十五将貂蝉送入董府。董卓走后，王允提醒貂蝉，龙潭虎穴，是生是死，就看你的造化了……

## 第三出： 掷戟

吕布得知貂蝉被董卓占为己有，愤懑万分，潜入府中。凤仪亭畔，貂蝉向吕布毕述依依之情，屡欲投池，以明己志……董卓窥见两人攀扯，怒火中烧，将方天画戟掷向吕布！王允趁董、吕反目，进言挑拨。吕布受激，慨然表示：董卓者，汉贼也，人尽可诛！

## 第四出： 释谶

董卓试探貂蝉，说欲将她嫁与吕布。貂蝉心知是计，抵死不从。董卓转疑为喜，言道他即将受禅，登基为帝，并许貂蝉正宫之位。去往受禅台之前，董卓屡遇不祥之征：心惊肉跳、朱轮折断、风云色变……貂蝉将之一一释作吉兆，亲将董卓送上不归之路……

## 余韵

董卓被吕布手刃于受禅台上，王允亦身死于叛党之乱，吕布兴冲冲来找貂蝉，见貂蝉正在下"一人棋"……貂蝉奉酒，吕布正待饮时，又被劝下。貂蝉独饮，一息奄奄。原来，那酒乃王允所送，貂蝉早知酒中有毒……这是一个只有死亡才能解开的连环结，是一部没有胜利者的黑白局……

# 有关《孔雀东南飞》之题旨与分场大纲

认真学习了《孔雀东南飞》原诗与原剧本，感觉该题材最难把握，或者说亟待开掘的，是其题旨。若单以"婆媳矛盾"为戕害爱情的主要原因来构戏，个人认为，实在颇难引发当下观众之共鸣。"母亲与妻子同时掉入河里，救谁?"这个问题，放入戏里，成为男主角心理矛盾之根基，于今看来，既缺乏艺术的升华空间，男主角也很难写得可爱。另外，若在舞台上以大量篇幅表现婆婆怎样"虐待"儿媳，我担心美感不足，亦不是当下观众喜闻乐见的话题。因之，我考虑，《孔雀东南飞》一剧若要重新打造，是否以"爱情"为主题? 人间之"爱"，往往伴随着这样那样的无奈，"妻母不和"，也是无奈的一种。我们选择的主题、重点表现的，是"无奈"，而不是"不和"。换言之，把"婆媳矛盾"推到幕后，而将更多的关注投诸男主角的"两难"心理。他不断挽留、争取、呼唤，终于无济于事……又在这个过程里，以悲悯而不是批判的姿态，写出他的软弱。

我整理了原剧本里最主要的舞台动作，个人感觉在改编过程里，既是以焦仲卿为第一主角，那能否以焦的若干重点行为、关键心理状态为中心点，架构本剧，将"孔雀东南飞，五里一徘徊"这样恋恋不舍之情作为贯穿性的主题? 遵照杨导之前的建议，以合唱来完成情节间的过渡——因为有些情节，于故事看来，是必不可少的，但于艺术性看来，又不够精彩：如刘兰芝回家后，兄长逼嫁等。同时考虑，结构与风格，都尽量尊重《孔雀东南飞》原诗的面目。一方面，努力往汉乐府朴素、真挚、流美的气质上靠拢；另一方面，也尊重原诗之结构，以休妻始，以殉情终。

拟将全剧分场大致安排如下：

序幕：机房之中，刘兰芝彻夜织锦，等待焦仲卿归来。

第一场：逼休。焦仲卿归家，方与刘兰芝小叙，即被焦母叫去。焦母高坐堂上，历数刘兰芝种种不孝。小姑焦娇欲为嫂嫂辩言，却被焦母喝止。刘兰芝手捧绣好的《孔雀图》来至堂上，焦母故意挑刺，欲毁《孔雀图》，刘兰芝夺下锦绣，激怒焦母逼迫焦仲卿当场写下休书。刘兰芝目睹夫婿之软弱，极为悲愤，持休书而去。

第二场：追盟。刘兰芝回家路上，焦仲卿追上了她。刘兰芝端坐车内，不愿与之相见。焦仲卿挽住车辕，请见一面。焦仲卿回忆了与刘兰芝新婚及三年来夫妻生活点点滴滴的甜蜜，抒发对刘兰芝眷恋不舍之情。刘兰芝终于掀开车帘。两人订下"君当作磐石，妾当作蒲苇。蒲苇韧如丝，磐石无转移"的誓言。相约半月之内，焦仲卿必来刘家，迎回兰芝。两人恋恋而别。

第三场：诘情。半月之后，焦仲卿得知刘兰芝即将嫁与太守之子，又悲又怒，来至刘家，诘问兰芝。兰芝以为焦仲卿是来接她回家的，喜出望外，后得知因为焦母再三反对，此事仍须"徐徐议之"，倍觉失望。两人发生争执，争执中，又得知彼此的压力、争取与无奈，相互怜惜、相互体谅。焦、刘二人，有了"生人作死别，恨恨那可论"的第二次盟约——黄泉之盟。焦携刘兰芝补好的《孔雀图》返家。

第四场：双殉。刘兰芝出嫁之日，焦仲卿上堂问候、拜别焦母。焦母认为焦仲卿意欲"抢亲"，遂将之锁在家中。焦娇同情哥哥，偷偷打开房门，焦仲卿却并没有出门。他在院中梧桐树下徘徊着，这是传说里凤凰栖息之树。月上枝头，焦仲卿恍惚见刘兰芝身着喜服，光着双脚，婀娜而来，身后留下一串湿漉漉的水印。他以为她是第二次要嫁与他了，而她却告诉他，自己已经"揽裙脱丝履，举身赴清池"了。幻觉之中，刘兰芝劝焦仲卿好好活完这一世，她愿在奈桥等他百年，焦仲卿却说，没有刘兰芝的世界，已无可留恋。她既已履约，他亦必随之……在爱的缠绵与相会的欢乐中，焦仲卿自缢而亡，《孔雀图》飘然落地。

尾声：遥遥传来孔雀的清鸣，古诗《孔雀东南飞》传诸后世。

# 暴雨与树木

## ——《哀猿弓》创作谈

想不到我居然会写一部以孔子为主角的舞台剧，真是想不到。最初，是朱旭辉老师联系我，说剧协开展了中国历史文化名人戏剧作品的征稿活动，给了我若干人名以供参考：苏东坡、李商隐、王安石……还有孔子。我考虑了两天，选了李商隐，得到的反馈却是，他，以及他们，都被"认领"走了，只剩孔子了。霎时有种闲散游春，陡见山高万仞、心下凛然之感。我说："那我……我再考虑考虑。"朱老师应声道："别想啦，就孔子吧。"更叫人莫可奈何的是我妈。我把这事说与她，她轻描淡写道："写吧！总写卿卿我我、熟能生巧的东西有什么意思？"我素来是个好囝，母上发话，只得勉力一试。

孔子是怎么样一个人呢？我不敢妄论，对于儒学、国学，我也都是"门外汉"，《论语》只陆续读过十来遍，《春秋》更不过"观其大略"。典籍之外，我对孔子，还有另一个印象：暴雨倾盆、雷电轰鸣，树下端坐一名身材颀长的男子。旁人惊叹、恐惧于天公之威时，只有他安然迎接这一切。耀眼电光，间或勾勒出男子的身形，好似荒原中一株树木。这个图景，来自井上靖的《孔子》。虽然内容全无叠合之处，可这部小说之审美取向及它对孔子怀抱的灼热倾慕，于我今次创作，影响极大。不错，我想写的，便是这样一株树木。

可从什么角度入手、寄托在怎么个"故事"上呢？我素来不爱写"传记"，舞台剧时空太有限了，难以展呈人物一生，稍不小心，便有"拉洋片"之嫌。至于孔子流传至今的众多言谈举动，对一部剧作来说，材料不是太少而是太多，首先要做的不是虚构而是删择。我很难从历史价值上甄别他哪个人生阶段更重要，也难以裁决某时某地之孔子，就比其他时候的孔子更值得书写，只得借助个笨办法来做判断。那便是，无旦不成戏。戏里总该有个较有分量的女性角色，史载与孔子打过交道的女子寥寥无几，最醒目的，当数南子。譬如，太史公便以《论语》中"子见南子"为据，兴致勃勃地写道：

灵公夫人有南子者，使人谓孔子曰："四方之君子不辱欲与寡君为兄弟者，必见寡小君。寡小君愿见。"孔子辞谢，不得已而见之。夫人在絺帷中。孔子入门，北面稽首。夫人自帷中再拜，环佩玉声璆然。孔子曰："吾乡为弗见，见之礼答焉。"子路不说。孔子矢之曰："予所不者，天厌之！天厌之！"

这个美艳而有主见的女性，很适合入戏。定下了南子，故事之背景环境随之确定：在卫国。再翻史料，恰好卫灵公与其子蒯聩之争极具戏剧性，君臣父子，相疑相杀，正是儒学主张的"君君臣臣父父子子"的反面。将孔子放入这特殊的事件，从叩苑、见妹，到惊宴、叹弓，完成孔子从察觉端倪、确认事态、矛盾激化到尘埃落定这四个阶段（四折戏）的推进性构想，就这样，基本确立全剧框架。但另外的疑惑出现了。还是我妈，听我讲完全剧后，问了一个问题：

孔子涉足的，是他人家事，若拿掉孔子，仅以卫灵公、南子、蒯聩三人构戏，故事照样成立、照样跌宕曲折。那么，剧中孔子介入的意义何在？他"凭什么"成为第一主人公？

要是想不明白这个问题，我绝无下笔的信心。幸得那暴雨中的树木再度浮现。正如狂风骤雨之中，四顾茫茫、东西难辨，有了岿然的树木，才有了标的。若我写的只是个父子夫妻之间，争权夺利、钩心斗角、相互算计的故事，就好像是把受众置于风雨，褒贬正邪，含混难分。父诛子、子弑父，至多完成了对人性丑恶的揭示，并不能令人满意、满足。有了孔子，才有了标尺，以他坚定、鲜明的"善"去映衬德行缺失之"恶"，以他对"仁恕""秩序""道德"乃至人性尊严之坚守，去回击、悯怜、拯救他所身处的那个"礼崩乐坏"的时代人心。这同时亦彰示着创作者的价值取向。

非常感谢中国戏剧家协会对我的厚爱，《哀猿弓》初稿完成后，多次组织剧本的论证改稿会，帮助我逐步提升文本品质。囿于笔力限制，数易其稿，才有了如今差强人意的面貌。论证会上，剧本之序幕与尾声，屡被谈及。实际上，删除这一头一尾，《哀猿弓》剧亦是成立的，它写的是孔子过卫，以其高尚的人格与学养，破解了一次骨肉相残的惨剧，这是孔子之胜利、儒学之胜利。而有了这头尾，乍一看，孔子在卫的努力，全然失败了！换言之，600 余字的尾声，将之前万余字的"宣仁讲义"一笔抹倒。我这么写，因为"正义必胜"并非剧本想表达的主题，更不是孔子真实的命运。孔子之伟大，不在于他秉持的学说被广泛接受、推行，而恰恰在于那是令人"高山仰止，心向往之"的所在，甚至是个难以抵达的所在。儒学，是思想，不是方法，它不是被拿来使用的，是提醒人们，人类可以多么欢悦、祥和、稳定，以及多么高贵。《论语·八佾》道"天下之无道也久矣，天将以夫子为木铎"，后世诗云"天不生仲尼，万古如长夜"，大抵便是此意。

对了，还应对"哀猿弓"稍作解释。这张弓出于我之虚构，但它的基本内容及内涵，却是我国古典文化中重要的母题之一。从东晋《搜神记》之"猿母哀子"、《华阳国志》之"邓芝射猿"，南北朝《世说新语》之"母猿断肠"，到宋代《墨客挥犀》之"猿母中箭"，清初《虞初新志》之"邓艾猎猿"……都是围绕该母题进行的阐述诠释。我想，这历朝历代文化叠加的分量，与孔子亦是相称的。

就以《论语》中一段至好的文字来结束这篇创作谈吧，我想说却说不出的话，2000 多年前，早有颜回替我们说了：

颜渊喟然叹曰："仰之弥高，钻之弥坚，瞻之在前，忽焉在后。夫子循循然善诱人，博我以文，约我以礼，欲罢不能，既竭吾才，如有所立卓尔。虽欲从之，末由也已。"

# 扬剧《黄鹄歌》分场大纲

## 题　旨

"吾家嫁我兮天一方，远托异国兮乌孙王。穹庐为室兮旃为墙，以肉为食兮酪为浆。居常土思兮心内伤，愿为黄鹄兮归故乡……"

作为第一位和亲公主，刘细君因为这首《黄鹄歌》，有了与王昭君等人不同的命运、文化指向。《黄鹄歌》又名《悲愁歌》，诗中充满了年轻公主身在异域的孤独、不适与哀愁。本剧立意，不欲为"和番"之"功业"树碑立传，而是努力将目光投注于刘细君的个体命运。在以"大局为重"的名义下，刘细君承受着、付出着，失去了一个女性追求与感受幸福的权利，后世看她，尊敬之外，是否还应有一些悲悯？还应对将女性推上祭坛的汉朝和亲制度，有所深思？

《黄鹄歌》想写的，是一个少女坚持美好、坚持善良、坚持到"走投无路"，仍不放弃、仍在坚持的……那蕴藉而忧伤的人生。

## 主要人物

刘细君（旦）：嫁到乌孙的汉朝公主，年 16

猎骄靡（老生）：乌孙王，年 70

军须靡（小生）：猎骄靡之孙，年 19

大禄（净）：猎骄靡之子，年 40 余

另有刘细君侍女、乳母、乐师等人

## 时　间

公元前 105 年到公元前 103 年

## 地　点

乌孙境内、祁连山脉

# 分场大纲

## 第一场：惊婚

　　毡房中，刘细君忐忑等待她素未谋面的丈夫：乌孙的王……这时，一个英俊少年闯入毡房，两人四目一对，暗动情衷。细君以为，这便是她要嫁的人，难捺喜色……正值细君半娇半嗔之时，又一人走入了！是个白发苍苍的老者。原来，这老人才是乌孙王猎骄靡，是汉朝皇帝指命细君远嫁的夫郎！少年则是其孙军须靡，乌孙的嗣君！欢喜的花朵瞬间凋谢……刘细君悲不自胜。

## 第二场：绝缨

　　一年后。猎骄靡为刘细君筑造了"汉宫"，大宴群臣。宴上，军须靡重见细君，神魂颠倒。素怀不轨的大禄挑拨军须靡"乘兴而为"，意在惹怒猎骄靡，以便取代军须靡的嗣君之位。正巧大风吹熄蜡烛，军须靡趁黑捉住细君之手，细君惊呼……慌乱中，大禄拽散军须靡缨带，以为"调戏"之凭证。细君察觉，提议在座诸将，都解下缨带、尽情饮酒。众将应命，军须靡亦混杂其中。一场弥天之祸，就这样被轻轻抹去……

## 第三场：唆反

　　宴会上刘细君"保护"之举，令军须靡更觉她对己有情。一日军须靡策马平川，忽闻琵琶之声。循声而去，与弹唱《黄鹄歌》的细君不期而遇。军须靡稍诉衷肠，刘细君却再三回避、拒绝，匆匆而去。军须靡十分不解，大禄趁机进言，说世上哪有美人不爱少年？细君拒你，不是薄情，是有难言之隐。他添油加醋地叙述刘细君在猎骄靡身旁的不幸生活，言道只要猎骄靡不死，刘细君就生不如死。要救细君，只有谋反，杀了猎骄靡！军须靡少年意气，遂起反心。

## 第四场：劝情

大禄禀告猎骄靡，说军须靡有谋反之意，反期便在三日之后！大禄的话，被刘细君闻知，细君半信半疑，又担心军须靡一时冲动，会酿成大错，遂主动往见。见到细君，军须靡喜出望外，言语流露反意。几番试探后，细君与之开诚布公，说猎骄靡待她不薄、对军须靡亦怀慈爱之心。军须靡若为自己，必欲谋反，她情愿死他面前……军须靡惊怔、痛苦、疑惑……刘细君告诉他一段往事。原来，细君之父——江都王刘建，便曾因谋反，被汉朝皇帝抄斩满门！她再不愿见骨肉相残了……刘细君的真诚打动了军须靡。

## 第五场：请归

汉宫中，猎骄靡揽镜自照，感叹年老齿摇，命在旦夕。细君温言劝慰。大禄进宫，说军队已准备停当，军须靡若反，就地斩杀！三人怀着不同的情感，等待着……军须靡不带兵器、独身而来，奉上雪莲，以表忠孝。大禄计败。军须靡欲揭穿大禄用心，却为猎骄靡所阻，猎骄靡随之公布了一桩"喜事"，他要将细君嫁与军须靡！细君不肯，言道她已怀上猎骄靡的血脉，怎可改嫁其孙！猎骄靡却很坚持。细君悲痛之余，上表请求归汉！

# 第六场：再嫁

　　汉天子传诏，令细君"入乡随俗"，细君只得重披喜服。毡房中细君有意自戕，又生踌躇……这时，一人走入，不是军须靡，竟是猎骄靡！猎骄靡言道：大禄势大，他若抢占王位，军须靡难与其抗衡。而依乌孙风俗，先王王后，亦为后继者之妻。细君嫁与军须靡，便昭示了军须靡之位不可动摇。他请刘细君服从大局。细君说：为何男人的大局，偏要女子受侮？猎骄靡无语，良久，反问当年江都王谋反，全家刘姓者皆被斩，何故留你一人？原来，是细君之母，牺牲自己，换得细君一命……猎骄靡道：今日之事，不只是男人的事，是整个乌孙之事，也是你腹中孩儿之事……刘细君泪洒喜服，终于接受。

　　醉醺醺的军须靡走入毡房，满心欢悦。他掀开刘细君的盖头，端详着她，奇怪地问：细君、细君……你怎么不笑呢?

# 我在镜中等你

## ——《燕子楼》创作札记

《燕子楼》的构思，始于3年前。王仁杰老师建议我写写关盼盼，说这题材有趣味，也有难度。关盼盼事，大约是这样的：

"关盼盼，徐州妓也，张建封纳之。张殁，独居彭城故燕子楼，历十余年。白居易赠诗讽其死，盼盼得诗，泣曰：'妾非不能死，恐我公有从死之妾，玷清范耳。'乃和白诗，旬日不食而卒。"

材料本身已颇具戏剧性，因之敷衍两男一女的生死情仇，未尝不可。然而，模模糊糊的，我有心避免以顺序的手法，铺陈一个有关婚姻、守节、诗杀、死节的情节剧，也试图避免叙述上过大的时间跨度。有没有更趣致、更俏丽的写法呢？心里忽然蹦出个"鬼故事"：某生行游，投宿人家，一连数夜，往来穿梭于盼盼事中。事了走出小楼，晨晖中掉头一望，见斑驳匾额，上书"燕子楼"三字！方知这段际遇，实乃人鬼厮混！红粉才郎，早做冢中枯骨，唯有燕子楼兀自矗立，一任风月。这么想，我就真这么写了个昆曲《燕子楼》，其中几支曲子，或道"镜中空发文君叹，又无个司马来拨凤凰弦"，或道"须将卿卿我我，留做心头唤"，都敝帚自珍。本子写了，也就那么放着了。

两年后，与张弘老师聊苏轼时，不期谈到徐州、谈到燕子楼，以及他那首《永遇乐》。张老师又说，若写苏轼，何妨写写朝云？我便说："我正好有个本子做基础，且写个苏轼与朝云供您一乐吧。"便找出昆曲本，有了将之改编、重构之意。这一版与昆曲版的差异，不只是板腔体与曲牌体之别，不只是将"鬼故事"化作一梦，甚至不只是引入鼎鼎有名的苏轼作为男主角，更紧要的是，我走过两年光景之后，掉头掂量同一块材料，心绪之流变，都在其中。这个戏、这一次创作体验，于我，也就有了特别的意义。

这一版的《燕子楼》，开篇原有几句絮语，道："北宋元丰二年苏轼为徐州太守时，撰《永遇乐》并曰：'彭城夜宿燕子楼，梦盼盼，因作此词。'就这样，宋代苏轼与唐朝关盼盼被一座燕子楼勾连起来，现实与梦境亦被这座小楼勾连。苏轼之梦及其词作令'穿越'有据可循，可我更关注的，并非穿越本身，而是'何所思'，方可'有此梦'。本剧所写，乃是苏轼在燕子楼上的那一夜，无论梦境多么漫长、复杂，醒时亦仅只鼓敲三更；无论梦里苏轼怎样为关盼盼神魂颠倒，那梦中之人亦只是身旁之人的投影……"

换言之，我着意写的，不是苏轼与关盼盼"超越时空"的恋爱，而是王朝云与苏子瞻的爱与别离。临行之夜，男女二人，一个醉眠，一个不寐，一主一辅，双线并行。眠者梦中之事，虽时时与盼盼故事勾连契合，却也事事与醒者之思互为呼应。用不到任何直接的言语，哪怕相爱者仿佛站在镜子内外被静静阻隔，但望入镜中，彼此都眉目凝情。尤其是苏轼，他所见到、经历、疼惜的，岂是盼盼之幽怨，分明是朝云之哀凄。虽不能、亦不必将朝云、盼盼严丝合缝地合二为一，然而"红颜薄命缘多情"，若苏轼做了撒手而去的张建封，或做了断送风情的白居易，则朝云之运命，与盼盼大抵无二。

所幸有了这一梦，这一梦不但留下"燕子楼空，佳人何在，空锁楼中燕"的佳句，更令醒时难析难断、难辨难明之事，豁然开朗。苏轼在梦中走过与通宵沉吟之朝云类似的心路，待到三更鼓响，执手相看，女子说的，无非是："我无须您为我安排的幸福，我的幸福唯在您身旁。"男子呢，不过点点头，轻轻说一句："是，我也明白了。"这才算作不负真情。那负了真情的，又有多少呢？

譬如元微之，譬如白乐天。原昆曲本中，第三出上场的贴旦，便是红娘，唱的亦是《西厢记》词。元稹所著《莺莺传》中，薄幸张生，正是元稹自寓，所谓"述其亲历之境"。本版担心个中曲折，未必人人知悉，遂稍微做了些调整。至于白居易，记得王老师曾与我悠然谈及，他说：白乐天必不是存心杀盼盼，也料不到几篇诗稿一去，便真将她逼死了。若能猜知，这诗大概也不写不寄了。奈何文人心性，往往轻率，怎知一轻率，便要了卿卿性命。我想，这背后蕴藏的可哀可叹，竟比"存心相杀"更甚！舌上闲话，笔底涂鸦，想通达便通达，要贞洁便贞洁，摇曳文才，固然可喜，但把活生生的女儿家，只当了《美人赋》《游仙窟》之类的文墨来赏玩，未免可悲！奔劳传书，"目睹"元、白诸事，又守在门外，为盼盼好好感伤祈求了一番的苏轼，若还不能了悟什么是爱、什么是戏、什么是诗文、什么是心语，也就算不得古来最可爱的文人。

另外值得一提的，是两个段子。

其一，剧本第一出中，诸女乐歌吟诸文士之作，原型是《集异记》所载"旗亭画壁"。开元中，高适、王之涣、王昌龄齐名。一日，共饮于旗亭，适逢诸妓乐到此。三人相约，悄聆歌女讴歌，谁的诗入歌词多，谁便为优等。先后三位歌姬，分别唱了高适一诗、王昌龄两诗。这时王之涣指着歌姬中最出众的一个道：倘若她唱的不是我诗，我今生不与二位争长短；她唱的若是我诗，则二位当奉我为师。那个漂亮小娘一开口，唱的果然是王之涣的"黄河远上白云间"！众皆大笑，满座尽欢。

其二，再说说苏轼与朝云。年近花甲的苏轼贬谪惠州时，侍妾散尽，唯朝云相随。有一天苏轼读到白居易诗云："病共乐天相伴住，春随樊子一时归。"说的是美妾樊素的离开，将白老余生的春天也带走了。苏轼有感，诗赞朝云："不似杨枝别乐天，恰如通德伴伶玄。"34 岁的朝云病逝于惠州，临终拉着苏轼的手，诵《金刚经》四偈：一切有为法，如梦幻泡影，如露亦如电，应作如是观。

我常常很感动，为我们有过并且被记录下来的浪漫、恣肆、温柔、爱与信任，阅读到千百年前那些烂漫春日、爽朗歌声、指尖的温度与微笑的凝望时，我总会想：美好，从未远离我们。纵然不能时时得见，它们亦不过是在生命中暂眠，等待着被唤醒。写剧本，对我来说，兴许便是向着自己瞌睡懵懂的生命深处，一声声唤着"醒醒、醒醒"吧。

# 越剧《莫愁女》创作阐述

越剧《莫愁女》是南京市越剧团创作演出的保留剧目，自 1963 年首演至今，演出逾千场，并被黄梅戏、豫剧、潮剧等多剧种移植。从传统文化的传承与地域文化的弘扬来说，《莫愁女》都具有极高的价值。该剧根据在南京广为流传的民间故事改编而成，首演版由越剧竺派创始人竺水招饰男主角徐澄、张玉琴饰女主角莫愁。时隔 50 年，南京市越剧团拟对《莫愁女》进行加工创作，既响应了文化部对优秀保留剧目之传承、创新的重视，也是对南京本土文化的追溯、发掘与对南京市越剧团艺术创作史的致敬、对竺水招等 20 世纪艺术家们的致敬；既可满足广大越剧观众的心理期待，也可在院团建设、艺术人才的培养与推出上有所建树。

就"莫愁女"这一题材，南京市越剧团拟做两方面工作。一是在做适度梳理的基础上，将 1963 年版《莫愁女》传承下去，二是创排新版《莫愁女》。我们注意到，50 年过去了，时代的核心价值观与观众的审美需求都有所推进。留存经典是必要的、重要的，而令经典焕发出与时代之推进相互呼应的新的光彩，也是艺术创作者们的责任与义务。

2013 年版新《莫愁女》以 1963 年版《莫愁女》基本故事为原型，进行更富当下时代气息、更能与当下受众产生共鸣、更能体现当代价值观的艺术创作。人物定位、戏剧结构、主题开掘上，都有所突破。关注的不仅是善良女子莫愁受迫害的悲惨命运，更是莫愁、徐澄、邱彩云三者之间错综复杂的情感纠葛，是邱彩云与徐澄之间"世俗、功利的婚姻"与莫愁、徐澄之间"真诚、深挚的爱情"这二者的角力，同时用悲悯的眼光来看待莫愁、徐澄、邱彩云三人，并不将邱彩云作为"反面角色"来做简单化的处理，而是深入角色内心，写出三人共同承担的悲剧性命运，写出爱既可令人高尚、美好，疯狂、扭曲的爱也可滋生残忍与丑恶。新版中，莫愁抉目并不只是受奸计所害的、无辜者的悲鸣，而是爱的实现与为爱牺牲的崇高的歌咏。

鉴于"男女定情"并不是《莫愁女》最独特的价值所在，莫愁、徐澄、邱彩云情感之取舍、去从才是该题材独一无二之处，新版《莫愁女》对1963年版进行了大胆的创编，以精简、唯美的序幕来表达男女主人公诚挚的爱情，主戏则始于新婚之夜，徐澄夺门而出、往寻莫愁；终于邱彩云伪书药引，为救徐澄，莫愁抉目，俄而投湖。将两个小时的舞台演出时间留给三位主要角色的境遇与心理开掘，留给三位主要演员的表演。与1963年版相比，新版强化莫愁、徐澄在徐澄成亲后的情感交往，强化徐澄的挣扎，也写出其深情和软弱，强化莫愁的善良与她对爱的追求及实现，也对邱彩云的心理转化过程予以更人性化的表达。新版框架大致如下：

序幕：徐澄与莫愁月下泛湖，情意绵绵……

第一场：相国之女邱彩云嫁人徐家，谁知未曾接言，新郎徐澄夺门而去。邱彩云十分茫然……徐澄往见莫愁，竟被拒之门外。徐澄苦苦求恳，言及两人昔日之盟，一片真情，打动莫愁。莫愁开门，二人相拥之际，老太君、邱彩云等人拥入，强行分开二人，莫愁被囚入湖心亭。

第二场：徐澄思念莫愁，反复赏玩其赠扇，令邱彩云十分不满。邱彩云用己扇换走莫愁之扇，谁料徐澄竟将她的扇子掷坏。邱彩云亦扯坏莫愁之扇，徐澄激愤致病，且拒绝彩云接近。邱彩云伤心之余，决意回转娘家。

第三场：莫愁在湖心亭抚琴，琴声被途经的邱彩云闻得。邱彩云改变主意，来见莫愁，以黄金万两劝她离开徐家，另觅夫婿，却为莫愁所拒。邱彩云丢下狠话："我之弗得，他人难取！"威胁莫愁今生今世，只能红颜空老，再难见徐澄之面。莫愁依然不改本心。

第四场：老太君忧心于徐澄病渐沉重，想让他去见莫愁，邱彩云认为，顽疾须用猛药，只有不见莫愁，徐澄才能除去病根。病榻上，徐澄思念笃深，以致"离魂"；湖心亭中，同样笃深的思念，使莫愁亦"离魂"；两个相爱的魂灵在湖中再度相遇、重温爱情、再立盟誓……

第五场：邱彩云初不信徐澄离魂，后知莫愁之梦与徐澄之梦，严丝合缝，不免又妒又恨。她定下毒计，软硬兼施，令医生在药方上加了一味药引：心上人的眼睛，意在抉去莫愁双目。老太君察觉有诈，心中不忍，邱彩云却说，莫愁必然舍不得双眼，如此则可令徐澄明白，莫愁于他，不过虚情假意。老太君遂召莫愁前来。

第六场：邱彩云告诉莫愁，徐澄之病，须得"心上人的眼睛"才能治愈。莫愁表示愿捐双眼，但在那之前，要让她再见徐澄一面。老太君答应了。莫愁见到了熟睡的徐澄，她深情望着他，但并没有唤醒他。出得堂来，一方面，莫愁感到巨大的爱的满足——"心上人的眼睛"，而今，你们、所有不肯承认我是他至爱之人的人，都要认可我便是他的"心上人"了；另一方面，也感到同样巨大的爱的悲痛，为救爱人，她将再也无法见他了……满足与悲痛的撞击，产生了更崇高的爱的牺牲。莫愁留下"愿君多珍重，休问奴去处"之句，自抉双目，向湖水深处走去。

尾声：徐澄抛撇富贵，终其一生，寻找着消失了的莫愁……

# 昆曲《绿嶂山》编剧阐述

接到"谢灵运"这个创作题材时，笔者对相关材料进行了较为细致的整理与思考。作为中国山水诗之鼻祖，谢灵运大量山水诗的创作，集中在永嘉仕官期间。正是此间瑰丽的山水，激发了诗人浪漫的情怀，矗立起中古文学史上的高峰，也令千年前的自然之美，形诸文字，流传至今。以戏曲尤其是昆曲来演绎谢灵运，对弘扬永嘉地方文化，具有特殊的价值与意义。有鉴于此，笔者构思时，便决定将全剧时空，基本集中在永嘉。

谢灵运并不以勋业传世，他的政治生涯几乎是失败的。我们要写的，是作为诗人的谢灵运。最初，我想以"失意于政治的谢灵运在山水之中找到自己真正的人生价值"为全剧题旨，然而在与徐春兰导演的交流中，徐导一语中的地提点道：这个题旨太过普通。她说：我们谈到古代文人，要找矛盾，十之八九，便是"做官"与"写诗"，柳永如此，李白如此，关汉卿也如此。她建议，能不能创造一个"诗人"的、"山水"的、纯粹的谢灵运，一个天生就有与自然对话的敏锐，天生就怀抱对山水之深情的谢灵运，而不把求官、功业作为矛盾的对立面来铺设。在徐导的启发与帮助下，我找到了一个新的主题，即"人与自然"的关系。

《绿嶂山》不写谢灵运"勤奋作诗，终成一代文豪"，也不写他官场之沉浮，本剧试图通过谢灵运这个"风流人物"，直面人生之"有限"与自然之"无限"，写诗人怎样投入山水之怀抱，写山水怎样投入诗人之情怀。既然"山水""自然"，要与诗人发生这么紧密的联系，甚至可以说，要成为诗人的直接对话、交往对象，那就免不了要确定地点、人物。

选择"绿嶂山"是因为谢灵运有一首名篇，就是《登永嘉绿嶂山》，诗曰："裹粮杖轻策，怀迟上幽室。行源径转远，距陆情未毕。澹潋结寒姿，团栾润霜质。涧委水屡迷，林迥岩逾密。眷西谓初月，顾东疑落日。践夕奄昏曙，蔽翳皆周悉。蛊上贵不事，履二美贞吉。幽人常坦步，高尚邈难匹。颐阿竟何端，寂寂寄抱一。恬如既已交，缮性自此出。"这是一座幽深的山岭，一日而变四季，吸引着诗人探究，看上去便"很有故事"，剧本中，也化用了本诗文辞。

至于人物，纯粹让诗人对着无声的自然大发感慨，无法构成戏剧。幸得我国自古的哲学与文化史上，便有"万物有灵"之说。剧本中，花（簇蝶、阿曼）、鸟（青妆）、鱼（俞二娘、三娘等）、木（性果）都化为人形，又有绿嶂山神及众神侍露面。"花妖木客""异说奇谈"不过是表象，是推动情节发展的外部力量，而内里，当我们用"自然与人"的眼光去注视这些"角色"与"情节"时，新的、具有象征意味的内涵便随之呈现。

比如第一出，谢灵运邂逅青妆，若仅仅视之为男女的相逢，那便是常见的爱情戏。但我想，我们写的不是"聊斋"，也不是要让男主角展开一段不用负责的艳遇。若视谢灵运为"人类"，视青妆为"自然"，便可看到，第一出想要传达的，是人与自然接触时，双方的善意。恰似后世辛弃疾所言："我见青山多妩媚，料青山见我应如是。"

可自然对人，并不只有善的一面。人类历史，在无数的自然灾害中艰难前行。上古时，一次自然的震怒，便可能毁坏人类几百上千乃至更久的文明积累。楔子与第二出，透过山神恚恨、花木诡访的情节，写的，恰是自然之"恶"，不过从艺术的角度来看，这种"恶"是趣味性的。谢灵运用来应对的方式，是欣赏、是洞达。自然之美，映入人类的眼中，才越显其美。所以，簇蝶与阿曼，都不忍害他，有了他的赞叹，她们的美才有了真的生命、才苏醒了。同时，在这一出中，也探讨到"无限"与"有限"。谢灵运丢弃了所谓的"长生药"，坚定地说出人生之珍贵，正在于人生之短暂。有了这个意识，人类才能真正平等地与自然对话。不然，若自我认知过于渺小，面对广袤自然，就只有战战兢兢、歌功颂德，只有仰望与敬畏。这种不对等的关系，我想并不是最健全与和谐的。

到第三出，谢灵运与青妆的"杀父之仇"，探究的则是人与万物的"相生相杀"。这亦是我们无法回避的一种关系。谢灵运选择了承担与忏悔，青妆则选择了宽恕。万物之美好，于此可见一斑。值得一提的是，谢灵运之父杀鸟事，亦非空穴来风。《太平广记》引《异苑》载："青溪小姑庙，云是蒋侯第三妹。庙中有大谷扶疏，鸟常产育其上。太元中，谢庆弹杀数头，即觉体中栗然。至夜，梦一女子，衣裳楚楚，怒云：'此鸟是我所养，何故见侵？'经日谢卒。庆名奂，灵运父也。"

最后一出，当漫山花卉为二谢逆季盛开时，人与自然的和谐达到了最强音。这一折中，人并没有为自然做什么，可人对生命、对万物、对至高之"美"的认同与追求，深深打动了自然。"山水诗"，既是人面朝自然生发的歌吟，亦是自然在人类心灵的美丽投影。像谢灵运这般人物，这等心境，挥毫而就灿烂诗篇，亦是理所当然的了。剧本中，直接或间接引用谢灵运诗，亦有将近十处。

《绿嶂山》在一序一楔子及四折主戏的结构中，设置了三条脉络。

一是序里便谈到的谢灵运与从弟谢惠连的友谊。虽然直到第四折谢惠连才正式登场，但之前数折，他一直被提及，从未离开受众的关注范围。有关二谢故事，亦有史可考。钟嵘《诗品》引《谢氏家录》道："康乐（谢灵运）每对惠连，辄得佳句。后在永嘉西堂，思诗竟日不就，寤寐间忽见惠连，即成'池塘生春草'。故常云：'此语有神助，非我语也。'"这条线索，基本属于"人间"，末折谢惠连以半仙之体来访，则为之添上一抹清逸。

二是谢灵运与青妆的情感线。第一折相遇；第二折虽然青妆不曾出现，不过从谢灵运以为叩门之人是青妆来看，他与青妆是有持续交往并心怀期待的；第三折相别，在这一折中，情感得到完整抒发，青妆清啼而去。

三是山神恼怒，欲杀谢灵运这条线。楔子说明动因；第二折是具体行为之实施；第三折青妆之来，亦与这条线有关；到第四折，原本执意要杀谢灵运的山神，感动于人世情怀，不但罢了"杀念"，还下令花开一季，则给这条线索一个完满的结局。

以上三条脉络线，相互作用、轮替行进，第三条（山神）是全剧最有推动性与目的性的一条，第二条（青妆）是男女情感最丰满的一条，而全剧至高音的迸发，则落在第一条（谢惠连）上。谢灵运对着挚友、对着万物叹道："共此山水，至幸事也！"他作为一个山水诗人、作为一个高尚而美的人的价值，随之实现。

自然之永恒，是这样的崇高；人生的短暂，亦如此之可贵。人类生命赞叹、皈依于山水，山水亦在静静拥抱、深深尊重着人类。我们难以在一个两个多小时的昆曲剧作中，全面阐述"山水"与"人"互动的观照，然而我们确实可以在这个题旨之下，尽可能地做出努力。

# 无场次京剧《落梅吟》内容简述

少年觉新与梅躲在高公馆后花园的山洞里笑语，这个山洞，是他们的小秘密。

凄惨的箫声，飘入夜空……

灯亮时，瑞珏在房里绣梅花帐檐，自述嫁入高家数年，生活平和幸福，只是最近丈夫觉新不知何故，愁眉紧锁，入夜常常去后花园吹箫……知道丈夫喜欢梅花，她精心绣着帐檐，想要博他一乐。

有人入内，以为是觉新，却是用人田妈，说听到老太爷要让冯乐山的侄女嫁给觉民。瑞珏很吃惊，说觉民不是喜欢琴吗……田妈说，高公馆不管这个，事事都要听老太爷的，当年大少爷不也……

说话时觉新回来了，瑞珏问他这梅花帐檐绣得好不好，不料觉新却很烦躁，矢口否认要瑞珏绣过这个……瑞珏越发摸不着头脑。

觉慧来了，让觉新赶紧去前厅，钱姨妈来拜年了，梅表姐也来了！

梅独身到了后花园，这里处处都似有当年的欢笑，只是物是人非……

觉民与琴寻找梅，来到花园，梅躲在一旁。

觉民与琴谈及二人未来之事，觉民说他绝不会屈服，要琴相信他。

二人走后，忧伤的梅走向只有她与觉新知道的山洞……却发现觉新竟在这里等着她！觉新与梅都难忘旧情，又深觉无奈。依依之时，忽然听到一声"爸爸……"，是海儿来了，瑞珏紧随其后。见觉新与梅的神色，瑞珏感到少许古怪。

梅说她该离开了，瑞珏劝她多住些时候，觉新也在帮腔。（一去一留）

众人一起吃饭，听到热闹的锣鼓之声，是冯乐山来迎亲了。觉慧想到鸣凤的死，十分愤慨。

看到瑞珏亲亲热热地为觉新挑鱼刺，梅的心也像被刺中了一般，满是失落的情绪，却只能在人前强笑。她托言身体不适，回到屋中，琴也跟了来，发现她正在收拾行李，说要离开。琴明白梅在想什么，努力开导她……

觉新与钱太太来了，原来，传来了兵变的消息，钱太太做主，要梅留在这里。（二去二留）

高老太爷把觉新叫去，一顿教训，原来是觉民为抗婚，离家出走了。高老太爷让觉新把觉民找回来，不然就不认这个孙子。

兵乱越来越厉害了，人心惶惶。入夜之后，觉新把大家召集起来，让女眷都躲到后花园去，自己在前厅应对可能闯入的兵痞。

瑞珏要陪觉新留在前厅，被觉新拒绝。瑞珏说："好吧，我去后花园，那里有个湖，真到了没办法的时候，我明白怎么办……"梅见状，百感交集，瑞珏生生死死，都可为觉新，她自己的生死，又为着谁呢？

梅提出，花园里隐秘的山洞可以藏身，言语之中，瑞珏察觉到梅与觉新像是有点什么……梅带众人去山洞避难，觉新、觉慧留在前厅。

觉新问觉慧是否知道觉民下落，觉慧说知道，但是老太爷若不改变主意，觉民一定会斗争到底，他绝不会做第二个大哥！

觉慧愤愤而去，觉新伤感无奈。

梅去而复返，说自己要留在觉新身边与之共生死，觉新拒绝她留下。梅再度说要离开，觉新说："外头兵荒马乱的，你孤身一人，怎么能让人放心？"梅问："你是不是还爱我？"觉新沉默……梅说："那你和我一同走吧！就我们两个人！"

这个"私奔"的建议吓了觉新一跳。

梅紧紧拥抱着觉新。

可是最终，觉新还是拒绝了梅。梅终于离去了，说："我要回我的家，你且在你家里吧。"

这一切，都被尾随梅而来的瑞珏看在眼里。（三留三去）

兵变渐平。回到家中的梅的身体也越来越差了。

觉民来探望梅。梅问及觉民与琴之事，觉民说老太爷多少松口了，说婚事可以暂时不提，只要他回去就好。

觉民走后，瑞珏来了。瑞珏问梅要不要觉新来看她，梅说用不着了。两个女性，有了第一次、也是最后一次倾心交谈……都拣着开心事说，末了，却都化为一哭……

梅去世了。


主要包含三大块戏：

1. 梅与觉新花园之会；

2. 兵乱之夜，瑞珏与觉新、梅与觉新的交往；

3. 梅临终前，与瑞珏的开诚布公。

另外还包括一些人物之间成块的对手戏，如：

1. 开场：瑞珏与觉新；

2. 花园中，觉民与琴对爱的忠贞及信心；

3. 琴对梅的开导；

4. 高老太爷对觉新强制的一面；

5. 觉慧对觉新的指责及其反抗精神；

6. 觉民告诉梅，他的反抗取得了阶段性的"胜利"等。

# 有关《落梅吟》京剧改编的若干思索

上一稿提纲提交之后，我认真阅读了反馈意见，对于进一步修改有以下思索。

一、如果确定以觉新、瑞珏、梅表姐三人为主要元素构戏且以瑞珏与梅表姐为双女主角的话，则全剧势必结束于梅表姐之死，而对瑞珏未来的悲剧性命运做适度暗示。因为，若以瑞珏之死为全剧收束，就意味着有一半甚至一半以上的篇幅，梅表姐是缺失的。

二、在这两女一男的关系中，进而扩展到《家》之人物谱系中，觉新占据着重要位置，也有其独特性。因此，该剧并不纯以女性为主，而呈现了"三足鼎立"的戏剧分量。

三、《家》既是巴金先生的经典之作，情节上，可以人物基本性格为基础，做适度的创作与延伸，但不宜做有悖于人物形象或既定情节的添加。

四、围绕这二女一男，原著中并没有特别跌宕起伏的情节，而无论觉新、瑞珏还是梅表姐，都没有琴的个性，他们都隐忍、退让、宁可委屈自己也不愿伤害他人。更须注意的是，觉新并不是不爱瑞珏，他始终爱着两个人。所以，这组关系，最初是封建婚姻使然，但当瑞珏回到省城，与之重逢时，他们面对的主要矛盾，已在悄然转移。

为对全剧的故事性、戏剧冲突有所补充，现将三人相关动作整理如下。

# 一、觉 新

1. 19岁，他屈服于父母安排，违心地娶了陌生的瑞珏为妻。

2. 婚后，他觉得瑞珏亦是个好女子，夫妻感情渐深。不过，他也从未忘记梅，这表现为他对梅花的喜爱。

3. 5年后，他在商场门口遇上了嫁人又寡居了的梅，两人虽没有说一句话，他的心弦却被深深拨动。

4. 那之后，他便常常在深夜吹出惨厉的箫声。每当旁人谈到梅时，他都会露出落寞之色。

5. 兵乱时，他终于在大庭广众之下，见到了随母亲来高家避难的梅。此后在众人面前，他们都表现得很克制，仿佛一切都是过去的事了。

6. 终于，他与梅有了一个单独见面的机会，他将他的思念与愧疚做了倾吐，然而事到如今，还能怎么办呢？

7. 梅病了，病得越来越重，他想着她，却不能去看她。

8. 梅的死讯传来，他去为她处理后事，直到这时，眼泪才流下来。

# 二、瑞 珏

1. 18岁，她嫁给觉新，最初丈夫是客气到冷淡的，渐渐地，丈夫对她温柔起来，感情加深，有了可爱的孩子海儿。

2. 她知道丈夫喜欢梅花，她为他画了很多梅花，还绣了梅花帐帘，却并不真的理解个中意味。

3. 最初，她拉着海儿与梅相见时，并不知道梅与觉新仍然在彼此记挂。

4. 觉新与梅聊天时，她来了，察觉端倪，却没有声张，只是亲密地扶上梅去别处说话了。

5. 兵乱威胁到家人生命时，丈夫说要独自留在前厅应付兵匪，她想要与之共生死，耐不住丈夫的求恳，还是与众人、与梅一道躲去了后院。

6. 某天，她去见了独自在房中伤心的梅，推心置腹、开诚布公，她喜爱梅、同情梅，简直要把她的痛苦当作自己的痛苦。两个爱着同一个男子的女人，相互尊重，成为真正关心彼此的朋友。

7. 梅病重时，她常常去探望她。

8. 梅死了，她因为怀着孕，没能去送她。

# 三、梅

1. 她与觉新青梅竹马，觉新与瑞珏结婚后，她有了一段不幸的婚姻，仅仅一年后，就做了寡妇。

2. 她回到省城不久，在商场，与觉新有过沉默的重逢。

3. 春节时她在琴家里，听到来拜年的觉新的声音，可她甚至不敢从门缝里张望他一眼，只在他走时，偷偷看了看他的背影。

4. 兵乱时，她随母亲到高家避难，这才算真正见着了觉新。

5. 花园中，她虽然想要避开觉新，却还是与之有了一次正面交谈，说着"这几年来我哪一天不想念你"，可又明知，面对如今的情形，彼此都是完全无能为力的了。

6. 那之后，她目睹觉新与瑞珏的"家庭生活"，一次次感觉"酸痛"，极寻常的牌局，因了瑞珏站在觉新身后自然亲密的指点，也能惹得她落下一阵泪来。

7. 某天，她将事情思前想后之时，瑞珏来了，与她倾心交谈，她想躲开他们夫妇，善良的瑞珏却坚持要她常常来他们家。二人情同姐妹。

8. 她病了，病得很重，然而直到死，也没有等到，也没有请求觉新来看她，觉新的到来，那是她死后之事了。

每个人的事件之间，自然有不少叠合处，那往往亦是戏剧性比较明显之处。舞台剧的时空有限，一般来说，我们最多只能容纳 4—6 个主要事件，其中有几个，是必不可少的，比如：

1. 花园中，觉新与梅的重逢。

2. 卧室中，瑞珏与梅的推心置腹。

3. 梅的死。

换言之，我们需要找到的，是另外 3 个事件，事件与事件之间，且具有推动性。此外，我们还要找到切入点、找到结构的方式。若以顺序的手法来写，那么第一场应该是觉新接受了他不乐意的婚事，但是我考虑这样做，一方面是太常规，另一方面，觉新与瑞珏中间过的这五年，又怎样表现呢？我个人还是更喜欢戏曲创作集中围绕一件事、一个时间段展开。前史可以用叙述或场景再现式的回忆等手段，技术性地予以交代。若果确定不是以某个女性角色作为第一主角，而是三人并重，展开细腻描摹的话，我想，新思路会令剧本面貌比上一稿提纲更丰富。

此外，鉴于题材及人物关系的特殊性，我也考虑是不是应该适度突破一下常见的讲述方式，参考"鬼才"导演昆汀常用的非线性叙述（当然不至于做到那么前卫）。即在基本合乎逻辑的基础上，展开几个空间、几个人物的同时或交叉叙述。比如，梅表姐之死，若以传统方式演绎，空间仅仅集中在梅家里，人物也只以梅之所见、所想为主。若能够开拓思路，舞台上同时展现梅、觉新与瑞珏、觉民与琴等三个空间，各个空间的人物既可以独立演绎，又可以以超越时空的方式进行对话：梅在思念觉新时，觉新也在为梅的事担忧不已，两人甚至不妨进行交流……这样一来，舞台呈现就比传统的思维与讲述方式，更为生动、丰满，且观众欣赏时，亦不存在"看不懂""看不明白"的障碍。当然，这种叙述方法，也需要更多地动用些导演手段。

不过，要强调的是，更具现代性的叙述并不意味着动摇京剧本体，不意味着我们将要创作一部"话剧加唱"的作品。哪怕会适当用到一些话剧的手段，要坚定坚持的，是全剧包裹在音乐旋律之中，"话剧"提供了一部分"方法"，而其根本，仍然是戏曲的，是写意的、抒情的、程式化的。也鉴于此，我想，无论我们在叙述上、在舞台呈现上，用到多少新鲜的手段，至少要有一半篇幅，即 2—3 场戏，应该是"规规矩矩"的，停在某个场面中，从容不迫地展开对人物内心、关系、生存状态的细腻描摹，而不用炫目的外部技巧，去打扰观众的戏曲性审美。目前，我觉得，"觉新与梅""瑞珏与梅"这两段戏，完全可以按照典正的方式去做，因为，虽然看上去没有什么强烈的外部动作，但是在这两场戏中，人物内心的张力极大。

我们还需要做的一个工作是对人物阶段性心理的分析。"阶段"会成为"线索"（线）上的"绳结"（点），提醒我们什么时候可以暂停叙述，展开欣赏的空间。

比如瑞珏，她的心理阶段大概可分为：

1. 她光知道觉新喜欢梅花，却不明就里。

2. 她隐约怀疑觉新与梅表姐有故事。

3. 她证实了他们之间的"故事"。

4. 她该怎么办？她会不会试图将梅从觉新心中驱逐？会不会想要宣布她与觉新之间情感的唯一性？

5. 她体谅了梅，成为打心眼里关心梅、爱护梅的人。从 4 到 5，是有复杂的心理过程的，这也是出戏之处。

6. 她终于没能见到梅最后一眼。

全过程大概是：懵懂—怀疑—确认—纠结—体谅—友谊—遗憾。

这样的阶段，可以成为演进情节的线索。

不过，因为我们并不仅是在为瑞珏做传记，所以，瑞珏的心理状态，恐怕不能成为敷衍戏剧的唯一脉络，它必须与觉新、梅的心理脉络交织呼应。

那么觉新呢？

1. 他在商场中见到梅后，心中掀起巨大的波澜。

2. 他很痛苦，所以夜夜箫声凄厉——这个阶段，他对梅，是深深愧疚的。

3. 与梅对话之时，对往昔的回忆，可以说多多少少激起了他内心的爱恋。我们可以在这个阶段，设置从愧疚到怜爱的情感推进。

4. 可是他明白他与梅只有过去、没有现在，也没有未来。于是，我们有了第三个阶段：克制。

5. 然而理性的克制与感性的思念是相悖的，尤其是梅还得了重病，所以，心理的矛盾与更大的痛苦是免不了的。

6. 终于，觉新只在梅死后去送了她，他是什么反应呢？无穷的遗憾、无穷的悲伤。

全过程大概是：愧疚—怜爱—克制—纠结痛苦—悲伤欲绝。

再来看梅。

商场初见，亦是拨动心弦。

新年时，她不敢从门缝里张望觉新一眼，是胆怯的爱。

花园见面时，有了爱的抒发，但立刻伴随着的是收敛与无奈。

看到觉新与瑞珏夫唱妇随时，她有嫉妒与疼痛。

与瑞珏开诚布公之后，那些不可与人言的情绪，反倒纾解了一些。我想她应该有了一定程度的轻松，当然，忧郁依然。

死前，她应该盼望着觉新的到来，甚至从盼望瑞珏与海儿的到来中，也可理解为，她能从他们身上，感觉到觉新的气息。可终于，她没有等到觉新。

全过程大概是：胆怯（不敢见）—勇敢（敢说）而无奈（说又如何）—嫉妒与疼痛—释然和接受—恒久的思念。

其实每个人，都面对着心理的激荡，戏剧性可依托于激荡产生，当然，我们还可为这二女一男做一些动作上的虚构、补充，将心理外化。我想，研讨论证时最主要的任务，便是叙述方式之确定与所演绎之事件（对应着推进的心理阶段）的甄别、裁定。

# 崇高的舍弃

## ——漫谈《嫦娥奔月》

开始进行木偶剧《嫦娥奔月》剧本的改编创作时，距离演出已十分紧迫。之所以接受这项工作，一方面在于我与扬州亲密愉快的创作渊源及主创团队的热忱、专注，另一方面，是这个包含着丰富的中国传统文化母题的题材，令我颇感兴趣。

有关嫦娥，《归藏》《淮南子》《灵宪》等古籍俱有记载，李商隐"嫦娥应悔偷灵药，碧海青天夜夜心"之句，更是脍炙人口。可在这些畅想中，她是作为一个"盗窃者"、一个贪慕长生而伶仃万世的悲剧人物存在的。这显然不合于扬州市木偶研究所的创作初衷。当嫦娥成为第一女主角，人们在她身上寄寓的，是关乎女性乃至关乎人类生命的美好期许。于是不同的版本诞生了：嫦娥为帮助后羿射下荼毒大地的众多烈日，吞丹飞升，在月宫中锻得神箭，送返人间，拯救生民。在嫦娥形象之创作流变中，这无疑走出了坚实的一步。可从戏剧结构上看，我们还有些不满足。此时"奔月"被裹挟于"射日"之中，"射日"是高潮、是结局，而"奔月"是走向结局、达到高潮的步骤之一。新版《嫦娥奔月》情节的重大修改之一，便是在坚持嫦娥美丽形象的基础上，将"奔月"设置为全剧制高点，那最具华彩的部分。相应地，"后羿射日"成为铺垫、成为过程。

考虑到木偶戏的受众以孩子居多，剧本写作时，我尤其注意了语言与唱词的直白与流畅，但这并不以牺牲诗意及艺术题旨为代价。比如"后羿射日"，于我看来，关注的是人与自然的竞逐。"太阳"们自有其活泼可爱的一面，但"十日凌空"便给人间带来了巨大灾难；"英雄"呢，虽有扶助世界的伟力，却也不是十全十美，若非嫦娥提醒及时，后羿意气用事，连第十个太阳也要一股脑儿射落了。人类承担着自然的压力，又寻觅着改变自然的力量，当力量强悍到足以对抗、制伏甚至伤害自然时，新的困惑——在剧中，是仅存的太阳不敢露面，大地陷入严寒——产生了。后羿象征阳刚之力，他灼热、蓬勃；嫦娥呢，她是柔婉、温存、善良而具有抚慰性的力量。她陪伴着后羿，亦引领着他。最终，日升月落、昼夜轮转，整个宇宙被宁静、安详的秩序轻轻包裹着时，我们忍不住想，这是嫦娥智慧的效力，更是她爱的效力。

特别想说一说的，是嫦娥的两度"舍弃"。

第一次，得知只有投身以火，才能换回太阳重升时，为了大众的利益，嫦娥舍弃了生命。灵感得之于总与她相伴的"萌宠"——兔子。有则寓言，说的是一个旅人，又冷又饿，昏倒在雪地中。动物们聚到他身旁。狗熊为他挡住风雪，老虎为他赶走危害，梅花鹿偎依着为他取暖，只有弱小的兔子，什么都做不了。兔子跳入火中，成为旅人维生的食粮。这高尚的自我牺牲精神，是人类文明文化中极有价值的部分，在小兔、在嫦娥，都是一致的。

我又舍不得嫦娥就此沉入永恒的黑暗，我想要她活过来，用来彰显另外的光灿、另外的价值。就像《纳尼亚传奇》中，狮王阿斯兰为拯救背叛者，自愿走上石桌，为罪人而死。"更高的魔法"出现了！石桌崩裂，阿斯兰复活了，拥有更强的力量——这是肯定、是嘉许。嫦娥值得这样的"嘉许"！她涅槃重生了！而后，嫦娥本可去到遥远的瑶池，享受姹紫嫣红、长生欢悦，只是天人永隔，她没有能望得那么远的眼睛，再也见不到心爱之人。这时嫦娥做了第二次选择、第二次舍弃。为了爱情，哪怕只是遥遥相望的爱，她舍弃了神仙世界，茕茕一人，飞入月宫、停于月宫——这浩渺天空中，唯一能看到村庄、看到大伙儿、看到后羿的地方。每到夜晚，后羿一抬头便可看见嫦娥，却永远不能接近、不能拥抱。这是悲剧之爱吗？没有团圆，却得到另一种意义的相守。当一个人的目光投入另一个人眼中，我们所感受到的，不是悲伤，而是温暖。

就木偶戏来说，剧本只是个开端，要完成一部优秀作品，更多的是依靠十二度、三度的舞台呈现。同时需要根据二度、三度之要求，对文本做适当的调整修改。这个过程，正是我学习的过程，并于此受益良多。相信《嫦娥奔月》与扬州市木偶研究所，在之后创作提升的旅途中，也会收获更多更明媚的风景。

# 京剧《骆驼泉》阐述

## 题　旨

你接纳诞生，也同样接受死亡。

然而对于一个民族，

却不仅仅意味着这些。

当他们来到你的面前，

那些所经历过的黑暗、不幸和命运的打击，

便会在瞬间消失。

因为你的存在，

他们幸福的脸上，

始终洋溢着沐浴的光辉，

那是他们相信，

你圣洁的灵魂，

要比人类的生命更为永恒。

骆驼泉旁石刻的这首吉狄马加先生的诗作《骆驼泉——致撒拉尔民族》，我想，正蕴含了本剧的题旨：在茫茫旅途中，怀着勇气、怀着希望，坚韧地面对死亡、迎接新生，最终，所有的不幸、恐怖、痛苦都从身上脱落，人们来到这里——命运指引的栖息地，亦是发迹地，他们停下了，又走入了永恒。

## 风　格

悲壮、拙朴、浑厚、史诗般的

## 时　间

13 世纪早期

## 地　点

撒马尔罕—火焰山—嘉峪山—中兴府—秦州—循化

## 主要人物

尕勒莽（净或老生）：撒拉族先祖，头人

阿合莽（老生或净）：撒拉族先祖、尕勒莽之弟

凤凰（花衫）：尕勒莽之妻

塞拉（青衣）：尕勒莽前妻

老帽子（老丑）：帽子匠，东迁的族人

糖包子（小丑）：老帽子之子，东迁的族人

宰靠（小生）：爱吹笛的少年，东迁的族人

锤子（净）：忠诚的勇士，东迁的族人

麦娜尔（老旦）：锤子的奶妈，追来相随的族人

口细（花旦）：爱乐的少女，追来相随的族人

母亲（老旦）：尕勒莽、阿合莽之母

# 分场大纲

## 序

13世纪前期，撒马尔罕。

国王因忌惮尕勒莽兄弟的才能，派兵捉拿他们，母亲劝兄弟俩快快出逃，并说自己会在东方乐土与之会合。尕勒莽问：乐土在什么地方？母亲交给他们一包家乡的土、一瓶家乡的水，说你们朝着太阳升起的地方走，水土与故乡无二处，便是那乐土。快走——快走！

追杀声紧，在母亲的催促下，兄弟俩带上情愿同往的18个族人，以白骆驼驮《古兰经》一部，洒泪而去。

## 第一场

尕勒莽一行行经绵延的天山山脉，来到吐鲁番境内火焰山。

烈日炎炎，山势如火，众人焦渴难耐，向当地人求水，都空手而归。只因水在这里，最为稀罕。眼见阿合莽因缺水奄奄一息，尕勒莽束手无策，忽见一骑火焰驹驰来。马上有个火焰般的姑娘凤凰。凤凰宣称，谁赛马赢了她，就能占有吐鲁番最好的泉眼，若是输了，就要他一只耳朵。尕勒莽有心一试，只是随身坐骑，只有一匹白骆驼。他问能否用骆驼与马比试，旁人嘲笑不已，凤凰却说：有胆你就比比看！

白骆驼与火焰驹奔跑起来！起初，骆驼落于骏马之后，凤凰看着不服输的尕勒莽，暗生情愫，故意放慢脚力。骆驼赶上时，她又快马加鞭。尕勒莽不管不顾，一味向前。将近终点时，白骆驼如有神助，脚下生风，竟将凤凰远远甩下！这时再看，竟来到一片清凉之所：葡萄累累的葡萄沟。

尕勒莽说：我赢了，泉水呢，在哪里？

凤凰指着自己说：这不就是吗？整个吐鲁番都知道，我的眼睛，就是这里最美的泉；都知道，与我赛马，就是向我求婚。

尕勒莽愣住了，他只要水，没想娶妻。凤凰劝尕勒莽留下来，尕勒莽却说：这里的土红得像火，不是我想去的地方。凤凰问：你去哪里？尕勒莽说：东方乐土。凤凰脱口说：难道是中兴府？尕勒莽想：对，就是西夏之都"中兴府"！那将是我们与母亲的会合之地！

尕勒莽补充了水与食物，撇下凤凰，率众再上旅途。

# 第二场

暴雨大作，尕勒莽等人行至嘉峪山，却走失了骆驼与老帽子。远远一骑来到，竟是凤凰！凤凰说：如今全吐鲁番都知我是你尕勒莽的女人，我已撇了家族，要跟你走！尕勒莽十分为难。又见一个女人，牵着白骆驼缓缓而来。她，便是白骆驼小时的主人、尕勒莽的前妻：塞拉。原来，尕勒莽察觉被国王猜忌、且夕将遭大祸，怕连累塞拉家族，遂隐瞒真相，将她休弃。待等事发，塞拉方知就里，她仍深爱尕勒莽，故一路寻来。

糖包子急切询问老帽子踪迹，塞拉说国王派人追来了，凤凰亦说她来时碰上一群人，皆披甲带刀……尕勒莽意识到，追兵近了！他率众从藤桥越过天堑，正要砍断藤索，见追兵押着老帽子赶上来。他们威胁尕勒莽，若砍断藤桥，就杀了老帽子。但若不砍藤桥，众人必将死在这里！老帽子喊着：砍啊、快砍！尕勒莽万般无奈，几次踌躇，终于，流泪忍痛将藤桥砍断！前行之路何其痛苦，需要付出多么巨大的代价，而人们，还要往前走……

## 第三场

尕勒莽一行向着东方，长途跋涉，终于来到西夏首都：有"人间乐土"之称的"中兴府"！怎知满满的希望幻灭为泡影！在这里，他们见到的不是华美的建筑、热闹的集市、欢乐的笑脸，而是杀戮、哭泣、逃亡……原来，就在这一天，蒙古军队占领中兴府，西夏灭亡并被屠城！

尕勒莽、阿合莽迷惘了，走了这么久、受了这么多苦，难道就为这个结局？中兴府的土地与水，都被血液浸染，腥气十足，全无家乡水土之甘冽醇厚。妈妈呢？她在哪里？难道亦在城中，被驱逐、被劫掠、被屠杀？尕勒莽、阿合莽喊着母亲，寻觅着……他们相遇了从撒马尔罕追寻到此的麦娜尔、口细等族人。尕勒莽询问母亲下落，麦娜尔说：塞拉没有告诉你们？原来，就在兄弟俩逃离的当天，母亲已被杀害了！塞拉说：我不忍心说，怕你们知道后，就再也没有走下去的勇气……可那时，你们不走，就是个"死"。

阿合莽几乎崩溃，说我不走了，我就在这里，和西夏一起死亡。尕勒莽拽起他，说妈妈还在，她没有死，她在前方的乐土等我们。我们一定要走、走、走……走去那个水土与家乡无二之处，走入妈妈怀中！尕勒莽背起阿合莽，穿越蒙古大军的刀枪……森森刀光向尕勒莽砍来，凤凰推开他，替他挡了这一刀。这一刀，劈坏了凤凰的脸孔……

## 第四场

秦州，大雪纷纷。

少女吹起口细（撒拉族乐器），宰靠用笛子与之相和。二人抒发着久别重逢的思念与劫后重生的庆幸。隐隐约约，他们见到个徘徊的人影……以为看花了眼，不知那人，正是毁容后的凤凰。

凤凰有心悄悄离去，却被尕勒莽撞个正着！尕勒莽问她要去哪里，凤凰说她也不知道，但留之无益。尕勒莽又问她为什么要走，凤凰说：我跟着，只为嫁给你。从前我是吐鲁番最美的少女，你尚且对我不冷不热，如今我已没了美貌，难道还留在这里被你耻笑？说罢转身就走。尕勒莽追上前，拽住她，说：我娶你。

婚礼前，塞拉为凤凰整面修容、梳妆打扮，教她唱《哭嫁歌》。凤凰忍不住问塞拉与尕勒莽的关系，塞拉说了他们的前史。凤凰问为什么他们仍相爱却不复婚，塞拉说，根据《古兰经》教义，离婚后妻子没有再婚过，就不能与丈夫重新结合。凤凰说：那你就随便嫁个人再离掉，不就行了？塞拉说，那是双重的欺骗、双重的辜负。她祝福凤凰与尕勒莽，凤凰学着哼唱《哭嫁歌》，说她会加倍爱她的丈夫。

漫天飞雪中，人们操办了个简单的、慎重的婚礼，凤凰嫁给了尕勒莽。

# 第五场

走啊、走啊……走啊。

凤凰怀孕了，快要生产，人们一面满怀欢喜，一面暗暗担心。她日渐沉重的身体，还能走下去吗？况这时走入的，是大片沙漠，生产时，若没有水怎么办？尕勒莽去寻水，邂逅了虚弱的塞拉。他让塞拉多休息，塞拉却告诉他，白骆驼不见了！尕勒莽说，我与你一同去找！又问塞拉以后有什么打算，塞拉说走下去；尕勒莽问，还有呢？塞拉说，等孩子生下来，她要做他的干妈……忽然狂风大作、沙尘眯眼，尕勒莽与塞拉走散了。

风沙中，尕勒莽呼喊着塞拉，却在海市蜃楼中，看到了追兵、看到了老帽子、看到了母亲……重重幻象一层层撕开他的内心世界，使他直面自己的彷徨、软弱、恐慌并战胜了这一切！那些黑暗、不幸与命运的打击，定有其更高的价值，它们，是引他与族人走向远方的阶梯……远方的乐土，真的存在吗？有的，一定有！当这个念头更坚定、更清晰时，风沙竟停了。

远远的，尕勒莽看到了白骆驼与塞拉。他向他们奔去，却见：跪地的白骆驼化为一尊白石，一汪清泉从它嘴里吐出。而塞拉，她跪在骆驼身前，垂着头，双手掬起泉水，腰部以下，已完全被泥土掩埋。以这个姿势，塞拉死去了。

尕勒莽颤抖着比对，就在这里，这泉水、这泥土，与家乡完全一样！这儿：循化，便是他们苦苦追寻的乐土，他们终于……到了！

陡然，一声婴儿的啼哭，惊破黎明……

# 《独角兽之夜》分场提纲

## 题 旨

独角兽，中国上古的神兽，传说它识善恶、辨曲直，公堂之上，总用角触顶有罪之人。每个人心中，也守着一只独角兽。那些刑法难以抵达之处，不妨交给它、交给我们的良知。

震动S市的"女大学生被害案"因被告不服、提请上诉，面临市高院二审。公诉人、检察官林雨晴坚信身为被告的富二代王忆有罪，誓要为死者讨还公道。不料王家聘请的二审辩护律师，竟是德高望重的法学界前辈、林雨晴之恩师赵智渊。赵智渊以犯罪证据不足为由，主张无罪辩护。林雨晴拒绝了王家的丰厚贿赂，撇舍了与赵智渊的师生之情，法庭之上，晓之以理、动之以情，终令王忆当众认罪……原以为尘埃落定，怎知认定的"事实"背后，另有真相。对于一个法律工作者来说，真正的考验，才刚开始……

## 主要人物

林雨晴（旦）：检察官，33 岁

赵智渊（老生）：S大法律系教授、著名律师、林雨晴导师，67 岁

于阿姨（老旦）：S大保洁员、被害人母亲，47 岁

于果果（旦）：S大研究生，被害人，21 岁

王忆（小生）：S大研究生、富二代、杀人犯罪嫌疑人，23 岁

王富贵（净）：著名房产商、王忆父亲，50 岁

YOYO（花旦）：S大网络达人，微信记者，19 岁

# 分场大纲

## 序 幕

　　S市备受关注的"女大学生被杀案"在一审宣判被告王忆有罪后，被告提请上诉，并被市高级人民法院受理。一时之间，吸引众多媒体关注。有记者提出，被告之父王富贵，高价聘请知名律师为儿子做辩护，检察官林雨晴一哂对之，认定王忆就是凶手，谁也无法混淆是非。直至被告辩护律师到庭，林雨晴大吃一惊，对方竟是她的博士研究生导师——赵智渊！

## 第 一 场

　　林雨晴重返母校S大，探望被害人的母亲、在S大担当保洁员的于阿姨。于阿姨回忆爱女的点点滴滴：于果果少时，父母离异，母女俩相依为命。因母亲身体不好，考取S大后，果果将母亲带来S市，方便照顾。果果与王忆相爱数年，近一年来，王忆移情别恋，要与她分手，果果不答应，最终死于王忆之手！谈起这个，于阿姨痛不欲生！

　　这时，王富贵来了，希望林雨晴"高抬贵手"，"大事化小、小事化了"，并许以重酬。林雨晴断然拒绝。王富贵又指出，于阿姨身体不好，急需手术却凑不齐费用，他愿意给予经济上的支持，保证她余生衣食无忧……林雨晴再度拒绝了他。王富贵讪讪而去。

　　这一切，都被网络达人YOYO看入眼中，还偷拍了照片发到网上。YOYO盛赞林雨晴为"最美检察官"，引来众多网民的支持、赞誉。

# 第二场

毕业八年来，林雨晴每月十五都会在"猫眼咖啡吧"与导师赵智渊喝杯咖啡、聊聊天。而今两人站在对立的两方，还能像从前那样融洽吗？林雨晴忐忑不安地走入咖啡吧，赵智渊已在老位置等着她。

无法回避地，二人谈及此案。林雨晴判定王忆有罪的一一举证，都被赵智渊一一驳回。赵智渊进一步指出，林雨晴这么"武断"，是因为她年轻时，有过一段类似的遭遇。她力图证明王忆有罪，其实是在为过去的"自己"打一场官司，想要惩治心中"负心人"的影子。这说法刺痛了林雨晴，她亦毫不客气指出老师是为了现实利益，抛弃了原则、背弃了理想！林雨晴丢下一句"我会让王忆亲口认罪！"便拂袖而去。赵智渊缓缓喝尽了凉透的咖啡。

在咖啡店打工的YOYO越发将林雨晴视为偶像，并在网上发起了声势浩大的舆论增援活动。

# 第三场

法庭上，正进行着一场舆论一边倒的审判。赵智渊坚持为王忆做无罪辩护。林雨晴找来的数位证人，都在赵智渊的盘问之下，含糊其词，无法以确凿证据证明王忆就是杀人凶手。

审判处于胶着状态，林雨晴直接询问王忆。她出示了果果的日记，日记里充满了对王忆的爱，以及果果对这份爱的依恋与害怕失去的恐惧。那逝去的爱触痛了王忆的内心，他潸然泪下。随后林雨晴话锋一转，告诉王忆他不仅杀了一个深爱他的女孩，还杀了他们的孩子！果果死时，已身怀有孕！她最后一次约见王忆，就是为了告诉他这个！然而，这却是她生命的最后一天！

终于，王忆崩溃了，亲口说出："是我害死了她，是我杀了她……"

庭上哗然，虽暂时休庭，然王忆被判有罪，已难开脱。YOYO等人，大为兴奋，对林雨晴的推崇，纷沓而来。

# 第四场

　　是夜，为告慰亡者、安慰亲人，林雨晴来到了于阿姨家。却意外听到了一段录音！那竟是果果临终前留给母亲的话！那一天：

　　果果约来王忆，欲以孩子之事，挽留这份爱情；

　　不及果果开口，王忆已十分不耐，给了她一笔分手费，就要离开；

　　二人起了争执，王忆推开果果，夺门而去；

　　果果万念俱灰，举刀自杀！并留言母亲，为她"报仇"！

　　而她可怜的、失去女儿等于失去世界的母亲，虽明知事实，还是选择了仇恨与复仇。

　　——居然，这才是真相！

　　林雨晴用手机将这段录音悄悄录下，于阿姨发现后，苦苦哀求林雨晴不要公布，她不愿女儿白白死去。怀着惊诧、哀痛、惋惜、悔恨等种种复杂情绪，林雨晴深深自省。是藏匿证据，维持自身"最美检察官"的形象，为夭折的生命"复仇"，还是公开证据，解救一个德行有亏但并非凶手的年轻人？林雨晴做出了她的抉择……

# 话剧《张謇》创作札记

接受《张謇》剧的创作，我犹豫了很久，一方面，我写得更多的是戏曲；另一方面，《张謇》实在太难写了。难在他太重要，做的事又太多。若是一部纪录片的话，我们可以将他 74 年的人生事无巨细罗列一番，可这绝不是一部 2 小时左右的舞台剧所能完成的。怀着"攻坚战"般的决意，亦是被院团、导演的真诚、热情与责任感打动，我开始广泛阅读相关史料。这部戏，是我所有作品中掌握史料最丰富、运用史料最严谨的一个，所有细节都有史可考，甚至剧中张謇卖字时登的广告，都是原文引用。

动笔之前，要解决的最主要的难点有两个，一是题旨，二是结构方式。

先说题旨。

谈到张謇，人们往往会将之定义为一个"实业家"。但光写怎么办实业，势必极为乏味。我在深入思考之后，亦觉得"实业家"这个头衔，是远远不足以为张謇"定性"的。他是个浪漫的理想主义者，又具有极踏实、极现实、极具行为力的一面。与同时代的胡雪岩、盛宣怀相比，张謇无疑具有更高尚的人格。在这种人格面前，成败不再那么重要。何况，他又岂止是个简单的"失败者"呢？直到今天，大生仍然在运转出纱，更俗剧场、博物苑、四通八道的道路、各类专业学校……他投诸心血的种种公益，都还在。他的痕迹，遍布南通，而且那"痕迹"并不是故纸堆里的几行字，它们仍充满了勃勃的生命力。这部作品，并不是想去讨论张謇为什么"失败"、大生集团为什么会陷入经营困境，我们关注的、书写的，是在所有得失之上，有个刚毅、勇猛、沉静、磅礴的灵魂，是在近百年前，在风雨如晦的晚清民国，南通，有个张謇。他像磐石般坚定，狂风骤雨、巨浪掀天，都无法将之击碎，他永远在那里，坚守他的理想、他的追求，对天地、对众生、对自己，俯仰无愧。

张謇的材料极为浩繁，对创作来说，好处是无论涉及哪个方面，都有史实可供参考、依傍，难点则在于，这对创作者之甄别、组织能力提出了更高要求。换言之，没有恰当的"戏剧结构"，"张謇"就无法敷衍成剧。鉴于是南通创作该项目，他的人生与这座城市息息相关，他将所有的爱与牵挂都投给了这座城市，直到今天，我们走在南通的大街小巷，都还像走在张謇的脉搏之上。如此渊源，要求本剧不能仅做"碎片式""阶段式"的展现，我们必须写到张謇生命的终点，以期尽可能表现张謇完整的、最高的价值。

我的创作习惯及对戏剧之认知，并不主张"人物传记"式的写作，看上去好像很"完整"，实际上却没有篇幅深入刻画。因之，本剧选择的切入点，是张謇70岁生日。张孝若在《南通张季直先生传记》里，写到那时："宾客四至，车水马龙，公园区域，马路两边柳树行中，扎起彩色牌坊，并悬挂了各种式样的彩色灯笼……城内乡间，方圆几十里的人，都来看灯会，凑热闹，好像这不是我父个人生日的庆祝，乃地方大家事业成功的庆祝，个个欢天喜地……"何其快活、欣欣向荣。然而，也正在此时，大生遭遇了前所未有的巨大危机，负债累累，赔累不堪。写热闹，必定是为了热闹里潜伏的萧索，落笔就到高点，必定是为了之后的跌落。所谓"戏剧性"，正蕴藏其中。

全剧采用的，是双线结构。

一条线，向前推进，从张謇70岁到71、72、73……另一条则是倒叙线，张謇从70岁到60到50、40……前一条线，对应着大生的危局，后一条线，主要是往岁记忆之闪回。具体来说，前者，是写现实的、具体的力图挽救大生之作为及大生的运命，内外交困，张謇在渐渐老去；后者呢，关注到张謇一生中不可回避的若干重大事件：大生之辉煌、辛亥革命、大生之草创、张謇弃官从商等，这条线里，他在渐渐年轻。通过事件或情绪的关联、呼应，两条线交织并行，最终，它们相逢了，形成一个圆形结构——73岁的张謇与41岁的张謇相逢了，30年的岁月在交错中完成。这样，我们既直面了张謇之暮年、他的最高价值，也没有漏掉他平生极重要的数个节点。两条线互相补充、互相丰富，都同样指向我之前谈到的全剧题旨：一个伟大灵魂的塑造。

得到观众们的喜爱与关注的《张謇》是幸运的，身为创作者的我是幸运的。有幸能借此创作机会走近与感受百年前的张謇先生、有幸能将数年来浸淫于古典戏曲创作的若干思考与心得在话剧写作中进行一次融合实践。我和我们，必怀着这感激、感恩、感动之心，诚恳积累、继续前行。

# 绣架上的锦字书

## ——《卿卿如晤》创作小记

林觉民不是织工、陈意映不是绣娘，而我是。

"意映卿卿如晤……"自这封写于百余年前的诀别信里，我一遍遍读出的，不但是志士的高爽、勇士的慷慨、死士的决绝，还有为人夫温和的愧疚、为人父欢喜的寄想，以及令我久久深思的、这对爱侣的"生活"。《与妻书》写完后三天，广州起义爆发，林觉民牺牲，为"黄花岗七十二烈士"之一。实际上，写信时，他已预言、预见了自己的死亡，是以开门见山："吾作此书时，尚是世中一人；汝看此书时，吾已成为阴间一鬼。"这封书是林觉民对人间美好的最后一次回眸，他深深凝望着他的妻子：陈意映。疏梅之侧、月影之下，她便在那里、喁喁细语、侧耳倾听、时嗔时笑、时吁时泣。不错，我们甚至不必再穷究陈意映的人物史传，仅仅顺着信字的流淌、顺着林觉民的目光，便可看见她的形体、她的悲喜。我捧着《与妻书》，仿佛捧了匹极好的锦缎在手，平凡而甜美的生活与激昂豪壮的志节犹如经线与纬线密密交织。坐在电脑前的我竟像坐在绣架之前、耐心地、细心地、对待婴儿般温柔地、战战兢兢剖锦为丝，重新织绣，所成的绣品，便是这《卿卿如晤》。

固然这是一部新编原创锡剧，然而其中细节之铺排、情绪之渲写，甚至某些关键情节之设计，无不自《与妻书》中来。比如，第一场叙谈时林觉民对新世界的向往、第二场陈意映苦苦的等待与担忧，剧中"与其我先你而死，倒不如你死在我先"的念白，便是信中"与使吾先死也，无宁汝先吾而死"在戏剧情境中的直译，还有第三场林觉民对友人说的话："泽楷，我想后街我家，穿门入廊，行经前后厅，转过三四个弯，旁边有间房，便是我与意映的居处。

窗外正对小园，园里栽了梅树、栽了枇杷……"也正与信中文字切切对应，虽然对话对象不同，却都同样饱含眷恋。

尤值一提的是第四场，它是用近乎"极端"的戏剧手法对《与妻书》反复述说的某关键情愫的想象与延展。林觉民写道："……欲乘便以此行之事语汝，及与汝相对，又不能启口……吾平生未尝以吾志语汝，是吾不是处；然语之，又恐汝日日为吾担忧。"（我想告诉你我将走向死亡，可面对你我难以启口；我不该一直不将我的志向告诉你，可告诉你的话，又怕你日日夜夜为我担忧……）多么真切、深挚的爱，因其真、因其深，简直显得有些胆怯。男子将这样的爱投向拥有同样质地之爱的他的妻子，若妻子也怀着类似愁肠："我想劝你远离死亡，可面对你我难以启口；我不该不告诉你我已知你的志向，可告诉你的话，又怕你越发地伤心……"若是如此，会产生何其巨大的张力！我在"绣架"上"实践"了这个"想象"，将男女主角置于极有限的时空：生死诀别的最后一夜。夜色渐深、东方渐明，催着他们拥抱，又催着他们分离。人们常见欢乐是爱、喧腾是爱、倾诉是爱、坦露是爱；而此时此地，疼痛是爱、沉默是爱、隐忍是爱、掩瞒是爱。一次次欲言又止、一次次迂回试探、一次次几乎就要说破又小心翼翼地滑开……或者从更隐秘的内心来说，他们都希望彼此能够戳破这薄如蝉翼、又重比泰山的"秘密"，接着哭也罢、吵也罢、闹也罢……使彼此感情得到一次痛快宣泄；然而，始终没有。是因为他们爱得太"忘我"，宁可将全部痛苦自己承担，还是因为编剧太"残酷"，不予他们丝毫释放的机会，以期在"压抑"中完成戏剧的最强音？我最喜欢、最奇特的一段唱，在这里出现了：

"恨不转瞬又来世"，陈意映唱道："我为夫婿你为妻！"

林觉民奇怪了，这是什么话？

"我为夫，还你千般勤怜取；你为妻，知我万种泛愁漪。要你为我长垂涕，为我担惊摧心脾。料你为妻应输我，我为夫婿强似你！不随潮声他国去，不许风霜将你欺。断不叫你人影寂，不忍你夜夜忧戚数归期！待你身怀小儿女，我为夫，定当是惊喜交集、小心翼翼、出入相伴身不离！"

乍听是"奇谈",再看似"埋怨"、似"娇嗔",在特定的情境下,又是回忆、是请求、是哀乞……做妻子的没有直接说:"留下来,不许走。"她用相对婉曲的方式给了丈夫选择的空间,给了他——选择死亡——的空间。多惊怖、多奇突,更不可思议的,这却是因为"爱"。爱他,所以竭尽所能地理解他、尊重他、相信他、支持他……只有当林觉民暂时"退场"、陈意映独自一人时,她才有了一次醋畅淋漓的心声吐露、她才短暂获得哭的权利。而当他再度出现在她面前,她又收敛了所有悲痛,将之敛为两句话:"觉民,你要出门了?……换件新衣吧,把这旧的留给我。"

我顺着林觉民予我的、陈意映生命的痕迹绣下来,这些对话都流水般顺畅、寻常;然后我离开"绣架"、稍微站远两步,获得个合适的距离再去欣赏它,便忍不住要哭出来。

《卿卿如晤》是林觉民与陈意映的故事,主角是陈意映。以陈意映为主角固然是从院团、演员、立意等多方因素综合考量的结果,然而我想,却不仅仅是院团、演员、编剧……的选择,归根结底这是"林觉民"的选择。他将《与妻书》捧与后世,又哀愁、又欢喜地对我们说:"瞧……我的妻子!"从少女到少妇到未亡人,陈意映走过她的一生,就在这匹锦缎之上。

最后,是致谢,向常州市锡剧院、向童薇薇导演、向所有为《卿卿如晤》倾注心血的同人们——林觉民不是织工、陈意映不是绣娘,而我们都是。尤其谢谢作曲王星南老师:《卿卿如晤》全剧唱词皆为整整齐齐的板腔体,只有主题歌写作了新诗般的散体。这出于王老师的建议,并在他设计的旋律中得到了真正的"完成"。

那墨痕浓浓淡淡,
是泪痕点点斑斑。
在笔端,一千声低呼轻唤,
你笑颜如花,我想看怕看。
许你,青丝白发为伴,

撇你，春华秋叶形单。

我的额角，追着星汉；

你的眉眼，摇漾悲欢。

你把我一千声，低呼轻唤，

那泪痕缱绻，

那墨痕灿灿……

# 中型锡剧《东坡买田》分场大纲

## 题　旨

此心安处是吾乡

## 风　格

尊重戏曲本体、风趣诙谐、适度采用多媒体手段

## 人物表

苏东坡（末）：64岁

邵阿娇（贴旦）：17岁

吴王氏（老旦）：60岁

吴六点（丑）：30岁

鹧鸪（丑）：18岁

众江南女子

## 时　间

北宋建中靖国元年（1101）

## 地　点

阳羡（今宜兴）

## 典 故

建中靖国元年，东坡自儋北归，卜居阳羡，阳羡士大夫犹畏而不敢与之游，独士人邵民瞻从学于坡，坡亦喜其人，时时相与杖策过长桥，访山水为乐。

邵为坡买一宅，为钱五百缗，坡倾囊仅能偿之。卜吉入新第既得日矣，夜与邵步月，偶至一村落，闻妇人哭声极哀，坡徙倚听之，曰："异哉，何其悲也！岂有大难割之爱，触于其心欤？吾将问之。"遂与邵推扉而入，则一老妪，见坡泣自若。坡问妪何为哀伤至是，妪曰："吾家有一居，相传百年，保守不敢动，以至于我。而吾子不肖，遂举以售诸人。吾今日迁徙来此。百年旧居，一旦诀别，宁不痛心？此吾之所以泣也。"坡亦为之怆然，问其故居所在，则坡以五百缗所得者也。坡因再三慰抚，徐谓之曰："妪之旧居，乃吾所售也。不必深悲，今当以是屋还妪。"即命取屋券，对妪焚之；呼其子，命翌日迎母还旧第，竟不索其直。坡自是遂还毗陵，不复买宅，而借顾塘桥孙氏居暂憩焉。是岁七月，坡竟殁于借居。前辈所为类如此，而世多不知，独吾州传其事云。

——费衮《梁溪漫志》

## 相关诗文

买田阳羡吾将老。从来只为溪山好。来往一虚舟。聊随物外游。有书仍懒著。水调歌归去。筋力不辞诗。要须风雨时。

——苏轼《菩萨蛮》

阳羡姑苏已买田。相逢谁信是前缘。莫教便唱水如天。我作洞霄君作守，白头相对故依然。西湖知有几同年。

——苏轼《浣溪沙》

十年归梦寄西风，此去真为田舍翁。剩觅蜀冈新井水，要携乡味过江东。
道人劝饮鸡苏水，童子能煎罂粟汤。暂借藤床与瓦枕，莫教辜负竹风凉。
此生已觉都无事，今岁仍逢大有年。山寺归来闻好语，野花啼鸟亦欣然。

——苏轼《归宜兴，留题竹西寺 三首》

吾来阳羡，船入荆溪，意思豁然，如惬平生之欲。逝将归老，殆是前缘。
王逸少云，我卒当以乐死，殆非虚言。吾性好种植，能手自接果木，尤好栽
橘。阳羡在洞庭上，柑橘栽至易得。当买一小园，种柑橘三百本。屈原作《橘
颂》，吾园落成，当作一亭，名之曰楚颂。

——苏轼《楚颂帖》

# 分场大纲

## 上篇：买田

吴六点难得起个大早，只为今日有人来买他的田宅。吴六点欠下不少赌债，他琢磨着要把价值三百缗的宅子卖个高价，以便重入赌场。

买田之人，正是年过六旬、饱经风霜、自海南谪贬之地北归的苏东坡。苏东坡倾心阳羡风物，决意在此卜居终老。弟子邵民瞻托其妹邵阿娇陪东坡前来。阿娇再三叮咛，买田砍价，皆她操持，东坡先生只需假做皱眉、摇头、叹气等不满之色即可。

来在吴宅，吴六点面对买主（苏东坡、邵阿娇）百般殷勤，将自家田宅夸得花团锦簇，为帮助不甚富裕的苏东坡顺利买下宅子，阿娇故意找碴挑刺，试图把价格压低些。想不到，偏是真率的苏东坡"拆"了阿娇之"台"，本该配合演戏的他，被阳羡风光打动，站到吴六点一边，同声盛赞田宅。吴六点开价四百，阿娇说只值三百，苏东坡却说：这般神仙府邸，该当五百！就这样，他竟以五百缗的高价，买下吴宅！

## 下篇：焚券

苏东坡携小厮鹧鸪喜滋滋采买家具，忙得不亦乐乎。鹧鸪挑担，路过茶棚，建议喝杯茶、歇歇脚。东坡饮茶之时，闻得哭声哀切，遂不顾鹧鸪阻拦，循声而去，见到一位老妇。

老妇吴王氏，双眼已盲，哀哭不已。鹧鸪劝苏东坡休管闲事，苏东坡却执意上前，询问就里。吴王氏告诉说，她有一处百年老宅，却养下个不肖之子，欠下巨债，只好卖田还款、乡间漂泊。

苏东坡听得义愤，问是哪一处田、哪一处宅？吴王氏说：老身引先生前去！在鹧鸪的扶持下，一径行来。苏东坡一路跟随，疑惑渐生……终于吴王氏停下脚步，说：这里是了。苏东坡定睛一看，这竟正是他重金买下之宅！

苏东坡说老人家你进去吧，吴王氏说这已是他人产业，怎可擅入？苏东坡将吴王氏扶入。老妇指着空荡荡屋子的每个角落，诉说当年：她之嫁人、她之生子、她之丧夫……她说可惜这一切都烟消云散了，此时苏东坡拿出买房的契券，说我便是买宅之人，可这田宅不是我的，是你的。吴王氏说无钱赎房，苏东坡说不用钱财，他当众把房子还与吴王氏，将契券付之一炬！潜身一旁的吴六点，亦深受感动，发誓再不入赌坊。

邵阿娇为贺乔迁之喜而来，得知此事，大为诧异！问东坡可还有三五百缗另置住所，东坡说我今囊中羞涩，烦劳为借处陋室栖身。邵阿娇问，既是如此，何故还宅焚券，不索资财？苏东坡回答：此心安处是吾乡。

这便是苏东坡，中国古代最可爱的文人，悲悯的心、高贵的人格。

是年七月，苏东坡病逝于借住之所。

# 瑟与火之歌

## ——《素女与魃》创作随笔

上海越剧院邀我进行创世神话剧目创作时，提出了一个极特别的设想：双女主。条件反射般的，一个怀抱锦瑟的白衣女子与一个手持火戟的红衣女扑面而来，这便是素女与魃。背景是涿鹿之战：上古神话里最著名、最浩大的战役，其文史价值可与西方特洛伊之战相媲美。战争双方会集了黄帝、蚩尤、风后、雨师、风伯、应龙、雷兽、夔、九天玄女等一大批鼎鼎有名的神话人物，战局跌宕起伏，几乎囊盖了古人对于自然神力的全部想象。

我喜欢素女。据载她生活之处"百谷自生，冬夏播琴，鸾鸟自歌，凤鸟自舞"，一派生机。她是一位擅长鼓瑟的女神，也是中国医家供奉的医疗女神。传说她爱人名唤大鸿，天生双翼，一飞千里。她亲自送他上了战场，效力黄帝、对战蚩尤。后大鸿不幸战死，悲痛中素女以锦瑟寄托哀思，五十弦的鸣响，令天地万物为之落泪。黄帝亦哀不自胜，故将其瑟一剖为二。那以后锦瑟便只剩了二十五根丝弦。多么哀伤、多么凄美，还有些绮艳哩。

我喜欢魃。《山海经·大荒北经》写道："有人衣青衣，名曰黄帝女魃。蚩尤作兵伐黄帝，黄帝乃令应龙攻之冀州之野。应龙蓄水，蚩尤请风伯雨师，纵大风雨。黄帝乃下天女曰魃，雨止，遂杀蚩尤，魃不得复上，所居不雨。"战争中她厥功至伟，战后却未能得到应有的褒奖，反而流浪人间，所到之处，寸草不生。她被放逐到遥远的北方，人们见到她，便敲锣打鼓、磕头乞求她离开。这是另一种哀伤，透着决绝、不忿与乖张，残酷又孤独。

若将她们关联起来，会怎样呢？素女与魃，恰似镜子的两面，素女柔软、魃劲健；素女缠绵，魃高冷；素女象征爱与生命，魃象征孤寂与毁灭。若她们恰恰又是世间最好的一对朋友呢？这场宏大的战争走向，会否因此改变？我听凭想象之翅，将我载入远古的谣曲之中。

这是一次很独特的创作。编剧技巧当然被精心运用于剧本之中。比如，我依旧依循了元杂剧般的四折体例以呼应古典戏曲起承转合之结构方式。比如，第一场玄女的三占三卜、素女的锦瑟三叠；第二场应龙、风后、素女次第而上，与魃的三番晤对，素女叙述战况的三个"百年"；第三场接到大鸿死讯之前，用素女对新婚的娇羞渴望做足疆耗的反向铺垫；第四场素女与魃，一追一逃，始于大荒之北，继以大荒之西的轩辕台、大荒之南的白水滨、大荒之东的扶木汤谷三地，将四海八荒囊括其中，展开无限辽远的空间……都是"技巧"。可我至爱的、满怀欢悦想与大家分享的，却不是这些。

我爱第一场里敲不响的夔鼓、鸣无声的号角，以及众军向着虚空张开的胳臂，所有缺席的爱人都在这一刻凭借素女的瑟声来到他们怀中。我爱第二场里丹青枯笔般的系昆山，魃是山中唯一的色彩，而一个不言不语的小铁人（指南车）的出现便能令她流露出一派天真。我爱埋藏在她身躯里的巨大力量一如我爱她灵魂里的小孩子，还有那从天而降的赤甲、火戟，尤其是当魃走向它们时，宿命中的甲戟燃烧欢歌。第三场呢，我爱素女愿为魃挽袖擂鼓的觉悟，爱魃对战蚩尤时说的那句："系昆也快下雪了，银霜素裹，好看哩！罢了，杀了你吧。"后来她取战神而代之、受制于杀戮与破坏的本能而至迷失、失控，诚然这是生命之异化与灾难的开端，可魃手持蚩尤旗仰面无声大笑的这一幕，仍叫我心为之战栗。更不要说第四场里魃将一心求死之素女引到汤谷，与她一道直面日月轮转、记忆相识之处。在这里，我破天荒地写了很长一段舞台提示：

巨大的神木高耸入云，金色的河流缓缓流过。河畔有个美妇人，从枝条上摘下颗金红的果子：不，那是太阳！她将太阳孩子般搂在怀里，轻轻放入河中沐浴，洗净后，将它放上枝头，它缓缓升起，这时另一颗太阳归来了，降落枝上，那妇人——日神羲和，再度为之洗拭……如此美好、庄严、神圣的一幕，始于天地初肇，亿万日夜，从未停歇。素女、魃被深深震撼，像走入梦境、走入河流、走入羲和的手心，也走入众生之开端。

比之戏曲剧本，它更像小说片段。这是十余年来我剧本写作里绝无仅有的"大任性"，将"可行性""操作性"暂时撇在一旁，全然臣服于内心沸腾的图景并将之描绘出来。我从未奢望过这一幕被如实呈现于戏曲舞台，显然它更适合电影来表现，可我希望，主创们读到这里，能更准确地把握素女与魃的内心，那种被伟大的庄严、温柔的神圣震慑、拥抱而生的惊叹与宁静。至于赤甲火戟似皮肤躯干般脱落不去、不死不休的设定，还有一再重复的"待我解甲弃戟、重归系昆，你再陪我挑拣罗裙、粉黛妆扮"之约，都是我极爱的，也都是光凭技巧无法抵达的。

这些鲜明强烈、奇幻烂漫、画面感十足的场景，是一次勇气十足的开拓。它截然不同于人们较为熟悉的《天仙配》《牛郎织女》《柳毅传书》《追鱼》等神话剧，简直更似"二次元"产物。实际上我孩提时便爱上动漫，博士研究生毕业后还曾短暂投身于漫画行业。兴许，《素女与魃》正是身为戏曲编剧之我与我那动漫之魂的一次邂逅，它可能且仅可能出现在神话剧中。我多么幸运，遇见了上海的创世神话项目，遇见了上海越剧院，遇见了乐于尝试与突破的主创、同人们。在他们的悉心帮助下，将"不可能"一点点化为"不，可能"，一度二度三度之间，不断斟酌、修补、调整、弥合，一面牢牢把握越剧本体，一面谨慎而勇猛地前行。前行过程中，今日之我，得以在时间的河流中逆流而上，遇见昨日之我，碰撞出新的火花。

似乎还应该谈谈远古神话如何与当下受众产生情感共鸣，谈谈寄寓在主要人物身上的对自身之认知、超越、克制与战胜，谈谈生命的异化与回归……无错，这都是剧本着意探讨与表现的，它们为"画面"注入温度、注入质感，使之不浮于表面炫技。可我又觉得，这些更该是被受众发现、体会到而不是由编剧来阐释、解读的部分。所以，最后一段话，留给友谊吧，女孩与女孩的友谊。

我之将素女与魃作为本剧的双女主，不仅在于其至柔与至刚的灵魂冲撞可以产生强烈的戏剧效果，更希望她们彼此温暖：欢喜时有人与你笑作一团；悲伤时有人搂住你的肩膀；一起逛街、挑选唇彩的色号……我珍惜你，并不因为你与我相像，不为功利，也不为虚荣或是排遣寂寞。我尊重你的独立性正如你也是这样对我。透过喧嚣，我们能清晰听到彼此生命的弦声，欣赏其曼妙，又慰藉其孤单。而当命运的海啸扑向你、众人纷纷闪避你，我会用尽全力把我的胳臂递向你并拽住你，救助你时我亦获了救。因为……是朋友嘛。

# 《包公出山》分场大纲

## 题　旨

清心为治本，直道是身谋。

秀干终成栋，精钢不作钩。

仓充鼠雀喜，草尽兔狐愁。

史册有遗训，无贻来者羞。

包拯的仕官之道、处世之道、为人之道——"直道"，可为天下垂范，可为后事之师。

## 人　物

包拯（末）：39 岁，北宋名臣

刘筠（外）：60 岁，北宋名臣，包拯之师

文彦博（生）：32 岁，北宋名臣，包拯同年

王李氏（老旦）：45 岁，贫苦妇人

王金和（净）：28 岁，王家长子

王铁和（生）：25 岁，王家次子

王石和（娃娃生）：18 岁，王家幺子

董氏（旦）：33 岁，包拯之妻

杂役、家院等

# 分场大纲

部分取材于关汉卿《包待制三勘蝴蝶梦》

## 楔 子

公元1027年，北宋天圣五年。

皇帝体恤新科进士包拯孝亲之情，允其所请，颁旨将他原职大理评事、知建昌县改为距家较近的和州税监。然因父母年高、不愿离乡，包拯为孝养父母，辞官不就：为父母尽孝之日苦短，为国家尽忠之日方长，故先尽孝、再尽忠。

## 第一场

十年后：公元1037年，北宋景祐四年。

包拯同年、好友文彦博已累迁至三品大员，衣锦还乡，来探包拯。

此时包拯父母皆已辞世，他在坟旁筑庐，守孝三年，人称"墓旁孝子"，朝廷几次征辟，他都因痛失双亲、悲不自胜，不曾应召。

文彦博见到包拯，力劝他进京复仕，诚挚之情，溢于言表。可包拯对文彦博却十分冷淡。文再三探问，方知包拯是听说了他"因妃进位"之事。原来，仁宗张贵妃之父曾是文家门客，在贵妃示意下，文彦博进献锦缎，贵妃将之裁做华服，吸引皇帝的注意。张贵妃趁机美言，仁宗因之格外留意文氏。包拯说，家乡河中，鱼能铁面（铁面鱼）、藕尚无丝（无私藕），文彦博这般逢迎，不是正途。

文彦博唏嘘于包拯之耿直，又道上善若水，水至清则无鱼。待你离开草庐、走入天下，便会明白……包拯不以为然，文彦博讪讪而去。

这时包拯座师、庐州知府刘筠来了。包拯以"出山仕官、走入天下"相问，刘筠反问：何为天下？包拯回答：君明臣贤，百姓安堵，即为天下。刘筠笑了，说我年老多病、命不久矣，一生狷介忠直，无甚亲朋，打算自个儿去采买棺材。我手下有桩案子待审，请你代为署理，也好叫你看看，什么是"天下"。

# 楔　子

是夜，包拯入梦，梦见一小蝴蝶陷身蛛网，有大蝴蝶救之而出；又有一小蝴蝶被蛛网缚住，大蝴蝶照旧将之救出；片刻后，第三只小蝴蝶被蛛网粘住，命在旦夕，大蝴蝶在它身旁再三彷徨，终于不救而去。包拯见之，道："你不救它我来救！"挥破蛛网，放了小蝴蝶……妻子的呼唤惊醒了包拯，他该去府衙了。

# 第二场

公堂之上，包拯代署府事。刘筠交代他的，是一桩命案。三兄弟王金和、王铁和、王石和之父王老汉因冲撞车马，被素来鱼肉乡里的中散大夫之子赵某打死。兄弟们愤懑不过，两下争执，又失手打杀了赵某！事发后，他们的母亲王李氏，携三子前来投案自首。

事实分明，三子抢认杀人罪名。包拯问王李氏，到底是哪个儿子杀了人，可是长子？母亲否认。又问，可是次子？母亲亦否认。再问，可是幺子？母亲点头说是。幺子王石和是其中最斯文、瘦弱之人，但面对母亲之指证，他磕头流泪，全盘认罪。包拯见状，心生疑惑，质问王李氏，是否大儿二儿，皆她亲生，唯独幼子，乃他人骨肉，故牺牲抵命。这一问，问得王李氏失声痛哭！原来，金和、铁和，都是她亡夫前妻之子，只有最年幼的石和，是王李氏的亲生孩儿！她是献出亲生，以保全继子！

闻言，包拯既震惊，又感动、又惭愧。他以常人之心度老妇之腹，怎知这做母亲的，对继子竟这般慈爱，而那做儿子的王石和，拼死以全母亲之心，竟这般孝义！再思想父母对自己之慈、自己对父母之孝，包拯感慨万千，暗下决心，要救王石和性命。

# 第三场

年关将至，文彦博正在家中筹备祭祖事宜，忽报包拯来访，文彦博又惊又喜。

二人落座，一番寒暄，包拯将案件原原本本说与文彦博，文彦博对王家母子，大是感佩，并称赵某横行乡里、劣迹斑斑，他素有耳闻，今番打杀，也算是除了一害。言谈之间，包拯与文彦博之间的嫌隙亦随之消解，适逢文家之子入内玩耍，二人还就势定下儿女亲家。

为救王石和性命，包拯请托文彦博前去赵家说项。中散大夫的官职在文彦博之下，且文身负督察官员之职，赵某本有恶名在外，文彦博出面，赵家必不敢深究王石和之罪。文彦博一口答应，又发出一句戏言：包希仁，你今该知我进献丝绸、"因妃进位"之举了。包拯闻言猛醒！是啊，请托文彦博软硬兼施，去获得赵家"谅解"，从而减免、开赦王石和，与文彦博请托贵妃，从而获得进身之阶，从根本上说，有什么差别？以曲求直，到底还是个"曲"。

包拯幡然改了主意！他对文彦博说，你不必、也不该去赵家说情。文彦博问，难道眼睁睁看着王石和被判"杀人偿命"吗？包拯回答，法不外乎人情与公义，是非公道既在人心，他便要"以直求直"！

# 楔 子

书房之内，包拯奋笔疾书、剖解案情，妻子来报，说刘知府已归来了。包拯说，我今夜就不去拜望恩师了，待写好结案文字，明日呈入公府，恩师必定赞许。

包拯写了整夜，旁征博引众多案例，指出为报杀父之仇而误杀凶犯，应予特赦，况其母极慈、其子至孝，更该嘉奖，为天下表率。天色渐明，他信心十足、欢喜满怀，要去拜谒恩师时，消息传来：昨夜，王石和暴毙狱中！

包拯呆住了。

# 第四场

包拯在"真宗圣文秘奉之阁"找到了刘筠，质问他真相：为什么好端端的年轻人，在先生归来当夜，便无故夭折？先生你竟还有闲情，在此赏鉴古书？面对包拯之激切愤怒，刘筠只说了一句：我正要去为个故人送行，你一起来吧。

包拯随刘筠来到渡口，惊见王李氏及其三子！王石和竟不曾死！王家母子向刘筠再三道谢，乘船远去。原来，是刘筠用另一个暴卒的死刑犯顶替了王石和，并将他悄悄放出，母子团聚，远走他乡。

包拯对刘筠"桃代李僵"之计，实不能苟同，更感觉深深悲哀。他说：恩师你虽救人性命，使母子不必分离，却令王李氏名义上有了个被诛死的儿子，令王石和孝义之行不得彰显，更令他母子必须背井离乡，从此隐姓埋名，了此一生。这不是大善，更不是直道。刘筠说，我知道你想秉笔直陈、请求特赦，但你想过没有，以民杀官，王石和被赦免的可能有多少？被诛杀、被刑囚、被流放的可能呢？以曲求直易，以直求直难，这便是天下。包拯却回答：我心中另有一个天下，一个直起直落、直来直往的天下！他挥毫写下《明志诗》："清心为治本，直道是身谋。秀干终成栋，精钢不作钩。仓充鼠雀喜，草尽兔狐愁。史册有遗训，无贻来者羞。"——无论直道而行有多么艰难，我却知人间不能没有直道，你们尽可以曲求之，而我，哪怕孤身一人，誓要走在这条笔直的道路上，去追寻、成就我心中的"天下"。

公元 1037 年，39 岁的包拯结束了乡居十年的人生，进京听命、步入官场，终其一生，践行直道，再无反顾。

# 关于瓷器命题的简叙与故事

在广泛阅读景德镇瓷器的相关材料时，有个人吸引了我的注意，他叫 Père Francois Xavierd' Entrecolles（1664—1741），中文名"殷弘绪"，是天主教耶稣会法国籍传教士，他于 18 世纪初期在景德镇居住过七年，因私人关系受官方庇护，得以自由进出景德镇大小陶瓷作坊，逐渐熟悉窑场制造瓷器的各项工序与技术。康熙五十一年（1712）及康熙六十一年（1722），他两度将其在景德镇观察与探听得到的瓷器制作细节及相关样本写成书信报告，寄回欧洲的耶稣会。这些信笺被结集为《饶州书简》。《饶州书简》为西方世界第一次提供了正确、全面的制瓷方法，为欧洲人带去了制造瓷器的希望。

我试图用殷弘绪及其书简为叙述载体，讲述某个虚构的原创故事。为便于阅读，我将故事写成了书信体，假设它是被遗失在历史夹缝中的《饶州书简》之一，引领我们走入清初的景德镇、走入瓷器与爱的神奇世界。需要说明的是，为确保众多细节的真实性，写作时我直接或间接引用了一些殷弘绪书信及《青花瓷的故事：中国瓷的时代》（[美] 罗伯特·芬雷著）里的文字。

若故事情节本身得到认可，则再与导演就切入点、具体分场、场面、高潮甚至音乐剧的唱段样式进行进一步的商议确定。

以下便是我提交的故事：《饶州书简·遗失篇：瓷器的秘密（china's secret）》。

耶稣会传教士殷弘绪神父致耶稣会中国和印度传教会巡阅使奥里（Orry）神父的信。（1712 年 10 月 28 日于饶州）

我尊敬的神父：

主内平安。

在上一封信中，我将精心了解到的中国工人制作瓷器的方法向您做了报告，包括采料、画坯、上釉、烧窑等众多工序，自认为已基本弄懂这个问题。然而这之后，有位年轻的基督徒来拜访我。我必须将我们的晤谈对您做再一次的详细描述，以补充我 9 月 1 日去信的不足。

这位基督徒，名唤"天赐"（the gift of god），是位工艺精湛的制瓷大师，上月皇帝降旨制作的"夹层"瓷器便由他主持烧制。这是一种失传的宋代秘技：在瓷器侧面画上鱼或其他图样，只有当瓷器中盛满清水时才看得见这些图画。数百年来人们试图恢复这一神奇的瓷器绘画艺术，却没有成功。天赐颇有信心地告诉我他正在进行新的尝试。

我将制瓷的书信底稿拿给他看，询问他其中有否错漏。他认真阅读了我的信——天赐有着高超的语言天赋，精通法文、英文，这在中国新信徒中极为罕见，也是我乐于经常向他求教的原因之一。

"去找那种瓷器吧，它的美丽在吸引我，在诱惑我。它来自一个新世界，我们不可能看到更美的东西了。多么迷人、多么精巧——这中国的产物！"

他轻声诵读完这首流行于我国的诗歌，将底稿还我。"神父大人，您的叙述极为精当。可是……"话锋一转，"在坯胎子土、高岭土、印戳、模具、吹红、烫金外，我们之所以能制作出如此精美的瓷器，还有您未曾谈及的另一个秘密。"

我尊敬的神父，您一定像我一样，好奇而急切地想破解这秘密，以下引号中的文字，便是天赐说与我的话。

"殷神父，听闻您于康熙四十三年（1704）来到景德镇，那时前任传教士范明知神父已逝世多年，您无缘从他那里听到的蕴含该'秘密'的故事，就由我来讲述吧。"

"康熙二十三年（1684），为庆贺皇帝三十寿诞，某位王公敕令景德镇进贡一双仕女瓷瓶。瓶子样式十分简洁，难的是那至纯至净的青色只有在雨天才能烧制成功。偏偏那年天空总像着了火，干旱无比。官员与瓷工照例祈求城隍爷下雨，甚至用书面形式向城隍爷许了愿，却收效甚微。于是官员召集了整整一千名孩童与处女，一到入夜时分便让他们朝天上喊叫，希望这些纯洁无辜的灵魂能为大地招来人们渴望已久的雨水。"

"喊叫的人群里，有个名义上已出嫁却仍是完璧之身的少女，叫作'玉娘'。玉娘是个孤儿，刚出生便被遗弃，在育婴堂长到 7 岁，被一户赵姓人家收养。其时赵家有个 2 岁的痴傻男孩，父母的意思是待其成年便与玉娘完婚。不幸的是，在那之前，赵家家长、男孩的父亲就去世了。"

尊敬的神父，容我向您稍做解释：家产不多的中国人往往到育婴堂领养女孩，以便长大后给儿子做媳妇，借此省去一大笔娶亲的聘金。做母亲的还可随时注意她的童养媳，以防婚前发生有伤风化之事。而在景德镇，包括童养媳在内，女人也是劳力。景德镇是周围城市里大批贫困家庭的谋生之地，各式各样的劳工、匠人为瓷器提供原料和技术。连老人、盲人、残疾人也可以研碎颜料为生，小孩子则用大蒜头擦拭器面上的饰金以免煅烧时脱落来赚取口粮，负责绘饰的匠人工作环境相对整洁、薪酬较好，由许多细心的女性出任。天赐故事里的玉娘，便是一位绘画工。

"叫雨归来的夜里，玉娘在油灯下绘画观音。送子观音是瓷瓶上常见的画样，人们将之供奉家中祈祷多子多福。这时外头传来乞求借宿的叫门声，听口音是个外乡人。"

景德镇人口稠密、物产丰富、每天有无数船只穿梭往来、却没有城墙。出于治安上的考虑，当地法律规定，陌生人不得在此留宿，他们要么在船上过夜，要么住在为之作保的熟人家。

"'对不住，我家不便待客。'想到家中只有年迈的婆母与幼小的痴夫，玉娘拒绝开门。"

"'请行行好！'来人哀乞着，'下雨了，雨一停我就离开。'等待许久的雨水真的降临了？玉娘喜出望外，开门看雨，果然淅淅沥沥、雨丝绵绵。檐下侧立着个浑身湿透的年轻男子，向玉娘再三作揖。看他模样斯文、境况窘迫，况又报说了下雨的喜讯，玉娘答应他进屋暂憩，雨停就走。"

"年轻人叫许泽，是个苏州商人，货船在饶州湖系倾翻了，好不容易等来救生船，船上的水手却杀死了商人们、夺取财物以自肥。许泽侥幸逃得一命，身无分文、无家可归。他的遭遇引起玉娘深深的同情。烤火时许泽看到玉娘的绘画，赞叹之余他提笔为观音画上莲花宝座，其运笔之娴熟美妙令玉娘震惊（从明代开始，苏州吴门画派已驰名四海）。许泽否认自己绘画的天分，说他不擅构图，仅能画些零碎花鸟；玉娘却说，仅凭这笔莲花，许泽已可在景德镇成家立业。"

　　工坊内分工细致，烧好一件瓷器须经过七十名瓷工之手，画坯（在瓷器上作画）时画工们各司其职。一个画工只负责画瓷器边缘上第一个彩色的圈，另一个画花卉，第三个上颜色；有的专画山水，有的专画鸟、鱼与其他动物……事实证明，这种流水线式的操作能大大提高效率。这也意味着，一个人哪怕只会画莲花，也能在工场里占有一席之地。就这样，许泽留下了。

　　故事的叙述者、我亲切的朋友、虔诚的基督徒天赐说到这里时，加入了他的推测：正如玉娘绝不会承认她是对许泽萌生了隐秘的好感才希望他留下，许泽也不会表白说他是为了美丽温柔的玉娘而停留。但爱欲已在男人心中燃烧，尽管他知道了痴傻少年是玉娘的夫婿而非弟弟。这不但未令许泽心生退意，反倒使他因怜悯玉娘的不幸婚姻而越发强烈地想要保护她。

　　尊敬的神父，请相信，我不厌其烦地叙述全因为这个故事向我们显现的"秘密"，甚至可称为"神迹"。

　　"经由玉娘的推荐，许泽进入同一家瓷坊，专画花鸟。为保证画坯绘画着色的流畅，男性画工与女性画工并不分开作业，即便在衣衫单薄的盛夏，彼此也只用数道屏风隔开。众目睽睽下当然不会发生淫乱之举，但成年男女间的调笑则是不免。许泽与玉娘却是少有的不苟言笑之人，除了绘画，他们几乎终日不说一句话；可玉娘接到的每一件瓷器，上面都留有许泽的画迹，她能从纷繁的线条图样里一眼看出哪些是他之手笔，并感觉到从中传达着予她一人的情意，同样地，她也将真情绘上了瓷坯。禁忌之爱就这样悄然无声地开始了。"

　　"被爱滋润的玉娘容光明艳，尽管她一如既往的寡言少语，其变化却被她的养母，也是她名义上的婆母发现。她敦促儿子与玉娘圆房，但那痴傻的少年不肯配合并因此招致了乡里的嘲笑，于是她决意先将许泽赶出镇子。"

女子的贞洁在中国是件了不得的大事，人们甚至可以"合法"地处死失贞的妇人。而若丧夫的女子坚持守贞，她会得到社会普遍的尊重与褒奖。老妇固然不会公开指斥许泽诱惑玉娘或污蔑二人通奸，因为对赵家来说，这也是不光彩的，但她必然采取了某种威胁或逼迫的方法，令玉娘亲自开口赶走许泽。

"为了不使玉娘为难，许泽答应，开窑见到瓷瓶后，他就离开景德镇，今生今世再不回来。五十只精美的瓷瓶被送入窑内，为保证得到完美的瓷器，工匠们总是将数目远远大于定制数的瓷器拿去烧炼。烧一窑瓷通常需要木柴180担，阴雨时节需增加20担。人们先用小火烧七天七夜，再用旺火烧三天三夜，遇上特别情况，烧窑时间还会延长。"

"许泽改做了烧窑工，不分昼夜守在窑前、透过窑眼窥探泥与火的交缠，期待第一个见到成品。他还有个隐秘的想法，因其上凝聚着他与玉娘的心血，许泽试图藏匿一只瓷瓶作为他爱的纪念（为防凡夫俗子之手玷污皇家用品，同一窑中除进贡之物外，其他无论是否烧成，都要打碎并埋入土里）。如果该窑顺利烧成，则故事就此结束。事实是人们迎来了始料未及的巨大灾难，瓷窑爆炸并引起火灾，具体原因无人知晓，然其规模之大，有八百间房舍被烧毁，死伤百人，玉娘痴傻的小丈夫与许泽都在死难者之列！"

主啊，请怜悯这些悲惨的魂灵，引领他们进入您为之预备的居所！天赐告诉我，范明知神父怀着极大的仁爱，召集新信徒协助官府救助伤员、收殓尸骨。因为没有充足的坟地与棺椁，不少尸体被运去了"瓷坑"。

尊敬的神父，"瓷坑"乃是人们无法想象的所在，倘若没来过景德镇的话，容我细细向您解说。

作为天下闻名的"瓷都"，每天都有大量满载泥土的船只来到景德镇，净化处理后剩下成堆的渣滓。这里还有三千座窑，窑内装满瓷坯与（装瓷坯的）箱子。这些箱子用过三四次后，整窑瓷坯都会报废。说到这，您自然会问我，哪里去找个无底洞，以至于往里扔了一千三百多年的碎瓷器和瓷窑垃圾都填不满呢？

景德镇本身的状况与它建造的方式为此做了解答。首先，大量碎瓷被填入房屋建设的墙体中，除了墙基上两三层砖、外层薄薄的泥浆与用木柱支撑的屋架外，人们实可谓住在瓷筑的屋子里。他们又将瓷片扔在从镇子脚下流过的河边。久而久之，镇与河的距离缩短了：碎瓷片经雨水湿润、被行人践踏，变成了集市、广场与街巷——换言之，行走在这座名镇，你实是走在层层叠叠的碎瓷之上。我之前说过，该镇不筑城墙，这既便于装卸货物，又可轻松地向四面拓展延伸，而局限其规模的，是包围它的重山与阻隔陆路的河流。

站在镇中，隔河望去，对岸低丘上是富商建造的气派坟墓，坡土由千年来倾倒的瓷片堆积而成，坡底用高大的瓷墙围住四周，里面有个巨大的由碎瓷砌成（此乃天工而非人力）的深坑，这便是号称"无底坑、万人冢"之"瓷坑"。买不起棺材的穷人或难以收殓入葬的不幸者，死后都被丢弃于此，尸体积累到一定数目时，人们就在上面撒上生石灰加以焚烧。到了冬天，僧侣们来此取出遗骸，腾出位置以便继续安放尸体。

我尊敬的神父，景德镇周围山岗上埋葬着千百万走完生命历程的人们，他们的灵魂却堕入了何等的深渊！千百年来不可胜数的生灵遭到无法弥补的损失，还有什么比这更能激起一名传教士为拯救这些非基督徒而工作的热忱呢！我相信，那位可敬的兄弟、已回到主怀中的范明知神父，当初也是这样想的。

请允许我继续天赐的故事。

数十具尸体被弃入瓷坑，近百个家庭支离破碎，玉娘的婆母受不了猝然丧子的痛苦，原本昏花的双目几近失明。官府出面募捐了一大笔钱给寺院，僧侣们的诵经声日夜不息。无人注意，玉娘悄悄出了家门。

"她行过焦黑的工坊、越过围墙与栅栏、涉过冰冷的河流，穿过富人们的坟林，来到瓷坑高耸的墙外，然后她毫不迟疑地走进去、跃入瓷坑。玉娘坚信'那人'不会轻易死去，她在成堆的尸体里翻检，终于找到烧得面目全非却一息尚存的他。她背起他，爬出瓷坑、绕到墙外，照旧穿过富人们的坟林、涉过冰冷的河流、越过围墙与栅栏、行过焦黑的工坊，在星月无光的夜晚，将他背回家。他不能动，她便为之擦洗翻身；他不能吞咽，她便喂他流质饮食；不管他能否听到，她都整夜整夜与之絮语。照料这个重度烧伤的患者之艰难，可想

303

而知，玉娘却毫无怨言。事情传开了，邻里都称赞玉娘是罕见的贤德妻子，说她冒着传染瘟疫的风险独自去瓷坑背回她奄奄一息的傻丈夫。赵家老妇、她的婆母亦时时对人感慨，想不到玉娘竟这样的知恩图报。人们议论着，等那痴夫死后——他伤得那么重，大概熬不了多久——应该为玉娘建一座牌坊来褒扬她的德行。"

"悲哀像风，日子还要继续、工作也不能停歇。玉娘沉默地画着观音，再无人能画出当初的莲座。距离上交贡品的日子近了，在官府的督促下，瓷工们投入更多心血热情。前朝王世懋《二酉委谭》里对我镇的形容，'万杵之声殷地，火光炸天，夜令人不能寝，戏呼之曰四时雷电镇'，真是贴切不过。我亦愿呼之为'燃烧之城'。入夜后，仿佛日月照临全城，处处火光，黑暗中背衬着一股股烟雾烈焰，勾勒出景德镇的纵深范围与轮廓。整座城市宛若一座巨大火炉，周围的山头形成它的炉壁。幢幢黑影，是照管无数火眼的炉工的身影。"

"为防意外发生、保证所获贡品的精美，这一次，在虔敬的祷告、祭祀后，人们小心翼翼地将一百件瓷瓶送入窑内，数十名窑工看守御窑烧了整整二十天，熄火后又等了十天，那是个黄道吉日，窑门打开的刹那，众人惊呆了。"

当年的目睹者不敢相信他们的眼睛，就像如今的我不敢相信自己的耳朵。

天赐说：一百件瓷瓶，其中九十九件被烧成一堆硬似岩石的废品，只有一件，透亮光洁、完美无瑕。然而本该绘有仕女图的瓶体上，此刻色泽鲜明、栩栩如生显现的，却是个男人的形体！窑工们众口一词，将瓷坯送入窑洞前，他们认真核查过，一百尊瓶坯上画的都是古代仕女。于是人们惊呼：窑变！窑变！

窑变，指釉坯入窑、经火幻化，发生诡异奇变。我阅读过宋代古书，其亦将"窑变"称为"天工人巧"，主要包括两类：一类是"火幻"，改变原本的器形，或赋予超自然的神奇性质，譬如瓷器竟质变烧成了玉，或入窑时的屏风出窑时被烧成了瓷船——这都史有所载；另一类则是经火之后釉色出现奇妙变化，或浮现原先并未绘饰的花卉、动物形貌。人们普遍认为，这类异事不可能出于人手，乃是窑炉具有某种魔力，将世间凡俗尘土幻化神奇。正如景德镇某块宋碑上刻道："窑中火旺处，视之常可见虫影，想为神明化身，行如水光微闪。"

"'窑变'多被视为不祥，何况是在官窑中发生这等诡秘之事。按规矩人们必须立刻封窑并将此瓷瓶敲毁。不等窑工动手砸瓶，玉娘尖叫着冲上前，将瓷瓶搂入怀中，抵死不放。所有人都看清楚了，瓶上幻现的男子，面目形态正是许泽！"

叙述者天赐说："玉娘坚称她在瓶坯上画的全是仕女，众人皆可为证；可瓶上烧现的许泽又是怎么回事？难道因绘画时玉娘心心念念想着他，所以神明透过这水火土之精华，赋其思念予形体吗？"

"玉娘对许泽的爱恋，由此公之于众。人们朝她吐唾沫、为她感到羞耻，与此同时，另一件事更激起众人愤怒。她盲眼的婆母出来指证：玉娘从瓷坑里背回的男人并非赵家儿子，而是许泽！老妇说最初她被蒙在鼓里，毕竟她目不能视物，然母子连心，渐渐她察觉有异，直到今天真相大白！玉娘，这不贞的恶毒妇人，抛弃了她的丈夫、与外人私通并欺骗了全镇！事已至此，玉娘百口莫辩，人们不信她只在瓷坑里发现了许泽一个活人，不信她无法从尸山中辨认出赵家儿子，众人争相揪打她、向她投掷石块，不需官府裁决，已判处她死刑。"

"感谢主！仁慈的范明知神父救下这个遍体鳞伤的女人，请求人们宽恕她的罪过。范神父凭其精湛医术在窑工中享有极高声誉，众人不再坚持处死玉娘，他们将她赶出瓷坊、赶出赵家，要求她每月缴纳半两银子以赡养赵家老妇作为赎罪。并非出于好心、更像某种嘲弄般，人们允许她带走那惹祸的瓷瓶与焦炭般依旧昏迷不醒的许泽。"

"再无工场接纳玉娘为绘画工，为谋生她改做了景德镇最辛苦卑贱的工种，那往往由一身破烂的欠债者担当：搬瓷工，负责在烫人的高温下搬器出窑。还有心地狭促的好事者故意泼掉她的茶水或将之更换为没放盐的白水，致使她好几次险些脱水而死。"在如此高温下作业，工人们需要补充大量水分，并在茶水里放盐饮用以防中暑。

"令人惊奇的是，异常艰难的生活没有夺走玉娘的美貌，她反而更添风韵，笑容越来越多地出现在她脸上，甚至搬瓷时口里还轻哼着无名的谣曲。流言四起，新邻居们有说听到深夜玉娘家中传出一男一女窃窃私语；有说玉娘夜夜搂着许泽焦黑的躯体入眠；有说亲眼看见一到子时，瓷瓶上的男子便翩然而下，与床上不能动弹的许泽合二为一、活泼鲜跳，并与玉娘行男女之事，等到鸡叫一遍，他又变回瓷瓶上的画像，床上的许泽亦恢复为一具无知无觉的躯干。"

我尊敬的神父，中国《论语》里有句话："子不语怪力乱神。"说的是他们伟大的先知孔丘从不谈论神鬼等怪异之事。多数读书人不主张议论关于玉娘的种种异象并斥之为无稽之谈，但玉娘却用某种无可争议的方式坐实了这些流言：她怀孕了。

"那是个下雨的夜晚，范明知神父正在做礼拜，一个清秀的男人闯入教堂，他的脸孔因紧张、担忧而煞白如瓷。他双手合十向神父乞求：'我的妻子难产，请救救她！'范神父随他前去，进入低矮的房舍，首先看到一个纯色的瓷瓶，接着发现玉娘躺在长桌上，胎儿先向世界伸出了他的脚。那个求助的男人，无疑就是许泽。神父用手和器械将胎儿慢慢转到肩位，再进入头部向下的正常位置……虚弱的玉娘呻吟着，身上带着羊水的婴儿终于出来了！是个健康的男孩！范神父用力拍了他一巴掌，婴儿大声哭叫起来，神父随即为之施洗。在接受耶稣基督鲜血的洗礼后，这孩子犹如纯净小麦进入了上帝的谷仓，任凭地狱的魔鬼还是俗世的邪恶都不能将他从上帝手中夺走。"

"'他长得真像他父亲。'玉娘这样说，'请将他抱给他父亲看看，他就在那边床上躺着。'她将微笑的脸转向床的那一边。神父抱着婴儿走到床边，掀开陈旧的棉被，只见被褥下面，赫然是一具白骨。他悚然回头，原本没有任何绘饰的瓷瓶上，竟多了个清秀的面带薄愁的男人。"

大赐的声音微微颤抖："范神父告诉我，那具白骨便是许泽，据推断已死去近两年。就是说，那场火灾中他并未幸存，玉娘从瓷坑背回的已是一具尸体。可她为什么认准他仍活着？她悉心照料的究竟是死人、伤者或是亡魂？还有那神秘的窑变、瓶面上的男子……一切都无法解释却这样真实。"

尊敬的神父，听到这里，我暗暗将这个"故事"（story）视为"传奇"（legend）而非"事实"（event），天赐识破我的疑惑，他接着说："殷神父，我的教龄与我年纪一样长，是范神父为我取的名。没错，我就是故事里那个孩子、玉娘许泽之子：许天赐。"

主啊，您总是用神迹显现您的恩泽，引领世人！

"我的故事讲完了。"天赐说，"您上一封信里未能碰触到的中国瓷器的秘密，就在其中。"听说我将把这故事转述给您时，他托我向您致敬。

尊敬的神父，我彻夜深思，恍然大悟，这个秘密，主不是早在一千七百年前、公元之初便向我们说明了吗？

"爱是恒久忍耐，又有恩慈。爱是不嫉妒，爱是不自夸，不张狂，不做害羞的事，不求自己的益处，不轻易发怒，不计算人的恶，不喜欢不义，只喜欢真理；凡事包容，凡事相信，凡事盼望，凡事忍耐。爱是永不止息。"（《新约·哥林多前书》）

奥里（Orry）神父，愿我这封去信有所裨益，尽管它不可能像上封信那样被发表在《科学》杂志上。

对了，还有一事。本信开头提及的"夹层"瓷器已在天赐的主持下烧制成功。人们在瓷器中注入清水，原以为会在器皿侧面看到鱼虾或其他水生动物：该画样由天赐亲自执笔，具体情况他秘而不宣。人们看到，随着逐渐注满的清水而徐徐浮现的，竟是个怀孕的女子。

尊敬的神父，愿与您一起举行弥撒圣祭并致崇高的敬意。

# 历史题材剧目创作分享

## ——从《世说新语》说开去

很高兴能以《世说新语》系列折子戏为例，与大家交流历史题材作品创作。

先谈谈缘起。最初是石小梅昆曲工作室约我写作《世说新语》昆曲系列折子戏。听到这个创意，我十分兴奋。首先，《世说新语》是我从少年时期就很喜欢的一部著作。其次，当下剧团比较少做昆曲系列原创折子戏。江苏省昆剧院张弘老师之前创作过《红楼梦》系列，效果非常好。能不能再做一次新的尝试呢？兴奋之余，我也觉得压力巨大。

《世说新语》是一部"段子集锦"，通过这个窗口，我们窥见了一个别致的"魏晋"。在绵延不绝的历史长河中，魏晋从文治武功来说，谈不上是个多么出色的时代。西晋短暂晦暗，竹林七贤身上，无不透着被压抑的悲愤。东晋士人生活看上去很闲适，但功业上毕竟偏安一隅。江左风流好似摇曳在枝头的花朵，随时可能坠落。三国和两晋的气质则完全不一样。东汉末年民不聊生、哀鸿遍野，生命始终处于凋零、陨落的边缘。其时两种情绪是非常强烈的。一是英雄们想要结束乱世、还世道以清平；二是对生死的恐惧带来的尽情为欢的放纵，所谓"生年不满百"，所谓"何不秉烛游"。三国之"放纵""刚健"在数十年之后的西晋乃至东晋，渐渐被另外的气质包裹、取代，但又很奇妙地、被同时糅在了《世说新语》里。

从《世说新语》可见，两晋时有个非常强烈的声音出现了，那就是把人作为审美对象，把人的纯洁、美好甚至脆弱、奸诈拿来"审美（丑）"。它和昆曲折子戏之表现人物、审美各个行当是很贴的。至于难度，我们注意到，

《世说新语》虽然涉及 1000 多个人物，展开了琳琅满目的人物画卷，但每每都是只字片语，缺乏戏剧性。偶然也存在一些有情节的条目，可如果只是用戏曲方式演绎《世说新语》的故事情节，我并不满足。在创作该系列折子戏的过程中，我会反复提醒自己：这不是改编而是原创。原著提供的只是原始素材，我们需要更大的主观能动性、更大的创造力，甚至披荆斩棘的勇气。

另外，还有一个难度。《世说新语》条目以东晋士人为主。东晋是个崇尚玄学、清谈，心境散淡的时代。被赞誉的往往是"去戏剧性"的表达方式。若为了戏剧性而刻意强化某些动作、反应，又很可能和时代风貌、时代个性产生出入。《世说新语》一边"吓唬"着我，一边"诱惑"着我，我就带着这样的心情动笔了。

迄今为止，该系列完成了 12 折。第一台戏《大哉死生》包含四折：曹丕曹植之《驴鸣》、竹林七贤之《索衣》、谢安郗愔之《开匣》，以及鼎鼎大名的王徽之之《访戴》。行当很是丰富：第一折主要是巾生和小官生的戏，第二折是副净、闺门旦、贴行和丑行的戏，第三折是末、老外、老旦和大官生的戏，第四折是小官生和老丑的戏。换言之，这四折不仅敷演了曹魏两晋故事，还将生旦净末丑都包含在内。2020 年又首演了第二台戏《谢公故事》。它以谢安为第一主人公，结构方式和第一台有些差异。个中还有一个非常重要的人物：郗超，他与谢安关系微妙，既是敌人，又是朋友。

创作中我一直在想：怎样在加强、提炼戏剧性的同时，完成原创性？我希望即使观众读了 100 遍《世说新语》，也想象不到自己将在剧场里看到什么；我又希望所有熟悉《世说新语》的观众，来到剧场看戏时，会回忆起原著中某个甚至某些段子，就像是和很多亲切的朋友重逢。我把众多条目、典故糅在一起，每一折都不只包含一则段子，以便观众看戏时能获得"寻宝游戏"的快乐。同时，我要保证那些没有读过原著的观众能看懂并且能欣赏它。

我常说我的戏曲创作方法是："素材—题旨—结构—语言"的推进思考。该创作之素材是《世说新语》以及《三国志》《晋书》《资治通鉴》等史料。原创性从何而来？首先在于每折戏的"题旨"都与原始条目之题旨不尽相同。这个区别（变化），表现为在尊重、包容原题旨的基础上，进行深化和扩展。具体实现方法如下。

一种是人物设计。以《驴鸣》为例。《驴鸣》的原始记载很简单，说的是曹丕的任性和多情。再看史料：王粲去世那一年，曹丕与曹植的夺嫡之争落下帷幕。这一对爱诗、爱酒、爱美人、爱骏马的同胞，本是一对意气相投的手足，但因为曹操偏爱幼子，而导致兄弟阋墙。能不能把这二者结合起来呢？

于是我在《驴鸣》里增加了"曹植"。让他和曹丕同时出现在王粲冢前。曹丕和曹植对朋友王粲都满怀深情，兄弟之间却要刀锋相向。他们可以很畅快地饮下朋友递上的美酒，却不敢喝彼此递上的佳酿！但如果只有他两人在坟前掉几滴泪，互相说几句客套话，也不能达到我想要的目的。

所以我又增加了一个人物——贾诩。他是曹操的心腹谋臣、暗黑谋士。我把贾诩放进了这个情境中，就等于放了一双评判者的眼睛。为什么不直接把曹操放进来呢？因为曹丕、曹植在父亲面前会有更多顾忌，相比来说，贾诩的存在更合适，也更微妙。曹丕和曹植在王粲坟前见到贾诩，一定会联想这出于父亲的指示，以此判断二人高下。明明是祭悼朋友的悲伤的多情场，却因为贾诩的到来，瞬间变成争权夺利的残酷的修罗场。若说原著表达了曹丕对朋友的哀悼，《驴鸣》则更多地表现了对王权统御下手足相疑的愤怒、质疑与悲哀！

确定题旨后，设置独特人物和戏剧矛盾冲突，有助于实现戏剧的原创性。再举个例子《开匣》。郗超去世，父亲郗愔非常伤心。郗超预料到了这一点，派人在他死后给父亲送去一个匣子。郗愔打开匣子一看，里面尽是他儿子写给权臣桓温图谋不轨、心怀二志的书信。忠诚的郗愔读来非常愤怒，也因之消减了悲痛之情。这个故事载于《晋书》，指向的是郗超狡黠的孝心。

怎么让这出戏有另外一种色彩呢？我加了两个人物。一是郗超的母亲。思考时我很纠结，按照历史记载，郗超的生母当时已经去世了。完全依照史实来写，应该是郗超的妻子与公公一起读信。但那样一来，妻子对丈夫的悼念与父亲对儿子之死的伤心，实是不同质的两种悲痛。母亲可以更加包容她死去的儿子，劝慰丈夫；儿媳则没有相劝的立场和分量。最终，我决定让郗母"死而复生"，从而增加一股与悲伤的父亲势均力敌的力量。

好在《世说新语》本身也并非"史书"。比如它记载了：钟会和哥哥钟毓一起去见曹丕。曹丕问钟毓："你为什么流这么多的汗？"钟毓说："战战兢兢，汗流浃背。"曹丕转过来问钟会："你为什么一滴汗都没有？"钟会回答："兢兢战战，汗不敢出。"这个段子很有趣。可事实上曹丕去世时，钟会才两岁。

更重要的另一个人物添加是：送信人。这些信太重要、太关键了，落在不恰当的人手里，会给家族带来巨大的灾难。我设置的是让郗超把这个关乎家族存亡的匣子交给谢安。当谢安成为送信人时，尽管仍然表现出郗超在死后宽慰父母、尽孝的一面，但戏剧性和新的题旨也由此产生。谢安、郗超二人，政治立场截然不同，相互之争斗厮杀毫不留情，但在对对方人品的信任上却是一样的毫不保留。如此，《开匣》一折，我们不但看到了郗愔和郗夫人的悲伤，看到了郗超的聪慧与孝顺，也看到了谢安和郗超的惺惺相惜。郗超信任谢安，谢安也不负郗超所托。

《世说新语》里还有一些段子是我们不能回避的，比如《访戴》、比如《破局》。

《破局》原著条目写：淝水之战，谢玄在前方打仗，谢安坐镇后方。军书传来时，他正在和人下棋。看完军书后，谢安脸上无悲无喜，直接把它放到一边。下棋的客人非常焦急，再三追问。谢安很平淡地说了一句："小儿辈，大破贼。"

《晋书》又补充了一段内容：谢安把客人送出门，回身时，他穿的木屐齿被门槛磕断了，可见心中是怎样的狂喜以至于失态，只不过，在人前，他压制了内心的喜悦，所以《晋书》评价谢安"矫情镇物"。"矫情"是掩饰，"镇物"表明谢安并非无情，只是能够克制内心的波澜。东晋风尚，既不屑无情之人，也抵触动辄大惊小怪之人。

这折戏里，我添加了"郗超"作为与谢安对弈之人。最初公众号推文中列出了人物表，就有人留言：淝水之战时郗超不是死了吗？小编很机智地回复：你来看看就知道了！我写的是病故扬州的郗超，一缕幽魂来京，和谢安下了这盘棋。

苻坚南下时，东晋对于派谁迎敌一事议论纷纷。谢安力举谢玄为将，想不到"仇家"郗超举荐的也是谢玄。一个内举不避亲，一个外举不避仇。因为有这样一段前史，郗超临终，最挂念的也是淝水这一战！《破局》因为有了郗超，焕发出奇妙的光彩。谢安淡定从容，为何郗超这般急切？因为他迫切想知道战事成败，瞑目泉下。全折的载体是一盘棋。郗超为了催谢安拆读书信，再三满足谢安刁钻耍赖的"让子"请求。

尤值一提的是《破局》的舞台呈现。《世说新语》是石小梅老师导演的第一部昆曲作品。她将导演艺术化在了看不见之处，又在处处可以看见的演员身上。全系列坚持"一桌二椅"风格，这正是石老师主动的选择。几乎每一折戏里，她都会创造性地设计出鲜明、独特的亮点。在《破局》里，是谢安的"盘腿而坐"。

在传统昆曲折子戏里，我们从没看到过盘腿坐的表演。以载歌载舞为特色的表演艺术、以手眼身法步为程式要求的戏曲范式，演员盘腿而坐时，岂不被严重限制了吗？但细品这一折，却觉匠心独具。谢安盘腿坐在凳子上时，有着一种安静、潇洒的气质。张弘老师也对扮演谢安的演员周鑫强调道："穿、脱鞋子时要从容，将之程式化，不是按照日常生活行为去做。"整折《破局》，石老师要求周鑫有一半以上时间都坐着，从而更好地突出人物的动静关系。周鑫仅靠肩膀、腰部和手臂的有限举动，便形成和郗超的互动。相对静态的谢安，郗超则需通过大幅度的舞台调度来反映其情绪之激烈、急切。兼之对人物亦敌亦友、时而调谑、时而端庄的关系之精准把握，以至于，看似一折严肃、沉重的戏——有战争、有死亡——舞台效果却引发了受众满场欢笑，及至最后，郗超死讯传来，观众怅然若失，简直又要掉下泪来。石老师之导演艺术，于此完全超越了我写作时的想象。

以上谈的是"人物之添加"，从而实现了题旨之延展。另一种方法呢，是深入人物被历史文化和情感包裹的内心。

比如《索衣》，在王戎齐嵩的、看似卑微的灵魂里，藏有另一个世界：竹林七贤的世界。《索衣》没有新增人物，重点在于对主人公内心的开掘：在小气鬼的外壳下，绽放出一个悲伤的老灵魂。如果失去了这种被文化力量包裹的深切情感，即使《索衣》再有趣、再令人捧腹，又怎能与《访戴》相提并论？

《访戴》之"原创性"运用了类似的手法：深入内心，包藏文史。它是第一台《世说新语》的压轴戏，创造了一个梦幻般欢乐与感伤的夜晚。"乘兴而来，兴尽而返，何必见戴？"最令人激赏处是王徽之的"无目的性"。那个雪夜如此莹亮、纯粹，不与功名利禄有任何关联，是个一切都被大雪、月光洗涤过的"琉璃世界"。

《游殿》启发了我，在崔莺莺上场之前，所叙仅是张生与法聪游遍回廊。《访戴》前半段，就像《游殿》一样，由一个个段子组成。但光有段子收不了场。于是，《游殿》有了个富于戏剧性的落点：张生邂逅莺莺。《访戴》也需要给"兴尽而返"一个落点。我找到了足与《访戴》匹配的文化高度：《兰亭序》。在描述了曲水流觞的欢乐雅集之后，《兰亭序》发出了永恒的叹息："死生亦大矣！"其作者王羲之恰是王徽之的父亲，二人具有明显的精神传承。将《访戴》和《兰亭序》联系起来后，雪夜由静态变成了动态，不仅是大雪纷飞的美景，更有了专属于这一夜的美妙与荒凉。同时，我要求自己在唱词写作上精益求精，《访戴》辞藻之美，几是该系列之最。

具体到写作结构，该折从王徽之起兴出门后，铺陈了三个层次：山一程、水一程以及奔向戴家门口。与王徽之结伴而行的，是一个老苍头，一老一少，一丑一生，兴味盎然。

"山一程"，走过会稽山。王子猷回忆兰亭集会群贤毕至的盛况。那时他和王献之都还是少年，被要求集句。王徽之在支道林吟"孤鸟西北飞"后，集了一句"自挂东南枝"，剧场效果很好。虽然也有人觉得过于"恶搞"，不过毕竟《孔雀东南飞》成诗年代早于兰亭雅集，我觉得这无伤大雅。但"搞笑"不是目的，回忆兰亭真正指向的，是当年烂漫无拘的欢乐。

"水一程"时，石老师又贡献了了不起的智慧，她让扮演王徽之的施夏明和扮演苍头的钱伟并肩双双坐在地上，身躯的轻微摇晃表示一叶小舟的随波而行。一边飘荡，一边讲好笑的段子。雪夜是这样的阔大无垠，又好像小到只有这一条船、两个人。不知不觉，船被风推送至岸边，进入了第三个层次。

此时老苍头很疲惫，想要返程。王徽之却说：我们已经走了大半夜，你现在回去，又是大半夜工夫。戴逵在剡，离这不远，我们不妨去他家。老苍头这才明白王徽之的真实想法，说：你要访戴，怎么出门时不说？王徽之回答：戴家路远，怕你不肯。接着他以戴家之好琴美酒美人"诱惑"苍头，令苍头垂涎不已，急切催行。在张老师的建议下，我用了【三煞】【二煞】【一煞】的曲牌来写琴、写酒、写美人，所有的比喻都与雪景勾连，文辞极美。石老师却说：我已经顾不上表现你的词了，我要推节奏了。她要求王徽之快速奔向戴逵门口，以彰显内心迫切，从而与"兴尽而返"的反转形成强烈反差。

王徽之风风火火来到戴家门口，这时必须有个契机使得他"兴尽"，该契机仍然要和雪景相联系。王徽之从初更一直赶到五更，终于可以进朋友家饮酒、弹琴、赏画了，他正冠整衣、准备敲门，忽然觉得脖子一凉。这是怎么了？老苍头又捉弄了他一回——这是重复、是强调——老苍头站在树下，随后开始摇树。哗啦啦……树上积雪落下，劈头盖脑浇了王徽之一身："枝头雪化！"

雪是这个夜晚最美的美好，但又是最脆弱、最无法挽留的。但凡有一点点回温，或遭了一点点摇晃，它们就跌落、化去了。这与《兰亭序》"死生亦大矣"之指向完全一致。"山一程"的铺垫到这里发挥了作用，雪化让王徽之的情感与父亲的《兰亭序》对接上了。刹那间，他忽觉身上寒冷。明明在最冷的夜里，他浑身都是暖洋洋的快乐；气温回升之时，他却觉得冷极了。还喝什么酒、赏什么画、弹什么琴呢？他甚至不再想见戴逵，转身离开。

《访戴》较之原著，没有增加人物，只是更深入地进入人物细微的情感，依托于文史力量的加持，使该条目呈现出另一种精神面貌。

另外，还有一些实现原创性的手法。比如，视角转化。以《侯门》为例。《世说新语》记载：谢安和王坦之拜访郗超，等了一整天，他都不出来接待。

王坦之非常愤怒，扬言要走。谢安拉住他说：你就不能为了保全性命，忍耐片刻吗？原始条目之视角，写的是门外的谢安和王坦之。《侯门》则豁然一变，将视角转向门里的郗超，我还加了一个人物：桓温。门里的郗超怎样观察门外王坦之和谢安的反应，明了谢安的态度，又观察桓温的态度，从而判断王图霸业的成败利钝。

再比如情境构建。以《举将》为例。《世说新语》既记载了谢安推举谢玄，也记载了郗超推举谢玄，但这是两个不同的条目，其推举发生于不同的时间地点。我在《举将》里，将二人之推举设置为同一时、同一地。褚太后举棋不定之时，郗超、谢安双双觐见。为实现戏剧性，我们用了很多编剧技巧，以"报药名"为载体，以药名与大势之"谐音"来彰显本折之特色。郗超旁观谢安举荐谢玄，他立即藏起了自己的举将表，迅速站到谢安的对立面，和太后一起质疑谢玄。在太后和郗超的双重"施压"下，谢安剖白了君子之心："道之所在，虽千万人吾亦往。""澹荡荡俯仰无愧对穹苍。"谢安下场，郗超在太后的再三要求下，拿出了他的举将表：所举也是谢玄！太后疑惑于郗超方才之举，郗超回答：请将不如激将。若不如此，怎么听得到谢尚书的磊落高论？若无此一番，太后您又怎能真正放心？终令太后发出"应信国士鹤来双"的感叹。

不论是人物之添加，还是情感的深入发掘、文史分量的包裹，抑或视角之转化、情境的重新架构，都是完成"原创性"之手段，而"原创性"之追求，指向的是更深邃题旨的富于戏剧性与趣味性的实现。

# 燕子不肯巢空庭

## ——《舞衣裳》创作小札

王韫秀这个人物，第一次进入我视线是在地铁上，我在那好像永远都看不完的《太平广记》里，邂逅了她与满院绫罗。

她的丈夫元载，是唐朝最著名的贪官，抄家抄出来八百石胡椒。后人于此唏嘘："人生中寿六十，除去老少不堪之年，能快乐者四十多年耳。即极意温饱，亦不至食用胡椒八百石也。惟愚生贪，贪转生愚。黄金虽积，不救燃脐之祸，三窟徒营，难解排墙之危，事于此侪，亦大生怜悯矣。"

王韫秀呢，是个诗人，很神奇的，她存世的三首诗，正是她与元载夫妻一生运命的写照。

第一首，《同夫游秦》："路扫饥寒迹，天哀志气人。休零离别泪，携手入西秦。""倒插门"女婿元载颇为王家所轻，决定赴京应试，王韫秀竟抛撇了她锦衣玉食的娘家，随夫同行。

第二首，《夫入相寄姨妹》："相国已随麟阁贵，家风第一右丞诗。笄年解笑鸣机妇，耻见苏秦富贵时。"元载拜相后，王韫秀想到被姊妹妯娌们轻辱的往事，便写了这样一首"出气"诗，满满的得意。

第三首，《喻夫阻客》："楚竹燕歌动画梁，春阑重换舞衣裳。公孙开馆招嘉客，知道浮荣不久长。"这是她对丈夫的劝谏诗，"浮荣不久"简直是对来事之预言。而《舞衣裳》之剧名，亦由此诗得来。

元载传记见于《旧唐书》，在官方文字里，王韫秀不过寥寥数笔。好在还有神奇的《太平广记》，那一个个段子，勾勒出王韫秀与元载甚至还有元载的小情人——大美人薛瑶英的面貌。这些段子，被我用各种戏剧手法加以切割、腾挪，运用于剧中，丰富了《舞衣裳》。

全剧分为序幕加四折，主戏分别是《绞衣》《晒衣》《心会》《舞衣》，几乎每折都与"舞衣裳"紧密关联。在谈每一折的具体处理之前，先说说全剧的结构方式。

我没有选择顺序表达，没有顺着王韫秀夫妇"贫贱—发达—堕落"的人生线娓娓道来，不仅因为那失之寻常，更因为那样一来，必需的连缀与交代会挤压我最想表达、也最具审美价值的部分所应享有的舞台时空。我因此选择倒叙的方式，但纯粹倒序又会令故事缺乏悬念，所以，较大概率而言，当我们选择"倒叙"时，切入点较宜放在临近"结局"的某个关键节点上，既可以从容展开对之前的"回忆"，又仍保留了当下推进的空间。

全剧切入点是元载被戮百日之前，正月初二，御史大夫李涵登门求见，并由此展开全剧三条推进线：一、弹奸劾佞、查贪纠腐的元载入狱线；二、王韫秀、元载浮沉贵贱的人生线；三、元载堕落蜕变的暗线。这三条线索，相互交织于每一场中。

序幕很短，不妨全贴上来：


　　〔唐大历十二年正月初二。

　　〔元府，李涵上。

李涵：（念）克勤克俭事君王，弹奸劾佞正世纲。我心自有玉界尺，不为
　　　　权豪作短长。

　　　〔碧桃上。

碧桃：李大人、李大人。

李涵：怎么说？

碧桃：老爷出游，不在家中，夫人请大人改日再来。

李涵：噢，元相爷不在家中？

碧桃：也不知几时回来。

李涵：下官拜见夫人，也是一样的。

碧桃：大人好不晓事！尊卑有序、男女有别，相国夫人，岂是你能
　　　见的？

李涵：烦劳姑娘，通传一声。

碧桃：我也不敢传。

李涵：就道是：天恩似海、国法如山！兹事体大，下官御史大夫李涵，
　　　求见夫人，也顾不得那男女尊卑了！

碧桃：呀，寒飕飕咯！

　　　〔切光。


仅仅250个字，交代了：一、元载之身份地位；二、李涵之身份、个性、
来意；三、由元载之家庭细节来暗示其堕落，正月初二，不在家中，也不知几
时归来；四、元载"问题"的严重性。

我一直强调的"无一字无目的"，便在于如何使用极简而又清晰有力的文
字，来表达丰富、有层次的内容。

第一折《绞衣》：我没有顺着李涵一线往下写，甚至没有给王韫秀安排个
"正面回忆"的过程。比如，碧桃将李涵回答报与相国夫人王韫秀，王韫秀听
后，喟叹一声，进入回忆之讲述。

为什么？

一是舍不得：舞台时空太有限、太珍贵，不具有明显审美价值的"衔接"
部分，我就舍不得让它占据时空资源；

二是没必要：以《喻夫阻客》诗为跨越时空之桥梁，幕后内唱再加上
"三十年前，正月初二"的字幕提示，足以令受众在"脑补"里完成"回忆"
转化；

三是赶妆来不及，也不必让演员还没正式开戏呢，就疲于奔命地赶妆，
从回忆时之"中老年"赶到30年前之"青年"，何况以年轻女子形象予观众第
一个亮相，也很不错。

因之，我直接进入了30年前的雪夜，那个王韫秀与元载双双离家的正月

初二。

作为"倒插门"女婿，元载一直被王家轻视，他之所以不早不晚赶在这时离家赴试，一定是发生了某事。以王韫秀为第一主角的《舞衣裳》，则注定了这件事与王韫秀有关，元载之诀去，亦来自王韫秀之推动。

什么事？

全家欢聚之时，大家起哄让擅长跳舞的王韫秀当众跳一支舞。王韫秀不愿被做了舞伶差遣，要命的是，元载居然也乐呵呵地劝她跳！她含羞忍辱地跳罢，掉头回了闺房，简直气炸有没有！

这一段怎么写？

"想当然"的写法当然是直写宴上，铺开爸爸妈妈姐姐妹妹姐夫妹夫一大家子，王韫秀无奈跳一支舞，再愤而离席。但这么写，会带来几个问题：一、最后一折是《舞衣》，我安排了王韫秀狱中一舞，一共才四折戏，不想出现两次类似的舞蹈场面；二、家人的不尊重与被家人伤害的场面，既难写，也难写好，实也不必予这种闹哄哄的刺激，因为，还有另一种"被刺激"的方式比它更具冲击力；三、本折奔赴方向是"夫妇离家"，换言之，是王韫秀怎样说动元载弃了妻家的安定富贵，奔向不可知的长安，王韫秀的言行举止，最重要的，是要打在元载心上。

所以，我们看到第一折之切入点、王韫秀上场后的第一段唱，是这样的：

    ［王韫秀内唱：忍羞含愤返绣闺……（上）

王韫秀：（唱）独坐残夜泪双垂。舞袖不解炎凉事，依旧随风翩欲飞。耳听得爆竹声声迎新岁，恨不能似它一怒迸成灰。眼见那花灯重重留人醉，王韫秀醉之不得更酸悲！轻纱肩头如蚁啮，（褪纱）罗带腰间似针锥。（解带）鬓边丢开明珠翠，（摘饰）信手抹乱柳叶眉。（卸妆）

腾腾烈焰燃秋水，不信一世叹身卑！

她献完舞回来了，他人乐享着他们的欢愉，而她被羞愤燃烧。这段唱将王韫秀与我们惯见之古典美人截然不同的个性写得淋漓。哪个美人，说过自己气到恨不能像烟花那样一炸而碎呢？有这样的个性，才会有接下来的种种运命。

我将"奉命献舞"推到幕后，也就是将它推到了夫妻的对子戏里，在二人的对话（对唱）中完成对"献舞"的讲述。讲的唱的每一句话，都不仅击打着王韫秀，也能更准确地刺痛元载并使观众看到元载的"被刺痛"。于是，我们便可在一个时间完成双层叙述：情节之交代与内心之铺展。

《绞衣》的主体是对子戏，其外层结构是"三呼唤"，用姊妹唤他夫妇出来吃酒共欢——她们甚至没有意识到对王韫秀之伤害——来隔断王、元之对话，而每一次隔断，情势都有明显推进。

第一次是幕后三妹相唤，王韫秀不肯去，元载的反应是：

元载：来了、来了！娘……（改口）娘子不去也罢，那元载去了？（王韫秀不应）卑人去了……啊呀且住！娘子，方才宴上，有一碟胡椒饼，香鲜可口，十分难得。喏喏喏，我与你袖了两块，尝个新鲜！（递之）我去了。

这里需要注意的是两点：

元载"卑人"的自称。实际上，剧中元载之蜕变过程完全靠细节来完成，比如从"卑人"到"下官"到"本相"到"罪臣"的自称变化；又比如表演艺术上，从穷生到小官生到末的变化；再比如唱念情致从玲珑讨好到踌躇自得到悔之晚矣的变化；等等。

去而复返，袖藏胡椒饼这一细节，既刻画了个爱妻子、关心妻子，还多少有些怕妻子的"小男人"形象，又为日后著名的"胡椒八百石"之贪墨做了铺垫。

接下来几个主要层次是：王韫秀愤而绞衣，故意用剧烈言辞（入赘婿、倒插门）刺激元载；元载起了离开王家、进京赴试之心，被第二次姐姐的呼唤隔断；王韫秀敦促元载今夜便走；元载以为王韫秀是借此"休夫"，便作诗《别妻》"年来谁不厌酸穷"；王韫秀回了一首《同夫游秦》，剖明本心，生死相随。

与寻常的戏剧结构不同，这对夫妻的戏基本都是"合盘"对称的，元载之"离意"对应王韫秀之"敦促"，元载之《别妻》对应王韫秀之《同夫游秦》，甚至连二人之唱段结构、行数、用韵都完全一致，既强调对子戏感，也强调伉俪之感。

以及，不放过任何细节，比如：

> 元　载：罢罢罢，此处不留人，自有留人处！去了、我去了！（欲下
> 　　　　佯去）
> 王韫秀：回来！
> 元　载：（急转，赔笑）来了、来了！娘子果然舍不得卑人！

又如：

> 王韫秀：不上青云……
> 元　载：誓不回程、誓不回程！走走走！（开门、瑟瑟、迟疑）啊呀娘
> 　　　　子，外面风号雪舞，冷得很哪。
> 王韫秀：（失笑）走呀！（拽之，偕下）

一个俏美的、个性强到有些霸道的正旦与她带有滑稽感的、以"穷生"应工的丈夫，既有不小的差异，又莫名的——挺般配呢。

但《绞衣》并不结束于王韫秀、元载之去，而又有了"三唤"，这一次，王韫秀之大姐三妹都出场了，以完成以下三方面编剧意图：

给以大姐三妹为代表的家人之瞧不上元载以正面展示，她们甚至能随意

闯入他夫妻紧闭的房门；

为较正的剧情加入一些科诨打趣，故大姐、三妹分别以彩旦与贴旦应工；

为第二折大姐、三妹之上场，做好人物铺垫，亦可形成直接对比。

接下来是第二折《晒衣》。

主戏开始之前，叙述视点转回李涵。碧桃对他说："夫人闻你之言，沉吟半晌，着奴婢转告大人，说她不在。"这是王韫秀的第一个反应：拒绝。李涵呢，很有涵养，说我继续在这等，他还做了一件事："看庭院空阔，下官闲来踱踱。这横么，走了二百八十步；纵么，走了三百二十八步。"数步子是为了："下官一步一尺，唔唔唔，这十五亩的庭院，要多少锦绣，才堆得它满？"

就这一句"多少锦绣，才堆得它满"，引发了第二折之记忆内容：《晒衣》。第一折，是王韫秀之回忆，回忆当年贫寒夫妻的深情，才有第二折开头她之于李涵的"拒绝"；到第二折，则是李涵之讲述，这个叙述方式勾连起第三折，并在第三折结束处，明确传达：御史府对于元载之贪腐行径，已做了大量翔实的调查，证据在握。

叙事主体、叙述方式之变换的好处是能最大限度减省衔接笔墨，而腾出时间给需浓墨重彩之处及其对应的表演艺术。

此时，距离夫妻离家，已过了16年。

时间是七月七日，这一天，元载拜相。

不用写元载是怎样孜孜发奋终于进士及第，也不用写他怎样官场缠斗而至封侯拜相，这些，若以元载为主角写戏，是重要的，在以王韫秀为主角的作品里，则不妨让位给女主角更关键的时刻，也就是我一开始说到的，她存诗三首里第二首、第三首之意：她的欢悦与警惕。

《晒衣》第一个层次，是元载得意扬扬来到了新宅子前，这里有个细节：

元载：（来至华宅）来此已是。看这门脸，也算标致。

青奴：平康里新来了个薛姑娘，门脸儿比这还标致哩！

元载：嘟，狗才！今乃七夕佳节、恩爱之期，便有天女下凡，我也是要陪夫人的！

青奴：（背语）忠心耿耿，好男人！

元载：那薛姑娘当真美貌？过了今日么……倒要赏鉴。

　　既表现出元载之变化：他不是不爱王韫秀，可他也不是"只取一瓢"地爱她了；也为下一折《心会》（王韫秀与薛瑶英之会）做铺垫。

　　第二个层次，是本折最主要的部分："三宗礼。"

　　七夕佳节，元载给了王韫秀三件礼物。第一件，既是这处宅子，又因这宅子本是前任相国之物，故元载真正的礼物，是报喜："卑人不才，今日拜相！"故作的"卑人"之后，说不尽的炫耀快意。

　　第二件，满院绫罗。这太重要了，所以我在走向这个璀璨夺目的院子之前，还安排了几个小层次，让元载蒙上了王韫秀的眼睛，引她一路行来：先走过漫长的回廊，再走过奇花异草的花园，前两者气派已赶上皇家，元载之滑落与不检，于此可见一斑，亦是在"位极人臣"之时，便埋下了银铛入狱的祸根。最终，蒙眼布一揭，绫罗浮光，恍若仙境。

　　两件礼，既让王韫秀惊喜，又让她不安，她说："相公之礼忒重，叫人受之惶恐。"按照写作技巧，第三件礼必然重过前面两件，是什么？元载回答："并非死物，乃是活的。"他请来了韫秀的姊妹，所谓："富贵无人知，如锦衣夜行，何乐之有？"在姊妹们面前，终于扬眉吐气！按史料记载，这些锦绣，实是王韫秀吩咐仆人们故意炫给姊妹看的，这个充满虚荣的恶趣味点子，我将它挪给了元载，从而令王韫秀获得某个瞬间清醒的可能性，否则，《喻夫阻客》诗、那"知道浮荣不久长"之句，怎么面世呢？

　　王韫秀一面畅吐憋闷："一别多年，那穷酸一世的书生，还未饿杀，岂不古怪？那低三下四的赘婿，直了腰板，岂不古怪？那遇人不淑、乞讨亲族的娘子，还有几件遮体之衣，岂不古怪?!"——这几乎是史载之原文翻译，另一面，又隐隐生出了忧虑。富贵来得太快、来得太猛烈，华宅上一个主人，已成为乱葬岗上的亡魂，后之视今，岂不正似今之视昔吗？

随着这样的想法，第二折进入第三个层次：谏喻。这部分，我用黄梅戏擅长之生旦对唱来完成，又故意地，只当众说了《喻夫阻客》诗的前三句，最后一句点题七言，我藏起来了，对——留到第四折狱中再用。

《晒衣》结束时几个回合的念白，是这样的：

元　载：夫人之诗，好不扫兴！

王韫秀：相公可记下了？

元　载：我……

王韫秀：相公过耳不忘，定当记下了。

元　载：你……

王韫秀：七夕佳节，我只此一物相赠，难道你竟不收么？

元　载：这……（服软）好好好，收下了、记下了！（拥之）

　　　　〔切光。

在交代内容时，不要放过任何表现人物个性与人物关系的细节。看这里，元载已有了些"官威"，才会说"扫兴"；王韫秀呢，她根本不怕他，带着夫妻间特有的亲昵，不依不饶。元载因尊重她、爱她，因为她是他共过患难的结发妻子，也只好"服软"。在那男尊女卑的社会，他们的人格——更准确地说，身为女性的王韫秀之人格，与她做宰相的丈夫，是完全平等的。

第二折结束了，过去的时光也结束了。

从第三折《心会》开始，主剧情不再回顾，而是向着深渊疾驰而去！

《心会》原本想叫《女会》，主体是王韫秀与薛瑶英之会。不过这只是个契机，剧本明确奔赴的方向是：王韫秀之见李涵，其态度由起初之抗拒转为配合。所以，本折不仅是女性与女性的相会，还是心的相会。

《心会》分了三个大段落：一、王韫秀之见李涵，并将他赶出门外；二、王韫秀之见薛瑶英；三、王韫秀出门，再见李涵。

第一个段落，写的是王韫秀摇摆之心。她既想问问李涵，元载到底怎么了，又没有直面的勇气。李涵口占一诗，韫秀感知其中不祥之征，立刻慌张地驱逐了他。诗是这样的："城东城西旧居处，城里飞花乱如絮。海燕衔泥欲下来，屋里无人却飞去。"这诗也得之于《太平广记》，说元载发达之后，有个书生拜见，吟了这么首诗便消失了，等元载破败身亡，人们想起这首"预言诗"，唏嘘不已。化用在这里，更加意味深长。

第二个段落，是决意，是王韫秀对元载真正的失望。对，贯穿全剧我都没有正面写元载之贪腐，我借他养在外面的情人薛瑶英来写他。这个段落用"三赶"作为小层次。薛瑶英自叙身世凄惨，碧桃一赶之；薛瑶英再叙元载对她的千般宠爱，碧桃二赶之，注意这里：

> 薛瑶英：（相国）知妾久处暗室、怯光畏火，便觅得东海鲛珠八十八颗，
> 　　　　悬于内室，照夜如昼。
>
> 王韫秀：还有呢？
>
> 薛瑶英：知妾骨骼纤柔、弱不禁风，便寻访来南海仙人紫绡帐，如烟似
> 　　　　雾、清凉自至。
>
> 王韫秀：还有呢？
>
> 薛瑶英：相国怜妾体态轻盈、不堪锦衣之重，遂以黄金万两……
>
> 王韫秀：黄金万两！
>
> 薛瑶英：购得勾丽国龙绡之衣，不盈一握、重不过二两，披衣而舞，飘
> 　　　　然若仙。相国赋诗，道是：（吟唱）舞怯铢衣重，笑疑桃脸开。
> 　　　　方知汉武帝，虚筑避风（台）……
>
> 碧　桃：（怒极再驱）扫帚呢，扫帚在哪里？待我将这夸宠的贱人、惑主
> 　　　　的狐媚，赶了出去！

就剧中人物而言，看上去像在炫宠，但就主创与受众而言，我们看到的，绝不仅仅是薛瑶英之受宠，那为博情人一笑而一掷万金的紫绡帐、东海鲛珠、龙绡衣……无不指向元载之贪墨无度。那以"汉武帝"为喻之诗，则暗喻了他

的傲慢狂妄。

王韫秀呢，面对薛瑶英，她保持着"夫人"的端庄，发现薛瑶英与年轻时的自己十分相像、亦善《绿腰》之舞（仍紧扣"舞衣裳"）时，她私心甚至有一点"欣慰"，丈夫是在别人身上寻找我当年的影子呀……

薛瑶英先哭惨、再夸宠，都是为了她第三个信息：她怀上了元载的孩子，不想再打掉，并希望借此"进门"。被碧桃"三赶"后，她柔婉卑微地请求王韫秀让她与元载再见一面。

> 王韫秀：原来如此……你以为我拦着相爷，不去见你？
>
> 薛瑶英：不敢。
>
> 王韫秀：以为我使刁耍滑，将相爷拘在家中？
>
> 薛瑶英：不敢！
>
> 王韫秀：呵呵、呵呵呵……你这般料我，我还一般样料你哩。
>
> 薛瑶英：夫人之意？
>
> 王韫秀：我道你使刁耍滑，将相爷拘在平康。
>
> 薛瑶英：妾身怎敢！
>
> 王韫秀：我道你拦着相爷，不叫归家。
>
> 薛瑶英：啊呀……万万不敢！
>
> 王韫秀：我今晓得，错怪你了，他原来不在你处；你也该晓得，怪错了我，他……
>
> 薛瑶英：他也不在夫人处?! 不不不，新春佳节、合家团聚，他还能到哪里去？（疯狂）能到哪里去！
>
> 王韫秀：（提点，念）以色事他人，
>
> 薛瑶英：（怔怔，念）能得几时好？
>
> 王韫秀：（念）若问君去处，
>
> 薛瑶英：（念）四野皆芳草！

她们不但不是唯一，也不是"唯二"，甚至不是"唯三""唯四"……她们曾努力寻找元载爱的痕迹，哪怕自我欺骗，也不愿醒，最终却被彼此唤醒。

薛瑶英离开了。

王韫秀走出门，茫茫飞雪之中，李涵仍等在门外。

这是第三个段落，用克制的念白来完成，当王韫秀将李涵请入府中时，也就完成了她的情绪转化。

面对李涵，王韫秀问了这样一句："我家老爷，当真犯事了？"

李涵可以一本正经、义正词严地回答她，但那未免失之直白，缺乏艺术的再创力，所以，我让李涵给王韫秀讲了个载入《太平广记》的小故事：

李　涵：去岁有一老丈，乃相爷同乡，千里迢迢，挑了土产，前来孝敬。
　　　　相爷收了那些个大蒜黄豆香醋面皮，修书一封，叫他带回岐山。
　　　　岐山县拆书一看，别无他话，只有手书的"元载"二字……
王韫秀："元载"二字！
李　涵：相爷之名！那县令见之，忙取绢帛千匹、黄金百两，赠与老丈
　　　　满载而归。夫人，以此推之，你道相爷有事无有？犯事不犯？

这——还用说吗？

最后一折《舞衣》，元载下狱，韫秀探监，为作一舞，倒地而亡，原来她早就服了毒。

《舞衣》开场，是狱卒关于"来去"之嗟叹："弯腰驼背小当差，惯看枷上去与来。来时宝马拥华盖，去时破席卷残骸。来时个个夸能耐，去时皆道悔不该。既然怕往泉台去，何苦争向铁窗来？"

随后王韫秀上场，被狱卒引入牢狱深处，一重狱、二重狱、三重狱……这是与第二折走向华宅深处相似的戏剧结构。从前走向富贵荣耀，而今走向刑囚死亡……

《舞衣》奔赴的内容高潮是王韫秀之死，其题旨高潮是迟到的反思与自

省。夫妻狱中相会后，大段落上分三块：一是元载犹不知死，他终于开始向往平凡的幸福，情愿散尽家财换个"一箪一瓢亦逍遥"，在这里，通过二人之回忆稍微补上了元载发奋攻读、金榜题名的"前史"；二是"赐死"的圣旨下后，元载自知一死难免，三度举杯、三度被王韫秀拦下；三是王韫秀的最后一舞。

"最后一舞"歌之舞之，是全剧之核心唱段，不仅歌出了夫妇一世人生，也歌出了一世悔忏，至于那"谁家穷儒正发愤，谁家又晒锦上春？"也是将一人一家之悲剧，向着千门万户叩击。这且不赘述，只看第二个阶段，王韫秀三度暂拦元载就死（她决意要死在他前），谈道"御史请了皇命，与我朱毫一管，命妾将相公贪墨之行、堕坏之事，诉诸笔墨，以警后人，便当赦我连坐之罪！只是我看相公行事，尚有三不解"（"朱毫"之赐，亦得之史实）。这时元载有个热烈的态度，他希望妻子免罪、不受牵连，故而相当配合："你问，我答，你记、你好生记来！"

他还以为，她要问什么呢！

她到底想问什么？


一不解，人生一世，生卧一床，死寝一穴，皆方寸之间，相公要那城东城西、城南城北十八处华宅做甚？

二不解，七尺之躯、四时裁衣，粗布十丈足矣，相公要那绸缎丝帛、锦绣绫罗千匹万匹做甚？

三不解，相公喜食胡椒饼，便餐餐是它、顿顿是它、吃到百岁，能用多少？你你你要那胡椒八百石做甚哪？！


问的是元载，问的，又岂止元载？

王韫秀死了，并不死于殉情。试想，元载若寿终正寝，王韫秀绝不会自杀以殉，她亦不死于刑罚，她已获准免罪。她死了，只因人生到此，已无生趣，她用死亡为世人写下了真正的"警篇"：堕向贪婪之渊，最终将遭遇什么。

对，我想起来了，王韫秀最初之打动我，便在于她不是我们常见的那种美好女性：个性温柔的妻子、才华横溢的诗人……她是史册里甚少记载的，如此之有烟火气的、生动的女人。她有着与每个寻常人都可直接对接的情感：愤怒、羞恼、小确幸、虚荣心、惶恐、慌张、迟疑、掩饰……而当这一切被搬上舞台、被艺术化地再创之后，她又获得了别样的感染力与生命力。

羞愤流泪、咬牙切齿剪舞衣的她，多么美；

新春佳节，拽了怕冷的丈夫奔向大雪之夜的她，多么美；

蒙了眼儿，一路嗅辨花香的她，多么美；

被满院绫罗缭乱了眼睛，又惊又喜又怕的她，多么美；

当她冷嘲热讽着当年瞧不起她的姊妹时，又有了另一种快意报复之美；

当她叹息于薛瑶英酷似年轻时的自己时，她美得寂寞而清冷；

她在又一个雪夜，走向御史，问出"那连燕儿都留不住的空屋，是个甚样的所在"时，美如飘零即化的雪花、无声无息的空屋；

至于狱中一舞，则将她的惨烈之美、美若星坠推向悲剧的制高点。

这么美的"一个人"，又因其情感个性上的"世俗性"，而可以是我们"每一个人"并令受众近在咫尺的"可感"，只有这样，她所蕴含的警世之力，才能真正得以实现。

# 《浣纱记》整理改编思路阐述

　　《浣纱记》是梁辰鱼传奇作品，共四十五折，叙吴越争霸事。昆山当代昆剧院计划以西施为第一主角对之进行整理改编。换言之，即主要从西施角度切入并整理构建全剧，而这必然要割舍《浣纱记》原著里不少段落、人物。

　　在《浣纱记》中，与西施相关之场次，主要为第二折《游春》、第九折《捧心》、第十七折《效颦》、第二十三折《迎施》、第二十五折《演舞》、第二十七折《别施》、第二十八折《见王》、第三十折《采莲》、第三十四折《思忆》、第四十一折《显圣》、第四十四折《治定》与第四十五折《泛湖》。其中，又以《游春》《捧心》《迎施》《演舞》《别施》《采莲》《思忆》《泛湖》之文本较为完整丰富。而《缀白裘》收录的则为《进施》（即《见王》）、《寄子》、《赐剑》（即《死忠》）、《前访》（即《游春》）、《回营》（即《通嚭》）、《姑苏》（即《打围》）、《采莲》七折，其中三折以西施为主角。

　　从剧情需要与院团演员队伍两方面考虑，《浣纱记·西施》主要人物及行当设置为：西施（闺门旦）、范蠡（小官生）、夫差（净）、勾践（末）、勾践夫人（正旦）、文种（副末）、伍子胥（外）、伯嚭（丑）、东施（付丑）。

　　根据西施之爱情、人生、命运线推进，以"浣纱"之"纱"为核心道具，以主戏着力塑造西施、以楔子交代吴越争霸之情势变化，主要分场如下：

　　第一折《盟纱》，写西施、范蠡之邂逅、定情。以原著《游春》为主体，并参考《捧心》部分内容，在二人一见钟情又匆匆别离之际，西施已感觉一阵阵心悸，为之后爱情的跌宕悲剧做铺垫。（时长约 25 分钟）

　　楔子《别越》，写越王勾践及夫人辞别故里，入吴国为奴。以原著《送饯》为主体并进行大幅度压缩。（时长约 7 分钟）

第二折《分纱》，写西施苦等范蠡三年，终于等到才郎重来！不料他却是随勾践、勾践夫人及文武百官一同来的。勾践被夫差放归，立志报仇，定下美人计。众人拜恳西施入吴、侍奉吴王，西施惊之痛之，终于应允，与范蠡分纱而别。以原著《迎施》《别施》为主体，并参考《访女》《演舞》等部分内容。（时长约 30 分钟）

楔子《惊姝》，写文种以重金贿赂伯嚭，并献上西施，托他进于吴王。伯嚭见西施美貌，大为震惊。参考原著《通嚭》《见王》等，但西施并不正面出现，以丑行的表演艺术为主。（时长约 7 分钟）

第三折《辨纱》，写西施身在吴国，终日伴王游乐，心中却难舍故国。伍子胥指斥西施"红颜祸水"，并直言她不离身之半片纱，乃是私情实证！西施巧言分辩，说得夫差斥退了伍子胥。然而，夫差亦非真的懵懂……以原著《采莲》《思忆》为主体并进行适度再创，写西施对旧事之回望、她置身虎穴之不易，也写夫差之骄横及他对西施之情。（时长约 28 分钟）

楔子《赐剑》，写伍子胥被夫差赐剑逼死，一腔悲愤，临终遗言："挂我头于国之西门，以观勾践之入吴也！"参考原著《死忠》，为勾践破吴做铺垫。（时长约 8 分钟）

第四折《合纱》，写破吴之后，西施与范蠡之重逢。以原著《显圣》《治定》为主体并进行再创作。尤其《治定》中有个细节，是勾践夫妇向西施倒头再拜"待我君臣夫妇拜谢"，与第二折之"拜恳"场面呼应，却令人唏嘘万千。看似一切圆满，实则一切已回不到从前，该折名为"合纱"，实为"断纱"，两片纱合到了一处，两颗心却隔了天堑……这不是个"大团圆"的戏，而是一个爱情悲剧。（时长约 30 分钟）

全剧总时长约 135 分钟。

以上，是《浣纱记》整理改编思路的简要阐述。

# 风雪银铃

## ——赣剧《红楼梦》创作小札

美丽的，终将枯萎；

繁盛的，终将凋零；

欲使永恒的，不过白驹过隙。

银铃般的笑声，都似从风雪中传来；

婀娜窈窕的身影，模糊在云雾里。

这就是我眼中的《红楼梦》。要将《红楼梦》囫囵个儿装入两个多小时的舞台演出时空就像将恐龙装入芥子那么难，所以我一开始就放弃了对于完整故事及人物关系的铺排讲述。再说《红楼梦》原是残本，就像那断臂的维纳斯，不完整便是它的完整、它的无垠。

这是一次极为特殊的创作体验，之前写李白、谢安、苏轼、孔子等历史人物，我都会尽可能齐全地掌握材料，嚼烂了化为一部分的我再吐出来。可面对《红楼梦》、面对曹雪芹，我还是选择了"放弃"，因为——哎哟，"吞"不下哎，做不成"饕餮"，就只好做钻入铁扇公主腹里的孙行者。这一次，我"进入"了原著，写作的舒适度极高，就像在装满五颜六色的海洋球的球池里蹦蹦跳跳，无论怎样都不会受伤，随便一抓都是财富。

不过"戏剧即结构"，若无结构，再美丽的场面亦是浮光，赣剧《红楼梦》的结构，是三个关键词：太虚幻境、海棠诗社、名场面。以"太虚幻境"为"梦"与"幻境"之推进线：说"太虚幻境"是《红楼梦》全书大纲亦不为过，所以我以之为重要的切入点；以"海棠诗社"为"现世"之"载体"：这来之于张曼君导演的建议，实际上，赣剧《红楼梦》之创作就出于她之建议，从这个极小极风雅的切口，可以照见整个儿兴衰；以"名场面"为穿插在虚虚实实、似真似幻讲述中的"块状核心内容"，我总不肯放过曹雪芹笔下最美的与最哀愁的。

就这样，全剧分为第一折《读册》，第二折《宴饮》，再加一楔子，之后是第三折《听曲》与"余韵"。很显然，一折、二折、三折对应的正是贾宝玉梦游太虚幻境的经历：读过《金陵十二钗》正副册，饮罢"千红一窟"茶、"万艳同杯"酒，听取《红楼梦》十二曲。换言之，我做的第一项工作，是将"梦游太虚"切分成了三份儿，从而用它包囊全剧。说到底，这部赣剧《红楼梦》，就是"游幻境指迷十二钗，饮仙醪曲演红楼梦"。

先说第一折《读册》。开场便是贾宝玉飘飘忽忽行至太虚幻境，邂逅警幻仙子，并翻看了《金陵十二钗》正册、副册。当然我不能挨个儿将一首首判词往下抄，舞台并没有这样的容量。所以我只用了一支【傍妆台】"画江边，东风千里泣行船。古刹写黄卷，雏凤立冰山。又见枯木两株相与伴，玉带一围枝上悬。才堪怜、德可叹，皓雪半堆埋金簪"将正册诸人判词做了一个大致描摹，而当贾宝玉读到袭人之判词时，他被"袭人"唤醒了。对，我壮着胆子挪移了贾宝玉读正副册的顺序，为的就是这一唤！贾宝玉懵懵懂懂张口"是你啊……袭人"时，那"堪羡优伶有福，谁知公子无缘"之句，便与面前少女直接对接了。

袭人之唤将贾宝玉拽回现实，是贾探春发起了结社之议，要宝玉去商量呢。当然，就像《盗梦空间》、像"庄生梦蝶"一样，渐渐地你会发现庄周与蝴蝶难分难辨，梦境与现实在摇摇欲坠中交错混淆。

于海棠诗社之起落而言，第一折是"结社"，大伙儿起了雅号，作了白海棠诗。同样，若一首首抄海棠诗，舞台亦会失之单调。这时，就靠"名场面"了！它们必须与此刻之景、此刻之人、此刻之情相关，从而在放射性结构中，呈现关联性与必然性。

第一折之"名场面"有二，一是"黛玉葬花"，二是"金玉良缘"。

前者，是当探春因为林黛玉好哭而给她起了个"潇湘妃子"的雅号时，一声"呜呀……"迁跃进林妹妹最经典的一哭——"葬花"。《红楼梦》原著里，《葬花词》数易其韵，赣剧却不能这么写，我要做的事，是像在昆曲折子戏《乘月》里将《春江花月夜》原诗改为三支曲牌一样，将《葬花词》也化入赣剧曲牌，且保持全折不换韵。咦，这是件多有趣的事，将曹雪芹之文字元素不断打乱重组，使那琳琅满目，都服膺于同一个韵脚。

后者，则是林黛玉与薛宝钗各作了一首海棠诗，李纨将薛诗评为第一，林诗评为第二，贾宝玉道是"蘅潇高下，还要斟酌"，林黛玉悄悄给了他个小白眼，用几不可闻之声道："噢？我与宝姐姐，你还要斟酌么？"便进入了"金玉良缘"与"木石前盟"之对峙，名场面则是原著第八回"比通灵金莺微露意"，顺手将"冷香丸"也带到了。

而后，史湘云之介入将舞台由"识锁"之幻境转回诗社之实景。第一折，我是以薛宝钗为史湘云出主意，怎样又省钱又快活地起社作东为结束的。既给了史湘云一定的篇幅——她实是全剧极具特色的一号人物，又给薛宝钗之周全细腻的个性染多了一笔。

接着是第二折《宴饮》。依旧从太虚幻境入手，但这一次，着墨甚少，最主要点到"千红一窟（哭）""万艳同杯（悲）"，贾宝玉很快被一众仙姑赶下界来，所谓："将这懵懂顽童、无知蠢物，赶下界去，享红尘之中，杯盘狼藉吧！"可见，便"太虚幻境"，也不全是原著第五回的样子了。

第二折主体是刘姥姥游大观园。这亦出于张导之建议：添加刘姥姥以丰富舞台色彩。我索性给她以极充分的表演空间，虽然这与诗社并不直接关联，然而这块戏"鲜花着锦，烈火烹油"之感是这样的强烈。若说第一折之结社譬若一个清新的春天，那么第二折的欢宴就到了灼热的夏季。满头插花、挟鸽子蛋、"吃一个老母猪不抬头""大火烧了毛毛虫"一样也少不了，拿刘姥姥打趣的人们，何尝又不是在被刘姥姥打着趣呢？

看那笑成一团的少年：

史湘云：（唱）把二哥哥笑呷呷滚入祖宗怀抱，

贾宝玉：（唱）林妹妹笑歪歪扶捺桌角，

林黛玉：（唱）探丫头笑咯咯饭碗儿倾倒，

贾探春：（唱）四妹妹笑唧唧曲背弯腰，

贾惜春：（唱）云姑娘笑哈哈喷溅了佳肴。

　　这一段，是一人唱另一人之笑态，而最后一人与第一人再接上。这样快活的日子，又能有几？

　　光写欢宴还不够，尽管它本身已是"名场面"，我还需要更多的"信息"注入。于是，在第二场里，又有了"共读《西厢》"。怎么来呢？恰好刘姥姥宴席酒令之时，林黛玉接了句"纱窗也没有红娘报"，次日便被薛宝钗唤去"审问"，即原著第四十二回"蘅芜君兰言解疑癖，潇湘子雅谑补余香"。所以，我加入的不是一个，而是两个"名场面"：一面，是薛宝钗劝林黛玉"若叫杂书，移了性情，就不可救了"；另一面，是沁芳桥畔，贾宝玉与林黛玉心气相合，共赏《西厢》。这亦是对第一折"金玉良缘"与"木石前盟"的推进，到底"木石"亲近投契得多。

　　张导又建议，全剧演出时长控制在两个半小时左右，安排一次中场休息。就是说，在第一、二折之后，会有一个"间隔"，这也令第二折之收束更显重要。我将它收在妙玉身上。一方面，与下半场开端之"一僧一道"呼应，另一方面，刘姥姥游园时"品茶栊翠庵"的场面亦极知名，更紧要的，是我需要给大观园里这个独特的存在——妙玉，一定的篇幅描摹，不能辜负了她递给宝玉的那只绿玉斗，不能辜负了这长伴青灯黄卷的少女内心摇漾的一缕游丝。

　　也正因为此，我将喧嚣的笔锋缓下来、静下来，将贾母、刘姥姥、王熙凤……都赶下场，只留了个"体己茶"的空间给妙玉、薛宝钗、林黛玉与贾宝玉，甚至连薛、林二位都是那只"绿玉斗"的陪衬。在贾宝玉"抱怨"这斗儿是个等闲俗器时，我给了妙玉一支背唱抒情之【狮子序】："红梅嗔、东风恼，翠盈盈玉斗牵惹情窍。是自家用，接绛唇一点樱桃。莲座诵佛号，又散幽香槛内飘、早难道尘缘未了？释迦多宝、紫陌蓝桥。"最后八个字"释迦多宝、紫陌蓝桥"，便是她"云空未必空"的少女心性。

更为悚然的是，在妙玉让丢了刘姥姥用过的成窑茶杯时，贾宝玉——对，我就这么写了——"脱口"，简直像命运之神借了他的口，念出"欲洁何曾洁，云空未必空。可怜金玉质，终陷淖泥中"——这是太虚幻境《金陵十二钗》正册里妙玉之判词！这骇着妙玉了！冥冥之中，有不祥的乌云卷动，她忙不迭地将贾宝玉赶出去！慌慌地念起了《金刚经》："凡所有相，皆是虚妄。若见诸相非相，则见如来……"翻译成大白话就是："一切你所能看见的事物外表，都是虚假。若能守住佛心，认识到看到的相并不是真实的相，那么就能达到如来的境地。"可这——又怎能达到呢？整部《红楼梦》，所写最动人处，无非就是达不到而已。

就在这莫名惊悚中，第二折结束了、上半场结束了。

古老的赣剧之曲牌运用，与昆曲十分相似，甚至很多曲牌名一模一样。一样的宫调分布，一样的一韵到底，一样的【引子】【过曲】【尾声】套曲结构，写起来特别亲切。第一折"春之气象"，我用的是"清新绵邈"的仙吕宫；第二折"夏之繁盛"，用的是"富贵缠绵"的黄钟宫；第三折"秋之衰败"，用的则是"感叹伤悲"的南吕宫。

念白方面，原著文辞尤其是对话语言既精当又上韵，我便尽可能只删不改，除了必要的衔接点题外，几乎每一句都是《红楼梦》原文。而我对自己的要求呢，是"唱""念"融为一体，每一句念白都是曹雪芹写的，每一句唱词，看上去也都是曹雪芹写的。我愿意、更乐于将所有文字的辉光都供奉于他，他真是……太了不起了。

一折、二折之后，是个楔子。因我还有必须铺排之事，就像王旭老师提醒的那样，除了儿女幽怀外，《红楼梦》中还有个浊世。我想，虽然没有充分的篇幅描摹，可也不该完全忽视。所以，我要写"名场面""宝玉挨打"。在那之前，作为中场休息后"卜场"之开篇，我让一僧一道先上，唱出《红楼梦》的另一灵魂唱段《好了歌》，并叙携顽石所化之通灵宝玉去享历红尘之事。红尘是什么？就是紧接着的，既有噼里啪啦打在宝玉身上的板子，也有呜呜咽咽为他抽泣的佳人。

然而，若以一般的写实方式来描绘"挨打"，则与全剧整体气质有一定差异，所以我选择了颇具象征意味的对称的叙述法。先是贾政上，以四句定场诗展示其端方谨慎之个性与对浮浪后辈之忧怀。接着追问琪官下落之王府太史官与进谗宝玉害杀金钏的贾环构成一组"推波助澜"之力，你一言我一语完成三个层次之"挑唆"，又加快节奏再推了三番，终令贾政怒不可遏，唤人叫打。随后，劝架的贾母与王夫人构成第二组人物，依旧是交替的三个层次语言，将宝玉救了下来。再是探伤之薛宝钗与袭人构成第三组人物，我们看《红楼梦》原著，袭人与薛宝钗在"宝玉挨打"事上，所持态度极其一致，既嗔他不肯早听人劝，又满怀怜惜。这便有了宝玉一支【北仙吕·哪吒令】，感怀"今日之事，尚且如此；来日我若横死，她们还不知何等伤心"，与之对应的，是最后来探望的林黛玉的一支【幺篇】——对，在"挨打"事里，除了林黛玉，所有的人物都是一组一组对称的，只有林妹妹是个特例，因为只有她扶摇于俗世规则之上，不，还有贾宝玉，所以，她既独立于人物关系之外，又与贾宝玉形成了对称，其直接表现形式便是像《琴挑》般的曲牌重复。

> 林黛玉：你、你……呜呀！（唱）【幺篇】欲言不成腔，辗转肠已荒。那
> 　　　　酸酸涩涩魂摇荡，抽抽噎噎泪染裳。冢前葬残香，桥畔共《西
> 　　　　厢》。笑嘎嘎一念痴半生狂，扑喇喇子弟规高堂杖，黯沉沉断旧
> 　　　　弦重调宫商。
>
> 贾宝玉：你说什么？
>
> 林黛玉：我说，你从今而后，可都改了吧。
>
> 贾宝玉：你放心。
>
> 林黛玉：你说什么？
>
> 贾宝玉：我说，好妹妹，便为这些死了，我也情愿！

"金玉""木石"远近亲疏之别，于此再度向前推进。

我本可在此结束"楔子"，可还是留了一束冷光给袭人。她向着黑沉的并不见一个人的舞台，垂着头、轻声地，甚至跪下来说道："太太，如今二爷大了，园子里姑娘们也大了。林姑娘、宝姑娘虽说是两姨姑表姊妹，到底有男女之分，日夜一处，起坐不便，外人看着也不像话。不如变个法儿，叫二爷搬出来的好……"

那些假"为你好"之名的霸凌与对霸凌的柔顺的接受乃至帮衬，各似一个半圆，连起来便是整个儿"浊世"。可我们恨不起来袭人，连贾政也恨不起来，就因为曹雪芹的洞达与悲悯。

再就是看上去很好写、实则很需要花些心思的第三折《听曲》。说好写，因为乍一想，内容很丰富，至少包括了现世之海棠诗社重起为桃花社与幻境中沉甸甸的《红楼梦》十二曲。尤其是"十二曲"，实是《红楼梦》全书灵魂。难度何在？在于怎么在舞台上表现。一曲一曲原样唱来，不仅失之单调，老实说，曲目之间在文学性上亦有高下之分。

暂且搁置这个难题，先看第三折开头。我（竟）加了一段紫鹃与林黛玉之交心。一方面，因紫鹃是《红楼梦》丫鬟中最无奴性之一；另一方面，我要用"紫鹃为林黛玉归宿的担心"，写"林黛玉最终的悲剧"。因为，哪怕"黛玉焚稿"是个"名场面"，可它毕竟并不出于曹雪芹之手！"黛玉之死"太重要了，重要但不是曹雪芹写的，我就不太想写。

林黛玉感情而作凄婉《桃花行》，引出"重建桃花社"，面对《桃花行》，贾宝玉以一句喃喃自语"好妹妹，想你曾经离丧，才有此哀音；我行游幽梦，也有一部秘乐。记不得又撇不得、撇不得又解不得、解不得又说不得、说说说不得也"，最后一次进入太虚幻境、进入第三个阶段：听曲。

我将"听曲"切割为五个小层次。

第一个层次是【引子】，继而奉上《红楼梦》原稿，"以明深意"。

第二个层次是【终身误】与【杜凝眉】，分别照应薛宝钗与林黛玉的命运。在大纲撰写时就想好了，要在舞台上当场解谜"十二曲"，即将曲词与人物一一对应，甚至，要让人物亲口唱出自己的命运：何等凄婉、何等悚惕！我们看到了一直盘旋在我们内心却从来没看到过的：薛宝钗唱"纵然是齐眉举案，到底意难平"，林黛玉唱"想眼中能有多少泪珠儿，怎禁得秋流到冬、春流到夏"。

第三个层次是"四春"，即对应元春、迎春、探春、惜春之【恨无常】【喜冤家】【分骨肉】【虚花悟】。与之前的处理方式不同的是，这个层次我放弃了原曲引用，而将它们简化、重组，裹入了一支【贺新郎衮】。梦中，再一次说，这实不全是原著第五回的梦了，这是贾宝玉在心里无数次反复过的梦，或者是镜中之梦，贾宝玉说破了诸春来事：

贾宝玉：（急切）三妹妹！你回来、你不要去！喏，林妹妹成了仙了，大
　　　　姐姐死了，二姐姐呢，嫁了个混账不堪的东西，四妹妹削发做
　　　　了姑子，三妹妹又要远嫁……姊妹们一个一个都散了，单留我
　　　　做什么！
警　幻：盼你开悟，反倒更痴。我来问你，天底下可有不败之花叶？
贾宝玉：无有。
警　幻：可有不灭之烛火？
贾宝玉：无有。
警　幻：可有不散之筵席？
贾宝玉：无无无有！可为什么散这么早？等我化了灰再散不迟，我化了
　　　　灰，姊妹们再散也不迟啊！
警　幻：（失笑）哪个等得你！……再听下去。

这就进入了第四个层次，交织进行之【聪明累】与【晚韶华】（做适当压缩），分别对应十二金钗中最要强的王熙凤与最冲淡的李纨。个性虽是两个极端，可当这两支曲子，也就是她们各自对命运之唏嘘交替吟唱时，其衔接竟说不出来的协调！换言之，任你聪明或朴拙，任你命舛或运达，最终的走向都是同一个。在这里还使了个"小手段"，王熙凤之自白中，我带到了她记忆秦可

卿托梦之词及她于女儿巧姐的眷恋不下，这便将十二钗中另两个人物也点到了；李纨之自白呢，是这样的：

> 李纨：《内训》《女诫》《女论语》……（乏味、掷卷）啊宝玉！我才看见栊翠庵梅花有趣，又素厌妙玉为人。你与我折一枝来插瓶吧。

自然而然到了第五个层次。不错，我将妙玉及其【世难容】放到了最后，且让妙玉、宝玉当面一礼：

> 妙　玉：（施礼）"槛外人妙玉恭肃遥叩芳辰"……
> 贾宝玉：（回礼）"槛内人宝玉熏沐谨拜"……

贾宝玉唤着"妙公"回到现实，他闻到了"梦甜香"的香气。姊妹们的"柳絮诗"也都作好了，独宝玉未作，独宝玉不肯作，借他之口，道出曹雪芹拟"柳絮诗"之征兆："柳絮么……新社初建，怎就咏起这飘飘荡荡、轻薄无根之物来了？不吉利，使不得；使不得，不吉利！"又以一支【红衲袄】，包裹了林黛玉、薛宝钗的两首柳絮词。不祥之物，仍旧作了，其词无论婉约还是豪俊，那不祥，都已笼在作词人身上了。

发现了吗?《红楼梦》十二曲中，迄今还有一支未写，还有一人未提！是史湘云、是【乐中悲】。她太有趣、太独特、太让人舍不得，她是林黛玉、薛宝钗的女主光环都遮蔽不了的存在，所以我将她"荡"开在梦境之外，让贾宝玉在现世以一支【大圣乐】歌出了【乐中悲】，也歌出了"湘云醉卧"。我"舍不得"到在全剧将要结束的最可吝啬笔墨之时，还加入了这个"名场面"。

扒拉掉夹白与场面，【大圣乐】是这样的："绮罗阔大豪英，从未将儿女私情略绕紫。海棠春睡醋清梦，团扇轻、埋花径。鲛帕一包芍药枕，雾月光风香满襟。良辰美景，终久是湘江涸水，高唐散云！"

第三折结束在放风筝上，贾宝玉与一众女郎，放出了两种情味。

众：（唱）【香柳娘】牵纸鹞随风，牵纸鹞随风，盈盈然结住了春韵，瞻眺更遣寻芳兴。飘摇摇入云，飘摇摇入云，游丝报新晴，飞过秋千顶。剪袅袅线断，剪袅袅线断，祛了病根，拍手欣庆！

贾宝玉：（唱）【香罗带】一去杳无痕，难觅难寻。恐落在荒郊野渡狐兔茔，被雨打风吹耐凄零也！强颜共喜乐，泪悄粼，红尘哪得不离分！痴缠有时尽，空余断线牵人心。

看，飞过屋顶，飞过秋千，飞过树梢，飞往无边无垠、无穷无尽的高天去了……

至于余韵，就不多说了，大伙儿都没有想到我居然会将这一幕作余韵，但再一想，这难道不是极深极美又极贴切、在本剧框架结构里简直"无可替代"的一幕吗？

剧本最后一句话，是我写的。

林黛玉：云儿，你道是"联起句来"，"明日羞她们一羞"，怎知这世上，哪有那许多明日、哪有那许多的明日呵。

而《红楼梦》套曲之尾曲《飞鸟各投林》成为落幕曲，"落了片白茫茫大地真干净"，《红楼梦》于斯终矣。

# 《南通张季直先生传》剧本阐述

继话剧《张謇》之后，南通艺术剧院约我再写一部张謇题材作品。我再三地推辞，剧院却说，任务紧迫，若另请他人，恐怕连阅读素材的时间都不够了。那只能尽力而为了，也正因为它的"从天而降"，令《新华方面军》由我原本的第99部作品推延为第100部。

我素来不接受"拉洋片"式的戏剧结构，可这一次，院团明确提出希望该剧能顺叙讲述张謇主要生平，表现他一生之伟业、一生之奋斗。怎么办呢？若找不到精密工巧的结构，至少也要找一个包裹它的外在形式。《南通张季直先生传记》（以下简称《传记》）一书进入我的视野，这是创作话剧《张謇》时我使用率最高的一部书，更关键的，它的作者，是张謇之子张孝若！该《传记》以白话写成，既是严谨的、周密的，又饱含了深浓的父子之情。决定了，就用"张孝若为父亲张謇书写传记"为载体！全剧所写，便是张孝若写传的全过程。在这期间，在纸笔之上，他回忆、求证、梳理往事，又超越时空，与父亲对话、交流、聆听教诲，从而将张謇数十载的风风雨雨囊括其中，进而塑造张謇遒劲、孤洁、坚忍、勇毅的人物形象。

全剧分为一序幕一尾声及五场主戏。

序幕叙张謇逝世三年之后，张孝若、胡适夜游濠河。河水摇漾，明月高悬，船头乐工吹唱"原来姹紫嫣红开遍"，两岸乡民驻足倾听，一切都像张謇暮年游乐濠河时一样，只是斯人不再。

这时，张孝若提及为父亲写传之事，胡适则回应以"传记文学"的"三件难事"：一是中国文学一向"没有崇拜伟大人物的风气"，张孝若用"两岸听曲之人越来越多，却越来越安静"回答他，以示乡人于张謇怀抱的敬意；二是"传记最重记实传真，我们的文人呢，最不习惯说老实话"，张孝若答说"我这回作传，抱定了个主意，只要是爹爹亲口说的话、亲手做的事，不问多么寻常、不管有无忌讳，都信笔直写，写出我真的爹爹、活的爹爹"；三是"文字的障碍"，"往往讲究字句之古，不注重事实之真，硬把活泼泼的人装进死板板的套路里"，张孝若则表示今次他用白话文书写。一来一去"三番"对话，时以乐工曲唱隔断，以免节奏单调，所谈既是张孝若与胡适通信、文章里写到的真实内容，也将《传记》的风格定了下来。

而后，当胡适明言，张孝若之写作，是"爱的工作"时，孝若剖白了他的情感："父子之爱，人生只有一回。自爹爹去世，我就像失了巢的鸟儿、离了树的叶子，地久天长，终身怅惘。今奋笔疾书之时，就像爹爹仍在我身畔，叮嘱着我、教导着我。"这是《传记》诞生的情感动力。

序幕以"张孝若邀胡适为《传记》作序、胡适欣然答应"结束，整体篇幅不长，但一度二度三度，都务必将写传之事，交代得清清楚楚。

第一场《大魁天下》，写张謇之"状元及第"与"诀别官场"。第一个场面，实际上这个场面也屡见于全剧，是"张孝若伏案疾书"，张謇之人生，在他笔下从容流淌。而作为人物之张謇，又将不时从笔下、从文字中"复活"，特别是在张孝若迷惑不解之时，与他倾心交谈。

本场主要分为四块戏：

一是以五龄童、十一龄童来展示张謇之童年、少年的天资聪颖，这里特别用到了张謇少时"人骑白马门前过，我踏金鳌海上来"的名对。

二是继《传记》原文"这一年，我父才十二岁。我家高祖以上，都是乡农。向来种田人家，看了读书人家，正如看天上神仙，何等光荣，好不羡慕！我父孝顺父母、友爱兄弟，天分极高，我张家前途的光明灿烂，已随着我父的坚忍努力，好像钱塘江八月十八的潮，浩荡奔腾而来。可是我父无穷的周折、痛苦、恐怖、冤仇，也跟着这潮打进来了、打进来了！"之后，铺展开的"冒籍事件"，即《传记》里"误入族籍始末"一章。该"事件"之演绎亮点、重点，是19岁的张謇在风雨中狂奔，那一段愤慨、苦痛、不甘、挣扎的独白，往小了说，这是他饱受诬陷、要挟、勒索之后的此刻的心境；往大了说，张謇一生，岂不都奔走在时代的风雨之中？

三是翁同龢等人的判卷场面，欲从"盲卷"中择选出张謇之卷，却再三地失败了，既写翁同龢等之爱才心切，也写张謇科考之艰难，又用张謇与张孝若的对话，来简要描述他高中状元的那一幕。

应该说，前三大块戏、那千辛万苦的"应试"都是铺垫，本场之落点实是"辞官"。

四是儿子疑惑父亲为什么在高中之后，辞官而去，几乎终其一生，不再入仕。张謇便讲了个故事给他听：

张　謇：甲午那一年，我在京好几个月，有一回看到太后从颐和园回到
　　　　京城。正好碰上大暴雨，地上的水积了一两尺深。大大小小文
　　　　武百官，也有七八十岁的老臣子，都跪在水里边接驾。雨先落
　　　　到帽子上边的红缨上，再从那里滴下来，滴到袍褂上，一个个
　　　　都成了落汤鸡，好像染了鲜血的颜色。

张孝若：鲜血的颜色！

张　謇：太后坐在轿子里，轿子停也不停，太后呢，连头回都不回！

张孝若：头也不回、停都不停！那些臣子们呢？

张　謇：一个个动也不动，等太后的轿子去远了，远在雨里都看不见了，
　　　　他们还恭恭敬敬、跪在水里呢。

张孝若：这、这难道是有志气的男子汉该做的事吗？

张　謇：对！有志气的男子汉，绝不会做这样事、绝不想做这样人。所
　　　　以那时，我就打定了主意，与其做这样的官，不如回去做个老
　　　　百姓！

光这个故事还不够，张謇进而对清朝八股文、科举制进行了反思与质疑，所谓"先关在家里，再关到场里，拿一个人的活气、灵气都断丧完了，除了死

读书的本职之外，再没有发扬志气、做实事的趋向"，这时，我特别又安排了翁同龢等之前提拔、关怀张謇之人再度上场，与张謇对质，既在本场之中有人物呼应，又进一步点明，无论翁同龢对张謇有怎样的师生知遇之恩，说到底，他们并不是一类人。

第二场《衣被东南》，取自纱厂对联"枢机之发动乎天地，衣被所及遍我东南"，叙张謇创办大生之事，这是他实业之端点，也是他众多实业中的第一等大事。

本场用张謇与张之洞的一番夜谈为包裹。

开场是这个夜晚的前半部分，张謇拒绝了张之洞请他主持实业的建议后，张之洞从甲午海战开始谈起，《马关条约》之辱令张謇悲愤满怀。这个部分，以通州（今南通市）特产芦稷与张之洞爱猫成癖的典故为生活化的情趣的点缀。

第二部分，以张孝若笔触为引领，情景再现张謇办厂之艰。在简要介绍"通沪六董"之后，又分为三个小段落：一、通商用心筹措，而沪商夸夸其谈。二、盛宣怀等官僚口上赞助，实则一毛不拔。三、地方官员煽动读书人闹事，阻碍办厂。重重困难，再以张謇父子对话为间隔，极写办厂之难，而后一小块戏，是张謇化身为三，屡屡地向总督刘坤一痛陈厂事。为什么化一为三呢？实际上，舞台表现上，对话者刘坤一是不存在的。张謇是孤独的，只有自己陪伴自己，而他的坚强不弃，又从自我支持中来！三个张謇对话节奏越来越快，也正显示了个中力度。

我极写其难，既是史实之回顾，也是为了让张孝若问出、亦替我们问出那一句："爹爹、爹爹……殚精竭虑，何至于此、何苦如此！"答案之揭示，是下面一块戏，即张謇与张之洞晤谈的后半夜、那被用戏剧技巧故意隐藏起来的一半。

张之洞激将道："张謇、张謇！国难当头，连你这样铁骨的男儿，尚且推搪犹豫，说什么资历尚浅，我等有心强国，又能如何？去吧，你既不肯担当，便回去过你田舍翁的逍遥日子！"张謇亦再不掩饰，将他忧心国事、"寸心不死，怎肯袖手、怎敢袖手"之志倾囊倒出。张之洞甚至预言了在自己离任之后，张謇创办实业，或许会碰上重重困难——这也正好呼应了之前那些对困难的表述演绎，而张謇亦早早回答，即便"香帅离了两江""南通张謇，定不负乡土之托、国家之托、百姓之托"，他之坚持，亦是在践行他多年前那个夜晚的承诺。

第三场《垦辟洪荒》，写的是垦牧业，亦是张謇办实业中不可或缺的一部分。若一味以"书写传记"推进而缺乏变化的话，无疑会失之单调。所以本场我将切入点设置为张謇还在世、而垦牧业已颇见成效的1922年，以《垦牧乡高等小学校歌》开篇。张孝若相随来到小学，听父亲回忆当年——而这段往事，终将进入张孝若笔下。

本场主要由两大块戏构成。

第一大戏块是"张、刘之谈"。

时间倒流回1901年，张謇决意垦荒，与刘坤一有一段交流。没错，刘坤一终于亮相上场了。与上场和张之洞的交谈不一样，今番，刘坤一是相对于被动的那一个。张謇旁征博引、切中时弊，道尽垦牧之利、之必要，刘坤一仅用一句反问应对："为什么各地都不开垦？"并且他将这话反问了三次。张謇那猛烈挥出的语言的"拳头"，面对这句话，就像落入了软绵绵的空气。

以至于听故事的张孝若都忍不住了，疑惑"父亲之言，字字在理。可刘新宁怎么翻来覆去，就问那一句……"张謇答道："这一问的答案，我心里明镜似的，却不敢答、不愿答、真真不忍回答！"父子之间这几句对话若不存在，完全不影响张謇与刘坤一的谈话继续往下进行。之所以添上，作用一是"隔断"，以免受众过长时间地沉浸在"张、刘之谈"的单个场景中；二是为了提醒（强调）父子之交流，是本剧的重要特色与载体；三是突出"为什么各地都不开垦"这个疑问。而接下来再回到"张、刘之谈"时，也并不在第一时间解答这个叫张謇"不敢、不愿、不忍"回答的问题。他们从刘坤一书写之颜体谈到了字如其人，再娓娓地将话题转回垦牧，终于——节奏渐快。

刘坤一：我来问你，垦牧垦荒，没有堤坝怎么办？

张　謇：自己筑堤。

刘坤一：没有水渠呢？

张　謇：自己修渠。

刘坤一：前面没有路了？

张　謇：自己开路。

刘坤一：被河水阻挡了？

张　謇：自己架桥。

刘坤一：还有住宿。一片荒野，无处栖息……

张　謇：那就自己盖房子。

刘坤一：要把堤坝、水渠、道路、桥梁、房舍乃至农田，一一建设完备，需要多久？三年，够么？

张　謇：怕是不够。

刘坤一：那五年呢？

张　謇：还是太短。

刘坤一：八年总行了吧？

张　謇：刘公！垦牧不是行商，功业不在一朝一夕，若要回本，少说十年！

刘坤一：十年？

张　謇：兴许得二十年、三十年才能看到实效，改海天为乡镇、变泽国为良田……

刘坤一：二十年？三十年？哈哈……哪个做官的，能在一地待这么久？前人栽树，后人乘凉。你倒说说，谁肯操这个心、费这个力，做这最吃力不讨好的事？

刘坤一最后一句话，才道破了"为什么各地都不开垦"的根本原因，原本纯粹工作性的对话，于此有了另一番意味，指向的不仅是工程之难易，更是被功利心驱使的卑微。

刘坤一心里明镜似的，他是支持张謇的，可他真诚的支持，也不过就是为张謇写了个"通海垦牧公司"的招牌。张謇之"孤独前行"，于此可见一斑。

接着是第二大块戏，主体形式是张謇与其学生、晚辈、同事江导珉的对话，又可细分为三个小部分。

第一个小部分是一段类似于第一场"风雨狂奔"的、需要被精心处理、出色表现的独白，张謇做梦，忧心风雨毁坏堤坝，催促自个儿起身："风，起风了……好大的浪头，雪山一样铺天盖地地涌来；雨，哗啦啦、哗啦啦，劈头盖脑，下个不停！快——张謇，快起身，新筑的堤坝，万万不能给毁了！快起来呀——张謇！我的身躯，像负着泰山那么样的沉；我的腿脚，像拴着千万斤重的铁链；想要挣一挣，又像被万千人压住、动弹不得……但是，快、快动起来——奔向狂风骤雨、奔向无边的海浪！那堤坝，是两三千人流血流汗建起来的，护的，是两三万人的身家！快呀、快呀张謇！如果海水要吞没，就头一个吞没你吧；如果风雨要打坏，也头一个打坏你，而在那之前，你得守着——与所有信你的人，与所有盼着能在此处生根、过上好日子的人一起，守在堤边！沙土不够，就拿胳膊去挡、拿脊背去挡、拿头颅去挡！快，快动起来——张謇！"

江导珉将他从噩梦中唤醒，在垦荒上，他们是相互扶持的伙伴，在看似平静的对话中，涌动着他们艰难、恐惧、奋不顾身、勇猛而前的记忆。其中还穿插了1901年张謇率众护堤抗洪的一段场景——以上，可以说是第二个小部分。

第三个小部分，是我需要再向张謇内心走深一步，进一步开拓出他愿景的深广。垦牧之事，于江导珉而言，更多的是完成张謇交代的任务。那于张謇来说，是什么呢？绝不是去完成刘坤一交代的任务。两三万人家、十万亩土地，在旁人看来，也许是了不起的成就，却远不及张謇心中的图卷。在江导珉的再三追问下，他说"我有个心思，从没与人说起过"，他谈到了他在上海看到的背井离乡的穷人们，谈到了他的"愿心"——恰在这时，还没有展开说

"愿心"的内容时，被匆匆而入的另一人（章亮元）打断了，他带来了一个消息。这个设置，是情节，也是技巧。所谓技巧，是这里需要被"隔断"一下，破一破二人聊天的节奏，也将"愿心"作为一个悬念往后再延宕片时；而它"情节"性的一面，作用也很明显，章亮元带来的，是刘坤一去世的消息！这个消息，同时有编剧意图在其中。它一方面与本场第一大块戏"张、刘之谈"产生了紧密勾连，另一方面，也令张謇之述说"愿心"（"……在通州、如皋、东台、盐城、阜宁五县，开辟垦荒棉田一百万亩，或两百万亩""每户农民领田二十亩，便可供给十万或二十万户的耕种；以每户五口计，便可承担五十万或一百万人的生活"），不仅是为江导珉解惑，更是在说与刘坤一听，更是对前辈、对逝者的告慰。

本场以张孝若轻唱《垦牧乡高等小学校歌》为收束，首尾呼应。

第四场《助力共和》对应的是《传记》原著中"辛亥前后"那一章。这一场风云诡谲、波澜壮阔的历史巨变，当然不能用平铺直叙来完成。我又换了一种写作方式，从张孝若访谒赵凤昌（1929 年）写起。

赵凤昌何许人也？他曾是张之洞幕僚，在东南互保、立宪运动、辛亥革命中，都起到了关键性作用，人称"山中宰相""民国产婆""民国诸葛"。张謇与之交往颇密，《张謇全集》中留下二人不少往来书信。辛亥那年，父亲还有什么"秘密"是张孝若不知道的呢？怀着疑虑，也为了《传记》更周详、客观地展开，在展堂先生的提醒下，张孝若来到赵家寻找答案——本段设置，亦有其史料出处。

张孝若、赵凤昌从寒暄而入正题，从 1911 年张謇晋京谈起。这个切入点极为必要。辛亥之后，张謇不复为清朝臣民，而成为中华之人民。从主人公内心世界而言，身为清朝状元，他对王朝怀着大半生的感念，但面对滚滚前行的历史车轮，他又必须完成情感上的"断舍离"。换言之，这一场，从人物塑造来看，最需我们关注的，正是这"断舍离"。

第一个被情景重现的场面是张謇觐见摄政王载沣，其过程被详细记载在张謇日记里。一个是忧心忡忡、满怀救国之忧的老人，一个是口上客气，实则漫不经心的青年，对话仿佛被一层薄雾笼罩着，虽然顺顺当当、君臣有礼，终究失之缥缈、不着实处。这次见面后，张謇对清廷越发失望了。

众所周知，张謇是武昌首义的目击者，此处我重现了第二个场面，即举义后，张謇乘船急离武汉，四周喧嚣焦灼，船开出去很远，回首犹见火光冲天。

第三个被重现的场面，即关乎张謇的"秘密"，这也是本场最主体的部分，赵凤昌与张謇的一次密谈及张謇之作为。

该场景分为四个小部分。第一个小部分回顾风雷骤起的"武昌首义"前后。第二个小部分赵问："当此之时，你该去哪里？"这问的不只是张謇身躯的奔向，更是他人生的选择，进而，张、赵二人都坦然直面张謇长久以来的"立宪"主张。第三个小部分，既是"立宪派"人物，怎么在短时间内便转向了积极推进"共和"呢？这里还用极简手法，包裹了两个小的场景重现：张謇分别向铁良将军与自家三哥力陈共和大势，赵凤昌十分犀利地发问："一月之间，你先倡立宪、后主共和，就不怕旁人说你善变、说你失节、说你投机吗？"这不只是政治抉择，亦关乎个体之道德人格判断。接下来以张謇为主的二人交流，是极关键的一段，其中心文字亦都来自张謇的书信文章，进而进入"密谈"的第四个小部分："秘密"之所在。赵凤昌从来没有怀疑过张謇高洁的节气、高尚的人格，只是他有一件更重大的事请张謇去做。这件事，也足以承载张謇面对清朝覆亡时的复杂情感。这件事，二人心知肚明，又都不曾点破，只道纸笔备好，等着张謇做一篇"大文章"。

到底是哪一篇文章？

时空迁跃回 1929 年，张孝若发出殷殷之问，赵凤昌将"文章"之手稿交给了他。多年之后，在他人家中相逢父亲的笔迹，张孝若感慨不已，更令他震惊的，则是这文章，赫然便是《清帝逊位诏》的草本！原来，正是张謇，草拟了清帝退位诏书！

因为特殊的演绎、讲述方式，舞台大多数时间被分割为两个甚至更多个表演区，以满足夹叙夹议、边书写边重现的要求，这时，有了本章最后一个场面重现：张謇草拟《清帝逊位诏》。万千种情绪涌上心头，他既满怀热情、志望地要迎接一个新世代，又忍不住要为那个过去的、终结的世代洒一片哀悼诀别之泪。因此，张謇挥毫直书之时，我在动作提示里，还特别标注了"三拭泪"。

是告别，更是迎接。

第五场《冷暖同心》写的是公益，从教育（在千佛寺址上修建通州师范学校）、艺术（更俗剧场之建立及与梅兰芳之交往）、手工业（执笔《雪宦绣谱》及与沈寿之交往）等典型的几方面展开。"艺术"这一块是用张孝若（时任伶工学社社长）与梅兰芳之对话做侧面描写，既产生一定变化，又能给扮演张謇的演员留出休息与换装的时间。

"教育"这一块戏，发生在千佛寺慧明和尚与张謇之间，这里用了很普通的"误会法"。当张謇亲力亲为来考察破败的千佛寺时，慧明以为张謇将投重金重修寺院，殷殷满怀、十分感激，不料他却是抱定了改佛堂为学校的主意。一心想维持寺院的慧明又为什么会让步、会接受呢？在获悉张謇"父教育、母实业"的思想及其实践后，慧明叹道："善哉善哉！施主不是佛。可世间若有真佛，想必就是施主的模样。"佛家怀抱慈悲心，这颗心，与张謇在冥冥之中，亦是共通的吧。这句话，于和尚而言，想是他对于俗世人格的最高评价了。

我更喜欢的是张謇与沈寿的这一段戏，他坐在她病榻之前，一笔一画记录她口述之《雪宦绣谱》，所谓无一字不出于沈寿之口，无一字不成于张謇之手。这是"工作"，也是他们情谊的纯净的升华与结晶。在"工作"之前，张謇安慰病重的沈寿，向她描绘着西山一年四时的美景——我最爱的，便是这一段。

> 张謇：开春后，我来安排，你与亲近的朋友，去西山休养一年，定能痊愈。我在林溪之上，筑了堤岸，岸上做成道路，两旁都种了密密层层的杨柳，中间夹栽着桃花。春天，那桃花开得红艳，点缀在一片绿荫中，野鹰在山岩上盘旋，风吹麦浪，跟着行人翻荡。到

了夏天，一望碧绿，没有一点漏缝。溪内荷花开了，红白相间，我们泛了小艇，穿过荷塘、绕过山溪，鱼儿的鳞片浮映着流水，闪闪发亮。再邀几个唱昆腔的年轻人，带上一笛一箫，一路歌去，岂不是好？

沈寿：好……真好。

张謇：秋天满山树叶渐渐凋零，越发衬出红叶开得鲜艳，桂花香味沁人肺腑、随人走动。冬天也不乏赏玩之处。这时节，山的真形逼真地显露了，一丛丛细竹、一湾湾溪水，还有一树一树的梅花，开得楚楚有致，远远望去，连成一大片花光——你看见了，定会动心，想将那一幕幕美景都绣入针线……

沈寿：听您这一说，我就像看见了一样，就像我又多活了一岁……

这是个多么刚劲的男子，像巨大的礁石一样经受过无数风浪扑打而岿然不动，此刻，又显示了多么温存、细腻的一面，分明身处乱世，肩上承担着重比五岳的分量，却还能看到、感受、珍惜大自然的美丽，并且娓娓地讲述给那个病弱的女子听，点燃，哪怕是最后一次点燃她生命的烛焰。

在"教育""艺术""手工业"三块戏之后，本场进入收束阶段，即张謇与张孝若的交流，仿佛发生在真实的父子之间，又仿佛发生在纸笔之上。父亲提灯而行，走了一世，去世之后，灯盏落地，儿子拾起灯，继续向前走去……《传记》一书，也将渐渐走向完稿。

值得一提的是，本剧确然不是个惯见的"话剧"作品，我姑且称为"纪实话剧"，在我看来，它的力量不在于"戏剧性""戏剧结构"，而在于"真实"，在于"张謇"本身磅礴惊人的人格伟力，剧中众多念白、细节，都有其史实出处。

"尾声"与"序幕"首尾呼应，写胡适完成了《传记》之序，而当他终于看罢全文时，却对于《序》中文字，心生惭愧。"尾声"之编剧意图，一是"完成""完整"全剧，二是还有一段重要情节要描绘：张謇之死。曾有意见，说能否不写"死亡",我却颇为坚持。首先,张孝若《传记》里的"死亡"描述,惊心动魄,足令读者落泪;其次,这泪水,又并不仅是无力的、悲伤的,人谁无死?"死亡"本身,并不是"悲剧"。张謇之死,恰恰带给人们极致的崇高、伟岸之感,这也是这个"人物"之"完整""完成"。

> 张孝若:我父逝世后,各处的挽唁函电,如雪片而来。许多地方,不约而同地开会追悼,举国都有木坏山颓的哀感。
>
> 十一月一日出葬。蔚蓝的天穹,朝阳渐升,光芒四射。霜露凝盖树上,更觉澈亮,寒肃之气侵人肌骨,好像天有意给我父一个光明、冷峻的结局。
>
> 素车白马,四方前来送葬的,有一万多人。灵车行经之处,沿路观望的乡人,有数十万,都屏息嗟叹、注视作别,送我父到他永远长眠之地……

前段时间,江苏省演艺集团民族乐团约我以张謇为题材写一部民乐作品的文字底本。谈到作品名称,说若是不用《张謇》为题,用什么好呢?我几乎应声回答:"天行健,如何?"《易》曰:"天行健,君子以自强不息。"后来阅读材料,发现张謇日常用章,有一枚便刻着"自强不息"四字。

是啊,他啊,就是这样的人。

天之生人也,与草木无异,若遗留一二有用事业,与草木同生,即不与草木同腐。

——张謇

# 失落的身影

## ——谈谈《倩女离魂》之整理改编

作为元曲四大家之一郑光祖的代表作，《倩女离魂》严格遵循元杂剧"四折一楔子"体例，内容结构十分精当。

楔子：叙张倩女之母以"不招白衣女婿"为由，命曾与女儿指腹为婚之王文举与倩女兄妹相称，以至于王生、倩女，各自怏怏。

第一折：王文举进京应试，倩女满怀思慕，折柳长亭，依依惜别。

第二折：倩女难耐相思之苦，魂其渺渺，追上王文举，与之同赴京师；倩女"本尊"，则在家中一病不起。

第三折：王文举中举，修书一封，命人带回张家。病榻之上，倩女"本尊"见书中言道"与小姐同归"，恨王文举另娶他人、负了旧盟，悲恼晕厥。

第四折：王文举携妻（倩女之魂）来归，方知倩女卧病多年！众人满怀疑惑时，倩女之魂步入闺中，与"本尊"合为一体，倩女苏醒，与王文举成其亲事。

"起承转合"别有韵致，故整理改编版也基本依循该分场与结构方式，在每一场的具体结构与文字处理上，则做了一定的调整与创造。

首先是曲唱。原著为旦本杂剧，由倩女一人主唱，所用曲牌均为北曲。为贴合当下昆曲舞台之观演习惯，整理改编本将纯北曲改为南曲北曲兼而有之：楔子及第二、四折沿用北曲，第一、三折则将原著北曲改为同宫调南曲。又将一人主唱改为多人物、多行当唱念，不仅生（王文举）、旦（张倩女）有唱，老夫人、梅香以至送信之差人，也各有唱段。重制曲牌、唱词时，每折与原著皆保持同一韵脚，并尽可能地汲纳原杂剧词汇元素，在力求流畅、准确、优美的前提下，令郑光祖之风流文采得到最大限度的保留与展示。

其次，是单折戏剧结构之强化。原著较强调线性叙述，曲唱偏多，块状戏与层次感不够清晰。整理改编做了如下处理：

楔子：减少一支曲牌，将篇幅压缩一半左右，更快入戏。

第一折《折柳》，主要分为三块戏。一是倩女牵记王文举时，梅香支支吾吾地告诉她，秀才今日便要应试去了；二是长亭送别，王文举问老夫人何故悔婚，得到了张家"不招白衣女婿"，待其得官之后，即便成亲之回答；三是倩女送别之"三杯酒"，每一次举杯，缱绻不舍之情都更重一分，尤其是第三杯，王文举就倩女之手而饮，将男女之情推到高点，那之后便是分别了。"三杯酒"，是《折柳》重中之重。

第二折《追舟》，也可大致分为三块戏。一是老夫人叙王文举去后，张倩女恹恹成病；二是张倩女（之魂）一路追赶王生而去，并在水边男女邂逅；三是张倩女（之魂）欲与秀才同行，被拒后仍坚持相随。第一块戏很简洁，第二块戏满是"追逐"之动感，第三块则是《追舟》之主戏，以"二猜三怕"为层次切分。王文举让倩女回去，倩女不肯，王文举道怕损倩女清誉，倩女回说另有一怕，更甚于此。王文举一猜是怕自己不中，被倩女否认；二猜怕自己中了，又被否认。倩女回答了她真正之怕，是怕王文举去后，与自己一样，因思念对方而萧索孤寂！怕"中"或"不中"，多少带了些功利性，倩女之"怕"王生孤独，则纯粹是浓情一片，这打动了王文举，二人共赴长安。

第三折《拆书》细分为五个层次：其一，李万奉状元王文举之命，寄平安书信回家。其二，憔悴家中的张倩女梦见王生回来了（该情节为原著原有，我将位置做了少许挪移）。其三，老夫人、梅香苦劝倩女宽怀，却劝不住她"致命"的相思。其四，李万送信来到，这是本折最关键的层次，由"三念信"切分为三个小层次。一念抬头，"小婿""岳母"令读信听信之人皆十分欣慰；二念中举，得知状元及第，少不得满堂欢喜；三念"文举小姐一同回家"，这造成了极大的误会，包括倩女在内，在场的人都以为王生另娶了他人为妻！于是有了第五个层次，倩女"被负情"之后的悲痛欲绝。

若说第一、二折郑光祖都是顺着唐传奇《离魂记》思路展开情节的话，第三折则可谓郑光祖之独创，甚至重塑了人物。

简单谈谈人物。

《倩女离魂》共五个角色：张倩女（闺门旦、正旦）、王文举（巾生、小官生）、老夫人（老旦）、梅香（贴旦）、李万（丑）。老夫人之庄重威严、梅香之俏丽活泼、李万之滑稽伶俐，自不必说，王文举与张倩女，则可再开掘一二。

先说王文举。较之《离魂记》，《倩女离魂》的男主形象有了很大改变。《离魂记》中，男主角始终坚定地站在倩女一边，见倩女（之魂）追来，他欢喜不已，欣然接纳；杂剧中，倩女（之魂）追来时，王文举却再三推搪，道是"聘则为妻，奔则为妾""私自赶来，有玷风化"。到了第四折，当他怀疑倩女（之魂）身份时，甚至喝道："小鬼头，你是何处妖精？""若不实说，一剑挥之两段。"并"做拔剑砍科"，全不顾夫妻情分！对该人物之定位，整理改编本一方面保留了第三折王文举之徘徊顾虑，既令小生个性更丰富、有层次，也强调了倩女义无反顾的灼热的爱；另一方面，在第四折里，也修改了王文举面对倩女（之魂）的反应，他也许惊诧，却并不怀疑同归的妻子，更不冷漠薄情。事实上，三年来，与王文举朝夕相随、甘苦与共的是"倩女之魂"而非"倩女本尊"，若说爱，他真正爱的应是前者而非后者。

那么，"魂"与"本尊"到底是不是一个人、一回事呢？

《离魂记》并不存在这个问题：自从张倩女之魂随王生而去，其本尊便卧病闺中，与男主角再无任何沟通，直至王生、魂旦夫妻归来，张倩女闻之，"喜而起，饰妆更衣，笑而不语，出与相迎，翕然而合为一体"。唐传奇里的"魂旦"简直是本尊"派去"的，她对魂魄相随之事，了如指掌，专等重逢之日！

反观《倩女离魂》第三折，王文举书信寄到，闺中之张倩女顿生误会，道是"兀的不气杀我也"！足见她于"魂魄相随"一无所知！即是说，倩女之魂与倩女本尊，看似一体，实则"隔绝"，在一定程度上，简直是两个独立的生命体！本尊囿于闺训，虽心慕王生，却只能禁足闺中，恹恹成病；魂旦却突破了一切：亲情的、礼教的乃至身躯的束缚，没命地向着所爱追去！她们既是"二而一"的，更是"一而二"的！

这直接影响了第四折之走向。注意到，魂旦与本尊在元杂剧中可谓平分秋色，第一、三折之"倩女"为本尊，第二折与至关重要的最后一折则是倩女之魂的主戏！第四折《合影》文本，相比而言，也是整理改编幅度较大的一折。原因是原著将过多笔墨放在了倩女（之魂）与王文举归来路上：连用六支曲牌，几乎是完整的一套套曲，倩女（之魂）归来见到母亲、梅香之戏，以及其与本尊"合二为一"之戏则失之草率。

整理改编本之《合影》主要分为五块戏：一、王文举与妻子同归，此处交代了倩女担心母亲责备，王文举提出自己先去拜见，等老夫人消气之后倩女再进门，解决了倩女何不一同拜见的逻辑问题。二、误以为王文举背盟另娶的老夫人、梅香将之一顿痛骂，王生迷惑不已，解释说倩女正在门外。三、倩女（之魂）入门，被老夫人、梅香疑为妖孽，而——很关键的，是倩女（之魂）根本不察自己是一缕魂、不察自己"并不完整"，就像影视剧常见之设置，"死去之人不知道自己已死"，她反过来怀疑闺房里奄奄一息的"倩女"是妖孽化身，必欲探个究竟。四、这是本折最重要的一块戏：倩女（之魂）奔向本尊之路。这一路被分为三个小层次：阶前、门前与帐前。其魂越来越接近"本尊"，就越来越接近"真相"。第一阶段：奔向阶前，她是急急忙忙的，简直像要去抓妖精。第二阶段：从阶前上到门前，她则非常艰难："为为为、为甚的一时气滞心揉紧！这这这、这金莲千钧，登登登、登不上半层！"她还以为是妖孽作祟，遂挣扎而上，到了门前。此刻，再用王文举劝倩女（之魂）掉头而去，产生反向拉力，令她更坚定了前行之心，哪怕在门前，她莫名地迟疑了、奇怪地恍惚了、无端地害怕了……第三阶段：她推门而入，来到帐前。环顾四周，从前首饰，历历在目，此处有个细节，倩女（之魂）欲取妆台珠翠："这芙蓉镜、碧玉簪、翠云钗、琼花钿……皆我当年之物，心头所爱！（试取）如何触之不及、取之不起、戴它不上?!"只因一帐之隔，本尊在内！本尊是那么真实而沉重，靠近她时，这一缕幽魂竟随之稀薄！

接下来，倩女（之魂）对王生有这样两段念白：

当年长亭一别，妾思君念君、不得自解，遂挣开玉锁，追至江畔，随君伴君！三年来欢情无限，唯当夜深人寂，懵懵懂懂、若有所失，仿佛忘了些儿……

今日家门重返，急急匆匆，行到阶前；挣挣扎扎，上到门前；胆战心寒，来到帐前！恍恍惚惚，似有所得，像又记起些儿……

她终于记起了她长久忘却的事，记起了她是"谁"，更准确地说，她是"什么"，而"记起"，便意味着某个层面上的"消失"。她太明白了，这一道帐幔，于"本尊"而言是"完整"，是与王生之"重逢"，于她而言，则至多是"融入"，是与王生之"永别"。

何其哀伤，又无法闪避。

五、是"合二为一"。原著以较为简要的笔法处理了这一"合"，铺设了个"大团圆"的结果，可我——许是随着情节一路行来的共情所致，总有一抹惆怅挥之不去！

王晓鹰导演在《经典戏剧的现代结尾》中写道："'经典'与'当代'接通，在舞台演出实践中有很多方式和可能性，而在处理演出结尾时，依靠对思考隐喻、象征意境和人生况味的延展深化，留下一个切入当今时代的情感通道或思想接口，是诸多途径中的一种。因为这是演出结尾的处理，所以可能收到最直接、最鲜明、最强烈的效果。"

我也希望能在《倩女离魂》中留下这样一个"通道"、一个"接口"，而不用欢天喜地之"圆满"完全遮蔽了内心那一抹惆怅！

注意到《离魂记》里一个细节：倩女之魂随王生去后，居然生了孩子！真是力量非凡！脱离了肉身的一缕"魂魄"，竟能孕诞生命！你还能说她只是一缕魂吗？我将"生子"之设定延续至《倩女离魂》，从而进一步强调倩女

（之魂）的独立性、完整性。在《合影》一折里，又设置了襁褓之内婴孩"三哭"：老夫人拒绝承认这婴儿是自己孙儿，孩子有了第一哭。倩女（之魂）入帐之前，仿佛感觉到"母亲"将要别去，孩子有了第二哭。以上两哭，都紧紧牵动着倩女（之魂）的心。而当一切"尘埃落定"，倩女、王生把"王郎……夫啦""倩女……我妻"叫得亲亲热热时，有了婴儿的第三哭！

倩女——这一回，是"合影"后最完整状态的"张倩女"，抱起襁褓，微笑着逗弄孩子，问了一句：他、是、何、人？

她似乎全记起来了：她怎样的思念王生，怎样的离魂追赶，怎样的情深意切……所谓："没揣的灵犀一点潜相引，便一似生个身外身，一般般两个佳人：那一个跟恁取应，这一个淹煎病损。"却独独忘了这个孩子，忘了为人母的孕育：这很正常，毕竟，"合影"后两下重逢时的张倩女，仍是个处子之身呢。

然而那呱呱啼哭的孩子，却是再真实不过的存在！那么，王文举到底是获得了妻子，还是失去了她呢？巨大的留白，就留与受众们吧。而我想：确然有些什么，悄悄地失落了。

# 话剧《新华方面军》故事梗概

当下，在现代化的"马蹄桌"前，结束了一天的工作之后，"新华报业"大厦华灯渐熄，位于第 33 楼的报史馆里却响起窃窃私语之声，仿佛《博物馆奇妙夜》，报史馆壁上悬挂的新华报社历任社长、总编辑的照片都"活"了：潘梓年、华岗、吴克坚、熊瑾玎、吴玉章、石西民……交错时空，亲切地交谈着。忽然，周遭剧烈地晃动起来，顷刻间，所有人都似被抛入了一艘船，俯首江涛汹涌，举目敌机盘桓，轰炸声接连不断！潘梓年喊着："新升隆号——燕子窝、燕子窝——"

1938 年日寇逼近武汉，10 月 22 日晚，《新华日报》众人坐"新升隆"号撤离，次日下午，于嘉鱼县燕子窝遭敌机空袭，轮船在火焰中下沉、下沉……1938 年 10 月 25 日。

舞台被分割为两个区域，一武汉，一重庆。

武汉：凌晨，周恩来亲自来到报馆，口授了最后一篇社论《告别武汉父老兄弟》，编辑室主任秦一江为之记录。周恩来见到秦一江，颇有些意外，因为秦一江原本应该与未婚妻于锦如一道，于三天前乘"新升隆"号撤离武汉。秦一江回答，锦如已随大部队撤退入川，而他要坚持到最后，再去重庆与锦如团聚。这一天，武汉出了第 287 号报纸……

重庆：马蹄桌前，采访部杨子斋、校对部梅容（女）在潘梓年的领导下，紧张工作着。同一天，重庆也出版了第 287 号《新华日报》！梅容对杨子斋素怀好感，但一直不曾表白，因她知道，杨子斋对于锦如一往情深，但锦如选择了秦一江。杨、秦二人情同兄弟，杨子斋既祝福秦一江与于锦如，多少也为避开二人婚礼，而提前两个月——于 1938 年 8 月，即随华岗等一同押送机器、纸张入川，进行《新华日报》移渝出版的筹备工作。杨子斋在重庆等待着，等待与秦一江、于锦如的重逢……

武汉：消息传来，"新升隆"号被敌机炸沉！秦一江惊痛不已，祈祷同志、祈祷锦如平安无恙……

1938 年 12 月 5 日，在《新华日报》连续半月刊登"新升隆"号牺牲烈士追悼会筹委会通栏启事之后，追悼会于重庆社交会堂举办，《新华日报》以五个整版出了专刊。这一天，参与追悼会的有四五千人，董必武、吴玉章、吴克坚、沈钧儒等十多人讲话。

周恩来沉痛地报出牺牲者之名：潘美年、李密林、项泰、程德仁、陆从道、于锦如……多日不见的秦一江忽然现身，高喊着"锦如没有死"！他自燕子窝一路寻来，没有发现锦如的尸体。秦一江甚至说，在追悼会人群中，他仿佛看到了锦如……杨子斋上前，又悲又愤，一拳将疯疯癫癫的秦一江打倒在地！

这时潘梓年告诉秦一江，他亲眼所见，"新升隆"号上，锦如为掩护同志，中弹坠江……秦一江闻之几乎崩溃，杨子斋也忍不住掉泪，众人情绪一时低落。周恩来介绍抗战形势，鼓舞并拨开了大家情绪上消沉的疑云。

1939 年 5 月，日军对重庆狂轰滥炸。

舞台一角，一个平行独立的空间，显现重庆某中产阶级家庭"李太太"的生活。她穿旗袍、抽香烟、爱打牌、烧得一手好菜，报童喊着"号外、号外"从她身边奔过时，她一定会叫住他，买一份《新华日报》。5 月 3 日的大轰炸，毁了李先生的生日宴，这令李太太懊恼不已。

与此同时，轰炸破坏了重庆十几家报馆的房屋，国民党下令各报停刊，5 月 6 日共同出《联合版》报。周恩来亲自与国民党中宣部部长叶楚伧交涉、声明：第一，《新华日报》同意参加重庆各报暂时《联合版》，以利团结；第二，待各报迁移有定所、筹备有头绪时，《新华日报》即宣布复刊。

同时，周恩来约总编辑吴克坚、陆诒到红岩八路军办事处谈话，作了两点指示：一是安排记者深入抗战前线，二是成都分馆需要补充人员。

杨子斋主动请缨去前线采访。一方面，固然是为了获取第一手材料，写成通讯，鼓舞大众抗日决心；另一方面，在更深的心里，锦如之死令他与秦一江相见尴尬，离开重庆，也有避开秦一江之意。梅容无法劝杨子斋留下，又无法相随前去战地，万千离愁，难以吐露。

想不到，秦一江却带了酒来与杨子斋共饮。原来，秦一江竟主动申请前去成都分馆工作！多少，也有些为了避开杨子斋之意。他们谈起了年轻时的同窗经历，谈起了在南京筹备《新华日报》时的奔波，也谈起了同一个深爱之人：于锦如……

天亮了，秦一江、杨子斋各奔东西。

梅容留在了重庆，等待重聚再饮之日！

1940年3月，成都"抢米事件"爆发，新华报社成都分馆负责人罗世文、分销处经理洪希宗被捕，成都分馆被封！（注：自抗日战争进入相持阶段以来，日本把主要军事力量放在中国共产党领导的解放区战场，对国民党的方针，则以政治诱降为主，军事打击为辅，加之英、美的劝降，国民党蒋介石集团便消极抗战、积极反共，1939年12月至1940年3月达到了高潮。"抢米事件"是第一次反共高潮中国统区的一件大事。）

秦一江冒险从成都赶到重庆，报告"抢米事件"始末，协助南方局完成了《中国共产党成都市委为成都"抢米事件"真相告成都市及四川同胞书》一文并公之于众。

李太太读到"抢米事件"的新闻，赶紧囤了十袋大米。

潘梓年亲自去往成都抗议、交涉，国民党被迫同意《新华日报》成都分销处恢复营业，却拒绝释放被捕的同志。很快，洪希宗牺牲的消息传来！

形势严峻，众人劝秦一江暂留重庆、伺机而动，秦一江却坚持在第一时间回到成都，坚守岗位、继续战斗。

1941年1月11日，《新华日报》创刊三周年。是夜，周恩来等中共南方局领导人来报馆祝贺并参加庆祝大会。周恩来正在会上发言，机要人员送来一份电报——"皖南事变"！周恩来告诉大家，新四军军部9000多人突遭国民党军袭击！正在这时，饭厅里电灯突然熄灭，一会儿灯又亮了，周恩来意味深长地鼓励道："黑暗是暂时的，光明终会到来！"

梅容心急如焚：杨子斋正在新四军军部采访，而今生死未卜！

《新华日报》所写揭露"皖南事变"真相的消息与驳斥国民党反动军令的社论全都被新闻检查所扣押了！1月17日晚，周恩来亲笔题写了"为江南死难者志哀"的题词与"千古奇冤，江南一叶，同室操戈，相煎何急"的挽诗，报社拒检直接见报，向反动当局表示愤怒与抗议！

同时，在周公馆，周恩来、潘梓年、吴玉章等人完成了传单正文《新四军皖南部队被歼真相》，随《新华日报》一同发送。蒋介石集团则采用各种手段：查扣稿件、破坏发行、恐吓广告主、派特务盯梢……意图窒息《新华日报》。

麻将桌上，李太太与牌友们也在讨论此事。

梅容与报童、报丁一起走上街头，发送《新华日报》，2月4日，被国民党宪兵队逮捕并扣押报纸。周恩来亲自前往交涉，在寒冷街头僵持两个多小时后，宪兵队发还了报纸，释放了梅容等人员。次日，《新华日报》发表的《法纪何在！本报横遭压迫》《我们的抗议》时评，都被禁止登载，只剩标题。

形势越来越严峻，为防不测，报社组织了三分之一的职工撤离，或去延安，或绕道香港经上海转苏北抗日民主根据地，或留海外。

梅容不肯走，留在这里，才能及时得到杨子斋的消息。编辑熊复告诉梅容，杨子斋还活着，目前被俘于上饶集中营，劝梅容暂离重庆，以待来日。梅容泪盈于睫，与坚持工作者一起将个人简历报送至延安存档，以示为革命事业献身之决心。

7月，杨子斋被释放回到了重庆，却在战争中瘸了一条腿，并有明显的创伤后应激障碍。这时，梅容终于向杨子斋表达了爱慕，面对她真挚的情感，杨子斋接受了，二人商定了婚期，忙着给报社朋友们写发喜帖，秦一江自然也在被邀之列。

婚礼在即，杨子斋收到了一件染血的礼物！秦一江为杨子斋选购结婚礼物，返家途中，遭遇日军轰炸身亡！

新华报社为秦一江举办了悼念仪式，周恩来出席并讲话，由秦一江之死，谈到了"新升隆"号、谈到了"皖南事变"、谈到了人民为抗战做出的努力与牺牲……上千人出席的追悼会上，杨子斋恍惚看到了一个熟悉的身影——那是锦如吗？他追了出去。

重庆曲折迂回的小巷里，杨子斋没有追上对方。赶上他的梅容问：如果锦如没有死、如果你还放不下她，要么，我们就延后婚期吧？杨子斋却表示，他会如期与梅容结婚。

1942年4月，几乎与杨子斋、梅容婚礼同时，郭沫若的《屈原》上演了，一段"雷电颂"，回荡在山城每一个角落。李太太也去看了三场，甚至能背诵婵娟的台词呢！

《新华日报》刊出《〈屈原〉公演特刊》，连续报道此剧演出盛况，广泛动员民主力量，冲破国民党顽固派的文化统治与政治高压。

1943年、1944年、1945年，《新华日报》处于大发展的新时期。1945年9月，抗战胜利，山城沸腾！

报社人员从延安来人处学会了扭秧歌，甚至举办了一次扭秧歌晚会，杨子斋、梅容唱起了《兄妹开荒》。

与此同时，国共"重庆谈判"期间，《新华日报》出色完成宣传任务。其中一些重要消息，及时准确、来源神秘，再联想到之前"皖南事变"等消息，杨子斋心生困惑。

1946年2月10日，重庆"较场口事件"爆发；2月22日，国民党指使特务、暴徒捣毁《新华日报》民生路营业部；4月8日，《新华日报》转载《驳蒋介石》一文，开始了新闻舆论与美、蒋更直接、尖锐的斗争时期……随着全面内战的爆发，《新华日报》进入战备状态。9月，周恩来致电吴玉章，因时局恶化，要将报社人员减到最少。

梅容身怀有孕，熊复劝杨子斋与梅容随潘梓年等撤退至延安，却被拒绝。

1947年1月，杨子斋收到神秘消息，道美、蒋欲秘逼《新华日报》等中共人员自动撤离，再三探问之下，吴玉章告诉杨子斋，这些关键的消息来源，是重庆有一个我党的秘密电台。

2月20日，消息再度传来：蒋介石欲查封《新华日报》！吴玉章有条不紊地安排人员撤离，杨子斋与梅容坚持到了最后。

28日凌晨，四周犬吠不绝于耳，《新华日报》报馆被国民党包围了！报社宣布采取紧急措施，立刻销毁所有文件、书信、笔记等材料，杨子斋、梅容烧掉党员名单之后，国民党扒开篱笆冲了进来。报社所有人员皆被拘禁，与此同时，省委吴玉章等人也被软禁！经过一周的交涉斗争，四川省委与《新华日报》的同志于3月7、8、9日分三批，乘飞机撤回延安。

杨子斋、梅容是第二批与吴玉章、熊复等共同返程的。登机前夜，因为一个特别的契机，杨子斋见到了锦如！

锦如没有死！

"新升隆"号上，她中弹落水，侥幸逃生，之后更名改姓，潜伏进重庆，与另一位同志假扮夫妻，负责秘密电台。

而"李太太"：那个看上去更像舞台"样式感"的"白相人""阔太太"，就是于锦如！

杨子斋唏嘘万千，说若秦一江知道锦如还活着，该有多欢喜。锦如却道，秦一江是知道的！她诉说了一段往事："抢米事件"后，秦一江来重庆汇报，与锦如不期而遇！锦如为隐藏身份，故意说在"燕子窝"死过一次后，她已放弃了革命理想，只想太平过日子，言道"锦如"已死，活下来的是"李太太"，她已嫁人并佯称怀孕，狠心断了秦一江的念想！秦一江绝望、落魄而去。锦如满眼热泪，心想总有当面解释的一天，不料秦一江之死，令这最后一面，成为锦如心头永远的痛！

杨子斋劝锦如与同志们一道归去，锦如却说，她并未暴露，决心在重庆继续潜伏，在不同的战线，与同志们一起战斗，直至最后的胜利！

飞机飞上蓝天，锦如转身而去，又成为风情万种的"李太太"。

自1938年1月11日创刊至1947年2月28日被查封，《新华日报》在抗日战争与解放战争初期先后经历9年1个月零18天，总计出版报纸3231期，被人民群众誉为"茫茫黑夜中的一座灯塔"，毛泽东同志称赞它："同八路军、新四军在敌后作战一样，抵得上党的一个方面军。"

# 完成不可能

## ——话剧《新华方面军》创作札记

2021年年初，新华报业传媒集团约我以《新华日报》为题材，写一部话剧。这几乎是个不可能完成的创作。接受委约时，朋友们都很为我担心，说：《新华日报》，怎么写？人物？情节？题旨？结构？任何一项，似乎都望之不见、捉之不住。那为什么接受呢？一方面因为题材意义重大，《新华日报》是抗日战争和解放战争时期中国共产党在国统区内唯一公开出版发行的大型政治机关报，之后又经历了中共南京市委机关报时期、中共江苏省委机关报时期、新华日报报业集团成立之后时期、新华报业传媒集团转型发展时期等数个阶段，迄今已有83年历史；另一方面，因为难，所以写。

第一步，素材。"新华"负责与我对接的小伙伴源源不断地将图片、视频、音频、书籍、电子文档发来，将之大概浏览一遍就花了我好几个月的工夫。直到去面谈"思路"时，"人物""情节"在我心中仍是模模糊糊的。而这次面谈，对"构思"非常重要，就在这次会上，我们确定了该剧主要关注《新华日报》之"1938—1947年"，双传学社长同时提出了"对当下之新华也应有所观照、表现"的要求。于是，需要精读的，便是全面抗日战争和解放战争时期那9年的报史：仍然卷帙浩繁，但与83年相比，已经好很多了。选筛众多资料，我最终选定《〈新华日报〉80年》《〈新华日报〉50年》《抗战烽火录——〈新华日报〉通讯选》《中共中央南方局与〈新华日报〉》等书为主要素材来源，当然，更重要的素材是那9年间的3231张《新华日报》！

我常说第二步是"题旨"，但这一次创作，题旨不能仅凭对素材的阅读与思考得出。因为我面对的简直是无垠海洋，"题旨"之可能性太过丰富，必须以"情节""人物"为辅佐、为依傍，找到并确定洋流的轨迹，才能确认其"题旨"。"情节""人物"之所以"呼之不出"，在于"素材"的工作还没有做完。我开始"做年谱"，将《新华日报》1938—1947年之大事记逐年列出，跟随时间之河细致梳理，每一重要事件，尤其是事件之间的因果脉络，在我心中越来越清晰。

在时代的风浪中，《新华日报》，这号角、这旗手、这灯塔，时时被扑打着，又始终屹立巍然。我要写的，既是一张报纸，更是那群报人，是他们的工作、他们的职责，更是他们的热血、他们的奔赴！

剧本完稿后，我在开头写了一段"编剧的话"："本剧以1938年至1947年《新华日报》在抗日战争与解放战争期间之诞生成长为背景，以有部分原型基础的四个虚构人物：秦一江、杨子斋、于锦如、梅容在时代风潮中的命运沉浮、离合聚散为主线，以周恩来、潘梓年、华岗、熊瑾玎、吴克坚、何云等六位报史上的重要人物为群像支撑，以'新升隆'号遇袭、《新华日报》移渝出版、'抢米事件'、'皖南事变'、《屈原》公演、《新华》撤离等重大历史、文化事件为脉络与载体，结构全剧、贯连今昔，从而完成对'新华方面军'的绘写与礼赞！"

且将"虚构"的"小人物"之生命滴水抛入时代的巨浪，看他们怎么跌宕起伏、怎么坚持呐喊、怎么奔腾入海，在浩荡的乱世中，以极平凡极渺小的生命，绽放令人动容的光华：这，便是该剧题旨！

准备好了，走入《新华方面军》吧。

居然，一部话剧，也由四场（章）、一序章、一楔子、一余韵构成。此结构便于我时时用"起承转合"去审视与要求剧本的推进和变化。

《序章》，从当下新华"全媒体采编联动会"切入，展示在现代化的巨大的马蹄桌前，当代"新华人"之工作状态。而在"文化新闻部"版块，由剧中人物"黄莺"点到"老报人口述历史"这一专题，既表现"新华"报史之延续、"新华"对其历史之重视，也与最后的"余韵"形成呼应。

接着视角转向报社大楼前，周恩来、潘梓年等六人的雕塑，他们"活"

了，抚今追昔，感慨万千。谈到"新华"与南京之渊源，谈到毛主席三题报头，又以周恩来简要评价"新华"并转述毛主席之言"《新华》战士，同八路军、新四军在敌后作战一样，抵得上党的一个方面军"，点明了《新华日报》的独一无二及本剧剧名含义。

紧接着，随着舞台剧烈的晃动，时空变幻，轰炸声将人们——剧中人与受众，都带入了抗日战争时期。"新升隆、燕子窝"，是我选择的第一个重大事件。

《第一章：双城纪》：聚焦于 1938 年 10 月 25 日这个特殊的日子，就在这一天，武汉沦陷，《新华日报》同时出了两期不同的 287 号报纸：武汉版的最后一张与重庆版的第一张。本场采用了空间平行展开的方式，同时展现武汉与重庆，一边在迫近的硝烟中坚持出完最后一张报纸甚至根据局势，临时更改、口述、印刷了新社论；一边则是紧张忙碌的新的起航。令"双城"产生有机联系的，是以下几方面：一、异地同时发行的两篇社论《告别武汉父老兄弟》（武汉版）与《本报移渝发刊》（重庆版），在舞台上被交叠着朗诵出来，虽所处具体环境不一，却都回顾了《新华日报》发刊词的办报宗旨，并汇合成一个响亮的声音："本报深愿与读者诸君及全国同胞共举坚持抗战之旗帜，在战争的洪流中，树立起独立自由幸福的新中国的根基！"二、人物关系之编织与其情感投向。本场中，四个主要虚构人物逐一露面，秦一江坚守武汉，杨子斋、梅容已在重庆，于锦如呢，她在从武汉去往重庆的"新升隆"号上。他们彼此眺望：秦一江牵挂着途中的爱人锦如与重庆的手足同人；杨子斋担心着被炮火威胁的弟兄秦一江与他同样暗怀爱恋的锦如；梅容呢，一边担心朋友同志，一边又小心翼翼地向杨子斋表达她的爱慕。这些真挚、深浓的情感，将相隔迢迢的两座城市关联在一起，共同呼吸。

本场结束于"新升隆"号遇袭消息传来，既与序章有所呼应，也令武汉、重庆同时发出痛呼！

以上，是"起"。

《第二章：分飞雁》是"承"，分为环环相扣的三大块戏：一、追悼会；二、大轰炸；三、离别酒。

"新升隆"号遇难烈士追悼会是个大场面，其中分为三个小层次：1. 社长潘梓年等致辞；2. 秦一江"大闹"会场，坚称锦如没死，亲历者潘梓年告诉了他自己目睹锦如中弹落水的场面，这一小块戏，以杨子斋喝止秦一江"别发疯了"并将之一拳击倒为结束；3. 周恩来鼓舞众人："在死难的诸位同志，则忠于职守、忠于国家、死而无憾；在后死的我辈，则唯有继承他们伟大精神，踏着他们点点滴滴的血迹再接再厉、誓死奋斗！"这里，既为锦如之命运做了正反双重铺垫：不见尸体，是"生"之铺垫，"目睹牺牲"是"死"之铺垫，又铺垫了秦一江、杨子斋二人因痛失所爱而"不如不见"的关系，并用"追悼会"众人悲愤、错愕、痛苦、发奋的情绪变化，来渲写"新华人"战火中的坚忍与勇毅！

"大轰炸"是指 1939 年 5 月 3 日、4 日，日机对重庆之密集轰炸，众多报社被毁直接导致了《新华日报》暂停独立发行，被并入《联合版》报，部分"新华人"因之奔赴其他战场，这才有了"离别酒"。但若正面表现"大轰炸"，则与"追悼会"在场面节奏上十分相似，所以我换了一种写法，借报童小串串与中产之家李太太卖报买报的对话来写"大轰炸"，既与"追悼会"产生节奏变化，又包含了"报童"与"读者"这两组在"新华"报史上极为重要的类型人物，且充满生活气息。

"离别酒"是梅容、杨子斋、秦一江三人之别，细分为三个小层次：1. 梅容的挽留与杨子斋的拒绝；2. 秦一江与杨子斋对酌，彼此以为对方是来送别自己的，想不到事实却是两人都要奔向别处：秦一江去成都分馆补充力量，杨子斋去第一战区做战地记者；3. 梅容送别杨子斋，固执地相赠青丝，是她强烈又内敛的一次爱的表达，她说："不求你一直带它在身边，等你到了前线，请在战士们洒血之处，烧了它吧。"这些年轻的生命，多么坦率，又多么可爱！

第二章之后，我安排了一个楔子《米米米》展示"抢米事件"，分为四个小段落：1. 小串串卖报，李太太等议论米价高涨，很显然，卖报买报已成为连接情节的重要样式。2. "抢米事件"之直接演绎。3. 秦一江从成都跑回重庆汇报，"新华人"通过《新中华报》将真相公之于众，在这里，既提示了国民党新一轮反共高潮的到来，为第三章"皖南事变"做了铺垫，也暗示了"新华"

有一条传送信息的秘密渠道。4.秦一江与梅容谈到杨子斋身在新四军豫鄂挺进纵队，为杨子斋遭遇"皖南事变"埋伏笔，进而写到秦一江归去成都。而秦一江这一趟"重庆之行"，其实还发生了一件特别重要的事，在此我仅提供了"时空可能性"，对其事只字不提，必须要到最后揭秘。

《第三章：报奇冤》集中表现"皖南事变"前后，说它是"转"，一方面，这是抗战期间国共关系极重大的转折点；另一方面，也是剧中人物命运的关键节点。

它由大大小小五个部分组成：一、在报社庆祝三周年活动时，"皖南事变"消息传来；二、国民党宣布新四军为"叛军"，周恩来愤怒驳斥；三、1941年1月17日报社之夜，新华人如何突破国民党新闻检查所的监督与重压，在次日《新华日报》上刊出周恩来"千古奇冤，江南一叶"手书；四、小串串等叫卖《新华日报》并散发传单，用李太太的惊惶来反衬小串串等报童的勇敢，梅容也走上街头卖报纸、发传单；五、组织安排党外人士撤离，梅容不肯走并火线入党。

这一场，既以戏剧化的手法描写了《新华日报》收到并揭示"皖南事变"真相的全过程，也写出了梅容之作为与成长。想到那个漆黑的寒冷的雪夜，她提着小小的灯盏，将周恩来题词贴在怀里取了回来，想到她因怕泄露题词不敢进屋，蜷在门外成了个冰人儿，想到她为了等待生死未卜的爱人（杨子斋）的消息，而宁愿守在最危险处，再有她慎重、庄严的入党宣誓，就忍不住觉得：这个连旗袍都从未穿过的朴素少女，真是太……美丽了。

然后是"合"之《第四章：雷电颂》。郭沫若话剧《屈原》公演是抗战时期重庆的一个重大文化事件，这一场，就用它做载体。全场分为三大块：一、子斋归来。杨子斋回来了，这里有两种写法，一是他去了重庆，见到梅容；二是他去了成都，见到秦一江。我选择了第二种，为什么？一方面是作为男主角之一，秦一江已经久不上场了，而在本场中，他牺牲于日机轰炸，若再不给戏份，他简直就没有"露脸"的机会了；另一方面，更重要的是，我可以铺设与《第二章：分飞雁》中"离别酒"相呼应的一顿"重逢酒"，从而形成相对完整的叙事结构，男子汉之间，也能酣畅地说些心里话。这块戏分为三个小段落：

1.秦一江发现杨子斋；2.意气风发的杨子斋被战争"击溃"了；3.秦一江为保护杨子斋，死于轰炸，将生命的分量寄在子斋身上。"这钢笔……不，这是武器，党给我们的武器！拿着、拿着，我们的抗日，就是拿起笔，做武器……"濒死的秦一江重复了《第二章：分飞雁》中杨子斋的念白，以自身之"死"，换回了杨子斋的"生"。子斋将背负着一江那一份，与他一起活下去。二、秦一江的追悼会上，杨子斋看到了个疑似锦如的背影，他追了出去，梅容亦随之而出。为"锦如"是生是死埋伏笔，又完成了杨、梅二人情感的推进。他们爱得真诚、爱得坦率、爱得忘我。三、从《屈原》公演到抗战胜利。"子斋归来"时，秦、杨朗诵了《屈原》"雷电颂"文本；杨、梅以相约去看《屈原》演出为爱之表白；1942年4月3日，《屈原》公演，轰动山城！"雷电颂"不只是演员金山一人之声，更是众人之声、城市之声、全中国共同的呼声！这是全剧高潮，由它直接过渡至众报童高呼"看报、看报，看《新华日报》！抗战胜利，日本投降"，无论情绪还是样式，都具备了足够的力度。

看上去整部戏已相对完整，但就像拼图，它还缺少很重要的部分。从报史上说，缺了《新华日报》被迫停刊、"新华人"撤离重庆这一块；从人物上说，缺了个"锦如"！因之，《余韵：逢故人》是必不可少的！最初我构思的是"第六章"而非"余韵"。为什么变成了"余韵"呢？写完第五章，我被"雷电颂"狂风骤雨的力量震撼了，想：再怎么写"撤离"，都"不好看"了，它绝无可能压倒"雷电颂"。若不能超越"第五章"，还要什么"第六章"呢？如果"第六章"、最后一章，只为交代情节、完整故事，那身为编剧，也实在有点狼狈！我仍有一线"突破""超越"的希望！因为我在20000多字里，埋藏了两个"秘密"。"秘密"怎么说，至关重要。它的"体量"，只够"余韵"，它的"力量"，却能稳稳地压住全剧。

《余韵》时空迁跃回当下，与《序章》黄莺谈到的"老报人口述历史"呼应，她采访了杨子斋、梅容之子，而今已74岁的杨锦江！父母年轻时的故事在老年的儿子口中流淌，也象征着"新华"报史的绵延生长。从"抗战胜利"到"撤离重庆"的往事叙述中，我只保留了一块戏进行"场景重现"，杨锦江谈到父亲杨子斋接受了一个秘密任务，与一名地下党接头。他"等啊等啊，那时的一分一秒，比一生一世还要长……"。

地下党来了，她来了，她正是"锦如"！观众们看到，李太太，就是于锦如！

我们一直以为的、作为舞台样式感存在的"李太太"，那个风情的、泼辣的、俏丽的、爱打麻将、会烧小菜的"李太太"，就是令我们与剧中人念念不忘、本该葬身江底的"于锦如"！她在台上大大方方晃了这么久，我们竟对她的真正身份，一无所知！她不仅埋伏在剧中、在国民党的眼皮下，也埋伏在整个舞台时空里！这是全剧我最喜欢的设计。

然后我写了全剧最后一段。若说"锦如"生死、身份是第一个秘密，那以下便是第二个秘密，这是一段"相逢"、一段发生过却没有被表现的"往事"。那灼热的爱、忍耐的痛、纯净而伟大的牺牲……令我每一次念，都会有流泪的冲动。

> 杨子斋：追悼会上，我没看错，就是你！锦如，一江他……他若知道你
> 　　　　没死，该有多高兴、多欢喜……
>
> 于锦如：他知道。
>
> 杨子斋：啊?!
>
> 于锦如：他知道我活着。（19）40 年 3 月 15 日，"抢米事件"后，他来
> 　　　　了趟重庆，真是巧……太巧了！芭蕉巷里，我们面对面地撞上，
> 　　　　躲都躲不开！
>
> 杨子斋：他？——
>
> 于锦如：他这傻小子，发现真是我，眉也笑、眼也笑、鼻子也笑、嘴巴
> 　　　　也笑，浑身上下，没一处不是又哭又笑的。上来就拉我手。我
> 　　　　呢，由他拉着，只说……
>
> 杨子斋：说什么？
>
> 于锦如：唉……这烟，快燃尽了。（转身欲去）

杨子斋：（拽之）你说了什么？

于锦如：我说，叫我李太太。锦如早死了，死于"新升隆"、死于燕子窝，被机关枪打死了、被长江水淹没了……我说：抗日？太疼了。救国？太苦了。共产党员？太难了。信仰、理想？算了吧。……真实身份，不，不能，我得瞒着他，一个字都不能说！所以我说，算了吧，饶了我，I quit（我不干了）！Quit、I quit……（哽咽）我告诉他，我嫁了人，衣食不愁，丈夫一表人才，对我百依百顺。我是李太太，不是于锦如……听着听着，一江就把我手给、给放开了、放开了……

杨子斋：你？——

于锦如：我转身走了。走出去好远，还听见背后，传来他野兽一样的呜咽声……我对自己说：别回头，锦如、锦如，你别回头！一直往前走、往前走、往前走……才能在胜利的那一天，满怀喜悦、与他重逢……（忍泪，捻灭烟头，将行）

杨子斋：锦如！回去吧，与我们一道，回延安去！

于锦如：不了，我还要……往前走。子斋，记着，明天、后天、大后天，你们飞机腾空之时，我无论身在何处，一定抬头望着天空、望着你们，望着你们、望着天空……

另外值得一提的是，虽然有这么些虚构与创造，可全剧几乎所有细节都是真实的！从"全媒体采编联动会"的工作状态、到《本报移渝发刊》社论、"新升隆"号烈士追悼会上的悼词与遇袭详情、"抢米事件"来龙去脉、田汉《你像曲》之诗、"皖南事变"消息传来时停电又很快来了电、周恩来"黑暗与光明"之说、发布"千古奇冤"题词前一夜国民党新闻检查官与新华人的对话、杨子斋讲述的三个"故事"、从事秘密电台工作的李姓夫妇……都是真的，而本剧真正的力量，也正来源于此！

致敬"新华"、致敬时代、致敬他们！

# 《牡丹亭》：生死梦中

L先生向我约稿《牡丹亭》之整理改编，我说《牡丹亭》演出版纷纭，用不到我再掺和，他却说，相信我心里，定有一版我自己的《牡丹亭》；讲真，有，倒是有的，只是有点"吊诡"；他又说，希望集中在一个晚上演出全剧；巧的是，我心中这个版本，好像真的，一个晚上，也就够了。

《游园惊梦》《寻梦》《写真》《离魂》《冥判》《拾画叫画》《幽媾》《冥誓》多么经典，即便只是串折，也不是两三个小时所能容纳的，遑论还要将来龙去脉讲述清楚。在一众版本中，最令我赞叹、具有匀称美感、结构精巧又有极大创造性的，是由张弘先生整理改编的、江苏省演艺集团昆剧院之精华版《牡丹亭》，而那亦需两个晚上的演出来完成。

那么我，想怎么做呢？

支持我"创新创造"的，又是什么？是汤显祖原著。多年来，陆陆续续的，面对《牡丹亭》，我想的主要就一件事：回到"原著"，在精读文本的基础上，破解"《牡丹亭》密码"。其关键点在于两个"梦"。一是杜丽娘之梦，见原著《惊梦》；二是柳梦梅之梦，见原著《言怀》。

《惊梦》大家很熟悉，《言怀》则尤值一提。《牡丹亭》传奇共五十五折，第一折《标目》相当于全剧内容简介，第二折，就是《言怀》，换言之，整部《牡丹亭》，在汤显祖笔下，是从《言怀》开始的！他写道："（柳梦梅）忽然半月之前，做下一梦。梦到一园，梅花树下，立着个美人，不长不短，如送如迎。说道：'柳生、柳生，遇俺有姻缘之分，发迹之期。'因此改名梦梅，春卿为字。"同折里，柳梦梅自报家门时，说的是："小生姓柳，名梦梅，表字春卿。"就是说，这个梦，简直给了男主角一个"新生"，此梦之前他本名叫什么，我们全不知道，"柳梦梅"懒得说、汤显祖也懒得写。

那么这一梦，从时间顺序上说，是故事之发端吗？

我觉得：未必。

梅树下的美人，无疑是杜丽娘，杜丽娘死后葬于梅树之下，故而有这个特殊地点的梦中相逢，杜丽娘在《冥判》时知道了"有此人和你姻缘之分"，才有"遇俺有姻缘之分"之说。几乎可以说，杜丽娘不死，柳梦梅是做不到这么个梦的。那么，有没有可能是杜丽娘没死，柳梦梅纯粹做了一个"预言梦"呢？且不论"预言梦"细节太过真实，事实上，《言怀》之梦并未结束，它跨越了七出戏，在第十出《惊梦》里，与杜丽娘之梦"合二为一"。

做《缀白裘》文本分析，解读《惊梦》时，我这么说：

细看《惊梦》，有几处很奇怪。

其一，在杜丽娘眼中，柳梦梅是个素昧平生的男子，可柳梦梅为什么一见杜丽娘却说："小姐，小生那一处不曾寻到？却元来在这里。"显然见过她，却是几时见过？

其二，柳梦梅手持柳枝道："姐姐既淹通书史，何不作诗一首，以赏此柳枝乎？"杜丽娘淹通书史，他如何知之？

其三，乍一相逢，柳梦梅便道"咱爱杀你也"热烈求欢。如此突然，难道他是个浪荡子？但看《幽媾》，小生明明也有他的矜持自守。

原著《惊梦》中，柳梦梅还有四句上场诗："莺逢日暖歌声滑，人遇风情笑口开。一径落花随水入，今朝阮肇到天台。"它不见于《缀白裘》与演出版，却清楚解释了柳梦梅的来处：他从他的梦中来！所谓"风情"，指的就是他在大梅树下邂逅美人！随后柳梦梅还有一句很关键的念白："小生顺路儿跟着杜小姐回来，怎生不见？"（她甚至把姓氏也告诉了他）足见：《言怀》之梦没有终止于《言怀》，它一直绵延到了《惊梦》，与杜丽娘之梦合二为一！正因为有前史、有梅树下的接触，柳梦梅才会一路寻来，才会对杜丽娘有所了解，才会——看似唐突，其实是顺理成章地——求欢！因"姻缘"二字，本是杜丽娘先提出来的！

汤显祖在此展示了令人惊讶的戏剧结构，涉及时间线的剪断重组与封闭循环这两个极具现代性的叙述方式。

为什么说它形成了闭环？按通常认知，《牡丹亭》叙杜丽娘"一梦而亡"，为情而死又为情而生。杜丽娘若不梦见柳梦梅，就不会有梦中之欢，没有梦中之欢，就不会伤情郁郁，若不伤情郁郁，便不会青春而夭，葬于梅树之下，亦不会在冥界得知她与柳梦梅的姻缘。而若无死亡、若无《冥判》，便不会有杜丽娘之魂入柳生之梦，若无柳生之梦，则没有书生入丽娘之梦，也就没有杜丽娘之梦柳梦梅、没有梦中之欢！可以说，柳梦梅、杜丽娘，他们既是彼此的因，也是彼此的果。

我想做的，便是将这一点传递给受众。也许有一点悚然，但唯有"至情"，能冲破冥冥中悚然的死循环，这才有了《牡丹亭》之题旨："情不知所起，一往而深，生者可以死，死可以生。生而不可与死，死而不可复生者，皆非情之至也。"

因之，我若整理改编《牡丹亭》，将回到汤显祖原著之结构发端，以《言怀》柳梦梅之梦为"序"！接着便是柳梦梅干谒漂泊，卧病梅花观后《拾画叫画》——当然，篇幅上会做些压缩，那声声姐姐，叫出了个杜丽娘，《幽媾》顺理成章。

不过，"人鬼厮混，到甚时节"，杜丽娘怀着这点"怨念"，"也避不得""柳郎那一惊"了，决意要将她"是鬼也"告知柳梦梅。原著里，柳梦梅听后第一反应是"怕也、怕也"，怎么令他接受枕边人是个"鬼"并且肯犯"开棺见尸，不分首从皆斩"之罪，开坟迎出了个娇娇臻臻、鲜鲜活活的丽娘小姐呢？

江苏省演艺集团昆剧院精华版《牡丹亭》的处理办法十分巧妙，以"梦"为勾连，而我想不妨再进一步，索性将《游园惊梦》乃至《寻梦》以双双回忆、相互诉说的方式，挪移到这里，并将《惊梦》之梦与《言怀》之梦合为一个，令杜丽娘、柳梦梅都明明白白发现这个"首尾相衔的死循环"，对柳梦梅来说，杜丽娘或许只是一介绮梦；而对杜丽娘来说，柳梦梅是她破解生死的唯一钥匙！他若不肯信，或者信了而不肯冒杀头之险，杜丽娘都将永远被困在梅树之下、困在无边无际的生死梦中。

甚至，忽然我冷不丁地想：也许，这一个"柳梦梅"并非"杜丽娘"遭遇的第一个书生；也许，在他之前，有无数书生做过"梅花树下逢美人"之梦，那是被拘禁在树下的美艳凄恻灵魂的"求救"，他们都纷纷地改名为"柳梦梅"，无数次来到梅花观，只是，一个都没能"通关"，始于"好色"，终于"恐惧"，在"鬼"面前、在"大明律"面前，停下脚步、掉头而去，直到这一个"柳梦梅"来了。怎样才能跨越生死鸿沟？那便是，"情"到极致，能置死生于不顾！

敢"死"之人，才能迎回一个"生"，这很公平，不是吗？

"至情"，仿佛浑噩长夜中的一道明光，剖开了令人窒息、反反复复、永无止境的暧昧的"媾和"，她的躯体已在土中掩埋了很久很久，这一天，终于离开梅花树下。杜丽娘回头望去，依旧是"梅树依依可人""梅子磊磊可爱"，只不知，下一个沉眠于此的少女，是否有她这样的幸运。

# 《牡丹亭》整理改编简述

## 一、结构

集中在一晚 3 小时内演出，故以杜丽娘"起死回生"为主体，分为四场两个楔子，即楔子（《梦梅》）、《叫画》（含拾画）、楔子（《魂游》）、《幽媾》、《冥誓》、《回生》。

## 二、人物

柳梦梅、杜丽娘自不必说，按照原著，梅红观由石道姑、陈最良看护，二人一丑（付）一末，可在生旦行当外增加些色彩。此外，还有与花园紧密关联的一众花神。至于幽冥世界，我斟酌再三，没有保留《冥判》。原因在于：这一回的整理改编，充满"恐怖片"气质，那么，有一个被完整呈现的"鬼世界"恐怖，还是一个没有具象之"鬼"的鬼世界恐怖呢？我觉得是后者。（若是前者，就不是"恐怖片"，而是"魔幻片""神话片"了）因之，我舍弃了判官，只保留一个小鬼，提灯为杜丽娘之游魂引路。

## 三、分场详解

《梦梅》：将原著《言怀》中，柳梦梅口述己梦，化为舞台上对梦境之直接演绎，突出"梅树下的美人"这一概念。

《叫画》：1. 石道姑、陈最良成为贯穿全剧的角色，既穿插交代剧情，也避免主角顶场上。在篇幅短小的对话里，交代人物地点事件，主要是柳梦梅落水后被陈最良救起、带回梅花观养病。一句"梅花的香气，越来越浓……"渲染气氛——实际上，这句话在剧中三次出现，非常诡秘。2. 篇幅所限，《拾画》

部分，删除了一支【好事近】"则见风月暗消磨"，在发现紫檀小匣的细节上，采用了原著而不是《缀白裘》版。柳梦梅先见到匣子，想去取之，再太湖石倒，而不是直接山石倒塌，出现了一个匣子。从而强化柳梦梅"发现"之主动性。3. 在柳梦梅游园时，穿插杜丽娘游园之幻影，二人共唱【皂罗袍】，并用杜丽娘内声"姻缘之分，发迹之期"衔接《拾画》与《叫画》。《叫画》的表演极为成熟，同样，囿于篇幅，忍痛割爱，删除了【二郎神】"能停妥"与【集贤宾】"丹青何处落娇娥"，在个别唱词字句上，有些微调。

《魂游》：1. 原本想《叫画》直接接《幽媾》，但考虑到，直到此刻女主角尚未真正上场，还是应该给她个相对充分的表演空间，所以选用了原著之《魂游》并做适当压缩。2. 原著杜丽娘是独自一人飘忽而上，可我私心很喜欢《冥判》中小鬼提灯引美人的造型，故加了个小鬼，以保留此造型。3. 曾写过一稿，是小鬼不时与杜丽娘搭几句话，可最终还是将之改为，自始至终，只杜丽娘一人说唱，小鬼完全是个"道具人"。这么做，是为了突出杜丽娘之孤寂：一灵缥缈，承受、忍耐、辗转、在绝望中希望着……没有任何交流对象。

《幽媾》，从这一折开始，改编之处渐多：1. "祭奠"这个主意，是从原著《魂游》中来，"折得残梅，安在净瓶供养"亦然，但强调了"梅花""梅树"之诡异。2. 生旦"幽媾"见面前，舞台展开两个空间，柳梦梅、杜丽娘各自抒怀，又互相交错。一个对画而唤，一个闻声而觅。这段若即若离的"生旦戏"，将生旦看不见的情感之丝向着一处飘吹，尤其将原本柳梦梅一人主唱之【懒画眉】【浣溪沙】分为二人合唱乃至齐唱，更显尚未见面、情已相融。3. 见面之后，主体与原著一致，尤其是唱词，一字未易，只念白加了一些小曲折、小情趣。比如这一段：

杜丽娘：罢了！既是秀才不肯见容，妾身告辞。

柳梦梅：姐姐留步。

杜丽娘：在此。

柳梦梅：夜露更深，独行不便，待小生送你一程。

杜丽娘：只为相送，不为相留？

柳梦梅：只敢相送，未敢相留。

杜丽娘：（失笑）这等胆小！我只得留下，与你壮胆。

在处理陌生男女媾和时，保留了原著"姐姐真个见爱，小生喜出望外，何敢再却"之说。至少此时，这不是"非你莫属"之爱，而是"何敢再却"之乐——柳梦梅之于杜丽娘的情感，有一个推进过程。4.对二人"似曾相识"之感稍做铺垫。但柳梦梅没有向"梦"呀、"画"呀方面想，哪怕杜丽娘"暗搓搓"地希望他这么想，他想到的是："向日花园转西，大梅树下，夕阳时节，仿佛见小娘子走动。"这亦得之于原著，只不过我稍微强调了"大梅树下"这一概念。

《冥誓》：1.将原著《旁疑》《欢挠》内容整合于石道姑、陈最良之间，增加趣味性与科诨，既叙述了生旦连日之私，又展开了石、陈二人偷窥书房的情节。2.展开一小段生旦戏，曲唱以原著《冥誓》套曲为基础，念白糅合《欢挠》中部分文字，如"梅子酸似俺秀才"等：私心很喜欢这一句。3.石道姑、陈最良"捉奸"来到，不获而去。4.在前面三个小段落后，开始本折主体。主要调整处，一是写杜丽娘不悦欲去。原著杜丽娘那句"除是人不知，鬼都知道"的叹息，挪移至此，别有风味，也表现了"捉奸"对杜丽娘之"刺激"，既完成事件勾连逻辑，也将情节进一步往下推进。二是柳梦梅拦住杜丽娘后，主动——原著中为被动——提出与之成亲。既减省了篇幅，也有利于男主角之形象塑造。删除了一支【红衫儿】"看他温香艳玉神清绝"以便加快节奏，且在定盟之【滴溜子】"神天的、神天的"中添加了杜丽娘之心声。三是增加了两个梦境的讲述，并将二梦并作一个，把"互为因果、生死循环"这一概念淋漓地展示了。所谓：

柳梦梅：后花园中，大梅树下！难道小姐死后，方入我梦？

杜丽娘：若非秀才入梦，奴家何来这一死！

柳梦梅：若花园梦会之时，小姐尚在；前番大梅树下，又是何人？

杜丽娘：梅树下是个死美人，花园内一个活姐姐，辗转无边无际、死生
　　　　梦中，奴家一人耳！

柳梦梅：无边无际、死生梦中！

把原著《言怀》中"梦短梦长俱是梦，年来年去又何年"之句挪移至此，二人对坐，如梦似幻，四目相对，寂寂无言。最终，柳梦梅应承掘坟相救，这里截取原著字词，改编为一支新的【三段子】，又保留了原著杜丽娘那句"你既以俺为妻，若不来救，妾必痛恨君于九泉之下"，这话既有力度，又见个性，痛切渴盼之情，跃然纸上。

《回生》：原著这一折内容相对简单，而我将《牡丹亭》全剧核心，也是最华彩的段落——《惊梦》放在了此处！从而形成情感、音乐、场面、表演之大高潮。因此，一方面，沿用原著套曲，另一方面，为避免一折多韵，将原著《回生》"u"韵曲唱，统一为《惊梦》之"an"韵。全折结构为"三逃一梦"，主要分为五个部分。一是柳梦梅、石道姑、陈最良来至梅树下开坟。二是尚未动土，陈最良便逃走了。三是动土见棺，石道姑也逃走了。四是面对杜丽娘之棺木，柳梦梅终于也战战兢兢，毕竟"开棺见尸"是杀头之罪！当他被棺中一声呻吟惊到几乎落荒而逃时，忽然他堕入梦中。这是第一次、最后一次，也是唯一一次，在剧中完整呈现这个梦。梅树之下，已死的杜丽娘，那美艳的尸鬼呼唤他、引领他，倏忽不见，却叫他梦里入梦，与还活着的鲜美少女春风一度！没有《惊梦》的《牡丹亭》是残缺的，此刻《惊梦》重现，那被大自然呵护着、礼赞着的欢爱，闪电般照亮了柳梦梅的爱与记忆。尤其是，梅树下，他好像看到了一个定格的幻影，那是《寻梦》中徜徉到此的杜丽娘，唱着"花花草草由人恋，生生死死随人愿，便酸酸楚楚无人怨"，唱着"待打并香魂一片，阴雨梅天，守得个梅根相见"……这支【江儿水】真美啊，美得凄婉、美得哀愁、美得决绝。爱恋像潮水一样涌来，淹没了书生的恐惧，于是，他用不畏死亡的决意，回馈少女的"生可以死"，又呼唤她的"死可以生"！这便有

了第五部分，杜丽娘死而复生！此处【金蕉叶】【莺啼序】两曲，皆依牌重填。相爱之人重逢了，梅树依旧矗立着，又有刹那的悚然，是这一句："顷刻之间，一树红花俱白矣！"为何红梅变白？只因红颜离了树下，再无精血供它吗？再加上杜丽娘回眸那一叹："不知红尘之中，梅树有几，梅树之下，又多少人儿哟！"对照着《回生》幕启，一众"柳梦梅"从梅树下次第行过，又都不顾而去，可知：多少少年听到了少女哀婉的呼救，可真愿"拼了性命不要"的，又有几人？我将《寻梦》【尾声】原词微调后挪到这里，为全剧收束。道是："不如归、缓留连。问、问谁人再到这庭园，则挣得个长眠和短眠。"过不多久，那梅树，又将开出一树粲红了吧。

又：全剧之开、闭幕曲，用的是《牡丹亭》最脍炙人口的【皂罗袍】："原来姹紫嫣红开遍，似这般都付与断井颓垣，良辰美景奈何天……"你品、你细细品。

下编

# 剧　本

# 昆剧《春江花月夜》

## 人物表

张若虚　（生）

辛　夷　（闺门旦）

曹　娥　（闺门旦）

秦广王　（净）

张　旭　（末）

刘　安　（丑）

鬼　使　（丑）

黑无常　（丑）

白无常　（丑）

司　琴　（贴旦）

孟　婆　（正旦）

崔　判　（净）

陆　判　（净）

宋　判　（净）

昆剧《春江花月夜》
宣传片

## 上　本

### 第一折　摇情

[唐中宗神龙二年，上元节。

[扬州，火树银花、流光溢彩。

[张若虚内声"好月色也"，怀琴上。

张若虚　（唱）【南仙吕引子 卜算子】

　　　　　明月逐归人，

　　　　　流灯迎春汛。

　　　　　一带柳桥傍花林，

　　　　　欲醉还狂醒。

　　　　小生张若虚，扬州人氏，应诏而举、名登科第，曲江赐宴、云台走马，好不荣耀！今值上元佳节，乃与同年张旭乘兴还乡，游赏花灯！

　　　　[张旭内声"贤弟"，上。

张若虚　　伯高兄！

张　旭　　赏灯游春，贤弟怎生琴不离手？

张若虚　　畅怀行乐，岂可撇下俺的凤凰琴？

张　旭　　凤凰和鸣，方成妙乐！贤弟二十有七，婚姻之事，再毋延宕！

张若虚　　可又来！婚姻之事，全凭天定，我辈劳心无益。

张　旭　　哦，休谈鸾凰？

张若虚　　且观风月！依兄之见，上元夜曼妙绝伦，以何为最？

张　旭　　依俺之见，江波流银，最是曼妙。

张若虚　　江波流银，全赖皓月高照！

张　旭　　皓月高照，最是曼妙。

张若虚　　皓月高照，衬映花林锦簇！

张　旭　　花林锦簇，最是曼妙。

张若虚　　花林锦簇，怎比春夜撩人？

张　旭　　春夜撩人，最是……啊呀贤弟戏我！

张若虚　　依俺之见，春、江、花、月、夜虽好，若无你我游骋之眼、赏娱之
　　　　　心，皆为虚设！

张　旭　　如此，应以你我为最？

张若虚　　你我为最！

　　　　　〔花灯掩映，明月桥头，辛夷端立，与张若虚遥相呼应。

辛　夷　　好江色也！

　　　　　（唱）【撼亭秋】

　　　　　　　　缭乱粼光缓浮沉，

张若虚　　（唱）桥桥寄曲步步情。

辛　夷　　（唱）斗转星移灯远近，

张若虚　　（唱）露浓云淡月澄净。

辛　夷　　（唱）秉画烛，簪清馨……

张若虚　　（惊见辛夷）呀！

　　　　　（唱）蓦地魂勾魄引！

　　　　　美人……姐姐！啊呀妙哇！她那里秋水流波，分明看了小生一眼！

辛　夷　　好花色也！

张若虚　　（唱）【腊梅花】

　　　　　　　　她神清仪静婉啼莺，

　　　　　　　　俺心头浪起涌千钧！

　　　　　（夹白）闻她口赞花叶，小生身傍花丛，她不免看了俺第二眼！

　　　　　　　　夸甚雁塔题名，

　　　　　　　　不若鸳鸯交颈，

　　　　　　　　牵动游丝长纤紫。

辛　夷　　好春色也！

张若虚　　笑了、笑了！想宋玉曾道：天下窈窕莫如楚，楚之窈窕莫如里，里
　　　　　之窈窕么……

　　　　　（唱）【前腔】

　　　　　　　他道是里之窈窕莫如邻，

　　　　　　　倾国倾城为笑倾。

　　　　　　　东家女，输娉婷，

　　　　　　　争与相论，

　　　　　（夹白）仙子啊！你方莞尔之时，敢是看了小生第三眼！这笑笑嘻
　　　　　嘻第三眼呵！

　　　　　　　恁明月桥一笑俺情倾。

　　　　　若论曼妙绝伦，当以桥上玉人为最、玉人为最！

　　　　　〔张若虚欲行，桥上辛夷倏忽不见。

张若虚　　姐姐安在？姐姐哪里？（失落）

张　旭　　贤弟？贤弟何故惆怅出神？

张若虚　　适才举目远眺，见明月桥上，端然立着一位仙子，眉目传情，觑俺
　　　　　三眼！小生正待赶上，一诉渴慕，她却一闪即逝、踪影不见，想是
　　　　　复归瑶池去也！

张　旭　　什么三眼五眼！我来问你，那仙子呵！

　　　　　（唱）【醉扶归】

　　　　　　　莫不是金珠步摇攒红杏？

张若虚　　不假！

张　旭　　（唱）莫不是妒杀石榴紫罗裙？

张若虚　　正是！

张　旭　　（唱）莫不是蛾眉懒画似流云？

张若虚　　果然！

张　旭　　（唱）直叫人望穿饿眼情难禁！

张若虚　莫非你也见着她来？

张　旭　岂只见着！这仙子哪里人氏、姓甚名谁、家住何处、芳龄几许，我
　　　　无一不知、无一不晓！

张若虚　还请赐教！

张　旭　嗳，婚姻之事，全凭天定……

张若虚　伯高兄……

张　旭　我辈劳心无益！

张若虚　贤兄救俺！

　　　　（唱）相救俺痴狂癫乱风魔深，

　　　　　　　乞送慈悲桃花信！

　　　　贤兄啊！小生这般哀恳，实是平生头一遭！

张　旭　你这等慕色，也是生来第一回！罢了、罢了。贤弟适才所见，乃扬
　　　　州陆长史之女，年方二八、待字闺中、名唤辛夷……

张若虚　辛夷么……

张　旭　其母王氏乃俺表姑，故而知悉。陆家家教甚严，俺表妹一年三百六
　　　　十日，只许上元出深闺。所谓：元宵灯会，三夜不禁。算来已过去
　　　　两日了。

张若虚　如此说来，明日此时，明月桥头，尚得一见？

张　旭　当得一见！

张若虚　妙哇、妙哇！

张　旭　啊贤弟，初更已至，风紧寒侵，你我回转了吧！

张若虚　嗳，月影翩跹，焉得便回？

张　旭　回转了吧！

张若虚　灯影扑朔，怎忍离去？

张　旭　回转了吧！

张若虚　花影婆娑，挽人衣裾！伯高欲归，请便、请便哪！

　　　　［张若虚将张旭送下。

张若虚　　明日此时，明月桥头，当得一见、当得一见！

（唱）【尾声】

　　　　急切切金鸡坐等，

　　　　卧桥头和衣怀琴。

（夹白）凤凰呀凤凰，你我且在桥头将息一夜，等着俺的神仙姐姐！

　　　　幽思辗转待微明……

［灯渐暗。

# 第二折　落花

［正月十六，薄暮，钟鼓声传。

［鬼使内声"唔哼"，上。

鬼　使　（念）左持铁枷右挽鞭，

　　　　　　勾人索命来世间。

　　　　　　堆金如山玉似海，

　　　　　　难买幽冥一等闲。

　　　　俺乃枉死城中一鬼使，惯在刀山上打蜡、油锅下添柴。今日手痒，借了车马令旗，往来人间耍耍。

［鬼使穿梭人群，艳羡不已。

鬼　使　（唱）【北中吕上小楼】

　　　　　　久不拥香温玉软，

　　　　　　久不闻莺莺燕燕。

　　　　　　阎罗殿难觅琼浆、难画花颜，

　　　　　　满目森严。（夹白）骤来人世一看呵……

　　　　　　恼煞咱，恨煞咱，

捶胸徒羡，

甩长鞭，要将这赏心抽遍！

哼哼，福不同享，难要恁当！待俺翻翻生死簿，看今朝哪个倒霉鬼撞在俺手上！（翻阅）

［张若虚内声"辛夷呀姐姐"，上。

张若虚　怎生月上雕栏，还不见美人踪影？

鬼　使　有了、有了！戌时初刻、明月桥边，一书生面白无须、死到临头……

张若虚　（痴情）姐姐呀美人，你若不来，小生死矣！

鬼　使　听他口口声声，说到一个"死"字，莫非便是此人？待俺端详名号，唤他一唤。（看簿，呼之）张、若、虚！张若虚！

张若虚　小生在此、在在在此！（与鬼使迎面一撞）啊呀！（转身欲走）

鬼　使　阎王要你三更死，谁敢留人到五更！走走走！

［鬼使挟取凤凰琴，拘张若虚魂魄而下。

［张旭内声"贤弟"，上。

张　旭　（惊见）呜呼哀哉！昨夜一去，今夕永别，好不痛心！贤弟死而不瞑，愚兄个中尽知！俺今指江为誓，虽当不得牵红绳的月老，也做个能服劳的驿差，须将你这情思绵绵、痴心款款，说与俺那辛夷表妹知晓！

［灯渐暗。


# 第三折　碣石


［幽冥地府。

［黑、白无常内声"幽冥鬼使拘押生魂觐见哪"，执张若虚上。

张若虚　（唱）【北南吕牧羊关】

> 恍惚惚七魄归何处，
>
> 虚飘飘三魂步蹒跚。

**黑无常**　快走！

**张若虚**　（唱）一心心，贪恋仙姝，

　　　　　寒恻恻为甚因缘，

　　　　　飘摇失途。

**白无常**　快走！

**张若虚**　（唱）扑簌簌寒鸦争乱渡，

**黑无常**　这是血池河！

**张若虚**　（唱）腐骨竟号哭。

**白无常**　那是奈何桥！

**张若虚**　（唱）莫不是枕边偶堕庄周梦，

　　　　　醒时化为柯烂图。

**黑无常**　可笑书生……

**白无常**　分明死哉，还当做梦哩！

　　　　　〔秦广王、曹娥上。

**秦广王**　（唱）【梧桐树】

　　　　　判断死生路，

　　　　　冥殿掌中枢。

**曹　娥**　（唱）幽狱修寒暑，

　　　　　仙乡待游步。

**两无常**　叩见大王爷爷！参过仙姑姐姐！

**秦广王**　仙娥地府修行已满，将登仙界，孤王相送至此！

**曹　娥**　多谢阎君。

**张若虚**　（自唤）若虚醒来、若虚醒来！

**曹　娥**　先生，此乃幽冥地府第一殿，先生阳寿已终……

**张若虚**　一派胡言！你是何人？

| 曹　娥 | 自家后汉曹娥。当年俺父为水所淹，俺年方十四，投江而死，三日后负父尸而出。上天怜俺贞孝，叫从地藏王学道…… |
|---|---|
| 张若虚 | 越发乱说！后汉至今，五百年矣！你就是鬼，也是个老鬼，焉得这般水灵？ |
| 曹　娥 | （暗思）呀，想奴修行几世…… |
| 张若虚 | 这般娇艳！ |
| 曹　娥 | ……从未闻得这般言语。 |
| 张若虚 | 这般俊俏！ |
| 曹　娥 | ……一旦闻之，何故心慌？（莫名羞怯） |
| 秦广王 | 嗯哼！来呀，取生死簿！ |
| 黑无常 | （递簿）大王请看，其名在此。 |
| 秦广王 | （唱名）张若虎！ |
| 张若虚 | （不应） |
| 秦广王 | 张若虎！ |
| 张若虚 | （不应） |
| 秦广王 | （怒）殿前下站何人？ |
| 张若虚 | 小生张若虚。 |
| 秦广王 | 你待怎讲？ |
| 张若虚 | 张若虚是也！ |
| 秦广王 | 张若"虚"？这这这…… |

（唱）【四块玉】

　　　　押解差，拘拿误，

　　　　骇目惊耳恨糊突。

　　　　忧怀忐忑汗如注。

| 黑无常 | （唱）虎做虚， |
|---|---|
| 白无常 | （唱）虚做虎， |
| 三　人 | （唱）鬼画符！ |

| 曹　娥 | 敢问阎君，莫非拘错人了？ |
|---|---|

**张若虚**　拘错人？哈哈，定是拘错人也！想俺才高八斗、名冠海内，天子座前，尚有一羹之赐；小鬼账上，岂容信笔之涂！尔等的生死簿，只记屠狗贩酒之辈，却管不得小生也！

**黑无常**　他难道文曲下界？

**曹　娥**　果真拘错，还是送先生回去为是。

**秦广王**　先生稍候。待俺查过文士总簿，即送先生回去。

**白无常**　（找到）有哉！有哉！

**秦广王**　（翻阅）啊？

**两无常**　（凑前一看）啊？

**三　人**　哈哈哈！

**张若虚**　好不蹊跷！（欲上前）

**秦广王**　（斥止）书生下站！孤来问你，可是扬州人氏？

**张若虚**　正是！

**秦广王**　永龙元年降诞，神龙元年及第？

**张若虚**　不假！

**秦广王**　哈哈听了！南赡部洲大唐境内扬州府中张若虚，寿该二十七岁，注定神龙二年正月十八命终！

**张若虚**　正月十八！（惊跌于地）

**黑无常**　只剩三日哉！

**秦广王**　只余三日，何必往来辛苦？

**白无常**　速去投胎！

**黑无常**　投胎去吧！

**张若虚**　小生不走、小生不去！

　　　　　（唱）【哭皇天】

　　　　　　　　俺痴心一点凭谁诉，

　　　　　　　　万种缱绻犹未足。

鹤望相逢处，

秋水流明珠！

想俺那嫡嫡亲亲的好姐姐，尚在人世，眼巴巴等着小生呢！

曹　娥　（暗思）怎料世间，竟有这等痴儿！（转面）尚祈阎君慈悲为怀，放
　　　　他归去，以待寿满。

　　　　（唱）颂华严、众生皆苦，

　　　　　　　恩泽两界证提菩。

秦广王　（唱）怎奈血河难渡，阴隔阳阻。

　　　　啊仙姑，放魂还阳，多有不便……

张若虚　千般不便，人命关天！兀那阎罗！小生尚有三日生计！你须还俺三
　　　　日，还俺三日！

秦广王　这书生胡搅蛮缠、十分可憎！叉了下去、叉了下去！

　　　〔孟婆暗上，熬汤，热气袅袅。

孟　婆　（唱）【煞尾】

　　　　　　一世相思入红炉，

　　　　　　能煮三钱相忘无？

　　　　（嗅汤）好香唷……

　　　　　　沸沸凉儿多金坚融做了土！

　　　〔灯渐暗。


# 第四折　潜跃


　　　〔幕后张若虚内声：姐姐，美人！辛夷姐姐，俺的美人！

　　　〔黑、白无常暗上。

白无常　哥哥你听，那书生又在叫鬼哉。

黑无常　不是人叫鬼，乃是鬼叫人。

| 白无常 | 没日没夜，叫个没停，就是不肯投胎。 |
|---|---|
| 黑无常 | 曹娥姐心肠好，替他说话，连神仙也不着急去做了。 |
| 白无常 | 有她插手，大王爷不好硬来，只得邀上三殿判官，前往相劝！ |
| 黑无常 | 软硬兼施，不怕他不开窍！ |

　　〔两无常下。

　　〔明月桥畔，曹娥嗟赏流连。

　　〔奈何桥畔，张若虚抚琴而歌。

曹　娥　（唱）【琴歌】

　　　　　　　明月流光满澄江，

张若虚　（唱）一弦一柱一沾裳。

曹　娥　（唱）娇花如绣占人眼，

张若虚　（唱）浊酒似愁入我肠。

曹　娥　（唱）绿浪行舟皆鸳侣，

张若虚　（唱）奈桥照影不成双。

曹　娥　（唱）唏嘘春浓身是客，

张若虚　（唱）羁旅磷冷思归乡。

　　〔曹娥下，秦广王、崔判、陆判、宋判上。

秦广王　（念）十分可恼是愚拗，

崔　判　（念）相劝书生投红尘。

陆　判　（念）金镶玉裹花如锦，

宋　判　（念）不信世人不动心。

秦广王　有劳诸位！

众　判　大王放心！

秦广王　啊书生！

张若虚　喔！阎罗！

秦广王　书生好兴致。

张若虚　阎罗好清闲。

秦广王　书生十年顽劣，佩服佩服！

张若虚　阎罗十载推搪，了得了得！

崔　判　书生之事，我等判官，皆有耳闻。

陆　判　可知放魂归阳，不是小事！

宋　判　想我家爷爷，包天子阎罗王，本居第一殿，只因常怜屈死、屡放还
　　　　阳申雪，因此的三调三降、退居二线了！

秦广王　正是！既有前车之鉴，孤王能不慎之！

崔　判　啊书生，如今你尸身已腐，只消饮下孟汤、过了奈桥，我等便判你
　　　　个往生富贵，腰缠万贯，如何？

张若虚　腰缠万贯？

众　判　是哇，有钱人！

张若虚　哈哈哈，腰缠万贯，难买美人一眼。

　　　　（唱）【北双调新水令】

　　　　　　恁休道巨贾豪商，

　　　　　　玉为堂、惯招灾障。

　　　　　　都只似石崇命丧，

　　　　　　哪来个驾鹤维扬。

　　　　　　好将那万贯金珠，

　　　　　　蒿草付荒葬。

陆　判　既不要钱，便判个往生风流、锦口绣心，怎样？

张若虚　锦口绣心么……

众　判　不错，"油菜花"（有才华）！

张若虚　锦口绣心，输与辛夷两眼。

　　　　（唱）【折桂令】

　　　　　　恁休道，出口成章，

　　　　　　锦绣高才，惯惹愁肠。

　　　　　　尽是些薄命陈留、寿夭卫玠、鬓老潘郎。

伤春日，常怀怏怏；

悲秋月，痛饮角觞。

只落得惨惨惶惶、羞涩空囊、岁晚凄凉、客死他乡。

宋　判　　又不要才。这这这……也罢！便判你个往生帝胄、君临四海！可不
　　　　　能再挑拣了！

张若虚　　哈哈哈，君临四海，怎及她第三眼！

　　　　　（唱）【沉醉东风】

俫休道，人君帝王，

九五尊，惯泣斜阳。

解语花、无心赏。

总悬望那金瓯、固若金汤，

争奈兵戈破女墙。

兴亡事、只做了渔樵话讲。

秦广王　　怎么，连皇帝也不要做？你敢是敬酒不吃吃罚酒！

张若虚　　俺是个能饮的刘伶、强项的董令！

　　　　　［曹娥上。

曹　娥　　先生哪里？先生……

张若虚　　曹娥姐姐！

曹　娥　　啊先生，奴家新得一物，特来相赠。（取出桃花）

张若虚　　好桃花也！

秦广王　　这般花色，幽冥少见。仙姑何处寻得？

曹　娥　　得自人间。

众　判　　人间何处？

曹　娥　　明月桥头。

张若虚　　（震动）啊呀明月桥头么！

曹　娥　　正是。人间正值上元，奴家驾祥云、出地府、随春风、降扬州，好
　　　　　一番游赏也！

张若虚　　哎呀姐姐！那春江？

曹　娥　　流光浮银。

张若虚　　那花林？

曹　娥　　烂若披锦。

张若虚　　那月夜？

曹　娥　　澄净怡神。

张若虚　　那那那佳人？

曹　娥　　于归有行。

张若虚　　你待怎讲？

曹　娥　　先生哪！奴家问过月老，辛夷姑娘与扬州司马有姻缘之分，已然喜
　　　　　结连理。

张若虚　　怎么，她她她嫁人了？

曹　娥　　嫁人八年了。

张若虚　　啊呀！

　　　　　（唱）【鸳鸯煞】

　　　　　　　月常皎皎风常朗，

　　　　　　　白驹过隙空劳攘。

崔　判　　既然有缘无分，书生索性饮了这孟汤！

张若虚　　（唱）万般畅想，

　　　　　　　一枕黄粱。

陆　判　　饮了吧。

张若虚　　（唱）畅道有情无情，

　　　　　　　过肩相忘，

　　　　　　　是多愁多病荒唐账！

宋　判　　快快饮了！

张若虚　　也罢……（欲饮而止）小生尚有一事之请。

秦广王　　何事？

| 张若虚 | 有一桩心愿未了。 |
|---|---|
| 秦广王 | 什么心愿? |
| 张若虚 | 只求魂飘人世,魄游扬州,与那春江花林,再厮连一夜! |
| 秦广王 | 这个…… |
| 张若虚 | 只求一夜,于愿足矣!若蒙阎君,遂了俺愿呵! |
| | (唱)再不劳絮短话长, |
| | 俺自当投下世不他想! |
| 众 判 | 大王,不妨依了这榆木脑袋! |
| 曹 娥 | 阎君开恩! |
| 秦广王 | 好好好,准你游魂一夕!仙姑引路,速去速回! |
| | 〔灯渐暗。 |

## 下 本

### 第一折　相望

　　[唐玄宗开元三年，正月十六。

　　[扬州，火树银花、流光溢彩。

　　[司琴上。

司　琴　夫人，来呀！

　　[辛夷内声"来也"，随上。

司　琴　夫人，来此已是明月桥！

辛　夷　明月桥！

　　（唱）【南仙吕入双调风入松】

　　　　　　灯摇江影浸罗衣，

　　　　　　撩拨愁绪萦丝。

　　　　　　嗟尘寰韶光有几，

　　　　　　立桥头，十载相忆。

　　　　啊司琴，摆上香烛，待奴临江致祭。

司　琴　是。

　　[张若虚内声："曹娥姐姐快走！"

　　[张若虚上，曹娥随上。

张若虚　（惊见辛夷）呀！看明月桥头，美人俨然，那那那难道是俺的辛
　　　　夷？果真俺的姐姐！

曹　娥　看她香烛齐备，不知祭奠谁人？

张若虚　祭奠么……啊呀呀莫非她夫君已逝？（暗喜）待俺上前，听个明白。

　　[香烛摆好，司琴、曹娥暗下。

辛　夷　（念）对月长歌哀祭赋，

向江聊寄悼亡诗。

唯神龙二年正月辛卯，故探花张君若虚卒。时逢旬祭，不胜其悲！

呜呼张君，琴诗双绝，潸然泪洒，引项思之！

（唱）遥思笑顾周郎曲，

　　　恍闻闲撅叔夏笛。

张若虚　　谬赞了、谬赞了！

（唱）【园林好】

　　　俺不是烧江的周瑜，

　　　也不是弄梅桓伊。

　　　张生懒写功名契，

　　　思卿徒羡花底泥，（欲挽其裙，飘忽不可得）

　　　可叹俺缥缈幽魂触难及！

辛　夷　　张探花呀，奴也听闻你呵……

（唱）【好姐姐】

　　　一掠惊鸿便成痴，

　　　宿夜露、衣衫尽湿。

　　　情深何必问情起，

　　　只管将情系，

　　　便空赋多情空垂涕，

　　　犹有河洛涟漪叹陈思。

张若虚　　好姐姐，俺的可意人！

（唱）【沉醉东风】

　　　生痛煞鹤望的曹植，

　　　悲矣夫错嫁的甄氏！

　　　俺虽在黄泉宿、奈桥栖，

　　　痴心不易，

　　　魂魄儿梦中还将芬踪觅。

千里血池，

流送俺短叹长吁；

咫尺桥畔，（欲傍其肩，飘忽不可倚）

莫奈何比肩怎依！

辛　夷　可怜情深不永、天不与寿！

（唱）【月上海棠】

一霎时昆岗倾颓碎白璧！

怆韶华堪惜，

雁书无寄！

裂肝胆兮故友魂失，

摧肺腑兮远近交泣，

恨上天惯将秋霜凋春绿！

惜哉张君！悲哉张君！（哀哭）

张若虚　哀哉姐姐！痛哉姐姐！

（唱）【江儿水】

错拿怨鬼吏，

俺尚余三日期。（夹白）姐姐呀美人！

愿与卿卿卿我我永不弃，

朝朝暮暮毋转移，

生生世世共休戚。

（焦灼环绕）美人莫哭，若虚在此、小生在此！

辛　夷　（紧紧衣衫）哪来的凉风阵阵？

张若虚　（唱）偏上天薄恩义，

将俺这低唤高呼，

尽化入月冷云寂。

［司琴、曹娥暗上。

司　琴　夫人，夜深露重，回去了吧！

辛　夷　　也好。

司　琴　　啊夫人，相公问起今夜之事，婢子如何支对？

辛　夷　　照实回禀。

司　琴　　相公若问，夫人缘何祭一生人、言至流涕，又该怎生答复？

辛　夷　　你便说，譬若阮步兵之哭兵家女也。

　　　　　〔辛夷、司琴下。

张若虚　　（呆怔）阮步兵？兵家女……（忽悲）呜啊！

曹　娥　　啊先生，辛夷哭你，情真意切，你该高兴才是，何故伤悲？

张若虚　　（忽开颜）哈……哈哈哈！

曹　娥　　怎又笑起来了？

张若虚　　曹娥姐姐！你道阮步兵是哪个，兵家女又是何人？

曹　娥　　想是神仙美眷？

张若虚　　非也！

曹　娥　　莫非骨肉至亲？

张若虚　　不是！

曹　娥　　料必金兰好友？

张若虚　　错矣！阮步兵者，阮籍也！昔有兵家之女，才色殊绝、未嫁而夭，
　　　　　阮籍与之素昧平生，径往哭悼，泪下如雨，尽哀而还！

曹　娥　　怎么？此二人并不相识？

张若虚　　并不相识！

曹　娥　　如此说来，辛夷祭悼先生，无干男女之私？

张若虚　　落花有意，流水无心。

曹　娥　　既无男女之私，何故哀啼不已？

张若虚　　花凋江逝，如何不恸；人生苦短，焉得不哭！她悼生而易死，俺恸
　　　　　死而难生，境虽为二，其情一也！辛夷哇辛夷！

　　　　　（唱）【玉交枝】

　　　　　　　你则是侧耳钟期，

俺则愿弹抚弦丝！

呜呼人琴俱碎成何计，

凡胎难自冢中起！

七尺但凭蝼蚁食，

魂灵徒向幽司寄。

曹　娥　　哀哉身逝！

张若虚　　悲哉魂寂！

曹　娥　　惜哉不遇！

张若虚　　痛哉永离！辛夷姐姐，小生欲将喜怒哀乐、嗔痴怨慕、爱恶离合，
　　　　　　悉诉于你，怎奈呵！

　　　　　　（唱）冥漠漠零落成泥，

　　　　　　　　　拈不起悲欢梦花笔！

　　　　　　（号啕）万般情切，越不过一个"死"字！死生亦大矣！死生亦
　　　　　　大矣！

曹　娥　　（亦拭泪）先生莫哭。奴知一法，或可相救。

张若虚　　你待怎讲？

曹　娥　　奴家往岁修行，闻说蓬莱仙岛，有回生之药……

张若虚　　回生之药！

曹　娥　　曹娥不才，愿为先生求之。

　　　　　　（唱）【尾声】

　　　　　　　　　返魂一诉应有期，

　　　　　　　　　敢求灵药上天梯，

　　　　　　　　　不叫志诚各东西！

张若虚　　多谢姐姐！

曹　娥　　不消。

张若虚　　多谢姐姐！

曹　娥　　不消。

**张若虚**　　多谢曹娥姐姐！

［灯渐暗。


# 第二折　海雾

［蓬莱仙岛。

［刘安一个滚翻，跃出花丛。

**刘　安**　（念）世人只道神仙好，

　　　　　　　　做仔神仙也无聊。

　　　　　　　　忽见行来小娘子，

　　　　　　　　略施变化戏娇娆。（隐于树后）

［曹娥上。

**曹　娥**　（唱）【北黄钟醉花荫】

　　　　　　　　按落祥云降仙岛，

　　　　　　　　迎客瑶花瑞草。

　　　　　　　　看碧阙灵霄、雾霭香飘，

**刘　安**　（声似鸟鸣）小娘子、小娘子！

**曹　娥**　（唱）啊呀紫府啼青鸟！

**刘　安**　（凑近）嘻嘻，小娘子！（还归人形）

**曹　娥**　你是何人，戏耍于我？

**刘　安**　俺乃大汉苗裔、淮南王刘安是也！笃好神仙、潜心修行，炼丹服药，白日飞举。连带家中鸡儿狗儿，食了俺余落的灵药，也都升天得道！

**曹　娥**　敢问上仙，你那药丹，可能起死回生么？

**刘　安**　小事一桩！啊小娘子，俺看你已脱轮回，问此做甚？

**曹　娥**　只为幽冥界内，一书生被鬼使错拿，心思寰尘，忧肠如捣……

| 刘　安 | 放他还阳，乃阎罗之责，干你何事？ |
|---|---|
| 曹　娥 | 奴家见他投告无门，于心不忍，遂暂缓登仙，求药而来。 |
| 刘　安 | 正是善念难得。俺且将鸡犬吃剩的仙膏，与你些吧！（递药） |
| 曹　娥 | （接过）多谢上仙！（欲下） |
| 刘　安 | 小娘子转来、小娘子转来。 |
| 曹　娥 | 上仙何事？ |
| 刘　安 | 俺来问你，那书生是男是女？ |
| 曹　娥 | 既为书生，自是男儿。 |
| 刘　安 | 是个老男儿还是个小男儿？ |
| 曹　娥 | 倒也不老。 |
| 刘　安 | 既是个小男儿，你须将仙膏还俺！（夺药）小娘子！你若自家服用，这药俺送你一车也使得；若给那书生服食，则怕你罪犯思凡，百年道行，毁于一旦！ |
| 曹　娥 | 这思凡之罪么……俺早已犯下了。 |

（唱）【刮地风】

　　　　俺秋水流波阁殿角，

　　　　觑着他缓带轻袍。

　　　　虽知早该收心窍，

　　　　管不住眼儿不住儿瞧。

| 刘　安 | 爱美之心，众皆有之。当年穆天子瑶池参见，西王母也将他多瞧了几眼，这却不妨！ |
| 曹　娥 | 还有哩！听他弦歌清啸，说尽人间妙处，俺呵！ |

　　　　（唱）欢引眉梢，乘云落定扬州道。

　　　　　　明月桥，闹元宵，江波染笑。

　　　　　　催开了一枝桃夭夭破晓，

　　　　　　喜滋滋袖到阴司曹。

| 刘　安 | 花团锦簇，人见人爱。那蓝采和成天将个花篮儿提来提去、提去提 |

来，亦不见责。这亦不妨！

**曹　娥**　更有甚者！

　　　　（唱）【古水仙子】

　　　　　　俺护他，一缕幽魂泽畔飘。

　　　　　　陡见得红袖高鬟、素颜窈窕，

　　　　　　哭祭临江人梦杳。

　　　　　　枉翻腾，万叠心潮，

　　　　　　无非是风澹云摇。

　　　　　　两隔生死春寒峭，（夹白）俺侧身一旁、目睹其状，

　　　　　　难遏泪纷抛！

**刘　安**　啊呀糟了！正是"太上忘情"，只怕你这嘤嘤一哭，有亏修行、成仙难望！

**曹　娥**　成仙无望，倒也罢了。

　　　　（唱）【煞尾】

　　　　　　一念凡心断难了，

　　　　　　要救他，魂返窠巢，（夹白）俺拼着五百年修行不要！

　　　　　　愿证得苍天恤怜情不老。

　　　　还请上仙，赐药相救！

**刘　安**　唉！你既有不拔之志，俺只得成人之美！（与药）

**曹　娥**　（接过）多谢上仙！曹娥去了。（下）

**刘　安**　（遥唤）小娘子、小娘子！五百年后，俺还在这答儿等你！

　　　　［灯渐暗。

# 第三折　　江流

　　　　［幽冥地府。

〔鬼使持桨内唱上。

鬼　使　（唱）【北正宫端正好】

　　　　　　无底船，行脚快，

　　　　　　摇飞桨、波撞浪拍!

　　　书生登船，阳世去哉!

〔张若虚内应"来也"，上。

鬼　使　坐稳哉!

张若虚　多谢小哥!

　　　（唱）仙方救返花月胎，

　　　　　　飘飘儿穿冥寨。

　　　啊小哥，怎的此行不似来时之路?

鬼　使　阴司便是这般，有去路、无来路!

张若虚　看顶上盘旋一片，是什么鸟儿?

鬼　使　哪来的鸟儿，是些冤魂不得投胎，在此聒噪!

张若虚　恍惚之间，又到何处?

鬼　使　此处唤作生死隘，过去便近阳世哉!

张若虚　啊呀呀，扬州在望了! 看那拱似霓虹之处，可是明月桥?

鬼　使　正是。

张若虚　桥旁粉灿之处，可是桃花林?

鬼　使　正是。

张若虚　林前依稀堆着个馒头，却是何物?

鬼　使　自家宅第，怎么书生反倒不识?

张若虚　那那那难道俺张若虚的坟茔么?

鬼　使　哈哈书生，待你离船登岸，从那坟茔之内，钻将出来，便是个活人了!

张若虚　敢烦小哥，打桨泊岸!

鬼　使　（唱）【滚绣球】

　　　　　　　　　船儿行，楫儿摆，

　　　　　　　　　猛抬头波惊浪骇，

　　　　　　　　　把俺扁舟一叶水底摔！

**张若虚**　好大的浪头！

　　　　（唱）心悸无端也身歪，

　　　　　　　　往生船滴溜溜偏在江曲赖，

　　　　　　　　闪过那暖烘烘岸上青苔！

**鬼　使**　如何苦划半晌，半步不前！难道你在阴司，还有赊欠？

**张若虚**　小生哪来的赊欠！敢请小哥，多费心力……啊呀！（风起）

　　　　（唱）甚飓风把肝肠捉甩，

　　　　　　　　舟旋陀螺难倚挨，

　　　　　　　　怪哉恨哉！

**鬼　使**　看男船女船，往生多少，偏偏风急浪高，载你不动！难道当年俺一鞭拿错，今日又是俺一桨送错？

**张若虚**　不曾错、不曾错！小生还阳，是受了阎罗爷恩典、吃了曹娥姐辛苦的哇！

**鬼　使**　晓得哉！定是你起了贼心，垂涎曹娥姐姐，包天色胆，绊着你不叫走！

**张若虚**　小生岂敢、小生冤枉！

**鬼　使**　你再好生想想，枉死城中，落下什么？

**张若虚**　想俺孤零零来、赤条条走，居然落下什么……

**鬼　使**　再不登岸，误了归程，上元节都要错过哉！

**张若虚**　这这这……待俺跳下舟船，凫水而去！（欲跳）

**鬼　使**　慢来、慢来！如今你半人半鬼、不人不鬼，跳将下去，不得为人，连鬼都做不成了！

**张若虚**　小生不得为人，何须做鬼！（欲跳）

　　　　［空中传来缥缈凄恻的丝弦之声。

| 张若虚 | （悚然）啊呀是她……是是是她！俺的琴卿！都怪小生归心似箭，竟将俺那凤凰琴，遗在身后！怪道咫尺河岸、再三难近！小哥掉头！ |
| --- | --- |
| 鬼　使 | 哪里去？ |
| 张若虚 | 奈桥去！ |
| 鬼　使 | 去做啥？ |
| 张若虚 | 携取凤凰，返魂重生！ |
| 鬼　使 | 只怕来不及哉。 |
| 张若虚 | 快走、快走！ |

# 第四折　月明

〔唐肃宗乾元二年，正月十六。

〔明月桥旁。

〔张旭挂酒葫芦上。

| 张　旭 | （唱）【南越调引子杏花天】 |
| --- | --- |

　　　　　月明星淡河桥走，

　　　　　穿新柳，又近坟沟。

小老儿张旭，自故友张若虚去后，俺年年祭扫，岁岁悼亡。今日再去坟前，浇几杯薄酒！（惊见）怎生碑石掀倒、室穴洞开！看这情状，不似谁个进去，倒像有人出来……

〔张若虚携琴内唱上。

| 张若虚 | （唱）归来闲把桃枝嗅， |
| --- | --- |

　　　　　行经处，望断妆楼。

〔张若虚与张旭撞上，张旭大惊。

| 张　旭 | 有鬼、有鬼！ |
| --- | --- |

413

| 张若虚 | 小生是人，不是鬼！ |
| --- | --- |
| 张　旭 | 是人？ |
| 张若虚 | 非鬼！ |
| 张　旭 | 啊呀呀，（前后打量）看这影儿，长长短短，随着身儿，果真俺的若虚贤弟回来了！ |
| 张若虚 | 贤兄！啊贤兄，从前元宵，扬州城九陌连灯、何等热闹，怎么今年凄凄恻恻、冷冷清清？ |
| 张　旭 | 此皆兵祸所致！贤弟死了一世，那开元天宝、李杜文章、倾国倾城、杨妃一笑，尽皆错过，空对断壁颓垣、炙冷杯残！ |

（唱）【亭前柳】

> 昔日万户侯，
>
> 收拾青门对瓜畴。
>
> 方吟清平调，
>
> 已放夜郎囚。
>
> 三尺绸，挂个相思扣；
>
> 花月羞，把马嵬填作断魂丘！

| 张若虚 | 闻兄之言，好不伤心！ |
| --- | --- |
| 张　旭 | 幸有这杯中之物，聊慰愁怀！来来来，饮酒、饮酒！ |
| 张若虚 | 啊贤兄，繁华落尽、兵燹未已，治世文章，尽皆不再，未知她……她她她可还在么？ |
| 张　旭 | 她么？…… |
| 张若虚 | "她"呀！ |
| 张　旭 | 喔，她！她倒还在。 |
| 张若虚 | 她既还在，可会来么？ |
| 张　旭 | 这个…… |
| 张若虚 | 贤兄、贤兄……呀，他已睡熟了。（张若虚抱琴而起，缓步桥头）上元节呀明月桥，好辛夷哇好姐姐！当年小生苦苦等你，误入幽 |

泉；今朝死而复生，再等你桥头来祭、桥头来祭！（眺望）好春
色也！

　　　　　　［辛夷上。

辛　夷　好江色也！

张若虚　好花色也！

辛　夷　好月夜也！

张若虚　（唱）【小桃红】

　　　　　　　　邂逅东风不识愁，

　　　　　　　　推送春色如旧也！

辛　夷　（唱）烁烁依然，

　　　　　　　　宛转江洲。

张若虚　（唱）陌树簪婉柔，

　　　　　　　　一般样披霞着绸。

辛　夷　（唱）月浮游，久淹留，

　　　　　　　　明如釉也！

张若虚　看这江波流银，皓月高照，

辛　夷　花林锦簇，春夜撩人……

张、辛　桩桩件件，好似当年！

张若虚　我张若虚呵！

　　　　　（唱）还倜傥，少年头。

辛　夷　想奴家呵……

　　　　　（唱）白鬓丝，岁已秋。

　　　　　　［两人倏忽相遇。

张若虚　夫人有礼。

辛　夷　见过先生。看先生风尘仆仆，莫非远道而来？

张若虚　远……远得很。

辛　夷　敢问先生，来此做甚？

| 张若虚 | 小生在此，等候一人。 |
|---|---|
| 辛　夷 | 等候一人？ |
| 张若虚 | 是个巧笑倩兮的美人！ |
| 辛　夷 | 这倒不曾见。 |
| 张若虚 | （自思）错了、错了，流光似箭，年少不再！（对辛夷）小生等一个娴雅妇人！ |
| 辛　夷 | 妇人么……也不曾见。 |
| 张若虚 | 夫人何故流连于此？ |
| 辛　夷 | 奴家来此，祭悼一人。 |
| 张若虚 | 祭悼一人？ |
| 辛　夷 | 是个年少夭亡的才子、神龙年间的探花！ |
| 张若虚 | 这探花么…… |
| 辛　夷 | 探花张君。 |
| 张若虚 | 你待怎讲？ |
| 辛　夷 | 探花张君！ |
| 张若虚 | 呀！她她她莫非便是…… |

（唱）【江神子】

　　　甚钲鼓叩人万搓千揉，

　　　眉舒眉皱，酸哽交喉，

　　　好一部遥迢心事泪难收！

| 辛　夷 | 先生所等之人，怕是不会来了。 |
|---|---|
| 张若虚 | 小生所等之人来矣！ |
| 辛　夷 | 哦，那美人来了？ |
| 张若虚 | （怔怔）来了…… |
| 辛　夷 | 那妇人也来了？ |
| 张若虚 | （微笑）来了…… |
| 辛　夷 | 夜色渐浓，奴家告辞。（欲下） |

**张若虚**　　夫人转来、夫人转来!

**辛　夷**　　先生何事?

**张若虚**　　这个……

　　　　　　(唱)解释欢戚更怅惘,

　　　　　　　　　向春江歌取青丝共华首!

　　　　　　啊夫人,小生生若浮萍、远走多年,思乡情切,怀琴而归。今偶得
　　　　　　一诗,因弦为歌,烦君相和,不知尊意如何。

**辛　夷**　　愿试为之。

**张若虚**　　多谢夫人。(抚琴而歌)

　　　　　　(唱)【琴歌】

　　　　　　　　　春江潮水连海平,海上明月共潮生。

　　　　　　　　　滟滟随波千万里,何处春江无月明!

　　　　　　　　　江流宛转绕芳甸,月照花林皆似霰。

　　　　　　　　　空里流霜不觉飞,汀上白沙看不见。

　　　　　　　　　江天一色无纤尘,皎皎空中孤月轮。

　　　　　　　　　江畔何人初见月?江月何年初照人?

　　　　　　　　　人生代代无穷已,江月年年只相似。

　　　　　　　　　不知江月待何人,但见长江送流水……

**辛　夷**　　先生此作,可有诗题?

**张若虚**　　无题。

**辛　夷**　　莫若题曰《春江花月夜》……

**张若虚**　　《春江花月夜》!

　　　　　　(唱)【琴歌】

　　　　　　　　　白云一片去悠悠,青枫浦上不胜愁。

**辛　夷**　　(唱)谁家今夜扁舟子?何处相思明月楼?

**张若虚**　　(唱)可怜楼上月徘徊,应照离人妆镜台。

**辛　夷**　　(唱)玉户帘中卷不去,捣衣砧上拂还来。

张若虚　（唱）此时相望不相闻，愿逐月华流照君。

辛　夷　（唱）鸿雁长飞光不度，鱼龙潜跃水成文。

张若虚　（唱）昨夜闲潭梦落花，可怜春半不还家。

辛　夷　（唱）江水流春去欲尽，江潭落月复西斜。

张若虚　（唱）斜月沉沉藏海雾，碣石潇湘无限路。

　　　　　　　不知乘月几人归，落月摇情满江树。

　　　　　〔暗处，张旭苏醒。

张　旭　好酒哇好酒！

　　　　　〔张旭以发为笔，踏舞狂书，天幕之上，狂草翩连！

张若虚　（唱）人生代代无穷已，江月年年只相似。

　　　　　　　不知江月待何人，但见长江送流水……

　　　　　〔灯渐暗。

　　　　　〔曹娥暗上。

曹　娥　正是：

　　　　（念）阎王殿错拘探花郎，

　　　　　　　辛夷女月夜祭春江。

　　　　　　　张伯高乘醉写狂草，

　　　　　　　张若虚孤篇压全唐。

　　　　　〔灯暗，全剧终。

## 附：落月摇情满江树——《春江花月夜》创作谈

偶读闻一多先生《宫体诗的自赎》，极赞张若虚《春江花月夜》道："一个更深沉，更寥廓更宁静的境界！……有的是强烈的宇宙意识，被宇宙意识升华过的纯洁的爱情，又由爱情辐射出来的同情心，这是诗中的诗，顶峰上的顶峰！"忽然心动，便提起了笔。

说是《春江花月夜》，可我并不想只是因诗之意，敷衍一段故事，亦不想只是给张若虚做一篇传记。全诗至打动我的，乃是："江畔何人初见月？江月何年初照人？人生代代无穷已，江月年年只相似。不知江月待何人，但见长江送流水！"令我无法停止思索的是，究竟是怎样一个人、经历了些什么事，才能将宇宙与人生的关系看得这般淡定、透彻。史载张若虚之生平，只有寥寥数笔，这恰恰给创作者以想象的空间。我想，他必是个多情种，他必经历了爱、经历了生又经历了死，他必从死亡、生存与爱情狭长的甬道里走过，走过了无数最浓烈的欢喜和悲哀，为着那求之不得之事颠倒衣裳、若痴若狂……然后，所有的痴狂从他身上静静脱落，归结为一轮明月高照，唯有这样，他才能写出这样的诗。是的，我写的不光是爱情，我是在放纵狂悖的幻想，试图追索这首诗的诞生。写着写着，总是忍不住笑出来。

在潜江"中青年编剧读书班"上，我曾被问及该剧创作时最得意与最艰涩之处。我回答说至爱下本的《相望》，这是一折典型的生旦戏。男女近在咫尺，却阴阳两隔。他焦灼、狂热、情意缠绵、胡思乱想；她沉静、悲伤、至情至性、款款从容……其情绪既相互呼应，又像两只分飞的燕儿，我所喜欢的，大抵便是这动静、男女、悲喜、哀慕之间无法逾越的无奈。而要说艰涩，颇费了番辛苦的是最后一折《月明》。这是川流归海之时，是被期待的高潮，我需要一个触发点，使《春江花月夜》全诗得以喷涌。灵犀迟迟不到，我便在初稿里糊弄了过去。直至有一天，我站在镜前，想着我若也像张若虚一般，误入阴曹,再还魂人世。我走到我至爱之人面前,他识不得我,我亦不可一五一十、讲述原委——试想,若张若虚走上前,直挺挺告诉辛夷我便是谁谁谁,那真是焚琴煮鹤、大煞风景——这时,我所爱的,问我一句"你是哪儿的",我如何作答?我一个字亦说不出,亦不必说,镜中那个我,霎时泪流满面。我便这样得了《月明》里辛夷问出的那一句:先生从何而来?(引自初稿)

我从生处来、从死处来,我从人们以为的最欢喜的欢喜处和最苦楚的苦楚处来,每走近人间一步、每走离阴司一步,灵魂都像浪花在巨岩上撞碎,我不断地撞碎自己,好叫我走到你面前来。

虽说未必有多趣致,可我彼时所能想到的,也就只有这些。

我呢,终究是个任性的人。剧本写到一半,平白地没了耐心,便停下笔来。闲翻古时诔文,多以天干地支记述祭日。之前我给张若虚胡诌了个"神龙二年正月十七日卒"(引自初稿),这时就便去查查干支。只见万年历上,在这一天旁,赫然标注了"月全食"!看得我后脊凉飕飕的,内心却生出了一味温暖。哟!那一天,明月桥边,月亮悄悄隐没,瘦高个儿的诗人,飘飘忽步入幽司,怀着他满心满腹的爱、满心满腹的期盼与留恋……啧啧啧!冥冥中只觉得,张若虚真是这么死的,又这么样地活过来……我琢磨着,好吧,许是上天要我将它写完,于是我就将它写完了。

# 锡剧《一盅缘》

## 人物表

林六娘　　（旦）

赵圣关　　（生）

黑无常　　（净）

白无常　　（丑）

赵　母　　（老旦）

梅　香　　（贴旦）

家　院　　（末）

赵郎中　　（丑）

钱郎中　　（丑）

孙郎中　　（丑）

李郎中　　（丑）

林　父　　（末）

锡剧《一盅缘》
第三出《叩庙》

# 第一出　茶遇

〔幕后合唱：

奴似水，郎是盅，

轻摇缓荡郎怀中。

无盅奴家何所从，

无水郎心便成空。

有情何须叹缘浅，

纵便缘尽情愈浓。

〔暮秋，临平城郊，江畔。

〔黑、白无常上。

白无常　（念）牵绳月老眼昏花，

　　　　　　　十对夫妻九配差。

黑无常　（念）偶见一双神仙侣，

　　　　　　　早有无常候着他。

白无常　俺乃阎罗殿上白老七。

黑无常　俺乃幽冥城里黑老八。

白无常　我等专管拘生拿死……

黑无常　接魂引魄！

白无常　勤勤恳恳，拆散天下男女。

黑无常　兢兢业业，抹煞古今荣华。

白无常　啊呀兄弟，我昨夜偷窥因果簿，说今年今月今日今时，在这吴江之
　　　　畔，应生一段孽缘。

黑无常　孽缘？晓得哉，不就是赵圣关与林六娘的缘分嘛！

白无常　正是！

　　　　（唱）这一双小冤家天生苦命。

黑无常　（唱）一番番转轮回难了夙情。

**白无常**　（唱）第一世生做了杞梁孟女。

**黑无常**　（唱）为妻的寻夫郎哭倒长城。

**白无常**　（唱）第二世投人间山伯英台。

**黑无常**　（唱）只有那粉蝶儿飞出坟茔。

**白无常**　（唱）第三世便是这圣关六娘。

**黑无常**　（唱）又不知要泼洒几多泪淋。

　　　　　　我说哥哥，这二人生生世世、情深意重，却又世世生生，不得如意，实在可怜。哥哥何不救他们一救？

**白无常**　他二人情劫难逃，皆是天定。但凡生出情意，便是一场生死官司。要救他们，唯有一法。

**黑无常**　什么法儿？

**白无常**　除非他俩不相见、不碰头！

**黑无常**　不相见、不碰头么……

**白无常**　正是眼不见、心不烦，心不烦、情不生！

**黑无常**　好好好！你我今日就请些神通，令他二人不得相见，也算是功德一桩！

**白无常**　就依兄弟！（遥指）啊呀你看，那赵圣关来哉！

　　　　〔黑、白无常隐下。

　　　　〔赵圣关内唱：

　　　　　　扁舟一叶泛吴江，

　　　　〔赵圣关上。

**赵圣关**　（唱）千里贺寿拜萱堂。

　　　　　　无心映雪登皇榜，

　　　　　　有意对月尽杯觞。

　　　　　　沈醉不觉时将暮，

　　　　　　只把他乡作故乡。

　　　　　　吩咐船家船停桨，

　　　　　　船家！看此处风景甚好，你且将船靠岸，待我游赏一番。

　　　　　　［艄公内声："好嘞！相公当心！"

　　　　　　［忽一阵狂风起。

**赵圣关**　（唱）一霎时走石飞沙风声狂！

　　　　　　　　离舟就岸步踉跄，

　　　　　　　　四顾失途眼茫茫。

　　　　　　　　我好比无头青蝇随兴撞，

　　　　　　　　又被那啸啸疾风推脊梁。

　　　　　　　　晃晃摇摇、摇摇晃晃……（避风而行，下）

　　　　　　［黑、白无常显现。

**白无常**　（唱）反送青衫向红妆！

　　　　　　啊呀糟了！兄弟，你这风反将赵圣关送向林六娘处了！

**黑无常**　罪过！罪过！

**白无常**　待我再请一阵雨，将他送往别处！唵嘛呢叭咪吽！

**黑无常**　（背白）却是"俺那里把你哄也"！

　　　　　　［霹雳声起，大雨倾盆。

**黑无常**　了得、了得！

**白无常**　侥幸、侥幸！

　　　　　　［黑、白无常隐下。

　　　　　　［江畔茶棚，林六娘上。

**林六娘**　（唱）雨声疾，风声狂，

　　　　　　　　盖地铺天眼茫茫。

　　　　　　　　莫不是玉帝敲碎雷公鼓，

　　　　　　　　莫不是王母打翻蕙兰汤？

　　　　　　　　林六娘身守茶棚近吴江，

　　　　　　　　疾雨狂风视寻常。

　　　　　　　　狂风奈何茶盅暖，

疾雨难浇茶水香。

茶盅暖，仿佛有情怀中傍，

茶水香，须向多情唇里尝。

哎呀、哎呀、哎呀呀……忽觉心头如鹿撞，

蓦然彤云上脸庞。

手捧茶盅不肯放，

余温一缕沁芬芳。

奴好比水底花影轻摇荡，

茕茕自照独凄凉。

柔肠百转羡风雨，

那雨师风婆亦成双！

〔赵圣关复上，闯入茶棚避雨，撞上林六娘。

〔两人四目相接，俱呆住。

〔幕后合唱：

几时欠下风流债，

还债的冤家今复来。

旧账方了新又贷，

好叫三生不离拆。

赵圣关　（背白）这姐姐好生面善！

林六娘　（背白）这先生似曾相识！

赵圣关　（背白）敢是梦中见过？

林六娘　（背白）依稀心头揣着……

赵圣关　啊姐姐！

林六娘　啊先生……

赵圣关　姐姐请说。

林六娘　先生请讲。

赵圣关　姐姐先说。

| | |
|---|---|
| **林六娘** | 先生先讲。 |
| **赵圣关** | 小生落第归家，途经临平，流连美景，神往心驰，不料天不作美…… |
| **林六娘** | 天不作美么？ |
| **赵圣关** | 不不不，是天公作美，风狂雨骤，叫小生懵懵懂懂、浑浑噩噩、跟跟跄跄、糊里糊涂，一头撞进这茶棚来了！望乞恕罪！ |
| **林六娘** | 茶棚原为歇脚之处，先生休要多礼。 |
| **赵圣关** | 敢问姐姐烹的什么茶？ |
| **林六娘** | （奉茶）洞庭春是也。 |
| **赵圣关** | （试饮）何以这盅茶水，格外香醇？ |
| **林六娘** | 此茶乃未嫁之女以唇衔下，置于胸前，烘干而成，故此醇香无比。 |
| **赵圣关** | 如此说来，小生所饮，岂止洞庭春，更是…… |
| **林六娘** | （制止）非礼勿言。 |
| **赵圣关** | 是是是……姐姐教训的是！<br><br>（唱）她轻嗔婉转似啼莺，<br>　　　道是无情却有情。 |
| **林六娘** | （唱）他唯唯诺诺连声应，<br>　　　半是含笑半含情。 |
| **赵圣关** | （唱）我这里慢慢饮， |
| **林六娘** | （唱）奴这里慢慢斟。 |
| **赵圣关** | （唱）一盅洞庭恋芳馨， |
| **林六娘** | （唱）茶盅暖手还暖心。 |
| **赵圣关** | （唱）两心相合自亲近， |
| **林六娘** | （唱）四目相对又慌神。 |
| **赵圣关** | （唱）欲还盅，意不忍， |
| **林六娘** | （唱）欲索盅，手轻伸。 |
| **赵圣关** | （唱）我魂随茶盅向卿去， |
| **林六娘** | （唱）这盅上隐隐有郎温。 |

| 赵圣关 | （唱）方知我为何行游踏青山， |
|---|---|
| 林六娘 | （唱）方知我为何江畔煮香茗。 |
| 赵圣关 | （唱）踏遍青山为寻卿， |
| 林六娘 | （唱）煮尽香茗以待君。 |
| 赵圣关 | （唱）天赐一场高唐雨， |
| 林六娘 | （唱）除却巫山不是云。 |
| 赵圣关 | （唱）但愿得多情眼看多情眼， |
| 林六娘 | （唱）白头人对白头人。 |
| 赵圣关 | （唱）相随相与肝胆热， |
| 林六娘 | （唱）欲诉不诉忽沉吟…… |
| 赵圣关 | 我若贸然开口，只怕她怪我唐突。 |
| 林六娘 | 我若流露曲衷，只怕他疑我轻浮！ |
| 赵、林 | 这这这…… |
| 赵圣关 | （唱）这般姻缘天注定， |
| 林六娘 | （唱）休叫多疑负天心。 |
| 赵圣关 | （唱）纵无鱼雁能传信， |
| 林六娘 | （唱）直向盅前问分明。 |
| | 啊先生。 |
| 赵圣关 | 啊姐姐。 |
| 林六娘 | 奴家先说。 |
| 赵圣关 | 小生先讲！姐姐可愿嫁与小生？ |
| 林六娘 | 你待怎讲？ |
| 赵圣关 | 姐姐可愿嫁与小生？ |
| 林六娘 | 我…… |
| 赵圣关 | 姐姐你愿是不愿？ |
| 林六娘 | 我若不愿，你又待怎讲？ |
| 赵圣关 | 你若不愿，小生便是自作多情、自讨没趣，"婚姻"二字，今生今 |

世、来生来世，便生生世世，断不重提！

**林六娘** 这等言语，你倒口顺得很哟！

**赵圣关** 姐姐不信，小生告辞！（欲下）

**林六娘** （急声）哎哎哎……回来！你你你尚有茶钱未付！

**赵圣关** 香茗一盅，价值几何？

**林六娘** 你须与我爹爹商议才是。

**赵圣关** 区区一盅茶钱，还要与你爹爹商议么？

**林六娘** 正要与我爹爹商议么！

**赵圣关** 啊呀呀！（顿悟）赵圣关呀赵圣关，枉你饱读诗书、自诩多情，竟不知女儿心事！看她秋水凝波、彤云扑面，索要者岂是茶钱？分明婚聘之礼！哎呀姐姐，你已然答允小生，是也不是？

**林六娘** （含羞）……

**赵圣关** 是也不是？

**林六娘** 啐……

**赵圣关** 哈哈哈……姐姐带路，小生这便去与令尊商议"茶钱"！

**林六娘** 我爹爹探亲访友，不在家中。

**赵圣关** 令尊几时能回？

**林六娘** 明日方归。

**赵圣关** 这个……

**林六娘** 怎么？

**赵圣关** 姐姐有所不知，明日乃家母六十华诞，小生尚须赶回姑苏……

**林六娘** 你你你……你去吧！

　　　　［艄公内声："相公上船！"

**赵圣关** 姐姐，小生去去便回！

　　　　［两人背向而行。

**赵圣关** （唱）一步一行远，

**林六娘** （唱）怜君形影单。

赵圣关　（唱）一步一行缓，

林六娘　（唱）肠中转愁盘。

赵圣关　（唱）怎忍卿思我红颜减，

林六娘　（唱）怎忍君思我衣渐宽。

赵、林　（唱）遥乞高堂休责怨，

赵圣关　（唱）寿宴席上少儿男。

林六娘　（同时，唱）愿效红拂奔儿男！

　　　　〔两人同时转身，奔向对方。

赵圣关　小生不走了、不走了！

林六娘　奴家随你去、随你去！

赵圣关　啊呀，姐姐随小生去了，岳丈脸上不好看！

林六娘　先生羁縻于此，婆母心中必不欢。

　　　　〔艄公内声："相公快快上船！"

赵圣关　姐姐，小生果真留不得？

林六娘　百善孝为先，先生留不得。先生，奴家果真去不得？

赵圣关　名节本来重，姐姐去不得！

林六娘　（悲泣）……

赵圣关　姐姐，半月之内，小生必归！

林六娘　半月之内么？

赵圣关　半月之内！

林六娘　如此……（奉茶）先生满饮，休忘滋味。

赵圣关　（饮尽，强笑）好姐姐，你好比蛊中之水，已入小生肚肠！

林六娘　（亦强笑）先生便是这个蛊儿，常在奴家指掌。

　　　　〔艄公内声："相公上船喽！"

林六娘　休再延宕，上船去吧！

赵圣关　是是是……（倒退，惊觉）啊呀姐姐！小生尚且不知芳名！

林六娘　临平林六娘。

| 赵圣关 | 姑苏赵圣关。（退走） |
|---|---|
| 林六娘 | （眺望）临平林六娘！ |
| 赵圣关 | （远远）姑苏赵圣关…… |
| 林六娘 | （追之）临平林六娘…… |

　　　　〔幕后合唱：

　　　　　　　　一盅香茗得相逢，

　　　　　　　　相逢能不动情衷。

　　　　　　　　情衷冷暖姻缘梦，

　　　　　　　　缘起缘落两心同。

　　　　〔灯渐暗。


# 第二出　药会


　　　　〔三月后。

　　　　〔姑苏，赵府。

　　　　〔侍女梅香上。

| 梅　香 | （念）公子相思病恹恹， |
|---|---|
| | 　　　夫人心焦急断肠。 |
| | 　　　姑苏遍张求医榜， |
| | 　　　华佗扁鹊往来忙。 |
| | 夫人有请，郎中登堂！ |

　　　　〔众郎中内声"来也——"，上。

| 赵郎中 | （念）我做郎中本领强， |
|---|---|
| 钱郎中 | （念）挨着我手命必亡。 |
| 孙郎中 | （念）风流才子怎及我， |
| 李郎中 | （念）大摇大摆入闺房！ |

梅香姐，你越发标致了！

梅　香　　唦！诸位稍候，老夫人即刻就来。

众郎中　　嗳！

　　　　　〔梅香下。

赵郎中　　啊呀钱兄，依你揣度，赵公子所患何病？

钱郎中　　这等富贵人家、风流少年，十之八九，罹患相思。

孙郎中　　不知这相思之病，怎生诊治？

李郎中　　好治、好治！

众郎中　　怎么治？

李郎中　　只消一对花烛、一块盖头！

孙郎中　　若是赵家不肯备得这花烛、盖头呢？

钱郎中　　那就备一床花被、一个枕头！

众郎中　　哈哈哈……

　　　　　〔赵母内唱：

　　　　　　　白发扶杖出内堂，

　　　　　〔赵母上，梅香随上。

赵　母　　（唱）昏花老眼泪两眶。

　　　　　　　嫁入侯门四十载，

　　　　　　　膝下只得一脉香。

　　　　　　　谁料想单传的独子遭魔障，

　　　　　　　一病不起入膏肓。

　　　　　　　虽有延医财万贯，

　　　　　　　苦无救命千金方。

　　　　　　　有劳诸位细诊断，

　　　　　　　老身再拜谢岐黄。

众郎中　　拜见老夫人！

赵　母　　免礼！诸位谁能救得我儿，老身保他一世荣华！

赵郎中　　　还请唤出令郎，待我等诊治！

梅　香　　　我家公子体虚气短，不见生人。

孙郎中　　　这……杏林之术，讲究望闻问切，公子不肯见人，如何写方？

众郎中　　　写不得、写不得！

赵　母　　　既然写不得，梅香，送客。

李郎中　　　夫人请慢！待我等商议。诸位！我等给他写个不好不歹……

钱郎中　　　不过不失……

孙郎中　　　不盈不亏……

赵郎中　　　不生不死的方儿！左右吃他不坏……

李郎中　　　倘若老天开眼，

钱郎中　　　救了他命……

孙郎中　　　也是我等一桩大富贵！

众郎中　　　有理、有理！

赵郎中　　　恭请夫人赐墨，

众郎中　　　我等写方。

　　　　　　［赵圣关内声"六娘、六娘……"，上。

赵圣关　　　（唱）茶饭不思形容瘦，

　　　　　　　　　月来病骨轻于绸。

　　　　　　　　　飘飘忽忽堂前走……

　　　　　　（见众郎中）哪来的浊物?!（掩面）

赵　母　　　（对梅香）快快赶了出去、赶了出去！（扶持）啊我儿……

　　　　　　［众郎中随梅香下。

赵圣关　　　娘亲！

　　　　　　（唱）儿恐旦夕一命休！

赵　母　　　儿呀……老身年迈不经吓！

赵圣关　　　（唱）娘亲呀，儿生不羡才八斗，

　　　　　　　　　儿生不望万户侯。

只愿有情得长久，

同床同穴共鸾俦。

现如今六娘江畔长相候，

儿在墙内被幽囚。

心如黄叶思欲碎，

魂逐凄风凉飕飕。

奇方妙药皆无救，

命悬于丝恨悠悠。

求娘亲大发慈恩将儿放，

风鼓锦帆推兰舟。

勘破相思多情咒，

拼将一死亦风流！

娘亲，你发发慈悲，放儿走吧！

赵　母　　儿啊！非是为娘不近人情，怎奈你父早有严命！儿乃相国之子，那林六娘却是布衣之女，门第悬殊，岂可联姻？

赵圣关　　爹爹远在京城为官，尚未见儿命若游丝！他若见得，未必不生舐犊之情……啊呀娘亲，你再修书一封，将儿病情告知爹爹，求他高抬贵手，救儿一命！

赵　母　　儿呀！为娘早已差遣陈叔，将求情家信送往京城，待其归来，便知分晓！

　　　　　〔家院内声"老夫人……"，上。

赵　母　　陈叔，你脚程好快呀！

家　院　　夫人差遣，老奴敢不三步并作两步走、两步并作一步行！

赵圣关　　陈叔，快取书我看！

家　院　　书信在此。（递之）

赵圣关　　（拆书，念）爬藤缠玉树……

赵　母　　（念）凤鸟思寒鸦。

| 赵圣关 | （念）是非凭人论， |
|---|---|
| | 　　　婚嫁不由他！ |
| | 婚嫁……不——由——他！（昏厥） |
| 赵　母 | 我儿苏醒、我儿苏醒！ |
| 家　院 | 老夫人，还是许了婚事，救公子一命吧！ |
| 赵圣关 | （悠悠醒转）……娘、娘啊……娘…… |
| 赵　母 | 为娘在此！ |
| 赵圣关 | 我嫡嫡亲亲的六娘啊！我欲与卿长相知，奈何爹爹要我死…… |
| | （吐血） |
| 赵　母 | 我儿休得胡说。 |
| 赵圣关 | 爹爹分明杀我！孩儿这口血，心脉寸断，便六娘前来，也只好永 |
| | 诀了！ |
| 赵　母 | 我……我苦命的儿啦！ |
| 赵圣关 | 我……我苦命的妻啦！ |
| | 〔梅香内声"夫人……"，捧药盅上。 |
| 梅　香 | 夫人！门外又来了一个游方郎中。 |
| 赵圣关 | 我这性命，神仙难救！ |
| 梅　香 | 那郎中言道：治得对但求一见，治不对不收分文。 |
| 赵圣关 | 此皆江湖术士欺诳之语。 |
| 梅　香 | 她在墙外，生起小炉，烹就此药…… |
| 赵　母 | 那郎中开的什么药？ |
| 梅　香 | 三两莲子、七钱当归。 |
| 赵圣关 | 莲（怜）子？当归……莲子！当归！快、快！取药我饮！取药我 |
| | 饮！（见盅、震惊）盅儿！正是这个盅儿！郎中哪里？姐姐哪里？ |
| | 〔林六娘内声"公子哪里？赵郎哪里？……"，上。 |
| 赵圣关 | 六娘！ |
| 林六娘 | 赵郎……（惊见）怎生你如此消瘦？ |

赵圣关　此皆思卿之故！

林六娘　奴朝朝暮暮，同犯相思，怎不见奴憔悴至此？

赵圣关　一般相思，你能来找我，我却不能来找你，故有此别。

林六娘　呀！

　　　　（唱）是相思将郎害，

　　　　　　　是相思引奴来。

　　　　　　　茶棚一面把相思栽，

　　　　　　　便见相思奇花开。

　　　　　　　朵朵皆是相思债，

　　　　　　　清香泛滥相思灾。

　　　　　　　谁人忍把相思怪，

　　　　　　　绯红染得相思腮。

　　　　　　　奴挽起素袖将相思采，

　　　　　　　身揣着一盅相思入华宅。

　　　　　　　怜奴相思风霜重，

　　　　　　　叹君相思容光衰。

　　　　　　　贴身儿绾起相思带，

　　　　　　　拼将相思入郎怀。

赵圣关　好姐姐……小生这病，眼看是治不好了。弃世之前，得见卿卿，亦
　　　　可瞑目！

林六娘　赵郎，你在哪里，奴在哪里。

赵　母　嗯哼！

赵圣关　啊六娘，快来见过娘亲！

林六娘　叩见……

赵　母　且慢！林六娘，你不是在吴江卖茶么，怎又到姑苏贩药来了？

林六娘　奴在吴江，久候赵郎，候之不得，故来相寻。奴既入姑苏，见城中
　　　　遍贴求医榜文，方知原委。乃假托献药，登门求见。

| | |
|---|---|
| **赵　母** | 你既已见过我儿，还须速速归家，以免令尊挂念。 |
| **赵圣关** | 娘亲！六娘前脚走，孩儿后脚亡！ |
| **林六娘** | 赵郎，休出此言…… |
| **赵圣关** | 小生身难相随，魂必随卿！（泣下） |
| **林六娘** | 休……休要啼哭…… |
| **赵圣关** | 奈何桥头，小生等着你！ |
| **林六娘** | 奈何桥头，是奴家等着你…… |
| **赵圣关** | （急声）姐姐死不得！ |
| **林六娘** | 郎君死得，奴家为何死不得？ |
| **赵圣关** | 这……小生死了，姐姐方才死得！ |
| **林六娘** | 好好好，这悼亡之痛，奴亦不忍郎君生受！ |
| **赵圣关** | 好姐姐！ |
| | （唱）鹃血呕尽离恨天， |
| **林六娘** | （唱）腮贴身傍两比肩。 |
| **赵　母** | （唱）铁人闻之肝肠断， |
| **赵圣关** | （唱）来世信可结良缘。（晕厥） |
| **林六娘** | 赵郎…… |
| **赵　母** | （悲泣）儿哇…… |
| **家　院** | 公子……啊老夫人，再要冲喜，只怕迟矣！这便如何是好？ |
| **赵　母** | 自古有言，吴山十庙，最能消灾救命。但得一人，虔敬祝祷，一步一叩，拜遍吴山，千疾万病，皆可痊愈！可恨老身年迈体弱…… |
| **林六娘** | 奴家愿往。 |
| **赵　母** | 你待怎讲？ |
| **林六娘** | 为图赵郎消灾祛病、百岁平安，奴愿一步一叩、拜遍吴山。 |
| **赵　母** | 好好好！你若真能救得我儿，老身做主，三茶六礼，成全于你！ |
| **林六娘** | 夫人……放心。 |
| | 〔灯渐暗。 |

# 第三出　叩庙

〔吴山。

〔白无常大醉，黑无常扶之上。

白无常　　（唱）艳歌一曲酒一杯，（白居易）

　　　　　　　欲饮琵琶马上催。（王翰）

　　　　　　　但使主人能醉客，（李白）

　　　　　　　斜风细雨不须归。（张志和）

　　　　　　哈哈哈……好酒哇，好酒！（踉跄）

黑无常　　哥哥当心！哥哥，那赵圣关病入膏肓，阎罗有令，命你我拿他归阴！

白无常　　兄弟快走！

黑无常　　走走走……啊呀阿哥，（遥指）你看前面来的何人？

白无常　　（眺望）前面来的不是人！

黑无常　　分明林六娘来了，怎说不是人？

白无常　　那一步一跪、匆匆而来的，实乃是一部孽缘、一段相思、一汪
　　　　　　苦泪！

　　　　　　〔林六娘内唱：

　　　　　　　迢迢东行上吴山……

　　　　　　〔林六娘上。

　　　　　　〔幕后合唱：

　　　　　　　石为枕席风为餐。

　　　　　　　竭力虔心参十庙，

　　　　　　　一步一叩求众仙。

林六娘　　第一庙，乃是风神庙！（叩庙）

　　　　　　（唱）风神呀，你须将奴怜，

　　　　　　　是你撩动风流片。

　　　　　　　霎时吹皱吴江面，

引得赵郎来奴前。

第二庙，乃是雨神庙！

（唱）雨神呀，你须将奴怜，

是你播撒多情线。

淅淅沥沥何连绵，

卿卿我我方得见。

第三庙，乃是火神庙！

（唱）火神呀，你须将奴怜，

是你成全鸳鸯愿。

如珠如沸把药煎，

一盅相思两心牵。

往日撮合皆有份，

啊呀三位神祇！

（唱）现如今岂可袖手立一边？

叩罢三庙放泪眼，

山高路远再向前。

众神在上！易求无价宝，难得两同心。宁可情负我，我不负多情！

前面又见一庙，待奴赶上几步！

| | |
|---|---|
| **黑无常** | 哥哥你看，林六娘已拜过三庙了！ |
| **白无常** | 一路汗水淋漓。 |
| **黑无常** | 再看她拜第四庙：玄女娘娘庙！ |
| **白无常** | 第五庙：紫阳真人庙！ |
| **黑无常** | 第六庙：文昌帝君庙！ |
| **白无常** | 山路崎岖，庙宇难拜。 |
| **黑无常** | 人心似铁，怎肯回头？ |
| **白无常** | 千叩万拜，无非水中捞月。 |
| **黑无常** | 万求千乞，尽是镜中摘花。 |

**两无常**　唉……太倔了！

　　　　　　［林六娘次第叩庙。

**林六娘**　（唱）娘娘呀，你须救赵郎，

　　　　　　　　他芝兰俊秀生于堂。

　　　　　　　　若叫潘宋殁泉壤，

　　　　　　　　痛断世上女儿肠！

　　　　　　　　真人呀，你须救赵郎，

　　　　　　　　他情意广、性温良。

　　　　　　　　若叫纯善一命亡，

　　　　　　　　谁信报应终有偿？

　　　　　　　　帝君呀，你须救赵郎，

　　　　　　　　他舌绽金莲毫绽光。

　　　　　　　　若叫高才夭其寿，

　　　　　　　　更有何人传文章！

　　　　　　　　从来花开只一季，

　　　　　啊呀三位仙官！

　　　　　（唱）休叫冰雪摧春芳！

　　　　　　　　思之念之魂欲碎，

　　　　　　　　亦行亦拜泪满裳。

　　　　　众神在上！燕雀有逸趣，未必羡凤池。纵无双飞翼，自有情依依。

　　　　　前面便是第七庙！此伍公庙也！

　　　　　（唱）伍相国，你家仇在身奔异域，

　　　　　　　　也曾溧水遇漂女。

　　　　　　　　她为你江畔捐娇躯，

　　　　　　　　情深脉脉你应识之！

　　　　　第八庙，乃是关圣庙！

　　　　　（唱）关大王，你青龙偃月秉忠义，

也曾护嫂奋马蹄。

若无夜半觉情起，

又何必烛照《春秋》旦复夕？

第九庙，乃周城隍庙！

（唱）周公啊，你冷若冰霜号铁面，

不信心中无涟漪。

奴家借你千行泪，

哭得铁人生锈迹！

自古谁不识风月，

啊呀三位爷爷！

（唱）应怜红尘有情痴！

袅袅焚香心不改，

屹屹叩庙志不移。

| | |
|---|---|
| **黑无常** | 有趣、有趣！周新、关羽、伍员的糗事，被她一个一个抖搂出来！ |
| **白无常** | 啊呀不好，你我只顾消遣，几乎忘却正事！ |
| **黑无常** | 有何正事？ |
| **白无常** | 赵圣关今日寿满，尚待缉拿！ |
| **黑无常** | 差事自有小弟支应。只是这林六娘执迷不悟，着实可怜。阿哥费心，劝她一劝！ |
| **白无常** | 我自有杀手锏在此！ |

[黑无常隐下，白无常变为林父。

| | |
|---|---|
| **林　父** | 女儿、女儿…… |
| **林六娘** | （忽闻）爹爹…… |
| **林　父** | 女儿！自你不辞而别，为父遍寻不着，只得前来吴山，叩庙祝祷！所幸苍天有眼，父女重聚…… |
| **林六娘** | 爹爹，千错万错，皆女儿之过！ |
| **林　父** | 好女儿，快随爹爹回家去吧！ |

| | |
|---|---|
| 林六娘 | 待女儿再拜一庙,即当归去! |
| 林　父 | 小孽障!看你衣衫褴褛、遍体伤痕,只怕未至庙门,先入幽冥! |
| 林六娘 | 纵使黑白无常,三呼五喝,奉命阎罗,要来拿我,也须待奴叩罢十庙、拜遍吴山! |
| 林　父 | (背白)好大的口气!(转面)你心里只有那短命鬼,没有我老爹爹么!也罢!老汉今日便死你面前,大家干净! |
| 林六娘 | 爹爹……自娘亲过后,爹爹与女儿相依为命,女儿自当时时孝敬、事事依从,奈何那赵郎…… |
| 林　父 | 便怎样? |
| 林六娘 | 那赵郎乃女儿至珍至重、至怜至爱之人!今他性命攸关,女儿岂可置若罔闻?若是爹爹不肯宽谅…… |
| 林　父 | 又怎样? |
| 林六娘 | 养育之恩,来生当报!(以头撞石) |
| 林　父 | (急拦)使不得、使不得! |
| 林六娘 | 爹爹……(泣下) |
| 林　父 | (背白)我来劝她,反被她哭乱方寸!唉……(隐下) |
| 林六娘 | 爹爹哪里?爹爹哪里?方才之事,难道一梦?呜呀…… |

（唱）眼底悲泪涌,

心中浪汹汹。

林六娘身似铅来比铅重,

忽闻铁马鸣叮咚。

举目眺远山坳东,

依稀一点庙檐红!

那岂非第十庙乎?那那那……岂非月老庙乎!月老庙、月老庙!好欢喜人也!

〔幕后合唱:

惊极喜极珠泪迸,

441

拜之叩之步履匆。

**林六娘** （唱）顷刻石阶升百级，

为什么殿宇犹在缥缈中？

为什么奴家身未进半寸，

庙门遥遥不可逢？

为什么望之分明在咫尺，

行来却隔山千重？

是鬼蜮，相捉弄？

是神祇，不相容？

是幽冥，妒鸳侣？

是月老，做痴聋？

奴欲问天天懒应，

奴虽叩地地难通。

血浸双膝不觉痛，

三魂渺渺向阎宫。

赵郎呀！今日吴山为奴冢，

你与奴奈何桥上饮交卮！

赵郎、赵郎，我俏生生、笑嘻嘻、明晃晃、热腾腾的冤家！奴累得
紧，你将肩膀借奴吧；奴困得紧，你将膝头借奴吧；奴渴得紧，你
你你……啐！你且捧盏，喂奴一盅山泉！待奴饮罢，自当再叩几
个头、再行几步路！待等叩不动、行不得之时，你当俏生生、笑
嘻嘻、情切切、意浓浓，在奴耳畔，轻呼低唤：我嫡嫡亲亲的姐
姐……我嫡嫡亲亲的赵郎！你看、你看，半空中两个飘飘忽忽的影
儿，想是无常老爷接奴来了。奴先行一步，奈桥相候……

［幕后传来赵圣关缥缈之声：六娘、六娘……

**林六娘** （惊闻）赵郎？赵郎——（循声追下）

［灯渐暗。

# 第四出　汤诀

〔吴山。

〔赵圣关内唱：

披枷带锁赴阴曹……

〔黑、白无常执赵圣关上。

赵圣关　（唱）无影无根虚飘飘。

上有双亲恩未报，

下无子嗣传裔苗。

万般牵连皆割舍，

一寸情愁不肯抛！

再三求得方便道，

绕行吴山走一遭！

六娘、六娘！

〔林六娘内声"赵郎……"，上。

林六娘　赵郎！

〔赵圣关与林六娘欲相近，黑、白无常隔开他二人。

白无常　嘟——

黑无常　生死有命！

白无常　阴阳有别！

黑无常　赵圣关名在鬼录，

白无常　林六娘你阳寿未终！

两无常　休得厮缠，各自去吧！

林六娘　赵郎……

赵圣关　六娘……

林六娘　赵郎……

赵圣关　六娘……（相拥）休哭。

| 林六娘 | 见你这般模样，奴家如何不哭？ |
| --- | --- |
| 赵圣关 | （唱）劝姐姐，休悲泣， |

俺亦捺住了泪珠滴。

休叫珠泪将眼蔽，

遮住了姐姐的影儿摇摇晃晃凄复迷。

姐姐，你我如今呵……

（唱）是多行一步少一步，

| 林六娘 | 一步也不行了…… |
| --- | --- |
| 赵圣关 | （唱）多说一句少一句。 |
| 林六娘 | 一句也不说了！ |
| 赵圣关 | （唱）多看一眼少一眼， |
| 林六娘 | 一眼也、也、也不看了…… |
| 赵圣关 | （唱）多聚一时少一时。 |
| 林六娘 | 一时也不……呜呀，奴家只求与你相聚、与你相聚！ |
| 赵圣关 | （唱）好姐姐你且收悲泪还做喜， |
| 林六娘 | 喜从何来？ |
| 赵圣关 | （唱）喜的是小生即刻命归西！ |
| 林六娘 | 什么说话！ |
| 赵圣关 | （唱）你和我今生无缘成鸳侣， |
| 林六娘 | 好不悲伤！ |
| 赵圣关 | （唱）来世姻缘应可期！ |
| 林六娘 | 来世么？ |
| 赵圣关 | 正是！ |

（唱）赵圣关奈何桥畔等着你，

姐姐，小生先行一步……

| 林六娘 | 赵郎，奴有言在先，你在哪里，奴在哪里。 |
| --- | --- |

（唱）执郎手牵郎衣寸步不离！

| 两无常 | 前面便是奈何桥！ |
|---|---|
| 林六娘 | 赵郎！ |
| 赵圣关 | 六娘…… |
| 白无常 | 林六娘，你来看！奈桥之侧，立有一碑，唤作阴阳碑，乃生死相隔之所！这桥么……死人过得，生人过不得！ |
| 林六娘 | 过了此桥，又便如何？ |
| 黑无常 | 过了此桥，便是来生。 |
| 赵圣关 | 过了此桥，便是来生……妙哇姐姐，过了此桥，你我便是夫妻了！ |
| 黑无常 | 尔等好无见识。岂不闻，欲上奈何桥，先饮孟婆汤。 |
| 林六娘 | 孟婆汤？ |
| 白无常 | 饮了孟婆汤，前事皆忘光！ |
| 赵圣关 | 皆忘光！ |
| 黑无常 | （变出一盅）孟汤在此！赵圣关，你速饮此汤，投胎去吧！ |
| 赵圣关 | 小生不肯忘、小生不肯饮！ |
| 白无常 | 不肯饮汤，就请下河。 |
| 林六娘 | 下河？ |
| 黑无常 | 受尽皮焦之痛、肉烂之苦，撕心之灾、断肠之祸，沉浮千年，方得转世。 |
| 白无常 | 要么饮汤， |
| 黑无常 | 要么下河！ |
| 白无常 | 饮汤！ |
| 黑无常 | 下河！ |
| 白无常 | 饮！ |
| 黑无常 | 下！ |
| 赵圣关 | 下河便下河！（纵身跃入） |
| 林六娘 | 赵郎…… |

[幕后合唱：

　　　　纵身一跃浊浪腾，

　　　　裂肺撕心欲断魂。

　　　　血河没顶呼不得，

　　　　沉沉浮浮为思卿。

白无常　他下去了！

黑无常　他他他又下去了！

林六娘　赵郎——奴家随你去、随你去！（亦纵身）

　　　〔幕后合唱：

　　　　　纵身一跃浊浪消，

　　　　　裂肺撕心欲断魂。

　　　　　阴阳两隔随不得，

　　　　　涓涓滴滴皆关情。

白无常　林六娘，事到如今，你还不明白么？

林六娘　明白、明白……奴是生人，难入冥河！赵郎，奴家即刻就死、即刻

　　　　就来！

黑无常　林六娘！害死赵圣关的，不是别人……

白无常　正是你！

林六娘　你待怎讲？

两无常　正是你林六娘！

林六娘　怎、怎……怎么讲？

白无常　也罢！今将你二人的来龙去脉，倾囊相告！六娘啊！

　　　　（唱）你本是王母身旁瑶池女，

黑无常　（唱）他本是玉皇左右灵霄童。

白无常　（唱）眉传目递私情动，

黑无常　（唱）错手打碎酒一盅。

林六娘　一盅酒么？

两无常　一盅好酒！

| 白无常 | （唱）因此上双双对对贬下界， |
|---|---|
| 黑无常 | （唱）生生世世劫无穷！ |
| 白无常 | （唱）方有那范杞梁长城埋骨， |
| 黑无常 | （唱）孟姜女啼血泣红。 |
| 白无常 | （唱）方有那梁山伯相思而终， |
| 黑无常 | （唱）祝英台扑坟入冢！ |
| 林六娘 | 奴奴奴……奴不信！ |
| 白无常 | （唱）我们是几番番将你来迎送， |
| 黑无常 | （唱）你们是一番番不肯忘情衷。 |
| 白无常 | （唱）几番番苦劝皆无用， |
| 黑无常 | （唱）一番番直向血池冲！ |
| 白无常 | （唱）六娘啊……你是多情人中了多情咒， |
| 黑无常 | （唱）相思人徒做相思梦。 |
| 白无常 | （唱）你情越真， |
| 黑无常 | （唱）他命越凶。 |
| 白无常 | （唱）你情越深， |
| 黑无常 | （唱）他病越重。 |
| 白无常 | （唱）你情越久， |
| 黑无常 | （唱）他寿越短。 |
| 白无常 | （唱）你情越浓， |
| 黑无常 | （唱）他魂越痛。 |
| 林六娘 | 岂无解救之法？ |
| 白无常 | 有有有！ |
| | （唱）只要你把孟汤饮， |
| 黑无常 | （唱）前尘往事掉头空。 |
| 白无常 | （唱）只要你把孟汤饮， |
| 黑无常 | （唱）三世孽缘从此终。 |

| 白无常 | （唱）天若有情天亦老， |
|---|---|
| 黑无常 | （唱）无情无义方从容。 |
| 白无常 | 来来来，林六娘，你二人一体同心，你饮下孟婆汤，也是一样的。 |
| 黑无常 | 所谓"情无生死，事有例外"，你饮他饮，都是一样！ |
| 两无常 | 饮了吧、饮了吧！ |
| 林六娘 | 这个……不！他不肯饮，是不肯负奴，奴若饮了，便是负他，是负他也！ |
| 黑无常 | 你若不饮，忍心他河中辗转？ |
| 白无常 | 忍心他沉浮千年？ |
| 黑无常 | 忍心他心撕肠断？ |
| 白无常 | 忍心他痛不堪言？ |
| 黑无常 | 你若忍心，便是狠心！ |
| 白无常 | 哈哈，怪道女儿心狠，只因三生三世，先死的都是男人！ |
| 林六娘 | 住口！ |
| 黑无常 | 仙子息怒！这也是为你等着想！ |
| 白无常 | 须知玉帝王母，素来不睦，专爱拆人婚事！你这般孜孜不放，怕是天嫉地妒、苦海无涯！ |
| 林六娘 | 天嫉地妒，苦海无涯么…… |
| | ［赵圣关内声："小生不苦……"］ |
| 林六娘 | 赵郎—— |
| | ［赵圣关内声："小生不不不……痛！"］ |
| 林六娘 | 赵郎！……（大恸）拿来！ |
| 白无常 | 你待怎讲？ |
| 林六娘 | 拿拿拿孟婆汤来！ |
| 黑无常 | 孟汤在此！（奉盅） |
| 林六娘 | （接盅，颤声）好盅儿，还是这个盅儿！ |
| | （唱）手捧一盅孟婆汤， |

欲碎欲绞断奴肠。

三千世界一盅藏，

六欲七情一盅装。

怎忍饮却这盅汤，

忘却前尘忘却郎。

忘却江畔初相会，

一盅煮得洞庭香。

忘却姑苏闹华堂，

一盅良药郎亲尝。

忘却吴山拜十庙，

一路行来泪茫茫。

忘却幽冥两携手，

奈何桥头誓成双！

咬牙欲将孟汤洒，

蓦然惊魂神亦慌。

郎在池中遭劫难，

奴怎忍视若无睹在一旁？

怎忍他烈烈血涛焚欲烂，

呼之号之千年长！

奴大哀大恸思复想，

那汤汤水水热复凉！

| | |
|---|---|
| 黑无常 | 林六娘，你再犹豫，赵圣关的骨肉都化尽了。 |
| 白无常 | 林六娘，你若肯饮，俺还你一个活圣关！ |
| 林六娘 | 怎么说？ |
| 黑无常 | 六娘饮汤，圣关还阳！ |
| 两无常 | 六娘饮汤，圣关还阳！ |
| 林六娘 | 好、好、好！ |

〔幕后合唱：

　　一霎时腾起欢喜千万丈，

　　忽又滴泪万千行。

　　这一饮多情郎君得还阳，

　　还阳已是陌路郎！

**林六娘**　（唱）战兢兢欲饮还放，

　　孤零零重擎在掌。

　　颤抖抖将盅握，

　　恰一似紧紧握住郎肩膀。

　　奴俏软软将盅傍，

　　恰一似粉面傍入郎胸膛。

　　抽搭搭止不住泪珠儿盅里淌，

　　郎呀郎，你何不将奴泪盅里尝！

　　郎呀郎，你饮过奴茶饮奴药，

　　还奴一盅孟婆汤！

　　奴之盅盏贴心暖，

　　郎这盅盏透体凉。

　　奴愿替你赴血塘，

　　换你来饮这盅汤！

　　狠心的冤家狠心的郎，

　　奴怎肯将你忘？

　　狠心的冤家狠心的郎，

　　奴即刻将你忘！

　　从今后你无牵无挂上康庄，

　　奴酸酸楚楚入羊肠。

　　忘情再无情意长，

　　忘情只为有情长。

赵郎！奴家不哭了、不哭了！让奴再看你一眼、再看你一眼！

（饮汤）

**黑无常** 饮也、饮也！

**白无常** 成也、成也！

**两无常** （对视而叹）苦也、苦也！

〔幕后合唱：

奴似水，郎是盅，

轻摇缓荡郎怀中。

无盅奴家何所从，

无水郎心便成空。

有情何须叹缘浅，

纵便缘尽情愈浓……（绵延不息）

〔吴江。

〔赵圣关与林六娘自两个方向上。

〔两人走近，已不相识，微微含笑，点头致意，终是错身而过，渐行渐远、渐行渐缓……

〔灯渐暗，全剧终。

## 附：一盏香茗得相逢——《一盏缘》创作谈

《一盏缘》的主题歌初写于新疆采风的路上，车窗外是连绵的陡峭，寸草不生，我哼哼着"轻摇缓荡郎怀中"，趣致极了。严格来说，这是一篇习作，彼时白天在江苏省昆剧院蹭看《红楼梦》折子戏，晚上回来敲键盘、写作业，作业交掉，旁人一看，说这锡剧里有昆曲味儿，兴许便是这个缘故。

《一盏缘》的故事，得之于国家级非物质文化遗产河阳山歌里长达 6476 行的《圣关还魂》，说一对青年男女为爱情出生入死，终成正果。所以这一次，真不是我要写黑白无常、真不是我要写鬼戏，是这题材里天然便有阴司、便有冥界，与其让阎王判官呼呼喝喝，不如让他哥俩嬉笑一番，把遥凌于人世之上的宿命敷衍成"云自无心水自闲"的趣味。我爱他们超然的散淡、冷眼的潇洒，爱他们有限的同情心和屡屡弄巧成拙的小伎俩，就像我爱赵、钱、孙、李四郎中的科诨一般。

每部作品，作者多多少少应有些得意处。《一盏缘》最让我开心的，是它那譬若元杂剧的结构：《茶遇》《药会》《叩庙》《汤诀》，起承转合，统共四场戏。场次少了，复杂情节亦被排除在外，要满满当当演两个小时，就只好细细琢磨情感和情趣，只好每一场戏都牢牢地"停下来"写，停在一个场景里，将自身亦放入那个场景。我便是林六娘、我便是赵圣关，我随着"嗒嗒嗒"的键盘声，遭遇着那些羞怯、惊喜、聚合、相许、恋恋、分别……写上一个字时完全不知道下一个字会是什么，写问话时完全不知道下一句回答是怎样的，山歌里并不新鲜的爱情以完全新鲜的面目撞击着我日渐粗疏的神经，弥补着生活中若干求之不得的遗憾。做编剧的，所享受的重要快乐之一，大概便是这"扮演"的快乐。

全剧我最用心写的是《叩庙》。构思时，脑中浮动着这样的画面：一个疲倦不堪的女人，双膝鲜血斑斑，凌乱的发丝杂着土色，沾在额前，她满心欢喜、满心盼望，往最后一庙发起生命冲刺，可是，那望之咫尺的庙宇，她怎么也走不到、怎么也走不到、怎么……也走不到。我真难过，"世上无难事，只怕有心人"或"只要肯攀登"，实则是不够负责的鼓励话。这世上总有一些事，是我们死也做不成的，总有一些心愿，它美好、纯净、散发着青草的气息，倘若有上天、倘若上天还存着一些慈悲，便该施恩，可实际上呢，我们磨平了双膝，磕破了额头，哭干了眼泪，做不成的，还是做不成，眼睁睁可望而不可即，只剩了份难过。我一面难过，一面去查资料，吴山都有些什么庙啦、庙里都供奉着谁啦，再想想那些庙可以分为几类啦、每一类可以说些什么话啦……前面拜到的九庙，都是铺垫，都是过程，都是为了拜不到的第十庙。然而，若无前面结结实实的九座庙，那第十庙及其悲哀便只是一个概念，我便翻来覆去地说：难过呀难过，看在受众眼里，怕也只是无病的呻吟。所以么，创作固然是情感的历险，可若无技术的支持，历险之精彩也会随之削弱。

至于唱词，我有心写得精致些，但至爱的却是："郎呀郎，你饮过奴茶饮奴药，还奴一盅孟婆汤！奴之盅盏贴心暖，郎这盅盏透体凉。奴愿替你赴血塘，换你来饮这盅汤！"都是押韵的大白话，都是从扮演着林六娘的我的心中喷出来的。在该剧爱情的巅顶上，原该是满满的眷恋、满满的深情，但怎么能没有埋怨呢？怎么能不恨呢？倘使爱是一样的，那么公正些，苦难亦该均分，可面对以爱之名的付出与承担，"公正"是个多么滑稽的词啊……一面愤怒、一面深爱，我努力感受着这直白的真实，努力将之真实记录下来，虽然没把自己写哭，却的确写得很诚恳。游戏文字也是有的，譬如《叩庙》中白无常哼的"艳歌一曲酒一杯，欲饮琵琶马上催。但使主人能醉客，斜风细雨不须归"，便是唐诗集句，分别取自白居易《长安道》、王翰《凉州词》、李白《客中行》和张志和《渔歌子》。

仓促之间，还有诸多不尽如人意之处。山高路远，云遮雾绕，心向往之，身亦随之，林六娘叩庙的这份虔敬，放在创作上，也是极好极该当的。

《一盅缘》要感谢的人很多，所有鼓励与批评都滋养着它，亦滋养着我。要谢谢我放在心里以及放我在心里的人，我哭也罢、笑也罢、悲伤也罢、欢喜也罢、看戏也罢、评戏也罢、写戏也罢、改戏也罢，用力张开每个毛孔去感受这世界分分秒秒的光泽、点点滴滴的善意，都因有了你们，亦都为着你们。

# 扬剧《衣冠风流》

## 人物表

谢　安　（末）

桓　温　（净）

褚太后　（旦）

司马昱　（末）

郗　超　（生）

王彪之　（丑）

如　意　（丑）

另有大臣、军士、内侍、宫女若干

扬剧《衣冠风流》
五段片段

# 第一出　焚诏

[东晋咸安二年，风雨潇潇。

[晋宫太极殿，帷幄低垂，烛光如豆。

[司马昱卧病，内侍如意在侧。

司马昱　（念）萧萧泪雨洗珠帘，

　　　　　　可怜帝心向谁言？

　　　　　　竟日长叹共短叹，

　　　　　　争如长眠与短眠！

　　　　朕司马昱，登基以来，外有大司马桓温心怀异志，内有中书侍郎郗
　　　　超以为接应。朕难守基业，忧心子孙，病入膏肓，急召吏部尚书谢
　　　　安觐见，以遗诏相托。更深漏缓，好不忧烦！

[侍从甲内声"报……"，上。

司马昱　敢是谢安来了？

侍从甲　桓温擅自征兵，麾下之众，已逾百万！

司马昱　啊？

[侍从乙内声"报……"，上。

司马昱　莫非谢安来了？

侍从乙　桓温身领重兵，移师东进，不日便到建康！

司马昱　啊！

[侍从丙内声"报……"，上。

司马昱　该是谢安来了！

侍从丙　桓温上书，叩问陛下，龙体安好。

司马昱　（悲愤）哪有率兵百万、前来问疾之理！分明图谋帝位，只怕朕躬
　　　　不死！谢安呀谢安，你怎生还不前来！

[谢安内声："臣谢安见驾！"

[谢安内唱：

　　　　　　建康宫太极殿奉旨趋进，

〔谢安上。

谢　安　（唱）转玉阶绕雕栏月隐星沉。

　　　　　　举目廊上唯灯影，

　　　　　　侧耳壁下无虫鸣。

　　　　　　舞袖歇、管弦停，

　　　　　　芳华谢、秋气侵。

　　　　　　敛声屏息意凛凛，

　　　　　　不觉疑窦生频频。

　　　　　　何故中夜急宣召，

　　　　　　还向座前问分明。

　　　　陛下深夜召臣，不知所为何事？

司马昱　安石，泉路迢迢，朕要先行一步了！你与朕（写）……（出言又止）

　　　　"弹"！

谢　安　弹？

司马昱　弹！弦琴在此，当年泛舟之歌，你且弹来！

谢　安　那泛舟之歌么……（抚琴而歌）

　　　　（唱）浩浩洪流，穆穆和风。

　　　　　　临高远眺，草木葱荣。

　　　　　　雨入五湖，云拥三峰。

　　　　　　平川漠漠，碧空……

〔司马昱愤而击弦，琴声陡止。

司马昱　唉！当年泛舟江海，朕躬吹箫、安石抚琴……

谢　安　桓公在侧，抱膝长啸，其乐融融，金石之交！

司马昱　如今弦歌依旧，怎奈石烂金销！安石执笔，朕以遗诏相告！

谢　安　……遵旨。

司马昱　（口述）朕才疏德薄，愧为人君！今将大行，诏令天下：大司马桓温，才识卓著，国事家事，一以托之！若太子可辅，则辅之；他若不才……

谢　安　　便怎样？

司马昱　　公可自立！

谢　安　　呀！（笔落）

司马昱　　若太子不才，桓公自立可也！

谢　安　　（唱）闻诏命不由人心惊胆骇，

司马昱　　（唱）这诏书一声声饱蘸凄哀。

谢　安　　（唱）知桓公驱兵甲枭雄气概，

司马昱　　（唱）叹朕躬坐宫闱满目阴霾。

谢　安　　（唱）面风浪九五尊无力负载，

司马昱　　（唱）捧江山如炭火难忍难挨。

　　　　　　你与我写！

谢　安　　（唱）一旦宣诏宫墙外，

　　　　　　　　桓公奉旨登龙台！

　　　　　　　　转眼山河便易主，

　　　　　　　　顷刻宗庙任铺排。

　　　　　　　　尽忠的要把性命害，

　　　　　　　　守义的要招灭顶灾。

　　　　　　　　高门岌岌风中摆，

　　　　　　　　寒士郁郁颜色衰。

　　　　　　　　寥寥数语关成败……

司马昱　　你与我写写写！

谢　安　　（唱）谢安石管毫难落手难抬。

　　　　　　此等旨意，一旦写之，是陷宗庙于倾覆、陷天下于祸乱也！

司马昱　　你不肯写，朕亲写之！（疾书）"若太子可辅，则辅之；他若不才，桓公自立可也！"呜呀！列祖列宗，痛哉权臣坐大、帝室衰微，不肖儿孙司马昱，为免血嗣后代，惨遭屠戮，今抛舍帝业、让却江

山，祖宗有灵，罪朕一人！（晕厥）

众　　　陛下、陛下……

　　　　［幕后内声："太后驾到！"

　　　　［褚太后上。

褚太后　陛下……（见谢安）舅父……（改口）谢尚书？

谢　安　太后。此乃陛下诏命。（奉之）

褚太后　（浏览）这……陛下欲把江山，让与桓温么？

谢　安　正是。

褚太后　尚书以为，此诏可发得？

谢　安　事关社稷，发不得。

褚太后　可改得？

谢　安　为人臣子，改不得。

褚太后　发不得又改不得！尚书之意？

谢　安　有了、有了！

褚太后　尚书已有主张？

谢　安　谢安有个主意。

褚太后　是何主意？

谢　安　敢烦太后，转过身去。

褚太后　也罢。

谢　安　有劳诸位，也转过身去。

　　　　［众人转身。

谢　安　（掂量）好诏书哇歹诏书，邦国兴亡，都在你一纸之上！

　　　　（唱）兴邦丧邦一举裁，

　　　　　　　万钧山河压襟怀。

　　　　　　　移将圣意就红蜡，

　　　　　　　照取臣心自皑皑。

　　　　［谢安将诏书付之一炬。

| 司马昱 | （唱）暂离了黄泉路悠悠醒转， |
|---|---|

司马昱 （唱）暂离了黄泉路悠悠醒转，

安石奉诏，待朕用玺。

褚太后 （转身）诏书安在？诏书哪里？

谢 安 （唱）恭敬敬奉玉钵跪进榻前。

司马昱 （唱）分明半钵烟灰冷，

谢 安 （唱）诏书焚罢余烬残。

司马昱 （唱）欺君焚诏当何罪？

谢 安 （唱）体解圣意是谢安。

褚太后 尚书毁旨焚诏，怎说体解圣心？

谢 安 微臣斗胆，敢问陛下，果真心甘情愿，让位桓公？

司马昱 这个……

谢 安 果真不怨不悔，撇舍基业？

司马昱 这个……

谢 安 果真去留无意，一诏亡国？

司马昱 这个……咳！朕纵有千般愤懑、万种不甘，怎奈老贼势大，难与抗衡！安石啦，方才你若奉诏，朕自万念俱灰、再不他想；而今你既焚诏，料有良策，定国安邦！

褚太后 啊呀陛下！尚书一人，怎敌桓温麾下，百万乱贼？

谢 安 百万之师，尚未作乱。

褚太后 狼子野心，焉得不乱？

谢 安 当年君臣知交，历历在目，桓公心非铁石，自当善其始终。

司马昱 安石啦！桓温早不是当年桓温！老贼垂涎帝位，由来已久。朕先让之，想他尚能善待皇室后人，朕若不让，势必触怒于他！

褚太后 待等那时，敢问尚书，你可保得桓温不反？

谢 安 这个……

褚太后 桓温若反，你可保得朝廷不败？

谢 安 这个……

459

| 褚太后 | 朝廷若败，你可保得帝胄平安？ |
|---|---|
| 谢　安 | 这个…… |
| 司马昱 | （悚然）太后问得在理！安石啊，朕不疑你负朕，却怕你…… |
| 谢　安 | 怕臣什么？ |
| 司马昱 | 怕你误朕！ |
| 谢　安 | 呀！ |

　　　　（唱）一霎时心胆震栗汗如雨，

　　　　　　　汗下如雨浸朝衣。

　　　　　　　仰重霄，天子凝眉欲垂涕，

　　　　　　　惶惶不安自悲凄。

　　　　　　　若陛下含羞忍辱抛却社稷拱手帝基，

　　　　　　　司马氏子孙年命或可保、王侯荣禄犹可期。

　　　　　　　倘若是咬定青山守宗庙、不肯御座轻抛离，

　　　　　　　问谢安可保得桓公俯首拜丹墀？

　　　　　　　可保得半壁山河烽火息，

　　　　　　　四海之内刀兵不起？

　　　　　　　可保得黎民百姓安居乐业，

　　　　　　　君君臣臣两相宜。

　　　　　　　我若是发空谈有心无力，

　　　　　　　则便是负君误君把君欺！

　　　　　　　有负君王临终意，

　　　　　　　贻误君王子与妻。

　　　　　　　上则愧天下愧地，

　　　　　　　一段污名竹帛题。

　　　　　　　或进或退岂儿戏，

　　　　　　　若存若亡难举棋。

　　　　　　　耳旁声声催更鼓，

窗外隐隐闻鸡啼。

陛下病重似残絮，

岂容谢安多迟疑。

天道昭彰守其义，

地陷山崩身不移。

微臣斗胆，恭请陛下，另起一诏，策命太子，承继大宝。

**褚太后** 可那桓温……

**谢 安** 今日臣劝陛下，不唯人臣之义，亦是朋友之情；来日臣劝桓公，不唯君臣大义，亦秉朋友之情！

**司马昱** 只恐安石，自作多情！个中利害……

**谢 安** 成败利害，微臣尽知。然道之所在，不敢弃也！况朝野之士，多怀忠贞，桓公造逆，不唯陛下之敌，亦天下敌也！

**司马昱** 天下之敌么……

**谢 安** 陛下！谢安一身一命，断不误君负君！

**司马昱** 也罢！你有此誓，朕且信你！

**褚太后** （欲劝）陛下三（思）……

**司马昱** （挥手止之）安石执笔，待朕起诏。（口述）大司马桓温，才识卓著。

**谢 安** （随书）国事家事，唯公辅之。

**司马昱** （口述）诏桓公鞠躬尽瘁，弼佐幼主。

**谢 安** （随书）则社稷幸甚，天下幸甚！

**司马昱** 社稷幸甚，天下幸甚！

**谢 安** 诏书已成，恭请陛下用玺。

**司马昱** 苍天哪苍天，我司马昱斗胆信他、斗胆信他！（用玺）

〔字幕：晋简文帝司马昱驾崩，其子司马曜即位，以其年幼，褚太后临朝听政。

〔钟鼓低沉，灯渐暗。

# 第二出　赌棋

［天色微明，宫门紧闭。

［郗超内声"走啊……"，上。

郗　超　（念）陡然间惊闻得天子驾崩，

　　　　　　　见遗诏不由人怒气冲冲！

　　　　　　　说什么辅幼主国之梁栋，

　　　　　　　分明是恋帝位戏弄桓公。

　　　　　　　郗超我受桓公知遇恩重，

　　　　　　　觐见太后、晓以利害、要将这三寸舌改朝换宗！

　　　　　（叩门）开门、开门！

　　　　　［如意打哈欠上。

如　意　（念）天色昏沉沉，

　　　　　　　见鬼不见人。

　　　　　　　才送人投胎，

　　　　　　　又听鬼打门。

　　　　　哪一个？

郗　超　我！

如　意　你是哪个？

郗　超　中书侍郎郗超。

如　意　郗超？（故意）老奴只知王、庾、桓、谢，不知郗（西）超东超。

郗　超　狗奴才，你不开门，不怕杀头么？

如　意　后生仔，你再嚷嚷，不怕杀头么？

郗　超　只恐断头之人，不在朱门之外，而在宫墙之内！（高声）啊呀太后！桓公闻得先帝遗诏，震怒非常，刀出鞘、箭上弦！敢问太后，以朝廷之兵力，可与匹敌么？以帝胄之孤寡，可与抗衡么？江山虽重，血嗣更重！太后开门、开门！

如　意　反了、反了！乱棍（打）……

　　　　〔褚太后内声："且慢！宣宣宣进来。"

如　意　喏……是。宣！（开门）

郗　超　哼哼……中书侍郎郗超觐见哪！

　　　　〔郗超下，如意随下。

　　　　〔尚书台。

　　　　〔王彪之、谢安在座，对弈叙谈。

王彪之　（唱）白露一夜降为霜，

谢　安　（唱）棋枰守得金漏长。

王彪之　（唱）九天案牍争来往，

谢　安　（唱）多赖王公安朝纲。

　　　　王公国之元老，敢问桓公若欲自立，你意如（何）……

王彪之　（摇手止之）嗳！

　　　　（唱）品茗何妨三分冷，

谢　安　（唱）赏花应怜一缕香。

王彪之　（唱）安石呀，你正该怡然高卧在东山上，

谢　安　（唱）怎奈俗尘已沾裳。

　　　　王公之意？

王彪之　桓温自立，与你谢家有关？

谢　安　无关。

王彪之　与我王家有关？

谢　安　无关。

王彪之　是了！司马、桓氏两家对弈，你我么，观棋不语真君子。

　　　　〔郗超携旨大笑上。

郗　超　大事成了、成了！

　　　　（唱）禁中劝得大功成，

　　　　　　中台迎入我得意人。

傲然阶前宣旨意……

懿旨下。

王、谢　（躬身）臣。

郗　超　太后懿旨，先帝驾崩，陛下年幼，悲不自胜，实难理事。诏令大司
　　　　马桓温依周公故事，摄政天下！

谢　安　摄政天下么！

　　　　（唱）一言闻得心内惊。

　　　　　　波澜未平波又起，

王彪之　（唱）太后意在让龙庭。

郗　超　王公呀！

　　　　（唱）速将懿旨颁天下，

王彪之　好好好……传旨。

三　人　（唱）谁与运筹定乾坤！

谢　安　（唱）情急焉得生急智，

　　　　　　延宕片时再斟吟。

　　　　　　王公呀，你看这棋枰尚未决胜负，

王彪之　好好好……下棋。

　　　　（唱）先向黑白分输赢。

　　　　　　一步一营须谨慎，

郗　超　（唱）贻误国事罪不轻！

　　　　（举懿旨）王公！

王彪之　先传旨。

谢　安　（敲棋盘）王公！

王彪之　先下棋。

谢　安　（唱）怎忍前功俱抛尽，

三　人　（唱）成败利钝在此行！

郗　超　事有轻重，懿旨为重！

| 谢　安 | 事有先后，棋局在先。 |
|---|---|
| 郗　超 | 这等小儿之棋，不下也罢！ |
| 谢　安 | 这等亡国之旨，不传也好。 |
| 郗　超 | （恼火）谢安狂悖！ |
| 谢　安 | （淡然）侍郎性急。 |
| 郗　超 | 你！ |
| 王彪之 | 二位贤侄，何必口角，不妨先下棋、再传旨，也不误事。安石，来来来，下棋。 |

谢　安　这棋么……（心念一动）啊呀王公！

（唱）棋有博彩方尽兴，

　　　　事关利害方用心。

　　　　对弈半晌少滋味，

　　　　当以一物赌分明。

| 王彪之 | 怎么，你要赌棋？ |
|---|---|
| 谢　安 | 一赌何妨？ |
| 王彪之 | 你欲赌何物？ |
| 谢　安 | （指之）便赌此物！ |
| 王、郗 | 这懿旨？！ |
| 王彪之 | 你若胜了…… |
| 谢　安 | 则诏令不行。 |
| 王彪之 | 你若败了？ |
| 谢　安 | 则朝野奉命！ |
| 王彪之 | 嗳，社稷攸关，岂可儿戏！ |

谢　安　社稷攸关，怎忍袖手！王公执掌中台，依我朝惯例，旨有不当，即可封还！

王彪之　这封旨么……

谢　安　（悄语）贸然封旨，责在王公，以棋赌之，罪归于我。

| 王彪之 | 你是说，太后怪罪，都在你的身上？ |
|---|---|
| 谢　安 | 都在谢安一人身上。 |
| 王彪之 | 既如此……哈哈哈，一赌何妨？（悄语）一让何妨？ |
| 郗　超 | 且慢！王公，兹事体大，郗超替你下此一局如何？ |
| 谢　安 | （淡淡）郗君区区侍郎，果真胆大。 |
| 郗　超 | 郗超虽则官卑职小，自有桓公位高权重！ |
| 王彪之 | （一震）桓公么！这这这……也罢，侍郎请坐，老夫让贤。 |
| 谢　安 | 侍郎棋艺高超，谢安不敢应战。 |
| 郗　超 | 尚书不战，便是败了。还请王公，速颁懿旨！ |
| 王彪之 | 安石，不是我不帮你，太后传旨、桓公势大、郗超国手，这是天不帮你！（转身，欲颁旨） |
| 谢　安 | （挽之）天意若何，谁能料得？ |
| 郗　超 | 天意若何，一赌可知。尚书，请呀！ |
| 王彪之 | 安石请吧。 |
| 谢　安 | 这个…… |
| 王、郗 | 请请请呀！ |
| 谢　安 | （决意）赌赌赌！ |
|  | ［谢安、郗超对弈。 |
| 郗　超 | （唱）三尺之局兮，为战斗场， |
| 谢　安 | （唱）陈兵列士兮，保角依旁。 |
| 郗　超 | （唱）郗某运白豪气壮， |
| 谢　安 | （唱）谢安执黑细斟量。 |
| 郗　超 | （唱）你看这黑子瑟瑟每避让，<br>　　　是谢安技不如人心惶惶。 |
| 谢　安 | （唱）你看那白子汹汹争疆壤，<br>　　　是郗君志得意满逞轻狂。 |
| 郗　超 | （唱）伸！ |

| 谢　安 | （唱）平。 |
| --- | --- |
| 郗　超 | （唱）飞！ |
| 谢　安 | （唱）粘。 |
| 郗　超 | （唱）断！ |
| 谢　安 | （唱）双…… |
| 王彪之 | 安石仔细。 |
| 郗　超 | 哈哈谢公，三步之内，当定大局！ |
| 谢　安 | 三步之内么？ |
| 郗　超 | 三步之内！这第一步…… |
| 谢　安 | 怎样？ |
| 郗　超 | 我占你半壁山河！（落子） |
| 王彪之 | 啊呀呀！侍郎这着"趁火打劫"，十分了得！ |
| 郗　超 | 想当年胡虏入侵，晋室南迁，多靠桓公东征西战，方才保住半壁江山。而今么……谢公之棋，半壁难保！ |
| 谢　安 | 惭愧、惭愧。当年与先帝、桓公对弈，谢安亦输多赢少。 |
| 郗　超 | 这第二步…… |
| 谢　安 | 又怎样？ |
| 郗　超 | 我毁你一带宫墙！（落子） |
| 王彪之 | 啊呀呀！侍郎这着"反客为主"，果然高明！ |
| 郗　超 | 金辂玉辇、紫微宫阙，早该桓公之物！ |
| 谢　安 | （忽然失笑）棋艺悬殊，侍郎让我三子可好？ |
| 郗　超 | 桓公欲成大事，怎么尚书半步不让？啊？ |
| 谢　安 | 啊？ |
| 谢、郗 | 哈哈哈…… |
| 郗　超 | （唱）一枚枚圈起琉璃子， |
| 谢　安 | （唱）一寸寸失却父母乡。 |
| 郗　超 | （唱）男儿汉成大事明火执仗， |

谢　安　　（唱）真君子守其正温文谦良。

郗　超　　（唱）助桓公夺天下舌上掌上，

谢　安　　（唱）辅至尊安天下热肠忠肠。

郗　超　　（唱）实可笑九五尊心灰志丧，

　　　　　　谢尚书，太后、陛下，皆有逊位之意，你何必多事？

谢　安　　（唱）怎忍见锦山河断壁残墙！

王彪之　　啊呀安石，休再纠缠，和了吧！

谢　安　　岂我不和？郗君不容耳。

郗　超　　不错！今日定当分个胜负！这第三步……

王、谢　　怎样？

郗　超　　这第三步么，恰似我郗超！

谢　安　　怎么讲？

郗　超　　可当重任、可定输赢！（落子）

谢　安　　呀……（拈子，踌躇）棋盘之上，几无落子之地矣。

王彪之　　（指点）落于此处，怎么样？

郗　超　　（指点）落于此处，我当赢七子！

谢　安　　（指点）落于彼处呢？

郗　超　　（指点）落于彼处，你当输六子。

谢　安　　（点棋盘）落于这里，又当如何？（将黑子递与郗超）

郗　超　　（接黑放之）你落于此，（下白）我便落于此，当赢八子！

谢　安　　然后呢？（将己棋盒推向郗超）

郗　超　　（自行下之、自说自话）你下四九，我下五八，你必下六六，我追
　　　　　　至七六；（越下越快）七三、七七、九一、八三……喏喏喏，此时
　　　　　　你唯有下至五五……（大惊失色）啊呀不好！

谢　安　　（同时）啊呀好哇！（亲手落子）我便下至五五！

郗　超　　这个！……

谢　安　　如此一子，果真可当重任、可定输赢！

| 王彪之 | 奇哉妙也！这一子落下，竟是白子输了！ |
|---|---|
| 郗　超 | 分明是我下的，是我下赢的！ |
| 谢　安 | 郗君持白，谢安持黑，你下的，乃是我的棋子。这着唤作…… |
| 王彪之 | 将计就计。 |
| 谢　安 | 王公错矣。 |
| 王彪之 | 那是？…… |
| 谢　安 | 以"棋"还"棋"。 |
| 郗　超 | 啊呀呀，我竟替他赢了我了！我将自己……杀败了哇！ |
| 谢　安 | 胜负已分，天意可知。还请王公，封还懿旨！ |
| 王彪之 | 好好好，封封封！ |
| 郗　超 | 谢安！你今日之举，我必禀告太后、奏于桓公！他二人岂能饶你、岂能饶你！（拂袖而去） |
| 谢　安 | 好险唷。（弹汗） |
| 王彪之 | 安石！你之凶险，更甚于棋！方才郗超所言，不无道理。一家有一家的兴衰，一朝有一朝的运数。你这般多事，只怕祸及满门！（顿足下） |

〔幕后，风声陡起。

| 谢　安 | （唏嘘）起风了……不知东山花叶，又要吹落多少。 |

〔灯渐暗。

# 第三出　劝觞

〔刀丛枪林，桓温点兵。

| 桓　温 | 哈哈哈…… |

（念）兵发姑孰心性高，

遥指京师气自豪。

469

　　　　　　　　每将愚忠笑诸葛，

　　　　　　　　异世奸雄羡曹操！

　　　　老夫桓温，闻得郗超来信，言道先帝、太后皆有禅位之意，几次三番，欲让国于我，都被谢安所阻。想老夫与安石乃是少时相识，十数年的同僚之义、大半生的知交之情，而今毁于一旦！安石呀安石，你既要与老夫为敌，就怪不得我了！来！

**众军士**　　有！

**桓　温**　　传令下去，三军速行，诛谢安、移晋鼎！

**众军士**　　诛谢安、移晋鼎！诛谢安、移晋鼎！诛谢安、移晋鼎！

**桓　温**　　兵进建康！

　　　　〔建康，崇德宫。

　　　　〔褚太后端坐镜前。

**褚太后**　　（唱）崇德宫整妆容开匣照镜，

　　　　　　　　但只见镜中人眉锁愁云。

　　　　　　　　我本是乌衣巷千金之女，

　　　　　　　　与谢安连骨肉甥舅至亲。

　　　　　　　　闺阁中常随他游乐遣兴，

　　　　　　　　踏春花听秋雨历历在心。

　　　　　　　　实无奈嫁入了皇家门庭，

　　　　　　　　叹世事多跌宕惊怕半生。

　　　　　　　　但见我一番番临朝听政，

　　　　　　　　谁解我一夜夜辗转不宁。

　　　　　　　　今又闻桓司马重兵压境，

　　　　　　　　帝王都似累卵摇摇欲倾。

　　　　　　　　怎禁得宫墙外萧萧风紧，

　　　　　　　　强忍住脏腑内刀绞火焚。

　　　　　　　　吩咐下小黄门略备佳酿……

［如意持壶上。

如　意　太后，美酒奉上！

褚太后　宣召谢安觐见。

如　意　啊呀太后，谢大人虽是太后娘家堂舅，可如今桓温口口声声，要杀谢安，太后见他，怕是不妥！

褚太后　休得多言，快去。

如　意　是。

褚太后　（唱）这金壶压在手重比千钧。（持壶）

　　　　　　颤巍巍将鸩毒壶中投进……（投毒）

　　　　谢安呀谢安，当今之际，那桓温口口声声，必欲杀你，你休怪我、休要怪我……

　　　　（唱）借舅父一条命以保太平。

　　　　［如意内声：“吏部尚书谢安觐见哪！”

　　　　［谢安上，衣上缀满雪花。

谢　安　谢安见过太后。

褚太后　（微惊）怎么，外面下雪了？

谢　安　洋洋洒洒，雪景可观。

褚太后　尚书多负辛劳，（进杯）喝杯热酒，暖暖身吧。

谢　安　多谢太后。（欲饮）

褚太后　（不忍）舅父！

谢　安　（停杯）太后何事？

褚太后　这个……门外飞雪，比十年前如何？

谢　安　十年前么……

褚太后　（唱）十年前谢尚书京城上任，

　　　　　　也有这一场雪纷纷纭纭。

谢　安　（唱）谢安石邀子侄共赏雅兴，

　　　　　　就红炉暖绿酒讲诗论经。

| | |
|---|---|
| 褚太后 | （唱）可喜阶前小儿女， |
| 谢　安 | （唱）声似玉磬作清鸣。 |
| 褚太后 | （唱）一个说漫天飞雪如盐粒， |
| 谢　安 | （唱）一个说好比三月柳絮轻。 |
| 褚太后 | （唱）十年一觉似浮影， |
| 谢　安 | （唱）一般瑞雪到如今。 |
| 褚太后 | （唱）喜莫喜兮长相聚， |
| 谢　安 | （唱）乐莫乐兮乐天伦。 |
| 褚太后 | 舅父，表弟身体可好些？ |
| 谢　安 | 经年调治，依旧体弱。他一咳嗽，我这脏腑，也都跟着震颤哩。 |
| 褚太后 | 此怜子之心也！想哀家之子，不幸早夭；今天子年幼，哀家只当他亲生一般。衣食住行，无不亲问，不肯叫他委屈半分。舅父…… |
| 谢　安 | 太后。 |
| 褚太后 | （奉酒、徐徐）尚书满饮，以怜天下父母之心。 |
| 谢　安 | （接杯）臣事陛下，拳拳之心，实与太后无二。听闻陛下白日只穿一件单衣，晚间却盖两床厚被，如此昼冷夜热，还须当心哇。 |
| | （欲饮） |
| 褚太后 | （急声）谢尚书！ |
| 谢　安 | 太后？ |
| 褚太后 | （怔忪）怎么？尚书不识此酒？ |
| 谢　安 | 这酒么……（嗅之）啊呀呀，分明东山之酿也！ |
| 褚太后 | 正是。想当年，尚书高卧东山、纵情随兴。天子屡屡征召，舅父时时称醉，不肯入仕…… |
| 谢　安 | （微笑）谢安原本懒散之人。 |
| 褚太后 | 当年哀家尚在闺中，常与舅父游乐山水，流连美景，日夕忘归…… |
| 谢　安 | （唱）持美酒，忆东山， |
| | 　　　涧中诗，云里禅， |

472

一歌一笑共一闲。

一洞花开蔷薇满，

千里弦飞明月酣。

不着紫袍着青衫。

懒回首天子来唤，

呼童儿解缆行帆。

褚太后　从前光景，仿佛如昨，思之念之，不胜欢喜。

谢　安　那时太后还常常偷臣的酒吃呢！

褚太后　唉，骨肉之亲，而今却分出个君臣来了。

谢　安　虽有君臣之别，这酒香实与当年无二。啊呀酒要凉了。（取杯欲饮）

褚太后　（急将杯盏拂落）

谢　安　太后何故？

褚太后　尚书何故？东山千般逍遥，你何故弃之？何故弃之！

谢　安　这个……安既与人同乐，便不得不与人同忧。

褚太后　既与同乐，亦必同忧么……不错！尚书既出得山来，正该为天下解忧！（拾杯）这酒凉透了，待哀家重斟一盏。（斟酒，奉上）尚书请。

谢　安　（欲接）多谢太后。

褚太后　（持杯不放）谢尚书，你你你果真不识此酒?!

谢　安　呵、呵呵……太后何必再问？

（唱）见太后奉杯觞盈盈噙泪，

谢安石发轻叹我敛目低眉。

我并非不知晓酒中三昧，

既已知晓又不忍心强拒强推。

我本该饮鸩毒不怨不诿，

又恐君后悔、社稷成灰，青史声名坠。

故此我仰天唏嘘扪心相问，

何故杀机暗藏杯？

褚太后　你你你果真料到！

谢　安　（唱）是谢安无才能，

　　　　　　忝居高位失德少教品行亏？

褚太后　不是。

谢　安　（唱）是谢安眼高于顶生性狂悖，

　　　　　　我目空同僚越俎代庖祸乱朝规？

褚太后　不是。

谢　安　（唱）我笑……

褚太后　笑什么？

谢　安　（唱）笑的是太后慈恩聪明仁惠，

　　　　　　几番番不把这美酒来催。

　　　　　　我悲……

褚太后　悲什么？

谢　安　（唱）悲的是中宫无奈寸心欲碎，

　　　　　　几番番放下这美酒又举杯！

　　　　　　太后呀！

　　　　　　（唱）雷霆雨露皆天赐，

　　　　　　一草一木仰春晖。

　　　　　　至尊若欲诛勋贵，

　　　　　　下臣谢安不敢违。

　　　　　　只消得一纸诏书出宫去，

　　　　　　何劳太后双泪垂？

褚太后　谢安哪谢安，哀家岂忍杀你？怎奈你听！

　　　　〔四周一片静寂。

褚太后　（紧张）你听那缥缥缈缈、喁喁窃窃之声，皆是：诛谢安、移晋鼎；

　　　　诛谢安、移晋鼎；诛谢安、移晋鼎！

| 谢　安 | 可叹郗君所言不虚。桓公刀斧未至，九重鸩毒先临！ |
|---|---|
| 褚太后 | 我不杀你，温必杀我！我死何惜，可怜天子，年方十二，便要遭此横祸！尚书何安？尚书何忍！ |
| 谢　安 | 太后杀了谢安，便可保天子无恙么？ |
| 褚太后 | 这个…… |
| 谢　安 | 杀了谢安，便可保宗嗣绵延么？ |
| 褚太后 | 这个…… |
| 谢　安 | 杀了谢安，便可保朝野太平么？ |
| 褚太后 | 这个……谢安、谢安！非我杀你，是你杀我！你杀我也！<br>（唱）想先帝临终欲把社稷让，<br>　　　　是谁人焚却遗诏劝君王？ |
| 谢　安 | 是我。 |
| 褚太后 | （唱）怜哀家降旨分权施恩赏，<br>　　　　是谁人封还懿旨不斟量？ |
| 谢　安 | 是我。 |
| 褚太后 | （唱）司马氏有意成全桓温望，<br>　　　　是谁人惹恼枭雄动刀枪？ |
| 谢　安 | 还是我。太后呀！<br>（唱）想桓温雄兵百万实难挡，<br>　　　　为何我偏欲一力挽残阳？ |
| 褚太后 | 为何？ |
| 谢　安 | （唱）自古来移天换日帝王账，<br>　　　　为何我不肯坐视在一旁？ |
| 褚太后 | 为何？ |
| 谢　安 | （唱）撼天下撼不动我这乌衣巷，<br>　　　　为何我自取其祸祸门墙？ |
| 褚太后 | 却是为何？ |

| 谢　安 | 你道为何？ |
|---|---|
| 褚太后 | 谢安呀谢安！ |
| | （唱）你只为一朝高标在名臣榜， |
| | 　　　你只为一展权谋急逞强， |
| | 　　　你只为一身不肯事二主…… |
| 谢　安 | 非也。 |
| | （唱）实不忍一兆生民尽灾殃！ |
| 褚太后 | 让位桓温，乃天子家事，何关百姓？ |
| 谢　安 | 岂能无关？ |
| 褚太后 | 怎生相关？ |
| 谢　安 | 天子者，当为天下表率。想桓温平蜀伐北，声威煊赫，他欲问鼎，虽为悖逆，亦是常情。陛下若慑于其威，轻让社稷，则不异昭告四海：九五之尊，不以德居，而以力取！ |
| 褚太后 | 不以德居，而以力取么？ |
| 谢　安 | 如此一来，凡精兵强将、封疆大吏，谁能不秉人之常情、生篡逆之心？兵不厌多，势不厌大，万般利欲，只嫌其少！满目周公摄政，遍地尧舜让国，臣恐天下，从此永无宁日、永无宁日！ |
| 褚太后 | 尚书远虑……然桓温大兵，已至新亭！尚书心怀天下，独不怜我、不怜陛下么？如此，与桓温何异？！ |
| 谢　安 | （叹息）桓公有私，臣心无私。恭请太后纸笔一用。 |
| 褚太后 | 纸笔在此。 |
| 谢　安 | （挥毫，念） |
| | 　　　聊解君王忧， |
| | 　　　应胜杯中酒。 |
| | （奉上）臣曾封回一道懿旨，而今奉还旨意一道。 |
| 褚太后 | （读之）"大司马桓温，公忠体国，提师来朝，驻于新亭。敕令吏部尚书谢安往赴帐前……"这这这……尚书是要哀家将你送与那桓 |

温么?

| | |
|---|---|
| 谢　安 | 太后欲示好桓公、以保太平，与其送一个死谢安，不如送他个活的。 |
| 褚太后 | 送个活的? |
| 谢　安 | 送个活的! |
| 褚太后 | 送去他杀? |
| 谢　安 | 送去他杀。 |

〔灯渐暗。

# 第四出　亭会

〔幕后内声："诏曰：大司马桓温，公忠体国，提师来朝，驻于新亭。敕令吏部尚书谢安往赴帐前，以迎桓公。"

〔灯大亮，新亭。

〔桓温在座，郗超侧立，众甲士执戈列阵，众臣次第来拜。

| | |
|---|---|
| 大臣甲 | 拜见桓公。 |
| 大臣乙 | 拜见桓公。 |
| 王彪之 | 拜见桓公! |
| 桓　温 | 诸公免礼。 |
| 郗　超 | 敢问诸公，谢尚书呢? |
| 大臣甲 | 他呀，怕是不敢来吧! |
| 大臣乙 | 谢公既奉诏命，必来新亭。 |
| 王彪之 | 谢家人多，他临行不免交代后事、一一道别，这般拖拉，只怕江山易姓，他方来拜新主。 |
| 桓　温 | 哈哈哈! |
| | （唱）提领雄师向金陵， |

虎从风，龙从云。

眼底奔腾千浪涌，

胸中收拾万山青。

宴上有心叙旧谊，

剑下无情诛故人。

可叹双鬓生白发，

想我桓温呵！

（唱）必欲得建殊勋、问九鼎、掌斧钺、登龙庭，方不负人间百岁身！

凭他谢安风流冠世，也须笏板朝服、恭恭敬敬，迎拜老夫！

郗　超　桓公！帐外三百甲兵、帐内十二侍卫、帐后八名死士，皆准备停当！

桓　温　好好好！你等听我号令，谢安一到，立地斩之！则天下定而大事成！

众甲士　啊！

　　　　〔幕后内声："谢安到！"

　　　　〔众甲兵剑皆出鞘，次第低呼：谢安到、谢安到！

　　　　〔谢安内唱：

　　　　　　素服持幡来新亭……

　　　　〔谢安白衣白帽上，两小仆一持魂幡、一挽包袱随上。

谢　安　（唱）谢安石遵奉圣命、身出国门、从容漫步、悠然前行、芒鞋踏破江畔尘。

郗　超　（欲杀之，唤甲士）来呀！速（将）……

桓　温　且慢！这这这好蹊跷！

大臣甲　王谢子弟，向来身着缁衣，以为风流。

大臣乙　今日打扮，却是为何？

王彪之　身穿寿衣，莫不是欲为自己一哭？

谢　安　　不是。

郗　超　　披麻戴孝，莫不是欲为天子一哭？

谢　安　　非也。

桓　温　　身着丧服，莫不是欲为晋祚一哭？

谢　安　　错矣！

　　　　　（唱）今日我簪缨似雪衣如云，

　　　　　　　　　都只为俯仰一哭祭英灵！

　　　　　我这招魂之幡（指幡）、致祭之物（指包袱），皆为一人！

王彪之　　为哪个？

郗　超　　为何人？

谢　安　　（唱）悲哉江流发浩叹，

　　　　　　　　　哀哉英雄入幽冥。

　　　　　　　　　空余帐下三千客，

　　　　　　　　　辜负掌上百万兵。

桓　温　　这等英雄，莫非亦是老夫旧识？

谢　安　　（唱）相交多年金兰义，

　　　　　　　　　今日为公觅坟茔。

　　　　　　　　　迢迢焉得归故土，

　　　　　　　　　喧嚣不堪葬帝京。

　　　　　　　　　新亭由来好风物，

　　　　　　　　　水阔山高伴忠魂。

　　　　　　　　　从此后我在尘世公在土，

　　　　　　　　　点点斑斑泪已倾！

郗　超　　休再多言，斩了！

众甲士　　啊！（欲杀）

桓　温　　且慢！安石哭祭之人，到底为谁？

谢　安　　我所哭祭之人，尽在这包裹之中！

479

桓　温　尽在此中？

谢　安　尽在此中！

桓　温　待我看来！（打开）乃是衣冠一副……好不眼熟！

谢　安　怎么，认不得了？（抖开之）你你你果真认不得了？

桓　温　啊呀呀，此乃老夫旧时衣冠！

谢　安　十四年前，桓公为报天恩、北征中原……

桓　温　临行之前，将此衣冠托付于你。

谢　安　桓公言道：沙场之上，刀剑无情……

桓　温　我若战死，有劳安石，为桓温筑个衣冠冢！

谢　安　今乃宁康元年二月辛巳，桓公仙逝。谢安携此衣冠，来履旧约。

郗　超　大胆！速将谢安，立地斩了！

桓　温　且慢！尔等暂且退下。

　　　　〔众下。

桓　温　安石，老夫好端端的在这里！

谢　安　桓公何在、桓公何在？当年泛舟江海，把臂同游，而今山河依旧，
　　　　斯人长逝！思之念之，焉得不哭！

　　　　（唱）我哭这堂堂皇皇衣之领，

　　　　　　　想桓公领袖朝班抚四夷。

　　　　　　　表率群臣报天子，

　　　　　　　我今哭之思威仪！

　　　　　　　哭罢衣领哭衣襟，

　　　　　　　桓公襟怀古来稀。

　　　　　　　忠贞不贰奉社稷，

　　　　　　　我今哭之叹无私！

　　　　　　　哭罢衣襟哭衣衽，

　　　　　　　任重道远守业基。

　　　　　　　北望山河恨南渡，

我今哭之亦嘘唏。

哭罢衣衽哭衣袖，

英雄振袖奋马蹄。

十万男儿战胡虏，

我今哭之仰旌旗……我那桓公呀！

当年桓公，哪里去了？

桓　温　哪里去了！

（唱）闻他哀声心震栗，

谢　安　（唱）哭遍衣冠俱泪滴。

桓　温　（唱）功盖江左谁能匹？

谢　安　（唱）篡国便为天下敌。

桓　温　（唱）龙驭四海仗剑戟，

谢　安　（唱）德治九寰以德居。

桓　温　（唱）男儿生当怀大志，

谢　安　（唱）君子岂因权欲迷？

桓　温　（唱）不肯白头空老去，

谢　安　（唱）爱惜羽毛正其时。

桓　温　（唱）耀祖光宗羡丹陛，

谢　安　（唱）谁人血色染绦丝？（展开衣带，血色俨然）

桓　温　这这这乃是先父之血！

谢　安　怎生得来？

桓　温　这个……

谢　安　怎生得来！

桓　温　想成帝之时，苏峻造逆，十万之众，兵进建康！先父时任宣城内史，坚守危城，誓不降敌！

谢　安　誓不降敌！

桓　温　战至矢尽弓折、刀崩剑断，犹以刀柄击贼，不屈而死！

谢　安　不屈而死！

桓　温　老夫收殓亡父，留下这条血带，以慰英灵！

谢　安　倘若再有十万逆贼，该当怎样？

桓　温　我必身先士卒，剿贼安邦！

谢　安　今十万逆贼，正在新亭！

桓　温　啊！

谢　安　可叹桓公父子两代，尽皆死了！贼寇汹汹，谁能抗之？谁能抗之！

　　　　（唱）我哭这血衣带难挽难系，

　　　　　　系不住人世间风流云凄。

　　　　　　系不住数十年君臣恩义，

　　　　　　系不住扑喇喇金瓯崩离！

　　　　　　想桓公天命不永撒手去，

　　　　　　从今后谁为至尊守疆畦？

　　　　　　我抚丝弦谁侧耳？

　　　　　　我布棋枰谁执棋？

　　　　　　哀公恸公泪如雨，

　　　　　　哭公祭公发悲啼！

　　　　　　倘若晋祚难为续，

　　　　　　叹公声名堕污泥。

　　　　　　不孝悖逆先父志，

　　　　　　不仁还把孤寡欺。

　　　　　　不义挥刀诛故旧，

　　　　　　不忠负恩乱京师。

　　　　　　似这等不忠不孝岂称智，

　　　　　　不仁不义实为愚。

　　　　　　青史有信当铭记，

　　　　　　万古永为竹帛讥。

手捧着泪淋淋冠带旧衣，

耳闻着呼啦啦招魂幡旗。

面朝着静脉脉江流水逝，

背对着寒凛凛刀密剑齐。

思想起与桓公多年之交、故人之意、兄弟之情、金兰之契，也曾同醉壶浆、也曾同游把臂、同思故土、同怀弘毅，逸兴飞、凌云志、璧玉心、英雄气，只道是平生有幸、得遇知己，比邻天涯、投合声气，又谁知易始难终、中道捐弃、清名堕地、黄泉永寂，怎不令人哀思潮涌、痛入心脾、肝肠寸裂、悲恨交集，放泪眼向碧空长歌魂兮！

桓公已去，魂兮归来！

桓　温　魂兮归来！

桓、谢　悲哉痛哉，呜呼哀哉！

谢　安　桓公，谢安此来，吩咐京师城门洞开，你欲篡夺，只管进城！

桓　温　这个……

谢　安　吩咐禁军按兵束甲，你欲篡夺，只管进营！

桓　温　这个……

谢　安　吩咐宫中洒洗干净，你欲篡夺，只管进宫！

桓　温　这个……

谢　安　你要斩谢安，你只管斩斩斩！

桓　温　这个……（陡喝）斩！斩！斩！

　　　　〔众闻声而上。

郗　超　桓公明断！

桓　温　斩了这不臣之心、斩了这篡夺之念、斩了这问鼎之志吧！

王彪之　桓公明断！

桓　温　今日之事，安石一来，老夫心震；安石一祭，老夫心惊；安石一哭，老夫心明！大丈夫虽不能流芳千古，亦不必遗臭万年！（一字

483

字）桓温不敢死、桓温不肯死，我桓温……不曾死！来！帐后死
士，尽数撤去。

众　　　　是。

桓　温　　帐内侍卫，尽数撤去。

众　　　　是。

桓　温　　帐外甲兵，尽数撤去。

众　　　　是。

桓　温　　更衣、更衣、更衣！（披上旧衣）十四年不着此衣矣……传我将令，
三军后撤五十里，待老夫单人独骑、金殿面君，以全臣节、以表
赤诚。

　　　　　[谢安、桓温深深互拜。

　　　　　[幕后合唱：

　　　　　　　　男儿昂昂立七尺，

　　　　　　　　或在云天或在泥。

　　　　　　　　豪情不关黄金甲，

　　　　　　　　磊落应着旧时衣。

　　　　　　　　喉哽声咽难为语，

　　　　　　　　但为明公一哭之！

　　　　　[桓温转身，走向高台，遥拜宫阙。

　　　　　[宁康元年，桓温、谢安会于新亭，谢安晓以情理，桓温罢篡夺之
心，晋室得安。半年后，桓温病故……

　　　　　[灯渐暗。

　　　　　[幕后谢安内声："当年泛舟江海，谢安抚琴，陛下吹箫，桓公在
侧，抱膝长啸，其乐融融，其乐陶陶……"

　　　　　[定点光下，谢安抚琴而歌。

谢　安　　（唱）浩浩洪流，穆穆和风。

　　　　　　　　临高远眺，草木葱荣。

雨入五湖，云拥三峰。

平川漠漠，碧空溶溶。

乐乎其里，游乎其中。

日夕忘归，思我良朋……

〔琴声飘散于茫茫无垠之中……

〔全剧终。

## 附：一洞花开蔷薇满——扬剧《衣冠风流》创作心得

2012 年李政成找到我，说想做个古装戏，问有什么合适的题材。我说既是扬州市扬剧研究所的创作，何妨考虑杜牧？可谈到杜牧，人们想到的，多是"赢得青楼薄幸名"的风流小生，政成则工老生。他再问时，我斗胆道："演个谢安吧。"

谢安是士子们心中的梦，他所经历的人生，囊括了古代读书人最高的期求：出身名门、俊朗风雅，隐逸时，携妓东山、游乐逍遥，出仕后，位极人臣、朝野钦服，奇迹般的淝水之战，于他，也不过对弈之后，闲闲散散一句"小儿辈，大破贼"。又岂止谢安？李白诗曰"晋代衣冠成古丘"，《桃花扇》也道"谈谐裙屐晋风流"，都是在追忆那逝去的时代。晋朝，尤其是东晋，老实说，并无可夸炫的文治武功，也没出现汉之班马、唐之李杜那样高卓的文学家。令人念念不忘的晋朝，在《世说新语》里。这是个崇尚性情、诚意、率真的朝代，一个热衷"审美"的朝代，山水是美、园林是美，更令人痴迷的审美对象，则是"人"。对人之尊重、欣赏、依恋、体味……充满了两晋。这便是我想写的：用这部戏，绘写我们曾经有过并一直延续着的人类的高贵与从容。

可是，真难。

这是一部男人戏、政治戏，并不与当代生活发生直接联系，封建时代的皇权争夺，要怎么引发当下观众的共鸣呢？而归根结底，这又不是一部政治戏。我想了很久很久，才明确了这一点。

我写过不少着力于情节的舞台剧，努力梳理故事之来龙去脉，用技术与解释再三弥补漏洞，务在令观众充分欣赏某事之"跌宕起伏"，赚到剧场中"哇，哦……想不到是这样……原来如此"的回应，便十分安慰。写多了，生出些困惑，是否有另外的路径呢？常有人质疑，在电视、电影等娱乐方式日渐发达的今天，戏曲会否消亡？我想，倘若戏曲能给受众以其他载体无法给出的文化享受、观赏体验，当能在独特中获得源源的生命，反之则前景堪虞。那么戏曲之独特性何在？是音乐性、抒情性，或兼而有之，或另有洞天？我一时无法回答，但有两句话，一直盘旋心中。一是在全国青年剧作家研修班上，盛和煜先生授课时谈道："停下来写。"一是张弘先生在其著述《寻不到的寻找——张弘话戏》中道："情感是可以排列的。"我好奇地在创作中试验与实践这两句听上去有点令人费解的话。所以，《衣冠风流》的四场戏，分别停在一道旨、一盘棋、一壶酒、一番哭祭上。尽可能压缩、简化情节、场景，而把人物此刻之反应：内心的变化及其外在表现尽可能放大、细化、层次化，信赖、仰赖戏曲程式，力图使"没事找事"处，恰恰成为最可彰显戏曲情趣之处。譬如本剧写作中，最叫我开心的《劝觞》。酒中有毒，欲杀谢安，这两点，戏一开始，便清清楚楚。要写的，是"怎么"毒杀谢安。事件极简单，若往简单里写，三两句话，也就了了。在"停下来"的"点"上，设置回旋，所谓"几番番放下这美酒又举杯"，则是编剧之责。举举放放之间，褚太后内心不断挣扎，也在这举举放放之间，谢安从无知走向真相。他们谈天伦之乐、谈东山之游，闲逸亲善是真实的，潜藏的杀心也是真实的。谢安之为谢安，正在于他怎样对待这两方面的真实。他怡然、舒展、欢悦……又无奈、体谅、洞达。写到唱段"见太后奉杯觞盈盈噙泪"时，我仿佛见到谢安蹙着眉尖的微笑，等到政成粉墨登场时，则是真的见到了。

初稿时尚有诸多摇摆游移，修改时反复自省：这个戏，写的不是"政治"，而是"人"。写的不是一个、一群人参与了怎样一桩军国大事，而是他们，尤其是他，怎样参与了这件事，怎样以其独有的方式，安邦定国、铺展生命、遗爱后人。先要有写作者明确创作方向并向此方向行进，才能期待受众明确感知并欣赏主创之用心，才能期待受众在两小时的观剧时间里，暂时放下日常的烦扰与芜杂，也暂时放下纯粹来看一个滴水不漏、面面俱到的故事的心，把更多注意力放在对人物的欣赏上。欣赏他一次次面对生死时的宁静、淡定，欣赏一个人，为着、朝着他心中的光明，所承担的分量、所秉持的智慧和勇气。与这种欣赏相比，我想，谢安能否说服桓温罢兵，或许已不那么重要，他之价值、人之价值，在他白衣白帽步入帐中之时，在他临江哭祭泪下沾襟之时，在他敢于用性命去守护大义、挽救朋友之时，已实现了。桓温若是不从，实无损于谢安，又正因为他听从了，桓温方成英雄。

直到戏上演，我都因为今次没给扬剧研究所做个扬州地域性的题材而惭愧，乌衣巷、新亭，尽在南京。后来才知，扬州也是有谢公祠的，遗址便在天宁寺旁，当年谢安领扬州刺史，建宅于此。谢安不仅是南京的，自然亦不只是扬州或江南的，不只是公元 4 世纪的，他是……我这么想，我们民族文化记忆的组成部分。回望那被时间洗刷而更为澄澈的美好，一面心向往之，一面心生骄傲：这种"人"的美好，实属于我们每一个人。

# 京剧《孔圣之母》

## 人物表

颜徵在　　（旦）

孔　子　　（须生）

叔梁纥　　（净）

颜　父　　（须生）

颜　母　　（老旦）

颜宫在　　（旦）

颜商在　　（旦）

施　氏　　（彩旦）

孟　皮　　（丑）

牧　儿　　（丑）

幼　子　　（娃娃生）

子　路　　（净）

子　贡　　（须生）

颜　回　　（小生）

# 楔子

[公元前563年，鲁襄公十年，偪阳之战。

[城内，众执戈之士，惘然四顾，城头飞矢如雨！

[众斥候奔上。

斥候甲　报——将军！贼子关闭东门！

斥候乙　报——贼子降下西门！

颜　父　误入敌瓮，杀出城去！

斥候丙　报——南南南门也走不脱了！

[舞台深处，传来沉闷的轰鸣，竟是北门，徐徐而降。

颜　父　啊呀北门！难道昊天不佑，困死英雄？这这这……谁能解今日之围，我即以女妻之！传我将令，能解偪阳之围者，我颜平以女嫁之！

众将士　将军快看！

[一金甲之士，高举双手，力擎城门，凛若天神。

颜　父　突围、突围——

[众甲兵突围而出。

[铿然弦响，兵尘渐散，唯顶天立地的男儿身形，凛凛屹立。

[另一演区，孔子膝上置琴，率众弟子席地而坐。这是公元前489年，鲁哀公六年，孔子率众，困于陈蔡。

孔　子　此人便是当年英雄——叔梁纥！襄公十年，鲁师陷于偪阳，叔梁扶危济困，力举城门……

子　路　（不耐烦）什么这门那门！困在这鬼地方，饿了三天，眼看命都没了，夫子还弹什么琴、讲什么学！难道君子也有困穷之时？

孔　子　（抚弦，徐徐）君子固穷，小人穷斯滥矣。仲由，少安毋躁，容我说下去……

# 第一场

［颜家。

［颜父上，颜母随之。

**颜　父**　（念）倥偬戎马慰平生，

岁到迟暮忧缠身。

有心不负阵前客，

无奈恐误闺中人。

**颜　母**　老爷，偪阳之战，老爷全师而退，得胜来归，屡蒙嘉奖，何故闷闷不乐、心事重重？

**颜　父**　好不为难！

**颜　母**　到底何事，说与妾身知晓。

**颜　父**　夫人哇。当日战事悬危，老夫传令三军，道是谁能解围，我便将女儿嫁他！

**颜　母**　老爷出言，有人解围？

**颜　父**　话音方落，确有一人！

**颜　母**　啊呀喜从天降、天降大喜！女儿们待字闺中，总算招得佳婿！（迫不及待）宫在、商在、徵在，快快出来认婚哪！

［众女内声："遵命！"

［颜宫在、商在、徵在次第上。

**颜商在**　大姊慢走！

**颜宫在**　三妹快来！

**颜徵在**　来也！

（唱）闺阁中停丝弦方拾针线，

忽闻得萱亲唤移近堂前。

姊妹们频嬉闹环佩声送，

又思想招夫婿热上花颜。

　　　　　　　　动芳心似脱兔金莲偏缓……

**颜商在**　三妹这般慢慢吞吞，当心一世难嫁！

**颜徵在**　岂不闻"后来居上"？

　　　　（唱）挽罗裙三两步掀起湘帘。（掀帘而入）

　　　　娘亲！

**颜宫在**　爹爹你看，娘亲方说"婚姻"二字，三妹急急匆匆，抢在我等
　　　　之先！

**颜商在**　不拣什么人，速速嫁她出去。

**颜徵在**　若非心头夫婿、合意儿郎，女儿情愿长居家中，侍奉二老！

**宫、商**　（颔首）言之有理。

**颜　母**　如此，你等愿嫁甚样人？

**颜宫在**　宫在之愿，嫁个轩昂少年。

**颜商在**　商在有心，嫁个饱学之士。

**颜　母**　徵在之意？

**颜徵在**　我么！徵在身是钗裙，不得纵情使性、驰骋万里，我若嫁人……

**众**　　　便怎样？

**颜徵在**　必得嫁个爽达高迈的英雄，顶天立地的男儿！

**颜　父**　好好好，我儿不愧将门之女！

**颜　母**　啊老爷，老爷阵前允诺、许下亲事，那应命之人，仪表如何？

**颜　父**　他呵！

　　　　（唱）他是个九尺男仪表堂堂，

　　　　　　　秉正心怀远志品性端方。

　　　　　　　溯先祖封商丘王公之后……

**颜宫在**　好容貌！

**颜商在**　好人品！

**颜　母**　好家事！

**颜徵在**　样样出众，十分难得，何故爹爹似有忧色？

| 众 | 是啊！爹爹（老爷）忧烦怎的？ |
|---|---|

| 颜 父 | （唱）只可叹年与齿不甚相当。 |
|---|---|

| 颜宫在 | 披坚执锐，料必青壮！ |
|---|---|

| 颜商在 | 建功立业，不在年高！ |
|---|---|

| 颜 母 | 老爷，我那女婿，年岁几何？ |
|---|---|

| 颜 父 | 这个…… |
|---|---|

| 颜徵在 | 爹爹，其人到底多少年岁？ |
|---|---|

颜 父　女儿啦！

　　　　（唱）老英雄现如今六十八岁，

众　　　（大惊）六十八么！

颜 父　（唱）身如松发似霜字叔梁。

　　　　　　想当日陷偪阳亲许婚嫁，

　　　　　　问娇儿谁践诺愿结鸾凰？

〔宫在、商在面面相觑，都不应声，徵在欲言又止。

颜 母　老爷糊涂，怎可将咱娇娇滴滴、如花似玉的女儿，许配老翁！阵前之诺，着实不该！

颜 父　你哪里晓得！当日偪阳之战，老夫率军入城，误中奸计，刀枪如林、飞矢似雨！老夫急命退兵，不料东南西三门皆闭，仅余北门，徐徐而落……

颜徵在　如之奈何！

颜 父　当此性命悬危之时，竟有一人，昂然而出，不避箭弩，力举城门，我军方得全师而退！

颜徵在　竟有此事！

颜 父　非此一举，三千将士，尽损城中！

颜徵在　奇哉！

颜 父　非此一举，偪阳之战，大败无疑！

颜徵在　伟哉！

颜　父　　若非叔梁纥他这一举呵，便是为父，难免做了异乡之鬼！

颜徵在　　壮哉！叔梁敢拼生死，爹爹岂能失信？

颜　父　　正是！当下之事，宫在，你意如何？

颜宫在　　爹爹，他若三十有八，女儿自当应承。

颜　父　　商在你呢？

颜商在　　他便四十余八，女儿亦不推辞……

颜　母　　怎奈他已六十零八！老爷哇！

　　　　　（唱）虽然是重信义立身之本，

　　　　　　　　战事紧发誓愿事出有因。

　　　　　　　　将枯枝簪娇花两不相称，

　　　　　　　　怎能够贪虚名误儿终生？

　　　　　　　　劝老爷细掂量深思熟忖，

　　　　　　　　毋叫儿摧脏腑悲泪淋淋。

颜宫在　　爹爹，女儿宁死不嫁！

颜商在　　呜呀……爹爹欲以儿为享祭之牺牲乎！

颜　父　　唉！人孰无情，我岂草木？罢罢罢，老夫退婚便是！

颜徵在　　爹爹！若是毁约退婚，普天之下，要笑我颜氏食言失信！家声清名，岂不毁于一旦？

颜　父　　话虽如此，怎奈……唉！

颜徵在　　爹爹有心践诺，怎不问我？

颜　父　　问你？你才十七岁哇！

颜徵在　　爹爹不问女儿，女儿欲询爹爹。

颜　父　　喔，倒是你有话要问？

颜徵在　　敢问爹爹，退师无路，智举城门，算得英雄么？

颜　父　　自然英雄！

颜徵在　　不畏千钧，力举城门，算得英雄么？

颜　父　　不愧英雄！

| 颜徵在 | 敢被刀矢，勇举城门，算得英雄么？ |
| --- | --- |
| 颜　父 | 当真英雄！ |
| 颜徵在 | 如此英雄，能不击节！ |
| 颜　母 | 徵在，那叔梁虽有功于社稷、有恩于老爷，奈何年事已高…… |
| 颜徵在 | 娘亲！那叔梁临危挺身、救得三军，他若三十有八，女儿敬他七分；若是四十有八，女儿敬他八分；他今六十有八，女儿敬他十二分、敬他十二分！ |
| 颜宫在 | 三妹，敬归敬，嫁是嫁，岂可同语？ |
| 颜商在 | 是啊，三妹口口声声，夸赞叔梁，难道还能认下这老姑爷？ |
| 颜徵在 | 有何不可？ |
| 颜　父 | 你待怎讲？ |
| 颜徵在 | 女儿愿嫁，爹爹宽心。 |
| 颜　母 | 啊呀儿啦！我儿勿以信义为念，断送平生！ |
| 颜徵在 | 女儿虽为守信，更因动心！娘亲啦爹爹！ |

（唱）颜徵在生长在戎马庭院，

但愿得真英雄同穴同眠。

他能开十石弓奔雷走电，

我愿做韧如丝满弓之弦！

素日里闻叔梁慷慨豪迈，

锄强梁济贫弱乡里名传。

感恩义又救下爹爹性命，

战偪阳举城门一力擎天！

他既是能奋勇不避刀剑，

怎禁我腾春意吐绿情田？

漫道他堪唏嘘景暮岁晚，

问谁人能逃得永寂黄泉？

共英豪沐悲欢快意十载，

胜过了伴俗子庸碌百年。

求爹娘善体察酬儿之愿，

将红颜许白发心笃志坚！

| | |
|---|---|
| **颜　父** | 徵在，你你你当真愿嫁? |
| **颜徵在** | 当真愿嫁! |
| **颜　父** | 不嫁不甘? |
| **颜徵在** | 不嫁不甘! |
| **颜　父** | 既如此…… |
| **颜　母** | 老爷不可! 啊老爷，叔梁家中，更有何人，你怎不原原本本，说与女儿? |
| **颜　父** | 这个……啊女儿，那叔梁家中，尚有正妻施氏。 |
| **颜徵在** | 正妻么……无妨。 |
| **颜　父** | 膝下九个女儿。 |
| **颜徵在** | 女儿么……不碍。 |
| **颜　父** | 还有一子，名唤孟皮。 |
| **颜徵在** | 哦，他已有子嗣…… |
| **颜　父** | 那孟皮天生跛足，不得为嗣。 |
| **颜徵在** | 如此英雄，岂能无后? |
| **颜　母** | 我儿之意? …… |
| **宫、商** | 三妹三思! |
| **颜徵在** | 爹爹言出应信，女儿出言必行。叔梁肯娶，徵在敢嫁! 但得叔梁不弃，我必嫁之、我必嫁之! |

〔灯渐暗。

## 第二场

［牧儿赶牛车上。

牧　儿　我牧儿，赶得一手好牛，凡男婚女嫁、迎来送往，都来劳请，听惯
　　　　了嬉笑啼哭，见多了媭母嫦娥！可把十七岁姐姐送与六十八的老
　　　　儿，却是老和尚吃肉头一回！徵在阿姐，牛车备好，快快上路！

［颜徵在内唱：

　　　辞高堂别姊妹身离家门，

［颜徵在上。

牧　儿　阿姐坐稳！

颜徵在　（唱）扶辕木登犊车越岭而行。

　　　　怀羞恨不生双翅，

牧　儿　阿姐快看，前面便到丈夫桥！

颜徵在　丈夫桥！

　　　　（唱）桥下流水笑钗裙。

　　　　驱车缓缓桥头过，

　　　　不见夫婿远来迎。

牧　儿　难道老儿害羞，等在前头？阿姐坐稳，莲侬池去者！

颜徵在　哦，莲侬池！

　　　　（唱）风送晚香扑鼻沁，

　　　　莲池照影车稍停。

　　　　应有礼宾接新妇，

　　　　为什么但见荷角立蜻蜓？

牧　儿　想是叔梁染须装嫩，大费工夫，才刚出门！阿姐坐稳，驻雁坡
　　　　去者！

颜徵在　（唱）来在了驻雁坡举目睇凝，

　　　　那不是密匝匝人影纷纷？

唤牧儿赶上前探问究竟，

呀！却原来映斜晖参差松林。

| 牧　儿 | 啊呀奇呀！怎么行到此处，还不见迎亲之人？阿姐，你我坡上歇歇吧。 |
|---|---|
| 颜徵在 | 歇在此处，我心难安，还是赶路的好。 |

（唱）柳鞭敲开山水径，

匆匆送奴入郎襟。

待要枕畔嗔夫婿，

又恐耽搁云雨情。

| 牧　儿 | 嘻……阿姐没羞、没羞！ |
|---|---|
| 颜徵在 | 夫妇人伦，大义存焉，何用遮掩？牧儿趱程！ |

〔颜徵在、牧儿下。

〔叔梁纥、施氏对坐院中，孟皮急上。

| 孟　皮 | 爹爹、娘亲，来了、来了！ |
|---|---|
| 施　氏 | 来了什么？ |
| 孟　皮 | 新人来也！ |
| 叔梁纥 | 啊！莫非颜家娇娥，当真来了？ |
| 孟　皮 | 咦！那娇娇楚楚的新媳妇，不是我浑家，倒是我后妈？ |
| 施　氏 | 老东西！你背人做下的好勾当！ |
| 孟　皮 | 娘亲快看，那牛车载新人、新人着喜妆，已入庄口！ |
| 叔梁纥 | 喔，过了庄口！ |
| 孟　皮 | 来至前街！ |
| 叔梁纥 | 行到前街！ |
| 孟　皮 | 直愣愣奔咱家门来了！ |
| 叔梁纥 | 啊呀家门来了！……关门、关门！ |

〔牧儿、颜徵在上。

| 牧　儿 | 来此已是。怎生冷冷清清、大门紧闭？ |
|---|---|

| | |
|---|---|
| **颜徵在** | 牧儿，打门。 |
| **牧　儿** | （打门）开门、开门！ |
| **孟　皮** | 我娘发话，说没有人。 |
| **颜徵在** | 什么说话，再去打来。 |
| **牧　儿** | 开门、开门，迎新人！ |
| **施　氏** | 不提新人还好，说到新人，门后再加一道闩！ |
| **孟　皮** | 白蜡杆子顶门——没差（权）！ |

　　　　　　［施氏、孟皮闩门下。

| | |
|---|---|
| **牧　儿** | 徵在阿姐，门户难入，不如掉头，回去了吧！ |
| **颜徵在** | 我既到此，岂可空回？牧儿，你自去吧。 |
| **牧　儿** | （念）从来只有牛啃草， |

　　　　　　　　今朝嫩草啃老牛。

　　　　　　　　怪事、怪事！（下）

| | |
|---|---|
| **颜徵在** | 待我上前。（打门）开门、开门！天啦天，此孔庄之内，又非偪阳城中，如何身困于此，无人解围！往日力举城门，今时男儿安在？男儿安在！ |
| **叔梁纥** | 呀！闻之汗颜、思来忐忑！叔梁在此、老夫在此！ |

　　　　　　［叔梁纥开门，与颜徵在迎面相对。

| | |
|---|---|
| **颜徵在** | 你便是叔梁大人？ |
| **叔梁纥** | 你难道颜氏之女？ |
| **颜徵在** | 正是！我父阵前许婚，妾身践诺来嫁！叔梁我夫…… |
| **叔梁纥** | 慢来、慢来！小姐哇。 |
| | （唱）当日将军许婚事， |

　　　　　　　　昭昭诚意指旌旗。

　　　　　　　　老夫一力把城门举，

　　　　　　　　是丈夫怀义不敢辞！

　　　　　　　　非为论功受嘉赏，

岂图白发占青丝？

劳动千金涉远道，

寒枝难留彩凤栖。

| 颜微在 | 怎么，大人不容妾身进门？ |
| --- | --- |

**叔梁纥** 门户寒微，实不消进。

**颜微在** 大人可是要奴归去？

**叔梁纥** 掌珠洁玉，归去何妨？老夫若娶小姐，当初公心，便为私欲，岂丈夫所为？况鹤发红颜，实不般配……

**颜微在** 这个……（思之）也罢。大人相逐，不敢不去。只是天色已晚、山路迢迢，敢请大人，送奴返程。

**叔梁纥** 喔，你要老夫送你返程？

**颜微在** 送奴返程，可使得？

**叔梁纥** 哈哈哈……这倒使得！小姐请！

**颜微在** 大人请。

**叔梁纥** 请请请呀！

**颜微在** （唱）眺秋阳渐西沉炊烟袅袅，

**叔梁纥** （唱）饮罢了青骢马载送娇娆。

**颜微在** （唱）想来路恨只恨山远水遥，

**叔梁纥** （唱）莫名间盼归程路也迢迢。

啊小姐，前面行至一带松坡，你我歇歇吧。

**颜微在** 此处只怕歇不得。

**叔梁纥** 如何歇不得？

**颜微在** 大人呀。

（唱）缓缰辔指坡坂名唤驻雁，

**叔梁纥** 哦，驻雁坡！

**颜微在** （唱）那雁行守信义北徙南迁。

爹爹践约许奴嫁，

你抛撇旧诺似笑谈！

相比灵禽添愧赧，

不若掩面催雕鞍。

**叔梁纥**　难道将军有信、老夫无信，亦令颜门失信天下？

**颜徵在**　不消多言，大人趱程。

**叔梁纥**　走也！

**颜徵在**　（唱）行过了驻雁坡池明如镜，

**叔梁纥**　此间水草丰美，正好解乏。

**颜徵在**　（唱）这般去处难歇停。

**叔梁纥**　怎又歇不得？

**颜徵在**　（唱）莲（怜）池似奴柔如蜜，

你送奴回程忒无情。

若在此地解乏困，

涟漪泛做幽怨声。

**叔梁纥**　小姐当真多情，在下不敢有情……

**颜徵在**　不消分辩，大人趱程。

**叔梁纥**　走也！

**颜徵在**　（唱）行过了莲侬池又闻水涌，

月下石桥拱如虹。

谢君持鞭亲相送，

**叔梁纥**　小姐家门未到，怎有道别之意？

**颜徵在**　（唱）人间最难共始终。

**叔梁纥**　嗳，老夫应承，送你归家，绝不半途而废！

**颜徵在**　（唱）你纵是白龙驹一跃千里，

跨不过青石桥五步樊笼！

**叔梁纥**　好生蹊跷！小小石桥，怎拦得老夫？

**颜徵在**　偏是大人，上不得此桥！

| | |
|---|---|
| **叔梁纥** | 此话怎讲？ |
| **颜徵在** | 大人可知，此桥有个名号。 |
| **叔梁纥** | 是何名号？ |
| **颜徵在** | 唤作丈夫桥！ |
| **叔梁纥** | 丈夫桥！哈哈……堂堂男儿，该上此桥！ |
| **颜徵在** | 上得桥来，是奴"丈夫"！未知大人，敢上桥否？ |
| **叔梁纥** | 这个…… |
| **颜徵在** | 妾身一句戏言，吓退堂堂男儿，大丈夫岂如是！ |
| **叔梁纥** | 这个…… |
| **颜徵在** | 大人无勇无情无信之人，怪道区区数里，竟不得护奴归家！ |
| **叔梁纥** | 好小觑人也！ |
| **颜徵在** | 叔梁大人！昔时偪阳，贼聚如蚁，奈你不何；怎生今日归程，你竟奈奴不何！ |
| **叔梁纥** | （自叹）从来百炼钢，输与绕指柔！老夫……（情动于衷、欲言又止）咳！只恨小姐家世忒显、颜色忒秀、年岁忒轻！ |
| **颜徵在** | 哦，我若寒门之女…… |
| **叔梁纥** | 老夫敢娶！ |
| **颜徵在** | 我若姿色平平…… |
| **叔梁纥** | 老夫愿娶！ |
| **颜徵在** | 我若韶光半老…… |
| **叔梁纥** | 老夫必娶！怎奈今日，老夫娶你，便是误你！爱……爱惜小姐，岂可相误！ |
| **颜徵在** | 叔梁纥呀叔梁纥，我敬你是个大丈夫、真英雄，方叩别二老，自嫁自身。怎知你不计死生，却计家世；不惊刀剑，却惊颜色；不惮万钧，却惮年岁！徵在身是粉黛，尚不以此为念，你能举城门之重，却难举儿女之情，算什么英雄、说什么丈夫，实实愧对此桥，此丈夫桥也！ |

叔梁纥　　啊呀!

　　　　　　（唱）一番话听得人三魂震骇,

　　　　　　　　　恰好似滚岩浆热烫衷怀!

　　　　　　　　　都只道叔梁纥轩昂气概,

　　　　　　　　　不料想今日里输与裙钗。

　　　　　　　　　敬哉她将俗事置之度外,

　　　　　　　　　惭杀我效俗子约束形骸。

　　　　　　　　　分明是沐春风旌摇旗摆,

　　　　　　喷喷喷,好个娇娇楚楚、知冷知热、风流万方、至情至性的小娘
　　　　　　子!（欲近又止,欲止又近）咳!

　　　　　　（唱）为甚的筑心冢把心意强埋?

　　　　　　　　　恨不能长相随永结罗带,

　　　　　　　　　难道说旦夕间两下分拆?

　　　　　　　　　似这般可意儿错肩不再……

颜徵在　　奴不识人、错看英雄。奴家行矣。大人留步。

叔梁纥　　小姐留步!

　　　　　　（唱）龙虎步搂娇躯抱上桥台!（猛将徵在打横抱起）

颜徵在　　（惊羞）大人?

叔梁纥　　小姐那点儿女之情,可堪这一举么!

颜徵在　　妾身虽轻,重过城门!

叔梁纥　　哈哈哈……徵在我妻!

颜徵在　　叔梁……夫哇!

　　　　　　［颜徵在埋下面孔,搂紧叔梁纥。

　　　　　　［另一演区,孔子及诸弟子谈讲不辍。

孔　子　　叔梁虽纳颜氏,怎奈正妻悍戾,屡起争端,亲眷不睦、宗族不容,
　　　　　　只得为之另辟居所。那颜氏栖身尼山,时有饥馁之厄,常被风雨
　　　　　　所袭……

503

| 颜　回 | 如此说来，颜氏境况，正与我辈仿佛！ |
|---|---|
| 孔　子 | 诗云："匪兕匪虎，率彼旷野。"仲由，难道我道有误，以至困于陈、蔡，沦落如今！ |
| 子　路 | 大概是力有未及、智有未逮！ |
| 孔　子 | 赐，你以为呢？ |
| 子　贡 | 夫子之说，渊深博大，怎奈曲高和寡…… |
| 孔　子 | 以回之见呢？ |
| 颜　回 | 所谓"以彼之迹，为我之鉴"，敢请夫子，还将颜氏后事，徐徐叙来。 |
| 孔　子 | 也好……（抚弦铿然） |

〔灯渐暗。

# 第三场

〔三年后。

〔尼山，坤灵洞前。

〔颜徵在上。

| 颜徵在 | 寒来暑往，一晃三载，又是早春时候。闻说尼山有坤灵洞一座，祈福求子，最是灵验，不免来此，乞请则个。 |
|---|---|
| | 〔颜宫在内声："二妹当心。" |
| 颜徵在 | 隐约人声，仿佛家姐，待我避过一旁，免她絮烦。（避下） |
| | 〔宫在扶怀孕的商在上。 |
| 颜宫在 | （对娘娘像）二妹，这便是了。去春我怀麟儿，向娘娘求祈，果然母子俱安、诸事平顺。 |
| 颜商在 | （祈祷）神仙娘娘，但愿我腹中之子，喜乐安康。 |
| 颜宫在 | 唉！你我在此祈福，怎奈三妹婚嫁多年，未入夫家门户…… |

**颜商在** 　是啊，叔梁之妻施氏，最是泼悍，膝下九女，皆不饶人，这般阵
　　　　　仗，如之奈何！

**颜宫在** 　可怜咱家妹妹，被逼迁避尼山，金枝玉叶，沦入荜户蓬门！

**颜商在** 　再说叔梁偌大岁数，恐难添丁，三妹膝下若无儿女，待等年老，谁
　　　　　堪凭倚？坊间连讥带诮，好不难听！

**颜宫在** 　也只为三妹之举，匪夷所思，坊间议论，在所难免！往后见着徵
　　　　　在，你我还须好言开导，劝她另做打算……

　　　　〔二女议论着下，颜徵在闪出。

**颜徵在** 　好酸楚人也！

　　　　（唱）耳闻得家姊妹轻言细讲，

　　　　　　　颜徵在生悲恻黯然神伤。

　　　　　　　成婚配已三载身难入户，

　　　　　　　好夫妻长嗟叹春夜匆忙。

　　　　　　　怕什么宗族内三年讥谤，

　　　　　　　顾不得施氏她三年使强。

　　　　　　　生受了尼山畔三年风雨，

　　　　　　　叹三年未孕下半女一郎。

　　　　　　　今日里向神祇虔敬叩告，

　　　　　　　休叫那有情人遗恨绵长。

　　　　〔叔梁纥悄上，见徵在祈祷，避听。

**颜徵在** 　娘娘在上，徵在虔心叩祈，不为千钟粟、不求黄金屋，但愿天赐麟
　　　　　儿、天赐麟儿！

**叔梁纥** 　（现身）……徵在。

**颜徵在** 　啊夫郎。

**叔梁纥** 　四处寻你不见，原来在此。难道你衔冤抱怨，来此求诉么？

**颜徵在** 　奴怨的什么？

**叔梁纥** 　那人言长短……

| | |
|---|---|
| **颜徵在** | 奴家不惧。 |
| **叔梁纥** | 名分高低…… |
| **颜徵在** | 奴家不争。 |
| **叔梁纥** | 生计贫微…… |
| **颜徵在** | 奴家不悔！ |
| **叔梁纥** | （感动）徵在我妻…… |
| **颜徵在** | 叔梁我夫！奴家之情，惊骇天下，纵便天下不容，奴亦守之不移！徵在来此，只为一件心事…… |
| **叔梁纥** | 什么心事？ |
| **颜徵在** | 只只只求夫郎香烟得续…… |
| **叔梁纥** | 这香烟么！ |
| | （唱）片言戳中心底痛， |
| | 　　　悲愧化作怒气冲。 |
| | 　　　谁人不思传香火， |
| | 　　　独我无奈膝下空。 |
| | 　　　万丈豪情成何用， |
| | 　　　她为阳春我已冬！ |
| | 　　　正是苍天要绝叔梁后…… |
| | 徵在哇徵在！老夫若命中有子，四十便该得了，四十不得、五十该得，五十不得，六十余岁，与你相逢，总该得了！今年过七旬，天要绝我，子嗣之事，再无他想、再无他想！ |
| **颜徵在** | 呜呀……（泪下） |
| **叔梁纥** | （唱）忍见烟雨溅娇红！ |
| **颜徵在** | 夫啦！奴家托身夫婿，悲欢与共。你既断念香火，奴再不言之；你不喜奴来此灵洞，奴今生今世，再不踏入。 |
| **叔梁纥** | 你待怎讲？ |
| **颜徵在** | 今生今世，再不踏入！ |

叔梁纥　　难为你也。我们回去吧。

　　　　　　〔二人出洞，大雨倾盆，只得退返。

颜徵在　　如何风云色变，骤雨忽降？

叔梁纥　　天色不早，我等冒雨而归。

　　　　　　〔二人出洞，狂风大作，再度退返。

颜徵在　　如此飓风，迷人路径……

叔梁纥　　老夫开路，你我顶风而行！

　　　　　　〔二人出洞，闪电裂空，三度退返。

颜徵在　　不料天公之威，竟至于此！

叔梁纥　　想是雷公电母，拦住行人！也罢，你我且在洞中，暂避片时。

　　　　　　〔二人倚石而坐，叔梁纥似有所闻。

叔梁纥　　（唱）耳边厢恍惚惚传送饮泣，

　　　　　　徵在，千差万错，皆我不是，你休再啼哭。

颜徵在　　（唱）我何曾怀幽情泪湮胭脂？

叔梁纥　　怎么，你不曾哭么？

颜徵在　　我不曾哭哇。

叔梁纥　　（唱）好叫人费琢磨心下疑起，

颜徵在　　（唱）莫不是做低吟潇潇雨丝？

叔梁纥　　不是。

颜徵在　　（唱）莫不是歌霹雳遥遥天际？

叔梁纥　　不是。

颜徵在　　（唱）莫不是飙飓风席卷东西？

叔梁纥　　也不是。

　　　　　　（唱）步青苔缘石壁寻寻觅觅，

　　　　　　其声不在洞外，分明洞中！

颜徵在　　洞中么……难道是她？

叔梁纥　　是哪个？是何人？

| 颜徵在 | （唱）料必是神仙洞显圣彰奇。 |
|---|---|
| | 夫郎可知，这坤灵洞内，有个讲究。 |
| 叔梁纥 | 什么讲究？ |
| 颜徵在 | 道是宇宙玄黄、天地洪荒，生民灭绝，只有伏羲女娲，躲过此劫。 |
| 叔梁纥 | 哦，普天之下，剩他二人么！ |
| 颜徵在 | 后伏羲求欢，女娲不愿，一路闪避，奔入此洞，逃无可逃，只得遂了伏羲心意。 |
| 叔梁纥 | 难道那呜呜咽咽，是女娲悲声？如何侧耳细听，嘤嘤嗡嗡，似有喜色？ |
| 颜徵在 | 只为女娲娘娘，亦在此诞下娇儿！ |
| 叔梁纥 | 便在此处？ |
| 颜徵在 | 正在此处！世上人种得传，娘娘喜极而泣，此洞因之，得名"坤灵"。 |
| 叔梁纥 | 啊呀坤灵洞！风雨大作，原来不是天公拦人，竟是娘娘留客！ |
| 颜徵在 | 既是娘娘好客…… |
| 叔梁纥 | 我辈敢不承情？哈哈哈，你我今日，便在此处，安歇了吧！ |
| 颜徵在 | 就依夫郎。（仰拜）多谢娘娘。 |
| 叔梁纥 | （端坐、拍膝）来来来！ |
| 颜徵在 | 往日家中，奴枕郎膝，今时洞内，郎入奴怀，若何？ |
| 叔梁纥 | 卿有娘娘好客之德，我似伏羲却之不恭！ |

［颜徵在倚壁而坐，叔梁纥席地，入其怀抱。

| 颜徵在 | 叔梁、叔梁，奴的夫呵！ |
|---|---|
| | （唱）轻悄悄将白发揽入怀中， |
| | 但只觉静脉脉暖意融融。 |
| | 夫郎能举千斤重， |
| | 此时浑似一孩童。 |
| | 浑似门外戏耍倦， |

归家倒头意态松。

夫啦夫，你鼻息渐沉做何梦，

梦中与奴可相逢？

我有心入梦乡双飞与共，

终不过俯娇躯贴腮低喁。

似这般相依偎天恩地宠，

羡什么续香烟万代传宗？

恨不能停下了流光迎送，

坤灵洞胜似那玉殿瑶宫。

就这样吧，叔梁、叔梁，这样便好……

〔颜徵在怀中，叔梁纥猛然一凛。

| | |
|---|---|
| **叔梁纥** | 雷、雷……打雷了！（惊觉） |
| **颜徵在** | 无有哇。 |
| **叔梁纥** | 无有么…… |
| **颜徵在** | 雨收风住，星稀月明，万籁俱寂，实无雷声。 |
| **叔梁纥** | 喔，难道心头雷过，倏忽惊春？（低头，打趣）哪来两只粉彩斑鸠，却又不叫？ |
| **颜徵在** | 什么斑鸠，是奴绣鞋一双。 |
| **叔梁纥** | 哪来数条迎春柳枝，无风自摆？ |
| **颜徵在** | 什么柳枝，是奴翠衣罗带。 |
| **叔梁纥** | 哪来一片白生生的云朵，降下半空？ |
| **颜徵在** | 云朵么……在哪里？ |
| **叔梁纥** | 在这里。 |
| **颜徵在** | 在哪里？ |
| **叔梁纥** | 在这里。 |
| **颜徵在** | 在在在哪里？ |
| **叔梁纥** | 在在在这里！（指徵在脸孔） |

**颜徵在**　　夫婿取笑！

**叔梁纥**　　徵在艳绝！

**颜徵在**　　（羞赧，避过）目不转睛，又非初识。

**叔梁纥**　　粲然夺目，仿佛初见！徵在啊，方才好睡，似入娘怀。

**颜徵在**　　啐，你……你才似我爹爹哩！

**叔梁纥**　　娇姿憨态，又似女儿一般。

**颜徵在**　　犯浑耍赖，可不是我儿！

**叔梁纥**　　哈哈哈……徵在我妻！

**颜徵在**　　叔梁夫啦。

　　　　　　〔二人四目相对，情动于衷，叔梁纥将颜徵在搂入怀中，坤灵洞内，

　　　　　　成其好事……

　　　　　　〔月光播洒，涤净万物，众生萌发。

　　　　　　〔舞台另一演区，孔子沐月而立。

**孔　子**　　是夜哉、是夜哉！

　　　　　　（唱）当此时月明如洗停松梢，

　　　　　　　　　问人间腾然何处不春潮？

　　　　　　　　　闻听得湖心十尺冰悄裂，

　　　　　　　　　原野千顷雪渐消。

　　　　　　　　　云为舞，舞动翩翩梅开早，

　　　　　　　　　风来闹，闹得沙沙柳抽条。

　　　　　　　　　咕唧唧莺啭跳脱花间笑，

　　　　　　　　　扑棱棱燕归衔起枝上巢。

　　　　　　　　　蠢蠢儿虫蚁拱耸破冻土，

　　　　　　　　　潇潇儿新雨如酒醉桃夭。

　　　　　　　　　遍众生惺忪方醒风流觉，

　　　　　　　　　猛撞上呱呱一啼入青霄！

　　　　　　〔霎时数声响亮的婴孩啼哭，惊动寰宇，世间洋溢大欢喜。

［颜徵在怀抱襁褓而出，月光在她周身勾出一层淡淡的银辉。

［灯渐暗。


# 第四场


［又三年后。

［叔梁纥家。

［施氏上。

施　氏　（唱）老爷死生自有命，

　　　　　　去年风寒病到今。

　　　　　　眼看大限日日近，

　　　　　　请医抓药白费心。

　　　　　　不愁无人持孝棒，

　　　　　　只恐颜氏再登门！

　　　　　　家业分割我做主，

　　　　　　岂容他人分杯羹？

　　　　（对内招呼）大女、二女、三女，服侍汤药；四女、五女、六女，揩面洗头；七女、八女、九女，料理寿材！

　　　　［孟皮上。

孟　皮　来了、来了！

施　氏　来了什么？

孟　皮　弟弟来也！

施　氏　什么弟弟！你只有九个姐姐，哪来的弟弟！

孟　皮　啊呀娘亲，乃是徵在娘姨，拉扯弟弟，急急吼吼地来啦！

施　氏　满嘴胡话！她不是你娘姨，那也不是你弟弟。

孟　皮　娘亲你看！娘姨拉……（改口）拉着"娃娃"，已入庄口！

| 施　氏 | 喔，过了庄口！ |
|---|---|
| 孟　皮 | 来至前街！ |
| 施　氏 | 行到前街！ |
| 孟　皮 | 直愣愣奔咱家门来了！ |
| 施　氏 | 啊呀家门来了！……关门、关门！ |

〔颜徵在内唱：

　　　　携娇儿离尼山奔过庄口，

〔颜徵在牵领幼子，上。

| 颜徵在 | （唱）惊夫婿病膏肓望断秋眸！ |
|---|---|

　　　　汗涔涔近家门身颤手抖，

　　　　对户牖心惊骇腹内萦忧。

（惊见）呀！怎生冷冷清清、大门紧闭，好似奴家当年来嫁！

| 幼　子 | 娘亲……我们回去吧。 |
|---|---|
| 颜徵在 | （颤声）儿啦，想是家中，不知孩儿要来。一旁稍候，待娘打门。 |

（上前欲叩）

| 施　氏 | 莫要打门，家中无人！ |
|---|---|
| 颜徵在 | 夫人哪……奴家来见夫婿，开门、开门！ |

（唱）我这里低声息将门轻叩，

　　　　与叔梁共连理六载春秋。

　　　　如今他染沉疴辗转不起，

　　　　为人妇求一面以慰情稠。

| 施　氏 | 哼，又无明媒正娶，你与他算什么夫妇！ |
|---|---|
| 孟　皮 | 娘亲，爹爹哼哼唧唧，像是有心事放不下！ |
| 颜徵在 | 夫人开恩！况是孩儿来见爹爹……开门、开门！ |

（唱）我这里急切切再将门叩，

　　　　小娇儿唤爹爹稚声难收！

　　　　常言道积大德不拆骨肉，

贤夫人行方便苦乞苦求。

施　氏　　哼！老儿五十不生、六十不养，怎的七十出头，铁树开花？你这孩
　　　　　儿，怕不是另有出处！

颜徵在　　你你你……

孟　皮　　娘亲快去看看，爹爹一口气接不上了！

颜徵在　　（急哀）夫人！时不我待，你就发发慈悲、开开门吧！

　　　　　（唱）我这里啼鹃血三将门叩，

　　　　　　　　裂肺撕心雨泪流。

施　氏　　（唱）任你泼洒千行泪，

　　　　　　　　关门闭户不容留。

颜徵在　　（唱）夫人哪，我夫旦夕归泉下，

　　　　　　　　妻与子怎能不送他到头！

施　氏　　（唱）九女一子床前守，

　　　　　　　　不劳外人空烦忧。

颜徵在　　（唱）若叫今日不相见，

　　　　　　　　啊呀夫呀，重逢除是共坟丘！

施　氏　　（唱）同室同穴我分内事，

　　　　　　　　你乱语胡言休休休！

　　　　　活着同睡，死了同埋，是我和他的事，与你有什么相干、什么
　　　　　相干！

孟　皮　　娘亲，爹爹他……他他他不在了哇！

　　　　[霎时幕后哀声大放，幼子受惊，哇然大哭。

颜徵在　　叔梁我夫！（几欲晕厥）

幼　子　　娘亲、娘亲！

颜徵在　　儿啦……儿！今乃襄公二十四年二月辛酉，我儿好生记取，此门之
　　　　　内，亡故之人，乃儿生父，我儿的生身爹爹！

幼　子　　呜呀爹爹！

| 颜徵在 | 我儿随父之姓，以山为名，慎勿忘之！啊呀儿啦，娘来问你，你姓甚名谁？ |
|---|---|
| 幼 子 | 姓孔名丘。 |
| 颜徵在 | 姓甚名谁？ |
| 幼 子 | 姓孔名丘！我叫孔丘，我叫孔丘！ |

〔孩子童稚、坚定之声，回荡天际。

〔另一演区，众弟子闻至此处，尽皆哑然。

| 颜 回 | （惊怔、唏嘘）不料夫子所言，竟是自家之事。 |
|---|---|
| 孔 子 | （静静）我父孔氏之后，讳纥、字叔梁，世人多以字呼之。 |

〔孔子抚琴，以诉心曲，琴声浩荡，如泣如叹。

〔子路奔上。

| 子 路 | 夫子！弟子去至陈地，求解今时之围，怎奈千呼万唤，陈门不开！ |
|---|---|

〔子贡奔上。

| 子 贡 | 夫子！弟子前往蔡地，请纾当下之困，可恨万唤千呼，蔡门不纳！ |
|---|---|
| 颜 回 | 蔡门不纳，陈门不开！夫子，我等身困于此，绝粮五日，只怕难以为继！ |

〔戛然弦止。

| 孔 子 | 依稀当年，恰似当初！我父亡故之日，娘亲携我，终不得身入孔门！后我等归居尼山，娘亲针指不辍，以为生计，凭人说长道短，劝她另嫁，皆不为所动。母子相依，一十四载，一十四载，不得祭吊爹爹！ |
|---|---|
| 众 | 那后来呢？ |
| 孔 子 | 后丘年过二八，娘亲身逝，我尤不知爹爹坟冢何方，只得将娘暂葬于五父之衢。四处打探，经年之久，方知爹爹葬处！ |

〔众弟子暗下。

〔孔子进入其内心世界，对往事之演绎与对当下之迷惑，交织一处。

| 孔 子 | 娘亲啦！爹爹所葬，在防山之北、泗水之南，孩儿扶棺，你今终得 |
|---|---|

与爹爹合葬也！（雪花飞舞）呀，这雪越发大了！

（唱）仰昊天漫漫雪飞风来劲，

孔仲尼扶棺拽杖发悲吟！

娘啦娘，你看那山水之交徐徐近，

坟前迎客有流云。（行至叔梁纥之墓）

这便是我爹爹的葬处么！

（唱）拱荒丘但见得花枯鸟静，

倒残碑只有那狐窜兔蹲。

想当年一墙之阻门难进，

爹爹啦娘亲，孩儿时时牵念你们呵！

（唱）到今日两隔生死是墓门！

（打门）开门、开门！可恨墓门不开，家门不开，身陷陈蔡，陈蔡之门，尽皆闭紧，行走天下，天下之门，俱不迎纳！直叫我孔丘何去何从，是何从何去哇！

〔幕后颜徵在内声：“儿啦……”

孔　子　（恍惚）谁人相唤？哪个来呼？看那天地之间、洞开天地之处，遥遥行来，人影远近，好不眼熟！

〔舞台深处，年轻的颜徵在向孔子缓缓行近。

孔　子　（唱）霎时天地现人影，

揉开倦眼唤娘亲！

颜徵在　（唱）喜上眉梢泪悄进，

总是怜子一片心。

孔　子　（唱）娘亲青丝绾千缕，

颜徵在　（唱）我儿华发已生鬓。

孔　子　（唱）相逢是梦恐惊醒，

颜徵在　（唱）儿啊儿，娘朝朝暮暮伴儿身。

孔　子　（唱）孩儿我心怀千疑复百问，

　　　　　　　　　　　欲向娘亲讨分明。

**颜徵在**　　（唱）心中事件件桩桩娘知肺腑，

　　　　　　　　　　往岁如昨吐幽馨。

**孔　子**　　敢问娘亲，当初往嫁爹爹，被拒门外，娘亲可悔？

**颜徵在**　　实无悔意。

**孔　子**　　而后送终爹爹，再拒门外，娘亲可恨？

**颜徵在**　　恨将谁来？

**孔　子**　　多年欲祭爹爹，屡拒门外，娘亲可怨？

**颜徵在**　　何怨之有？

**孔　子**　　娘亲哄我！儿知娘亲，用情至深，入于骨血，一拒再拒，难入其门，如何不怨、焉得不恨、怎能不悔！

**颜徵在**　　既是用情至深，入于骨血，悔什么？恨什么？怨什么？儿啦，娘投人身，深知这痴心一寸，只为叔梁；儿在世间，可知这十尺之躯，所为何来？

**孔　子**　　儿只为普天之下，人皆相亲，叫门得开、叩门得入！

**颜徵在**　　如此，我来问你，以礼守礼，何所悔？

**孔　子**　　这个……

**颜徵在**　　怀义行义，何所恨？

**孔　子**　　这个……

**颜徵在**　　求仁得仁，又何怨？娘的儿啊！

　　　　　　（唱）爹与娘泉下连枝得永并，

　　　　　　　　　　叹孩儿犹在人间做飘零。

　　　　　　　　　　见多了弄权使术的食五鼎，

　　　　　　　　　　儿崇礼尚义谁与听？

　　　　　　　　　　你道是徜徉南北被霜侵，

　　　　　　　　　　娘也是自嫁远涉无人迎。

　　　　　　　　　　你道是庙堂不纳心灰冷，

娘不为取媚宗族方用情。

你道是万叩千打门儿紧，

娘则要这门里门外门前门后听我打门一声声！

一声声不顾笑哂，

一声声小觑讥嗔。

一声声魂酣魄畅，

一声声意笃情诚！

一声声打出个不悔不怨亦不恨，

敢向黄河发清鸣！

任尔滚滚腾浊浪，

不随江流做浮沉。

坦荡荡俯仰无愧对天地，

也不枉天地生我在红尘！

**孔　子**　　求仁得仁，又何怨！又何怨！（顿悟）我今得之矣、得之矣！娘亲之情，大于天下，故天下不能容，娘亲秉此真情，乃得扶摇天下之上！今孔丘之道，大于天下，天下亦不能容！有此大道，不能容之，是天下之过；知此大道，不能行之，是孔丘之过！多谢娘亲，孩儿拜别、孩儿……行矣！（欲行）

**颜徵在**　　（唤止）儿啦……

**孔　子**　　娘啊！

**颜徵在**　　其路迢迢，其路漫漫。天下若倦，枕儿膝上；我儿倦时，入娘怀中，便似当年，你爹爹一般。（展臂）

〔静默的，年轻的颜徵在将孔子苍苍的白头揽入怀中，在这里，孔子得到一个休憩。

〔孔子矜怜天下，母亲怜爱她的儿子，轻哼着入睡的歌。

〔幕后颜徵在歌声温暖：

风儿摇，月儿高，

517

　　　　冰雪渐融消，燕子归来了。

　　　　枝儿绿，花儿俏，

　　　　新雨正潇潇，春天归来了、归来了……

　　〔灯渐暗，全剧终。

## 附：在你怀中——《孔圣之母》创作谈

这是一部献给我的母亲与天下母亲的作品，好险，我险些将它写糟了。

许是之前写过孔子题材戏曲《哀猿弓》的缘故，当济南市京剧院有心创作《孔圣之母》时，李春喜老师向院团推荐了我，并建议以孔子为叙述者，通过对孔母的塑造，追溯孔子的精神源头。我在阅读相关材料之后，反馈了两点思索。其一，我并不打算写孔母怎样教育孔子成为伟大的圣贤，在我看来，孔子不是"教"出来的，他是"生"出来的。不是一个女人教出了孔子，而是她，生下了孔子。江河东去，奔流入海。若将孔子比作汪洋，今次我要做的，是缓缓西行，顺着水痕，寻觅那最初的湿润，扎扎实实探究那个名叫"颜徵在"的女性的生命状态。其二，想到孔母，进入我脑海的第一帧图像，是米开朗琪罗的雕塑《圣母怜子》：年轻的玛利亚抱着成年的受难耶稣，她低着头，无限悲悯地望着他。这一刻，她、也只有她，能托起耶稣沉重的分量，使之得到一个休憩。恰似歌德《浮士德》写道："引领人类的，是永恒的女性。"固然，从立意上说，我们关注颜徵在"坚守真情"与孔子"坚守大道"间的一脉相承，可从情感之深邃强力而言，我期待的落点，是当暮年孔子困于陈、蔡，像野兽一样在旷野流浪时，恍惚似见颜徵在翩然而来。年轻的母亲把她孩子白发苍苍的头颅抱入怀中——对，就是它！这个与《圣母怜子》产生强烈叠合度的画面，传递给我内心极大的抚慰。

这两点思索很快被院团接受，从动笔到完稿大约半个月。这是一段绝不平顺的路程，至少开始时不是。许嫁、出嫁、生子、送终，四件事构成四场戏、基本完成全剧，是最初就想好了的。我规规矩矩写完第一场，我妈好奇地瞄了一眼，居然很不满意！那时我正感冒得七荤八素，被她"嫌弃"的目光深深刺激了，大声说："哪有不好？明明很好！小姑娘自告奋勇嫁个老头子，还能怎么写！"一面委屈，一面叽叽呱呱在病床上将若干唱词背了一遍，说：

"文字难道不精致、不准确吗？呜呜呜……"哭将起来。我妈呢，一面怜惜我的辛苦，一面坚持她"冷酷"的判断："你将道理说上天去也没用，反正没打动我。"那时离交稿日期很近了，我鼻头嗡嗡地跑去找张弘老师"评理"。他读罢文本，稳稳道："你妈是对的。"这还不算，又淡淡加了一句："这都不像是你写的了。"五雷轰顶！我怔忡良久，方问："那、怎、么、办？"还能怎么办，重写呗。

——颜徵在为什么要嫁给叔梁纥？

——为了"守信"啊。

——所以不动人，"讲道理"而已。

——那、那是为什么？

其实我已明白，因为"爱"、因为她爱他。这份常人难以理解的爱，在颜徵在心中，却是这么真实、坚韧、热烈。他是她注定要遭遇的人。当他进入她的视野，少女对于爱情的朦胧憧憬霎时有了形体、有了温度、有了指向。于是有了"他能开十石弓奔雷走电，我愿做韧如丝满弓之弦""共英豪沐悲欢快意十载，胜过了伴俗子庸碌百年"这般灼热的表达，将生命化为金箭，雀跃、决然地向他射去！全剧基调就此确定。之后数场的创作，无不包裹在燃烧的、澄澈的情感火焰中，进行得异常顺利。

我喜欢第二场精巧的迎送往复，喜欢丈夫桥上叔梁纥的慨然一抱与颜徵在那一声"妾身虽轻，重过城门"，更喜欢的，则是第三场坤灵洞内的奇景。"媾和"是人们时常讳言回避的内容，但《牡丹亭》之"惊梦"，却令我极其震撼。花神簇拥，杜丽娘柳梦梅的行云布雨，又明亮、又庄重、又神圣。这就是我要的感觉。因此我不遗余力地将风雨雷电、伏羲女娲都拿来做铺垫、做渲染。先是自然界显示了它狂暴的力量，再是上古传说传递隐秘的启迪，随后，当叔梁纥在颜徵在怀中睡去，一切都静下来，好像连时间也小心翼翼地停住了，呵护着女性安静的幸福。突然，静谧中震响生命的春雷！我多么喜欢接下来叔梁徵在的"打情骂俏"啊！情感的流动，呼应着庄严的天意。他便是伏羲、她便是女娲，他们便是这世界上第一个男人与第一个女人。而她，又是母亲、妻子、女儿；他，是父亲、丈夫、儿子；两个人身上，涵盖了男女关系的全部。因之，也可以说，她是这世界上所有的女人，他也一样，是这世上所有的男子。当他们在一起，就要拥抱、就要亲吻、就要交合、就要孕育。孔子，这不世出的圣人，就该是这样生下来的，他是"男人"与"女人"之子，是人类之子。那个妙极的让孔子"目睹""亲临""感知""叙述"这一夜：他生命被栽种下的夜晚的点子，得之于王晓鹰导演。乍一听，有点不可思议；写出来，却觉整个寰宇、天地万物都苏醒了，都在欢腾，俱为见证！盛和煜老师曾对我说："不要减省、怠慢舞台提示，你的心走到哪里，你的笔就行到哪里。"我便写"世间洋溢大欢喜"、写颜徵在沐着月光的银色轮廓。这是我无言的歌声。

"天下若倦，枕儿膝上"，指孔子思想具有抚慰世道的力量；"我儿倦时，入娘怀中"，则是世间最温柔的温柔、最温暖的温暖，是我们每个人的来处与归处。子夏问孝，孔子说"色难"。有时我也会与妈妈起争执，也会不耐于她的絮烦，心想为什么让我记得买早点都要叮嘱三遍呢。不，准确地说，此刻我讴歌的并不是"母爱"，甚至我很清楚以后还会与妈妈斗嘴、还会觉得她唠叨，可这有什么呢？寒冷不会减损冬天之美，酷热不会令夏季黯然失色，她是我妈妈，我是她孩子，发生在母亲与孩子之间的一切，都是美好、都是珍贵。我爱那三九，我爱那三伏，我所赞礼的，正是"母亲"本身。无论置身何时、身处何地，我都在你怀中，用我毛茸茸的脑袋拱着你。

# 扬剧《不破之城》

## 人物表

史可法 （末）

多　铎 （净）

桐　华 （旦）

史德威 （净）

李遇春 （生）

李栖凤 （净）

高岐凤 （丑）

王公公 （丑）

老马夫 （丑）

小　校 （丑）

扬剧《不破之城》
四段片段

# 楔　子

［明朝末年。

［江畔。

［史可法内唱：

　　　　提征鞭催策龙驹奔长江……

［史可法引众军催马上。

史可法　　众将士！

众　将　　有！

史可法　　李闯猖獗，朝廷悬危，众将随我北上、勤王保驾！

众　将　　啊！

史可法　　（唱）欲渡浊浪救君王。

　　　　　　风过耳畔如箭响，

　　　　　　马踏飞花似雪扬。

　　　　　　拼将七尺扶社稷，

　　　　　　不许妖氛乱家邦！

　　　　　　急匆匆身在江左心北上……

［高岐凤狼狈逃上，险撞史可法马蹄！

史可法　　（勒马）吁！

高岐凤　　史尚书！

史可法　　你……你是高侍郎？侍郎在京为官，如何到此？

高岐凤　　哪还有什么京官？三月十九，乱贼攻破京师，百姓荼毒、文武皆
　　　　　散，万岁爷……

史可法　　万岁怎样？

高岐凤　　万岁自缢煤山，龙驭宾天！

史可法　　宾天么！……不、不！速速随我救驾！

高岐凤　　（挽住辔头）晚了、晚了！先帝灵柩早都入土了！

**史可法** （滚鞍号啕）万岁！

（唱）向惊涛滚滚抛泪漫戎装！

微臣迟矣！痛哉迟矣、呜呼哀哉！

［灯渐暗。

［字幕：公元1644年，崇祯自缢煤山，明亡。江南之士，拥立福
王，承续社稷，史称"南明"。时清军入关，占据中原、觊觎江南。
南明王朝，岌岌可危……

# 第一出　拒降

［扬州城外，多铎引兵上。

**多　铎** （唱）十万儿郎入中土，

势如破竹收江南。

成者为王败为寇，

谁个记取白骨寒！

俺多铎，奉了皇兄多尔衮之命，引兵南下，破泗州、收盱眙、渡淮
河，来取汉家江山！来呀，看前头山环水绕、城阙俨然，是什么
去处？

**小　校** 前方十里，便是扬州！

**多　铎** 扬州么……听说这扬州的琼花开得好哇！

**小　校** 城里花似的美人也不少！

**多　铎** 妙哉、妙哉！今夜扬州城内，我等赏花饮酒！

**小　校** 王爷，心急吃不了热豆腐。你可知，扬州守将是哪个？

**多　铎** 是哪个？

**小　校** 是何人？

**多　铎** 是何人？

| 小　校 | 便是南朝太子太保、武英殿大学士、兵部尚书史可法！ |
|---|---|
| 多　铎 | 史可法么！闻听他领袖江南、主持大计，今番对阵，不可小觑！传我将令，三军速行，驻于城北，以待火炮；着人持皇兄手书，入城劝降！ |
| 众　将 | 啊！ |

　　〔扬州，史可法大帐。

　　〔老马夫内声"元帅……"，上。

| 老马夫 | 元帅，来了、来了！有人进城！ |
|---|---|
| 史可法 | 定是江北诸镇，来救扬州！请！ |

　　〔李遇春上。

| 李遇春 | 史阁部！ |
|---|---|
| 史可法 | （迎上）李学士？遇春兄！ |
| 李遇春 | 金陵一别，不过半月，史公怎的生出这许多白发？ |
| 史可法 | 黑云压城，使我头白！啊兄台一介文官，此时入城，所为何来？ |
| 李遇春 | 这个…… |
| 史可法 | （唱）莫不是传战报往来藩镇？ |
| 李遇春 | （夹白）不是。 |
| 史可法 | （唱）莫不是奉圣命奖犒三军？ |
| 李遇春 | （夹白）不是。 |
| 史可法 | （唱）莫不是退敌酋欲献奇策？ |
| 李遇春 | （夹白）倒也不是。 |
| 史可法 | （唱）难道是乘雅兴造访故人？ |
| 李遇春 | （唱）实乃是忧心阁部发肺腑， |

　　　　　　胸中块垒待公听。

　　　　　　史公哇，想当初仰观星月占天象，

　　　　　　盛衰兴替已有凭！

　　　　　　南朝偏安气数尽，

识时务者为贤明。

**史可法**　此话怎讲？

**李遇春**　半月之前，史公率军、将离金陵，邀我占卜吉凶，我那卦词，你可还记得？

**史可法**　（沉吟）道是今岁太乙阳局，主大将囚杀，凶祸并至！

**李遇春**　凶祸并至，大势去矣；帝星灿烂，应在清廷！我今受多铎之托，带来摄政睿亲王劝降书信……

**史可法**　住口！李遇春，难道你你你降了清军？

**李遇春**　顺天者昌，逆天则亡！史公城内三千兵马，怎敌城外十万之师？还是接了书信，早作打算！（递信）

**史可法**　（拒之）可法不忘先生之卦，先生已忘可法之言！那日占得凶卦，可法掷杯言道……

**李遇春**　诚畏天命……

**史可法**　必尽人事、必尽人事！

**老马夫**　元帅……来了来了！

　　　　［史德威内声："小将史德威叩营！"上。

**史德威**　（唱）叫开雄关入营寨，

　　　　　　身率忠勇救城台。

**史可法**　好哇！小将军，你身率多少兵马，速速报来！

**史德威**　（唱）十八男儿争豪迈，

　　　　　　踏花策马卷土来！

**史可法**　哦，一十八骑！

**史德威**　元帅！

　　　　（唱）元帅檄令传江淮，

　　　　　　诸将只知惜残骸！

　　　　　　装聋作哑多搪塞，

　　　　　　宁叫剑锋生青苔。

小将我披肝沥血劝不动……

唉！可恨江北数镇，人人为己，竞相推搪！小将愤懑不过，乃率麾
下十七弟兄，星夜驰来！

（唱）愿做那烈烈焚躯火中柴！

**史可法** 好好好！将军一十八骑，慷慨伟烈，胜过千军万马！

**李遇春** 哈哈哈，史公，你今困守危城，内缺粮秣、外无援兵，还是收下书
信、献城为好！（递信）

**史可法** （拒之）纵使诸镇不救，还有朝廷之师！

［老马夫内声"元帅……"上。

**老马夫** 元帅，来了……皇帝派人来了！

**史可法** 京师来援，扬州有救矣！

［王公公上。

**王公公** 史公，老奴送宝贝来啦！

**史可法** 敢问公公，带来多少粮草？

**王公公** 老夫人身在南京，悬念于你，亲制糕团小点，着我带来！

**史可法** （接过）娘啦！愧煞孩儿，不能尽孝！再问公公，带来多少盔袍？

**王公公** 贤夫人挑灯缝补，手织的征袍，托我交付。

**史可法** （接过）啊呀我妻，殷殷之情，可法知矣！三问公公，那刀枪剑戟、
精兵强将，到底带来多少？

**王公公** 兵马钱粮皆寻常之物，老奴奉旨，送来厚礼，当令阁部喜出望外！
请进来！

［桐华内声"来了……"，怀抱琵琶上。

**桐　华** （唱）秦淮水漾柳影方洗脂粉，

　　　　护扬河迎桃色又照娉婷。

**史可法** 这便是公公所言"厚礼"么？

**王公公** 正是！

**史可法** 那兵马钱粮呢？

| 王公公 | 这倒无有…… |
|---|---|
| 史可法 | 公公！我只问你要兵要马要钱要粮！ |
| 王公公 | 史公，朝中议论，钱粮须自保，兵马不外调！史公还是暂宽愁怀吧！（示意桐华） |
| 桐　华 | 史公、史阁部、史大人？ |
| 史可法 | 军中不纳脂粉，左右送她出营！ |
| 王公公 | 史公！此女乃圣上亲赐，你岂可推却？ |
| 史可法 | 我…… |
| 王公公 | 本月十五，圣上选秀秦淮，分赏文武。这桐华姑娘，能歌善舞，弹得好一手琵琶。朝中大人，个个动心，人人争讨…… |
| 史可法 | （悲愤）个个动心，人人争讨！ |
| 王公公 | 圣上尽皆不许，单单将她送来扬州，足见待公不薄！ |
| 史可法 | 当当当真不薄！ |
| 李遇春 | 哈哈哈，阁部大梦，也该醒了！喏！（举信）我摄政王目光如炬，道是今日南朝，恰似海中漏船！史公不降，真要随之颠沛风浪、身残命殒，永沉泥沙不成！（递信） |
| 史可法 | 这这这！ |

　　（唱）一纸书三呈递魄震魂颤，

　　　　　思想来也非是虚妄之言。

　　　　　宫阙依旧歌舞暖，

　　　　　悲哉扬州已孤寒！

　　　　　虎视眈眈贼十万，

　　　　　诸镇袖手不敢前。

　　　　　我日日苦等夜夜盼，

　　　　　盼来个莺燕丛中女婵娟。

　　　　　当不得胯下骏马掌中剑，

　　　　　当不得盘里粥饭身上衫。

想当年阉竖弄权玉宇乱、恩师蒙冤狱中死，

到如今四方昏昧如囹圄、我一般受困腾挪难！

待不降敌众我寡如何战，

待要降男儿脊背岂肯弯！

不降生死存一线，

欲降万代留笑讪！

书信手中似火炭，

家国肩上重如山。

罢罢罢，仰天长笑唤笔砚，

史可法收拾风雷铺展翰墨洋洋洒洒笔走龙蛇剖心肝！

笔墨伺候！

**李遇春** 史公降书，在下定当带到！

**王公公** 不战而降，你这是叛国之罪！

**桐　华** 史公不可！

**史可法** （阻之）研墨！

［老马夫奉笔砚。

**史可法** （奋笔疾书）我大行皇帝勤政爱民，当今圣上天纵英武！朝野戴甲之士，枕戈待敌，忠义兵民，愿为国死！可法今日，自当奖率三军、鞠躬尽瘁，以尽臣节、尽我臣节！(《复多尔衮书》)

［灯渐暗。


# 第二出　明心


［城楼。

［李栖凤、高岐凤上。

**高岐凤** （念）从前早上皮包水，

　　　　　　　　晚上乐得水包皮。

**李栖凤**　　（念）可怜如今皮和水，

　　　　　　　　战火轰隆践做泥！

**高岐凤**　　三天了。城里还是三千兵，一个不多。

**李栖凤**　　城外还是十万人，一个不少！

**高岐凤**　　以三千对十万，乖乖隆地咚，鸡蛋撞石头！

**李栖凤**　　唉，自从清兵围住扬州，天天下书相劝，元帅就是不降！

**高岐凤**　　若不归降，城破之日，难逃一死！你怕是不怕？

**李栖凤**　　我说不怕……那是假的！

**高岐凤**　　因此我思来想去，备得绳索一根……

**李栖凤**　　怎么，你要先自了断？

**高岐凤**　　嗳！这绳索么，不是用在我自己身上，是要用在史公身上。

**李栖凤**　　你？！

　　　　　　〔高岐凤对之耳语。

　　　　　　〔两人暗下。

　　　　　　〔城楼，史可法上。

**史可法**　　（唱）身披甲胄登城楼，

　　　　　　　　遥仰高天星汉收。

　　　　　　　　辗转愁绪万千缕，

　　　　　　　　缭绕心肺不得休！

　　　　　　　　见不得城中妇孺病容瘦，

　　　　　　　　听不得枝上鸟雀鸣哀啾。

　　　　　　　　唤不得同袍仗义来相救，

　　　　　　　　想不得老母思儿泪哽喉。

　　　　　　　　说什么忠义有天佑，

　　　　　　　　哀哉社稷不到头。

　　　　　　　　说什么拼死战贼寇，

恨藩镇临敌便将盔袍丢。

说什么春来花开似锦绣，

只怕这锦绣河山付东流。

说什么二十四桥明月夜，

到如今咫尺黄泉是扬州！

我今纵无擎天手，

不叫天公为我羞！

［李、高上。

李、高　　　史公、元帅！

史可法　　　高参谋、李将军……（迎上，倦极一晃）

李栖凤　　　（急扶）元帅巡城，三日不曾合眼，还是安歇的好。

史可法　　　大敌当前，岂容安枕？

高岐凤　　　既然不肯安寝，不如靠住我等，休息片刻！

史可法　　　也好。

李栖凤　　　元帅请！

［史可法背倚二人而坐。

［鼓敲三更。

高岐凤　　　（唱）耳闻刁斗敲三更，

　　　　　　　　但觉身后鼻息沉。

　　　　　　　　料他倦极已睡稳，

　　　　　　　　擒下元帅献关城！

［二人悄悄动静，欲缚史可法。

史可法　　　（梦呓惊觉）啊呀万岁！

李、高　　　（慌忙拜倒）元帅开恩、元帅开……

［高岐凤发觉史可法并未苏醒，急止李栖凤。

［二人惊魂稍定。

李栖凤　　　（唱）七上八下方坐定，

又闻身后起鼾声。

小心试探低声唤，

元帅？元帅？

（唱）今番当是入梦深。

［二人又欲缚史可法。

**史可法** （梦呓再醒）啊呀恩师！（起身）

**李、高** 元帅恕罪、元帅恕罪！

［二人举动慌乱，史可法有所察觉。

**史可法** 你等犯了甚罪，要我饶恕？

**李栖凤** 元帅方才入睡，我等便相惊扰，有罪、有罪！

**史可法** （沉吟）不怪你等。乃是隐约丝弦，将我惊回……

［幕后传来琵琶之声。

**高岐凤** 那是桐华姑娘在弹琵琶！

**史可法** 你等邀约佳人，带上美酒，来此小聚。

**李、高** 是！（下）

**史可法** 二人举止失常，莫非图谋不轨？不如假借风月，试他一试！

［高岐凤引桐华上，李栖凤携酒上。

**李栖凤** 元帅，美酒来了！

**高岐凤** 美人也来了！

**桐 华** 见过史公！

**史可法** 桐华姑娘，闻卿弦乐，似曾相识。敢问姑娘，乡关何处？

**桐 华** 便在桐城。

**史可法** 啊呀呀，可法恩师左忠毅公，亦是桐城人氏。

**桐 华** 左公忠勤廉正、力抗阉党，乡人感怀，四时祭奠。

**史可法** 你单道左公人品贵重，却不知我那恩师，天生的好酒量！喏，美酒
当前，烦请把盏，不醉不休！

**桐 华** 啊呀史公，贼子汹汹，近在咫尺，若战事骤起，元帅大醉，岂不

必败？

史可法　（故意）我以三千健儿，对阵十万虎狼，纵便滴酒不沾，焉得

　　　　胜算？

高岐凤　既无胜算，不如（降）……

史可法　怎样？

李栖凤　（止之）不如喝酒、喝酒！（倒酒）

史可法　好！满上！

　　　　〔三人痛饮。

桐　华　（唱）原以为史阁部胆壮气锐，

　　　　　　　但见他醉醺醺换盏推杯！

　　　　　　　史公呀，你今沉溺酒中味，

　　　　　　　山河万钧托与谁？

史可法　（夹白）姑娘之言，好不扫兴！

桐　华　（唱）桐华我久慕元帅夸奇伟，

　　　　　　　方辞帝都愿相随。

　　　　　　　不料鲲鹏成燕雀，

　　　　　　　青松岩上已摧颓！

史可法　（夹白）大丈夫能屈能伸！

桐　华　（唱）你道是屈身之时知进退，

　　　　　　　却不说惧敌怯战节已亏！

　　　　　　　笑奴家烟花尚忧家国事，

　　　　　　　辜负天恩是须眉！

史可法　骂得好！倒叫须眉，重识蛾眉！只是说到这天恩，万岁一不搬兵、

　　　　二不拨粮、三不添甲，独独赏下姑娘一人……果真天恩浩荡！

李栖凤　是啊！万岁懈怠，不如（降）……

史可法　如何？

高岐凤　（止之）干了、干了！

| 史可法 | 闷饮无趣，待我仗剑一舞，以助酒兴！想当年曹操南征，作《短歌行》，今势虽不同，其情仿佛！（舞剑） |
| --- | --- |
| | （唱）对酒当歌，人生几何， |
| | 　　　　譬如朝露，去日苦多…… |
| | 　　　　月明星稀，乌鹊南飞， |
| | 　　　　绕树三匝，何枝可依？ |
| | 　　　　绕树三匝，何枝可依！ |
| | 苍天啦苍天！想扬州三千子弟兵，个个随我出入生死、情同手足，难道今番，竟要全数断送在此、断送我史可法之手！ |
| 李栖凤 | 唉！蝼蚁畏死，谁不贪生？ |
| 高岐凤 | 不如献出城池、归降清兵！ |
| 史可法 | 你待怎讲？ |
| 李、高 | 降、降了吧！ |
| 史可法 | 这个"降"字，到底说出来了！我来问你，你等可是早有降心？ |
| 李、高 | 这…… |
| 史可法 | 可是欲缚可法，献与贼子？ |
| 李、高 | 这…… |
| 史可法 | 将这锦绣扬州，换取顶戴荣华?！ |
| 李、高 | 这这这！ |
| 桐　华 | 这等贪生怕死、卖主求荣之人，着实该杀！ |
| 史可法 | 正当诛之！（拔剑） |
| 李、高 | 元帅饶命、元帅饶命！ |
| 史可法 | （停剑）又念大难临头，人各有志。也罢……你等去吧。 |
| 李、高 | 多谢元帅！（欲下） |
| 史可法 | 回来！（李、高悚然止步）你等孤身出城，毋带兵马；且自逃生，毋投清兵；速归乡里，毋贪富贵！去吧！ |
| 李、高 | 是是是。（下） |

[ 桐华转身欲下。

**史可法** 姑娘哪里去?

**桐 华** 金陵去也!

**史可法** 当初赶你不去,如今何故就走?

**桐 华** 当初以为,史公杀伐果断;如今方知,不过妇人脾性! 今日你放得叛将,明日便开得城门! 桐华不免返京,将这桩桩件件、件件桩桩,报与圣上知晓!

**史可法** 报与圣上? 好好好! 我正有手札数纸,烦劳带回。

**桐 华** 这又何必?

(唱)将军既有屈膝意,

何劳鱼雁返金陵?

**史可法** (唱)字字句句皆绝笔,

留与人间听遗音。

**桐 华** (接之,唱)一纸书远寄结发妻,

一纸书奉上老娘亲。

**史可法** (唱)娘亲啦,恕儿不能全忠孝,

我妻呀,泉下再续白头情!

**桐 华** (唱)一纸书红泥封来青绳系,

铁画银钩笔力沉。

掌中摩挲凝秋水……

**史可法** (唱)奏与当朝九五尊!

我朝有断头将军,无屈膝宰相!"可法受先帝厚恩,不能复大仇;受今上厚恩,不能保疆土! 遭时不遇,有志未伸! 今舍身一死……"

**桐 华** 舍身一死!

**史可法** "舍身一死,以报国家! 愿葬骸骨梅花岭上、梅花岭上!"

(唱)梅开似我碧血溅,

梅落为我掩孤魂。

嶙峋梅枝如傲骨，

不移坚贞是梅根。

后来如若将我问，

梅花岭上再相寻……

桐　华　不料史公，怀此必死之心……（凝望）

史可法　幸得姑娘，知我赴难之志！姑娘返京去吧。

桐　华　我……我偏不肯去了。

〔灯渐暗。

# 第三出　宴敌

〔城外，清兵鼓噪呐喊。

〔城楼，老马夫上。

老马夫　（念）守城不得息，

刚要眯一眯。

城下咋呼起，

惊动老头皮。（张望）

看城外密密麻麻铁甲丛中、明明晃晃刀枪阵内，呼呼喝喝，推来十尊红夷大炮！难怪清兵只围不战，必是专等此物！待我速速报与元帅！

〔清兵小校上。

小　校　城上的，慢走！

老马夫　城下的，何事？

小　校　放下吊桥，我家遣使进城！

老马夫　元帅有令，断绝音书，不消往来！

| 小　校 | 今番使者，不同往日。乃是俺家王爷，亲叩城门，要见你家元帅！ |
|---|---|
| 老马夫 | 噢，你是说那多铎……城下的，只怕你家王爷不敢进城！ |
| 小　校 | 城上的，只怕你那元帅不敢放桥！ |
| 老马夫 | 元帅发话，你若敢进，我便敢放！ |
| 小　校 | 王爷说了，你要敢放，我就敢进！ |
| 老马夫 | 你且进城！ |
| 小　校 | 你且放桥！ |
| 老马夫 | 你进呀！ |
| 小　校 | 你放呀！ |
| 老马夫 | 进啊！ |
| 小　校 | 放啊…… |

〔史可法内声"放下吊桥……"，上。

**史可法**　（唱）吩咐下诸军校放落吊桥，

　　　　　　迎多铎入扬州帐中叙聊。

〔老马夫放吊桥。

〔老马夫、小校下。

〔多铎上。

**多　铎**　（唱）下鞍马登吊桥当面请教，

　　　　　　要劝动史可法归顺我朝。

**史可法**　（唱）枪如林戟似雪剑鸣在鞘，

　　　　　　切莫叫外邦客小觑英豪。

**多　铎**　（唱）但见得齐臻臻兵戎列道，

　　　　　　好叫人暗地里钦敬才高。

〔多铎入帐。

**史可法**　将军请了！

**多　铎**　元帅有礼！啊元帅，多铎进得城来、行过辕门、入此帐中，你怎不

　　　　唤坐？

**史可法**　将军进得城来、行过辕门、入此帐中，坐尚未稳，便要走的，不坐也罢。

**多　铎**　怎么讲？

**史可法**　将军此来，岂有他事，劝降而已。可法不降之心，早在《复多尔衮书》中，剖解备至，不消多言。

**多　铎**　此一时，彼一时。先生听了！

（唱）劝史公，莫执拗，

　　　　听俺缘由说从头。

　　　　想去春万里中原闹贼寇，

　　　　逼得个崇祯吊死在山丘。

　　　　忠臣孝子皆袖手，

　　　　反劳俺天兵远到剿灭李闯为报仇！

　　　　到如今偏安一隅贪享受，

　　　　试问七尺羞不羞？

　　　　史公啊，俺敬你俊才高八斗，

　　　　俺敬你忠勤分国忧。

　　　　俺敬你知兵善持守，

　　　　俺敬你运策能绸缪。

　　　　因此的劝公说公不停口，

　　　　以卵击石你休休休！

　　　　落得个败军之将青史讥诟，

　　　　还不如琵琶别抱明珠另投！

**史可法**　将军絮絮叨叨、啰啰唆唆，说完无有？

**多　铎**　差也不多。

**史可法**　你这等絮烦，我只有六字！

**多　铎**　哪六个字？

**史可法**　你要战，便来战！送客！

多　铎　　且慢！多铎远来，元帅一无有座、二无有食，就连薄酒也无一杯，岂是你礼仪之邦的接待之道？

史可法　　我这军中，并无闲置酒饭。也罢！来来来！

多　铎　　哪里去？

史可法　　城楼去也！

　　　　　［史可法、多铎共登城楼。

多　铎　　你要用扬州美景款待于我？

史可法　　正要用这好山好水宴请于你！将军，你往东面看！

　　　　　（唱）城东湾头栖江雁，

　　　　　　　　红翠满目发新枝。

　　　　　　　　茱萸栽植万千树，

　　　　　　　　赢得骚客争品题。

　　　　　　　　刘长卿唏嘘"落花逐流水"……

多　铎　　"落花逐流水，共到茱萸湾"，名句、名句！

史可法　　（唱）王摩诘佳节思亲发哀啼！

多　铎　　"遥知兄弟登高处，遍插茱萸少一人"，伤心哪！

史可法　　将军，你再往南面看！

多　铎　　南面看什么？

史可法　　看桥！

多　铎　　久闻"二十四桥"盛名，不知有哪些名号？

史可法　　唐传至今，有明月桥、红药桥、天星桥、万岁桥、山光桥、太平桥、广济桥、小市桥……

　　　　　（唱）映春晖，觑城南，

　　　　　　　　拱画桥，似虹霓。

　　　　　　　　玉人箫声传凄凄。

　　　　　　　　桥头燕子衔新泥，

　　　　　　　　桥上杨柳拂烟雨，

桥下兰舟行徐徐。

河桥畔红袖招聚，

唤少年白马停蹄。

多　铎　什么少年？哪来的白马？

史可法　唐代的少年、宋朝的白马呀！将军，你再往西面看！

　　　　（唱）妙园林，数淮左，

　　　　　　真风流，在城西，

　　　　　　山光云影两相宜。

　　　　　　鉴真讲经大明寺，

　　　　　　泠泠松风颂阿弥，

　　　　　　叮咚泉响伴黄鹂。

　　　　　　吟花月文章太守，

　　　　　　欧永叔堂与山齐！

多　铎　平山堂，大明寺，果真神仙福地！先生将诸方风物，一一数点，好
　　　　叫人又羡又恨！

史可法　羡的什么？

多　铎　羡煞这淮左名都，古今繁华！

史可法　恨将何来？

多　铎　只恨战事一起，满目风雅，皆做断壁颓垣！先生不为别个，单为扬
　　　　州千载文名，还是降顺的好！

史可法　将这风雅之地，夷做荒野废墟的，倒是哪个？千载之下，青史为
　　　　凭，怪责谁人？

多　铎　这……

史可法　将军，你再往北面看！

多　铎　北面么？那是？……

史可法　一望无涯、迷迷蒙蒙！

　　　　（唱）那不是腾暖雾蒙蒙密密，

　　　　　　那不是笼寒烟攘攘熙熙。

　　　　　　那不是啸狂风云遮日蔽……

**多　铎**　　到底什么?

**史可法**　（唱）天连水水接天翻涌涟漪!

**多　铎**　（悚然）那那那居然是水么?

**史可法**　（唱）高邮湖占尽了天时地利,

　　　　　　与平原相比拟是湖高城低。

　　　　　　有心制敌出奇计,

　　　　　　一泻千里决湖堤。

　　　　　　春潮巧借天公力,

　　　　　　以弱胜强如卷席!

　　　　　　将军呀,问将军你甚样法儿来挡抵?

　　　　　　哈哈哈,笑觑他淋漓冷汗浸戎衣!

　　　　　可法欲决高邮之水,以灌清兵,将军以为如何?

**多　铎**　　这个……

**史可法**　以为如何?

**多　铎**　　先生当真使出水淹七军之计,我十万大兵休矣!然兵贵神速!今红夷大炮已入我军,你那湖堤尚未决口,俺的铁炮,早已轰破城楼!

**史可法**　将军等炮,等了四天,可法思计,思了足足四十天!

**多　铎**　　四十天?!

**史可法**　四十天前,可法运筹沙盘,思得此计……

**多　铎**　　那你……

**史可法**　我想高邮聚合三十六湖,湖湖贯通,水水相连,若决堤口,顺势而下,则江左良田,尽成泽国;淮海之民,俱为鱼虾。你十万之师在劫难逃,我无辜百姓,遭此横祸者,岂止百万、岂止百万!

**多　铎**　　（唏嘘)先生当真宅心仁厚……

**史可法**　所谓"民为贵,社稷次之,君为轻"!多铎将军,若苍天不佑,扬州陷落，还望爱惜生灵、毋害百姓！

多　铎　先生引俺登城远眺、谈笑风生，都只为这句叮嘱么？

史可法　正为这一句叮咛！

多　铎　好苦心哇。也罢，先生这等坦荡，俺也实言相告！明日三更造饭、四更列阵、五更攻城！

史可法　你我沙场之上，决一胜负！

多　铎　告辞！

　　　　〔幕后史德威内声："哪里走！"上。

史德威　元帅！多铎乃清兵主帅，岂可放回？不如杀了祭旗！

史可法　住手！两国交战，不斩来使。放下吊桥，礼送出城！

多　铎　后会有期！（下）

史可法　众将官！

　　　　〔众将内声："有！"上。

史可法　明日五更，一战难免！你等晓谕百姓，速离扬州，免遭涂炭。军士有贪生畏死者，也换上百姓衣衫，逃生去吧！

众　将　我等愿随史公，誓死不退！

史可法　好、好……好！

　　　　〔李栖凤内声"元帅……"，上。

史可法　你你你回来了？！

李栖凤　回来了！誓与元帅共生死！

史可法　如此，你们三千子弟兵，一千迎敌。

众　将　一千迎敌！

史可法　一千内守。

众　将　一千内守！

史可法　一千外巡。

众　将　一千外巡！

史可法　上阵不利……

| | |
|---|---|
| 众　军 | 守城！ |
| 史可法 | 守城不利…… |
| 众　军 | 巷战！ |
| 史可法 | 巷战不利…… |
| 众　军 | 短接！ |
| 史可法 | 短接不利呢！ |
| 众　军 | 短接不利……殉国！ |

［灯渐暗。

# 第四出　守城

［老马夫敲锣上。

老马夫　元帅有令，大战在即，老少百姓，速离扬州，免遭涂炭！（敲锣）
　　　　老少百姓，速离扬州、速离扬州哇！

［扬州城内。

［众妇人缝制征衣。

众妇人　（唱）风儿高，月儿低，

　　　　　　　我为男儿绣征衣。

　　　　　　　针儿密、线儿齐，

　　　　　　　打飞杜鹃不叫啼。

　　　　　　　休惊奴家心底事，

　　　　　　　莫使珠泪溅凄凄。

　　　　　　　针针线线皆缟素，

　　　　　　　今日报国安敢辞！

［众妇人下。

［桐华上。

〔另一端，史可法戎装上。

史可法　　桐华……战事在即，你怎么还在城中？

桐　华　　奴虽女流，愿与共死。

史可法　　天下有必死之人，有不必死之人。你……速速出城去吧！

桐　华　　史公，姹紫嫣红，生虽可欢；震天撼地，死亦可喜！

史可法　　生虽可欢、死亦可喜！

　　　　　〔桐华下，史可法沉吟着，猛然炮响，震破静谧。

　　　　　〔明兵甲内声"报——"，奔上。

明兵甲　　清兵火炮，轰塌西、北二门！

史可法　　众将士！

　　　　　〔众将内应"有——"，上。

史可法　　随我守城！

众　将　　啊！

史可法　　（唱）铁炮轰鸣似雷响，

　　　　　　　　奖率貔貅护家邦！

　　　　　　　　不避箭矢掣旗幢，

　　　　　　　　指挥檑木固城防。

　　　　　　　　扑啦啦炎烟四面腾火鸟，

　　　　　　　　恨见满目俱残墙！

　　　　　众将士，随我巷战！

众　将　　啊！

　　　　　〔明兵乙内声"报——"，奔上。

明兵乙　　李将军率众巷战，一军皆亡！

史可法　　（忍悲）众将士！

众　将　　有！

史可法　　随我短接！

众　将　　（唱）纷纷戟影伴刀光，

拼将血躯抗凶狂。

白刃久战似火烫，

敢抛头颅壮淮扬！

〔清兵拥上，史可法率众舍生一战！

〔城头血染，明兵多已殉国！

〔史可法以一敌众，气力将竭！

**史可法** 痛快！痛快！我辈以一当十、奋战至此，于愿足矣、足矣！

〔众清兵呐喊"杀啊……"，上。

〔多铎内声："史公安在，史公哪里？"

**史可法** 可法在此！

〔多铎上。

**多 铎** 先生有礼……先生请坐。先生啊！原以为铁炮一到，不消半日，便可破城，怎知竟战了三天之久！

**史可法** 你嫌其久，我恨其促！

**多 铎** 三天前，先生邀俺登此城楼，四面观赏；如今俺请先生，依旧这城楼之上，放眼四望，见着何来？

**史可法** 从前四下繁盛，如今么，四方焦土是焦土四方！

**多 铎** 此情此景，先生不觉后悔么？

**史可法** 此景此情，将军不觉羞耻么！

**多 铎** 史可法！你折了四方美景，俺亦损了四万儿郎！你区区的败军之将，降顺便罢，如若不降……

**史可法** 不降怎的？

**多 铎** 刀斧手！

**众刀斧** 啊！

**史可法** （掀衣迎刃）来得好！

**多 铎** （急止）啊呀且慢！

（唱）但见他身迎斧钺掀盔袍，

> 好叫俺心下生敬慢用刀!
>
> 想多铎沙场征战十八载,
>
> 见过几多伟英豪。
>
> 似这般俊逸坦荡世间少,
>
> 只盼他南鸟还向北枝巢。
>
> 俺这里温言款语再相劝,
>
> 先生呀,你怎忍人间天上一旦抛?

大好河山、花花世界,难道你真无牵挂?

**史可法** 牵挂……将军有酒么?

**多 铎** 有酒、有酒!上大瓮!

**史可法** 不消许多,只需三杯。

〔小校奉酒上。

**多 铎** (递杯)这第一杯……

**史可法** 苍天在上!可法授任扬州,多得百姓恩义相助。这第一杯酒,敬奉无辜死伤的扬州百姓!(滗酒)

**多 铎** (递杯)这第二杯……

**史可法** 后土在下!可法统领兵戎,皆赖将士奋发齐心。这第二杯酒,敬奉捐躯报国的三千健儿!(滗酒)

**多 铎** (递杯)第三杯呢?

**史可法** 这第三杯么,人谁无死,不愧此生!敬奉左公在天之灵!

**多 铎** 左公?难道左光斗?

**史可法** 正是我恩师左忠毅!

**多 铎** 敬他什么?敬他何来?

**史可法** 往岁阉党专权,士林凋敝。左公蒙冤入狱,旦夕将死。我苦求看守,得入狱中。见他遍体血污,不由大哭!左公闻声,举起大枷,怒斥一声:庸才怎可来此!你若不走,休待奸贼动手,我先扑杀了你!

多　铎　　好英雄、好汉子！

史可法　　先生啦！从前你要学生为国惜身，学生不敢枉死牢狱之中，今日可
　　　　　法为国尽忠，不敢不死扬州城内！死得其所、快哉快哉！三杯酒
　　　　　尽……（对众刀斧）来来来！

多　铎　　先生不可！史可法呀史可法！俺多铎十四从军、杀人无算，从不婆
　　　　　妈，偏是今日，俺实实不想杀你！人生忠孝为本，先生辅弼南朝，
　　　　　力战至此，已然尽忠！闻说家中老母尚在，难道你竟不思尽孝么？

史可法　　（一震）

多　铎　　先生文武全才，天下敬仰，匆匆而死，于世何补？

史可法　　（再震）

多　铎　　来春扬州，草木重发，先生不在，岂不可惜？

史可法　　（三震）

多　铎　　先生好好想、慢慢想，便想上三天三夜、三年五载，俺也等得！

史可法　　好好想、慢慢想……

　　　　　（唱）戎马天涯不消停，

　　　　　　　　蓦然回首已半生。

　　　　　　　　可怜飞花最解意，

　　　　　　　　为我残垣舞纷纷！

　　　　　　　　史可法少小家贫无人问，

　　　　　　　　心怀社稷志难伸。

　　　　　　　　幸遇恩师勤提领，

　　　　　　　　十八年鞍马舟船、沉浮经略、出将入相、辅弼庙堂到如今。

　　　　　　　　到如今，我也想梅花山间步芳径，

　　　　　　　　护扬河畔折柳青。

　　　　　　　　明月桥头驻白马，

　　　　　　　　红袖招摇醉酩酊。

　　　　　　　　只是我若惧刀斧贪性命，

547

河山满眼羞煞人！

梅岭羞得花凋尽，

碧波羞得发怒鸣！

美酒入口羞做醋，

明月羞于照贰臣！

我今一死无遗恨，

啊呀唯怀愧意对眷亲！

妻啦妻，当初青丝曾合卺，

我也想伴你百岁到白鬓。

倘若是苟且偷生把鸳鸯并，

则又怕羞得你人前掩面行。

娘啊娘，恕孩儿膝边再难承欢庆，

恕孩儿劳娘为儿扫坟茔。

倘若儿降顺来把娘孝敬，

料必我千呼万唤、万唤千呼、叫不开娘亲羞儿恼儿闭门庭。

思之不觉汗凛凛，

似闻恩师又叮咛。

怕什么霜覆雪盖万里路，

真男儿心中眼中一座城！

这座城，担着家国恨，

这座城，绵延社稷恩。

这座城，穆穆千载虽无语，

这座城，大吕黄钟传洪音！

今日里生似花绽、死如叶零、死死生生我皆不论，

要守住云里雾里阴时晴时风风雨雨春来秋往横亘今古巍然屹

立铜浇金铸这座城！

多　铎　守城？哈哈哈……说什么守城？扬州城破，你看雉堞门楼，皆成瓦

砾；马道炮台，俱为齑粉！城在哪里？城在哪里！

史可法　这城么……

多　铎　在哪里？

史可法　问得好！二十年前，这一问，我也问过恩师！

多　铎　便是那左光斗？

史可法　正是！我见先生狱中惨状，含悲发问：天下之大，道在哪里？道在
　　　　哪里！左公闻之，以掌击心，怦然有声！

多　铎　以掌击心，怦然有声……

史可法　如今将军当知，城在哪里？城在哪里！（掌击心口，怦怦作响）

多　铎　多铎知矣，此不破之城也！子曰成仁，孟曰取义。俺曾受先生不杀
　　　　之恩，今日便杀了先生，以报恩德！刀斧手！

众刀斧　啊！

多　铎　斩、斩、斩！

　　　　〔众刀斧押拥史可法欲下。

　　　　〔桐华内声"史公——"，奔上。

史可法　桐华？

桐　华　琵琶一曲，以壮行色。

史可法　（快意）好好好！

桐　华　史公你看！岭上梅花、彤云成片……

史可法　梅枝梅根、年复一年……

　　　　〔琵琶声中，刀斧手押着史可法向舞台深处走去。

　　　　〔幕后史可法内唱：

　　　　　　梅开似我碧血溅，

　　　　　　梅落为我掩孤魂。

　　　　　　嶙峋梅枝如傲骨，

　　　　　　不移坚贞是梅根。

　　　　　　后来如若将我问，

**梅花岭上再相寻、再相寻……**

[谢幕字幕：弘光元年四月二十五日，史可法就义于扬州南门城楼，后立衣冠冢于梅花岭。

是日与史可法共殉国难、姓名可考者，有文臣卫胤文、张伯鲸、何刚、任育民、王赞爵、吴道正等十八人，武将刘肇基、马应魁、江云龙、王思诚、李大忠、姚怀龙……皆巷战死。士卒义民奋战捐躯者，不计其数。后世清乾隆帝加史可法"忠正"谥号，亲书"褒慰忠魂"以彰其节。

[全剧终。

## 附：我梦扬州，扬州梦我——《不破之城》创作小札

《不破之城》首演当天下午，我去了趟扬州史公祠，寂然立于史可法衣冠冢前，恍惚似见红雨翩跹，是红梅点点。

2015年李政成找到我，说要创作个史可法题材的剧目，以纪念扬州建城2500周年。若不是之前与扬州市扬剧研究所有过《衣冠风流》的合作，兴许我会闪躲，只因史可法太难写。"数点梅花亡国泪，二分明月故臣心"，清人张尔荩撰的这副名联，至今高悬史公祠内，以诗性与情感熨帖着先贤；今人谈及史可法呢，多赞颂他的忠贞、爱国、宁死不屈。题旨指向是这样的强烈、清晰，使我初时很担心创作难出新意。所幸，对扬州、对扬剧、对扬剧研究所以及对李政成的信心，鼓舞了我接受挑战的勇气。

记得是在去上海的火车上，我与张弘老师谈及该剧，说我阅读了大量史可法的材料后，印象最深的却是方苞的《左忠毅公逸事》。说的是左光斗受诬入狱后，学生史可法潜入相见。左光斗见之，不喜反怒，说："庸奴，此何地也？而汝来前！……老夫已矣，汝复轻身而昧大义，天下事谁可支拄者！不速去，无俟奸人构陷，吾今即扑杀汝！"他摸起地上刑械，作势要打，史可法"噤不敢发声，趋而出"。在这里，我看到了忠臣志士的家国担当，看到了老师对学生深切的爱护与期许，也看到了"道"的传承——左光斗将他生命的、人格的重量交付给了他器重的年轻人，史可法呢，他接过这个分量，以同样无私无畏、坦荡慷慨的姿态走下去，并在20年后，以他的死，回应了老师的嘱托。

《左忠毅公逸事》是洞照文本写作的光芒，将风尘斑驳处史可法的内心照得雪亮，在它的光照下，我感觉到温度、感觉到搏动、感觉到悲壮与悲壮之余的快慰。左光斗冤死了，那"道"仍在，史可法殉难了，那"道"还在，黄钟大吕，激荡高歌，这是连死亡也无法侵灭的价值。正如鲁迅写道："我们从古以来，就有埋头苦干的人，有拼命硬干的人，有为民请命的人，有舍身求法的

人……虽是等于为帝王将相作家谱的所谓'正史'，也往往掩不住他们的光耀，这就是中国的脊梁。"火车渐近上海，我也定下了剧名。上海不是素有"不夜之城"的美名吗？那今番要写的扬州，便是一座"不破之城"，古往今来多少个"史可法"，人人心中都怀抱着这座巍然屹立的"不破之城"！

剧中，崇祯身故，史可法驰援不及，是史实；清兵围城，诸镇、朝廷都无甲兵来救，是史实；李遇春降清，是史实；南明宫廷选秀秦淮，是史实；李栖凤、高岐凤欲劫元帅降清未遂而去，是史实；多铎屡屡遣使劝降，是史实；史可法不肯决高邮之水以灌清兵，是史实；清兵破城，史可法殉难，当然更是史实。换言之，全剧每一块主戏，都有史可考，然而，我想说的，却不是怎样以"严谨"的、"考据"的态度来写戏。对历史材料的掌握很重要，可就艺术创作而言，更重要的是在艺术虚构允许的范围内，为史料注入真实、灼热、饱满的情感，使之为"戏"、为"情"、为"趣"、为"人物"、为"人格"服务。

"历史剧"并不是借助"戏剧"的方式来重述历史，甚至，在"不穿帮"的前提下，它未必需要为所有历史细节负责，更应关注的，是"人物"，在特定历史情景中，最大限度地完成对"人"的发掘、观照与雕塑。而"历史剧"之"现实意义"，亦正是因为我们所描摹的人物之高尚、坚贞、勇毅、责任感、智慧、潇洒或是卑微、胆怯、彷徨、贪婪……仍绵延存于现世，存在于每个人生命之中，可师可法或可嗟可叹。

因之，序幕史可法驰援不及，写的是命运与忠烈的对撞；诸镇、朝廷不救扬州，写的是绝境里的决意；李遇春劝降，写的是两种人格的交锋；南明选秀，写的是落差与荒诞感；高、李二人的动摇与逃遁，是用人情之常的"怯懦"来反衬高贵的勇气；不肯决堤高邮，写的是仁爱、是悲悯；而史可法之死，写的是对大道的坚持、坚守……以上种种，有个共同指向：个体生命的维度——精神之广度、人格之高度。

敢于这样写，是因为有之前《衣冠风流》的创作经验，我对剧种、院团、演员队伍及主要演员的表演风格，都较为熟悉。熟悉了《衣冠风流》里的郗超，才能又为陈俊写了个《不破之城》里的李遇春；熟悉了前剧里的桓温，才能又为张卓南写了个多铎；熟悉了前剧里的王彪之，才能又为盛军写了个高岐凤……他们不但能胜任角色，更可为之增光添彩。譬如陈俊，演郗超时他与李政成饰演的谢安、盛军饰演的王彪之有一出鼎足戏，作为主角之"对立面"，他演出了人物的锐气、机敏和狂傲，这令我相信亦期待，他绝不会将"降臣"李遇春处理为一个猥琐之徒。果然我们在舞台上，看到了李遇春的得意、笃定，他有他劝降的立场、理由与洒脱劲儿。张卓南之净行、盛军之丑行，也都各得其妙。扬州市扬剧研究所满台演员，行当齐全，舞台色彩丰富，唱念做打俱佳，所张扬的中国古典戏曲之美使人惊叹。第三折《宴敌》中，韩剑英导演给史可法、多铎这两个角色设计了一系列身段造型，李政成有个单腿独立、上身后仰的动作，张卓南以弓步配合。排练场上，政成对卓南笑道："扶住我、扶住我！"他这个声音，我记忆深刻。演员之间的相互扶持，所有主创人员与剧目、剧种的相互扶持，无不建立在了解与信任的基础上。有扶持，才有建设、才有成就、才有光彩。

再说说李政成的光彩。《衣冠风流》里，他演活了谢安的从容风度，也是从那时起，我成了扬剧的"粉丝"。始知这个活跃于维扬一带的地方剧种，居然是曲牌体：梳妆台、大陆板、湘江浪、补缸、武城调、大开口……委婉时缠绵低回、慷慨时悲歌旷放，叙事时的朴拙流畅，抒情时的细腻柔和，有着不离其宗的千变万化。扬剧王子李政成，则将扬剧男腔艺术推上了一个新高度。

至于《不破之城》，提笔时我再三提醒自己，不但要写个史可法，更要写个扬剧的史可法、写个李政成的史可法。怎么写？怎么好看怎么写、怎么帅怎么写呗！这话看似随意，实则指的，恰恰是给演员以充分的、合适他的表演空间。文武兼备的史可法，正适合文武兼备的李政成，所以才有序幕里的提枪扬鞭扎靠、才有《明心》里的剑舞、才有《守城》里的大开打与洋洋洒洒的核心唱段。他表演的完成度，那样的沉稳、明爽、收放自如、挥洒利落，四功五法的细致精准，远远超过期许。

譬如《宴敌》，这是全剧中我最钟爱的一折：多铎入城劝降，史可法引他登楼四望，看尽扬州古今胜景后，点破高邮湖事，约定来日决战。为什么这么写？一则，创作该剧的契机是扬州城庆，我想予扬州这座千古名城以一定篇幅的展示，叫看戏之人坐在剧场便像到了扬州、心向往之；二则，在本剧紧促的、压力巨大的战争环境中，我希望做到张弛有度，产生节奏变化；三则，我想安排个更能展示史可法、亦是李政成儒雅一面的、别具一格的情境，也给表演艺术与戏曲审美留下空间。平心而论，写作时我没有想象到这样美妙的舞台效果，演出使我受到简直"陌生"的震撼：扬州多么美，四面八方，目之所及、步步行来，都踏着中国古典文化的脉动，唐宋风流，依稀若存；史可法多么美、多么潇洒、可亲可爱可敬。这个行走在生死线上、看破生死，对扬州、对华夏文化、对万众生命满怀留恋与爱的儒将，便是我们心中的史可法。

忽然间我极感激李政成拿到剧本初稿时打给我的电话。"博士"，他总是这么称呼我，"帮我把《宴敌》里唱扬州美景的两段改为'板桥道情'的曲牌格式吧。"

"两段'道情'吗？"我问。

"对，两段、两种旋律的'道情'。"他说。

这才有了："映春晖，觑城南，拱画桥，似虹霓。玉人箫声传凄凄。桥头燕子衔新泥，桥上杨柳拂烟雨，桥下兰舟行徐徐。河桥畔红袖招聚，唤少年白马停蹄。"有了："妙园林，数淮左，真风流，在城西，山光云影两相宜。鉴真讲经大明寺，泠泠松风颂阿弥，叮咚泉响伴黄鹂。吟花月文章太守，欧永叔堂与山齐。"唔，好听极了。

艺术好似镜子，照见内心，照见世界。内心投向那世界，而世界，又温存地呼应着每个人的心。哪个戏，不是我们的人生？哪个戏中人，不是我们自己？不禁想起郑板桥《满江红·思家》头一句："我梦扬州，便想到扬州梦我。"

# 京剧《大舜》

## 人物表

舜　　　　（末）

尧　　　　（净）

禹　　　　（生）

娥　皇　　（旦）

女　英　　（贴旦）

少年舜　　（娃娃生）

商　均　　（生）

青　芷　　（旦）

鲧　　　　（净）

祝　融　　（武生）

瞽　叟　　（老丑）

壬　女　　（彩旦）

众臣子　　羲仲（末）、羲叔（生）、和仲（旦）、和叔（丑）

# 上 本

　　〔上古。舜年逾百岁，率众南巡，卧病苍梧。

　　〔病榻之上，舜抚琴而歌《南风》。

舜　　（唱）南风之薰兮，

　　　　　　可以解吾民之愠兮。

　　　　　　南风之时兮，

　　　　　　可以阜吾民之财兮……

　　〔商均上，青芷奉药随上。

商　均　爹爹！请爹爹将息病体，以副天下之望！

舜　　均儿。此琴伴我百岁、朝夕不离，为父身后，不消金银随葬，愿得

　　　　此琴，相依泉下……

青　芷　主君休说伤心话！（递药）

舜　　（饮之）苍梧地远，可传书阳谷，以待回音。

商　均　儿已传书阳谷，请二母妃速来！

舜　　这倒不忙。

　　　　（唱）起銮舆巡东南卧病苍梧，

　　　　　　计流光数年岁身近泉途。

　　　　　　召二妃探疾病并非急务，

　　　　　　匆忙忙唤禹来鱼雁传书。

商、青　禹？那摄政的大禹么？

舜　　正是！

青　芷　那大禹与主君有杀父之仇，此时传召，只怕不妥……

舜　　嗳！

　　　　（唱）有几句炎凉话久蕴脏腑，（挥弦）

　　　　　　挥宫商待知己分辨丝竹！

传书阳谷，邀禹来此……快去。

商　均　　（跪劝）爹爹，爹爹三思！

舜　　　　快去！

商　均　　……是！（欲下，青芷随之）

舜　　　　青芷姑娘，你与均儿的婚事，趁孤尚在，操办了吧。

青　芷　　（跪伏）主君定当无恙、万岁千秋！

舜　　　　去吧。

　　　　　［商均、青芷下。

舜　　　　万岁千秋？世间只有千秋树木、万岁山岳，凡人岂能与之同寿？且
　　　　　为这六尺躯骸，寻个依山傍木、永眠之所吧。（恍惚而起）葬诸东
　　　　　南？埋骨西北？一十二州、远远近近，哪里是我重华的归处？（哭
　　　　　声隐隐）谁人啼哭，这等惨切……（寻下）

　　　　　［灯渐暗。

　　　　　［故乡诸冯，青冢之前，少年舜（15岁）上。

少年舜　　（唱）嘤嘤的吞声泣荒郊来在，

　　　　　　　　　跪衰草思娘亲情柔情哀。

　　　　　　　　　儿的娘啦，爹爹他常训斥儿不敢怨怪，

　　　　　　　　　继母她多鞭挞儿万千难挨！

　　　　　　　　　我这里忍悲切向娘叩拜……

　　　　　［舜上。

舜　　　　（见状）呀！

　　　　　（唱）寻归处身近了旧时坟台！

　　　　　这这这不是娘亲的坟茔么？他他他不正是……（脱口）重华！

少年舜　　老人家怎知我名？

舜　　　　当真是你……当真是我！

少年舜　　老人家，你识得我？

舜　　　　识得、识得！你乃少时我，我是老去你！

| 少年舜 | 老去我？少时你？…… |
| --- | --- |
| | ［幕后瞽叟、壬女内声："重华……孽子！" |
| 少年舜 | 呀，我爹娘来了，快快闪过、闪过一旁！（拉老年舜躲避） |
| | ［壬女持杖上，瞽叟随上。 |
| 壬　女 | （念）糖饴多败儿， |
| | 棍棒出孝子。 |
| 瞽　叟 | （念）亲生与后养， |
| | 哪个不有私？ |
| | 娘子慢走，盲眼人跟你不上！ |
| 壬　女 | 呸！我也是瞎了双眼，才会嫁你！（递杖）喏！ |
| 瞽　叟 | 这杖儿与我傍身么，多谢娘子！ |
| 壬　女 | 啐！这杖儿与你，寻得孽种，先打三百！ |
| 瞽　叟 | （丢杖）啊呀娘子，重华儿每日挑柴担水、洗衣做饭，无有大过…… |
| 壬　女 | 果然你偏心孽种、记挂亡妻。罢罢罢，我领了象儿，娘家去了！ |
| | （佯走） |
| 瞽　叟 | （扯拽）娘子不可！ |
| 壬　女 | 娘家去了！ |
| 瞽　叟 | 娘子不可！（拾杖）我、我打……我定打杀那小孽障！ |
| 壬　女 | 这便才是！（呼之）孽子、重华……（寻下，瞽叟随下） |
| 舜 | （张望）他们去了。 |
| 少年舜 | 当真去了？ |
| 舜 | 去远了。 |
| 舜 | （现身）如此，我也该走了。（欲下） |
| 舜 | 重华转来、重华转来！ |
| | （唱）悲声连连唤重华， |
| 少年舜 | （唱）驻足心头疑惑加。 |

| 舜 | （唱）重华啦，你今归去可惊怕？ |
|---|---|
| | 夜夜无辜遭挞罚。 |
| 少年舜 | （唱）身似细草霜雪打， |
| | 他片言问暖我心芽。 |
| 舜 | （唱）冢前虽无遮檐瓦， |
| | 胜似萧萧无情家。 |
| 少年舜 | （唱）冢前虽好终须去…… |
| 舜 | （脱口）不可！父母不容，岂能归去？ |
| 少年舜 | （唱）我不是归家是去天涯！ |
| 舜 | 天涯么……翻山越岭，你草鞋破败，如何去得？ |
| 少年舜 | 去得。 |
| 舜 | 地冻天寒，你衣衫褴褛，如何去得？ |
| 少年舜 | 去得！ |
| 舜 | 况饥肠辘辘、身无分文，以天涯之远，你你你如何去得？ |
| 少年舜 | 老人家，父母不容，我若归家，受死不成？ |
| 舜 | 不成…… |
| 少年舜 | 我死无憾，却叫二高堂"杀子"不成？ |
| 舜 | 不成！ |
| 少年舜 | 陷父母于不义，岂非人子不孝、大大大不孝也！ |
| 舜 | 似这般，你非去不可？ |
| 少年舜 | 非去不可。 |
| 舜 | 不去不行？ |
| 少年舜 | 不去不行！ |
| 舜 | 好……你去、你去！ |
| 少年舜 | （长揖而去，忽掉头奔回，跪倒冢前）娘亲！孩儿此去，只怕归来无期……敢折娘亲冢上枝！ |
| 舜 | 冢上枝—— |

少年舜 ……万水千山，朝夕随之！孩儿拜别娘亲！（三叩头）儿子……去了！（急下）

舜 娘啦！当年求生而去，今日向死来归！儿子回来了、我重华回回回来了！（跪倒）

（唱）那时节三叩首离了娘怀抱，

　　那枝梢朝朝暮挂住儿心梢。

　　常思想，清明蒿草谁祭扫，

　　中元奠酒谁与浇？

　　娘亲泉下意寥寥，

　　谁倚冢木伴叨叨？

　　儿的娘啦，叹孩儿九十春秋涉远道，

　　归来蹒跚白鬓毛！

　　颤巍巍怀中取出枯枝条，

此儿当年所折，今复插于娘亲坟头！但愿从此，长伴娘亲……

（唱）啊呀蓦地心潮起狂飙！

　　想当年，踏遍天下犹觉小，

　　今日里，我多想、闲闲散散、散散澹澹、高卧长眠在这小土包。

　　怎奈是，肩上沉沉，眼中渺渺，

　　胸内荡荡，脚下迢迢！

　　收起了冢枝儿伏地拜倒……

娘！当年一去，方有今日；今志望未遂、家国在肩，一样的非去不可、不去不行；又恐归来无期！儿携娘亲冢上枝，万水千山，朝夕随之。孩儿拜别娘亲！（三叩头）儿子去也、我去也——

（唱）丈夫躯觅归处心魂翔翱……（下）

［灯渐暗。

［幕后内声："主君临朝，四岳觐见！"

［尧都平阳，务成殿。

[羲仲、羲叔、和仲、和叔分列左右，尧上。

众　　　　恭请主公。

尧　　　　众卿平身。今东、西、南、北四岳齐集，正好商议大事。

和　仲　　大事么……

（唱）莫不是策群力整理水患？

和　叔　　（唱）莫不是诏四海垦牧荒田？

羲　仲　　（唱）莫不是倡礼乐把文教修缮？

羲　叔　　（唱）莫不是缴刀剑永罢兵燹？

尧　　　　（唱）善矣美矣，众卿之言，

　　　　　　　　思之念之，别怀挂牵。

和　仲　　主君牵念什么？

尧　　　　（唱）孤掌华夏七十年，

　　　　　　　　发似霜雪迟暮天。

　　　　　　　　时时仰面发长叹，

　　　　　　　　但求后继有英贤。

　　　　　　　　问众卿谁个德才能并茂，

　　　　　　　　好把这水利田土、文治武功、亿兆生民、朗朗乾坤一肩担？

　　　　　孤今年逾九十，齿摇发脱，战战兢兢，恐负江山之重！有心禅让，

　　　　　愿得众卿，荐举继位之人！

众　　　　继位之人么……

和　叔　　微臣斗胆，举荐北地的共工，勇冠天下！

尧　　　　喔……北岳所举，大名鼎鼎！

羲　叔　　臣另举南国之鲧，治水多年，劳苦功高！

尧　　　　南岳所举，孤亦知之！

和　仲　　驾前自有一人，身世赫赫、才调无双，怎的众位不察？

众　　　　西岳是说？……

和　仲　　便是主君之子、丹朱公子！

| 尧 | 丹朱顽劣，难当大任。（转面）羲仲之意呢？ |
|---|---|
| 羲　仲 | 这个……下臣无所举。 |
| 尧 | 嗳！东岳素有识人之名！ |
| 羲　仲 | 虽有一人，怎奈呵！ |
| | （唱）他并无声名远扬， |
| 和　叔 | 无名之辈，怎登大宝？ |
| 羲　仲 | （唱）也没个功业昭彰。 |
| 羲　叔 | 凡夫俗子，不值一提！ |
| 羲　仲 | （唱）数身世寒间陋巷， |
| 和　仲 | 贫寒门第，越发使不得。 |
| 羲　仲 | （唱）论氏族不在我邦。 |
| 尧 | 怎么，他不是我华夏族人？ |
| 羲　仲 | 非也！ |
| | （唱）他是个东夷少壮…… |
| 众 | （纷纷）嗳！东夷虽归王土，然东夷族人，怎可为我华夏共主？东岳糊涂、糊涂了！ |
| 尧 | （唱）向东岳再问端详。 |
| | 东岳举之，必有缘故。 |
| 羲　仲 | 只为他是个孝子。 |
| 和　叔 | 遍地孝子，算得什么？ |
| 羲　仲 | 其人年少丧母，父亲盲了双眼，继母心狠手辣，幼弟狂傲非常。他能事以柔顺、待以友悌。待到受尽打骂，有性命之虞时，他别了母家、辞了故里，孤身一人，耕于历山…… |
| 和　仲 | 好可怜人也，却也无甚稀罕。 |
| 羲　仲 | 他身入荒芜、无家无室，却能聚众人之心。所居之处，一年成村…… |
| 尧 | 一年成村？ |

| 羲 仲 | 二年成邑， |
|---|---|
| 尧 | 二年成邑！ |
| 羲 仲 | 三年成都！ |
| 尧 | 三年成都么……他姓甚名谁？ |
| 羲 仲 | 以其眸生双瞳，故名"重华"。 |
| 尧 | （咂摸）重华、重华…… |
| 羲 仲 | 主君若欲东巡，待臣预备车马。 |
| 尧 | 不消车马，只要二人随行。 |
| 众 | 哪二人？ |
| 尧 | 孤之二女，娥皇女英。 |
| 和 仲 | 主君不可！此去历山，路途迢迢，二王姬娇娇楚楚，怎禁劳顿？ |
| 尧 | 皇儿、英儿，也该嫁人了。哈哈哈，为天下访明主，孤必亲见之；为爱女觅佳婿么，她二人亦必亲见、亲身见之！ |

〔灯渐暗。

〔数月后，历山，春意盎然。

〔女英内唱：

摘珠翠离宫阙行走阡陌……

〔女英上。

| 女 英 | 姐姐、爹爹，快来呀！ |
|---|---|

〔娥皇内应"来了……"，扶尧（佩剑）上。

| 娥 皇 | （唱）随君父访才俊摇漾春波。 |
|---|---|
| 尧 | （唱）一路上常吁叹人稀地阔， |
| | 近历山列两行杨柳婆娑。 |
| 女 英 | （唱）这边厢挥喜汗扶犁耕作， |
| 娥 皇 | （唱）那边厢似川流往来车驮。 |
| 尧 | （唱）层叠叠铺禾苗高丘低壑， |
| | 乐陶陶闻远近渔唱樵歌。 |

| 女　英 | （唱）数不尽好风物入诗入墨， |
|---|---|
| 娥　皇 | （唱）竟叫人悄流连醉颜生酡。 |

　　　　　［忽闻"啪啪啪……"鞭声凌厉，破空而来。

| 娥　皇 | 咦，谁人鞭牛，这等狠厉？ |
|---|---|
| 女　英 | 爹爹，待我姐妹，上前一看！ |
| 尧 | 去吧。 |

　　　　　［舜持鞭、驱二牛耕种，上。

| 舜 | （唱）南风之薰兮， |
|---|---|
| | 　　　可以解吾民之愠兮。 |
| | 　　　南风之时兮， |
| | 　　　可以阜吾民之…… |
| 娥　皇 | （觑之）是个俊俏后生…… |
| 女　英 | （迎上）你这小哥，面貌周正，怎么这般心狠？ |
| 舜 | （失笑）你这姑娘，模样俊俏，怎么张口就骂？ |
| 女　英 | 骂？我还想打呢！ |
| 舜 | 啊呀呀，还要打？ |
| 娥　皇 | 打你知疼，你这般打牛，牛岂不疼？ |
| 舜 | 打牛么……哈哈，姑娘差矣、姑娘细看！ |
| 女　英 | 姐姐，咱上前瞧瞧！（近前）好蹊跷呀！ |
| 娥　皇 | 原来如此…… |
| | 　　　（唱）辕角闲闲挂簸箕， |
| | 　　　　　吆喝二牛做耕犁。 |
| 女　英 | （唱）鞭声呼啸虽狠厉， |
| | 　　　　　梢头何曾着毛皮？ |
| | 　　　原来你这鞭儿，"啪啪啪"敲的不是牛，是簸箕。 |
| 舜 | 是簸箕，不是牛！ |
| 娥　皇 | 然你驱牛耕种，如何不打？ |

| 舜 | 姑娘说了呀。 |
|---|---|
| 娥　皇 | 我说了什么? |
| 舜 | 打我知疼，若是打牛，牛岂不疼? |
| 女　英 | 你不打牛，牛怎么肯走? |
| 舜 | 喏喏喏!（挥鞭） |

（唱）声声挥鞭声声急，

　　　　牛儿闻之必生疑。

　　　　左边的疑是右面遭挞笞，

　　　　右边的疑是左面痛难支。

　　　　因此上双双畏惮肯效力，

　　　　方有这平平整整郁郁葱葱的稻百畦!

| 尧 | （击节）好! |
|---|---|
| 舜 | （作礼）老人家。 |
| 尧 | （唱）他那里恭恭敬敛手施礼， |

　　　　我这里笑吟吟颔首捻须。

　　　　自华夏入东夷百里千里，

　　　　似这般好儿男万中挑一。

　　　　驱双牛不着鞭仁爱心地，

　　　　并恩威知驾驭智能出奇。

　　　　治天下要的是德才并济……

皇儿、英儿!（悄指舜）

（唱）试把这小后生评个高低。

| 女　英 | 他的牛，赶得好! |
|---|---|
| 娥　皇 | 他的田，种得好。 |
| 女　英 | 他的人，生得好! |
| 娥　皇 | 他的歌，唱得好。 |
| 女　英 | 样样都好，爹爹寻的，却不是他。 |

565

| 娥 皇 | （佯装）哎唷！爹爹，你与英儿去访重华，女儿腿酸，行不得了。 |
| --- | --- |
| 女 英 | （故意）姐姐腿酸，我也脚痛。啊呀痛啊，行不得了！ |
| 尧 | 哈哈哈……皇儿、英儿！那后生家住哪里、姓甚名谁、你们一概不知，竟这样的心急火燎！ |
| 女 英 | 说什么一概不知，我自去问他！（上前） |
| 娥 皇 | 女儿也去。 |
| 女 英 | （对舜）那后生，你可曾婚配？ |
| 舜 | 啊？ |
| 女 英 | 你有妻子没有？ |
| 舜 | 无无无有。 |
| 娥 皇 | 家中更有何人？ |
| 舜 | 父母在堂，还有个异母兄弟。 |
| 女 英 | 你叫什么名字？ |
| 舜 | 父母以我眸生双瞳，故取名"重华"。 |
| 娥 皇 | （凝视）眸生双瞳，啊呀是你…… |
| 女 英 | （惊喜）爹爹、爹爹！他不是别个，正是重华、是重华啦！<br>（唱）相逢陌路是天缘， |
| 尧 | （唱）他便是东岳举荐的治世贤！ |
| 舜 | （唱）三句话问得人腼腆， |
| 娥 皇 | （唱）一阵彤云上花颜。 |
| 女 英 | （唱）爹爹啦，你去、你去把女儿的红绳牵， |
| 尧 | （唱）你呀，你则是撞着良人，撇了慈严。 |
| 舜 | （唱）觑天伦好叫人心下艳羡， |
| 娥 皇 | （唱）落花有意，要问个流水之言。<br>先生既未成亲，我与你做个……做个妻子可好？ |
| 女 英 | 姐姐好大胆！啊后生，你与我做个丈夫吧！ |
| 舜 | 两位姑娘，切莫说笑。 |

| 尧 | 哈哈哈！重华，实话与你，老夫远道而来，只求觅得佳婿，承继好 |
| | 大产业。膝下二女，既有心于你，不知你钟情哪个？ |
| 女　英 | （对舜）我女英，好不好看？ |
| 舜 | 好、好看…… |
| 娥　皇 | 我娥皇，样貌如何？ |
| 舜 | 好、也好…… |
| 娥、女 | 这也好、那也好，你中意哪个？中意何人？ |
| 舜 | 这这这…… |
| 尧 | 似这般难取难舍，难不成要我把两个女儿都嫁与你么？ |
| 舜 | 使不得、使不得！ |

（唱）一言闻之愈尴尬，

不期撞上姊妹花。

一个是跳脱活泼笑嘎嘎，

一个是斯文恬雅羞答答。

男儿心似白杨木，

春风拂过绿情芽。

只是呵，婚姻之事岂戏耍，

怎能够邂逅一面便做一家？

| 娥　皇 | 有道是：白首如新，倾盖如故…… |
| 女　英 | 怦然心动、一见钟情！ |
| 舜 | 然婚姻大事，须从父母之命……老人家！当真垂爱，我当回转乡 |
| | 里、禀明父母，另择吉日，登门求亲！ |
| 尧 | 回转乡里？你只为不容于家，逃将在外，如今却要回去么？ |
| 娥　皇 | 你那瞽父继母，知你觅得好亲，肯叫你遂心么？ |
| 女　英 | 他们不许，你就不娶了？ |
| 舜 | 这这这……婚姻大事，不敢不告而娶；父母之命，不敢悖逆不从！ |
| 尧 | 重华啦，你知我是何人？ |

| 舜 | | 老人家披袍仗剑、气度不凡…… |
|---|---|---|
| 女 | 英 | 我家君父，不是别个…… |
| 娥 | 皇 | 实乃华夏帝君、天下共主！ |
| 尧 | | 唐尧是也！ |
| 舜 | | 啊呀呀下民不识，叩见主君！（伏地） |
| 尧 | | 啊重华，今日之事，你禀告高堂，定然不成！不如先娶后告…… |
| 舜 | | 先娶后告?! |
| 尧 | | 休问父命，先从君命吧。 |
| 舜 | | 这君命么……恕下民亦不敢从！ |
| 尧 | | （扶之）起来说！ |
| 舜 | | （唱）伏地叩过圣德君， |

有几句肺腑之言禀天听。

躬耕历山勤稼穑，

不提防主上微服田垄行。

二王姬不见弃我三生有幸，

飘飘然似梦里得主垂青。

| 尧 | | 那你推辞怎的？ |
|---|---|---|
| 舜 | | （唱）想重华祖居东夷化外境， |

瞽父继母家道贫。

又无炳炳功和业，

又无赫赫声与名。

君似黄钟发洪音，

我是瓦釜起微吟。

判若云泥两不称，

谁见星月配流萤？

因此的不敢斗胆应君命，

诚惶诚恐、诚恐诚惶，怕只怕耽搁王姬误终身！

| | |
|---|---|
| 尧 | 既如此……罢了。 |
| 娥、女 | 爹爹?! |
| 尧 | 孤的女婿，孤岂但托以娇女，更欲以天下托之!"帝君"者，不在天下之上，而在天下之下。说什么富贵、道什么荣华，此事么，实乃普天之下，至辛至苦至劳至累之事，非至忠至勇至仁至孝的大丈夫不能为! 皇儿、英儿，既然重华不肯吃毕生之苦、担万钧之重，怎可强人所难? |
| 娥、女 | 爹爹—— |
| 尧 | 我们走吧。（欲下，二女依依随之） |
| 舜 | （沉吟）毕生之苦、万钧之重么!（唤止）主主主君!（跪地）虽不是至忠至勇至仁至孝大丈夫，然那至辛至苦至劳至累之事，下民不敢辞。 |
| 尧 | （转身）怎么讲? |
| 舜 | 那毕生之苦、万钧之重，重华不敢辞!（高举双手） |
| 尧 | （欣慰，解剑与之）好好好! |
| | ［灯渐暗。 |
| | ［苍梧，青芷煮药，商均在侧。 |
| 商 均 | （叙述）那日之后，爹爹迎娶两位母妃，先帝遣九男随侍，以观其德；命爹爹职掌五典、统领百官，以观其能。历时三年，天下大治，遂以爹爹摄行政务…… |
| | ［侍卫内声"来了、来了……"，奔上。 |
| 商 均 | 母妃安在? |
| 青 芷 | 娘娘哪里? |
| 侍 卫 | 不是哟! 娘娘的座船，方入湘江! |
| 青 芷 | 那来者为谁? |
| 侍 卫 | 是那大禹! 他扬鞭打马，日行千里而来! |
| 商 均 | 想当年，大禹之父，死我爹爹令下…… |

| 青 芷 | 今主君病危，只怕来者不善…… |
|---|---|
| 商 均 | （心惊）来者不善！那大禹带来多少人马？ |
| 侍 卫 | 不见人马，只他单人独骑，身近行辕！ |
| 商 均 | 这个……非常之时，不得不防！来呀，安排禁卫，埋伏两厢，听我号令！ |
| 侍 卫 | 是！ |

　　〔灯渐暗。

## 下 本

［苍梧，《南风歌》之声缭绕着。

［禹内唱：

　　　驰缰绳催骏马行辕来到，

［禹上。

禹　　（唱）卸鞍鞯探圣病禹步悄悄。

　　　　　望归鸟惊啼了皎皎月照，

　　　　　忽闻得清泠泠月下弦飘。

　　　　　其声幽似冰泉潺潺山坳，

　　　　　其声壮似奔雷纵横云霄。

［舜抚琴月下，禹行至其身后。

禹　　（唱）隐约约又只见人影错落、刀明戟耀……

［舜琴声陡止，回身。

舜　　丝弦之上，忽闻异响！

禹　　（唱）恭恭敬向君揖寿比天高。（作揖）

［商均内声"爹爹……"引众侍卫上，青芷随上。

商　均　爹爹，他来了、禹来了……（见禹，声止）

舜　　我与新君有话说，你等退下。

商　均　爹爹贵体欠安，孩儿一旁随侍！

舜　　也罢，一旁听着。（转面）文命这边坐。辛苦了。

禹　　主君见召，不知所为何事？

舜　　依君之见，我死之后，该当葬于何处？

禹　　主君……

舜　　葬于何处？

禹　　（正色）孤亲自扶棺，归葬帝都阳谷，可乎？

| 舜 | 这也不消。 |
|---|---|
| 禹 | 如此,葬于诸冯故里,可乎? |
| 舜 | 既已长别,何必归去? |
| 禹 | 葬于主君躬耕之处、发迹之所——历山,可乎? |
| 舜 | 远、远、忒远了。 |
| 禹 | 依主君之见呢? |
| 舜 | 依孤之见,就在这苍梧之野、九嶷山中…… |
| 商 均 | 爹爹不可! |
| 禹 | (同时)主君不可! |
| 舜 | 有何不可? |
| 商 均 | 苍梧之野、九嶷之山,乃九黎地界,非华夏、东夷之土! |
| 禹 | 主君虽以义征降伏九黎,不惮辛劳、南巡至此,然非我族类,其心必异! |
| 商 均 | 重燃战火、再举刀枪,则怕不免! |
| 禹 | 怎可将主君灵柩,葬此悬危之地? |
| 商 均 | 爹爹三思! |
| 禹 | 主君三思! |
| 舜 | 文命,来,近前些。 |
| 禹 | 是。(前移) |
| 舜 | 再近些。 |
| 禹 | 是。(前移) |
| 舜 | (执其手)我有一言,盘桓心头,数十年不曾吐露…… |
| 禹 | (颤声)主君请说。 |
| 舜 | 今大限将至,不得不问! |
| 禹 | (颤声)主君请讲! |
| 舜 | 当初羽山之戮…… |
| 禹 | 羽山之戮么! |

舜　　　你你你可恨我么？

　　　　［灯渐暗。

　　　　［羽山，舜年三十一。

　　　　［幕后内声："洪水肆虐，百姓荼毒，有鲧奉旨治水，九年不成，罪
　　　　不容诛！今舜请帝命、正典刑，戮鲧于羽山，为后世戒！"

众　　　啊！

　　　　［祝融率众押鲧上。

鲧　　　（唱）披枷带锁正典刑，

　　　　　　　滔天浊浪起狂吟。

　　　　　　　不须山妻送夫婿，

　　　　　　　不消孩儿祭老亲。

　　　　　　　壮士不惧刀头死，

　　　　　　　但恨不见黄河平！

祝　融　时辰已到，押上刑台！

　　　　［舜内声"慢、且慢——"急上。

舜　　　时辰虽到，而人未至！

祝　融　验明正身，鲧已受缚！

舜　　　另有一人，快马驰来！

祝　融　快马驰来？其人为谁？

鲧　　　呀！难道……我儿?!（高喊）快动手、快举刀、快杀我！休叫人
　　　　子，亲见他爹爹断头！

祝　融　行刑！

舜　　　（阻之）刀下留人！

祝　融　重华！你代君摄政、奉命监斩，再三迁延，难道徇私枉法么？

　　　　［禹内声"爹爹、爹爹……"奔上。

舜　　　来了、来了！

禹　　　（奔迎）爹爹啦！（跪拽）

| 鲧 | 孩儿！好生照料尔母……（搂之） |
|---|---|
| 舜 | 将人犯一旁押下！ |
| 众 | 啊！（押鲧下） |
| 禹 | （跪乞）重华大人…… |
| 舜 | （扶之）我知你想说什么。我亦有三问请教！ |
| | （唱）头一问主君敕命责权重， |
| | 为什么独遣令尊治惊洪？ |
| 禹 | 只为家父曾在帝君驾前，立下军令状…… |
| 舜 | （唱）第二问举国之力供驱役， |
| | 到今日令尊治水几秋冬？ |
| 禹 | 爹爹治水，足足九个年头！ |
| 舜 | （唱）第三问九年辛劳成何用， |
| | 有多少无辜葬身鱼腹中？ |
| 禹 | （痛心）民夫阵内、葬身鱼腹者，计之三万三千三百人！ |
| 舜 | （唱）奉诏书巡天下踏遍西东， |
| | 但闻得旷野内连连哀鸿。 |
| | 黄土间新添了几多荒冢， |
| | 恨洪灾腾了万丈依旧汹汹！ |
| | 枉费了男儿汉舍身奋勇， |
| | 辜负了妻与子泪下溶溶。 |
| | 禹啦禹，虽然说戮令尊你胆裂心痛， |
| | 待乞命怕不是理屈词穷？ |
| 禹 | 是、是……是！家父治水不力、贻祸众生，下臣不敢辩…… |
| 舜 | 好！如此……行刑！ |
| 禹 | （跪倒）大人啦！然家父治水、九寒九暑，殚精竭虑、事必亲躬，吃尽了辛苦、躬弯了腰杆、愁白了头颅！无有功劳，尚有苦劳……还望大人上覆帝君！只要免了家父死罪，阖门上下，叩谢鸿恩！文 |

命一身一命，任君驱策！若活一岁，治水一岁；若活十载，治水十载；黄河不清，誓不归家！（叩头）大人、大人开恩哪！

舜　　文命！你不消赌咒发誓，当此之时，我只讨你一言！

禹　　千言万言，悉听吩咐！

舜　　闻说令尊治水，用的是湮堵之法？

禹　　正是。

舜　　你随父九年，常劝令尊，改用疏浚之法？

禹　　不错……

舜　　如此，那湮堵障水，是对是错？

禹　　我说是对……

舜　　如若是对，则洪水不治，是力尚未至，非鲧之过！我当奏明帝君，宽宥令尊，你等仍以湮堵之法，整治江河，便十年百年、万众涂炭，矢志不改！

禹　　我说是错呢？

舜　　如若是错，刀头溅血，法不容情！文命三思，以湮堵治水，到底是对是错？是对是错?!

禹　　这这这！

　　　（唱）一句话问得人心寒胆栗，

舜　　（唱）要听他亲裁断死生别离。

禹　　（唱）九年来随父尊治洪效力，

舜　　（唱）当此时为人子从公从私？

禹　　（唱）若说对全不顾天理地理，

　　　　　　若说错斫断了爹爹首级！

舜　　（唱）莫怪我相逼迫用心凌厉，

　　　　　　担大事怀公义不容游移。

禹　　（唱）若说对则是个不忠不义，

　　　　　　若说错是不孝魂撕魄撕！

575

舜　　　（唱）觑文命汗涔涔颜色哀戚，

　　　　　　　我也是湿漉漉汗透深衣！

禹　　　（唱）说对口难张，

　　　　　　　说错泪淋漓。

　　　　　　　说错诛老父，

　　　　　　　说对昧良知！

　　　　　　　待说"错"，目眦欲裂何惨悸，

　　　　　　　待说"对"，似闻万众又哀啼！

　　　　　　　痛煞我说错说对俱是错，

　　　　　　　是是非非不堪提。

　　　　　　　爹爹啦，孩儿但求代父死……

舜　　　　涅堵治水，是对是错？

禹　　　（低声）是……是对……

舜　　　　是对么？

禹　　　　不，不……是错……

舜　　　　是错么？

禹　　　　这这这！

　　　　　（唱）秉初心怀笃志不敢相欺！

　　　　　大人垂问，泣血以闻！洪流滔滔，泛滥天下，以涅堵治之，堆土愈高，水势愈猛，堵东则坏西，堵西则害东，难策万全，不是上策！

　　　　　未若开九山、通九河，疏浚水道，引流入海！

舜　　　　引流入海！则令尊涅堵之法，当真错了？

禹　　　（痛极）家父涅堵之法，真个错错错也！

舜　　　（唏嘘、赞许）好、好……好！天恩似海，法重如山。将鲧验明正身，斩讫来报！

　　　　　〔幕后内声："正身验明。"

舜　　　　斩！

| | | |
|---|---|---|
| 祝　融 | | 斩! |
| 众 | | 斩—— |

［鲧受戮。

| 禹 | （悲呼）爹爹……孩儿尽孝来也！（陡然抽出舜之佩剑，欲自刎） |
|---|---|
| 舜 | 且慢！（手握其刃，随之血流）人子之孝，不在殉无益之死，在乎九死不悔、不改父志！你要尽孝，治水去吧。 |
| 禹 | 治水？……（松手） |
| 舜 | （还剑归鞘）令尊身故、黄河未清，便由文命承继重任，定治河之策、率天下之力、成不世之功！ |
| 祝　融 | 重华不可！方诛其父，怎能重用其子？ |
| 舜 | 文命，你敢应命么？（递剑） |
| 禹 | 重华，你敢授命么？ |
| 舜 | 你敢应命，我便敢授命！（再递剑） |
| 禹 | 你敢授命，我就敢应命！（伸手） |
| 众 | （阻拦）大人不可！ |
| 舜 | 文命啦，令尊治水九年，我今与你十九年，十九年后，事若不成，我必请圣命，再诛一人！ |
| 祝　融 | （对禹，抽刀）治不好水，你提头来见！ |
| 舜 | 不！我，重华，今以身家性命，保禹治水！若不能成，十九年后，定纳我项上人头！（递剑，禹接之）文命、文命！重华的性命，交与你了；亿兆生民的性命，交与你了！（长揖） |

［灯渐暗。

［湘江浪涌，涛声不绝。

［娥皇、女英并立船头，翘首含悲。

| 娥、女 | （唱）【粉蝶儿】 |
|---|---|

湘畔天边，

零红泪串珠成线。

卷碧涛滞桨留帆:

搴芙蓉,采薜荔,

斑竹连片。

脉脉重山,

长相思迢迢君面。

[灯渐暗。

[苍梧,侍卫奔上。

侍　卫　主君!湘江浪高,两位娘娘座船受阻,旦夕难至!

舜　座船受阻么……唉,死生永隔,湘江薄情啊。(对禹)想当年文命治水,栉风沐雨,三过家门而不入,终于填平洪渊、疏通河道,使滚滚浪涛,尽归大海!

禹　夜夜悚惕、日日劬劳,计之一十三年!

舜　功成之后,万众欢腾,我却耿耿难忘,羽山之戮……

禹　羽山之戮,子承父志,先父九泉之下,当觉深慰。主君耿耿羽山,却不道阳谷么?

舜　阳谷?

禹　十六年前,帝都阳谷,好一场酷夏!

舜　河流烫手,黄土冒烟,百年不遇!

禹　主君设宴,聚百官于永寿宫。

舜　众卿汗流浃背、满面倦色,孤亦恹恹怏怏,晕头涨脑。突然阴云滚滚、电闪雷鸣,狂风呼啸、大雨倾盆!将酷夏暑气,涤荡一空!快哉、快哉!

禹　主君瑶琴在手,挥弦而歌。

舜　(抚弦,唱)卿云烂兮,纠缦缦兮。

　　　　　　日月光华,旦复旦兮……(将琴推向禹)

禹　(抚弦,唱)明明上天,灿然星辰。

众　(唱)明明上天,灿然星辰。

| 禹 | （唱）日月光华，弘于一人。 |
|---|---|
| 众 | （唱）日月光华，弘于一人！ |
| 禹 | （还琴）主君为歌，群臣唱和，叹赞主君之德，明比日月，灿若星河。 |
| 舜 | 错了、错了！（接琴，抚弦）<br>（唱）日月有常，星辰有行。<br>　　四时从经，万姓允诚。<br>　　迁于贤圣，莫不咸听。<br>　　夔乎鼓之，轩乎舞之。<br>　　精华已竭，褰裳去之。<br>　　夔乎鼓之，轩乎舞之。<br>　　精华已竭，褰裳去之……<br>孤当日之言，文命能忆否？ |
| 禹 | 主君言道：先帝九十而思禅位，孤今九十有三，年老力竭。四海万众，譬若久处炎夏，盼降骤雨，重整乾坤！愿得众卿，荐举继位之人！ |
| | ［周遭静默一片。 |
| 舜 | 众卿闻之，恰似尔等，不声不响。 |
| 禹 | 主君又道：如此，即以文命摄政。 |
| 商 均 | （脱口）爹爹不可！（当年场景重现） |
| 舜 | 有何不可？ |
| 商 均 | （脱口）人人皆可，独禹不可！ |
| 众 | （纷纷）是啊、是啊！人人皆可，独禹不可，主君三思！ |
| 舜 | 大道之行，天下为公。天下非一人之天下，乃天下人之天下；帝君非在天下之上，乃在天下之下！ |
| 禹 | （喃喃）非在天下之上，乃在天下之下！ |
| 舜 | 负荷天下，实乃至辛至苦至劳至累之事，非至忠至勇至仁至孝的大 |

丈夫不能为！文命。

禹　　　臣在。

舜　　　人皆曰你不可，你意如何？

禹　　　主君之意，便是文命之意。

舜　　　怎么讲？

禹　　　虽不是至忠至勇至仁至孝的大丈夫，然若主君有命，那至辛至苦至劳至累之事，臣禹不敢辞！

　　　　〔幕后内声纷纷："文命大胆！无知狂徒！主君不可！"

舜　　　哈哈哈……好一场大"雨"（禹）也！吉兆应世，孤意已决，以禹摄政，勉之、勉之！（递剑）

禹　　　（接剑）谨受命。（片段重现结束，回到当下）遥想阳谷，物议纷纭。主君，文命可曾问你，何故禅位于我？

舜　　　不曾问过。

禹　　　我既不曾问你何故禅位于我，你又何必问我恨你不恨？

舜　　　我既不必问你恨与不恨，你又何必阻我葬于九嶷？啊？

禹　　　啊？

舜、禹　哈哈哈……

　　　　〔陡然间，雷电闪耀，大雨倾盆。

舜　　　又下雨了！（霍然而起）走、出去走走！

商　均　（劝之）爹爹抱病，怎经风雨？

舜　　　文命，你劝不劝我走、跟不跟我去？

禹　　　（为舜覆斗篷）主君，请！

舜　　　请！（下，禹随下）

　　　　〔灯渐暗。

　　　　〔风雨中的九嶷山。

　　　　〔舜内唱：

　　　　　　被暴雨涉鸟道飓风鼓荡……

［舜上，禹随上。

禹　　　主君当心！

舜　　　（唱）仰霹雳裂长空吐绽辉光！

　　　　　　　扑簌簌狐来鹿往，

　　　　　　　威凛凛虎啸高冈。

　　　　　　　哗啦啦悬白练飞流千丈，

　　　　　　　好叫人忆往昔洪水汤汤！

　　　　　　　文命啦，深谢你治黄河不辞劳攘，

　　　　　　　方有这锦江山万姓安康！

禹　　　（逊谢）谬赞了！

舜　　　孤平生有二志，一愿治平水患，百姓安居；二么……

禹　　　这二？

舜　　　随我来！（前行，禹随之）

　　　　（唱）你看这石枞枝风中摇漾，

　　　　　　　你看这香杉叶雨里清狂。

　　　　　　　山在水里生，

　　　　　　　水在山中淌。

　　　　　　　半山放眼处，

　　　　　　　色相分阴阳。

　　　　　　　向阳者郁郁葱天滋地养，

　　　　　　　向阴者凄恻恻萧索寒凉。

　　　　　　　若问孤心心念两桩志望……

禹　　　主君单道其一，未言其二？

舜　　　（唱）但愿得齐南北和睦四方。

　　　　山分阴阳，地别南北，南北之人，俱为兄弟！华夏、东夷、九黎，归于一统，方可熄狼烟、止干戈、共繁昌！故先帝不弃我东夷布衣，拔重华于陇亩之间，好叫华夏东夷，水乳交融……

| | |
|---|---|
| **禹** | 主君之意，文命知矣！君葬九嶷，我必年年来拜、岁岁来祭，交流南北，使九黎归于王化，不负主君苦心！ |
| **舜** | 啊呀呀……这雨越发的大了！ |
| **禹** | 风大雨大，不如归去。 |
| **舜** | 难得良辰，再登高些！ |
| | （唱）行将来天宽地畅， |
| **禹** | （唱）逆风雨扑面茫茫。 |
| | 攀古藤悠悠晃晃， |
| **舜** | （唱）策高步衣裳翩扬。 |
| | 穿过了山拦水挡， |
| **禹** | （唱）不由人汗下如浆。 |
| | 主君！要说这苍梧之野…… |
| | （唱）观群山峰峰相仿， |
| | 号九嶷（疑）迷人徜徉。 |
| **舜** | （唱）你则怕失了路向…… |
| **禹** | 此地山山相似，兼之风雨迷人…… |
| **舜** | 不忘来路，便识去路！ |
| **禹** | 怎么说？ |
| **舜** | 不忘来路，便识去路！ |
| | （唱）怀明灯洗净昏茫。 |
| | 当初先帝嫁我以二女，着我代巡四海，观我之仁；遣九男随侍，观我之义；接待八方，观我之礼；统领百官，观我之智；职掌五典，观我之信；历三年而天下治！先帝尤恐不足，另设一桩考测。 |
| **禹** | 什么考测？ |
| **舜** | 乃命我于电闪雷鸣之夜，被风雨、涉溪涧、穿密林、越山坳，往巅顶之上，折一枝梧桐。 |
| **禹** | 天威咆哮，主君不曾惊惧？ |

| | |
|---|---|
| **舜** | 不曾惊惧。 |
| **禹** | 不曾徘徊？ |
| **舜** | 不曾徘徊。 |
| **禹** | 不曾迷途？ |
| **舜** | 不曾迷途！走走走！（前行，禹随之） |

（唱）走过了九峰连绵任玩赏，

走过了冬去春来年岁长。

走过诸冯伤心地，

走过历山躬耕乡。

走过了先帝屈尊将我访，

走过了王姬迎门淡淡妆。

走过羽山血犹烫，

走过阳谷理朝纲。

走得个年少的重华今安在，

残烛风前鬓似霜。

到如今寻寻觅觅何所葬，

山山水水绕我肠！

来在这花幽草静思高卧，

噷噷噷，此处吧。

| | |
|---|---|
| **禹** | 此处么？ |
| **舜** | 待我将娘亲冢上枝，插入黄土，与你做个标记儿。（取枝插入）呀！ |

（唱）霎时间风收雨住明月光。

（唏嘘）皎皎明月，照见江山如洗……

| | |
|---|---|
| **禹** | （肃穆）群峰对此，如众星拱北。主君身后，即葬于此，可乎？ |
| **舜** | 可也，哈哈哈……可也！（微笑）看左右双峰，秀美多姿，竟似皇儿、英儿一般。 |

〔娥皇、女英似颦似笑,隐约可见。

〔幕后内声宏亮:"天下明德,皆自虞舜始。"

〔幕后《南风歌》起:

南风之薰兮,

可以解吾民之愠兮。

南风之时兮,

可以阜吾民之财兮……

〔全剧终。

# 附：《大舜》创作小札

《大舜》是济南京剧院向我的委约之作，苍茫高古扑面而来。

大舜之形象塑造，既应写出他"凡人"的、生命个体的真实情感，也要写出他伟大君主的气度特质。这又是合二为一的，它们共同指向大舜之"德"。依学界之说，分三个层面：人伦道德、社会道德与宇宙道德。而以艺术作品书写"德行"，绝不是泛泛之谈，也不是简单、平面的概念输送，而应寄予在情节、情感、人物关系等戏剧架构中。

回顾舜的一生，我尤为关注他几个重要的人生节点及在这些节点上，影响了他之抉择、他之生命历程的几组人物关系。包括舜与家人、与尧、与娥皇女英、与禹等。其中特别打动我的，是尧舜禹的关系。这三位君主在华夏文明史上都是极重要的人物。从执政上说，舜上承尧而下传禹；从戏剧性、情感张力上说，亦极为丰富、饱满。

构思时我想，这或可是《大舜》的主体部分，既与执政理念、"公天下"紧密关联，亦可发掘君臣的知遇之恩、长辈对晚辈的欣赏与爱护、摒弃私仇的朋友之情、理解、托付、信任、传承等中国传统文化里最光彩的部分。后世种种美好，正是尧舜文化、华夏初始文明的积极延续。

该思路直接决定了本剧结构，这一次，我放弃了四折体例，仅分上下两本（每本各以块状结构叙事但不再分场），上本主叙"尧与舜"、下本主叙"舜与禹"。两次"发现"、两次"禅让"，同样的开诚布公、肝胆相照，皆为大道："天下为公。"

阅读学术材料时，还看到了个令我感动的推断考证，即舜是为永绝三苗之乱、为南北永世和平而将尸骨葬于九嶷。换言之，舜为他深爱的、他所担负的天下奉献了全部。我想将这一点裹入戏剧结构并加以强调，最终，这也成为全剧贯通情节之主线索。

《大舜》始于舜东巡途中，卧病苍梧之野，终于舜遗命葬于江南九嶷山。通过大舜斟酌、确定其墓地来串联主人公人生若干关键地点、关键时刻、关键事件，如历山，如阳谷，如羽山，如别家，如初见尧，如受禅、治水、禅位、东巡……当下之推进与回忆之重现相互交织，既相对完整展示了舜的一生，又不至落入"拉洋片"的窠臼，同时避免被"前因后果""严密逻辑"过度局限，而具备一定的弹性空间，以便更充分地发挥戏曲抒情、刻画人物、揭示内心之所长，使舜、尧、禹、二妃等重要人物的形象更加饱满。具体写作上，则须努力追求、实现每块戏的亮点。

譬如寻觅坟茔的第一站：故乡诸冯。暮年的舜相逢了少年时代的他。这绝不只为了样式上的新鲜感。与其说是老年人慰藉了饥寒的少年，不如说是彷徨不定、疑惑难明的老人，去向年少的自己"求助"，哪怕稚气、哪怕青葱。三问"如何去得"与"三不成"的反问，彰明了年轻人一往无前的勇气、恭谦剔透的孝心。场景地点设置为母亲坟前，既是暮年之"归来"与少时之"离别"的极恰当的交会地，又饱含强烈情感。穿越时空的"冢上枝"，是个特别的道具。少时折取，揣在怀中，奔向天涯；今从天涯返归，怀中冢枝依旧。所谓"我多想、闲闲散散、散散澹澹、高卧长眠在这小土包"，可他不能停、还要走，仍然有这枝条伴着他，直到最后，大舜选好墓地，将枝儿"插入黄土"，与后继者禹"做个标记儿"，也借此完成了首尾呼应。

又譬如尧之访贤嫁女。大殿议事时，先用"治水""垦牧""文教""军事"等事做铺垫，来强调"继位之人"的议题；又用北、南、西三岳所举人选，来为东岳之举做铺垫；再用"无名之辈""凡夫俗子""贫寒门第""东夷族人"等"不利"铺垫"一年成村、二年成邑、三年成都"的"奇迹"。如此三轮"铺垫"后，尧"为天下访明主"也就势在必行了。

一娇俏、一淑娴的娥皇女英，点缀旦行色彩，也为全剧注入俏美与柔情。"鞭牛"是历山当地传说之一，我将之引入剧中，又加了个小"误会"，以增强趣味性、戏剧性：娥皇、女英对陌路青年皆生好感，又为难于"爹爹寻的，却不是他"。在爱情的驱动下，二人主动上前，询问名姓（贴旦与闺门旦之表达方式，各有区别），才知他便是"重华"，顿时喜出望外！这块戏中，最重要、最有质感、直指主题的，是尧的念白："'帝君'者，不在天下之上，而在天下之下。""至辛至苦至劳至累之事，非至忠至勇至仁至孝的大丈夫不能为！"这打动了舜，他接受了本不敢接受的"毕生之苦、万钧之重"，不但以一生践行，还将之传承给大禹。同样的叮嘱，在下文舜之传禹中，再度出现。

上下本用一个紧张的悬念来衔接。年富力强的禹匆匆来至舜卧病的行辕，"只怕来者不善"之说，基于二人的"杀父之仇"！但羽山旧事并不孤立提出，它被"葬于何处"这个话题包裹着，并成为给出"葬地"答案的推动力之一。

"羽山戮鲧"，剑拔弩张，张力十足。先是鲧的六句唱，示其豪杰之气。再用祝融之催促与大舜之等待，引出重要人物——禹。禹为给父亲乞命而来，大舜不容他开口（就戏剧技法看，亦可节省舞台时空），先发三问，问得禹"不敢辩"。这时大舜一句"行刑"，将紧张气氛拉满，禹磕头流血、再三哀求，戏剧逐渐进入最激烈处。舜再发三问，"湮堵障水，是对是错"，这一致命问题，将禹逼入两难的绝境！他若实说是错，就是亲口断送了父亲的性命；他若虚言是对，则少不了众生流离、灾苦绵连！舜之残酷，在于他明明知道对错，却要禹在苍生与至亲之间做个生死抉择；舜之必须残酷，在于他要借此"抉择"，判断大禹能否担当治水大业、万众性命！他对禹之"残酷"，正是对众生之"仁爱"。多么酷烈，禹说出："家父湮堵之法，真个错错错也！"多么哀痛，禹目睹父亲身首异处！多么壮烈，禹当场承继父亲未完之任！而当舜定下十九年之期并以项上人头为其作保时，那滚烫的英雄至诚、坦荡的赤子心意，无不令人动容。

"羽山"太"刚"了，所以紧接娥皇女英之"柔"，我选用了昆腔来演唱，填了支【粉蝶儿】。这是极细小的"片段"，却必不可少，否则舜之内心世界，便不够完整。

最后两块戏，一是阳谷禅位，关键词是：酷暑、大雨、《卿云歌》，庄严又浪漫。二是风雨登山。"人伦道德"，体现为人子之孝、夫妇睦乐；"社会道德"，体现为为臣之忠、为君之仁；那"宇宙道德"呢，乍一听令人费解，而它正体现在"登山"中：不迷不惘、天人合一。过去、当下，同样一场大雷雨，同样的崎岖山路，把尧、舜、禹三代君王勾连在一起。迟暮的尧，将"风雨登山，折梧桐"作为比"代巡天下""接待八方""统领百官""职掌五典"更特殊的、对舜的最后一桩考验；临终之舜，则让禹陪伴自己，最后一次登上巅顶，既是"寻墓"之旅，更是天下人生、道德心灵的最后一次指点："不忘来路，便识去路。"与无垠、伟岸、永恒的宇宙相比，人类是多么短暂、渺小啊！可是，因为有了一样无垠、伟岸、永恒的心灵，人类得以谦逊地与宇宙平视，怎样的尊严、多么的骄傲！

宏大气象，最终收于小小的情感切口："看左右双峰，秀美多姿，竟似皇儿、英儿一般。"这神圣的温柔。

对了，《礼记·乐记》曰："昔者舜作五弦之琴以歌《南风》。"这便是主题歌的出处。

总码

罗 周 ◎ 著

我的编剧艺术

星月为灯 下

中国戏曲学会·中国当代戏曲艺术家创作经验大系

主编 王 馗

副主编 柯 凡 王瑜瑜

文化艺术出版社

Culture and Art Publishing House

# 昆剧《梅兰芳·当年梅郎》

## 人物表

梅兰芳　　（巾生、小官生）

王凤卿　　（大官生）

福芝芳　　（正旦）

梅葆玖　　（巾生）

许少卿　　（副净）

李阿大　　（丑）

杨荫荪　　（末）

严慧玉　　（闺门旦）

红　叶　　（贴旦）

钱　二　　（丑）

冯耿光　　（净）

李释戡　　（末）

舒石父　　（生）

许伯明　　（丑）

老　张　　（末）

昆剧
《梅兰芳·当年梅郎》
第三出《白夜》

# 先声　返乡

[幕后唱同场曲【琴曲】：

　　　　人去天涯远，

　　　　来归二月寒。

　　　　何妨鬓霜雪，

　　　　依旧一少年。

[1956 年年初，泰州，张灯结彩、爆竹声声。

[众人上。


钱　二　（念）元宝干丝辞旧岁，

　　　　　　　西皮流水迎新妆。

　　　今年春节，喜上加喜！梅兰芳梅先生要回咱泰州祭祖、演出哉！下月 9 日到 14 日，连演五场！

甲　　　《奇双会》……

乙　　　《凤还巢》……

丙　　　《宇宙锋》……

丁　　　《贵妃醉酒》《霸王别姬》！

钱　二　场场精妙、部部出彩！那男男女女、老老少少、读书的、做工的、养蟹的、种果的，卖麻油麻糕麻饼的，个个穿着老棉袄、抱着铺盖卷，剧院门口，排作长龙，挨挨挤挤，通宵守票！买着了眉开眼笑，买不着唉声叹气！正是：一夜春风归燕子，万人空巷看梅郎！

[众下。

[泰州东郊，六十亩凹子。

[梅兰芳上，梅葆玖随上。

梅兰芳　（唱）【南南吕虞美人】

　　　　连天衰草生新草，

刹那少年老。

**梅葆玖**　　父亲，来此已是东郊凹子。

**梅兰芳**　　咱家祖茔的所在。

**梅葆玖**　　祖茔所在么……（念之）泰县梅万春之墓……

**梅兰芳**　　是你天祖……

**梅葆玖**　　梅天才……

**梅兰芳**　　是你高祖……

**梅葆玖**　　梅占荣、梅占时……

**梅兰芳**　　都是你曾伯祖！玖儿，跪下磕头。

**梅葆玖**　　是！（跪）

**梅兰芳**　　（亦跪）自祖父少时离乡、我梅氏三代，天涯流转，百有余年……
祖父，孙儿回来了；父亲，儿子回来了；我梅兰芳，终于回回回
来了！

（唱）寂寞白骨对青袍，

　　　檀板轻敲，

　　　今做了倦鸟初归巢。

〔福芝芳上。

**福芝芳**　　畹华……（递电报）北京急电，凤二爷他……

**梅兰芳**　　他便怎么？（见之惊悲）呀！

**梅葆玖**　　母亲，王伯伯怎样了？

**福芝芳**　　你王伯伯他……他去了。（拭泪）

**梅兰芳**　　二哥、二哥！"你我兄弟，谁也不许离开谁"，这可是你说的……

**福芝芳**　　畹华，五日后，我们改坐早班车返京，好叫你与二爷再见一面……

**梅兰芳**　　不……我心似箭，明日相会！

**福、玖**　　明日？

**梅兰芳**　　明日《奇双会》，我与二哥唱过多年。手眼身法之中、粉墨锣鼓之
内，便做相会了……

［灯渐暗。

# 第一出　应邀

［四十三年前，民国二年（1913）秋。

［北京，王凤卿寓所。

［王凤卿上。

**王凤卿**　（唱）【北中吕粉蝶儿】

短歌微吟，

篆金石乐诗酒风流魏晋。

红氍少俊。

誉满皇京，

折丹桂沪上传讯。

我、王凤卿，生长梨园、发奋氍毹，曾与瑶卿兄双双的内廷供奉、御前承差，这都不在话下。今虽称民国、没了皇帝，那达官贵人、贩夫走卒，依旧看戏、照样捧角。喏，（取信）有上海许少卿许老板相邀，请我赴沪演出一月。我待南下，但为一人，心中踌躇……

［梅兰芳持扇上。

**梅兰芳**　二爷哪里？

**王凤卿**　兰弟哪里？（迎之）我正念你，你就来了。（对内）老张，上茶。

**梅兰芳**　不敢劳动。午后向乔师父学戏，我坐坐就走。

**王凤卿**　兰弟，沪上献艺，你几时动身？

**梅兰芳**　这沪上么，小弟……不去了。

**王凤卿**　怎么说？

**梅兰芳**　京沪路远，家中不放。

**王凤卿**　怕不是这个缘故。喔！上海许你的包银，忒少了。

梅兰芳　　也不尽是这个缘故。二爷。

　　　　　（唱）【石榴花】

　　　　　　　　则为迢迢海天南北分，

　　　　　　　　好恶各芸芸。

　　　　　　　　一边厢嘘唏怜取西子颦，

　　　　　　　　一边厢笑口题品、杨妃醉樽。

　　　　　　　　为橘为枳当审慎，

　　　　　　　　休叫等闲间把羽毛摧损。

王凤卿　　（唱）俺听恁唧唧的、唧唧的锁眉尖言语倾尽，

　　　　　　　　只一个"怕"字儿心头横陈。

梅兰芳　　小弟在京搭班，身上有数；赴沪登台，心中无底；一着不慎，满盘
　　　　　皆输，如何不怕？

王凤卿　　当年学戏，朱夫子恼你木讷，道是"祖师爷不赏饭吃"，你怕是不
　　　　　怕、学是不学？

梅兰芳　　这……怕归怕，学要学。

王凤卿　　学成登台，吴师父道你"眼瞳无神，资质平平"，你怕是不怕、练
　　　　　是不练？

梅兰芳　　怕归怕，练要练。

王凤卿　　同台飙戏，《汾河湾》谭老板抢白改词……

梅兰芳　　我"柳迎春"方才念罢"（京白）寒窑之内，哪里来的好菜
　　　　　好饭"……

王凤卿　　他"薛仁贵"劈头一句"（京白）你与我做一碗抄手来"！当此之
　　　　　时，你怕是不怕、唱是不唱？

梅兰芳　　怕归怕，唱要唱！

王凤卿　　是也！今日之事，一样的怕归怕，去要去！

梅兰芳　　然今日小弟，年过二十……

王凤卿　　年"方"二十！

梅兰芳　　　难免怕输……

王凤卿　　　该当敢赢！

　　　　　　〔老张上。

老　张　　　二爷，上海许老板来了。

梅兰芳　　　他既来了，我先去了。（欲下）

王凤卿　　　兰弟！多少名伶，起于京、兴于沪，而后扬名四海！上海宝地，你
　　　　　　要三思。

梅兰芳　　　是。（下）

　　　　　　〔许少卿内喊"王老板……"，上。

许少卿　　　（念）邀约红伶出帝都，

　　　　　　　　　赚取私囊满金珠。

　　　　　　王老板！

王凤卿　　　许老板，请。

许少卿　　　请！

王凤卿　　　来来来，请用茶。

许少卿　　　王老板，快与我签了这包银合同！（递之）

王凤卿　　　合同么……有些不便。

许少卿　　　有甚不便？

王凤卿　　　有些不稳当。

许少卿　　　什么不稳当？我"丹桂第一台"，是上海数一数二的戏台！今番邀
　　　　　　约，王老板月银三千二，若还嫌少……

王凤卿　　　不敢！年初杨小楼唱响沪上，月银不过三千。

许少卿　　　那你？

王凤卿　　　许先生，我头牌之外，还有个二牌哩。

许少卿　　　你是说那梅兰芳——！

　　　　　　〔门外，梅兰芳上。

梅兰芳　　　（念）匆忙忘却掌中扇，

重返闲庭叩兽环。

〔门内。

许少卿　那梅兰芳言不出众、貌不惊人，亏你王老板再三地举荐，我才许他
　　　　月银一千四！一千四百个"龙洋"，够买大米三百石，难道还喂他
　　　　不饱？

〔门外。

梅兰芳　（闻之）呀！

　　　　（唱）【斗鹌鹑】

　　　　　　猛可的臊将来汗也涔涔，

　　　　　　臊将来汗也涔涔，

　　　　　　不提防唇枪恶狠。

　　　　　　他那里挥斥嚣嚣，

　　　　　　俺这里诉耻凛凛。

〔门内。

王凤卿　说起梅郎，谁不推崇，连谭杨二位，也都交口称赞……

许少卿　那是京城！沪上行情不同，讲究盘靓条顺会来事儿……

王凤卿　我与他一须生、一青衣，搭班一两月，不唱回头戏……

许少卿　若不为此，与他一千，我也心痛！

〔门外。

梅兰芳　好小觑人也！

　　　　（唱）浊世不辨驽与麟，

　　　　　　落得个庞儿热、心儿紧。

　　　　　　轻悄悄这竹扉重逾千钧、这竹扉重逾千钧，

　　　　　　踟蹰间欲推又忍。

罢了，那扇儿不取也罢。（欲下）啊呀且住！宁穿破，莫穿错。少
顷丽娘《游园》，少不得这泥金小扇。待我匆匆叩入、急急取过、
速速辞去便了。

王凤卿　　梅郎身价，非一千八不可！

梅兰芳　　（唱）【幺篇】

俺待要剥剥啄叩动轩门、剥剥啄叩动轩门……

呀，蓦闻他切切的吁恳！

［门内。

王凤卿　　许先生拮据，就从我包银里匀他。

许少卿　　王老板这话……哈哈意气、意气了！

王凤卿　　不是意气。你不出，我来给；他不往，我不去。

许少卿　　怎么讲？

王凤卿　　梅郎不往，王二不去！

［门外。

梅兰芳　　（唱）好一似汉昭烈桃园定盟、

知管仲鲍叔分金。（欲叩又止）

这时节尴尬当面难承情，

舌上谢，腹内吞。

凤二爷话已至此，我倒要听听，那许老板怎说！

［门内。

许少卿　　梅老板的包银，怎叫凤二爷破费？难道我许少卿舍不得四百？赔不

起四百？拿不出这四百么？只是呵！

（唱）【快活三】

一分货色一分银，

真材实料不容情。

则怕"孔方兄"压得他香肩沉，

似炬炭烫坏了兰芽嫩！

货真价实的银子，要买货真价实的本事。喏，纵然一千八百大洋精

光闪亮码在这里，只怕我有心出，那梅兰芳，不敢拿。

梅兰芳　　你敢出，我敢拿！（闯入）

| 王凤卿 | 兰弟！你都听到了？ |
| 梅兰芳 | 该听的，都听到了。 |
| 许少卿 | 那不该听的呢？ |
| 梅兰芳 | 不该听的，都记下了。货真价实的本事，当得货真价实的银子。 |
| 许少卿 | 一千八的包银…… |
| 梅兰芳 | 许先生出得，我梅兰芳就拿得！ |
| 许少卿 | 你年过二十，当真能赢？ |
| 梅兰芳 | 我年方二十，不敢怕输、不敢怕输！ |
| 王凤卿 | 好！兰弟，上海之行，一言为定？ |
| 许少卿 | 一言为定？ |
| 梅兰芳 | 一言为定！ |

（唱）【尾】

长波凭跃鳞，

横空任入云。

折末冰河铁马嘶风劲，

俺拼个一曲明妆烂如锦。

〔灯渐暗。


# 第二出　再疑


〔月余，上海，杨家。

〔严慧玉上。

严慧玉　（唱）【南中吕引子粉蝶儿】

燕侣莺俦，

昵昵私语双飞翼，

近佳期、和糖调蜜。

剪巫云、裁楚雨，

宛转向郎问嫁衣，

是衣儿丽？人儿丽？

〔红叶迎上。

红　　叶　　等了半日，小姐总算来了！

〔幕后京胡声声，内唱：

指着西凉高声骂……

严慧玉　　我才来门首，就遭人骂了。

红　　叶　　小姐说笑。那是请来唱新婚堂会的梅老板……

严慧玉　　梅老板？梅兰芳！运道好、运道好！正要赏鉴。（欲行）

红　　叶　　小姐！少爷等你半晌，银行生意也无心打点……

严慧玉　　凭他等着！不日嫁作他妇，则是我昼夜等他了。（下）

红　　叶　　她呀，真是个戏迷班头、票友领袖！待我告诉少爷去。（下）

〔花园。

〔梅兰芳吊嗓。

梅兰芳　　（唱）我为你不把相府进，

妻为你失了父女情……

〔严慧玉上。

严慧玉　　好，唱得好！

梅兰芳　　小姐是？……

严慧玉　　你不识我，我却晓得你梅兰芳！

梅兰芳　　未曾请教？

严慧玉　　梅老板初到、还未唱"打炮戏"，《申报》已接连半月、广而告之，

说你"貌如子都，声如鹤唳"，是"独一无二天下第一青衣"……

梅兰芳　　谬赞了。

严慧玉　　怎不见"环球第一须生"？

梅兰芳　　凤二爷拜谒昆腔前辈徐凌云先生去了。

严慧玉　　他倒是个撇家去远薛平贵，我暂代归来戏妻西凉王，如何？

梅兰芳　　这个……

严慧玉　　哟！梅郎高才，瞧我等玩票的不上。

梅兰芳　　岂敢！（对琴师）茹师父，西皮流水。（琴声起）

严慧玉　　（唱）那苏龙、魏虎为媒证，

　　　　　　　　王丞相是我的主婚人。

　　　　［许少卿上，欲打断之，急得团团转。

梅兰芳　　（唱）提起了别人我不晓，

　　　　　　　　那苏龙魏虎是内亲。

　　　　　　　　你我同把相府进，

　　　　　　　　三人对面你就说分明。

严慧玉　　（唱）他三人与我有仇恨，

　　　　　　　　咬定牙关他就不认承。

梅兰芳　　（唱）我父在朝为官宦，

　　　　　　　　府下金银……

许少卿　　（强行打断）梅老板、梅老板——

梅兰芳　　许先生来此何事？

许少卿　　有事、有大事！还请梅老板开台之前，莫唱堂会！

梅兰芳　　莫唱堂会？却是为何？

　　　　　（唱）【红芍药】

　　　　　　　　莫不是未开台家筵先啼，

　　　　　　　　则怕走漏了春消息？

许少卿　　（夹白）不是。

梅兰芳　　（唱）莫不是凤声头彩贵如璧，

　　　　　　　　毋许便宜了红鸾地？

许少卿　　（夹白）也不是。

严慧玉　　必是堂会赏赉颇多，他与你包银有限，怕你尝过甜头、门户另投！

梅兰芳　　许先生，想多了。

　　　　　　（唱）安怡，虽酬赠别高低，

　　　　　　　　　　俺则管重诺守契。

　　　　　　　　　　许"丹桂"一月为期，

　　　　　　　　　　必不至中道相弃。

许少卿　　非我想多，是你多想了！梅老板，我不怕你唱得好、人人追捧、心下活动，只怕你……

梅兰芳　　怕我什么？怕我哪样？

许少卿　　怕你唱砸了，我养家的生意，赔累不起！

　　　　　　（唱）【耍孩儿】

　　　　　　　　　　甚么貌如子都声鹤唳，

　　　　　　　　　　尽皆现成话，

　　　　　　　　　　舞文墨夸做珠玑。

　　　　　　　　　　悬提，恁新伶乍到少根基，

　　　　　　　　　　俺战战的心兢惕，

　　　　　　　　　　则怕沟渠船翻身家溺！

梅兰芳　　（唱）【会河阳】

　　　　　　　　　　他言凿凿，我心凄凄，

严慧玉　　（唱）觑着他百忍诃和讥。

梅兰芳　　（唱）菊坛，几人鱼沉、几人云起，

　　　　　　　　　　几人途穷呼以泣。

严慧玉　　（唱）梅郎！栽桐枝只待凤凰栖，

梅兰芳　　（唱）唏嘘，凭谁解识和氏璧？

　　　　　　许先生，再有堂会，我必不应承。然杨家婚筵，有言在先，怎可失信……

严慧玉　　不能失信！

许少卿　　梅老板，今番南下，我待你如何？

| 梅兰芳 | 许先生待我，多少是好。 |
|---|---|
| 许少卿 | 怎样好法，说来我听！ |
| 梅兰芳 | （唱）【粉孩儿】 |

想当日凤二爷舟楫先启，

| 许少卿 | （夹白）是我出的船钱。 |
|---|---|
| 梅兰芳 | （唱）怎相伴登车马把琐碎亲理， |
| 许少卿 | （夹白）又是一笔车票钱！ |
| 梅兰芳 | （唱）入洋场迎送皆轮蹄， |
| 许少卿 | （夹白）接送赀费，花销不少。 |
| 梅兰芳 | （唱）刊《申报》把俺的姓字唱题。 |
| 许少卿 | （夹白）《申报》广告、按字收费，下足了本金！ |
| 梅兰芳 | （唱）让华堂宅眷迁移， |

烹佳馔叮嘱娘姨。

| 许少卿 | 烤麸素鸡八宝酱、醉蟹青鱼糯米糖，一日三餐，样样不重，真个花钱如流水！ |
|---|---|
| 梅兰芳 | 生受你了。 |
| 许少卿 | 又将爹娘的上房，让出你住。梅老板，我敬你衣食父母，你也要体恤我的下情。 |
| 梅兰芳 | 这个…… |
| 严慧玉 | 杨家新婚，高朋满座…… |
| 许少卿 | 一旦唱砸，恶名远播； |
| 严慧玉 | 惊才绝艳，有口皆碑， |
| 许少卿 | 马失前蹄，票房尽赔！ |
| 梅兰芳 | 许先生，这出《武家坡》，我与二爷搭戏多年，你何妨信我一回？ |
| 许少卿 | 我信、我信，奈何白花花的银子，它不信你！杨家堂会，凤二爷想唱就唱，那"王宝钏"么，我自掏腰包，换"月月红"来扮。 |
| 严慧玉 | 哪个稀罕"月月红"，我意独爱梅兰芳！ |

许少卿　梅老板！可怜我一家老小，寒要穿衣、饥要吃饭……

梅兰芳　这……罢罢罢。

（唱）【哭相思】

俊才难添丈夫胆，

黄金易减男儿气。（欲下）

［杨荫荪上。

杨荫荪　许老板！我与严小姐的婚筵堂会，只看梅郎，不换别个。

许少卿　杨少爷、杨行长！您这是把我往死里逼……

杨荫荪　许老板，我知道你的能耐、也明白你的难处，这样吧。

许少卿　怎么样？

杨荫荪　我新婚堂会，梅老板照唱不误，若是砸了招牌……

许少卿　连累戏院生意……

杨荫荪　有我为你托底，包你十日票房，保你稳赚不赔。

许少卿　怎么说？

杨荫荪　稳赚不赔，立此存照！

梅兰芳　杨先生不可！这笔银子，为数甚巨……

许少卿　梅老板，方才你怪我不信你，如今信你的人来了，你又何必太谦！

定了、定了……哈哈，定下了哇！（下）

梅兰芳　杨先生看过我的戏？

杨荫荪　从未看过。

梅兰芳　从未看过，先生怎敢？……

杨荫荪　喏。我未婚妻登门探我，从门首到书房，三分钟的路程，遇见你梅郎，足足走了半个时辰，叫我等之不及！等之不及、出来迎她！只此一条，就当得我放胆信你，你放胆唱来！回见、回见！（下，严慧玉随下）

梅兰芳　多谢、多谢……呀！

（唱）【尾声】

由来耻作桃源避，

惶惶感念主人意，

但愿得遏云歌尘花满蹊。

知遇至此，不敢言谢。我这心头，越发的沉重了。

［灯渐暗。


# 闰二出


［1956年，泰州，人民剧院。

［众记者争相采访。

记　者　梅先生，此来泰州，你作何感想？

先生入住乔园，饮食可还习惯？

闻说先生五月将赴日演出，可有此事？

抗战时期，先生蓄须明志，守志不移，举国震动！

梨园世家，五十年演艺生涯，可有关键时刻？

先生登台，万人空巷，先生可否再加演一场？

梅先生、梅先生……

钱　二　（念）错落前厅争扰攘，

偷入后台窥点妆。

梅先生昨日的《奇双会》，情深意切，看得人悲喜交缠，眼泪娑落落！今朝那些电台主持、报社记者，把人民剧场，围得里三层外三层，水泄不通。我四处求人，寻仔门路，摸进后台，好看他一看！啊呀，梅先生怎的这等年轻！哦！原来是葆玖公子，在扮《武家坡》！

梅葆玖　（唱）【南南吕红衲袄】

这的是耐霜雪一个女娇娆，

这的是忍苦寒消损妒花貌，

则把青衣换锦袍。

她抱贞诚十八载昏晓，

守得个鸿雁还巢，

传梨园歌咏笙箫。

俺这里步近妆台也，

可便年少的梅郎尽观瞧。

［福芝芳上。

**福芝芳**　玖儿今日，装扮得好！

**梅葆玖**　母亲，儿子今番，莫名惶恐！

**福芝芳**　（唱）【前腔】

觑着他傅粉黛淡淡描，

恰便似当年人镜中照。

**梅葆玖**　剧场之内，座椅密植、观者千人……

**福芝芳**　（唱）落钗影、上眉梢，

**梅葆玖**　剧场之外，喇叭高悬，闻者过万……

**福芝芳**　（唱）难道说俏儿郎唬吓倒？

**梅葆玖**　这等阵仗，如何不怕？

**福芝芳**　听闻当年，你爹爹登台前夕……

（唱）也是难着枕、不成觉，

**梅葆玖**　怎么？爹爹也会打怵？

**福芝芳**　（唱）挣得个座上客诧才高！

玖儿，可知你爹爹初入上海，杨家堂会之上，唱的便是这出《武家坡》！

**梅葆玖**　噢……也是这出《武家坡》！爹爹安在？爹爹哪里？

**福芝芳**　他呀，喏喏喏，正在幕布之侧，为你押台！

**福芝芳**　（唱）那壁厢琴鸣弦唱也，

往岁今时共一宵。

［京胡声起。

**梅葆玖**　（唱）指着西凉高声骂，

无义的强盗骂几声……

［人民剧场，幻为丹桂第一台，梅葆玖——不，是少年梅兰芳扮王
宝钏，正演绎《武家坡》。

**梅兰芳**　（唱）我为你不把那相府进，

妻为你丧了父女情。

既是儿夫将奴卖，

谁是那三媒六证的人……

［掌声雷动，众人欢腾，齐呼"梅郎"。

［灯渐暗。

# 第三出　白夜

［1913年，上海，深夜，酒楼。

［众"梅党"济济一堂。

**许伯明**　梅郎登台，接连三天"打炮戏"，场场精妙。沪上舆论，道他色艺
双绝、无可挑剔！

**舒石父**　许多大公馆和客帮公司，都订了长座，许老板要过个舒服年了。

**冯耿光**　说来好笑，那许少卿对住梅郎，再三劝酒，道是：您的玩意儿，我
太知道了！要不怎千里迢迢，将您从北京邀来至此？

**李释戡**　若非梅郎明日有戏在身，方才定不放他离席。正是：

（念）酒添颜色粉生光，（韩偓）

**冯耿光**　（念）曾为梅花醉几场。（白居易）

**舒石父**　（念）红袖歌长金斝乱，（李中）

| 许伯明 | （念）白头来作秘书郎。（文徵明） |
|---|---|
| | 诸位、诸位！上海滩的角儿讲究"压台"。王老板仁义，要将压台戏让与梅郎，好叫他百尺竿头、更进一步！只是那压台戏码…… |
| 舒石父 | 压台戏码，适才梅郎在座，我等已各抒己见…… |
| 许伯明 | 《玉堂春》…… |
| 李释戡 | 《御碑亭》…… |
| 舒石父 | 《白蛇传》…… |
| 许伯明 | 《汾河湾》…… |
| 李释戡 | 《美人计》…… |
| 冯耿光 | 《穆柯寨》！ |
| 舒石父 | 不要说笑，梅郎哪里唱过《穆柯寨》？我等议论纷纷，梅郎闻而不语…… |
| 李释戡 | 小小年纪，当此大事，正要我等拿定主意，替他绸缪、替他绸缪！ |

［街道。

［梅兰芳袭衣、微醺上。

| 梅兰芳 | 饮不得、饮饮饮不得了！ |
|---|---|

（唱）【北双调新水令】

　　　辞了玉筵罢琼浆，

　　　压台戏才下眉头又到心上。

黄包车——

［李阿大拉车上。

| 李阿大 | 来哉！（窥之）乖乖隆地咚，灌了多少黄汤，喝成这猢狲屁股！（对梅）少爷，哪里去？ |
|---|---|
| 梅兰芳 | 望平街平安里。 |
| 李阿大 | 晓得！坐稳哉。（行之） |
| 梅兰芳 | （自思）十日后的压台戏，我演哪一出好呢？ |

（唱）妆花旦夸妖媚，

　　　　　　　扮青衣赞端庄。

　　　　　　　取舍间愁煞梅郎，

　　　　　　　莫辜负凤二爷恩义相让。

李阿大　　　少爷，到家哉！

梅兰芳　　　家？这不是家……老伯，多把车钱与你，你拉了我再走。

李阿大　　　再走，走到哪里去？

梅兰芳　　　这……向那光亮处去吧。

李阿大　　　喔，那是黄浦滩，全上海最最热闹的洋场！

梅兰芳　　　好，就去黄浦滩！

　　　　　　（唱）【南仙吕入双调步步娇】

　　　　　　　但闻得扑剌剌江堤拍浊浪，

　　　　　　　缭乱不夜港。

李阿大　　　（唱）那"德华"偎着"旗昌"，

　　　　　　　这"道胜"傍着"通商"。（一一指点）

梅兰芳　　　（唱）一处处影摇歌漾。

　　　　　　　灯醉琉璃窗，

李阿大　　　（唱）家乡不可望。

梅兰芳　　　好个"家乡不可望"！老伯哪里人氏？

李阿大　　　我是泰县人。

梅兰芳　　　我也是泰县人哪！

李阿大　　　如此说来，我们是老乡？

梅兰芳　　　是老乡！

李阿大　　　少爷作何营生？

梅兰芳　　　我……我也是个拉车的。

李阿大　　　嗳！你分明是坐车的，怎说是拉车的？

梅兰芳　　　老伯啦，谁人身上，不拉着一挂车唷。

　　　　　　（唱）【北折桂令】

> 忆孩提俺爹爹夭亡，
>
> 冷灶清灰、典卖了祖房。
>
> 九龄拍曲、十一出台、吃尽戒方。
>
> 又三年搭班行腔，
>
> 手捧着点心钱侍养亲娘。

**李阿大**　好个孝顺有青头的儿子！

**梅兰芳**　可怜年方十五，娘亲撒手而去！

　　　　　（唱）撒了儿郎，泪也汪汪。

　　　　　　　　俺呵，今日介立门户儿女成双，

　　　　　　　　这车重一肩支当。

**李阿大**　想不到少爷也是苦命人！而今外滩行过，还要到哪里去？

**梅兰芳**　老伯不怕，再往那暗淡处去……

**李阿大**　你少爷都不怕，我老汉怕什么？少爷上车！（复行）

**梅兰芳**　我与你闲步一回吧。

**李阿大**　少爷，你说你是唱戏的，是唱昆腔呢，还是皮黄？

**梅兰芳**　主唱皮黄，也唱昆腔。

**李阿大**　格么是唱生行呢，还是唱旦角？

**梅兰芳**　家传三代，皆是唱旦。

**李阿大**　格么是青衣呢，还是花旦？

**梅兰芳**　青衣也唱，花旦也唱。老人家，你倒懂行。

**李阿大**　不敢当、不敢当！身上寒冷，就哼哼两句。

　　　　　（唱）我本是卧龙岗散淡的人……

**梅兰芳**　这是《空城计》。

**李阿大**　（唱）包龙图打坐在开封府……

**梅兰芳**　这是《铡美案》。

**李阿大**　少爷，我再给你来个绝的！

　　　　　（唱）苏三离了洪洞县……

| 梅兰芳 | 这是《女起解》! |
|---|---|
| 李阿大 | 正是! 今晚丹桂第一台, 梅老板唱的就是这出《女起解》! |
| 梅兰芳 | 老人家今夜也在丹桂看戏? |
| 李阿大 | 哪有这样福分。听说梅老板扮相俊、做工细、嗓子好。他的戏日场一元、夜场两块! 老汉拉满一个钟, 扣去份子钱牌照钱孝敬钱, 只得一角! 况生意难做……哎! 想当年俺身强力壮、一表人才, 那些个太太小姐, 争着坐我李阿大的车! 夏天光膀子时, 她们还…… |
| 梅兰芳 | 还怎样? |
| 李阿大 | 还偷摸我哩! |

（唱）【南侥侥令】

　　年少牛马壮,

　　老来贱如糠。

　　难煞汉子一文账,

　　赤紧的车把在手心不慌。

| 梅兰芳 | 老伯这般年纪, 拉车为生, 怎与力壮的争抢? |
|---|---|
| 李阿大 | 无非是: 七拐八弯、高低不平、不好走的路, 我走; 远到夜猫不拉屎, 别人不去, 我去。 |
| 梅兰芳 | 怎么说? |
| 李阿大 | 喏, 难走的路, 我走; 别人不去, 我去! |
| 梅兰芳 | 呀! |

（唱）【北收江南】

　　一言惊破意茫茫,

　　震俺肝胆醒愁肠,

　　怕甚么坎途艰阻行来长!

　　且跳脱荣场, 且跳脱利场!（夹白）难走的路, 我走; 别人不去, 我去!

　　举头河汉正流光。

今夜星辰，好生明亮……

**李阿大** 天上的星星，是先人们的眼睛在望着咱。少爷，子夜了，不要再瞎逛了，快点回去吧。

**梅兰芳** （定睛）怎又到了平安里？

**李阿大** 黄浦滩是百脚路、路路通，时候不早，我就把你拉回来哉。

**梅兰芳** 多谢老伯，车钱与你。（递之，欲下）

**李阿大** 少爷转来、少爷转来。只要三角，多的把还你。（递之）

**梅兰芳** 不消、不消。

**李阿大** 车夫不是花子，你拿了回去。（塞之）

**梅兰芳** （接过）老伯转来、老伯转来。（解衣与之）秋夜风冷，拿去御寒吧。

**李阿大** （推辞）糟蹋了、糟蹋了！拉车的穿不了这个。少爷心善，往后一定会红！

（唱）【南尾声】

　　　　浅浅胡同深深巷，

**梅兰芳** （唱）日月浮沉在异乡，

**李、梅** （唱）寒骨偏向风前敞。

**梅兰芳** 老伯！起初我心犹豫，不知来日该唱哪出。今思想明白，我与你唱上一段，可好？

**李阿大** 好、好！只是没有箫鼓帮腔……

**梅兰芳** 便以这风声为箫、更声为鼓、星月为顶灯、天地为氍毹……

（唱）【点绛唇】

　　　　据守山头，

　　　　闺中英秀。

　　　　韬略有，

　　　　智广多谋，

　　　　神勇世无俦……（《穆柯寨》唱段）

［灯渐暗。

# 第四出　忆靠

〔"丹桂第一台"后院，戏曲各行当练功。

**众**　　　（唱同场曲）【南正宫破阵子】

咫尺旌旗舒卷，

方寸勾画忠奸。

齐臻臻摆列着一桌两椅，

笑呷呷诨耍了人鬼神仙，

挝鼓唱大千。

〔王凤卿上。

**王凤卿**　兰弟、兰弟！

**众**　　　王老板！

**王凤卿**　可曾看见梅老板？

**学　员**　梅老板在后园练功呢。（众下）

**王凤卿**　知道了。

（念）万仞崖头劝勒马，

百顷苑内须护花。

兰弟、兰弟！

〔梅兰芳内声"来也……"，水衣扎靠、右持鞭、左持弓上。

**王凤卿**　看这靠旗，有年头了。你在排戏？

**梅兰芳**　在排戏。

**王凤卿**　压台戏？

**梅兰芳**　压台戏！

**王凤卿**　将定场诗念来我听。

**梅兰芳**　得令！

（念）巾帼英雄女丈夫，

胜似男儿盖世无。

足下斜踏葵花镫，

战马冲开百阵图。

姑娘，穆桂英……

**王凤卿**　你再说一遍！

**梅兰芳**　姑娘，穆、桂、英……

**王凤卿**　（愤怒）嘟——你好大的胆！我来问你，这出《穆柯寨》，你出台九年，可曾演过？

**梅兰芳**　不曾演过。

**王凤卿**　可曾排过？

**梅兰芳**　不曾排过……

**王凤卿**　岂但不曾演、不曾排，我看你连靠旗也不曾扎过！

**梅兰芳**　二爷说过，"年方二十，该当敢赢"……

**王凤卿**　我叫你勇健、不叫你鲁莽！

**梅兰芳**　难上的戏，我上；别人不唱，我唱！二爷，我想那些"抱肚子"青衣，忒的沉闷，这《穆柯寨》鲜亮出挑，我虽不曾演、不曾排、连靠旗也不曾扎过……（赔笑）少不得大姑娘上轿——头一回！喏，至紧要"桂英打雁"一段，我打与你看！（取鞭）

（唱）左持弓右搭箭望空射定……

〔梅兰芳做戏中打雁等诸动作，一个趔趄，王凤卿扶之。

**梅兰芳**　不妨事……

**王凤卿**　哆！你今趔趄院中，倒是不妨，若是趔趄台上呢？则怕你再起不来也！兰弟，分明你擅场的好戏，车载斗量。

（唱）【朱奴儿】

摇珠翠宝钏登殿，

披枷锁窦娥哭冤。

娇怯的罗敷戏桑园，

管赚尽座上青眼。

> 何必荒唐念，提掇丝鞭，（夺鞭）
>
> 《穆柯寨》，恐自陷！

**梅兰芳**　（唱）【前腔】

> 他那厢训厉色变，

**王凤卿**　（唱）他那厢闪动朱颜。

**梅兰芳**　（唱）莫不是轻狂焦尾错调弦？

**王凤卿**　（唱）呆答孩撇安就险。

**梅兰芳**　当真如此，实有三愧！一则愧对不远千里，将我请来上海的许少卿许老板。

**王凤卿**　二呢？

**梅兰芳**　二则愧对一掷千金、鼎力襄助的杨荫荪杨行长。

**王凤卿**　还有这三……

**梅兰芳**　有道是："宁送百亩地，不让一台戏。"这三么，实实愧对仗义提携、让台让戏你凤二爷！

**王凤卿**　这都不消说。若场上丢丑、申城铩羽、连累日后、一蹶不起，你真正愧对者，实是那寄身粉墨唱念做打冬练三九夏练三伏挥汗如雨血泪沾衣的梅兰芳！

> （唱）千金剑，砥砺经年，
>
> 折霜刃，空哀怨！

**梅兰芳**　（念）身是千金剑，

> 毋使空哀怨！

> 小弟明白了。

**王凤卿**　明白就好！来来来，我与你好生计议、重选戏码。

**梅兰芳**　凤二爷，今番压台，我实不敢愧对那寄身粉墨唱念做打冬练三九夏练三伏挥汗如雨血泪沾衣的梅兰芳！这出《穆柯寨》，你就让我试试吧。

**王凤卿**　你！好……好、好。恕王二不能帮衬兄弟。你敢扮穆桂英，我却不

敢看《穆柯寨》！告辞！（欲下）

**梅兰芳**　（唤之）二爷！

（唱）【普天乐】

顾不得倾玉山膝头软，

（跪地，夹白）没有凤二爷，哪来的梅兰芳？

捽拽住笙箫伴。

满目介利惹名牵，

谁似咱素诚深眷？

咿呀呀绕梁歌来暖，

赖交心人儿仗胆。（夹白）今日之事，二爷执意不许……

只索颤颤的垂落这锦鞭休拈，

涩涩的放脱这雕弓莫挽，

扑簌簌护背旗卸剥双肩。（缓缓解靠）

**王凤卿**　（扶之）兰弟，我这尽是为你着想。可知前朝多少名角，折在《穆柯寨》上？那春台班的"铁珊瑚"……

**梅兰芳**　丝鞭脱手！

**王凤卿**　三庆班的"粉牡丹"……

**梅兰芳**　弓弦扯断！

**王凤卿**　最可惜和春班"岁岁香"，"打雁"时脚下滑擦、跌坏胫骨，再难登台！

**梅兰芳**　此三者外、"同光十三绝"中，亦有一人，败阵于此。

**王凤卿**　是哪个？

**梅兰芳**　他……

**王凤卿**　是何人？

**梅兰芳**　他……他他他姓梅。

**王凤卿**　姓梅？难道！……

**梅兰芳**　正是我嫡嫡亲亲的祖父老大人！咸丰十年万寿节，祖父承差圆明园，唱的便是这出《穆柯寨》! 怎奈一招不慎，竟在御前，摔摔摔了个仰面朝天!

**王凤卿** 啊呀呀，此番要落个"大不敬"了。

**梅兰芳** 幸得此时，烟花腾空、满眼喜庆! 慈禧见状笑道："胖人胖福，好个胖巧玲! 赏!"

**王凤卿** 好险唷。

**梅兰芳** 此后祖父忌演《穆柯寨》，将当日靠旗，悬诸家中，道是："此物不在肩头，即在墙头。"及至先父工旦、弱冠而夭，那靠旗从未取下，尔来五十三年矣!（抚靠）

（唱）【倾杯玉芙蓉】

　　五十载绣画锦带壁上悬，

　　寂寂金缕线。

　　放老了云纹悠悠、水纹潺潺、牡丹夭红、彩凤蹁跹。

　　年年岁仰面悲欢增慨叹，

　　一番番俯首枯荣失安眠。

　　横天堑，

　　谁偿三生愿，

　　把靠旗场中飒飒重飞旋!

**王凤卿** 那副靠旗? ……

**梅兰芳** 正是这副靠旗! 前日我着人自北京家中，恭恭敬敬、将它取下、送来到此，如今么，还将它……送送送归壁上去吧。（泪下，自嘲）嗳……男儿有泪不轻弹。（弹泪，欲将靠旗装箱）

**王凤卿** ……皆因未到伤心处!（取其靠旗）这靠旗收拾箱内、空悬壁上，岂不可惜?

（唱）【尾声】

　　秋风不冷桃李面，

　　稚羚敢跃鹰愁涧，

猛抬头白鹭一行上青天。

你将《穆柯寨》的雁儿，再打一遍。

**梅兰芳**　怎么说？

**王凤卿**　再打一遍我看哪！（递靠）

**梅兰芳**　多谢二爷！（负靠）

**王凤卿**　（帮梅扎靠）兰弟，你我兄弟……

**梅兰芳**　永在一处！

**王凤卿**　成败荣辱……

**梅、王**　谁也不许离开谁！

〔灯渐暗。

〔京胡声起，大屏之上，字幕滚动：1913年11月19日，梅兰芳在上海丹桂第一台首演《穆柯寨》，大获成功。后愈唱愈盛，名动申城、誉满天下。历经五十多年的演艺生涯，梅兰芳集京剧旦角艺术之大成，熔青衣、花旦、刀马旦于一炉，创造出独特的唱腔与表演形式，世称"梅派"。1956年3月14日，梅兰芳感念家乡泰州人民盛情，加演一夜场梅派名剧：《霸王别姬》。

〔梅兰芳扮虞姬、持双剑上，且歌且舞，剑影流光。

**梅兰芳**　（唱）劝君王饮酒听虞歌，

解君忧闷舞婆娑。

赢秦无道把江山破，

英雄四路起干戈。

自古常言不欺我，

成败兴亡一刹那。

宽心饮酒宝帐坐……

〔少年梅兰芳水衣、持双剑上，恍若镜中之人，与暮年梅兰芳对舞：不逝的芳华、永远的少年。

〔幕后唱同场曲【琴曲】：

　　　　我歌万籁寂，

　　　　我舞星汉摇。

　　　　千古往来客，

　　　　俱共此良宵……

[ 全剧终。

## 附：星月为灯——《梅兰芳·当年梅郎》创作札记

《梅兰芳·当年梅郎》（以下简称《当年梅郎》）初稿完成于2018年年初，其时泰州市委宣传部向我约稿，欲以梅兰芳先生入戏，创作一部戏曲作品。

史载梅先生平生仅返乡一次，即1956年偕夫人福芝芳及幼子梅葆玖回泰州祭祖并献演《贵妃醉酒》《霸王别姬》《奇双会》《宇宙锋》等梅派名剧。是年梅先生63岁，他来至故乡，抚今追昔、歌生悼死，会有怎样的感慨？看着年方23岁的儿子登台，又是否想到年少的自己？以两小时左右的演出时长，无法完成对梅先生一生之描述，在选择了以1956年返乡为切入点后，我还需找到合适材料作为主情节以架构戏剧。

在广泛阅读相关材料的过程中，1913年梅兰芳一进上海滩这段往事深深吸引了我。一者，初入上海，照梅先生自述，是他人生之关键时刻；二者，上海之行，梅先生与王凤卿先生结下一生友谊，1956年正值王先生逝世之年，今昔之间，承联了沉甸甸的情感分量；三者，梅先生上海登台，年方二十，与泰州登台的葆玖先生年纪仿佛，父亲眼中的儿子，岂不正似他当年一般？借此亦可完成两个时空流畅的穿插呼应。而从戏剧性上看，梅先生在丹桂第一台的登台始末，史料起伏曲折、张力十足，更重要的，在这块材料里，还有能与受众产生强烈共鸣的"共情点"。正如我在场刊里写道：

"最打动我的，并非梅先生在上海一炮而红的灿烂荣名，而是他走向那个舞台、伫立于那个舞台的跌宕起落。既遭遇了种种怀疑，又承担了种种期许，有过困惑、有过游移，最终所有的支持与猜忌，都化作前行的力量，使他成为更好的自己。

这样的谦逊、勇敢、昂扬、坚毅，是梅先生的少年时，也是每个人都有过的少年时，是哪怕行至千里之外，历经数十载风雨，都令人不敢忘怀的：我们心中，永远的少年。"

　　确定材料是第一步，第二步确定剧种时，我做了个大胆建议：能否以昆曲来演绎梅兰芳？江苏是梅先生的家乡，也是百戏之师昆曲的发源地，梅先生之艺术生涯与昆曲亦渊源深厚，昆剧《当年梅郎》是沿着时间之河回溯源头的一次相逢。且如此一来，剧里生活中的梅兰芳与"戏中戏"的部分，便兼备了京昆两个音乐系统，既有相通之处，又能各自区分，梅先生乾旦之特质也能借助音乐，表达得酣畅淋漓。尤其是我们还有一支极合适的演员队伍：江苏省演艺集团昆剧院第四代的青年演员们，我与他们有过《醉心花》《浮生六记》《世说新语》等若干次合作，相互了解、相互信任。他们在省昆前辈老师们的扶持指导下传承、坚守的"南昆风度"，令我对《当年梅郎》之文本写作与从文本到舞台的二三度创作满怀信心。当然我也深知，以梅先生为主人公创作昆曲现代戏，对整个主创团队来说，都是个极大挑战。

　　文本上，一方面我们恪守昆曲套曲范例，与作曲迟凌云老师逐字逐句细致沟通，在单折的具体写作上，也尽可能尊重与履行昆曲剧本的结构方式；另一方面，念白既要区别于传统戏，符合人物所处之时代环境，又须保证其文学性、保证文字节奏与昆曲唱念节奏的一致。

　　其实剧本的完成谈不上有多困难，第三出《白夜》则是我尤为喜欢的一出。经了《应邀》《再疑》，被许少卿一再质疑，又被王凤卿、杨荫荪一再支持，梅兰芳惊艳上海后，迎来了"压台戏"选戏码的难题。这一次，需要他自个儿往内心去寻求支持、寻求突破、寻求答案，需要设计某个契机令他豁然开朗。所以我铺排了这个夜晚：微醺的梅兰芳坐上黄包车，叫车夫拉了他往光亮处去、又往暗淡处去。他们互不相识，却共有了这一夜，极宁静——仿佛天地间只有他二人，又极喧嚣——万千种声音都在梅兰芳心里轰鸣。在散漫的、看似并无明确指向的闲聊中，梅兰芳重温了他肩上那一挂车重，也因车夫一句"难走的路，我走；别人不去，我去"大彻。这一夜，车夫陪他游遍上海，也越过了彷徨。这一夜后，他们依旧是陌生人，甚至此生再无邂逅，然而有种生气勃勃的新气象，在梅兰芳心里摇曳生发了。也在这里，出现了全剧我最心爱的念白。梅兰芳要为车夫唱一曲，车夫说没有鼓乐帮腔，梅兰芳回答："便以这风声为箫、更声为鼓、星月为顶灯、天地为氍毹……"他疏阔的襟臆，被这个月光如昼的夜晚洗得雪亮。

与文本相比，捏戏的难度显然更大。我几乎参与了《当年梅郎》排练全过程，目睹并感佩于导演童薇薇、主演施夏明及所有主创在该剧创作历程里的倾心投入与一步一步咬牙而前。

比如念白，我们坚持以韵白为主体，可现代戏之念白与演员们习惯的传统戏念白方式有很大差别。准确的分寸把握从何而来？从一遍遍翻来覆去、斟字酌句、永无厌烦的剧本坐读中来。旁观的我也因之受益，对昆曲现代戏之创作规律有了进一步认识与积累。拿最易量化的剧本字数来说，昆曲《春江花月夜》总字数约 10000 字，演出时长约 2 小时 40 分钟；《浮生六记》约 10000 字，时长约 2 小时 30 分钟；《醉心花》约 9000 字，时长约 2 小时 10 分钟；《当年梅郎》呢，定稿 10000 字出头，时长约 2 小时。即：写作昆曲大戏，若是古典题材，字数控制在 9000 至 10000 为宜；若是现代戏，则不妨以 11000 至 12000 字为基数以备场上删改。不仅念白节奏较传统戏为快，昆曲现代戏某些唱腔也须做必要的提速，这意味着单折套曲里的曲牌数量，也不妨在传统戏之惯例基础上适当添加。

再比如，载歌载舞的表演为昆曲之所长，可现代戏里，没有水袖、没有髯口、没有高靴、没有袍带，就连小生素不离手的折扇，也须谨慎使用，表演艺术又从何而来？从对传统折子戏的深入把握与有效传承中来。放弃了传承，便是放弃了创新与发展。所幸省昆不但有施夏明、单雯、徐思佳、周鑫、赵于涛、孙晶等一批具有一定创造能力的优秀青年演员，更有石小梅、胡锦芳等一批对年青一代呵护备至、鼎力扶持的昆曲表演艺术家。

第四出《忆靠》里，有一句"顾不得倾玉山膝头软"，面对执见不同、拂袖欲去的王凤卿，梅兰芳扑通一声跪倒在地。为便于饰演王凤卿的周鑫找准感觉，主演施夏明将这句唱了几十遍、也扑通扑通地跪了几十遍。第二天，石小梅老师来到排练场，两位弟子的这段表演仍不能令她满意。她一叉腰便上了台，指着施夏明说："唱！"随着旋律，石老师也扑通一声跪了下去！年逾七旬的她摸索着、实验着、跪步旋转 360 度，快活而稳健地为年轻人做示范。这一跪，令施夏明、周鑫惴惴不安，也看得我心惊肉跳，又想：有了这群人，《当年梅郎》，是非成功不可的了。

# 昆剧《顾炎武》

## 人物表

顾炎武　　（末）

少　年　　（小官生）

王　氏　　（老旦）

贞　姑　　（正旦）

潘柽章　　（小官生）

吴　炎　　（净）

潘　耒　　（巾生）

傅　山　　（老丑）

李　万　　（丑）

刘泽浩　　（副净）

昆剧《顾炎武》
第四折《问陵》

# 楔子　思归

[康熙二十一年（1682）正月，山西曲沃。

[顾炎武上。

顾炎武　（唱）【北双调新水令】

　　　　　　青槐残雪动乡愁，

　　　　　　眷千墩，一般样上春时候。

　　　　　　盐花数点蘸羊肉，

　　　　　　丝糕百层就豆粥。

　　　　　　俺呵，北滞南游，

　　　　　　认舌端，余味依旧。

　　我，顾炎武，自四十五岁离乡远游，于今整整二十五年矣！

[傅山内喊。

傅　山　亭林贤弟！

顾炎武　傅山兄！

[傅山上，潘耒随上。

顾炎武　树高千丈，叶落归根……我该回去了。

傅　山　只是天寒地冻……

顾炎武　娘亲在唤我……

傅　山　路途遥远……

顾炎武　贞姑在唤我……

傅　山　贤弟积劳成疾、病体初愈……

顾炎武　那些生死至交、金兰同道，都在故乡冢中，唤着老夫。

潘　耒　先生执意返乡，学生扶你上马。

顾炎武　不消、不消！想马背之上，俺奔走半生；今日若上不了马，还谈什
　　　　么远行、说什么归乡？待我跃马扬鞭你看！（尝试再三）上来了、
　　　　上来了！驾……吁……啊呀！（坐骑受惊狂跳，将顾掀翻落地）

623

**傅、潘** （惊呼）贤弟、贤弟！先生、先生——

　　　　　[灯渐暗。空廊中远近高低，众人呼唤："绛儿、老爷……""绛儿"
　　　　　之声渐响，伴随顾炎武的一声"母亲——"


# 第一折　诀母


　　　　　[弘光元年（1645），清兵大举南下，灭亡南明、扫荡吴越……

　　　　　[七月，语濂泾，顾家。

　　　　　[王氏、贞姑上。

**贞　姑** （念）兵戈交错漫东吴，

　　　　　　　　婆母盼儿妾盼夫。

**王　氏** （念）布荆未敢惜生死，

　　　　　　　　忍见胡尘破皇图！

**王　氏** 啊媳妇！绛儿投军多时了？

**贞　姑** 婆母，自上月十九，婆母叫说老爷投奔义兵、守土抗敌，算来二十
　　　　　五日矣！不知老爷归来何时。

**王　氏** 唉！老身怕他归来——做了临阵脱逃之徒，又又又怕他不归——竟
　　　　　成刀下之（鬼）……

　　　　　[刘泽浩内声"走哇……"，披挂上。

**刘泽浩** （号召）乡间山林、郡县田野，有不怕死的儿郎，随我来、随我
　　　　　来呀！

　　　　　[众上。

**王　氏** 刘将军，哪里去？

**刘泽浩** 清兵南下，家国板荡，江南诸郡，失了大半！县丞贪生逃窜、都尉
　　　　　弃甲而走，我等不忍语濂泾乡土戕残、乡民荼毒，故召集忠勇、护
　　　　　城去也！

| 王　氏 | 刘将军！若有我儿消息，还请相告。 |
| --- | --- |
| 刘泽浩 | 若有顾兄消息，定当相告！（下） |
| 贞　姑 | 啊婆婆，倘使交兵不利、故土不保，我们往何处栖身哪？ |
| 王　氏 | 覆巢之下，焉有完卵？想绛儿幼时，曾在院中斗草玩耍。我那老公公、他的先祖父，手指院内草根，对绛儿言道…… |
| 贞　姑 | 说什么？（王氏不语）说什么？ |
| 王　氏 | 道是："江河日下，你等来日，怕是连这草根，都吃不上也！"抚今思昔，不幸言中…… |

[顾炎武箭衣、仗剑上。

| 顾炎武 | （唱）【北正宫端正好】 |
| --- | --- |

> 汗马萧萧嘶水腥，
>
> 哀风塞天壤，
>
> 归去来一叶怆凉！

| 贞　姑 | 老爷！是老爷回来了！ |
| --- | --- |
| 王　氏 | 绛儿哪里？绛儿哪里？ |
| 顾炎武 | 母亲哪里？母亲哪里？（相见） |
| 王　氏 | 儿啦！ |
| 顾炎武 | 母亲！ |

> （唱）跪乳羔羊泪中望，
>
> 呀！老娘亲骨瘦梭棱状！

啊呀母亲！孩儿离家，不满一月，怎么母亲你你你竟瘦成这般模样！

| 王　氏 | 牵肠挂肚、无心饮食。绛儿，战事国事，速速讲来。 |
| --- | --- |
| 顾炎武 | 兵戎惨烈、恐惊了母亲。 |
| 王　氏 | 老身死且不惧，还怕兵戎么？我来问你，天子怎样？ |
| 顾炎武 | 天子么……清兵来势汹汹，那弘光帝不顾社稷、弃城而走，逃至芜湖，被叛将劫持，献与敌虏、押返金陵。他头蒙缁素帕、身着蓝布 |

　　　　　　　袍，以油扇掩面入城，百姓夹道观之，皆掷瓦投砾、争相唾骂！

王　氏　　好！骂得好！金陵沦陷，苏州怎样？

顾炎武　　儿在苏州，囤聚军粮、招募义兵，男子皆战、女子皆运！怎奈北
　　　　　　　兵势大、火炮凶猛！我辈勠力同心、发奋守城，青肝碧血，誓死
　　　　　　　不降！

　　　　　　　（唱）【滚绣球】

　　　　　　　　　叫吁吁贼胡聚如蝗，

　　　　　　　　　喧沸沸国乱识忠良。

　　　　　　　　　血碌碌折戟在掌，

　　　　　　　　　密匝匝肢骸填江！

贞　姑　　（唱）这凄恻听得人断肠，

　　　　　　　　　听得人惊魂荡！

王　氏　　（唱）听得俺、意气激壮，

　　　　　　　　　扑簌簌、泪又成行。

　　　　　　　儿啊，城内你本家兄弟：顾缵顾绳，安危怎样？

顾炎武　　四弟五弟，双双的身着白衣、手持利剑，登楼高呼，与敌死战！都
　　　　　　　都都以身殉国！

王　氏　　（极悲）死了……死得其所！儿啦，闻你所言，两京皆破，舆图换
　　　　　　　稿。我虽妇人，也知大义……

顾炎武　　（会意）母亲不可！

王　氏　　身受国恩，正该与国俱亡、与国俱亡！

　　　　　　　（唱）俺呵！不耻忍辱事凶寇，

　　　　　　　　　澹荡荡泉下犹着汉衣裳，

　　　　　　　　　效夷齐断炊绝粮！

贞　姑　　婆母！年迈衰瘦，怎堪饥饿？现有豆粥在此……

顾炎武　　啊，母亲！孩儿手奉的热粥，你就饮一口吧。

王　氏　　儿啊，我来问你，这口热粥，你四弟顾缵饮得么？

| 顾炎武 | 这个…… |
|---|---|
| 王　氏 | 你五弟顾绳，饮得么？ |
| 顾炎武 | 这个…… |
| 王　氏 | 苏州数万死难之众，他们饮得么？ |
| 顾炎武 | 也罢！母亲不饮不食，孩儿也不食了。 |
| 贞　姑 | 老爷不饮不食，妾身也不食了。 |
| 王　氏 | 你、你们！哆哆哆！（顾、贞跪地）你不食、你也不食，难道叫咱忠义之家，绝门绝户不成？粥来、拿粥来！ |
| 顾炎武 | （喜极）唤粥了、母亲唤粥了！（奉之）热粥在此！ |
| 王　氏 | （舀粥，吹凉）我儿幼时，染病天花，高热不退，为娘便是这般，一口一口，舀粥你饮……来来来，待为娘喂儿。（初喂粥） |
| 顾炎武 | 母亲！ |
|  | （唱）【叨叨令】 |
|  | 　　　忆当初俺在娘怀晕晕沉沉的烫， |
| 王　氏 | （唱）为娘的搂娇儿轻轻软软地晃， |
| 顾炎武 | （唱）口儿内将佛号翻翻覆覆地唱， |
| 王　氏 | （唱）愿代儿受尽那重重叠叠的障！ |
| 顾、王 | （唱）这勺粥也么哥， |
|  | 　　　这勺粥也么哥， |
| 王　氏 | （唱）饮将来莫把亲恩惚惚恍恍地忘！ |
| 顾炎武 | 亲恩不敢忘！ |
| 王　氏 | 昆山稻米，好香啊……（二喂粥）我儿再饮，勿忘乡恩！ |
| 顾炎武 | 乡恩不敢忘！ |
| 王　氏 | （唱）【脱布衫】 |
|  | 　　　轻舀起氤氲粥香， |
|  | 　　　拢不住玉碎家邦。 |
|  | 　　　记取这滋味绵长， |

似国恩毋使撇漾。

（三喂粥）国之不存，何以为家？我儿三饮，勿忘国恩。

**顾炎武**　国恩不敢忘！

**王　氏**　为娘言语，我儿牢记。扶过贞姑，与她吃些。

**顾炎武**　是。（扶之，情深）夫人，不浓不淡、不稠不稀，你煮得好粥也。

（喂粥）

**贞　姑**　老爷……（饮之）

**王　氏**　似这般夫妇恩爱才好。想我初聘顾家，夫婿早夭，我未嫁守节、勤事公婆，后过继绛儿，教养成人。离合悲欢，件件亲历。今年逾六旬，只欠一死！绛儿、贞姑，你们则是春秋正盛、来日方长。绛儿，老身内寝歇息，你不要擅入。（扶杖欲下）

**顾炎武**　母亲！（抓藜杖）

**贞　姑**　婆母不忍老爷伤心，待媳妇伴你一程。（扶王氏俱下）

**顾炎武**　母亲！

［幕后合唱：【小梁州】

惨淡流转星月光，（时光悄逝）

痴欲狂坐卧惶惶。

一剪枯影映寒窗，

杳声响，

战兢兢不敢叩门房。

［死一般寂静……门开了，贞姑上。

**贞　姑**　老爷，婆母她……

**顾炎武**　不要说！

**贞　姑**　她……去了。

**顾炎武**　不要讲！

**贞　姑**　绝食半月，她去得安详。

**顾炎武**　母亲——（跪地、泣下）

贞　姑　　婆母临终有言，叫老爷武从戎、文修史，无为异国臣子、无负世世国恩……

顾炎武　　无为异国臣子，无负世世国恩！

贞　姑　　则娘亲泉下，可以瞑目矣……（泣下，跪）婆母！

顾炎武　　娘啦。孩儿自当披坚执锐、力抗凶顽、疆场去也……啊夫人，家中之事，全仗你了。

　　　　　（念）长辞裂取旧征衣，

　　　　　　　　留与孤灯照相思。（下）

贞　姑　　老爷珍重。老爷身倦之日，回首昆山，妾身定在家中，持帚相候！

　　　　　（唱）【煞尾】

　　　　　　　　承欢反哺成空想，

　　　　　　　　恩深结发何所偿？

　　　　　　　　三年之丧，

　　　　　　　　孝守坟旁，

　　　　　　　　奴自承当。（夹白）老爷啦！

　　　　　　　　万重山乡，

　　　　　　　　千叠水乡，

　　　　　　　　记取贞姑翘首旧门巷。

〔灯渐暗。

# 楔子　惊碑

〔三年后。

〔幕后喧嚣：留头不留发、留发不留头！杀——

〔疆场厮杀，刘泽浩被俘、顾炎武负伤晕厥。

〔幕后合唱：【南仙吕解三酲】

沦败了故城旧垒，

销损尽铁甲铜盔。

**顾炎武**　（呓语）杀败了哇杀败了……（悠悠醒转）呀！此焦山碑林也，六朝而下，刻石无数。可叹兵燹过处，残山剩水，千年文脉，尽做了断壁残碑……悲哉、痛哉！

（唱）斑驳碑林多倾毁，

半江雨似泪飞。

哀哉零落诗胆碎，

痛哉摩挲文心催。

发愤待我辈……

顾炎武啦顾炎武，九州方圆，那天之涯、海之角、山之巅、水之湄，还有数不尽的秦砖汉瓦、唐碑宋刻，等你补缺拾遗、启后承前！走、走、走——

［幕后合唱：

未肯许经史湮灭、章句成灰！


# 第二折　对狱


［康熙二年（1663），杭州狱。

［李万上。

**李　万**　（念）四四方方一口枷，

王侯将相难逃它。

河山万里虽易主，

依旧枷下争荣华。

我，李万，杭州狱一个小小的（高举拇指自夸）牢头，近日迎来送往，忙得四脚朝天。只为上头查办"明史案"，逆首庄廷鑨，纠结一批读书人，私修国史，怨谤当今！戮尸的戮尸、枭首的枭首……

［吴炎箕坐狱中。

吴　炎　阿弥陀佛！

李　万　好笑、好笑！俺这里只把文人刳心、学宗拆骨，你个秃驴凑什么热闹？

吴　炎　不要小看，洒家也能舞文弄墨！

　　　　（吟唱）帝彷徨，上空堂，

　　　　　　　　驱龙子，杀凤凰。

李　万　这是哀吊崇祯的《红阁诏》哇？

吴　炎　（吟唱）帝寂寞，入红阁，

　　　　　　　　泪双落，滴血……

李　万　够哉、够哉！你的学问，足够杀头哉！

　　　　［顾炎武内唱。

顾炎武　（唱）【北中吕粉蝶儿】

　　　　　　　锁带枷披，（顾囚衣押上，潘柽章刑后押上）

　　　　　　　发冲冠眦欲裂死生瞬息。（见潘）

　　　　　　　呀！觑故友答裂血衣：

　　　　　　　好一似鱼刿鳞、麒断趾、云鹤折翼！

　　　　（夹白）赤民……柽章！

　　　　（唱）文狱如卷席，

　　　　　　　恨砧斧椎碎珠玑！

潘柽章　宁人兄！我与赤民，列名《明书》，死到临头；当初兄嫌此书冗杂，立誓另行辑撰，不曾挂名，怎也押入狱中？

李　万　哈哈，今朝这番光景，还不是因为你潘相公？

潘、吴　为我（他）？

李　万　相公犯事，抄查过往书信。你信中"宁人"长、"宁人"短、"宁人"左、"宁人"右，写得勤、叫得欢！那当权的言道：这等亲热，定是共犯，且将他拿来陪死！

［幕后内声："李万，来取断头酒！"

李　万　　来哉、来哉！（下）

潘柽章　　宁人兄！异地多年，常怀思念，今日相逢，却不如不见！

（唱）【南泣颜回】

依依念畴昔，

快哉唤兄呼弟。

经史子集，

恁与俺共赏同批。

春华秋月，

笑哈哈检点文墨人游戏。

灾由头瘦岛捻须，

祸根芽青莲醉笔！

是小弟害害害杀你也！

顾炎武　　莫逆之交、半世知己，死生与共，本该如此。

［李万端酒上。

李　万　　（叫嚷）断头酒来哉，恭喜庄公子升天咯！顾相公，也恭喜你哪。

吴　炎　　（迎上）杀身之祸，总有个先来后到！

李　万　　让开些！顾相公，你可有个嫡亲外甥名叫徐元文？

顾炎武　　倒是有的。

李　万　　是顺治十六年的头榜状元？

顾炎武　　这也不假。

李　万　　官居翰林院修撰、先帝爷跟前的大红人！

顾炎武　　那又如何？

李　万　　亏得你这好外甥上下打点、为你辩冤，说天下同名者甚多，潘相公信中单道"宁人"，料是张宁人、李宁人、赵宁人……却非你"顾宁人"！是错拿了、拿错了！顾相公回生有望哉！（下）

| 潘柽章 | 恭喜顾兄! |
|---|---|
| 吴　炎 | 贺喜顾兄! |
| 潘柽章 | 多亏徐翰林机敏! 天下同名者甚多, 小弟所书"宁人"…… |
| 顾炎武 | 不、那"宁人"不是别个,（高声）正是顾某、正是顾…… |
| 潘柽章 | （止之）嗫声! |
| 顾炎武 | （唱）【北石榴花】 |

　　　　　啊呀痛哉无辜肉作泥,

　　　　　乌号似鬼啼。

　　　　　俺回回的早该泉下栖:

　　　　　慈母死义、

　　　　　乡关隳靡!

　　　　　数多少丘墟里、数多少丘墟里、同袍同泽谁人祭,

　　　　　连荒冢, 几声筝琶。

　　　　　俺呵!

　　　　　再不肯惨切切、再不肯惨切切、形影相吊穿丛棘,

　　　　　眼睁睁棠棣成永离!

　　顾某岂贪生怕死之徒、苟且偷生之辈? 今日之事, 义不独生、情愿共死!

| 吴　炎 | 好、好……好兄弟! |
|---|---|

　　　　（唱）【南泣颜回】

　　　　　咱引颈就死期,

　　　　　大丈夫将悲做喜!

　　　　　河海豪气,

　　　　　惭煞些卑猥可鄙。

| 潘柽章 | （夹白）赤民! 蝼蚁尚且惜生…… |
|---|---|
| 吴　炎 | （唱）顶天立地, |

　　　　　这七尺怎说与蝼蚁并比?

| 顾炎武 | （夹白）伟哉、壮哉！ |
|---|---|

**吴　炎**　（唱）今日里我辈捐生，

　　　　　　漾红尘独留个你！

　　　　顾兄！一样的伟男儿、大丈夫，我等活不得，你则死不得！

**顾炎武**　柽章之弟年幼、赤民之母年迈，顾某上无高堂、下无孺子，你们死

　　　　得、我怎就死不得?!

**潘柽章**　宁人兄，你我多时不见了？

**顾炎武**　兄弟参商，一晃六载。

**潘柽章**　六年来，我等乡居江南，顾兄哪里去了？

**吴　炎**　哪里去了？

**顾炎武**　我么……

　　　　（唱）【北上小楼】

　　　　　　　六年前俺长揖辞了故里，

　　　　　　　万卷书钩访遍汉踪秦迹。

　　　　　　　行踏幽燕、叩过京畿、盘桓青齐。

　　　　　　　怀中物不离须臾、怀中物不离须臾……（抚之）

**潘、吴**　（夹白）怀中何物？

**顾炎武**　（唱）相伴俺恒山拓碑、崂山索秘、

　　　　　　　噫吁唏临千仞泰山摹壁！（取一物，示之）

**潘、吴**　（接之，摩挲）《为顾宁人征天下书籍启》！好、好、好一纸当年

　　　　文墨！

**吴　炎**　（唱）【南扑灯蛾】

　　　　　　　脆生生一纸泛芸黄，

　　　　　　　沉甸甸字字如玄砥！

**潘柽章**　（唱）恁撇家作北游，

　　　　　　　长短亭折柳把臂。

**吴　炎**　（唱）那壮怀史迁发愤差可拟，

承唐宋、辟径开蹊，

相契托、传诗继礼。

顾炎武　六年前，俺待要修明史、继绝学，考证典籍两万卷，手录数十帙，又恐缺漏脱误、辑载不全，故离家北游、求道四海！远近学人，新朋旧友，都来相送，予我这《为顾宁人征天下书籍启》！

潘、吴　为你征集天下书籍，亦将天下书籍，托付于你！

顾炎武　卷后联袂题名者，二十一人，皆学问名儒、文章巨擘！

　　〔后景区众人上，次第而言：我，南昌王猷定；我，浙江毛先舒；江宁王元倬；华亭张彦之；太仓顾梦麟；钱塘陆丽京；常熟杨子常；昆山归玄恭……

潘柽章　吴江潘柽章。

吴　炎　吴江吴赤民！

众　　　（唱）竖横横，

　　　　　慨然姓字洒泪题。

　　　　（齐声）"冀当世大人先生，观宁人之文以察其心志、助其见闻、以成其书！此非一家之言，是生民之福、天下之福；生民之福、天下之福……"多劳、多劳！

顾炎武　愧领、愧领！

　　〔李万内喊，端酒上。

李　万　断头酒又来哉！潘相公，堂上问起，你信中的"宁人"，可是顾相公？

潘柽章　不、不是他！

李　万　吴和尚，潘相公信中的"宁人"，可是顾宁人？

吴　炎　不、不是他！

李　万　顾相公，潘相公信中的"宁人"，可是你顾炎武？

顾炎武　是……

吴　炎　巨著未成、河山犹在！

李　万　　是你不是？

顾炎武　　是……

潘柽章　　文章长存，学问不死！

李　万　　到底是你不是？

顾炎武　　（极苦痛）是……是、是别个，不是我、柽章信中之人，不不不是我！

李　万　　好！顾相公外有好外甥、内有好朋友，恭喜恭喜、免狱脱灾！

顾炎武　　免狱？脱灾？那这酒？……

李　万　　这断头酒么，是送《明书》编撰：潘、吴两位上路！零零碎碎、千刀万剐，好汉子、忍着些。（奉酒）

潘、吴　　（对顾）告辞了。

顾炎武　　柽章！你还有幼弟潘耒，无人照管……

潘柽章　　贤兄尚在，我无忧矣。（对吴）同干！（饮之）

吴　炎　　共饮！（饮之）

潘、吴　　（对顾）告辞！（下）

顾炎武　　柽章、赤民——

　　　　　［幕后合唱：【南尾声】

　　　　　　　　啸傲今日别生死，

　　　　　　　　路漫漫其修远兮，

　　　　　　　　向天下载荷而前志未已！

　　　　　［灯渐暗。

# 第三折　论试

　　　　　［康熙十七年（1678），绵山。

　　　　　［山寺，潘耒上。

潘　耒　　（唱）【南南吕引子临江仙】

青山不言知春换，

壮怀拍遍阑干，

休嗔布帻羡朝冠。

（收拾书卷）我潘耒，十五年学成文武艺，问几时货与帝王家……

（忽见）啊呀不好、不好了！

［寺中，顾炎武上。

| 顾炎武 | （唱）岁迁心未变， |
|---|---|

一瓢复一箪。

次耕何事？

| 潘　耒 | 先生所著《诗本音》，被山寺鼠儿啃坏了！ |
|---|---|

| 顾炎武 | 啃得好、啃得好！哈哈哈，那书稿缺误不少，压在箱底，经年不问。今幸鼠儿啃坏，是勉励老夫，补缺勘误、再上层楼。 |
|---|---|

| 潘　耒 | 唉！大丈夫处世，怎与鼠儿为伍？先生啦。 |
|---|---|

（唱）【懒画眉】

天子崇儒重良贤，

开科选纳士三千。

何必耿介老林泉？

谈笑登金殿，

争红斗紫敢为先。

当今天子，尊儒崇文，礼贤下士，朝廷新开"博学鸿儒科"。先生的师友：朱彝尊、王弘撰、傅青主，人人进京应选；先生的外甥：徐乾学、徐秉义、徐元文，个个顶戴花翎……

| 顾炎武 | 你待进京应选、顶戴花翎？ |
|---|---|

| 潘　耒 | 堪羡河海豪气、凌烟功名！ |
|---|---|

| 顾炎武 | 次耕三思！我问你是谁家之子、何人之弟、哪个的学生？ |
|---|---|

| 潘　耒 | 谁家之子？何人之弟？哪个的学生…… |
|---|---|

［刘泽浩上。

刘泽浩　　（念）新朝换旧岁，

　　　　　　　　蝉弁改花翎。

　　　　　　顾亭林！

顾炎武　　（打量）刘泽浩？

刘泽浩　　顾先生！

顾炎武　　刘大人？

潘　耒　　（对顾）先生识得来客？

顾炎武　　（故意）识不得、识不得也！

刘泽浩　　顾老！各有难处，前事休提！今河清海晏，诏修《明史》……

顾炎武　　（一震）明史么？

刘泽浩　　顾老博学、天下冠冕，自家辑录《明史稿》……

顾炎武　　（二震）我那《明史稿》？

刘泽浩　　天子之意，请公出山，主持编撰！

顾炎武　　这个……君子不二仕。送客。

刘泽浩　　普天之下，莫非王土，顾兄推三阻四，又能逃到哪里去？

顾炎武　　不许我做介推逃山，我便做个屈原沉江！送客！

刘泽浩　　顾老犟得、天子等得。正是：

　　　　　　（念）巢由洗耳处，

　　　　　　　　唐尧访贤时。（下）

潘　耒　　惭愧、惭愧！

顾炎武　　那博学鸿儒科……

潘　耒　　学生不去了！

顾炎武　　方才汲汲，今何故不去？

潘　耒　　我……

　　　　　　［刘泽浩内声"顾兄……"，复上。

刘泽浩　　适才走得匆忙，忘却一件大事！喏喏喏，乡里家书，托我带来。

　　　　　　（递之）

顾炎武　（接之）山水迢迢、鱼雁阻隔，家中消息，年余不闻了！

刘泽浩　浪子天涯，何不归家？（下）

顾炎武　（拆看）呀！（一纸飘零）

　　　　［后景区，贞姑上。

贞　姑　（吟唱）独坐寒窗望藁砧，

顾炎武　（吟唱）宜言偕老记初心。

贞　姑　（吟唱）谁知游子天涯别，

顾炎武　（吟唱）一任闺芜日夜深。

贞　姑　老爷身倦之日，回首昆山，妾身定在家中，持帚相候……

　　　　（唱）【懒画眉】

　　　　　　孤灯常向镜中看，

　　　　　　知君鬓毛似妾斑，

　　　　　　盼归客昼夜柴扉未肯门。

　　　　　　和泪拭旧砚，

　　　　　　君在关山妾坟山。（暗下）

潘　耒　（拾阅）这家书……是师母！她、她不在了！

顾炎武　（极悲）初别母、次别友、三别妻……我今真个伶仃了。

潘　耒　待学生侍奉先生，南下昆山，酹酒冢前！

顾炎武　莫误你北上幽燕、晋京应试。

潘　耒　先生取笑！那京城么，学生不不不去的了！

　　　　（唱）【香罗带】

　　　　　　铿锵乱心弦，

　　　　　　喉哽鼻酸。

　　　　　　恨冤狱株连满门我孤悬，

　　　　　　谢恩师牵领不弃小儿男也！

　　　　　　兼父母，问暖寒，

　　　　　　雨声风声书声醅。

羡甚锦鞯玉鞍也，

索守定枕流漱石旧青衫！

先生，我是你"顾亭林"的学生。

| | |
|---|---|
| **顾炎武** | 顾某重道。 |
| **潘 耒** | 是吴江潘氏之子！ |
| **顾炎武** | 潘氏守义。 |
| **潘 耒** | 是潘柽章之弟！ |
| **顾炎武** | 你倒说说，柽章怎死？ |
| **潘 耒** | 家兄死于清廷…… |
| **顾炎武** | 不，他是死于奸佞！次耕啦，若叫天下年少君子，皆不应试、俱不仕官，朝廷必奸佞横行、走兽食禄、戕残百姓、屠戮忠良，我辈治学济世，岂可旁观、怎能袖手？ |
| **潘 耒** | 先生之意？ |
| **顾炎武** | 老夫之意，北上应试，若为功名，你不必前去；若为道义，你不去不成！ |
| **潘 耒** | 若为功名，不必前去；若为道义，不去不成?！ |
| **顾炎武** | 去吧。 |
| **潘 耒** | 先生—— |
| **顾炎武** | 去吧。 |
| **潘 耒** | 拜拜拜别了。（欲下） |
| **顾炎武** | 回来！ |
| **潘 耒** | （急止）在此、在此！ |
| **顾炎武** | 带上此物，朝夕随身，慎之、慎之。（递之） |
| **潘 耒** | （翻看）这是?！…… |
| **顾炎武** | 娘亲遗命，武从戎、文修史。老夫三十年苦心孤诣、三十年手不释卷、三十年远溯博索，亲甄自录、反复披删、一字一泪、一句一叹，方得这部《明史稿》！（抚之） |

（唱）【懒画眉】

半生魂梦牵，

三绝韦编。

凝润知交喋血啼帝鹃、

慈母嘱儿意拳拳也！

舆图虽换稿，

秉笔有史迁。

潘　耒　先生故国之思、骨肉之情、金兰之义，尽在此中！何故交与学生、
　　　　随身北上？

顾炎武　清修明史，讹误必多。你此番晋京，代老夫将此史稿，交与清廷，
　　　　好做参详……拿去！（紧紧捏住）

（唱）指爪攥紧老泪潸。

（夹白）拿去……（徐徐放手）

（唱）契阔江山也，

留取信史与世传。

去吧。

潘　耒　（欲去又止）先生！（跪地）你道初别母、次别友、三别妻，学生今
　　　　又别去……先生无人陪伴，怎堪寂寥？

顾炎武　（止步）说甚寂寥？老夫自有《利病书》相伴、有《肇域志》相伴、
　　　　有《古音表》《金石记》《日知录》相伴。你听、你听！唧唧啾啾，
　　　　好热闹、好热闹啦。（走入后景区浩荡书稿之中）

［幕后合唱【尾声】

野客无忧老更单，

班马卷帙为我伴。

任尔北枝萧骚南枝暖。

［灯渐暗。

# 第四折　问陵

[康熙二十一年（1682）正月，曲沃。

[傅山、潘耒上。

**傅　山**　（念）读书万卷医国手，

**潘　耒**　（念）拜请千金药笼心。

　　　　　傅青主精于岐黄，万乞救我先生一救！

**傅　山**　唉。我与亭林，自康熙二年初会，心气相投、一见如故！论人品、论胸襟、论眼界、论才学，放眼当今，亭林若认第二，无人敢称第一！这等大才，若有法儿，我岂能不救？

**潘　耒**　傅青主，你再诊诊吧。

**傅　山**　七十老翁，摔下马来，脏腑皆裂，无方可写了。（自语）奇哉怪也！旁人死不瞑目，哼哼唧唧，只为子孙钱帛、良田美妾；亭林神魂弥留，口中念念者，却是……

**潘　耒**　是什么？

**傅　山**　天子何名？

**潘　耒**　哈？天子？……

**傅　山**　叫啥名字哩？

　　　　　[潘、傅下。

　　　　　[灯渐暗，幕后歌声缥缈清越：

　　　　　　　帝彷徨，上空堂，

　　　　　　　驱龙子，杀凤凰；

　　　　　　　帝寂寞，入红阁……

　　　　　　　泪双落，滴血书……

　　　　　[灯渐亮，南京明孝陵。

　　　　　[顾炎武上。

**顾炎武**　（唱）【北仙吕点绛唇】

闲步孝陵，

香摇梅影，

山愈静……

[幕后歌声继续：

帝寂寞，入红阁……

泪双落，滴血书……

**顾炎武** （唱）何处高吟，

寻趁过松径。

[一少年抱膝长吟于金水桥头。

**少　年** （唱）上云赦百姓，

下云臣可诛……

**顾炎武** 小官人，你不要命了！

**少　年** 老伯怎说？

**顾炎武** 你唱的什么？

**少　年** 乃吴江吴赤民的《红阁诏》诗。先父常歌此曲，小生心有戚戚。

**顾炎武** （背语）好个忠义之家！（相对）小官人，想那吴赤民以大逆之罪、凌迟处死，他的诗文，是唱不得的。

**少　年** 唱不得？

**顾炎武** 唱不得的呀！

**少　年** 听老伯口音，不是本地人？

**顾炎武** 我乃昆山人氏。

**少　年** 昆山的奥灶面，好哇。

**顾炎武** 好哇。

**少　年** 昆山的昆曲，妙哇。

**顾炎武** 妙哇。

**少　年** 昆山还有个顾炎武……

**顾炎武** 便是我老人家。

| 少　年 | 啊呀呀失敬、失敬！ |
|---|---|
| 顾炎武 | 你？…… |
| 少　年 | 顾老的子侄学生，与小生颇有交往，每谈顾老，多怀仰慕。啊亭林先生，你来此何事？ |
| 顾炎武 | 来此么……谒陵。 |
| 少　年 | 小生亦为谒陵而来。我们同步？ |
| 顾炎武 | 并行。 |
| 少　年 | 请啊。 |
| 顾炎武 | 请啊。 |

（唱）【油葫芦】

　　　　白叟青衿结伴行，

| 少　年 | （唱）上君阶、入君门， |
|---|---|

　　　　一样的横九竖九紫金钉。

| 顾炎武 | 此文武方门也！横九路、竖九路，看八十一钉尚存，满朝文武安在？ |
|---|---|
| 少　年 | 叹得好！先生读万卷书、行万里路，考证经史、经世致用，开风气之先，岂止经师，亦是人师！然思想先生行事，小生尚怀不解…… |
| 顾炎武 | 哪里不解？ |
| 少　年 | 又恐冒犯。 |
| 顾炎武 | 但说无妨。 |
| 少　年 | 一问先生，既不肯仕清，却为何剃发易服？ |
| 顾炎武 | 这个…… |
| 少　年 | 二问先生，既拒修明史，又为何将手编的史料，尽交弟子，供我朝修史之用？ |
| 顾炎武 | 这个…… |
| 少　年 | 今四海大定、宇内升平，三问先生，为何退不退、进不进、明不明、清不清，空怀高才、尴尬一世？ |

**顾炎武**　小官人好利口！哈哈哈，你我行路、行路。（偕行）已到享殿了。

　　　　　（唱）八根柱倒横白玉，

　　　　　　　　三叠石碎泣鸥吻。

　　　　　（驱赶状）（夹白）嚯、嚯！

　　　　　（唱）狐兔巢，乌鹊鸣。

　　　　　　　　住几个乞儿南柯梦不醒，

　　　　　　　　蝠粪抛满桯。

**少　年**　啧啧啧，想明太祖扫荡八荒、一代雄主，怎知二百年后，竟沦落
　　　　　至此！

**顾炎武**　小官人，喏喏喏。直穿阴阳门、行经升仙桥，过明楼甬道，便是太
　　　　　祖陵了。

**少　年**　明太祖长眠之所么！正要拜谒、正要拜谒！（急行）

　　　　　（唱）【天下乐】

　　　　　　　　卒律律衣袂翩扬起风声，

**顾炎武**　（夹白）小官人慢走。

**少　年**　（唱）寻也么寻，

　　　　　　　　升仙桥俯躬来迎。

**顾炎武**　（夹白）当年灵柩，即过此桥入葬。

**少　年**　（唱）另巍巍楼高斑剥着水痕。

**顾炎武**　（夹白）甬道昏暗，仔细了。

**少　年**　（唱）拱若蓬、昏似冥，

　　　　　　　　黯如烟、寒胜冰，

　　　　　　　　猛抬头绝壁倍心惊！（路尽碰壁）

　　　　　陵墓安在？

**顾炎武**　这里是了。

**少　年**　陵墓安在?!

**顾炎武**　这里是了！（指之）

| 少　年 | 石壁之上，小字一行。（念之）"此山明太祖之墓"…… |
|---|---|
| **顾炎武** | 这便是太祖陵墓了！ |
| 少　年 | 呀！青山一座、旷廓四野，无碑无冢、不树不封，叫人往哪里招魂？往哪处致祭？往哪方叩拜？（茫然）难道这这这便是人君帝王、九五之尊的下梢么……（拭泪） |
| **顾炎武** | 多情多感、侠骨柔肠。 |
| 少　年 | 见笑、见笑。 |
| **顾炎武** | 难得、难得！小官人，老夫年迈力衰，你搀我一把。 |
| 少　年 | 搀你一把？ |
| **顾炎武** | 你我登高一望！来来来呀！（挽之登楼） |
| | （唱）【鹊踏枝】 |

　　　　　苔条登，丹墀升，

　　　　　风挽云轻，

　　　　　天阔目凝。

　　你面前见着什么？

| 少　年 | 见着来处。 |
|---|---|
| **顾炎武** | 身后又是什么？ |
| 少　年 | 乃是归处。 |
| **顾炎武** | 来处如何？ |
| 少　年 | 朝靴行行，神道辇道。 |
| **顾炎武** | 归处怎样？ |
| 少　年 | 孤魂渺渺，钟山煤山！ |

　　（唱）今之视昔，好一似后之视今，

　　　　　荒草宫垣，寂寞山茔。

| **顾炎武** | 明传二百七十六年，清祚恐不似它长久也。 |
|---|---|
| 少　年 | 咄！（按捺）……先生清狂了。 |
| **顾炎武** | 此非老夫之语，实乃小官人之所思！小官人到此，嗟生死、吁盛 |

衰、叹国祚，可知国祚盛衰生死之上，还有那千秋长在……

| 少　年 | 白云苍狗，哪来千秋？ |
|---|---|
| 顾炎武 | 万古不废…… |
| 少　年 | 桑田沧海，有甚万古？ |
| 顾炎武 | 有有有！ |
| 少　年 | 是什么？是什么呀？ |
| 顾炎武 | 天下……天下也。小官人牵心者，亡国；老夫忧怀者，亡天下！ |
| 少　年 | 何谓亡国，何谓亡天下？ |
| 顾炎武 | 改朝易姓、以清代明，谓之亡国；仁义沦丧，人将相食，谓之亡天下！顺治之初，清兵凶暴、涂炭众生，虎丘塔弃骸堆满、寒山寺碧血染红，是天下将亡…… |
| 少　年 | （惭之）先父在时，常自不安…… |
| 顾炎武 | 康熙之初，《明书》冤狱、士林凋敝，秉节者挫骨扬灰、卖友者飞黄腾达，亦天下将亡…… |
| 少　年 | （愈惭）天子年幼、奸臣肆虐！ |
| 顾炎武 | 故我辈奋袖而起，正人心、拨乱世、续文脉、保天下！ |

（唱）【寄生草】

追昔叹唐宋，

抚今对明清。

纷纷纭盛衰几度迁祚运。

长在的仁义铭九鼎，

不废的太平安万姓！

保国者其君其臣廊庙谋，

保天下匹夫之贱未敢惜身命！

小官人啦，方才文武门前，你曾发三问，道老夫"退不退、进不进、明不明、清不清"……

| 少　年 | 惭愧！今知先生，志节不在进退，襟怀岂止明清？ |
|---|---|

| 顾炎武 | 老夫今以八字，权做一答。 |
|---|---|
| 少　年 | 哪八个字？ |
| 顾炎武 | 天下兴亡，匹夫有责！ |
| 少　年 | 天下兴亡，匹夫有责……（施礼）谨受教。敢问先生卓识，可曾付梓？使流布四海，小生也好拜读。 |
| 顾炎武 | 《日知录》疏狂之言，恐贻祸亲朋，不如藏诸名山，以待后世。 |
| 少　年 | 藏诸名山，岂不可惜？先生尽管刊印，自有小生作保。 |
| 顾炎武 | 有你作保？ |
| 少　年 | 小生作保！ |
| 顾炎武 | 哈哈，小小年纪，好大口气。天色不早，告辞了。（欲下） |
| 少　年 | 先生留步。日后孝陵重到，未必重逢。小生名姓，你尚且不知。 |
| 顾炎武 | 萍水聚散，不问也罢。 |
| 少　年 | 问问的好。 |
| 顾炎武 | 喔，小官人何名呀？ |
| 少　年 | 我名玄烨。 |
| 顾炎武 | 玄烨？ |
| 少　年 | 告辞了。（下） |
| 顾炎武 | 玄烨……这名儿倒有些耳熟哩。（下） |

　　　　［灯渐暗。

　　　　［幕后合唱：【尾】

　　　　　　倏忽一觉雪双鬓，

　　　　　　君子心皎如镜。

　　　　　　好向那闲话的渔樵笑浮名，

　　　　　　留取日月文章共焕映！

　　　　［曲沃，顾炎武卧病，潘耒、傅山在侧。

| 顾炎武 | （喃喃）天子何名？ |
|---|---|
| 傅　山 | 崇祯帝朱由检…… |

**顾炎武**　不是……

**傅　山**　弘光帝朱由崧……

**顾炎武**　非也……

**傅　山**　这不是、那不是……

**潘　耒**　难道?（陡悟）先生！天子名唤……（声极低）

**顾炎武**　是了……唉，这便是了。（逝世）

　　　　　[幕后合唱：

　　　　　　　即今嬉闹雀呼春，

　　　　　　　长作江南梦里人。

　　　　[公元1682年2月15日（康熙二十一年正月初九），明末清初杰出的思想家、经学家、史地学家、音韵学家、清学"开山始祖"顾炎武逝世，终年七十。

　　　　[全剧终。

## 附：昆剧写作：以《顾炎武》为例（授课节选）

今天继续讲昆曲写作。我想通过我讲的例子，让同学们知道某种带有规律性的创作方法，不仅可践行于昆曲写作，对其他剧种甚至话剧、歌剧、音乐剧的写作也都有参考作用。关于戏剧的组织与构思，我总结了八个字：素材——题旨——结构——剧情。这是个连贯的思考过程，就我看来，每一步都极为重要、不可脱漏。

首先是素材。我们准备着手写某个题材，第一步肯定要阅读相关素材。我因为在复旦大学做了十年学术，有个习惯是尽可能全面地掌握研究材料。题材不同，素材有时极多、有时极少。多有多的好处，少也有少的便利。芜杂处需要梳理，简陋处更需开掘。面对历史人物或历史事件时，我建议大家以人物年表或编年体史书为指引，研究者们写得好的评传也很可以一看。

其次是题旨。掌握了足够的素材后，你不妨把最打动你之处列举出来。但一定不要急着写剧本，因为它们还不是戏剧情节，哪怕它跌宕曲折、张力十足。以"动情"为光照，我们在素材里找到该题材入戏的最高价值，即全剧"题旨"。若无题旨，戏剧就像一场没有目的的旅程，单个情节再好看，也丧失了情节与情节之间的积累的力量，丧失了推进与攀登。

再次是结构。明确题旨之后，我们要思考、决定全剧的结构方式。题旨往往决定着结构，换言之，好的结构必须有利于题旨之实现。有的作品看上去就像用剧本的形式写了一篇小说或散文，正是因为作者缺乏对戏曲结构的把握能力。我写过很多借鉴元杂剧四折一楔子体例的"新杂剧"，近年来，在此基础上，也不断尝试根据题旨不同、情节不同做出结构上的调整、变化、拓展。

最后是剧情。剧情之裁选与结构之确定常常齐头并进。从纷繁素材到完整剧情之间，题旨与结构是非常关键的两个环节。明确了最高价值与实现最高价值的道路，才能有效选出可进入戏剧的素材原型，发挥想象力、创造力进行合理的虚构、挪移、放大、简省……直到这时，"素材"才真正成为"剧情"。配合结构方式，分场及分场梗概亦随之出现。就个人而言，分场梗概确定后，我才敢落笔。

……

因为有同学想听听《顾炎武》的创作，我就再做一点简单阐释。昆剧《顾炎武》是约稿之作，作为第七届中国昆剧艺术节的开幕式演出，由昆山当代昆剧院首演于2018年10月。

素材：顾炎武的文史材料，极其浩繁。

题旨：最早引发我好奇的是顾炎武的画像，都是包头巾或戴纱帽的正面像。忍不住想，他若转过身去呢？我们则会看到他脑后的辫子。明末清初，家国板荡，读书人有的选择殉国，有的选择出家，顾炎武做了第三种选择。他剃发易服，离开家乡，走向中原大地，拓碑勘考，一步步把几被战火毁坏的、将被岁月湮灭的文明重新拾起。自觉的文化守护，是他打动我的第一处。我又注意到，顾炎武三个外甥：徐乾学、徐元文、徐秉义个个入仕并在御前讲经，后康熙南巡，还曾赐匾徐氏。顾炎武呢，不但没有与之绝交，还和外甥们保持书信往来。信中谆谆教诲，是否也会在经意不经意中被送入康熙之耳？顾炎武一生读万卷书、行万里路，为清学"开山始祖"。作为一个伟大的学问家，其思想、襟怀、人格，不为明朝、清朝所限，可作为一个人：儿子、丈夫、朋友……他承受了多少痛苦、又需要跨越多少痛苦！这是人物打动我的第二处。一方面他坚持"遗民"身份，始终不肯仕清；另一方面，他又必须接受明朝灭亡的事实，并以其学问识见积极作用于新的时代以造福百姓。这两者在他身上逐渐统一的过程，正是顾炎武不断认识自我、战胜自我、认识天下、承担天下的过程。锥心的苦痛、绝望的徘徊、被文明文化安抚的孤独心灵、延续中华文化的自觉担当、直面朝代更迭的矛盾心态、自浩渺历史中扶摇而上的磅礴气势与求真求实的治学精神……这一切，糅作了一个"顾炎武"。

结构："三别"，在"初别母、次别友、三别妻……我今真个伶仃了"的人生旅程中，顾炎武越来越孤独，也越来越坚韧、恢宏、高卓，及至发出"天下兴亡，匹夫有责"之最强音。

剧情：楔子《思归》，点明全剧是顾炎武在坠马重伤、临终弥留之际的反顾。第一折《诀母》，明亡，顾炎武之母绝食殉国，遗命他"亲恩""乡恩""国恩"三不忘，这是他与母亲的死别。接下来是一折楔子《惊碑》，残碑历历，是他发愤之契机。第二折《对狱》，清初大兴文字狱，顾炎武活着走出牢狱，文友知己却都被凌迟处死，这是他与朋友的死别。第三折《论试》，一方面，远在故乡的妻子逝世了，另一方面，近在身旁的弟子也拜别了他，赴京应试。弟子担心顾炎武无人照料，顾炎武的回答是："野客无忧老更单，班马卷帙为我伴。"第四折《问陵》是在之前"三别"基础上的推进，也是对"三别"的回馈，像一颗种子，它破土而生、历经风雨，终于结作枝头的成熟。

《问陵》是一场对子戏，地点发生于明孝陵，人物分别是以末应工的顾炎武与以小官生应工的康熙。一个是岁月沉淀、人到暮年的大学问家，一个是意气风发的少年天子，其年龄、地位、个性间都存在巨大差异，力量上又能形成奇妙平衡。有趣的是，见面之初，顾炎武自报家门，康熙一早便知其身份，而直至分别，顾炎武都不知身旁少年是谁，哪怕他轻轻吐出一句"我名玄烨"、扬长而去后，顾炎武的反应也不过是："这名儿倒有些耳熟哩。"这样一来，二人言谈既无拘束，又会产生颇有意思的戏剧效果。

萍水相逢的一老一少，沿着明孝陵中轴线一路行来。起初，康熙看似谦逊、实则凌厉地问出三问，质疑顾炎武"退不退、进不进、明不明、清不清，空怀高才、尴尬一世"。到行经文武方门、孝殿、山陵三个地点，我们将这一路分为三个阶段、三个可积累可递进的层次，顾炎武引领少年行过了今古、行过了盛衰，面对"青山一座、旷廓四野"，康熙因人世繁华之脆弱而黯然神伤、不觉泪下时，顾炎武说出他心中的"千秋不废、万古长存"——"天下……天下也。"犹如黄钟大吕，震荡了少年，这才明白："先生，志节不在进退，襟怀岂止明清？"顾炎武"天下兴亡，匹夫有责"八字，随之喷薄。回想一下，康熙初发问时，顾炎武难道是被他问住了、无言以对？当然不。他早用一生的坚忍坚持做出了回答，可若直接回答，无论是力度、信服度还是戏剧性都极为缺乏，所以要用"编剧技巧"藏住这个答案，而用三个地点、三个阶段激荡人物之情感，有了从平地向上攀登的历程，才会有抵达山巅的高度。这是单折的写作方法之一。

# 秦腔《望鲁台》

## 人物表

燕　伋　　（净）

孔　子　　（末）

壤驷穗　　（旦）

子　渊　　（生）

子　贡　　（末）

子　路　　（武丑）

壤驷翁　　（老丑）

壤驷婆　　（彩旦）

燕　策　　（娃娃生）

燕　笃　　（娃娃生）

小　戎　　（生）

晨　风　　（贴旦）

裴　婶　　（彩旦）

# 第一章　辞归

［幕后合唱：

　　　　岁岁海棠落又开，

　　　　年年燕子飞去来。

　　　　一挑土生万挑土，

　　　　方有今日望鲁台。

［秦地千阳，壤驷穗翘首东望。

**壤驷穗**　　燕伋，豆田荒矣，等你回来播种啦；燕伋，麦田荒矣，赶紧回来播
　　　　　种啦……（隐下）

［鲁地，陋室。

［燕伋内唱：

　　　　家书似箭催人归……

［燕伋挑担上。

**燕　伋**　　（唱）待要归去又愁眉。

　　　　　撇不下夫子促膝勤教诲，

　　　　　撇不下同窗把臂共觞杯。

　　　　　往日里，随师友，扁担在肩步如飞。

　　　　　现如今，整行囊，压我双肩颤巍巍。

　　　　　明朝返乡秦岭去，

　　　　　几时杏坛得重回？

［子贡内声"子路、子路……"，上。

**燕　伋**　　子贡兄！

**子　贡**　　燕伋！子路哪里去了？

**燕　伋**　　子路？他不许我告诉旁人，他打猎去了。

**子　贡**　　哈哈……他若打得狐儿兔儿、獐儿鹿儿，明日你多担柴水，洗净锅
　　　　　瓢，我们好打牙祭。

燕伋　　　明日么……

子　贡　　噢！我倒忘了，你已禀过夫子，明日就要返乡了。

燕　伋　　不急不急，明日我多担柴水，洗净锅瓢、打过牙祭，再走不迟。

子　贡　　这又何必？琐碎杂务，人人做得、人人做得！（下）

　　　　　〔子渊上。

子　渊　　燕伋兄！明日返乡，路途遥远，你要保重。

燕　伋　　子渊，你羡煞我了！

子　渊　　我身无长物，有何可羡？

燕　伋　　你是鲁人，夫子亦是鲁人，相伴左右，朝夕闻道，可不羡煞我这秦
　　　　　人么？

子　渊　　夫子传述大道，周游列国，西行入秦，也是指日可待。（下）

燕　伋　　夫子入秦，指日可待？（自语）妙哇、妙哇！夫子入秦，夫子西去；
　　　　　夫子西去，夫子入秦……哈哈哈！

　　　　　〔孔子上。

孔　子　　（念）仁义如日月，

　　　　　　　　教化似众星。

　　　　　　　　辉光照海内，

　　　　　　　　岂分鲁与秦。

燕　伋　　夫子……（自思）夫子座下，弟子数千，岂会来此？

　　　　　（唱）恍惚此身痴如梦，

　　　　　　　　下拜当面谢师恩！

孔　子　　燕伋啦！

　　　　　（唱）你相从孔丘五年整，

燕　伋　　（唱）夫子言传已五春。

孔　子　　（唱）面上风霜添几道，

燕　伋　　（唱）心中初识大乾坤。

孔　子　　（唱）乡关谁人传书信？

燕　伋　（唱）媳妇催我返呀返回程。

　　　　　　她道是豆田麦田荒芜尽，

孔　子　（唱）正该三时务耕耘。

燕　伋　（唱）那麦田有我叔父代锄垦，

　　　　　　那豆田有她兄弟帮衬勤。

孔　子　（唱）书中之言是何意？

燕　伋　她书中么，豆田不是豆田，麦田不是麦田。

孔　子　哦！不是麦田豆田，是什么？

燕　伋　催我播种的，也不是豆苗麦籽……

孔　子　不是麦籽豆苗，又是什么？

燕　伋　夫子，只因弟子远游不归，我媳妇孤身在家，她肚皮那方田土，荒
　　　　芜长久了！

　　　　（唱）她催我亲力亲为、三个两个、木犊娃娃小娇生、小娇生。

孔　子　哈哈……

燕　伋　哈哈……这般开怀大乐，难道真在做梦？（自掐手臂）疼！

孔　子　不是梦，是当真。

燕　伋　若是当真，好不唐突！奈我燕伋，还有更唐突的话想讲。

孔　子　讲、讲、讲！

燕　伋　一问夫子，喜食米？喜食面？

孔　子　啊？

燕　伋　再问夫子，乐游水？乐游山？

孔　子　啊？

燕　伋　三问夫子尚殷礼？尚周礼？

孔　子　米面之选，我嗜面；山水之选，我爱山；殷周之选，我从周。燕伋
　　　　之意？

燕　伋　夫子容禀！

　　　　（唱）夫子若是喜食面，

　　　　　　九州面点秦为先。

　　　　　　臊子面，肉夹馍，

　　　　　　油饼锅盔百样鲜。

孔　子　　西秦美食，好不馋人！

燕　伋　　（唱）夫子若是乐游山，

　　　　　　重峦叠嶂是秦川。

　　　　　　西岳万仞夸奇险，

　　　　　　洞天之冠数终南。

孔　子　　西秦山川，好不雄壮！

燕　伋　　（唱）夫子若是尚周礼，

　　　　　　肇兴之地细查勘。

　　　　　　周公在秦制礼乐，

　　　　　　姜子牙渭滨垂钓竿。

孔　子　　西秦仪礼，好不神往！

燕　伋　　（唱）夫子大道天下传，

　　　　　　秦人踮足盼高贤。

　　　　　　年年盼得肠欲断，

　　　　　　岁岁盼得眼望穿。

　　　　　　今日燕伋放大胆，

　　　　　　央君车马入函关！

　　　　　　恰似甘霖济久旱……

孔　子　　燕伋之意，邀孔丘入秦？

燕　伋　　弟子斗胆，请夫子入秦！

孔　子　　你件件桩桩，都讲得在理。

燕　伋　　这桩桩件件，皆肺腑之言！

孔　子　　（唱）有劳你推心置腹这一番。

　　　　　燕伋啦，只是你的乡土、那关外西秦么……我是不去、不去、不去的!

燕　伋　此话怎讲? 怎么讲?

孔　子　取扁担过来。

燕　伋　扁担?（疑惑, 取之, 奉之）

孔　子　好、好一条铁扁担!（刻字, 递之）哈哈哈……拿去、拿去!（递之, 扬长而去）

燕　伋　呀! 扁担之上, 刻迹在此——（读之）"铁、扁、担"?

　　　　〔孔子幕后内声:"回乡去吧、西秦去吧!"

燕　伋　夫子, 这是何意? 到底何意?!

　　　　〔切光。


# 第二章　望鲁


　　　　〔秦地千阳。

　　　　〔壤驷婆内声:"老头子, 快走……"壤驷翁、婆上。

壤驷翁　（念）燕伋回乡十天半,

壤驷婆　（念）瓜女子瓷锤不言传。

壤驷翁　（念）老伴急得转圈圈,

壤驷婆　（念）我想抱孙孙么……

壤驷翁　（念）胡撩乱!

　　　　　　想孙孙就把心放坦,

壤驷婆　（念）善报福临家人安。

壤驷翁　（念）等来年……

壤驷婆　（念）龙凤胎, 如了愿,

翁、婆　（念）咱一家, 美美气气、谐谐和和、共享天伦乐无边、乐无边!

壤驷翁　（念）你就稍轻的没边边!

两国交战，也有中场休息。今十日已过，咱赶紧登门瞅瞅！

壤驷婆　看那瓷锤姑爷，能给咱添个乖孙孙?

壤驷翁　快走!

壤驷婆　快走!（圆场）到了! 女儿开门、开门!

　　　　　［壤驷穗内声"来了……"，上。

壤驷穗　（唱）慌忙收拾裙与裳，

　　　　　　　开门迎入爹和娘。

壤驷婆　（指穗）小脸红扑扑，害臊哩。

壤驷穗　爹、娘!

　　　　　（唱）斟上热茶奉娘饮，

壤驷婆　好么、好么!

壤驷穗　（唱）擀好的面条爹爹尝。

壤驷翁　啊女儿，我女婿回来，他怎么样啊?

壤驷穗　他呀……好!

　　　　　（唱）他立身好似铁塔壮，

　　　　　　　躺倒有如风火墙。

　　　　　　　一别五载两念想，

　　　　　　　喜重逢、喜重逢哪一夜不睁眼到天光、到天光!

壤驷婆　娃呀，夫妻恩爱虽好……

壤驷翁　也须固本培元，细水长流。

壤驷穗　哎呀! 爹、娘……

　　　　　（唱）他有那说不尽的条条道道对我讲，

　　　　　　　我虽是懵懵懂懂也欢心肠。

壤驷婆　啊? 你们就这样谝（聊）到天亮?

壤驷穗　谝（聊）到天亮!

壤驷婆　（背语）一对神人!

壤驷翁　瓷（呆）女子，燕伋人呢?

| 壤驷穗 | 一大早就出去了。 |
|---|---|
| 壤驷婆 | 一大早就出去了？走，找他去！ |
| 壤驷翁 | 走！ |

〔村西道上，燕伋挑担，歌上。

| 燕　伋 | （唱）学而不厌，诲人不倦， |
|---|---|
| | 　　学而不厌，诲人不倦…… |
| 婆、翁 | 姑爷！ |
| 燕　伋 | 爹娘安好！ |
| 壤驷婆 | 好姑爷、好姑爷！早起忙活，当真勤俭。 |
| 壤驷翁 | 好姑爷、好姑爷！高了、壮了，更结实了！ |
| 壤驷婆 | 就是的、就是的！ |
| 壤驷翁 | 嗯咳！想当年，我老汉也是人高马大！ |
| 壤驷婆 | 什么人高马大，明明人低马碎！ |
| 壤驷翁 | 哈哈……好姑爷，你求学五载，一朝归来，打算做何营生？ |
| 燕　伋 | 这营生么…… |
| 壤驷翁 | 是想务农？ |
| 燕　伋 | （摇头）心高。 |
| 壤驷婆 | 想行商？ |
| 燕　伋 | （摇头）人笨。 |
| 壤驷穗 | 想从军？ |
| 燕　伋 | （摇头）胆小。 |
| 壤驷翁 | 姑爷，你一不务农，二不行商，三不从军，你要做甚？ |
| 燕　伋 | 爹娘看我挑的什么？ |
| 壤驷婆 | 左边半挑土？ |
| 壤驷翁 | 右边半挑土？（疑惑） |
| 燕　伋 | 鲁有杏坛，是夫子授业之处。我今一样的堆土成坛，教书为生！ |
| 壤驷翁 | 教书？我来问你，教书能养家？ |

| 壤驷婆 | 能糊口？ |
|---|---|
| 壤驷翁 | 能打酒？ |
| 壤驷婆 | 能割肉？ |
| 壤驷穗 | 爹、娘！教书再无用，也比"凶"酒赌博打婆娘强！ |
| 燕　伋 | （哭笑不得）是"酤"酒…… |
| 壤驷穗 | 噢！是"酤"酒，爹娘，燕伋的书是教得的、教得的！（吆喝）街坊邻里，燕伋回乡教书喽！爹娘，你们也吆喝几声！ |
| 壤驷婆 | 真真"妻瓜瓜一个，夫瓜瓜一双"！ |
| 壤驷翁 | 不是"瓜一双"，是"瓜两双"！（自指） |
| 壤驷穗 | 街坊邻里，燕伋回乡教书喽！ |
| 婆、翁 | 燕伋回乡教书喽！ |

　　［众人好奇，探头；壤驷翁、婆、穗吆喝下。

| 燕　伋 | （正色、整襟、端坐） |
|---|---|
| | （唱）学而不厌，诲人不倦； |
| | 　　　三人行，必有我师焉……（歌声清亮） |

　　［幕后合唱：

　　　　岁岁海棠落又开，

　　　　年年燕子飞去来……（春秋流转）

　　［怀孕的壤驷穗扶腰，从后景区缓缓行过。

| 壤驷穗 | 当家的，（抚肚）一年多了，我这都结果了，你的弟子呢？ |
|---|---|
| 燕　伋 | 天上地下，到处是我弟子。 |
| 壤驷穗 | 天上的？ |
| 燕　伋 | 天上的雁儿，秋南春北、不越而来，学会个"信"字。 |
| 壤驷穗 | 地下呢？ |
| 燕　伋 | 地下的蚁儿，列队而行，不乱前后，学会个"礼"字。 |
| 壤驷穗 | 原来蚂蚁大雁，都是你教的！（下） |
| 燕　伋 | 不怨天，不尤人，知我者其天乎！ |

（唱）岁寒，

　　　　然后知松柏之后凋也、之后凋也！（歌声激切）

　［幕后合唱：

　　　　岁岁海棠开寂寞，

　　　　年年燕子久徘徊……（春秋流转）

　［壤驷穗怀抱婴儿，从后景区缓缓行过。

**壤驷穗**　娃他爹，三年了，娃都断奶了，你的弟子呢？

**燕　伋**　我的弟子么……昨日尚坐于此呀。

**壤驷穗**　那今日呢？（下）

**燕　伋**　今日么？

　［一阵嘻笑，小土堆后，晨风探头。

**晨　风**　哒！小戎不来啦，他说你疯啦！跟你学歌，要交肉干十条！

**燕　伋**　那是"束脩"，敬师之礼也！

**晨　风**　五音不全、还讨肉吃，真是馋疯啦！（下）

**燕　伋**　晨风……唉！是何缘故，这是何缘故？！

　（唱）千疑万惑困顿久，

　　　　欲向圣人问因由。

　　　　东望齐鲁山河远，

　　　　不见夫子读书楼。

　　　　只有这扁担伴我晃悠悠，（挑土）

　　　　一担一担愁上愁。

　　　　为什么好色之徒世常有，

　　　　好德之人却难求？

　　　　为什么信义君子多贫贱？

　　　　那寡廉鲜耻的锦衣裘？

　　　　为什么教化礼仪无人问，

　　　　举世汹汹利当头？

夫子啦……弟子之疑，唯你能解、唯夫子能解！

（唱）我这里一天一担千阳土，

堆做高台凌西周。

登台踮足再翘首，

遥遥迢迢望穿杏坛入双眸！

［幕后合唱：

岁岁海棠空开落，

年年燕子数声哀。

［壤驷穗牵一子（燕策）、抱一子（燕笃）上。

壤驷穗　娃他爹，八年了，你日日挑土堆台，登台望鲁！夫子远在千里之

　　　　外，你便把台堆得天高，能望见么？

燕　伋　望不见，才要望；望不见，更要望！

壤驷穗　（唱）你只管一日日翘首东望，

可知我一夜夜辗转愁肠。

只见你一回回头垂气丧，

可怜我一番番问暖嘘凉。

我绣的花样你无心赏，

我烹的蔬肴你懒品尝。

我孩儿一双怀中养，

你颗粒无收多迷茫。

一句话上舌端欲吞还放……

燕　伋　什么话？

壤驷穗　娃他爹，你……走吧。你想走，就走走走吧。

（唱）莫在这望鲁台前苦徜徉！

燕　伋　呀！

（唱）壤驷一句伤情话，

壤驷穗　（唱）强忍心头乱如麻！

燕 伋　　（唱）八年来，我疑惑满胸憋屈煞，

壤驷穗　（唱）何故扑面尽风沙？

燕 伋　　（唱）日日望鲁泪欲洒，

壤驷穗　（唱）春来杏坛满杏花。

燕 伋　　（唱）我这里身难挪、步难跨，贤妻幼子多牵挂、多牵挂，

壤驷穗　（唱）你只管挑扁担、赶车马，我在关外守住家、守住家。

燕 伋　　（唱）壤驷呀、壤驷呀，待要去、千舍万舍舍不下……

壤驷穗　娃他爹你瞧，咱家策儿、笃儿，与你像着哩。我拽着大的、抱着小

　　　　的、好着呢！我也要你……

燕 伋　　要我什么？

壤驷穗　（唱）也要你、乐陶陶、嘻哈哈、喜滋滋、笑呷呷、再无愁闷上

　　　　双颊！

燕 伋　　那我去了？

壤驷穗　去吧。把不明白的，想明白；把不清楚的，问清楚。

燕 伋　　我真的去了……（欲下）

壤驷穗　娃他爹！（燕伋止步）策儿，叫大（爸）。

燕 策　　大——

燕 伋　　哎！

壤驷穗　笃儿，叫大……（福祉无声）叫大！

燕 伋　　（劝之）娃还小，不会讲话。

　　　　〔壤驷穗抬手重拍娃臀，婴儿"哇"地大哭。

壤驷穗　这就算叫过了。当家的，你去吧……（转身）

　　　　〔燕伋向壤驷穗的背影深深施礼，下。

　　　　〔壤驷穗猛掉头，望向燕伋离开的方向。

　　　　〔灯渐暗。

# 第三章 辨银

[清晨，驿站内。

[孔子抚琴，子渊侍于侧。

孔　子　（停弦）子渊，此曲如何？

子　渊　妙！至高至深、尽善尽美。

孔　子　子渊识者！此《韶》乐也。

子　渊　弟子所言，岂但《韶》乐，亦夫子也。

[子路、子贡内声"夫子……"，上。

孔　子　子路、子贡。

子　路　前面便是函谷关，夫子当真要去秦国？

孔　子　此番燕伋来归，道是居乡八载、教化不行。我闻之惊疑，他言来恳切，殷殷劝我诲育秦民、车马西去……

子　贡　去不得、去不得！西秦戎狄之邦、蛮夷之地！

子　路　秦国先祖，不过周天子驾下、一个小小的马夫！

孔　子　子渊以为？

子　渊　秦风彪悍、尚勇好斗，夫子入秦……安危难测。

孔　子　（故意）话虽如此，却拗他不过……

[燕伋内唱：

　　　　仆仆风尘心欢畅……

[燕伋上。

孔　子　喏喏喏，他来了！

燕　伋　（唱）函谷关外是我乡。

　　　　夫子、众位！

　　　　（唱）烽火高台近在望，

　　　　　　日暮便可入秦邦！

子　渊　（欲劝）燕伋……

| 燕伋 | （唱）子渊呀，那啾啾云雀迎人唱， |
|---|---|
| | 　　野草闲花岭上香。 |
| 子路 | 燕伋！ |
| 燕伋 | （唱）子路啦，西土儿男争豪爽， |
| | 　　劝客一饮百十觞。 |
| 子贡 | 燕伋，我们有话说！ |
| 燕伋 | 稍待、稍待！夫子啦！ |
| | （唱）长揖谢夫子，授业到蛮荒。 |
| | 　　哽咽不能语，喜泪满衣裳。 |
| | 　　思想来俺撇妻子又五载， |
| | 　　小娃娃不识爹爹只识娘。 |
| | 　　巴巴劫劫催车马…… |
| | 　　夫子，鸡叫三遍，趱程前行吧。 |
| 孔子 | （戏谑，指三人）他们还有话说。 |
| 三人 | （推搡）你说、你讲……（面面相觑）这这这！ |
| | （唱）实不忍凉水浇泼他热心肠！ |
| | 　　罢罢罢、走走走！ |
| 孔子 | 哈哈哈……走走走！ |
| | 〔道上，子路驱车、众人趱程。 |
| 孔子 | （唱）奔走列国孔仲尼…… |
| 子路 | 啊呀不好！适才走得急，把夫子之琴，落在馆驿了！ |
| 燕伋 | 燕某脚快，我去取来。 |
| 孔子 | 我等在此相候。 |
| 燕伋 | 不敢！西秦在望，夫子前行，我随后赶上、随后赶上！（下） |
| 孔子 | 子路趱程。（子路扬鞭，众随行） |
| | （唱）奔走列国孔仲尼， |
| | 　　毂毂车轮转不息。 |

对晋嗟叹黄河水，

入楚跋涉草塘泥。

身困陈蔡绝粮米，

进退惶惶宋与齐。

今番率众西秦去……

**子　路**　　嘻、哈哈、噗嗤嗤！

**孔　子**　　（唱）闻他三笑忽生疑。

　　　　　　子路，你何故发笑？

**子　路**　　我一笑子渊，体弱多病，却要跋涉西秦、穷山恶水。

**孔　子**　　二呢？

**子　路**　　二笑子贡，善贾多财，却要撇家舍业、餐风关外。

**孔　子**　　还有这三？

**子　路**　　三笑夫子！

**孔　子**　　笑我什么？

**子　路**　　（数板）我笑夫子大圣人，

　　　　　　　　　　是流离四方的苦命人。

　　　　　　　　　　门下子弟多贤人，

　　　　　　　　　　何必看重个秦国人？

**孔　子**　　喔！你又来劝我，莫要入秦么？

**子　路**　　（数板）那燕伋，你道他天生老实人，

　　　　　　　　　　我却笑夫子不识人。

　　　　　　　　　　不是子路捉弄人……（对孔子耳语）

**孔　子**　　怎么？燕伋去后，你将银两，丢在道上？

**子　路**　　丢在道上，试他一试！

　　　　　　［燕伋内声"赶上了……"，携琴上。

**燕　伋**　　夫子，瑶琴奉上。

**子　路**　　（悄语）夫子啦！

（数板）好叫你认清眼前人、眼前人！

燕伋，你要请客喽！

燕　伋　　要的、要的！夫子入秦，天大喜事！娃他娘擀的面，真是：薄劲光、煎稀汪、酸辣香、再浇一勺肉汁汤……

子　路　　谁说这个！银子呢？

燕　伋　　什么银子？

子　路　　道路之上，那块白花花、光灿灿的银子！

燕　伋　　喔！方才道上，是有块光灿灿、白花花的银子。

子　路　　银子哪里？

燕　伋　　依旧道上呀。白银无脚，还能跑了不成？

子　路　　白银无脚，你有"手"哇！

燕　伋　　手？你是说，我拿了银子？

子　路　　你岂能不拿？

燕　伋　　我拿它做甚？

子　路　　定然拿了！

燕　伋　　实不曾拿！

子　贡　　（劝之）区区银两，罢了、罢了！

路、燕　　罢不得、罢不得！银子事小，德行事大！

子　路　　既说银子还在道上，不如原路折返、辨个明白！

燕　伋　　（迟疑）乡关渐近，这原路折返么……

子　路　　哈哈怕了、你怕了！

燕　伋　　掉头、掉头，辨个明白！

孔　子　　如此也好。子路趱程。

子　路　　走嘞。

　　　　　（唱）扬扬得意一声鞭，

子　贡　　（唱）掉转车毂向东南。

燕　伋　　（唱）健步匆匆足下赶，

子　渊　　（唱）疑虑纷纷心上旋。

子　路　　（唱）我料那白生生的银子定不见，

燕　伋　　（唱）银两定在道中间。

孔　子　　（唱）义也利也试相验，

子　渊　　（指燕，唱）怎叫他实诚人儿受欺冤？

燕　伋　　（唱）回头路行来家乡远，

子　渊　　（唱）燕伋啦，你何必孜孜勘银钱？

燕　伋　　要的、要的！

　　　　　　（唱）德行攸关当明辨，

子　贡　　（指渊，唱）这宅心仁厚的颜子渊！

子　路　　（对渊，唱）闲非闲是休多管，

孔　子　　（唱）愿闻子渊三两言。

子　渊　　（唱）喏！官道一望平又宽，

　　　　　　　　　　辚辚车马往来繁。

　　　　　　　　　　燕伋未必拾银两，

　　　　　　　　　　难说旁人见之不动贪。

　　　　　　　　　　寻寻觅觅无踪影……

子　路　　银两定然不在！

燕　伋　　定然在的！

子　路　　不在！

燕　伋　　在的！

子　贡　　无主之银，闲置道上，燕伋不拿，难免旁人……

子　路　　你是愚人，难道旁人也愚么？

燕　伋　　我愚人尚且不拿，何况旁人？何况旁人！

　　　　　　（唱）断不将他人钱财顺手牵！

子　路　　（唱）放胆一赌你敢不敢？

燕　伋　　赌什么？

| 子 路 | （唱）赌赌赌、就赌夫子的去与还。 |
| --- | --- |
| 燕 伋 | （唱）若是银两仍在道？ |
| 子 路 | （唱）我侍夫子入秦关。 |
| 燕 伋 | （唱）若是银两不在道？ |
| 子 路 | （唱）你随夫子返杏坛。 |
| 燕 伋 | （唱）这这这…… |
| 子 贡 | （唱）劝燕伋，莫要争强使意气， |
| 燕 伋 | （唱）赌赌赌！ |
| 子 渊 | 燕伋不可！夫子入秦，乃你平生之愿！ |
| 燕 伋 | （唱）敢赌那人性本善、善善恶恶、恶抑善扬俺方心安！ |
| 子 路 | 出口无悔？ |
| 燕 伋 | 愿赌服输！ |
| 子 路 | 夫子坐稳，走哩。 |
| 孔 子 | 走去哪里？ |
| 子 路 | 向东走，回鲁国。 |
| 燕 伋 | 且慢！银两定在左近，待我寻来你看！ |
| 子 路 | 你便掘地三尺，也是必输无疑！ |

　　［众人寻觅。

| 子 贡 | （陡然）那那那是什么？ |
| --- | --- |
| 众 | （唱）将信将疑近前看， |
| | 银子、是银子！（白银在道） |
| | （唱）白花花、光灿灿、安安静、好端端，银两依旧地平川、地平川！ |
| 子 路 | 不能、这不可能！ |
| 孔 子 | 白银之侧，小字两行，上书"天赐燕伋一块银"。 |
| 子 贡 | 此乃子路笔迹！ |
| 孔 子 | 下书"横财不发有德人"。 |

子　渊　　分明燕伋手书。

孔　子　　"天赐燕伋一块银"……子路，你何故写此七字？

子　路　　这……银光闪亮，我怕他扭捏不拿。

孔　子　　"横财不发有德人"！燕伋，你何故书此七言？

燕　伋　　我怕往来之人，一时糊涂、拿了银两、有损德行，故书此七言，以
　　　　　为警醒。

孔　子　　原来如此、原来如此！子路趱程。

子　路　　晓得！掉转车头，西行入秦……

孔　子　　回来！掉转车头，东行归鲁！

众　　　　（大惊）啊?!

子　贡　　夫子，方才打赌，是子路输了哇。

孔　子　　他二人斗赌，又非我的赌账。

子　渊　　可燕伋他……

孔　子　　燕伋啦，此去不远，是你乡园；你不必入鲁，且自归秦吧。

燕　伋　　这！夫子赶我，是弟子愚笨，做错什么？

孔　子　　家中妻子，翘首鹤望，你回去吧、回家去吧。

　　　　　（唱）登车揽辔身归鲁，

　　　　　　　　长诀拂衣不入秦！（下，众随下）

燕　伋　　（困惑）银两在地，难道我不该不拿、不该留字、不该赌斗么？夫
　　　　　子、夫子！咫尺之遥，函关在望，你何不入秦、何不入秦哪?!

　　　　　〔灯渐暗。

# 第四章　授业

　　　　　〔千阳，燕伋家。

壤驷穗　　（唱）夫婿鱼雁报还乡，

喜坏了壤驷针线忙。

绣一顶花鲜鸟舞的合欢帐，

绣一对虎头枕儿永成双。

针脚似我心意密，

彩线似我情思长。

五年来，豆田肥沃情田瘦，

麦田丰茂心田荒。

我这里急急忙忙门前望，

［燕伋上。

燕　伋　（唱）人惆怅、步彷徨、我好比飘零一叶冷秋霜。

壤驷穗　（见之）娃他爹……策儿、笃儿、你爹回来了！当家的，一路劳顿，
　　　　辛苦了！好酒好菜，等你们入席哩。

　　　　（唱）八荤八素热腾腾，

燕　伋　（唱）归来伶仃俺一人！（入座）

壤驷穗　（唱）夫子同门何处去？

燕　伋　（唱）摇手垂头懒应声。（举筷）

壤驷穗　（唱）劝酒布菜唤稚子……

　　　　策儿、笃儿！

燕　伋　（唱）筷上风肉动乡情。

壤驷穗　唷，娃娃们玩耍去了！

　　　　（唱）他们是树上爬来泥里滚，

　　　　　　等着恁做爹的教斯文。

燕　伋　这个……

　　　　（唱）俺愿担货挑学买卖，

　　　　愿事田亩作耕耘。

　　　　愿披甲胄执坚锐，

　　　　问阿穗，我是该行商、务农，还是从军？

| 壤驷穗 | 你、你不教书了？ |
|---|---|
| 燕伋 | 我不……不教书了。 |
| 壤驷穗 | 这、这是怎么一回事嘛？ |

  ［裴婶内声："还我蛋来，还我蛋来……"上。

| 裴婶 | 壤驷妹子！哟！燕伋，你回来了？ |
|---|---|
| 燕伋 | 裴婶安好。 |
| 裴婶 | 好着呢、好着呢，四方邻里常念叨你哩。壤驷妹子……罢了、罢了。（欲下） |
| 燕伋 | 裴婶何事？请讲。 |
| 裴婶 | 你家策儿，偷了我家的蛋！三天三夜，找得我好苦！ |
| 壤驷穗 | 哪有这样事！娃他爹，是她家的鸡，在咱家窝了整整三天！ |
| 裴婶 | 鸡找见了，那蛋呢？我家宝贝下的三只蛋，全被你家策儿偷着吃了！ |
| 壤驷穗 | 哎呀呀！这等难听！（护儿）怎不说你家的鸡，偷食我三日谷、偷饮我三日水、偷占我三日窝！我不把它拔毛下锅，你还讨甚蛋来！ |
| 裴婶 | 燕伋，你是教书的，你给评评理、评评理！ |
| 燕伋 | 喔！（故意）是我家的鸡，去往你家…… |
| 壤驷穗 | 不是哟！是她家的鸡，来在咱家。 |
| 燕伋 | 那若是咱家的鸡，去往她家呢？ |
| 壤驷穗 | 咱家的鸡，去往她家…… |
| 燕伋 | 壤驷啦，若是你街头巷尾，找足三天，失而复得，又想到三日来、三枚蛋，本该咱家收取、换柴换米，却被他人拿去，填了肚皮！你这心里…… |
| 壤驷穗 | 我这心里……不痛快么。 |
| 裴婶 | 对对对！我心里是不痛快么！ |
| 壤驷穗 | （自思）我，她……罢了罢了，还你还你，鸡蛋三只！ |
| 裴婶 | 谢过，谢过！琐碎难事，片言开解；壤驷妹子，你家燕伋真有 |

能耐！

燕　伋　谈何能耐，不过夫子传授八字……

裴、壤　哪八个字？

燕　伋　己所不欲，勿施于人……

裴、壤　己所不欲，勿施于人……

裴　婶　在理、在理！鸡蛋我收下一只，两只把还你！（下）

壤驷穗　裴婶！（转面）当家的，你还不肯教书么？

燕　伋　我……教不得、教不了！

壤驷穗　你收了"束脩"，怎可不教？

燕　伋　什么"束脩"？哪来的"束脩"？

壤驷穗　喏喏喏，都进了你"五脏庙"啦！（指肉）

燕　伋　这个？……

　　　　［晨风、小戎内声："先生……"

壤、燕　晨风、小戎！

晨、戎　先生！

小　戎　（唱）庄稼五回收又种，

晨　风　（唱）先生远游五秋冬。

小　戎　（唱）五年来，冷清清土堆傍田垄，

晨　风　（唱）五年来，吱扭扭扁担无影无踪。

小　戎　（唱）五年来，村口再不闻吟诵，

晨　风　（唱）五年来，乡里每觉耳旁空。

壤驷穗　（唱）那风肉，他们岁岁登门年年送……

燕　伋　怎么，肉干是你们送来的？

晨、戎　"束脩"者，敬师之礼也！

晨　风　（唱）"学而不厌，诲人不倦"……

小　戎　（唱）"三人行，必有我师焉"……

晨　风　零零碎碎，记得少许。

| 小 戎 | 不知不觉，歌了万遍！ |
|---|---|
| 燕 伋 | 晨风、小戎！ |
| | （唱）千叠浪涌洗心胸！ |
| 壤驷穂 | 晨风、小戎，你家先生不教书了。 |
| 晨、戎 | 啊？不教书，做甚么？ |
| 壤驷穂 | 去务农、去行商、去从军！ |
| 晨、戎 | 先生！ |
| | （唱）愿随先生习歌咏， |
| | 愿聆先生唱枯荣。 |
| 晨 风 | （唱）说什么半懂不懂、半懂不懂； |
| 小 戎 | （唱）妙的是乐也融融、乐也融融！ |
| 晨、戎 | （唱）愿先生授业不弃无知子， |
| | 我这里长揖长拜礼数恭。 |
| 燕 伋 | 呀！ |
| | （唱）原以为我愚直之人成何用， |
| | 不料想悄然已见冻土松。 |
| | 原以为春蚕丝尽难破蛹， |
| | 不料想蝴蝶翩舞醒花丛。 |
| | 原以为望鲁台只落得狐兔冢， |
| | 不料想星星点点春草茸！ |
| | 好叫人抖擞丈夫勇…… |
| 壤驷穂 | 当家的，哪里去？ |
| 燕 伋 | 挑土垫足、登台望鲁；泰山微尘、不忘初心。 |
| | （唱）挑起个上仰天、下俯地、俯仰慷慨对苍穹！ |
| 壤驷穂 | 这才是我男人哩！ |
| 燕 伋 | （唱）三军可夺帅，匹夫不可夺志也！ |
| 壤驷穂 | 街坊邻里，燕伋回乡教书喽！ |

| | |
|---|---|
| 晨、戎 | 街坊邻里，先生回乡教书喽！ |
| 燕伋 | （唱）德不孤，必有邻…… |
| 众 | （奔走相告）街坊邻里，燕伋／先生回乡教书喽！街坊邻里，燕伋／先生回乡教书喽！ |

［受业者众。

［幕后合唱：

　　　　岁岁海棠落又开，

　　　　年年燕子飞去来……（春秋流转）

［壤驷婆内声"女儿……"上，与壤驷翁上。

| | |
|---|---|
| 壤驷穗 | 爹、娘，何事啊？ |
| 壤驷翁 | 女儿，方才听人言讲，燕伋匆匆又赶去鲁国了？ |
| 壤驷穗 | 正是！只因天妒英才，颜回大病不治，不幸亡故！燕伋大放悲声，他说：颜回视夫子如父，夫子视颜回如子；今颜回亡故，夫子白发人送黑发人，定然伤悲，他当东行，吊唁同窗，宽慰夫子！ |
| 壤驷婆 | 怎么，那燕伋又撇了乡、撇了家、撇了我娃？不成不成，咱们将他追回来！ |
| 壤驷翁 | 走！ |
| 壤驷穗 | 爹、娘！燕伋自归乡教书，整整一十八载，阖家团圆、安乐快活；一十八载，驷穗知足了；我等着他、等着他…… |

［光渐收。

# 第五章　论道

［鲁地，孔家。

［孔子上，扶藜而歌。

| | |
|---|---|
| 孔子 | （唱）泰山坏乎？北辰颓乎？哲人萎乎？ |

日月晦乎？良木摧乎？哲人萎乎？

一世奔忙，风尘摇落，也该歇歇了。恨不能烟花三月、换上春衣，相约冠者五六人、童子六七个，沐于沂水，迎风琴台，踏舞放歌。怡然而归。快哉，快哉！

［燕伋端餐食上。

燕　伋　　（念）萧索山风日薄西，

　　　　　　　　伤心不敢问君疾。

　　　　　自子渊去后，夫子伤心卧病，身体一日不如一日……

孔　子　　燕伋。

燕　伋　　夫子，外面寒冷了。（扶之）新烹的肉糜，多少用些。

孔　子　　肉糜么…（拒绝）唉！去岁卫国父子争位，子路忠勇，为救主君，遭叛贼所害，踏做肉糜……

燕　伋　　是是是……啊夫子，子贡传书，他奉鲁公之命使齐，不日将归……

孔　子　　燕伋啦，昨夜偶得一梦。梦孔丘坐于两柱之间，受人拜奠。古礼夏人身死，停棺东阶；周人身死，停棺西阶；殷人身死……

燕　伋　　殷人怎样？

孔　子　　停棺两柱之间！我本殷人，想是死期将至矣。

燕　伋　　夫子好好好生将息，病体定定定当痊愈！

孔　子　　哈哈……燕伋实诚，偶作诳语，竟结巴起来。呀。

　　　　　（唱）眺子贡风尘齐鲁正奔走，

　　　　　　　　泣颜回茕茕泉下已三秋。

　　　　　　　　悼子路举箸断肠厌脯肉，

　　　　　　　　思想来千古高才万古愁。

　　　　　　　　天下无道沦落久，

　　　　　　　　谁播信义泽九州？

　　　　　　　　谁将礼乐教黔首，

　　　　　　　　谁把仁德劝诸侯？

　　　　　一个个年少的君子夭其寿，

　　　　　却叫俺年迈的夫子泪难收！

　　　　　促膝相望执君手……

　　　　燕伋，劳你远来，相伴三载；我死之后，你即刻西归、归乡去吧。

　　　　（唱）莫误你豆田麦田事田畴。

燕　伋　　那豆田麦田？

孔　子　　麦田豆田哪。

燕　伋　　老了、耕不得了。

孔　子　　耕得的、耕得的！啊？

燕　伋　　啊？

孔、燕　　哈哈哈！

燕　伋　　（笑渐转泪）哈哈……呜呀。

　　　　（唱）长笑不觉泪婆娑，

　　　　　　指斥上苍恨恩薄！

　　　　　　果敢勇烈俺输子路，

孔　子　　（夹白）刚勇果决，你不如子路。

燕　伋　　（唱）又逊色子贡善筹酌。

孔　子　　（夹白）通达机变，你不如子贡。

燕　伋　　（唱）更有那颜渊洞见如观火，

　　　　　　聪敏好似玉雕琢。

孔　子　　（夹白）贤德聪慧、闻一知十，你不如子渊多矣！

燕　伋　　（唱）他三人相去迢迢冥冥漠，

　　　　　　今日里唯有愚鲁伴巍峨。

　　　　　　愧对夫子惭煞我……

孔　子　　然较诸三者，我平生之望，更寄于你。

燕　伋　　怎么说？怎么说！

孔　子　　天色已晚，点了灯说吧。

| 燕伋 | （欲点灯、又踟蹰）呀。 |
| --- | --- |
|  | （唱）挑残灯花老更拙。 |
|  | ……盏中灯油将尽了。 |
| 孔 子 | 点上吧。 |
| 燕 伋 | 是。（点灯） |
| 孔 子 | 燕伋啦，你自二十二岁从学于我，四十年来千疑百惑…… |
| 燕 伋 | 俺正有百惑千疑，欲问夫子。 |
| 孔 子 | 从前不直言解答，只为燕伋纯善，必将我言，奉若圭臬…… |
| 燕 伋 | 天下正该以夫子为圭臬！ |
| 孔 子 | 若满盘皆收，不思不想、不驳不诘、不究不探，只知瞻我之首、步我后尘，则燕伋安在？燕伋哪里？ |
| 燕 伋 | （怔怔）燕伋哪里……燕伋安在?! |
| 孔 子 | 惜乎今日，灯油将尽……我且答你三问。 |
| 燕 伋 | 三问？ |
| 孔 子 | 三问。 |
| 燕 伋 | 这、这第一问！子路、子贡、子渊皆当世之杰，燕伋愚钝，夫子怎说，殷殷厚望，更寄我身？ |
| 孔 子 | 当世之杰、天赋异禀，凡人皆叹：可望不可即、可敬不可学！偏是你燕伋…… |
| 燕 伋 | 弟子怎样？ |
| 孔 子 | 人皆言道：论胆量，我不输燕伋；论通达，我不输燕伋；论聪慧，我不输燕伋！燕伋若可为圣贤，则人人可以为圣贤！ |
| 燕 伋 | 圣贤么……弟子惶恐、越发惶恐！ |
| 孔 子 | （风起，护灯）一阵风来，险将这残灯吹灭。 |
| 燕 伋 | 呀。 |
|  | （唱）风摇灯影夜来促， |
|  | 辗转悲怀自踟蹰。 |

长揖座前重发问……

孔　子　第二问?

燕　伋　（唱）第二问二十年心底常沉浮。

孔　子　你且问来。

燕　伋　（唱）百思不解忆当初，

夫子传道向秦都。

咫尺函关百余步，

为什么掉转车毂弃中途?

孔　子　（唱）历历在目忆当初，

你道是教化八载形影孤。

我应承西去催车毂，

偏遇着道上之事就弃了中途。

燕　伋　道上之事……那道上银两! 果真弟子做错什么?

（唱）莫不是不该与子路争斗赌?

孔　子　不是。

燕　伋　（唱）莫不是不该留下七言书?

孔　子　非也。

燕　伋　（唱）莫不是不该不取黄白物?

孔　子　错矣!

燕　伋　这不是、那不是……

（唱）思来想去更糊涂。

孔　子　（唱）都只为银两一块知肺腑，

叫俺识得"三不如"。

燕　伋　三不如?

孔　子　当日之事，燕伋深信人性本善，银两必定在道; 孔丘于此，半信半

疑，故掉头勘看。此我不如你，一也。

燕　伋　谬赞、谬赞!

孔　子　无主之银，我若见之，必独善我身、扬长而去；燕伋见之，谆谆留字，教诫他人。此我不如你，二也。

燕　伋　不敢、不敢！

孔　子　我言传身教数十载，教出个置银于地、试探同门；你挥毫道上仅七字，便见得人知自律、路不拾遗。此我不如你，三也！燕伋啦。

　　　　（唱）你至纯何用孔丘助，

　　　　　　我心尘更须勤拂拂。

　　　　　　"三不如"掩面匆匆返东鲁……

燕　伋　当日夫子归鲁，并非相弃？

孔　子　不是相弃！明镜在侧，正我衣冠。（莞尔，指之）圣贤者、远乎哉？圣贤者、不远也！

燕　伋　夫子、夫子——（百感交集，情难自制）

　　　　（唱）一霎时、喜极泣、悲极泣、悲喜交涌长恸哭！

　　　　（号啕、孩童般的）夫子！那日俺形影相吊、茕茕归去，日日东望，一十八年！怎的一十八年，夫子再未入秦哪？

孔　子　这便是你第三问么？

燕　伋　这个……

孔　子　盏中昏暗，剪了灯说。

燕　伋　是。（剪灯，灯稍亮，稍镇定）夫子，想老子散澹之人，尚骑青牛出关、来秦授业；夫子心怀天下、奔走四海，何故终身不入西秦？这，便是弟子第三问。

孔　子　这一问么……个中缘由，三十五年前，我已说与你了。

燕　伋　三十五年前？三十五年前……弟子愚昧，夫子怎说？

孔　子　三问已毕、灯油将尽……（调弦）燕伋啦，你我一世师生，就在这弦上作别了。（抚弦而歌）

　　　　（唱）蒹葭苍苍，白露为霜。

　　　　　　所谓伊人，在水一方……

燕　伋　　这、这是《蒹葭》!

孔　子　　（唱）溯洄从之，道阻且长。

　　　　　　　溯游从之，宛在水中央……

燕　伋　　《秦风·蒹葭》，是"秦秦秦"风也!

孔、燕　　（唱）蒹葭萋萋，白露未晞。

　　　　　　　所谓伊人，在水之湄。

　　　　　　　溯洄从之，道阻且跻。

　　　　　　　溯游从之，宛在水中坻……

　　　　［歌声渐低，琴声亦袅袅消散……

燕　伋　　夫子、夫子……（哽咽）灯油尽了。

　　　　［盏中灯灭。

　　　　［切光。

　　　　［幕后内声："公元前四百七十九年，孔子逝世于鲁，年七十三，一生教化弟子三千，贤者七十二人。孔子死后，葬于鲁城之北、泗水岸边，众弟子于墓旁为之守心丧三年。三年后依依而别、各归故里……"


## 终章　悟台


　　　　［幕后内声："燕伋、燕伋，豆田荒矣，等你回来播种啦；燕伋、燕伋，麦田荒矣，赶紧回来播种啦……"

　　　　［燕伋挑扁担上，内唱：

　　　　　　　冢庐守过三年丧……

燕　伋　　（唱）颤颤颤扁担返故乡。

　　　　　　　行经跋涉千重嶂，

　　　　　　　江流似俺九回肠。

〔少年甲挑担上。

**少年甲**　老人家肩上担重，我与你搭把手吧?

**燕　伋**　不消、不消。

**少年甲**　山路难行，仔细了。（下）

**燕　伋**　（唱）想当初，撇家求学意气壮，

　　　　　　俯首五载拜孔堂。

　　　　　　村妻书信催生养，

　　　　　　俺呵，劝不动夫子入秦邦。

　　　　　　归乡教化空劳攘，

　　　　　　堆台望鲁独凄惶。

　　　　　　坐卧不定八寒暑，

　　　　　　再向杏坛束行装。

　　　　　　一块银，夫子车马掉转向，

　　　　　　吊颜渊，又出函关叩门墙。

〔少年乙挑担上。

**少年乙**　老人家，看你风尘仆仆，是从何处来?

**燕　伋**　从鲁地来。

**少年乙**　要往哪里去?

**燕　伋**　往千阳去。

**少年乙**　我也要往千阳去。山路难行，我与你搭把手吧?

**燕　伋**　不消、不消，莫耽搁了你。

**少年乙**　老人家，你要仔细啊。（下）

**燕　伋**　（唱）这条道、俺平生三去三返来复往，

　　　　　　走老了少年发如霜。

　　　　　　从前吆喝声洪亮，

　　　　　　如今气短不成腔。

　　　　　　从前痛饮夸斤两，

如今举筷已怏怏。

从前俺健步如飞穿草莽，

到如今平川百步汗似浆……

乡园不远，待俺稍歇片刻。（卸担、抚之）扁担啦扁担，夫子辞世、同门流离，多年伙伴，只剩你我。今俺年老力衰，你倒油光铮亮，真是好一根铁扁担！铁扁担？

［幕后孔子内声："个中缘故，三十五年前，我已说与你了；三十五年、三十五年矣……"

燕　伋　（凝注）啊呀"铁扁担"！

（唱）这三字，夫子亲篆亲刻在扁担上，

摩挲旧迹年岁长。

凝神五内骤激荡，

难道说，缘由便在个中藏？

难道说，所书并非这三尺物，

是殷殷厚望寄儿郎？

夫子一生不入秦，

是要我掂轻重肩头称量。

是要我迎风雨莫避莫让，

是要我挑苦乐悠悠满筐。

是要我积跬步千里之上，

向西秦推教化一力支扛！

因此的夫子一生不入秦，

他要我朴拙好似"铁扁担"、不温不火、不卑不亢、刚柔并用、负重前行敢担当、敢担当！

豁然胸臆皆畅爽，

潸潸忽又泪成行。

到如今，抚琴的夫子成绝唱，

俺听琴的愚钝才识宫商。

重挑扁担血气漾，

欲呼欲啸少年狂。

大步流星奔乡壤，

山山水水无徜徉。

翘首故园变模样……

好蹊跷也！当年离家，行经此地，依依回首，一马平川；怎的方过六载，遥遥望去，竟多了齐齐臻臻、棱棱耸耸、郁郁葱葱一座丘陵，横在路口？十分面生，却又眼熟……啊呀！那那那分明燕伋堆台望鲁之处！难道那是望鲁台、望望望鲁台么?!

（唱）心潮万叠起飙扬！

想当年燕伋筑台十数尺，

今日里巍巍台高百十丈。

想当年寂寞台前眺夫子，

今日里众人垒土为谁望？

远远近似闻夫子笑朗朗，

恍惚惚似见夫子步身旁。

静默默、望鲁台、不言语、焕成章、好一似大吕黄钟鸣巨响，

世世代共看夕阳与朝阳！

夫子，弟子知矣！泰山江海，不崩不枯；星汉日月，长燃不灭。正在于此、正在于此！

［众人挑担，从四方迎上。（谢幕）

**众**　　夫子？夫子！（奔走相告）夫子回来了、燕夫子回来了……回来了！

**燕伋**　　夫子……弟子到家了、到家了。

［幕后合唱：

岁岁海棠落又开，

年年燕子飞去来。

一挑土生万挑土，

方有今日望鲁台。

〔全剧终。

## 附：一挑土生万挑土——《望鲁台》创作谈

2018 年我创作任务最为繁重之时，接到《剧本》杂志武丹丹的电话，问我是否有兴趣写一部秦腔。我本该推辞却很快接受了，既因策划人、剧目总监宋亚平先生的真挚，更因那个人、那座台，使我的心被磅礴的崇高感击撞着，并热切想将这感受付诸戏剧、与大家分享。

世传孔子弟子三千、贤者七十二，这七十二人里，有个秦人叫燕伋。他曾三度赴鲁，就学于孔子，后归千阳故里，教化乡邻。因思师心切，燕伋每日堆土垫足，登高以望鲁。日复一日、年复一年，成一高台，世称"望鲁台"。相关史料极为有限，这虽提升了写作难度，但也给了编剧思考、创作的空间。"望鲁台"又有"中华尊师第一台"之美誉，那么，是写燕伋怎么尊敬师长吗？燕伋是西北大地上孔子唯一的弟子，"开西秦设馆教学之先河"，那么，是写他怎么教书育人吗？当然这些皆可入戏、都能成戏，却不是我最想写的，因为最打动我的，并不是这些。

第一层打动我的，是从秦至鲁、从鲁至秦这条漫长的道路，便今日驱车，也在 1000 公里以上。2000 年前，燕伋，这个风尘仆仆的西秦汉子，肩挑扁担，三往三返，从壮年行至暮年，整整一生奔波在这条道上。鲁地什么吸引着他？是孔子、是孔子所象征的文明文化。秦地什么呼唤着他？是亲情、是乡情。两种力量拔河般作用在他一人身上，产生巨大的情感张力，这两种力量又不是对峙、对立的，而是累加、融合的，它们合而为一的结果，便是千载以下、仍默默屹立的那座高台。风尘岁月湮没了多少勋业王侯，望鲁台呢，一任岁月之河从它身上轻轻流过，风蚀雨淋、久而弥新。史载唐时某将军率兵经过此地，下令军士皆以衣襟包土一抔，堆于台下；今日我亦愿为之堆土一抔；堆向的，是人们对文明文化永远的向往。

这第一层打动，使我确定了全剧独特的结构方式。近年来我的戏曲创作，多借鉴元杂剧般"四折一楔子"的体例，亦合我国传统的"起承转合"之行文技巧。所谓："不可无常规，岂能不例外?"《望鲁台》，便是我斟酌掂量后的一次"例外"。我以"三往三返"为该剧结构，使内容与形式相统一，戏剧线在秦鲁之间稳稳地交叠推进：第一章《辞归》，是燕伋辞别孔子，由鲁归秦；第二章《望鲁》，教化不行，他由秦返鲁；第三章《辨银》，燕伋引众人又由鲁去秦；第四章《授业》，他在乡里教书十八年后，再度奔鲁；第五章《论道》，孔子在鲁，为燕伋解惑，劝他返秦；终章《悟台》，归来路上，乡园在望，毕生谜团，豁然开朗。有朋友问我，为什么以"章"标注而不用"场"？因为《悟台》不是尾声也不是余韵，体量上它不足以被称为"一场"，可之前所有的困惑，都在这里被解答；之前全部的积累，都在这里得到了温柔的、永恒的回馈。若把生命比作一部交响乐，《悟台》便是其最后一个乐章，庄重而辉煌。

第二层打动，来自望鲁台旁一块乾隆二年（1737）的碑石，上刻《燕公故里歌》，是清人吴荫荣、南英甫步韩愈《石鼓歌》韵作。《石鼓歌》里恰有这样一句："孔子西行不到秦。"孔子平生周游列国，为什么从未踏入秦国？是因为秦近狄夷之邦、民风彪悍，是因为秦之先祖出身贫微，还是因为关外路远、车马难行？再细想时，这些都不足以阻挡孔子传道的脚步。对此，《燕公故里歌》与望鲁台给出了另一种解释：因为西秦有燕伋。更打动我的不是乡里对燕伋的赞美崇敬，而是隐藏在这个解释中的师生之情。做先生的，要对学生怀抱多么深厚的期许、多么坚定的认同，才会将自己本该步到的一部分人生领域完全托付给弟子，满怀希望地等待他的收成；做学生的，要对先生怀抱多么虔敬的钦崇、多么热忱的敬慕，才会以先生之任为己任，哪怕蹉跌、哪怕迷惑，千回百转，仍将头颅朝向他所在的方向，矢志不渝。这是我所能理解、感受到的最美好、最高尚、最饱满的师生关系，这使"传道授业解惑"超凌在概念之上，具有了叫人潸然泪下、心向往之的情感力度。

这第二层打动，构成了推动全剧剧情发展的主悬念。燕伋不断请求与盼望着孔子入秦授业，而孔子一再拒绝他，甚至在距离函谷关一步之遥处掉转车头。孔子不将个中缘故直接告诉燕伋，是要他在磨砺中自悟，用他的身躯去感受播种的剧痛与收获的欢喜。直到孔子临终之夜，师生有了最后一次坦率的晤谈。这便是第五章《论道》，我最倾心的一章。章名与人物设置都极其惊人。"论道"，能有戏吗？无丑无旦、无插科打诨，仅仅两个老头儿对坐谈话，能有戏吗？我就要这样，就爱这样。一灯如豆，闪烁明灭，孔子为燕伋开解一世困惑。如山之高、如渊之深，高尚又朴拙、洞达又真率。记得文本初成，有朋友提出：史载孔子辞世之时，子贡相伴左右。为什么你却写成子贡奔走齐鲁、迢迢难归？我既深谢他的提醒，也说出了自己的考虑：戏到此时，我必须"清场"了，要强调颜回病故、子路殒命、子贡鞭长驾远以提示受众，在这至肃穆、至庄严的时刻，天地间仿佛只有孔子与燕伋，万物静默，屏息聆听圣贤之言。我禁止任何"外来事件""矛盾冲突"进入这斗室，只用孔子数次挑亮灯芯为段落的切分提示，看似牺牲了部分"戏剧性"，实则，这样的庄严肃穆，才是我孜孜以求的最好的"戏剧性"。当那个已由平凡走入不凡、伟大却不自知的燕伋，听孔子当面赞他"圣贤者、远乎哉？圣贤者、不远也"时，他号啕大哭起来，我特别加了一句"孩童般的"。是啊，一辈子的承担、苦涩、风霜刻在身上的刀痕，都在这放声一哭中，被清涤、被释放、被升华了。灯灭了，光传下去，犹如孔子逝世前弹与燕伋的《秦风·蒹葭》，袅袅其音，永无止境。

还有第三层打动哩，得之于西秦、千阳与秦腔，得之于这方水土孕育的文化特性。之前我接触较多的是南方剧种，缱绻精致、迂回柔美，今次却截然不同。我很感激、感恩千阳、秦腔赋予了该剧目与剧中人独一无二的个性气质，并在演出中将之酣畅淋漓地表现出来。燕伋，他不英俊、不精明、不会察言观色，也不机敏通达，他是魁壮、爽快、朴素、拙诚的，似乎人人都能笑他愚、笑他耿、笑他傻，却不知这正是他最鼓荡的生命力，是燕伋之为燕伋、望鲁台之为望鲁台的根本所在。正如随他南来北往、朝夕相伴的那根"铁扁担"，不温不火、不卑不亢、负重前行、一力担当。这第三层打动，使我将"铁扁担"确定为核心道具与燕伋精神的象征物。唯有这么个燕伋，才能年年岁岁、村口吟咏，将教化的种子播入秦土；才会在道上的无主之银旁添上一行小字"横财不发有德人"，以警他人；他耐得住冬寒，才守得见花开；才有当年他堆土成台、以望孔子，而后众人将台越堆越高，以望燕伋、以望教化、以望文明。这沉凝、阔远的题旨，又因秦腔特有的幽默感、接地气的介入与杨君导演及所有主创的创造力与精彩演绎，而灵动俏皮、趣致横生。

"岁岁海棠落又开，年年燕子飞去来。一挑土生万挑土，方有今日望鲁台。"主题歌的第三句，是某天散步时忽然想到的，它不同于寻常七言之"四三"式，而是"三一三"式的，但我不改了，因为这就是我想说的。

# 昆剧《世说新语》系列折子戏

## 驴鸣

### 人物表

曹　丕　（小官生）
曹　植　（巾生）
贾　诩　（净）

昆剧《世说新语》
五个宣传片

［贾诩上。

贾　诩　（念）枭雄爱幼子，

　　　　　　　郊祭识侯王。

老夫贾诩，小有机谋，颇得魏王看重。今乃王粲王仲宣葬日，想仲
宣在时，与五官中郎将曹丕、临淄侯曹植皆交游亲善。当此之时，
二位公子，必来吊唁。老夫奉命，冢前迎候、一窥高下。

［曹丕、曹植内声："曹丕（曹植）来也……"分上。

曹　丕　（唱）【仙吕入双调引】

　　　　　　连蒿草，

　　　　　　骏蹄惊破霜晓。

　　　　　　柳争婀娜杏卖俏，

　　　　　　招摇向谁笑？

曹　植　（唱）简从摒免了喝道，

　　　　　　轻骑不用舆轿。

　　　　　　短歌长吟相缭绕，

　　　　　　伤怀临悲吊。

［二人相见。

曹　丕　子建今日，出行得早。

曹　植　兄长在前，小弟敢不加鞭？

曹　丕　好个"敢不加鞭"！子建请。

曹　植　僭越了……（欲行又止）长幼有序，还是兄长先请。

曹　丕　唯才是举，还是子建先请。

二　曹　请、请、请！（并行、近前）"故侍中王粲之墓"……呀！

曹　丕　好萧索！

曹　植　好伤情！

贾　诩　好哀荣！

二　曹　（一惊、迎之）贾公有礼。

贾　诩　　公子有礼。仲宣身后，得二君来吊，哀荣极尽！敢问公子，所备祭礼呢？

二　曹　　（面面相觑）这祭礼么……

曹　丕　　不敢相欺。

　　　　　（唱）【忒忒令】

　　　　　　　那祭仪、谆恳恳俺牵着心梢，

　　　　　　　香甘甘、也钩悬在腰。

贾　诩　　（夹白）祭礼哪里？

曹　丕　　（唱）欲献圣人赋，

　　　　　　　又惮云台诏。

贾　诩　　（夹白）祭礼为何？

曹　丕　　（唱）念念非、都休了、皆撇撂，（夹白）小生所备，只做无有！

　　　　　　　暂忍当垆醉，

　　　　　　　明春墓门浇。

曹　植　　（猜中）兄长祭礼，是中山冬酿？是洛下杜康？

曹　丕　　（脱口）杜康的便是！啊呀呀……贾公当面，子建慎言！

曹　植　　那杜康虽一口三香，终不及冬酿九酝、醇美无比！

曹　丕　　子建祭礼，难道——

曹　植　　（取酒）喏喏喏，冬酿在此，奉陪一杯如何？

贾　诩　　（提醒）嗯咳！临淄侯忘却孔文举之事么？

曹　丕　　正是！父王颁令禁酒，孔文举明知故犯、聚众烂饮，收监问斩！这酒么……子建收起的好。

曹　植　　父王法令，拘束活人，还管死人么？兄长啦，"祭必用酒，饮酒必祭"，你我今日，一醉何妨？

　　　　　（唱）【沉醉东风】

　　　　　　　俺斟、斟满这莹莹新醪，（夹白）好香唷！

　　　　　　　惊馋起、故旧黄泉觉。（夹白）仲宣来了，干干干！

| 曹 丕 | （唱）他酌冬酿、把魂招， |
|---|---|
| | 俺掩敛杜康添悒懊。 |
| 贾 诩 | （唱）同根生两下相较， |
| | 五官谨孝、临淄风骚， |
| | 论祭礼曹子桓输子建旷放才高。 |
| | 临淄侯慢饮，分一杯与俺解馋。 |
| 曹 丕 | 贾公！父王酒禁未开，怎可…… |
| 贾 诩 | 此一时，彼一时！这也是托仲宣之福。（对植）啊？ |
| 曹 植 | 啊？哈哈哈……呜呜呜呀！仲宣之福，仲宣安在？美酒郁郁，王郎安在？那《登楼赋》《七哀诗》、文若春华、思如泉涌，都都都不在了！ |
| | （唱）【哭相思】 |
| | 羡往岁戴蝉珥貂， |
| | 哭今日寒灰冷灶！ |
| | 建安二十二年正月戊申，故侍中关内侯王君卒。谁谓不伤，华繁中零；何以赠终，谏以送之！ |
| 曹 丕 | 呜呼王郎！俺亦（撰）……（袖中欲取而止） |
| 曹 植 | （念）吉往凶归，号恸摧崩。 |
| | 兴感哀风，徘徊行云。 |
| 曹 丕 | 呀！ |
| | （唱）【园林好】 |
| | 觑着他、乘兴不消管毫， |
| | 比着俺、雕凿的翰墨难掏。（袖中欲取再止） |
| 曹 植 | （夹白，念）吾与夫子，好和琴瑟， |
| | 如何奄忽，弃我凤零。 |
| 曹 丕 | （唱）喷珠玑字字华妙， |
| 曹 植 | （夹白，念）延首叹息，雨泣交颈， |

695

呜呼哀哉，永安幽冥！

曹　丕　（唱）吐绣口惭煞我曹！（袖中欲取三止，夹白）罢罢罢！

袖底物，化烟消。

贾　诩　中郎将、中郎将！看你掏摸袖内、斟酌再三，却是为何？

曹　丕　上覆贾公，小生袖内，乃通宵修撰、诔文一篇。

曹　植　兄长之诔？洗耳恭听！

曹　丕　不敢。

曹　植　敢乞一观？

曹　丕　不消。

曹　植　那便焚诸冢前、以寄王粲！

曹　丕　不必了。（袖中取文、信手扯坏）

贾　诩　彻夜心血，霎时撕坏，岂不可惜？

曹　丕　何惜之有？（话中有话）世间选汰，只取最优，不问其次，贾公父
　　　　王心腹，此浅显之理，岂能不知？

贾　诩　这个……

曹　植　（得意）仲宣已得小弟之诔……

曹　丕　曹丕另有一物相赠。

曹　植　是什么？

贾　诩　是什么？

曹　丕　乃是王粲在时，至爱之物！

曹　植　既非美酒、又非诔状……我晓得了！

（唱）【前腔】

莫不是、收珠囊迷迭香飘？

曹　丕　（夹白）不是香囊。

曹　植　（唱）莫不是、紫琉璃棋布弹敲？

曹　丕　（夹白）亦非弹棋。

曹　植　（唱）难道是，金声玉润和阗料？

| 曹 丕 | （夹白）无关金玉。 |
| --- | --- |
| 曹 植 | （唱）思不中、猜难着， |
| 曹 丕 | （唱）请侧耳、入重霄。 |
| 贾 诩 | 侧耳一听？此话怎讲？ |
| 曹 丕 | 仲宣至爱，一声响耳。 |
| 贾 诩 | 声响么……是风声？雨声？ |
| 曹 植 | 是琴声？瑟声？ |

**曹　丕**　（唱）【五供养】

> 不是琴瑟弄纤巧，
>
> 也不是风声潇潇、
>
> 雨声潇潇。
>
> 这声儿常闻衢市，
>
> 未肯沾锦带宫袍。
>
> 偏偏楞楞，
>
> 一声声、蜿蜒山坳。

| 曹 植 | 拐弯抹角，到底什么？ |
| --- | --- |
| 曹 丕 | 敢问子建，可知我之所好？ |
| 曹 植 | 好端端祭仲宣，怎说兄长所好？ |
| 曹 丕 | 果然子建一些儿也不知。 |
| 曹 植 | 这……（反驳）敢问兄长，可知小弟所好？ |

**曹　丕**　你之所好么，我亦无所知……无所知也！

（唱）廿余年檐梁手足，

> 冷萧条，（夹白）修短有命，死生无常。往后子建祭我、或是
>
> 我祭子建呵。
>
> 恨不如快哉今日一悲号！

子建听了、贾公听了！（拟声）啊呃、啊呃、啊啊啊——呃！

| 贾 诩 | 此、此……此驴鸣之声！ |
| --- | --- |

曹　植　（潸然）仲宣在时，最好驴鸣……

曹　丕　天人永隔，鸣以送之；至情一往、鸣以送之！

贾　诩　中郎将虽重情重义，然此粗鄙之声……

曹　丕　此粗鄙之声，实不该出曹丕之口、更不可出世子之口、尤不能出来日魏王之口，是也不是？

曹　植　啊呀呀……贾公当面，兄长慎言！

曹　丕　贾公啦。王粲一介书生，怎劳尊驾致祭？贾公来意，比长论短，我与子建，尽皆知之！想父王立嗣之心，摇摆多年；我兄弟夺嫡之争，绵延数载。手足同胞，多的是明争暗斗、多的是划策运筹、多的是权谋机殼，独独少了这声驴鸣、这一声驴鸣哪。

　　（唱）【尾声】

　　　　莹中几度登楼啸，

　　　　驴鸣一声出廊庙。

　　子建，过来！

曹　植　是。

曹　丕　过来。

曹　植　是。

曹　丕　附耳过来。

曹　植　是是是。

　　［曹丕与曹植耳语。

曹　丕　哈哈哈！

　　（唱）怕甚么情多催人青鬓老。（下）

　　［曹植目送，怔忪出神。

贾　诩　临淄侯、临淄侯——中郎将与你，说的什么？

曹　植　兄长言道……

贾　诩　嗯？

曹　植　我所爱者，甘蔗与葡萄耳。我所爱者，甘蔗与葡萄！兄长、兄

长——（追下）

贾　诩　甘蔗？葡萄？哈哈哈……想临淄侯天资聪颖、特见宠爱，朝野之士，以为魏王必废长立幼；然观今日之事，世子之位、继嗣之人，尚且可知、尚未可知啊。（下）

# 索衣

## 人物表

王　戎　　（付净）

王　姣　　（旦）

青　奴　　（丑）

红　叶　　（贴旦）

[王戎上，青奴执鞭随上。

王　戎　（唱）【仙吕小蓬莱】

　　　　　　百岁浮生如寄，

　　　　　　泛五湖、羡妒越蠡。

　　　　　　苎萝佳丽、万贯珠绮、悠游耄耋。

青　奴　老爷好比范蠡，高德高寿。

王　戎　（得意）嗯。

青　奴　夫妻恩爱，卿卿我我。

王　戎　（越发得意）嗯。

青　奴　良田千顷，一毛不拔！就连卖出的李子，也要个个钻核，防人
　　　　取种。

王　戎　哆！小奴才。

　　　　（唱）漫道俺锱铢必计，

　　　　　　《易》曰：差若毫厘，谬以千里。

　　　　　　那算板珠儿、算袋筹儿、端的亲亲怡怡。

青　奴　（背语）他是药铺卖棺材——死活都要钱！

王　戎　去岁大暑，女婿冒雨来谒，穿走我簇新新一袭单衣。我从夏等到
　　　　秋、从秋等到冬，直等到春归，还不见归还。故此登门，索衣
　　　　去也！

青　奴　老爷，裴姑爷家到哉！

王　戎　快去叫门。

青　奴　是。（叫门）府上有人么？

　　　　[王姣上，红叶随上。

王　姣　爹爹哪里？（见之）拜见爹爹！

王　戎　女儿免礼。（入内，青奴随之）

王　姣　红叶，上茶。

红　叶　是。老大人，请用茶。

| 王　戎 | （饮之、品之）这茶……啊女儿，敢是你丈夫发财了？ |
|---|---|
| 王　姣 | 廉以养德，哪来横财？ |
| 王　戎 | 升官了？ |
| 王　姣 | 才不配位，岂敢他望。 |
| 王　戎 | 既未发财，又未升官，怎将这等好茶，拿来待客？速唤裴頠出来，听我教训。 |
| 红　叶 | 老大人，老爷讲学东宫，不在家中。 |
| 王　戎 | 喔，不在家中……啊呀不好！ |
| 青　奴 | （背语）只怕那件单衣，被姑爷穿出去哉！ |
| 王　戎 | 啊女儿，你丈夫驾前奉承，要好生穿戴呀。 |
| 王　姣 | 他么！ |

（唱）【八声甘州】

　　穆穆美容仪，

　　　　步宫闱、净袜闲蹑桑屐。

| 红　叶 | （夹白）潇洒！ |
|---|---|
| 王　姣 | （唱）风光月霁，<br>　　　　明锃锃冠笼纱漆。 |
| 红　叶 | （夹白）神气！ |
| 王　戎 | （夹白）不问头、不问脚，只问他身上穿着？ |
| 王　姣 | （唱）拂扬广袖乱云低，<br>　　　　他缓带轻裘结珠玑。 |
| 王　戎 | （夹白）喔……乃是裘带！ |
| 青　奴 | （夹白）不是单衣，老爷放心哉！ |
| 王　姣 | （唱）依依，妙儿郎顾盼清奇。<br>　　呀，只管赞他，不知爹爹何事过府？ |
| 青　奴 | 老爷此来，只为讨…… |
| 王　戎 | 多嘴！ |

| 红 叶 | 讨什么? |
|---|---|
| 青 奴 | 讨…… |
| 王 戎 | 退下! |
| 青 奴 | 是哉!（下） |
| 红 叶 | 讨什么呀? |
| 王 戎 | 讨、讨……喔,只为"桃"李满枝、芬芳可爱,因此的闲来踱踱。 |
| 王 姣 | 红叶,安排车马,我陪爹爹户外游春。 |
| 王 戎 | 不消、不消!今日俺么,有些儿头晕。 |
| 王 姣 | 红叶,召唤青奴,送爹爹回家静卧。 |
| 王 戎 | 不消、不消,歇歇就好!（背语）单衣一领,怎生开口?总要想个法儿,使她自悟!有了、有了!啊女儿。老夫晕眩难支,实乃萧索伤心之故。 |
| 王 姣 | 爹爹伤心怎的? |
| 王 戎 | 唉!俺来此路上呵。 |
|  | （唱）【前腔】 |
|  | 　　安车过城西, |
|  | 　　春风里、入眼黄公酒旗。 |
| 红 叶 | （夹白）黄公酒垆,开店长远哩。 |
| 王 戎 | （唱）蓦然幽忆, |
|  | 　　竹林客醉此淋漓。 |
| 王 姣 | （夹白）爹爹是说那阮籍、嵇康么? |
| 王 戎 | 想当初,俺与嵇叔夜、阮嗣宗…… |
|  | （唱）衔杯酣饮舞胡姬, |
|  | 　　兴动时击节弹铗敲我衣! |
| 王 姣 | （夹白）好神往人也! |
| 王 戎 | （哼唱）衣呀么衣…… |
| 红 叶 | （夹白）衣什么?什么衣? |

| 王　戎 | （唱）啊呀……依稀！ |
|---|---|
| | 　　　嗟尘网将人绁羁！ |
| | 自嵇生夭、阮公亡以来，老夫战战兢兢、浮沉俗世。今过黄公酒 |
| | 垆，视此虽近，邈若山河、邈若山河！ |
| 王　姣 | 爹爹宽怀。 |
| 王　戎 | 那阮籍，他他他还欠我酒钱十串！ |
| | ［青奴内声"老爷……"，上。 |
| 青　奴 | 老爷！刘老爷立誓戒酒，请老爷前往做证。 |
| 王　戎 | 不去。 |
| 青　奴 | 刘老爷言道，戒酒事大，须得痛痛快快，酒食庆贺！今日花销，都 |
| | 记他账上。 |
| 王　戎 | （对姣）啊呀兹事体大，不去不成了。 |
| 红　叶 | 我送老大人。 |
| 王　戎 | 不忙。青奴，你去回禀，待老爷了结正事，即便赴约。 |
| 青　奴 | 啊？怎说老爷你还没讨着…… |
| 王　戎 | 多嘴、退下、快去—— |
| 青　奴 | 是是是。 |
| 王　戎 | 回来！ |
| 青　奴 | 在此。 |
| 王　戎 | 你去刘府，看顾周旋，我老爷未到，毋叫开席！ |
| 青　奴 | 晓得哉！（下） |
| 王　姣 | 啊爹爹，青奴所言"刘老爷"，难道"醉刘伶"么？ |
| 王　戎 | 正是！当日俺与阮籍、嵇康、山涛、向秀、阮咸、刘伶纵歌啸傲、 |
| | 游于竹林，世号"七贤"，各有千秋。但观其衣，便识其人！ |
| 王　姣 | 喔？这等神妙！那阮籍？ |
| 王　戎 | 阮步兵好哭！ |
| | （唱）【解三酲】 |

遍衣襟斑斑失涕，

|红　叶|那嵇康？|
|---|---|
|王　戎|（唱）打铁衣溅火星参差焦迹。|
|王　姣|那山涛？|
|王　戎|（唱）山巨源着官袍彬彬有礼，|
|红　叶|那向秀？|
|王　戎|（唱）他墨痕染袂似花泥。|
|王　姣|阮咸如何？|
|王　戎|（唱）小阮红袖翠巾善筝琶，|
|红　叶|刘伶怎样？|
|王　戎|哈哈，他刘老爷家徒四壁，三文五文，尽皆打酒！|
| |（唱）年年岁补补绽绽的百衲衣！|
|王　姣|爹爹你呢？|
|王　戎|我么？|
|王　姣|你呀！|
|王　戎|我啊。|
| |（唱）空歔欷，|
| |当年冠带，|
| |近日流离。|
|红　叶|怎么，老大人当年之衣，竟找不着了？|
|王　戎|是啦。老夫翻箱倒柜、上寻下觅，竟找它不着。|
|王　姣|这便如何是好？|
|王　戎|不免寻来你家。|
|姣、叶|（面面相觑）我（咱）家？|
|王　戎|我那女婿、你的丈夫，裴頠裴侍中的身量，与俺仿佛、是差也<br>不多。|
|王　姣|呀！难道去岁、大暑时节？|

王　戎　　大暑时节、暴雨骤降！

王　姣　　郎君前去拜谒爹爹，却换了一件单衣回来。

红　叶　　夫人嫌其寒酸，欲赐家奴……

王　戎　　啊?！我那衣衫——

王　姣　　郎君却道，此衣爹爹亲赠，未敢弃之！红叶，取衣过来。

红　叶　　是。（下）

王　戎　　这个……单衣一领，赠与裴君，俺倒也说过。

王　姣　　深谢爹爹，这等垂爱。

　　　　　〔红叶上。

红　叶　　衣衫来了。

王　戎　　啊呀……走慢些、再慢些！

红　叶　　（唱）【前腔】

　　　　　　　　移金莲，敛声屏气，

王　戎　　（夹白）捧高些、再高些！

红　叶　　（唱）奉单衣、高擎肘臂。

王　戎　　（夹白）放轻些、再轻些！

红　叶　　（唱）盈盈的悬心儿铺陈书儿。

　　　　　哎唷累煞人！

王　姣　　爹爹请看，可是此衣么？

王　戎　　是它、是它！（俯近、侧耳状）

　　　　　（唱）啊呀衣，恁道年来腹内饥?

王　姣　　单衣一袭，怎说饥饿?

王　戎　　（唱）又道渴煞喘吁吁?

红　叶　　又说口渴要饮水?

王　戎　　（唱）箱笼里黑黢黢深锁望无期!

王　姣　　不置箱中……

红　叶　　放在何处?

| 王　戎 | （唱）最相宜， |
| --- | --- |

净瓶前卧，

香案上栖。

风吹不着、雨打不着、餐香饮露，不渴不饥，方得香喷喷、松软软，自在惬意。

| 红　叶 | 衣叔叔、衣伯伯、衣爹爹，你好难供养也！ |
| --- | --- |
| 王　姣 | （微嗔）红叶顽皮。 |
| 王　戎 | 衣呀衣，故旧重逢，待我来拜你一拜、揖你一揖！ |
| 红　叶 | （悄语）夫人！老大人所言竹林之游，乃四十年前旧事；那案头之物，却是挺挺刮刮一件新衣！分明作假…… |
| 王　姣 | （悄语）新衣虽假，旧情是真。啊爹爹！你待此衣，珍之重之；郎君、女儿，怎敢夺爱？请爹爹收了回去。 |
| 王　戎 | 嗳！既已相赠，怎可收回？不可啦不可！ |
| 王　姣 | 裴家一无净瓶、二无香案，收诸笼箧，恐失尊重。 |
| 红　叶 | 是呀，它渴了、饿了、闷着了，奴婢担待不起。 |
| 王　姣 | （嗔之）红叶！还请爹爹，将它迎还旧宅，代为奉养。 |
| 王　戎 | 喔，非我索衣，是你央我，将它迎还旧宅，代为奉养。 |
| 王　姣 | 是我央乞，烦劳爹爹。 |
| 王　戎 | 如此，为父只得勉为其难了。 |

（唱）【尾声】

吴绫蜀锦争如伊，

掌上摩挲心头惜。

从今后琅琊高卧抱衣憩。

正是：

（念）一袭单衣饶费唇，

| 王　姣 | （念）萧萧白首忆良辰。 |
| --- | --- |
| 王　戎 | （念）低颜廊庙皆君子， |

王　姣　　（念）高步竹林余几人？

　　　　　　〔青奴内声"老爷"，上。

青　奴　　老爷！刘老爷吞肉似虎、饮酒如牛，你再不去，连残羹冷炙都不
　　　　　　剩哉！

王　戎　　啊呀青奴！卷了衣衫，头前带路！

王　姣　　恭送爹爹！（下，红叶随下）

青　奴　　（取衣）老爷，走哇。

王　戎　　快去、快走！（对内喊）啊女儿，来日你丈夫欲着此衣，尽管来借、
　　　　　　尽管来借！哈哈哈……（下，青奴随下）

# 开匣

## 人物表

谢　安　　（大官生）

郗　愔　　（外）

郗夫人　　（老旦）

侍　从　　（杂）

家　院　　（杂）

［郗府，郗惜上。

郗　惜　（唱）【夜行船】

　　　　　目添凄伤眉添惨，

　　　　　再无望彩衣承欢。

　　　　　黄发青丝，

　　　　　烟飞星散，

　　　　　骨肉亲隔着坟堆相看。

　　老夫郗惜，克己奉公、精诚报国。养下三个孩儿，长子郗超郗嘉宾，最是聪慧。怎奈天不与寿，上月初八，俺白发人送了他黑发人！儿啦……今日王家、我徽之献之二外甥过府，老夫打叠精神，强颜应酬，毋失礼数。（对内）两位郎君，夕食将至，你舅母亲自下厨、手烹的莼羹，正好款待。

　　　　［郗夫人端食盘上。

郗夫人　莼羹来了，老爷慢用。

郗　惜　（摇手，食不下咽）啊夫人，那徽之献之呢?

郗夫人　二位王郎，道是家中有事，不肯久坐。我再三挽留，他们匆匆而去。

郗　惜　噢，走了?

郗夫人　都走了。

郗　惜　唉！想嘉宾在时，王家小儿见着老夫，打躬作揖、何等的恭敬；如今么，倘使我儿还在，鼠辈怎敢如此！啊呀嘉宾！

郗夫人　呜呀超儿！（偕下）

　　　　［谢安上，侍从捧匣随上。

谢　安　（唱）【引子】

　　　　　近间情怯步渐缓，

　　　　　重收拾博带峨冠。（整装）

　　　　　伤生唏嘘，

710

悼亡扼腕，

又几多匣中思算。

| 侍　从 | 老爷，来此已是郗家。门首的白灯笼还不曾除下。 |
| 谢　安 | 前去叩门。 |
| 侍　从 | 是。 |
| 谢　安 | 转来。休报官职，就道谢安拜谒。 |
| 侍　从 | 是。府上有人么？ |

［家院上。

| 家　院 | 什么人？ |
| 侍　从 | 谢安谢老爷拜谒。 |
| 家　院 | 请稍待。禀老爷，谢安谢老爷拜谒。 |

［郗愔内声："啊呀……说我出迎。"

| 家　院 | 家爷出迎。 |

［家院、侍从下。

［郗愔上，郗夫人随上。

| 郗　愔 | 谢公哪里？ |
| 郗夫人 | 谢公安在？（见之）罗雀门庭，不料谢公来也。 |
| 郗　愔 | 淝水大捷，尚未奉贺。 |
| 谢　安 | 令郎物故，慰吊来迟。 |
| 郗　愔 | 老来丧子，悲之恸之、肝肠寸断！ |
| 谢　安 | 老大人清减多矣，还请节哀。今有一物，受人之托，转交大人。 |

（奉匣）

（唱）【刮鼓令】

客来夜漏残，

奉匣儿、托咐俺。

叫送入郗公门第，

老大人亲点勘。

| 郗　愔 | （夹白）匣中何物，要我亲启？ |

谢　安　　（唱）莫非深锁返魂丹，

　　　　　　　　莫不是镶金裹玉玟与珊？

郗夫人　　（夹白）难道谢公也不知么？

谢　安　　（唱）俺殷勤鱼雁为君传，

　　　　　　　　休疑做窃药嫦娥、盗书蒋干。

郗　愔　　言语唐突，谢公勿怪。

谢　安　　不敢。这个匣儿，未尝私开；匣中之物，我一概不知；但闻

　　　　　或与……

郗　愔　　与什么？

谢　安　　或与令郎相关。（奉之）

夫　妻　　与与与我儿相关么！

郗　愔　　（唱）【前腔】

　　　　　　　　急切切捧过赤玉函，（接之）

郗夫人　　（唱）忍摩挲把个中展。（开匣）

郗　愔　　（唱）呀！非关银耀金艳，

郗夫人　　（唱）是雁头笺、翰墨酣。

郗　愔　　（唱）走龙蛇舞毫端，

郗夫人　　（唱）见字如面恰一般。

　　　　　看一封一封、一沓一沓，分明超儿笔迹！亲儿啦，你我母子，阴阳

　　　　　阻隔，多日不见；今幸翰墨之上，骨肉重逢！好叫为娘细细地看看

　　　　　你！（一一翻检）呀！

　　　　　（唱）揉开老眼毛骨寒，

　　　　　　　　激灵灵悚然汗冷漫衣衫！

谢　安　　咦，老夫人何故颜色骤变、股战而栗？

郗夫人　　不、不曾哪。

郗　愔　　玉匣之内、文书之中，写的什么？

| 郗夫人 | 七零八落、琐碎文章。 |
|---|---|
| 谢　安 | 既有难处，下官告辞。（欲下） |
| 郗　愔 | 谢公留步、留步！（谢安止步）夫人你好不晓事也。嘉宾文墨，是谢公送来的，你何必藏私哩?（信手取其一）喏，将这信笺，诵念不妨。 |
| 郗夫人 | 老爷，还是不念的好。 |
| 谢　安 | 若有苦衷，不念也罢。 |
| 郗　愔 | 要念、要念！ |
| 郗夫人 | 这……罢了。（念之）"下臣郗超，叩首叩首，谨奉大司马、假黄钺、都督中外诸军事桓公左右……" |
| 郗　愔 | 哎呀且住！这难道嘉宾当年，与那桓温的书信么? |
| 郗夫人 | 满满一匣，尽皆超儿生前，写与枭雄桓温的书信！ |
| 郗　愔 | 呀！ |

（唱）【前腔】

　　顷刻寸心悬，

　　嗔怨生、悲怀减。

　　糊突儿交结权佞，

　　称"下臣"附势趋炎！

| 谢　安 | 其时桓公势大，能叫先帝作揖、下官伏拜，郗君事之，也是人各有志。 |
|---|---|
| 郗　愔 | 莫道人各有志，怎可颠倒忠奸！ |
| 郗夫人 | 老爷着恼，这信么……免念了吧。 |
| 谢　安 | 不消再念。 |
| 郗夫人 | 免念了吧！ |
| 谢　安 | 不消再念！ |
| 郗　愔 | 念、往下念！ |
| 郗夫人 | （念之）"郗某为明公计，公欲镇压四海、震服宇内，必效伊霍之 |

|  |  |
|---|---|
| | 举，行废立大事……" |
| 郗　愔 | 住了！什么"伊霍之举""废立大事"，敢是老夫错听了？ |
| 郗夫人 | 老爷！确是超儿，劝桓温废黜天子、另立新君！ |
| 郗　愔 | 孽孽孽子！ |
| | （唱）设谋媚巨奸， |
| | 　　　贬放人主入穷边！ |
| | 　　　撇漾了世沐天恩何绵连， |
| | 　　　怒冲冲俺竭忠的臣宰愧无颜！ |
| 谢　安 | 老大人息怒。虽是废一帝、立一帝，万幸九五至尊，得保天年；河 |
| | 山万里，国祚绵延。又闻先帝登基、惴惴不安，多赖令郎开解…… |
| 郗夫人 | 噢，是我儿开解…… |
| 谢　安 | 道是必不再废，稍安圣心。 |
| 郗　愔 | 孽子狂悖，家门不幸，气煞我也！ |
| 郗夫人 | 老爷不要气坏。这信么……不如锁好收起。 |
| 谢　安 | 收起的好。 |
| 郗　愔 | 念、接着念。 |
| 郗夫人 | 这……再念下去，有些不便。 |
| 郗　愔 | 什么不便？ |
| 郗夫人 | 有些不稳当。 |
| 郗　愔 | 什么不稳当？怕他气不死老夫！ |
| 郗夫人 | 老爷执意要听，老身只得念了。 |
| 郗　愔 | 念念念！ |
| 郗夫人 | （念之）"还有一端，切切、切切。桓公有日，必加九锡、进王爵， |
| | 百官皆不足虑，唯有一人，恐妨大业，必先斩之！其人者……" |
| 谢　安 | 其人为谁？ |
| 郗　愔 | 孽子要杀哪个？ |
| 郗夫人 | "便是那簪缨领袖、东山谢安……" |

| 谢　安 | "簪缨领袖、东山谢安"！ |
|---|---|
| 郗　愔 | 呀！ |

（唱）【江儿水】

　　　　唬、唬得俺心寒颤、愈增惭！

| 谢　安 | （夹白）念信念信，竟念出个下官来了。 |
|---|---|
| 郗　愔 | （唱）小孽障助纣不为善， |

　　　　不肖子欲做蚍蜉撼，

　　　　待要把栖凤的碧梧生斫斩！

| 谢　安 | （夹白）原以为新亭斩谢安，是郗君一时之计，不料前朝往岁，杀机早动。 |
|---|---|
| 郗夫人 | （夹白）老身这厢，代儿谢罪。（欲跪） |
| 谢　安 | （急扶）老夫人快快请起。 |
| 郗　愔 | （唱）全不念安危亲眷、福祸河山， |

　　　　这也是苍天有眼把他送断！

　　　　好好好！

| 谢　安 | 什么好？ |
|---|---|
| 郗　愔 | 死得好！正是多行不义必自毙！ |
| 郗夫人 | 老爷，超儿便有千般不是，总是你亲生骨肉。 |
| 郗　愔 | 嘟！我郗家满门英烈、世代忠良。先父受遗诏、辅少主、鞠躬尽瘁；老夫忠王事、守职份、竭力尽心；两个儿子，郗融郗冲，皆良善之辈；几曾养下那揣奸把滑、犯上作乱的孽障！啊夫人，取家谱来。好将这于国不忠、于亲不孝的孽障，一删了事！ |
| 郗夫人 | 老爷不可。 |
| 郗　愔 | 快去取来。 |
| 谢　安 | 老大人请慢。敢问郗君早夭，如今你悲是不悲？ |
| 郗　愔 | 金刚怒目，何悲之有？ |
| 谢　安 | 恸是不恸？ |

| 郗 愔 | 人神共愤，恸将何来！ |
|---|---|
| 谢 安 | 断肠不断？ |
| 郗 愔 | 气恼填膺，说什么断肠？ |
| 谢 安 | 好！谢安告辞。 |
| 郗 愔 | 谢公别无他事？ |
| 谢 安 | 还有何事，别无他事。告辞了。 |
| 郗 愔 | 老夫相送。 |
| 谢 安 | 免劳、免劳，老大人歇息去吧。 |
| 郗 愔 | 夫人代劳！唉……孽子！（掩面下） |
| 郗夫人 | 谢公啦，我儿虽行差步错，究其本性，不是恶徒…… |
| 谢 安 | 老夫人，下官带来的匣儿，你道何人托付？ |
| 郗夫人 | 事关机密，不敢妄测。 |
| 谢 安 | 言之无妨。 |
| 郗夫人 | 是我儿党羽供出？ |
| 谢 安 | 不是。 |
| 郗夫人 | 是我儿仇敌索得？ |
| 谢 安 | 也不是。 |
| 郗夫人 | 我倒猜不出了。 |
| 谢 安 | 将这匣儿，交付于我，托我转交大人夫人者，不是别个…… |
| 郗夫人 | 不是别个？ |
| 谢 安 | 正是令郎！ |
| 郗夫人 | 竟竟竟是我儿么？ |
| 谢 安 | 正是郗超郗嘉宾。 |

（唱）【前腔】

　　　　他殷殷的幽泉愿，

　　　　托于一匣间。

　　　　浑不避与俺夙昔兵刀见，

也信俺至诚堪为传书雁。

郗夫人　（夹白）然我儿身后，何故将那匣儿，送入府中呢？

谢　安　（唱）怜他去去孤云远，

　　　　　　依依的椿萱长在念。

　　　　　郗君随匣，寄我一书。道是：郗某死后，若家父饮食如常、不甚伤悲，匣中之物，立地焚之……

郗夫人　饮食如常，立地焚之？

谢　安　若家父悼亡之痛、痛极伤身，便将这个匣儿，交他亲启。

郗夫人　痛极伤身，交他亲启！这……难道我儿，心知老爷忠正，见匣中悖乱之言，定当变恸做恼、转悲为怒？

谢　安　老夫人深知郗君矣。

郗夫人　呜呀我儿！谢公，这番言语，方才老爷面前，何不直言？

谢　安　方才我若言之，岂不辜负郗君苦心一片？

郗夫人　如今又原原本本，将内情告我？

谢　安　如今我若不言，却又辜负郗君一片孝心。

郗夫人　儿啦……（泣下）

谢　安　郗超啦郗超！

　　　　（唱）【尾】

　　　　　　忠奸智谲一身占，

　　　　　　开匣解慰老泪潸，

　　　　　　萧散散不负泉下托谢安。（下）

# 访戴

## 人物表

王徽之　　（小官生）

苍　头　　（老丑）

〔王徽之上。

王徽之　（念）挂冠落佩卧山阴，

　　　　　　　夜逐笙歌昼抱衾。

　　　　　　　醉枕忽然惊觉起，

　　　　　苍头、苍头！

〔苍头上。

苍　头　来哉。（揉眼）半夜三更，在这叫神叫鬼。

王徽之　今日天亮得早！

苍　头　五少爷，今日这天，就未黑过！（推窗）你来看！

王徽之　（念）原来映雪疑天明。

　　　　　好一场大雪！苍头热酒！

苍　头　少爷酒还未醒，又讨酒吃？

王徽之　这等好雪，岂能无酒？快去、快去！

苍　头　是哉。（下）

王徽之　呀！

　　　　（唱）【北正宫 端正好】

　　　　　　　是皓雪恼春迟，

　　　　　　　因此上堆枝头做花锦。

　　　　　　　舞碎玉、好写入丹青。

〔苍头端酒上。

苍　头　美酒来哉！

王徽之　（唱）香醪……（欲饮又止）香醪对此岂独饮，

　　　　　　　向剡溪松窗寻画境。

　　　　　苍头，走哇！

　　　　（唱）【滚绣球】

　　　　　　　披衣出中庭，

苍　头　（唱）趔趄追得紧，

王徽之　　（唱）催车毂柳衢篁径，

苍　头　　（唱）敲驴鞭呵气成冰。

　　　　　　少爷，天寒地冻，你往哪里去？

王徽之　　（唱）寒凛冽偏发幽情，

　　　　　　　　夜阑珊更添佳兴，

　　　　　　　　唤苍头弛丝缰缓辔徐行。

苍　头　　喔，疾行！

王徽之　　嗳，徐行！

苍　头　　风大雪大，正该疾行！

王徽之　　旧景重过，能不依依！

　　　　　　（唱）怎看那一脉蜿蜒横峻岭，

　　　　　　　　呼剌剌风送残芳过茂林，

　　　　　　　　是亮皎皎雪照兰亭。

苍　头　　兰亭么！

王徽之　　忆昔永和九年、三月初三，天朗气清、惠风和畅，爹爹率众修禊于
　　　　　　此，座上谈笑，皆当时之俊！

苍　头　　都是老太爷的旧相识、好朋友！听说有个谢什么山……

王徽之　　谢东山！风流蕴藉、一代名相。

苍　头　　又有个孙什么公？

王徽之　　孙兴公！行云流水、一代文宗。

苍　头　　还有个支什么林？

王徽之　　支道林！诗禅双绝、一代高僧。列坐其次、曲水流觞……

苍　头　　怎说和尚也吃酒？晓得哉！是陪他丈母娘喝咯！

王徽之　　哈哈哈！正是：

　　　　　　（念）高咏岂无酒？

　　　　　　　　停杯必有诗。

　　　　　　眼看轻巧巧的杯儿、顺着曲弯弯的水儿，不远不近、不偏不倚，停

在我与献之当面。

**苍　头**　此番要作诗了！

**王徽之**　爹爹以我等年幼，道是：不消作诗，只要集句。孙公吟道：君子有逸志。那献之眼珠一转，接道：酩酊无所知。

**苍　头**　座上君子，个个面皮辣豁豁哉！

**王徽之**　谢公在侧，见爹爹作色，连忙劝道：公子以"无"对"有"，倒也使得！忽然顶上扑啦啦一只鸟儿飞过。那支道林见之高吟：孤鸟西北飞……

**苍　头**　五少爷怎么对？

**王徽之**　我想献之以"无"对"有"，我也要对得工整合韵才好。"西北"么，当对"东南"。这"东南"么……有了、有了！

（念）君子有逸志，

酩酊无所知。

孤鸟西北飞……

**苍　头**　嗯？

**王徽之**　（念）自挂东南枝。

**苍　头**　对得好、对得好！

**王徽之**　哈哈哈！

（唱）【叨叨令】

那时节杯儿盏儿笑笑呷呷的敬，

那边厢袍儿带儿熙熙攘攘的俊，

管甚么宫中府中呼呼喝喝的令，

只把咱脏中腑中酥酥软软的熨。

款款的近兰亭也么哥，

杳杳的远兰亭也么哥，

觅向那山山水水闲闲澹澹的韵！

**苍　头**　困仔懵懂、鼓敲四更！少爷，出山哉、无路哉，我们转去吧。

| 王徽之 | 出了山路，别有水程！恰好溪边，小船一叶。（登船）苍头快来！ |
|---|---|
| 苍 头 | 慢点、慢点。（登船、持篙） |
| 王徽之 | 看溪上雪景，又是好一番国色！ |
| 苍 头 | 少爷篷内避风，勿要东张西望。正是：一样鹅毛雪，千人千肚肠。 |
| 王徽之 | 怎么讲？ |
| 苍 头 | 嗟。年初也是一场大雪。一书生见了，念道：大雪纷纷落地。正巧县太爷陪一个世家公子出得县衙。那县爷见雪片飘飘、拱手言道：此乃皇家瑞气。 |
| 王徽之 | 好瑞气！公子怎说？ |
| 苍 头 | 那公子锦带狐裘，拍手笑道：下他三年何妨？ |
| 王徽之 | 妙哉、妙哉。如此好雪，正该下他三年！ |
| 苍 头 | 放你娘的屁！ |
| 王徽之 | 啊？ |
| 苍 头 | 放你娘的屁！ |
| 王徽之 | 哆！苍头怎敢！ |
| 苍 头 | 少爷息怒，这不是小老儿骂的！ |
| 王徽之 | 不是你，是哪个？ |
| 苍 头 | 是衙门檐下，避着个叫花子，冻得抖瑟瑟、冷飕飕，听那县爷、公子谈笑风生，火冒三丈，就骂仔一声！ |
| 王徽之 | 哈哈哈，放…… |
| 苍 头 | 放什么？ |
| 王徽之 | 放…… |
| 苍 头 | 放哪样？ |
| 王徽之 | 放放放肆！（船身摇晃）啊呀苍头！你不在外撑篙，怎么进来了？ |
| 苍 头 | 外头雪大，叫花子也晓得要避避。（抖雪，徽之闪避）况老老头此举么，也是少爷教的！ |
| 王徽之 | 小生教的？ |

| 苍　头 | 向你学的！ |
|---|---|
| 王徽之 | 啊呀便是。想去岁小生随桓车骑出巡…… |
| 苍　头 | 少爷骑马、上官坐车。 |
| 王徽之 | 霎时天降暴雨，小生弃鞭下马，避入车中。 |
| 苍　头 | （模仿）哆！徽之怎敢！ |
| 王徽之 | （模仿）风狂雨骤，桓公怎忍独占一车？正该小生陪坐。啊？ |
| 苍　头 | 啊？ |
| 苍、徽 | 哈哈哈哈！ |
| 苍　头 | 车厢窄挤，二人并坐。那桓车骑脸上是个笑，腹内是个哭，哭似笑、笑似哭，他是哭不出的笑、笑不出的哭啦。 |
| 王徽之 | 做小生的上官，倒也不易。 |
| 苍　头 | 做你少爷的仆奴，其实更难！ |
| 王徽之 | 这又怎生说起？ |
| 苍　头 | 旁的不谈，单说今夜。少爷三更不睡、四更不眠，偏偏山一阵、水一阵、车一阵、船一阵、东一阵、西一阵、行一阵、停一阵，我老老头七老八十、被你缠杀略！ |
| 王徽之 | 得罪、得罪！盈盈流光、五更雪住！（出篷、惊见）呀！ |

（唱）【脱布衫】

> 不消得桨拍篙迎，
>
> 谢西风吹送清邻。
>
> 悄没声野岸泊停，
>
> 春在眼山堂相近！

苍头快看！你我篷内闲絮，适逢一阵好风，将船儿飘荡荡送至岸边。放眼一眺，前程在望！

| 苍　头 | 还要走？走不动、不走了！俺要转去哉！ |
|---|---|
| 王徽之 | （挽之）苍头！你我行了大半夜脚程，此时折返，又是大半夜工夫！ |

| 苍 头 | 累煞人、饿煞人、冻煞人！ |
| --- | --- |
| 王徽之 | 不如向前，戴府歇息。 |
| 苍 头 | 哪个戴府？ |
| 王徽之 | 嗻，戴逵寓剡，府上不远。 |
| 苍 头 | 拜访戴公，阿是临时想起？ |
| 王徽之 | 出门一路，奔此而来。 |
| 苍 头 | 出门之时，怎不早说？ |
| 王徽之 | 戴家路远，怕你不肯。哈哈哈……苍头快走！ |
| 苍 头 | 急煞鬼、害人精、等等我！ |
| 王徽之 | 呀！ |

（唱）【三煞】

　　　　行来潺潺闻咚叮，

　　　　输与戴郎坐鸣琴，

　　　　皑皑的一庭玉蝶残月浸。

　　　　丝上破雪起高唱，

　　　　弦中回雪转低吟。

　　　　三生幸，

　　　　高山流水，

　　　　同调知音。

　　　苍头快走，戴逵之琴，等着咱哩。

| 苍 头 | 三尺桐木，吃又吃不得、喝又喝不得。 |
| --- | --- |
| 王徽之 | 登堂入室、开筵迎宾，少不得好看好菜、好果好酒！ |

（唱）【二煞】

　　　　又过冷红处，

　　　　梅枝簪雪馨，

　　　　散甘芳三爵六觥醁九酲。

　　　　传杯醉倒阮步兵，

　　　　　　　劝盏馋杀小刘伶。

苍　头　　这样好酒，老老头的福气到哉！少爷快走！

王徽之　　哈哈哈……

　　　　　（唱）疏狂性，

　　　　　　　　更有舞盘飞燕、

　　　　　　　　当垆文君。

苍　头　　什么飞燕？哪来的文君？

王徽之　　喏。

　　　　　（唱）【一煞】

　　　　　　　　轻冰弹破姑射肌，

　　　　　　　　香雪堆乱楚峰云，

　　　　　　　　缭纷纷钩牵几多相思病。

　　　　　　　　苍头啦，剡溪水一篙漾开褒女笑，

　　　　　　　　会稽山摇鞭惊动西子颦。

苍　头　　戴老爷家，真有这等美人？

王徽之　　倾国倾城、金屋藏娇！

苍　头　　藏起来了、见不着了！

王徽之　　见得、见得！

苍　头　　见得摸不得，还不如不见。

王徽之　　也罢！焚香沐浴、三叩九拜，小生说项，管叫你摸上一摸！

苍　头　　摸上一摸？

王徽之　　摸上一摸！

苍　头　　阿弥陀佛！快走、快走！

王徽之　　哈哈哈。

　　　　　（唱）他念佛陀巴巴儿风流运，

　　　　　（夹白）怎知戴逵，乃当世第一写画名家、丹青妙手！那戴家美人呵！

　　　　　（唱）尽是画婀娜纸上红粉、

　　　　　　　写琳琅笔底娉婷。

苍　头　　来此已是戴老爷门首。老老头叫门去哉！

王徽之　　慢来、慢来！苍头下站，小生叫门！

苍　头　　（背语）美人美酒，我急、他比我还急哩。

王徽之　　（正冠）待俺叩门。

苍　头　　你叩呀。

王徽之　　（整衣）正要叩门。

苍　头　　你快叩呀。

王徽之　　（举手）即便叩……（蓦然枝头雪落，灌入后颈）好好好冷哪。倾
　　　　　　灌入颈，却是什么？

苍　头　　少爷不知是什么？

王徽之　　是什么呀？

苍　头　　苍头说与你听。来来来，你上前半尺。

王徽之　　啊？

苍　头　　再右移八寸。

王徽之　　啊？

苍　头　　来哉、来哉、又来哉！（摇树，枝上积雪，纷落王徽之一身）哈哈
　　　　　　哈，劈头盖脑，是枝头雪化！

王徽之　　枝头雪化？

苍　头　　冰融雪化，浇仔个通透！

王徽之　　化了？化也……化矣！（怔忪）

苍　头　　少爷！一墙之隔，美人在内，叩门哪。

王徽之　　（念）闭月羞花青冢眠，

苍　头　　一墙之隔，美酒在内，你叩门哪。

王徽之　　（念）萋萋荒草汉梁园。

苍　头　　一墙之隔，知音在内，你快叩门哪。

王徽之　　（念）伯牙琴碎钟期死，

只在冰融雪化间。

（唱）【煞尾】

向之所欣，

俯仰间已湮沉。

况修短随化终期尽！

古人云：大哉死生、大哉死生……

| | |
|---|---|
| 苍　头 | （夹白）这是老太爷的《兰亭序》咯。 |
| 王徽之 | （唱）一霎时松风萧瑟雪阶冷。 |
| | 苍头，我们转去吧。 |
| 苍　头 | 那这门…… |
| 王徽之 | 不叩的了。 |
| 苍　头 | 不不不叩的了？五少爷！咱彻夜奔波，琴未听半曲、酒未吃一口， |
| | 美人的小手，总要摸一摸！ |
| 王徽之 | 转去吧。 |
| 苍　头 | 少爷雪夜迢迢、来访戴逵，今近在咫尺，你连戴老爷面都不见了？ |
| 王徽之 | 我本乘兴而行、兴尽而返，何必见戴？转去吧、转去吧。（下） |
| 苍　头 | 俺的美酒、俺的美人……五少爷，等等我、等等我！（追下） |

## 附 1：《驴鸣》剧本阐述

《世说新语》大量篇幅集中在两晋南北朝时期，关于三国的部分并不多，而《驴鸣》便是其中之一。曹操、曹植、曹丕这三个人物被各种宫斗戏、演义戏无数次地演绎过，但在文艺作品里，我们却很少听到这一声驴鸣。

很多人因为这声驴鸣爱上了魏文帝。典籍里的魏文帝刻薄寡恩，同时呢，又很"二"，换言之，他是很矛盾的一个人。稍微注意一下他的诗歌和行为，便会看到巨大的矛盾性。说无情他又很有情，说有情呢，他又特别无情。比如，他在王粲坟前学驴叫，多么有情，可转眼他就把王粲两个儿子干掉了。再比如，《世说新语》里还记载了这么个故事，曹丕欲杀兄弟曹彰，便将他邀来下棋，事先准备了一盘枣子，在其中一些枣上涂了毒药。他自己专挑没毒的吃，曹彰呢，并不知情，随意食用，便中了毒。若能够及时大量饮水，这种毒性是可以缓解的。曹丕想，万一我妈听说了这事，给曹彰打了水来，怎么办呢？有很多种办法不让母亲来给另一个亲生孩子打水救命，而曹丕的办法是：把宫里能装水的器皿全都砸了！看，残忍与天真奇怪地杂糅在他身上。

根据嫡长子继位制，曹丕毫无疑问应该承袭曹操的爵位，但曹操却喜欢曹植，所谓"枭雄爱幼子"，再加上曹植身旁一群谋臣唆使，挑起他争斗的欲望，便使兄弟二人之间，展开了本不应当发生的夺嫡之争。最终曹操还是选择了曹丕，在他做决定的过程里，贾诩起了很大的作用。而曹丕、曹植两位公子，对贾诩都非常尊重。史载曹丕见贾诩，伏拜床下，尤为谦恭。

具体来说《驴鸣》。它围绕祭礼结构出三个层次：酒、诔文与最终送出的一声驴叫。因为有了贾诩这个旁观者，祭奠成为一场较量，一场因为父亲的偏心带来的较量，一场被父亲要求的兄弟间的较量。手足之情被权力、欲望冲刷得很稀薄，一声驴鸣，则是对此的质疑。

贾诩的念白"老夫奉命，冢前迎候、一窥高下"，是用最简单的方式，把祭奠背后的压力感先展示出来。接着是曹丕、曹植的上场，他俩分唱了一支【仙吕入双调】的引子。看曹丕的唱词："柳争婀娜杏卖俏，招摇向谁笑？"前来祭奠死去不久的朋友，他注意到的却是柳姿杏态，真是没心没肺的浪漫。末一句"招摇向谁笑"，又暗示欣赏春光的人、他的至交好友已不在，透着一种淡淡的感伤。

曹植和曹丕的唱词看上去好像可以对调，其实各有指向。曹植唱的是："简从摒免了喝道，轻骑不用舆轿。"看似"平易近人"，实则十分张扬：平时我出行都是前呼后拥的，今天我却静静地来悼念你了。但他也是真诚的，所以唱出了"短歌长吟相缭绕，伤怀临悲吊"。

就这样，两个人物的形象，在一支曲子里完成。接下来是非常关键的两句词。曹丕说："子建今日，出行得早。"子建紧接了一句："兄长在前，小弟敢不加鞭？"兄弟间的竞争感跃然纸上。

为了让观众留心这言外之意，我们让曹丕重复一句："好个'敢不加鞭'！"此后他们的动作看上去是常规意义上的相互推让，却各具锋芒，一个说"长幼有序"，一个说"唯才是举"，都是虚假的客气话。二人血缘如此亲密，在权力争斗中却表现出比平常朋友都不如的凉薄。他们不是一对普通的兄弟，而首先是两个可能的王位继承者，争斗也就在所难免。说罢"好萧索""好伤情"后，伴随着一句外来的"好哀荣"，曹丕曹植都是一惊，因为他们在坟墓前看到了一个绝不该出现在这里的人：贾诩。

王粲官职卑微，曹丕曹植因为朋友之谊，都来了。可贾诩与王粲无甚私交，以他的身份，是不会来悼念王粲的。那贾诩为什么来了？兄弟俩都是水晶心肠，马上就想到了，真正来的不是贾诩，是父亲。不管多率性、多浪漫、多得意，见到贾诩，就像见到了父亲，兄弟俩立刻摆出了很严谨的态度，作礼说："贾公有礼。"贾诩不做客套，马上切入了主题"祭礼"。考官到位了，考题有了，考试正式展开了。

第一个层次：酒。曹丕先回答。他唱："那祭仪、谆恩恩俺牵着心梢，香甘甘、也钩悬在腰。"说明这囊酒早备在他腰间，但因为曹操发布了禁酒令，他不敢拿出来，所谓："欲献圣人赋，又惮云台诏。""圣人"是酒，"云台"指朝廷政令。想到禁令，曹丕唱"念念非、都休了"，把酒匿下："暂忍当垆醉，明春墓门浇。"

这时曹植表现了他促狭的一面。曹丕想藏，曹植偏要将之揭出来，紧接着问：兄长你的祭礼是中山冬酿还是洛下杜康？既有一点小尖酸，又有炫才的意味。曹丕脱口回答："杜康的便是。"想藏的，果然没有藏住。我为什么写这一句"脱口而出"呢？我是想说，虽然夺嫡之争扭曲了本性，但在某些细微处，少年天性仍然存在。接下来曹丕的那句"贾公当面，子建慎言"也很重要，因为在后面，有曹植的一句呼应："贾公当面，兄长慎言！"

曹植似乎是给曹丕挖了个坑，但他自己马上就踏着这个坑往上走了。他带来的是同样的祭礼。相比曹丕的藏着掖着，曹植大刺刺地将酒取出。这时贾诩提醒曹植不要忘记孔文举之事，这是他在"逼一逼"曹植，"逼"的目的不是否认他，而是要进一步试验曹植的才干、口才。曹丕呢，也在一旁敲边鼓，试图将曹植拉回同一个起跑线，聪慧的曹植踩着曹丕的肩膀又往上蹿了一下，他给出了一个很好的理由："祭必用酒，饮酒必祭。"

随后的【沉醉东风】曲由三人分唱，三个人态度都很清晰。于曹植，是放旷得意，故而开怀畅饮。于曹丕，是郁闷沮丧，同样带着酒来，风头却被弟弟占尽。于贾诩，他沉稳地做出了判断，在这一回合的斗争中，曹植更高一筹。贾诩还有一句念白："临淄侯慢饮，分一杯与俺解馋。"显然，这句话在认同曹植之余，还给曹丕造成了很大的心理压力。第一个层次，曹丕一败涂地。然后进入第二个层次。

这个回合曹植主动出击，吟咏了他口占的诔文。曹植确然写过《祭王仲宣文》，写得很好，剧本里，我对其原文做了些节选和删改。曹植富于音乐性地吟哦着诔文，既寄托了他的悲伤，也表现了他的才华。这时，曹丕内心郁闷加剧。他也写了诔文，还花了一晚上的工夫，可面对如此有才华的弟弟，他实在不好意思拿出来。在这里，我们注意的重点，不是曹植的才华，而是被曹植才华打击的曹丕的内心，沮丧、压抑。考官贾诩用发问的方式直接点破了他的心，从编剧技法来说，是要借此将事情点明。在曹植、贾诩的双重"压迫"下，曹丕将诔文扯坏！贾诩问："彻夜心血，霎时撕坏，岂不可惜?"曹丕回了一句："世间选汰，只取最优，不问其次，贾公父王心腹，此浅显之理，岂能不知?"这是实话，也是足以表现他内心痛苦的激愤之言。之前，我们看到的，都是曹植的风流锐利，直到这时，在被两度"打压"之后，我们第一次看到了曹丕剑锋出鞘，看到了他当面的不满。

这之后，就是第三个层次：驴鸣。

曹丕说到王粲在世挚爱之物，曹植猜了三番。他用自身喜好去观照和王粲交往的欢乐岁月，却未必真去回忆了王粲最爱什么。曹丕否认了曹植的三度猜测。三猜之后，又有四问。若说王粲喜欢的不是香囊金玉，而是一种声音，那么：是风声吗？雨声吗？琴声吗？还是瑟声呢？曹丕又将这些否定了。唱段里他描述道："这声儿常闻衢市，未肯沾锦带宫袍。倔倔楞楞，一声声、蜿蜒山坳。"曹丕实是"沾锦带宫袍"最深的人，却在此表达了他的抗拒与另一种向往。

这时曹植还不明白个中，继续追问，曹丕没有直接回答，反而扯开话题："敢问子建，可知我之所好?"这是将"驴鸣"再藏一藏、将张力再拉一拉，再做一点铺垫，以便更深地击打在子建心里，对彼此之手足情提出疑问。曹植回答不出，但并不老老实实承认，而是反击了一句：那你知道我喜欢什么吗？曹丕同样不知曹植之所好。在曹植来说，你不知我不知，这是一次平手，可曹丕不一样，他的回答"我亦无所知"，指向更深的感情、更深的悲哀。

一声驴鸣，祭奠的远远不只王粲，甚至他不仅祭奠了兄弟之情，也祭奠了自己、祭奠了父子之情。是谁将骨肉手足逼成这样的呢？正是曹操、他们的父亲。进而，他这是对人世间所有因权力而放弃的真情、因权力而产生的凉薄，发出的一声祭奠。

这时贾诩像"逼"曹植一样，给曹丕施压："中郎将虽重情重义，然此粗鄙之声……"曹丕说："此粗鄙之声，实不该出曹丕之口、更不可出世子之口、尤不能出来日魏王之口，是也不是?"地位、权斗，把真情挤压得几无存身之地了。接着是曹丕一段点题的念白，再与曹植说了句悄悄话后，他扬长而去。我特别喜欢这句悄悄话："我所爱者，甘蔗与葡萄耳。"

我爱吃甘蔗和葡萄，就是字面意思。钩心斗角之后，他留给弟弟一句没有隐喻、唯有真诚的话。曹植完全明白了曹丕对兄弟之情稀薄的叹惋与哀伤，他喊着"兄长、兄长"追了下去，在这一刻，曹植恢复成了当年的弟弟。

可以想见，在他们更年轻的时候、在曹操还没有改立之意时，他们肯定是非常和睦的一对兄弟。都爱诗词、都爱喝酒、有着相同的兴趣、身边还有一群同样爱诗爱酒的朋友，大家一块儿留下大量唱和诗。多么欢洽！小小的曹植，定有在屁股后面追着曹丕，喊着哥哥哥哥的时候，但那已经是很久以前的事了。随着夺嫡之争，这一切不复存在。但在此刻，随着一声驴鸣、一句"甘蔗与葡萄"，兄弟的真感情席卷了曹植的心。

曹植下场后，贾诩做出了他的判断："继嗣之人，尚且可知、尚未可知啊。"曹丕对真情的呼唤、对帝王家凉薄的质疑悲哀、其思想之深度、情感之浓度，也击中了贾诩的心。《世说新语》条目里，"驴鸣"是一次简单的祭奠，但本折不只祭悼，还有更深的指向与寄托。这也是整台《世说新语》折子戏的追求，我希望受众能看到，即便自个儿看一千遍《世说新语》原著也看不到的东西，那是：我们所奉献的创造力。

## 附2:《索衣》剧本阐述

《索衣》之主角是"竹林七贤"之一的王戎。他是个顶有名的"小气鬼"。《世说新语·俭啬》共九条,王戎一人就占了四条。《索衣》主情节是对"王戎俭吝,其从子婚,与一单衣,后更责之"与"王戎女适裴頠,贷钱数万。女归,戎色不说。女遽还钱,乃释然"两条的融合,另外两条:一说他常与妻子在灯下数钱,一说他为了防人取种,将自家李子个个钻核后出售,也都在《索衣》里有所提及。可他真是一味吝啬吗?也不见得。史载父亲去世后,王戎拒收宾客白包。换言之,他绝非见钱眼开之徒,他之"吝啬",也有人解释为韬晦之道,是王戎不得已的、变形扭曲的生活方式。

《索衣》最主要的戏剧动作,是父亲向女儿(女婿碰巧不在)索要一件单衣。开场王戎第一句唱"百岁浮生如寄",唏嘘人生短暂,正是首台《世说新语》"大哉死生"统一的精神指向。接着说欲效法范蠡,实现人生三大愿:有财富、有美人、有高寿。一旁青奴插话,用到了王戎夫妇"卿卿我我"的典故。当然,更突出强调的是他的"一毛不拔"。再就是王戎说明"索衣"之事,完成了本折第一个大层次。

第二个大层次发生在女儿家中,完成于那领单衣终于被拿了出来。其中分为四个小层次。

第一个小层次是"问衣"。父女相见后,王戎以"茶"为由(同样紧扣悭吝个性),叫唤女婿出来"听我教训",实欲当面讨衣。不料红叶回答:"老爷讲学东宫,不在家中。"仅仅十个字,不仅交代了裴頠去向,也反映了这是个尊贵之家,从而与王戎孜孜索衣形成反差。王戎一听急了,生怕衣服被穿了出去,又不好直问,便用"要好生穿戴呀"来试探。果然女儿将丈夫从头到脚赞了一番,通过对其穿着的描述,也表现了夫妻之情。听闻裴頠穿去的是一身裘带,王戎这才放了心。

第二个小层次是"避衣""悟衣"。一心索衣，何故"避"之？因为王戎也明白，这件衣服并不昂贵，专程来讨，小题大做，不好意思开口，又绝不肯放弃，既要"掩饰"又要"表达"，所谓"总要想个法儿，使她自悟"，正是戏剧性的所在。

第一番掩饰，用的是谐音技巧。青奴说"讨……"，王戎羞说"讨衣"，将之谐音作"桃"，道是"'桃'李满枝，芬芳可爱"。女儿王姣不知父亲真实意图，便做了"户外游春""回家静卧"两番建议，王戎忙不迭地拒绝，否则岂不白来一趟？于王姣，建议都是真心诚意，而于观众，则喜见王戎被"捉弄"。

王戎不得不主动"出击"了。第一番表达从"黄公酒垆"事谈开。看似琐屑，实则蕴含了本折最为高远深邃的精神内核："视此虽近，邈若山河！"此叹见录于《世说新语》，原文如下：

"王浚冲为尚书令，着公服，乘轺车，经黄公酒垆下过。顾谓后车客：'吾昔与嵇叔夜、阮嗣宗共酣饮于此垆。竹林之游，亦预其末。自嵇生夭、阮公亡以来，便为时所羁绁。今日视此虽近，邈若山河。'"

快意七贤，风流云散，唯余不尽的苍茫悲凉，只有位列公卿的王戎与醉酒避世的刘伶尚存。"黄公酒垆"典故极具审美价值，此处则将之包裹在颇为"滑稽"的戏剧情景之中。丰厚饱满的文化含量、悲伤怅惘的生死情感、卑微可笑的个性事态，三者糅合，落差之大，也就令《索衣》有了极大的容量。

王戎唱到"击节弹铗敲我衣"，红叶追问"什么衣"，他扭扭捏捏、欲言还休，第二番掩饰，仍用谐音技巧，话锋一转："依稀！嗟尘网将人绁羁！"而当王姣说道"爹爹宽怀"，王戎忽又从"云端"跌回"俗世"、从"高蹈"跌回"苟全"，"欠我酒钱十串"之说，令人欲笑还悲。

随后我设置了个"隔断"，让青奴再度上场，带来了刘伶戒酒的消息。原因有四：一、以饮酒祝贺戒酒，也是个著名典故；二、通过还在人世之刘伶，让"七贤"进一步形象化；三、以青奴之催促，强调王戎心心念念记挂之衣并推动节奏；四、将话题自然过渡至"七贤"，以便展开第二番"表达"，为提醒女儿这个"衣"字，王戎说竹林七贤"各有千秋。但观其衣，便识其人"，接下来便是本折表演亮点、我的至爱：【解三酲】之载歌载舞。

随着这支【解三酲】、随着对六件各有特色的衣裳之描述，竹林七贤的画卷在王姣眼前徐徐展开，展开了个性各异的一众人物：阮籍号哭、嵇康打铁、山涛之恭谦、向秀之文采、阮咸之弹拨俊俏、刘伶之放浪酩酊……也展开了一个流逝了的、不可复现的、笑傲人生、歌酒欢聚的时代。

《世说新语》载："陈留阮籍、谯国嵇康、河内山涛三人年皆相比，康年少亚之。预此契者，沛国刘伶、陈留阮咸、河内向秀、琅邪王戎。七人常集于竹林之下，肆意酣畅，故世谓竹林七贤。"

以今视昔，有多欢乐，就有多感伤，有多热闹，就有多萧条。王戎吝啬是真的，但他优游竹林的潇洒旷放也是真的。少年游是他心中不肯放弃处，可也不常常去触碰它，任它在心灵一角积灰，偶然拂拭，却发现它仍绽放着玫瑰金的光泽。

故人零落、死生永隔。王戎又能瞬间收敛悲容、收敛向往、收敛思念，完全掩住灵魂的光芒，复归于"悭吝人"的做派。他在崇高与卑微间闪烁行游，一时高飙云端，一时低入泥泞。被"吝啬"外壳包裹住的内核，深沉而忧伤，与外壳的喜剧性产生巨大差异，这正是《索衣》最迷人处，是其人物塑造最独特处与最大看点。

当王姣问爹爹当时穿什么衣服时，王戎一语双关："当年冠带，近日流离。"既指竹下为欢、知己共乐，已是烟消云散，又指当初他所着之衣，而今竟找不到了。观众能领悟到第一层解释，场上的小丫头红叶，则点明了第二层解释，既合乎她的个性身份，也利于戏剧往下展开。这便是说破个中的第三个小层次："说衣。"

王戎回忆了女婿穿走他那件单衣的情景，王姣也记起了这事，红叶一句"夫人嫌其寒酸，欲赐家奴"，又把王戎好好惊吓了一回！而到这时我们才明白，那衣裳，从前王戎答应过"赠与裴君"！偏又舍不得，便再来索讨，这是给其"吝啬"加上了浓墨重彩的一笔。

第四个小层次是"取衣""还衣"。王戎不断让红叶"走慢些""捧高些""放轻些",以示他对此衣的珍惜,技巧上与传统戏《借靴》有相似之处。衣服叫渴叫饿,都给极尽夸张化、漫画化的表演提供了空间。似这般珍之重之,那这衣服是否真有纪念竹林之游的特殊意义呢?红叶一语点破,"旧事""新衣",时间对不上,"分明作假",王姣——这个聪明剔透、善解人意的女儿,却给了个温柔体贴的回答:"新衣虽假,旧情是真。"衣服不是当年那一件,可父亲对当年之事的缅怀追忆,深深打动了王姣,使她触摸到父亲外层"悭吝"之下的、更深邃的心理世界并由衷尊重。

最后一个大层次是王戎之别,用青奴的第三次上场打破平铺直叙的节奏。此处有个小细节,王戎叫青奴"卷了衣衫,头前带路",方才还"掌上摩挲心头惜"、视若珍宝的衣衫,而今却随随便便一卷了事!充满喜剧效果,时刻不忘细小处的人物塑造。

又,王戎(付净)之开阖跌宕、王姣(旦)之柔美贤淑、红叶(贴旦)之俏丽、青奴(丑)之调侃,四个人物、四个家门,表演上也相辅相成、各有千秋。

# 附3:《开匣》剧本阐述

先对人物进行一些简单介绍。郗愔,以外应工。他有三个孩子,最有出息的就是郗超。郗愔、郗超这对父子感情蛮奇妙的。举个《世说新语》里的小例子。郗愔家财丰饶,却挺小气,郗超则十分豪爽。有一次,郗超问他父亲,能不能让我管钱?父亲说好,我把家里钱库打开一天,凭你取用。一天之后,郗愔大吃一惊,郗超把家产几乎全部散了出去!

郗超与郗愔的个性差异非常大。郗超通透洒脱、亦正亦邪,郗愔忠直严肃、疾恶如仇。郗超之死,于郗愔来说,还不单是丧子之痛。因为他将家族的希望都寄托在这个儿子身上!

《开匣》本事载于《晋书》而非《世说新语》。它若被记入《世说新语》,又该归属于什么类别呢?从郗超之智的角度,可以归入褒义的"夙惠""识鉴"或贬义的"假谲";从郗愔的丧子之痛看,归入"伤逝"不妨;若从谢安的气度着眼,则当是"雅量"一类。换言之,《开匣》里,包含了众多情感切入方式,故事虽小,内涵却很丰富。而将谢安卷入其中,是剧本之创造。

谢安,以大官生应工。人们常说,谢安是魏晋风度的标杆、审美的最高点。《世说新语》里有关谢安的记载多达一百余则,他潇洒、亲切、富于奇特的幽默感,是当时不折不扣的"全民偶像"。剧中,谢安来到郗家,吩咐从人去叩门时,特别叮嘱:"休报官职,就道谢安拜谒。"简简单单一句话,足见其细腻与风度。淝水之战后,谢安的事业名望都到达了人生巅峰,与此同时,郗家因为郗超之死,境况跌至低谷。这个落差,正是具有戏剧性的戏曲背景。

第三个人物,是郗夫人,以老旦应工。她是个贤惠的妻子、一个爱子心切的母亲,总是在丈夫与儿子之间尽力周旋。

《开匣》借鉴了《见娘》的曲牌,有两个引子,一个给郗愔,一个给谢安。分别完成他们二人的上场后,交流对话开始了,彼此都站在对方的立场上找话题。郗愔说的是"淝水大捷，尚未奉贺"，他遏制住自家悲伤，为国家之事道贺，忠臣的形象稳稳地立着；谢安接的是"令郎物故，慰吊来迟"，真诚又彬彬有礼。接下来郗愔直陈了他的痛苦："老来丧子，悲之恸之、肝肠寸断!""悲之恸之、肝肠寸断"这八个字很重要，它与后面谢安反复几问"如今你悲是不悲？恸是不恸？断肠不断？"形成了呼应关系。

谢安给郗愔带来了一个"或与令郎相关"的匣子，并用猜测匣中物来强调他对匣中装的什么，一无所知。他唱词里有一句"休疑做窃药嫦娥、盗书蒋干"，这句话充满了调侃意味，并不是在严肃地指责对方将他当作小偷看待。郗愔却接不住谢安这点玩笑，立时道歉："言语唐突，谢公勿怪。"这既是性格使然，也是二人地位、处境差异造成的。

本折戏可分为几个大层次：送匣、开匣、读信、解义。

在匣子打开后、公开读信之前，郗夫人先看了信里的内容。她"颜色骤变、股战而栗"，接着便是两次掩饰，一是掩饰她的神色，二是掩饰信中文字。谢安在场，她不能不掩饰，也正因为谢安在场，郗愔不能不揭破她的掩饰，要她将书信原原本本读出来!

读信过程中又有三个层次：三次被打断。

第一层次是书信抬头："下臣郗超，叩首叩首，谨奉大司马、假黄钺、都督中外诸军事桓公左右。"在晋简文帝时代，权臣桓温势力极大，并暗怀篡夺之心。桓温有一次给郗愔写了封信，说我推荐你统领某军，你看如何？郗愔有志报国，很热情地写了封回信，表示接受。送信人行到半路，偶遇郗超。郗超截下父亲的信，一看之下，唰唰唰，将原信撕了，以父亲口吻重写了一封谢绝信寄给桓温。郗超太了解桓温了，知道桓温不愿分流军权，他也不愿父亲卷入权谋的旋涡，于是，用这种方式保护了父亲。瞧，郗超惯用看似离经叛道的方式践行孝道。

郗愔一看这抬头便气不打一处来，"下臣"二字，摆明了郗超将桓温当作君主来侍奉，所以他唱"糊突儿交结权佞，称'下臣'附势趋炎"。该怎么写郗愔的愤怒呢？我们用的不是"推"而是"拉"的方法。郗愔发怒时，旁人不是顺着他的愤怒情绪往前走，而是把其愤怒往回拉，从而产生更大张力。谢安又是怎么劝郗愔的？他说："其时桓公势大，能叫先帝作揖、下官伏拜，郗君事之，也是人各有志。"这句话之细节也有史可考。有一次，桓温走在天子之前，迎面相逢，谢安竟跪了下来！桓温大吃一惊，问谢安为何行此大礼？谢安回答，天子尚在你后，何况我这做臣子的？实际上，谢安是在用这种方式提点桓温，你太跋扈了。

谢安真诚的劝慰，使郗愔越发火冒三丈："莫道人各有志，怎可颠倒忠奸！"同样的，郗夫人说不要念了吧，剧本意图恰恰是给郗愔火上浇油，让这封信得以继续被念下去。

三个阶段念信的力度是逐步加强的。第一次是身份立场，第二次则是要行废立大事，相应的，郗愔内心的愤怒再度提升。谢安又来劝解、夫人又来安慰，郗愔更为恼怒，通过盘旋和持续的反方向的拉力把戏往前推进。谢安那句"多赖令郎开解"，也从史实中来，亦见载于《世说新语》。像这样被悄悄埋伏的《世说新语》中的段子，在《开匣》与其他《世说新语》折子戏里还有很多。

在第二次念信与最重要的第三次念信之间，剧本多设置了一次盘桓，即强调了郗夫人的疑虑与忐忑。就常规的戏剧性而言，国祚绵延皇帝废立当是最紧要的，还有什么比之更甚呢？我们看到了答案："念信念信，竟念出个下官来了。"第三念，指向的是眼前人：谢安。这一念，对当事人此刻的内心击打，力度更大。

郗超信里提出杀谢安，却竟能将这性命攸关的匣子托付给谢安。一方面，是谢安的人品值得信赖；另一方面，也显现了郗超非凡的识人之明与胆气。"杀谢安"这个建议，听入郗愔耳里，已不是简单的判断儿子忠奸的问题了。郗愔"心寒颤、愈增惭"，愤怒中掺杂着羞愧，羞愧中又掺杂着恐惧。谢安呢，他完全明白这匣子的来历，听到这里，也完全明白了郗超叫他送这匣子来的用意。

所谓"新亭斩谢安"，是指桓温意图篡位，打出旗号"诛王谢，移晋鼎"。

懦弱的晋朝皇室便让谢安与王坦之去迎接桓温。当此之时，王坦之战战兢兢，怕得连笏板都拿倒了。谢安则神色如故，飘飘然进了桓温大帐，张口就问："我听说有道的诸侯设守四方，明公何故在幕后埋伏士卒？"桓温闻言，十分尴尬，下令撤除埋伏。一场国家大难，就此被消弭于无形。

谢安当年遭遇的种种危机，都少不了郗超为桓温运筹安排。"我能在你刀下活下来真是不容易啊。"这时，大概谢安会又后怕又苦涩，还带着些许滑稽感地这么想吧，所以他说："不料前朝往岁，（郗超）杀机早动！"郗愔夫妇一听，感觉到话里沉甸甸的分量，郗夫人回以"老身这厢，代儿谢罪"，几乎要跪了下来。到这里，三次念信完成了，郗愔之愤怒也到达了最高点，与此同时，谢安的使命也完成了：愤怒驱散了悲伤，郗愔再不会为那个不肖子流一滴眼泪！而这，正是郗超的心愿。

郗愔下场了，戏还没有完。怎么揭示"三念信"过程背后，蕴藏着已故孩子对父亲的情感与孝道呢？通过第三个人物：郗夫人。

怀着对儿子朴素的爱，郗夫人追上谢安，简直哀求地解释自家儿子本性不坏、不是恶徒。谢安感觉到了郗夫人内心的惶恐，他要安这位母亲的心，也要把儿子对父母的爱传达给他的父母，在传达过程中，也体现了谢安对这份爱的尊重。谢安说：叫我送这个匣子来的，不是别人，正是令郎。最初，或许人们会以为郗愔的愤怒是情感的高潮点，到这时，才明白，伴随着真相而来的，才是情感的最高潮，之前的愤怒都是在为这一刻做铺垫！谢安不但解释了匣子的来历，还解释了郗超为什么要这么做。在一片苦心、一片孝心之间，既诠释了郗超复杂而深邃的个性，也完成了对谢安丰满性情的书写。

## 附4：走出你的舒适区——从《世说新语·访戴》说起

昆剧《世说新语》系列折子戏是石小梅昆曲工作室向我约的稿。乍一听，兴趣盎然，再一想，难度极大。因《世说新语》描绘的魏晋风度，大多是"去戏剧性"的，崇尚散淡、通脱、泰山崩于前而色不变，且原著条目虽多，每一条的文字却往往极简要，构不成一折折子戏。那么，将许多相关条目像彩蛋般埋藏在一折戏里，又如何呢？这个方法既充实了单折内容，又使创作好似捉迷藏，趣味横生。同时，我还对自己提出了另一重要求：原创力。固然剧本取材于《世说新语》，我却希望能让受众看到《世说新语》之外的价值。换言之，我希望，受众即便将原著读得烂熟，也想不到他将在剧场里与什么相逢。

石小梅昆曲工作室建议我用一声驴叫拉开《世说新语》系列的大幕，这真是酷极了！于是，有了第一折《驴鸣》；继三曹之后，竹林七贤亦应有一席之地，这便有了第二折《索衣》；谢安作为魏晋风流之标杆，当然少他不得，第三折《开匣》应运而生；问题来了：第四折压台戏，写什么好呢？石小梅老师、张弘老师与我，不约而同地将目光投向这一款：

王子猷居山阴，夜大雪，眠觉，开室，命酌酒。四望皎然，因起彷徨。咏左思《招隐》诗，忽忆戴安道。时戴在剡，即便夜乘小船就之。经宿方至，造门不前而返。人问其故，王曰："吾本乘兴而行，兴尽而返，何必见戴？"

"何必见戴"，实在太有名了。若精选《世说新语》十条，它必入选；若选五条，也少不了它；即便只选三条，它仍会出现在我个人开列的条目中！可这一条又实在太难写，尤其是之前三折都已颇具水准，它能压得住台吗？试试看吧，我在笔记本上写道：第四折《访戴》。

首先要解决的便是"戏剧性"问题。记得那天，我在石老师家，将原文细细说与她后，她的第一反应是："这不行，这没戏。"王徽之一夜奔波，来到戴逵门前，何故不叩而去，原著并无明确交代。能不能"做"点戏呢？我注意到"咏左思《招隐》诗"六个字。"招隐"是古诗题材分类之一，多表达对林泉生涯的向往。我问："能不能为王徽之设计个心理动机？比如，他正为入仕还是归隐而烦恼，想与朋友戴逵商议商议，于是乘夜而出。一路行来，见雪景明爽疏阔，心灵震荡，及至戴家，王徽之已得到他的答案，故此不见戴逵而去。"老师们听了，都觉得差强人意、可以入戏，但我仍踌躇着没有起身。

"你还在犹豫什么？"张老师问。

"不行，还不行。"我回答，"虽然从这个构思入手，《访戴》会很好写，但'何必见戴'之所以能流传千年，恰恰因为王徽之的'无目的性'，他若是怀着'解惑'之心去往戴家，则不够'魏晋'，也不是原著条目提供的最高价值，反倒减损了其价值。"我说，"低于原著格调，是我绝不能接受的。"

"故事性""戏剧性"，是我写作的舒适区之一，《访戴》后来的突围成功，得之于经典的启发，得之于《西厢记·游殿》。《游殿》很好看，但在张生见到莺莺之前、全折约三分之二的篇幅，都不具备常规意义上的"戏剧冲突"，无非是知客僧法聪领着张生游普救寺，行经一处处风景，说道一个个段子。《访戴》也可以这样呀——我豁然开朗。让王徽之在雪夜忽起访友之兴，着个苍头陪着他，山一程、水一程地奔向戴家，就在这山山水水之间，或与往事相关、或与眼前相映，一个个段子讲过来。最妙处，是谐趣之余，王徽之所居之"山阴"，还有个超级文化IP："兰亭！"恰恰天下第一行书《兰亭集序》，正出于王徽之之父王羲之之手！

张老师又问："《游殿》里，张生毕竟撞上了五百年风流冤孽，《访戴》呢，'乘兴而行'有了，'兴尽而返'怎么说？"

"忽然，王徽之后颈一凉。"我说："是雪，化了。人间多少欢乐、几许繁华，都像这白雪一样，美则美矣，瞬息即逝。一念及此，即刻兴尽。可以吗？"

"可以。"

而这，正是《兰亭集序》的惠予，所谓："向之所欣，俯仰之间，已为陈迹，犹不能不以之兴怀。况修短随化，终期于尽。古人云：'死生亦大矣。'岂不痛哉！"甚至，这句"死生亦大矣"，可算得第一台《世说新语》的总题旨。

接下来，我差不多用了一天时间，将《访戴》一气呵成，并对自己提出"唱词一定要美、更美、再美些"的要求！平生第一次，一边写一边竟流下泪来！一边流泪，又一边莫名其妙，明明在写各种欢乐的段子！打动我的，是我仿佛与王徽之共享了千年之前、那个在中国文化史上都堪称独一无二的雪夜，美得像个梦境，而我便在这梦境中沉浮。酣畅淋漓地写完后，我将文本发送给石老师、张老师，一门心思等表扬。等到的，却是石老师的一句："不行！"

"哈？为什么不行？我觉得我写得很好啊……怎么又不行了啦？"我一肚子纳罕，有点意外，还有点委屈。

石老师淡定道："别的都行。苍头的念白，不行。"

这是一折对子戏，上场人物为生扮的王徽之与丑扮的苍头。我再一次陷入舒适区写作。因为雅致的文辞写来较为顺手，我不经意中，令王徽之与苍头共享了一个语言系统！石老师提醒，你必须给演员提供两种差异明显的语言风格，才能令表演有更大的趣味空间；张老师则以苏州的方言习惯为我做了些文本示范；在此基础上，我又将苍头的念白重新梳理了一遍，使之仅仅在文本阅读上，就与生行的语言气质有所区分。

第一次，借助优秀传统折子戏的启迪，我走出了"戏剧性"的舒适区；第二次，因为表演艺术的提点，我走出了"语言系统"的舒适区；第三次，则是落地排练后，场上的修改与打磨，使我进一步走出了"案头之本"的舒适区，从而实践了文本写作的自我攀缘。最终，那个熠熠生辉的《访戴》出现了，那个站在文本肩上、又高于文本的《访戴》出现了。

我常说，《世说新语》系列折子戏是一次只能成功、不能失败的尝试。因它指向的不只是某一台戏的意义，更是原创昆曲系列折子戏这条道路的意义。从前辈手里接过了什么，为后人开辟了什么，《世说新语》系列折子戏，便是我们，在2019年的今天，交出的答卷。

# 昆剧《浮生六记》

## 人物表

沈　复　　（巾生）

芸　娘　　（闺门旦）

半　夏　　（正旦）

沈　母　　（老旦）

王　婆　　（付）

张禹门　　（末）

# 第一折　盼煞

［旧寓，入夜。

［沈复上。

沈　复　（唱）【南商调引子忆秦娥】

　　　　　　摧比翼，

　　　　　　琴调瑟弄应无觅。

　　　　　　灯前泣，

　　　　　　人惮回煞，（夹白）芸姐啦！

　　　　　　俺至诚的思卿未肯避。

［王婆内声"沈相公"、张禹门内声"三白贤弟"上。

王　婆　沈相公。今乃小娘子回煞之日，子夜时分，你亡妻就要回来哉！

沈　复　回来了！喏，衣衫脂粉，陈设如昔；迎接菜肴，俱已齐备。

王　婆　（掩鼻）这芥卤腐乳、虾米卤瓜？……

沈　复　都是芸姐舌尖之爱！

张禹门　（一劝）贤弟啦。回煞犯煞，不利生人。

沈　复　当年我最恶卤瓜、拒不肯食，芸姐劝我不动，竟笑笑嘻嘻，搛之强塞我口……

张禹门　（二劝）况人鬼殊途，纵使弟妹回魂，怕不是当年模样……

沈　复　我掩鼻试嚼，倒也清爽，开鼻再嚼，好不美味！

张禹门　（三劝）因邪入邪，不是要的……

王　婆　张秀才，任你磨破嘴皮、说干喉咙，劝不动沈相公伉俪情深。走吧、走吧。

张禹门　若有异变，闪躲要紧、闪躲要紧哪！

［王婆、张禹门下。

［更声起。

沈　复　初更了……（坐床头，抚其衣）

745

（唱）【集贤宾】

摩挲玉骨旧时衣，

暗香怅依稀。

止不住悲容悲泪洗，

（夹白）不敢哭、不敢哭！则怕这泪眼模糊！

蔽遮了、恁倩影迷离。

宛然筵第，

恸当时言笑人岑寂。

盼煞你，

翩跹一缕风吹起。

芸姐啦。沈复掌灯，引你来归！有动静！（凝神）是风摇竹影……有响声！（侧耳）是唧啾虫鸣……（叩门声起，惊喜）叩门？真个叩门了！芸（姐）……

［王婆上。

王　婆　沈相公，是我。

沈　复　（失落）差矣、谬矣……

王　婆　相公流离，租我房舍，夫人病故于此，本月租金……（抬手示意，沈无应）这租金么……（高声）租金翻倍，押一付三！沈……

沈　复　一概依你。

王　婆　好慷慨、好情痴！日后相公再娶，要什么美人佳丽，包在王婆身上……（更声二起）这劳什子，敲得人寒毛尽立哉！（急下）

沈　复　二更了。左等不来、右等不见，想我年少游学，芸姐家中辗转，定然一样心焦、一样盼我……（转念、担心）你不要赶、你不要急，迢迢路远、月黑风高，你要当心！

（唱）【琥珀猫儿坠】

俨俨的焦渴病，

向幽壤万拜千揖。

偏劳魂舆远迢递，

再相闻三声两声郎与妻。

芸姐呵，恐惊恁俺唤得低，

似扪着恁心春急。（似拥芸娘入怀，沉醉）

芸姐，你心儿跳得好快呀……（更声三起，惊觉）姐姐哪里？三更了！难道回煞之说，都是虚谈；幽冥地界，尽皆妄诞？缘起缘落、人死灯灭……这这这灯火！（陡见异相）

（唱）【集贤宾】

猛可的一灯如豆黯欲熄，

又燎烈烈与檐齐！

一刹吐息微似蚁，

一霎时、倩笑云霓。（灯火变幻）

莫不是魂摇魄飑，

袅婀娜卿卿显迹？

（夹白）是你么芸姐？你应我一声、应我一声！

俺呼未已，

哀哀的吁呵寒烛虔恳乞！

芸姐来了，只管相见！二十三年同床共枕，若论你，我是不怕的！我妻，求你把烛火再摇上一摇？再闪它一闪！你再不来，我便把你卤瓜都吃尽了！（食之）好滋味、好爽口！你还不来么？我把你腐乳也吃光了——（食之）芸姐！你舌尖上的味儿，我今尝到了，你何不现身，尝尝我心尖上的味儿……

［五更声起。

**沈　复**　五更了、夜尽了、天明了……（颓然而泣）

［幕后伴唱：【尾声】

君问归期未有期，

泉台客望断楚台栖，

风月浮生能得几?

[灯渐暗。


# 第二折　回生

[沈宅。

[沈母上。

沈　母　（念）乾坤何处不阴阳,

　　　　　　　夫主为柱妻为梁。

　　　　　　　愿得膝下重孝义,

　　　　　　　鸾胶再续慰萱堂。

　　　　老身陈氏,与老爷相敬一世,养下两个孩儿。长子沈复,娶家侄女陈芸为妻。那芸娘天性跳脱,不中老爷之意,复儿为她,颇忤高堂。今芸娘下世年余,我想男儿岂可无妻?即央王婆,再觅一门好亲。约定今日,男女相见⋯⋯

[王婆内声:"姑娘仔细。"

[半夏上,王婆随上。

半　夏　（唱）【南仙吕引子探春令】

　　　　　　　杨花乱滚一时春。

　　　　　　　嗟寒衾孤枕,

　　　　　　　问双飞燕儿可有奴份,

　　　　　　　好与这春光厮趁。

王　婆　姑娘娇贵,事尚未成,何必亲来?

半　夏　他是丧妻之男,我亦失夫之女,坦诚相见,嬷嬷叩门!

王　婆　（叩门）老夫人,快着令郎,出来相见!

沈　母　（迎之,打量）好好好!（招呼）复儿快来!

〔沈复咳上。

| | |
|---|---|
| 沈　复 | 母亲，久病之人，懒于应世。 |
| 王　婆 | （拉之）沈相公，这便是令堂求与你的仙丹！（指半夏） |
| 沈　复 | 小生只要芸姐、不要别个！（欲下） |
| 半　夏 | 沈相公。久咳虚劳，可饮蜡煎汤。 |
| 沈　母 | 何谓"蜡煎汤"？ |
| 半　夏 | 上禀夫人。此家传之秘，研麦冬、百合、甘草、阿胶为末，入黄蜡大如皂角，同煎七分，食后热服，半月可愈。 |
| 沈　复 | 若是气喘咳血呢？ |
| 半　夏 | 朝夕侍奉，半载回春。 |
| 沈　复 | （潸然）呜呀…… |
| 王　婆 | （对沈母）夫人你看，相公感动哭哉！ |
| 沈　母 | 姑娘志诚一片，铁人心软。 |
| 沈　复 | ……迟矣、迟矣！去春芸姐咳血之时，怎不知这救命的方儿！ |
| | （唱）【醉扶归】 |
| | 椎胸恨丝丝缕缕碎方寸， |
| 半　夏 | （唱）觑着他把奴这照人儿也失神。 |
| 沈　复 | （唱）掬不起滴滴点点鹃红腥， |
| 半　夏 | （唱）悄拭却扑扑簌簌泪难禁。 |
| 沈　复 | （唱）啊呀妻，生生世俺除却巫山不是云， |
| 半　夏 | （唱）他意儿远奴的心儿近。 |
| | 相公节哀。失偶之痛，奴亦知之…… |
| 沈　复 | 哆、哆、哆！我与芸姐之情，岂寻常夫妇能比；我失芸姐之苦，岂等闲鳏寡可知！ |
| 沈　母 | 复儿无礼！ |
| 沈　复 | 母亲！忆昔儿年十三，随母归宁，见芸姐诗作，道是："秋侵人影瘦，霜染菊花肥。"…… |

半　夏　　"人瘦花肥"，才思隽秀……

沈　母　　才思隽秀，福泽不深！

沈　复　　儿心所属，不能释怀，跪告母亲："若为儿择妇，非芸姐不娶！"
　　　　　　非芸姐不娶——（不顾而下）

沈　母　　复儿、复儿——

王　婆　　老夫人，叫不回哉。咱姑娘家声清白、妆奁殷实，打着灯笼难找！
　　　　　　只怪令郎没眼色、没福气、没缘分。姑娘受累，走吧。

半　夏　　（止之）奴年三九，见世间薄幸人多、真心人少，似沈相公这般，
　　　　　　委实难得。老夫人，令郎与奴的缘分，尚未可知。

沈　母　　尚未可知？

半　夏　　那蜡煎汤的方儿，稍后送来。

　　　　　　（唱）【隔尾】

　　　　　　　　感花溅泪一沾巾，

　　　　　　　　合汤调羹慕知音。

　　　　　　　　奴的因缘深浅凭天悯。

　　　　　　老夫人，告辞了。（下，王婆随下）

沈　母　　复儿糊涂！老身做主，这等贤媳，不容你不娶！（下）

　　　　　　［转景：沈宅书斋。

　　　　　　［沈复持笔上。

沈　复　　至情则至苦，至苦方至情！芸姐，回煞不归，你归来何时？

　　　　　　（唱）【油核桃】

　　　　　　　　空忆钿黛湘灵，

　　　　　　　　恨无顾恺丹青。

　　　　　　　　潘郎诗吊不够瑶芳影。

　　　　　　　　寄毫管也，

　　　　　　　　托素笺思卿怀卿。

　　　　　　（挥毫）记得花烛之夕，卿"瘦怯身材，依然如昔，头巾既揭，相

视嫣然。"（悲喜交缠，忆之书之）"合卺之后，并肩夜膳，我于案下悄握你腕，暖尖滑腻，好叫我心，怦怦作跳……"

［芸娘端茶点上。

芸　娘　（唱）【前腔】

　　　　红炉撩逗山茗，

　　　　青梅坐镇流冰。

　　　　甘喷喷晶莹酒酿饼。

　　　　馋老饕也，

　　　　故摇曳环佩咚叮。

环佩作响，他怎不相迎？沈郎、沈郎……（推门而入，见沈挥毫案前）呼之不应，写的什么？（欲阅文稿）

沈　复　芸、芸姐回来了？你你你回来了?!（执手）

芸　娘　片时不见，这等急切，你写的什么？（再欲阅）

沈　复　卿卿腕儿，暖腻依旧……啊芸姐，你上前两步。

芸　娘　（上前）怎么？

沈　复　退后两步。

芸　娘　（后退）又怎么？

沈　复　再转个圈儿……

芸　娘　（欲转又止）休再作要，将文稿我看！（取文稿、阅之）

沈　复　哈哈有影儿、有影儿！

　　　　（唱）【胜葫芦】

　　　　她短短长长影随身，

　　　　浑不似泉下客出幽冥。

　　　　妙庞儿娇臻臻艳若桃杏。

　　　　芸姐啦！死生比并，（情不自禁，揉摩其肩）

　　　　粉骷髅搓挲入我襟。

芸　娘　啐！怎说奴家是鬼？郎君才是！

沈　复　　小生尚在，怎说是鬼？

芸　娘　　（指其文）"暖尖滑腻""怦怦作跳""一缕情思摇人魂魄"，连篇浑
　　　　　　话，岂非色中饿鬼？

沈　复　　好个"色中饿鬼"！芸姐饥煞小生！（欲搂）

芸　娘　　（嬉笑、闪避、奉食）玫瑰馅、酒酿饼！

沈　复　　（欲搂）渴煞小生！

芸　娘　　（嬉笑、闪避、奉饮）洞庭山、碧螺春！

沈　复　　（泣下）呜呀……不敢追、不能赶！若非芸姐回煞，便是沈复入
　　　　　　梦！则怕动静稍大，竟自梦中惊觉。

芸　娘　　郎君伸手。

沈　复　　啊？（伸手）

芸　娘　　挽袖。

沈　复　　啊？（挽袖）

芸　娘　　递过来。（持其臂）好郎君，奴亦饥矣！（忽啮之）

沈　复　　（吃痛）好利口、疼煞人！

芸　娘　　噗嗤！沈郎啦。

　　　　　　（唱）【皂罗袍】

　　　　　　　　争不见郎梦中醒？

　　　　　　　　奴这口儿利，

　　　　　　　　郎应痛来惊。

沈　复　　（夹白）如此说来，不是梦？

芸　娘　　（唱）也不是赵州桥畔黄粱温，

　　　　　　　　也不是古槐树下绿蚁径。

沈　复　　（夹白）不是梦，又不是鬼？

　　　　　　（唱）莫不是欣羡鸳侣、花妖幻形，

　　　　　　　　莫不是伤怜孤另、狐仙遣兴？

　　　　　　　　俺怦怦的心乱宵愈静。

（背语）我试问她。芸姐，你咳血之症？

芸　娘　已是大好，问它做甚？（偎依、并坐、轻声）郎君今宵，有些古怪。

沈　复　芸姐今夜……分外可人！

芸　娘　闺房之乐，羞人答答，记它做甚？

沈　复　浮生如梦，若不记诸笔墨，只恐散落无痕。

芸　娘　我也有欲记之事哩。那年鬼节……

沈　复　（又惊）"鬼节"——

芸　娘　七月十五。我备好茶点，欲邀月共饮……

沈　复　不料阴云如晦，芸姐颜色愀然。

芸　娘　对天誓曰："妾能与君白头偕老，月轮当出！"

沈　复　我与你联句遣闷，随口乱道……

芸　娘　奴笑倒郎怀，不能成声。

沈　复　忽然风扫云开，明月涌出！

芸　娘　大喜过望，连酌三杯！沈郎、沈郎，我是要与你白头偕老的呀！

沈　复　（哽咽）是、是、是……

（唱）【傍妆台】

乍销魂，

交错悲欣泪涔涔。

她若是木客花鬼，

怎知咱私语嘤嘤？

畅道一去幽玄远，

连理枝黄泉碧落缘未尽。

不是妖、不是鬼、不是梦，是什么呢？嗳，沈复啦沈复，你痴了、你愚了、你糊涂了！妖也罢、鬼也好，梦也罢、幻也好，这身畔俏媚、怀中香软，正是你嫡嫡亲亲的芸姐、我娇娇楚楚的妻啦。

（唱）星为证，

月作凭，

好与卿重订生生白头盟。

芸　娘　（感动）郎君……（忽笑，拔其一发）白发早生矣。宽衣歇息吧。

沈　复　我这文章？

芸　娘　（耳语）枕畔续之……

沈　复　枕畔？一发歇息不得！哈哈哈！（偕下）

　　　　［幕后伴唱：【尾声】

　　　　　　襟带栓著羽衣轻，

　　　　　　疼热热悄计更鼓未阑晴。

　　　　　　疑是月在江波花在镜。

　　　　［灯渐暗。

# 第三折　诧真

　　　　［半夏家。

　　　　［王婆内声"半夏姑娘……"，上。

王　婆　（念）叽喳喜鹊树梢忙，

　　　　［半夏上。

半　夏　（念）药肆何劳宫粉香。

王　婆　（念）红线编排十样锦，

半　夏　（念）青螺难得千金方。

王　婆　姑娘大喜，仙方来了！（递一玉镯）

半　夏　这镯儿？总不是沈相公所赠？（接之）

王　婆　是沈老夫人亲下聘礼！……姑娘不喜，我退还她去。

半　夏　嬷嬷请转。"婆婆"这镯儿，媳妇戴上了。（戴之，下，王婆随下）

　　　　［转景，沈宅书斋。

　　　　［芸娘、沈复偕上。

**芸、沈**　（唱）【南双调引子夜行船】

　　　　　　打飞黄莺嗔报晓，

　　　　　　厮磨处、胜漆如胶。

**芸　娘**　（唱）灯下凝睇，案头迎笑。

**沈　复**　（唱）桃花笺书不尽桃花俏。

　　　平生欢洽，思之在心，铭之在卷！啊芸姐，（递笔）你也来添色几笔吧。

**芸　娘**　使不得！只怕我笔落之处，满眼白字。

**沈　复**　芸姐才高，垂髫能诵《琵琶行》，怎说白字？

**芸　娘**　喏。作《琵琶行》的白乐天，是我的启蒙之师！此一“白”也。论潇洒落拓之气、落花流水之趣，我独爱李太白。

**沈　复**　此二“白”也。

**芸　娘**　还有“三白”呢。（斜觑之）

**沈　复**　啊呀是了。小生沈复，字“三白”，便是这第三“白”也！哈哈哈！

**芸　娘**　我与“白”字，何其有缘，落笔之时，少不得白字连篇！（失笑）走吧，醋库巷去也。

**沈　复**　喔！今乃洞庭君神诞之日……

**芸　娘**　醋库巷水仙庙中，火树银花……

**沈　复**　洞庭君化身凡人，施恩施福！

**芸　娘**　我们也去“轧神仙”、祈福缘！（引之欲行）

**沈　复**　（欲行又止）不可……不可！

　　　（背唱）【侥侥令】

　　　　　　她阴灵怎践红尘道，

　　　　　　怕做了淡烟消。

　　　　　　这妙秘只合闺窗锁春黛，

　　　　　　秋水岂向坊市抛？

（托辞）芸姐纤弱，怎堪劳累？

芸　娘　　我岂纸片人儿，一吹就倒？

沈　复　　况日薄西山、天色将晚……

芸　娘　　花光灯影，龙宫夜宴！

沈　复　　人多嘴杂，到底不便。

（背唱）【前腔】

肉白骨妒花貌，

活亡魂美玉娇。（夹白）若被相识的撞见！

少不得捻神捻鬼骇骇闹……

芸　娘　　沈郎之意，要我大门不出、二门不迈！

沈　复　　我……

芸　娘　　罢了，不去便是。（背身落座）

沈　复　　芸姐、芸姐？（呼之不应）

（唱）爱煞她一拧背人楚宫腰！

也罢！千惊万险，输与一罋。卿卿起身，赶庙去也。

芸　娘　　我也不要去……

沈　复　　真个不去？

芸　娘　　是你要我去！

沈　复　　是是是，小生求姐姐同去。

芸　娘　　夫唱妇随，只好依你。走啦。（牵之）

沈　复　　慢来、慢来！小生悭吝，不肯姐姐姿容，便宜外人。还请冠我
　　　　　之冠……

芸　娘　　冠君之冠？

沈　复　　衣我之衣……

芸　娘　　衣君之衣？

沈　复　　添扫蛾眉，化女为男！（背语）昏暗之中，瞒个严实！

芸　娘　　（失笑）偏你事多，待我乔妆。（妆扮）

（唱）【孝顺歌】

　　　　解裙布、披素袍，

　　　　宽荡荡浑似酒旗摇。

沈　　复　　（夹白）缝折寸半，自然合体。

芸　　娘　　（唱）散云髻结辫梢，

　　　　　　摘钗钿著巾帽，

沈　　复　　（夹白）帽檐之下，微露双鬓。

芸　　娘　　（唱）把柳眉添扫。

　　　　　　拱揖礼多、胭脂香少。

沈　　复　　（夹白）好姐姐，你拱手阔步，试走我看。

芸　　娘　　（唱）摇摆金莲，

　　　　　　泄漏三寸夭娆。

沈　　复　　（打趣）小官人好一双小脚儿！

芸　　娘　　（佯嗔）沈郎戏我！

沈　　复　　无妨。弓鞋换做蝴蝶履，宽窄随心、尺寸由人，姐姐便是个俏儿
　　　　　　男也。

芸　　娘　　奴家是个俏儿男，沈郎便是美佳人！快走。（偕下）

　　　　　　〔转景水仙庙，张灯结彩，好不热闹。

　　　　　　〔沈复、芸娘（男装）上，赏灯。

沈、芸　　（唱）【前腔】

　　　　　　芳丛望，月下瞧，

　　　　　　灯连锦铺絮如烧。

芸　　娘　　（唱）一边厢瑶姬献碧桃，

沈　　复　　（唱）一边厢蓑翁乐渔钓，

　　　　　　仰彩灯争工斗巧。

芸　　娘　　（唱）好叫人腹里忘饥，

　　　　　　眼中难饱。

沈、芸　　（唱）执手双双，

　　　　　　　　欢情不负春宵。

　　　　　［幕后内声，招呼沈复：沈相公！三白兄！长远不见！你也来"轧神仙"、赶庙会？（意指芸娘）这位小官人……

沈　复　　呀！

　　　　　（唱）【昼锦堂】

　　　　　　　　六巷喧呼，

　　　　　　　　三街噪叫，

　　　　　　　　密匝匝旧友故交。

　　　　　（遮掩芸娘，虚拟夹白）赵兄有礼！钱兄久违！

　　　　　　　　身畔婀娜，

　　　　　　　　避隐火明灯耀。（遮掩、夹白）刘公别来无恙？

　　　　　　　　扰扰，

　　　　　　　　恨不能变卿卿微如芥子，

　　　　　　　　藏向俺口儿内衔住纤渺。

沈、芸　　（唱）痴亦好，

　　　　　　　　纵相逢阎殿血池，

　　　　　　　　应胜却龙楼凤沼。

　　　　　［王婆上，与沈、芸邂逅。

王　婆　　沈相公，出门哉！（见芸，认出、故作）"你"……好郎君、好俊俏！

沈　复　　（遮掩芸娘）王嬷！（欲引开）前街多子多孙灯，十分灵验。

王　婆　　俺是母鸡打鸣——不下蛋咯。（对芸）小郎君姓甚名谁、家住哪里？

沈　复　　（欲引开）后街长命百岁灯，合该拜拜。

王　婆　　正是求人不如求己。（对芸）……做何营生，可曾婚配？

芸　娘　　（俏皮）小生婚事，也是求人不如求己。

| 沈　复 | 芸……表弟顽皮！我们走吧。 |
|---|---|

［沈复欲携芸娘下，张禹门上，以扇击之。

| 张禹门 | 三白贤弟！（认出）唷！弟妹妆扮得好！ |
|---|---|
| 沈　复 | 不，我……她、她不是…… |
| 王　婆 | 明明白白，不是人哉！ |
| 沈　复 | 不不不，她是…… |
| 张禹门 | 乃是九天仙子降凡尘！ |
| 王、张 | 相公（贤弟）好艳福！ |
| 芸　娘 | 先生、嬷嬷，只管取笑。 |
| 沈　复 | 好怪哪！想芸娘煞日，禹门兄苦口婆心、劝我走避；母亲托请，王嬷嬷巧舌如簧、撮合说媒。今见姐姐死而复生，他们怎的不惊不诧、谈笑自若？（试探）禹门兄，去岁芸姐，一病难起…… |
| 张禹门 | 贤弟衣不解带、情感动天。 |
| 沈　复 | （对王）王嬷嬷夜半加租、保媒牵线…… |
| 王　婆 | 相公重情重义、善有善报！ |
| 芸　娘 | 沈郎，母亲来了！ |

［沈母上。

| 沈　母 | （见芸、打量、微惊）你——你是芸娘？ |
|---|---|
| 芸　娘 | 见过婆婆……（羞怯） |
| 沈　复 | （脱口）母亲、母亲休惊芸姐！是人是鬼，儿只要芸姐，不要别个、不要别个！ |

（唱）【前腔】

　　　魂回丽娘，

　　　生返紫玉，

　　　把鹊桥架柱奈桥。

| 沈　母 | （夹白）七慌八乱，说的什么。芸娘过来。（搂之） |
|---|---|
| 沈　复 | （唱）呀！觑娘亲举动如常， |

笑呷呷膝偎怀抱。

沈　母　　女扮男装，定是复儿使坏！

张禹门　　弟妹可谓冠带佳人、扫眉才子。

芸　娘　　婆婆莫怪，都是媳妇的主意。

沈　母　　要怪、要怪，怪你衣单，恐受风寒。

王　婆　　啧，姑侄婆媳，真正肉里肉、骨中骨、亲上亲！

沈　复　　（唱）颠倒，

　　　　　　　莫不是死别生别皆梦影，

　　　　　　　只俺在梦魇绝处空凄恼！

　　　　　王婆，难道我妻尚在？禹门兄，莫非芸娘不曾死？

张禹门　　贤弟糊涂！

王　婆　　相公说梦话哉。

沈　复　　母亲！你的儿媳、我那芸姐，她竟是个活人么？！

沈　母　　芸娘大病初愈，复儿切莫胡言！

沈　复　　哈哈……芸姐！原来你竟不曾死，是个生生鲜鲜的活人、活人哪！

　　　　　（唱）郁郁愁肠了，（夹白）好姐姐，小生与你呵……

　　　　　　　对流彩恩爱从新，

　　　　　　　指花月琴瑟到老。

芸　娘　　沈郎……（忽羞）他们都瞧着哩。

　　　　[幕后伴唱：【尾声】

　　　　　　　回首东风喜泪飘，

　　　　　　　原来镜底颜色未零凋，

　　　　　　　是毫锥涂乱了南柯觉。

　　　　[灯渐暗。

## 第四折　还稿

［沈宅。

［红炉之侧，半夏执卷、摇扇、熬药。

**半　夏**　（诵读）“醋库巷有洞庭君祠，俗呼水仙庙。每逢神诞，花光灯影，若龙宫夜宴。芸曰：‘惜妾非男子，不能往。’余曰：‘冠我冠、衣我衣，亦化女为男之法。’”好趣致也。（念之）“易髻为辫、添扫蛾眉；加余冠，微露双鬓；服余衣，长一寸又半……”只是出门游乐，奈何三寸金莲？有了、有了，写在这里。“余曰：坊间有蝴蝶履，大小由之，不亦善乎……”（察觉）呀！开卷入神，汤药尽焦了。

［沈复内声“芸姐……”，醉上。

**沈　复**　（唱）【北正宫端正好】

宴上酣，壶底醉，

思卿卿、罢撇了觞杯。

**半　夏**　（唱）他那里踉踉跄不辨南北，

俺这里醒酒的热汤皆备。

（扶之）相公仔细。

**沈　复**　芸……（见半夏）呀！小生烂醉，走错了人家。

**半　夏**　不曾错哪。

**沈　复**　我要去沧浪亭沈宅。

**半　夏**　这里便是。

**沈　复**　若是沈宅，你一介生人，怎在我家？芸姐快来！

**半　夏**　相公轻声，恐惊老夫人。

**沈　复**　定是我连日邀欢、疏忽文墨，惹恼芸姐、不睬小生。待我寻得卿卿，当面赔罪。芸姐——

［沈母上。

| 沈 母 | 哆！酩酊大醉、叫神叫鬼！还不跪下！ |
|---|---|
| 沈 复 | 母亲…… |
| 沈 母 | 孽子！ |

（唱）【滚绣球】

　　叱一声俺涕泗垂，

　　叱一声把俺的心椎碎，

　　小孽障，生叫恁苦煎煎的亲娘脏腑摧。

| 沈 复 | 母亲息怒。孩儿唤你媳妇前来侍奉！（欲起） |
|---|---|
| 沈 母 | 跪好！ |

（唱）贤德媳这边厢奉定茶水，（指半夏）

| 半 夏 | （夹白）婆婆…… |
|---|---|
| 沈 母 | （唱）恁偏则挂念念、牵缠魍魅， |
| 沈 复 | （夹白）芸姐尚存，怎娶他人为妻？不娶不娶、不娶的呀！ |
| 沈 母 | （唱）悼芸娘，孤冢残碑。 |
| 沈 复 | （夹白）嗳，水仙庙赏灯之时，母亲分明见过芸姐！张兄、王婆，都是人证！（欲起） |
| 沈 母 | （唱）哪里有玩灯赏月游春兴，（夹白）跪着了！ |

　　但见恁昼夜管毫对泪挥，

　　垛叠叠纸堆坟堆！

| 沈 复 | 坟堆？纸堆？难道——灯会所见，王婆不是王婆、张兄亦非张兄，就连母亲，也……也也不过是我稿中之影、笔底之人么？啊呀母亲！那琐琐屑屑、细细碎碎，至诚絷心、情浓满纸，我的文稿呢？ |
|---|---|
| 沈 母 | （指炉）喏。你那琐琐屑屑、细细碎碎、妄诞絷心、荒唐满纸，都在这里。 |
| 沈 复 | 这炉火？ |
| 沈 母 | 煲了汤、熬了药、烹了茶了。 |
| 沈 复 | 不、不，芸姐犹在，在小生稿中！那眉弯目秀、顾盼神飞、娇啭吁 |

吁、粉汗盈盈，尽在俺文稿之内！呜呀娘亲……你害杀芸姐、害杀孩儿！

沈　母　（气恼）反了、反了！

半　夏　（劝解）婆婆……相公。芸娘尚在。

沈　复　怎么说？

半　夏　（捧出书稿）芸娘在此！

（唱）【倘秀才】

　　　　还惹个顾盼神飞，

　　　　重写画秀目弯眉，

　　　　笔底伴，纸上追，终不悔。

　　　　怎忍痴念漫成灰！

沈　复　（翻阅、夹白）文稿……俺的文稿！你们听，"沈郎、沈郎……"是芸姐唤我、是芸姐来归！小生来也，沈复来也！（急下）

沈　母　复儿、复儿——

半　夏　婆母吩咐，将相公书稿付之一炬；媳妇摩挲再三、于心不忍，故保全真本……

沈　母　这也罢了。复儿病势凶猛，望贤媳施药相救！

半　夏　相公何病之有？

沈　母　疯疯癫癫，岂不是病？

半　夏　一往情深，怎说是病？

沈　母　狂涂乱写，岂不是病？

半　夏　妙笔生花，怎说是病？（奉一物）相公手稿，删窜难辨，现有媳妇誊清的在此，婆婆何妨一读？

（唱）【叨叨令】

　　　　翰墨中尝遍他浓浓淡淡的味，

　　　　方知这至诚人珍珍罕罕的贵。

　　　　揾不尽断肠泪呜呜咽咽的坠，

　　　　惭多少薄情客羞羞恼恼的愧。

　　　　驻行云也么哥，

　　　　停流水也么哥，

　　　　是哀柔绕指相连缀。

沈　母　　贤媳……亏欠你、委屈你。

半　夏　　婆婆，妾虽嫁不得书中郎君，却得侍奉著书的相公。天缘如此，半
　　　　夏之幸。

　　　　［幕后伴唱：【尾】

　　　　　陌上花开矣，

　　　　　愿卿缓缓归。

　　　　　澹澹松烟添妩媚，

　　　　　结作了俏俏簇簇的相思蕊。

　　　　［灯渐暗。

　　　　［幕后芸娘内声："沈郎、沈郎……"

# 第五折　纪殁

　　　　［十年后。

　　　　［沈宅内室。

　　　　［芸娘扶病上。

芸　娘　　一病缠绵，飘忽上下，连日感梦，好不凄恻！

　　　　（唱）【南中吕粉蝶儿】

　　　　　霜晓灯残，

　　　　　梦椿萱放舟野岸，

　　　　　迎娇女把奈河拍乱。

　　　　　绿鬓凋，红粉减，

瘦骨不敢试春衫，

呀！看素心春兰落几瓣！（见花落）

这盆素心春兰，花叶繁茂，年复一年，如何今日，无端零落？

沈郎……

[沈复上。

沈　复　（念）怜侬滞笔砚，

　　　　　一日一别离。

芸　娘　沈郎，那兰花……

沈　复　兰花落尽不要紧，来春定当重开。

芸　娘　沈郎目不斜觑，兰花凋残，如何知之？

沈　复　这……

芸　娘　花落花开、往事历历，郎君书稿之内，可都记下了？

沈　复　记、记下了。

芸　娘　少时吃粥之乐，记下了？

沈　复　（唱）【北石榴花】

　　　　　记下了暖粥小菜望欲馋，

　　　　　怎未嫁的窈窕嗔我憨。

芸　娘　（夹白）沧浪亭中秋"走月"，记下了？

沈　复　（唱）记下了通幽曲径步姗姗，

　　　　　风生袖管，

　　　　　月到波澜。

芸　娘　（夹白）游乐太湖，船头共饮，都记得了？

沈　复　（唱）记下了渔火满江摇星汉，

　　　　　蒸酒气、粉汗香甘。

芸　娘　（夹白）还有萧爽楼题画、七夕节乞巧、插花论诗、焚香烹茗……

　　　　　（见沈领首）如此说来，书稿已成？

沈　复　万事俱备，只欠一桩！

芸　娘　　哪一（桩）……

沈　复　　（紧接）不、不要问！

　　　　　（唱）这的声千声万心头唤，

　　　　　　　　却万千种挥毫难！

芸　娘　　千难万难，终有尽时。奈我魂飘骸外、兆梦不祥，见不着了……

沈　复　　芸姐休说伤心话！你乃思亲情切，方才梦见下世的高堂，放舟
　　　　　来接！

芸　娘　　奴家所梦，从未吐露，沈郎如何知之？

沈　复　　我……卿卿之病，精心调养，自能痊愈！（奉药）

芸　娘　　病入膏肓，药石无用。（勉强饮药）好酸苦也。人生百年，终归
　　　　　一死……

沈　复　　（欲止）芸姐——

芸　娘　　我若还有生机一线，断不敢惊君听闻。今冥路已近，如若不言，更
　　　　　待何时？

沈　复　　你说……你说。

芸　娘　　（唱）【南泣颜回】

　　　　　　　　忆奴唱随廿三年，

　　　　　　　　欢洽春风妆点。

　　　　　　　　齐眉举案，

　　　　　　　　生就的烟火神仙。

沈　复　　（夹白）正是：曾经沧海难为水……

芸　娘　　（唱）总为妾身薄命、君多情，

　　　　　　　　妒造化拆人河川远。

沈　复　　（夹白）除却巫山不是云！

芸　娘　　（唱）撇尘寰金石易销，

　　　　　　　　向冥寞游丝难遣。

　　　　　　　　沈郎、沈郎，我好怕呀。

沈　复　那牛头马面？

芸　娘　奴家不怕。

沈　复　十殿阎罗？

芸　娘　奴家不怕！则怕我死之后，沈郎思奴念奴、不得相见，茕茕孑立、
　　　　何等凄凉！（泣不成声）三生石上，只盼来……来来世、来来来
　　　　世……（殁，转入帷幔）

沈　复　芸姐、芸姐——

　　　　（唱）【北斗鹌鹑】

　　　　　　　　恁一番番俏媚嫣然，

　　　　　　　　又回回的将俺撇闪、

　　　　　　　　回回的将俺撇闪！

　　　　　　　　恰好似扑簌簌幽兰枯凋，

　　　　　　　　不提防静悄悄花蕾再展。

　　　　（夹白）看凋残错落的花瓣儿，纷纷飞上枝头，芳馨重绽！分明光
　　　　阴逆流、时分倒转，痛哉转瞬之间，又是同一番零落！

　　　　　　　　俺巴巴的盼卿卿泉土重返，

　　　　　　　　偏是囚一时、羁一室、困一棺！

芸　娘　（内声）沈郎、沈郎……（转出帷幔）

沈　复　（唱）蓦闻病恹恹啼血子规，

　　　　小生在此，沈复在此！（迎之，芸娘无力偎之）呀！

　　　　（唱）她柔纤纤怎禁得无边转辗、

　　　　　　　柔纤纤怎禁得无边转辗！

芸　娘　人生百年，终归一死。连日昏迷，梦（我）……

沈　复　梦你父母，放舟来接，是也不是？

芸　娘　（迷惑）是、是……（惊见）呀，那素心兰花……

沈　复　无端零落、败叶残枝，然也不然？

芸　娘　（更惑）咦？我言未出口，怎生你事事皆知？

| 沈 复 | （恼极）是芸姐你、你一些儿也不知！ |
|---|---|
| 芸 娘 | （追问）不知什么？难道郎君，瞒我到死？ |
| 沈 复 | ……我说、我说！好姐姐，可知今岁何岁、今夕何夕？ |
| 芸 娘 | 奴自乾隆四十五年嫁与郎君，夫唱妇随二十三载，于今嘉庆八年矣。 |
| 沈 复 | 错了、错了。 |
| 芸 娘 | 奴自去岁开冬，一病不起、缠绵半载，计之已是三春时节。 |
| 沈 复 | 差矣、差矣！草木摇落，秋气肃杀，已到九月了。 |
| 芸 娘 | 九月了？ |
| 沈 复 | 忆昔嘉庆八年、三月三十，芸姐一灵缥缈，溘然长逝……思卿念卿，一晃十载！ |
| 芸 娘 | 嘉庆八年、溘然长逝……郎君之意，奴家身死十年了？ |
| 沈 复 | 今已嘉庆十十十八年！ |
| 芸 娘 | 嘉庆十八年——?! 怎么，我、我今是鬼不成？ |

（唱）【南扑灯蛾】

> 莫不是魂游牡丹亭，
>
> 把梅卿柳卿长萦念？

| 沈 复 | （夹白）不是鬼！ |
|---|---|
| 芸 娘 | （唱）莫不是情瘴生魑妖， |

> 感花木做了朱颜变？

| 沈 复 | （夹白）也不是妖！ |
|---|---|
| 芸 娘 | （唱）因甚的白骨不向青冢掩， |

> 怯轻轻、旧骷髅偎并郎肩？

| 沈 复 | （夹白）芸姐是人！ |
|---|---|
| 芸 娘 | （唱）若是人， |

> 因甚的相对泪眼？

| 沈 复 | 是小生书中之"人"！烟墨为发、云笺为肤…… |
|---|---|

芸　娘　烟墨为发、云笺为肤?

沈　复　笔画为骨骼、章句为声息……

芸　娘　笔画为骨骼、章句为声息!

沈　复　十年来卷中绸缪、书里缱绻,朝欢暮乐、相依相伴!

　　　　(唱)万行书,

　　　　　　　镜花水月苦留连。

　　　　所谓:"浮生若梦,为欢几何?"小生闺房记乐、闲情记趣、坎坷记愁、浪游记快、海国记异、养生记道,为"浮生六记",唯有一事,不敢记之!

芸　娘　却是为何?

沈　复　小生将历历往事,形诸笔墨,方得你鲜鲜楚楚、芸姐相随。怎奈忆一事、记一事;记一事、少一事!半生缠绵,尽入毫端,桩桩件件,风流云散!搜肠刮肚,至今一事仅存……

芸　娘　难道嘉庆八年、三月三十……

沈　复　沈复不肯动笔,芸姐永困此日!

芸　娘　日日感梦?

沈　复　日日花残!

芸　娘　日日病弱之苦……

沈　复　日日死别之痛!

芸　娘　日复一日?

沈　复　永无绝期、永无绝期!(泣不成声)

芸　娘　(拥之入怀)沈郎。永无绝期,岂不是好?冥路已近,我不怕牛头马面、十殿阎罗,则怕我死之后,你思奴念奴、不得相见,茕茕孑立、何等凄凉!纵便一日一死……

沈　复　一日一死!

芸　娘　能免郎相思、朝夕永伴,奴心情愿,虽苦犹甘!

沈　复　芸姐! 以我无尽相思,免卿无边病苦,我心情愿、虽苦犹甘! 卿卿研墨、研研研墨！

（唱）【北上小楼】

不是云除却巫山，

难为水沧海迁换。

痛切切俺把这尺素铺摊，

抖索索俺把这水墨点染，

战兢兢俺把这毫芒捻弹。

芸　娘　（夹白）郎君……

沈　复　（唱）芸姐啦，忍叫那苦孜孜死生把卿牵栓，

苦孜孜死生把卿牵栓！

俺左手紧腾腾将卿的手儿攥，

不消停这行文的右手巍巍儿颤！

芸　娘　（执其手、欲止之）沈郎……

沈　复　（摇头）芸姐……

芸　娘　痴儿……（放手）罢。奴家研墨，你将奴搂在怀中，腮贴身傍，细
　　　　细记来。

［二人偎依，挥毫灯下。

【沈复画外音：芸乃执余手而更欲有言，仅断续叠言"来世"二字。
痛泪两行，涔涔流溢。一灵缥缈，竟尔长逝……时嘉庆癸亥三月三
十日也！当是时，孤灯一盏，举目无亲，两手空拳，寸心欲碎。绵
绵此恨，曷其有极、曷其有极！

［幕后伴唱：【南尾声】

啼痕溅得墨痕淡，

怀中空余五更寒，

阿谁开卷识香暖？

［沈复怀中，芸娘消失了。

［灯渐暗。

# 余 韵

［沈宅。

［半夏持卷上。

半　夏　（诵读）"回煞之期，俗传魂必随煞而归，故房中陈设一如生前……余乃张灯入室，见铺设宛然，而音容已杳，不禁心伤泪涌……"

［王婆上。

王　婆　夫人召唤，王婆来哉！

半　夏　有劳王嬷，留心佳婿。

王　婆　晓得哉！沈相公七病八痛、来日无多，夫人徐娘半老、风韵犹存……

半　夏　不是哟。相公、芸姐，养下一女，今年已及笄、温柔娴淑……

王　婆　啊？你是招女婿，不是觅夫婿？

半　夏　取笑了，也为相公冲喜。

王　婆　半夏夫人！你嫁入沈家，先给婆婆送终，后为儿女送嫁，还有个痴痴癫癫沈相公，赖你服侍。多年劳苦，图个啥呀？

半　夏　……王嬷去吧，去吧。

［王婆嘀咕下。

半　夏　（展卷）待我细读。

（唱）【南仙吕长拍】

他呵，盼回煞泪眼模糊，

又忍泪睁目，

抚旧裳寸断肺腑。

初更二更三五更，

鸾影全无。

［叩门声起。

半　夏　定是王嬷，且不理她。

（唱）堪怜雁鸣孤，

却纸上为欢、墨里和睦。

［叩门声再起。

半　夏　　可又来！（不理）

（唱）笔底春风销魂处，

红长在、翠不枯，

照阶明月醉相扶。

［叩门声三起。

半　夏　　叩门之声，越发急切。（起身）

（唱）俺只得先应蓬门，

再展细图。（开门）

［沈复、芸娘偕上。

沈、芸　　（唱）【短拍】

照阶明月相扶，

青松墨里和睦，

娇红长在翠不枯。

半　夏　　相公？……芸娘？你是芸娘？！

芸　娘　　今日奴来，接引沈郎而去。

沈　复　　小生去处，亦芸姐来处！

沈、芸　　（唱）砚作舟笔为楫渡涉苍梧，

画眉乐慰解了相思病苦。

念此去迢迢咫尺，

展卷重逢泛江湖。

半　夏　　迢迢咫尺，展卷重逢……好、也好。

芸　娘　　姐姐保重，芸娘告辞，书中去也。

沈　复　　好……好好好姐姐，小生告辞，书中去也。

［沈复、芸娘携手走向舞台深处。

半　夏　　芸娘、相公……（蓦地）沈郎、沈郎——

　　［幕后伴唱：【尾声】

　　　　　无痕春梦无相负，

　　　　　流水落花毫笺驻。

　　　　　蘸我旧时泪，

　　　　　使君泪如珠。

　　［灯渐暗，全剧终。

## 附：一梦浮生归去来——《浮生六记》创作小札

华丽的辞藻、曲折的情节，不是我在进行戏曲创作时最在意、用心之处，于我看来，要成就一部好的戏曲作品，首先要掂量与确定其最高价值，其次是找到最合适、独特的切入点以开辟出通往这最高点的道路，最后，是以最恰当的结构来一层层一步步铺设这条道路，至于行经路上的遣词造句，比之华美，我更期待其准确与力度。

接受上海大剧院委约创作昆曲《浮生六记》后，我要做的第一件事，便是确定题旨。它并不单从道德判断中来，而往往与题材最动人处紧密关联。沈复《浮生六记》原著最打动我的，不是他与芸娘点点滴滴的生活情趣，也不是命运对恩爱夫妻的一次次戕害，而是文字背后、沈复书写时的至喜至悲、悲喜交织，这指向了中国古典文学中一个极深情的类属——"悼亡"，也是生而为人，无能逃脱的苦痛体验。因之，我的切入点不是沈复、芸娘怎样相识相知相依相傍度过一生，似这般的小儿女态，相信他们之外，还有千千万万不可胜数，可《浮生六记》是唯一的，似沈复般用这等篇幅、这等文笔将亡妻与自己共度的岁月付诸翰墨的，只他一人。我要写的，就是这个"唯一"，我要大幕拉开的那一刻，芸娘已然辞世，茫茫寰宇，只留了沈复孤单单一个，饱尝悼亡之痛。这便是第一折《回煞》，他并不怕她鬼魂归来，可等了又等、盼了又盼，却连这点儿愿望也落了空。

不过，"悼亡"还不是本剧题旨，在悲痛之上，人们总还要找个自我慰藉的法子，哪怕是虚妄的止痛也罢；更重要的是，沈复这个法子，使遗失的重被拾起、远去的再度归来，跨越了生死鸿沟，使短暂成为永恒——芸娘、沈复、他们所有甜蜜的悲伤的时光，被永远地留存在了《浮生六记》之中。这，才是我想写的：文学之于死别的跨越，亦爱念之于死别的跨越。我总是在剧中抒发"死生亦大矣"的喟叹，又总是不吝用最浓艳的感情，倾心赞叹人类扶摇于生死之上的伟力：爱的伟大、艺术的伟大。

所以，我写芸娘回来了，鲜鲜活活，当她出现在沈复笔下，她便即时出现在沈复眼前，就像从没死过一样。我希望全剧多少能给受众带去些悬疑感，故而愿使沈复之眼成为引领观众凝视之眼、使沈复之心亦做了引领观众解谜之心。剧作之结构方式，也正隐藏在揭开真相的过程里。它不同于我惯用的起承转合四折体例，而被组织为五折一余韵，现实生活与书中世界齐头并进，又相互映照。从第一折的发妻亡故，到第二折母亲安排相亲、第三折定下亲事、第四折贤惠的续弦半夏保留了图书真本，直至最终书成，这是现实的推进线；从第一折盼妻不见，到第二折芸娘"回生"（沈复以文字"创造"了一个"芸娘"）、第三折庙会奇遇（他的文字，不但创造了一个"芸娘"，进而更创造出一个"世界"，仿佛真实世界的倒影，永存于岁月之河），到第五折他舍断而书成，及至余韵，置身书外的阅读者半夏，竟看到沈复与芸娘的影像！换言之，他创造的这个"世界"，可以被他人、被我们"看见"了，这是著书的推进线。余韵里，半夏阅读的《浮生六记》原文，正是第一折《盼煞》内容落实在书里的文字，这便更明显地形成了一个首尾衔接的圆形。

从写作的趣味上说，我尝试写个奇幻昆曲，这是感性的要求；从写作意图上说呢，与其说写的是个奇幻故事，不如说是用看似奇幻的形式，包裹住了我真正关注的《浮生六记》之诞生，这是理性的追求。昆曲《浮生六记》绝不是对沈复原著的戏曲化演绎，而是力图去触摸这本书从作者胸中呕血而出的灼热温度、怦然跃动。

另外还有三点补充。

一是第五折《纪殁》。我们经常在电影中看到"时间循环"，如《土拨鼠之日》《恐怖游轮》等，主人公为打破周而复始的循环做出各种努力，可我从未在戏曲舞台上看到过类似的概念表述。今次便在《纪殁》里做了大胆尝试，让芸娘永远被困在她死亡的那一天，不断死又不断生、不断生而不断死，能打破该局面的是沈复，但他若想将她从无尽的垂死之痛里解救出来，就需要做出"永诀"的巨大牺牲。这一折，写作时我很冷静，写完后掉头一看，却泪流满面。

二是半夏其人。很多朋友问为什么会在男女主角之外，塑造这么个可爱的半夏。一方面，我是想表达：所谓爱情，除了沈复、芸娘之缠绵缱绻外，还有另外的丰富形态；另一方面，我也想说，《浮生六记》很好，可好的不只在书中，有了现实温柔的爱护，才有艺术纯粹的深浓。

三是关于"幕后合唱"。昆曲写作我坚持曲牌联套，这一次却在此基础上有所创新：将剧中六套套曲的末一支曲子：北曲之【煞】、南曲之【尾声】，都设计为幕后合唱。既为了衔接剧情、方便迁场，也是我实在心中有情，要借此抒发、不吐不快。尤其是《余韵》【尾声】的末两句，行过生死、历经悲欢，多少悱恻之辞都已用尽，还能怎么写？我要对沈复原著做个"评价"，以为全剧收束，既不能失之呆板——那是学术论文而不是戏剧作品，又不能失之花哨——太过华丽雕琢反而会削弱力度。我打算认真想一想，正襟危坐在电脑前，手指倒比心念更快："蘸我旧时泪，使君泪如珠。"真忧伤、真骄傲、真好。

# 京剧《蓄须记》

## 人物表

梅兰芳　　（须生）

中岛丰也　（小生）

福芝芳　　（青衣）

朱复昌　　（付净）

冯耿光　　（须生）

梅葆玖　　（小生）

梅葆玥　　（花旦）

山本少佐　（净）

麻生原　　（丑）

张　妈　　（老旦）

小栗葵　　（青衣）

刘小雅　　（花旦）

# 序 幕

［1956 年年初，泰州。

［张灯结彩、爆竹声声。

［幕后合唱：

　　　明明如月溯流光，

　　　歌裁罗带舞作裳。

　　　一夜春风归燕子，

　　　江波万里看梅郎。

［泰州百姓争相而上，在一处广告牌前排队。

**观众甲**　梅兰芳梅先生要回咱泰州祭祖、演出啦。

**观众乙**　下个月 9 号到 14 号，连演五场！

**观众甲**　人民剧场贴出了戏码，《奇双会》《凤还巢》……

**观众乙**　《宇宙锋》《霸王别姬》《贵妃醉酒》！

**观众甲**　场场都是梅先生的拿手戏！

**观众乙**　街面上张灯结彩，比过年还热闹！

**观众甲**　呀！这么多人通宵达旦、排队等票！

**观众乙**　那些小商小贩，连生意也不做了，都抱着铺盖卷儿来了！

**观众甲**　我们也赶紧排队去！

**观众乙**　对对对，排队买票去！（下）

［泰州东郊。

［梅兰芳内唱：

　　　返故里祭祖茔连天霜草……

［梅兰芳上，梅葆玖随上。

**梅兰芳**　（唱）忆往岁涌百感跌宕心潮。

**梅葆玖**　泰县梅万春之墓！

**梅兰芳**　（唱）小九啦，你天祖擅雕刻手艺精巧，你高祖承父业世道飘摇。

唤小九叩先人双膝跪倒，

远迢迢栉风雨倦鸟归巢！

| | |
|---|---|
| 梅葆玖 | 父亲，这东郊凹子，便是咱家祖坟所在吗？ |
| 梅兰芳 | 正是！自我祖父少时离乡、梅氏三代，天涯流转，百有余年！祖父，孙儿回来了；父亲，儿子回来了；我梅兰芳回回回来了！ |

〔小栗葵内声"梅先生……"上，刘小雅随上。

| | |
|---|---|
| 小栗葵 | 梅先生！ |
| 梅兰芳 | 你是？ |
| 刘小雅 | 梅先生，这位是日本朝日新闻社的小栗葵女士。 |
| 小栗葵 | 经欧阳予倩先生介绍，我自大阪相寻至此，诚邀先生访日巡演。 |
| 梅葆玖 | 请回吧。我父亲不给日本人演戏！ |
| 小栗葵 | 还有一物，乃故人之托，务请笑纳。（递一盒，开之） |
| 梅兰芳 | （见之）这棉花团—— |

〔梅葆玖、刘小雅面面相觑，不明就里。

| | |
|---|---|
| 小栗葵 | 十五年前旧事，先生可还记得？ |
| 梅兰芳 | 弹指之间，十五年了…… |

〔灯渐暗。

## 第一折　拒票

〔1941 年，香港，梅家公寓。

〔梅兰芳拉京胡，葆玖、葆玥练唱。

〔福芝芳、张妈准备晚饭上。

〔突然，轰炸声此起彼伏。梅葆玖欲到窗前张望……

| | |
|---|---|
| 梅兰芳 | 小九！回来！ |

[一声巨响，梅兰芳护住葆玖。

福芝芳　婉华……（见其无恙）阿弥陀佛！

（唱）火炮连绵窗外炸，

忧怀忐忑乱如麻。

本指望寓居香江避战祸，

不料想香江满目亦狂沙。

牵衣儿女多惊怕，

一声一声唤姆妈。

问几时……

梅兰芳　（唱）问几时烽烟能散尽，

飘零游子好还家。

张　妈　山下不少房子都被炸塌了。

梅葆玖　爹、娘，瞧，碗都震破了。

梅兰芳　不打紧。小九，去厨房挑个好的来。

梅葆玖　晓得！（张妈领之下）

福芝芳　婉华。听说香港回上海的船票，越发难买。

梅兰芳　冯六爷、徐经理托了人了，一两天内，便有准信。

张　妈　先生，有客来访。

[中岛丰也上。

中　岛　梅先生，素昧平生，慕名造访……

梅兰芳　您是？……

中　岛　鄙人，中岛丰也。

[梅兰芳、福芝芳一怔。

梅、福　日本人？

中　岛　家父与您，颇有渊源。

梅葆玖　姆妈，我饿……

中　岛　小公子！这乳鸽、腊味，喷香可口……（递之）

梅兰芳　芝芳，开饭。把鱼罐头给孩子们分了。

梅葆玖　爹，七姐比我多了四颗腌青豆。

梅葆玥　你的鱼还比我的大一圈儿哩。

梅葆玖　我这块是鱼尾巴！

梅葆玥　那咱俩换换。（取其鱼）

梅葆玖　姆妈，七姐欺负人、七姐抢我鱼！

　　　　［梅兰芳将筷子重重一拍，孩子们惊呆了。

福芝芳　小七、小九，我们楼上读报去。

　　　　［福芝芳领葆玥、葆玖下。

中　岛　先生之忧，此物能解！（递信封）

梅兰芳　这……（看之）船票?!

中　岛　正是您一家返程上海的船票。

梅兰芳　望外之喜、望外之喜！

中　岛　先生不生孩子们的气了?

梅兰芳　方才我……是生自己的气。

　　　　（唱）叹年华我今弹指四十七，

　　　　　　　只知弦上问高低。

　　　　　　　恨无勋业报社稷，

　　　　　　　空有这虚名儿牵累了子与妻。

　　　　　　　乡关一去三千里，

　　　　　　　乡音杳杳故人稀。

　　　　　　　中夜悚然惊坐起，

　　　　　　　侧耳低问谁家啼?

　　　　　　　这船票，好一似千金不易及时雨，

　　　　　　　敢相问，是哪一家孟尝救我急?

　　　　敢问客人，此乃徐公安排? 还是冯侯送来?

中　岛　这……梅先生。半月来，只闻您暗暗哑哑、黯然饮泣，这等欢喜，实是破天荒头一遭！

**梅兰芳**　这话从何说起？

**中　岛**　先生！

（唱）漫道你我初相见，

我夜夜徘徊小窗前。

闻君京胡似低叹，

恨不飞身入重帘。

先生啦，你今不登红氍毹，

辜负了天生梅郎在人间！

三年前我来香港，舟船耽搁，错过了您在利舞台的演出。

**梅兰芳**　三年了，我唱念做表，皆不如前。

**中　岛**　三年来，梨园场上，再不见先生身影。

**梅兰芳**　虚长三岁，扮相不好看了。

**中　岛**　今时今日，不登台的梅兰芳，还是梅兰芳吗？

**梅兰芳**　今日今时，那登台的梅兰芳，又岂是梅兰芳！

　　　　　［福芝芳内声"畹华……"持报纸上。

**梅兰芳**　芝芳！（递之）船票有了、有了！

**福芝芳**　（接看）谢天谢地，逃出生天！（贴身收好，递报纸）畹华你看！

**梅兰芳**　十二月七日，日本偷袭珍珠港？！

**福芝芳**　（指之、读之）炸毁四艘战列舰、两艘驱逐舰、一百八十八架飞机，

美利坚葬身火海者，计之两千四百名……

**中　岛**　我天皇为保东亚之安定、利世界之和平，与友邦同享共荣之乐，已

下诏向英美正式宣战！

**梅兰芳**　（闻之色变）芝芳，送客。

**中　岛**　慢来！先生逐客，是不回上海了吗？

**福芝芳**　畹华，这？……

**中　岛**　梅夫人，您道船票何人相赠？

| 福芝芳 | 是冯六爷？（中岛摇头）是徐经理？（中岛哂笑）那是？…… |
|---|---|
| 梅兰芳 | 芝芳送客，船票还他！ |
| 中　岛 | 梅先生！劝君但问板鼓，休问鼙鼓！先生不是军人。 |
| 梅兰芳 | 我是个中国人。 |
| 中　岛 | 今太平洋战争爆发，香港弹丸之地，岂能久居？身为人父，又怎忍家中儿女，数青豆、分熏鱼，勉强度日？ |
| 梅兰芳 | （一怔）芝芳，看看孩子们去。 |
| 福芝芳 | 好。（下） |
| 中　岛 | 况先生的琴师、鼓师、粉墨班底，都在上海。先生绝代风华，真要在香港这罐头之中，活活憋杀？ |
| 梅兰芳 | 罐头之中，活活憋杀—— |
| 中　岛 | 实不相瞒，这船票…… |

　　　　　（唱）赠票人姓字在口休说破，

　　　　　　　　遍烽烟一方桃源可栖托。

| 梅兰芳 | （唱）今日里劳君陌路空奔走， |

　　　　　　　　裂肝胆忍见四海尽干戈！

| 中　岛 | （唱）待来年张灯沪上贺"圣战"， |

　　　　　　　　盼只盼先生应景舞婆娑。

| 梅兰芳 | （唱）君不见杨花无力竹有骨， |

　　　　　　　　梨园行重情重义识清浊。

| 中　岛 | （唱）超然纷争敷粉墨， |
| 梅兰芳 | （唱）覆巢之下怎腾挪？ |
| 中　岛 | （唱）应怜妻子忍寒饿， |
| 梅兰芳 | （唱）男儿意气肯消磨！ |
| 中　岛 | （唱）能伸能屈得安妥， |
| 梅兰芳 | （唱）天涯何处不风波？ |
| 中　岛 | （唱）劝君休执拗， |

　　　　　　　　劝君添通脱。

梅兰芳　　（唱）身是白羽鹤，

　　　　　　　　毋向腥膻啄！

中　岛　　（唱）趋利避害远灾祸……

　　　　　　梅先生！半月之内，我国军队必进驻香港！

梅兰芳　　啊！

中　岛　　物资征用、粮食管制，市面之上，再无粒米！

梅兰芳　　啊！

中　岛　　天皇旨意，我国旌旗所至，皆当歌之舞之、以贺圣战，先生不回上
　　　　　海登台，难道逃得过香港献艺？

梅兰芳　　不、不、不！

　　　　　（唱）不见春归不放歌！

　　　　　这船票，你拿了回去！

中　岛　　这船票么……开弓已无回头箭！

梅兰芳　　（怔住）啊！

中　岛　　我报道部部长山本有令，军队驻港后，梅兰芳离港返沪，不容不回！

　　　　　〔灯渐暗。


# 第二折　　拒演


　　　〔1942 年，上海梅宅。

　　　〔山本、麻生戎装，自梅宅走出。

山　本　　麻生君，梅兰芳果真高烧不退？

麻　生　　禀少佐，军医接连去了三日，梅兰芳日日烧至 42℃。

山　本　　可恼、可恨、可恶！圣战庆贺演出迫在眉睫，连续三天，我军开的
　　　　　药，都无法令他退烧吗？

麻　生　　属下无能!

山　本　　中岛君那边呢?

麻　生　　已经安排下去。

山　本　　告诉中岛,他虽不穿军装,也担负着军人的职责!

麻　生　　是!

山　本　　盯住梅兰芳,盯紧他! 这,便是战场;这,也是战争!(下,麻生
　　　　　随下)

　　　　　[宅中。

　　　　　[梅兰芳内声"六爷请……"上,冯耿光随上。

冯耿光　　畹华,荆棘丛中,处身难、守节更难啊!

梅兰芳　　六爷放心。

冯耿光　　《梅花喜神》画谱,我稍后送来。

梅兰芳　　谢六爷。

　　　　　[张妈引朱复昌上楼。

朱复昌　　(迎上,谄媚)这不是天字第一号梅党、冯大行长吗? 别来无恙?

　　　　　[冯耿光拂袖不应。

梅兰芳　　张妈,送送六爷。

张　妈　　是。六爷,这边请。(引冯耿光下)

朱复昌　　梅老板,长远不见了。(环顾)这梅华诗屋,当真清雅。

梅兰芳　　连天烽火,哪里有武陵桃源?

朱复昌　　兵戎惨烈,我国军事经济,皆不如人。汪先生、褚先生痛心败局、
　　　　　退以自全,也有他们的难处。

梅兰芳　　朱先生在北平,看过高老板的《万里缘》么?(轻哼)"汉苏武受苦
　　　　　在沙漠苦海……"

朱复昌　　喔,是那《苏武牧羊》——

梅兰芳　　正是。李陵有李陵的难处,苏武有苏武的旌节!

朱复昌　　这……梅老板乃散花天女,岂苏武可比?

（唱）妙天女舒舞袖伶界擅场，

又何须忍寂寞自锁门墙？

识时务为俊杰少些倔犟，

意谆谆情切切相劝梅郎。

一叶舟怎禁得万叠巨浪？

低眉目但求个身家安康。

梅兰芳　（念）雪清梅骨骼，

霜养兰精神。

妆台罢残粉，

未许唱新声。

我意已决，朱先生请回。

朱复昌　梅老板！你不与庆贺演出也罢。然偌大一家、坐吃山空，营业演
出，又有何妨？

梅兰芳　营业演出？

朱复昌　移风剧社、新艺剧社都还在演嘛。就连兴连社的高老板……

梅兰芳　高老板?!

朱复昌　也前往东北，祝贺满洲建国十周年大庆!

梅兰芳　朱先生，我给来一段，您品鉴品鉴？

朱复昌　求之不得、求之不得!

　　　　［梅兰芳击鼓，鼓声激昂。

朱复昌　这是《抗金兵》?! 敲不得、敲敲敲不得!

福芝芳　（端药上）畹华! （扶之，抚其额）哎呀，越发烫了!

朱复昌　梅老板好生休养，朱某告辞、告辞! （下）

福芝芳　朱复昌真做了日本人的奴才了!

梅兰芳　这也不必说了。（抚面）卧病三日，胡须都长出来了……

福芝芳　快快躺下。待会儿请剃头师傅上门。

梅兰芳　等不及、等不及! 取些热水，待我修面!

| 福芝芳 | 你呀。（下） |
|---|---|

〔定点光下，热水、剃刀一应齐全，梅兰芳镜前剃须。

梅兰芳　（唱）心沉沉强支病躯怅对镜，

　　　　　　但见得星星点点须髭生。

　　　　　　四十年面若桃李烟痕净，

　　　　　　今日里颜色斑驳染兵尘。

　　　　　　心中呼啸风凛凛，

　　　　　　掌上剃刀缓缓行。

　　　　　　我多想拍彩拍红贴花钿，

　　　　　　莺啼雁啼伴胡琴。

　　　　　　我多想迎风拂云出素腕，

　　　　　　水袖翩飞著舞裙。

　　　　　　一回回粉墨琳琅痴望定，

　　　　　　一番番唏嘘无限妆不成！

〔中岛持盒悄上，伫立后景区一角，静望梅兰芳。

梅兰芳　（对镜）这是杨娘娘、赵艳容、韩玉娘、虞美人！

　　　　（唱）她、她、她、镜里流波将我唤，

　　　　　　我、我、我、掩口不敢应一声！

　　　　　　痛、痛、痛、麒麟断趾凤折翼，

　　　　　　恨、恨、恨、烽烟处处溅红腥。

　　　　　　忍、忍、忍、辗转不觉珠泪滚，

　　　　　　问、问、问、长夜漫漫几时明、这漫漫长夜终得明！

中　岛　梅先生，些许胡须尚不能忍，又怎忍绝迹舞台？

梅兰芳　是你？

〔福芝芳急上。

福芝芳　这位客人！畹华身体不适，接待不便。张妈……

梅兰芳　无妨。香港一别，直至如今。

中　岛　　如今么，我是无事不登三宝殿。

梅兰芳　　你来劝我庆贺献演？

中　岛　　不是。

梅兰芳　　劝我营业登台？

中　岛　　也不是。

福芝芳　　这不是、那不是，难道客人好心，体恤畹华之病？

中　岛　　鄙人么，不是体恤先生之病，实乃体恤先生"装"病。

梅、福　　（一震）装病？

福芝芳　　畹华高烧，如何装得？

　　　　　［中岛自口袋中取出一包装盒示之。

福芝芳　　（悚然）伤寒防疫针?! 这包装盒，我让小九去丢……

梅兰芳　　芝芳，你去吧……去吧。

　　　　　［福芝芳颔首、忐忑下。

中　岛　　梅先生！千金之子，坐不垂堂！您竟然——

梅兰芳　　我竟然？

中　岛　　竟然以打伤寒针催生高热，三日不止！

梅兰芳　　三针而已。

中　岛　　三针!? 为抗拒我国，你你你连命都不要了吗？

梅兰芳　　不必多言。证据在手，告发便是。

中　岛　　不敢、不敢！

　　　　　（唱）先生视我如虎狼，

　　　　　　　　我敬先生志堂堂。

　　　　　　　　因此的不劝先生登戏场，

　　　　　　　　不逼先生歌皮黄。

　　　　　　　　铁证当面付一炬，（焚盒）

　　　　　　　　不叫先生添忧惶。

　　　　　　　　只一桩小事您休辞让……

| 梅兰芳 | 公开讲话，我是不肯的。 |
|---|---|
| 中　岛 | 不必公开讲话。 |
| 梅兰芳 | 电台采访，我也不去。 |
| 中　岛 | 无关电台采访。 |
| | （唱）恭敬敬双手奉上纸一张。（递之） |
| 梅兰芳 | （接看）"天蟾舞台，国历十一月八日？"（细读）"黄桂秋《春秋配》、王熙春《雪艳娘》、袁世海《盗御马》、周信芳《四进士》……恭请莅临"，这请柬？ |
| 中　岛 | 请先生赏光捧场。 |
| 梅兰芳 | 去看戏？ |
| 中　岛 | 只看戏！ |
| 梅兰芳 | 这……世路风波，不看也罢。（还回戏单） |
| 中　岛 | 梅先生可知，高连魁高先生奉天之行？ |
| 梅兰芳 | 高老板为人清亮，断不丧身失节！ |
| 中　岛 | 高先生欲义演筹款、集资办学，闻得有祝贺满洲国庆之嫌，故迁延再三、不肯前去。你们朱复昌…… |
| 梅兰芳 | 朱复昌？！ |
| 中　岛 | 便领了我国军人，去至北平高宅…… |
| 梅兰芳 | 去做什么？ |
| 中　岛 | 一名下士席地而坐、敞衣执刀。道是高先生若不献演东北，便当场剖腹、以死谏之！ |
| 梅兰芳 | 什么死谏，分明以死相逼！ |
| 中　岛 | 惭愧、惭愧！梅先生，您少时两度赴日演出，与我国渊源深厚；况旅美访苏、闻名国际、不比他人。先生！覆巢之下，焉有完卵？此请柬，实非我一人之请！ |
| 梅兰芳 | 你是说那山本？ |
| 中　岛 | （递请柬）利刃悬顶，先生珍重！（下） |

［梅兰芳怔立，张妈上。

张　妈　　先生！客人去时留下一物，说是他父亲命他转交。（递之）

梅兰芳　　（接之，开看）这——棉花团?!

　　　　　［灯渐暗，《天女散花》音乐起。


# 第三折　写画

　　　　　［1919 年，东京帝国剧场。

　　　　　［幕后梅兰芳唱："祥云冉冉波罗天……"

　　　　　［舞台中心，定点光下，25 岁的梅兰芳演出《天女散花》。

梅兰芳　　（唱）离却了众香国遍历大千。

　　　　　　　诸世界好一似轻烟过眼，

　　　　　　　一霎时来到了毕钵岩前。

　　　　　［掌声雷动，后景区日本观众列坐赞叹。

日人甲　　梅君の姿は世界に無双で、本当に神になる（梅君舞姿，举世无
　　　　　双，真使人人神）！

日人乙　　彼の自由な動きは、おおらかな舞台技と一流の俳優の風格を持
　　　　　っている（他自如的动作与大方的舞台技巧有着第一流演员的
　　　　　风范）。

日人丙　　彼の目は千金に値していて、声は清らかで清らかで、本当にすば
　　　　　らしい（他的眼睛价值千金，声音纯洁清透，当真精妙）！

　　　　　［众人的赞叹声里，梅兰芳将身上行头一一除下，恢复男儿面目。

众日人　　彼は美男子で、伝説の美男子です（美男子！他真是传说里的美
　　　　　男子）！

　　　　　［日本观众向梅兰芳献花，梅兰芳礼貌致谢。

　　　　　［1942 年，上海梅宅。

[福芝芳正给梅葆玖拍曲。

梅葆玖　（唱）云外的须弥山色空四显，

　　　　　　毕钵岩下觉岸无边……

[中岛上。

中　岛　好！小公子好家学！

梅葆玖　捡垃圾的，又是你？

福芝芳　小九！你爹爹正等着他。去，把匣儿取来。

[梅葆玖取之，钟敲十时。

福芝芳　畹华作画的时候到了。

中　岛　夫人。先生当真日日作画？

[梅兰芳持笔上。

福芝芳　入不敷出、作画出售，贴补家用罢了。

中　岛　一代伶王，何至于此……

梅兰芳　中岛，你来了。坐吧。

福芝芳　你们谈。（领梅葆玖下）

中　岛　梅先生，我学了段《贵妃醉酒》，还望您指点一二。

[梅兰芳不应，铺纸、调色、选笔。

中　岛　（唱）海岛冰轮初转腾，

　　　　　　见玉兔又转东升……

梅兰芳　（停笔）中岛，抢板了。若被令尊听到，恐难免于责备。

中　岛　（惊讶）鄙人身世，先生已然知晓？

梅兰芳　你乃东京人氏，出身歌舞伎世家，中岛笑太郎先生，便是令尊……
　　　　（指匣）尽是这棉团儿，说与我的。

中　岛　家父知我越洋来华、拜望先生，不捎金、不捎银，偏着我捎来这不
　　　　值钱的棉团，我是百思不得其解……

梅兰芳　记得一九一九年，我初次访日，在明治座看了场《鸡娘》。主演声色鲜
　　　　活、扮相俊美。散场后我去后台，见他双颊瘦削，与台上判若两人。

791

中　岛　那便是家父！

梅兰芳　见我诧异，他微微笑道："我面形不佳，故在化妆上下功夫。梅君，看你双颊也不够丰满，何不试试我的秘法？"

中　岛　什么秘法？我竟不知?!

　　　　[梅兰芳笑指棉花团。

中　岛　棉花团？

梅兰芳　正是这双棉团。笑太郎先生塞之入口、推至双腮，面颊便丰腴了许多。他细说运用之道，将此不传之秘，教授与我。这份情义，岂但妆扮、何止棉团？

中　岛　（哽咽）お父さん、お父さん（父亲、父亲）！

　　　　（歌吟）冬去春归终有日，

　　　　　　　　恐失当时散花人。

　　　　梅先生，二四年您再度赴日演出，我方十岁，见君之姿，惊为天人，遂弃歌舞伎而习京剧，专工男旦。可叹先生却不唱戏了。

梅兰芳　朋友们提携，劝我卖画养家。

中　岛　我越海而来，唯愿不揣薄技，求教于您。可叹先生却不唱戏了……

梅兰芳　囊中羞涩，不免多涂几张。

中　岛　家父年过八旬，依旧舞衫歌扇、登台不辍。可叹先生却不唱戏了！

梅兰芳　中岛，近前来。（提笔，画之）

　　　　（念）笔端烂漫调颜色，

　　　　　　　错彩斑斓八九叠。

　　　　　　　浓浓淡淡透光影，

　　　　　　　不须芳香引蛱蝶。

中　岛　这是牵牛花！我国呼作"朝颜姬"，色彩万千，数不胜数！

梅兰芳　（唱）白闪闪绣裙染烟雨，

　　　　　　　赤艳艳飞缯旋靠旗。

　　　　　　　黄灿灿金枝行龙蟒，

青鸦鸦寒泪满素褶。

姹紫嫣红争夺目，

芸芸粉墨此中栖。

中　岛　《白蛇传》《穆柯寨》《大登殿》《生死恨》……尽在这水彩之中！

梅兰芳　昔在北平，我好植牵牛，渐悟颜色搭配之理。我国京戏，头上翠花，身上行头，色彩繁复。我便借鉴花色错落，以成天然之美趣。

中　岛　花色错落，天然美趣！

梅兰芳　当年旧宅，归去何时……中岛，你再看。（又画）

中　岛　呀！

　　　　（念）寥寥数笔闲描画，

梅兰芳　（念）添写须藤衬娇花。

中　岛　（念）纸上无风能自舞，

梅兰芳　（念）悄然水墨奏琵琶。

中　岛　琵琶？哪来的琵琶？

梅兰芳　哈哈，群贤毕至，岂止琵琶？

　　　　（唱）一丝轻似笙笛若现若隐，

　　　　　　一点重似锣鼓喧嚣欢腾。

　　　　　　一皴缓似月琴潺潺低诉，

　　　　　　一擦疾似京胡电走雷奔。

　　　　　　漫道闭门丝弦远，

　　　　　　不是知交不解音。

中　岛　好喧嚣也！看先生的花儿、叶儿、须儿、藤儿，画得好哇。花儿明媚，好似《木兰从军》；叶儿沉沉，有如《霸王别姬》；须儿婀娜，活像《贵妃醉酒》；藤儿飞白，便是《水漫金山》！只是可惜啊……可惜！此间终究无枪无扇、无剑无鞭，先生万般精妙，无处寄托！

梅兰芳　怎说无有？闭了眼，用心看。

　　　　（唱）掌上何须千变幻，

精妙万般方寸间。

我心自舞虞姬剑，

自催自赶桂英鞭。

杨玉环醉醉恹恹本空盏，

陈妙常羞羞楚楚按虚弦。

休言嫦娥弃水袖，

君不见散花天女在案上旋？

休言西子枯秋水，

清钵内顾盼的洛神使人怜。

休言梅郎不复见……

情之所至，一往而深。那水袖彩鞋、粉黛头面、西皮二黄、做表唱念，有哪一月、哪一天、哪一时、哪一刻离了我，又哪一刻、哪一时、哪一天、哪一月不伴着我！

（唱）梅兰芳坐也戏、卧也戏、写也戏、画也戏、言也戏、笑也戏、
　　　朝朝暮暮在梨园、我在梨园。

中　岛　　ありがとう、ありがとう（谢谢、谢谢）！中岛何幸！

（吟唱）初见先生之志，

　　　　今见先生之画；

　　　　见先生之画，

　　　　又见先生之戏；

　　　　见先生之戏，

　　　　方见先生之心！

　　　　皎若明镜，照之自惭！

　　　　皎若明镜，照之自惭！

先生，今有一事，本不该说，却不敢瞒！

梅兰芳　　什么事？

中　岛　　下月天蟾演出，担纲大轴戏之人，不是周先生……

| 梅兰芳 | 不是他，是谁？ |
|---|---|
| 中　岛 | 便是鄙人：中岛丰也！ |
| 梅兰芳 | 你?! |
| 中　岛 | 军方敦促再三，命我邀先生看戏；又命我顶替登台，唱一出《贵妃醉酒》！个中用意，先生当心！梅先生，下月初八，我们天蟾见。 |

（深深鞠躬，下）

〔灯渐暗。

## 第四折　读本

〔伪上海特别市政府宣传委员会。

〔定点光下，山本纠集一众日本、汉奸记者训话。

| 山　本 | 《万象》《申报》《人间》《文友》，诸社记者都到齐了？ |
|---|---|
| 朱复昌 | （谄媚）少佐，还有我《新中华画报》！ |
| 山　本 | 来得好！今日，我报道部要通报诸位一件大事！ |
| 众记者 | （窃窃私语）大事？ |
| 山　本 | 诸位听了！ |

（唱）下月初八夜阑珊，

　　　　梅兰芳应邀到天蟾。

　　　　台上中岛歌《醉酒》，

　　　　座中梅郎击节酣。

　　　　这正是日中文化两亲善，

　　　　共荣共存交相欢！

　　　　命诸位，镜头盯紧了梅郎面……

务必拍下他的笑容、他的专注，还有他与中岛的合影！定要把梅兰芳与中岛装进同一张照片！

朱复昌　　　一定、一定！少佐放心！

山　本　　　（唱）这一举胜似千军破雄关！

　　　　　　　中岛参演之事，严禁外传，泄密者军法处置！（拔刀）

　　　　　　　〔梅宅。

　　　　　　　〔摇椅上，梅兰芳执《豫让桥》唱本假寐。福芝芳上，为之盖毯。

梅兰芳　　　（睁眼）哪里睡得着。

福芝芳　　　你看的是？

梅兰芳　　　（举书）喏。

福芝芳　　　《豫让桥》……

梅兰芳　　　"伤心国士酬恩地，瘦马单衫豫让桥！"

福芝芳　　　你呀。休为古人伤心，多想想眼前。

　　　　　　　（唱）天蟾行请柬一张沉甸甸，

　　　　　　　　　　埋设下纷纷刀剑在油墨间。

　　　　　　　　　　恨不能将身替你履凶险，

　　　　　　　　　　偏则是束手无计解愁烦。

　　　　　　　　　　向佛陀乞之祷之千千遍，

　　　　　　　　　　不提防两行三行衣泪沾。

　　　　　　　畹华，半月之后，天蟾之行，不去的好……

　　　　　　　〔朱复昌内声"张妈，是我……"上。

朱复昌　　　梅老板，叨扰了！啧啧，病愈之后，您越发精神！（打量）

　　　　　　　（唱）你是目若朗星面冠玉，

　　　　　　　　　　腰似潘郎指如酥。

福芝芳　　　（唱）青蝇恼人频相顾，

　　　　　　　　　　但愿安闲守田庐。

朱复昌　　　（唱）神仙容华休辜负，

福芝芳　　　（唱）粉墨画成避世图。

朱复昌　　　（唱）一朝亮相争先睹，

| 福芝芳 | （唱）不与浊流共沉浮！ |
|---|---|
| | 说千说万，畹华也不登台了。 |
| 朱复昌 | 潘安过市，胜似登台！梅老板，下月初八，天蟾剧院，大伙儿盼您，多过盼戏！梅老板，我们《新中华画报》的封面，早给您留好啦！（梅不应）嘿嘿，叨扰了。不送、不送！（讪讪下） |
| 福芝芳 | 畹华，天蟾之行，凶多吉少…… |
| 梅兰芳 | 罗网密布，何处可逃…… |
| | ［冯耿光内声"畹华、畹华……"上。 |
| 梅兰芳 | 六爷，您来了！ |
| 福芝芳 | 六爷您坐！ |
| 冯耿光 | 快……你们快离开上海！ |
| 梅兰芳 | 离开上海？ |
| 福芝芳 | 去哪儿？ |
| 冯耿光 | 江浙吴越，哪里都好；脱身上海，处处皆好！ |
| 梅兰芳 | 六爷之意？ |
| 冯耿光 | 听说邀你去天蟾捧台，是日本人下的请柬！个中用意，恐有机关哪！ |
| 福芝芳 | 六爷消息灵通，可知内情？ |
| 冯耿光 | 云遮雾绕，虽无准信，然此非常之时，多一事不如少一事！畹华，可知叶老板演出欧阳的《桃花扇》，给人砸了场子？ |
| 梅兰芳 | 啊？ |
| 冯耿光 | 程老板不肯唱"庆祝戏"，被五六个流氓围着打？ |
| 梅兰芳 | 啊？ |
| 冯耿光 | 唉……乱世多艰，梨园不易！畹华啦。 |
| | （唱）我与你忘年结交三十载， |
| | 一心扶持惊艳才。 |
| | 乱世名伶非容易， |

稗草常生花难栽。

试看那须生泰斗高连魁，

抚之念之泪满腮。

梅兰芳　高老板怎么了？

冯耿光　他……

福芝芳　他怎么样了？

冯耿光　（唱）他、他、他……赈学义演山关外，

抵不住报社诬构纷沓来。

只道他歌舞吹弹把伪满拜，

舆情喧沸万窍哀！

高老板狂呼三声"冤冤冤"，

呕血含冤就上了泉台！

众口铄金、三人成虎！高连魁愤懑不过，呕血而亡！

梅兰芳　呕血而亡！（身晃、极哀）高老板与我搭班多年，他手抄的《豫让桥》尚在，这人却……

冯耿光　畹华，形势比人大，还是避一避吧。（递之）这是船票，一路行程，我都安排好了。

福芝芳　（接之）多谢六爷想得周全！畹华，避过天蟾演出，再归来不迟。

冯耿光　避一避吧。

福芝芳　还是避一避……

梅兰芳　芝芳、六爷，你们容我静一静、想一想，想一想、静一静……

　　　　〔福芝芳、冯耿光叹息下。

梅兰芳　避？避……避去何处，避到几时？！（见唱本）《豫让桥》！张妈，取酒来！

　　　　〔张妈端酒上、倒酒，下。

梅兰芳　（唱）抚戏文思故友声声相唤……

高兄、高兄！

（唱）蓦地里、隔阴阳、别生死、怎不叫人黯然魂断、忧愤交缠！

展卷重逢，倾心一诉！薄酒在此，高兄请！（一饮，读本）写得好！"仁兄有所不知，那智伯待小弟恩厚，他今横死，我未能答报，肠中郁郁、问心不过！"小弟我的扪心之痛、郁结之苦，高兄你、你是知道的！

（唱）梅兰芳风华正茂何烂漫，

　　　一霎时烽火迫人弃管弦。

　　　那豫让大仇未报似哀鸣雁，

　　　我却似剪舌的黄雀不能言！

　　　块垒胸中浇不尽……

（二饮，读本）好酒啦……好酒！且读下去！豫让之妻，知他心志，苦口相留。"官人啦，你你你忍心撇奴而去么？""妻呀！你我结发半生、何等恩爱；只是替主报仇，大义所在，焉得闪避、岂可不去！"呀！

（唱）相对戏本更生惭！

　　　豫让取义无躲闪，

　　　愧煞我避乱一番番。

　　　北平弃了四合院，

　　　上海又登香江船。

　　　港城沦陷风波险，

　　　再归沪上暂偷安。

　　　到如今举世盼见梅郎面，

　　　怕只怕肝肠呕碎反衔冤！

呜呼高兄之遇，悲哉痛哉，酹以祭之！（三饮）还还还读下去。"我，豫让，欲刺赵襄，恐人识破，因此漆身为癞、截发为髡。又闻吞炭可以变声，不免吞些，以成大事。（吞介）这声音果然变了。我且大喊几声：苍天啦……苍天！"

（唱）一声喊不由人肝胆震颤，

　　　两声喊滚落了热泪潸潸！

　　　成大事豫让他漆身吞炭，

　　　胜似我临危局进退两难。

高兄啦！天蟾之行，我若不去，是个"怯"字；贸然前去，是个
"莽"字！这这这……漆身？吞炭！

（唱）顷刻间长夜破空闪雷电，

　　　场上人还向场上觅根源。

　　　漆身的豫让瞒人眼，

　　　伍员白头就过了昭关。

　　　贞娥刺虎把公主来扮，

　　　还有那脱去罗衫、代父从军的花木兰！

　　　人人皆做姿容变，

　　　个个贞亮志节坚。

　　　只为一朝换颜色，

　　　风流不减留千年！

　　　梅兰芳半生缱绻相与伴，

　　　到如今、师故交、法旧友、心坦坦、意泰然、要向这戏里戏
　　　外正衣冠、正衣冠！

〔福芝芳上。

福芝芳　　豌华，行李打点齐备，趁早离开上海吧。

梅兰芳　　不……

福芝芳　　你……不走了？

梅兰芳　　我不逃了。

福芝芳　　不逃了？

梅兰芳　　逃之而去，不如迎之而前！那长枪短炮、刀刻笔削，等我亮相；当
　　　　　此之时，我梅兰芳，正该好好亮个相！

[收光。

[十一月八日傍晚。

[人声喧沸，喇叭频响，朱复昌、记者等人聚于梅宅门前。

**朱复昌**　梅老板，车到您家门口啦。

**记者甲**　天都黑了，怎还不见梅先生？

**记者乙**　他若临阵脱逃，也是一桩新闻！

**众记者**　是啊是啊，一桩大新闻！

**朱复昌**　梅老板久未露面，总要好好装扮！

**记者甲**　他们乾旦最重仪表，那张脸孔，好似剥皮鸡蛋。

**记者乙**　梅老板，再不上车，恐误了开演！

**朱复昌**　梅老板，大伙儿等着您哪！

**众记者**　梅先生，大伙儿都等着您哪！

[梅兰芳内声"来也——"以围巾遮面上，福芝芳等随上。

[幕后合唱：

　　　　粉墨为魂玉为骨，

　　　　闲步飞雪出诗屋。

　　　　但见澄澄秋水目，

　　　　不见淡淡唇抹朱。

[梅兰芳摘下围巾，亮相。

**众　人**　胡须？胡须……是胡须！

[幕后合唱：

　　　　畅怀俨然添髭须，

　　　　心意昭昭罢氍毹！

　　　　守得云开月明处，

　　　　不愧人间伟丈夫、伟丈夫！

**梅兰芳**　走吧，去天蟾。

[灯渐暗。

# 余 韵

[1956 年，泰州。

**小栗葵** 梅先生，中岛常说，当日先生蓄须，不止是您一人之亮相，更是全梨园之亮相、全东南之亮相、全中国之亮相！

**梅兰芳** 中岛先生他……

**小栗葵** 四二年十一月八日，他在"天蟾"演罢《贵妃醉酒》，莫名羞惭，当即乘船归国。

**梅兰芳** 当日一别，十五年不见了……

**刘小雅** 梅先生。（呈上）这是周总理的亲笔信。建议您接受邀请、访日演出，以传递友谊、促进和平。

**梅兰芳** （接之，读之）"防止悲剧重演，搭建中日人民友好梁桥……"义不容辞、义不容辞！故人可得重逢了。

**小栗葵** 梅先生，我先生中岛……

**梅兰芳** 你先生？

**小栗葵** 他……不在了。十二年前他死于广岛，临终念念，从没与您合过影……（忽闻京腔）这？

**梅兰芳** 是小九，在唱《贵妃醉酒》。

[幕后内唱：

海岛冰轮初转腾，

见玉兔又转东升。

冰轮离海岛，

乾坤分外明……

[全剧终。

## 附：层林尽染的秋季——《蓄须记》创作小札

当泰州文化主管部门邀请我创作梅兰芳题材京剧作品时，我从史实、题旨、演员、戏剧性等多方面综合考量，选定了以梅先生1956年返乡祭祖演出为切入点，以抗战时期（集中表现1941年、1942年前后）梅先生蓄须明志为核心内容，架构戏剧。

第一步，素材。我将《梅兰芳全集》翻来覆去读了很久，《东游记》中《在中村雀右卫门夫人家里》一文，令人感触颇深。1956年，返乡祭祖后不久，梅先生访日，造访中村夫人，谈到了当年中村对他在艺术上的帮助，说："我和中村先生见面的次数不多，但是友情很深厚……"他请求去中村神龛前瞻仰仪容，老太太将他们引至后屋。梅先生看到墙上还挂着一张青年人的照片。老太太指着照片，呜咽着告诉他，这是她的儿子，也是个演员，不幸死于战争。这个青年，便是剧中中岛丰也的原型。

第二步，题旨。这是个抗战剧，又不是寻常意义上的抗战剧。我们关注的是一个伟大的、世界级的艺术家，他在战争环境中的坚守与抗争。艺术没有国界，但艺术家有他的祖国。在日军重重的威胁紧逼下，梅先生坚持民族气节，绝迹舞台；可要一个正值壮年的艺术家离开舞台，他有多么痛苦！梅先生的伟大，恰恰在于他不但没有因为痛苦而放弃、而让步，更以他的襟怀素养，以他对艺术的热爱与追求，以他强劲的艺术力量，战胜、超越了这种痛苦，成为更好的自己，走向人生、艺术的新高度。

梅先生的蓄须不是权宜，而是抉择；不是闪躲，而是直面；是一次特殊的、精彩的亮相！这不但是先生个人之亮相，也是抗战时期全中国意志的亮相！它不但彰显了先生的气节，也显示了他对胜利的期许与信心！剧中，先生之人格、艺术使中岛回归了他演员的初心，今天我们再回顾、重温这一切，也感觉到无尽的激励与温暖。而后梅先生带团赴日演出，为中日恢复邦交做出积极贡献，亦显示了艺术家的胸襟与力量！

第三步，结构。全剧由一序幕、一尾声及起承转合四折主戏组成，分别为《拒票》《拒演》《写画》《读本》，前三折，即中岛"三访"，最后一折，是全剧最强音：蓄须明志。

一方面，日军之逼迫力度越来越大、伎俩越来越奸狡；另一方面，梅先生有相应的"三拒"——拒绝船票、拒绝演出、拒绝看戏，他一步步被逼入"绝境"，戏剧形成了巨大张力，艺术光灿、浑厚的支撑力，也越发饱满；还有第三条潜在线索，即中岛态度之变化、他"初心"的"回归"线。

第一折《拒票》中，谈及"偷袭珍珠港"事，中岛不假思索道："我天皇为保东亚之安定、利世界之和平，与友邦同享共荣之乐，已下诏向英美正式宣战！"何其愚昧、多么狂热！到第二折《拒演》，面对宁可打伤寒针催生高热、自损建康也绝不登台的梅兰芳，中岛十分的不解、万分的震撼！"铁证当面付一炬，不叫先生添忧惶"，他下意识地想（在一定程度上）保护梅兰芳。第三折《写画》，梅兰芳向中岛展示了一个生气勃勃、灿烂恢宏的京剧世界。这个世界，既因梅先生而璀璨，又包裹着他、支持着他，时时刻刻与他共生共存。中岛完全被征服了：他之家世、他父亲与梅兰芳的友谊、他个人对艺术之热忱……令这种"被征服"有其可能性。所以这一次，他违抗日本军方严令，将"天蟾看戏"的真实阴谋，原原本本告知梅先生！最终，他在天蟾见到蓄须的梅兰芳，"莫名羞惭，当即乘船归国"，三年后死于"广岛"——这个人物，也就此完整。

第四步，继"素材—题旨—结构"后的这一步，我曾说是"剧情"，也曾改为"文字"。而今想来，或许该是具体的"写作"。既包含每一场（折）结构层次之斟酌确定，也包含念白、唱段的布局与准确书写。

如第一折核心道具是"船票"，分为四个层次：一、日军频频轰炸香港，梅兰芳一家朝不保夕，亟盼船票；二、中岛来访，带来了回上海的船票；三、以"偷袭珍珠港"事，强化外在危机；四、得知船票来自日军，梅兰芳再三拒之！本折之欣赏点，在于梅兰芳与中岛的对唱，"不见春归不放歌"，铿锵明澈、声如金石！

第二折我没有正面描写梅兰芳打伤寒针，尽管这是个很重要的戏剧动作。将之推到幕后，一是因为该情节在不少影视、舞台剧作品中都有过正面表现，二是本折中，还有个精彩点："剃须"。既为最后一折"蓄须"做铺垫，也是外化、具象化梅兰芳告别舞台之苦痛！他对镜自照，看到杨娘娘、赵艳容、韩玉娘、虞美人……众多舞台人物浮现镜中，他是她们每一个，彼此呼吸相闻、生命关联，但他离她们又那么遥远，不知何日重逢，他又坚信着，终有重逢之日！导演徐春兰、主演傅希如，在该戏剧情景的创作与演绎上，都展示了了不起的、唯美又动人心魄的创造力。

我最爱的是第三折，全剧最烂漫、丰富的，也是第三折，大致分为四个小层次：

一、1919年梅兰芳访日演出《天女散花》情景重现，并与当下梅葆玖练唱《天女散花》相衔接，体现京剧艺术之传承。

二、中岛来访，以棉花团切入，梅兰芳重忆旧事，回顾了与中岛父亲的友谊，中岛也随之多了层"故人之子"的身份。

三、随着中岛激切的三叹："可叹先生却不唱戏了！"梅兰芳以"画"为载体，告诉他艺术家与艺术的关系。该层次分为三个小段落："三看画"。一看颜色，牵牛花之纷繁色彩，呼应着京剧舞台上的满目琳琅；二看笔法，那轻重缓急，好一似锣鼓丝弦，在寂静中喧嚣；三看形态，花叶须藤，与一众剧目神韵仿佛。"三看"后，是"闭了眼，用心看"，梅兰芳既指出京剧表演艺术特点：虚拟性；又升华到对艺术家来说，时时刻刻、处处在在，无论登台与否，他都与艺术相伴，即"梅兰芳坐也戏、卧也戏、写也戏、画也戏、言也戏、笑也戏、朝朝暮暮在梨园、我在梨园。"

四、深受感动的中岛告知日军阴谋。

最后一折戏之写作构思，颇费了一番周折。最初我想顺着"写画"，写梅兰芳"卖画"。张弘老师提醒我，若以"画"为载体，恐怕无法超越第三折。他又道，梅先生既是京剧大师，全剧高潮之实现——"蓄须"这个最重要的决定，就应该从"戏"中来。所以，我先用山本召集记者训话，既写局势严峻，又用福芝芳之担心、朱复昌之奸恶、冯耿光之劝告，再加上"叶老板演出欧阳的《桃花扇》，给人砸了场子""程老板不肯唱'庆祝戏'，被五六个流氓围着打"及惨目惊心的高连魁呕血而亡等梨园中人遭遇，向梅兰芳内心层层"施压"。去留之间，何去何从？梅兰芳祭奠挚友，重读《豫让桥》（以酒切割，又分为"三读"三个小段落），不但从中读到了蓄须的启发，也读到了铮铮节气、不屈心志："人人皆做姿容变，个个贞亮志节坚。只为一朝换颜色，风流不减留千年！"

　　若说《当年梅郎》洋溢着少年的清朗，仿佛一个永不褪色的春天，那么《蓄须记》便是个层林尽染的秋季，成熟、坚忍、深沉、博大、高洁而又斑斓。多么幸运，京剧之有梅兰芳；又多么幸运，梅兰芳之有京剧！

# 黄梅戏《第一山》

## 人物表

苏　轼　　（末）

玻　璃　　（旦）

刘士彦　　（净）

李二郎　　（丑）

白　兰　　（旦）

红　梅　　（旦）

绿　竹　　（旦）

黄　花　　（彩旦）

本　无　　（丑）

众衙役、众差役、丫鬟、宫娥等

# 第一折　大宴

[北宋元丰七年，泗州府衙后堂。

[刘士彦指挥众人，布置繁忙。

[幕后合唱：

西枕汴河千帆挂，

南临淮水十万家。

若无文章传天下，

不许泗州夸繁华。

刘士彦　　笙箫丝管、珍馐佳肴，准备起来！

众　　　　是。

[衙役甲上。

衙役甲　　来了、来了！老爷，学士舟船，已近金刚渡！

刘士彦　　抬上大轿，快去迎候！

衙役甲　　是。（下）

[衙役乙上。

衙役乙　　老爷、老爷！学士车轿，已过香花门！

刘士彦　　长街十里，鼓乐开道！

衙役乙　　是。（下）

刘士彦　　好，这便好了！我，刘士彦，牧守泗州，为一方父母官。此处水连
　　　　　淮汴、地接南北，船舶如流、商贾云集，好一派繁华景象！独独少
　　　　　了些传世文章、绝代词赋！天幸今日，有个顶呱呱、响当当、赫赫
　　　　　有名的大才子途经本州。我已安排停当，接他到府，美酒美人、盛
　　　　　情款待，定为泗州，讨得千古墨宝！

[李二郎上。

李二郎　　老爷！到……到到了，学士已到府衙了！

刘士彦　　随我出迎、随我出迎！

[幕后苏轼内声"苏轼来也——"上。

苏　轼　（唱）贬罢黄州贬汝州，

　　　　　　　镜里青丝心白头。

　　　　　　　诏命催人疲奔走，

　　　　　　　香花迎我入泗州。

　　　　　　　今宵开宴三杯酒，

　　　　　　　明日长淮再放舟。

　　　　　　　莫笑俺、苏东坡、一落红尘不肯休，

　　　　　　　须知那、李太白、也道是"长安不见使人愁"！

　　　　太守请了。

刘士彦　　贵客过府，还请上坐！

苏　轼　　贬谪之人，怎敢造次？

刘士彦　　此座么，非敬学士之职，实敬学士之才！

苏　轼　　敬不得、一发敬不得！苏轼之才，都不是才。

李二郎　　不是才，是什么？

苏　轼　　尽是灾之根、祸之本、愁之源！

刘士彦　　言重、言重了。来。唤小娘子上堂，与学士祛灾消愁！

李二郎　　小娘子上堂！

　　　　[内声"来了……"，白兰上。

白　兰　（唱）火熨斗熨不开眉间皱，

　　　　　　　快剪刀剪不断心内愁，

　　　　　　　绣花针绣不出鸳鸯扣……

李二郎　　住了！小娘子，着你消愁，反倒添愁！

白　兰　　奴家实有苦衷！

　　　　（唱）白兰女年方二八，

　　　　　　　选夫婿欲做人家。

苏　轼　　大喜之事，愁将何来？

白　兰　　（唱）东家子英俊潇洒，

　　　　　　　　空钱囊缺米少茶。

　　　　　　　　西家儿香车宝马，

　　　　　　　　丑样貌獐头蛤蟆。

苏　轼　　两家儿男，各有长短。

白　兰　　（唱）游移间取舍不下……

　　　　　　（见李示意，故作）呜呀！

　　　　　　（唱）把奴家活活愁煞！

　　　　　　还望学士挥毫，解奴幽怨。

李二郎　　是咯、是咯！做一篇《嫁娶诗》《丽人行》……

刘士彦　　《感愁赋》《闺中吟》，怜香惜玉、将心比心！

苏　轼　　将心比心么，我若是小娘子你，是一些儿也不愁的！

李二郎　　西家富却丑？

苏　轼　　我只管西家去吃……

刘士彦　　东家美而贫？

苏　轼　　东家去眠！昼入西宴，夜登东床，岂不美哉？啊？

众　　　　啊？哈哈哈！

苏　轼　　哈哈哈！刘大人，旨意催我上任，明日早起登程。告辞了。

刘士彦　　慢来、慢来！诗还未……

李二郎　　大人！是酒……

刘士彦　　对对对！酒未尽兴，不醉不归！

　　　　　〔内声"美酒奉上……"，红梅、绿竹持酒上。

红　梅　　苏学士！

　　　　　（唱）岂不闻李白斗酒诗百篇，

绿　竹　　（唱）我姊妹劝盏也连连。

红　梅　　学士请，干！

　　　　　（唱）劝得我，红梅点点喷香汗，

| 绿　竹 | 学士请，干！ |
| --- | --- |
| | （唱）劝得我，绿竹酥麻雪腕酸。（频劝酒） |
| 苏　轼 | 偏劳、偏劳了！ |
| 红　梅 | （唱）杯中何用男儿歉， |
| 绿　竹 | （唱）但求学士写花颜。 |
| 苏　轼 | 这花颜么…… |
| 李二郎 | （背语）美色当前，由不得他不写！ |
| 苏　轼 | 二位小娘子呵。 |
| | （唱）一个是娇艳艳、红梅绽， |
| | 　　　一个是翠生生、绿竹斑。 |
| | 　　俏梅妃唐皇席上曾陪宴， |
| | 　　湘夫人舜帝驾前长比肩。 |
| | 　　代代骚客争夸羡， |
| | 　　赋红唱翠万万千。 |
| 梅、竹 | 歌千歌万，不是学士手笔！ |
| 苏　轼 | 歌万歌千，何必苏轼添色？饮不得了、告告告辞了。 |
| 刘士彦 | （脱口）不能走！（解释）今岁大寒，淮河冰冻，舟船难行！ |
| 苏　轼 | 这个…… |
| 李二郎 | 何况还有个精心梳洗的四娘子，未曾赏鉴。 |
| | ［幕后内声"四娘子来了……"，黄花掩面上。 |
| 苏　轼 | 呀！ |
| | （唱）觑着她十分温柔， |
| 刘士彦 | （唱）娇楚楚不肯抬头。 |
| 李二郎 | （唱）纤软软腰肢错扭， |
| 苏　轼 | （唱）竟是个不著一字也风流。 |
| | 小娘子、小娘子？ |
| 李二郎 | （唱）他一声一声把她叫， |

| 刘士彦 | （唱）她一闪一闪更含羞。 |
| --- | --- |
| | 美人怕生，学士可见得她面来？ |
| 苏　轼 | （唱）我这里，笑呷呷待窥芙蓉面， |
| | 她那里，纨扇儿遮定了秋水眸。 |
| | 好叫人、瞄不着、偏欲瞅…… |
| 李二郎 | 学士何不吟诗一首，以动芳心？ |
| 苏　轼 | 吟一首？吟一首不如写一首！ |
| 李二郎 | （急切）笔墨纸砚，备好在此！ |
| 苏　轼 | 来得快呀。我写……写什么好呢？（使计忽叫）呀！四娘子金钗坠也！ |
| 黄　花 | （一惊，以手抚钗）俺的钗儿——（彩旦面容泄露） |
| 苏　轼 | （唱）啊呀！惊得俺管毫一时丢！（掷笔） |
| | 小娘子，好……好样貌！ |
| 黄　花 | 大学士，好眼力！泗州四美，梅兰竹菊，压轴的"黄花"，便是奴家。 |
| 苏　轼 | 这黄花么，倒是有一首诗。 |
| 刘士彦 | （急切）本官研墨！ |
| 李二郎 | （殷勤）学生铺纸！ |
| 众 | 我等伺候！ |
| 苏　轼 | （吟咏）今宵风雨过园林， |
| | 吹落黄花满地金。 |
| 黄　花 | 啐，坏汤坏水、勾引奴家！ |
| 苏　轼 | 好端端写诗，怎说勾引？ |
| 黄　花 | 喏！上句么，学士风流，好比风雨；群芳荟萃，恰如园林！ |
| 李二郎 | 解得好！下句呢？ |
| 黄　花 | 下句"吹落黄花满地金"，啊呀羞煞人！奴家地地刮刮一个黄花闺女，尽被风雨揉碎了！（佯羞） |

| | |
|---|---|
| 苏　轼 | 冒犯、冒犯了！ |
| 黄　花 | （悄笑）怕你不冒犯哩。 |
| 苏　轼 | 然此二句，实非苏轼所作！ |
| 黄　花 | 啊？不是你写的？ |
| 苏　轼 | 乃往岁一日朝罢，众官聚于待漏院。我见案头素扇一柄，扇上题此两句。我想黄花者，菊也。那菊花四时不谢、长在枝头，何来满地落金？故而提笔，再续两行：<br>（吟咏）秋花不比春花落，<br>　　　　说与诗人仔细吟。 |
| 刘士彦 | 好！入情入理、远胜前诗！ |
| 苏　轼 | 说到前诗，你道"风雨园林、吹落黄花"，何人所书？ |
| 刘士彦 | 谁人涂鸦？ |
| 李二郎 | 哪个胡扯？ |
| 苏　轼 | 书此二句者，不是别个，正是荆国公、平章事、一人之下、万人之上、当朝宰辅王安石王大人！ |
| 刘、李 | （尴尬）王大人？！ |
| 苏　轼 | 哈哈哈！<br>（唱）王相公见续诗心中怀恨，<br>　　　　奏一本参苏轼嘲谑重臣。<br>　　　　又道是举世只知秋菊劲，<br>　　　　却不见黄州的黄花落纷纭！<br>　　　　他叩龙庭、请圣命，<br>　　　　贬我去黄州看花零。<br>　　　　花开三岁长嗟叹，<br>　　　　花谢三年旨又临。<br>　　　　本指望天恩擢我返汴京，<br>　　　　不料想一贬再贬似浮云。（夹白）刘大人啦！ |

到如今，我心渐灰、意渐冷，

闹喧喧半夜白纸了无痕。

辜负殷勤众红粉，

负太守开宴情。（夹白）告辞了！

但愿得一叶扁舟风波顺……

刘士彦　　苍天留客、冰封淮河……

苏　轼　　旨意催促，不敢不前！

　　　　　（唱）苏东坡凿开坚冰江上行！

李二郎　　凿冰而行，恐非易事。

苏　轼　　这个……

刘士彦　　（故作）凿、凿、凿！这冰么，一日凿不开，便凿一旬；一旬凿不

　　　　　开，便凿一月！早晚要如学士之愿！

李二郎　　（悄语）这诗么，一日讨不到，便讨一旬；一旬讨不到，便讨一

　　　　　月！早晚能遂老爷之心！

刘士彦　　学士宽怀小住。况我泗州，还有一处胜景，可堪游赏。

苏　轼　　是何名胜？

刘士彦　　便是那一桥之隔、盱眙南山！来。明日一早，安排车轿，我陪学

　　　　　士，过桥游山！

苏　轼　　不消！

刘士彦　　要的！

苏　轼　　不消！

刘士彦　　要的！

　　　　　〔灯渐暗。

# 第二折　前游

［第一山。

［李二郎引两衙役上。

**众**　　　　（寻之）苏学士、苏学士——

**李二郎**　　（念）低一声、高一声、声声喊破山间雾,

　　　　　　　深一脚、浅一脚,脚脚踏乱岭头云!

　　　　　　我等奉太守之命,陪苏学士过香花门、越长桥、游乐南山。怎知方入山门,忽然雾缠云绕,迷蒙之间,不见了苏学士!怎的诗未讨着,人先丢了?衙役们!

**两衙役**　　有!

**李二郎**　　你等便叫破了喉咙、磨烂了脚板,也要把苏轼找出来!

**两衙役**　　是!苏学士、苏学士——（寻下）

　　　　　　［苏轼上。

**苏　轼**　　（唱）林泉错落迷行踪,

　　　　　　　霜寒凛冽失西东。

　　　　　　　衣带牵缠九节藤,

　　　　　　　头巾打歪七尺松。

　　　　　　　说什么妙哉山色堪题咏,

　　　　　　　我看是只见枯槁不见荣。

　　　　　　　悔不该撇了暖阁登丘陇……

　　　　　　苏轼啦苏轼,你放着红炉不偎、绿酒不饮,登此不山之山……（忽被松果击中）哪来的松果?……赏此无景之景!（又被击中）不偏不倚,又是一记!……真是天上地下、头一个呆才!（三被击中）哪个戏我?哪个戏我?（幕后,玻璃一阵脆笑,上,惊见）呀!

　　　　　　（唱）翠滴滴一笑闪娇红。

**玻　璃**　　（唱）山顶生来山腰卧,

山上山下做生活。

不打鱼鳞不打雁，

专打狂生呆脑壳。

疼不？

苏　轼　不、不……不敢疼！

玻　璃　若是不疼，再补三记！

苏　轼　还要打？

玻　璃　你读书人恶言骂我，岂不该打？

苏　轼　冤枉、冤枉，我几曾骂过小娘子？

玻　璃　我是个山里生、山里长，你骂山便是骂我！

苏　轼　越发冤枉！下官实话实说，怎敢开骂？

玻　璃　你道"无景之景"……

苏　轼　些许枯枝，算不得景！

玻　璃　又道"不山之山"！

苏　轼　小小土丘，岂可言山！小娘子。

（唱）莫怪苏轼发狂言，

平生见惯好江山。

我呱呱落地降眉山，

登高听瀑天台山。

品茗论诗蒙顶山，

一朝登科出蜀山。

汴梁叩过万岁山，

凤翔佩印拜岐山。

外放杭州歌吴山，

又贬黄州赤壁山。

处处名山占人眼，

凤舞龙飞入毫端。

今日里，我见南山无褒贬，

是南山见我应自惭！

玻　璃　学士高才，不过尔尔。（欲下）

苏　轼　（拦之）"尔尔"怎讲？

玻　璃　无非"见面不如闻名"。（欲下）

苏　轼　（再拦）却是何意？

玻　璃　学士摇唇鼓舌，夸赞蜀山眉山；滔滔不绝，说甚吴山岐山；却孤陋
　　　　寡闻，不知我南山名号！

苏　轼　蕞尔小山，还有名号？

玻　璃　听了。此盱眙南山，又名"第一山"！（欲下）

苏　轼　"第一山"？！小娘子留步、留步！此山一不高、二不险、三不奇，
　　　　谈何"第一"，倒要请教！

玻　璃　教你不妨，你须叫我一声……

苏　轼　叫姐姐？叫娘娘？

玻　璃　叫奶奶！

苏　轼　哈哈有趣、有趣！奶奶赐教者。

玻　璃　（失笑）好乖孙，随我来。

　　　　（唱）碧粼粼罗裙，无风自摆；

苏　轼　（唱）寒瑟瑟相随，滑擦苍苔。

玻　璃　（唱）娇懒懒拾阶，秋波流彩；

苏　轼　（唱）兴冲冲援袍，俗眼望呆。

玻　璃　（唱）我一步缓也一步快，

苏　轼　（唱）他一步倒也一步歪。

玻　璃　（唱）蓦回首、堆雪枝条白皑皑，

苏　轼　（唱）再举目、铺金地面黄花开。

　　　　这这这……好蹊跷！

玻　璃　（唱）浅见的书生休惊怪，

这是冬去秋来八仙台。

想当年，台上八仙齐聚，欲度有缘之人。

苏　轼　好福地也！难道便是"第一山"来历？

玻　璃　他们招之呼之，盼了又盼，却连个人影都没见着！

苏　轼　这是为何？

玻　璃　凡人穷拜财神、病拜药王、做官的拜文昌、求子的拜观音。那八仙瘸的瘸、癫的癫、贫的贫、贱的贱，拜他何来？

苏　轼　旁人不拜，我老爷偏要拜上一拜！

玻　璃　学士初贬黄州、再贬汝州，今拜八仙，想是要贬去天边了。

苏　轼　（欲拜又止）这个……

玻　璃　拜呀、你拜呀。

苏　轼　拜、拜……拜别了！

玻　璃　噗嗤！走吧。

苏　轼　（追之）小娘子——

　　　　（唱）我吆吆喝喝紧追赶，

　　　　　　　她袅袅婷婷步在前。

　　　　　　　一截粉颈没复现，

　　　　　　　好似明月去又还。

　　　　　　　怎不叫人恨路短……

玻　璃　苏学士，歪脑筋！你走前，我走后！（至其身后）

苏　轼　（唱）一眨眼身前不见了小婵娟。

玻　璃　（唱）问学士，如今这山道是近是远？

苏　轼　（唱）滴溜溜的莺声也解馋。

玻　璃　（唱）恼得俺噙住了舌尖不相唤，

苏　轼　（唱）羞答答多情自无言。

玻　璃　（嗔之）没羞臊、老面皮！

苏　轼　（闻之）甜丝丝、酸溜溜……姐姐搽的好香粉！

| 玻　璃 | 啐！我一向不用粉黛，你闻到别个身上去了。（指之） |
|---|---|
| 苏　轼 | （见之）妙妙妙！ |

（唱）原来是花褪残红天工剪，

青结杏子第一园！

| 玻　璃 | （微妒）什么第一园！我第一山之名，与此杏园全不相关！快走！ |
|---|---|
| 苏　轼 | 跋涉山麓，行到山腰，歇歇的好。 |
| 玻　璃 | 行到入夜，风雪再起，将你冻煞！ |
| 苏　轼 | 杏果累累，分明仲夏…… |
| 玻　璃 | 春和景明，还在上头！（拽之）走呀。 |

（唱）一群群新蝶争厮弄，

| 苏　轼 | （唱）一叠叠迎客上古松。 |
|---|---|
| 玻　璃 | （唱）兰泽芳草一片片， |
| 苏　轼 | （唱）都梁花艳一丛丛。 |
| 玻　璃 | （唱）敢与名山争颜色， |
| 苏　轼 | （唱）云为霓裳水为容。 |

［"当当当……"钟声传来。

| 玻　璃 | （唱）蓦地半空传梵诵， |
|---|---|
| 苏　轼 | （唱）何处禅房撞晚钟？ |
| 玻　璃 | 此龟山寺晚课钟声，迎之而上，便到山巅。 |
| 苏　轼 | 山巅了？ |
| 玻　璃 | 山巅了！ |
| 苏　轼 | 小娘子，跟上者！（急行登顶）呀！到矣、见矣、知矣！春风洒面，不酒自醉；雅号第一，原来如此！ |
| 玻　璃 | 怎么说？ |
| 苏　轼 | 奶奶要听，也须叫我一声。 |
| 玻　璃 | 叫叔叔？叫伯伯？ |
| 苏　轼 | 叫哥哥！ |

玻　璃　　说了再叫。

苏　轼　　叫了再说。

玻　璃　　说了再叫!

苏　轼　　好好好! 一路行来，只见南山端秀妩丽；行至巅顶，方知此山襟怀弘远!（指之）登高而立，前望龟山、郁郁葱葱，下临长淮、浩浩汤汤……

玻　璃　　浩浩汤汤，汴河入淮!

苏　轼　　想去国游子，自汴梁通津门而出，船行运河，经宋、亳、宿、泗诸州，皆地势平远，一目千里……

玻　璃　　一目千里，平川迢迢!

苏　轼　　至此"张目为盱、直视为盻"之处，陡见千里而下，一山特秀，沐雨迎风、拨云见日，不愧东南相逢第一山、第一山也!

玻　璃　　真是个"第一山"! 爷爷慧眼!

苏　轼　　啊? 你叫我什么?

玻　璃　　爷爷、苏爷爷!

苏　轼　　爷爷配奶奶，倒也使得，哈哈哈……使得啦。

玻　璃　　只管胡缠! 夜色渐浓，你回去吧。

苏　轼　　回哪里去?

玻　璃　　从哪里来，回哪里去。（指之，山径俨然，转身，隐下）

苏　轼　　小娘子安在? 小娘子哪里? 呀!

（唱）瞬息之间芳踪杳，

　　　一阵风冷明月高。

　　　霎时照彻山阴道，

　　　相送苏轼燕归巢。

　　　人云，下山更比上山苦，

　　　我说，只为山色不肯抛。

　　　不肯抛，八仙台上拍手笑，

杏花园中妒更娇。

不肯抛，侧耳晚钟传古庙，

俯瞰奔流汴淮潮。

便将这良辰美景俱抛了，

怎抛得、那一抹碧盈盈的俏影儿挂情梢？

一步一身重，

一步一心摇。

一步步，恨不回头将她眺，

一步步，又怕回头便是风流牢。

急匆匆、返身贬向汝州去，

流连连、人生能得几春宵？

想昨夜，金盏催、银觥劝、终无一字话寂寥，

乐今日，水鸣琴、山鼓瑟、欢声万籁竞喧嚣。

渐近尘寰远岩坳，

灯火阵中过长桥。

〔幕后众人寻呼之声：苏学士、苏学士！

**苏 轼** （唱）怃然长立蓦回首……

不是她，是他们寻我哩——呀！身处长桥，回首望去，近处灯火相连、光影缭乱；远处云天无声、一片迷茫。我在桥上、望她之时，不知她在山中，可望着我来？那黑沉之中，我一些儿也望她不见；这灯火之内，料她是能见着我的、能见着我的！苏轼在此、东坡在此——

（吟咏）北望平川，野水荒湾……

来了、来了，她来了、诗来了！

（唱）静悄悄、轻飘飘、掌上舞、舌端绕、不提防亦是佳人亦诗骚。

〔灯渐暗。

〔幕后传来吟咏之声：

共寻春，飞步屧颜。

和风弄袖，香雾萦鬟。

正酒酣时，人语笑，白云间……


# 第三折　小宴


［众差役次第策马奔报上。

**差役甲**　官家催问，苏轼贬官，行在何处？

**差役乙**　朝廷传命，黄州汝州、相去不远，苏轼怎不到任？

**差役丙**　圣上有旨，汝州团练副使苏轼，速离泗州，毋许迁延！

**众差役**　速离泗州，毋许迁延！（下）

　　　　　　［刘士彦上。

**刘士彦**　唉！

　　　（唱）一道道旨意催老苏，

　　　　　　　好叫我太守犯踌躇。

　　　　　　　欲相留，怎敢触冒天颜怒，

　　　　　　　欲相送，恨未讨得半行书。

　　　　　　　可怜文章无觅处……

　　　　　　［李二郎内声"有了、有了……"急上。

**李二郎**　老爷请看！（奉之）

**刘士彦**　（唱）但只见团团点、点点团、酣畅墨迹妙手涂！

　　　　　　　"眉山苏轼"？

**李二郎**　此乃苏学士房中，学生检得的新词！看这"和风弄袖"……

**刘士彦**　潇洒！

**李二郎**　"香雾萦鬟"……

**刘士彦**　冶艳！

| 李二郎 | "飞鸿落照""玉宇清闲"…… |
|---|---|
| 刘士彦 | 散澹旷远! |
| 李二郎 | 最妙末一句:"望长桥上,灯火乱……" |
| 刘士彦 | "灯火乱,使君还",妙!(忽觉)啊呀不好!讨诗讨诗,讨出一桩"夜游"罪名!(指之) |
| 李二郎 | (会意)"夜游"!是咯、是咯!文祸牢狱,不是耍的! |

［苏轼内声"有贼、有贼——"上。

［刘士彦对李耳语,李下。

| 苏　轼 | 刘大人!我有《行香子》一阕,置之案头,转眼不见…… |
|---|---|
| 刘士彦 | 学士请坐,少安毋躁。(递一纸) |
| 苏　轼 | (接看)朝廷旨意,催某就任…… |
| 刘士彦 | 冰封淮河,尚欠一凿! |

［李二郎带衙役端菜肴上。

| 李二郎 | 供奉学士,美食来也! |
|---|---|
| 苏　轼 | 这是? |
| 刘士彦 | 有道是:天上龙肉,地下驴肉。此锦罩之下、玉盘之上,乃我泗州盱眙、第一等美味! |
| 苏　轼 | 活浇驴肉,杀气忒重,不必的了。 |
| 李二郎 | 不在地下…… |
| 苏　轼 | 不在地下,难道天(上)…… |
| 刘士彦 | 此物稀世之珍,一味作料,囊括万象。学士饕餮大家,何不嗅一嗅、认一认? |
| 苏　轼 | 这等神妙,倒要请教! |

　　(唱)苏东坡鼻尖儿权做了舌尖尝,(嗅之,一一辨出)

　　　　香气冲撞似刀枪。

　　　　有一个"花"(椒)将军端坐"八角"帐,

　　　　"肉蔻""肉桂"是执戟郎。

> "木香""丁香"亲哥俩，
>
> 披盔戴甲巡营房。
>
> 温谦谦、谋士"砂仁"智略广，
>
> 火辣辣、急先锋"炮姜"与"良姜"。
>
> 盾牌兵护定弓箭手，
>
> 是"三奈"不离"小茴香"。
>
> 又见羞花闭月美娇娘，
>
> 一著白裙一紫裳。
>
> 问卿何事临沙场……

李二郎　沙场之上，哪来娘子？

苏　轼　那"白芷""紫叩"，嫣然一笑，道是：

（唱）哪一场征伐不为红妆？

　　　　十三种本草烹激荡，

　　　　十三般滋味调羹汤。

　　　　说什么一味作料罗万象，

　　　　分明是天上地下、南来北往、百战百胜的"十三香"！

刘士彦　好个"十三香"，多谢学士赐名！

苏　轼　大人得其名，苏某失其香。我那《行香子》……

刘士彦　不忙、不忙，揭盖献俘！

李二郎　学士请。（揭盖）

苏　轼　咦？盘中之物，堆堆叠叠，好小只也！

刘士彦　岂不闻，龙之变化，能升能隐、能大能小。升则飞腾宇宙，隐则潜
　　　　伏波涛；大则兴云吐雾，小则隐介藏形……

苏　轼　藏形甲壳之内，实难下手。

李二郎　个中手段，不妨一学。（取其一）献丑了！

　　　　（数板）牵过美人手，轻轻吻一口。

　　　　　　　　搂定小蛮腰，掀开红盖头。

心急乱花黄，情迷除肚兜。

抽脱香罗带，凭君肆意羞。（对应吃龙虾动作）

苏　轼　　难学、难学！此物闻所未闻、见所未见，看顶上须甲，三分像龙；

躬身一曲，七分似虾……

李二郎　　乡里俗称"龙虾"的便是，以其身量，加个"小"字。

苏　轼　　小——龙——虾?

刘士彦　　苏学士，人生一世，为龙为虾，旦夕之间！

（唱）天龙本在云外腾，

李二郎　　（唱）一朝为虾泥底沉。

刘士彦　　（唱）为龙的眦目张须任驰骋，

李二郎　　（唱）为虾的哈腰弓背讨营生。

刘士彦　　（唱）想当年迅雷烈风无拘禁，

李二郎　　（唱）到如今鸡鸣犬吠就战兢兢。

刘士彦　　（唱）昼怕喧嚣夜怕静，

渴怕干旱涝怕霖。

李二郎　　（唱）春愁无限怕消损，

又怕秋肥便丧生。

刘士彦　　（唱）怕千怕万躲不过，

躲不过"十三香"、挨挨挤挤、热热闹闹、列阵用兵。

李二郎　　（唱）空舞双钳入汤鼎，

盛上玉盘目不瞑。

刘士彦　　（唱）最可怜葬入肚肠还被笑哂，

笑它是任人搓揉的女钗裙。

渺渺重忆腾龙事，

回首已是百年身。

一番言语推心腹，

学士休做等闲听。

学士才高如龙，正该纵横四海；一朝命舛沦落，难免盘中之虾！你今是龙是虾，正在此时……

苏　轼　　此时？

刘士彦　　此地……

苏　轼　　此地？

刘士彦　　此物！（递词）

苏　轼　　（接看，一惊）我的《行香子》！

　　　　　（唱）昨夜星汉入管毫，

　　　　　　　　怎说翻成俎与刀？

　　　　　　　　是我遣词失轻佻？

刘士彦　　不是。

苏　轼　　（唱）是我狂放气势骄？

李二郎　　不是。

苏　轼　　（唱）是我用典欠稽考，

　　　　　　　　平平仄仄乱掺调？

刘、李　　一概不是！

苏　轼　　（唱）这不是、那不是、越发蹊跷，

　　　　　　　　一行行、一字字、细细观瞧。

　　　　　　　　但见蛟龙、墨里啸傲；

　　　　　　　　何来泥虾、纸上奔逃？

刘士彦　　学士不知错处？

苏　轼　　苏某错写什么？

刘士彦　　喏喏喏！

　　　　　（唱）为君指点红尘道，

　　　　　　　　夜来灯火乱长桥！

　　　　　我朝典律，夜过长桥，徒刑二年；官身犯纪，处刑更重！

苏　轼　　是有此事！

| 刘士彦 | 学士文名，冠于天下，但有新词，四海传扬。如此岂不将你乱法之举，昭告四海…… |
|---|---|
| 苏　轼 | 昭告四海、流播天下！ |
| 李二郎 | 况有"灯火乱，使君还"一句，不晓事的，还当我家老爷，也是共犯！ |
| 刘士彦 | （故作）下官得失，尚在其次；学士远谪之身，小心为上！ |
| 李二郎 | 亡羊补牢，尚未晚也。 |
| 苏　轼 | 呀！ |

（唱）香辣辣滋味还在舌端，

　　　明晃晃已觉刀斧寒。

　　　平生开口常是罪，

　　　怪道流离形影单。

　　　承教、承教，我晓得了！（故意）

（唱）莫不如，一阕《行香》香尽散，

　　　扯碎新词眼不烦。

| 李二郎 | 撕不得！绝妙好辞，撕了可惜！ |
| 苏　轼 | （唱）莫不如，"长桥""灯火"皆涂乱， |

　　　改抹章句信手删。

| 刘士彦 | 改不得！词眼精华，正在于此！ |
| 苏　轼 | （唱）改不得、撕又难， |

　　　难道说眼睁睁苏轼入牢监？

　　　乌台狱深我也坐惯，

　　　则怕太守罪牵连。

　　　觑觑觑、觑他用谋佯嗟叹，

　　　唉……好不为难！

| 李二郎 | 不必撕、不用改，只要涂去…… |
| 苏　轼 | 涂去什么？ |

李二郎　涂去学士之名!

苏　轼　（唱）涂涂涂、涂我之名得平安!

刘士彦　涂抹名姓，模糊年岁，词章之妙，既得保全，学士亦可免虾之苦、
　　　　如龙腾云，正是一举两得!（递笔）

苏　轼　（接之）既为泗州，索得佳句;又免太守，仕途牵累。

刘士彦　我这尽是为学士着想……

苏　轼　承情、承情了。怎奈泗州小住，我么……又胖了!

刘士彦　啊?

苏　轼　肚皮更大了。

李二郎　这?

苏　轼　两位可知，俺这肚里，是些什么?

李二郎　是一肚皮龙虾?

刘士彦　嗳!是一肚皮学问!

李二郎　一肚皮才气!

刘士彦　一肚皮风流!

苏　轼　非也!苏轼便便腹内，实是一肚皮不合时宜、不合时宜也!哈哈
　　　　哈……（掷笔，下）

　　　　［刘士彦怔怔失神。

李二郎　老爷、老爷!区区的"眉山苏轼"，他不抹、我来涂!

刘士彦　呀呀呸!你这"麻小"钳儿，提不起他的龙须笔!

　　　　［灯渐暗。

# 第四折　后访

　　　　［第一山，玻璃上。

玻　璃　闷煞人了!

（唱）几度青丝绾又披，

照水颜色有谁惜？

郎似飞鸿落雪地，

一入奴心拂不去。

总把风过疑笑语，

夜夜盼到月沉西。

欲寻郎君赴尘市，

又怕你寻我不见空嘘唏。

欲坐山中待重聚，

又怕是一叶扁舟永别离！

进半尺、退半尺、进退犹豫……

〔苏轼内声"小娘子……"上。

玻　璃　是他——

（唱）欲相迎、偏相避、步乱花泥。

苏　轼　小娘子慢走，慢走！小娘子，我从山麓寻至山巅、又从山巅寻回山

麓，将那八仙台、杏花园、龟山寺一一寻过，原来你在这里。

玻　璃　难道我欠你柴米？

苏　轼　不曾哪。

玻　璃　欠你银钱？

苏　轼　哪来此事？

玻　璃　既不相欠，寻我做甚？

苏　轼　不是姐姐欠下官，乃是下官欠姐姐！

玻　璃　你欠我什么？

苏　轼　欠你风光一望！

玻　璃　还来哪样？

苏　轼　还来一段诗情！（奉之）

玻　璃　（接之）《行香子》？

（唱）北望平川，野水荒湾。

苏　轼　（唱）共寻春，飞步屏颜。

玻　璃　（唱）和风弄袖，香雾萦鬟。

苏　轼　（唱）正酒酣时，人语笑，白云间……

玻　璃　啐！我清清白白好儿女，几曾与你奉酒来？

苏　轼　昔在府衙，歌舞劝酒，滋味寡淡；后迷途南山，得遇你小娘子，言笑如酒，使人自醉。

玻　璃　怎敢将我，比着别个？（欲嗔反笑）罢了。看词章面上，饶你这回！

苏　轼　有幸哪有幸。苏轼一向因文获罪，似这般以词免罚，实是平生头一遭！

玻　璃　（失笑）走吧。寻个妙处，将余下半阕，细嚼慢咽。

苏　轼　是是是。（随之）

　　　　（唱）一入南山堕春网，

　　　　　　　免不了再向山林访明妆。

　　　　　　　鼻息儿随她罗带漾，

　　　　　　　漾动心事九回肠。

　　　　小娘子……

玻　璃　何事？

苏　轼　无、无事。咳！

　　　　（唱）不问情痒，欲问荒唐……

　　　　小娘子……

玻　璃　怎么？

苏　轼　今日天气，哈哈哈……唉！

　　　　（唱）怎把俺心尖事推到舌尖上？

　　　　　　　整顿衣冠待开口……

玻　璃　不好、不好！

| 苏　轼 | （唱）劈头盖脑一阵凉！ |
|---|---|
| | 下官口还未开，奶奶怎说不好？ |
| 玻　璃 | 是山顶风大，不好品诗。走吧。 |
| 苏　轼 | 还要走？ |
| 玻　璃 | 爷爷累了，歇下不妨。 |
| 苏　轼 | 不累、不累！你在前面走一生，苏某相随行一世，我也是不累的。 |
| 玻　璃 | 我倒想哩，怕你不肯。 |
| 苏　轼 | 呀！ |
| | （唱）既是有缘今日共随唱， |
| 玻　璃 | （唱）为什么不许今生永成双？ |
| 苏　轼 | （唱）怅惘之间胆气壮， |
| | 小娘子！ |
| | （唱）问卿家世本何方？ |
| 玻　璃 | （唱）学士入山为过客， |
| | 这一方山水是我乡。 |
| 苏　轼 | （唱）堂上二老可安康？ |
| 玻　璃 | （唱）譬若江流入汪洋。 |
| 苏　轼 | （唱）庭前手足问少长， |
| 玻　璃 | 一家姊妹，我最年幼，上头六个姐姐，生得好哩。 |
| | （唱）只怕你见着牡丹就撇了海棠。 |
| 苏　轼 | （唱）我只要海棠捧入温柔掌…… |
| 玻　璃 | 不便啦不便！ |
| 苏　轼 | 难道你已许了人家？ |
| 玻　璃 | 我是说这山麓…… |
| | （唱）冷萧萧不便吟词章。 |
| 苏　轼 | 半阕新词，处处吟得，何必左挑右拣、上下奔忙？（紧跟）小娘子、 |
| | 小娘子！我实有些知心话，要说与你。 |

（唱）跌撞撞心声倾泻似春潮，

　　　思往岁命舛流落作萍漂。

　　　先放杭州学渔钓，

玻　璃　　你"淡妆浓抹"歌西湖，得意煞杭州！

苏　轼　（唱）又贬黄州耘青苗。

玻　璃　　泛舟前后《赤壁赋》，乐坏了黄州！

苏　轼　（唱）我这无根无着的无脚鸟，

　　　　　偏在盱眙做旋翱。

玻　璃　　幸有这《行香子》，不负我第一山！

苏　轼　（唱）怕只怕卿卿嫌我赀财少，

　　　　　嗔我苒苒年岁高。

玻　璃　　然纸上文墨，霎时破损，不如刻之入石，千古垂名。

苏　轼　（唱）怕更怕一别卿卿山水渺，

　　　　　再不能一颦一笑会多娇。

玻　璃　　偌大南山，刻在哪里？

苏　轼　（唱）苏东坡扁舟虽轻能载客……

　　　　　小娘子！随我去、你随我去吧！

玻　璃　　罢罢罢，就在这浓阴之下、清泉之侧！

　　　　　（唱）表记儿向奴心口凿！（忽斧凿在手）

苏　轼　　下官心心念念、一番言语，难道小娘子一句未听？

玻　璃　　言语一番，句句入心。敢问学士，我这第一山，可比得蜀山眉山？

苏　轼　　软玉温香，更胜一筹！

玻　璃　　可输与吴山岐山？

苏　轼　　开阖纵横，犹有过之！

玻　璃　　那你就留下吧、留下吧！

苏　轼　　这……旨意催促，我是个留不得！

玻　璃　　天生地养，我是个去不得！故此我左挑右拣、上下奔忙，定要为这

　　　　　"聘礼"——（扬手）

苏　轼　（感动）我的《行香子》……

玻　璃　寻个千秋万岁、日月高悬之处！来来来，这里有断石一块，学士安坐。待我刻石，稍后赏鉴。（去至壁前、苏轼身后）

苏　轼　小娘子！

玻　璃　不许回头！不要偷看……（拭泪）眼泪滴答，丑煞人了。

苏　轼　呀！

　　　　（唱）怦然壁上凿当叮，

玻　璃　（唱）心随摩崖绽啼痕。

苏　轼　（唱）欲起转身相帮衬，

玻　璃　（唱）又恐相对泪涔涔。

苏　轼　小娘子，下官之聘，你已收下，是也不是？是也不是？

　　　　（唱）三声两声无人应，

　　　　　　　只有刀斧身后鸣。

　　　　　　　忐忑万端生寒凛，

　　　　小娘子……（回头）

　　　　（唱）一片夜色望无垠。

　　　　小娘子安在？小娘子哪里？

　　　　［幕后合唱：

　　　　　　　忽闻得窸窸窣窣穿花径，

　　　　　　　是宫灯高挑碧罗裙！

　　　　［众宫娥挑宫灯上。

宫　娥　苏学士，随奴来。

苏　轼　（唱）懵懵懂懂生受了红牵翠引，

　　　　　　　恍恍惚惚步山涧破雾踏云。

　　　　你们引我去往何处？我那小娘子呢？好香唷……

　　　　（唱）方才扑鼻春芽嫩，

霎时袅袅御炉熏。

何处妆匣流残粉，

问谁煮酒溢芳馨？

不料第一山上，还有这等妙处！听哪！

（唱）咿呀呀，绕梁一派笙箫令，

铿锵锵，雏凤清歌老龙吟。

笑呷呷，越女楚妃争宠幸，

哗啦啦，主人殷勤玉杯倾。

似这般盘旋曲折，走到几时？

（唱）长廊迂回绕不尽，

殿宇重重向天擎。

一边厢飞檐斗拱蟠龙顶，

一边厢仙人举盘承甘霖。

曲河龙舟方泊稳，

便见钓竿跃银鳞！

宫　娥　那是钓鱼台。

苏　轼　那俯瞰之处呢？

宫　娥　乃是四望亭，过去便到流杯殿。

苏　轼　殿名流杯，是何缘故？

宫　娥　宫苑之西，有泉七眼，涌合为一，流于此殿，故而得名。

苏　轼　（唱）步步行来步步景，

千娇百媚欢相迎。

错身霓裳皆不是……

那衣绣金线、发簪珍珠、喜乐无忧、反弹琵琶、肤如凝玉、面若芙

蓉……一众佳人，美则美矣，却不是你！

（唱）寻寻觅觅无消停。

呀！松果一击忽缩颈……

哪来的松果，不偏不倚，将俺打中！看一袭碧衫，掠身而过……小娘子，等等我、等等我！（追之）

[ 幕后合唱：

　　　　当当当，斧凿惊回梦里人。

[ 一众幻境都消失了。

玻　璃　　苏学士、苏学士！

苏　轼　　小娘子斧凿之声，将我惊觉！

玻　璃　　说什么斧凿，是龟山寺的晚钟，搅你好梦！

苏　轼　　难道那斗拱交错、飞檐玲珑、钓鱼台、四望亭、流杯殿，尽皆一梦？

玻　璃　　这却不是梦。

苏　轼　　不是梦？

玻　璃　　是当真。看学士身下，坐的什么？

苏　轼　　乃是残碑一块。（辨之）"都、都……都梁宫址"？！

玻　璃　　隋朝大业元年，炀帝举国之力，开通济渠，引黄河入汴、汴水入泗、泗水入淮，沟通黄淮，接连南北。龙舟南下，巡幸江都，在这南山之上，修筑离宫，名曰……

苏　轼　　都——梁——宫？

玻　璃　　此宫东据林麓、西枕长淮、南望岩峰，北瞰城郭，长廊回绕、殿宇三重。宫苑之西，又凿泉水七眼，炀帝亲自取名，道是：金线泉、珍珠泉、无忧泉、琵琶泉、凝玉泉、芙蓉泉……嗳！陈年旧事，说它作甚。学士你看——（指之）

苏　轼　　"眉山苏轼"，词痕俨然！

　　　　（唱）飞鸿落照，相将归去。

玻　璃　　（唱）淡娟娟，玉宇清闲。

苏　轼　　（唱）何人无事，宴坐空山。

玻　璃　　（唱）望长桥上，灯火乱，使君还……

苏　轼　　　长桥之上，灯火复乱矣……烦借小娘子斧凿一用。

玻　璃　　　怎么？（递之）

苏　轼　　　（接之）转过身去，不许偷看。

　　　　　　［苏轼去至石壁之前，执斧凿之，当当有声。

玻　璃　　　不许我看，我偏要看！呀……

　　　　　　（唱）划却词人旧名姓，

苏　轼　　　（唱）只有新词壁上铭。

玻　璃　　　（唱）乡关"眉山"今安在，

苏　轼　　　（唱）当年"隋宫"何处寻。

玻　璃　　　（唱）不见"苏轼"留鸿印，

苏　轼　　　（唱）"炀帝"风云了无痕。

　　　　　　小娘子！

　　　　　　（唱）那金线泉、珍珠泉、无忧泉，渐枯渐泯，

玻　璃　　　（唱）那琵琶泉、凝玉泉、芙蓉泉，无迹无声。

苏　轼　　　（唱）曲河龙舟如梦影，

玻　璃　　　（唱）紫殿朱廊化烟尘。

苏　轼　　　（唱）须臾盛衰皆如此，

　　　　　　又何须孜孜声名做牵萦？

　　　　　　因此上，我把那"眉山苏轼"俱凿尽……

玻　璃　　　凿尽了……

苏　轼　　　凿尽了。

玻　璃　　　凿不尽！（抚心）

苏　轼　　　凿不尽！（抚心）

玻　璃　　　管家催促，学士归去吧。

苏　轼　　　小娘子，苏轼斗胆！

　　　　　　（唱）乞你个名儿凿我心！

玻　璃　　　（轻声）哪有什么小娘子。

苏　轼　忒的轻声，听不分明。

玻　璃　玻璃，我名玻璃。

　　　　〔灯渐暗。


# 余　韵


　　〔幕后苏轼画外音：元丰七年，余贬汝州，过泗州，盘桓南山，作《行香子》，尘网羁縻，豁然得开。后几黜几起、几起几黜，意气怡然。越十五年，自儋州召还。垂老之身，重过盱眙……

　　〔本无挑水上。

本　无　（哼唱）浮名浮利，虚苦劳神。

　　　　　　　几时归去，做个闲人……

　　〔苏轼扶藜上。

苏　轼　小师父，你可是龟山寺的僧邻么？

本　无　听老人家口气，倒像这南山住户。

苏　轼　我么……是南山的老女婿，流离半生，来寻故人。

本　无　什么故人？

苏　轼　是个俏生生、活泼泼、碧粼粼的小娘子……

本　无　难道玻璃不成？

苏　轼　是她、是她！有劳小师父，引我前去、前去见她！

本　无　随我来。（二人圆场）这里便是。（指之）

苏　轼　浓阴之侧，清泉一眼……

本　无　隋宫凿泉七眼，如今一泉仅存。

苏　轼　错了、错了，我来寻人、不为寻泉。

本　无　阿弥陀佛，这里便是！要说"玻璃"，千载南山，只得这口"玻璃泉"。（下）

苏　轼　　玻——璃——泉?! 是你? 是你……是你!

　　　　　　（唱）一念及之泪如涌,

　　　　　　　　　　醍醐灌顶识寸衷!

　　　　　　　　　　哪里有袅袅娜娜小娘子,

　　　　　　　　　　尽是这清泉一汪引游踪。

　　　　　　　　　　泉色染成碧罗带,

　　　　　　　　　　泉声化作笑叮咚。

　　　　　　　　　　想当年、苏东坡、贬谪远涉一身窘,

　　　　　　　　　　第一山松果三投两相逢。

　　　　　　　　　　你领我、一日内、踏遍四时诗心动,

　　　　　　　　　　方有那、望长桥、《行香》一阕为卿浓。

　　　　　　　　　　怪道你俏媚媚占尽天地宠,

　　　　　　　　　　怪道你痴楚楚不离此山中。

　　　　　　　　　　也怪我俗世凡胎多懵懂,

　　　　　　　　　　挂帆长别各西东。

　　　　　　　　　　只有这历历石壁旧歌咏,

　　　　　　　　　　岁岁年年对枯荣。

　　　　　　　　玻璃泉啦……小娘子!

　　　　　　（唱）我身虽在万里外,

　　　　　　　　　　须臾不曾忘娇红。

　　　　　　　　　　忘难忘,你登顶南山秋波送,

　　　　　　　　　　忘难忘,你斧凿铿锵泪溶溶。

　　　　　　　　　　忘难忘,你言笑多情戏苏子,

　　　　　　　　　　忘难忘,你残碑萧瑟指隋宫。

　　　　　　　　　　你洗我风尘十五载,

　　　　　　　　　　我迟至今日才认玲珑!

　　　　　　　　　　轻轻儿飞泉甘洌掬一捧……（掬泉,饮之）

　　　　小娘子沁人心脾、好不甘甜，今入我腹，再不分离……

　　　　（唱）我与你、朝夕欢、寒暑共、依依地永伴南山此意融！

　　　　〔幕后玻璃内声（吟咏）：

　　　　　　北望平川，野水荒湾。

　　　　　　共寻春，飞步屏颜……

**苏　轼**　　来了、来了！诗来了、她来了……

　　　　〔《行香子》之歌缭绕：

　　　　　　北望平川，野水荒湾。

　　　　　　共寻春，飞步屏颜。

　　　　　　和风弄袖，香雾萦鬟。

　　　　　　正酒酣时，人语笑，白云间。

　　　　　　飞鸿落照，相将归去。

　　　　　　淡娟娟，玉宇清闲。

　　　　　　何人无事，宴坐空山。

　　　　　　望长桥上，灯火乱，使君还……

　　　　〔全剧终。

## 附：山水红尘——《第一山》创作小札

约 2018 年年底，盱眙文化主管部门带来了大量当地历史文化的材料，约我从中取材，写一部戏。

"第一山"吸引了我，它古称南山，因与淮河北岸的泗州隔淮相望得名，北宋时，有"淮口要冲、东南门户"之称。运河之上，南来北往的文人墨客、官员使节多从此处渡过淮河，唱和题诗、铭碑刻石，至今山上存有唐宋元明清历朝历代的 168 方题刻，其中现存最早的，便是苏轼留下的词作《行香子》。

那就再写一回东坡吧，《第一山》是我继《燕子楼》《东坡买田》后创作的第三部苏轼题材作品，为此，我"三上"第一山。

第一次去，正逢阳光灿烂，照亮了那一方摩崖，近千年前的一笔一画，依稀可见。落款却早被凿去，再一细问，才知传说它关联着"灯火乱，使君还"那桩有名的文案。还有两个细节令我念念不忘，一是"玻璃泉"，这是从山间汩汩而下的一泓泉水，清透非常，据说千年不绝；二是"都梁宫"。《太平寰宇记》载："都梁宫周回二里，在县西南十六里。大业元年炀帝立名。宫在都梁，东据林麓，西枕长淮，南望岩峰，北瞰城郭，其中宫殿三重，长廊周回。"又道："院之西又有七眼泉，涌合为一，流于东泉上，作流杯殿，又于宫西淮侧造钓鱼台，临淮高峰别造四望殿，其侧有曲河，以安龙舟大船，枕向淮湄，萦带宫殿。"何等气派、多么华美！而《一统志》上载，宋时有人在第一山会景亭旁，掘得残碑一块，赫然写道："此地，都梁宫废！"令人唏嘘无限。就这样，《行香子》、玻璃泉、都梁宫，成为我构思时最重要的三个元素。

第二次去，是剧本完成后，陪本剧导演石小梅老师再登第一山。她一见那清凌凌、活泼泼的玻璃泉，满心欢喜，竟捧起来喝了一口，简直就像剧末苏轼那一饮："小娘子沁人心脾、好不甘甜，今入我腹，再不分离……"

第三次去，则是 2019 年黄梅戏《第一山》试演之后，我一径行过了玻璃泉、杏花园、会景亭、魁星壁……直到山巅，远眺淮河，想着当年苏轼望见的，也是一样的浩浩汤汤。后之视今，如今之视昔。不由得又寂寥、又温暖。

苏轼与盱眙相逢于元丰七年（1084），那是他人生极困顿之时：离开黄州，调任汝州团练副使，旅途劳顿，举家病倒，幼子夭折！到泗州（盱眙）正值岁末，寒风刺骨、淮水结冰、舟船难行，仿佛上天要将他在这里留上一留，要给他一次休憩、一次慰藉。《第一山》题旨，也正在此：人类与山水的和谐共生、山水对人类的心灵洗涤。文人在山水之间敞开襟怀，挣脱名利场上的进退困境，完成健全高尚的人格、获得精神之通脱潇洒。

剧本之结构很可以说说。看上去仍是惯例的四折一余韵，却尤为完整、精巧。《大宴》《前游》《小宴》《后访》四折以苏轼盘桓泗州、游第一山、《行香子》摩崖石刻为主线索。首折苏轼初到泗州、太守一心求词，是全剧之"起"；可惜宴上，苏轼无一字之赐，于是太守建议他游山，欲动其文思，苏轼在山上邂逅玻璃，《行香子》应运而生，这是"承"；"转"呢，便在第三折，太守一面赞叹文采，一面犯愁"灯火乱，使君还"乃违禁之句，大费周折，欲令苏轼涂去署名；最终，《行香子》被刻入山壁，诗人之灵魂与山水之灵性，"合"在一处。同时，剧本（仅从折名也可看出）设置了两个世界：一是由《大宴》《小宴》构成的"红尘"，一是由《前游》《后访》构成的"山水"。在喧嚣与宁静之间、纷杂与纯净之间、功利与淡泊之间，两个世界互相呼应——不，我不是说"山水"好过"红尘"，它们实在各有各的妙处。想想玻璃不能"离开"的伤感，想想那青山绿水总盼着以诗为镜、照见自身之美，想想那"肆无忌惮"的欢乐，美酒从杯中溢出，甚至是十三香小龙虾……就觉得，多少个清冷的夜晚，玻璃望着长桥另一端的红尘，该多么好奇、多么羡慕！还有一层结构用心在于，《大宴》《前游》分别写"求诗而不得""不求而得诗"；《小宴》《后访》呢，写的则是"去名而名不去""不去名而名去"，一二两折、三四两折，又彼此对称。

唱词写作上，《第一山》我较为注意典雅的文学性与民间趣味性的结合。一方面，人物唱念要符合其身份学养。说真的，要"模仿"苏轼才华横溢又信手拈来的诗词风格，实非易事。为此我将《苏东坡全集》认认真真看了近一个月，努力使自己沉浸在他的"语感"之中。"玻璃"之唱念呢，既不能过于简陋——她是山水之精灵，又不能失之晦涩——"自然"正以"去雕琢"为美。另一方面，从剧种角度考虑、从"求诗"这一世俗主线考虑，我又希望剧本能"雅中见俗""俗中见雅"，绝不放过对民间性、趣味性的渲写与表达。

譬如《小宴》中"小龙虾"的戏份。有人提出，北宋还没有"小龙虾"。我回答：写《第一山》之前，我对盱眙的印象，九成以上是"小龙虾"！一如中国江苏网上道"盱眙将龙虾节办成了经贸节、招商节、旅游节、文化节……铸就了'盱眙龙虾'和'龙虾节庆'两块闻名全国的金字招牌"，实在不忍心放弃该"广告"，尤其这儿的小龙虾，真是好吃极了！再说，由"小龙虾"引申出的"为龙为虾"的选择，与第三折剧情指向也很贴切。怎么写"小龙虾"呢？我首先搜索鼎鼎有名的"十三香"是哪十三种香料，看到"花椒""八角"时，忽然有了第一句拟人唱词："有一个'花'（椒）将军端坐'八角'帐"——当我将之想象为一场"战争"，接下来根据各自药性"排兵布阵"，也就一气呵成了。

我爱《小宴》中的"龙虾"，也爱《大宴》中梅兰竹菊的劝酒，尤其是"娇滴滴"遮着面庞的"黄花"，以彩旦应工，十分谐趣。我爱《前游》里玻璃领苏轼步步登高，一日之间，行经四时，"打灭"了诗人"平生见惯好江山"的狂言傲慢。笑笑嘻嘻的烂漫少女与"色"心摇漾的文豪大才边行边（对）唱，又将黄梅戏之剧种特色表现得淋漓尽致。我爱他归来红尘、顾眺山林之时，忽然涌出的诗声，也爱《后访》中他携诗为媒，二人上上下下，将第一山重游了一遍。上一回，游出了四季美景，这一次游出的，则是世代枯荣。尤其苏轼行游都梁宫那一段，真是好一场虚虚实实的大梦！这便悟了，区区名姓，何足挂齿？当然，至爱的还是"玻璃"这个设置，我将"秘密"一直藏到了《余韵》，藏到十五年后，苏轼重过泗州，当他终于得知"玻璃"真实身份，他才真正懂得，当年：他最困窘之时，在这第一山，自己遭遇了什么、又领受了什么。

整理材料时，我看到了一段本剧立项时阐述的"价值意义"，主要有三点。一、关注运河文化尤其是与盱眙、与第一山紧密关联的隋唐大运河片区，将古代著名文人苏东坡的不朽词篇及他依旧存世之摩崖石刻与大运河文明文化进行戏曲化的关联、表述，为打造大运河文化带做出积极努力。二、第一山为国家AAAA级旅游景点，也是盱眙市着力打造的风景名胜区。以文化为核心，以旅游为平台，黄梅戏《第一山》的创作，立足本地特色文化，与旅游关系紧密，是推进文旅融合的重要举措。既可使旅游朝着更有品质、更有文化含意的道路行进，也可依靠旅游平台的影响力推动文化的传承与推广。三、以精品创作推动剧种建设与剧团建设。本剧主创人员：编剧、导演、作曲、舞美、灯光、服装设计等都是有着丰富经验与很高专业素养的艺术家们，群策群力，努力为黄梅戏这个年轻剧种的成长做出新贡献。该剧由剧团年青一代演员担纲主演，并分A、B、C档安排角色，在剧目创排过程中，黄梅戏演员中的后起之秀将在公平、公正、合理、健康的激励机制下与开放良好的创作氛围中，得到全方位的锻炼与提升。

我们正是这么做的。

《第一山》试演后不久，适逢2020年年初新冠肺炎疫情暴发，加工、提升、演出等一系列工作都被按下了"暂停键"。我盼着它再一次亮相于舞台，若就此销声匿迹，真叫人……哎，舍不得啦。

# 秦腔《无字碑》

## 人物表

武则天　　（旦）

李　治　　（末）

李　贤　　（生）

李　显　　（丑）

李　旦　　（生）

太平公主　（旦）

上官婉儿　（贴旦）

韦　氏　　（旦）

刘　氏　　（旦）

裴　氏　　（旦）

参　军　　（净）

苍　鹘　　（丑）

释　空　　（净）

碑中人：唐太宗、李弘、王皇后、萧淑妃、长孙无忌、上官仪等

其　他：众内侍、众僧侣、众宫人等

# 第一折　钩心

［幕后吟唱：

看朱成碧思纷纷，

憔悴支离为忆君。

不信比来长下泪，

开箱验取石榴裙。（武则天《如意娘》）

［弘道元年十二月，雪夜，洛阳。

［武则天对镜梳妆，上官婉儿侍奉一旁。

**武则天**　（唱）一夜飞雪满洛阳，

堆入心头添怆凉。

镜中深浅画眉黛，

额上高低贴花黄。

［内侍甲上。

**内侍甲**　天后、天后！万岁龙体欠安，急召天后！

**武则天**　知道了。

（唱）鬓边绾起青丝发，

星星缕缕杂清霜。

横簪珠花十二朵，

斜插花树十二行。

［内侍乙上。

**内侍乙**　天后！万岁病榻之上，思见天后，心急如焚！

**武则天**　晓得了。婉儿？

**上　官**　天后仪服，预备在此。

**武则天**　与我穿戴起来。

**上　官**　是。

**武则天**　（唱）碧空染做朝衣色，

亭亭锦雉绣翩翔。

六彩绶带垂两丈，

输与今宵愁绪长。

忍珠泪、强支仗、点滴滴不向人前洒，

忍不住、双玉佩、颤栗栗腰间鸣叮当。

[内侍丙上。

**内侍丙**　不好啦、不好啦！万岁爷……

**武则天**　万岁如何？

**内侍丙**　他……

**武则天**　万岁怎样？

**内侍丙**　万岁思想天后，左等不见、右等不来，急火攻心，晕晕晕过去了！

**武则天**　啊呀……万岁！（急下）

**上　官**　天后、凤舄！还有凤舄未著哩！（捧鞋追下）

[转景，贞观殿。

[李治卧病榻上，李贤、李显、李旦在侧。

**李　治**　（唱）蹒跚暂离黄泉道……

**众**　醒了、父皇醒了！父皇！

**李　治**　（唱）一阵昏花烛影摇。

　　　　　　但见亲生床前绕，

　　　　　　不闻中宫觐当朝。

　　　　　　皇后……三催四请，皇后安在？

**众**　这个……

**李　治**　（唱）一个个低眉目不言不告，

　　　　　　好叫朕吁吁地寸心焦焦。

　　　　　　难道她勤政务处置廊庙？

　　　　　　难道她祈佛陀木鱼轻敲？

　　　　　　难道她、她、她怀异志别有计较……

  ［幕后内声："天后觐见！"

  ［武则天华服上。

李　治 呀！

  （唱）不提防、香风扫、乱人眼、容光耀、扑面一片彤云骄！

  皇后好国色也！

武则天 陛下！显儿、旦儿……（见李贤，微惊）你？你不在巴州，如何

  到此？

李　治 贤儿，还不见礼！

李　贤 庶人李贤，拜见天后。

李　治 嗳。什么天后，她是你母后！重来见过、重来见过！

  ［李贤不应。

武则天 他呀，连声"娘"都不肯叫啦。（坐于榻侧）

李　治 皇后。弘儿早夭，你我亲生亲养的皇儿，只他三人。贤儿虽获罪贬

  放，然朕命垂奄奄、时日无多……

武则天 陛下休说伤心话……（执李治之手）

李　治 皇后，你总要成全朕的父子之情！（紧握之）

武则天 （一震）陛下……言重了。

李　治 皇后啦。

  （唱）三十载偕夫妻患难与共，

    到如今别生死恨也匆匆。

    谢卿眷眷恩情永，

    谢卿辅政秉清忠。

    谢卿垂帘安朝众，

    谢卿挑灯理卷宗。

    皇后啦，卿卿德才兼智勇，

    那才疏德薄的是朕躬。

    卧病人有一言托付任重……

武则天　　陛下请讲。

李　治　　又怕皇后，疑朕不诚……

武则天　　何疑之有？

李　治　　皇后你……你你你万毋推辞！

　　　　　（唱）今将这锦山河让与中宫！

李　贤　　（脱口）父皇不可！

显、旦　　父皇……

武则天　　陛下啦。

　　　　　（唱）三十载偕夫妻患难与共，

　　　　　　　　怕的是别生死恨也匆匆。

　　　　　　　　君似春风相迎送，

　　　　　　　　妾是杨柳随西东。

　　　　　　　　几曾存心窃大统，

　　　　　　　　未敢僭越鱼化龙！

　　　　　　　　陛下啦，天子一言九鼎重……

李　治　　朕欲让国于天后，皆肺腑之语！

武则天　　肺腑之语？

李　治　　不敢相欺！

武则天　　（故意）既如此……

　　　　　（唱）臣妾遵旨许相从！

李　治　　啊？！

李　贤　　（勃然，指李显）太子在此，天后怎敢！

武则天　　（唱）又若是为夫的试探挑弄……

李　治　　皇后，朕……（剧咳）

武则天　　（唱）怎不叫为妻的泪下溶溶！

李　治　　朕实无此意！皇后！想显庆五年，朕初患风眩、不能理事，即将朝
　　　　　廷托付于你。后断断续续、时好时歹、缠绵病榻二十三载，若无皇

后听政，我朝纲纪，不知荒弛到怎样地步！朕躬身后，于情于理，

这九五之尊、人君之位，合该皇后登临！只是、只是……

武则天　陛下，不消说了……

李　治　朕要说！

武则天　不说也罢。

李　治　我要讲！只是黄泉之下、幽冥界内，朕见着先帝……

武则天　太宗皇帝么！

李　治　见着先帝，有些儿面羞！

武则天　陛下！臣妾只有辅弼之心，绝无篡国之念！

李　治　皇后过谦了。今一众皇儿，尽皆在此，天后真无二心，你你你发个

誓儿来！

武则天　怎么说？

李　治　发个誓儿来呀！

武则天　呀！

（唱）一语闻得彻骨寒，

　　　　悚然间、复凄然。

　　　　可怜残烛息奄奄，

　　　　犹向枕畔设机关。

　　　　赖我勤政安社稷，

　　　　怕我权重谋江山。

　　　　我今立誓如君愿……

李　治　皇后，此非朕意，你且发个誓儿，说与……说与先帝。

武则天　太宗皇帝在上，我，并州武媚，日后若问九鼎、窃神器、篡

李唐……

李　治　怎么样？

武则天　便叫我众叛亲离、不得善终！天鉴之、天鉴之！

（唱）满天神佛闻此言！

| 李 治 | 好、好……好！太子、太子！ |
|---|---|
| 李 显 | （跪步上前）父皇！ |
| 李 治 | 我儿！你天性柔弱，若非弘儿死、贤儿废，为父何忍叫你，担此重任？你继位之后，若有军国大事难以裁决，多、多问问、问问你娘！ |
| 李 显 | 是！（泣下）爹爹……娘亲！ |
| 李 旦 | （亦泣）爹爹……娘亲！ |
| 李 贤 | （亦泣）爹爹…… |
| 李 治 | 贤儿。你也叫你娘一声！（李贤不应）叫哇，你叫哇！ |
| 李 贤 | 天天天后！ |
| 武则天 | 罢了。你们退下。 |
| 显、旦 | 是。（下） |

　　[李贤不动。

| 李 治 | 退下吧。 |
|---|---|
| 李 贤 | 是。（下） |
| 李 治 | 皇后，朕真个累也！ |
| 武则天 | 陛下劳心，焉得不累？ |
| 李 治 | （调侃）你也不早来，为朕解乏！ |
| 武则天 | 只为这皇后仪服，层层叠叠，好难穿着。 |
| 李 治 | （失落）果然皇后看重的，还是这身仪服…… |
| 武则天 | 陛下！若无陛下垂怜，臣妾青灯黄卷，相伴残生，哪来这花钗花钿、锦雉罗衣、朱红大带、白玉双佩？一件件恭恭敬敬、仔细穿戴，只为感念天恩，愿君今生今世、来生来世、生生世世，记取容色，无忘妾身！ |
| 李 治 | 皇后……唉！奈朕目眩眼花，卿卿姿容，看不分明矣！ |
| 武则天 | 陛下以手为眼，也是一样的！ |
| 李 治 | 一样的？ |

武则天　　一样的！（握李治之手，抚己之面）

李　治　呀！

　　　　　（唱）掌中摩挲旧容颜，

　　　　　　　　心头纷纷苦与甜。

武则天　　（唱）腮边依依两行泪，

　　　　　　　　任它流落到君前。

李　治　（唱）天后飒爽金玉坚，

　　　　　　　　不作娇啼二十年！

　　　　　　　　想当初感业寺内重相见，

武则天　　（唱）四目一接泪已涟。

李　治　（唱）你道是看朱成碧长眷念，

武则天　　（唱）憔悴思君不能眠。

李　治　（唱）又叫我不信开箱来相验，

武则天　　（唱）石榴裙上泪斑斑！

李　治　（唱）顾不得伦常横天堑，

　　　　　　　　顾不得旁人讥与讪。

武则天　　（唱）小轿一乘离僧院，

李　治　（唱）眺向宫门迎卿还！

武则天　　陛下……

李　治　及至宫中相见，可记得你又是一番好哭？

武则天　　天恩深眷，怎敢相忘？

李　治　皇后若记这点恩情，但乞莫忘今日之言。

武则天　　今日之言？

李　治　今日之誓！

武则天　　不、不、不敢忘！（热切转为冰冷）

　　　　　（唱）潸然犹忆"麟德"间……

李　治　呀！

(唱)旧事不堪上舌尖！

武则天　　（唱）我临朝辅政何勤勉，

李　治　　（唱）我大权旁落更郁烦！

武则天　　（唱）我日日青丝掩华发，

李　治　　（唱）我也是早生华发对谁言？

武则天　　（唱）忽闻内侍悄传报，

李　治　　（唱）废后一诏墨未干！

武则天　　夫妻一场，秘议废后，陛下好狠心！

　　　　　　（唱）急切切跌跌撞撞上金殿，

　　　　　　　　　凄楚楚惨惨恻恻泪满衫。

李　治　　（唱）哭得我心也软、胆也战、面也惭，

武则天　　（唱）才免了同林鸟分飞西南！

李　治　　此事虽朕之过，可那草诏的上官仪，也被天后斩杀了！

武则天　　那报信的裴力士，亦被陛下斩杀了！

李　治　　啊？

武则天　　啊？

李、武　　（长笑当哭）哈哈哈！

李　治　　（一笑之后，气若游丝）皇后。一世夫妇，恩恩怨怨在所难免，然儿孙、儿孙……无辜啦。

武则天　　臣妾不解陛下之意……

李　治　　皇后性刚，眼泪金贵。思想起来，入宫之时、废后之际，都不如那一日……

武则天　　哪一日？

李　治　　不如那一日，哭得撕心、哭得裂肺、哭得断肠！

武则天　　哪一日？

李　治　　喏喏喏，永徽五年，襁褓之中小公主夭亡之日！

武则天　　啊呀！陛下，你好、你好……好心思！（拂袖欲去）

李　治　（拽之）皇后！贤儿纵有千般不是，总是你亲生骨肉！还望皇后宽
　　　　　谅一二，免他边陲之苦，召召召还了吧。

武则天　陛下是怕我加害贤儿？

李　治　这个……

武则天　故做爹爹的，再三再四，要做娘的放她亲儿一条生路？

李　治　这个……

武则天　何至于此、何至于此！（别转面孔）

李　治　将死之人，情非得已！媚娘、媚娘！（执其手）愿与卿卿，来、来
　　　　　世相逢、相逢百姓家……（驾崩）

武则天　（察觉有异）陛下？（回头、惊见）雉奴、雉奴！你再唤我一声，再
　　　　　唤一声媚娘啦！（泣下）

　　　　　〔灯渐暗。

# 第二折　进饼

　　　　　〔幕后吟唱：

　　　　　　　瞻白云而茹泣，

　　　　　　　望苍野而摧心。

　　　　　　　肝与肠而共断，

　　　　　　　忧与痛而相寻……（武则天《高宗天皇大帝哀册文》）

　　　　　〔长安，梵呗大作。

　　　　　〔李显、李旦及怀孕的太平公主上。

李　显　（唱）一阵梵呗一阵哀，

太　平　（唱）无尽珠泪满双腮。

李　旦　（唱）太平啦，你身怀有孕休轻怠，

太　平　（唱）旦哥哥，母后她忧社稷、废饮食、三日不眠守灵台！

李　显　（唱）都怪朕初登大宝少能耐，

赶上架的鸭子任铺排！

太　平　显哥哥，你今做了皇帝，这胡言乱语的毛病，也该改改了！

李　显　嗳！

（唱）若不是二哥身逐关山外，

大哥早夭久沉埋，

哪来我懵懵懂懂三太子，

花花轿子凭人抬？

这一身衮与冕好不自在……

太　平　（故意）显哥哥穿不惯这龙袍，就脱了它吧！

李　显　啊？

太　平　（调侃）脱呀、你脱呀！

李　显　（尴尬）啊呀呀……

（唱）输与利口俏裙钗！

李　旦　陛下、太平。母后不眠不休、恐伤凤体，我等同去劝解的好。

李　显　正是这个道理！

太　平　走走走！（皆下）

［转景，大慈恩寺。

［释空主持法事，武则天跪坐诵经。

武则天　大师，哀家已将《心经》诵过百遍，怎还心绪不宁？

释　空　善哉善哉。

（念）身是菩提树，

心如明镜台。

时时勤拂拭，

莫使惹尘埃。

武则天　阿弥陀佛！

［释空及众僧隐下。

[李显、李旦、太平公主上。

三　人　　拜见母后。

太　平　　娘啦！娘亲守灵，三昼夜不曾合眼，如何使得？

武则天　　先帝驾崩，国事纷纭，你等尽可高卧，哀家却不能安枕！啊皇帝，乾陵营造，进展如何？

李　显　　顺风顺水，母后无忧。

武则天　　（递之）此哀家亲撰《述圣纪》，且镌作一碑，立于神道之西，以光先帝之德。

李　显　　是。

武则天　　你亲手书丹，不要怠慢。

李　显　　是。母后不肯入寝，总要进些饮食。

武则天　　也罢。传召贤儿，奉食我用。

三　人　　（面面相觑）啊？

武则天　　传召贤儿，奉食我用！

太　平　　（会意、惊喜）好了、好了，母后宽容二哥了！

[幕后内声："李贤来也……"李贤奉食上。

李　贤　　（唱）缟素一身近佛堂，

　　　　　　　　一步一跪泪千行。

　　　　　　　痛哉天子归泉壤，

　　　　　　　试看谁人坐庙堂？

　　　　　　　飘飞飞膝下焚化九叠纸，

　　　　　　　袅宛宛案头再燃三炷香。

　　　　　　　还有这手烹的蒸饼亲奉上……

武则天　　（意外）噢？这蒸饼，是你亲手烹饪？

李　贤　　亲手烹饪！

武则天　　奉与哀家？

李　贤　　奉与太后！

| 武则天 | 好、好……好香唷。（欲食） |
|---|---|
| 李　贤 | 哈、哈哈……哈哈哈！ |
| 武则天 | （唱）蓦闻他长笑当哭声欲狂！ |
| | 你笑什么？ |
| 李　贤 | 我笑太后，好、好……好心大！ |
| 武则天 | 怎么说？ |
| 李　贤 | 这蒸饼么，若是太后手烹亲赐…… |
| 武则天 | 怎么样？ |
| 李　贤 | 我李贤，是万万、万万、不敢吃的！ |
| 武则天 | 呀！ |

（唱）他冷冷冰冰一句话，

　　　我新伤旧伤痛交加。

　　　想当年、赏肴赐宴他不沾牙，

　　　叹今日、还是个、不忠不孝的小冤家！

　　　哀哀父母差差差，

　　　总是前世亏欠他！

　　　幽愤万般强按捺……

显儿、旦儿、太平，你们退下。

| 三　人 | 是。 |
|---|---|
| 李　贤 | 三弟休走！ |

（唱）唐天子怎可任人作牵拿？

［李旦、太平公主下，李显愣在当场。

| 武则天 | 皇帝有心，留下无妨。 |
|---|---|
| 李　显 | 不敢、不敢！孩儿告退。 |
| 李　贤 | 陛下！先帝灵柩在此，你还要退到哪里去？ |
| 武则天 | 则怕后续之言，有污天子之耳。 |
| 李　贤 | 所谓"兼听则明，偏听则暗"！（挽之） |

李　显　（慌急）太后、太后，非朕不去，实是二哥捉住不放！

李　贤　李显啦李显！你原配赵氏，不得天后欢心，竟被锁于深宫，活活饿杀，你你你都忘了不成？

李　显　是是是赵氏不恭不孝、自取死路！况朕续弦韦氏，乃母后亲选，花容月貌，十倍于她！二哥，你饶了我、饶了我吧！（甩脱、急下）

李　贤　三弟、三弟……（唤之不回，放声大哭）父皇、父皇！

武则天　（唱）他那里抚灵旗泣血声声，

李　贤　（唱）唤不回先帝爷渺渺幽魂。

武则天　（唱）咫尺间似隔着千山横亘，

李　贤　（唱）错阴阳乱朱紫颠倒了乾坤！

武则天　（唱）贤、贤、贤儿啦，巴州僻远荒山峻，

李　贤　（唱）父、父、父皇啦，摇摇欲坠长安城！

武则天　（唱）无边烟瘴霜月冷，

李　贤　（唱）泪随心寒结作冰。

武则天　（唱）欲召亲生还故郡……

　　　　　贤儿。哀家应承先帝，免儿远放之苦，将你召还长安……

李　贤　召还长安？

武则天　你意如何？

李　贤　（唱）我、我、我，情愿巴蜀了残生！

武则天　怎么？你愿居边陲……

李　贤　不敢还朝、不敢还朝！

武则天　是何缘故？这是何缘故？！

李　贤　喏！这盘蒸饼，太后尚不敢食，何况草民？我是不敢……

武则天　你……

李　贤　不敢……

武则天　你！

李　贤　不敢的呀！（拂袖欲下）

| 武则天 | 你与我回来！（颤声）奉上来、奉蒸饼上来。 |
| --- | --- |
| 李 贤 | （意外）太后当真敢用此饼？（奉之） |
| 武则天 | （接之）贤儿啦，哀家春赐酒、冬赏粥，一箪一瓢，哪来机心？ |
| 李 贤 | 草民这饼，你用是不用？ |
| 武则天 | 八年前弘儿夭亡，先帝立你为嗣，哀家殷殷之望，都在你的身上。 |
| 李 贤 | 用是不用？ |
| 武则天 | 爱之深，责之切，颜色厉、怜子心哪！（取饼，欲食） |
| 李 贤 | （打落）罢了！这饼么，太后还是不用的好！ |
| 武则天 | 这个……难道—— |
| 李 贤 | （唱）我这里蒸饼一道非寻常， |

面粉碾碎了两脚羊。

| 武则天 | 什么"两脚羊"？ |
| --- | --- |
| 李 贤 | 羊有四蹄，人么，只得两脚，却任凭屠戮，羔羊一般！ |

（唱）和面用的是忠臣血，

胫骨充作擀面杖。

葱花一把，采自凄凄坟前草，

盐粒两撮，晒取孤儿泪汤汤。

拍拍揉揉搓到烫，

全在李贤手一双！

这双手、颤巍巍、曾拥定、挚友颅首入怀抱……

（极冷、极痛）调露二年，天后以私蓄甲兵、谋逆大罪，废我太子之位，东宫近臣，多遭牵连。典膳丞高政，与我亲善。天后遣之归家，敕令高家自行训责。高政方入家门，便被他爹爹手刃！其叔剜其心、其兄断其首！身首两分，弃之于道，以媚天后、以示忠诚！我手捧高政首级，号啕泪尽，继之以血……太后啦！

（唱）似这般凄凄惨惨一道饼、合该太后不敢尝、不敢尝！

| 武则天 | （悚然）不不不，此非哀家之意，是高家满门，禽兽行径！ |
| --- | --- |

李　贤　岂不闻上有所好，下必甚焉？

武则天　贤儿，我……

李　贤　那王皇后、萧淑妃、上官仪、长孙无忌且都不论，太后杀我阿姊！

武则天　你哪来的姐姐？

李　贤　又杀我之兄！

武则天　一派胡言！

李　贤　还、还、还杀了我娘！

武则天　你你你娘？贤儿糊涂，为娘在此，娘在这里！

李　贤　我娘韩国夫人，太后亲姊；我姊魏国夫人，太后甥女；我兄贺兰敏
　　　　之，太后外甥；个个死于太后之手！

武则天　（震惊、虚弱）原来如此……宫闱流言，你都信了。

李　贤　我！

武则天　故此惴惴不安、怨愤冲冲？

李　贤　我……

武则天　你走吧。即刻启程，返归巴州，永生永世、不得还朝。

李　贤　李贤谢恩！（欲下）

武则天　（脱口）贤儿！你、你若非我亲生，恐活不到今日。

李　贤　（止步）太后。我在巴州，等你来杀！

　　　　（吟唱）种瓜黄台下，

　　　　　　　　瓜熟子离离。

　　　　　　　　一摘使瓜好，

　　　　　　　　再摘使瓜稀。

　　　　　　　　三摘犹自可，

　　　　　　　　摘绝抱蔓归，哈哈哈，抱蔓归唷……（下）

武则天　（静静）太平，休再偷觑，出来吧。

　　　　［帷幔之后，太平公主闪出。

太　平　（泣下）呜呀母后……真个苦也！（扑入其怀）

**武则天**　（抚其发）莫哭莫哭，你有孕在身，哭哭啼啼，不利孩儿。想三十

　　　　　　年前，哀家一样地身怀六甲……

　　　　　　（唱）那时节一般样风摇雪舞，

　　　　　　　　　　先帝爷列仪仗拜谒陵庐。

　　　　　　　　　　为娘的结珠胎八月身孕，

　　　　　　　　　　众御医争相劝休涉艰途。

　　　　　　　　　　阴恻恻宫苑内虎视狼顾，

　　　　　　　　　　固恩宠似征战岂可轻忽？

　　　　　　　　　　因此的强支撑随驾上路，

　　　　　　　　　　颠沛间动胎气辗转吁呼。

　　　　　　　　　　萧萧寒彻骨，

　　　　　　　　　　道旁血染污。

　　　　　　　　　　啮齿朱唇烂，

　　　　　　　　　　百骸不得舒！

　　　　　　　　　　忍尽千般万般苦，

　　　　　　　　　　挣得娇儿一声哭！

　　　　　　　　　　搂定了小孽障泪下如注……

　　　　　　其时先帝在侧，喜不自胜，赐名"李贤"。李贤、李贤、娘的贤

　　　　　　儿！你我母子，只怕不到黄泉，再无相会之日矣。

　　　　　　（唱）再相逢则除是花零叶枯！

**太　平**　亲娘！这番言语，方才贤哥哥在时，你怎不明说？

**武则天**　太平。天寒地冻，你二哥衣衫单薄、恐感风寒，你着人与他送些寒

　　　　　　衣吧。

　　　　　　〔武则天注意到地上蒸饼，俯身将之拾起，轻轻拍去灰尘。

**太　平**　母后？……

　　　　　　〔武则天不应，默默食之，无声泪下。

　　　　　　〔灯渐暗。

# 第三折　入戏

[幕后吟唱：

　　　　明朝游上苑，

　　　　火急报春知。

　　　　花须连夜发，

　　　　莫待晓风吹。（武则天《腊日宣诏幸上苑》）

[大明宫，御苑之内。

[韦氏、裴氏、刘氏及众宫女上。

韦　氏　（唱）斗艳争芳又一春，

　　　　　　衣香鬓影我为尊。

　　　　　　夫婿殿上掌九鼎，

　　　　　　儿郎怀中继乾坤。

　　　　　　更喜太后还朝政，

　　　　　　我九霄云头又上三分！

[上官婉儿上。

上　官　皇后、娘娘！天子、太后及诸王祭春仪礼将终。太后吩咐，宜春亭
　　　　畔，家宴伺候。

韦　氏　头前引路！（且行且言，骄矜）裴妃姐姐，可怜孝敬（李弘）去世
　　　　八年，姐姐又无子嗣，好不孤冷！那些内侍宫女，有不尽心的，只
　　　　管告我，本宫为你做主！

裴　氏　皇后费心。

韦　氏　刘妃妹妹，一家妯娌，常来走动。宫中舞乐，还等你鼓瑟助兴呢！

刘　氏　敢不从命。

　　　　[幕后内声："太后驾到！"

　　　　[武则天内唱：

　　　　　　祭罢社稷返紫微……

［武则天上，李显、李旦随上。

众　　　　臣妾见驾，万万岁！

李　显　　免礼。母后，请！

武则天　　（唱）三牲五鼎迎春归。

　　　　　　　　鞭牛劝耕开冻土，

李　显　　（唱）衔泥双双燕翻飞。

李　旦　　（唱）天伦之乐良可贵，

武则天　　（唱）今朝设宴共觞杯。

　　　　　（举杯）皇帝，请！

李　显　　朕敬母后一杯！

　　　　　（唱）上寿慈亲千千岁……

李　旦　　儿臣也敬母后！

　　　　　（唱）譬若寸草仰春晖。

武则天　　生受你了。你们爹爹若在，共享天伦，不知怎样欢喜！

李　显　　母后节哀。先帝山陵，竣工在望。

武则天　　我那《述圣纪》？……

李　显　　朕亲自抄录、镌之入石，填以金屑，巍巍高哉！

武则天　　辛苦了。寡饮无趣，婉儿，将俳优杂戏，传唤上来。

上　官　　是。俳优进戏者！

　　　　　［幕后内声："来也！"参军、苍鹘上。

参、苍　　参军（苍鹘）磕头！

苍　鹘　　啊参军，今日演的什么戏？

参　军　　天子驾前么，就演天子之戏！

苍　鹘　　这就叫"指着和尚笑秃驴"……

韦　氏　　（陡起）咄！调笑圣驾，罪不容诛！

武则天　　（淡淡）皇后好肝火。

李　显　　皇后安坐，不要败兴！

［韦氏讪讪坐落，杂戏继续。

参　军　　自从盘古开天地，三皇五帝到如今。不知哪朝哪代，有个糊涂天
　　　　　子，沉溺犬马之乐。

苍　鹘　　宫中多的是：松狮博美吉娃娃、金毛泰迪哈士奇。那天子抱了这个
　　　　　亲那个，"小宝贝、乖儿子"叫个不停。

参　军　　一日宰相朝罢，正待离去，却被一条恶犬撵上……

苍　鹘　　（扮狗）汪汪、汪汪汪！

参　军　　（驱狗，扮戏）嚁嚁嚁！万岁！敢乞约束太子，莫要咬人、莫要咬
　　　　　人哪！

　　　　　［武则天忍俊不禁。

李　显　　呀！

　　　　　（唱）偷觑母后展颜笑，

　　　　　　　　有样学样笑语高。

　　　　　哈哈有趣、有趣！

韦　氏　　（唱）百花丛中本来傲，

　　　　　　　　迎面寒霜不敢骄。

　　　　　是啊是啊，有趣啊！

李　旦　　（唱）莫名心头生蹊跷，

　　　　　　　　扮哑作聋凭谑嘲。

　　　　　不假不假，果然有趣！

参　军　　（唱）贼苍鹘，狗仗人势汪汪叫，

苍　鹘　　（唱）呆参军，丢盔卸甲撒腿逃。

武则天　　（唱）场上戏座上戏冷眼相瞧……

参　军　　啊苍鹘，糊涂天子的糊涂事，不只这一桩。

苍　鹘　　你说呀、你讲啊！

　　　　　［幕后内声"母后——"，太平公主急上。

武则天　　（唱）脆生生闯入了衣带惊飘！

　　　　　　　太平? 慢些、慢些, 仔细动了胎气!

太　平　　母后, 不好了! 贤哥哥归去巴州, 郁郁不解, 他……

李　显　　他怎么样?

太　平　　他他他自刎而死!

武则天　　死了?!（忍悲）孽子啦……孽子!

韦　氏　　（误解）庶人李贤, 畏罪自杀……

武则天　　传旨显福门举哀, 以王爵之礼葬之。

韦　氏　　（慌忙）太后宽仁, 慈恩浩荡!

　　　　　〔武则天身躯一晃, 李显急扶之。

李　显　　母后!（对众）散了、都散了吧。

武则天　　且慢! 家宴难得, 还须有始有终。

众　　　　（一惊）有始有终?

武则天　　优伶杂戏, 尚、尚未演完。

众　　　　（再惊）尚未演完!

上　官　　俳优进戏者。

　　　　　〔杂戏继续。

参　军　　犬马之外, 那天子还有一好。

苍　鹘　　好什么?

参　军　　"寡人有疾, 寡人好色!"

　　　　　（数板）糊涂天子, 美艳皇后,

　　　　　　　　　有求必应, 贪图不休!

苍　鹘　　（扮皇后, 数板）本宫爹爹, 六十有六,

　　　　　　　　　万岁开恩, 拜相封侯!

参　军　　（扮天子）哈哈哈……小事一桩, 皇后放心!

李　显　　这这这?

　　　　　（唱）参军苍鹘调谑事,

　　　　　　　半惊半疑难安席!

参　军　（数板）圣旨一道，提拔老朽，

　　　　　　　满朝文武，叹气摇头！

李　显　（唱）他人座上嘻嘻乐，

　　　　　　我独冷汗透袭衣……

苍　鹘　（扮臣子）万岁、万岁！国丈无才无能、无勋无功，怎担宰相之

　　　　职！不可哇不可！

李　显　（唱）欲起变色严相斥，

　　　　　　呀！母后面上无涟漪。

　　　　　　难道杂戏是敲山计……

参　军　（扮天子）嘟！朕贵为天子，富有天下，便把这天下送与国丈，也

　　　　无不可……

武则天　住了！你再说一遍！

参　军　便把天下送与国丈，也无不可，何况区区一个相位？

武则天　此言当诛，拖了下去！

参　军　太后饶命，此非我言，乃天子之语！饶命、饶命哇太后！（被拖下，

　　　　苍鹘随下）

李　显　呀！

　　　　（唱）心震怖、股战栗、抖抖瑟瑟跪双膝！

　　　　（跪落）母后恕罪！

武则天　皇帝何罪之有？

李　显　是、是朕欲提拔国丈韦玄贞为相，中书令裴炎横拦竖挡，朕负气

　　　　不过……

武则天　负气不过，又便怎样？

李　显　便说说说了一声：我以天下与韦玄贞，也无不可，何况区区一个相

　　　　位……啊呀母后，此戏言耳……

武则天　君无戏言！朝堂之上，天子既说出这样话来，也罢，你便将李唐天

　　　　下，让与韦家罢。

李　显　　　啊?!

武则天　　　如若不肯……

李　显　　　儿子绝不敢将祖宗基业，拱手让人!

武则天　　　那就脱……

李　显　　　脱什么? 脱什么!

武则天　　　脱冕旒、脱衮袍、脱绶带、脱赤舄，将头顶身披、腰缠足履，一件
　　　　　　一件、脱将下来，你便尽可戏言了。

李　显　　　母后!? 难道——你你你要废朕天子之位?

武则天　　　废黜天子，以保天下!

李　显　　　（震惊）啊呀!

韦　氏　　　（陡然）太后怎敢!

李　显　　　（欲拦）皇后……

韦　氏　　　（唱）眼见夫婿忍凌欺，

　　　　　　　　　　挺身本宫护危急!

　　　　　　　　　　陛下啦，先帝榻前你领旨意，

　　　　　　　　　　承继大宝万年基。

　　　　　　　　　　朝野有目共瞻礼，

　　　　　　　　　　岂可片言以废之?

　　　　　　　　　　太后纵有夺天力，

　　　　　　　　　　禁不住汹汹天下讥!

武则天　　　呵呵!

　　　　　　（唱）说什么汹汹天下讥，

　　　　　　　　　　白来黑往一枰棋。

　　　　　　　　　　问天子，我朝疆域阔几许?

　　　　　　　　　　几多少壮著戎衣?

　　　　　　　　　　几多州郡通水利?

　　　　　　　　　　一年税赋几结余?

[李显哑口无言。

武则天　（唱）件件桩桩关社稷，

　　　　　　　岂容一问三不知！

韦　氏　太后之问，李弘知之、李贤知之，还不都魂归泉土、运命难逃?!

李　旦　（急止之）嫂嫂不可！（哀乞）母后息怒！陛下言语无状，乃一时之
　　　　过，还望母后，宽恕了吧、宽恕了吧。（磕头）

太　平　是啊母后，这些妄言妄语，显哥哥再不敢了！

李　显　三弟、太平……罢了。想朝廷之上，虽冠带济济，朕孤家寡人，如
　　　　坐空堂！今日家宴，俳优进戏，亦母后筹谋在先，再无回旋！啊太
　　　　后，你要废朕之位，还请应朕一事。

武则天　哀家不与庶民交易。

李　显　不关庶民与太后，实是儿子求娘亲！娘啦，你已杀儿发妻赵氏，求
　　　　娘莫要再杀韦氏！我夫妇永感天恩、永记大德!（拽韦氏磕头）

　　　　[武则天掩面颔首。

李　显　罪人李显，多谢太后。

　　　　（吟唱）种瓜黄台下，

　　　　　　　瓜熟子离离。

　　　　　　　一摘使瓜好，

　　　　　　　再摘使瓜稀。

　　　　　　　三摘犹自可，

　　　　　　　摘绝抱蔓归……

　　　　[歌吟声中，李显脱尽冕衮，跌撞而下，韦氏随下，太平公主唤
　　　　"显哥哥"追下。

李　旦　（欲追）三哥、三哥——

武则天　旦儿回来！

李　旦　（止步）母后。

武则天　你三哥卸脱之服，你去试试。

李　旦　　这个……天子冠冕，李旦万不敢当！

武则天　　叫试便试，啰唆什么？

李　旦　　三哥为太子，监国三年，尚不堪大任，何况儿臣？

武则天　　你若再有兄长，哀家也不劳你。

李　旦　　儿臣未做一日储君，转瞬之间，怎做人君？

武则天　　（下座取衮）人君人君，就在这一衣之上。旦儿过来。

李　旦　　母后……

武则天　　过来。

李　旦　　是是是。（上前）

武则天　　春捂秋冻，为娘多时不为孩儿着衣了。

　　　　　（唱）为儿穿着衣与裳……（为李旦披上衮袍）

李　旦　　太后！儿臣惶恐……

武则天　　（唱）摩挲衮袍十二章。

　　　　　　　　一章一纹各有意，

　　　　　　　　说与新君细参详。

李　旦　　洗耳恭听。

武则天　　（唱）日月星辰号"三光"，

　　　　　　　　明明天子照万方。

　　　　　　　　不动如山凌千丈，

　　　　　　　　变化似龙恣高翔。

　　　　　　　　藻纹冰清、火纹旷亮，

　　　　　　　　黻纹智广、黼纹坚刚。

　　　　　　　　最紧要星点点粉米绣琳琅……

李　旦　　这"粉米"之意？

武则天　　（唱）圣天子给养生民劝农桑。

　　　　　　　　但祈四海皆沃壤，

　　　　　　　　一涝一旱总牵肠。

说什么、九五尊、锦绣江山在指掌，

沉甸甸、衮与冕、要儿俯首独支扛。

怜抚我儿双肩嫩，

不觉一声叹息长！

李　旦　　母亲！孩儿年方二十、才轻德薄，万万担不起江山之责、社稷之
　　　　　　重！太后必欲儿臣登基，李旦不敢强辞；然为江山社稷计……

武则天　　江山社稷？

李　旦　　恭请母后，临朝称制，决断天下！

武则天　　决断天下！

李　旦　　儿愿居别殿，修身养性、不预朝政。伏乞太后，亦无推辞。

武则天　　这个……也罢。皇帝款诚如此，哀家不敢辞。

　　　　　　〔切光。

# 第四折　　面碑

　　　　　　〔幕后吟唱：

神功不测兮运阴阳，

包藏万宇兮孕八荒。

天符既出兮帝业昌，

愿临明祀兮降祯祥。（武则天《唐大飨拜洛乐章》）

　　　　　　〔金鼓声急，李敬业军队喊"勤王护驾、匡复李唐"过场。

　　　　　　〔驸马府，太平公主逗弄婴儿，上官婉儿上。

上　官　　公主喜获麟儿，太后欢喜万分，特赐长命锁一副、玉如意两双。
　　　　　　（俯身）小公子天庭饱满，当真福相！

太　平　　王侯之家，还是生女儿的好。婉儿，闻说李敬业作乱扬州、应者云
　　　　　　集，可有此事？

| 上 官 | 疥癣之疾，公主宽心。 |
|---|---|
| 太 平 | 又闻叛军皆言，故太子李贤亦在扬州，他号令天下，起兵复国…… |
| 上 官 | 哪有此事？是李敬业觅得个厨子…… |
| 太 平 | 一个厨子？ |
| 上 官 | 好似李贤模样，着他装神弄鬼、诓骗天下！ |
| 太 平 | （惆怅）他若真长得像贤哥哥，我倒想见见哩。 |

　　［灯渐暗，二人下。

　　［转景，乾陵。

　　［李旦内唱：

　　　　　归葬先帝上梁山……

　　［李旦扶武则天上。

| 李 旦 | 日暮风冷，太后小心。 |
|---|---|
| | （唱）扶持母后步姗姗。 |
| 武则天 | （唱）松柏成列司马道， |
| | 　　　华表蟠龙伴永眠。 |
| 李 旦 | （唱）一边厢石鸵敛翅花间站， |
| 武则天 | （唱）一边厢翼马踏云天地宽。 |
| 李 旦 | （唱）一边厢翁仲低眉空挂剑， |
| 武则天 | （唱）一边厢青狮昂首气轩轩。 |
| 李 旦 | （唱）身登坡北蓦回首…… |
| 武则天 | 呀！ |
| | （唱）横峰一双到眼前！ |
| | 好！依山为陵、风水奇绝，皇帝督营得好！ |
| 李 旦 | 梁山三峰，主峰在北，先帝灵柩已入地宫；南面双峰绵连，正对东西两阙。依母后旨意，西阙之侧，立此《述圣纪》碑，以光先帝之德；那东阙之侧…… |
| 武则天 | 东阙之侧，留地一方，以立哀家之碑。 |

李　旦　　是。

武则天　　百年之后，我与先帝合葬于此，依依永伴。

李　旦　　是。

武则天　　我那碑石，须与先帝之碑等高！

李　旦　　（一怔）等高么……孩儿记下了。

武则天　　（抚摩述圣碑）先帝啦……雉奴！

　　　　　（唱）夫婿一去唤不回，

　　　　　　　　冢前空余述圣碑。

　　　　　　　　一行一列摧心肺，

　　　　　　　　一笔一画别样悲。

　　　　　（唏嘘）这碑上刻字，还是显儿手书哩。

　　　　　（唱）八千楷书万古垂，

　　　　　　　　那书丹之人孤雁飞！

　　　　　　　　他日泉下重相会，

　　　　　　　　怎叫娥眉对须眉？

李　旦　　三哥被废，远迁均州，骨肉情深，太后何不将他召还？

武则天　　这倒不消。只是泉下见着先帝，有些儿面羞。

李　旦　　（莞尔）这话……好耳熟啦。

武则天　　正是："一抔之土未干，六尺之孤安在？"

李　旦　　（一惊）啊？

武则天　　"试看今日之域中，竟是谁家之天下！"

李　旦　　（更惊）此、此乃李敬业乱军檄文……

武则天　　何人之作？

李　旦　　丧心病狂、大逆不道！

武则天　　何人所写？

李　旦　　是婺州狂生骆宾王手笔……

武则天　　好胆量、好文采！使此人流落乡野，宰相之过也！

李　旦　　母后……

武则天　　皇帝。扬州之乱，短短数日，响应之人，已逾十万。朝臣有言，只
　　　　　为皇帝年已弱冠，哀家依旧临朝称制，授人以柄、四海惶惶。但得
　　　　　哀家归政于你，不用一兵一卒、一刀一枪，叛军必土崩瓦解、不战
　　　　　自败……

李　旦　　（急切）何出此言，不敢闻之！喏。朕躬尚在，那李敬业却道李贤
　　　　　未死，假名托姓、故弄玄虚！说甚匡复李唐，分明犯上作乱！太后
　　　　　神兵一到，定当横扫妖氛、涤荡寰宇！

武则天　　皇帝圣明，合该紫宸殿上坐。

李　旦　　母后说笑、说笑了！

武则天　　旦儿啦。

　　　　　（唱）陵前之语岂调笑，

　　　　　　　　愿将朝政归儿曹。

李　旦　　这个……孩儿万不敢受！

武则天　　（唱）你自金殿掌宗庙，

　　　　　　　　我退深宫且逍遥。

李　旦　　万万不敢！

武则天　　（唱）从今后、礼乐刑政向你报，

　　　　　　　　再不见、紫帘一道廷上飘。

　　　　　　　　再无国事催我老……

李　旦　　母后！

　　　　　（唱）孩儿但求远尘劳！

武则天　　你乃先帝之子、天潢地胄……

李　旦　　（唱）娘亲啦，手足排行我最小，

　　　　　　　　从无远志羡唐尧。

武则天　　弘儿死、贤儿废、显儿逐，你便是大唐天子！

李　旦　　（唱）河山万里民千兆，

怎与庸才一肩挑?

| 武则天 | 哀家年老力衰，难道听政到死不成? |
| --- | --- |

李　旦　（唱）啊呀呀……偏是李旦少计较，

该当太后著衮袍!

武则天　皇帝说笑、说笑了。

李　旦　母后啦!

（唱）陵前之语岂调笑，

愿返林泉按玉箫。

治国安邦，实非孩儿之志! 儿平生所愿，一案琴、一管箫，足矣!

（怀中取箫）母后请看。

武则天　这不是我儿六岁学乐之时，我与你的引凤箫吗?

李　旦　正是。昼习夜练，朝夕不离!

武则天　既昼习夜练，奏一曲我听。

李　旦　母后爱听《沧浪》还是《流泉》?

武则天　你奏一曲《黄台瓜辞》我听。

李　旦　呀……好不心怯!

武则天　怕的什么?

李　旦　只怕奏不好，又怕奏得忒好了。（按箫，悠悠声起）

武则天　好凄婉人也! 乐为心声，皇帝让国，是真是假?

李　旦　太后归政，是假是真?

武则天　真真假假姑且不论，哀家只望母子相安。

李　旦　假假真真亦都不论，孩儿但愿母子相安!

武则天　皇帝今日之心，哀家见矣，只怕来日，再生后悔……

李　旦　此心不移，更无后悔! 太后不信，朕发个誓儿与你!

武则天　啊?

李　旦　啊?

武、旦　（长笑当哭）哈哈哈……

李　旦　　列祖列宗在上，我李旦，愿让国于太后，今生今世，不预朝政，若生悔意、自食其言，便叫我众叛亲离、不得善终！天鉴之、天鉴之！

武则天　　（苦笑）这话……也好耳熟呀。旦儿，自你长兄李弘早夭，哀家心心念念、一家和乐。奈何贞观殿内，失了先帝；慈恩寺中，失了贤儿；大明宫里，失了显儿；而今这山陵之上、碑阙之前，又要失了旦儿你么？

李　旦　　孤家寡人，自古皆然。

武则天　　旦儿……

李　旦　　告退了。（下）

武则天　　旦儿、旦儿……唉，叫不转了。（偎述圣碑）雉奴、雉奴！百代功过，你这碑文哀家亲撰；不知来日我那碑文，何人所书、怎生编排？喏，媚娘身后碑碣，就立于此，与你一样的坐北朝南、比肩等高，朝朝暮暮、辉映双峰……呀！

　　　　　（唱）眺残阳散落了斑驳树影，

　　　　　　　　恍惚惚见石碑高耸入云。

　　　　　　　　密麻麻参差间雕名凿姓，

　　　　　　　　恰好似镌流光阴文阳文。

　　　　　　　　蓦地耳畔呼声紧……

　　　　　［幕后内声："媚娘、媚娘……"

武则天　　雉奴？定是雉奴唤我！媚娘来也、媚……呀！（惊见）

　　　　　（唱）身堕寒窟一片冰！

　　　　　　　　太太太宗皇帝！

　　　　　［虚幻的石碑里，唐太宗浮现。

唐太宗　　媚娘，汤药哪里？进汤药来！

武则天　　（虚拟奉药）是、是……是。

　　　　　（唱）汤药掌中端不稳……

唐太宗　（变色）哼，你做的好事，朕当真不知么！

武则天　不、不……不！（畏缩转为坚决）

　　　　（唱）不肯红颜伴青灯！

　　　　〔唐太宗隐下。

武则天　（唱）又闻得幽淡淡炉香宫粉，

　　　　　　　嗔莺燕一阵阵笑传银铃。

　　　　姐姐，是姐姐！小贺兰也成大姑娘了！

　　　　〔远处一双美人身影，武则天误作姐姐甥女，近前一看，竟是王皇
　　　　后与萧淑妃！

武则天　（唱）却原来鸳鸯锦泪染血浸……

王皇后　（轻摇臂弯）昭仪你看，襁褓之中，小公主笑得好甜啦。

萧淑妃　阿武、阿武，何其歹毒！愿来世我为猫、你为鼠，饮你血、啮你
　　　　骨！喵、喵……喵！

武则天　（唱）喵喵儿叫得人毛骨森森！

　　　　杀、杀……杀！来人、快来人！

　　　　〔王皇后、萧淑妃隐下，长孙无忌、上官仪等群臣上。

武则天　（唱）千呼万唤无一应，

　　　　　　　只见济济尽簪缨。

　　　　　　　嗤我家世本凡品，

　　　　　　　恼我承宠专君恩。

　　　　　　　个个切齿将我恨，

　　　　　　　骂我是乱国殃民的荧惑星！

长　孙　武氏前朝宫人，怎可为妃？

上官仪　武氏性本凶顽，理当废后！

臣　甲　秽乱宫闱，荼毒忠良！

臣　乙　诛姊屠兄，弑君鸩母！

武则天　（唱）他那里一回回布坑设阱，

我这里一番番死里逃生。

褪去了娇怯怯烂漫心性，

练就了哀艳艳蝎毒蜂针！

柔肠早随秋风硬……

［众臣隐下，幕后内声："娘、娘……"

**武则天** （唱）闻儿一唤又回春！

［少年李弘、李贤、李显、李旦上。

**武则天** （唱）芝兰满堂天生俊，

绕膝之乐喜不胜。

但恨年月催稚子，

一旦成人便分君臣！

弘儿、贤儿、显儿、旦儿……来呀、到娘这里来！

**李　弘** 一摘使瓜好……

**李　贤** 再摘使瓜稀……

**李　显** 三摘犹自可……

**李　旦** 摘绝抱蔓归……

［李弘、李贤、李显、李旦下。

**武则天** （追之不及）儿啦、儿啦！雉奴我夫，孩儿们哪里去了？你又哪里

去了？

（唱）倏忽之间四野静，

为什么不见雉奴月下迎？

四十年夫妇两交颈，

雉奴啦，你知我几多悲泪和血吞。

几多冤苦强颜忍，

几多责守一力擎。

为什么你闪闪躲躲将我避，

难道是嗔我怨我才不现身？

罢罢罢，待等泉壤重逢日，

拽住了衣带再问分明！

我今独坐斜阳里，

幽魂一缕入乾陵。

于无碑处见谥碑，

于无铭处诵墓铭！

忽然袅袅传钟磬……

　　［幕后内声"阿弥陀佛……"，释空上。

武则天　　大师！正要请教，哀家之碑，该当作何褒贬？

释　空　　碑在哪里？

武则天　　在这里。

释　空　　碑在哪里？

武则天　　在这里！

释　空　　善哉善哉。

　　　　　（念）菩提本无树，

　　　　　　　明镜亦非台。

　　　　　　　本来无一物，

　　　　　　　何处惹尘埃？（隐下）

武则天　　呀！

　　　　　（唱）叹萧瑟、又澄明。

　　　　　　　纷纷扰恩与仇数之不尽，

　　　　　　　缭缭乱满目介过客归人。

　　　　　　　坚心意哪怕它花凋叶损？

　　　　　　　坦襟怀何愁的月隐星沉？

　　　　　　　百代是非各有论，

　　　　　　　千秋褒贬总纭纭。

　　　　　　　恰似朗朗高天外，

一时风雨一时晴。

何须铭文凿勋业，

地作席、天作盖、山为陵、立一座无字碑、傲然天地似狂吟、

平生功过任人评、任人评！

［幕后李治之声传来"媚娘、媚娘……"，武则天似闻非闻。

**武则天**　媚娘？媚娘……这个"媚"字，到底轻薄了些。

［灯渐暗。

［字幕：天授元年，武则天以"曌"为名，称帝。又十五年后，武则天病逝，遗命归葬乾陵，立无字碑，以传后世。

［全剧终。

## 附：妻子、母亲与皇帝——《无字碑》创作

《无字碑》是西安三意社（今西安市秦腔二团）之约稿。武则天是个褒贬不一的人物。她之治政，上承贞观盛世，下启开元天宝，自有其重大意义，然她荼毒李氏、重用武姓，也颇被诟病。《无字碑》之题旨，自然可解为：权力对人性的异化。可该回答还是太"泛意"，哪怕这一点，在武则天身上，确实表现得尤为清晰、极端。可若仅用"异化"来包裹武则天，我仍认为不够。她太复杂、太多元，就像无字碑一样，叫人无法评判。我又想：世上或许真有这么些人，很难用某个"题旨"去概括他们。他们从掀天的飓浪、淋漓的血色、锐利的荆棘中行来，其"存在"本身便是"价值"、便是"意义"。武则天，无疑便在此列。

那么，选择怎样的切入点、搭建何种人物关系呢？有人写武则天与上官婉儿之情仇，有人写武则天与狄仁杰之知遇，也有人将注意力集中在武后治国上。然而，若论治国，那唐宗宋祖、康乾盛世，都强过武则天。她，不是唯一的，甚至某些情节或人物关系，也可以被替换！那她的唯一性、不可替换性何在呢？在于：武则天，是中国历史上独一无二的女帝！所以，我与院团交流时说，我要写的，是身为女性，武则天怎样一步步登临帝位。

比起写她与长孙无忌、上官仪等朝臣之争，她与萧淑妃王皇后之斗，比起写她怎样平息朝野议论、怎样面对世人口舌，我更想写的，是她与丈夫、儿子之间的情感交缠。就封建帝制传承而言，拦在武则天面前的，最主要有五个人——李治、李弘、李贤、李显、李旦，五位合理合法的帝位继承者！与官员后妃之争，再残酷，对武则天来说，都不会有锥心之痛；可这五个人，却是她最亲近的家人！换言之，她要走上至高无上的皇位，就必须将丈夫与儿子们，一个一个弃之身后！

想到这里，戏剧基本结构就有了，四场主戏，分别主要对应武则天与李

治（《钩心》）、与李贤（《进饼》）、与李显（《入戏》）、与李旦（《面碑》）的"交锋"，李弘早夭，故不正面出现。不过，虽然是以武则天为中心向丈夫、孩子们发散，但全剧是有明显推动线的，这一线索，从"无字碑"中来。

乾陵，是李治、武则天合葬之地，无字碑与述圣纪碑两两相对。历史学家分析，从碑石坐落及周边环境可见，早在乾陵初建，武则天已定好了自家无字碑的位置。这直接决定了本剧的"开端"与"结束"：始于李治之死，终于乾陵建成（第二、三、四折，每一折都点到了乾陵之建筑状况），短短一年多的时间里，帝位几度更迭，武则天一一越过了丈夫儿子，君临天下。

也就是在《无字碑》之创作中，我惊讶地发现，戏曲念白竟可以有这么多"言外之意"。古典戏曲往往对人物之"复杂性"不做过多要求，杜丽娘、柳梦梅、陈妙常、潘必正……都十分单纯，其唱念大多"有一说一"，不甚具备"多义性"。可《无字碑》不一样，若用写杜丽娘的法子写武则天，必定谬以千里！武则天大多数话，不全是"真"的，却也不全是"假"的——该"矛盾"从根本上，来源于她人性之复杂：身为天后，她要夺取儿子们的皇位，是真的；身为母亲，她深爱他们，却也不假。"真真假假""虚虚实实"之间，蕴藏着巨大的戏剧能量，人物塑造也借此完成。

每一折开头，我都用武则天的诗文衔接：《如意娘》之缠绵多情、《高宗天皇大帝哀册文》之肝肠寸断、《腊日宣诏幸上苑》之满怀得意、《唐大飨拜洛乐章》之恢宏无垠……既与剧情有机关联，也呼应了人物不同时期不同的心境情绪。

至于具体写作技巧，单场层次也都暗合起承转合之义，以第一折《钩心》为例。

第一个层次（起），李治病危，武则天迟迟不到。做什么呢？她在梳妆，唱词写尽了武后之雍容华贵，也写出了她怆凉、克制的心境，同时，用内侍"三催"推动节奏。及至内侍报说皇帝晕了过去，武后急了，怎么表现呢？用一个细节：连鞋都顾不上穿。上官婉儿捧着凤舄急急匆匆追了出去。

与此同时，李治在病榻上悠悠醒转，看到三个儿子都跪在身边，独独不见皇后，不免忐忑忌惮。唱段中"处理朝政""佛前祈祷"等猜测都是虚晃一枪，男人真正担心的，是妻子"别有计较"。唱段将终时，武则天来了。

夫妻见面这一小段，可以视作一个小楔子。与奄奄一息的丈夫相比，武则天荣光明艳、气势非凡，强烈的对比更加重了李治的不安。他甚至觉得，她是"示威"来了。此时，再用寥寥几句念白，点明武则天与次子李贤之间的紧张关系，李治想要缓和二者，但很明显，他失败了。

第二个层次（承），试探与反试探。在生命的最后时刻，李治急欲表达的，不是夫妻父子之情，而是王朝之存续、皇位之归属。他再不能约束武则天了，还能做点什么呢？他用了个"欲擒故纵"的法子。回忆与妻子相伴三十年的人生并对她表示感谢、推崇，随后，当着三个儿子之面，说：愿以江山相让！武则天的回复，是一段对称的唱，她唱了夫妻的恩情，也唱出了自家之谦逊，她明知李治是在"试探"自己，却没有简单地如他所愿，表达忠诚，而是将"试探"毫不留情地掷了回去！那句"臣妾遵旨许相从"，多么锋利，简直是无情的谑弄，而那句"又若是为夫的试探挑弄"，则又是悲哀，又是嘲笑。当此之时，李治不好承认他确在"试探"，只能硬着头皮往下说。一面急于自证真诚，一面不肯放弃心计，只好将"先帝"拿出来说事，要对方发誓。发誓时，武则天心中，何等唏嘘、悲凉，而当她最终违背了誓言时，她亦有了承担一切后果的"自觉"。

在第三个层次（转）之前，我们需要"清场"了。要将三个儿子都"赶"下去，把舞台单单留给武则天与李治二人。至于李治对李显之叮嘱、再度试图修复武则天与李贤的关系，都是为下文做铺垫的小细节。孩子们离开了，夫妻面面相对，向着他们心灵更深的地方进发。

"转"关注的，是李治、武则天这种又爱又忌、钩心斗角、彼此警惕又彼此依恋的特殊关系之"养成"。他们到底怎么一路走来直至如今？他们心中对对方，真真正正的，怀抱着怎样的情感？两人都暂时脱下了层层叠叠的铠甲、掩饰，回归了"个体"，李治说"朕真个累也"、武则天说"陛下劳心，焉得不累"，都带有自嘲与调侃，但都不尖锐，甚至还有点儿打情骂俏的温暖。他们围绕皇后仪服，又展开了一小段对话。李治疑心这是她对权力之看重，武则天则告诉他，这是她在感念夫妻恩情。在情感表达渐入缠绵时，李治摸到了武则天的眼泪。

"忆三哭"，是"转"的主体。

"三哭"关联着极重要的三件事，从充满柔情的"点"进入，走入了残酷中的残酷。

李治谈到武则天之"第一哭"：感业寺重逢。既在回忆过往情感，更在强调天恩浩荡。的确，若无李治当年大胆、疯狂、罔顾人伦的决定，武则天定在青灯黄卷旁了却残生。李治——更是编剧意图——强调道：皇后若记这点恩情，但请莫忘记今日之誓。他的落点，还是在宗庙延续上。刚刚还很柔软的气氛，也因为他这一句强调，骤转冰冷。武则天紧接着谈了她"第二哭"：密谋废后。叙述旧事外，指向也很清晰，即李治之寡情负义！草诏的上官仪被天后斩杀，报信的裴力士被陛下斩杀——这两句对称的念白，意味深长。接下来，李治谈到了"第三哭"。但凡对武则天还有一点怜念，他就绝不该再提此事，可这，又恰恰是李治的"杀手锏"！他忍不住、又必须要"伤害"她，给她重重的一击！第三哭：襁褓中小公主之死！传闻武则天为固宠，亲手掐死了女儿并栽赃皇后！武则天一听这事，是真的愤怒了，当即要去！李治拉住她，说明本心：希望武后能善待李贤，将他召还（从编剧技法来说，这也是为了更好，更严密、流畅地展开第二折的内容）。

手段是这样的残忍！愿望是这样的卑微！二者间巨大的反差，不仅是李治、武则天之悲哀，更是帝王家亘古的悲哀！

最后之"合"，十分简练，即李治之死。李治临终终于喊了声"媚娘"，"愿与卿卿，来、来世相逢、相逢百姓家"。武则天呢，最后一次也是长久以来第一次、唯一一次喊了李治的小名"雉奴"。死亡卷走了恩怨，也拉开了新恩怨、新缠斗的幕布。

《进饼》主体围绕武则天"三食饼"展开，其中李贤讲述故友之死，以饼为载体，鲜血淋漓、耸人听闻，而收束于母子再不相容的决裂与母亲产子的柔情。《入戏》中的两大元素是参军戏与皇帝冕服，在看似轻松的观戏过程中，随着当众脱卸与当众穿戴一件皇袍，完成了皇位的更易。《面碑》分为两大块，一是武则天（正旦）与李旦（生）的对子戏，李旦之誓，与首折武则天之誓相呼应；二是武则天之独角戏，碑中映现的纷杳的人影，是她芸芸记忆的外化。具体技巧，不再一一赘述。

我尤喜全剧结尾。武则天面对一片空无，回想起平生遭遇过的朋友与敌人。起初她心里最想见的，是丈夫李治，可他迟迟不回应她的呼唤。及至太宗皇帝、王皇后、萧淑妃、姐姐与侄女、一众孩儿们"走马灯"似的在她眼前行过、她决意立一座"无字碑"后，李治的呼唤传来了。这个盼望已久的声音，此刻入耳，却轻轻飘飘、再没了分量。"媚娘？媚娘……这个'媚'字，到底轻薄了些。"她说出这句话，便是与过往的自己作别了。

从武媚到武曌：恰似朗朗高天外，一时风雨一时晴。

# 越剧《凤凰台》

## 人物表

李　白　　（生）

玉　真　　（闺门旦）

宗小玉　　（正旦）

孟浩然　　（末）

艄　子　　（丑）

高力士　　（生）

得　月　　（贴旦）

琴　心　　（贴旦）

扇　影　　（贴旦）

越剧《凤凰台》
全部片段赏析

## 第一折 追舟

［唐开元中，南京覆舟山。

［幕后，琵琶声中，李白吟咏：

　　　朝沽金陵酒，

　　　歌吹孙楚楼。

　　　两岸拍手笑，

　　　崩腾醉中流……

［孟浩然内声"船家……"上，艄子亦上。

孟浩然　船家，船家！快快解了缆绳，我要用船。

艄　子　用船？不去，不去。

孟浩然　我还没说远近，你怎就道不去？

艄　子　路近路远，一概不去。

孟浩然　多把船钱与你。

艄　子　钱多钱少，都不能去！

孟浩然　却是为何？

艄　子　喏，此山名唤"覆舟"，"覆舟""覆舟"，不就是沉船吗？行里规

　　　　矩，此处夜间，只许泊舟、不敢行船！

孟浩然　只许泊舟，不能行船？

［桨声遥遥，伴着琵琶之声，破空传来。

艄　子　（眺望）哪个不要命的，还在琵琶声声、飞桨游乐！

［李白内唱：

　　　飘漾漾乘月摇下覆舟山……

［李白醉上。

李　白　（跳上小船）快走、快追！

孟浩然　（劝之）贤弟、太白贤弟！且慢追舟，船家不肯！

李　白　心急火燎，怎说不肯？（揪住艄子，适逢琵琶声起）呀！

885

（唱）不提防清影错落冰弦传。

闻之能不心旌乱，

疾呼扁舟追锦帆！

艄　子　使不得、使不得！小的胆小，不敢前去！

李　白　（唱）俺则是：诗胆同天大，

酒肠海样宽。

解我紫绮裘，（解衣）

换君钓鱼船。

孟浩然　换不得、换不得！这裘衣价值百金！况你将赴长安、远别金陵，那

船儿……还追它作甚？

李　白　（唱）盏未空时须畅饮，

兴味起处当尽欢。

黄金争如一放缆，

追追追、赶赶赶、逐向那月下湖上、若隐若现，撩风拨云、

琵琶声鲜！

艄　子　好好好！渔船与你！（夺衣、悄语）今朝运气好，碰上个痴子！

李　白　艄子转来、船桨转来！

艄　子　裘衣转不来了！

李　白　是船桨转来！

艄　子　啊？（见掌中之桨）哈哈……倒是我痴了！（递桨，下）

李　白　来来来，夫子请。

孟浩然　啊？

李　白　请接桨！（递桨）

孟浩然　李白啦李白！上船的是你、换船的是你、要追船的还是你，怎么叫

俺接桨？

李　白　李白酒醉，打桨行舟，怕误了夫子性命！（再递）

孟浩然　我也不要去……

李　白　夫子宽厚，李白独行，又怕你放心不下！（三递）

孟浩然　这个……咳！说你不过，只得接了！（接之，上船）

李　白　哈哈哈……夫子请！（行船）

　　　　（唱）恼秋风声声儿把仙音吹淡，

　　　　　　　爱秋江袅腾腾送桨推舷。

　　　　　　　眺秋月洒澄波将秋山洗遍，

　　　　　　　盼秋波寸心儿荡飞秋千。

孟浩然　嗳！那弹琵琶的是男是女是老是少，你又不晓得，盼什么"秋波"、荡什么"秋千"？

李　白　夫子你听！

　　　　（唱）嘈嘈切切娇欲颤，

　　　　　　　好似细雨湿春衫。

　　　　　　　泠泠剔透泻不断，

　　　　　　　譬若丝萝相牵缠。

　　　　　　　男儿安得为此曲，

　　　　快走——快划！

　　　　（唱）追取拨弦玉纤纤！

孟浩然　这等起兴，那长安呢？难道你竟不去了？

李　白　那长安么……不急、不急！

　　　　（唱）长安宫阙望来远，

　　　　　　　今宵且作乐中眠。

　　　　　　　长安拜揖迎诗客，

　　　　　　　今宵弦歌更可怜。

　　　　　　　宁叫长安久相待，

　　　　　　　无负今宵丝上缘。

孟浩然　我看你呀，莫求仕进，且开染坊吧。

李　白　怎么说？

| | |
|---|---|
| **孟浩然** | 染坊阵中，红的红黄的黄蓝的蓝绿的绿，斑斓缭乱，真个好色！ |
| **李　白** | 取笑、取笑了！缥缥缈缈、仙乐引路，快追啦！ |
| | （唱）一声高追过了花滩柳岸， |
| | 　　　　一声低追过了青溪九盘。 |
| | 　　　　一声急追过了白下亭畔， |
| | 　　　　一声缓追过了秦淮秋繁。 |
| | 　　　　法光寺长干寺钟鼓唱晚， |
| | 　　　　饮虹桥朱雀桥月影潺潺。 |
| | 　　　　过眼六朝兴亡地， |
| | 　　　　尽是当年旧长安！ |
| | 　　　　琵琶杳杳诉幽怨， |
| | 　　　　聚似星云散如烟。 |
| **孟浩然** | 追不上了、划不动了！ |
| **李　白** | （唱）劳动夫子挥雨汗， |
| | 　　　　好叫李白愧不安。 |
| | 　　　　起坐把桨一相换……（持桨摇之） |
| **孟浩然** | （诧异，夹白）奇哉怪也！忽然识礼起来？ |
| **李　白** | 夫子闷头一路，何不抬眼一观？ |
| **孟浩然** | 抬眼一观？啊呀呀……追追追上了！ |
| **李　白** | （唱）相近两船咫尺间！ |
| | 　　　　但闻得桃花粉馨飘香泛， |
| | 　　　　又只见笙歌舫彩挂灯悬。 |
| | 　　　　小婢子奉石榴珍珠红绽， |
| | 　　　　美佳人怀琵琶斜倚雕栏。 |
| | ［玉真舟上，玉真背立，得月侍之。 |
| **李　白** | （唱）行舟飞桨疾如箭…… |
| **孟浩然** | （摇晃）李白！撞了、要撞上了！ |

〔李白将己之舟，撞玉真之舟；玉真身随舟摇，李白箭步上前，扶
　玉真之腰。

李　白　　姐姐当心。

　　　　　〔幕后合唱：

　　　　　　　把一个谪仙人撞上了瑶池仙！

玉　真　　先生存心来撞，何劳相扶？

李　白　　姐姐分明能闪，却又不避！

玉　真　　尾随半夜，当真狂且！

李　白　　弦歌半城，能不消魂？

玉　真　　还不放手，你待搂到几时？

李　白　　情倾一见，但求缘种今生！

玉　真　　缘种今生么？随我来。

得　月　　（对孟）老伯，休碍人眼，我们走吧。

孟浩然　　是是是，姐姐一声"我们"，由不得老汉不走了！

得　月　　（失笑）啐！（下，孟浩然随下）

玉　真　　先生请。

李　白　　姐姐请！

玉、李　　请请请！

李　白　　（唱）她款款婷婷拾阶上，

玉　真　　（唱）他梦里醉里步踉跄。

李　白　　（唱）山月似雪输颜色，

玉　真　　（唱）秋风扫叶笑轻狂。

李　白　　（唱）此身恨不为秋风，

　　　　　　　　吹起翩跹妙宫商。

玉　真　　（唱）恨不此身为山月，

　　　　　　　　来照诗人锦绣肠。

李　白　　（唱）半坡登台聊一望，

玉　真　　（唱）半江风物淡淡妆。

李　白　　（唱）由来美景留不住，

玉　真　　（唱）总是良辰盼夜长。

　　　　　　（唏嘘）此地何地，今夕何夕!?

李　白　　此凤凰山上凤凰台。姐姐到此，恰一似凤凰重来!

玉　真　　你倒不曾醉。

李　白　　原是不醉，见着姐姐，却醉得紧了。

玉　真　　先生哪里人氏?

李　白　　我么……家本金陵。

玉　真　　（失笑）一派胡言! 你祖籍陇西、出生巴蜀，怎说金陵?

李　白　　江左风流、六朝金粉，情之所钟，便作故乡了。

玉　真　　似这般，我也是金陵人了。

李　白　　哈哈哈，金陵人啦!

玉　真　　同乡难得，先生陪我一日如何?

李　白　　使得!

玉　真　　陪我一月如何?

李　白　　也使得!

玉　真　　陪我一年如何?

李　白　　这个……

玉　真　　情倾一见、缘种今生，也是你说的!

李　白　　姐姐有所不知!

　　　　　　（唱）天子重英豪，

　　　　　　　　　旨喻紫阁招。

　　　　　　　　　四海弹剑布衣客，

　　　　　　　　　争赴凤阙荐才高!

玉　真　　（夹白）正是。今岁千秋节，天子下诏，四海招贤。你……

李　白　　（唱）我是个北溟鲲潜跃呼啸，

怎能不喷荡起万丈惊涛?

我是个垂云翅翻飞鹏鸟,

少不得同风起九天扶摇!

但愿个刘玄德茅庐三造,

等不及渭滨人钓白了鬓毛。

因此上,顾不得流连芳草,

撇漾了管乐笙箫。

辜负这月明花好,

辞别尽酒友诗交。

今日里、一卷书、三尺剑、走马扬鞭长安道,

归来时、璧玉轩、赤金印,小儿争看锦衣袍!

玉　真　如此说来,那长安,你非去不可?

李　白　非去不可。

玉　真　不去不成?

李　白　不去不成!待等小生腾达之日,定返金陵相寻姐姐!

玉　真　这却不必说了。你、你去吧。

李　白　告辞了!(欲下)

玉　真　先生……转来、转来!

李　白　在此、在此!

玉　真　李白、李白,我晓得你哩!"山随平野尽,江入大荒流""飞流直下三千尺,疑是银河落九天""两岸青山相对出,孤帆一片日边来"……这一篇一篇、一行一行、一字一字,我皆手书百回……

李　白　手书百回?

玉　真　心咏千遍……

李　白　心咏千遍!

玉　真　朝夕思之,但求一见。今日邂逅,实三生之幸。告辞了。(欲下)

李　白　姐姐……转来、转来!

| 玉　真 | 在此、在此！你敢是不走了？ |
|---|---|
| 李　白 | 好姐姐。金陵酒肆之首，乃覆舟山上孙楚楼；孙楚楼中之最，乃十年一酿女儿红；世人饮之，或醉一日…… |
| 玉　真 | 或醉一日…… |
| 李　白 | 或醉一月…… |
| 玉　真 | 或醉一月…… |
| 李　白 | 却醉不得一年啦！ |
| 玉　真 | 醉不得一年！ |
| 李　白 | 那长安，我欲经纶天下、不可不去；又牵念姐姐，颇怀依依。愿假翰墨，题此粉墙照壁之上，以慰多情、以志今夕！ |
| 玉　真 | 奴家拨弦，以添诗兴、以饯远行。 |

　　〔玉真弹奏琵琶，激越凄婉，李白挥毫照壁，墨迹淋漓。

　　〔幕后吟咏《凤台曲》：

　　　　尝闻秦帝女，传得凤凰声。

　　　　是日逢仙子，当时别有情。

　　　　人吹彩箫去，天借绿云迎。

　　　　曲在身不返，空余弄玉名。

　　〔灯渐暗。


# 第二折　再别


　　〔次年秋，长安终南山，别馆廊上。

　　〔众侍女及琴心、扇影奉珍玩佳肴，鱼贯行过。

　　〔高力士上。

| 高力士 | （念）赤胆事君王， |
|---|---|
|  | 　　冷眼看炎凉。 |

> 贵贱如流水，
>
> 哪个得久长？

　　　　琴心、扇影。别馆之内，新客脾性如何？

**琴　心**　禀公公。样样皆好，只有些儿浮浪。

**高力士**　饮食怎样？

**扇　影**　大快朵颐，顿顿都讨酒喝。

**高力士**　嗳！他喝的是酒，吐出来的却是数不尽的金银珠宝、享不完的富贵荣华！

**琴、扇**　公公怎说？

**高力士**　想王维初来，何等穷酸、多少落拓，现今呢？

**琴、扇**　（对视、恍然）现今……啊呀晓得了！

**高力士**　好生侍奉！

**琴、扇**　是。（三人分下）

　　　　［别馆内室，李白持杯上。

**李　白**　绵绵秋雨，何时得了！

　　　　（吟唱）愁坐金张馆，沈沈忧恨催。

　　　　　　　　清秋何以慰，白酒盈吾杯……

　　　　［琴心、扇影上。

**琴、扇**　相公衔杯，我等把盏。

**李　白**　二位姐姐，来得正好！小生方入长安，便被个紫衣内臣，引来此地……

**琴　心**　相公姿貌，俊过王郎。请，干！

**李　白**　一晃三月，好酒好菜，供奉至今。

**扇　影**　相公诗才，高过王郎。请，干！

**李　白**　只道是贵人引荐，早晚当有旨意。

**琴　心**　相公前程，定也强过王郎！请，干！

**李　白**　却不知贵人为谁，那王郎……又是谁？

| 扇　影 | 王郎么，乃前科状元、太常寺太乐丞王大人！ |
|---|---|
| 李　白 | 你是说那王维—— |
| 琴　心 | 他呀，去年春天，便坐在你这位儿上！ |
| 李　白 | 噢！这个位儿，是他坐过的…… |
| 琴、扇 | 是他坐过的！（笑下） |

〔玉真内唱：

　　　　香车匆匆返终南……

〔玉真上。

| 玉　真 | （唱）门前整我茜罗衫。 |
|---|---|

　　　　一日不见似三岁，

　　　　一岁不见心未单。

　　　　只为三百六十日，

　　　　夜夜君诗伴我弦。

　　　　侧耳不觉笑靥展……

| 李　白 | 姐姐对酌，一醉方休！二位姐姐，哪里去了？ |
|---|---|
| 玉　真 | （推门而入）你家姐姐，真个是多！ |
| 李　白 | （唱）梦舟一叶载我还！ |
| | 啊呀呀，李白醉矣，又梦你了。 |
| 玉　真 | （失笑）先生快快醒来！（推座） |
| 李　白 | （跌倒、举目）啊呀呀，今番相见，竟不是梦？ |
| 玉　真 | 是当真。 |
| 李　白 | 姐姐如何到此？ |
| 玉　真 | 再不来此，只怕你的姐姐，尽被别个做去了！ |
| 李　白 | 别个姐姐，叫在嘴上；你这姐姐…… |
| 玉　真 | 怎样？ |
| 李　白 | 唤在心头！好姐姐！ |
| | （唱）一从车马向长安， |

顾眄金陵何怅然！

一日不见似三岁，

一岁不见心未单。

只为三百六十日，

卿弦夜夜绕毫端。

千回万转心头唤……

玉　真　哪个信你！

李　白　你若不信，我赌个咒儿你听！

玉　真　好呀，你赌个咒儿来。

李　白　李白句句是实，若有欺诓……

　　　　（唱）便叫我……

玉　真　叫你怎样？

李　白　（唱）便叫我求财不得财、求官不得官、屋漏逢霖雨、狂风阻行船、

　　　　落得个冷冷凄凄、凄凄惨惨、冷冷凄凄、凄凄惨惨、流离一

　　　　世形影残！

玉　真　（失笑）这等毒誓，张口就来。若叫天子闻之……

李　白　天子闻之？

玉　真　定把你批作"轻薄"！

李　白　姐姐识得天子？你你你难道教坊中人？

玉　真　休胡猜。

李　白　名宦侍儿？

玉　真　莫乱语。

李　白　后宫之宠！？

玉　真　一发狂言！少些攀扯吧。一别经年，何不问我，身往何处、相逢何

　　　　人、流连何事、何故来迟？

李　白　别后之遇要问，眼前之事么，更要问！

　　　　（唱）一入长安身似梦，

内廷接引到别宫。

玉　真　（唱）本该春归早重逢，

　　　　　　　爱君诗痕游其踪。

**李　白**　（唱）醒醒醉醉百余日，

　　　　　　　更无片言解谜丛。

　　　　　　　好似飞鹏剪双翅，

　　　　　　　一把金锁困豪雄！

玉　真　（唱）峨眉箫管云间弄，

　　　　　　　锦城楼头散千红。

　　　　　　　广陵歌罢烟花曲，

　　　　　　　庐山再觅不老松。

**李　白**　（唱）姐姐若识天子面，

　　　　　　　为我雾里指西东。

　　　　　　　姐姐不识天子面，

　　　　　　　我再不枯坐等成空！

玉　真　（唱）山山水水与君共，

　　　　　　　冰雪心肠为词浓。

　　　　　　　天公与世添颜色，

　　　　　　　方贬太白红尘中。

**李　白**　（失笑）哎，当真"公说公"……

玉　真　（亦笑）"婆说婆"……

**李　白**　（调侃）啊？

玉　真　（含羞）啐！先生之言，尽入我耳；

**李　白**　姐姐之语，铭在我心。

玉　真　先生欲觐天子，三日之内，当有回音；

**李　白**　姐姐行游之处，我诗为伴，我亦伴之！

玉　真　可恼奴家，原该兼程昼夜，早来见你；

| 李　白 | 幸甚小生，于此迁延日久，方得见卿！ |
| --- | --- |
| 玉、李 | （凝望）先生……／姐姐…… |

　　［高力士内声"李相公……"，喊上。

| 高力士 | 李相（公）……（见玉真）呀！公主回来了！ |
| --- | --- |
| 李　白 | （见高，指之）便是此人，引我到此！姐姐…… |
| 高力士 | 大胆！ |
| 玉　真 | （止之）无妨。 |
| 高力士 | （敛手）是。天子今早，还念叨公主哩。 |
| 李　白 | （疑惑）你?! |
| 高力士 | 道是太乐王大人新制琵琶三叠，欲与公主共赏…… |
| 李　白 | （怔忪）她—— |
| 高力士 | 却不知公主闲游，归来何时。 |
| 李　白 | （失落）我、我好愚也！竟把个金枝玉叶，错作了路柳墙花！哈哈……告辞、告辞！ |
| 玉　真 | 李白！实不相瞒，我乃先帝之女，当今天子的九妹！ |
| 李　白 | 你瞒得好！ |
| 玉　真 | 心慕先生诗才，琵琶一曲，径往相寻！ |
| 李　白 | 你骗得好！ |
| 玉　真 | 又着人迎你于长安，只待今日重逢！ |
| 李　白 | 你戏弄得好！（欲下） |
| 高力士 | （阻之）相公留步、留步！ |
| 玉　真 | （止之）他既将我真情，疑作假意，且由他去。 |
| 李　白 | 公主非假。 |
| 玉　真 | 你若待以假意，负我真情，留也无益。 |
| 李　白 | 李白是真。 |
| 高力士 | 那你还咋咋呼呼、走个什么？李白啦李白，你既来长安，不肯科举，又好功名，少不得官宦作保、贵人举荐！九公主可是与天子 |

897

共过生死的，万岁爷对她，那叫言听计从！你啊，别穿寒衣摇夏扇——不知冷热！

李　白　噢？

高力士　苍蝇叮菩萨——不知好歹！

李　白　咦？

高力士　狗坐轿子——不识抬举！

玉　真　哆——

高力士　老奴多嘴、多嘴了。可这李白，他走得没道理呀！

李　白　公主……小生与你，有尊卑之分、天壤之别，不动真情，尚可敷衍；若动了真情，不去而何？不去而何！况且这个位儿……（指之）

玉　真　这个位儿……

李　白　是王维坐过的，是他坐过的呀！哈哈哈……（下）

高力士　我道为何，原来是吃飞醋！（追之）李相公、李相公——

玉　真　不消追了。

高力士　公主与王相公，是一清二白！

玉　真　无关飞醋。唉……去岁王维之事，你可还记得？

高力士　王相公之事么，人人记得！

　　　　（唱）去岁别馆家宴开，

　　　　　　　岐王引得一人来。

　　　　　　　身上伶装绣五彩，

　　　　　　　宝相琵琶揽在怀。

　　　　　　　缓抹轻拨《郁轮袍》，

　　　　　　　直叫公主叹妙才。

　　　　　　　亲身下座问名姓……

玉　真　竟是王维，骇人一跳！

高力士　公主见状，只说了一句……

玉　真　"以君之才，何用拜人？"

| 高力士 | （唱）点上金榜凌云台！ |
|---|---|

只因公主垂青，万岁爷才将王相公点作头名状元！偏是李白不识时务，到手荣华，弃之而去！

| 玉　真 | 他不是王维…… |
|---|---|
| 高力士 | 刺头儿、一根筋！ |
| 玉　真 | 他又怕世人，将他疑作王维！ |
| 高力士 | （悄语）王相公的风评，是有些不体面。 |
| 玉　真 | 李白、李白……你这性儿，好叫人恼煞、爱煞！（哼吟）欲语泪先噎……（泪下） |
| 高力士 | 这这这又哭了！公主，世上男人多的是，你何必盯牢个李太白？ |
| 玉　真 | 世上美人儿多的是，那三哥，又何必盯牢个杨玉环！ |

　　　　〔切光。

## 第三折　　断水

　　〔金陵，秦淮桃叶渡。

　　〔艄子摇船、载孟浩然上。

| 艄　子 | 客官，立稳了！（摇船） |
|---|---|

　　　　（唱）青天垂玉钩，

　　　　　　　秦淮逐东流。

　　　　　　　欲饮迎婚酒，

　　　　　　　贺诗先自投！

| 孟浩然 | 噢？要吃酒，先作诗？ |
|---|---|
| 艄　子 | 不错！今朝凤凰台上，李白要成亲了！ |
| 孟浩然 | 想他飘零半世，终得所栖，不免远来，讨杯喜酒！ |
| 艄　子 | 新娘子发话，贺诗之中，必有个"春"字。作得好，送到台前；作 |

　　　　　　不好，摇了回去！

孟浩然　　哈哈……有趣、有趣！

艄　子　　你且莫笑，今朝我摇回去的客人，比送过去的还多。

孟浩然　　你送过去的，都是些什么诗？

艄　子　　喏。有个矮个子……

孟浩然　　矮个子？

艄　子　　吟道："明月随良掾，春潮夜夜深。"

孟浩然　　啊呀王昌龄、王昌龄来了！

艄　子　　又有个大块头……

孟浩然　　大块头？

艄　子　　吟道："春来倾千盏，愁去饮百壶。"

孟浩然　　那是郭子仪！

艄　子　　还有个瘦秀才……

孟浩然　　瘦秀才？

艄　子　　吟道："好雨知时节，当春乃发生。"

孟浩然　　杜甫、果然杜甫也赶来了！

艄　子　　前面便到凤凰台。你再无诗，我就掉头了！

孟浩然　　慢来、慢来。

艄　子　　把你摇回去了！

孟浩然　　有诗、有诗！

　　　　　　（唱）春眠不觉晓，

　　　　　　　　　处处闻啼鸟。

　　　　　　　　　夜来风雨声，

　　　　　　　　　花落知多少！

　　　　　［李白内声："哈哈，孟夫子，你来了……"上。

李　白　　（唱）远闻诗声拍手笑，

孟浩然　　（唱）近看新郎红绣袍。

弟妹恐非等闲女，

李　白　（唱）拦下几多秦淮潮。

孟浩然　（唱）敢是当年琵琶俏？

李　白　（唱）邀君痛饮醉今朝！

孟浩然　那王昌龄、郭子仪、杜子美，个个海量，则怕喝穷你也！

李　白　不怕、不怕！有道是"千金散尽还复来"，啊？

孟浩然　啊？

李　白　哈哈哈……呀！（桨声急起）

（唱）忽闻得哗哗儿江流飞棹，

孟浩然　（夹白）谁家座船，急驶如飞？

李　白　（唱）又闻得咿呀呀弄管吹箫。

连成片珠闪金耀，

夺人眼锦带高飘。

孟浩然　（夹白）想是来与你贺喜的？

李　白　（唱）布衣人哪识这高门当道……

走走走！

〔幕后内声："李白且住！"

〔一声接一声，急促响亮："李白且住、李白且住！"

〔幕后内唱：

袅婷婷步上个帝子娇骄。

〔仪仗琳琅，玉真上，喜服高鬟、明艳非常。

李　白　是你？

玉　真　是我。

孟浩然　是她!? 啊贤弟，你所娶之人，竟不是她？

李　白　（苦笑）世上女子，难道只她一人？

玉　真　我今引羽林三百，玉钺开道；宫娥千人，宝扇扶拥；驱舟船百乘、载资夐无数，那连珠帐、澄水帛、火蚕锦、却寒帘……应有尽有；

那鹔鸘枕、翡翠匣、如意玉、龙涎香……一应俱全！李白！我是不请自来……

李　白　（接口）我既不曾请，你又何必来？

玉　真　借你一步……

李　白　大喜之日，我随你不得！

玉　真　情倾一见，缘种今生，也是你说的！

李　白　是我说的，我说差了。

玉　真　你……也罢！刀来！（侍从奉刀，接之）待我登台一看，李家娘子何等样人！

李　白　（拦之）不可、不可，内子柔弱不经吓！（玉真瞪视不语）也罢！随你去！只是——

玉　真　什么？

李　白　近的则可，远的不便。

玉　真　（失笑）啐，抢不了你。（对众）退下了。

众　　　是。（下，孟浩然亦下）

玉　真　（唱）人潮一退四边寂，

李　白　（唱）相望礼裳与嫁衣。

玉　真　（唱）先生不屑乘龙婿，

李　白　（唱）公主难为李白妻。

玉　真　（唱）我若念念不肯去？

李　白　（唱）休待花老零作泥。

玉　真　我花开花谢，与你何干？

李　白　无关。愿从此之后，公主与我……

玉　真　与你怎么？

李　白　与我……

玉　真　与你怎么！

李　白　公主，随我来！你看……（行至粉墙）

玉　真　　"尝闻秦帝女，传得凤凰声……"

李　白　　"是日逢仙子，当时别有情……"

玉　真　　粉墙俨然、诗痕依旧，那题壁吟诗之人，却不复当年了。

李　白　　公主可知，你我去后，这凤凰台上，又来了个女子。

玉　真　　什么人？

李　白　　陌路人。见照壁之诗，泪下潸然。遂日日来此，摩挲诗痕。

玉　真　　倒也多情。

李　白　　后闻衙门欲推倒旧壁、重立新墙。那女子径入官府，愿买此壁。官
　　　　　家开价千金，好叫她知难而退……

玉　真　　知难而退？她退是不退？

李　白　　她么，不退反进！

　　　　　（唱）她一声相问一声急，

　　　　　　　　我一念思来一叹息。

　　　　　　　　公主啦，那女子当堂立文契，

　　　　　　　　千金买壁无迟疑！

玉　真　　（夹白）她倒宽绰。

李　白　　（唱）身是伶仃寒门女，

　　　　　　　　借贷订下十年期。

　　　　　　　　日日手不辍针黹，

　　　　　　　　夜夜绣到闻晨鸡！

玉　真　　（夹白）有这样事？

李　白　　（唱）坐看青丝生华发，

　　　　　　　　腾挪无力备嫁赀。

　　　　　　　　孤淡十载守诗壁……

玉　真　　（夹白）有这样人！

李　白　　（夹白）你道此人为谁？

玉　真　　（夹白）她是哪个？

李　白　啊啊啊!

　　　　　（唱）她便是今日台上太白妻!

玉　真　果然是她——

李　白　公主该恭喜我呀。

玉　真　似这等事,我便不肯。

李　白　该贺喜我呀。

玉　真　然我若嫁人,不看他肯为我做什么,但看我见着他时,有多欢喜;

　　　　　离了他时,又多伤悲!

李　白　（深深凝望）见着她时,有多欢喜;离了她时,又多伤悲!

　　　　　公主……

玉　真　你叫我声"姐姐"又何妨?

李　白　你将我放下心头,又有何妨?

玉　真　放下心头……好、好、好!

　　　　　（唱）闻君一语恨切齿,

　　　　　　　　四目一望又情凄。

　　　　　　　　宝刀在手向君掷……（掷刀）

李　白　（接之）啊呀……当心!

玉　真　（唱）凛凛流光寒欲滴。

　　　　　　　　劳君挥刀断一物,

　　　　　　　　从此两心各东西!

李　白　你是说,我今挥刀斩断一物……

玉　真　我将你放下心头!

李　白　好、好……好! 你着我斩断什么?

玉　真　斩断此物。

李　白　什么?

玉　真　此物——（指之）

李　白　这——流——水?!

| 玉 真 | 断哪、断哪、你断哪！ |
| --- | --- |
| 李 白 | 这个……（刀落） |
| 玉 真 | 李白。你既未下帖与我，可知我如何算准到此？ |
| 李 白 | 终南别后，二十年来，李白之事，哪一桩逃得公主之眼？ |
| 玉 真 | 我实不为抢婚而来，可知为何妆奁备齐、喜服相见？ |
| 李 白 | 纵无新郎，两下相对，公主也似嫁了一般。 |
| 玉 真 | 我实不愿去，又不得不别，可知何故？ |
| 李 白 | 总不是为了内子之故。 |
| 玉 真 | 实实不是！半月之前，胡虏安禄山起兵范阳、作乱天下！叛军迫近东都，洛阳旦夕不保！ |
| 李 白 | 天子如何？ |
| 玉 真 | 天子惶惶。 |
| 李 白 | 百官怎样？ |
| 玉 真 | 百官束手！当此之时，我既天潢贵胄、李唐苗裔…… |
| 李 白 | 公主！你、你不要去！ |
| 玉 真 | 少不得与天子同福祸…… |
| 李 白 | 不要去！ |
| 玉 真 | 与社稷共存亡！ |
| 李 白 | 不要去呀。 |
| 玉 真 | 李白、李白，且记玉真今日之姿！你我今生，再无相见了！（下） |
| 李 白 | 公主、公主……好姐姐！（欲追又止） |

        （唱）弃我去者，昨日之日不可留；

             乱我心者，今日之日多烦忧。

             长风万里送归雁，

             对此丈夫诚可羞！

             欲相随、相随怎奈烽烟骤，

             欲相留、相留但余白云悠。

欲上青天揽明月，

为卿照取不系舟。

（踉跄，拾刀）这刀、这水——

（唱）抽刀断水水更流，

举杯消愁愁更愁！

水更流、愁更愁，

一举步、千回眸。

人世不两全者十八九……

［宗小玉喜服上，悄至李白身后。

宗小玉　相公……

李　白　家国板荡，谁人能免、谁人能免！

（唱）则恐江山似我两鬓秋。

宗小玉　相公无忧。她虽去了，定当归来。

李　白　娘子，那烽火深处，若我也去了呢？

宗小玉　你……你想去，便去吧。

［灯渐暗。


# 楔子　叩宫


［又数年，安史乱平。

［长安终南山，别馆门前。

［高力士上，琴心、扇影送之。

琴、扇　公公走好。（泣下）

高力士　莫哭、莫哭！一众叛军、尽数剿灭，连年兵戈、终得太平，该当高

兴才是。

琴　心　公公勤勤恳恳、侍奉上皇五十年。

扇　影　　却因些许小过，便遭今上流放。

琴、扇　　怎不叫人……

高力士　　噤声！微贱之躯何足挂齿？非常之世，多的是命舛的才子、多灾的
　　　　　文豪！就说那王维……

扇　影　　王大人怎样？

高力士　　当年长安失守，他做了安禄山的官了！还有那李白……

琴　心　　他也投了敌么？

高力士　　他倒是一心报国，奈何报差了！

琴、扇　　怎么说？

高力士　　合该报效天子，他却错投了永王！那永王心怀异志，已被枭首；李
　　　　　白连坐，入狱待斩……唉，不说了、不说了，我去了，关了宫门
　　　　　吧。（下）

琴、扇　　公公珍重……（关宫门，下）

　　　　　〔宗小玉内唱：

　　　　　　　　惊魂一声入寒空……

　　　　　〔宗小玉上。

宗小玉　　冤呐——

　　　　　〔幕后内声："宫门之外，何人喊冤？"

宗小玉　　妾身，李白之妻、蒲州宗氏。

　　　　　〔幕后内声："李白附逆乱臣，何冤之有！"

宗小玉　　冤呐！

　　　　　（唱）夫婿衔冤锁囚笼！

　　　　　　　　漫道附逆罪名重，

　　　　　　　　他念念长怀报国忠。

　　　　　公主开门、开门！

　　　　　〔幕后内声："罪孥大胆，怎敢惊扰！"

宗小玉　　（唱）哀哉运命多播弄，

连坐无辜招祸凶。

我为救夫吁天地，

天装暗哑地作聋。

故友避我如瘟疫，

新贵践我似沙虫。

［幕后内声："求告无门，如何到此？"

宗小玉　　（唱）幸得仗义郭子仪，

指点终南叩瑶宫。

旁人谁敢犯天怒，

公主仁心与天通。

公主救我夫一命、救我夫一命！公主，开门、开门！

（唱）宫门寂无声，

磕头血凝红。

珠泪似泉涌，

自春流到冬。

寂无声、我今身死何所惜，

似泉涌、离合只在一念中。

［幕后内声："怎么说？"

宗小玉　　（唱）公主恩深能相救，

春来重发草木荣。

公主情薄不相救，

诗散歌消一世终！

宫门不肯开生路，

太白命丧剑戟丛。

宫门不肯开生路，

公主余生恨无穷。

长跪此身伏秋草……

［幕后玉真厉声：站起来！蒲州宗氏、李白之妻，何用跪人、何用跪人！来，打开宫门！

［宫门随声而开。

宗小玉　　开了、门开了！妾身宗小玉觐见——

　　　　　［幕后合唱：

　　　　　　　迎上花庞立东风……

　　　　　［宗小玉整装、入宫门。

　　　　　［灯渐暗。


# 第四折　歌月


　　　　　［月余之后。

　　　　　［幕后吟咏：

　　　　　　　朝辞白帝彩云间，

　　　　　　　千里江陵一日还。

　　　　　　　两岸猿声啼不住，

　　　　　　　轻舟已过万重山。

　　　　　［覆舟山，李白醉上。

李　白　　（唱）万重山，一日还，

　　　　　　　醉饮狂歌鬓已斑。

　　　　　看浩浩江水，奔流东去；想滚滚红尘，苍狗浮云！浮生若梦，为欢几何？可叹、可恨、哀哉、悲哉！

　　　　　（唱）悲河山之簸荡兮，雨愁云黯，

　　　　　　　哀狼烟之漫漫兮，生民凋残。

　　　　　　　恨虎狼之荼毒兮，风尘离乱，

　　　　　　　叹劫后之特赦兮，浮萍重圆。

小玉我的妻啦，谢卿卿为我叩开生死路，

又托青鸟寄诗笺。

相约凤台再相见，

我与你、好夫妻、相依相伴到百年！

〔玉真悄上，得月捧琵琶随之。

玉　真　　先生……

李　白　　公主？你……你怎会到此？

玉　真　　我亦应宗氏之约而来。

得　月　　李相公！宗夫人双双约了你与公主到此，她却不会来了。

李、玉　　不会来了？

得　月　　当日宗夫人辞别终南，留下一书，叫待二位相见之时呈上。（奉之）

李、玉　　（接之、念之）"蒲州宗氏，再拜再拜"？！

玉　真　　（念之）"妾本薄命，得事郎君，幸也。"

李　白　　（念之）"郎君羁囚得脱，非妾之功，实公主之力。"

玉　真　　（念之）"聚散如烟，离合有缘……"

李　白　　（念之）"妾久倦红尘，愿皈佛门，清净余生，不必相寻……"

　　　　　不、不……娘子哪里，娘子何处？（欲奔下）

得　月　　（拽之）李相公！宗夫人一片苦心，引你与公主重逢……

玉　真　　得月……

得　月　　公主，你强撑强支、千里到此，奄奄一路，沉疴难起……

玉　真　　不要说了！

得　月　　今再别去，只怕相逢无期……

李　白　　相逢无期！

玉　真　　罢了。得月，去吧……你去吧。

得　月　　是。（下）

　　　　　〔玉真摇摇欲坠，李白扶之。

李　白　　公主真个……（哽咽）真个瘦也！

玉　真　　颠沛烽火，你那娘子，瘦似我也！

李　白　　娘子……公主！这这这！

　　　　　（唱）一声低唤一泪垂，

　　　　　　　　漾荡三魂无限悲。

　　　　　　　　辜负公主情欲碎，

　　　　　　　　又负我妻泪雨飞。

　　　　　　　　我妻夜夜不能寐，

　　　　　　　　公主茕茕知为谁！

　　　　　　　　李白此身蝼蚁辈，

　　　　　　　　贻误花枝负蛾眉。

　　　　　　　　思之千惭复万愧，

　　　　　　　　羞杀丈夫此心亏！

玉　真　　李白，你道我是何人，你妻子又是哪个？

李　白　　公主贵胄千金，内子白屋寒门。

玉　真　　呵呵，她实不"寒"，我亦不"贵"。

李　白　　你？……

玉　真　　我与上皇，乃一母同胞。那一年，三哥九岁，我方四岁，正嬉戏娘亲膝下，忽有兵士破门而入，道是我娘私行巫蛊、诅咒天后……

李　白　　便是那则天皇帝么！

玉　真　　正是则天皇帝、我嫡嫡亲亲的祖母，命人当三哥与我之面，三尺白绫，生生绞绞绞杀了我娘！至于她……

李　白　　我妻？

玉　真　　她蒲州宗氏，系出名门，祖父乃三度拜相之宗楚客！

李　白　　宗楚客？！想景龙年间，宗相以谋逆之罪伏诛……

玉　真　　宗氏上下百口，男丁枭首，妇孺为奴！宗小玉生囚奴之家，爹爹早逝、娘亲疯癫，她方垂髫，一力供养，血泪斑驳！

李　白　　十年夫妻，她她她竟只字不提！

玉　真　　　昊天不仁，世道荒凉。我与她呵。

　　　　　　（唱）遍体鳞伤半为鬼，

　　　　　　　　　　幸遇先生救蛾眉。

　　　　　　　　　　你吟道：偶逢佳境心已醉，

　　　　　　　　　　你吟道：分曹赌酒酣驰辉。

　　　　　　　　　　吟道白鹭下秋水，

　　　　　　　　　　又吟春风柳上归。

　　　　　　　　　　此身浸淫诗中味，

　　　　　　　　　　始信红尘未成灰。

　　　　　　　　　　思之千悲转万喜，

　　　　　　　　　　愿化翰墨永相追！

李　白　　　李白一世，无官无爵……

玉　真　　　你有《行路难》《将进酒》……

李　白　　　无职无俸……

玉　真　　　有《长相思》《梁甫吟》……

李　白　　　无田无业、无以为家……

玉　真　　　那《玉阶怨》《清平词》《梁园吟》《乌夜啼》，还有那《长干行》
　　　　　　《静夜思》……哪一处不是你家？哪　处不是我家？哪一处不是百
　　　　　　代之后，千万人家？

李　白　　　哪一处不是我家？哪一处不是你家？哪一处不是百代之后，千万
　　　　　　人家！

玉　真　　　世有先生，方见大唐！得遇先生，玉真之幸。怎奈花零弦断，终有
　　　　　　一别……

李　白　　　这一别么……

玉　真　　　李白、李白！你记我花开，勿念花落。告辞了。（下）

李　白　　　公主、公主……好姐姐！她去了，她也去了！看天上一轮月儿、地
　　　　　　下一个影儿，天地之间，只我一个人儿……嗳！月儿、影儿、人

儿，也算三人了！良宵难得，来来来，我们江上一游罢！

　　　　　　［李白登舟，摇桨。

李　白　（唱）登兰舟泛江波三人比并，

　　　　　　　　眺青山乘夜色结伴而行。

　　　　　　　　忆当年，一登凤台春方醒，

　　　　　　　　二登凤台春更深。

　　　　　　　　今日里，三登凤台春将尽，

　　　　　　　　江流似人泪沾襟。

　　　　　　　　当年半城皆繁盛，

　　　　　　　　今日满目俱凄清。

　　　　　　　　当年处处传笑语，

　　　　　　　　今日四野寂无声。

　　　　　　　　荣华万种东流去，

　　　　　　　　皎皎不变一月轮！

　　　　举目高天之月，越发明亮；俯首水中之月，更生依依！

　　　　（唱）挽袖江心拂月影，

　　　　　　　　惯向月华寄墨痕。

　　　　　　　　朱雀桥头月下醉，

　　　　　　　　秦淮纵歌月里闻。

　　　　　　　　几度凤台赊月色，

　　　　　　　　月山月海月金陵。

　　　　　　　　看今夕，二水三山江上景，

　　　　　　　　江潮流漾与人亲。

　　　　　　　　自古兴衰如流水，

　　　　　　　　哪有朱紫不凋零？

　　　　　　　　李白翰墨比皓月，

　　　　　　　　敢悬青空照红尘！

一管笔，扫荡兵霾词锋劲，

一泓墨，世路枯荣映粼粼。

一片纸，今古茫茫相染晕，

一方砚，坐镇五岳重万钧。

月添酒兴风添韵，

一缕诗魄长牵萦。

问人间、人间何处得高枕，

醉江波、愿蹈江波捞月明！

将那月儿呵，盈盈地妆上俺毫端缀花锦……

（浓醉）啊呀呀娘子来了？那水中蟾宫，我领你去！咦，公主来了？那诗中蟾宫，我陪你去！

（唱）洗尽那冷暖平生、车马风尘、声色利禄、王侯荣名、纸上驰骋、笔底春生，一篇篇、一行行、一团团、一片片，一篇篇、一行行、一团团、一片片，向明月蒸腾千秋万古情！

〔粼粼月光、灿灿江波、诗海无涯。

李 白　好江水、好月色、好凤台……好个凤凰台！

（念）凤凰台上凤凰游，

凤去台空江自流。

吴宫花草埋幽径，

晋代衣冠成古丘。

三山半落青天外，

二水中分白鹭洲。

总为浮云能蔽日，

（唱）长安不见使人愁、使人愁……

〔全剧终。

## 附：诗与红尘——《凤凰台》创作札记

以越剧小生塑造诗仙李白是一个挑战，可我还是很坚持。一方面，毕派之放旷通达，与李白的个性有共通之处；另一方面，演员李晓旭的才华能力，令人充满信心。2019 年 10 月 31 日，南京被联合国教科文组织官宣评为"世界文学之都"，更坚定了我为南京市越剧团创作"李白"之心：李白，这位中国古代最伟大的诗人，曾在南京流连平生，撰写了百余篇与之相关的诗文，又以《登金陵凤凰台》最为知名、深远。

2019 年 12 月 20 日，我给出《凤凰台》的分场大纲与简要阐述，25 日，南京市越剧团组织专家进行了大纲论证，2020 年 1 月 20 日正式动笔，至 2 月 9 日完成初稿。我很感激《凤凰台》，在 1 月 23 日至 2 月 5 日我因新冠肺炎疫情防控而自我隔离的两周内，是它以诗拥抱了我、慰藉了我，我沉浮其中，平静、温暖、不孤独、不恐惧。

生旦戏为越剧之擅场。《凤凰台》看似一个爱情故事，实是以爱为载体，去探索"诗"在生命中的意义，去探究那些被诗浸淫、被诗拯救，追逐着、向往着诗性的"人"的心灵价值。诗是什么？是烂漫、敏锐、跳脱、无拘无束，是清清楚楚看见这世界的灰尘而仍愿用生命去擦拭灰尘并深爱这个世界的能力与勇气。诗，就是李白。剧中，当这一切被放在安史之乱的背景下、放在一切繁盛都零落为分离之际，诗与爱，更多了些令人唏嘘的况味。

结构上，《凤凰台》仍践行四折一楔子之"起承转合"：

第一折《追舟》(起)，是李白与女主角玉真公主之初遇，他为了去长安求取功名而与她第一次道了别。

第二折《再别》(承)，是他们再度的相遇与离别，这一次，他是为了爱惜声名、为了身份之悬殊，拂袖而去。

第三折《断水》(转)，是继前两折之后的第三次离别，怎样达成"转"而非"再承"呢？因为这一次，李白结婚了，新娘不是"她"；与此同时，安史之乱爆发，玉真主动承担了她身为李唐苗裔的责任，这两个重要、重大的戏剧情节将男女主角的人生推向不同方向。

随后的楔子《叩宫》，几乎是第二女主角、李白之妻宗小玉的独角戏，我将该角色与相对应的演员表演艺术之光彩集中放置在这里，李白因"附逆之罪"下狱，宗小玉为救夫长跪宫门——"流泪请曹公"，李白曾为妻子这样地写了真。

第四折《歌月》(合)，凤凰台上，李白玉真三度相见，完成了全剧"三登凤凰台"之结构：未解之谜，于此水落石出；死生聚散，于此轻轻安顿。

因为主角是李白，写作尤其是唱词上，我很用了心，力图使每一句唱都是诗，都像是李白写出来、吟出来的。若说"人物塑造"、若说"爱的理由"、若说"诗之惠赐"，便在此中。换言之，《凤凰台》之唱词绝不仅仅为了情感抒发、情节表述，更是人物个性与全剧戏剧性的重要载体。

除了李白之外，全剧还纳入了唐代一众诗人；除了《登金陵凤凰台》诗外，还有众多李白诗歌元素被重组、结构进剧中；走进《凤凰台》，就像走入一个"寻宝游戏"，十分趣致。

我快意地写着《追舟》：李白循着遥遥的琵琶仙乐追了半夜，既追出了诗人之潇洒放旷，也追出了金陵半城风华，所谓："过眼六朝兴亡地，尽是当年旧长安！"同时，我希望还能追出演员的表演艺术。而当他亲自把桨，撞上玉真画舫，又箭步上前搂住她、护着她时，有这样一组对话：

玉真：先生存心来撞，何劳相扶？

李白：姐姐分明能闪，却又不避！

玉真：尾随半夜，当真狂且！

李白：弦歌半城，能不消魂？

玉真：还不放手，你待搂到几时？

李白：情倾一见，但求缘种今生！

这种多回合的、对称的写作在剧中比比皆是。譬如《再别》，李白、玉真分别唱了极相似的两段，其中"一日不见似三岁，一岁不见心未单。只为三百六十日，夜夜君诗伴我弦／卿弦夜夜绕毫端"四句里，有三句半完全一样：他们虽身处两地，却简直拥有同一个灵魂，彼此之思念与陪伴皆一般无二。形式与内容的精致铺排，叫你觉得，天生下来这两个人，就应该在一起。

高力士问玉真："世上男人多的是，你何必盯牢个李太白？"

玉真一句话就回答了："世上美人儿多的是，那三哥，又何必盯牢个杨玉环！"

因为你是这世上独一无二的你，更因为有了你，我才成为这世上独一无二的我。

而这轻轻巧巧的一句话，又为接下来的"安史之乱"做了铺垫。当硝烟散尽，霜雪爬上了我们的双鬓，李白不复当年、公主不再当年，金陵也不是当年的模样，繁华凋零为清冷，一切喧嚣都飘散在江风中。此时，男女主人公又有了"镜像"效果的两段唱：于李白，是惭愧于一生辜负了公主与妻子；于玉真，是她与宗小玉，一生受惠于李白、受惠于诗。玉真告诉了李白"爱"的理由，爱诗、爱人，不是寻常的"兴趣""爱好"，而与其特殊的人生遭遇息息相关。她将她们鲜血淋漓的记忆烙印铺陈在李白面前，告诉他"遍体鳞伤半为鬼，幸遇先生救蛾眉""此身浸淫诗中味，始信红尘未成灰"，告诉他"若无先生之诗，处此荒凉世界，我等虽生犹死"，以至于那推上巅峰的表达："世有先生，方见大唐！"

不是我们拯救了你，是你，拯救了我们。

大唐孕育了你，而你雕塑了大唐，将它永远、永远地留存了，并且永远鲜亮俊爽、生气勃勃。

有了诗，世界才有了色彩、有了温暖，有了我们愿用尽力气去拥抱它、亲吻它、珍惜与守护它的理由。

玉真又一次告别了，宗小玉也辞去了，看上去李白又是孤孤单单的了。可"天上一轮月儿、地下一个影儿，天地之间，只我一个人儿"，这"对影成三人"的意境，又丰盈了、充满了他的心。他是最孤独的，又是最不孤独的，他那磅礴的诗海，令我们每一个人，都不再孤独。

　　一叶扁舟，向江心去吧。

　　向那清冷冷、明晃晃的月影而去。

　　划过岁月、划过悲欢，划入永恒。

# 昆剧《眷江城》

## 人物表

刘益朋　　（巾生）

刘　母　　（正旦）

丁　铃　　（闺门旦）

李玉虎　　（净）

赵　顺　　（丑）

钱二伯　　（外）

孙五可　　（末）

阿　昌　　（穷生）

小　乔　　（贴旦）

昆剧《眷江城》
第四折《双识》

# 序 幕

［2020 年年初，武汉。

［阳台上，小乔持盆猛敲。

**小 乔** （哭喊）救命、救命！救救我、谁来救救我！

　　　　　［为防控新冠肺炎疫情、切断病毒传播途径、遏制疫情蔓延之势，

　　　　　2020 年 1 月 23 日 10 时，武汉封城。

　　　　　［切光。

# 第一折　双瞒

　　　　　［南京，玄武湖公园，刘益朋上。

**刘益朋** （唱）【北黄钟醉花阴】

　　　　　　　　雾笼乡关望中远，

　　　　　　　　传疫讯寸心辗转。

　　　　　　　　长牵念、居家的老椿萱，

　　　　　　　　她茕茕可身安？

　　　　　　　　一番番、欲把键儿按，（手机在掌，踌躇）

　　　　　　　　回回的，舌尖上话来难。

　　　　　　　　怕百叠乱添作千叠乱。

　　　　　（手机铃响）母亲，你好么？

**刘 母** （内声）好，好！今早城封了，下午店关了；朋朋你呢？你在

　　　　　哪里？

**刘益朋** 我约了丁铃，在玄武湖，不知她来是不来。

**刘 母** （内声）你与铃儿，怎么了？

**刘益朋** 电话不接、微信不回，她不理我多时了……

刘　母　（内声）她不理你，定是你不对……

刘益朋　母亲！不说这些。家里米面够么？蔬果够么？肉菜够么？

刘　母　（内声）够了、够了！备好了年货等你们，不料你临时加班……

刘益朋　临时加班，今却回……回回不去了！

刘　母　（内声）莫回、莫回！回不来的好、不回来的好……（电话持续，
　　　　　絮语之声渐轻）

　　　　　［丁铃上。

丁　铃　（唱）【喜迁莺】

　　　　　　　急飑飑欲谋一面、

　　　　　　　急飑飑盼谋一面，

　　　　　　　收拾起忧烹愁煎。

　　　　　　　牵也波牵，

　　　　　　　向江城仗义自遣，

　　　　　　　又一缕依依上眉间。

　　　　　（欲唤而止）益……（故意转身）

刘益朋　丁铃、丁铃！（追上）

　　　　　（唱）可意儿到身前，

　　　　　　　恰一似明晃晃皎月照眼，

　　　　　　　好叫人半涩半甜、

　　　　　　　好叫人半酸半甜。

　　　　　我就知道，你会来的！当日口角，是我不对……

丁　铃　不说这些！听闻疫情严峻，你院将遣医驰援？

刘益朋　今夜湖水，分外静谧……

丁　铃　又道是争相请命、自愿前往？

刘益朋　明月一轮，高悬天边……

丁　铃　你再不说，我就走了！

刘益朋　留步、留步！丁大记者！你的消息，最是灵通，何须我说？

丁　铃　　感染风险极大，可是的？

刘益朋　　这……

丁　铃　　你也写了请愿书，可是的？

刘益朋　　我……

丁　铃　　明日一早动身，可是的？

刘益朋　　明日么……

丁　铃　　不说也罢，走了、我走了！（佯行）

刘益朋　　（随之，边走边解释）丁铃、丁铃！我院重症科十八人，十八个手
　　　　　印整整齐齐：皆请赴鄂、不避生死！

　　　　　（唱）【出对子】

　　　　　　　　俺是个年少矫健，

　　　　　　　　守其职、责在肩，

　　　　　　　　未敢回闪只敢前！

　　　　　　　　况江城原是俺故园，

　　　　　　　　望云之情倍拳拳。

丁　铃　　（唱）【刮地风】

　　　　　　　　难道我木肠铁心横相拦，

　　　　　　　　为甚的遮遮瞒瞒？

　　　　　　　　枉说比翼愿结生生伴，

　　　　　　　　恼恁个不问不言！

刘益朋　　（唱）无关掇骗，欲言难辩，

　　　　　　　　怕卿卿知晓把珠泪强咽，

　　　　　　　　又少却一夕安眠。

　　　　　　　　累卿卿屏儿刷、心儿悬，

　　　　　　　　恁打熬更艰！

　　　　　　　　喏！一般样俺也瞒了慈严，

　　　　　　　　不是情薄、是忐忑这情儿深绵。

（忽见）呀！一路相随，不觉近她家门了！

丁　铃　阿姨正在武汉，你若归去，何不告知一声？

刘益朋　不可！

丁　铃　何不见她一面？

刘益朋　不可！

丁　铃　何不带我回家，与阿姨拜年？

刘益朋　一发不可！（手机铃响，接之）母亲……

刘　母　（内声）朋朋，你在南京，也不能大意！家里米面够么？

刘益朋　够了。

刘　母　蔬果够么？

刘益朋　够了。

刘　母　肉菜够么？

刘益朋　够了……

丁　铃　呀！

（唱）【四门子】

覷着他唯唯诺诺头儿点，

耳边厢，尽是娘絮烦。

怕儿履践半步险，

暖与寒，镂心肝。

争能够诉行程、此身将返，

骇煞她受怕担惊涕泪涟！

近掌机、并双肩……（偎之）

刘益朋　母亲，你放心吧。

丁　铃　（对电话）阿姨放心，有我看着他！

（唱）暮暮朝，相依万全。

刘　母　（内声）铃儿是你！你果然赴约、果然不生朋朋气了！唔，该说就

说、该骂便骂，我把朋朋，交与你了！

| 丁　铃 | 多谢阿姨！ |
|---|---|
| 刘益朋 | （挂机）多谢铃儿！到……到了。 |
| 丁　铃 | 谢你一路，送我到家。 |
| 刘益朋 | 那我……我去了？ |
| 丁　铃 | 去吧。 |
| 刘益朋 | 我……我真个去了？ |
| 丁　铃 | 当心。 |
| 刘益朋 | （欲去又止）丁铃！你我半月不见，才逢一面，又要作别…… |
| 丁　铃 | 此去武汉、水远山迢…… |
| 刘益朋 | 你既应承我娘照看于我…… |
| 丁　铃 | 只望今夜，看你到天明…… |
| 刘益朋 | 怎么说？ |
| 丁　铃 | 却又等不到天明！……进来吧。 |
| 刘益朋 | （佯作）进去？……多少不便！ |
| 丁　铃 | 你再装乔，不进也罢！（欲关门） |
| 刘益朋 | 要进、要进！（进门）铃铃铃儿，你曾道长发及腰，即便嫁我，如今…… |
| 丁　铃 | 这头秀发……（取剪刀递之）拿着。 |
| 刘益朋 | 这剪刀……剪什么？ |
| 丁　铃 | 头发。 |
| 刘益朋 | 什么？ |
| 丁　铃 | 头发！ |
| 刘益朋 | 不不不，剪不得、剪不得！ |

（唱）【水仙子】

怎怎怎、落玉剪；

怎怎怎、落玉剪；

盟盟盟、盟定长发及腰结姻缘。

盼盼盼、盼青丝泻如泉，

莫莫莫、莫扯这红丝断！

丁　铃　（唱）他他他、指乌云声先颤，

我我我、即渐里舒展花颜。

笑笑笑、笑他至诚天生性太憨，

把把把、把剪发疑作了鸳鸯散。

绞绞绞、绞脱烦恼丝三千！

刘益朋　冷战半月，难道你还在生气？

丁　铃　你剪是不剪？

刘益朋　又怨我不声不响、撇你而去？

丁　铃　断是不断？

刘益朋　你若因此怨恼，要与我断，我就不——

丁　铃　不怎么？

刘益朋　不……

丁　铃　不如何？

刘益朋　不、不……哎呀丁铃！疫情汹汹、万众哀鸣。网络视频，有女子半夜三更、鼓盆求救！如此种种，怎不叫闻者胆裂、见者撕心！身为大夫，驰援武汉，我不去不成！

丁　铃　我也是不剪不成……

刘益朋　啊？

丁　铃　不断不成……

刘益朋　啊！

丁　铃　不去不成！

（唱）【幺篇】

痛痛痛、疫情喧，

刘益朋　（唱）痛痛痛、疫情喧，

丁　铃　（唱）罢却了迎春欢宴斟杯盏。

| 刘益朋 | （唱）听垂髫白发苦相唤， |
|---|---|
| 丁　铃 | （唱）赴沙场、从征战！ |
| 刘益朋 | （夹白）怎么，那武汉——你也要去？ |
| 丁　铃 | （夹白）也要去！ |
| 刘益朋 | （夹白）你是记者、不是医护！ |
| 丁　铃 | 益朋！ |

（唱）俺俺俺，俺风云入毫尖，

　　　　立信誓把欺弊针砭。

| 刘益朋 | （夹白）"新冠"凶险，你要三思…… |
| 丁　铃 | （唱）休休休、休望之生畏再迁延！ |

　　　　这袅袅乌丝殊不便，

　　　　也算得唱随同调弦。

　　那武汉，你去得、我也去得；请愿书，你写得、我也写得；便是这头发，你……

| 刘益朋 | （指发）我这是断发…… |
| 丁　铃 | 我剪到齐耳！（递剪）打理事烦，剪短的好…… |
| 刘益朋 | 这头秀发，留了多年…… |

（唱）【红衲袄】

　　　　手捧着清凌凌漾碧川，（捧其发）

　　　　洒落了细柔柔柳芽繁，（剪之）

| 丁　铃 | （夹白）半月之前，你我何事争执，我思来想去，竟记不得了。 |
| 刘益朋 | （唱）堆成这蓬茸茸春茵暖。（秀发落地） |
| 丁　铃 | （夹白）耿耿于怀，当真好笑。 |
| 刘益朋 | （唱）悄轻轻流云挽， |
| 丁　铃 | （夹白）我本不怕，莫名之间，又有些怕…… |
| 刘益朋 | （唱）慢梳掠游丝软。 |

　　　　犟人儿你我俱一般。

丁　铃　（夹白）报社专车，今夜出发……

刘益朋　（唱）怪道说等不到天明也，（手机铃响）

　　　　　一霎时惊得人心旌闪。

　　　　是我娘！（捧手机、按免提）母亲！你还未歇下？

刘　母　（内声）翻来覆去睡不着！朋朋，你最近少出门、多休养，宅在家
　　　　中，自己当心！

刘益朋　晓得！

刘　母　（内声）囤些口罩！

刘益朋　知道！

刘　母　（内声）不要聚餐！

刘益朋　明白……母亲，放心！我与丁玲，同在一处。她一笑一颦，挂我心
　　　　头，我一冷一暖，也在她心上……

　　　　（唱）【煞尾】

　　　　　愿春归云灿霞鲜，

丁　铃　（唱）守得个枝连并蒂花腼腆。

　　　　益朋、益朋……疫情过后，你若安泰、我亦无恙，你再求婚，我便
　　　　嫁你……我定嫁你！

　　　　［灯渐暗。

## 楔子　饲猫

　　　　［武汉，小乔家，赵顺上。

　　　　［赵顺开门、口唤"喵喵"，四下寻找。忽然电话铃起，骇他一跳。

赵　顺　（接之）喂？

丁　铃　（内声）美团小哥，我上午下的单，怎么还未送到？

赵　顺　哪一单？

丁　铃　（内声）方便面三箱，送至"金银潭"……

赵　顺　"金银潭"？那是收治"新冠"定点医院，送不得、不敢送！（挂之，唤猫）喵喵！喵……唉！自打封城，那返乡的、旅游的、出差的、去外地"奔现""面基"的，一时之间，都回不来哉！家里猫猫狗狗，怕不要饿煞！我这外卖小哥，便多仔一项业务：奉命破门，替猫奴狗奴铲屎官，照管心肝宝贝小主子！喵喵……呀！（惊见，拨微话）小乔，我见着你家三花了！还有小猫崽，它还养了一窝刚刚出生的小猫崽！在、都在；活着、都活着！

　　　　（念）团团娇软生爱煞，

　　　　　　　连声咪咪心萌化。

　　　　　　　冷暖共一家，

　　　　　　　斟水添粮换猫砂。

　　　　　　　嘘呵呵相觑我与它……

　　　　（手机铃响，看之）还是她。罢！

　　　　（唱）听那厢又催骂！（接通）

　　　　喂……

丁　铃　（内声）等等、等等，听我说！我是江苏《现代快报》记者，叫丁铃。那方便面，是送与医生们的夜餐！

赵　顺　噢？送给医生的？

丁　铃　（内声）他们忙了整天，还未吃上一口热食……

赵　顺　……送！

丁　铃　（内声）你说什么？

赵　顺　我说，我送！

丁　铃　（内声）送到"金银潭"？……

赵　顺　银潭路一号、金银潭医院，晓得！

丁　铃　（内声）多谢、多谢！放在门口、五米开外。

赵　顺　三箱"康师傅"，有分量略，我帮你搬上去！（挂机，对猫）猫儿啦猫儿,你我都是一样,睁眼巴巴,等人救命!莫怕、莫怕,没事哉、得救哉、有救哉!

［灯渐暗。

# 第二折　忧餐

［武汉,刘家,刘母上。

刘　母　（唱）【北正宫端正好】

　　　　　本指望合家欢、除夕闹,

　　　　　冷不防蔓疫灾、

　　　　　恐又错失了元宵。

　　　　　快快的身儿影儿自相照,

　　　　　懒对这寒灰灶。

广场舞停了、麻将档关了、"老乡鸡"也歇业了!朋朋,枕巾被套都与你们备好了……不,莫回来、休犯傻!听个响吧……(开电视,主播之声传来)"晚上十点,医护人员终于腾出时间吃晚饭。几盒泡面、几袋饼干,就是他们的年夜饭……"(门铃声响)来了!(开门)

［孙五可上,钱二伯拎一马夹袋随上,立门外。

孙五可　刘阿姨,该测温啦!(以额温枪扫之,夸张)哎呀有了!

刘　母　多少?(急看)35度8……嗳!

钱二伯　这伢子,耍你哩!

刘　母　人吓人,吓煞人!外面怎样了?

孙五可　公交停运!

钱二伯　地铁停运!

孙五可　轮渡停运!

| | |
|---|---|
| 钱二伯 | 冷冷清清，就像热干面不放芝麻酱…… |
| 孙五可 | 糊汤粉不配老油条…… |
| 钱二伯 | 欢喜坨不蘸桂花糖…… |
| 钱、孙 | 真不是个滋味！ |
| 刘　母 | 被你们这么一说，我也馋了！只是巧妇难为无米之炊…… |
| 钱二伯 | （递袋子）瞧，你儿子网上订的菜，我与你拎来了！ |

［幕后内声："老钱、小孙，84 到了，来搭把手！"

| | |
|---|---|
| 钱、孙 | 来了！来了！（急下） |
| 刘　母 | （收拾）满满一袋，费心思了。 |

（唱）【滚绣球】

　　　　红菜薹、翠蒜苗，

　　　　水灵灵争鲜斗俏，

　　　　好叫人松脱脱展了眉梢。

　　　　武昌鱼、内蒙羔，

　　　　筋道道实材真料，

　　　　正合着层叠叠酱抹盐调。

　　　　件桩桩是儿舌尖好……

（夹白）有了！待我样样做好、拍照传去，叫他看图下饭、聊以解馋。武昌鱼么，清蒸；五花肉么，红焖；老母鸡么，炖汤……

（唱）叨叨絮絮细拣挑，

　　　　忙劫劫为儿作劬劳。

［刘益朋、丁铃悄上，与刘母面面相对。

| | |
|---|---|
| 刘、丁 | 母亲！/阿姨！ |
| 刘　母 | 呀！ |

（唱）【幺篇】

　　　　觑当面俨俨然立着儿曹，

| | |
|---|---|
| 刘益朋 | （唱）携婵娟盈盈含笑， |

| 刘 母 | （唱）乱缠缠忧喜交交！ |
|---|---|
| 刘益朋 | （唱）劝莫归、偏来到， |
| 刘 母 | （唱）嗔狂伢涉步险道， |
| 刘益朋 | （唱）奔走间奈何多娇！ |
| 丁 铃 | （唱）欢哈哈咱今来个巧， |
| | 　　　　锅碗起舞筷箸敲！ |
| | 阿姨，不怪益朋，是我念着您的家常菜了！ |
| 刘益朋 | 瞧这一桌儿热气腾腾！娘，我近来早饼干、晚泡面，早晚吃成个"尸身不腐"！ |
| 刘 母 | 呸呸呸，童言无忌！（搛菜，喂丁铃）来来来，尝尝这蓑衣圆子！ |
| 丁 铃 | 美味！ |
| 刘 母 | （搛菜）菜薹腊肉！ |
| 刘益朋 | 好吃！ |
| 刘 母 | （搛菜）葵花豆腐！ |
| 丁 铃 | 可口！ |
| 刘 母 | （搛菜）黄陂三鲜！ |
| 刘益朋 | 馋人……（欲上手） |
| 刘 母 | （以筷敲之）洗手去！ |
| 刘益朋 | 是是是。（下） |
| 刘 母 | 手指缝里多搓搓，洗满三分钟！铃儿，看你浓浓密密、满把长发，待等有了宝宝，只怕留不住哩。 |
| 丁 铃 | （含羞）啊呀阿姨！ |
| 刘 母 | 说多了、说多了！再尝尝这豆皮，裹了香干、香菇、肉丁、糯米……正宗武汉味道！怎么样？ |
| 丁 铃 | （食之）武汉味道，也是家的味道、娘的味道…… |
| 刘 母 | 什么？ |
| 丁 铃 | 娘的味道！娘啦！ |

刘　母　　　嗳、嗳、嗳!

（唱）【叨叨令】

　　　　听着她一声声软软糯糯的叫，

　　　　觑着她娇楚楚明明净净的貌。

　　　　恨不把喜讯儿家家户户地告，

　　　　再添个小孙孙疼疼热热地抱。

　　　　殷殷的斟汤水也么哥，

　　　　连连的布佳肴也么哥……（丁铃倏忽不见）

来来来，再来一……（定睛）如何饭厅之中，空空荡荡？朋朋、朋

朋？盥洗室内，荡荡空空! 儿子、媳妇! 媳妇、儿子——

（唱）原来是梦黄粱一个虚虚渺渺的觉!

一桌子菜，都凉了……

［李玉虎上，按铃良久。

李玉虎　　（叫门）刘阿姨、刘阿姨!

刘　母　　（惊觉）来了、来了!（开门）是李店长，来来来，请家里坐。

李玉虎　　（嗅之）好香啊。刘阿姨，多少人垂涎三尺，记挂你这锅汤!

（唱）【脱布衫】

　　　　香馥郁四时招邀，

　　　　暖躯壳疲减倦消。

　　　　绝胜了甘露琼瑶，

　　　　念念间肚缭肠绕。

（夹白）只是呵!

（唱）【小梁州】

　　　　店门一锁里外悄，

刘　母　　（唱）冷了锅枯了勺。

李玉虎　　（唱）恰好比雨里乌鹊各飞逃，

刘　母　　（唱）惊纷扰，几时得归巢。

李玉虎　刘阿姨，近来店里关张不做生意，你可是闲不住了？

刘阿姨　不是闲不住、是忍不住！

（唱）【幺篇换头】

忍见那仁心医护没个饱，

冲汤泡面、筷头打捞。

一划的扑簌簌泪珠掉，

谁无儿女也，

争叫他这般苦打熬！

李店长，我有个主意，你斟酌斟酌！

李玉虎　什么主意？一起斟酌！

刘　母　喏。医生护士，吃不上热饭热菜，冷肠冷肚，怎生是好？我们何不
复工……

李玉虎　复工？

刘　母　开灶！

李玉虎　开灶？

刘　母　与他们做些饮食！

李玉虎　分文不赚？

刘　母　分内之事！

李玉虎　出门上岗？

刘　母　该当分忧！

李玉虎　当真不怕？

刘　母　不敢不去！

李玉虎　哈哈……刘阿姨，我们想到一处了！今日登门，正为此事。你若有
心，明早七点，店门重开！

刘　母　明日一早，准时开灶！

李玉虎　刘阿姨，我先去了。

刘　母　留步！饮了这碗汤再去。（奉之）

| 李玉虎 | 嗯……便是这个滋味!(饮之) |
|---|---|

　　[手机响,刘母接之。

| 刘益朋 | (内声)母亲!我订的菜都送到了吧? |
|---|---|
| 刘　母 | 到了。 |
| 刘益朋 | (内声)今日武汉,又确诊了千余!母亲,你且宅家中! |
| 刘　母 | 晓得! |
| 刘益朋 | (内声)不可出门! |
| 刘　母 | 知道! |
| 刘益朋 | (内声)不要待客! |
| 刘　母 | 明白!朋朋,我锅上还炖着汤,先挂了。(转面)啊李店长,你也有儿女、也有父母…… |
| 李玉虎 | 这……是啦。 |

　　　　　(唱)【尾声】

　　　　　　　应怜母子心,

　　　　　　　天涯同怀抱。

| 刘　母 | (唱)霜雪岂独门前扫, |
|---|---|
|  | 祷遍春风归来早。 |
| 李玉虎 | 刘阿姨,明日你……你不去也罢。 |
| 刘　母 | 李店长,世上父母儿女,都是一样的。 |
| 李玉虎 | 怎么说? |
| 刘　母 | 明日一早,我定当到岗、定当到岗! |

　　[灯渐暗。


## 楔子　　惭怯


　　[武汉道上,阿昌驱车上。

| 阿　昌 | （唱）【南中吕念奴娇】 |
|---|---|

昼驰夜赶，

车毂过叠嶂，

佳人近在望。

掌上银屏握已暖，

没乱里又生怅惘。

密匝匝遮防甲裳，

空寂寂汉疆鄂壤，

身似黄雀投丝网。

登程无悔，

则今时震吓颠荡！

［李玉虎驾车上，阿昌恍惚之间，二车碰擦！

| 李玉虎 | 下车、下车！满车生鲜，险些报废！ |
|---|---|
| 阿　昌 | 得罪、得罪！连开五天，委实难支！ |
| 李玉虎 | 看这车牌，你从江苏来？ |
| 阿　昌 | 防护服三千，运入武汉。 |
| 李玉虎 | 啊呀呀……失敬失敬！ |
| 阿　昌 | 不敢不敢！ |
| 李玉虎 | 雪中送炭！ |
| 阿　昌 | 略尽绵薄！ |
| 李玉虎 | 多劳！ |
| 阿　昌 | 该当！ |
| 李玉虎 | 先请！ |
| 阿　昌 | 告辞。 |
| 李玉虎 | 转来、转来！你归去途中，千万当心！（下） |
| 阿　昌 | 这归去么……小乔啦小乔！想你我相识网上，用情渐深，我今奔波千里，为你而来；此去不远，便是你家…… |

（唱）【古轮台】

　　　　眺春芳，

　　　　千思万绪黯神伤。

　　　　那日介激起胆气百十丈，

　　　　来相守欲与相傍。

　　　　危时证情长，

　　　　方识俺须眉行状！

　　　　一亭亭渐近江城，

　　　　一处处顾盼空旷。

　　　　又闻一日日确诊数添了一行行，

　　　　攘攘抢抢。

　　　　把俺热潮潮心意骇成僵，

　　　　欲留欲去，

　　　　欲追欲放，

　　　　欲咽欲讲！

　　　　不觉泪汤汤，

　　　　复何想，

　　　　惭杀懦怯陌上郎！

我想陪着你、守着你，只是、只是——（微信声起）这半夜三
更……是小乔！

［另一空间，小乔蓦现。

小　乔　阿昌……谢谢你。

阿　昌　怎么说？

小　乔　我孤身一人，困在武汉，多亏有你，网络之上，陪我聊天、陪我熬
　　　　夜，陪我哭、陪我笑……若不是你，我真不知如何是好……

阿　昌　小乔！来了、我来了、我来见你了！

小　乔　怎么说？

阿　昌　　我运货到此，正在黄鹤楼边、民主路上，卸了物资，便去找你！

小　乔　　不要来！

阿　昌　　便去陪你！

小　乔　　快回去！

阿　昌　　便去守着你！

小　乔　　我在金银潭！

阿　昌　　金银潭?!

小　乔　　阿昌，我确诊了……好在入院及时。你且放心、你要听话！

阿　昌　　你、你好起来，我才放心、我才听话！

小　乔　　会好的、会好的……阿昌！你回程路上，途经"金银潭"，两短一长，鸣三声喇叭，我就晓得了！别忘了，三声喇叭……

阿　昌　　好、好……好！小乔，我还会来的、我还要来的！

　　　　　〔喇叭三声，回荡在夜里。

　　　　　〔灯渐暗。


# 第三折　　盟婚


　　　　　〔金银潭医院，CT室门前。

　　　　　〔内声播报："730号请准备，536号请取片。"

　　　　　〔丁铃、刘益朋分上。

丁　铃　　（念）忍把涕零报远近，

刘益朋　　（念）常于分秒夺死生。

丁　铃　　（念）鸟雀不问锥心事，

刘益朋　　（念）犹上枝头闹黄昏。

　　　　　丁铃，多日不见，你怎么在此?

丁　铃　　这……这"金银潭"，是你之阵地，亦我之疆场。喏，镜头是兵刃、网络为骏马、纸媒作营房……

**刘益朋**　休要逞强。下班了，走吧。

**丁　铃**　慢来、慢来。

（唱）【南商调引子】

余晖万里，

蒸腾灿若金波溢，

**刘益朋**　（唱）静默默朱轮坠西。

来此多日，还是头一遭……

**丁　铃**　头一遭，坐看夕阳西下。

**刘益朋**　愿与你生生世世，共此安详。

〔内声播报："732号请准备；538号请取片……"

〔丁铃一惊，欲起。

**刘益朋**　丁铃，今乃你我共度、第七个情人节。

**丁　铃**　你竟记得！

**刘益朋**　我订了蛋糕、送去你处，快回去吧。

**丁　铃**　益朋！我……我还要组"情人节"特刊哩。

（唱）【二郎神】

驰诗笔，

录尽了疫瘴中相思天地。

**刘益朋**　（夹白）都有些什么？

**丁　铃**　（唱）有永诀号呼和血泣，

也有时难共赴，

则道同袍亦我妻！

更有一瓢一饮点点滴，

遍尘凡、烟火悲喜。

有对年少男女，网上结交，素昧谋面。及至武汉封城，那男子竟自

荐义工、越城而来——

刘益朋　　越城而来!

丁　铃　　不休不眠,送来整整三千套防护服!"金银潭"外,两短一长,三
　　　　　　声喇叭……

刘益朋　　夜半时分,喇叭三声,我也听到!

丁　铃　　好似眷眷情话,鸣向天地!

刘益朋　　此事么,我也做得!

　　　　　　(唱)越城涉春泥,

　　　　　　　　　　顾不得自家也,

　　　　　　　　　　见卿卿无恙俺方宽怡。

丁　铃　　还有对中年夫妇,妻子身为护士,为防万一,入住宾馆、不敢回
　　　　　　家。那丈夫牵念耿耿……

刘益朋　　耿耿牵念,又便怎样?

　　　　　　[内声播报:"538号请取片……"

刘益朋　　(夹白)又便怎样?

丁　铃　　他风雨无阻、日夜驱车,不离左右,随妻子而行!

刘益朋　　此事么,我也做得!你若是那妻子,我必夜夜相随、日日相送,将
　　　　　　闪闪车灯,为你照亮前路!

丁　铃　　啐!只怕嫁你之后,又是另一番光景。

　　　　　　[内声播报:"538号请取片……"

刘益朋　　咦,那538号,叫了多时……(欲寻)

丁　铃　　(拽之)益朋,我若不幸,你会伤心么?

刘益朋　　不要胡说!……丁铃,我若不幸,你会流泪么?

丁　铃　　休得乱语!"换我心、为你心……"

刘益朋　　(接口)"始知相忆深。"

丁　铃　　此外科王主任抄与他夫人之诗。

刘益朋　　他夫妇之事,病区人人晓得!

　　　　　　(唱)【啭林莺】

> 一从结发将情缔，
>
> 世世再无转移，
>
> 守定了花飞花谢白头契。
>
> 莫奈何、双双的染疾隔离。

丁　铃　那主任呵！

（唱）朝传暮寄，

写多少缱绻文字。

咏珠玑，

泛动满院、情曲漾涟漪。

王主任"每日一诗"，众人传抄。特刊之上，也录了几首。你看！

（唱）【莺啼序】

"春入枝条柳眼低"，

刘益朋　（唱）盼盼东风如期；

丁　铃　（唱）"忆芳花又梦小溪"，

刘益朋　（唱）岁晚更生依依。

丁　铃　（唱）"志诚人红尘有几"？

刘益朋　（唱）俺呵，一样的深情厚意。

丁　铃　（唱）讵能比？

强欢颜舌上嗔戏。

夫人床头猕猴桃，个个是王主任亲洗！

刘益朋　我也洗得！

丁　铃　夫人食欲不佳，他挂着点滴、亲来喂饭！

刘益朋　我也喂得！

丁　铃　夫人夜间失眠，他熬夜陪伴、微信不断！

刘益朋　我也熬得！丁铃，待疫情过后，我们……

〔护士长急上。

护士长　不好了、不好了！刘医生，王主任他……

刘益朋　　他怎么样？

护士长　　他病情陡重，已已已送入重症监护室！

刘益朋　　啊呀……快走、快去！（急下，护士长随下）

丁　铃　　呀！

　　　　　（唱）【黄莺儿】

　　　　　　　他风火抢瞬时，

　　　　　　　俺怔怔的魂欲痴，

　　　　　　　恨不今宵便结鸳鸯誓。

　　　　　　　纠纠情丝，接叶连枝，

　　　　　　　又恐芳韶身先逝！

　　　　　　　撇闪伊，茕茕孑立，

　　　　　　　徘徊中夜无尽思！

　　　　　［内声播报："538 号请取片……"

丁　铃　　538 号、538 号！益朋，你怎知这久不取片之人，便是、便是……咳！奔波采稿，少不得头疼脑热；可当此之时，头疼脑热，查是怕、不查也怕，隔离是怕、传染也怕，进退之间，好……好好不怕人！

　　　　　［幕后医生们内声："快，快上呼吸机！血氧下降、心率下降、血压下降！准备插管！我来插管！快……快！"

　　　　　［内声播报："538 号丁铃，在不在？538 号……"

丁　铃　　来了、来了！（下）

　　　　　［刘益朋上。

刘益朋　　（唱）【琥珀猫儿坠】

　　　　　　　肝肠捣碎，

　　　　　　　未语色先凄。

　　　　　　　蓦然冷风吹雨为横涕，

　　　　　　　噩耗怎将未亡欺？

哀啼!

斯人一去,空庭岑寂。

[丁铃持CT报告复上。

丁　铃　益朋,你……难道王主任?

刘益朋　他……他他去了!昨夜检测,王主任已然转阴,不知何故,竟急转直下、气息奄奄!方才重症室内,只插管一法,奈他早留言语,不许插管……

丁　铃　救命之法,如何不许?

刘益朋　插管之际、病毒破喉而出,最是凶猛,众医护稍不留神,便有感染之虞!

丁　铃　感染之虞?!

刘益朋　丁铃、丁铃!他这只为保全我等、保全我等!(泣下)生死当前,不等了、我们不等了!

丁　铃　不等什么?

刘益朋　不等长发及腰、不等疫情散尽、不等离鄂返宁,你……你嫁与我罢,便在此日!(一进)

丁　铃　此日?(一退)

刘益朋　此时!(再进)

丁　铃　此时?(再退)

刘益朋　此地!(三进)

丁　铃　此地……(三退)益朋……(递CT报告)

刘益朋　(接看)"538号丁铃,左肺局部、斑片状影……"这个……不会的!是、是轻度疑似……

丁　铃　轻度疑似,总是疑似!益朋,婚姻之事,等等、再等等!等我排除、等我康复、等到那腮贴身傍、万全之时……(步步倒退,欲下)

刘益朋　(唱)【尾声】

一声絮语魂一撕,

丁　铃　（唱）流泪眼对泪沾衣。

刘益朋　丁铃，转来、转来！不等了、等不及！丁铃你看！（脱防护服，字
　　　　迹俨然）

丁　铃　（读之）"丁——铃——丈——夫"？！

刘益朋　（强颜）逃不掉、抢不走，人人观礼、个个为凭！

　　　　（唱）正今时红线婉转百年系！

丁　铃　益朋……

刘益朋　丁铃！……

　　　　〔灯渐暗。

# 楔子　慰情

　　　　〔道上，小乔欢喜上。

小　乔　（微信视频，移步换景）阿昌你看！这是昙华林、这是晴川阁、这
　　　　是黄鹤楼！（深嗅着新鲜空气）你下次来时，一处一处，我都陪你
　　　　游遍；还有蔡林记、老通城、四季美、顺香居……一家一家，我都
　　　　带你尝遍！（忽闻哭泣之声）哪来的哭声？（寻声）

　　　　〔刘益朋上，二人一撞。

小　乔　你？你……没事罢？

刘益朋　无……无事。（拭泪，举目）

小　乔　（随之望去）那高楼之上、灯火人影？那是你家？

刘益朋　是我家！

小　乔　那你怎不回家？

刘益朋　回家……我夜夜徘徊于此，却回不得、回不得家！（手机铃响）母
　　　　亲，放心！我今留守南京，饮食无忧，那发现疫情的小区，最近的
　　　　离我还有十公里！丁铃？她有些儿咳嗽，是是是，我与她相随相

943

伴，半步不离！

**小　乔**　（唱）【北折桂令】

　　　　他呵，一霎时收了泪容，

　　　　娓娓声轻，谦谦色恭。

　　　　向至亲胡厮胡哝，

　　　　颠倒苏鄂，遮瞒西东。

**刘益朋**　（夹白）医院么，如今小毛小病，谁来医院？只消轮值、不用加班！

**小　乔**　（唱）他是杏林人驰援江汉，

　　　　柳叶刀来救朋从。

　　　　弃了杯盅、挽了长弓、

　　　　披甲临阵、千里折冲！

**刘益朋**　（夹白，电话）母亲你呢？听说"老乡鸡"门店复工了？好，你没有上岗就好！"新冠"来势汹汹，年迈更难治愈……母亲，日常用度，我与你网上下单、有外卖送来，你不要出门、千万当心……

　　　　（挂机，复泪下）

**小　乔**　（背语）医生？你是医生？医生也哭么？

**刘益朋**　是医生，不敢哭、不能哭，却更欲　哭、更欲一哭！

　　　　（唱）【南江儿水】

　　　　眼睁睁鲜活遽凋丧，

　　　　诀去忒匆匆！

　　　　仁心薄技成何用？

　　　　可怜红樱堆新冢，

　　　　唯余遗恨江头种。

　　　　禁不得淋淋泪纵，

　　　　叩地问天，

　　　　怎生就这番播弄！

一名患者，与他母亲双双感染入院。那母亲先一步痊愈，道是："儿啦，我收拾好家里，等你回来！"患者日渐康复，三天之内，本可出院，今日却、却……

**小　乔**　却什么？

**刘益朋**　却突发炎症风暴……

**小　乔**　炎症风暴！

**刘益朋**　无能为力、无能为力！人不在了，那手机还响个不停；那母亲还将儿子的手机，拨个不停、拨个不停……（失声，踉跄欲下）

**小　乔**　王军、谢芸、吴卫华、丁洁、许万紫、尤勇……

**刘益朋**　（止步）你说什么？

**小　乔**　郭苗苗、王凤凤、郑侠、吕红、颜孝悦……

**刘益朋**　念的哪样？

**小　乔**　彭小雨、程明、李雯、康珍珍、刘益朋……

**刘益朋**　刘益朋——

**小　乔**　此皆我住院之时，所见医护名姓！虽防护重重、容颜难辨，可一个一个，都记在这里。（指心）

**刘益朋**　你？

**小　乔**　我也曾感染，敲盆呼救，幸被"金银潭"收治，痊愈出院。家中三花见我，"咪咪咪咪"、连声叫唤、好不欢喜！今闻康复患者，血中或有抗体，故急急忙忙、献血归来……

**刘益朋**　献血归来！

**小　乔**　医生，谢谢你。没有你们，我不能活；有你们挡身在前，武汉才能活、才能活……（深鞠躬）

**刘益朋**　不、不……（深鞠躬）是我，要谢你；是我们，要谢武汉；谢武汉挡身在前、挡身在前！

　　［灯渐暗。

# 第四折　双识

　　［金银潭医院，门外。

　　［刘母、李玉虎推餐车上。

**李玉虎**　　（唱）【南南吕宜春令】

　　　　　　腾腾热、香喷喷，

　　　　　　送便当又近院门。

**刘　母**　　（唱）殷殷情恳，

　　　　　　拌和油盐葱姜入烹饪。

**李玉虎**　　（唱）七八声檐边鹊鸣，

**刘　母**　　（唱）三五竿枝上日醒，

**二　人**　　（唱）牵情，

　　　　　　但求暖他枯肠，

　　　　　　把个里滋润。

**李玉虎**　　刘阿姨，今日送餐，辛苦你了。

**刘　母**　　人手不足，该当分忧。

**李玉虎**　　怎还不见取餐之人？待我再催她一催！（欲拨电话）

**刘　母**　　不消、不消！等等便是。

　　　　　　［赵顺戴袋鼠耳朵骑车上。

**李玉虎**　　顺子、顺子！

**赵　顺**　　李店长！咦，彬哥呢？

**李玉虎**　　他去方舱送餐了，这边有我与刘阿姨照应。

**赵　顺**　　那体育中心健身中心会展中心博览中心洪山青山客厅黄陂江岸江夏

　　　　　　大大小小十几家方舱，他去了哪家？

**刘　母**　　你倒熟得很哪！

**赵　顺**　　阿姨，您往这瞧——（指头上）

**刘　母**　　兔子耳朵？

| 赵　顺 | 嗳，是袋鼠耳朵，只有片区跑单第一、好评第一的小哥，才有这么副耳朵哩。 |
|---|---|

（唱）【绣带儿】

　　车辚辚逐趁彩铃，

　　铃不停俺这脚也不停。

　　听多少鼓敲三更，

　　往来那雾雨奔霆。

　　勤勤，欲知半城樱花信，

　　俺这厢有问必应。

| 刘　母 | 旁的不说，只问全城病患，可得救治？ |
|---|---|
| 赵　顺 | （唱）漫长夜东方渐明，<br>　　多亏了海北天南、九州用命！<br>全城病患，应收尽收！刘阿姨，如今"一省包一市"，别说武汉，全湖北都不缺医生啦。 |
| 李玉虎 | 顺子，刘阿姨之子，便是医生。 |
| 赵　顺 | 了不得、了不得！是哪里的？ |
| 刘　母 | 他、他在江苏。 |
| 赵　顺 | 江苏好哇，散是十三星，聚作"苏大强"！他是江苏哪里的？ |
| 刘　母 | 是、是南京的。 |
| 赵　顺 | 南京好哇，与咱是连襟。 |
| 李玉虎 | 一湖北、一江苏，怎说连襟？ |
| 赵　顺 | 他有盐水鸭、咱有周黑鸭，一笔写不出两个鸭字，岂不是连襟么？ |
| 李玉虎 | 原来是这样的"连襟"！ |
| 赵　顺 | 啊阿姨，你家儿子，是南京哪个医院的？ |
| 刘　母 | 是、是鼓楼医院…… |
| 赵　顺 | 鼓楼医院好哇！ |
| 李玉虎 | 你这油嘴，怎生句句叫好？ |

| 赵　顺 | 喏！全国的医疗队，来咱湖北的一共三万多人，江苏一省，就来仔将近三千，好是不好？ |
|---|---|
| 李玉虎 | 好！ |
| 赵　顺 | 江苏来仔三千人，南京一市，就来仔五百，好是不好？ |
| 李玉虎 | 好！ |
| 赵　顺 | 南京来仔五百人，鼓楼一院，就来仔两百，好是不好？ |
| 李玉虎 | 好！ |
| 赵　顺 | 格么是哉，你也句句叫好哇。 |
| 刘　母 | 呀！ |

（唱）【太师引】

　　　听小哥连连的赞起兴，

　　　却叫俺扑愣愣纠拿心惊。

　　　赴江城同袍相趁，

　　　恪职守担荷千钧。

　　　战疫瘴意气凛凛，

　　　救万姓白衣成阵！

　　　俺呵，俺则是苦口叮咛，

　　　但求冷雨凄风远儿身……

| 赵　顺 | 刘阿姨，你儿子也来湖北了么？ |
|---|---|
| 李玉虎 | 他是重症科年少才俊，怎能不来？ |
| 刘　母 | （回避）那、那取餐之人，怎生还不来？ |
| 赵　顺 | 他是来了武汉，还是去了黄石？ |
| 李玉虎 | 娘在武汉，做儿子的，定也到了武汉！ |
| 刘　母 | （回避）那、那取餐之人，如何还不到？ |
| 赵　顺 | 刘阿姨，你儿子是进驻了方舱么？ |
| 李玉虎 | 还是在雷神山？火神山？ |
| 赵　顺 | 协和医院？ |

**李玉虎**　同济医院?

**赵　顺**　梨园医院?

**李玉虎**　中心医院?

**刘　母**　不不不……

　　　　　（唱）【三学士】

　　　　　　　　他长长短短连声问,

　　　　　　　　好叫俺百味杂陈。

　　　　　　　　难道说我儿遵了娘教训,

　　　　　　　　锁户掩门在金陵?

　　　　　　　　啊呀儿,怎劝娇生步险境,

　　　　　　　　劝潜居、又坐不宁!

**赵　顺**　刘阿姨,想必你儿子脸上,也满是口罩勒痕（李玉虎拦之）;防护服一穿一天,不吃不喝（李玉虎再拦）;连厕所也不能上,只好垫个尿不湿……

**李玉虎**　（三拦）休说了、休说了!哪个做娘的不疼儿子!咦,怎么取餐之人,还无动静?刘阿姨,我去打听打听。（下）

**赵　顺**　我陪你去!（随下）

**刘　母**　这世上,哪来的白衣天使?不过是一群孩子,披上白褂,从阎罗殿上抢人、抢抢抢人啦!朋朋,你是娘的儿子,娘舍不得你;你是个医生,娘又拦不得你、拦不得你!驰援疫区,你当真敢来,你就来、来、来呀!

　　　　　［另一演区,刘益朋上。

**刘益朋**　（唱）【三换头】

　　　　　　　　救急回春,耽搁餐饮,

　　　　　　　　免劳医务,把看饭亲迎。

　　　　　　　　呀!眸光一瞬,

　　　　　　　　遥遥地但见那、

老萱堂依稀白鬓！

（夹白）娘……真是我娘！

（唱）恁应承不离自家院，

　　　原来哄瞒深！

　　　怪道那一锅汤馨，

　　　浑似俺孩提馋到今！

（自语）母亲！叫你宅家，你偏外出；说什么不敢上岗，却原来早已复工！况医院重地，年迈之躯，怎敢轻来？你你你好不听话！

（唱）【刘泼帽】

　　　恼呵、恼娘不从孩儿令，

　　　笑呵、笑孩儿、一样违了娘令行。

　　　笑恼万叠心潮滚，

　　　想呵、想叫娘一声，

　　　这一声到唇边还强忍。

不，叫不得、叫不得……（缓步迎前）

刘　母　　来了，那取餐的医生来了！

刘益朋　　（唱）【秋月夜】

　　　　　步沉沉，

刘　母　　（唱）觑着他步沉沉，

刘益朋　　（夹白）索性瞒她到底、瞒她到底！

　　　　　（唱）齐臻臻把个庞儿隐，

刘　母　　（唱）则一双青眸好似澄波净，

刘益朋　　（唱）恨不能瞠目烙定娘亲影。

刘　母　　（唱）陡地心胆震，

刘益朋　　（唱）倏然泪已盈。

刘　母　　呀！眼睛——这双眼睛，好好好一似我朋朋的眼儿！

二　人　　（唱）【金莲子】

　　　　　　　不转睛，

　　　　　　　　凝注咫尺对面人。

刘　母　　（唱）莫不是、娘的儿、

　　　　　　　　早到了江城？

刘益朋　　（唱）莫不是、儿的娘、

　　　　　　　　识破了亲生？

刘　母　　（唱）莫不是、娘的儿、

　　　　　　　　甲胄披身？

刘益朋　　（唱）莫不是、儿的娘、

　　　　　　　　受怕担惊？

二　人　　（唱）万绪缠游丝，

　　　　　　　　当此舞纷纷。

刘益朋　　抱歉、抱歉。手术延误、取餐来迟。

刘　母　　无妨、无妨。保温箱中，饭菜犹热。

刘益朋　　告辞了。（欲下）

刘　母　　转来、转来！

刘益朋　　在此、在在在此！

刘　母　　你们想吃什么，留个条儿。

刘益朋　　知道了。

刘　母　　治病救人，自己当心。

刘益朋　　明白。

刘　母　　你的娘亲，在等你回家。

刘益朋　　晓晓晓得！

刘　母　　我回店去了……（欲下）

刘益朋　　留步、留步！

刘　母　　在此！

刘益朋　　防疫情势，一日好过一日，大可放心。

刘　母　　好！

刘益朋　　外出送餐，您也当心。

刘　母　　好。

刘益朋　　这饭菜，美味至极！院里小护士，吃了一口，竟放声哭道："这滋味，与我娘烧的一模一样！"

刘　母　　好……去吧、去吧。

刘益朋　　是……（欲下）

刘　母　　（脱口）朋……（改口）捧捧捧稳了。

刘益朋　　是是是。

　　　　　（唱）【尾声】

　　　　　　漫道相逢不相认，

刘　母　　（唱）但把娘心比儿心，

二　人　　（唱）翘首春回草木新！

　　　　　[刘益朋下。

刘　母　　（微信声起）是朋朋！

　　　　　[幕后刘益朋之声：母亲，还有一事，报与你知。丁铃排除了"新冠"，平安无恙。她答应嫁我了，六月六日，便是婚期、便是婚期！

刘　母　　六六大顺，好、好！今岁之冬，真个漫漫；春天也该来了，春天已然来了……娘等着、娘盼着……

众　　　　春天也该来了、春天已然来了！我们等着、我们盼着……

　　　　　（唱同场曲）【转调货郎儿】

　　　　　　虽则是这一番打叠消瘦，

　　　　　　终得个云山如绣！

　　　　　　那时节援袍再登黄鹤楼，

　　　　　　敞襟带春风邂逅，

　　　　　　齐拍手笑瞰江流。

归元寺把晓钟敲叩，

夹道樱红粲剔透。

架飞桥挥斥方遒，

泛沧溟万里行舟。

客子来归怅悠悠，

琴台同举酒，

遥迢迢清泠伯牙奏，

一崖一峰毓灵秀。

重忆前尘驻吟眸，

有汗青皎皎垂之长不朽、长不朽！

［全剧终。

## 附:《眷江城》创作小札

剪断的长发、被救的小猫、瞒过家人前往武汉的医务人员、重新营业为医院供餐之"老乡鸡"、几近崩溃又重新振奋的医护人员、敲盆呼救最终被治愈的患者、用车灯为身为护士之妻子照亮往返路途的丈夫……《眷江城》里众多细节,都有其原型。这些勇敢的明亮的灵魂,令我一次次感动痛哭。情感的冲击震荡,是本剧创作之端点。

选择以昆曲为载体,一方面,是以发源于江苏、有"百戏之师"之称的古老剧种,向奋战在抗疫一线的人们致敬;另一方面,我也试图进行一次昆曲当代戏的尝试。动笔时发现比想象的更难,在咬牙前行之中,也收获了些写作技巧上的经验教训。

一、字数。现代戏《当年梅郎》约11000字,演出时长两小时;当代戏之唱念节奏比《当年梅郎》一剧更快,故此《眷江城》篇幅为12000余字以供场上调整。

二、念白。写作前我征询了石小梅老师的意见,我们不约而同地认为:无论古装戏、近现代戏还是当代戏,昆曲念白都应坚持上韵。但这并不好写。当代的日常用语与韵白是有差距的,按照话剧现代戏甚至地方剧种现代戏的创作习惯所写的念白,极难以昆曲韵白来念。于是脑海里多了"翻译"这一步:须对口语化之长句进行可安排进锣鼓点的切割,不仅要保证"可念",还要保证念白间的节奏感。实际上,在不断的文本修改过程中,江苏省演艺集团昆剧院的年轻演员们也陪着我将文本"读"了一遍又一遍。

三、曲牌与唱词。以内容之基本情绪来进行曲牌选择,这一点与古装戏没有太大区别,作曲迟凌云老师建议,像《当年梅郎》那样,适度加快原曲牌节奏以适应现代戏特色。因此,全剧曲牌数量或多于古装戏。一般一部可供两个小时演出的古装戏,总曲牌数在三十出头,《眷江城》曲牌总数较之多了三分之一，当然其中不乏节奏更紧凑的北曲。

唱词写作亦与古典题材不同。要保证昆曲唱词之文学性，可古典文学惯用之情态描述、那些伤春悲秋之情，若照搬进当代戏，则多少有些异怪。许是因为当代人所处世界及其生活节奏，都与古代发生了巨大变化。我们要学会收敛，也要进行开掘；要令受众接受"当代人"这样唱而不觉怪异，也要与昆曲一贯之审美个性尽可能保持一致。之前，我与江苏省演艺集团昆剧院合作推出的《眷江城》【九转货郎儿】套曲便是一次实践，也被广泛接受了。大戏写作因涉及更具体的人物、事件、情绪，难度不免更大一些。

四、结构。本剧剧情构思之起点，来自两条新闻。一是，某护士得知疫情，第一时间回到工作岗位，只提出一个要求：请别告诉我妈妈。二是，一对医生夫妇，防护服穿得严严实实，擦肩而过时，仅凭露在外面的一双眼睛认出了彼此。《眷江城》剧母子关系之主线，便是将以上二者糅合再创而成。可仅仅这些内容，还不足以构成一部大戏。

所以，主戏部分，我在母子之外又加了个重要人物：丁铃。即在亲情线外，又加上了一条爱情线。

主戏以起承转合之结构，分为四折：

第一折：《双瞒》。这并不是指母子之间的双双隐瞒，而是刘益朋与丁铃这一对爱侣，相互隐瞒了即将奔赴武汉的决定，终于在分别之夜，以母亲之三通电话为段落隔断、以剪发为载体、做了一次倾诉。

第二折：《忧餐》。母子线上，上一折是儿子瞒着母亲，这一折则是母亲之于儿子的隐瞒。本折主结构是三敲门：第一敲，社区人员为母亲送来儿子在网上订的菜；第二敲，母亲做菜时入梦，梦见儿子与准儿媳登门了；第三敲，"老乡鸡"店长来了，与母亲不谋而合地决定为医护人员供餐。这一折，是以香喷喷的家常菜勾连起最普通的、于此刻又是难得的烟火幸福。

第三折：《盟婚》。这里设置了个特殊的时间点：2月14日。"疫情中的爱情"是人们在情人节这一天关注的焦点之一。剧中纳入了这部分内容，通过讲述三组人物：少年、中年、老年之爱情细节，切入刘益朋与丁铃爱的世界，又以王主任之死进一步诠释生命大爱，终以刘益朋在防护服上写上"丁铃丈夫"四个字完成本折。

第四折：《双识》。这一折，写母子之双双认出对方。但"戏"并不全在"认出"之时。文本为刘母认出儿子做了不少反铺垫，即她一直觉得儿子应在南京，通过一丑一净之"推波助澜"，令母亲内心产生强烈震荡，由原本担心儿子个人安危，转为意识到儿子更应恪尽职守、与同事们一同奔赴疫区。当她完成了这个心理转化、再见到并认出儿子时，内心是多么关切、又多么骄傲！而这又化为母与子并不直接相认的往复三句叮咛。

我大致构思出以上四折时，意识到还不够！它们尚未构造一个戏剧"世界"。于是我在主戏之间又加了三个楔子，形成"主戏—楔子—主戏—楔子—主戏—楔子—主戏"的交替结构。

第一个方面，楔子与主戏相互呼应、相互推进。如第一个楔子，赵顺接到丁铃电话，要他送方便面给医生做夜餐，到第二折时，母亲也看到新闻里说，医生们没有热饭热菜供应；第二折李玉虎决意复工，第二个楔子里，他拖食材回来时，他的车子与阿昌的物资车碰擦；第三折丁铃累病了，第三个楔子里，小乔慰藉了情绪低落的刘益朋。

第二个方面，楔子与楔子构成另一条副线——患者的生命线。从序幕小乔敲盆呼救到第三个楔子里小乔痊愈、献血，赵顺、阿昌亦行进其中。尤其是赵顺，我们在"双识"里，看到了他的成长，从一开始拒绝往金银潭医院送餐直至赢得了快递员的荣誉："袋鼠耳朵"。

还有第三个方面，楔子给昆曲表演留下了充裕空间。第一个楔子是丑行之独角戏；第二个楔子，主体是穷生之独角戏；第三个则是巾生与贴旦的对子戏，以南北合套的方式来演绎。努力使小块的戏里，也有表演艺术的施展之地。

就这样，《眷江城》剧以刘益朋（巾生）、刘母（正旦）、丁铃（闺门旦）、钱二伯（外）、孙五可（末）、李玉虎（净）、赵顺（丑）、阿昌（穷生）、小乔（贴旦）等几个人物，经纬交织、密密铺设，展现了昆曲舞台上丰富的行当家门，展示了医务、媒体、社区、餐饮、快递、患者等方方面面的人们拼尽全力、防治疫情之群像，又照应了全剧题旨：我们并非孤独地活在这世上；正因彼此之关联、之扶持、之爱护，这个世界，无论遭遇多少跌宕颠沛，都令人如此深切地珍爱着它。

# 锡剧《泰伯》

## 人物表

泰　伯　　（末）

姬　昌　　（生）

季　历　　（末）

太　任　　（正旦）

子　纣　　（生）

文　丁　　（净）

仲　雍　　（净）

费　浑　　（丑）

众采桑女、众大臣、内侍、宫人、百姓等

锡剧《泰伯》
第三折《宴冢》

# 第一折　试侄

[初春，西岐道上。

[太任上，费浑率众随上。

太　任　儿啊！

　　　　（唱）急急匆匆出宫闱，

　　　　　　　追向山野步如飞。

　　　　　　　漫道年少性聪慧，

　　　　　　　只恐旦夕蹈孤危！

　　　　　　　龙争虎斗窥大位……

费　浑　（追之）娘娘、娘娘！

太　任　费浑！我儿果真随了泰伯，西山去也？

费　浑　小人看得分明，是那泰伯拐了公子，西山去也！

太　任　呀！山涧陡峭、人迹罕至……

费　浑　失足坠崖，九死一（生）……

太　任　住口！

　　　　（唱）不见娇儿誓不归！

　　　　　　　快走、快追！

[众急下。

[泰伯内唱：

　　　　　　　芒鞋布衣赴西山……

[泰伯上。

泰　伯　（唱）采药奉亲步春寒。

　　　　　　　君父病榻久辗转，

　　　　　　　一见孙儿笑开颜。

　　　　　　　循祖制、邦邑本该托嫡长，

　　　　　　　扪私心、大位欲传小儿男。

我是该远走成全爹爹愿，

还是该继位号令众朝班?

我是该林泉渔樵长为伴，

还是该功名社稷一肩担?

举棋不定云心乱，

进退之间两为难。

遥眺千峰雾弥漫……

［姬昌内声：“伯父、伯父留步……”追上。

泰　伯　（唱）回首追来杏罗衫。

　　　　　昌儿，你怎生到此?

姬　昌　侄儿欲与伯父同行，为祖父采药!

泰　伯　不可! 山路崎岖，虎豹横行，良药多生巅顶之上……

姬　昌　为亲治病，是个“孝”字! 为主分忧，是个“忠”字。况
　　　　　有伯父在，再难再险，侄儿不怕。

泰　伯　有泰伯在，那险处难处，你便不怕，只恐他人心惊胆战。

姬　昌　怎么说?

泰　伯　你且回宫，免叫你父母担忧。

姬　昌　禁足深宫，何堪大用?

泰　伯　这“大用”么……也罢! 宫苑之外，你我同步!

姬　昌　走走走!

　　　　　（唱）踏遍青山穿叠嶂，

泰　伯　（唱）坎途九曲似羊肠。

姬　昌　（唱）问伯父、草药何名堪寻访，

泰　伯　（唱）忘忧草、对症下药万金方。

姬　昌　（唱）忧苦百般真能忘?

泰　伯　（唱）愿得主君福寿长。

姬　昌　（唱）扑面湍流泻千丈……

泰　伯　　这奔腾而下的，便是虎啸川！

　　　　　　（唱）声似猛虎啸高岗。

姬　昌　　（唱）闻之生畏心激荡，

泰　伯　　（唱）且将坎途试儿郎。

　　　　　　昌儿，欲采忘忧草，必过虎啸川，你怕是不怕？

姬　昌　　侄儿不怕！

泰　伯　　（故意）你不怕，我倒怕哩。我们回去吧。

姬　昌　　欲采忘忧草，必过虎啸川！伯父回不得！

泰　伯　　回去吧！

姬　昌　　回不得！

泰　伯　　那你只好背我过去。

姬　昌　　怎么讲？

泰　伯　　喏，我今腿脚发软、涉水不得，你执意采药，不免背我过川。

姬　昌　　这个……

泰　伯　　不必勉强……

姬　昌　　伯父请上！（马步、拍肩）

　　　　　　［姬昌背泰伯涉水。

泰　伯　　（唱）攀着他纤纤细细双肩嫩，

　　　　　　　　　怎能够万众生灵俱担承。

　　　　　　（夹白）背我不动，放下无妨。

姬　昌　　（夹白）背、背得动。

泰　伯　　（唱）涉川流踉踉跄跄行不稳，

　　　　　　　　　又好似风里花叶凋欲零。

　　　　　　（夹白）负我不起，撒手也罢。

姬　昌　　（夹白）负、负得起！

泰　伯　　（唱）说什么虎啸翻腾雪浪劲，

　　　　　　　　　怎比得剑戟丛中护乾坤？

君父啦，不是泰伯贪权柄……

**姬 昌** （踉跄）伯……伯父扶稳！

**泰 伯** 快快撒手，放我下来！

**姬 昌** 扶稳了！（身负泰伯、磕磕碰碰、涉水而过）哈哈，过来了、过来了！

**泰 伯** （唱）觑着他眉欢眼笑又沉吟。

昌儿，涉水跌撞，伤着无有？

**姬 昌** 伯父，那忘忧草是红是翠？

**泰 伯** 力不能及，何苦来哉？

**姬 昌** 天性喜阴喜晴？

**泰 伯** 稍有不慎，悔之晚矣！

**姬 昌** 滋味或苦或甜？

**泰 伯** 昌儿怎不答我一声？

**姬 昌** 伯父之问么，本不必答。

**泰 伯** 怎说不必答？

**姬 昌** 伯父若是侄儿，纵使力不能及、恐生后怕，难道会撇了尊长，半途而废？难道会舍了忠孝，将那卧病的祖父、染疾的主君，置之不顾？

**泰 伯** 这个……

**姬 昌** 倒是侄儿之问，也不闻伯父一答。

**泰 伯** 你是说那忘忧草——来来来，我们登高一寻！

（唱）长幼相偕步山腰，

**姬 昌** （唱）一阵狂风落燕巢。

**泰 伯** （唱）乳燕扑地哀哀叫，

**姬 昌** （唱）又逢雾水湿羽毛。

**泰 伯** （唱）双手掬之入怀抱，

**姬 昌** （唱）难道一世护娇娇？

962

泰　伯　（唱）难道弃之饲虎豹？

姬　昌　（唱）试振双翅入云霄。

　　　　燕儿啦燕儿，我与你揉干羽毛，你试飞之！

泰　伯　昌儿啦昌儿，这乳燕羽毛稚幼、力不能及，你又何苦强求？

姬　昌　伯父，若不能飞，它必死无疑！小燕儿，要么伏地待死，要么你就飞呀、飞呀、飞起来呀！（再抛，乳燕振翅）

泰　伯　真个飞起来了！呀，山巅在望矣。

姬　昌　忘忧草定在巅顶，伯父快走！（急行，忽被绊倒，定睛）呀……这这这骸骨？！

泰　伯　昌儿莫怕！

姬　昌　伯父稍待。（掘土）

泰　伯　你这是？

姬　昌　路遇枯骨，心生悲怜，不忍径去，掘土埋之。

泰　伯　陌路枯骨，你又不识……

姬　昌　伯父！西山处西岐之境，骸骨必周原之民，虽不相识，怎叫同袍抛骨荒野、魂其难归？（埋之）

泰　伯　他若不是我邦子弟呢？

姬　昌　啊？

泰　伯　他若是异乡之客，远游到此呢？

姬　昌　啊？

泰　伯　他若是虎狼之国、那商王麾下呢？

姬　昌　这个……埋都埋了，难道掘他出来？

泰　伯　啊？

姬　昌　难道拆他残骸，碾作齑粉？

泰　伯　啊？

姬　昌　难道商国之人，便不是黎民手足？

泰　伯　这个……乳臭未干，你好大的口气！

| 姬　昌 | 不敢！伯父，疾行几步，便到山巅了！ |
| 泰　伯 | 山巅么……不去的了。 |
| 姬　昌 | 祖父之病，还须忘忧草…… |
| 泰　伯 | 忘忧草么，已然寻得。 |
| 姬　昌 | 寻得了？在哪里？在何处？ |
| 泰　伯 | 昌儿啦。主君之病，实为心疾。 |
| 姬　昌 | 什么心疾？ |
| 泰　伯 | 主君膝下有三子，泰伯为长、仲雍次之，你爹爹季历，排行最小。 |
|　　　　| 主君欲传大位，属意者一非泰伯…… |
| 姬　昌 | 不传大伯，难道传与二伯？ |
| 泰　伯 | 二非仲雍。 |
| 姬　昌 | 又不传二伯，难道传与我爹爹？ |
| 泰　伯 | 三非季历！ |
| 姬　昌 | 三不传爹爹，祖父他？…… |
| 泰　伯 | 主君他呵！ |
|　　　　| （唱）欲将大位传与你…… |
| 姬　昌 | 我？ |
| 泰　伯 | 你！ |

（唱）又怕是违逆祖制举世讥。

　　　　愁结于心添郁郁，

　　　　心病还须心药医。

　　　　我待要让国让位他乡去，

　　　　又怕你双肩稚幼倾业基。

　　　　我待要掌权掌政领社稷，

　　　　又怕个不忠不孝把君父欺！

　　　　进退两难无一计……

| 姬　昌 | 伯父听我一言！忠君不如忠民，孝亲不如孝邦！ |

泰　伯　好个"忠君不如忠民，孝亲不如孝邦"！

姬　昌　侄儿年幼，怎当大任？伯父当以邦国为重、百姓为重！

泰　伯　好好好、走走走！

　　　　（唱）好一似拨云见日沐朝曦！

姬　昌　（止之）走岔了、走岔了！回程在西……

泰　伯　你往西、我向东，你我都该"登程"了！

姬　昌　伯父——

泰　伯　今日相携上山，本欲试你一试，不料被你试了我来！

姬　昌　侄儿惶恐……

泰　伯　负重涉水，既勇且孝；放燕自飞，慧而有志；埋骨怀悲，仁心难
　　　　得！当此之时，戎狄扰边、商王虎视，君父寄望于你，并非私怀偏
　　　　爱，实乃慧眼独具！我今忠君亦是忠民、孝亲亦是孝邦……

姬　昌　伯父，不要走！

泰　伯　去留之间，试炼泰伯……

姬　昌　不要去！

泰　伯　可是那贪权恋位之徒、背忠忘孝之辈！

姬　昌　（跪泣）伯父！伯父远行，怎禁乡愁？

泰　伯　（摩其顶）昌儿，你是祖父忘忧草，亦是泰伯疗愁花。又闻江东蛮
　　　　荒，亟待教化，别开生面，不亦乐乎、不亦乐乎！

　　　　（哼唱）日出东隅，折柳拂衣。

　　　　　　　漫漫其旅，归去来兮……（下）

　　　　［太任内声"昌儿……"率众急上。

太　任　（搂之、释怀）昌儿！

费　浑　娘娘，四下寻过，只有公子，不见泰伯！

太　任　那泰伯将我儿一人弃于荒山，是何居心！待他归来，主君驾前，定
　　　　要理论！

姬　昌　母亲！伯父……走了。

太　任　　走了？哪里去了？

姬　昌　　东方。向那日出之东，他去了、去了……

　　　　　［灯渐暗。


# 楔　子


　　　　　［多年后，吴地。

　　　　　［众少女采桑为歌。

众少女　　（唱）一年过去一年挨，

　　　　　　　　正月梅花雪中开。

　　　　　　　　梅花落叶顺雪飘，

　　　　　　　　大雪飘飘郎不来。

　　　　　　　　桃花夭夭三月开，

　　　　　　　　姑娘打扮游春台。

　　　　　　　　黄杨木梳青丝发，

　　　　　　　　妆残粉落郎不来！

　　　　　　　　石榴连珠五月开，

　　　　　　　　雄黄好酒拿来筛。

　　　　　　　　一杯两杯、三杯五杯、八杯九杯、十二杯佳酿都筛满，

　　　　　　　　醉醉醒醒郎不来……

少女甲　　（眺望）来了，是泰伯来了！

少女乙　　（眺望）走了，泰伯又走了！

少女丙　　吴下山情水意、千好万好，他既来了，怎又走了？

少女丁　　你还不知，讣告传到，他爹爹下世了！

众少女　　他这一去，还回来么？他这一去，几时回来？

　　　　　［灯渐暗。

# 第二折　诀乡

〔盛夏，灵堂缟素，季历戴孝上。

季　历　（唱）炎夏纸幡似雪飞，

　　　　　　哀声大放万众悲。

　　　　　　君父啦，你今一去天日坠，

　　　　　　锦山绣水托与谁？

　　　　　　二哥纠纠鲁夫辈，

　　　　　　我儿年少勋绩微。

　　　　　　少不得季历挺身继大位……

〔费浑内声：“不好了、不好了……”急上。

费　浑　（唱）顷刻平地起风雷！

　　　　　　主公！泰泰泰伯回来了！

季　历　（悲之喜之）哦！大哥回来了！

费　浑　主公！那泰伯早不回、晚不回，偏偏赶在旧主驾崩、新君未立之时

　　　　回来，摆明要与您争位！

季　历　大哥身是嫡长，大位本该他坐。

费　浑　若该他坐，今番归朝，他何必偷偷摸摸，先与仲雍密议？

季　历　怎么？他已见过二哥了？

费　浑　仲雍掌兵多年，二人私会，定有图谋，只怕于国不利啊！

季　历　于国不利！……休得胡言。（拂袖下）

费　浑　啧啧！想我经营多年，才有今日之贵，若叫泰伯上位，只怕前功尽

　　　　毁！不免想些个主意，好叫他知难而退……（隐下）

〔泰伯内声：“爹爹……孩儿来迟、我来迟了！”急上。

泰　伯　（唱）踉踉跄跄上灵堂，

　　　　　　一声喊落泪千行。

　　　　　　孩儿不孝离膝下，

十年不曾奉茶汤！

十年悬望重来访，

痛哉父子隔阴阳！

新愁旧憾共谁讲，

唯余案上三炷香。（欲祝香）

［季历悄上。

季　历　兄长！父子之恩，恩深似海。早知今日，何必当初？

泰　伯　君臣之义，义重如山！当初之去，正为今日！

季　历　正为今日么？闻说兄长奔吴，一住十载？

泰　伯　（燃香）

季　历　又闻吴地富庶、鱼米之乡？

泰　伯　（叩拜）

季　历　三闻吴风彪悍，人人能战？（泰伯不应）兄长……

泰　伯　（止之）三弟有话，祭香之后，再讲不迟。（祝香）这第一炷香，呜

　　　　呀！羔羊跪乳、乌鸦反哺。爹爹疾病之时，孩儿未守一夜、未进一

　　　　汤，惭惭惭煞人也！

［费浑率众上。

费　浑　（念）豪杰识时务，

　　　　　　　哪管佞与忠。

　　　　千岁！

众　臣　千千岁！（叩拜季历）

季　历　众卿何意？

臣子甲　先君驾崩，朝野不宁。

臣子乙　家不可无主，邦不可无君！

臣子丙　臣等恭请主公，早登大宝！

季　历　住了！长兄尚在，怎可僭越？退下！

众　臣　是。（下）

季　历　兄长，众卿性急，你勿要介怀。

泰　伯　燃香。

季　历　啊?

泰　伯　（指香）燃香!

季　历　是是是。（燃之）

泰　伯　这第二炷香! 爹爹神枢，不是孩儿扶持；爹爹山陵，也非孩儿营建；不孝之子，赤手来归，愧愧愧煞人也!

季　历　兄长节哀! 爹爹在时，常说："泰伯远逃，至忠至孝……"

泰　伯　三弟! 爹爹在时，曾道："传位姬昌，兴家兴邦!"

季　历　这"传位姬昌"么……

　　　　［幕后喧哗声起：日出西岐，有王季历……

费　浑　主公、主公你听! 众百姓齐聚殿外，山呼遥拜。

季　历　呼些什么?

费　浑　日出西岐，有王季历! 入耳声声，民心所向!

季　历　哆! 兄长当面，不得放肆! 速速清退百姓、清退了!

费　浑　是是是。（下）

泰　伯　还有这第三炷香……

季　历　兄长且慢! 休再弯弯绕绕，我今讨你一言!

　　　　（唱）主位空悬待君王，

　　　　　　你让是不让当不当?

泰　伯　（唱）江东沃野横千里，

　　　　　　膏腴之地尽粮仓。

季　历　你若不让!

　　　　（唱）远来之客怎服众，

　　　　　　我助你君唱臣和坐庙堂。

泰　伯　（唱）吴人尚武多骁勇，

　　　　　　能征惯战胜戎羌。

| 季　历 | （唱）你若无心把西岐掌， |
| --- | --- |
| | 　　我代子执政理该当！ |
| 泰　伯 | （唱）呕心沥血开乡壤， |
| | 　　九州不敢轻边荒！ |
| 季　历 | （唱）他声声答来非我问， |
| 泰　伯 | （唱）我字字关心用情长！ |
| | 三弟啦。我自奔吴，在那边蛮之处、荒僻之所，开渠种谷、植桑养蚕、制礼乐、兴教化，百姓乐而附之。三年成村、五年建城、十年开国！而今治下百万之众、十万之师…… |
| 季　历 | 百万之众、十万之师?! 呵呵，兄长欲为西岐之主，我必率群臣、折腰事之，何须厉兵秣马、这等阵仗? |

　　　　［太任内声"主公……"上；姬昌内声"母亲……"追上。

| 泰　伯 | 昌儿! |
| --- | --- |
| 姬　昌 | 伯父! |
| 泰　伯 | 昌儿，长远不见了。 |
| 季　历 | 大呼小叫，何事之有? |
| 太　任 | 有事、有大事! 君父弥留之际，我儿亲耳听得…… |
| 泰、季 | 听得什么? |
| 太　任 | 听得遗诏一道! 昌儿你说! |
| 姬　昌 | 我…… |
| 太　任 | 你讲! |
| 姬　昌 | 我…… |
| 太　任 | 嗳! 君父言道：商王无道，必祸我邦! 姬昌有人君之相，以其年幼，着其父季历代为理政，则西岐幸甚、天下幸甚! |
| 泰、季 | 昌儿，祖父果有此言? |
| 姬　昌 | 这个……（跪落）侄儿才疏德薄，怎及我父大略雄才! |
| 泰　伯 | 起来、起来。我今到此，一不为权、二不为利、三不为名，心心念 |

念，只要带走一人！

**众** 带走一人?! 带走哪个? 带走何人?

〔仲雍内声："仲雍来也……"袒臂、文身、佩刀上。

**仲 雍** （念）卸甲掷盔袒葛袍，

文身不避白刃削。

丈夫何敢恋权位，

迈向金殿试宝刀！

大哥，三弟！

**季 历** （惊见）二哥！身体发肤，受之父母，怎可……

**仲 雍** 文身断发，吴地风俗，该当！

**季 历** 你西岐子弟，怎与荆蛮作比?

**仲 雍** 大哥与荆蛮为伍，整整十年！

**季 历** 好！说得好！

**姬 昌** 伯父带走之人，难道——

**泰 伯** 唉……好萧索啦！

（唱）泰伯我千里归来孤云远，

不料想灵堂之上夏亦寒。

疑我开吴别有意，

疑我背地谋江山。

**季 历** 兄长言重了！

**泰 伯** （唱）昌儿年少资历浅，

又道是代子执政理当然。

**太 任** 此我家事，不劳挂怀。

**泰 伯** （唱）秉政掌国岂家事?

**姬 昌** 伯父体谅侄儿下情！

**泰 伯** （唱）小昌儿事父以孝我也不强拦。

因此上先行登门将二弟劝，

劝他随我走荆蛮。

仲　雍　　大哥之命，不敢不从！

泰　伯　　（唱）三弟啦，长兄次兄皆远窜，

　　　　　　　　才有你人君之位稳如磐。

季　历　　惭煞人也！

泰　伯　　（唱）用心良苦发长叹，

　　　　　　　　一笑微微眺东南。

　　　　　　　　那里有桃花人面开烂漫，

　　　　　　　　那里有小桥流水歌潺潺。

　　　　　　　　那里有桑田千顷春意满，

　　　　　　　　那里有东邻西舍酒共酣。

　　　　　　　　那里的一草一木将我盼，

　　　　　　　　信手解掷了头上簪。

　　　　　　刀来！

仲　雍　　在此！（奉之）

泰　伯　　（唱）刀锋过处青丝断，（断发）

季、姬　　兄长／伯父？！

泰　伯　　（唱）余生不恋紫金冠。

　　　　　　　　断发文身酬夙愿……

　　　　　　二弟！锦衣玉食，你可舍得？

仲　雍　　大哥舍得，我也舍得！

泰　伯　　高官厚禄，你可恋恋？

仲　雍　　大哥不恋，我也不恋。

泰　伯　　父母之邦，你可难离？

仲　雍　　大哥离之，我也离之！

泰　伯　　好兄弟！

　　　　　（唱）我共你辞宫阙、诀乡园、骋缰辔、挥丝鞭，怕什么山高路远、

恰一似信步平川、但得个河清海晏、叶茂花繁、本固邦宁、

国泰民安、咱不吝一去江东再不还、再不还!

仲　雍　大哥，走走走!

泰　伯　且慢。我、我还余奠香一炷!

姬　昌　（燃之、奉之）伯父请!

泰　伯　这第三炷香! 爹爹埋骨周原，孩儿远走荆吴。生不能养、死不能

葬、葬不能祭，不孝有三，孩儿件件占着，恸恸恸煞人也! 爹

爹……不孝之子泰伯，拜别爹爹、拜别西岐!

（哼唱）雨催风送，浪迹萍踪。

心香三炷、诀西还东……（下）

［季历、姬昌、太任目送之。

季　历　（伤感）兄长，你我兄弟，不知相见何时了……

［灯渐暗。

# 楔子

［朝歌，商王宫。

［文丁上。

文　丁　（念）驭使八方如猎场，

驱策万民作牛羊。

膏血刀头舐不尽，

方有殷商运祚长。

我文丁，乃商邦之君、天下共主。自西岐古公下世，其子季历继

位，励精图治、屡败戎狄，声威大震、久必为患。因此上我一道诏

令，以奖功为名，宣季历来朝。只等他到，便似那俎上之肉，任我

宰割!

  [子纣内声"爷爷……"上。

子 纣  爷爷！费浑飞书，季历已出周原，开赴朝歌！

文 丁  可以磨刀矣！

子 纣  还有姑奶奶，也陪着来啦。

文 丁  喔？那太任，是我嫡嫡亲亲的幺妹，下嫁季历三十年。而今他夫妇
    同来，依纣儿之见？

子 纣  依孙儿之见，不如分她一杯肉羹。啊？

文 丁  啊？

文、纣  哈哈哈！

  [切光。


# 第三折 宴冢


  [商王宫，太任泣上。

太 任  季历……夫哇！

  （唱）身随夫婿谒朝歌，

     不料玉帛化干戈。

     季历他一朝赴宴遭横祸，

     凄凄新坟伫野坡。

     兵甲层层软禁了我，

     夜夜西望唤奈何！

     近闻得周原来人迎棺椁，

     又道是谁接回了先君谁掌国。

     难不成我儿行孝身投火……

  [子纣内声"来了来了……"急上。

子 纣  姑奶奶，西岐来人了！

太　任　　呀！

　　　　　　（唱）牵肠焚心泪婆娑！

　　　　　　纣儿！大王驾前，望你为我儿姬昌，美言几句！

子　纣　　爷爷驾前，我倒想会一会昌舅舅，可惜今番来的，却不是他！

太　任　　不是他，是哪个？

子　纣　　来使现在季历冢前，爷爷命你前去陪席。走哇！

太　任　　慢来、慢来！你自先行，我、我稍事梳洗。

子　纣　　也好。姑奶奶，你快来、你要来呀！哈哈哈。（下）

　　　　　　［切光，太任隐下。

　　　　　　［深秋郊外，季历冢前。

　　　　　　［泰伯内声："大王请。"

　　　　　　［文丁内声："泰伯请。"

　　　　　　［二人内声："请请请。"偕上，众人随上。

文　丁　　（唱）拥云旌排羽仗荒郊来在，

泰　伯　　（唱）步龙潭入虎穴远探坟台。

文　丁　　（唱）你看这染层林铺锦叠彩，

泰　伯　　（唱）但闻得鸣秋空声声雁哀。（跪地）

文　丁　　（唱）大丈夫何须向枯骨叩拜，

泰　伯　　（唱）迎棺衾返故土魂兮归来。

文　丁　　不忙、不忙！酒宴摆上！

泰　伯　　（止之）坟冢之前，怎可行乐？

文　丁　　尘归尘、土归土，不消挂碍。上酒。

泰　伯　　逝者为大，尊重的好！

文　丁　　他是臣、我为君，尽兴无妨。上酒！

　　　　　　［子纣内声："美酒来也！"奉酒上。

泰　伯　　呀！

　　　　　　（唱）脆亮一声入重霄，

| 子 纣 | （唱）奉上芬芳酒气飘。 |
|---|---|
| 泰 伯 | （唱）他眉清目秀花含笑， |
| | 偏觉悚惕冷萧萧。 |
| 子 纣 | （唱）他双鬓斑斑身已老， |
| | 眸光闪处利如刀。 |
| 泰、纣 | （唱）尧桀善恶各有道…… |
| 文 丁 | （唱）举杯冢前醉今朝。 |
| | 纣儿来了，正好共饮！满上、满上！ |
| 宫人甲 | （劝酒）贵使请。（泰伯不应）请请请…… |
| 文 丁 | 玉手奉杯，劝不动一饮，要它何用？来！ |
| 内 侍 | 有。 |
| 文 丁 | 将劝酒宫人，斩了双手！ |
| 内 侍 | 是。拖了下去，斩手示众！ |
| 泰 伯 | 不可！双手截断，生不如死！ |
| 子 纣 | 他人刑罚，与你何干？拖下去。 |
| 宫人甲 | 大王、大王饶命……（被拖下） |
| 文 丁 | 啊泰伯，久闻姬昌孝道，今番迎棺，他怎不来？ |
| 泰 伯 | 只恐朝歌如虎，先吞其父，再噬其了！ |
| 文 丁 | 贪生怕死，人之常情。泰伯你——又怎敢前来？ |
| 泰 伯 | 迎回季历棺椁者，便为西岐之主，也是大王你——搠掇的呀。 |
| 文 丁 | 果然重赏之下，必有勇夫！ |
| 子 纣 | 爷爷差矣！ |
| 文 丁 | 噢？ |
| 子 纣 | （唱）座上饮尽一杯酒， |
| | 笑把旧事忆从头。 |
| | 泰伯啦，闻说你二十年前悄遁走， |
| | 不与骨肉争王侯。 |

泰　伯　这个……时候不早，敢请大王发冢。

文　丁　不急、不急。

子　纣　（唱）信手斟满二杯酒，

　　　　　　　倏忽一过又十秋。

　　　　　　　灵前夺位你再撒手，

　　　　　　　还劝动了仲雍共远游。

泰　伯　这个……迁延已久，还请大王起棺！

文　丁　稍待、稍待。

子　纣　（唱）龙吸虎吞三杯酒，

　　　　　　　爷爷今当识缘由。

　　　　　　　那西岐、是泰伯掌中之物该他有，

　　　　　　　他一让再让让不休。

　　　　　　　又岂会摇身一变贪金绶，

　　　　　　　奔劳辛苦到中州。

　　　　　　　定然藏奸怀机彀……

　　　　　泰伯！你之机心，从实招来；说得不好，嘿嘿！

　　　　　（唱）旧冢之侧添新丘。

泰　伯　我说、我说、我早已说过了！发冢起棺，好叫西岐之主，重返邦
　　　　土；好叫姬姓儿郎，葬回祖茔；好叫我漂流的三弟，叶落归根……
　　　　这便是我之机心、我的来意！

子　纣　好来意！今叫你来得去不得！（拔剑）

泰　伯　好剑啦……好剑，奈何不识轻重！

子　纣　草芥性命，说什么轻重！

泰　伯　我命虽轻，家邦实重！

　　　　（唱）泰伯孤身索神枢，

　　　　　　　便是那西岐之主周原的君。

　　　　　　　倘若当下朝歌死，

<table>
<tr><td></td><td>两邦血仇渊样深。</td></tr>
</table>

子　纣　　那我就灭了西岐！

泰　伯　　（唱）我领袖蛮荒务耕垦，

　　　　　　开国勾吴十余春。

　　　　　　倘若当下朝歌死，

　　　　　　顷刻东南起战尘！

子　纣　　再灭了勾吴！

泰　伯　　（唱）商王麾下弓矢劲，

　　　　　　雄师百万聚如云。

　　　　　　灭了西岐不打紧，

　　　　　　谁为中州守国门？

　　　　　　那戎狄疥癣之疾屡犯境，

　　　　　　难道说、一任他、长驱直入到帝京？

　　　　　　荡平勾吴亦易事，

　　　　　　只是呵！劳师袭远必损兵。

　　　　　　尸横遍野纵取胜，

　　　　　　所得不过一空城！

　　　　　　东征西讨列军阵，

　　　　　　中枢空虚河海倾。

　　　　　　问天下累累苍生可杀得尽？

　　　　　子纣若有屠尽天下之志，来来来！

　　　　　（唱）涌血海、始于今，泰伯我、敢做了堆山白骨第一人、第

　　　　　　一人！

子　纣　　我——我杀了你！

文　丁　　纣儿住手！

子　纣　　（收剑）哈哈……爷爷！孙儿年方十六，怎敢打打杀杀？此皆戏言、

　　　　　戏言耳！上酒！

| 宫人乙 | （奉酒）公子请。 |
|---|---|
| 子 纠 | 错了、错了！那泰伯絮絮叨叨，料必口渴，你且劝他一饮！ |
| 宫人乙 | （惊惶）公子…… |
| 子 纠 | 劝他一饮！ |
| 宫人乙 | （奉酒）贵客请饮。 |
| 泰 伯 | 逝者为大…… |
| 子 纠 | 再劝！ |
| 宫人乙 | 贵客请…… |
| 泰 伯 | 尊尊尊尊重的好！ |

　　〔陡然，子纠一剑刺杀宫人！

| 泰 伯 | 子纠——你！ |
| 子 纠 | 你既不饮，我便与她个痛快！今美酒盈坛、佳人成群，你拒一杯，我杀一人；你拒十杯，我杀十人；看你推拒到几时！再劝、再劝！ |
| 众宫人 | （皆跪）公子饶命、贵客饶命！ |

　　〔太任内声"住手……"上。

| 太 任 | （对宫人）退下。（斟酒，奉之）长兄……请。 |
| 子 纠 | 爷爷，君无戏言。泰伯再若不饮，孙儿也留不得姑奶奶了…… |
| 泰 伯 | 住口！（接酒）弟妹……有劳。 |
| 子 纠 | 饮了、饮了、哈哈哈……他要饮了！ |
| 泰 伯 | 祭酒一杯，三弟请！（倾之于地） |
| 文 丁 | 泰伯大胆！ |
| 泰 伯 | 大王。寡饮何趣？我于江东收拾俚曲，编作吴歌。以缶击节，敢歌一曲，以助雅兴。 |
| 文 丁 | 噢？你欲于坟前一歌？妙极、妙极！ |
| 子 纠 | 只许为欢、不许伤情！ |
| 泰 伯 | 听了！ |
| | （唱）一年过去一年挨， |

正月梅花雪中开。

梅花落叶顺雪飘，

大雪飘飘郎不来。

桃花夭夭三月开，

姑娘打扮游春台。

黄杨木梳青丝发，

妆残粉落郎不来！

石榴连珠五月开，

雄黄好酒拿来筛。

一杯两杯、三杯五杯、八杯九杯、十二杯佳酿都筛满，

醉醉醒醒郎不来。

凤仙窈窕七月开，

手摇团扇汗凝腮。

不许孩童扑萤火，

哪一点幽魂明灭是郎来、是郎来……

太　任　夫哇！（泣下）

文　丁　好端端的情歌，竟被唱作丧曲！

泰　伯　坟茔当前，能不悲声！今西岐翘首东盼，敢请大王发冢起棺，使我
　　　　先君魂归故园！

文　丁　罢！残骸一副，拿去便是。

内　侍　大王有命，发冢起棺！

子　纣　狗才！什么"起棺"，乃是"开棺"！

泰、太　这开棺么——

文　丁　泰伯远道而来，若不开棺，将人接错，岂不冤枉？

子　纣　接错尚可，若将牛骨犬骸，误葬祖茔，岂不好笑？

文、纣　还是验明正身，看看的好！

内　侍　大王有命，发冢开棺！

太　任　　呀！

　　　　　　（唱）轰隆隆好一似幽冥界开，（发冢）

　　　　　　　　　欲相迎还相避泪下哀哀。

　　　　　　　　　吱呀呀起灰钉横推棺盖，（开棺）

　　　　　　　　　战兢兢怎忍见夫婿尸骸！

文　丁　　泰伯上前、上前一观！

泰　伯　　（俯看）啊！

文　丁　　泰伯，你看明白了？

泰　伯　　明明白白、清清楚楚！

文　丁　　棺椁之内，季历面容如何？

泰　伯　　他他他面不改色、栩栩如生。

文　丁　　好个"面不改色"！穿戴怎样？

泰　伯　　冠冠冠冕堂皇、人主之风！

文　丁　　好个"冠冕堂皇"！陪葬可好？

泰　伯　　金玉琳琅，好好好不丰厚！

文　丁　　好个"金玉琳琅"！

泰　伯　　愧愧愧领了。告辞。（欲下）

文　丁　　回来！泰伯、泰伯！你今归去，为西岐之主，愿商周君臣，睦乐
　　　　　百年。

泰　伯　　我今归去，统领西岐，必将殷商恩威，传告天下！告辞。（欲下）

太　任　　长兄留步！……还望主君，善待我儿。

泰　伯　　弟妹保重。三弟啦三弟，为兄带你回家、回家去也！

　　　　　　（哼唱）去尔商邦，返我周原。

　　　　　　　　　迢迢路远，何惧其艰……（携棺下）

子　纣　　爷爷！何不……（示意杀之）

文　丁　　休再多事，随他去吧。

子　纣　　听之任之，纵虎归山！

文　丁　　猎场之内，只畜牛羊，有何趣味？我为纣儿，养得虎豹在侧，方可
　　　　　　剑出鞘、矢上弦、朝乾夕惕、江山万年、江山万年！

　　　　　　〔灯渐暗。


# 第四折　　天下


　　　　　　〔隆冬，飞雪。

　　　　　　〔两个时空：西岐，上置宝座一张；勾吴，众人翘首以盼。

　　　　　　〔姬昌、仲雍分上。

姬　昌　　（唱）御座一张设殿中，

仲　雍　　（唱）眺向商邦意忡忡。

姬　昌　　（唱）伯父他赴阙敢担千钧重，

仲　雍　　（唱）遍东吴昼夜不安盼归鸿。

姬　昌　　（唱）闻听得移棺开了爹爹冢，

仲　雍　　（唱）为什么返程迢迢失影踪？

姬　昌　　（唱）莫不是文丁暗把刀兵动……

仲　雍　　不等了、不等了！儿郎们！

众　人　　有！

仲　雍　　速速探明！

众　人　　是！

　　　　　　〔仲雍率众隐下。

泰　伯　　三弟你看，西岐、已到西岐了！

　　　　　　（唱）喜泪飘、悲泪送、迎人飞雪似泪溶。（上）

姬　昌　　（见之）伯父回来了！爹爹……爹爹回来了！

泰　伯　　昌儿，节哀！

姬　昌　　伯父，上坐。

泰　伯　　主君大位，泰伯怎敢！

姬　昌　　坐此位者，伯父之外，更无他人！

泰　伯　　怎说无有？当年西山采药，涉川流、放乳燕、埋枯骨，昌儿仁心一片，苍天可鉴。

姬　昌　　说什么仁心埋骨，若无伯父扶柩而归，自家爹爹的尸骸，尚且不保、尚且不保！伯父在上，受侄儿一拜！

众　臣　　主君在上，受臣等一拜！

泰　伯　　也罢！若是诚心拥戴……

姬　昌　　诚心拥戴，苍天可鉴！

泰　伯　　那这一拜……我便受了！（落座）

众　臣　　（山呼）千千岁！

泰　伯　　平身。众卿既奉我为君，我有三事，你等可听命么？

姬　昌　　主君之命，敢不从之！

众　臣　　敢不从之！

泰　伯　　好！费浑安在？

臣子甲　　那费浑勾结外敌、里通殷商，已下死牢待斩！

泰　伯　　这头一件，免其死罪，赦他出牢。

姬　昌　　主君！是费浑唆使先君赴商、以致不幸，他该当万死！

泰　伯　　若不从命，这个位儿，你来坐之。

姬　昌　　不敢！谨遵主命，赦免费浑！

泰　伯　　这第二件，臣事殷商，岁贡加倍。

臣子乙　　主君三思！殷商乃我凤敌，更兼先君之仇……

姬　昌　　况年年贡币颇多，再若添之，百姓不堪其负……

泰　伯　　若不从命，这个位儿，你来坐之！

姬　昌　　……不敢！谨遵主命，岁贡翻番！

泰　伯　　还有第三件……

　　　　　〔哨探内声"报——"急上。

| 哨　探 | 主君！有众人马，持戟带刀，自东而来！ |
|---|---|
| 泰　伯 | 自东而来——再探！ |
| 哨　探 | 是！（下） |
| 泰　伯 | 我这第三事，来呀，将季历灵柩，起钉开棺！ |
| 众　臣 | 起钉开棺!? 不可、不可、万万不可！ |
| 臣子甲 | （唱）痛哉先君身早逝，<br>　　　　怎可亵渎再曝尸？ |
| 臣子乙 | （唱）搅扰亡魂不成礼，<br>　　　　必招万众斥与讥。 |
| 臣子丙 | （唱）飘零游子休惊起，<br>　　　　恭恭敬敬送葬祖茔才相宜！ |
| 泰　伯 | 众卿若不从命，我么…… |
| 姬　昌 | 伯父安座！……先君之棺么，开！ |
| 众　臣 | 使不得！ |
| 姬　昌 | 开！ |
| 众　臣 | 使不得啦！ |
| 姬　昌 | 开！ |
| 泰　伯 | 众卿且退，昌儿留下。 |
| 众　臣 | 是是是。（下） |
| 泰　伯 | 昔在朝歌，文丁设宴冢前，唤弟妹陪席…… |
| 姬　昌 | 我母陪席?! |
| 泰　伯 | 又发冢开棺，命泰伯近前验看。他有三问，我有三答。 |
| 姬　昌 | 问的什么？ |
| 泰　伯 | 问道棺中之人，面容如何、穿戴怎样、陪葬可好？ |
| 姬　昌 | 怎生答之？ |
| 泰　伯 | 答曰：面不改色、冠冕堂皇、金玉琳琅！ |
| 姬　昌 | 呜呀……爹爹真个无疾而终，丧葬不失人主之礼，也算不幸之幸！ |

泰　伯　不幸之幸么？来来来，你来看！（推开棺盖）

姬　昌　（见之）啊呀！

　　　　（唱）棺盖一开心惊怖，

　　　　爹爹、爹爹！

　　　　（唱）相对断肠空号呼！

　　　　　　　说什么面不改色颜如故，

　　　　　　　恸爹爹身首两分遭刑诛！

　　　　　　　说什么冠冕堂皇雍穆穆，

　　　　　　　他破席半领裹焦枯！

　　　　　　　说什么金玉琳琅光夺目，

　　　　　　　只有那僵死的寒虫伴羁孤！

　　　　　　　伯父啦，见此景你怎能忍悲制怒？

　　　　　　　怎能够淆是非佯作糊涂？

　　　　　　　明放着我爹爹丧身刀斧，

　　　　　　　怎能够向暴虐阿谀臣服！

　　　　　　　似这般岂不将家邦辜负，

　　　　　　　却叫我、啊呀我可怜的爹爹啦，孤零零、形影吊、枉死他乡

　　　　　　　步泉途！

泰　伯　好、骂得好！我来问你，周之兵士，比商如何？

姬　昌　不如。

泰　伯　周之粮秣，比商如何？

姬　昌　不如。

泰　伯　周之刀枪，比商如何？

姬　昌　不不不如也！虽则不如，然父子之仇，必报之；君臣之仇，必报
　　　　之；家国之仇，必报之！兴兵讨商，事有必为！

泰　伯　贸然而为，国破家亡！

姬　昌　然此切肤之痛、断肠之苦、锥心之恨……伯父！你叫侄儿如何是

　　　　　好、如何是好！

**泰　伯**　忍！

**姬　昌**　忍不得！

**泰　伯**　忍！

**姬　昌**　忍不住！

**泰　伯**　忍！

　　　　　（唱）昌儿啦，你道是切肤之痛难忍受，

　　　　　　　　且把这锥心之苦记心头。

　　　　　　　　记住你嘶声裂肺呼棺枢，

　　　　　　　　记住你抚尸号啕泪横流。

　　　　　　　　记住你风木之悲身颤抖，

　　　　　　　　记住你冲冠一怒裂青眸！

　　　　　　　　殷商无道残虐久，

　　　　　　　　一般样泣血之恸漫神州。

　　　　　　　　你今深解其中味，

　　　　　　　　当知万众云海愁。

　　　　　　　　倘若贸然兴甲胄，

　　　　　　　　几多无辜把性命丢！

　　　　　　　　几多至亲诀骨肉，

　　　　　　　　几多妇人失鸾俦。

　　　　　　　　几多同袍死挚友，

　　　　　　　　几多遗骸无人收。

　　　　　　　　似这般你与商王又何异、又何异啦，

　　　　　　　　忍忍忍……

**姬　昌**　忍千忍万，忍到几时？

**泰　伯**　（唱）忍辱负重磨春秋。

　　　　　　　　忍到那遍周原奉公谨守，

忍到那众子民衣食无忧。

忍到那仓廪足富庶丰有，

忍到那甲兵齐意气赳赳！

忍到那离心的天下唾商纣，

四海翘望盼西周！

那时节，登高一呼起奋袖，

战鼓擂、车马骤、讨逆除暴、吊民伐罪、

不为私仇为天下仇！

旌旗指处皆俯首，

倒戈卸甲破金瓯。

得道该当盛世主，

失道难逃阶下囚。

昌儿啦，到那时、你再敬泉下三杯酒……

姬　昌　呜呀爹爹！待到那时，孩儿亲斟佳酿，敬告爹爹！

泰　伯　待到那时，我亦在泉下，等着吃你的酒哩。

　　　　（唱）斟阎殿、酌奈桥、饮刀山、沽火海，我与你爹爹呵，促膝欢、
　　　　把臂游、乐酩酊千秋万岁醉方休、醉方休！

姬　昌　伯父！伯父苦心，开棺椁、贡殷商、赦费浑……韬光养晦，件件桩
　　　　桩，我都晓得了！

泰　伯　商王文丁年迈，不足为惧，然其孙子纣，年方十六，酷虐成性，较
　　　　之文丁，犹有过之！我亦迟暮，怎与缠斗、怎与抗衡！昌儿，来来
　　　　来……（引姬昌入座）

姬　昌　伯父，这个位儿……

泰　伯　这个位儿，千钧之重、万民之望，你且为天下坐之、为天下坐之！

姬　昌　是！（入座）

泰　伯　勉之、勉之！

　　　　（唱）岁与时驰，鬓若霜丝。

寄望子弟，朝夕期之……（下）

[众臣内声：“主公、主公……”急上。

臣子甲　　主公！那众人马，已至城门！

臣子乙　　打探分明，原是勾吴之民！

臣子丙　　见泰伯久游不归，悬念思之，故而来迎！

姬　昌　　伯父?! 伯父在哪里、伯父在哪里？

众　臣　　四下寻过，不见了泰伯！

姬　昌　　伯父……走了。

众　臣　　走了？哪里去了？

姬　昌　　向东而去、向吴而去、向天下而去、向天下去了……

[灯渐暗。

[字幕：泰伯奔吴开国，为江南吴文化始祖，及其逝世，百姓追念高德，号啕山野。三十年后，武王伐纣，周灭商。

[谢幕曲：

　　　　一年过去一年挨，

　　　　正月梅花雪中开。

　　　　梅花落叶顺雪飘，

　　　　大雪飘飘郎不来。

　　　　桃花夭夭三月开，

　　　　姑娘打扮游春台。

　　　　黄杨木梳青丝发，

　　　　妆残粉落郎不来！

　　　　石榴连珠五月开，

　　　　雄黄好酒拿来筛。

　　　　一杯两杯、三杯五杯、八杯九杯、十二杯佳酿都筛满，

　　　　醉醉醒醒郎不来……

[全剧终。

## 附：我把天下，托与你了——锡剧《泰伯》创作随笔

这是无锡市锡剧院的委约之作。

泰伯，东吴文化宗祖，父亲为周部落首领古公亶父。兄弟三人，泰伯最长，次弟仲雍、三弟季历。孔子曾赞："泰伯，其可谓至德也已矣！"我想写的，便是这"至德"，是悠远上古的坦荡高蹈之气。

来吧，逆行于时间之河，去往 3000 年前。

全剧分为四折一楔子。

第一折《试侄》。据说，古公青睐季历之子姬昌（即后之周文王），欲以大位传之，又顾忌传嫡传长的礼制，心中纠结，一病不起。泰伯知道了父亲的心意，以西山采药为名，悄然而去。

"采药"是载体，"登山"为基础结构，主体则是泰伯、姬昌的对子戏。

戏一开场，姬昌之母太任听说儿子跟着泰伯去了人迹罕至的西山，担心生变，匆匆追访。这里有个点缀全剧的丑行：奸臣费浑。怎么给他快速写真呢，两句话就够了：

太任：费浑！我儿果真随了泰伯，西山去也？

费浑：小人看得分明，是那泰伯拐了公子，西山去也！

接着泰伯上场，以一个十四句的中型唱段写情势、写他的迟疑。没错，他尚未决定去留，这令人物有了心理推进的空间。

随后姬昌上场，欲随泰伯同去采药。泰伯三劝，姬昌仍很坚决：在这个戏里，细节之"三"、单折结构之"三"、全剧结构之"三"，用得琳琅满目，而使用方法各有不同。

当姬昌说出"禁足深宫，何堪大用"后，泰伯心想那就来吧，正好趁此机会，看你能否担当大任。二人同行，进入主戏。

主戏"登山"分为"山脚""山腰""山巅"三段落，遥遥吸引他们前行

的，则是泰伯口中能治愈古公之病的"忘忧草"。三个段落分别发生了三个小插曲：涉川流、放乳燕与埋枯骨。

我们首先明确了本折"奔赴"的"终点"：泰伯认可姬昌。那么，这三个段落，若是"认可—再认可—三认可"，不免失之呆板，所以我将之设计为"担心—改观—认可"，也使泰伯内心更多些跌宕。

于是，在第一段落：虎啸川前，泰伯推说胆怯，要姬昌背自己涉川而过。他伏在姬昌背上，感觉到少年纤细的骨骼。姬昌很孝顺、很勇敢，可他跌跌撞撞、磕磕碰碰地涉水，还是令泰伯心生忧虑：他还是个孩子啊，如何承担万众生灵？这时他想：我是该留下的。可当姬昌快意地喊出"过来了、过来了"时，泰伯又沉吟了：这个小侄子，多有生气啊！而"涉水"这一情节又给表演艺术留下了空间。

第二段落：二人行至山腰，见狂风吹落燕巢，乳燕坠地哀鸣。泰伯将小燕护入怀中，姬昌却揉干燕羽，屡屡将之抛向半空，要它自飞！涉水时为泰伯一人主唱，放燕则采用了对唱，篇幅较之上个段落也收缩了些。

第三段落：走着走着，姬昌被无名枯骨绊倒，他停下来掘土埋之。此处我全用念白。一方面，埋骨很重要，念白的力度比曲唱更强；另一方面，从第一、二段落到第三段落，唱腔音乐在逐渐收缩，为什么？为了这之后的大舒展。在泰伯决意离去时，必然有一段主唱腔，亦是演员发挥唱功之处，若之前唱段太满，不免主次不明，受众也会产生听觉疲劳。

埋骨这一段，泰伯连发三问，姬昌还以三问，少年人兼爱天下的"仁心"，便彰显在这往复之中。又，这三问，是受到"楚王失弓"典故的启发。

楚王出游，亡弓，左右请求之。王曰："止，楚王失弓，楚人得之，又何求之！"孔子闻之，惜乎其不大也，不曰人遗弓，人得之而已，何必楚也。——《孔子家语·好生》

见识了"埋骨"后，泰伯对姬昌完全放了心，他虽年轻、稚嫩，却有一个伟大君主必备的、也最为可贵的"仁心"。泰伯将他离去之志告知姬昌，姬昌劝留，泰伯回答："负重涉水，既勇且孝；放燕自飞，慧而有志；埋骨怀悲，仁心难得！当此之时，戎狄扰边、商王虎视，君父寄望于你，并非私怀偏爱，实乃慧眼独具！"以简单的念白，把之前三个小段落打个小包、重温了一回。

日出东隅，折柳拂衣。漫漫其旅，归去来兮……

泰伯去了，留下姬昌一人。太任追上，剧本从英雄的高古回到了尘世的心思。母亲寻得了儿子，精神上却无法对接。姬昌眺向泰伯去处，心里满是依依、满是感念，他高远的灵魂，因为泰伯的引领，再不会堕入尘泥。

第二折《诀乡》。史载泰伯奔吴开国，后古公去世，他奔丧西岐，哭祭之后，再度离去。

本折之地点是灵堂。季历先上，紧接着费浑来报：泰伯回来了！季历心头一震，多少感受到"威胁"，毕竟，嫡长子泰伯才是第一顺位继承人。实际上，全剧除泰伯、姬昌以及第三个人物外，其他角色：季历、太任、费浑……皆服膺于世俗之欲望。

泰伯上了场，开口先唱失父之悲与未能尽孝之憾。

本折之结构，是"三上香"，祝祷内容受到《琵琶记》的启发，即蔡伯喈之"三不孝"：生不能养、死不能葬、葬不能祭。用在远走他乡的泰伯自述上，也颇贴切。

与"三上香"对应的，是费浑的"三用计"。第一次，他率领众臣倒头叩拜季历，以示庙堂拥戴；第二次，他安排百姓在宫墙外山呼季历之名，以示民心所向；第三次，太任上殿，带来虚妄的古公"口谕"，当然也是费浑之计。"三用计"隔断了"三上香"，吵吵嚷嚷的诡谲与虔诚敬穆的祝祷形成反差。

具体梳理如下。

泰伯拈香欲祝，季历急发三问，欲探虚实，泰伯的回避令他疑窦丛生。接着，泰伯一上香，祝祷之词以念白完成，原因是：一、念白更有力度；二、悲哀之情，泰伯已酣畅地唱过了。"一上香"后，紧跟"一用计"；接着是"二上香"，听着泰伯自述，季历再次试探：

季历：爹爹在时，常说："泰伯远逃，至忠至孝……"

泰伯：爹爹在时，曾道："传位姬昌，兴家兴邦！"

问答句式完全一样，通过节奏的一致与重复，形成力度上"1+1>2"的累加效果。

"二用计"打断了季历、泰伯的对话，众百姓被"清退"后，泰伯说他还有第三炷香，季历等不及要问个究竟，便有了"拦香"，有意打破了"三上香"的节奏，避免与第一折"三登山"步调相似。我将第三炷香绵长地推后了，一直推到本折之结束。

接下来的对唱（"主位空悬待君王"段）很有意思，兄弟二人言语不在一个"频道"，可又有潜在关联。季历之言，听入泰伯之耳，徒留一声长叹；泰伯的话，于季历听来，却是剑拔弩张。接着太任来了，姬昌追着太任也来了。

为什么要让姬昌上场？为了给泰伯安排一个对称的对话者与倾听者、一个可与比肩的高洁灵魂。他谦虚地领受了母亲关于遗诏的谎言。这是超凌者与尘俗者更深的关系展示，他们被"爱"与"亲情"羁绊，这羁绊恰是另一种"必须"，这一点，会在第四折里得到回应。

随后，泰伯说他要带走一人。谁呢？他的二弟、继承权犹在季历之前的仲雍，以确保西岐政局平稳。

吴地风俗，文身断发。

仲雍上场，已文了身，血痕宛然。

直到这时，泰伯才痛痛快快将他内心的波澜一股脑儿唱了出来，与此同时，断发明志。

本折几乎所有内容于此完成，泰伯、仲雍举足欲行，又设置了个小回荡：泰伯站定了脚步，难道他改了主意？不。他说：我还有第三炷香没有祭。至此，"三上香"，完整包裹全折。

雨催风送，浪迹萍踪。心香三炷、诀西还东……

生若飘萍，泰伯又一次离开。每次离开，他哼吟的都是同样的四言句式。

史载季历主政之后，西岐日渐强大，商王心生忌惮，将之诱入朝歌杀害。本剧第三折《宴冢》，写的便是泰伯身入朝歌，迎回了季历棺椁。在此之前，我需用一个楔子交代季历之死。大纲阶段时，关于楔子，我是这样写的：

"十年后，泰伯在吴，闻说季历身故，再度返回西岐。却得知季历灵柩，不在国中！原来，太任回乡探望兄长商王文丁，季历同行，命姬昌监国。夫妻二人再未归来！日前文丁传讯，季历染病，卒于朝歌，就地安葬。西岐众臣欲举姬昌为主，费浑却道：'先君生不见人、死不见尸，不可另立新君。'并提出：'谁能将灵柩从商国带回，谁才有资格继位。'季历之死，必有蹊跷，此去朝歌，凶多吉少！ 泰伯劝住了欲赴商都的姬昌，独自登程，要把兄弟带回故土。"

这完全是未经思考的表述！从内容情节上说，没有问题；可从实际操作上说，却断不可为！首先，这根本不是"楔子"能完成的容量；其次，"奔丧"或"灵堂"的设置，与第二折重复；最后，人物也基本是前一折中人，是之前的延续而没有为后文开辟道路。

真正写作时，我换了个思路，令笔锋直入朝歌，引入文丁、子纣这两个新的人物形象，亦为第三折做铺垫。最终，楔子仅200余字，便完成了戏剧任务。

泰伯、姬昌象征"至善"，文丁、子纣象征"极恶"。子纣，即后之商纣王。之前说，剧中有三个人物扶摇于"世俗欲望"之上，子纣，便是第三人。年仅16岁的他，是纯粹极至之"恶"，为恶而恶并乐在其中。

祖孙俩简单的对话，不但交代了季历携妻入朝、交代了他即将面对的陷阱，甚至连其死亡命运，也隐藏其中。

第三折，《宴冢》之名充满邪恶之气，我要写的，正是泰伯面对这巨大"邪恶"时的气象。

本折发生于朝歌。为避免演员顶场上，我让被软禁于商的太任率先登台，以一段唱叙述季历之死、她之处境及谁接回季历棺椁谁便为西岐之主的约定。太任忧怀忐忑之时，子纣来了，告诉说，周原来人了，来的不是姬昌，又道文丁接待来使，邀太任前去陪席。太任答应稍后便去，子纣先自去了。

这是本折第一个层次，交代诸事，把充分的舞台时空留给冢前对峙。该层次总字数亦不到300。

接下来本折大致分为三大块：一、铺排，文丁、泰伯来至冢前、摆开酒宴，子纣亦参与其中；二、行乐，又分为"三劝酒"的小层次；三、发冢开棺，内里包含"三问"的细节层次。

在"铺排"里，我用对唱（背唱）表现泰伯、子纣初次见面时的相互观察，这是至善与至恶的一次凝望，也预示着日后——甚至全剧情结束后——在历史行进的轨道上，商周之间的命运交缠。

纵然泰伯再三反对，酒宴还是在季历冢前摆开了。"行乐"里，"一劝酒"极为干脆：泰伯拒绝在季历冢前饮酒作乐，这直接导致无辜者被截断双手。殷商暴行，可见一斑；泰伯境遇之险峻、内心之愤怒，也十分清晰、猛烈。

我很少把戏写得这么"狠"，但考虑到纣王日后行径，必须照这么"狠"的来写，也为第四折铺垫。

第一折"三登山"频度平稳。第二折"三上香"在"一上""二上"后，延宕了好一阵子，以"三上"收束。第三折"三劝酒"，又生变化，"一劝"之后，酒被暂时搁置，而将笔锋凝聚在泰伯的险境上。子纣一针见血地指出：泰伯今日冒险前来，定有图谋，他将剑架在泰伯颈上，屡用"旧冢之侧添新丘""今叫你来得去不得"来威胁。泰伯则以"剑头掂量重与轻"为切入点，分析利弊。实际上，这种"分析"极易失之枯燥，解决办法是：一、危险与压力的设置，一旦说得不好，就是人头落地；二、设计为唱段，以音乐性强化欣赏性；三、唱词文学性的追求。

"屠尽天下之志"，实是日后纣王写照。而此刻，还杀不得泰伯。

子纣的反应是这样的：

子纣：我——我杀了你！

文丁：纣儿住手！

子纣：（收剑）哈哈……爷爷！孙儿年方十六，怎敢打打杀杀？此皆戏言、戏言耳！上酒！

他在邪恶王国里收放自如，享受"天真"的残忍。紧接之后的"二劝酒""三劝酒"的节奏很快，以凸显紧张残暴的气氛。子纣拔剑，当场杀死一个劝酒宫人，威胁泰伯："你拒一杯，我杀一人；你拒十杯，我杀十人；看你推拒到几时！"太任赶来，亲自奉酒劝饮！子纣见状大喜，道是："爷爷，君无戏言。泰伯再若不饮，孙儿也留不得姑奶奶了！"只此一句，将其个性，展示淋漓。

泰伯接过酒，倾之于地，以祭季历，面对文丁的责难，他说既要行乐，我给你们唱一支歌吧。

茔前之歌，我最早想的是丧曲，如屈原之《招魂》、后世之《哭丧歌》。终于还是放弃了。一是因为本折十分沉郁，再唱丧歌，气氛一路走低、缺乏变化；二是若唱丧曲，一开口，势必被子纣制止，反将泰伯置于更大的危险面前。

那唱什么呢？

据说《诗经》"七月流火"，是泰伯之作，表现四季的农业生活。然《七月》原词过于古远晦涩，不适合观众接受，将之翻译为白话文，又少了韵味。又说，泰伯首创吴歌。用一曲吴歌如何？我大胆地以无锡急口山歌《十二月花望郎》为原型，做了部分修改，根据具体情景，将"情歌"唱成"丧曲"！苦等情人不见的焦灼，于此化为对永远回不来的亲人的追悼。这歌唱得太任泪如雨下，也唱败了文丁、子纣的兴致。

"行乐"结束，进入末个段落："发冢开棺"。

我接受了张弘老师的建议，暂时隐藏季历之死的真相，使之成为第四折的重要情节。因此，"开棺"所占篇幅不多，文丁就棺椁之内，季历之面容、穿戴、陪葬，连发三问。泰伯目眦欲裂地回答：面不改色、冠冕堂皇、金玉琳琅！

去尔商邦，返我周原。迢迢路远，何惧其艰……

泰伯携棺离开。

文丁给出了他不杀泰伯的理由："猎场之内，只畜牛羊，有何趣味？"——这是残暴者的理由。

第四折、最后一折，名曰《天下》。

姬昌36岁了，泰伯也到了65岁的暮年，经历朝歌之行，目睹商王祖孙残暴行径，对于君主之职责、对于社稷之担当、对于万众之承载……定有不一样的理解。

《天下》大致分为三个段落：

一、姬昌焦急等待泰伯归来，宫殿正中，主君的大座已预备好了。这可谓"引子"。

二、泰伯归来，姬昌诚心诚意请泰伯继位。二人围绕一张椅子展开表演，终于泰伯说：你等若是诚心，我便受了。

三、坐上主位的泰伯，说要做三件事。第一件：释放死囚牢中，勾结殷商的奸臣费浑。第二件：向商称臣，岁贡加倍。文本处理上，这两件事密集进行，都没有使用唱段。我要把更大篇幅、更从容的描绘，留与第三件事：开棺。此事遭遇了朝臣最猛烈的反对，而曾反对释放奸臣、反对加重贡币的姬昌，久久沉默着，及至开口，是："先君之棺么……开！"他为忠奸进言、为百姓进言，独不为一己而言。

这时，泰伯屏退众臣、单留下姬昌。从编剧意图来说，这是"清场"：将本折，甚至全剧之重头戏、最高潮，留予泰伯、姬昌两人，这是两个伟大人格的对子戏。

按下来又分为二个小层次。

第一，开棺之前，泰伯复述了《宴冢》中他与文丁的"三问三答"。姬昌以为父亲是寿终正寝，微微松了一口气。可编剧的目的，却是要摔他更重、伤他更痛。

第二，泰伯推开棺盖！我们迎来了真相、迎来了姬昌最重要的唱段"棺盖一开心惊怖"！棺椁之内，他看到父亲被破席包裹、身首两分！这一段用的是此前从未用过的"姑苏"韵。每当全剧写到一半时，我都会将用韵情况做一次梳理，此后尽量选择没有用过或用得较少的韵脚，从而丰富曲唱、润腔之音乐变化。

悲痛、愤怒的姬昌要一个解释！为什么文丁面前，泰伯亲见季历惨状，却逆来顺受、不争不辩？！

这便进入了第三个小层次，也是全剧制高点。

泰伯的解释很简单，若不如此，这棺椁便回不来了。

接着姬昌说了"三仇"："父子之仇，必报之；君臣之仇，必报之；家国之仇，必报之！"泰伯还以"三问"："周之兵士，比商如何？""周之粮秣，比商如何？""周之刀枪，比商如何？"

都是对称的结构。

样样不如，如之奈何？只有一法：忍忍忍！

全剧之核心唱段出现了。铭记、忍耐、仁爱、建设、等待、韬光养晦、身先士卒、吊民伐罪、所向披靡……所谓"得道该当盛世主，失道难逃阶下囚"，本段唱腔，泰伯几乎预言了此后半个世纪的事。他对姬昌说：记住你今天的悲愤苦痛，将心比心，你便知道天下百姓承担着怎样的苦痛悲愤。若无与世俗常人之情感对接，便谈不上崇高、也谈不上圣贤。人们都知道，姬昌下半生将遭遇什么！他被纣王长年囚禁、被迫被骗食子肉羹……种种残虐，简直叫人发疯！姬昌怎样忍受住了这一切呢？也许，正是泰伯这些话，在他心中震荡，照亮了他无数个漫长的、孤独痛彻的黑夜。

泰伯走了，他将一切：西岐、百姓、天下……都托付给姬昌，说："勉之、勉之！"这也正是第一折西山之别时，泰伯留给姬昌的话。事实上，《天下》的结尾，其结构以至文字，几乎与《试佺》一模一样。一样的"伯父在哪里、伯父在哪里"，一样的"四下寻过，不见了泰伯"，一样的"伯父……走了"，一样的"走了？哪里去了？"不一样处，是第一折之"向那日出之东，他去了、去了……"在第四折里，改为"向东而去、向吴而去、向天下而去、向天下去了……"

昔我往矣，杨柳依依。今我来兮，雨雪霏霏。岁与时驰，鬓若霜丝。寄望子弟，朝夕期之……

值得一提的是，全剧四折，《试佺》《诀乡》《宴冢》《天下》，分别发生于春夏秋冬四季，以表现岁月轮转、时序迁变，与《诗经·七月》《十二月花望郎》之叙事方式，也互为呼应。

# 锡剧《烛光在前》

## 人物表

陆静华　　（正旦）

张太雷　　（生）

张西屏　　（闺门旦）

张西蕾/梅（贴旦）

张一阳　　（生）

薛　氏　　（老旦）

刘思猛　　（净）

乔不三　　（丑）

班不四　　（丑）

锡剧《烛光在前》
第三折《掷衣》

# 第一折　剪信

〔幕后，远远地，《毕业歌》起：

同学们，大家起来，

担负起天下的兴亡！

听吧，满耳是大众的嗟伤，

看吧，一年年国土的沦丧！

我们是要选择"战"还是"降"……

〔1937 年冬，淞沪会战后期。

〔常州，张家。

〔陆静华上。

**陆静华**　（唱）志忞日夜苦悬望，

远近江天连火光。

世道离乱身飘荡，

急忙呼儿检行囊。

细屏、细屏！

（唱）唤长女、大洋两块缝衣角；（幕后应：知道！）

棠棠、棠棠！

（唱）唤幺儿、肩头多背三斤粮。（幕后应：晓得！）

锅碗瓢盆尽撇漾，

怀揣泛黄纸一张。（抚心口）

高声再把次女唤……

细妹、细妹！这丫头，整天不见人！

（唱）牵心挂肚绕肝肠。

恨不能将她牢牢儿拴在娘衣带上……

〔张西梅内声："姆妈，我回来了……"上。

**陆静华**　细妹！看你这头汗……（陡见）呀！

（唱）点点血色染裙裳！

你又去医院帮忙了？

| 张西梅 | （点头）姆妈，我有紧要事说！ |
| 陆静华 | 是有紧要事！ |

（唱）避战火、一家老小奔乡壤，

　　　但愿得平平安安顺顺当当无惊无险远灾殃！

| 张西梅 | 逃去乡下，几时动身？ |
| 陆静华 | 夜路难行，天亮就走。 |
| 张西梅 | 这……姆妈，今天医院，又收了几十个伤员。 |
| 陆静华 | 时候不早，你也去收拾收拾。 |
| 张西梅 | 都是在上海与日本兵拼过刺刀的！ |
| 陆静华 | 再帮奶奶翻个身、擦把脸…… |
| 张西梅 | 最年轻的，与棠弟一般大…… |
| 陆静华 | ……算了，我去照顾奶奶，你也够累的了。（欲下） |
| 张西梅 | 姆妈！我……我不去乡下！ |
| 陆静华 | 尽胡说！鬼子快打家门口了，常州守不住！ |
| 张西梅 | 也不留常州。 |
| 陆静华 | 不去乡下、不留常州，那你？ |
| 张西梅 | 姆妈！ |

（唱）痛心国难意激荡，

　　　怎叫铁蹄践家邦。

　　　放眼九州争奋勇，

　　　不输须眉是红妆。

　　　愿迎烽火赴疆场，

　　　南京城头战旗扬！

| 陆静华 | 你要去南京？ |
| 张西梅 | 对！与医护、伤员们一起，今夜就转移去南京！ |

| 陆静华 | 不许去…… |
|---|---|
| 张西梅 | 姆妈…… |
| 陆静华 | 我说不许去! |

［张西屏、张一阳内声"姆妈……"上。

| 屏、阳 | 二妹（二姐）回来了! |
|---|---|
| 张西屏 | 姆妈，大洋两块，都缝衣角了。 |
| 张一阳 | 姆妈，我还能再背两斤粗面! |
| 陆静华 | 细屏、棠棠，看着细妹，不给出门! |
| 张西梅 | 我是个救护队员…… |
| 陆静华 | 我是你妈! |
| 张一阳 | 姐，饿了吧? 给你留了咸菜泡饭，走、走呀!（拽之下） |
| 张西屏 | （迟疑）姆妈，二妹想从军? |
| 陆静华 | 看着她。 |
| 张西屏 | 也有她的道理。 |
| 陆静华 | 看紧她…… |
| 张西屏 | "覆巢之下，焉有完卵"，也是姆妈从小教我们的…… |
| 陆静华 | 看住她! |
| 张西屏 | （犹豫）……是。（下） |
| 陆静华 | 这一个一个的! 女儿大了、有主意了，孩子他爹，你也帮我拿个主意、拿个主意呀。 |

（唱）书信一张贴怀中，

摩挲墨痕诉苦衷。（怀中取信）

夫啦夫，你撇家一去十寒暑，

我拉扯儿女整十冬。

一粥一饭咬牙供，

一针一线手自缝。

一般样书包备三份，

一分穷添成了三分穷。

细妹她女娃偏怀丈夫勇，

我怎忍娇儿蹈兵锋？

她眉眼之间像煞了你，

像煞你雨里奔走风前冲。

缓缓抚得信笺热，

一笔一画心渐通。

这一竖，似你昂然立如松，

这一横，似你远行步匆匆。

这一捺，似你顿挫怀忧痛，

这一撇，似你仗剑裂苍穹。

这一横一竖一撇一捺一画一笔我千回万回心头咏，

一年两年三年五年八九十年哪一时不在梦里逢？

罢罢罢，手边取过红铜剪，

一咬信纸心下空。

斑斑墨渍向人涌，

一行一行似荆丛！

剪剪剪、上剪了收信人、为妻的名和姓，

下剪了寄信者、我夫的款与踪。（剪下双双姓名）

心肝生生剪开了洞，

再拼起你与我、两个名儿长相从。（将之拼在一处）

拼起个思永念永、情浓意浓，

拼起个来年同冢、当时音容。

相对着一烛如豆轻摇动……

（念之）"静华我妻，见字如晤。我此次离家远游，你们不必对我有
所牵挂……"

（唱）这名儿、这信儿、好一似烛光盈盈照雪融。（泪下）

［张西梅内声"姆妈……"上。

张西梅　　姆妈，你哭了？

陆静华　　（拭泪）没、没有。明早逃难，你行李都收好了？

张西梅　　两支笔、一本书、几件换洗衣裳，都收拾好了！

陆静华　　不早了，去睡吧。

张西梅　　不早了，该走了！

陆静华　　细妹！

张西梅　　姆妈！

　　　　　（唱）劝姆妈，休动怒，

　　　　　　　　不是女儿犯糊涂。

　　　　　　　　日寇汹汹侵疆土，

　　　　　　　　谁能安详守田庐？

陆静华　　可你还是个女学生！

张西梅　　（唱）学校里，老师们泪流鼓舞，

　　　　　　　　同学们奋袖号呼。

陆静华　　你才十六岁……

张西梅　　（唱）医院内，小战士年不及十五，

　　　　　　　　笑嘎嘎遍体血污！

陆静华　　逃去乡下，多少安全……

张西梅　　（唱）倘若人人避刀斧，

　　　　　　　　家国处处白骨铺。

　　　　　　　　姆妈呀，我不怕仰面挺胸阵前死，

　　　　　　　　怕只怕俯首屈膝断头颅！

　　　　　　　　求姆妈，放我去、休拦阻，

　　　　　　　　敢投此身入洪炉！

陆静华　　你非去不可？

张西梅　　非去不可！

| 陆静华 | 不去不成？ |
| --- | --- |
| 张西梅 | 不去不成！ |
| 陆静华 | 那你就……去去去吧。 |
| 张西梅 | （跪地）女儿不孝……走走走了！（欲下） |
| 陆静华 | 回来！ |
| 张西梅 | 姆妈，随队转移，前往南京，你再拦不住我！ |
| 陆静华 | 妈不拦你，只是——你要去，不能去南京！ |
| 张西梅 | 不去南京，去哪里？ |
| 陆静华 | 上海！ |
| 张西梅 | 有些进步同学，倒是去了上海，可我…… |
| 陆静华 | 你是你爹的孩子，就该去上海寻你爹！ |
| 张西梅 | 爹？爹不是早不在了吗？ |
| 陆静华 | 十三年前，你爹在上海大学教书，在慕尔鸣路上住过两个半月、整整七十八天…… |
| 张西梅 | 爹不是个走南闯北的买卖人吗？他卖肥皂、卖针线、卖洋火…… |
| 陆静华 | 那是一幢两层小楼，我与你爹，带着细屏与你——那时，你才这么点大（比画）——住在楼下；楼上呢，正房住着蔡先生、向太太，厢房住着瞿先生…… |
| 张西梅 | 什么向太太、哪个瞿先生？ |
| 陆静华 | 白天总有客人拜访，我除了洗衣做饭，就是听他们讲话，虽然不十分懂，却也有滋有味。到了晚上，你爹编杂志、写文章，我在一旁做针线，他杯里的茶水，从不会太烫、也不太凉…… |
| 张西梅 | 我爹是谁？他是什么人？ |
| 陆静华 | 妈知道，如今上海乱，可上海还有你爹的兄弟、伙伴……你要走，只能跟着他们、跟着你爹，不能跟着仇人、跟着国民党！ |
| 张西梅 | 姆妈，你放心。 |

〔张西屏、张一阳上。

| 张西屏 | （递行囊）二妹，我……我真想与你同去！ |
|---|---|
| 张一阳 | （惊讶）大姐！姆妈说了，今夜不给出门！（拦门） |
| 陆静华 | 棠棠，到姆妈这儿来，我有事说。这事我忍了十年、骗了十年、瞒了十年，如今你们大了，也该知道了。（递信） |
| 张西屏 | （接之、读之）"我此次离家远游，你们不必对我有所牵挂……" |
| 张西梅 | （读之）"我立志要到外国去求一点高深学问，谋自己独立的生活……" |
| 张一阳 | （读之）"你可以趁这个时期用一点功，我想你学刺绣及图画一定是好的……" |
| 陆静华 | （唱）闻儿念信泪悄流， |
| 张西屏 | （唱）浓浓淡淡笔力遒。 |
| 陆静华 | （唱）到今日、书上相逢亲骨肉； |
| 张西梅 | （唱）为什么、不见落款与抬头？ |
| 陆静华 | （唱）身远走啊，魂长留， |
| 张西屏 | （唱）想不明，猜不透， |
| 陆静华 | （唱）门外几多风雷骤， |
| 张西屏 | （唱）毫端多少绕指柔。 |
| 陆静华 | （唱）细妹啦，且把这一纸家书作路引， |
| 张西梅 | （唱）懵懂之间尽离愁。 |
| 陆静华 | 细妹，你去上海，带上这个，认得你爹的人，都认得这笔字。 |
| 张西梅 | 这是爹爹亲笔？那落款呢？ |
| 张西屏 | 落款之处，当是爹爹之名、爹爹之名—— |
| 陆静华 | 剪去落款，出门在外，再不怕搜查。 |
| 张西梅 | 原来……您早有主意、早肯放我了！ |
| 陆静华 | 却总想留你一留。（将信放入西梅怀中）收……收好。 |
| 张一阳 | 姆妈，爹叫什么？ |
| 张西屏 | 他到底是谁？ |

| 三　子 | 到底是谁!? |
|---|---|
| **陆静华** | 喏……（递一纸片） |
| 三　子 | （读之）"静华——我妻"? |
| **陆静华** | 这是你爹爹所写、姆妈的名字。还有这个……（再递） |
| 三　子 | （读之）"太雷手书"?"太——雷"?! |
| **陆静华** | 惊雷震荡，以唤太平! 你们爹爹，是个共产党员，是中国共产党创建人之一! 太雷，便是他的名字; 张太雷，便是你们爹爹的名字! （掩面泪下）孩子他爹，说了、说了、我终于说出来了……（泣不成声） |

〔灯渐暗。

# 楔　子

〔1939 年秋。

〔刘思猛上。

| **刘思猛** | （唱）奉命寻访到江南, |
|---|---|
|  |　　　满目断壁接颓垣。 |
|  |　　　旧宅破败人不见, |
|  |　　　辗转来至柴门前。 |
|  |　　　潜行不敢高声唤…… |
|  | 有人吗? |

〔陆静华内声"来了、来了……"上。

| **刘思猛** | （唱）荆钗布裙入眼帘。 |
|---|---|
|  | 陆大嫂? 陆静华! |
| **陆静华** | 你是? |
| **刘思猛** | 我是陈先生派来的。 |

| 陆静华 | 不认识……（欲关门） |
|---|---|
| 刘思猛 | 是周先生差来的！ |
| 陆静华 | 没听过……（欲关门） |
| 刘思猛 | 是你女儿张西蕾托我来的！ |
| 陆静华 | 西蕾？不，我女儿，不叫这个……（欲关门） |
| 刘思猛 | 就是西梅、细妹呀！去年九月，她在安徽云岭，找到家了！ |
| 陆静华 | 找到家了？！ |
| 刘思猛 | 为纪念父亲，改名"西蕾"，草字头下，一个"雷"字！ |
| 陆静华 | 一个"雷"字！ |
| 刘思猛 | 这是西蕾同志给家里的信！（递之） |
| 陆静华 | （接之，悲喜交织）大兄弟，我女儿活着、她还活着！ |
| 刘思猛 | 活着、活着！大嫂，我奉周副主席（周恩来）、陈司令员（陈毅）之命，接你们回家！ |
| 陆静华 | 回家？ |
| 刘思猛 | 团聚、去延安！ |
| 陆静华 | 延安么……容我们商量商量。 |
| 刘思猛 | 大嫂！沦陷区里，日子难熬…… |
| 陆静华 | 明日一早，给你回音！ |
| 刘思猛 | 好！明日一早，运河码头，等你消息！ |

〔灯渐暗。

## 第二折　议去

〔薛氏卧床，张西屏、张一阳在侧。

| 张西屏 | （读西蕾之信）"我到了上海，快进租界时，被日本鬼子扣留了！" |
|---|---|
| 张一阳 | 后来呢？快念！ |

| 张西屏 | "他们说从没有女孩子单独跑出来，问我究竟来做什么。我说家里困难，来上海投亲。想到爹爹，忍不住放声大哭。鬼子闹不清怎么回事，关了我三个小时，就放我走了。" |
|---|---|
| 薛　氏 | 阿弥陀佛！女儿家还是要靠男人撑门面！细屏，你也不小（了）…… |
| 张一阳 | 奶奶！听姐姐念下去！ |
| 张西屏 | （念之）"进了租界，我四下打听，找到了吴博！姐姐，就是学校与你同班的吴博！她已经是个共产党员了！" |
| 薛　氏 | 小声点、小声点！细屏，正该找个好人家…… |
| 张西屏 | （轻声而兴奋）"我对她说，我想参加革命……" |
| 张一阳 | （凑近、看）"我想去找共产党……"呀！<br>（唱）字字见之心滚烫， |
| 张西屏 | （唱）行行读来百转肠。 |
| 张一阳 | （唱）我也想、也想去找共产党； |
| 张西屏 | （唱）我也想、也想振翅远翱翔。 |
| 张一阳 | （唱）我也想、身赴洪流春雷响； |
| 张西屏 | （唱）我也想、挣开长夜迎霞光！ |
| 二　人 | （唱）随爹爹、随爹爹，刀山敢上、火海敢闯…… |
| 张西屏 | （念之）"我们从上海到温州……" |
| 张一阳 | "从温州到金华……" |
| 张西屏 | "横穿浙江……" |
| 张一阳 | "进入皖南！" |
| 张西屏 | "为隐藏身份，不能乘船、不能坐车……" |
| 张一阳 | "每天走六七十里、走了三四十天……" |
| 薛　氏 | 作孽呀！<br>（唱）听得人、听得人，杂陈五味、老泪两行。<br>不要念了。 |
| 张一阳 | 要念！ |

| 薛　氏 | 不要念了！ |
| 张一阳 | 再念下去！ |
| 薛　氏 | 棠棠！（佯怒） |
| 张一阳 | 奶奶！（跺足下） |
| 张西屏 | 棠弟……（欲追） |

薛　氏　（止之）让他去，到了饭点就回来了。细屏，听奶奶说，只要家道
　　　　殷实、为人本分……

　　　　［陆静华内唱：

　　　　　　一挑萝卜晃悠悠……

　　　　［陆静华挑担上。

陆静华　（唱）双肩之上担春秋，

　　　　　　前担儿女人渐瘦。

　　　　　　后担婆母早白头，

　　　　　　但求一家长相守。

　　　　　　乐得这滴滴答答汗直流。

张西屏　姆妈，快放下，喝口水！（接担、递水）

薛　氏　媳妇，男婚女嫁，你劝劝细屏！

陆静华　（转念，对薛氏）妈，这萝卜又脆又嫩，腌干最好。

薛　氏　说大事呢，谈什么萝卜？

张西屏　（嘀咕）眼看要走了，还腌什么萝卜？

薛　氏　走？你要走到哪里去？

张西屏　我……

陆静华　妈，天气好得很，我背您去晒一歇太阳？（抱薛氏，对西屏）西屏，
　　　　快去，把萝卜切了。（背薛氏下）

张西屏　晓得！（切萝卜、念信）"一路走到皖南岩寺，新四军兵站公开招待
　　　　我们！我们吃到了'自己人'做的饭菜，这是根据地的味道、是家
　　　　的味道！"根据地的味道、家的味道！（越切越碎）

1009

〔陆静华上。

| | |
|---|---|
| 陆静华 | （见之）停手、停手！这萝卜与你有仇？ |
| 张西屏 | 姆妈！组织没有忘了我们！ |
| 陆静华 | 家里穷，你能考上省里的学堂，师范毕业，不容易！（切萝卜） |
| 张西屏 | 而今派人来接我们了！ |
| 陆静华 | 而今在小学教书，也是个好营生。 |
| 张西屏 | 明天一早，运河码头，我们同去！ |
| 陆静华 | 再要能找个好人家，你奶奶和我，就都放心了。 |
| 张西屏 | 去了延安，才是真放心！姆妈，别切了，听我说！ |

张西屏　（唱）多少年撑持门户你劳心，

　　　　　　件桩桩女儿记在心。

　　　　　　四时缝穷多费心，

　　　　　　一日三餐操碎心。

陆静华　（夹白）天都快黑了，棠棠人呢？

张西屏　（唱）供儿读书尽苦心，

　　　　　　伺候奶奶赔小心。

　　　　　　二妹她磕磕碰碰你忧心，

　　　　　　棠棠他七病八痛你更煎心。

陆静华　（夹白）他去铁坊做小工，还当我不知道哩。

张西屏　（唱）姐弟们，每淘气，你欲打欲骂不忍心；

　　　　　　三粒糖、两颗枣，你疼儿护女无偏心。

　　　　　　又怕他人起疑心。

　　　　　　爹爹事、十余载、遮瞒伤心总酸心。

陆静华　（夹白）把你们一个个拉扯大，我也就不负你爹爹了。

张西屏　（唱）到如今守得云开畅人心，

　　　　　　别江南、赴延安、看似离家、实则归家、欢心舒心得安心！

　　　　　姆妈，我们一道去延安，好不好？

| 陆静华 | 好是好，去不了。 |
|---|---|
| 张西屏 | 怎么说？ |
| 陆静华 | 你奶奶瘫在床上。我答应过你爹，要给奶奶养老送终。那延安，她去不了，我就去不了。 |
| 张西屏 | 那我呢？我（想）…… |
| 陆静华 | 你？你不是说要帮我腌萝卜吗？来来来。 |

（唱）案板之上莫心躁，

　　　颗颗鲜脆切成条。

　　　人道是，常州一怪好蹊跷，

　　　萝卜干下酒作佳肴。

| 张西屏 | （夹白）姆妈，我好不容易能帮您分担点…… |
|---|---|
| 陆静华 | （唱）打点筷头虽小道， |

　　　个中自有心血浇。

　　　头一步，爽然一身洗泥淖，

　　　断作寸寸受千刀！

　　　人生一世亦如此，

　　　鳞伤遍体谁能逃？

| 张西屏 | （夹白）棠弟体弱多病，奶奶常年卧床…… |
|---|---|
| 陆静华 | （唱）第二步，百斤萝卜三斤盐， |

　　　狠搓劲揉两相交。

　　　去生去涩去水分，

　　　任你缸底苦哀号。

　　　人生一世亦如此，

　　　风干泪水不辞劳。

| 张西屏 | （夹白）我若去了，一家生计，又在您一人肩上！ |
|---|---|
| 陆静华 | （唱）第三步，拌入茴香与八角， |

　　　踩之踏之又几遭。

> 缸盖上、巨石一块压得牢，
>
> 只待清香满屋飘。
>
> 人生一世亦如此，
>
> 苦尽甘来慢慢熬。

张西屏　我若不去……姆妈，当年二妹离家时，我就想与她一起去！而今我真羡慕、真羡慕她……

陆静华　那你就去吧。

张西屏　啊？

陆静华　你想去，就去吧。

张西屏　姆妈，你不留我吗？

陆静华　我留过了。我说：小学教书，也是个好营生；若能再找个好人家，我就放心了……细屏，人生在世，就像这腌萝卜，没有不受苦的；再难再苦，也别哭啊叫的，那没用；只能咬牙忍……

张西屏　咬牙忍？

陆静华　慢慢熬……

张西屏　慢慢熬！

陆静华　熬熬熬、忍忍忍，但凡有个盼头，总有苦尽甘来之时！细屏，守着你们无病无灾、长大成人，就是姆妈的盼头，再苦再难，我也欢喜！你的盼头呢？

张西屏　我的盼头？

陆静华　是什么？在哪里？

张西屏　是什么，在……在那里！

（唱）盼只盼走上革命路，

　　　盼只盼高飞似鸿鹄。

　　　盼只盼能救万众苦，

　　　盼只盼写成太平图。

　　　心念念盼往延安去……

| 陆静华 | 那你就奔着它去吧，再难再苦…… |
|---|---|
| 张西屏 | 我也欢喜、我也欢喜！ |
| | （唱）追向那、风雨中、长燃在前一点烛！ |
| 陆静华 | （抚其脸）好、好……去吧。 |

〔张西屏点头、倒退……掉头奔下。

| 蒋　氏 | 媳妇，天都黑了，细屏急急匆匆、做什么去？ |
|---|---|
| 陆静华 | 妈，我问明白了，她不想嫁人。 |
| 蒋　氏 | 胡闹！她胡闹，你也跟着糊涂！ |
| 陆静华 | 妈，细屏是真不愿意。 |
| 薛　氏 | 她便不愿，你也不该……媳妇啦。 |
| | （唱）想当年，你嫁与我儿持帚箕， |
| | 　　　成婚前、你们未谋一面两不识！ |
| | 　　　还不是和和睦睦勤家事…… |
| | 　　　两情渐向一处移。 |
| 陆静华 | 妈，成亲之前，我与太雷是不认识；可成亲之后，他教我认字、教我画画、教我绣花…… |
| | （唱）我呵，离他便无绪、见他便欢喜、我心生欢喜，盼只盼、细屏儿、一样福气、觅一个中情中意的做夫妻、结做夫妻。 |

〔张西屏悄上，立于门外。

| 薛　氏 | 你！唉……是我老太婆拖累了你！ |
|---|---|
| 陆静华 | 妈，您别动气。 |
| 薛　氏 | 要不是我一瘫十四年，你也不用这么辛苦；要不是我瘫床上动不了，你就能带上孩子们远走高飞、去延安、去过安生日子！走吧，都走吧！我还是死了的好、死了的好！（泣下） |

〔张西屏推门而入。

| 陆静华 | 细屏？你怎么…… |
|---|---|
| 张西屏 | 天黑了，点上灯吧。奶奶，棠棠还没回来？ |

| | |
|---|---|
| 薛　氏 | 没呢，看看饭点都过了！ |
| 张西屏 | 村前村后，还有铁坊，我寻过了，他都不在。姆妈。我……我想好了，我留下来……教书、成亲、持家。 |
| 陆静华 | 你……想好了？ |
| 张西屏 | 我在外头转了一圈，那王家李家，披着姆妈浆洗的衣裳；钱家赵家，穿着姆妈手绣的鞋样；典当铺掌柜的见着我，提醒该把棉被赎回去过冬了……记得爹爹信里说，奶奶年纪大了，该当吃好一点、穿好一点，若过得太省、太苦，他在外也不得安心…… |
| 陆静华 | 照顾好家里，我当面答应过你爹。 |
| 张西屏 | 姆妈，我……想好了。他们去走爹爹的路了，（感伤而坚定）就让我、让我来走姆妈的路吧。 |

　　［灯渐暗。


# 第三折　　掷衣


　　［次日，运河码头。

　　［张一阳内唱：

　　　　一夜数更到天明……

　　［张一阳上。

| | |
|---|---|
| 张一阳 | （唱）三步并作两步行。 |
| | 　　　不避扑面朔风劲， |
| | 　　　不顾杨柳牵人襟。 |

　　［刘思猛内声："一阳，等等我！"追上。

| | |
|---|---|
| 张一阳 | （唱）西望延安心生翅， |
| | 　　　身似宝刀鞘中鸣。 |
| | （见舟）嚯！这船挺大呀。 |

| 刘思猛 | 知道奶奶卧床不起，陈司令员破例安排。 |
|---|---|
| 张一阳 | 走走走！ |
| | （唱）登舟解缆催声紧…… |
| 刘思猛 | （止之）嗳！ |
| | （唱）系缆泊舟待回音。 |
| 张一阳 | 回音？"我"不就是"回音"吗？ |
| 刘思猛 | 是大嫂叫你来的？ |
| 张一阳 | 是姆妈叫我来的！ |
| 刘思猛 | 是大嫂放你走的？ |
| 张一阳 | 是姆妈让我跟你走的！刘叔，时候不早…… |
| 刘思猛 | 天才蒙蒙亮…… |
| 张一阳 | 赶路要紧！ |
| 刘思猛 | 不急在一时。 |
| 张一阳 | 你不急、我急！再不开船，只怕…… |
| 刘思猛 | 怕什么？ |
| 张一阳 | 怕她…… |
| | ［幕后陆静华内声："棠棠、棠棠……" |
| 张一阳 | 糟了、她来了！（藏身、探头）刘叔！我铁了心要去延安，你别告诉姆妈我在这里，千万别告诉我姆妈！ |
| | ［陆静华上，张一阳藏身舟中。 |
| 陆静华 | 棠棠、棠棠！ |
| 刘思猛 | （下船迎之）大嫂！ |
| 陆静华 | 大兄弟。那延安，我们不去了。奶奶行动不便，不敢麻烦组织。 |
| 刘思猛 | 西屏呢？她也不去？ |
| 陆静华 | 她才谋了个小学教员的差事，不动弹了。 |
| 刘思猛 | 还有一阳…… |
| 陆静华 | 一阳！那孩子一夜未归，到处找也不见！ |

刘思猛　　这个……大嫂你看！

陆静华　　看什么？

刘思猛　　看河！

陆静华　　河面无风无浪……

刘思猛　　看船！

陆静华　　船身摇摇晃晃！难道——

刘思猛　　大嫂何不上船瞧瞧？

陆静华　　多有不便……

刘思猛　　不妨不妨！（扶之登船）

张一阳　　（紧张不已）呀！

　　　　　（唱）姆妈登船船一沉，

　　　　　　　　掩口不敢发半声。

陆静华　　（唱）窸窸窣窣起动静，

　　　　　　　　道是有人又无人。

　　　　　　　　望过船头望船尾，

张一阳　　（唱）避得我、船尾船头汗淋淋。

陆静华　　（唱）寻罢舱里寻舱外，

张一阳　　（唱）躲得我、舱外舱里不消停。

陆静华　　（唱）坐对河面把儿唤……

　　　　　　　　棠棠、棠棠！

张一阳　　（唱）一声一声动离情。

陆静华　　（唱）我儿体弱少多病，

　　　　　　　　骄阳怕晒雨怕淋。

张一阳　　（唱）姆妈她、晴送草帽雨打伞，

　　　　　　　　多少回、病榻一夜守到明。

陆静华　　（唱）他年方十五秧芽嫩，

　　　　　　　　怎禁烈烈兵火侵？

| 张一阳 | （唱）她青丝灰败满双鬓， |
| --- | --- |
| | 算来不过四十零！ |
| 陆静华 | （唱）指望相依儿为命， |
| | 一个两个离家门。 |
| 张一阳 | （唱）有心膝前承孝顺， |
| | 奈何胸中热血腾！ |
| 陆静华 | （唱）哪个做娘的、肯放稚子步险境？ |
| 张一阳 | （唱）哪个做儿的、能忍悲泪别娘亲！ |
| 陆静华 | （唱）恍惚惚，似见我儿明眸瞬， |
| 张一阳 | （唱）痴怔怔，欲拽姆妈百衲裙！ |
| 陆静华 | （唱）战兢兢不敢细看探， |
| 张一阳 | （唱）兢战战指爪不敢伸。 |
| 陆、张 | （唱）呼吸相闻咫尺近， |
| | 再相逢、再相逢不知哪一春！ |
| 刘思猛 | 大嫂，寻着一阳没有？（上船） |
| 陆静华 | （摇头）没、没有。我回去了。（欲下） |
| 刘思猛 | 大嫂！你只有这一个儿子，你与太雷同志的儿子！ |
| 陆静华 | 太雷么！ |
| 刘思猛 | "那一天"，我也在广州。 |
| 陆静华 | 广州?! 你是说……十二年前？ |
| 刘思猛 | 十二年前！ |
| 张一阳 | （悄声）十二年前？ |
| 陆静华 | 那年春节，滴水成冰。除夕前一天便是"大寒"。我正在厨下做饭， |
| | 收到一封上海来信…… |
| | （唱）料是夫婿传音讯， |
| | 时近新春笑颜开。 |
| | 书信一展心震骇， |

涔涔泪下满双腮！

**刘思猛**　　书信之中？……

**张一阳**　　（悄声）写的什么！

**陆静华**　　（唱）道是儿夫把病害，

　　　　　　　　　奄奄一息枯形骸。

　　　　　　　　　婆媳抱头忍号泣，

　　　　　　　　　恐将噩耗惊儿孩。

　　　　　　　　　急催急赶车轮快，

　　　　　　　　　要接太雷还旧宅。

　　　　　　　　　心念念、七碟八碗他爱吃的菜，

　　　　　　　　　又思想、六尺三寸把他冬衣裁。

　　　　　　　　　到门外、梳齐了发髻往里迈……

我想上海不比常州，不作兴大呼小叫，况太雷染病，可不能愁眉苦脸、给他添堵。我得笑、笑对他说：你长年不在家，这是犯了思乡病，一碟萝卜干就治好了！对——就是这个说法！

（唱）我强堆笑、笑哈哈、但只见、瞿先生……

**刘思猛**　　瞿先生？是瞿秋白同志？

**陆静华**　　正是！

（唱）泪零零、泪哀哀、他泪下如雨迎上来！

**张一阳**　　爹爹？我爹爹怎样——（欲出又忍）

**陆静华**　　我问："太雷呢？"瞿先生说："嫂子，你坐，喝口水。""我不坐、我不喝水，我男人在哪？"他别过脸，又抹了把眼泪，说道："上个月党领导广州起义，在大城市成立了第一个红色政权：广州苏维埃政府。那《宣言》，就是太雷兄的手笔。"

**刘思猛**　　（轻声）"同志们，你们的胜利在革命历史上是伟大的，在中国是第一次，在亚细亚洲也是第一次……"

**陆静华**　　"不、不说这个！我只问太雷——我丈夫人呢？"瞿先生说："珠江炮声轰轰，英、美、日各国军舰，掩护国民党渡江反攻！敌强我弱，广州难守，共产国际代表却坚持：不惜一切代价，保卫革命成果……""别说了，瞿先生我求求你，我要见太雷，带我见太雷！"他拽着我手，指甲嵌入我肉里。我就喊："太雷、太雷，我来了！"他也喊："嫂子、嫂子，不在了、他不在了！"

张一阳　　爹爹、爹爹——（欲出再忍）

刘思猛　　那天下午，太雷同志乘车赴大北门指挥战斗……

陆静华　　穿一身黄色亚丝绒军装，打了绑腿，脚上的咖啡色皮鞋，还是在上海我给他挑的……

刘思猛　　车子驶上大北直街，到处是烧焦的掩体、丢弃的枪械……

陆静华　　枪声越来越近、越来越密……

刘思猛　　太雷同志站起身，紧盯着枪声传来的方向……

陆静华　　他身中三枪，一枪打在头上，一枪打在胸口，把怀表也打裂了。血……血水流了满地。表上的时间，是十二月十二日下午两点十七分！那表，一分一秒，再不走了、永不走了！

张一阳　　（失声）呜呀——爹爹！（欲出三忍）

陆静华　　这条路，不好走、不好走哇！太雷离家时，就知道有这一天；细妹离家时，说是不怕这一天；可我怕、我怕呀，再没睡过一个安稳觉，一合眼就看见那块表，两点十七分，一动不动；如今棠棠……

刘思猛　　大嫂！他在、他在！一阳就在……

陆静华　　（拭泪）妇道人家，让你见笑了。日头高了、雾也散了，你该出发了。对了，我去拿点萝卜干来！家里腌的，又脆又甜，带着路上吃！你别走，我就来、就来！（急下）

张一阳　　（失声痛哭）爹爹——姆妈！

　　　　　（唱）放声一恸心如绞，

　　　　　　　　催促刘叔速起锚。

刘思猛　　你、你还要走？

| 张一阳 | （唱）休待姆妈重来到， |
| --- | --- |
| | 不叫相见泪号啕。 |
| 刘思猛 | 前路凶险，太雷兄之事，大嫂是说与你听的！ |
| 张一阳 | （唱）图大业、爹爹敢将血海蹈， |
| 刘思猛 | 还有瞿秋白同志，四年前，他……他也牺牲了！ |
| 张一阳 | （唱）承遗志、孩儿不惜把头颅抛。 |
| 刘思猛 | 想想你姆妈！ |
| 张一阳 | （唱）念姆妈、她从无一言诉怨恼， |
| | 她惯将酸苦肩上挑。 |
| | 姆妈啦、恕棠棠、今不孝， |
| | 诀至亲、辞故土、身随滚滚大江潮！ |
| 刘思猛 | 一阳，你再考虑考虑…… |
| 张一阳 | 刘叔！二姐来信，说今年三月，她见到了周副主席。 |
| 刘思猛 | 是有这事。 |
| 张一阳 | 周副主席对她说的第一句话，就是："你长得真像你父亲。"她面对他，也像见到了爹爹一样！刘叔，我们从小没有了父亲，我也想、也想去见见爹、见见像爹一样的人！刘叔，开船！开开开船吧！ |
| 刘思猛 | 好！开船喽！（驶船离岸） |
| | ［幕后内唱： |
| | 欸乃一声泛烟波…… |
| | ［幕后陆静华内声"棠棠……"抱包袱追上，张西屏随上。 |
| 张一阳 | 姆妈、姆妈！ |
| | ［幕后内唱： |
| | 相望母子泪婆娑。 |
| 陆静华 | （高喊）这包衣服，四季都有，那块表、你爹的怀表，裹在最里面、棉袄里面！（掷衣上船） |
| | ［幕后内唱： |

打叠浓情船头掷……

张一阳　姆妈！儿子给您磕头、给您磕头了！（跪地）

陆静华　当心身体，听二姐的话！

张一阳　（船行渐远）什么？听不见、我听不见！

陆静华　（嘶喊）当——心——身体！听你——二姐的——话！

〔幕后内唱：

唯余寸心任揉搓、任揉搓……

陆静华　（喃喃）"不能不尝一点离别的苦，去换那种幸福、去换那种幸福……"

〔灯渐暗。


# 楔子


〔幕后内声：千古奇冤，江南一叶；同室操戈，相煎太急！（周恩来为"皖南事变"作，手书刊《新华日报》）

〔1941年，上饶集中营。

〔被囚的、濒死的张一阳隐现。

张一阳　（昏迷中）同志们，上呀！跟我冲呀、杀呀、消灭敌人啊！（惊醒）悔过？自新？哈哈哈，我只后悔，没能多杀几个鬼子，没能看到新的世界！同志，这块怀表，连同我指甲（咬下指甲），请转交我二姐！她叫张西蕾，草字头下，一个"雷"字！对她说，棠棠没丢张家的脸、没丢爹爹的脸！还有，别将我的死告诉姆妈，永远、永远不要告诉她……（呼喊）姆妈、姆妈！

〔十年后。

〔张西屏、张西蕾上。

张西屏　棠棠，姆妈眼巴巴等你回来。

| 张西蕾 | 我们总说你忙、忙，这一忙就是十年，这一瞒就是十年！ |
|---|---|
| 张西屏 | 抗战胜利了，新中国成立了！姐姐替你看到了！ |
| 张西蕾 | 姆妈受邀国庆观礼，工作人员介绍时说，张太雷同志家两代烈士…… |
| 张西屏 | 我们再、再……再也瞒不住了。 |
| 张西蕾 | 张一阳烈士，就是我家棠弟。 |
| 张西屏 | 他生于冬至。爹爹说，冷到极时，春天便要来了、要来了…… |

〔幕后陆静华内声：棠棠、棠棠！……

〔切光。

# 第四折　起名

〔定点光下，一只小小的摇篮。

〔幕后童谣声唱：

小伢小伢摇摇摇，

伲要快快快困觉。

勿要（仔格）吵，姆妈给伲做新棉袄；

勿要（仔格）闹，外婆家里吃甜糕……

〔回忆：1923年冬。

〔常州清凉寺子和里3号，张家。

〔幕后吆喝"破布烂棉花拿来卖……"乔不三、班不四上。

| 乔不三 | （数板，念）窜街巷，捉乱党， |
|---|---|
| 班不四 | （念）捉乱党，换大洋。 |
| 乔不三 | （念）换大洋，打花床， |
| 班不四 | （念）打花床，讨婆娘。 |
| 乔不三 | （念）讨婆娘，养老细， |

| 班不四 | （念）养老细，费大洋。 |
|---|---|
| 乔不三 | （念）费大洋，窜街巷， |
| 班不四 | （念）窜街巷，捉乱党。 |
| 乔不三 | （念）幸亏乱党捉不尽， |
| 班不四 | （念）倪是我身上衣裳口中粮、 |
| 乔、班 | （唱）口中粮吔！ |

家里有人吗？（推门而入）

［幕后内声"来了……"，陆静华怀胎十月、持绣绷上。

| 班不四 | （吆喝）破布烂棉花拿来（卖）…… |
|---|---|
| 陆静华 | 没有！（关门） |
| 乔不三 | （拍门）小大姐，你家男人在家吗？不答话，我可要踢门啦！ |
| 陆静华 | 外头做生意去了。 |
| 班不四 | 看你这肚皮，过两天就要生了吧？ |
| 乔不三 | "张"大哥回来看娃时，记得告诉一声！ |
| 陆静华 | "张"？你们—— |
| 乔、班 | 走，下一家！（吆喝）破布烂棉花拿来卖……（下） |
| 陆静华 | 这……（摇篮之中，婴儿啼哭，哄之） |

［张太雷内唱：

　　江天一望卷雪花……

［张太雷上。

| 张太雷 | （唱）莫斯科郊外踏风沙。 |
|---|---|
| | 　　又念开门事七件， |
| | 　　柴米油盐酱醋茶。 |
| | 　　娘亲瘦骨衣百衲， |
| | 　　我妻孕中忍贫乏。 |
| | 　　一片情浓情又怯……（拍门） |

［乔不三悄上。

| 陆静华 | 别拍了，孩子他爹还没有回来呢！ |
|---|---|
| 张太雷 | 回来了！ |
| | （唱）他乡游子今还家。 |
| 陆静华 | 是……是太雷?!（急开门） |
| 张太雷 | 静华！ |
| 乔不三 | （进门）张大哥? |
| 张太雷 | 你是? |
| 陆静华 | （急止）先生……姓"庄"? |
| 乔不三 | 姓"张"。 |
| 陆静华 | 姓"臧"? |
| 乔不三 | 姓"张"！真好白相，连自己男人的姓都忘脱了！ |
| 陆静华 | 不要说笑，坏我名节！ |
| 张太雷 | （改口）大嫂！小弟与张大哥结伴行商，年关将近，他着我捎些家用回来。（取银元十块） |
| 乔不三 | 买卖人?"浪"了一年，这等寒碜！ |
| 张太雷 | 生意难做！若叫我等发达了，就连小哥你…… |
| 乔不三 | 我怎么样? |
| 陆静华 | （与之银元两块）也不用走街窜巷了。 |
| 乔不三 | 啊? |
| 陆静华 | 啊?（再加一块） |
| 乔不三 | 哈哈！外面风大，关了门吧。（欲下又止）大姐，不要落闩，我们还要来望望你的！（下） |
| 陆静华 | 太（雷）……先生！世道不安，我不多留你了。 |
| 张太雷 | 静（华）……大嫂！大哥托我，看看家里！ |
| | （唱）觑着她衣衫褴褛人憔悴， |
| 陆静华 | （唱）觑着他仆仆风尘染须眉。 |
| 张太雷 | （唱）我多想、搂她入怀相宽慰， |

| 陆静华 | （唱）我多想、扑入他怀放声悲。 |
|---|---|
| 张太雷 | （唱）忍痛不敢张双臂， |
| 陆静华 | （唱）忍痛不叫泪双垂！ |
| 张太雷 | （唱）摇篮婴孩正酣睡， |
|  | 娘（亲）……伯母几时返柴扉？ |
| 陆静华 | （夹白）婆婆领了细屏，送浆洗衣服去了。 |
| 张太雷 | （唱）原本一双纤纤手，（看其手） |
|  | 而今十指色如灰。 |
| 陆静华 | （夹白）乡下人洗洗刷刷，个个如此。 |
| 张太雷 | （唱）床上烂絮填薄被， |
|  | 怎禁腊月风雪摧？ |
|  | 转入厨下再探看， |
|  | 缸中只有米半杯。 |
|  | 掀开菜罩满眼泪， |
|  | 咸菜萝卜长相随。 |
|  | 一腔酸涩一腔愧…… |
| 陆静华 | （讪讪）常州萝卜干，口味一绝，百吃不厌！你看也看了，走吧、快走！ |
| 张太雷 | （唱）举步欲去身又回。 |
|  | 静华！家里用钱不要太省。 |
| 陆静华 | 噢…… |
| 张太雷 | 姆妈上了年纪，该当吃好一点、穿好一点。 |
| 陆静华 | 噢…… |
| 张太雷 | 眼看又要添丁，每月开销，三十为宜…… |
| 陆静华 | 三十？ |
| 张太雷 | 少说二十？ |
| 陆静华 | 二十？ |

| | |
|---|---|
| 张太雷 | 十块、十块总有的！（陆静华苦笑不语）静华！你决不要忧没有钱！天下资财，本当天下人共有。若是缺钱，不用客气，尽可向四叔去要！你、你不应承，我、我就不走！ |
| 陆静华 | 应承、应承……（失笑）扑哧！这怎么应承唷？ |
| 张太雷 | 你笑什么？ |
| 陆静华 | 我也想过得宽绰些，可一家人寒要穿衣、饿要吃饭，有道是救急不救穷…… |
| 张太雷 | 晓得了！你是笑我幼稚！ |
| 陆静华 | 不是。 |
| 张太雷 | 笑我荒唐？ |
| 陆静华 | 不是！ |
| 张太雷 | 那你…… |
| 陆静华 | （唱）微微一笑开心锁，<br>　　　　笑眼前少年仍如昨。<br>　　　　满腔烂漫蕴烈火，<br>　　　　双眸透亮似澄波。<br>　　　　也不是不历风霜不经事，<br>　　　　却不肯俯首风霜共消磨。<br>　　　　他乡漂泊你多珍重，<br>　　　　我自故乡守蓬窝。 |
| 张太雷 | 苦了你！总要想个法儿……要么，我照顾姆妈…… |
| 陆静华 | 你？ |
| 张太雷 | 姆妈随我而去，你也少些操劳。 |
| 陆静华 | 不可！你还不知，婆母身体一日不如一日，上月晕厥，卧床十天，这才起身……罢了。 |
| 张太雷 | 什么？ |
| 陆静华 | 你去吧，家里……有我。 |

| 张太雷 | 静华！细妹尚在襁褓，细屏年方三岁，姆妈老病之身，你这腹内还有一个……我若去了，于心何安、于心怎忍！ |
|---|---|
| 陆静华 | （脱口）那就留下来！ |
| 张太雷 | 留下来？ |
| 陆静华 | 不走了！成么？成么！姆妈思儿，望穿了双眼；娃娃识不得爹爹模样；我妇道人家，难撑门面。你、你们在外，到底做些什么？ |
| 张太雷 | 我…… |
| 陆静华 | 你能说就说，若不能说，那就不说。我总归信你，是在做好的事体。 |
| 张太雷 | 我说、我说！我今归来，绕道觅渡桥畔，站了半晌，一墙之隔，停了口妇人的薄棺。 |
| 陆静华 | 薄棺？妇人？ |
| 张太雷 | 那妇人养下六子二女，家道中落，她勉力支撑。万般无奈，将瘫痪的婆母送与叔伯供养，却落了个不孝之名！家产当尽、债台高筑，孩儿个个失学，亲友不肯相助！ |
| 陆静华 | 这可怎么好？ |
| 张太雷 | （唱）她呵，手捧着一叠叠借贷票据，<br><br>冷灶台孤零零又到除夕。<br><br>悄悄儿写就了绝命文字，<br><br>道是拼一死、换孩儿、亲族共济、重返学堂、有靠有依！<br><br>火柴头伴烧酒吞服一气，<br><br>怀痛怨瞪双目奄奄残息！ |
| 陆静华 | 快、快救人！ |
| 张太雷 | 救救救不转了！<br><br>（唱）此身无钱入黄土，<br><br>棺木一停七载余。<br><br>儿女相对断肠泣，<br><br>路人念之泪沾衣。 |

若问妇人名与姓……

陆静华　她是谁？是哪一个？

张太雷　（唱）她她她便是秋白姆妈瞿氏的妻！

陆静华　啊?!瞿先生的姆妈？

张太雷　停棺祠堂，七年多了！瞿秋白经此一事，离家而去，道是：惨酷的
　　　　人生，只因惨酷的社会！人人过着枯寂生活，个个戴着虚假面具！
　　　　这些苦、痛、愁、惨，定将穿透长夜，反射出一心苗的烛光！

陆静华　那烛光么……

张太雷　我与秋白在外所做之事，便是要让天下再无饥饿的孩子、再无辍学
　　　　的少年、再无绝望的母亲，再无他姆妈那样、那样的惨剧！静华？
　　　　静华……

陆静华　去吧——你去。

张太雷　却又放不下你、放不下姆妈、放不下孩子……

陆静华　我会照顾好姆妈与孩子。记得写信，我们在家等你。

张太雷　我……去了。

陆静华　回来！

张太雷　在此！

陆静华　无、无事。（张欲下，复唤之）太……

张太雷　怎么？

陆静华　（抚小腹）是、是他……踢了我一脚。

张太雷　这个风风火火的性儿，与我一模一样！

陆静华　怕不是急着想见爹爹一面。你与娃儿起个名吧。

张太雷　起个名字？

陆静华　他能听见。

张太雷　夜到尽头，天就亮了；冷到极时，春便近了。《易》书上说："冬至
　　　　一阳生。"时近冬至，就叫他"一阳"吧。

陆静华　一阳？

张太雷　　张一阳！（暗下）

陆静华　　（抚腹）娃儿，你有名字了，一阳、一阳，真是个亮堂堂的好名

　　　　　字……（刺绣）

　　　　　（唱）正月绣得梅花开，

　　　　　　　　一粒种子入娘怀。

　　　　　　　　只为夫婿又出外，

　　　　　　　　欢情无限心底埋。

　　　　　　　　二月绣得杏花黄，

　　　　　　　　安胎护胎常坐床。

　　　　　　　　忽听长女门外嚷，

　　　　　　　　匆匆起身再奔忙。

　　　　　　　　三月绣得桃花雨，

　　　　　　　　腹中知儿分男女。

　　　　　　　　婆婆盼孙佛前乞，

　　　　　　　　做娘的丫头小子都欢喜。

　　　　　　　　四月绣得蔷薇笑，

　　　　　　　　把腹能听儿心跳。

　　　　　　　　一封家书欲相告，

　　　　　　　　夫婿何处正飘摇？

　　　　　　　　五月绣得石榴红，

　　　　　　　　腰身笨重小腹隆。

　　　　　　　　吃糠咽菜不敢饿，

　　　　　　　　怕儿肚里嫌娘穷。

　　　　　　　　六月绣得莲荷叶，

　　　　　　　　二女咿呀喊爹爹。

　　　　　　　　儿在娘腹听真切，

　　　　　　　　生就个眉眼像些些。

七月绣得白凤仙，

生火煮饭灶台边。

忽然坠疼冒冷汗，

是淘气的孩儿学耍拳。

八月绣得桂花金，

突碌碌儿的那个脚在伸。

盼儿前程似花锦，

又怕一去两离分。

九月绣得菊里秋，

孩儿腹内转悠悠。

牵动娘心开笑口，

儿啦儿，等你爹归来你再出头。

十月绣得芙蓉花，

生儿咬断青丝发。

儿不落地娘心怕，

儿离娘身更牵挂。

留不住孩儿伴膝下，

娘亲个个泪沙沙、泪沙沙……

［怀孕的陆静华脚踩摇篮、手绣针线，安安静静的，定格为一个永恒的母亲形象。

［幕后张太雷内声，念家书："我们离开是暂时的，是要想谋将来永远幸福。你也可享真正幸福，母亲与孩子也享真正幸福。但现时不能不尝一点离别的苦，去换那种幸福。所以你我不必忧虑。大家该在这时期中努力做，寻我们将来永远的幸福，这是一件何等快乐、何等快乐的事呵……"

［幕后传来婴孩啼声，十分响亮。

［全剧终。

## 附:《烛光在前》创作小札

写《烛光在前》时,我第一次清晰地感到古装戏与现代戏写作之间、那层常常妨碍我的壁垒被打破;也是第一次有了强烈的信心:种种题材,于我笔下,不但有可共通的编剧技法,也拥有了同样流转饱满的生气。这是我第 96 部大戏,跋涉了这么久,才与她相逢。

《烛光在前》是常州市锡剧院向我约稿之作,女主角是陆静华——"常州三杰"之一张太雷的夫人。

第一步,收集素材。我根据《张太雷年谱》与张西蕾回忆录《烛光在前》,首先给陆静华做了份年表。当我把她出嫁后每一年的际遇事无巨细地开列出来时,这个女性的形象,在我心中也越来越丰满,越来越充盈。一笑一叹、额角的汗珠、皲裂的双手、衣裳上层层叠叠的补丁,都近在眼前、触手可及。尤其她与三个孩子的离合,时时蕴情、事事入戏,令人潸然。

第二步,挖掘题旨:"烛光在前"。对张太雷等共产党人的信仰、精神、初心之追溯,这是如磐风雨中永不熄灭的烛光,引领人们抛头洒血、义无反顾地向着更美好的未来开拓进取。该题旨之完成,在剧中,有很精密的设置。落实于陆静华,我们还要写出一个"永恒的母亲"。这并非简单的事态描述:怎样拉扯、教育孩子,而应写出每一次决定、每一次面对、每一次别离时,她深深的眷恋和承担。

第三步,确定结构。依旧是四折主戏,分别主要对应她与三个孩子及张太雷四人之"别",一人一场,布局均衡,中间穿插了两个楔子。值得一提的是,顺序上我没有从陆静华与张太雷成婚开始写,因为张太雷牺牲时很年轻,孩子们尚小、母亲瘫痪在床,作为母亲与儿媳,陆静华还有漫漫的人生。若开场便是婚礼,紧接着的"太雷之死"必将成为全剧分量最重的情节,之后的戏反而太"轻""压"不住。因此,"夫妻"这一"别"被我放在最后,设置为倒叙，从张一阳之死倒流回他的出生，生与死，沉甸甸地交缠、映照，从而完成全剧。

张太雷的舞台人物形象，到最后一场才出现，而"烛光"一直在，前面每一场，又都有张太雷：《剪信》有他浓浓淡淡的墨痕笔迹、有他在上海与妻子共度的岁月点滴，并以报出张太雷之名为最强音；《议去》有他与陆静华成婚与婚后的甜美，所谓"我呵，离他便无绪、见他便欢喜、我心生欢喜"；《掷衣》更包含了对"太雷之死"的叙述，饰演陆静华的孙薇在这里贡献了一段惊人的表演，痛切之情，呕血而出，碎了肝肠——通过一个个片段的回溯与拼接，令"张太雷"在"上场"之前，已给受众留下了深刻印象，那"烛"的光亮与它投予世人的温暖，摇曳真切。张太雷之外，剧中三次谈及的"瞿秋白"，亦是精心的铺设。

结构不光指分场内容之安排，更要求每一场写作的具体层次，要清楚戏的起点何在、走向哪里，进而细细铺排"行经"过程。

以《议去》为例，起点是西屏欲去延安，终点是西屏留下了。

第一个大层次是"念信"：既交代了张西蕾寻找党组织的经历，又写出了读信的张西屏和张一阳的向往，而一旁听信的奶奶，则充满了忧虑。信的内容被切割为数个层次，有停顿、有催促，以铺展各人态度。奶奶越听越揪心，表示不要再念了，弟弟拗不过，一跺脚便跑了——这一去，他就再也没有回来。

第二个大层次发生在母女之间。先是女儿的表达，用一段唱表达她对去延安的强烈渴望，也极述了母亲的辛苦；接着母亲表述，先说："你奶奶瘫在床上，……她去不了，我就去不了。"那她让不让女儿去呢？陆静华也用了一段唱回答，常州特产腌萝卜成为重要载体。头四句唱是破题，接着分为三个小层次：一、痛苦，二、忍耐，三、期盼。在最朴素不过之物中，蕴含着深切的人生感悟。

女儿以为母亲在阻拦自己，而反转出现了：母亲话中之意，是要女儿明白她的"盼头"，并劝她"奔着它去"。童薇薇导演于此处有个令人吃惊又惊喜的处理，她让张西屏兴奋地高喊着"我要去延安了、我要去延安了……"下场，少女之雀跃，正是为她静悄悄的归来做反铺垫。随着张西屏之奔出，第二个大层次结束了。

第三个大层次，被编剧手法以"晒太阳"为借口"赶下"的奶奶再度上场，她与儿媳的交流，既展示了张太雷的"人生碎片"——他教陆静华认音韵、识文字、学绣花……这些细节，都是家书所写，在这里被化用为戏剧元素；又通过回忆自身之婚姻，让陆静华表述她对女儿婚姻的看法。万料不到，西屏回来了。这是该层次之"余韵"，也是全折之收束。促使西屏改变主意的有两点：一、她找了一圈没见着弟弟，心知一阳定是偷偷溜走了；二、找弟弟的途中，她再次目睹母亲的辛劳，这一段，全用念白处理，不给演员酣畅宣泄的空间，恰恰在压抑中形成强大的戏剧张力。"他们去走爹爹的路了，就让我、让我来走姆妈的路吧。"这是史料记载张西屏之原话，也是全剧最为动人的泪点之一。

动笔前，我总会像搭积木一样，先在脑子里用一个个细节把整场戏搭建起来。"无一字无目的"，要求每一句唱念，拥有的不仅是内容上的意义，还要有戏剧结构和人物塑造上的意义、戏剧节奏和关系铺设的意义等，只有这样，才能更充分、高效地利用好有限的舞台时空。

最后说说全剧收尾，颇费了一番心思。在张太雷给未出生的孩子起名"一阳"、推门而去后，戏的主要内容已全部完成。但我觉得，戏还没有完。一方面，是女主角还缺一段淋漓的唱；另一方面，题旨之一"永恒的母亲"，我还想沉下心来渲写一番。忽然一闪念，又带有必然性：我要写，孩子之"被孕育"；我要写，母亲之"怀胎十月"。

此处，我对两个传统戏曲范式进行了糅合、再创：一是"怀胎歌"，譬如《目连救母》里便从一月到十月，唱出了孕育的辛苦与喜悦；二是戏曲中更为常见的"报花"。剧中，陆静华一面绣孩子的虎头鞋，一面唱《十月（怀胎、报花）歌》，从正月的梅花一直唱到十月芙蓉花，细腻、耐心、美好、安静、满怀憧憬。我大胆采用了每月四句、一月一韵、连换十韵、共四十二句（最后一月六句）的形式，唱出了一个母亲全部的人生。歌词摒弃了过多的修饰、雕琢，又坚持文学性的、诗意的表达，在朴素中彰显母亲的承担与伟大。"五月绣得石榴红，腰身笨重小腹隆。吃糠咽菜不敢饿，怕儿肚里嫌娘穷。"这句子写出来，连自己都呆住了。

孩子们追随着父亲无私奉献的闪闪烛光，而承载他们的，则是母亲大地般深沉温暖的爱。

这篇创作谈，写于 2021 年 5 月 9 日母亲节。

# 汉剧《夫人城》

## 人物表

孙尚香　　（旦）

刘　备　　（末）

诸葛亮　　（末）

赵　云　　（武生）

陆　逊　　（生）

孙　权　　（净）

吕　范　　（老丑）

阿　斗　　（娃娃生）

守城女兵：春花（彩旦）、秋月（武旦）

众　将：韩当（净）、徐盛（末）、朱然（净）、潘璋（丑）

# 序　幕

［章武三年三月，永安宫。

［幕后合唱：

王图成败恨匆匆，

寂寞烽烟一望中。

惯见青山豪杰冢，

伤心岂独永安宫。

［刘备卧病于榻，诸葛亮跪侍一旁。

刘　备　　丞相，近前些。

诸葛亮　　是。（跪前）

刘　备　　再近些。

诸葛亮　　是。（再跪前）

刘　备　　朕悔不听丞相之言，兴兵讨吴，竟败于小儿之手！今忧愤成疾、命不久矣……

诸葛亮　　陛下……休说伤心话。

刘　备　　朕死之后，若阿斗可辅，则辅之；如其不才，丞相可自立为成都之主！

诸葛亮　　陛下！臣敢不竭力尽忠、死而后已……

刘　备　　你再说一遍？

诸葛亮　　鞠躬尽瘁，死而后已；不负陛下，知遇之恩。

刘　备　　好、好……你去吧。

诸葛亮　　是。（欲去又止）还有一事。东吴遣使，欲觐陛下……

刘　备　　不见！

诸葛亮　　今番来使，不同往常……

刘　备　　朕与东吴，仇深似海；凭他是谁，一概不见！

诸葛亮　　（袖中取一图卷）陛下请看。

刘　备　　（展卷）这？这是"夫人城"?!

诸葛亮　　是。

刘　备　　来人难道是……她？

诸葛亮　　正是。

刘　备　　也罢。请、请进来。

诸葛亮　　遵旨。（起身）陛下有旨，吴使觐见！

　　　　　［"吴使觐见、吴使觐见……"次第声传。

　　　　　［灯渐暗。


# 第一折　　剑　舞


　　　　　［十四年前，江夏。

　　　　　［孙尚香内唱：

　　　　　　　　催金鞭策白马踏乱春芳……

　　　　　［孙尚香上。

孙尚香　　（唱）石榴裙似烈焰迎风飘扬。

　　　　　　　　我爹爹孙破虏世称虎将，

　　　　　　　　两兄长镇江东统领一方。

　　　　　　　　一个个皆视我珠玉在掌，

　　　　　　　　怎知奴英雄气不让儿郎！

　　　　　　　　今闻得建奇功吴侯旨降……

　　　　　［陆逊内声"郡主……"追上。

陆　逊　　等等我！

孙尚香　　（唱）笑吟吟一回首暂勒绳缰。

　　　　　陆伯言！我兄命你，接我赴宴宫中，可是的？

陆　逊　　正是。

| 孙尚香 | 又命我以舞剑为名，刺杀席上黄袍客，可是的？ |
|---|---|
| 陆　逊 | 不假！ |
| 孙尚香 | 如若得手，我孙尚香，便为江东六郡八十一州，立下了通天彻地头一份大功，可是的？ |
| 陆　逊 | 赫赫功勋，举世无双！ |
| 孙尚香 | 那你还不快走！<br>（唱）豪情腾千丈， |
| 陆　逊 | （唱）相随过高岗。 |
| 孙尚香 | （唱）宝剑鞘中响， |
| 陆　逊 | （唱）匆匆步宫廊。 |
| 孙尚香 | 到了、到了！建邺宫！<br>〔幕后内声纷纷："满上、满上，再饮一杯！"〕 |
| 孙尚香 | （唱）门后笑语饮酣畅……<br>我待刺杀之人，便在此间？ |
| 陆　逊 | 便在此间。 |
| 孙尚香 | 穿黄袍的便是？ |
| 陆　逊 | 穿黄袍的便是。啊郡主！吴侯欲联姻刘备，郡主当真不嫁？ |
| 孙尚香 | 孙氏之女，非大丈夫不嫁！ |
| 陆　逊 | 如此，请！ |
| 孙尚香 | （唱）今日青史载红妆！（仗剑而入）<br>〔宴上，孙权、刘备分宾主而坐，赵云侍立刘备身侧。 |
| 孙尚香 | 吴侯！臣请仗剑一舞，以助杯觞之兴！ |
| 孙　权 | 正道寡饮无趣，有趣的便来了！哈哈，准卿一舞，只是……当心。 |
| 孙尚香 | 晓得！（舞剑） |
| 赵　云 | （念）剑锋起处流寒光， |
| 刘　备 | （念）翩若飞花堕欲翔。 |
| 孙　权 | （念）无心满座夸妍丽， |

| 陆　逊 | （念）意在席上客黄裳。 |
|---|---|
| 孙尚香 | （唱）婀娜身近欲相刺……呀！（陆停） |

　　　　［幕后合唱：

　　　　　　眉间一蹙生惶惶！

| 孙尚香 | 看他身侧，立着一员白袍小将，不怒自威、杀气淋漓，好叫人心惊 |
|---|---|
| | 胆战！嗳！ |

　　　　（唱）俺红颜亦有丈夫胆，

　　　　　　当此怎可怯心肠？

　　　　　　挺剑上前再相刺……（再刺）

| 赵　云 | （警惕）大（胆）…… |
|---|---|
| 刘　备 | （击节）好、好剑法！ |
| 孙尚香 | （唱）呀！他一派从容玉生光。（再停） |

　　　　　　掌上为我击节唱，

　　　　　　又斟佳酿倾杯觞。

　　　　好丰采、好定力、好气度！

　　　　（唱）不由当面问名姓……

　　　　你……（欲问忽羞、转面赵云）你是何人？

| 赵　云 | 末将，常山赵云。 |
|---|---|
| 孙尚香 | 啊?!（一惊、剑落） |

　　　　［幕后合唱：

　　　　　　溅落青锋鸣叮当。

| 孙尚香 | 你是赵云，（指之）那他，难道—— |
|---|---|
| 刘　备 | （起身一礼）我，汉左将军宜城亭侯刘备刘玄德。 |
| 孙尚香 | 刘备？ |
| 刘　备 | 刘备。 |
| 孙尚香 | 刘玄德？ |
| 刘　备 | 刘玄德！ |

| | |
|---|---|
| 孙尚香 | （对孙权）啊呀兄长！你道要将小妹嫁与刘备，怎又哄我前来，谋杀亲夫？ |
| 陆　逊 | （失笑）噗嗤！ |
| 孙　权 | （作色）嘟！ |
| 陆　逊 | （敛容）是。 |
| 孙　权 | 小妹！"桃李年华，不嫁老叟"，也是你说的呀。 |
| 孙尚香 | 啐！ |
| 刘　备 | 啊吴侯。你以嫁妹为名，将我赚来江东，要杀要剐，等闲之事。何必遮遮掩掩、劳动郡主？ |
| 孙　权 | 玄德公，你以聘妻之故，亲临江东，聚众杀你，岂大丈夫所为？然今日宴上，你若死于妇人之手…… |
| 刘　备 | 那便是我刘备，算不得个大丈夫了！啊？ |
| 孙　权 | 啊？ |
| 刘、孙 | 哈哈哈！ |
| 孙尚香 | 伯言过来。 |
| 陆　逊 | 是。（离席） |
| 孙尚香 | 再近些。 |
| 陆　逊 | 是是是。（近前） |
| 孙尚香 | （掌掴之） |
| 陆　逊 | （一惊）郡主你？…… |
| 孙尚香 | 打你个刁滑之徒，戏弄于我！走了、我走了！（欲下） |
| 陆　逊 | 留步、留步！微臣欲讨一句，这玄德公，你嫁是不嫁？ |
| 孙尚香 | 嫁便怎样？ |
| 孙　权 | 你若肯嫁，孤便唤他声"妹夫"！ |
| 孙尚香 | 不嫁又怎样？ |
| 陆　逊 | 郡主不嫁，臣便做一回小人。聚合甲兵，试在这建邺宫中，留一留玄德公的性命。 |

| 赵 云 | 来来来！（横枪） |
|---|---|
| 刘 备 | 子龙住手！我至诚一片，正要请教，郡主嫁我不嫁？ |
| 孙尚香 | 这等大事，你们当真凭我一决？ |
| 众 | 凭你一决！ |
| 孙尚香 | 好！ |

（唱）我不羡菟丝女萝相缠绕，

　　　　但求个不世的英雄共翔翱。

　　　　他人家权衡门第结欢好，

　　　　孙尚香青锋剑头试才高！

| 刘 备 | 郡主之意，比剑招亲？ |
|---|---|
| 孙尚香 | 比剑招亲！（丢剑与之） |
| 刘 备 | （接之）我若赢了？ |
| 孙尚香 | （唱）若赢时赚得俺佳人在抱， |
| 刘 备 | 若是输了？ |
| 孙尚香 | （唱）若输阵免不了魂断今宵！ |

　　　　单等你刘使君离席相较……

| 刘 备 | 来也！ |
|---|---|
| 赵 云 | 不可！ |
| 刘 备 | 无妨！ |

（唱）也好叫金枝叶识取俊豪！

郡主请！

| 孙尚香 | 使君请！ |
|---|---|
| 刘 备 | 啊呀……且慢！ |
| 孙尚香 | 怕了不成？ |
| 刘 备 | 嗳！郡主生长深闺，刘备戎马半生，合该让你三剑…… |
| 孙尚香 | 谁要你让！看剑！ |
| 刘 备 | （唱）觑着她宜嗔宜笑桃李面， |

| 孙尚香 | （唱）觑着他若即若离水云闲。 |
| --- | --- |
| 刘　备 | （唱）她那里急劈急撩舞霜剑， |
| 孙尚香 | （唱）他则是剑不出鞘避连连。 |
| 刘　备 | （唱）女儿家合该闺中拈针线， |
| 孙尚香 | （唱）果然他身经百战戎马间！ |
| 刘　备 | （唱）偏爱她春色磊落芙蓉艳…… |

　　　　咦！郡主这一剑，斜刺而上，可有名号？

孙尚香　　有有有！唤作"奋翅起高飞"……（其剑被刘备剑鞘压住，挣之不
　　　　脱）呀！

　　　　（唱）恼将来彤云一抹上花颜。

赵　云　　这第一剑，是郡主败了！

孙尚香　　败便败，看我第二剑！

刘　备　　（唱）飘摇剑势生变幻，

孙尚香　　（唱）好似游鱼水底潜。

刘　备　　（唱）剑花如雪萦玉腕，

孙尚香　　（唱）挑之揉之笑开言。（边击边问，二人状若剑舞）

　　　　闻说使君年纪，与先父差也不多？

刘　备　　差得多了，我小他足足六岁！

孙尚香　　家下还有何人？

刘　备　　只得一子，年方两岁，小字阿斗。

孙尚香　　今番到此，带得多少聘礼？

刘　备　　等闲礼赠，难入郡主之眼。

孙尚香　　难道你双手空空，就来娶妻？

刘　备　　非也！

　　　　（唱）也备了珠钗宝钿，

　　　　　　　也备了玉帐香衫。

　　　　　　　也备了牛羊酒担，

|  |  |
|---|---|
|  | 也备了鼓乐喧喧。 |
|  | 又怕件件桩桩难入眼, |
|  | 更有一礼胜万千。 |
|  | 这礼儿是无价之宝又看不见…… |
| 孙尚香 | 是什么?是哪样? |
| 刘 备 | 郡主这一剑,灵动跳脱,可有名号? |
| 孙尚香 | 这一剑么,唤作"游戏宛与洛"……(忽被刘备剑鞘击中手腕,夺去其剑)你! |
| 陆 逊 | 这第二剑,是玄德公胜了。 |
| 孙尚香 | 胜便胜,宝剑还我、还我! |
| 刘 备 | (恭敬奉还) |
|  | (唱)还还还、还你个唇齿相依、稳若石磐、国泰民安、三分河山。 |
|  | (轻声)当今天下,一强两弱,我欲与吴侯共抗曹操,呈鼎足之势,以保江东、兼图大业! |
| 孙尚香 | 好、好远志! |
| 刘 备 | 来日王后之位,是真聘礼也! |
| 孙尚香 | 这聘礼么……看剑! |
| 刘 备 | 呀! |
|  | (唱)顷刻斩截疾如电, |
|  | 恰似飞瀑泻山巅。 |
| 孙尚香 | 我这第三剑,也有个名号,唤作…… |
| 刘 备 | 什么? |
| 孙尚香 | 唤作"与君生别离"! |
| 刘 备 | (唱)她一击击尽是决绝念, |
|  | 我一步步避闪未能前。 |
|  | 剑欲出鞘心不愿, |
|  | 剑不出鞘挡更艰。 |

左支右绌脊生汗，

白刃迫人毛骨寒！

难不成石榴裙下败一战……

**孙尚香** （自语）“与君生别离”？眼前之人，倒有些舍不得。也罢！（故作踉跄，跌入刘备之怀）哎唷……

**刘　备** （扶之）当心！

［幕后合唱：

但求个、但求个败与郎君情已酣。

**孙　权** 小妹，你这第三剑……输得有主意哇。

**孙尚香** 兄长，我早立誓言，非英雄不嫁。今观刘备，仪表堂堂、谦谦君子、得百姓之心、聚豪杰之力，必成大业！你不唤“妹夫”，还等什么？

**孙　权** 哈哈……罢了。

**陆　逊** 吴侯三思！

**孙　权** 刘备此来，朝中议论纷纷。周瑜要战，鲁肃劝和，孤权衡再三、犹豫不定。今观郡主行事，料是天意如此！若玄德公不弃，我就认了你这“老妹夫”！

**刘　备** 如此，孙刘两姓，合作一家了？

**孙　权** 一家了！

**孙尚香** 慢来、慢来！兄长，小妹嫁妆，不可脱赖！

**孙　权** 手足同胞，你有所请，我必应之……

**孙尚香** 我要荆州！

**孙　权** 怎么说？

**孙尚香** 我要荆州，为合卺之地、栖身之所！兄长，孙刘联盟，一荣俱荣，一损俱损……

**孙　权** 女生外向，果不其然！便将荆州，借与玄德……

**刘　备** 愧领了……

| 孙　权 | 但要说个归还之期！ |
|---|---|
| 刘　备 | 这个……若得西川，便还荆州。 |
| 孙　权 | 君子一言…… |
| 刘　备 | 驷马难追！ |
| 孙　权 | 老妹夫！ |
| 刘　备 | 大舅哥！ |
| 孙、刘 | 哈哈哈！ |
| 孙尚香 | 兄长……刘郎！（羞赧） |

　　〔光渐收，唯一束光照着陆逊。

| 陆　逊 | （跪地）郡主，恕臣不能远送了。 |

　　〔光渐暗。

# 第二折　困城

　　〔三年后，夫人城外。

　　〔诸葛亮上，春花、秋月随上。

| 诸葛亮 | （念）羽扇纶巾睡惺忪， |
|---|---|
| | 　　　不求闻达列侯中。 |
| | 　　　奈何三顾君恩重， |
| | 　　　方叫南阳起卧龙。 |

　　〔秋月、春花耳语、失笑。

| 诸葛亮 | 你们笑什么？ |
|---|---|
| 秋　月 | 喏！漫道"三顾之恩"…… |
| 春　花 | 怕不是你老婆貌丑…… |
| 秋　月 | 军师避之不及！ |
| 春　花 | 若叫她似奴这般标致……（扭捏）军师就不出山了！ |

| 诸葛亮 | 内子若得你这般标致，不消"三顾"，我自个儿早逃出来了！哈哈哈。来，请主母入城。 |
| --- | --- |
| 春、秋 | 主母入城啦！ |

［幕后孙尚香内声："来也！"

| 诸葛亮 | （唱）迎面一阵卷香风， |
| --- | --- |
| | 又见明光粲芙蓉。 |

［孙尚香上。

| 孙尚香 | （唱）笑嘎嘎跳下玉花骢， |
| --- | --- |
| | 汗淋淋肩负杨叶弓。 |
| 诸葛亮 | （唱）怪道主公常凛凛， |
| | 果然巾帼胜豪雄！ |
| 孙尚香 | （唱）休把闲言相谑弄， |
| | 何事唤请忒匆匆？ |
| 诸葛亮 | （唱）主母啦，联盟孙刘偕龙凤， |
| | 计之已历三秋冬。 |
| 孙尚香 | （唱）三年来，身受夫婿千般宠， |
| | 妇唱夫随春意融。 |
| 诸葛亮 | （唱）玄德公、今有一礼谨奉送， |
| 孙尚香 | 什么礼？他怎不亲手与我？ |
| 诸葛亮 | （唱）这礼儿，微臣费尽了剪裁工。 |
| 孙尚香 | 剪裁之工？是九霞裙？还是郁金裳？ |
| 诸葛亮 | 小看了！ |
| | （唱）恭请放眼聊一望， |
| 孙尚香 | 什么也没有呀，眼前只得一座城…… |
| 诸葛亮 | 一座城！ |
| 孙尚香 | 难道—— |
| 诸葛亮 | 正是！ |

（唱）这一座、"夫人城"、是主公赠与郡主证情衷。

孙尚香　　"夫人城"——（上马欲行）

诸葛亮　　（拽缰、止之）哪里去？

孙尚香　　他竟送了我一座城，我当面谢他去！

诸葛亮　　不忙。主公军务缠身，稍后送来阿斗，相伴主母，在城中走走看看。告退了。（下）

孙尚香　　嗳，军师……

春　花　　（拽之）夫人您瞧！

　　　　　（数板，念）方圆七里一座城，

秋　月　　（念）青龙白虎两扇门。

春　花　　（念）依山傍水睡得稳，

秋　月　　（念）七经七纬任纵横。

孙尚香　　当真气派，一发该谢！（再欲行）

秋　月　　（拽之，念）夫人啦！你若心躁盼清净，

　　　　　　　　　　　　知音亭里有弦琴。

春　花　　（拽之，念）你若手痒想要棍，

　　　　　　　　　　　　演武场上好练兵。

秋　月　　（唱）府库绫罗数不尽，

春　花　　（唱）猎场犬马一群群。

秋　月　　（唱）半城红翠斗芳沁，

春　花　　（唱）满街果酥馋煞人。

孙尚香　　玄德想得周到，待我迎他进城！（三欲行）

秋　月　　（三止，唱）蜜里裹糖暂相忍，

春　花　　（唱）休叫将军笑钗裙！

秋　月　　主公升帐议事，夫人不请自入……

春　花　　恩恩爱爱、唧唧歪歪，众将嘴上不说，心里要笑！

秋　月　　况城内还有个好中好……

| | |
|---|---|
| **春　花** | 美上美…… |
| **秋　月** | 妙里妙的所在！ |
| **春、秋** | 请请请！（引之） |
| **孙尚香** | （举目）"建邺宫"？此我二人相逢之处…… |
| **秋　月** | 主公体贴，夫人多情…… |
| **春　花** | 就在龙凤榻上，等着再做新人吧！ |
| **孙尚香** | 看我不撕了你嘴！（似恼实喜） |

[春花、秋月笑下。

**孙尚香**　再做新人……嗳！（入宫，羞赧）

（唱）一时羞坏女儿娇，（以手遮脸）

透过指缝四下瞧。

八宝璎珞垂帐角，

两旁闪闪列兵刀。

思想来，新婚之夜正如此，

唬得英雄汗沾袍。

他战战兢兢脸赔笑，

说是洞房该当暖香巢。

款款求我撤刀剑，

方谐鱼水乐春宵。

我笑他胆儿小，

他问我为谁娇。

美满甘甜难言表，

更觉今日冷萧萧。

少了个疼热热夫婿怀抱，

咦！多了这宝琳琅妆台娇娆。

这胭脂水粉、花钗玉钿、朱砂石黛……我晓得了！

（唱）定为我那一夜双蛾懒扫，

他添设粉与黛妆点桃夭。

等刘郎等得我心头郁躁，

对菱镜试把奴眉柳细描。

打出娘胎头一回，好手生也！（画眉）

（唱）看眉黛，一条儿低、一条儿高，

待把这低的高处画，那高的又低了。

画得我情更恼，

画得我心愈焦。

耐了性儿、屏了息儿、轻了手儿、酸了臂儿，才将这齐整整

两条眉儿画好……呀！

[幕后合唱：

蓦闻得更鼓初敲。

孙尚香　　一更天了……他怎么还不回来？

（唱）枯坐榻上数更漏，

滴滴答答怎打熬？

二更鼓，人人皆堕风流觉，

三更鼓，我独恹恹展柳腰。（打个呵欠）

朦朦胧、听得门外声声叫……

[刘备上。

刘　备　　夫人开门、开门！

孙尚香　　是玄德……（欲开又止，佯嗔）你还晓得回来！

刘　备　　不怪刘备，都是那赵云……

孙尚香　　子龙怎么？

刘　备　　拽着不叫走。还有那诸葛亮！

孙尚香　　孔明如何？

刘　备　　拉着不肯放！

孙尚香　　你也是个做主公的，倒被臣子管束！

| 刘　备 | 管束我的，岂有别个，夫人一人耳！你既不许进门，我只得走走<br>走了…… |
| --- | --- |
| 孙尚香 | 你敢！（开门）<br>（唱）忙开门、拽住了、好叫你"大耳"无所逃！ |
| 刘　备 | 夫人，今宵月明如昼，你我纵马一回，如何？ |
| 孙尚香 | 你……你不困倦么？ |
| 刘　备 | 若是夫人困倦，床笫之上，也好纵马！ |
| 孙尚香 | 不要脸！ |
| 刘　备 | 哈…… |
| 孙尚香 | 老无徒！ |
| 刘　备 | 哈哈哈……走啦！ |
| | 〔二人并驾。 |
| 刘　备 | （唱）驾骏马似鸿鹄高飞奋翅， |
| 孙尚香 | （唱）霎时间身离了小小城池。 |
| 刘　备 | （唱）大丈夫图王霸驰骋万里， |
| 孙尚香 | （唱）女儿家敢相随永伴朝夕。 |
| 刘　备 | 当日宴上三剑，可还记得？ |
| 孙尚香 | 以剑为媒，片刻难忘！ |
| 刘　备 | 这么，就叫"奋翅起高飞"！<br>（唱）飞过了荆州城必争之地， |
| 孙尚香 | （唱）飞过了洞庭湖袅袅涟漪。 |
| 刘　备 | （唱）你看那帝王都龙盘虎踞， |
| 孙尚香 | 那、那是江东！<br>（唱）密匝匝摆列着我家旌旗。 |
| 刘　备 | （唱）扬玉鞭要挣个三足鼎立， |
| 孙尚香 | （唱）渺渺间近宛洛按落云低。 |
| 刘　备 | （唱）想当初乱长安董卓造逆， |

| 孙尚香 | （唱）有多少无辜人生死流离。 |
|---|---|
| 刘　备 | （唱）看今朝曹孟德挟令天子， |
| 孙尚香 | （唱）蹙眉宇喟长叹再催骏蹄。 |
| 刘　备 | 夫人宽怀。这么，就叫"游戏宛与洛"！ |
| 孙尚香 | ……不要说。再说下去，那第三剑，有些不妥。 |
| 刘　备 | 什么不妥？ |
| 孙尚香 | 有些不吉！ |
| 刘　备 | 哪来的不吉！走哇…… |
| | （唱）迎人面危乎险矣， |
| 孙尚香 | （唱）聚峰峦势与天齐。 |
| 刘　备 | （唱）寒战战谁不悚惕， |
| 孙尚香 | （唱）今方信蜀道崎岖。 |
| 刘　备 | （唱）天府之国休小觑， |
| | 　　　　据此可开百年基。 |
| 孙尚香 | （唱）山高飞鸟越不去， |
| | 　　　　涧深哀哀老猿啼。 |
| 刘　备 | （唱）刘玄德壮志凌云打马疾， |
| 孙尚香 | （唱）孙尚香紧追慢赶汗淋漓。（疾追） |
| | 　　　　不提防身坠鞍马堕峭壁……（坠马） |
| | 　　玄德救我、玄德救我！（惊呼、苏醒）梦？是梦么…… |
| | ［更鼓声传，幕后合唱： |
| | 　　　　只有五更敲响谯楼西。 |
| 孙尚香 | 呀，一夜不归，且寻他去！（出门） |
| | ［诸葛亮悄上。 |
| 诸葛亮 | 主母留步。 |
| 孙尚香 | 你怎生在此？ |
| 诸葛亮 | 亮久候于此，以为主母一更不问、三更必出，不料足足等到五更， |

才见门开。

孙尚香　我、我睡着了……玄德呢?

诸葛亮　为图大业,率军入川。

孙尚香　果应了梦中之兆!且去寻他,一同入川!

诸葛亮　车驰马骤,三军已发。

孙尚香　走了?

诸葛亮　走远了。

孙尚香　怎不与我道别一声?

诸葛亮　(似笑非笑)主母你……你睡着了哇。

孙尚香　你!罢!我追他去!

诸葛亮　(一礼)恭送主母。

　　　　〔孙尚香欲下,又步步退回。

　　　　〔幕后内声纷纷:"夫人留步,不许出城!"

　　　　〔春华、秋月戎装上,拦之。

孙尚香　这!难道军师之令?

诸葛亮　微臣怎敢。

春、秋　"主公"有令,夫人留步,不许出城!

孙尚香　玄德之令?!不,我不信!他与我恩爱二载、情浓情炙,岂能
　　　　有假?

诸葛亮　主公用情非假,只是……

孙尚香　什么?

诸葛亮　罢了。主母必欲出城,亮有三问在此。

孙尚香　问来!

诸葛亮　主公此去,必主西川;得了西川,荆州还是不还?

孙尚香　这个……

诸葛亮　若还荆州,主公心疼;若是不还,吴侯恼怒;孙刘失和,战是
　　　　不战?

孙尚香　这个……

诸葛亮　如若开战，死生相拼，一夫婿、一兄长，你偏帮哪个？

孙尚香　这个……晓得了！故此营设樊笼、困我在此！然我孙尚香，乃孙破虏之女、小霸王之妹，今不管不顾、杀出城去，谁能拦我？谁敢拦我！（拔剑）

　　　　〔幕后内声："娘、娘……"阿斗睡眼惺忪上。

孙尚香　斗儿？娘在、娘……（欲搂、见剑、尴尬）

阿　斗　抱抱、抱抱！

诸葛亮　（解其剑）主母安心，以待主公之归，好享天伦之乐。

孙尚香　（怒目）哼！

诸葛亮　（微笑）公子少小失母，依恋主母，亲娘一般。

阿　斗　娘、娘……抱一抱嘛。

孙尚香　斗儿……娘在这里、在这里。（搂之）

　　　　〔光渐暗。


# 楔子　迎妹


　　　　〔两年后，建邺。

　　　　〔孙权上，吕范随上。

吕　范　启禀吴侯，军书传到。（奉之）

孙　权　（览之愤懑）又是捷报！

吕　范　既是捷报，怎么吴侯脸上，倒像要哭出来了？

孙　权　刘备之捷报，岂非江东的凶信！

　　　　（唱）他曾道，取了西川还荆州，

　　　　　　　而今捷报传不休。

　　　　　　　蜀地兵将多束手，

蜀主眼看把大位丢。

我命人、屡讨荆州勤奔走，

他却是、迁延混赖用权谋。

似这般、一战难免兴甲胄，

又牵念、小妹异乡久淹留。

唤吕范……

吕　范　　小人在！

孙　权　　（唱）潜行城中迎郡主，

吕　范　　若是郡主多情，不肯回来？

孙　权　　（唱）你就道老母思女病绸缪。

　　　　　她若执意把夫家守，

　　　　　怕只怕、与娘亲、不到黄泉不碰头。

　　　　　你今驾得一叶去，

　　　　　来日烽火满林丘！

吕　范　　小人领命，这便去了。（欲下）

孙　权　　转来！

吕　范　　是。

孙　权　　还有　事，附耳过来。（耳语之）

吕　范　　是是是……

　　　　　［切光。

## 第三折　还斗

　　　　　［夫人城前。

　　　　　［春花、秋月戎装守城。

秋　月　　（念）一座城池一座笼，

| 春　花 | （念）执戈戴甲锁娇红。 |
| --- | --- |
| 秋　月 | （念）常闻城内悲声送， |
| 春　花 | （念）掩耳摇头只作聋。 |
| 秋　月 | 春花阿姐，主公去了两年，你我守了两年，夫人困了两年。近来见着夫人，我竟有些儿面羞！ |
| 春　花 | 不要说你，就连我这锥刺不进的厚脸皮，见着夫人，也有点辣豁豁咯！ |
| 春、秋 | （各自）唉、唉……（同时）唉！ |

　　［孙尚香内唱：

　　　　惊闻恶信闯城关……

　　［孙尚香上，吕范随上。

| 春、秋 | 是是是夫人！跨马仗剑、来势汹汹…… |
| --- | --- |
| 孙尚香 | （唱）手挥三尺霜刃寒。 |
| 春、秋 | 主公有令，不许出城！ |
| 孙尚香 | 让开了！<br>（唱）我母久病苦辗转，<br>　　　能不归吴侍膝前！ |
| 春　花 | 拦拦拦住她！ |
| 秋　月 | 得得得罪了！ |

　　［小开打：春花秋月阻拦孙尚香，落败。

| 孙尚香 | （唱）离城催马急如箭…… |
| --- | --- |
| 吕　范 | 郡主、郡主，还有一事！国太言道，想见一见小外孙。 |
| 孙尚香 | 小外孙？ |
| 吕　范 | 刘阿斗！ |
| 孙尚香 | 这个…… |
| 吕　范 | 老人家见着外孙，喜眉笑眼，没准病就好了！ |
| 孙尚香 | 也是！ |

（唱）返身城内接儿男。

秋　月　　走都走了，怎又回来了？

春　花　　出城要打，那进城呢？还打不打？

孙尚香　　（唱）不避跃马再一战……

春、秋　　咳，做个样儿吧。

　　　　　〔小开打：春花秋月再落败。

　　　　　〔孙尚香下，抱阿斗复上。

孙尚香　　（唱）怀抱娇儿又扬鞭！

春、秋　　又来了、打不过、不打了！告诉赵将军去！（下）

孙尚香　　（唱）遥眺水天近江岸，

吕　范　　（招呼）郡主快来，船只在此！

孙尚香　　（唱）弃马疾步登楼船。

　　　　　　　　寸心如焚恨桨慢……

　　　　　快划、快划！

阿　斗　　娘，我们往哪里去？

孙尚香　　娘带斗儿去见外婆，她像娘一样疼你……

　　　　　〔幕后内声："停船、停船！"

　　　　　〔幕后合唱：

　　　　　　　　追来常山一叶帆！

　　　　　〔赵云驾小舟追上。

赵　云　　（唱）连唤停船船不停，

　　　　　　　　急驰轻舟傍船行。

吕　范　　（唾手）待我据高临下，拍他落水！（以桨击之）

赵　云　　来得好！

　　　　　（唱）攀桨腾身一燕轻……

　　　　　〔幕后合唱：

　　　　　　　　跃上楼船更心惊！

| 吕 范 | （招呼众人）拿下！ |
|---|---|
| 赵 云 | 谁敢！赵云之枪，只认主母与小主人，再认不得别个！ |
| 孙尚香 | 退下了。 |
| 吕 范 | 是是是。（悄拭汗）好险啦。（下） |
| 阿 斗 | 赵叔……（欲迎之） |
| 孙尚香 | （搂住阿斗）赵将军，你穷追不舍，所为何来？ |
| 赵 云 | 来劝主母，休返东吴。 |
| 孙尚香 | 我母病重，不敢不归！ |
| 赵 云 | 这个……（背身，拆看锦囊之一） |
| 孙尚香 | 将军速退，莫伤和气。 |
| 赵 云 | 主母！若国太之病，乃吴侯赚你之计…… |
| 孙尚香 | 一派胡言！兄长与我一母同胞，怎会无耻至此，咒诅自家亲娘？ |
| 赵 云 | 这个……（背身，拆看锦囊之二） |
| 孙尚香 | 将军下船，休再纠缠！ |
| 赵 云 | 主母！今日归去，则恐你与主公，再难一见…… |
| 孙尚香 | 不不不见的好！他既困我城中，我何必依依难舍？ |
| 赵 云 | 这个……（背身，欲拆锦囊之三，踌躇而止）时候未到，也罢！主母要去便去，只要留下小主人！ |
| 孙尚香 | 留下斗儿，哪人照看？（转身，欲入船舱） |
| 赵 云 | 主母且住！（横枪拦之） |
| 孙尚香 | 赵云大胆！ |
| 赵 云 | 不敢。 |

  （唱）俯首横枪陈下情，

     敢烦主母为我听。

     主公他年过半百知天命，

     只有这一缕香烟小娇生。

     想当初，曹贼南征铁蹄劲，

|  | 咱败走当阳散如萍。 |
|---|---|
| | 末将四下寻公子， |
| | 但见得、枯井旁、糜夫人怀抱襁褓泪涔涔。 |
| | 恨力单、我救不得二人脱险境， |
| | 托阿斗、夫人投井就捐了残生！ |

阿　斗　　呜呀……娘亲！

孙尚香　　斗儿不哭、不哭。怜子之心，我亦知之！

赵　云　　（唱）我解甲放下了掩心镜，

抱护公子入怀襟。

打马归去逢敌阵，

挺枪敢战十万兵！

直杀得枪头滚烫裂白刃，

直杀得盔袍斑驳血淋淋。

直杀得骏马蹄软立不稳，

直杀得贼子咂舌莫敢迎！

杀得那、长坂坡、观战的曹瞒问名姓，

发长啸、拼一死、答道常山有赵云！

孙尚香　　（击节）好、好汉了！

赵　云　　（唱）杀出重围力已尽，

才保住了主公一脉根！

阿　斗　　赵叔……（扑入赵云之怀）

孙尚香　　（拽之不及）斗儿！

赵　云　　（唱）今日里，主母欲去便自去，

断不放公子离家门！

蓦然对面柳眉立……

孙尚香　　我偏要带他走！（拽阿斗左臂）

赵　云　　走不得！（拽阿斗右臂）

| | |
|---|---|
| **孙尚香** | 偏要走！（抢之） |
| **赵　云** | 走不得！（抢之） |
| **阿　斗** | （吃疼）赵叔、娘亲……疼、我疼！ |
| **赵、孙** | 啊呀！（皆撒手） |

[幕后合唱：

　　　　双双儿、急撒手、到底一片父母心！

| | |
|---|---|
| **孙尚香** | 罢！将军休争，我也不抢，但问斗儿，愿去愿留？ |
| **赵　云** | 这个……也好！ |
| **孙尚香** | （将阿斗置于其中）斗儿站好。（对赵云）你我各退三步。 |
| **孙、赵** | 一步、两步、三步。 |
| **阿　斗** | 娘亲、赵叔…… |
| **孙尚香** | 斗儿过来！ |
| **赵　云** | 公子过来！ |
| **阿　斗** | 赵叔、娘亲！ |
| **孙尚香** | 斗儿，你要赵叔，还是娘亲？ |
| **阿　斗** | 娘亲、娘亲……（扑之而去） |
| **赵　云** | 且住！公子此去，舍的不是赵云，乃是主公！ |
| **孙尚香** | 呵！你若不服，重来问过！ |
| **赵　云** | （将阿斗再置其中）公子站好。（对孙尚香）主母，你我再退三步。 |
| **赵、孙** | 一步、两步、三步！ |
| **赵　云** | 公子过来！ |
| **孙尚香** | 斗儿过来！ |
| **赵　云** | 公子，你要娘亲，还是主公？ |
| **孙尚香** | 斗儿，你要爹爹，还是娘亲？ |
| **阿　斗** | 爹爹？爹爹事多，我要娘亲——（扑之而去） |
| **孙尚香** | 好斗儿！（接之，对赵云）将军还不下船，更待何时？ |
| **赵　云** | 这！ |

| 孙尚香 | 长坂坡七进七出的英雄，也会打赖么？ |
|---|---|
| 赵　云 | 我！ |

（唱）急得男儿颜面烧，

怎肯放脱小裔苗！

相对主母不敢恼，

空执长枪恨江涛。

这这这……有了！

（唱）霎时心头灯火照，（搜检己怀）

| 孙尚香 | 将军掏呀摸的，掏摸什么？ |
|---|---|
| 赵　云 | （唱）锦囊三枚计三条。 |

（拆看锦囊之三，大惊）啊呀！

| 孙尚香 | 怎么？ |
|---|---|
| 赵　云 | 主母。末将追来之前，军师与我三个锦囊，道是见着主母，开第一个。（递之） |
| 孙尚香 | （览之）"国太之病，料必是诈！" |
| 赵　云 | 主母不听，开第二个。（递之） |
| 孙尚香 | （览之）"今日一去，夫妇永诀……" |
| 赵　云 | 临到危急无路之时，开开开第三个！（递之） |
| 孙尚香 | （览之）"截江夺斗，军令如山！" |
| 赵　云 | 得罪了！（挺枪而上） |
| 孙尚香 | （勉强格之）堂堂虎将，怎做牵丝人偶！ |
| 赵　云 | 军令如山，不敢不从！（再战） |
| 孙尚香 | 好个"不敢不从"！（拽过阿斗，发狠）罢罢罢，索性推他下水，大家干净！ |
| 赵　云 | 主母！ |

［定格的瞬间，长似百年。

| 阿　斗 | （良久，怯怯地）娘…… |

**孙尚香**　（身躯一震）

**阿　斗**　（更怯）娘……

**孙尚香**　（颤得厉害）

**赵　云**　万万不可！

**阿　斗**　（抚其面）娘，你、你哭了？

**孙尚香**　（大恸）呜呀！（搂之）是娘不好，是娘错了！斗儿！

　　　　　（唱）搂定娇儿涕泪涟，

　　　　　　　　方寸辗转心如煎。

　　　　　　　　忆昔母子初相见，

　　　　　　　　儿是软软糯糯一粉团。

　　　　　　　　我方出嫁便为人母，

　　　　　　　　孩儿一啼娘心悬！

　　　　　　　　多少回，儿把冷热困饿叫个遍，

　　　　　　　　为娘我、亲打扇、手添衫、哄粥饭、夜夜不眠抱儿眠。

　　　　　　　　从今后，你一声一声空叫唤，

　　　　　　　　娘亲与儿隔千山。

　　　　　　　　斗儿啦，休睬别个笑你笨，

　　　　　　　　那是他们自家憨！

　　　　　　　　张飞的女娃性柔善，

　　　　　　　　孔明千金太刁蛮。

　　　　　　　　你宁与张家姊妹闹，

　　　　　　　　莫与诸葛女儿顽！

　　　　　　　　絮叨叨舌尖有如心尖乱，

　　　　　　　　顾不得旁人笑与讪。

　　　　　　　　再亲亲粉粉嘟嘟娇儿脸……

　　　　　斗儿，你也亲娘一亲！

**阿　斗**　（亲之）

| 孙尚香 | （唱）怎忍儿旦夕堕入机谋间？ |
|---|---|
| | 倘若是兄长使计将我赚， |
| | 怕只怕烽烟起时儿难保全！ |
| | 似我一般遭困陷， |
| | 再难高飞入云天。 |
| | 迷迷蒙蒙瞠泪眼…… |
| | （紧搂、放手）去吧，去你赵叔那。 |
| 阿　斗 | （不肯）娘…… |
| 孙尚香 | 再若不去，娘不理你。 |
| 阿　斗 | 去，我去……（回头）娘！ |
| | ［赵云抱阿斗入怀。 |
| 孙尚香 | 吕范哪里？ |
| | ［吕范上。 |
| 吕　范 | 小人在。 |
| 孙尚香 | （唱）移船就岸任他还。 |
| 吕　范 | 郡主不可！刘备一代枭雄，平生只此一子…… |
| 孙尚香 | 住口！强夺阿斗，要逼孔明封江，鱼死网破不成？ |
| 吕　范 | 这个……咳！郡主有令，移船就岸、移船就岸啦。 |
| 赵　云 | 多谢主母！ |
| | ［光渐收，唯一束光照着孙尚香。 |
| 孙尚香 | 回去吧、回去吧！回不来、再回不来了…… |
| | ［光渐暗。 |

# 第四折　焚心

［七年后，夷陵。

〔大帐之中，众将（韩当、徐盛、朱然、潘璋）分列两旁。

〔幕后内声："都督升帐……"

〔陆逊上。

陆　逊　（念）杯底功名过眼梦，

狼烟花落水流红。

周郎夭殁鲁肃死，

且看书生坐帐中。

我，陆逊陆伯言，奉吴侯之命，统领三军，保土却敌。今刘备率众，来取荆州……

韩　当　大都督，少啰唆！

徐　盛　你有何计策，可破蜀军？

陆　逊　蜀军远来疲弊，我等以逸待劳……

朱　然　什么"以逸待劳"，分明惧敌怯战！

潘　璋　婆婆妈妈、畏手畏脚，等刘备自死不成？

陆　逊　我已派人马，偷袭敌营，早晚当有回报……

〔孙尚香上，闻言避于一旁。

韩　当　信你个邪！

（唱）我主大略开江东，

徐　盛　（唱）代代领兵俱豪雄！

朱　然　（唱）周郎赤壁千秋颂，

潘　璋　（唱）白衣渡江有吕蒙。

韩　当　（唱）夺回荆州夸智勇，

徐　盛　（唱）擒杀关羽一命终！

朱　然　（唱）而今刘备又把头颅送，

潘　璋　（唱）正该枪对枪来弓对弓。

陆　逊　（唱）敌强我弱休妄动……

韩　当　以一当十，何惧之有！

| 陆　逊 | "以一当十"，是嘴上说说，当不得真。 |
|---|---|
| 众 | （哗然）掉底子、个板马！一将无能，累死三军！ |
| 陆　逊 | （按剑、捧印）吴侯剑印在此，违令者——斩！退帐！ |

〔众将愤愤而下。

〔幕后合唱：

　　　斜阳一抹照孤忠。

| 孙尚香 | （入帐）大都督。 |
|---|---|
| 陆　逊 | 郡主？两军阵前，怎生来此？ |
| 孙尚香 | 特来解你燃眉之急！ |
| 陆　逊 | 哈？陆逊的眉毛，好端端的在这里。 |
| 孙尚香 | 不要说笑！我都听到了。 |

　　　（唱）耳闻众将起喧哗，

　　　　　道你怯敌心先怕。

　　　　　兵力悬殊难招架，

　　　　　巧妇无米怎持家？

　　　　　而今退蜀只一法……

| 陆　逊 | 请教。 |
|---|---|
| 孙尚香 | （唱）息干戈、罢兵马、遣使议和锦上花。 |
| 陆　逊 | 这倒是个主意。 |
| 孙尚香 | 是个好主意！ |
| 陆　逊 | 吴侯也曾挑拣辩士，前去议和。口尚未开，便被杀了祭旗。 |
| 孙尚香 | 总有"杀不得"之人！（暗指自身） |
| 陆　逊 | "杀不得"之人，倒也是有。 |
| 孙尚香 | 是有的呀！（再暗指） |
| 陆　逊 | 复遣孔明之兄诸葛瑾前往。话不三句，又被赶了回来。 |
| 孙尚香 | 还有"赶不走"的！（自指） |
| 陆　逊 | 郡主之意……嗳，不要说笑！ |

（唱）郡主贵胄金玉叶，

　　　　怎入敌营对兵劫？

孙尚香　　虽分敌我，当念旧情……

陆　逊　　（唱）自古豪杰心如铁，

　　　　　　割断从前连理结。

　　　　　　刘备登基开帝业，

孙尚香　　年初他做了皇帝，我是知道的。

陆　逊　　（唱）后宫另成鸾凤谐。

孙尚香　　另另另立他人为后，我也晓得！

陆　逊　　（唱）七年来，他何尝片言相慰藉？

　　　　　　今日里，你何必当面砧清节！

　　　　　　好似羚羊入虎穴……

　　　　你去议和，见了刘备，跪是不跪？若遭轻辱、当众取笑，恼是不恼？掳你归蜀、充其后宫，从是不从？

孙尚香　　这个……

陆　逊　　（唱）女儿家、明楚楚、娇怯怯、合该一世远兵革。

　　　　〔幕后内声："杀败了哇杀败了！"吕范上。

吕　范　　报——大都督！我等领令偷袭，刘备早有防范，重兵掩杀，我军大败！亏得小人腿脚快，逃回一条性命！那不肯跑的三千将士……

孙尚香　　如何？

吕　范　　被人砍瓜切菜、一刀一个、血流涂地、魂断夷陵！

孙尚香　　啊呀！

　　　　（唱）闻之悚然肝胆裂，

陆　逊　　（对吕）辛苦了。歇息去吧。

吕　范　　是是是。（下）

孙尚香　　（唱）恩仇涌动万千叠。

　　　　　　同袍发愤争喋血，

　　　　　　　红颜怎敢惜冰洁？

　　　　　　　漫道孙氏天生倔……（欲去）

陆　逊　　（止之）郡主留步！

孙尚香　　不消再劝！他叫跪，我就跪；他取笑，我不恼；此去议和，就算被
　　　　　掳入蜀……

陆　逊　　为奴为婢？

孙尚香　　含羞忍辱，我也情愿！

　　　　　（唱）但求个万众安、烽烟灭、孙刘结好、永罢干戈！

陆　逊　　（失笑）好、好个女英雄！哈哈哈！

孙尚香　　你笑什么！

陆　逊　　（忍笑）不笑、不笑。成败利钝，正在今夜。

孙尚香　　我今一去，定不辱命！

陆　逊　　不是哟……蜀军溃败，正在今夜！

孙尚香　　怎么说？

陆　逊　　天机不可泄露……

孙尚香　　我去了！（再欲下）

陆　逊　　（再止之）郡主义感动天！你来看！（扯幔、地理图现）刘备率众七
　　　　　十万，依山傍林、树栅连营，绵延七百里，纵横四十屯……

孙尚香　　好大的气派！

陆　逊　　好蠢的铺排！连营七百里，首尾不得相顾，焉能拒敌？

孙尚香　　啊？

陆　逊　　包原隰险阻而结营，兵家大忌！

孙尚香　　啊！

陆　逊　　盛夏炎炎，草木繁茂。凭他倾国之兵，当不得我一把火！

孙尚香　　啊？！

陆　逊　　今夜三更，以火攻之，风助火势、火借风威，火急风紧，树木皆
　　　　　着！管叫他四十屯营寨，尽成灰烬；七十万人马，俱化齑粉！

孙尚香　（强笑）你……你又说笑。

陆　逊　（微笑）郡主静候佳音，微臣去去就来。（欲下）

孙尚香　（拦之）转来！

陆　逊　在此。

孙尚香　兵者凶器！贸然前去，恐又中计；吕范兵败，前车之鉴！

陆　逊　吕范么，我只盼他输，不要他赢。这一条骄兵之计，定叫刘备高枕
　　　　无防！

孙尚香　（痛心）三千性命，不过一计！

陆　逊　（决意）势在必得，不死不休！（更鼓初敲）初更了……（再欲下）

孙尚香　（再拦）伯言！刘备戎马百战，你乃一介书生，还是小心为上。

陆　逊　郡主担心者，是陆逊？还是玄德？

孙尚香　呀！

　　　　（唱）闻他一言恼且羞，

　　　　　　道破红颜无限愁！

陆　逊　（唱）若为陆逊浑不必，

　　　　　　若为玄德无来由。

孙尚香　（唱）为他怎说无来由，

　　　　　　曾与玄德结鸾俦。

陆　逊　（唱）你虽待之情意厚，

　　　　　　他几时将你挂心头？

孙尚香　（唱）也曾相依酌美酒，

　　　　　　也曾把臂雪中游。

陆　逊　（唱）七里城池困红袖，

　　　　　　不辞而别争王侯！

孙尚香　（唱）为我留下小阿斗，

　　　　　　疼疼热热度春秋。

陆　逊　（唱）截江夺斗分骨肉，

夜夜思儿泪空流。

孙尚香　　（唱）单怪兄长太错谬，

　　　　　　　　诈回小妹运机谋。

陆　逊　　（唱）你便城中苦相候，

　　　　　　　　他与新人恩爱稠。

孙尚香　　（唱）入蜀登基另立后，

　　　　　　（爱之恨之）玄德、刘备……大耳贼！

　　　　　　（唱）白头之盟信手丢。

陆　逊　　（唱）今日里、半为江东半为你，

孙尚香　　为我？

陆　逊　　为江东！

　　　　　　（唱）坐看陆逊大破刘！

　　　　　　（更鼓再敲）二更了……（三欲下）

孙尚香　　（三拦）大都督，还疼么？

陆　逊　　（一震、停步）什么？

孙尚香　　建邺宫中，那一记耳光。

陆　逊　　（莞尔）当年一掴，疼到今日。

孙尚香　　我来此之前，去过你家。你那夫人、我的侄女，温柔贤淑；一双儿

　　　　　　女，烂漫可爱；当此之时，你若还放我不下，就该晓得……

陆　逊　　什么！

孙尚香　　晓得我何故一样放"他"不下、放"他"不下！大都督！

　　　　　　（唱）我信你足智多谋世罕见，

　　　　　　　　只怕他身困火海苦连连。

　　　　　　　　我知你家国山河担在肩，

　　　　　　　　只盼他无病无灾到百年。

　　　　　　　　我求你今夜切莫把火点，

　　　　　　　　只要他退走夷陵得保全。

陆　逊　　郡主！你乃孙破虏之女、孙讨逆之妹、吴侯嫡嫡亲亲的手足，家国
　　　　　　事大，怎可……

孙尚香　　（唱）猛地近身拔霜剑，

陆　逊　　你要为刘备，杀我不成？来来来！

孙尚香　　（唱）青锋横向颈脖间！（剑横己颈）

　　　　　　他若身死我何所恋……

陆　逊　　快住手！

孙尚香　　休点火！

陆　逊　　休放刁！

孙尚香　　莫奈何！

陆　逊　　莫任性！

孙尚香　　快应承！

陆　逊　　（唱）罢罢罢，铮铮心琴剑上弹。

　　　　　　（轻轻拨开、取下其剑）郡主。忆昔吴侯赐婚，将讨逆千金下嫁于
　　　　　　我。新婚夜盖头一揭，花烛之下，她眉眼之间，七分似你！

孙尚香　　七分似我？

陆　逊　　我兢兢战战，心头狂喜，她轻轻软软，一声"陆郎"……

孙尚香　　一声"陆郎"！

陆　逊　　好一似霹雳震耳，悲从中来！郡主，我是当真、当真放你不下！

　　　　　　（更鼓三敲）三更了……来！传我将令！

　　　　　　［幕后内声："啊！"

陆　逊　　三军各带火种，潜入蜀营，顺风举火！

　　　　　　［幕后内声："啊！"

陆　逊　　不消烧他四十屯，只要隔一营烧一营，乱敌心智，自相践踏！我等
　　　　　　呐喊追袭，不擒刘备，誓不还营！

　　　　　　［幕后内声："誓不还营、誓不还营！"

孙尚香　　陆伯言，你——

陆　逊　　（一礼）郡主听臣一句。休要犯傻。然你若一心求死，臣也做不得
　　　　　　主。青锋三尺……

孙尚香　　这三尺青锋！

陆　逊　　（还剑）但凭郡主吧。（下）

孙尚香　　伯（言）——去了、去了、他真个去了……

　　　　　（唱）好一声"但凭郡主"醒痴憨，

　　　　　　　　相对这"三尺青锋"夜更寒。

　　　　　　　　果然是无知女儿发妄念，

　　　　　　　　却难禁焚心之痛痛缠绵。

　　　　　　　　忽忆孔明当年语，

　　　　　　　　他问我夫婿兄长帮谁边？

　　　　　　　　兄长若败我央夫婿，

　　　　　　　　夫婿败、我为夫伏乞在兄前！

　　　　　　　　因此上，前半夜，我欲入蜀营将夫劝；

　　　　　　　　冷不防、后半夜，颠倒胜负又求伯言。

　　　　　　　　尴尬伶仃诚可笑，

　　　　　　　　身是柳絮风里旋。

　　　　　　　　英雄个个乐鏖战，

　　　　　　　　更无一人怜红颜！

　　　　　　　　落得个夫人城内身久陷，

　　　　　　　　落得个建邺宫中形影单。

　　　　　　　　落得个望穿双眼娇儿面，

　　　　　　　　落得个夫不夫、妻不妻、兄不兄、妹不妹、恩不恩、情不情、

　　　　　　　　只有那功功业业、成成败败将人拴！

　　　　　　　　耳闻得喊杀声声近复远，

　　　　　　　　从来相思地、尽皆离恨天！

　　　　　　　　恍惚惚青霜割破了白玉颈……

呀。孙尚香呀……孙尚香。人人聪明、个个洞达，只你愚、只你傻，要死自死，谁看你来？嗳，我也不要人看，只是，为玄德、为兄长、为伯言，呵呵、呵呵呵……你自多情，却为谁一死？纵便一死，哪个……稀罕！

（唱）静默默、哀冷冷、泪满双眼涌如泉！（剑落、木然）

〔光渐暗。

# 余 韵

〔永安宫。

〔诸葛亮侍立门外。

〔门开了，孙尚香走出。

| 诸葛亮 | 郡主见过陛下了？ |
|---|---|

孙尚香　相见之前，心有千言；两下相对，竟无一语。告辞了。

诸葛亮　留步。身为"吴使"，岂无他事？

孙尚香　我奉吴侯之命，欲与刘备再结盟好。病榻之前，犹豫再三。想荆州易主、关羽被戮、张飞身死、玄德垂危……皆江东所为！仇深似海，实难开口！

诸葛亮　臣本布衣，躬耕陇亩，受陛下三顾之恩，誓以死报。当此之时，寸心欲裂，恨不亲领貔貅、扫灭江东！（奉还图卷）

孙尚香　（接之）这不是我叩宫的图卷么？

诸葛亮　还与郡主，转交吴侯。

孙尚香　（展之）多了一首题诗在上。

诸葛亮　是我亲笔，亦陛下之意。

孙尚香　（念）客从远方来，

　　　　　遗我旧时题。

上言长相思，

下言久别离。

感君殷勤意，

重盟——（震惊）

诸葛亮　　（接口）"重盟应有期"，应有期！待等新主登基，臣即刻遣使入吴，

重修盟好。告辞了。

孙尚香　　转来！恨不扫灭江东，也是你说的！怎又——

诸葛亮　　但看图卷之上，画的什么？

孙尚香　　乃是囚我困我、一座"夫人城"！

诸葛亮　　城中之人，岂止郡主？

孙尚香　　啊？

诸葛亮　　当今天下，一强两弱。孙刘只可唇齿相依，怎敢鹬蚌争斗？趋利避

害、绝情祛欲，为图王霸，谈何悲欢！

孙尚香　　为图王霸，谈何悲欢！原来你诸葛亮——亦困城中，哈哈，亦困城

中！（下）

诸葛亮　　（目送）天下英雄，谁人逃得城外？哪个不困城中？可叹、可笑、

可怜……可可可怜！

　　　　　〔光渐暗。

　　　　　〔幕后合唱：

渔樵谈笑说三分，

指点牧儿认旧痕。

凤阙龙楼无觅处，

唯余残照夫人城、夫人城……

　　　　　〔全剧终。

## 附：英雄之殇——汉剧《夫人城》创作小札

2020 年年末，我终于完成了自己第一部三国题材大戏——汉剧《夫人城》，其中人物如刘备、孙权、赵云、陆逊、诸葛亮……因为太熟悉了，写作时竟有些怪不好意思的。

该剧是武汉汉剧院的约稿，为优秀青年演员王荔量身定制，然而院团并没有规定题材，只说想做一部古装戏。我一见到那个明朗、欢乐、直率、热烈到简直有些大大咧咧的王荔，便想：要么，孙尚香吧？想不到院团竟一口赞成：好！就孙尚香！反倒令我迷惑了，直到大纲完成之后，我还在问：为什么你们会答应演这个戏？王荔回答，湖北、武汉，尤其是汉剧院，素来有演三国戏的传统。而且，她听了我描述的"这一个"孙尚香，也觉得自己就是"尚香"本"香"，不仅个性相像，而且文戏武戏皆有发挥空间。

在传统老戏里，流传最广的孙尚香剧目当数《龙凤呈祥》与《祭江》。前者孙尚香戏份不算多，形象也较模糊寻常；后者呢，是说夷陵战后，孙尚香闻听刘备死讯，投江而亡。我是很不接受这个结局的，毛宗岗批改《三国志通俗演义》加上"时孙夫人在吴，闻猇亭兵败，讹传先主死于军中，遂驱车至江边，望西遥哭，投江而死"这一段，为孙夫人立了个"千秋烈女"的名号，真是把孙尚香、罗贯中一道歪曲了。孙刘联盟，刘备固然于她有情，但更多是忌之惮之，所以特地在公安县西北建了一座"孙夫人城"供她别居。后刘备入川，夫人归吴，在并行了短暂的一段之后，生命匆匆驰向不同的轨道，她又怎么会"殉夫"呢？

不过，具体落实到戏上，又该怎么写？我不想单写一个挣扎在政治旋涡里的爱情故事，也不想单站在女主角的立场上，将欺骗她、利用她、又抛弃她的男人们一骂了事，在我心中，事实也不仅仅如此。我想"张开一张网"。孙尚香似一朵烈烈盛放的火红蔷薇，站在中心，是当仁不让的女主角，男主角呢，却不是与她产生最强烈情感纠葛的刘备，而是刘备、孙权、诸葛亮、赵云、陆逊。不是"一对一"再加上一众配角的人物关系设置，而是"一对五"的辐射网状关系。我希望写出孙尚香与他们每个人的"交往"，以她之纯粹明亮去映照他们分别之个性，并最终：怜悯所有人。

全剧四折主戏及一序幕一余韵。

先说序幕：啧，以"白帝托孤"开场！

这是三国最脍炙人口的名场面，它能迅速将人带入情境。那句"朕死之后，若阿斗可辅，则辅之；如其不才，丞相可自立为成都之主"，既令人感佩于心，又不禁脊汗微微。诸葛亮迅速表态："陛下！臣敢不竭力尽忠、死而后已……"此处，怎么提示微妙的君臣关系呢？我让刘备问了一句："你再说一遍？"诸葛亮回答："鞠躬尽瘁，死而后已；不负陛下，知遇之恩。"这事就完了。我愿意相信"君臣之至公，古今之盛轨"，但也不妨给这密不透风的"鱼水君臣"一丝缝隙。因为它与全剧的题旨指向是一致的。

序幕另一个重要的戏剧任务，是引出孙尚香。我多么想给这对夫妻一个见面的机会：在白帝城！刘备在其人生的最后时刻，与他爱过的、记忆里娇美的"前妻"再见一面。曾经意气风发的丈夫，而今在病榻之上奄奄一息，于孙尚香而言，又有怎样的心理冲击？光想想都让人觉得兴味无穷！于是，我将孙尚香安排成了吴使。史载刘备败走白帝后，孙权很快遣使议和，至于两国正式重盟，则是后主登基之后了。

刘备屡屡拒见吴使，直到诸葛亮说来使带来了一张图，刘备展卷一看，图上画的是"夫人城"，他明白了，今次来的，是他不该不见亦心盼一见之人。从永安宫飘荡而出的一声声的"陛下有旨，吴使觐见……"引领思绪也回到了14年前。

这便是第一场《剑舞》：孙尚香与刘备之主戏，以赵云、陆逊为衬。戏剧任务并不复杂：定情。但我需要一个独特的场面，于是参考借鉴了杂剧《刘玄德醉走黄鹤楼》、《三国演义》第四十五回"周瑜欲杀刘备未遂事"与"项庄舞剑，意在沛公"事等，以"刺杀"为切入、以"舞剑"为载体。为什么我放弃了周瑜而安排陆逊呢？首先二者"形象"太相似，只能取其一；其次，命运攸关的夷陵之战是在陆逊手中完成的；再次，周瑜分量过重，他若出现在这个场合，不免大大分去观众之于刘备、孙尚香的注意力；还有最后一点，照大伙儿"喜闻乐见"的野史，陆逊与孙尚香之间，还有些"小情愫"呢！

《剑舞》大体分四块戏。

一、入宴。孙尚香"带戏"上场，首两句唱"催金鞭策白马踏乱春芳，石榴裙似烈焰迎风飘扬"，三种色彩（金鞭、白马、红裙）与扑面的动感、迎人的芬芳，为她的容色写了真。之后陆逊追上，以对话补叙是吴侯命孙尚香前往宫中，以舞剑为名，刺杀宴上穿黄袍之人。她不问对方是谁，也不问为什么要杀，但听说杀了其人，便为江东立下头功，就急忙忙、乐滋滋、兴冲冲地提剑去杀，这又为她的个性写了真。

二、舞剑。小层次是"两刺""两停""两问"。第一番，二话不说便刺，却陡然有了第一停，为什么？因为看到黄袍客身旁，立了一员"不怒自威""杀气淋漓"的"白袍小将"；咬咬牙、定定神再第二刺，又有了第二停，为什么？因为在那小将警觉地斥出"大胆"之时，黄袍客居然还为她击节叫好、从容斟酒，气度非凡。这令少女又疑又惊，隐约还有些芳心浮动，于是"两问"：出于羞涩，先问小将名姓，得知他便是赵云，再问——简直不必问，可她还是再三确认了一下，便冲着孙权大叫："啊呀兄长！你道要将小妹嫁与刘备，怎又哄我前来，谋杀亲夫？"写到这，自己都要笑出来了。

三、比剑。在简单交代了要杀便杀何故竟派孙尚香来杀之后，是成亲是成仇，孙权让孙尚香来定。孙尚香想了个主意叫"比剑招亲"。此处以"三剑"划分三个小层次。头一剑"奋翅起高飞"，刘备赢了；第二剑"游戏宛与洛"，孙尚香输了；输赢不重要，重要的是，在近距离接触中，二人"眉来眼去""言来语往"，说年纪、说家庭、说聘礼、说志望……等于谈了一场恋爱。我希望这里有精心的程式化设计。到了第三剑"与君生别离"，孙尚香剑势凌厉，一直托大以剑鞘应对之刘玄德，终于感到了压力，感到了"败"的威胁，可这时，反转之反转发生了，孙尚香放水了！因为，"恋爱"完成了。就连孙权也看出了这一点，道是："小妹，你这第三剑……输得有主意哇。"

四、最后一个小部分，这门亲事，算是定下了，当然也顺手交代了孙权何故竟将选择权交予妹妹。孙尚香得寸进尺求陪嫁，孙刘议定暂借荆州，得蜀便还，为之后的情节推进做好铺垫。

孙尚香之俏美明艳、刘备之远志丰神、孙权之机谋盘算，尽在其中，另外值得一提的是陆逊。戏份不多、位置不重，却至少有四处，是用心为之。一是孙尚香嗔道"谋杀亲夫"时，陆逊忽然失笑，以致孙权"嘟"了他一声。二是孙尚香自觉被诬，拂袖欲去之前，唤近陆逊，居然（轻轻）掴了他一个耳光。三是孙尚香道若她不嫁，又待怎样时，这个斯斯文文的陆逊，当着孙权、刘备、赵云之面，斯斯文文道："郡主不嫁，臣便做一回小人。聚合甲兵，试在这建邺宫中，留一留玄德公的性命。"再配上第四句，当孙刘两家三人睦乐婚姻之时，陆逊跪于幽暗的一角，低声道："郡主，恕臣不能远送了。"啧，他是多么卑微、又多么欢喜地暗自爱她，而在这之下，又孕育了一个多么骄傲自信的魂灵。

等着吧，那夷陵。

囿于篇幅，随后几折且说得简略些。

第二折《困城》，随着刘备入蜀，孙尚香的"幸福"变质了。有人问，新婚之后、入蜀之前三年，其婚姻到底如何？在我看来，恐怕就像一颗寻常的糖果，甜美而"经不起"。年过半百的刘备怎能不对小妻子动情呢，可另一面，他又因其特殊身份而忌之惮之，哪怕偶然他会为自己的忌惮感到"无奈"、感到"好笑"甚至"不自在"。孙尚香呢，她对此懵懵懂懂不甚清晰，一味觉得刘备宠她爱她让着她：是的，她永看不到丈夫温存之下的警惕与尴尬。

《困城》有现实与梦境两个部分，现实是孙尚香与诸葛亮的交往，梦境则是她与刘备。大致分为四块戏：

一是春花、秋月与诸葛亮插科打诨的"引子"，用来调节舞台色彩。

二是孙尚香被请到之后，得知眼前这座"夫人城"竟是刘备送她之礼，雀跃不已，欲面见刘备，却被诸葛亮与二女侍三度阻拦，尤其是二女侍，拉着她再三欣赏城中美景、极力夸赞，却不道这实是个黄金打造的牢笼。

三是孙尚香苦等刘备（从一更到五更），终于不见。这块戏有两个舞台亮点。第一个是等待时，孙尚香看到周遭摆设，想起了新婚之夜，不禁羞赧，又见妆台粉墨，居然平生第一次笨拙地为自己画起眉来！我将"画眉"写得很细，就是为了塑造与丰满其形象：她并不只是一味地泼辣习蛮，她也有细腻温存以至笨笨的羞涩的一面，要为她心爱的男人做她从没做过的事。第二个亮点是入梦，她梦到刘备回来了，又与她并驾齐驱，行游魏蜀吴三国，而止于蜀道坠马，她喊着"玄德救我……"醒了过来，仍旧是冷冷清清一个人的宫殿。此处可以有大幅度的舞台调度、精彩的成系统的程式化表演。我设计这一梦，不只是为了表达孙尚香对刘备的思念及她梦醒后的一发寥落，也在向受众描摹在这个女性心中，实有这样广阔无垠的天地，她本该像鸿鹄一样高飞、像骏马一样奔驰，却被困在方寸之间！

于是到了第四块戏，孙尚香出门，与久候门外的诸葛亮再度相见。诸葛亮告诉她刘备已去，亦并未与之辞行，而这座小城，她也出不去了。严格来说，剧中诸葛亮的戏份不多，唱也有限，但他的念白是被精心书写的，客气、疏离、温度不高但也谈不上寒冷，通透而冷幽默。比如孙尚香问为什么刘备不来与我告别，诸葛亮回答一句："你睡着了哇。"这块戏不长，却仍有小结构，即诸葛亮之三问："主公此去，必主西川；得了西川，荆州还是不还？""若还荆州，主公心疼；若是不还，吴侯恼怒；孙刘失和，战是不战？""如若开战，死生相拼，一夫婿、一兄长，你偏帮哪个？"既将未来数年的战事格局说得清清楚楚，也把孙尚香逼到了情感的"死胡同"。

整折戏结束于孙尚香想要闯城却被阿斗一声"娘亲……"唤软了心肠、唤停了脚步。正与第三折《还斗》衔接。

在《还斗》之前，我还写了个楔子，目的一是给孙权再一次上场的机会；二是借孙权、吕范之口，将刘备入蜀之战况、孙权讨不到荆州之愤恨、骗回孙尚香之机谋——交代，以便观众在看第三折时，完全明白其戏剧情境。

《还斗》，情节主体便是鼎鼎有名的"赵子龙截江夺阿斗"，而当视角转向孙尚香时，动词"夺"就成了"还"。

本折大致分上船之前与上船之后两大块戏，上船之前又分三个小层次：一、春花、秋月之科诨；二、孙尚香被骗其母亲生病，强行闯城；三、出城之后，又欲带走阿斗，去而复返，再一番出入。此处之"小开打"，既给了演员适度表现武戏的空间，又不是真的动刀动枪，处理上带有古典戏曲强烈的喜剧色彩。

重点是上船之后，也分为三个层次：

一、赵云风风火火追船、登船。

二、这是最大的一个层次，即阻其归去、夺讨阿斗，核心内容是三个锦囊，对应了三个回合。前两个回合，我将"锦囊"藏了一藏，只用了赵云"背身、拆看"的舞台提示。第一、二个锦囊，推进得很快，基本上在赵云、孙尚香一来一往的对白中完成。其一、母亲生病，恐是一计；其二、今日一去，夫妻恩断。这两点，都被孙尚香立时驳回。第三个锦囊打开前，赵云做了他自己的争取。相比刘备、孙权、诸葛亮、陆逊，赵云心地光明，他"长坂坡之战"的唱段，我写得尽心尽情。可这么个大英雄，在小小的楼船之上，也腾挪艰难了！接下来一个小层次很有趣，是孙尚香、赵云两番让阿斗自己选择去留。结果呢？不论对方是赵叔还是父亲，小阿斗都几无犹豫地选择了疼他、爱他的继母孙尚香！万般无奈，赵云打开了第三个锦囊（并在此时，将前两个锦囊做了简短有力的回顾），个中计策"简单粗暴"："截江夺斗，军令如山！"母子之情、夫妻之恩、上下之分，被统统搁置！"料事如神"的诸葛亮，理性得残酷。

三、最后一个层次，孙尚香还回了阿斗。我很喜欢她"拽过阿斗"，发狠地说："罢罢罢，索性推他下水，大家干净！"她多么恼怒、羞愤，简直要疯了！不过是带孩子去看望生病的外祖母，竟被一员大将，逼到"不死不休"的地步！何况，她还憋着被"软禁"三年的怒气呢！可阿斗那软软糯糯的"娘、娘……"瞬间令狂暴的孙尚香清醒，她感到愧疚，也越发悲伤。冷静下来，她也明白，这一去，她心爱的孩子、这小小的阿斗，十之八九，便将沦入她在"夫人城"一样的命运，甚至更悲惨！她终于放手了，不是被迫无奈、不是战之不过，与其说她是将阿斗还给了赵云、还给了刘备，不如说，她是将最可贵的"自由"，还给了阿斗，而把对孩子深深不绝的思念，留给了自己。临别时，她絮絮叨叨叮嘱阿斗的唱，一改之前的古典华美，而道："斗儿啦，休睬别个笑你笨，那是他们自家憨！张飞的女娃性柔善，孔明千金太刁蛮。你宁与张家姊妹闹，莫与诸葛女儿顽！"这是阿斗能听懂的直白的话，是她为人母的怜子心肠。很多年后，刘禅相继立张飞二女为皇后，而诸葛亮的女儿呢，据说生性孤冷，去做了女道士。

孙尚香离开了，她与刘备，永远"不可能"了。

实际上，《夫人城》剧中时间跨度长达14年，之所以不觉跳脱，是因为除了孙夫人与刘备的离合线之外，还有一条孙刘联盟线，从结盟至反目至再结盟好，"旋涡"便是兵家必争之地"荆州"之归属。刘备入主西蜀、不还荆州、孙权愤愤、偷袭荆州、擒杀关羽，刘备起兵，又丧了张飞性命……这些关键的历史事件与节点，在剧中人物对话之间，被不断推进性地交代着。

第四折《焚心》，写的是夷陵之战陆逊纵火当夜！我一直很想写这个晚上，它实有无数的可能性，而这一次，所谓"独特""变化"，是多了一个孙尚香。

本折之开端，是一众江东老将对年轻的新都督的不满，这在《三国演义》里也有充分描述。我之目的有三：一、交代时代背景与战况；二、以一对众，表现陆逊所承担的压力，也就表现了他"书生拜大将"的潇洒；三、避免孙尚香顶场上。

接着是第二块戏，将军们唾骂着下场之后，孙尚香来"救"江东、"救"陆逊了。这一块戏很有趣。离战争比较远的孙尚香心急火燎，身处战争核心位置的陆逊却"风淡云轻"。孙尚香主动请缨去蜀营请和，分了三个小层次，即"杀不得之人""赶不走之人"与"眼前之人"。陆逊不放她去，在明言刘备已另立他人为后之后，用三个反问回应了孙尚香："你去议和，见了刘备，跪是不跪？若遭轻辱、当众取笑，恼是不恼？掳你归蜀、充其后宫，从是不从？"孙尚香犹豫了，这是剧本有意的"隔断"，进而需要设置一个戏剧的推动力，将孙尚香再往前推一步，于是吕范报说了"三千将士之死"！她是这样善良、真诚，再不能坐视、再不能置身事外！她豁出性命要去做点什么，只有将戏剧情势造足到这个地步，才有陆逊将"火烧连营"的计划和盘托出！

第三块戏很简单，即"火烧连营"之计，讲述要简洁、清晰、有力。这个计策对于战争来说是很重要的，但我们不必过多盘桓于此，因为它对孙尚香来说唯一的意义是：她陡然改变了态度！这就进入了更重要的第四块戏：原本担心江东之败、欲求刘备的孙尚香，这时反过来担心刘备之败，而要苦苦哀求陆逊了。

这块戏的看点有三：看点之一是孙尚香与陆逊的一大段对唱，道出了人生、命运的滑稽感，也回顾了之前诸事，并流露了陆逊对孙尚香绵延半世的情愫。这很关键，他对她是真，所以接下来的抉择才更见残酷。不久前，孙尚香欲去蜀营时，陆逊再三地劝阻了她；而此刻，与之呼应的，是从一更天到三更天，陆逊欲去放火时，孙尚香也再三地试图阻止他，甚至以情感相诱劝、以生命相胁迫：哪怕为了我，请你——放弃吧。多么可笑，又多么真挚。陆逊呢，也平生第一次甚至是唯一一次正视与回答了这份情意，他回忆了自己的新婚之夜，面对与孙尚香有七分相像的新娘，心中一喜一悲、一热一凉，情浓情炙，归于一句："郡主，我是当真、当真放你不下！"特殊情境下特殊的人物关系，正是看点之二。

第三个看点呢，是面对剑横颈上的孙尚香，在"真情表白"之后，陆逊毫无犹疑地下了纵火总攻的军令：不擒刘备，誓不还营！孙尚香怎么办呢？陆逊说："郡主听臣一句。休要犯傻。然你若一心求死，臣也做不得主。青锋三尺，但凭郡主吧。"他甚至将从她手里取下的剑又还给了她！然后他走出营帐、走向了战场，没有回头。只留下怔怔的、痴痴的、无助的、简直"滑稽"的孙尚香一人！若想死，便死吧；可是——还死吗？真可笑，这是比死更疼的疼，而宝剑，终于随着泪水一道木然地滑落。

孙尚香一部分的灵魂，也在这一夜，凉透了、消散了。

若无余韵，这个戏也是完整的；但若无余韵，戏剧题旨就未实现。本剧写的不是孙尚香个体的悲剧，我需要某个人点明这一点，重任自然落在"无所不能"的诸葛丞相身上。最初构思时，想象了很多回白帝城里，孙尚香与刘备会说什么、想什么，真写到此处，却觉得一切都不必说，将他们的秘辛，留与他们吧。所以我从孙尚香走出永安宫切入，像当年在夫人城一样，诸葛亮亦在门口等着。

余韵之戏剧内容，是写孙刘再度联盟。与王图霸业、利害得失相比，个人情感，算得什么？所以诸葛亮一边"寸心欲裂"，恨不"扫灭江东"，一边客客气气地在图卷上写上多情诗句。这才明白了，他们不只戕害了孙尚香，英才伟烈的男儿们在投身王霸之争时，便早将自己也放弃了！战争中，被碾压的岂止孙尚香一人？所谓"为图王霸，谈何悲欢"！刘备真爱孙尚香，陆逊也是真的爱她，赵云尊重她、诸葛亮理解她、孙权也想做个好哥哥……但这又如何？"谁人逃得城外，哪个不困城中？"

《夫人城》不是一支女性的哀歌，而是绵延不绝、刻满青史的"英雄之殇"。余韵之必不可少，亦在于此。

# 昆剧《瞿秋白》

## 人物表

瞿秋白　　（小官生）

宋希濂　　（雉尾生）

金　璇　　（正旦）

鲁　迅　　（末）

杨之华　　（闺门旦）

王杰夫　　（副净）

陈建中　　（丑）

蒋　冰　　（净）

昆剧《瞿秋白》
第一折《溯源》

# 第一折　溯源

## 昼

［1935年5月，福建长汀，国民党第三十六师军法处。

［蒋冰上。

蒋　冰　　宋师长到！

［宋希濂上。

宋希濂　　（唱）【南商调忆秦娥】

　　　　　　鹰犬将，

　　　　　　一骑敢破千叠浪。

　　　　　　千叠浪，

　　　　　　空言绥靖，

　　　　　　忍看板荡！

　　　　　（念）男儿合该阵前死，怎叫席间审俊才？

　　　　　　带人犯。

蒋　冰　　带人犯！

［瞿秋白上。

瞿秋白　　（唱）【前腔换头】

　　　　　　烟尘渺渺忽回望，

　　　　　　澄心一片皆清旷。

　　　　　　皆清旷，

　　　　　　看斜阳渐下，

　　　　　　啾啾儿雀鸣枝上。

宋希濂　　看座！你叫？

瞿秋白　　林琪祥。

宋希濂　　坐下说。江苏人氏？

瞿秋白　　正是。（落座）

| 宋希濂 | 是个读书人? |
|---|---|
| 瞿秋白 | 同济大学医科毕业。 |
| 宋希濂 | 看你满面病容,怎不为自己抓方? |
| 瞿秋白 | 衰惫之躯,受尽了鞭挞,还有何方可救! |
| 宋希濂 | 你之供述,我一一看过,道是:职业医生、被红军俘获,押解途中,落入我手…… |
| 瞿秋白 | 沪上旧友,尽可为证。(欲下) |
| 宋希濂 | (蓦地)瞿先生! |
| 瞿秋白 | 我姓林。 |
| 宋希濂 | 瞿秋白!(瞿秋白一震)你编的好供状也! |
| 瞿秋白 | ……那等生平,倒也不是供状。 |
| 宋希濂 | 不是供状,是什么? |
| 瞿秋白 | 是我作的一篇小说。啊? |
| 宋希濂 | 啊? |
| 瞿、宋 | 哈哈哈! |
| 宋希濂 | 我在军校,听过先生的课,一晃十年,竟不敢认了! |

（唱）【水红花】

忆昔黄埔读书窗,

焕文章,

俺也曾受教聆讲。

瞿秋白 （唱）那时俺风发意气兴飞扬,

满座痴欲狂,

同歌共唱。

宋希濂 （唱）奈今日萧条行状,

瞿秋白 （唱）零落鬓已霜,

宋希濂 （唱）直叫人不识旧容光也啰!

先生"主义",累死英雄!

| | |
|---|---|
| 瞿秋白 | 遍体鳞伤，皆你等所赐；唯一根脊梁，是我"主义"浇铸。 |
| 宋希濂 | 说什么"脊梁"！你之"小说"滴水不漏，如何又暴露了身份？噻！日前有共匪之妻，供出先生被俘于长汀，然匿名隐藏，不知是谁。遂将囚徒三百，逐个盘查。头一天，人人不招；第二天，个个不认；到了第三天，那求饶出首之人，正是你之"同志"、你的"战友"，一个共党！ |
| 瞿秋白 | 共党么？宋师长你——也曾是个共党呀。 |
| 宋希濂 | 我！ |
| 瞿秋白 | 黄埔一期、你之同学、我党的名将陈赓，还曾是个国民党哩。哈哈……（下） |
| 蒋 冰 | 师座，瞿匪冥顽不灵，立地处决，大功一件！ |
| 宋希濂 | 住口！传我军令。将瞿氏迁入单间，不许动刑，饮食从优，好生相待。 |
| 蒋 冰 | 是！ |

### 夜

［瞿秋白内声："走哇……"似真似幻，一叶飘摇。

| | |
|---|---|
| 瞿秋白 | （唱）【山坡羊】 |

冷潇潇一灵飘荡，

行经了长街深巷。

无端的缭绕惆怅，

没来由盈盈泪双眶！

步何方，

念念思归乡。

往事尘烟、尘烟不敢望，

俺飘零片叶近祠堂。

情伤，一去廿载径苔荒；

断肠，薄棺三寸殓着娘！

（举目）"瞿氏宗祠"！是了，是这里！母亲棺椁，尚停于此，无钱落葬！（入内，近棺）母亲去时，儿在他乡；今来日无多，当面别过、再看娘一眼！

（唱）【前腔】

　　战兢兢开棺相向，

（夹白）啊呀——

（唱）觑个中空空荡荡。

　　悚惕惕魂飞魂漾，

　　躯壳儿何处堪依傍！

当年我奔丧家中、手殓了娘亲，今棺椁空空，母亲安在，我娘哪里？！

　　［金璇捧菜肴上。

| 金　璇 | 双儿？ |
|---|---|
| 瞿秋白 | 母亲？ |
| 金　璇 | 双儿！ |
| 瞿秋白 | 是你么母亲！ |
| 金　璇 | 真是我儿回来了！（抚瞿秋白之面）高了、瘦了、更精神了！ |

　　（唱）除夕炮仗、炮仗争欢唱，

　　　　户户团聚家家忙。

　　　　喷香，八荤八素倾壶觞，

　　　　成行，不觉涔涔满衣裳！

| 瞿秋白 | 母亲，你怎么哭了？ |
|---|---|
| 金　璇 | 娘是高兴、是欢喜！你去无锡教书才十天，万想不到，竟赶回家过年！快，尝尝这糟扣肉！ |
| 瞿秋白 | 入口就化！ |
| 金　璇 | 八宝饭！ |

| | |
|---|---|
| 瞿秋白 | 甜甜糯糯! |
| 金　璇 | 红烧鱼! |
| 瞿秋白 | 年年有余! 母亲,想是爹爹谋职,颇有所得? |
| 金　璇 | 他呀! 湖南湖北转了一圈,两手空空。 |
| 瞿秋白 | 那层层叠叠、贴在门上的催账单,怎又不见? |
| 金　璇 | (怀中取出一叠借据)都在这里。大年三十,贴着难看。张家八块、李家十元,才还一处,又添三张,便活到七十,也还它不清。 |
| 瞿秋白 | 这……满桌菜肴,花销不少。 |
| 金　璇 | 不妨、不妨! 你看! |

（唱）【梧桐花】

　　笑嘎嘎、托在掌,

　　一展愁眉心宽放。(火柴在掌)

| | |
|---|---|
| 瞿秋白 | (夹白)满把火柴,什么用处? |
| 金　璇 | (唱)偿尽凤年压身账, |

　　能供恁失学的手足再入课堂。

| | |
|---|---|
| 瞿秋白 | (夹白)一发听不懂! |
| 金　璇 | (唱)掐下了红头儿铺排在桃花纸上, |

　　到明日贫与灾一并销荡!

有户人家,身患重病,只有火柴头能救! 我将之一一掐下、扎成小丸,稍后送去,便有重谢。

| | |
|---|---|
| 瞿秋白 | 竟有这等好事? |
| 金　璇 | 是啊,这等好事! |
| 瞿秋白 | 有趣、有趣! 该当一饮!(斟酒)母亲也饮一杯。 |
| 金　璇 | 不消…… |
| 瞿秋白 | 辞旧迎新,饮一杯吧。(斟酒)干! |
| 金　璇 | 干!(饮酒) |

（唱）【集贤宾】

醪糟一饮暖柔肠，

双儿啦，休耿耿怨娘。

瞿秋白　（夹白）家道中落，母亲忍苦半世、怎说埋怨！

金　璇　（唱）恁中道辍学沦草莽，

黯黯然叹短吁长！

瞿秋白　（夹白）学费餐费，无能应对！

金　璇　（唱）搬走了婆母，

迟暮人异乡殂丧！

瞿秋白　（夹白）四伯家中宽裕，母亲将奶奶送去，也是好心！

金　璇　（夹白）又劝你爹爹外出做工、自食其力！

瞿秋白　（夹白）好！做得好！

金　璇　（唱）件桩桩，

指戳间尽是俺不贤罪状！

皆道我逼走丈夫、搬死婆婆、不供孩儿！

瞿秋白　流言蜚语，不要理会！

金　璇　一贫如洗，典尽家私，宗族个个冷眼，人人逼债！

瞿秋白　炎凉块垒，以酒浇之！（斟酒）母亲也饮一杯。

金　璇　饮不得了。

瞿秋白　否极泰来，再饮一杯。干！

金　璇　干！（饮酒）随娘来呀。（持烛，遂巡房中）

（唱）【前腔】

错落双影残烛光，

瞿秋白　（唱）共檐下徜徉。

金　璇　（唱）这边厢、夫婿鼾声震耳响，

瞿秋白　（唱）那边厢、小儿女沉眠梦乡。

金　璇　（唱）千言难讲，

瞿秋白　（唱）依依地立床畔掩口相望！

| 金　璇 | 三儿、五儿、六儿、二妹，娘的儿啦…… |
| --- | --- |
| | （唱）泪汤汤……罢！ |
| | 甜白酒斟将来寸心透亮！（斟酒） |
| 瞿秋白 | 母亲方才一推二拒，而今怎么斟起酒来？ |
| 金　璇 | 方才思想旧事，心中不忿；而今你弟弟妹妹，就要过上好日子了！ |
| | 好、好痛快！多亏这红头火柴！ |
| 瞿秋白 | 亏了它了！啊呀……不对呀！母亲言道，有户人家，身患重病？ |
| 金　璇 | 不错！ |
| 瞿秋白 | 唯火柴红头能救？ |
| 金　璇 | 正是！ |
| 瞿秋白 | 红头上有白磷，乃剧毒之物，服之必死，怎能治病？ |
| 金　璇 | 对症开方，百病百药；白磷就酒，见效尤快！（将红头倒入酒中） |
| 瞿秋白 | 那户人家，得的什么病？ |
| 金　璇 | 世上最凶的病，无非一个"穷"字。 |
| 瞿秋白 | 那户人家，到底哪一户人家？ |
| 金　璇 | 那户人家么……无非这户人家。 |
| 瞿秋白 | 这户人家！（悚然）不可、不可——（欲阻之，却无法触及金璇） |
| 金　璇 | 瞿家的穷病，只有这个方儿能救！只有娘不在了，那众亲族才能不戳了、不骂了、不逼债了！只有没了娘，你可怜见的弟弟妹妹才能寄身宗族，有衣穿、有饭吃、有学上……（捧酒） |
| 瞿秋白 | 不、不，母亲——不要！（拦之不得） |
| 金　璇 | （嗅酒）果然甘芳！ |
| 瞿秋白 | 不要哇——母亲！（阻之不能） |
| 金　璇 | （沾唇）有些凉了，不耐烦热它。（一饮而尽） |
| 瞿秋白 | 娘亲！不不不可…… |
| 金　璇 | 双儿莫哭……这酒……（忍痛）甜、甜丝丝的！（身亡） |
| 瞿秋白 | 亲娘—— |

[ 瞿秋白拥紧母亲，母亲却消失了，他抱紧的，乃是祠中单薄、漆黑的棺椁。

**瞿秋白** （唱）【啭林莺】

挽断罗衣隔泉壤，

叫人寸裂肝肠。

眼睁睁娘亲离恨无所葬，

拼一死，

换娇儿安康！

这怆怆凄凄、

凄凄惨惨、

又岂但一家一户、一姓门墙！

遍八方、

更有几多、

骨肉亲流离凋亡！

母亲，病入膏肓的，岂止瞿家，更是这破败死灭之世道；逼杀你的，岂止一个"穷"字，更是那垂死冷漠之宗法！儿行经南北、游历中外，满目凌弱暴寡、处处欺天罔地！漫漫长夜，几时到头？千求万乞，一概无用！（跪地三叩）母亲，儿了去了，双儿做那裂空的闪电、惊天的霹雳去了！不见晨曦，誓不归来、誓不归来！

[ 瞿秋白推上棺盖，不顾而去，与陈腐的社会、垂死的家族，永远地诀别了！

[ 幕后合唱：【尾声】

霜雪为伴路茫茫，

敢化春雷动穹苍，

才识这霁月光风玉朗朗！

[ 灯渐暗。

# 第二折　秉志

## 昼

［宋希濂、蒋冰在办公室内。

**宋希濂**　瞿先生近来如何?

**蒋　冰**　心如铁石,顽固不化!

**宋希濂**　不问这个。他饮食可好,情绪怎样?

**蒋　冰**　能吃能睡,写写文、刻刻章、有时还讨酒吃! 不像坐牢,倒似度假!

**宋希濂**　如此假期,让与你度,你要是不要?(递一纸)

**蒋　冰**　(读)"瞿匪秋白即在闽就地枪决。"这?……

**宋希濂**　是委员长密令。

**蒋　冰**　属下就去安排!(欲下)

**宋希濂**　回来! 瞿先生德高望重,闻其被俘,四海震动。听说我等劝降不成,中统局跃跃欲试,已呈经批准,着王杰夫一行再来相劝。

**蒋　冰**　那个笑面虎! 不好! 瞿氏若被说动,岂不抢了师座头功?

**宋希濂**　这等头功,他若能抢去,我求之不得!

［囚室,瞿秋白挥毫。

**瞿秋白**　(搁笔,念)【卜算子】

　　　　　　花落知春残,

　　　　　　一任风和雨。

　　　　　　信是明年春再来,

　　　　　　应有香如故……

［王杰夫内声:"好!"鼓掌上,陈建中随上。

**王杰夫**　我与先生相约明岁,游春赏花,不亦乐乎!

**瞿秋白**　你是?

**陈建中**　伊便是不辞辛劳、跋山涉水、紧赶慢赶、赶来挽救你的中央要员……

王杰夫　　（止之）小姓王、王杰夫的便是。

　　　　　（唱）【北中吕粉蝶儿】

　　　　　　　千里迢迢，

　　　　　　　志诚心、天也知道，

　　　　　　　救栋梁，祸去灾消。

　　　　　　　蒋委座、陈部长、再三谕告，

　　　　　　　爱君才高，

　　　　　　　愿来年共看花笑。

瞿秋白　　这等盛情，我偏听它不进。奈何？哈哈……奈何！

陈建中　　瞿秋白！王科长是头顶轿子——抬举你；你别看见儿子叫孙子——
　　　　　不识相！

王杰夫　　（不悦）嗯？

陈建中　　听我一句，回头是岸！白花花的银子、锃亮亮的车子、高大大的房
　　　　　子、生五六个儿子、换两三回妻子，岂不美哉！

王杰夫　　（止之）嘟！先生当今名流，声望不凡。若能给世人做个表率，弃
　　　　　暗投明、为国效力，前途无量！

瞿秋白　　前途么……日寇亡我东北，又侵华北胶东，你们听之任之。空喊报
　　　　　国，尊严何存？前途安在?!

陈建中　　嗳！党国方针，攘外必先安内……

瞿秋白　　试问：内一日不安，外一日不攘？内一年不安，外一年不攘？内一
　　　　　世不安，外便一世不攘么！

　　　　　（唱）【迎仙客】

　　　　　　　向外偃旌旗，

　　　　　　　对内举兵刀，

　　　　　　　将那忠国报国忧国为国的争诛剿！

　　　　　　　快了仇雠，

痛煞同胞！

把锦山河寸寸丢抛，

岂不闻四万万生民共怒啸！

| 王杰夫 | 初次见面，少谈国事，多叙家常吧。瞿先生，你想家么？ |
|---|---|
| 瞿秋白 | 你想家么？ |
| 王杰夫 | 怎么问起我来了？ |
| 瞿秋白 | 你祖籍东北，故土沦亡，能不伤情！ |
| 王杰夫 | 这个……谈了半晌，一杯清茶没有！拿些茶水点心过来。 |
| 陈建中 | 是！ |
| 王杰夫 | 再来一副象棋！ |
| 陈建中 | 是是是。（下） |
| 王杰夫 | 先生贵体，可曾好些？ |
| 瞿秋白 | 我的身体，素来如此。 |
| 王杰夫 | 京沪的朋友，忧君安危。那蔡元培受鲁迅之托，在政府会议上、当蒋委座之面，再三再四，为先生求情！所谓"识时务者为俊杰"…… |
| 瞿秋白 | 请教！ |
| 王杰夫 | 不敢！ |
| 瞿秋白 | 何谓"时务"？何谓"俊杰"？ |

〔陈建中端茶点棋盘上。

| 陈建中 | 来哉！花生瓜子、果糖象棋！ |
|---|---|
| 王杰夫 | （对陈建中）你且退下。 |
| 陈建中 | 是。（背语）格就叫"建立感情，融洽气氛"！伊一肚皮的花花肠子。（下） |
| 王杰夫 | 我们边弈边谈。（摆棋） |

（唱）【红绣鞋】

且铺陈将帅车炮，

坦襟怀促膝而聊。

论时务、共军途穷西窜逃。

**瞿秋白** （惊喜）怎么！红军西征北上，突围成功了！来来来，请吃糖！

**王杰夫** 散兵游勇、顷刻荡尽！

（唱）道俊杰、凭风能扶摇，

临悬崖、抽身早！

**瞿秋白** 我明白了！

**王杰夫** 明白就好！

**瞿秋白** 我既被俘，卑躬屈膝、求免一死，再替你等做些不齿之事，便是个识"时务"的"俊杰"了！

**王杰夫** 这个……

**瞿秋白** 时务者，捍卫疆土、抵御外辱；俊杰者，为国为民、虽死犹生！王先生"起着"不稳……

**王杰夫** 啊？

**瞿秋白** 尽失"先手"……

**王杰夫** 啊？

**瞿秋白** 以为"均势"，实则"劣着"！"杀"而不死，"捉"而不住，"打"而不着，虚而"无根"。可悲、可笑、可怜！

**王杰夫** 瞿秋白！你——你好狂言！

**瞿秋白** 我是说这棋……

**王杰夫** 噢！说棋？说棋就说棋！民国十四年，你当选中共中央委员；十六年六月，补任政治局常委，七月主持工作，乃继陈独秀之后、中共第二任最高领导，正似这棋中之"帅"，何等威风、多少气派！

**瞿秋白** 你等煞费苦心，也只为这"帅"字棋。

**王杰夫** 我等尊重先生，可那共产国际呢？批你"左倾"、斥你右倾，降"帅"为"仕"……

**瞿秋白** 降"帅"为"仕"！

| | |
|---|---|
| 王杰夫 | 降"仕"为"相"…… |
| 瞿秋白 | 降"仕"为"相"！ |
| 王杰夫 | 降"相"为"车"…… |
| 瞿秋白 | 降"相"为"车"！ |
| 王杰夫 | 喏喏喏，一直降到个小小的卒子！ |
| 瞿秋白 | （轻声）过河了。 |
| 王杰夫 | 什么？ |
| 瞿秋白 | "马走日，象飞田，车行直道炮翻山。士取斜路护将边，小卒一去不复返、不复返！"我本是个小小卒儿，虽不堪大用，也知一步一前、绝无反顾！而今过了河，一发不肯掉头。 |
| 王杰夫 | 若不掉头，难逃一死！ |
| 瞿秋白 | 子曰：朝闻道，夕死可也！ |

（唱）【石榴花】

>　　　俺已闻明明大道通九霄，

| | |
|---|---|
| 王杰夫 | （夹白）生命可贵，你真不想活么？ |
| 瞿秋白 | （唱）也馋着皮薄酥重大麻糕。 |

>　　　只是呵！

| | |
|---|---|
| 王杰夫 | （夹白）有何要求，尽管开口！ |
| 瞿秋白 | （唱）比之傀儡而生， |

>　　　不若快意而凋！
>　　　谢"好意"屡屡地殷勤相邀，
>　　　笑"好意"无非陷阱镣与铐！
>　　　要将俺、活泼泼魂灵勾销，
>　　　又用着俺行尸走肉死躯壳！

| | |
|---|---|
| 王杰夫 | 你、你再考虑考虑！ |
| 瞿秋白 | 不必考虑，已至终局。 |
| 王杰夫 | 啊？ |

| 瞿秋白 | 喏！ |
| --- | --- |
| | （唱）"将军"一声把棋盘敲！ |
| 王杰夫 | 这棋——是、是我输了。你赢了，可也死定了！ |
| 瞿秋白 | 我便死了，你也输了。 |

## 夜

［上海，周家，鲁迅上。

鲁　迅　左等右盼，总无消息！

　　　　（唱）【斗鹌鹑】

　　　　　　眺金陵越越心焦，

　　　　　　眺金陵越越心焦，

　　　　　　坐卧间方寸火燎。

　　　　　　不提防秋白羁囚，

　　　　　　不提防秋白羁囚，

　　　　　　救挚友请托枢要。

　　　　　　则盼他鸿鹄无恙天外翱，

　　　　　　又怕他白璧碎、碧树凋！

　　　　　　叹离乱各各飘摇、

　　　　　　叹离乱各各飘摇，

　　　　　　再何人同怀共抱！

［瞿秋白内声"大先生……"上。

鲁　迅　秋白，你来了！听闻"家里"又出事了？

瞿秋白　不是"家里"出事，是我——要回"家里"去了！

鲁　迅　去江西？

瞿秋白　去瑞金！数年客居上海，多得先生关照，今有一物奉上。（递之）

鲁　迅　（接之）《鲁迅杂感选集》？是你编的？

瞿秋白　还冒昧写了篇序文。

1096

| | |
|---|---|
| 鲁　迅 | 这就拜读、这就拜读！（夹烟、读）"他是封建宗法之逆子，是绅士阶级的贰臣……" |
| 瞿秋白 | "也是革命浪漫的诤友！" |
| 鲁　迅 | "他之杂感，思想斐然……" |
| 瞿秋白 | "更为当下而战！" |
| 鲁　迅 | "青年导师，人人想做……" |
| 瞿秋白 | "他却愿做个马前卒。身负因袭之重担、肩住黑暗的闸门，以助青年，去至宽阔光明之处……" |
| 鲁　迅 | "燃烧火焰，横扫秽世！此种为将来、为大众之精神，不惧牺牲、贯穿始终，永是如此！"啊秋白。巍巍殿宇，总由一木一石叠成。我辈何妨做这一石一木？ |
| 瞿秋白 | 一石一木！ |
| 鲁　迅 | 还有一事。你精通俄文、笔力雄健，一众译著，无人能及，正该结集得好！ |
| 瞿秋白 | （轻声）来不及、怕是来不及了……（隐下） |

〔杨之华内声"大先生……"急上。

| | |
|---|---|
| 鲁　迅 | （若梦若醒）秋白?!（回神）是之华！秋白他？ |
| 杨之华 | 组织全力营救，同志们多方奔走，无奈事与愿违…… |
| 鲁　迅 | 救、救不得了？ |
| 杨之华 | 救救救不得了！（泣下） |
| 鲁　迅 | 呀！（跌坐、木然良久） |

（唱）【上小楼】

存殁渺渺，

惟恸惟悼。

（夹白）秋白、秋白！

（唱）知己平生，

永坠寒霄。

满眼鸥鹢！

纤毫之尘、

涓滴之水、

也聚个山摇海啸！

岂但是冷丁丁魂湮蒿草！

之华，他的译文，请交我编册。

**杨之华**　秋白之作，只怕书店不敢承接。

**鲁　迅**　那便自己印刷、自己装帧、自己发行！

**杨之华**　卷帙浩繁，又恐消损先生病体……

**鲁　迅**　"人生得一知己足矣，斯世当以同怀视之。"此事我应承过他，又不只为他。

**杨之华**　那？

**鲁　迅**　也为文学、为青年、为中国、为了来日之中国！

　　〔幕后合唱：【煞尾】

　　　　文章金石交，

　　　　为君一挥毫。

　　　　振衣澹荡本同调，

　　　　纤尘不染心镜皎。

　　〔灯渐暗。


# 第三折　镌心

### 昼

　　〔囚室，瞿秋白刻印。

**瞿秋白**　（唱）【南仙吕鹧鸪天】

　　　　一刀破开万岭青，

摩挲刻痕伴心痕。

〔宋希濂上。

**宋希濂**　（唱）满枝红翠闹芳沁，

忍看斯人独凋零。

瞿先生。王杰夫去后，此物便来了。（递一纸）

**瞿秋白**　（念）"着将瞿秋白就地处决，照相呈验……"是今日，还是明日？

**宋希濂**　明早十时，在中山公园。

**瞿秋白**　好，我可睡个好觉了！（镌之）

**宋希濂**　先生停一停罢，听我说。

**瞿秋白**　再说什么，也是多余。

**宋希濂**　明知"多余"，你亦一笔一画、说得明白！瞿先生！

（唱）【桂枝香】

必行军令，

偏怜俊英，

拜读恁洋洋万言，

一行行苦侵愁浸！

"愿以后青年，不要学我"，是你所写？

**瞿秋白**　正是。

**宋希濂**　"羸弱瘦马，拖千斤辎车"，亦你亲书？

**瞿秋白**　不假。

**宋希濂**　又道"捉住了老鸦在树上做窠，这窠终做不成……"

**瞿秋白**　此我乡土俗语。我在狱中著《多余的话》，请记者带出……

**宋希濂**　黑布面的本儿，我头一个拜读！

（唱）看将来心嗟魄惊、

看将来心嗟魄惊！

也没个激昂奋进，

满纸介涩涩酸辛！

半生劫火焚，

既然是时运错安顿，

何不掉头春又新！

| | |
|---|---|
| **瞿秋白** | 拙文一篇，果然你读它不懂。 |
| **宋希濂** | 先生写道："山水清秀、花果香甜，月色灿灿，更胜从前……"分明还恋此生！ |
| **瞿秋白** | 却不叛党而活。 |
| **宋希濂** | 不用你当众声明！ |
| **瞿秋白** | 噢？ |
| **宋希濂** | 不消你公开反共！ |
| **瞿秋白** | 噢？ |
| **宋希濂** | 或隐逸山野、或教书育人，出入之间，全凭你意！ |
| **瞿秋白** | （把玩）我这闲章，不觉刻了大半。 |
| **宋希濂** | 只请先生翻译些文章。（递一书） |
| **瞿秋白** | （觑之）《十月教训》？这是俄人反对联共之作…… |
| **宋希濂** | 稿酬从优。 |
| **瞿秋白** | 呵。 |
| **宋希濂** | 译成之后，未必刊行。 |
| **瞿秋白** | 呵呵。 |
| **宋希濂** | 纵使刊行，断不署先生之名！ |
| **瞿秋白** | 呵呵呵…… |
| **宋希濂** | 你笑什么？ |
| **瞿秋白** | 我笑你…… |
| **宋希濂** | 笑我什么？ |
| **瞿秋白** | 笑你毕竟不曾读懂！ |

（唱）【前腔】

臧否随人，

冷暖自饮，

临终局剖判分明，

又岂为贪生惜命！

那些个萧条文字、

那些个萧条文字，

是久抱残病，

未敢欺心。

而今披赤诚，

俺畸零人不消后世敬，

愿化花泥与春亲。

**宋希濂** 先生！军令一纸，重于泰山；俄文一部，轻似鸿毛……

**瞿秋白** （打断）文中之倦怠、怯懦、脆弱、消沉，皆我心声。我自青年时，走上共产主义之路，虽经蹉跌、从无改变。共产党员就该不伪饰、不欺瞒、不诓骗，清清白白行事、堂堂正正为人！我若还有半点求生之意，断不写此《多余的话》……

**宋希濂** 难道此文，竟、竟、竟是先生必死之志？！

**瞿秋白** 不。它是我临终前，无遮无瞒、自查自省，对我党最后之忠诚、最后之忠诚！

**宋希濂** 罢、罢、罢！（惘然欲下）

**瞿秋白** 留步！宋先生，《多余》文末，我待再添一段："俄国高氏之《四十年》、屠氏之《鲁定》、托氏之《安娜》，中国鲁迅之《阿Q正传》、茅盾之《动摇》、曹雪芹之《红楼梦》，皆不妨一读。"

**宋希濂** 还有么？

**瞿秋白** 还有："中国的豆腐也颇美味，世界第一。"

**宋希濂** 还有么？

**瞿秋白** 没有了，"永别了"。

**宋希濂** 永、永别了！（下）

**瞿秋白** （端详）我这章儿，也刻成了。其下一个"心"字，其上比"无"又多了一点（炁）。

（唱）【隔尾】

道是无心还有心，

篆将"爱"（炁）字两心倾。

（夹白）爱爱、爱爱，之华我妻……我正是这般唤你的呀！

（唱）伤心处易撇尘寰忍撇卿！

## 夜

［上海家中，杨之华整理译稿。

**杨之华** 《现实》《海燕》《论艺术》……秋白，检点你之译著，竟逾百万！一字一句，似你一笑一叹！（仿佛有声）脚步声！你回来了，秋白！（开门）没有人……咦！（再听）轻轻地、又来了、不会错——（再开门）秋白、秋……（潸然）回不来了。脚步声萦绕耳畔、不休不止、无穷无尽，你却回回回不来了！

［瞿秋白上。

**瞿秋白** （念）夜思千重恋旧游，

他生未卜此生休。

行人莫问当年事……

（近之）爱爱、爱爱……之华！

（念）海燕飞时独倚楼。（狱中《忆内》诗）

**杨之华** （见之）秋白?!

（唱）【醉扶归】

恍惚惚相逢知是步幻境，

泪涔涔牵拽不放旧衣襟。

喃喃儿且将夫婿唤得轻，

战战地高声则怕梦中醒。

觑着恁庞儿消损染烟尘，

久候春归信！

瞿秋白　爱爱，劳你久等。然临去瑞金之前，我定要与大先生告别。昨日谈

得兴起、一夜未归，大先生竟将床铺让与我睡……

杨之华　那他与许姐姐呢？

瞿秋白　他们夫妇，睡了一夜地板。喏喏喏，这叫我怎么睡得着？

杨之华　只怕今夜，又是无眠。

瞿秋白　今夜么？今夜的路，好长唷。

（唱）【皂罗袍】

黯黯红蜡余烬，

催诗囊整束、

行人登程。

杨之华　（唱）喉头哽咽金鼓声，

腹内纡绕相思阵。

瞿秋白　（唱）执子之手，

杨之华　（唱）强颜欣欣。

瞿秋白　（唱）眷然四顾，

杨之华　（唱）灯也昏昏。

瞿、杨　（唱）照照照不得影儿永双并！

瞿秋白　爱爱，回去（吧）……

杨之华　不，不要赶我。让我再陪陪你、再看看你、再送送你。

（唱）【前腔】

一亭亭迷离街灯，

将柔光吻遍。

归来再共鸿鹄吟，

瞿秋白　（唱）此去不冷连理印。

杨之华　（唱）"秋之白华"，

| 瞿秋白 | （唱）相惜惺惺。 |
|---|---|
| 杨之华 | （唱）印之在掌， |
| 瞿秋白 | （唱）镌之入心。 |
| 瞿、杨 | （唱）共共共绵绵此情无绝尽！ |
| 瞿秋白 | 爱爱……不，我不赶你，你允我送你一程吧。 |
| 杨之华 | 送我一程？ |
| 瞿秋白 | 夜色已浓，送你回家，我再离去。 |
| 杨之华 | 也好。 |
| 瞿秋白 | 爱爱，我去之后，你不许再瘦。 |
| 杨之华 | 秋白，我不在时，你不要挑食。 |
| 瞿秋白 | 我去之后，你若能来，快些飞来。 |
| 杨之华 | 我不在时，你少担心，诸事平安！ |
| 瞿秋白 | 我去之后，你也有我陪着。 |
| 杨之华 | 我不在时，你也有我守着。 |
| 瞿秋白 | 我们活在一处，便是死—— |
| 杨之华 | 携手而死，也是幸福的、是幸福的！秋白，不要送了，你去吧。 |
| 瞿秋白 | 我去了？ |
| 杨之华 | 去吧。我看着你。 |
| 瞿秋白 | 去了、去了……（行之，奔回）爱爱！我别无留恋，只恋着你、傍着你，没了你，那极简单极平常之琐事，也是我极困顿极艰难的问题！还有我们的女儿，与一切欣欣向荣的孩子们。我真舍不得、舍不得……（行之，再奔回）之华……我、我去了。喏，这黑布面的本儿，你我一人一本，不能通讯时，便将要说的话，写在上面…… |
| 杨之华 | 写在上面，待等重逢之时…… |
| 瞿秋白 | 重逢时交换着看，多少有趣！（悄下） |
| 杨之华 | 多少欢喜……秋白、秋白！你写在本儿上的话，那《多余的话》，我尽看到了；我写在本儿上的话，你也看一看、看一看呀！（泣下） |

［幕后合唱：【尾声】

　　那时节不肯卿卿半点鼛，

　　却叫今日悔多情，

　　牵连惢蒙蒙眼中总泪影！

［灯渐暗。

# 第四折　　取义

## 夜

［一束光、一张椅、宋希濂立于一旁。

**内男声**　　你叫？

**宋希濂**　　宋希濂。

**内男声**　　坐下说。湖南人氏？

**宋希濂**　　湖南湘乡。（落座）

**内男声**　　是个军人？

**宋希濂**　　黄埔军校一期步兵科毕业。

**内男声**　　1935 年 6 月 18 日，你做了什么？

**宋希濂**　　二五年讨伐滇桂、二六年参与北伐……

**内男声**　　6 月 18 日，你做了什么！

**宋希濂**　　三二年拱卫京畿、增援淞沪…

**内男声**　　但问你 6 月 18，做了什么！

**宋希濂**　　这个——我、我是个军人，上峰有令，能不、能不——

**内男声**　　（反复）做了什么、做了什么……

**宋希濂**　　不……是梦、这是个噩梦——希濂苏醒、快快苏醒！

**内女声**　　（轻柔）宋先生、宋先生……

**宋希濂**　　（舒了一口气）醒过来了。

| 内女声 | 先生一代名将、获勋无数，有鹰犬将军之称…… |
| --- | --- |
| 宋希濂 | （得意）好说。 |
| 内女声 | 还请谈谈，1935年…… |
| 宋希濂 | 1935年? |
| 内女声 | 6月18日…… |
| 宋希濂 | 6月18日?! |
| 内女声 | 枪决瞿秋白详情! |
| 宋希濂 | 又来了、又来了! |
| 内女声 | （反复）枪决详情、枪决详情…… |
| 宋希濂 | （唱）【北正宫滚绣球】 |

　　　　　　质与询儿回回，

　　　　　　讯共笑一番番。

　　　　　　不似俺森森儿将他决判，

　　　　　　竟是他不轻饶把俺羁缠。

　　　　　　有枪炮剿无辜，

　　　　　　无刀剑战敌顽!

　　　　　　"六一八"平生之憾，

　　　　　　被梦魇白骸皆寒。

　　（夹白）手儿啦……手儿!

　　（唱）洗不净英雄血，

　　　　　好叫人一夜鬓毛尽成斑，

　　　　　永堕幽潭!

1935年6月18日，不是我等处决了他，是他审判了我等、处决了我等!

昼

[宋希濂假寐，蒋冰上。

蒋　冰　　师座、师座！

宋希濂　　瞿先生如何？

蒋　冰　　那瞿秋白一通好觉，直睡到天明。泡了杯浓茶，读了些唐诗……

宋希濂　　读了些唐诗？

蒋　冰　　读诗之时，军法处验明正身、催促出门……

宋希濂　　怎么？他去了？（掀开窗帘一角，悄觑）

　　　　　〔瞿秋白上。

瞿秋白　　（唱）【倘秀才】

　　　　　　　　闲闲地眺日高时犹未晚。

宋希濂　　（唱）觑着他步泉壤身又折返。

瞿、宋　　（唱）方寸之地更盘桓。

瞿秋白　　（唱）从容倾寒砚，

　　　　　　　　谈笑着毫端，

　　　　　　　　把素笺再展。

蒋　冰　　瞿秋白，你去而复返，看来是想通了？

瞿秋白　　不是想通，是想起来了。

宋希濂　　（另一空间）想起什么？

蒋　冰　　是共党高层名单？

瞿秋白　　想起来了，少不得写下来。

宋希濂　　（另一空间）写下哪样？

蒋　冰　　是江西潜伏计划？

瞿秋白　　（不应，挥毫）

蒋　冰　　还是自白书？忏悔录？效忠文？

瞿秋白　　不消猜了，拿去看吧。（递之）

蒋　冰　　（接之，念）夕阳明灭乱山中。

宋希濂　　（另一空间）此唐人韦应物之句！

瞿秋白　　（念）落叶寒泉听不穷。

| 宋希濂 | （另一空间）这是朗士元！ |
| --- | --- |
| 瞿秋白 | （念）已忍伶俜十年事。 |
| 宋希濂 | （另一时空）杜甫?! |
| 瞿秋白 | （念）心持半偈万缘空。 |
| 宋希濂 | （另一时空）万缘空…… |
| 蒋　冰 | 不看还好，看了越发不懂！ |
| 瞿秋白 | 喏，昨夜好睡，偶得一梦。（忆梦） |

（唱）【滚绣球】

> 步小径啼杜鹃，
>
> 看天边云锦鲜。
>
> 姹紫嫣红争斗艳，
>
> 清露一滚芳草尖。

| 宋希濂 | （另一空间，夹白）美、美不胜收！ |
| --- | --- |
| 瞿秋白 | （唱）无限好、夕阳斜， |
| | 　　映树影绰绰的色斑斓。 |
| | 　　隐约约何处鱼梵， |
| | 　　恰便似寒流潺潺。 |
| 宋希濂 | （另一空间，夹白）妙、妙不可言！ |
| 瞿秋白 | （唱）正是个人诗入画神仙境， |
| | 　　泼墨浓淡染群山， |
| | 　　直叫人神醉目酣。 |
| 宋希濂 | （夹白）醉、醉入心脾！ |
| 蒋　冰 | 啧啧啧，瞿秋白！你死到临头，竟做得如此好梦？ |
| 瞿秋白 | 梦里怡然，醒来眷眷。方才行至半途，忽然集得唐诗四句，以志此梦。想时间尚早，便返身将它录下。走吧。 |
| 蒋　冰 | 啊？再无他事么？ |
| 瞿秋白 | 别无他事。走吧。 |

**宋希濂**　（另一空间）希濂送别先生！（下）

　　　　　　［瞿秋白行之，众军士押送之。

**蒋　冰**　（背语）就冲他这不怕死的劲头，俺也得尊他一声！（追之）先生、
　　　　　　瞿先生！

　　　　　　（唱）【倘秀才】

　　　　　　　　他则顾施施然闲步在前，

　　　　　　　　众军士好一似扈从随辇，

　　　　　　　　火枪林立如旗幡。

　　　　　　　　说甚么手无缚鸡力，

　　　　　　　　铮铮骨不凡，

　　　　　　　　多管是铜心铁胆！

　　　　　　［瞿秋白停步。

**蒋　冰**　怎么不走了？

**瞿秋白**　看街角有个瞎眼乞丐，跌跌撞撞……

**蒋　冰**　这等腌臜人，我赶了他去！

**瞿秋白**　不是哟。为图天下再无这等可怜人，我等百死何惧、百死何憾！
　　　　　　走吧。

　　　　　　（唱）【叨叨令】

　　　　　　　　夹两旁丛丛簇簇开建兰，

　　　　　　　　清幽幽君子芬芳向天绽。

　　　　　　　　也不为怯死贪生行来慢，

　　　　　　　　偏是这良辰美景将人绊。

　　　　　　　　来在了中山园也么哥，

　　　　　　　　身傍了八角亭也么哥，

　　　　　　　　但闻得香香甘甘美酒泛。

　　　　　　（清吟）这是我家乡的甜白酒！（欲饮）

**蒋　冰**　先生请慢！拍了照再饮。

| 瞿秋白 | 我倒忘了，还需"照相呈验"。请。 |
|---|---|

〔瞿秋白背手而立、两腿微分、面带笑容，留下人生最后一张照片。

**蒋 冰** 你还笑得出！

**瞿秋白** 心中快乐，怎能不笑？

**蒋 冰** 命在旦夕，何乐之有？

**瞿秋白** 工作之余，稍事休息，是小快乐；夜间入睡，安眠无忧，是大快乐；舍生取义，与世长辞，是真快乐、真快乐也！当此乐事，来来来，请奉陪一杯！（斟酒）

**蒋 冰** （拒之）自便吧！

**瞿秋白** 我不客气了。（自斟自饮）

（唱）【幺篇】

乐耽耽取义将临奈河岸，

哗哗儿击箸为歌倾杯盏。

三十六春劳秋忙浮云散，

则一分谦谦志节不可撼！

金灿灿煎豆腐也么哥，

脆生生萝卜干也么哥，

正乡土萦萦绕绕的滋味儿快一啖！

我自一六年离家、一七年习学俄文、二一年入党、二四年与之华成婚、二七年主持政治局、三二年病危几死、三四年身赴瑞金，直至今日，一世奔波，极少返乡。倒是宋先生想得周到，甜白酒、煎豆腐、萝卜干……算得在舌尖上回了趟家……哈哈哈，走哇！

（半醉而行，唱）Вставай, проклятьем заклейменный Весь мир голодных и рабов Кипит наш разум возмущённый И в смертный бой вести готов. Весь мир насилья мы разроем До основанья, а затем Мы наш мы новый мир построим, Кто был никем, тот станет всем！

| 蒋　冰 | 唱的什么？怪好听的。 |
|---|---|
| 瞿秋白 | 你也想学？罢了，你学不会。 |
| 蒋　冰 | 不要小看，俺也是个多才多艺！ |
| 瞿秋白 | 如此，我唱一句，你跟一句？ |
| 蒋　冰 | 使得、使得！ |
| 瞿秋白 | Вставай, проклятьем заклеймённый ! |
| 蒋　冰 | Вставай, проклятьем заклеймённый ! |
| 瞿秋白 | Весь мир голодных и рабов ! |
| 蒋　冰 | Весь мир голодных и рабов !　不赖吧？ |
| 瞿秋白 | 不赖，哈哈哈……不赖得很唷。 |

　　（唱）起来，受人污辱咒骂的！

　　　　　起来，天下饥寒的奴隶！

　　　　　满腔热血沸腾，

　　　　　拼死一战决矣。

　　　　　旧社会破坏得彻底，

　　　　　新社会创造得光华。

　　　　　莫道我们一钱不值，

　　　　　从今要普有天下。

| 蒋　冰 | 这是？ |
|---|---|
| 瞿秋白 | 此我翻译之《国际歌》！ |

　　（唱）这是我们的，

　　　　　最后决死争，

　　　　　同英德纳雄纳尔，

　　　　　人类方重兴！

　　　　　这是我们的，

　　　　　最后决死争，

　　　　　同英德纳雄纳尔，

人类方重兴！

（陡然）呀……此地甚好。

蒋　冰　（惘然）啊？

瞿秋白　山上青松挺秀、山前绿草如茵，此地甚好，就在这里吧。

蒋　冰　持枪——

瞿秋白　请慢！还有两端。其一，我不能屈膝而死，其二，我不愿毙头而亡。

蒋　冰　好！

瞿秋白　（盘腿而坐，念）【卜算子】

寂寞此人间，

且喜身无主。

眼底云烟过尽时，

正我逍遥处、逍遥处……

蒋　冰　预备——

瞿秋白　中国共产党万岁！共产主义万岁！

［幕后内唱：【煞尾】

生如夏花纷灿烂，

死似秋叶意自恬。

沐风霜、正百年，

报与先生共相勉。

［全剧终。

## 附:《瞿秋白》创作札记

以瞿秋白入戏并非易事。素材很明确,即与瞿秋白相关之史料。我在广泛阅读后确定了题旨:不忘初心、舍生取义。看似"独特性"不够,但因人物个性之独特,而令题旨在具体实现时,别有一番特色。

值得一提的是结构方式。写瞿秋白,必然要写到他之牺牲,但若以顺序手法从他投身革命直写到就义,则怕使之拖沓。所以我选择了以瞿秋白被捕、暴露身份为切入点,四折戏每一折都分为"昼""夜"两部分:"昼"是现实,对应了他走向死亡的人生历程,具体由"三劝降"与"秋白之死"构成。"夜"是对其内心的探究,以似真似幻、亦真亦幻的方式,深入开掘主人公之精神构成。尽可能保证每一折都有看点与表演艺术的发挥空间。

第一折《溯源》,"昼"是国民党第三十六师师长宋希濂与瞿秋白的第一次交锋。宋希濂一上场便表明了他对审讯瞿秋白之态度:奉命而为、不甚乐意。这里分成三小块戏,一是从"林琪祥"到"瞿秋白"的身份点破,二是对"先生'主义',累死英雄"的辩论,三是就叛徒出卖瞿秋白事谈及信仰之坚持。"夜"的主要内容是瞿秋白母亲金璇之死。叙述方式很别致。不是简单的倒叙或回忆,因为按照历史记载,金璇自杀之夜,瞿秋白不在家中。我想这定是他心中永远的痛点。于是剧中安排,在人生即将走向终点时,瞿秋白一灵缥缈,回到了家乡瞿氏祠堂,那是母亲停棺之处。他想看母亲最后一面,而真正看到的,是母亲的最后一夜。母子之对话,一方面,以喜衬悲、以团聚衬永诀,另一方面,努力保留"红头火柴"的悬念。第三点要注意的,是用"三杯酒"做切割——最终,金璇和"酒"吞服红头(白磷)而亡,以此换得孩子们被宗族抚养的"资格"。她的死,成为瞿秋白对旧社会之质疑、对宗法制之反叛的最强烈的情感动因。本折既诡秘又真实,荒诞到有些恐怖,情感却炸裂般地痛切激愤!

与第一折不同，第二折《秉志》"昼"之占比多过"夜"，写的是中统王杰夫之于瞿秋白的劝降。史料对这一块有极详细的记载。开场用宋希濂、蒋冰之对话做一个简单交代，引出王杰夫，并再次点明宋希濂的态度。王杰夫劝降层次如下：一、谈前途。围绕抗战时局，一者孜孜于个人利禄，一者存心于民族与国家。二、谈时务与俊杰。对比王杰夫生死利害的说辞，瞿秋白"时务者，捍卫疆土、抵御外辱；俊杰者，为国为民、虽死犹生"的回答，如黄钟大吕，震人肺腑！三、借棋谈人。因为《衣冠风流》《世说新语》等作品多次用过围棋，所以这一次设计的是象棋，亦与史实相符。最终王杰夫"认输"，铩羽而去，而秋白之死，亦将扑面而来。"夜"的部分，原大纲曾计划让瞿秋白回一趟常州，目前调整为他与鲁迅之关系，原因如下：一、行游常州与《当年梅郎》之《白夜》一折相似，不妨回避；二、该部分之戏剧目的（对宗法制之叛逆），在第一折"夜"里已被完成；三、鲁迅与瞿秋白有着极诚挚的知己关系，亦可借此展示瞿秋白鲜明的文人个性。"夜"从鲁迅等待着营救瞿秋白的消息入手，展开了鲁迅的幻觉，所涉及的真实则是：瞿秋白为鲁迅选编《鲁迅杂感选集》并作序。鲁迅呢，在瞿秋白身后，亦为之编了译文集《海上述林》，真是沉甸甸的托付！并且，此处还引出了报信的杨之华，既将"救不得了"的死亡结局往前推进，也为第三折之"夜"（夫妻情）做了铺垫。

第三折《镌心》。"昼""夜"占比较为接近，"夜"略大于"昼"。"昼"是宋希濂与瞿秋白的第二次交锋。我们需要完成一个很重要的戏剧任务：对《多余的话》的解读。恰恰是看了《多余的话》，才有了宋希濂这一劝。他的道具有两样，象征着"死"的"处决令"与象征着"生"的"俄文书"。看上去他在不断"让步"，实则"劝降""诱降"力度越来越大。瞿秋白的答复呢，则用"你读它不懂"来切分层次。宋希濂临下之时，我又让瞿秋白请他为自己添补上文章最后一段，用这种方式，完成《多余的话》对整个"昼"的包裹。同时，这段戏还用到了"刻章"的元素，并用一枚"爱"字章将它与"夜"勾连起来。"夜"是杨之华的幻觉，对应瞿秋白去瑞金之前与她的分别。路灯昏昏、飞雪飘飘，行行重行行，这是一段缠绵迤逦的生旦戏、是表现瞿秋白性格侧面的重要载体。她送他，他再掉头送她，他别去，又去而复返……我将史料里分"黑布面的本子"这个细节挪移到分别之际，正好与《多余的话》再度勾连：依照记载，《多余的话》正是写在黑布面的本子上的。

最后一折《取义》，虽然照旧由一"昼"一"夜"组成，与之前却有了明显变化。一是顺序颠倒。1935年6月18日，对牺牲于上午十时的瞿秋白来说，是不夜的一天。本折"夜"在"昼"前，写的又不是瞿秋白之夜，此处我完全调整了最初的构思设计。这便是第二点改变：将叙述关注点转向宋希濂的内心，并与第一折形成显著呼应。第一折瞿秋白之"受审"样式在这里被原样重复，而被审判之人，换作了宋希濂。因为这一天、因为这一次"行刑"，他将反复地、永远地被内心处刑、被历史处刑……接着到了"昼"，宋希濂站在二楼窗边，掀开窗帘一角，窥望瞿秋白离去这个史实细节，给我留下了特别深刻的印象。之后舞台几乎完全给了瞿秋白，仅用押解他的特务连连长蒋冰来配戏。一方面可给饰演蒋冰的演员一定的表演空间，另一方面，我们也看到了蒋冰对瞿秋白的态度转变。接下来的戏分成三大部分（当然大块戏之间，还有小的连接处）：一、瞿秋白集唐记梦；二、八角亭照相饮酒；三、高歌《国际歌》就义。梦境之美妙、自斟之潇洒、放歌之慷慨，皆为史实——这个半天，被极详尽地记述了下来，也都指向了他最后时刻的通达与从容，一个高贵、浪漫、不失忧伤又分外快意的无产阶级革命者的形象，也于此完成。

对剧目创作来说，文本写作是第一步。有赖于江苏省演艺集团昆剧院三代艺术家的通力合作，有赖于张曼君导演及主创团队倾注心血的创造，昆剧《瞿秋白》于6月29日在南京成功首演，得到了专家学者与广大观众的高度认可、热情赞誉。这也是继《当年梅郎》《眷江城》后，省昆近年来创作的第三部现代戏。为昆曲现代戏创作积累经验、开拓路途、实现优秀传统文化的创造性转化和创新性发展，实是当代戏曲人，尤其是昆曲从业者之追求与职责。

# 附：罗周编剧上演作品一览表

1. 《韩非》(话剧)，写作于1999年，2001年由复旦剧社演出，获田汉戏剧文学奖二等奖。

2. 《镜子里的女大学生》(话剧)，写作于2001年，发表于《上海戏剧》2001年第1期，2003年由复旦大学研究生剧社演出，获田汉戏剧文学奖二等奖。

3. 《柳永与虫娘》(合作，越剧)，写作于2003年，发表于《上海戏剧》2004年第8期，发表名《鹤冲天》，2003年由嵊州市越剧团演出，获田汉戏剧文学奖二等奖。

4. 《千古韩非》(合作，淮剧)，写作于2004年，发表于《上海戏剧》2005年第12期，2005年由上海市淮剧团演出，获田汉戏剧文学奖一等奖。

5. 《李斯》(淮剧)，写作于2004年，2012年由泰州市淮剧团演出。

6. 《夜莺》(儿童剧)，写作于2004年，2005年由中国福利会儿童艺术剧院演出。

7. 《鱼玄机》(京剧)，写作于2005年，2011年由贵州京剧院演出。

8. 《春江花月夜》(昆剧)，写作于2010年，发表于《剧本》2011年第11期，2015年由张军昆曲艺术中心演出，获江苏省戏剧文学奖一等奖、田汉戏剧文学奖一等奖，国家艺术基金资助项目。

9. 《丁香》(越剧)，写作于2011年，2011年由南京市越剧团演出，获中国越剧节优秀剧目奖，国家艺术基金资助项目。

10. 《将军道》(合作，京剧)，写作于2011年，发表于《福建艺术》2012年第1期，2011年由沈阳京剧院演出，获曹禺戏剧文学奖，入选国家舞台艺术精品工程，国家艺术基金资助项目。

11. 《真爱，就像幽灵》(小剧场话剧)，写作于2011年，2011年由江苏省演艺集团话剧院演出。

12.《桃花坞》(合作，舞剧)，写作于 2011 年，2011 年由苏州市歌剧舞剧院演出，入选江苏省舞台艺术精品工程。

13.《一盅缘》(锡剧)，写作于 2011 年，发表于《剧本》2012 年第 7 期，2012 年由张家港市锡剧团演出，获曹禺戏剧文学奖，国家艺术基金资助项目。

14.《宝剑记》(淮剧)，写作于 2012 年，2012 年由江苏省淮剧团演出，获中国戏剧文化奖编剧金奖。

15.《鉴真东渡》(音乐诗剧)，写作于 2012 年，2012 年由上海戏剧学院演出。

16.《又见桃花红》(音乐剧)，写作于 2012 年，2013 年由苏州市歌舞剧院演出。

17.《孔雀东南飞》(越剧)，写作于 2013 年，2013 年由浙江小百花越剧团演出。

18.《衣冠风流》(扬剧)，写作于 2013 年，发表于《剧本》2013 年第 6 期，2013 年由扬州市扬剧研究所演出，国家艺术基金资助项目。

19.《孔子之入卫铭》(昆剧)，写作于 2013 年，2016 年由北方昆曲剧院演出，国家艺术基金资助项目。

20.《二泉映月》(合作，越剧)，写作于 2014 年，2014 年由浙江小百花越剧团演出，获中国越剧节优秀剧目奖。

21.《馒头山》(小剧场京剧)，写作于 2014 年，2015 年由北京京剧院演出。

22.《伏生》(合作，京剧)，写作于 2014 年，2015 年由国家京剧院演出。

23.《黄鹄歌》(扬剧)，写作于 2014 年，2014 年由江都市扬剧团演出。

24.《新莫愁女》(越剧)，写作于 2014 年，2015 年由南京市越剧团演出，国家艺术基金资助项目。

25.《一江春水》(合作，歌剧)，写作于 2014 年，2014 年由上海音乐学院演出。

26.《孔圣之母》(京剧)，写作于 2014 年，发表于《剧本》2016 年第 1 期，2015 年由济南市京剧院演出。

27.《林徽因的抗战》(合作，锡剧)，写作于 2014 年，2015 年由张家港市艺术中心演出。

28.《落梅吟》(合作，京剧)，写作于 2015 年，发表于《当代戏剧》2016 年第 4

期，2015年由成都市京剧院演出。

29.《不破之城》(扬剧)，写作于2015年，2015年由扬州市扬剧研究所演出，获江苏省"五个一工程"奖。

30.《唐宗归晋》(合作，晋剧)，写作于2015年，2016年由太原市晋剧艺术研究院演出，国家艺术基金资助项目。

31.《太真外传》(京剧)，写作于2015年，2015年由江苏省演艺集团京剧院演出。

32.《秦香莲》(锡剧)，写作于2015年，2015年由张家港市锡剧艺术中心演出。

33.《万里茶道》(楚剧)，写作于2015年，2015年由武汉市楚剧院演出，国家艺术基金资助项目。

34.《嫦娥奔月》(木偶剧)，写作于2016年，2016年由扬州市木偶研究所演出，国家艺术基金资助项目。

35.《我，哈姆雷特》(昆剧)，写作于2016年，2016年由张军昆剧艺术中心演出。

36.《醉心花》(昆剧)，写作于2016年，2016年由江苏省演艺集团昆剧院演出，国家艺术基金资助项目。

37.《桃花笺》(音乐剧)，写作于2016年，2016年由苏州歌舞剧院演出，国家艺术基金资助项目。

38.《卿卿如晤》(锡剧)，写作于2016年，2017年由常州市锡剧院演出，国家艺术基金资助项目，获江苏省文华奖。

39.《乌衣巷》(越剧)，写作于2016年，2016年由南京市越剧团演出，获江苏省文华奖。

40.《独角兽之夜》(锡剧)，写作于2016年，2018年由张家港市锡剧艺术中心演出，国家艺术基金资助项目。

41.《张謇》(话剧)，写作于2016年，发表于《新剧本》2018年，2017年由南通市话剧艺术中心演出，国家艺术基金资助项目。

42.《二胥记》(昆剧)，写作于2016年，2016年《二胥记·哭秦》由石小梅昆曲工作室演出，国家艺术基金资助项目。

43.《东坡买田》(锡剧)，写作于2017年，2018年由江苏剧协演出，中国文联扶持项目。

44.《神奇的宝盒》(木偶剧)，写作于 2017 年，2018 年由扬州市木偶研究所演出，国家艺术基金资助项目。

45.《素女与魃》(越剧)，写作于 2017 年，2018 年由上海越剧院演出，国家艺术基金资助项目。

46.《梧桐雨》(昆剧)，写作于 2017 年，2018 年由昆山当代昆剧院演出，入选文化部剧本扶持工程。

47.《大舜》(京剧)，写作于 2017 年，2018 年由济南市京剧院演出，国家艺术基金资助项目。

48.《包公出山》(徽剧)，写作于 2017 年，2018 年由安徽徽京剧院演出，国家艺术基金资助项目。

49.《梅兰芳·当年梅郎》(昆剧)，写作于 2018 年，发表于《剧本》2020 年第 2 期，2019 年由江苏省演艺集团昆剧院演出，获曹禺戏剧文学奖，2020 国家舞台艺术精品创作重点扶持剧目，获江苏省"五个一工程"奖。

50.《顾炎武》(昆剧)，写作于 2018 年，发表于《当代戏剧》2018 年第 6 期，2018 年由昆山当代昆剧院演出，获江苏省"五个一工程"奖。

51.《望鲁台》(秦腔)，写作于 2018 年，2019 年由千阳县秦腔剧团演出。

52.《世说新语·大哉死生》(昆剧)，写作于 2018 年，2019 年由石小梅昆曲工作室演出。

53.《浮生六记》(昆剧)，写作于 2018 年，发表于《上海戏剧》2019 年第 4 期，2019 年由上海大剧院、江苏省演艺集团昆剧院演出。

54.《梅兰芳·蓄须记》(京剧)，写作于 2019 年，2019 年由江苏省演艺集团京剧院演出，获江苏省"五个一工程"奖。

55.《东渡纪》(锡剧)，写作于 2019 年，2021 年由张家港市锡剧艺术中心演出。

56.《第一山》(黄梅戏)，写作于 2019 年，2019 年由盱眙黄梅剧团演出。

57.《苏州二公差》(滑稽剧)，写作于 2019 年，2019 年由苏州滑稽剧团演出，获江苏省紫金文化艺术节优秀剧目奖。

58.《下一站爱人》(合作，音乐剧)，写作于 2019 年，2021 年由苏州歌舞剧院演出。

59.《世说新语·谢公故事》（昆剧），写作于 2019 年，2020 年由石小梅昆曲工作室演出。

60.《凤凰台》（越剧），写作于 2020 年，2020 年由南京市越剧团演出，获江苏省紫金文化艺术节优秀剧目奖。

61.《眷江城》（昆剧），写作于 2020 年，发表于《剧本》2020 年第 7 期，2020 年由江苏省演艺集团昆剧院演出，获江苏省紫金文化艺术节优秀剧目奖。

62.《眷江城》（京剧），写作于 2020 年，2020 年由江苏省演艺集团京剧院演出。

63.《舞衣裳》（黄梅戏），写作于 2020 年，2023 年由湖北省戏曲艺术剧院演出，国家艺术基金资助项目。

64.《追花》（合作，锡剧），写作于 2020 年，2020 年由张家港市锡剧艺术中心演出。

65.《泰伯》（锡剧），写作于 2020 年，2020 年由无锡市锡剧院演出。

66.《红楼梦》（赣剧），写作于 2020 年，2022 年由江西省赣剧院演出，国家艺术基金资助项目。

67.《浣纱记》（昆剧），写作于 2020 年，2021 年由昆山当代昆剧院演出，国家艺术基金资助项目。

68.《夫人城》（汉剧），写作于 2020 年，2023 年由武汉市汉剧院演出，国家艺术基金资助项目。

69.《烛光在前》（锡剧），写作于 2020 年，发表于《剧本》2021 年第 7 期，2021 年由常州市锡剧院演出，获文华大奖、江苏省紫金文化艺术节优秀剧目奖。

70.《瞿秋白》（昆剧），写作于 2021 年，发表于《新剧本》2021 年第 7 期，2021 年由江苏省演艺集团昆剧院演出，获中宣部"五个一工程"奖、江苏省紫金文化艺术节优秀剧目奖，国家艺术基金资助项目。

71.《南通张季直先生传》（话剧），写作于 2021 年，2021 年由南通市艺术剧院演出。

72.《新华方面军》（话剧），写作于 2021 年，2022 年由江苏省演艺集团话剧院演出，获江苏省紫金文化艺术节优秀剧目奖。

73.《牡丹亭》（昆剧），写作于 2021 年，2022 年由上海大剧院演出。

74.《世说新语·情之所钟》(昆剧)，写作于 2021 年，2023 年由江苏省演艺集团昆剧院演出。

75.《燕双飞》(锡剧)，写作于 2022 年，2023 年由常州市锡剧院演出。

76.《千里江山》(小剧场扬剧)，写作于 2022 年，2022 年由扬州市扬剧研究所演出。

77.《纳土归宋》(京剧)，写作于 2022 年，2023 年由国家京剧院演出，入选文化和旅游部剧本扶持工程，国家艺术基金资助项目。

78.《蝴蝶梦》(昆剧)，写作于 2022 年，2022 年由江苏省演艺集团昆剧院演出，国家艺术基金资助项目。

79.《白蛇》(舞剧)，写作于 2022 年，2022 年由上海大剧院演出。

80.《郑板桥》(扬剧)，写作于 2022 年，2023 年由扬州市扬剧研究所演出，获江苏省紫金文化艺术节优秀剧目奖。

81.《我的父亲》(合作，淮剧)，写作于 2022 年，2023 年由泰州市淮剧团演出。

82.《渔歌》(合作)(小剧场柳琴戏)，写作于 2022 年，2022 年由宿迁市柳琴剧团演出。

83.《桃花扇》(合作，歌剧)，写作于 2022 年，2023 年由江苏省演艺集团歌剧院演出，文化和旅游部中国民族歌剧重点扶持剧目，国家艺术基金资助项目。

84.《张九龄》(粤剧)，写作于 2022 年，2023 年由广州市粤剧团演出。

85.《有盐同咸》(采茶歌舞剧)，写作于 2023 年，2023 年由吉安采茶歌舞剧团演出。

86.《美人草》(小剧场柳琴戏)，写作于 2023 年，2023 年由宿迁市柳琴剧团、张家港市锡剧艺术中心演出。

# 后 记

　　在王馗老师的反复催督下，我们完成了文本整理，除去从百余部剧本中选了20部之外，他几乎将我其他与戏剧相关的散碎文字"一网打尽"。在我走上专业编剧之路13年后，终于有了这部书稿，以回馈陪伴我一路走来的亲人、师长、朋友们。

　　感谢之余，絮叨三点：一是少数剧本，如《无字碑》《烛光在前》《夫人城》等，因编稿之时，舞台演出尚未成型，故录入文本亦非定稿，若与演出版对比来看，恰也能见从案头到场上的文本迁变。二是书中收录的，是我2010年年底至2022年年初的作品，此后完成之《蝴蝶梦》《郑板桥》《有盐同咸》《诗宴》等作，水准或在部分入选剧本之上，只好日后分享。三是书中选入不少昆曲，缘于这是我至爱的剧种之一。记得2010年，我尚不知南北曲为何物，仅凭着一本《元曲鉴赏辞典》与孟浪无知的劲头，写就了昆剧《春江花月夜》。那时，张弘先生说："罗周，你有个昆曲的灵魂。"我竟当了真。一晃13年，虽说写作工具书换作了《昆曲曲牌及套数范例集》，但对于格律，我始终不甚严谨，而将其裁决权，交与唱腔设计和演员。只要他们说可谱、可唱、尽情、动听，我便不再纠缠字词。幸亏一路行来，遇上的都是像迟凌云、孙建安这样极富才华、经验的作曲老师，像石小梅、张军、施夏明这样不世出的表演艺术家，才有了《春江花月夜》，有了《浮生六记》，有了《瞿秋白》等三部昆剧现代戏，有了《世说新语》……日后呢，当对自己更严格些，也就能从中获得更多的探索的快乐。

　　这书，献给亲爱的坚坚，献给所有爱我与我爱的人。当我把它交与你，我便是将那个最可爱的自己，也交与你了。

罗周

2023 年 12 月